MICHAELA BECK
Das Licht zwischen den Schatten

Weitere Titel der Autorin:

Das Laute im Leisen

Über die Autorin

Michaela Beck lebt in Berlin und arbeitet als Autorin, Dramaturgin und Dozentin. 2024 erschien bei Lübbe ihr zweiter Roman, DAS LAUTE IM LEISEN, der von einer komplizierten Frauenfreundschaft im Weimar der frühen 80er-Jahre handelt.

MICHAELA BECK

DAS
LICHT
ZWISCHEN
ROMAN DEN
SCHATTEN

Lübbe

Die Bastei Lübbe AG verfolgt eine nachhaltige
Buchproduktion. Wir verwenden Papiere aus nachhaltiger
Forstwirtschaft und verzichten darauf, Bücher einzeln
in Folie zu verpacken. Wir stellen unsere Bücher in
Deutschland und Europa (EU) her und arbeiten mit den
Druckereien kontinuierlich an einer positiven Ökobilanz.

Vollständige Taschenbuchausgabe
der bei Bastei Lübbe erschienenen Hardcoverausgabe

Copyright © 2024 by
Bastei Lübbe AG, Schanzenstraße 6–20, 51063 Köln

Vervielfältigungen dieses Werkes für das Text- und Data-Mining bleiben vorbehalten.

Textredaktion: Dr. Ann-Catherine Geuder, Lübeck
Umschlaggestaltung: Massimo Peter-Bille
unter Verwendung eines Motivs von © Mariia aiiraM/shutterstock
Satz: hanseatenSatz-bremen, Bremen
Gesetzt aus der Adobe Garamond Pro
Druck und Verarbeitung: GGP Media GmbH, Pößneck

Printed in Germany
ISBN 978-3-404-19385-1

2   4   5   3   1

Sie finden uns im Internet unter luebbe.de
Bitte beachten Sie auch: lesejury.de

Für D.B., der mir direkt ins Herz gesegelt ist

Wenn der Mensch die Welt betritt,
siecht er sich um, sucht seinen Platz,
nimmt ihn an, nimmt ihn nicht an,
sucht Verbündete, erwirbt Feinde.
Er liebt ein erstes Mal, wird wiedergeliebt,
und wenn nicht, so spürt er ihren Verlust,
sucht womöglich die Liebe im Geheimen.
Er hofft auf sie, spart sich für die eine große Liebe auf.
Blind vor Sehnsucht verschwendet er die Zeit, im Vertrauen auf sie.
Das formt den Menschen, macht ihn aus,
so dass er ein anderer wird, ein besserer, schlechterer.
In jedem Fall einer, der ohne die Liebe auszukommen glaubt.
Erst im Nachhinein erkennt der Mensch,
dass die Welt ohne die Liebe nicht existieren kann.
Denn in unserem Verständnis wäre sie so für immer verloren.

TEIL I

Wenn der Mensch die Welt betritt,
sieht er sich um, sucht seinen Platz,
nimmt ihn an, nimmt ihn nicht an,
sucht Verbündete, erwirbt Feinde.

KONRAD

Berlin

1919

Konrads Vater, Hans Sollmann, musste im Krieg fallen, damit Konrad das Mädchen Selma, die Liebe seines Lebens, treffen konnte. Noch ein halbes Jahr zuvor hatte er den Tod seines Vaters als etwas vollkommen Sinnloses empfunden, aber als Selma dann in ihrem weißen Rüschenkleid in ihrer ärmlichen Küche stand, wusste Konrad, dass der Tod des Vaters auch etwas Gutes hatte.

Hans Sollmann hatte, wohl in dem Glauben, dass sein Leben keinen Pfifferling mehr wert war – der Krieg war verloren und seine Ehe zerrüttet –, sich vor seinen verwundeten Hauptmann und in den feindlichen Kugelhagel geworfen, um dessen Leben zu retten. So sah es später Selma, so würden es alle sehen, außer Konrads Mutter und Konrad selbst. Sie wussten, der Vater löste mit seiner angeblich heldenhaften Tat nur ein Versprechen ein, das er ihnen in seinem ersten Brief von der Front im Jahr 1916 gegeben hatte: Ihr Leben würde nach dem Krieg ein besseres sein. Dass dieses bessere Leben ohne den Vater stattfinden würde, nur ohne ihn ein besseres werden konnte, hatte Konrad nicht geahnt.

Konrad war erst zehn und sein kleiner Bruder Fritz neun, als im Dezember 1918 der amtliche Brief mit der Mitteilung kam, dass Hans Sollmann »für Kaiser und Vaterland auf dem Feld der Ehre geblieben« war. Während Konrads Mutter den Brief öffnete, waren Konrad und Fritz gerade auf dem Hof, wo sie mit ihren Holzschwertern als Franzosen und Deutsche gegeneinander kämpften und wo Konrad, obwohl ihn eine Münze zum Franzosen bestimmt hatte, verlor, weil sein kleiner Bruder immer gewann, alles daransetzte zu gewinnen, auch unlautere Mittel wie Kratzen und Beißen einsetzte, was meist nicht einmal nötig war, denn Fritz war zwar kleiner als Konrad, aber viel robuster und auch ehrgeiziger.

Als Konrad und sein Bruder damals nach oben in den dritten Stock gerufen wurden, hatte ihre Mutter ganz ruhig auf ihrem Lieblingsplatz in der Küche, auf dem Kohlenkasten neben dem Herd, gesessen und zwischen zwei Zügen aus ihrer Zigarette ihre beiden Söhne seit Langem mal wieder angelächelt. Ganz ruhig angeschaut hatte ihre Mutter sie, und Konrad hatte sofort gewusst, dass irgendetwas nicht stimmte. Auf ihrem Schoß hatte ein offener Brief gelegen, also konnte der nicht vom Vater sein, denn in den letzten zwei Jahren hatte sie keinen seiner Briefe mehr geöffnet. Das hatte sie stattdessen Konrad überlassen, sollte der sich ruhig mit den törichten Versprechungen seines Vaters vergnügen, wenn er unbedingt wolle.

»Euer Vater hat seinem Hauptmann das Leben gerettet, und deshalb bekomme ich jetzt eine Witwenrente«, hatte sie mit unverhohlener Freude gesagt und wieder einen Zug von ihrer Zigarette genommen. Dann hatte sie versonnen zum Fenster hinausgeschaut, als dächte sie bereits darüber nach, was sie sich von der Rente kaufen könnte, und vergaß das erste Mal, ihre Söhne ans Händewaschen zu erinnern. Kein Wort des Bedauerns war über ihre Lippen gekommen, sie hatte nur die Mundwinkel nicht nach unten gezogen, so wie sonst, wenn sie über ihren Mann sprach, und ihn auch nicht »Mistkerl« oder »dieser Hurenbock, der euer Vater ist« genannt.

In den darauffolgenden Monaten hatte Konrad beinahe jede

Nacht unter der Bettdecke geweint und die Mutter gehasst, die über den Tod ihres Mannes keine einzige Träne vergoss. Im Gegenteil. Sie war froh und erleichtert über die Todesnachricht gewesen, weil sie auf diese Weise »mit Anstand« ihren Mann losgeworden war, den sie sowieso niemals wieder in ihr Bett, in ihre Wohnung gelassen hätte, wie sie einmal Kaltmamsell Günzel beim Kartoffelschälen flüsternd anvertraute, während Konrad lauschte und vorgab, mit Fritz Zigarettenbildchen zu sortieren.

Andere Frauen, deren Männer als vermisst galten, hatten da viel weniger Glück, wie Konrad mitbekommen hatte. Die mussten sich damals sogar fragen, ob ihr Mann vielleicht im Krieg nur eine andere kennengelernt hatte. Vielleicht in Polen, in Frankreich oder in Afrika? Und gern verschollen blieb, um dort ein neues Leben mit einer neuen Frau, mit einer neuen Familie zu beginnen, ohne dass seine Frau daheim durch eine Witwenrente wenigstens ein bisschen abgesichert gewesen wäre. Solche Geschichten gab es: »Jeder Stoß ein neuer Franzos'!«, kommentierten die Frauen das gehässig und gackerten gellend.

So hatte Else Krause vom dritten Hinterhof ihrer Mietskaserne einen heimkehrenden Kameraden ihres Mannes so lange zu seinem Verschwinden ausgequetscht, bis sie durch die Unstimmigkeiten in seinen Aussagen ihren Verdacht bestätigt bekam. Konrads Mutter wäre über so eine Geschichte nicht zerbrochen, so wie diese Else, die sich bald darauf in die Spree warf mitsamt ihren beiden Kleinkindern aus zwei Fronturlauben. Konrads Mutter hätte höchstens gelacht, so wie sie immer lachte, wenn ihr das Schicksal einen Wunsch erfüllte – den Kopf in den Nacken, die Hände auf den knochigen Hüften.

Mit der Nachricht vom Tod des Vaters war für Bertha Sollmann das Thema Ehe beendet. Nie wieder sollte sie ihren Mann erwähnen. Nicht im Guten und nicht im Bösen. Er war die größte Enttäuschung ihres Lebens, hatte sie betrogen und belogen und oft seinen Lohn noch am selben Tag versoffen, während sie nicht wusste, wie sie die Jungs satt kriegen sollte.

Ihre Klagen und ihr Gezeter über den Vater kannte Konrad von klein auf, aber die wohl größte Enttäuschung bereitete der Mutter sein erster Brief von 1916. Denn der war nicht, wie sie zuerst glaubte, aus dem fernen Amerika, aus New York oder Chicago gekommen, sondern aus dem elsässischen Colmar von einem Infanterieregiment.

Wie Konrad auch, hatte seine Mutter nämlich bis dahin insgeheim gehofft, dass ihr Mann es endlich nach Amerika geschafft hätte, zwar ohne sie und die Kinder, aber immerhin nach Amerika, und bestimmt hatte sie vermutet, dass der Brief eine Einladung, ihm zu folgen, oder vielleicht sogar eine bezahlte Schiffspassage für sie und die Söhne enthielt.

Aber der »Schweinehund, der Konrads Vater war«, war nicht, nachdem Bertha Sollmann ihn im September 1914 rausgeschmissen hatte, nach Hamburg gegangen, um sich dort im Hafen eine Fahrkarte nach New York zu verdingen, so, wie es mal ihr gemeinsamer Plan gewesen war, sondern er hatte sich freiwillig in den Krieg gemeldet, wie er in seinem ersten Brief aus Colmar Bertha und den Söhnen mitteilte, die ihm nun angeblich so sehr fehlten. »Ihr sollt ihm fehlen?«, hatte Konrads Mutter gehöhnt. »Halbtot geprügelt hat er euch an dem Tag, Konrad, besoffen, wie er war. Frag die Nachbarn. Deshalb hab ich ihn rausgeschmissen, deshalb, Konrad.«

Konrad glaubte seiner Mutter kein Wort. Denn warum hätte sein Vater seine damals sechs- und fünfjährigen Söhne halbtot prügeln sollen? Was hätten sie in dem Alter schon getan haben können, um einen solchen Zorn bei ihm hervorzurufen?

»Weil er glaubte, dass ihr an seinem beschissenen Leben schuld seid«, erklärte ihm seine Mutter und fügte abschließend verächtlich hinzu: »Aber in Wirklichkeit ist er schuld an unserem beschissenen Leben.«

Konrad, der sich mit seinen zehn Jahren kaum noch an das Gesicht seines Vaters erinnern konnte, kannte viele weitere hässliche Geschichten über seinen Vater, die ihm seine Mutter immer dann erzählte, wenn er sich besonders dringend wünschte, der Vater würde endlich heimkehren, ihn in die Arme nehmen und ihm von all den Schlachten berichten, die er seit seinem Rauswurf bei ihnen als Soldat erlebt hatte.

Erst der Brief mit der amtlichen Todesmeldung hatte all seine Hoffnungen zunichtegemacht, und Konrad versuchte gar nicht erst, sich einzureden, dass sein Vater irrtümlicherweise für tot erklärt worden und ein anderer anstelle des Vaters »für Kaiser und Vaterland auf dem Felde der Ehre geblieben« war, denn zwei Wochen später hatte die Mutter die Bestätigung für die Witwenrente, und das verstand selbst Konrad mit seinen zehn Jahren, dass die Mutter die Rente niemals auf einen möglichen Irrtum hin bekommen würde. Sein Vater war tot, und abends im Bett fragte sich Konrad, worauf er jetzt noch hoffen konnte. Sein zukünftiges Leben schien so sinnlos wie der Tod des Vaters.

Bis dann Selma über seinen Hinterhof spaziert kam.

Konrad lebte gern in Prenzlauer Berg, einem Stadtteil von Berlin, in dem hauptsächlich Arbeiter und Tagelöhner in den viel zu engen Hinterhöfen wohnten und in den Vorderhäusern die etwas besseren, eher bürgerlichen Leute lebten. Besonders seine Straße, die Schönhauser Allee, mochte er, weil sie so breit war, dass dort vor ein paar Jahren sogar eine Hochbahnstrecke durch den Magistrat genehmigt worden war. Unter der konnte jeder bei Regen trockenen Fußes spazieren gehen, selbst wenn er keinen Schirm besaß, so dass die Hochstrecke schnell ihren Spitznamen »Magistratsschirm« weghatte. Doch die Schönhauser Allee war seitdem keine Flaniermeile mehr. Die richtig feinen Leute waren aus den großzügigen Wohnungen der Vorderhäuser fortgezogen, weil die Züge so viel Lärm und Dreck machten, wenn sie an den Fenstern vorbeirumpelten, dass die vornehmen Damen beim Kaffeekränzchen im Salon ihr eigenes Wort nicht mehr verstanden.

Im vierten Hinterhof der Schönhauser Allee war die Bahn

jedoch nicht zu hören, nur ein leises Zittern und Vibrieren war zu spüren, das sich wellenartig nach jeder Durchfahrt im ganzen Quartier ausbreitete und das Bertha Sollmann als Ausrede nutzte, wenn Konrad und Fritz darum bettelten, hochkommen zu dürfen, weil sie so froren und vor Kälte zitterten.

»Das ist nur die Hochbahn«, rief sie dann aus dem Küchenfenster herunter und riet ihnen, sich mehr zu bewegen.

Auch an diesem Tag, dem 20. März des Jahres 1919, war es noch furchtbar kalt. Doch es war auch der Tag des Frühlingsanfangs, und Bertha Sollmann hatte am Abend zuvor Konrads an den Knien durchgescheuerte Winterhose kurzerhand abgeschnitten und bestimmt, dass die Winterhose nun seine Sommerhose sei, die Hose wäre sowieso schon »Hochwasser« gewesen. Fritz hatte gefeixt, schließlich hatte er das Problem nicht, weil er nach ihrem Vater geraten war, also nicht so schnell wuchs wie Konrad, und es war wahrscheinlich, dass er seine Winterhose auch noch im nächsten Winter tragen konnte. Konrad dagegen sollte wie ein kleiner Junge in kurzen Hosen auf den Hof spielen gehen und sich auslachen lassen! Dabei war er schon elf. Aber dann hatte außer Fritz niemand auf dem Hof mehr lange Hosen an, und alle taten so, als wäre ihnen wunderbar warm, was Fritz natürlich ärgerte, dabei bibberten sie alle vor Kälte, und ihre Zähne schlugen klappernd aufeinander wie die Glasmurmeln in ihren ausgebeulten Taschen.

Konrad und die anderen Kinder vom vierten Hinterhaus hockten frierend auf der einzigen Bank im Hof, der so schmal war, dass in ihn höchstens im Sommer zur Mittagszeit mal ein Fleckchen Sonne fiel, und warteten darauf, dass ihre Mütter sich endlich aus dem Fenster lehnten und sie nach oben zum Abendbrot riefen. Sie hatten wie immer Kohldampf, der bis in die Eingeweide schmerzte und den sie nur mit Helmuts wundersamen Kochbuchgeschichten vergessen konnten. Helmut Günzel, der einmal Pfarrer werden wollte und dessen Mutter Kaltmamsell bei einer Herrschaft war, kannte alle Rezepte aus dem Kochbuch seiner Mutter auswendig und wusste diese so schön vorzutragen, dass die gespickten Wildschweinbraten, der Karamellpudding oder die Fleischklößchensuppe wahrhaftig vor ihren hungrigen Augen auferstanden und sie all die Speisen geradezu riechen und schmecken konnten.

Das Rezept für eine mehrstöckige Cremetorte, deren Zutaten allein schon wie die Zaubergaben aus einem Märchen klangen, nahm gerade ihrer aller Aufmerksamkeit in Anspruch, als plötzlich die Hoftür des dritten Hinterhauses aufsprang und ein Mädchen in Konrads Alter zusammen mit einem Mann den Hof betrat und sich umschaute. Sie hatte halblanges blondes Haar und trug einen dunkelblauen, samtig schimmernden Mantel mit grauem Persianerkragen, der ihr bis zu den Waden reichte. Unterhalb des Mantelsaumes bauschten sich mehrere Schichten weißer Rüschen, die wohl zu ihrem Kleid gehörten und das Mädchen wie die von Helmut beschriebene Cremetorte wirken ließ, denn auf ihrem Kopf thronte ein kreisrundes schwarzes Barett, auf dem überdies eine rote Bommel saß – wie die Kirsche auf einer Schokoladencreme-Rosette.

Alle Kinder auf dem Hof starrten die wundersame Erscheinung an, während das Mädchen sie gar nicht zu bemerken schien, sondern versonnen an einem roten Apfel knabberte und die Beschriftungen über den Türen des Seitenflügels studierte. »Da ist es«, sagte sie zu dem Mann und zeigte auf den Eingang, wo Konrad und Fritz, aber auch Hertha und Helmut wohnten, und marschierte direkt darauf los. Erst jetzt sah Konrad, dass dem Mann der rechte Arm fehlte und der Ärmel seines Gehrocks leer in seiner Seitentasche steckte. In der linken Hand hielt er eine Fahnenstange, mit der er sich wie mit einem Zepter abstützte und von deren oberem Ende eine zerfetzte, schwarz-rot-goldene Fahne traurig herabhing. Um in Konrads Hauseingang zu gelangen, mussten die beiden »feinen Pinkels« an ihrer Bank vorbei. Normalerweise wäre dies nicht ohne eine freche Bemerkung von Fritz oder Elsbeth geschehen, die größte Kodderschnauze gleich nach ihrer Mutter, aber der rote Apfel des Mädchens hypnotisierte sie alle. Stumm starrten sie den Apfel an, und sie hätten alles gegeben, um wenigstens einmal an ihm zu schnuppern. Einen Apfel im Frühling, noch dazu von solch roter Farbe, hatte bisher keiner von ihnen gesehen, geschweige denn gegessen.

Das Mädchen war mittlerweile in Höhe ihrer Bank, während der Mann etwas zurückgefallen war, als Konrad plötzlich Fritz' Bein vorschnellen sah, direkt zwischen die Lackschuhe des Mädchens. Sie stolperte und warf, mit den Händen Halt suchend, ihren roten Apfel in hohem Bogen von sich. Als hätten alle nur darauf gewartet, stürzten sich die Kinder auf den Apfel und balgten sich darum in einem dichten Knäuel aus Händen und Armen, bissen und kratzten einander, nur um als Erster an den Apfel zu gelangen.

Konrad interessierte der Apfel nicht. Er half dem fremden Mädchen auf, und als er ihr gerade beim Abklopfen ihres feinen Mantels behilflich sein wollte, rollte der Apfel wie von Zauberhand aus dem Knäuel seiner Freunde heraus, direkt vor seine Füße. Er hob den Apfel auf und reichte ihn, unter dem wütenden Geschrei der anderen, dass er das doch nicht tun könne, dem Mädchen.

Konrad hätte hinterher nicht sagen können, warum er das tat, aber das Lächeln, das ihm das Mädchen dafür schenkte, würde ihn für die zu erwartenden Frotzeleien seiner Freunde entschädigen, und keine noch so gemeine Stichelei würde es in seinem Gedächtnis jemals löschen.

Ihr Lächeln.

»Den isst du nicht mehr!«, rief plötzlich der Mann und schlug dem Mädchen den Apfel mit der Fahnenstange aus der Hand. Die anderen begannen sofort wieder, sich um den Apfel zu keilen, nur Konrad stand da und schaute den beiden nach, wie sie im Treppenaufgang verschwanden.

Natürlich ergatterte Fritz den Apfel, und während die anderen ihn anbettelten, sie doch wenigstens mal davon abbeißen zu lassen, hoffte Konrad, dass seine Mutter sie heute später als sonst zum Essen rufen würde, damit er das Mädchen, wenn es festgestellt hätte, dass es sich in der Adresse geirrt hatte – denn solch feine Leute kannte hier niemand –, noch einmal auf ihrem Weg zurück über den Hof sehen würde. Aber wie immer, wenn Konrad sich etwas besonders sehnsüchtig wünschte, machte ihm seine Mutter einen Strich durch die Rechnung. Kurz darauf ging im dritten Stock das Küchenfenster auf, und die Stimme seiner Mutter gellte über den Hof: »Konrad? Fritz?«

Mehr war nicht nötig, um Fritz sofort in Bewegung zu setzen. Er schlang unter den neidischen Blicken der anderen den Rest des Apfels hinunter, brachte sich am Eingang in Position und schrie wie üblich: »Wer als Erster oben ist, hat gewonnen!«

Konrad, der sonst die Wette immer annahm, ließ seinen Bruder einfach laufen, stieg langsam und bedächtig die Stufen nach oben und lauschte in den Treppenflur. Da war nichts zu hören außer Fritz' keuchendem Atem, keine entgegenkommenden Schritte. Der Mann und das Mädchen hatten sich offenbar doch nicht in der Adresse geirrt und mussten nun in einer der vielen Wohnungen sein. Vielleicht bei Helmuts Mutter, die ja als Kaltmamsell mit feinen Leuten Umgang hatte. Konrad würde es bestimmt schon am nächsten Tag auf dem Hof erfahren.

Aber bis dahin hatte er immerhin ein Lächeln.

BRIGITTE

Dorf Mecklenburg

1950

»Grins nicht so blöde!«, sagte Brigitte und versuchte zu erraten, in welche Richtung Johann ausweichen würde. Links um den Tisch oder rechtsherum? Rechtsherum war Johann der Tür näher, und nur dort entlang hatte er wirklich eine Chance, ihr zu entkommen. Also machte Brigitte als Täuschungsmanöver einen Schritt nach links, um dann gleich wieder nach rechts zu rennen. Johann lief ihr auch wirklich fast in die Arme, aber dann blieb sie dummerweise mit ihrem Trägerrock an einem der Stühle hängen. Mist! Sonst wäre er ihr bestimmt nicht entkommen, sie war immer schon schneller und wendiger und vor allem pfiffiger als er gewesen, obwohl sie drei Jahre jünger war. Doch so entwischte Johann durch die Tür der guten Stube, und während Brigitte sich noch aus der Umklammerung des Stuhls hakelte, hörte sie, wie er durch die Diele zur Haustür hinausrannte und sie hinter ihm ins Schloss krachte.

»Was gibt es denn jetzt schon wieder?«, fragte ihre Mutter drohend, als Brigitte in die Diele schlitterte und knapp unterhalb der Treppe, wo die Mutter stand, zum Halten kam.

»Nichts«, antwortete sie so unbescholten wie möglich. »Wirklich!«

»Und warum kannst du dann nicht langsam laufen?«

Brigitte wollte keine Diskussion, nicht jetzt. Deshalb lächelte sie brav und ging mit kleinen Schritten die letzten paar Meter durch die Diele, nahm beherrscht ihren Mantel vom Haken und knöpfte sorgsam die schweren Metallknöpfe durch die engen Schlitze. Der muffige Geruch, der ihm entströmte, stammte vermutlich von einem toten Soldaten der Wehrmacht, und das kleine Loch oberhalb der Brust war wahrscheinlich das Eintrittsloch der tödlichen Kugel gewesen. Doch der Mantel und seine Geschichte waren ihr heute egal, denn etwas anderes beschäftigte sie viel mehr. Nämlich: Wo konnte Johann das, was er vorhin in seiner Hand vor ihr verborgen hatte, jetzt versteckt haben? In der Tasche seiner Maurerjacke? In der Stullenbüchse? Brigitte öffnete die Tür und spähte hinaus. Johann wartete mit dem Fahrrad vorm Gartenzaun und sprach leise mit dem Vater, der in seinem schwarzen Anzug und den gebeugten Schultern von hinten aussah wie ein müder alter Rabe.

»Hast du nicht etwas vergessen?«, fragte ihre Mutter, und Brigitte erwiderte schnell: »Einen schönen Tag, Mutti«, und trat aus der Tür, um die drei Stufen hinab in den Garten zu rennen.

»Deine Mütze!«

Die Mütze! Brigitte fummelte schnell die verfilzte Pudelmütze aus der Manteltasche, die Johann noch im letzten Frühjahr getragen hatte und jetzt nicht mehr benötigte, weil er diese kecke Maurerschiebermütze hatte. Sie stülpte sie sich auf den Kopf, die Zöpfe links und rechts gut sichtbar, als Zeichen ihres Mädchendaseins. Denn das mochte ihre Mutter gar nicht, dass sie aussah wie ein Junge. Als ob Jungen in Trägerröcken umherlaufen würden!

»Dir auch einen schönen Tag«, hörte sie ihre Mutter sagen und wusste, sie würde gleich wieder seufzend die Stufen nach oben in die Nähkammer steigen, wo sie die am letzten Sonntag von den Gemeindemitgliedern gespendeten Sachen sortieren und ausbessern würde. Später würde sie all die Sachen, selbst wenn sich darunter ein passender Wintermantel für Brigitte befinden sollte, einem befreundeten Pfarrer in Berlin schicken, damit er sie an die Bedürftigen in seiner Gemeinde verteilen konnte. So wie vor ein paar Monaten geschehen, als unter den gespendeten Sachen auch dieser dunkelblaue, samtweiche Mantel mit dem grauen Persianerkragen und den drei angeschliffenen Knöpfen gewesen war, der Brigitte so gut gestanden hatte. Richtig schick hatte sie darin ausgesehen! Das hatte selbst ihre Mutter zugeben müssen. Aber der Mantel hatte Agnes aus dem Nachbardorf gehört, die letzten Sommer an Diphtherie gestorben war, und sollte deshalb zusammen mit allen anderen Sachen nach Berlin geschickt werden. Denn das ging nicht an, dass jemand aus dem Dorf Brigitte in einem gespendeten Mantel sah. Wie würde das denn aussehen, hatte selbst ihr Vater ihr zu bedenken gegeben. Die Leute könnten ja sonst glauben, dass die Günzels die Spendensammlung nur für ihr eigenes Wohl organisierten, und das widerspräche der christlichen Anteilnahme, die sie den Menschen hier in Dorf Mecklenburg nahebringen wollten.

Doch da hatte der Vater den Mantel noch nicht gesehen, und Brigitte, die wusste, dass der Vater manchmal doch nachgab, wenn sie nur lang genug bettelte, versuchte ihr Glück, zog sich in der brütenden Mittagshitze den Mantel einfach über und stolzierte darin hinüber in die Kirche. Seine erste Reaktion war ganz genau so, wie sie es sich vorgestellt hatte. Der Vater, der vor dem Altar stand und darauf ein paar Dinge ordnete, drehte sich beim Widerhall ihrer Schritte um – und erstarrte fast im selben Augenblick.

»Selma? Selma, bist du es?«, fragte er mit seltsam erschrockener Stimme, und Brigitte blieb fast das Herz stehen, als sie sein sonst so frisches Gesicht bleich werden sah.

»Ich bin's doch, Vati! Deine Gitti!«, erwiderte sie, und einen Moment glaubte sie, ihr Vater hätte den Verstand verloren. Noch nie hatte er sie auf diese Art und Weise angestarrt, und noch nie hatte er sie Selma genannt. Doch dann, als käme ihr

Vater von einer langen Reise zurück, sagte er: »Gitti! Wo... woher ... hast du diesen Mantel?«

»Ist der nicht schön?« Sie drehte sich einmal um ihre Achse, damit er es noch besser sähe, und noch ehe ihr Vater etwas antworten konnte – wenn sie ihn überzeugen wollte, musste sie jetzt schnell sein –, sagte sie: »Den Mantel hat Agnes Lüderkamp von einer Cousine aus Berlin bekommen, aber dann ist sie ja an Diphtherie gestorben, und ihre Mutter hat ihn für die Kleidersammlung gespendet. Er ist natürlich desinfiziert. Findest du nicht auch, dass er mir viel besser steht als diese doofe Wehrmachtsjoppe, bei der ich mich jedes Mal grusele, weil ...«

»Zieh sofort den Mantel aus!«

»Was?«

»Du ziehst diesen Mantel sofort aus, oder ich ...«

Ihr Vater hatte tatsächlich nicht nur die Stimme, sondern auch die Hand erhoben und machte bedrohlich schnell einen Schritt auf sie zu. Noch im selben Moment hatte sie sich den Mantel vom Leib gerissen und war heulend aus der Kirche gerannt, vorbei an ihrer Mutter, die misstrauisch geworden und ihr gefolgt war.

Doch das zu erwartende Donnerwetter war danach ausgeblieben. Ihre Mutter blieb sehr lange beim Vater in der Kirche, und beim Abendbrot kamen die beiden auch nicht darauf zu sprechen, dass Brigitte wieder einmal die Eltern gegeneinander hatte ausspielen wollen. Sie sahen Brigitte nur so seltsam an und schienen gar die Tränen unterdrücken zu müssen.

Das alles nur wegen dieses blöden Mantels! Brigitte konnte es nicht verstehen. Schon gar nicht, als sie später auf der Suche nach ihrem Geburtstagsgeschenk entdeckte, dass ihre Mutter den Mantel gar nicht in die Kleidersammlung gegeben hatte, sondern dass er ganz hinten im Schrank hing, mit einem Sträußchen getrockneten Lavendels gegen die Motten versehen. Wochenlang hatte Brigitte geglaubt, dass ihre Eltern wegen des Mantels doch noch ein Einsehen hätten, aber an ihrem Geburtstag bekam sie eine mit Zucker bestreute Stulle zum Frühstück – nur sie allein, Johann nicht – und ein Paar selbstgestrickte braune Strümpfe, die wie die Pest kratzten. Der blaue Mantel mit dem grauen Persianerkragen und den drei angeschliffenen Knöpfen war im Schrank geblieben, und da würde er wohl auch bis in alle Ewigkeit hängen, denn Brigitte wagte es nicht, ihn noch einmal zu erwähnen. Deshalb würde sie die umgearbeitete Wehrmachtsjacke nicht nur diesen Winter, sondern auch noch nächstes Jahr tragen müssen.

Brigitte schlenderte gemächlich zur Gartenpforte. Sie hatte keine Eile mehr, denn sie würde sowieso nichts aus ihrem Bruder herausbekommen, solange er beim Vater stand. Deshalb setzte sie sich abwartend auf die kleine Mauer, die den Pfarrgarten umgab, ließ aber Johanns Gesicht nicht aus dem Blick. Sie konnte sehen, dass er dem Vater nicht zuhörte, sondern fieberhaft nach einer Ausrede suchte, die er ihr nachher auftischen konnte. Ach, wenn ihr Vater doch endlich hinüber in die Kirche ginge, um dort seine Predigt für den kommenden Sonntag vorzubereiten!

Es konnte nur ein Liebesbrief sein, dachte Brigitte, denn sie erinnerte sich plötzlich, in Johanns Hand kurz Papier aufblitzen gesehen zu haben. Natürlich, ein Liebesbrief! Warum sonst sollte ihr Bruder wegen eines Zettels solch ein Aufheben machen?

Nur, für wen war der Liebesbrief gedacht? Für die dicke Gisela, die in der Bäckerei in Bad Kleinen gleich neben Johanns Baustelle arbeitete? Oder für diese Hanne, eine Vertriebene aus Ostpreußen, die gerade eine Lehre in der Buchhaltung bei der Frau von Johanns Chef machte? Brigitte hatte Hanne noch nie gesehen, aber sie hatte Johann schon mehrmals ihren Namen mit so viel Hochachtung aussprechen hören, dass sie gleich hellhörig geworden war. Trotzdem empfand sie bei Hanne weniger Eifersucht als bei der dicken Gisela, die mit ihrem »vielem Holz vor der Hütte« und ihrem süßlichen Duft nach frischem Brot nicht nur Jungs wie Johann betörte, sondern nahezu alle

Männer der Gegend. Denn Hanne würde wieder zurück nach Ostpreußen gehen, wenn der Führer erst einmal seine Wunderwaffe herausrückte, aber der Hunger, der sie alle zu Gisela trieb, würde noch eine Weile bleiben.

Einhunderttausend Mann hatte der Führer bereits aufgestellt, so hatte es der alte Berthold, der auf dem Friedhof der Pfarrei manchmal für ein paar Groschen das Ausheben der Gräber übernahm, Brigitte heimlich anvertraut und sie zur Verschwiegenheit ermahnt. Niemand durfte das wissen, noch nicht. Die Russen nicht und auch nicht die Kommunisten, die nur Speichellecker der Russen und Verräter an ihrem eigenen Vaterland waren. Sollten sie nur die Mär glauben, der Führer sei tot, sollten sie sich nur in Sicherheit wiegen und glauben, sie könnten Deutschland ungestraft plündern und schänden. Aber die würden schon sehen, die Russen und die Kommunisten, wenn der Führer wie Phönix aus der Asche auferstünde und zurückkäme und sie allesamt mit seiner Wunderwaffe, die er sich genau für solch eine Aktion aufgespart hatte, zum Teufel jagen würde. Und Onkel Konrad, über den, seit die Kommunisten an der Macht waren, nicht mehr im Pfarrhaus gesprochen wurde – jedenfalls verstummten die Eltern jedes Mal, wenn Brigitte ihn nur erwähnte, und gingen zu einem anderen Thema über –, Onkel Konrad würde in seiner strahlenden Uniform eines dieser Bataillone anführen und sie alle befreien.

Onkel Konrad würde die Ordnung im Dorf wiederherstellen, hatte der alte Berthold gesagt, und der musste es wissen, denn er war von Anbeginn an in der Partei gewesen und hatte damals als oberster Befehlshaber des Dorfes bis zuletzt mit ihr und den anderen Kindern das Dorf gegen die Russen verteidigt. Alle anderen hatten sie da schon im Stich gelassen und lieber die Bettlaken rausgehängt. Und hätten die Eltern sie nicht alle nach Hause geholt, hätten sie den Krieg zwar auch nicht gewonnen, aber sie wären als Helden gestorben und müssten nun nicht mit dieser Schmach leben.

»Brigitte! Träum nicht!« Johann hatte sein Fahrrad bereits auf den Weg geschoben und schaute sie mahnend an. Ihr Vater musste wohl schon in der Kirche sein, denn er war nirgends mehr zu sehen. Brigitte setzte sich auf die Querstange, während Johann den Lenker festhielt. Dann nahm er etwas Anlauf und sprang selbst auf den Sattel.

Brigitte mochte das morgendliche Fahrradfahren zur Schule, genoss die Nähe ihres Bruders, dessen von Tag zu Tag stärker werdende Arme sie links und rechts sicher einrahmten und dessen Wange, wenn sie nach vorne auf den Weg sah, manchmal die ihre berührte.

Johann mochte das nicht, jedenfalls nicht mehr, dabei waren sie immer so zur Schule gefahren, seit es wieder Schule gab. Doch vor einer Woche hatte er sie das erste Mal gebeten, vor dem langen Anstieg zur Schule abzusteigen und auf dem Gepäckträger Platz zu nehmen, weil sie angeblich so leichter den Berg nehmen konnten. Sie hatte sich darauf eingelassen, obwohl es auf dem Gepäckträger viel unbequemer war und sie aufpassen musste, dass ihre langen Spinnenbeine weder die Straße berührten noch in die Speichen kamen, und mit beiden Armen seine Hüfte umschlungen. So hatten sie den steilen Anstieg bewältigt, auf dessen höchstem Punkt die alte Volksschule stand, ein dunkelroter Backsteinbau, der '45 ein stark umkämpfter strategischer Punkt gewesen war und von dem nach dem Krieg als gemeinsames Aufbauwerk der Gemeinde zunächst nur das erste von drei Geschossen wieder notdürftig hergerichtet worden war.

Doch es gab noch eine Veränderung zwischen ihr und Johann seit der letzten Woche. Ihr Bruder hatte sich erstmalig nach ihrem üblichen Abschiedskuss vor der Schule nicht nur verächtlich den Mund abgewischt, als würde sie neuerdings wie ein Kleinkind sabbern, sondern er hatte sich auch verschämt nach den beiden Mädchen aus der Achten umgesehen, die vor der Schule standen, als bräuchten sie eine Extraeinladung. Und so war es praktisch jeden Tag seit der letzten Woche gegangen.

Immer musste Brigitte vor dem Anstieg auf den Gepäckträger wechseln, und immer standen die beiden aus der achten Klasse da, und ihr Bruder war rot bis über beide Ohren, aber bestimmt nicht von der Anstrengung, die ihm der kleine Berg abverlangte. Und deshalb hatte sie Johann auch verpetzt, als die Mutter vor zwei Tagen wegen ihrer Schuhe geschimpft hatte und wieder nur die Schuld bei Brigitte und ihrem Temperament gesucht hatte. Da hatte sie gesagt, dass Johann am Zustand ihrer Schuhe schuld war, denn natürlich waren ihre Schuhe doch in die Speichen gekommen und hatten am Abend ausgesehen, als wären die Dorfköter über sie hergefallen. So bekam Johann die Schelte und das Verbot, Brigitte jemals wieder auf dem Gepäckträger zu transportieren.

Trotzdem ließ Johann sie weiter vor dem Anstieg hinten aufsteigen, und Brigitte musste noch mehr aufpassen, dass ihre Füße nicht in die Speichen kamen, denn sie hatte nur noch Strümpfe an. Ihre Schuhe hingen ihr an den zusammengeknoteten Schnürsenkeln um den Hals, damit sie heil blieben und die Mutter nichts mehr sagen konnte. Dafür bekam Brigitte sonntags Johanns Pudding. Der war zwar eigentlich zu wenig dafür, sich dem Verbot der Mutter zu widersetzen und dafür Schelte und einen durch die Speichen abgehackten Zeh zu riskieren, aber doch ein gewisser Anreiz. Und so streckte sie die Beine möglichst weit von sich, um das Risiko, wie eine der bösen Stiefschwestern von Aschenputtel zu enden, möglichst klein zu halten.

Doch heute dachte sie nicht an abgehackte Zehen, sondern an den Zettel in Johanns Hand. Jedenfalls würde sie ihn danach fragen, noch bevor sie die Schule erreichten, und dann sollte Johann besser eine gute Ausrede parat haben.

Als sie durch das Waldstück vorm Anstieg fuhren, wollte Brigitte gerade die Frage stellen, da tauchte am Ende des Weges ein Geländewagen mit Russen auf – gut zu erkennen wegen der Staubwolke, die ihn umgab –, und der nahm vorerst Brigittes und wahrscheinlich auch Johanns ganze Aufmerksamkeit in Anspruch, denn Johann fuhr instinktiv langsamer, so als könnte er allein dadurch den Russen weniger auffallen.

Es war immer etwas heikel, Russen zu begegnen. Manchmal taten sie nichts, hielten nicht einmal an, aber manchmal nahmen sie einem das Fahrrad weg, einfach so, weil sie Russen waren und die Macht dazu hatten, wie der alte Berthold sagte. Und manchmal schenkten sie einem auch etwas – ein Lächeln, ein Brot –, so wie im Winter vor zwei Jahren, der besonders hart gewesen war und die Menschen, die knapp den Krieg überlebt hatten, frieren und hungern ließ. Wenn die Russen kein Erbarmen mit ihnen gezeigt hätten, wären die Günzels glatt verhungert, die, weil sie nur Pfarrersleute waren und nichts mit den eigenen Händen schufen, auf die freiwilligen Gaben der Bauern ringsum angewiesen waren. Die blieben aber in diesem harten Winter '48 aus, weil sich jeder selbst der Nächste war und die Bauern durch die häufigen Lebensmittelrazzien auch kaum etwas zu beißen hatten. Irgendein russischer Offizier hatte sich bei der Durchfahrt durch ihr Dorf jedoch gefragt, wovon sich eigentlich der Pfarrer und seine Familie ernähre. Wie der Weihnachtsmann persönlich war er dann eines Tages an ihrer Tür erschienen und hatte ihnen eine Kiste voller Lebensmittel überreicht und als Gegenleistung nur verlangt, dass ihr Vater ihm die Beichte abnehme, was eigentlich gegen seinen Glauben ging, da er ja Protestant und nicht Katholik war, was aber dem Russen – und ihrem Vater am Ende auch – völlig egal war, denn er verstand sowieso nicht, was der russische Offizier ihm da unter Tränen beichtete. Auch der Russe verstand kein Wort von dem, was der Pfarrer redete, jedenfalls war es nicht die Absolution, die ihm ihr Vater erteilte, wie er später seiner Familie gestand, auch wenn der Russe das glaubte. Und manchmal, manchmal verschenkten diese unberechenbaren Russen angeblich sogar ein Fahrrad, obwohl das schwer zu glauben und nur in Filmen zu sehen war. Propagandafilme, nannte der alte Berthold diese Filme, die im wieder notdürftig hergerichteten Ballsaal des *Adlers* gezeigt wurden, der nun ein Kreiskultursaal des Volkes und gleichzeitig Sitz der russischen Kommandantur in der Kreisstadt war.

Der russische Geländewagen war, ohne von ihnen überhaupt Notiz zu nehmen, vorbeigefahren, und Johann trat wieder kräftiger in die Pedale. Brigitte schaute in das bunte Dach aus Blättern über ihnen, das sich an einigen Stellen schon zu lichten begann, und fand den Moment gekommen, Johann endlich nach dem Zettel zu fragen.

»Das ist nur eine Nachricht für Dieter. Ich will ihn morgen Abend am See treffen«, sagte Johann, nicht gerade wie aus der Pistole geschossen, wie Brigitte es erwartet hatte, sondern langsam, überlegend, eigentlich so wie sonst auch, wenn er bemüht war, seiner kleinen Schwester eine ernsthafte Antwort zu geben. Brigitte war einen Moment verunsichert und versuchte Johann in die Augen zu schauen, dann würde sie ja sehen, ob er die Wahrheit sagte oder nicht, aber Johann hielt den Blick fest auf den Weg vor ihnen gerichtet.

»Und warum hast du dann den Zettel vor mir versteckt?«

»Weil du nicht alles wissen musst und deine Neugier beherrschen lernen sollst.«

Das war ganz klar ihr großer Bruder, der schon bald fünfzehn werden würde und deshalb glaubte, sich noch oberlehrerhafter als ihr Vater oder dieser Albrecht aufspielen zu können. Wie sie ihn in solchen Momenten hasste! Aber sie ließ sich nicht einschüchtern, nicht von ihrem Bruder, der so angestrengt auf den Weg schauen konnte, wie er wollte. Brigitte wusste genau, dass mit dem Zettel etwas nicht stimmte, sonst hätte er nicht solch einen Zirkus darum gemacht.

»Warum sagst du Dieter nicht einfach, dass du ihn am See treffen willst? Er ist doch in deiner Brigade.«

Wieder verweigerte Johann ihr den Blick. »Er ist krank, deshalb will ich seiner Schwester den Zettel geben.«

Dieters Schwester? Das war doch eine von den beiden Mädchen, die am Morgen immer vor der Schule standen. Die aus der achten Klasse. Diese Helga!

Nun war Brigitte alles klar. Sie brauchte keinen Blick mehr von Johann, um zu wissen, dass er sie anlog, denn wenn Dieter krank war und nicht zur Arbeit gehen konnte, dann würde ihn seine Mutter ganz bestimmt nicht abends an den See lassen. Johann wollte sich mit dieser Helga verabreden! Und da heute der letzte Schultag vor den Herbstferien war, musste er ihr schreiben, wenn er sie in den nächsten Tagen sehen wollte.

»Ich schwöre: Der Zettel ist für Dieter«, sagte Johann, und das machte sie nur umso wütender.

»Was ich von deinen Schwüren zu halten habe, weiß ich ja«, erwiderte Brigitte leise und bekam dafür endlich einen Blick von ihrem Bruder.

»Mein Gott, Gitti! Da war ich sechs! Da konnte ich doch noch nicht wissen, dass Bruder und Schwester nicht heiraten dürfen!«

Konnte er nicht, wirklich nicht, aber das hatte sie auch nicht gemeint, als sie seinen Schwur anzweifelte. Dort oben vor der Schule hatte Johann damals im April '45 geschworen, dass er bis zu seinem Tode für den Führer kämpfen würde, und nun wollte er davon nichts mehr wissen, sondern behauptete sogar, nicht er, sondern Berthold und die anderen würden lügen. »Denn der Führer ist tot, Gitti. Er hat sich feige davongeschlichen, anstatt dafür einzustehen, dass er Deutschland ins Elend gestürzt hat mit seiner Machtbesessenheit.«

Das war für Brigitte nichts Neues, auch die Eltern hatten das schon behauptet und die Lehrer in der Schule sowieso. Aber die mussten so reden, damit die Kommunisten sie nicht bei den Russen denunzierten und sie dann an die Wand stellten. Dass der Führer tot sei, war aber nur ein Trick, sagte der alte Berthold, um seine Anhänger auf die Probe zu stellen, ob sie ihren einstigen Treueschwur auch ernst nahmen, so wie sie, die eine der jüngsten unter seinen treuen Anhängern war. Warum schwor man denn sonst bei seinem Leben? Das hatte sie auch Johann gefragt, von dem nicht nur sie, sondern auch der alte Berthold enttäuscht war.

»Berthold ist nicht ganz richtig im Kopf, Gitti«, sagte Johann, »aber die anderen, die sollten es mittlerweile besser wissen. Die belügen dich!« Und dann hatte Johann noch gesagt, dass sie sich von denen und besonders vom alten Berthold fernhalten sollte.

Damit entlarvte sich ihr Bruder aber nur selbst, dachte Brigitte, denn das waren genau die Sprüche der Speichellecker, die nur auf ihren eigenen Vorteil aus waren und ihr Fähnchen nach dem Wind drehten, wie der alte Berthold sagte und dabei immer angeekelt ausspuckte.

Schweigend fuhren sie weiter, jeder seinen Gedanken nachhängend, bis sie den Wald hinter sich und den Anstieg endlich vor sich hatten. Johann hielt an und ließ Brigitte absteigen. Sie zog sich die Schuhe aus, verknotete die Schnürsenkel und hängte sich die Schuhe um den Hals. »Du willst mit Helga an den See, ja?«

Johann schnappte ertappt nach Luft. »Selbst wenn, Gitti. Das geht dich nichts an.«

Das ging sie nichts an? Dass Johann ein Mädchen, das zwar schon in der Achten war, aber trotzdem schlechter rechnete als Brigitte, am Abend am See treffen wollte?

Dabei hatte sie ihn doch noch nie verraten! Nicht, als Johann damals heimlich gegen den Willen der Eltern der HJ beigetreten war und sie, seine Schwester, ihm die ganzen Ausreden erfand, weil er nicht genügend Fantasie dafür hatte. Und auch nicht, als Johann mit dem alten Berthold und den großen Jungen der umliegenden Dörfer hinauf zur Schule ging, um dort auf eigene Faust den strategisch wichtigen Punkt unterhalb der Mühle gegen die Russen zu verteidigen. Bis zum letzten Sommer waren sie unentwegt zusammen gewesen, kaum für Stunden getrennt, und jetzt sollte ihr Bruder und die Dinge, die ihn bewegten, sie plötzlich nichts mehr angehen?

Brigitte war empört, und doch ahnte sie, dass Johann recht haben könnte. Ihre Mutter hatte ihr erst letztens erklärt, dass ihr großer Bruder bald schon ein richtiger Mann sein und seine eigenen Erfahrungen machen würde, bei denen sie nicht immer dabei sein könne. Warum das nicht ginge, hatte ihre Mutter nicht weiter ausführen wollen, nur von Brigitte gefordert, Johann eine verständnisvolle kleine Schwester zu sein, nur dann würde er sie weiter lieben wie bisher.

»Vielleicht solltest du vorher küssen üben«, sagte Brigitte also wie eine verständnisvolle Schwester. Johann schaute sie erstaunt an.

»Ich meine, wenn du dich mit dieser Helga am See triffst, erwartet sie ganz bestimmt, dass du sie küsst.«

»Meinst du wirklich?«

Johann schien an diese Möglichkeit tatsächlich nicht gedacht zu haben, und das zeigte nur wieder einmal, wie wenig Fantasie er im Gegensatz zu Brigitte besaß. Dabei hatte er ebenso wie sie diese Filme im Kreiskultursaal gesehen, und wenn es auch Propagandafilme gewesen waren, wie der alte Berthold behauptete, ein bisschen von einem Liebesfilm hatten sie auch, jedenfalls gab es da auch immer eine Frau für den russischen, heldenhaften Soldaten, die auf ihn wartete und der er sich entgegensehnte, auch wenn er erst einmal die bösen Deutschen besiegen musste und sie erst ganz am Ende des Films wiedertraf, wo er sie zuvor aber noch aus einer brenzligen Situation retten musste, in der sie manchmal sogar starb, weil alles schiefging. Aber der russische Soldat küsste sie trotzdem noch.

»Hast du denn schon mal geküsst?« Johann sah sie skeptisch an.

Natürlich hätte Brigitte jetzt lügen und behaupten können, dass sie es schon getan hätte. Johann konnte nicht wissen, mit wem sie ihre Nachmittage verbrachte, seitdem er es vorzog, seine Freizeit in der Kreisstadt mit den Kollegen vom Bau zu verbringen, aber würde er ihr glauben?

»Nein«, erwiderte sie deshalb wahrheitsgemäß, »aber ich muss es auch lernen.«

Johann machte große Augen. »Du hast einen Freund? Du bist erst elf!«

Brigitte verkniff sich das Lachen, weil das »elf« wie ein Quieken aus seinem Mund gekommen war und sie als verständnisvolle kleine Schwester nicht lachen sollte, nur weil ihr Bruder ein Mann wurde und im Stimmbruch war.

»Und wenn schon«, sagte sie. »Das geht dich nichts an.« Patt.

Wenn Johann etwas mochte, dann, dass Brigitte so schnell von ihm lernte und seine eigenen Argumente gegen ihn verwandte. Das würde seine Rhetorik schärfen, meinte er immer, und auch jetzt grinste er anerkennend.

»Also gut«, sagte er, »Was ist schon dabei. Schließlich sind wir nur Bruder und Schwester. Du hilfst mir, und ich helfe dir.«

Dann aber war doch etwas dabei gewesen, und deshalb war Brigitte nicht mehr auf den Gepäckträger gestiegen, und Johann hatte auch gar nicht lange darum gebeten. Auch er schien nach ihrem »Trainingskuss« alleine sein zu wollen und war schnell aufs Fahrrad gestiegen und den langen Aufstieg in einem Affenzahn nach oben geradelt. Brigitte hatte noch einen Moment dagestanden, ganz benommen war sie gewesen, und sie hatte lange die Felder betrachtet, ohne sie wirklich zu sehen.

Erst als sie glaubte, dass Johann über die Kuppe des kleinen Hügels geradelt sein musste, wo diese Helga nun diesen Zettel mit der Verabredung von ihm entgegennehmen würde, folgte sie ihm langsam.

Neulehrer Albrecht sagte nichts, als Brigitte mit erheblicher Verspätung in die Klasse kam und sich, ohne diese Helga eines Blickes zu würdigen, in ihre Bank setzte. Er durfte nichts sagen. Er durfte auch nicht mit dem Lineal oder einem Rohrstock schlagen, deshalb war er ja hier und der alte Jorges pensioniert, weil er den Dorfkindern Bildung ganz ohne Strafen angedeihen lassen sollte, so sahen es die neuen Richtlinien vor, die der alte Jorges nicht mal bei Androhung von Strafe hatte beachten wollen und deshalb Anfang September von den Russen entlassen und in Pension geschickt worden war.

Sie hatten Mathe, und während Albrecht die Schüler von der ersten bis zur dritten Klasse Birnen und Äpfel zusammenzählen ließ, die von der vierten bis zur sechsten Klasse Teilaufgaben lösten, holte er die beiden Mädchen aus der siebenten und achten Klasse an die Tafel und versuchte, ihnen die Prozentrechnung zu erklären. Mein Gott, wie diese Hühner sich anstellten! Besonders diese Helga! Dabei hatten sie die ganze Prozedur schon mindestens fünfmal bei den Älteren mit anhören können. Seit fünf Jahren, so lange, wie Brigitte in diese Schule ging, hatte der alte Jorges denen aus der Siebenten und Achten die Prozentrechnung erklärt. Nein, im ersten Jahr nach dem Krieg nicht, da hatte es keine Schüler in der siebten und achten Klasse gegeben. Hermann, der in der Siebenten hätte sein müssen, war kurz vor Kriegsende an Typhus gestorben, und der blonde Hein, der nach dem Krieg in die Achte gemusst hätte und schon einmal sitzen geblieben war, war noch kurz vor Schluss eingezogen worden und hatte sein Leben für den Führer gegeben.

Also mindestens schon viermal hatten die beiden Puten da vorn etwas über Prozentrechnung gehört, und es war davon nichts bei ihnen hängen geblieben. Sie starrten nur erschrocken auf die Zahlen und lehnten sich, immer wenn Albrecht sie etwas fragte, kichernd aneinander, als müssten sie sich gegenseitig stützen, um nicht aus lauter Blödheit umzufallen.

Dann in der zweiten Stunde sprach Albrecht über die neuen Grenzen in Europa und hatte diese in die alten Wandkarten aus der Vorkriegszeit mit einem Stück Kreide einzuzeichnen begonnen. Diese dumme Helga, wie Brigitte aus dem Augenwinkel sah, hatte das Gesagte andächtig mit ihrem Bleistift in ein Schreibheft notiert, die nur die aus der Siebenten und Achten hatten, bis zur Sechsten hatten sie allesamt Schiefertafeln, weil Papier noch Mangelware war.

Es war nicht der Neid auf dieses Schreibheft, der Brigitte den Finger und, als sie von Albrecht das Zeichen zum Sprechen bekam, die Stimme erheben ließ. Sie hatte zu Hause genügend Schreibhefte, und wenn es etwas in der Pfarrei gab, dann war es Papier. Deshalb hätte sie überhaupt nicht sagen können, warum sie plötzlich ihres und Bertholds Geheimnis preisgeben wollte, und Neulehrer Albrecht verstand auch nicht gleich, was sie meinte, als sie sagte, dass er vorsichtig mit den Wandkarten umgehen solle, denn die würden noch gebraucht. Erst als Albrecht das näher erklärt haben wollte und seine Stirn in Falten legte, hatte Brigitte schließlich hinzugefügt: dann nämlich, wenn der Führer zurückkäme und die alte Ordnung wiederherstellte, und damit auch die alten Grenzen.

ANDRÉ

Ostberlin

1976

André starrte auf die Europakarte an der Wand und betrachtete den großen roten Fleck, den die sozialistischen Staaten darauf bildeten. Da unten, kurz vor der blauen Türkei, war Bulgarien. Doch wo war die Wüste? Diese bescheuerte Wüste, in der er gewesen war und ein Maschinengewehr in den Händen gehalten hatte! Das bildete er sich nicht ein, das wusste er, da konnten die anderen ihn noch so auslachen und verspotten: »Ein Maschinengewehr? Eine Kalaschnikow? Was für ein Spinner, dieser Rothemark!«

Was hatte sich André gefreut, in die fünfte Klasse zu kommen und endlich Erdkunde zu haben. Noch am letzten Schultag vor den Sommerferien hatten ihn die neuen Bücher fürs nächste Schuljahr mehr interessiert als sein Zeugnis, das nichts an Überraschungen bereithielt, außer vielleicht bei den Kopfnoten, da hatte er mit einer Vier in Betragen gerechnet und immerhin eine Drei bekommen.

Besonders auf das Erdkundebuch und auf den großen Atlas, der dazugehörte, war er gespannt gewesen, denn dann würden ja alle sehen, dass er recht hatte. Die zu Hause hatten nur einen veralteten Atlas, und die waren sowieso auf Onkel Fritz' Seite, wenn es um die Wüste ging, die angeblich nur der Strand bei

Burgas war, wo er und seine Adoptiveltern Urlaub gemacht hatten. Aber Burgas lag am Schwarzen Meer! Und in der Wüste, in der er vor dem Tod seiner Eltern gewesen war, gab es kein Meer! Das wusste er genau, auch wenn er kein rechtes Bild von dieser Wüste vor Augen hatte. Auch nicht von seinen Eltern. Kein einziges Bild – wegen des Schocks, hatte ihm Onkel Fritz damals erklärt, und weil er erst fünf gewesen war, als der Unfall passierte.

Aber wie sich die Wüste angefühlt hatte, daran konnte er sich erinnern. Sie war heiß und trocken, und von der Sonne hatten ihm die Augen gebrannt. Und da war auch so ein Geruch in der Luft gewesen, ein ganz bestimmter Geruch, den er nicht beschreiben konnte, aber den er schon mehrmals in seinen Träumen gerochen hatte und der mit nichts zu vergleichen war. Schon gar nicht mit diesem Geruch nach Seetang und Salzwasser, den die Rothemarks ihm im letzten Urlaub an der Ostsee präsentierten: Nein, so hat die Wüste auf keinen Fall gerochen!

Die Rothemarks hatten sich damit herauszureden versucht, dass das riesige Schwarze Meer vielleicht doch etwas anders rieche als die kleine Ostsee, dort gab es ja auch Palmen und an der Ostsee nicht, dort herrsche ein ganz anderes Klima. Aber auch in Burgas würde es nach Salzwasser riechen, hatte er beharrt, da wäre er sich ganz sicher, und in seiner Wüste rieche es nicht nach Salzwasser! Punkt. Schließlich hatten seine Adoptiveltern ihm zugestimmt, aber nur, damit er endlich einsähe, dass es in Burgas – in ganz Bulgarien – keine einzige Wüste gab.

Das hatte er in der letzten Stunde der vierten Klasse an seiner alten Schule in Berlin-Mitte dann tatsächlich einsehen müssen. Auf jedem Platz hatten bereits die Lehrbücher für die fünfte Klasse gelegen, und er hatte sich sofort den Atlas gegriffen und jede bescheuerte Karte darin eingehend studiert, auf der die Volksrepublik Bulgarien abgebildet war. Nirgends eine Wüste! Er hatte auch hinten im Register unter »Wüste« nachgeschlagen und ganze drei Vermerke gefunden, aber keine der

Wüsten befand sich in Bulgarien. Und während die Gruppenratsvorsitzende zu seiner Verabschiedung an die Kinder- und Jugend-Sportschule, ein selbst geschriebenes Gedicht vortrug, in dem sein »Wüstenfimmel« natürlich erwähnt wurde und wie beabsichtigt einen Lacher bekam, da beschlich ihn der Gedanke, dass Onkel Fritz sich geirrt haben könnte: Er hatte André nicht aus Bulgarien aus dem Krankenhaus abgeholt, sondern vielleicht aus der Mongolei! Dort jedenfalls gab es eine Wüste, und die Mongolei war auch ein sozialistisches Bruderland, also vielleicht hatten seine Eltern dort mit ihm Urlaub gemacht, bevor sie …

Onkel Fritz war richtig sauer gewesen, als André ihn gleich am nächsten Tag wegen »dieser idiotischen Wüste« belästigte, und André musste ihm am Ende sein Pionierehrenwort geben, nie wieder von der Wüste anzufangen und sie schon gar nicht in seiner neuen Klasse an der KJS zu erwähnen.

»Du willst dich doch nicht gleich am Anfang lächerlich machen?«, hatte Onkel Fritz in einem Tonfall gesagt, als stünde das außer Frage, dabei war es André eigentlich vollkommen egal. Er hatte wegen seines sogenannten »Wüstenfimmels« und besonders wegen des Maschinengewehrs schon so viel Spott über sich ergehen lassen müssen, so viele Einträge von den Lehrern erhalten und so viele Schläge dafür bekommen – weil es eben nicht sein konnte, dass ein fast Fünfjähriger mit einem Maschinengewehr herumballerte, schon gar nicht in einem bulgarischen Urlaubsort wie Burgas –, dass André die Meinung seiner neuen Mitschüler wenig kratzte.

Trotzdem würde er ihnen nichts von der Wüste und dem Maschinengewehr erzählen, nein, er würde besser seine neue Klassenlehrerin fragen, Frau Sienha, bei der sie Russisch und Erdkunde hatten. Die stand nämlich gerade vorn am Lehrertisch und sagte, dass sie, ihre neuen Schüler, mit jeder Frage, jedem Problem zu ihr kommen könnten. Auch bei schwierigen Situationen im Elternhaus sollten sie ruhig ihr Herz bei ihr ausschütten. Dabei verweilte ihr mütterlicher, liebevoller Blick einen Moment bei den drei Jungen mit den platten Nasen. Das mussten die Boxer sein, dachte André, über die sich Burghard am Abendbrottisch so aufgeregt hatte, weil er nicht wollte, dass André mit den Kindern irgendwelcher Assis in einer Klasse war, und er doch nichts dagegen hatte tun können, obwohl er der berühmte Rothemark war.

»Was sind Assis?«, hatte André damals gefragt, obwohl er beim Essen nicht sprechen sollte, und Doris Rothemark, die André ohne ihren Mann vielleicht gemocht hätte, hatte sofort nervös mit den Augen zu klimpern begonnen, so viel Schiss hatte sie vor dem großen Burghard. Doch dessen Wut über die Assis in Andrés zukünftiger Klasse war so groß gewesen, dass er die Ungezogenheit seines Adoptivsohns glatt überhört hatte und nur das Augenklimpern wahrnahm. »Ist doch aber wahr«, hatte er einlenkend gebrummt, weil das Klimpern auch ein Zeichen von Doris war, »vor dem Kind« nicht so zu reden.

»Ist doch aber wahr«, hatte er noch mal gebrummt und hinzugefügt: »Leute, die ihr Kind methodisch verprügeln lassen und das Sport nennen, können doch nur Assis sein.«

André hatte daraus immerhin gelernt, ohne dass er die Frage noch einmal stellen musste, dass Doris und Burghard keine Assis waren, denn das Wort »Methode« hatten sie einmal im Deutschunterricht nachgeschlagen, als sie den Umgang mit Nachschlagewerken übten. »Methodisch« bedeutete demnach: planmäßiges, folgerichtiges Handeln oder Vorgehen. Burghard aber prügelte niemals methodisch, jedenfalls hätte André nie sagen können, wann und warum er eine gewischt bekam. Oder wann gar der Handfeger dran war.

Obwohl.

Der Handfeger hatte irgendetwas mit der verstrichenen Zeit zu tun, die zwischen dem Zeitpunkt lag, an dem André etwas ausgefressen hatte, und dem Zeitpunkt, an dem Burghard seines Sohnes habhaft wurde. Zwischen beiden Zeitpunkten konnte sich seine Wut dermaßen steigern, dass sie durch eine schnelle Ohrfeige nicht zu stillen war, so dass dann der Handfeger zum Einsatz kam. Gewöhnlich erwartete er André in diesen Fällen bereits mit dem Handfeger an der Tür. »Nicht ins Gesicht!«, rief Doris dann, bevor André ihm in die hintere Ecke des Flurs, in die Hobbykammer, folgen musste, weil die praktischerweise an der Außenwand des hellhörigen Neubaus lag. Außerdem übertönte die Bohrmaschine, die für diesen Zweck wohl extra angeschafft worden war und jedes Mal zuvor angeschaltet wurde, jedes Geräusch.

»Ej, Zwerg! Du bist dran!«

Ein Junge, der einen ähnlich grünen Schimmer im blonden Stoppelhaar hatte wie André, aber schon fast so groß wie Burghard war, hatte sich zu André in der letzten Bank umgedreht und grinste ihn von oben herab an, obwohl ihm das einige Schwierigkeiten bereiten musste, so fest schlang sich das blaue Halstuch um seinen muskulösen Hals, so knapp saß ihm die viel zu enge Pionierbluse, die sie alle am ersten Schultag zu Ehren des Weltfriedenstages trugen. André stand schuldbewusst auf und war im Stehen gerade mal so groß wie diese »Flosse« vor ihm, denn dass es sich bei dem Jungen um eine solche handelte, war vollkommen klar. Erstaunlich war nur, dass er trotz seiner Größe genauso alt wie André sein musste, also höchstens elf Jahre. Auf keinen Fall war er zwischendurch sitzen geblieben, denn um auf die Sportschule zu dürfen, musste man nicht nur gut in seiner Sportart sein, sondern auch in der Schule.

»Dieses ›Zwerg‹ will ich nicht noch einmal hören«, rief Frau Sienha vom Lehrertisch aus und begann langsam, im Watschelschritt einer Exturnerin, auf André zuzuschreiten.

»Ihr werdet noch lernen, dass es bei einer Sportart nicht allein auf euer Talent, eure Ausdauer oder eure Disziplin ankommt, sondern dass euer ganz spezieller Körperbau mindestens genauso eine wichtige Voraussetzung für eure sportlichen Leistungen ist. Oder hast du eine Ahnung« – Frau Sienha fixierte aus schmalen Augen die Flosse vor André –, »warum es von Vorteil sein könnte, dass dein neuer Klassenkamerad hier kleiner ist als du?«

Die Flosse schwitzte und schien keine Luft übrig zu haben, um zu antworten. Dafür zischelte vorn jemand: »Weil er als Hüpfer Saltos machen muss.« Die Mehrheit der Klasse lachte, auch die drei Plattnasen, nur die zehn Kunstspringer nicht.

»Salti! Ganz recht, er ist ein Hüpfer und keine Flosse.« Diesmal war das Lachen dünner, weil die sechzehn Schwimmer still blieben. »Und auch keine Plattnase!« Außer den drei Plattnasen lachten wieder alle.

»Das wäre also geklärt«, sagte Frau Sienha zur Klasse in ihrem Rücken, während sie André anlächelte. »Und wer bist du nun? Lass mich raten: André Rothemark?«

Ein Raunen schwappte durch den Klassenraum, und die vorne Sitzenden versuchten an Frau Sienhas Rücken vorbei einen Blick auf André zu erhaschen, auf den Adoptivsohn des Olympiazweiten im Kunstspringen von Rom. Wie er das hasste! Deshalb nickte er nur knapp.

Auch Frau Sienha sah ihn gleich noch eine Spur durchdringender an. Gleich würde sie erzählen, wann sie Burghard Rothemark das erste Mal getroffen hatte, wie sehr sie ihn schätze und wie froh André sein könne, gerade in diese Familie adoptiert worden zu sein. André schob abwehrend die Unterlippe vor, aber dann sagte Frau Sienha nur: »Du bist das also«, und watschelte zurück zum Lehrertisch, wo sie begann, ihnen den Stundenplan zu diktieren.

Er war das also! Das hieß, dass sie über André Bescheid wusste und wahrscheinlich sogar mit Doris, die auch diesen Watschelgang hatte, irgendwann einmal gemeinsam in einer Trainingsgruppe gewesen war. Die kannten sich irgendwie alle. Nein, André konnte es gleich wieder vergessen, Frau Sienha nach der Wüste in Bulgarien zu fragen, obwohl sie eine Erdkundelehrerin war und es vielleicht wissen könnte. Denn selbst wenn Frau Sienha Doris vielleicht gar nicht persönlich kannte, so war die Verbindung zu den Rothemarks an einer Sportschule wie dieser, wo die Trainer in engem Kontakt mit den Lehrern standen, einfach zu nah. Frau Sienha könnte es seinen Adoptiveltern so ganz nebenbei erzählen, und dann würden sie es Onkel Fritz erzählen, und dann würde er Onkel Fritz – der einzige Mensch, den André wirklich mochte, obwohl er streng, aber im Gegensatz zu Burghard methodisch war – nie wiedersehen. Das hatte Onkel Fritz angedroht. Und Onkel Fritz drohte nie einfach nur so, der hielt auch, was er sagte, im Guten wie im Schlechten.

Onkel Fritz war Andrés Großvater, jedenfalls behauptete André das vor anderen Kindern immer, auch wenn sie eigentlich gar nicht miteinander verwandt waren. Meistens dann, wenn die anderen von ihren Großeltern erzählten. Onkel Fritz hatte selbst keine Enkel, nicht mal Kinder, und war ein richtiger alter Kommunist, so wie die im Fernsehen, die für das Gute und den Sozialismus gekämpft hatten. Einer, der 1945, als André noch »eine Rosine im großen Käsekuchen war«, mit den Sowjetsoldaten Berlin befreit hatte. Und der deshalb einen riesigen schwarzen Tschaika mit Chauffeur besaß, mit dem er André in der dritten Klasse sogar einmal von der Schule abgeholt hatte.

Onkel Fritz war mit seinem Tschaika von Berlin extra in Andrés Dorf gekommen, um ihn von der Schule abzuholen. Da hatten die anderen Kinder aus dem Dorf Bauklötze gestaunt und André beneidet, auch wenn André es dann nicht so recht genießen konnte, denn er hatte Mist gebaut, riesigen Mist, den er noch heute bereute. Denn wegen diesem Mist sah er das Dorf im Erzgebirge und die Eltern, also die Leute, die er damals so nannte, nie wieder. Deshalb wohnte er jetzt in Berlin, in der Hauptstadt der DDR, und war der Adoptivsohn des Olympiazweiten im Kunstspringen von Rom. Auch wenn André jetzt Onkel Fritz viel näher war, tat ihm das Ganze noch heute leid, und er verfluchte den Tag, an dem dieses Mädchen, diese Jessica, neu in seine Klasse im Erzgebirge gekommen war und ihm schon ein paar Tage später anvertraute, dass seine Eltern nicht seine Eltern wären.

Natürlich hatte er Jessica kein Wort geglaubt, aber sie wusste es von ihren Eltern, die Andrés Eltern von früher kannten, aus einer anderen Stadt. Nur hatten die Eltern aus dem Erzgebirge da noch gar kein Kind, weil die Frau, die André bis zu diesem Tage Mutti genannt hatte, laut Jessicas Eltern gar keine Kinder bekommen konnte.

André hatte Jessica Prügel angedroht und sie eine Lügnerin genannt, doch der Stachel saß und brannte, und schon auf dem Nachhauseweg kamen ihm die ersten Zweifel. Da waren die fehlenden Erinnerungen an die Zeit vor seiner Erkrankung, die so schwer gewesen sein sollte, dass er in Berlin hatte behandelt werden müssen; deshalb habe André seine Eltern auch erst wiedergesehen, als Onkel Fritz ihn mit dem Zug zurück in das Dorf im Erzgebirge brachte. André wusste noch, wie fremd ihm die Eltern und das Dorf damals gewesen waren, aber dass ihm das Dorf fremd war, war ja nur natürlich gewesen, denn die Eltern waren umgezogen, wegen seiner schrecklichen Krankheit extra umgezogen, über die sie nicht mehr sprechen wollten, damit sie nicht dauernd an das ganze Schreckliche erinnert werden würden, auch nicht an die Angst um ihn. Aber dann hatte diese Jessica noch gesagt, dass André seine Eltern doch nach Fotos fragen könnte, von ihm, als er ein Baby oder schon ein Dreikäsehoch war. Wenn es, wie sie fest glaubte, keine Fotos von ihm gab, dann könne er ja immer noch für sich entscheiden, ob er ihr glauben wolle oder eben nicht.

Er hatte die Eltern nicht gefragt, nicht direkt, sondern hatte am nächsten Nachmittag, als er eigentlich hätte beim Ringen sein müssen, seinem Trainer gesagt, dass er Kopfschmerzen habe. Dann war er mit dem Fahrrad gleich nach Hause gefahren, hatte die Abkürzung durch den Wald genommen und dabei ein ziemlich mulmiges Gefühl im Bauch gehabt. Nicht, weil er allein im Haus sein würde, sondern weil er Angst hatte, dass er keine Fotos von sich vor seiner Einschulung finden könnte. Und tatsächlich fand er in dem Schubfach der alten Kommode im Schlafzimmer, wo die Eltern all ihre Fotos aufbewahrten, auch die von seiner Schuleinführung und seinen ersten Wettkämpfen, kein einziges Foto von sich aus der Zeit vor seiner Krankheit.

Und als er am Abend die Eltern doch noch nach einem Babyfoto von sich fragte und Jessicas Notlüge benutzte, nämlich dass angeblich alle Kinder ein Babyfoto für ein Ratespiel von sich mit in die Schule bringen sollten, da stotterten die Eltern nur herum, dass seine Fotos beim Umzug aufs Dorf verloren gegangen wären, die ganze Kiste mit seinen Fotos, seinen alten Spielsachen und seinen Kleidungsstücken.

Nur, da konnte André ihnen schon nicht mehr glauben. Doch von ihrer Antwort, die keine Antwort gewesen war, hatte André dann tatsächlich Kopfschmerzen bekommen, die schnell sehr stark wurden, so dass die Erzgebirge-Eltern André noch vor dem Abendbrot zu Bett schickten und er allein mit sich und seinen vielen Fragen war. In dieser Nacht, in der er erst spät eingeschlafen war, hatte er das erste Mal diesen Geruch, von dem er heute wusste, dass es der Geruch einer Wüste war, in der Nase gehabt, und der war damals so stark und durchdringend gewesen, dass er davon in der Nacht aufgewacht war und im ersten Moment geglaubt hatte, das Haus brenne. Er hatte die Eltern, die ab diesen Tag nicht mehr seine Eltern gewesen waren, aufgeregt geweckt und hatte sie durchs gesamte Haus gescheucht, obwohl sie selbst nichts rochen, ihm aber, weil er kaum zu beruhigen war, doch den Gefallen getan hatten und Dachboden und Stall kontrollierten. Aber da war kein Feuer, kein Schwelbrand, wie der Vater es in so einem alten Haus immerhin für möglich hielt, und auch der seltsame Geruch in Andrés Nase hatte sich längst verflüchtigt. Sie waren schließlich alle wieder zu Bett gegangen, und es war überhaupt nicht schlimm gewesen, dass er die beiden, die jeden Morgen so früh aufstehen mussten, um pünktlich um sechs in dem Textilwerk in Annaberg-Buchholz zu sein, in ihrer Nachtruhe gestört hatte. Sie hatten ihn deshalb nicht ausgeschimpft oder gar verprügelt, so wie Burghard es später getan hatte, wenn sich André etwas einbildete, was sich später als unwahr herausstellte. Die Erzgebirge-Eltern hatten bei Andrés erstem Feueralarm nicht geschimpft, aber als André wieder und wieder in den folgenden Nächten aufgeregt vor ihrem Bett stand und auch noch erzählte, dass er früher ein Maschinengewehr gehabt hatte, da fingen sie doch an, sich über ihn zu ärgern, und wurden zunehmend ungehaltener und abweisender.

Dabei hatte André seine Eltern im Erzgebirge nie verletzen wollen. Hätte er damals gewusst, was dann folgte, nämlich dass er aus dem Dorf wegmusste, ohne die Eltern noch einmal zu sehen, dass er anstatt wie Onkel Fritz einst ein Ringer zu werden, nun diese albernen Sprünge ins Wasser machen musste, nur um den Rothemarks zu zeigen, dass er sich bemühte, dann hätte er seinen Mitschülern niemals von dem Maschinengewehr und der Wüste erzählt.

Die hatten ihn dafür ausgelacht, aber er hatte sich davon nicht einschüchtern lassen und ihnen das Lachen ausgetrieben, und das konnte er auch, denn er war schon seit zwei Jahren beim Ringen und sogar einer der Besten, wie seine Spartakiade-Medaillen bezeugten. Schließlich beschwerten sich die Eltern der von ihm zum Schweigen gebrachten Kinder, weil ein Junge von acht Jahren die anderen zwang, zu glauben, er hätte mit einem Maschinengewehr herumgeballert, noch dazu in einer Wüste.

Deshalb musste André eines Morgens bereits vor dem Unterricht erst zu seiner Klassenlehrerin, dann zum Direktor, und beiden erzählte er, was er seinen Mitschülern auch erzählt hatte, konnte sie aber nicht überzeugen und schon gar nicht aufs Kreuz werfen. Dafür bot er ihnen sein Pionierehrenwort an, damit sie ihm endlich glaubten. Doch der Direktor wurde wegen des Pionierehrenworts, das André seiner Meinung nach auf diese Weise beschmutzte, nur noch wütender und wollte schließlich seine Eltern sprechen. »Ich habe keine Eltern!«, hatte André daraufhin bockig geantwortet und es mehrmals wiederholt, bis der Direktor zu schreien begonnen und André ihm dann doch die Telefonnummer der elterlichen Arbeitsstelle genannt hatte. Dann musste er stundenlang unter der Aufsicht der Sekretärin bleiben und durfte nicht in den Unterricht. Aber seine Eltern kamen nicht am Nachmittag, um ihn abzuholen. Stattdessen kam Onkel Fritz und hieß ihn, unter den Augen der staunenden Kinder in seinen Tschaika zu steigen. Erst auf der Autobahn, als das Dorf und die Schule längst hinter ihnen lagen, hatte Onkel Fritz ihn in die Arme genommen und André wie einen Enkel an sich gedrückt und ihm alles erklärt.

Die Klassenleiterstunde war vorbei. André merkte es daran, dass alle um ihn herum aufsprangen, ihre Sporttaschen schnappten und zur Tür stürzten. Da es ein Montag war und sie laut Stundenplan vormittags und nachmittags Training hatten, würden sie jetzt hinaus zum Friesenstadion fahren, wo Burghard sie begrüßen und ihnen ihre neuen Trainer vorstellen würde. Mehr würde André erst einmal nicht mit seinem Adoptivvater zu tun haben. Als Chef der Sektion Kunstspringen trainierte er die Olympioniken, die sogenannten O-Kader, wie Burghard zu Hause seine beiden Schützlinge nannte, einen Siebzehnjährigen und eine Neunzehnjährige, die als Einzige aus den vielen Jahrgängen, die an den Sportschulen jedes Jahr für das Wasserspringen in der ganzen Republik aufgenommen wurden, übriggeblieben waren und auf denen die Hoffnung des gesamten Verbandes der Wasserspringer lastete. Es würde hart ausgesiebt werden, hatte Burghard immer wieder zu Hause betont und gedroht, dass niemand durchgezogen werden würde, der seiner Hoffnung auf einen späteren Olympiasieg oder einen Weltmeistertitel nicht gerecht werden würde, und hatte damit natürlich auch André gemeint.

Aber André wollte nicht die Hoffnung von Burghard Rothemark sein. Er hatte sich nur bemüht, auf die Sportschule zu kommen, weil er von den Kindern an seiner alten Polytechnischen Oberschule in Berlin-Mitte wegwollte. Natürlich auch, weil Onkel Fritz so stolz auf ihn war. Denn André hatte die Sprünge schnell zu beherrschen gelernt und sofort die Wettkämpfe vom Einmeterbrett gewonnen. Er käme eben ganz nach seinem Vater, hatte Onkel Fritz gesagt, und André hatte ihn erstaunt angesehen, dass er seinen Vater gekannt hatte. Das war aber nur ein Missverständnis gewesen. Er hatte Burghard Rothemark gemeint und nicht Andrés richtigen Vater, der mit Andrés Mutter bei einem Autounfall in Bulgarien ums Leben gekommen war. Das erfuhr André erst auf der Fahrt vom Erzgebirge nach Berlin. Und dass André damals mit fünf Jahren auch keine Gehirnhautentzündung gehabt, sondern mit seinen Eltern im Auto gesessen und den Unfall trotz einer sehr schweren Kopfverletzung wie durch ein Wunder überlebt hatte. Seine Erinnerungen allerdings waren verschwunden, und da seine Eltern nicht wieder lebendig gemacht werden konnten und Onkel Fritz befürchtete, dass André einen Schock erleiden könnte, wenn er von ihrem Tod erfahre, hatte er beschlossen, André nichts davon zu sagen. Stattdessen hatte ihm Onkel Fritz neue Eltern gesucht und sie André als seine eigenen vorgestellt. »Deshalb habe ich dir auch nichts von dem Unfall in Bulgarien erzählt, André, wo es, als das Auto zu brennen begann, so gerochen haben könnte, wie du es in deinen Träumen erlebt hast.« Nur das mit dem Maschinengewehr konnte sich Onkel Fritz nicht erklären, außer vielleicht, dass es eine Scheinerinnerung von Andrés Gehirn war, das bei dem Unfall doch sehr stark in Mitleidenschaft gezogen worden war und vielleicht immer noch nicht richtig funktionierte.

André packte seine Schulsachen zusammen, nahm seine Sporttasche und trat auf den Flur hinaus, der sich von dem Flur seiner ehemaligen Neubauschule in Berlin-Mitte deutlich unterschied. Denn die Sportschule war in Prenzlauer Berg und dort noch in einem alten Backsteinbau untergebracht, einem typischen Schulbau aus der Kaiserzeit. »Nur noch, bis der Neubau gegenüber vom Volkspark Friedrichshain fertig ist«, wie ihm Burghard erzählt hatte. Und weil niemand mehr in diese marode Schule etwas investieren wollte, waren die Klassenräume, die Flure, das Mobiliar und besonders die Toiletten entsprechend heruntergekommen bis eklig. Allerdings hingen hier statt der üblichen Wandzeitungen über die besten FDJler der Schule gerahmte Fotos von erfolgreichen Sportlern an den Wänden und minderten etwas den schäbigen Gesamteindruck.

André schaute sich nach seinen neuen Trainingskameraden um, die sich am Abgang zur Treppe versammelt hatten und verschüchtert eine kleine Insel zwischen all den hin und her rennenden anderen Sportschülern bildeten, die so viel größer und kräftiger als sie selbst waren.

»Frau Sienha hat gesagt, du kennst unseren Fahrer«, sprach ihn Anja, ein Mädchen aus seiner alten Trainingsgruppe, an, und er nickte. Hotte, der den Barkas für die Sektion Wasserspringen fuhr und manchmal Burghard von den Wettkämpfen abholte, war Doris' Bruder. Burghard hatte seiner Frau einen großen Gefallen getan, indem er dieses »arbeitsscheue Subjekt«, wie er seinen Schwager gern am Abendbrottisch nannte, bei sich an der Sektion als Fahrer beschäftigte. Der viel zu dicke Hotte, der als Einziger im ganzen Umfeld der Rothemarks kein ehemaliger Sportler war und der jede körperliche Bewegung und jeden Wettbewerb wie die Pest hasste, hatte immer Mitleid mit André gezeigt. Vor gut eineinhalb Jahren, gleich bei ihrem ersten Kennenlernen in der Küche – in das Wohnzimmer durfte Hotte wegen seiner oft ölverschmierten Hosen nie –, hatte Hotte, als die Rothemarks gerade mal hinausgegangen waren, Andrés Kopf getätschelt und ihn kopfschüttelnd gefragt, warum Onkel Fritz André ausgerechnet in diese Familie gegeben hatte.

Das hatte André auch von Onkel Fritz wissen wollen. »Warum kann ich denn nicht zu meinen ... ähm, den ›Eltern‹ aus dem Erzgebirge zurück? Die fand ich sehr nett.«

»Sind die Rothemarks etwa nicht nett?« Onkel Fritz schaute ihn durchdringend an.

André aber hatte keine Lust, das zu beantworten. Dann hätte er vom Handfeger erzählen müssen. »Ich würde auch nicht mehr von der Wüste anfangen«, versprach er dafür.

»Das hättest du dir vorher überlegen sollen, André.«

»Aber ich habe das gar nicht böse gemeint, dass sie nicht meine Eltern sind. Und es ist ja auch die Wahrheit.«

Doch die Wahrheit zu sagen war nicht immer richtig, wie Onkel Fritz nun sagte. Sie konnte andere sehr verletzen, was André durchaus verstand und sich ja deshalb gern bei den Erzgebirgseltern entschuldigen wollte.

»Gesagt ist gesagt«, erwiderte Onkel Fritz. »Manche Dinge kann man nicht zurücknehmen oder mit einer Entschuldigung ungeschehen machen«, erklärte er, und André sah es schließlich ein. Die Leute, die im Erzgebirge beinahe drei Jahre, von der ersten bis zum Anfang der dritten Klasse, seine Eltern gewesen waren, hatten sich von seiner frechen Antwort gegenüber dem Direktor dermaßen verletzt gefühlt, dass sie ihn einfach nicht länger bei sich haben wollten.

Es war aber nicht nur seine freche Antwort gewesen. Nein, es waren auch Andrés nächtliche Fantastereien und sein Beharren darauf, dass sie keine Fantastereien waren, erzählte ihm Onkel Fritz, denen die Erzgebirge-Eltern nicht mehr ausgesetzt sein wollten und denen sie sich nicht mehr gewachsen fühlten. André hatte sich noch im Nachhinein dafür geschämt, dass er so uneinsichtig, so stur gewesen war. Denn deshalb war er zu den Rothemarks nach Berlin und zu Hotte gekommen, der aber das Onkelgequatsche nicht mochte und gern auf diesen Zusatz verzichtete.

Hotte kletterte sofort, als er André im Trupp seiner neuen Schulkameraden aus der Schule treten sah, aus dem Barkas und öffnete ihnen den Schlag wie ein galanter Diener. Hätte nur noch gefehlt, dass er »Junger Herr!« gerufen und einen Katzbuckel gemacht hätte, so wie die Dienerschaft gegenüber ihrer Herrschaft in den Westheftchen, die Doris im Schmutzwäschekorb ganz unten aufbewahrte.

»Isch bin Hotte und isch werde euch jetzt immer zum Training fahren oder vom Training in die Schule bringen«, flötete Hotte seltsam gestelzt, bemüht, wenigstens am ersten Tag seinen Berliner Dialekt zu unterdrücken.

Auf den hinteren Plätzen hatten die sechs Mädchen Platz genommen, die sich nun flüsternd miteinander bekannt machten. André hatte sie alle schon bei Wettkämpfen gesehen, auch die anderen drei Jungs, aber er war in Mitte nur mit Anja, Dana und Jörg in einer Trainingsgruppe gewesen. Die andern hatten alle in Pankow trainiert, darunter Andrés größter Konkurrent Jan, der zuvor, bis André das erste Mal an einem Wettkampf teilnahm, immer gewonnen hatte. Dank des persönlichen Trainings, das Burghard André nach seinem wohlverdienten Feierabend im Stadtbad Mitte angedeihen ließ, war es mit Jans Erfolgsserie vorbei gewesen. Denn auch wenn André seinen Adoptivvater nicht leiden konnte, schien Burghard als Trainer gar nicht so schlecht zu sein; jedenfalls hatte er ihm nicht nur an drei Abenden das Schwimmen beigebracht, sondern ihn auch gleich auf das Einmeterbrett gestellt und ihn verschiedene Sprünge absolvieren lassen: Vorwärts- und Rückwärtssprünge, gehockt und gehechtet und auch die Abfaller. All diese Sprünge hatte ihm Burghard nach seiner Ankunft in Berlin zum ersten Mal vorgemacht, und Andrés Aufgabe war es damals nur gewesen, sie möglichst genau nachzumachen, was ihm offenbar ziemlich gut gelungen war, denn kurz darauf hörte André ihn eines Abends zu Doris in der Küche sagen, dass sie den Jungen behalten könne; der sei ein außergewöhnliches Talent. Und deshalb bemühte André sich auch immer, ihnen alles recht zu machen, denn Burghard konnte jederzeit sagen, dass er André

Doris klimperte hilflos mit den Augen. Ob aus Nervosität, Angst oder nur um ihrem Mann »vor dem Kind« Einhalt zu gebieten, konnte André nicht mehr sagen. Wahrscheinlich war es eine Mischung aus allem, denn er brach ja auch den Stab über sie.

»Undankbar seid ihr, alle«, rief er wütend und verließ schließlich die Küche, während Doris die Tränen über die Wangen kullerten und André irgendwie darauf wartete, dass er zurückkam und seine Frau mit dem Handfeger in die Hobbykammer zitieren würde. Aber das geschah dann doch nicht.

Nachdem Hottes Barkas die Gasometer in Höhe der Greifswalder Straße und danach den Stierbrunnen passiert hatte, tauchte auf der rechten Seite der Dimitroffstraße der Volkspark Friedrichshain auf, hinter dessen hohen Bäumen der Zehnmeterturm des Friesenstadions hervorlugte. André mochte die Anlage sehr, hatte sie sofort gemocht, als er Burghard das erste Mal vor fast zwei Jahren dorthin zu einem Wettkampf begleitet und auf der Tribüne gesessen hatte. Auch die feierliche gespannte Atmosphäre, die im Stadion geherrscht hatte, gefiel ihm sofort. Das Becken hatte zwischen den Sprüngen wie ein großer türkisfarbener Spiegel dagelegen, und auf der Tribüne waren kaum Zuschauer gewesen. Die wenigen, die sich auch alle zu kennen schienen, hielten bei jedem Pfiff, der den Startschuss für einen neuen Sprung gab, den Atem an und ließen ihn nach dem Sprung geräuschvoll ausströmen – aufjauchzend oder stöhnend, je nachdem, wie der Sprung verlaufen war. Doch Wettkämpfe waren eher selten, und beim Training kam diese Stimmung nie auf. An diesem ersten Tag an der Sportschule würden sie vielleicht nicht einmal ins Wasser dürfen.

Als Hotte den Barkas schließlich durch das Tor des Friesenstadions steuerte, stand Burghard schon da, und mit ihm all die anderen, die sich ihnen kurz darauf im Sektionsbüro als ihre neuen Trainer vorstellten. André kannte nur einen von ihnen: Herr Schreiner war sein DTSB-Trainer im Stadtbad Mitte gewesen. Nun, obwohl er schon fast sechzig war, hatte man ihn hier beim TSC angestellt, da der alte Trainer nicht von der Junioreneuropameisterschaft in Göteborg zurückgekehrt war. Das wusste André natürlich nicht von Burghard, sondern von Jörg, der es aus dem Westfernsehen erfahren hatte.

Nachdem Burghard noch eine kleine Ansprache über die Wichtigkeit von sportlichen Erfolgen zur Stärkung des Sozialismus im Allgemeinen und zur Hebung des internationalen Ansehens der kleinen DDR durch ihre zukünftigen sportlichen Leistungen im Besonderen gehalten hatte, bekam jeder von ihnen ein DIN-A5-Notizbuch ausgehändigt, in dem sie wie in einem Tagebuch ihre sportlichen Erfolge und Misserfolge dokumentieren sollten, auch die Fahrten zu den Wettkämpfen und die in die Trainingslager. Aber auch das, was sie über die Trainer, die Lehrer, das Training oder das Leben zu Hause dachten, sollten sie ruhig ihrem Tagebuch anvertrauen und kein Blatt vor den Mund nehmen, erklärte Burghard lächelnd, denn die Trainer, die sich die Tagebücher einmal im Monat anschauen würden, waren in aller erster Linie ihre Freunde und an allem interessiert, was sie bewegte. André wusste jedoch, dass er niemals in dieses Tagebuch schreiben durfte, was er wirklich dachte, und das nicht nur, weil Burghard sein Adoptivvater war. Er hatte oft genug miterlebt, wie Burghard sich am Abendbrottisch über die Tagebucheintragungen seiner Schützlinge ausgelassen und sie am nächsten Morgen in sein Büro zitiert hatte, um sie von der Falschheit ihrer Gedanken zu überzeugen.

Das Aufwärmtraining begann mit einem halbstündigen Dauerlauf durch den Friedrichshain und endete am Mont Klamott, den sie aber nicht auf den langen Serpentinen nahmen, sondern über die steile Rodelbahn, der Todesbahn. Zurück im Friesenstadion mussten sie tausend Meter auf Zeit schwimmen. Auf den Nachbarbahnen zählten die Schwimmer schon seit einer Stunde Kacheln, darunter auch die Flosse aus der Schulbank vor ihm. Zu Andrés Überraschung trug sie nun einen Badeanzug und war also ein Mädchen. Dann kamen die Tests, bei denen sie so viele Liegestütze, Klimmzüge und Taschenmesser machen mussten, wie sie jeweils in einer Minute schafften. Es folgte eine Stunde auf dem Einmeterbrett bei Herrn Schreiner, was fast eine Erlösung war, weil sie während der Sprünge der anderen schlaff am Beckenrand hängen und Toter Mann spielen konnten. Zum Abschluss des Trainings wurden sie in die Regeln des Basketballs eingewiesen, weil diese Sportart ihre Reaktionsschnelligkeit positiv beeinflussen und einen hervorragenden Ausgleich zum Krafttraining darstellen würde, wie Schreiner sagte. Also versuchten sie eine halbe Stunde zu dribbeln und den Ball in den Korb zu bringen, was aber niemandem, selbst Schreiner nicht, gelang, nicht mal, als er ihnen die Wurftechnik erklärte und unbehindert vor dem Korb stand.

Am Ende des Trainings war André so fertig gewesen, dass er der Auswertung kaum folgen konnte und auf dem Nachhauseweg, für den es keinen Fahrdienst durch Hotte gab, in der Straßenbahn einschlief und erst eine Station zu spät aufwachte. Völlig erschöpft wankte er die Station zurück, schleppte sich zu dem Plattenbau in der Spandauer Straße und drückte mechanisch den Knopf für den achten Stock. Er wollte nur noch ins Bett, ganz ohne Abendbrot, und das wollte er auch sagen, als er die Wohnungstür aufschloss. Aber da kam Burghard ihm schon mit dem Handfeger entgegen, und Doris hielt Andrés Schatzkiste in der Hand, eine vergilbte Zigarrenschachtel, die Onkel Fritz einmal in Kuba von Fidel Castro persönlich geschenkt bekommen und ihm überlassen hatte. Doris' Gesicht war ein einziger Vorwurf. Sie sagte nichts, nicht mal: »Nicht ins Gesicht!«, und da wusste André, dass der Tag noch lange nicht zu Ende war.

KONRAD

Berlin

1919

Als Konrad wenige Minuten später die Wohnung betrat und ihn der wohlvertraute Geruch von Kohlsuppe und feuchter Wäsche empfing, spürte er sofort, dass irgendetwas anders war. Vielleicht lag es daran, dass er die Mutter nicht mit dem Geschirr klappern hörte. Es war still in der Wohnung, vollkommen still, nicht einmal das Tropfen des Wasserhahns in der Küche war zu hören. Er ging durch den Flur, öffnete die Küchentür und blieb wie erstarrt stehen, ihm stockte fast der Atem. Dort standen im Dämmerlicht der untergehenden Märzsonne nicht nur seine Mutter und Fritz, sondern auch der einarmige Mann, den er gerade durch den Hof hatte gehen sehen – und dieses feine Mädchen.

»Ah, der Herr Kavalier!«, rief sie und sah ihn spöttisch an. »Ich bin Selma«, fügte sie lächelnd hinzu und machte einen Knicks, was Konrad so verwirrte – noch nie hatte ein Mädchen seinetwegen einen Knicks gemacht –, dass er nichts zu erwidern wusste.

»Das ist mein Ältester, Konrad«, sprang seine Mutter für ihn ein. Sie stand links am Ausguss, die Arme vor der Brust verschränkt, und schaute abwartend zu dem älteren Mann hinüber, dem einarmigen feinen Pinkel, der rechts am Küchenbüfett lehnte. Neben ihr zappelte Fritz von einem Bein aufs andere.

Später musste Konrad noch oft an diese eigentümliche Aufstellung der Personen in ihrer Küche denken: die Mutter mit Fritz links und der alte Herr rechts und zwischen ihnen, in der Mitte, Konrad und Selma, als ginge es nur um sie beide. Doch in diesem Augenblick, hier in der Küche, konnte Konrad rein gar nichts denken und kaum den umständlichen Ausführungen des Mannes folgen, der sich als Albert Hahn vorstellte, eben jener Hauptmann, dem Konrads Vater das Leben gerettet hatte.

Albert Hahn verdankte Hans Sollmann das Weiterleben, und deshalb stand er nun hier in der Küche, um den Sollmannschen Söhnen die Standarte seines Regiments zu übergeben, deretwegen Konrads Vater und Herr Hahn überhaupt erst in den Hinterhalt geraten waren. Die Standarte hatten sie nämlich im Eifer des Gefechts auf einer Anhöhe stehen lassen, erzählte Herr Hahn.

Wegen einer albernen Fahne war also sein Vater gefallen, dachte Konrad bitter, und die sollten sie sich wohl jetzt auch noch übers Sofa nageln! Konrad sah hinüber zu seiner Mutter und versuchte ihre Gedanken zu erraten. Aber ihr Gesicht sagte nichts, sie schaute nur unbestimmt, knapp an Selma vorbei, zum Fenster hinaus, wo sich langsam der Abend über die Stadt senkte. Sie regte sich erst wieder, als Herr Hahn etwas von seiner Verantwortung gegenüber der Familie seines Lebensretters sagte. Sofort begann sie Herrn Hahn zu taxieren, besonders dort um seinen Brustkorb herum, wo sich seine Brieftasche dick und deutlich abhob. Doch Herr Hahn schien plötzlich alle Worte, die ihm in seinem reichen, geretteten Leben in solch einer armseligen Küche zur Verfügung standen, verbraucht zu haben und nickte nach einem ewig währenden Moment der Stille seiner Tochter zu und schickte sich an zu gehen.

»Wie wäre es, Papa«, sagte jedoch Selma plötzlich und schaute dabei nur Konrad an, »wenn du den Dank und die Verantwortung, die wir alle gegenüber der Familie deines Retters empfinden, auch durch Taten zeigen würdest?«

Herr Hahn wirkte kurz wie ein kleiner Junge, der von seiner Mutter zu einer Entschuldigung genötigt wurde. Dann tippte er sich mit der verbliebenen Hand an den Kopf, als hätte er nur etwas vergessen, und bewegte dieselbe Hand in Richtung Brieftasche, was Konrads Mutter hörbar den Atem anhalten ließ.

»Du willst die Familie deines Lebensretters mit Geld beleidigen?«, fragte Selma empört, die feinen Augenbrauen zweifelnd emporgerissen. Sofort ließ Herr Hahn die Hand von der Brieftasche, während Konrads Mutter ein Laut entfuhr, den Selma wohl als Entrüstung einer beleidigten Arbeiterfrau deutete.

»Aber Selma, was ...«, stotterte Albert Hahn.

»Wir suchen doch eine ...«, Selma zögerte, schien nach einem angemessenen Wort zu suchen, um die Arbeiterfrau nicht erneut zu beleidigen. »Also jemanden, der für Ordnung und Sauberkeit im Haus sorgt.«

»Selma, du weißt doch, wie anspruchsvoll deine Mama in diesen Dingen ist«, sagte Herr Hahn gequält, aber er hatte gegen seine Tochter keine Chance. Jetzt und auch später nicht. Wenn sich Selma etwas in den Kopf gesetzt hatte, dann fand sie dafür immer auch ein Argument, dem niemand etwas entgegensetzen konnte.

»Willst du damit sagen, dass die Frau deines Retters nicht unseren Ansprüchen genügen könnte?«, erwiderte Selma und schaute sich halbherzig in der kleinen Küche um. »Hier ist es ordentlich und sauber.«

Später jedoch gestand Selma, dass der Geruch in Konrads Wohnung ihr fast den Atem genommen hatte und sie in den zwei Tagen bis zum Einzug der Sollmanns in das Haus der Hahns inständig gehofft hatte, dass dieser Geruch nicht ihrer Kleidung anhaften würde. Doch davon ahnte Konrad nichts, als er mit seiner Familie und ihren wenigen Habseligkeiten den firmeneigenen Laster der Familie Hahn bestieg, unter den neidischen Blicken ihrer alten Nachbarn.

Erst als der Laster die Innenstadt verließ und durch bessere Gegenden fuhr, beschlich Konrad eine Ahnung, worauf sie sich zwei Tage zuvor in der Küche eingelassen und was sie in der Schönhauser Allee alles zurückgelassen hatten: Freunde, Bekannte und Nachbarn, vor denen sie sich wegen ihrer Kleidung, ihrer Sprache, ihrer Herkunft nicht hatten schämen müssen, weil sie dort unter ihresgleichen waren, unter einfachen Arbeiterfamilien mit Männern, die wie Konrads Vater im Krieg gefallen waren, und mit couragierten Frauen, wie Konrads Mutter, die ihre Brut allein durchbringen mussten und denen im Kampf um das tägliche Brot jede Finte recht war.

Die Gericke vom zweiten Hinterhof zum Beispiel hatte mit ihrer Hutnadel sogar mal einen Gendarmen von seinem hohen Ross geholt, das war im Kohlrübenwinter '17, in der Wilmersdorfer Straße gewesen, als sie und andere Frauen Geschäfte plünderten, weil sie nichts mehr hatten, um es zu kaufen. Die Berittenen hatten mit ihren blankgezogenen Säbeln auf sie eingeschlagen und versucht, sie mit ihren Pferden auseinanderzutreiben, weg von den Geschäften. Die Gericke war natürlich gerannt, wie alle anderen auch, hatte die Röcke und die Beine in die Hand genommen. Doch eine der Pickelhauben hatte sie mit ihrem Pferd in eine Ecke gehetzt und auf sie eingeprügelt, als hätte sie was Persönliches mit der Gericke zu begleichen. Da hatte die Gericke versucht, wenigstens ihren Kopf mit den Armen zu schützen, wobei ihr irgendwie ihre Hutnadel in die Finger geriet. Die hatte eigentlich den Hut mit den rot lackierten Kirschen aus Pappmaché auf ihrem Kopf halten sollen, aber die Gericke rammte sie dem Pferd einfach in den Arsch, so dass es sich schmerzerfüllt aufbäumte und die Pickelhaube abwarf.

Jeder, der in den Höfen der Schönhauser wohnte, hatte diese Hutnadel gesehen, an der noch das Blut des gepiesackten Pferdes klebte, hatte die geplatzten Kirschen auf dem derangierten Hut der Gericke mit eigenen Händen befühlt. Gemeinsam hatten sie sich über die Berittenen des Kaisers aufgeregt, die auf wehrlose – na ja, fast wehrlose – Frauen losgegangen waren. Dabei wollten sie doch alle nur eines: Frieden und Brot.

Das würden sie hier in Friedrichshagen haben, dachte Konrad, als der Laster in eine breite Allee mit hohen Bäumen einbog, hinter denen sich dicht gedrängt kleine Bürgerhäuser duckten. Aber ihre Nachbarn aus der Schönhauser würden sie wohl nicht so schnell wiedersehen. Auch nicht Rudolf Scheidt, einen jungen Journalisten, den Konrad zusammen mit Fritz und Helmut vor dem Reichstag kennengelernt hatte, an dem Tag, als Scheidemann die Republik ausrief. Rudolf Scheidt, dessen schlanke manikürten Hände Konrad nicht müde wurde zu bestaunen, hatte sie vor dem Reichstag angesprochen und sie gefragt, ob sie ihm nicht ein bisschen von sich erzählen könnten, und sie für den nächsten Tag in den Prater zu Streuselkuchen und Waldmeisterbrause eingeladen. Sie hatten das alle drei am Anfang seltsam gefunden, auch dass sie ihn beim Vornamen nennen und duzen sollten, und nicht recht gewusst, was sie von sich berichten sollten und ob sie das überhaupt durften, aber der Streuselkuchen lockte.

Jedenfalls sagten Konrad und Fritz ihrer Mutter erst einmal nichts von diesem Rudolf mit den manikürten Händen und seinem Seidenschal, den er keck um den Hals geschlungen trug und der ihm trotz seiner weichen, fließenden Gesichtszüge etwas Verwegenes gab. Aber dann war Rudolfs erster Artikel über die »Ansichten einer Rotznase« aus dem Prenzlauer Berg erschienen, und Konrad war ganz stolz gewesen, dass Rudolf seine Geschichte ausgewählt hatte, auch wenn ihn gleichzeitig die Angst überkam, dass seine Mutter sich in dem Artikel über die arme Arbeiterfrau, die um ihren gefallenen Mann trauerte und der nur eine kleine Witwenrente blieb, wiedererkennen könnte. Bertha Sollmann erkannte sich nicht, schon allein deshalb nicht, weil sie sich für die Ansichten einer Berliner Göre nicht im Mindesten interessierte. »Ich hab selbst zwei Rotznasen, auf die ich achten muss«, sagte sie, als Konrad versuchte, ihr den Artikel schmackhaft zu machen. »Da brauch ich nicht noch über andere zu lesen.«

So wurde Konrad etwas mutiger, und bald machte es ihm richtig Spaß, Rudolf aus seinem Leben zu berichten. Manches schmückte Konrad natürlich etwas aus, stellte sich selbst an die Seite der Gericke, als sie die Hutnadel in den Hintern des Pferdes rammte, oder machte sich sogar zum Helden einer Geschichte, die er nur gehört hatte. So hatten bei den blutigen Straßenkämpfen Anfang März, bei denen über tausend Menschen ums Leben gekommen waren, eigentlich nicht Fritz und er auf den Bäumen am Schönhauser Tor gesessen und alles beobachtet, sondern ein Junge aus der Greifenhagener Straße; aber es machte nichts, dass er da ein bisschen flunkerte. Rudolf bauschte Konrads Erzählungen ja ebenfalls ein bisschen auf oder gab ihnen manchmal ein besseres oder schlechteres Ende, je nachdem, wie Rudolf oder sein Redakteur es brauchten. Oft war die gedruckte Geschichte am Ende so weit von dem entfernt, was Konrad in Wirklichkeit erlebt oder gehört hatte, dass er die wahre Geschichte kaum noch darin wiedererkannte.

»Das ist nicht wichtig«, erklärte Rudolf, als Konrad bei einem ihrer Treffen doch einmal auf seiner Darstellung beharrte. »Wichtig ist, so etwas wie einen Extrakt zu finden. Das kann ruhig erfunden sein. Hauptsache, es gibt die Gedanken und Gefühle vieler Menschen wieder.« Und deshalb war es auch nicht notwendig, warnte ihn Rudolf, dass sich Konrad nur wegen einer guten Geschichte, in die Schusslinie begab; schließlich war er der Älteste zu Hause und es seiner Mutter schuldig, zu überleben.

So begnügten sich Konrad und Fritz damit, dass sie hinterher die Orte der Kampfhandlungen aufsuchten, sich von den Anwohnern deren Eindrücke schildern ließen, nebenbei ein paar leere Patronenhülsen aufsammelten oder, wenn keiner guckte, in den zerschossenen Häusern nach Verwertbarem suchten. Das war gefährlich genug, denn wenn man sich beim Plündern erwischen ließ, wurde man, egal wie alt man war, gleich an Ort und Stelle standrechtlich erschossen. In der Alten Schützenstraße am Alex, wo eine Zweieinhalb-Zentner-Mine hochgegangen war, wären sie tatsächlich beinahe geschnappt worden, als sie in einer heil gebliebenen Wäschetruhe wühlten. Sie entkamen nur, weil die Decken so beschädigt waren, dass sie nur noch Fliegengewichte wie sie trugen und die Noske-Leute ihnen nicht hatten folgen können.

Der Laster war von der großen Allee in eine kleine Straße abgebogen und hielt nun vor einem zweistöckigen Haus mit Vorgarten. Da waren sie also, dachte Konrad, das würde sein neues Zuhause sein. Er hielt nach Selma Ausschau. Nur wegen Selma war er hier, auch wenn er sich eingestand, dass er seine Mutter niemals hätte daran hindern können, das verlockende Angebot der Hahns anzunehmen.

Doch Selma war nirgends zu sehen. Dafür erschien am Fenster im ersten Stock eine feine Dame, die nicht besonders freundlich auf sie herabblickte. Das musste Frau Hahn sein. Sie sah genauso unsympathisch und hochnäsig aus, wie Rudolf Scheidt sie sich vorgestellt hatte. Deshalb würde er Konrad auch nicht bei den Hahns besuchen kommen, hatte er gesagt, denn er hasste die Bourgeoisie, die nur konservativ und erzreaktionär war und den Arbeitern immer in den Rücken fiel.

Konrad und Fritz sprangen vom Laster, halfen ihrer Mutter hinunter und klopften sich den Staub von den Kleidern. Dann warteten sie.

Rudolf hatte auch kein Verständnis dafür gezeigt, dass Konrad sich nun in die Leibeigenschaft der Familie Hahn begeben und Konrads Mutter ihre proletarische Herkunft, die eigentlich eine bäuerliche war, unter der Haube eines Dienstmädchens verleugnen wollte. Mit Engelszungen hatte Rudolf versucht, Konrads Mutter zu überreden, nicht aus ihrem Viertel zu fliehen, nicht aufzugeben, um ihrer Herkunft und um der Revolution willen. Doch Konrads Mutter hatte Rudolf gar nicht zugehört und hatte das Lächeln, das ihre sonst so herben Züge seit dem Besuch von Herrn Hahn und Selma überstrahlte, einfach nicht abstellen können. Denn es war ihr herzlich schnuppe, wie sie schließlich Rudolf sagte, was ihr Klassenauftrag war und was aus der Revolution werden würde, wenn nur sie und ihre Jungs mit dem Leben davonkämen. Sie hatte genug von der Akkordarbeit bei Osram, den ewigen Streiks, den Straßenschlachten und dem Betteln um einen Schlag Wassersuppe in den Volksküchen. Und deshalb würde sie, behauptete die Mutter, gern die Tracht einer Bediensteten tragen und in einem Souterrain wohnen, selbst wenn das nur eine Kellerwohnung wäre, wie ihr Rudolf erklärte.

Als Frau Hahn endlich im Garten erschien, nahmen sie die Mützen ab, so wie ihre Mutter es ihnen befohlen hatte, und richteten ihren Blick auf die Fußspitzen. So sah Konrad Frau Hahn notgedrungen nur von der Taille abwärts, praktisch nur ihren Rock, der ihr bis zu den Knöcheln reichte und sich, als hätte er genug von der übermäßigen Anstrengung, die üppigen Rundungen ihres Körpers zusammenzuhalten, seitlich, in Höhe ihrer Waden, in einem Schlitz öffnete, aus dem, wie eine sich öffnende Teerose, cremefarbener Taft hervorfältelte.

»Haben die Jungen Läuse?«, hörte Konrad Frau Hahn fragen.

»Wir haben selbst nicht genug, da werden wir nicht noch Läuse durchfüttern«, erwiderte seine Mutter eisig.

Frau Hahn hüstelte gequält. »Wir sind Ihrem Mann, Gott hab ihn selig, sehr zu Dank verpflichtet«, hob sie zögernd an, hielt aber inne, als Bertha Sollmann den Blick skeptisch über das Haus wandern ließ.

»Soll das das Souterrain sein?«, rief Fritz enttäuscht und deutete auf die vergitterten Kellerfenster links und rechts der Eingangstreppe.

»Ganz recht«, erwiderte Frau Hahn und öffnete endlich die schmiedeeiserne Pforte, die das Haus samt einem niedrigen Zaun von der Straße abgrenzte.

Wie Verurteilte folgten sie Frau Hahn im Gänsemarsch in den Vorgarten. Aber dann ging es nicht etwa die Eingangstreppe hinauf, sondern Frau Hahn schwenkte nach rechts ab, um das Haus herum, zum tiefer gelegenen Seiteneingang, dem Personaleingang, wie Frau Hahn erklärte. Dort betraten sie einen kleinen Flur, von dem fünf Türen mit Oberlichtern abgingen. Konrads Mutter öffnete zögernd eine Tür.

In diesem Moment habe sie der erste Sonnenstrahl seit ihrem Weggang aus ihrem Heimatdorf getroffen, behauptete Bertha Sollmann später. Dabei war es nur die Märzsonne, die durch ein großes, mehrteiliges Sprossenfenster, das die ganze Breite des Raumes einnahm, ihre ersten Strahlen sandte. Unter dem Fenster, das erst in Höhe von Konrads Nasenspitze begann, standen links und rechts zwei Betten mit gedrechselten Pfosten, dazwischen ein passender Tisch mit zwei Stühlen und auf der gegenüberliegenden Wand ein Kleiderschrank und ein Waschtisch mit einem Spiegel.

»Das ist das Zimmer für die Jungen«, erklärte Frau Hahn und schritt zur nächsten Tür. Doch Konrads Mutter konnte sich von dem Anblick des Zimmers, das so groß wie ihre gesamte Wohnung in der Schönhauser Allee war, nicht lösen. Neid funkelte in ihren Augen.

»Und das ist Ihr Raum, Frau Sollmann.«

Sofort stürzte seine Mutter hinüber in den anderen Raum, der genau wie der erste geschnitten war und ebenfalls ein Sprossenfenster hatte.

»Sie können ruhig Betty zu mir sagen«, sagte sie atemlos, und Konrad hätte schwören können, dass sie dabei einen Knicks andeutete. Davon wollte die Mutter später natürlich nichts wissen. Höchstens, dass ihr in dem Moment, als sie »ihr« Zimmer betrat, beinahe die Beine versagt hätten – wegen der feinen Möbel, der samtenen Vorhänge und wegen des schönen Teppichs.

Später erfuhr Konrad von Selma, dass die Hahns erst zwei Wochen zuvor aus einer beengten Stadtwohnung in Charlottenburg in das Haus nach Friedrichshagen gezogen waren und dass die Möbel, die nun im Souterrain standen, aus ihrer ehemaligen Wohnung stammten. Die Hahns hatten vor dem Krieg eine kleine Schnürsenkelbude besessen, die mehr oder weniger vor dem Bankrott gestanden hatte. Um der Schmach zu entgehen, hatte sich Herr Hahn, wie Konrads Vater auch, gleich 1914 freiwillig in den Krieg gemeldet und darauf gesetzt, dass seine Frau mit den beiden Töchtern schon irgendwie durchkommen würde. Womit er nicht gerechnet hatte, war, dass sich seine Frau als eine weitaus bessere Geschäftsfrau als er erweisen sollte und sich einen Auftrag vom Militär erkämpfte, der sie schon Ende 1914 in die Großproduktion von Schnürsenkeln gehen ließ. Seit 1915 war jeder dritte Soldatenstiefel im Kaiserreich mit den Schnürsenkeln aus der Hahn-Fabrikation geschnürt worden, und das hatte den Hahns so viel Geld gebracht, dass sie sich zwar keine Villa im Grunewald, aber immerhin ein eigenes Haus in Friedrichshagen hatten leisten und neu einrichten konnten. Mittlerweile hatte Frau Hahn die Geschäftsführung wieder ihrem Mann übergeben und kümmerte sich hauptsächlich um die Erziehung ihrer Töchter und um die Organisation von kleineren Gesellschaften für ihre Freundinnen aus der Stadt.

Auf der linken Seite des Flures zur Straße hin, dort, wo die Fenster vergittert waren, befanden sich zwei weitere Räume, ein Vorratsraum und ein Heizungskeller. Im Vorratsraum, der Frau Hahns Meinung nach nur spärlich gefüllt war, gab es Lebensmittel, die schon lange nicht mehr in den Läden zu finden waren. Besonders eine Schale mit roten Äpfeln, von denen Selma zwei Tage zuvor einen in Konrads Hinterhof gegessen hatte, zog die Blicke der Sollmanns auf sich. Bertha entfuhr ein anerkennendes Schnauben, bevor sie hinüber in den Heizungskeller wechselten. Hier gab es einen Ofen, der das ganze Haus mit Wärme versorgte, und allerlei Geräte für die Gartenarbeit, mit denen es hauptsächlich Konrad und Fritz zu tun bekommen würden, wie Frau Hahn sagte.

Am Ende der kleinen Begehung, bei der Konrad immer wieder angestrengt lauschte, ob Selma sich vielleicht in der oberen Etage aufhielt, führte Frau Hahn sie in die Küche, die sich an der Stirnseite des Flures befand. Sie war modern eingerichtet, mit Ober- und Unterschränken in cremefarbenem Schleiflack, die noch vollkommen unbenutzt schienen, so blank und sauber waren die Oberflächen, ebenso wie die Töpfe und Pfannen an den Wänden. Auf der Arbeitsstrecke, die das Maß von zwei Sprossenfenstern überspannte, standen vor Chrom blitzende Küchengeräte, die Konrad noch nie gesehen hatte und die wohl noch nie benutzt worden waren. In der Mitte der Küche stand ein großer, ebenfalls cremeweißer Tisch, dessen Arbeitsplatte mit flaschengrünem Linoleum bezogen war. Es gab sogar einen Aufzug in die Beletage und einen riesigen Eisschrank.

»Sie können doch kochen, Betty?«, fragte Frau Hahn.

»Ich kann alles«, stieß Bertha Sollmann gepresst hervor, als habe sie Angst, mit einer falschen Antwort ihre Anstellung zu gefährden.

»Ich auch«, sagte Frau Hahn. »Deswegen weiß ich nicht, wozu dieser ganze Schnickschnack gut sein soll. Das hat alles mein Mann gekauft.«

»Tja«, erwiderte Konrads Mutter gedehnt, weil sie es auch nicht wusste. »Ich kann es für Sie rauskriegen ... ähm, herausfinden.«

»Tun Sie das, Betty«, erwiderte Frau Hahn knapp und ging um einen Einbau herum, in dem sich die dahinterliegende Treppe zur Beletage verbarg. Gegenüber der Treppe war eine Glastür, vor der ein Graswall den Blick auf den höher gelegenen Garten versperrte. In den Wall waren ein paar Stufen aus Holzbrettern eingelassen.

»Hier gelangen Sie in den Garten«, sagte Frau Hahn, öffnete die Tür und ging voran. Nachdem sie die paar Stufen über den Graswall genommen hatten, erreichten sie das Niveau des Gartens und schauten auf eine nicht besonders große Wiese, die von Maulbeerbäumen zu den angrenzenden Grundstücken gesäumt wurde. In der Mitte der Wiese stand ein Tisch mit ein paar Gartenstühlen und etwas davon abgerückt eine Liege, auf der Selma, fest in Decken gemummelt, schlief. Ihr Gesicht war so fein, so durchscheinend wie Porzellan, und ihr blondes Haar, das unter der marineblauen Strickmütze hervorlugte, glitzerte nur so in der Frühlingssonne.

»Ah, da ist Selma!«, rief Frau Hahn und drehte sich nach einem Geräusch hinter ihnen um. Konrad dagegen war ganz in Selmas Anblick vertieft.

»Hast du ihnen etwa schon alles gezeigt?«, hörte er plötzlich in seinem Rücken eine atemlose Mädchenstimme sagen und drehte sich nun doch um. Sicher würde er nun Selmas Schwester Alma kennenlernen, die schon in der Schönhauser Allee erwähnt worden war, wenn er sich recht erinnerte.

Aber da stand Selma und strahlte ihn an.

»Gefällt es Ihnen?«, sagte sie zu seiner Mutter. »Werden Sie bleiben? Wollen Sie etwas trinken?«

»Selma! Wie soll Frau Sollmann drei Fragen gleichzeitig beantworten!«, rief Frau Hahn kopfschüttelnd, während Konrad sich schnell durch einen Blick vergewisserte, dass die Selma auf der Liege im Garten keine Täuschung war.

»Seid ihr Zwillinge?«, kam Fritz ihm zuvor. Und während Konrad sich über die Tatsache freute, dass es Selma gleich zweimal gab, wollte Fritz die praktische Seite geklärt haben: »Und wie kann man euch unterscheiden?«

»Das werdet ihr schon noch sehen«, sagte Selma schnell und seltsam ernst.

Ihre Mutter, die gerade Luft für eine Antwort geholt hatte, klappte den Mund wieder zu und drückte die Handflächen nervös gegeneinander. »Wie wär's mit einem Kaffee?«

»Sehr wohl, gnädige Frau«, antwortete Bertha Sollmann wie aus der Pistole geschossen. »Wo soll ich servieren?«

Konrad und Fritz starrten ihre Mutter an. Hätte Selma nicht

als Erste laut losgeprustet, sie hätten es selbst getan und sich dafür wenn nicht eine Ohrfeige, so doch einen strafenden Blick gefangen, den nun aber Selma von Frau Hahn bekam.

»Sie können ›Frau Hahn‹ zu mir sagen, Betty«, sagte Frau Hahn und lächelte das erste Mal. »Selma hat sich vorgestellt, dass wir den ersten Kaffee gemeinsam bei Ihnen unten in der Küche nehmen. Ist Ihnen das recht?«

Bertha Sollmann starrte Frau Hahn an. Seit dem ersten Brief des Vaters aus dem elsässischen Colmar hatte Konrad seine Mutter nie wieder so blöde glotzen sehen, und hätte Konrad sie nicht heimlich am Ärmel gezupft, hätte sie wohl noch eine Ewigkeit so dagestanden.

»Wie es beliebt, gnädi... Frau Hahn«, erwiderte sie langsam, und dann folgten sie alle Frau Hahn hinunter in die Küche.

Dort erklärte ihnen Selma, wo alles stand: der Bohnenkaffee und der Ersatz aus Zichorie, das feine Porzellan für »oben« und das Alltagsgeschirr für »unten«, aus dem die Familie Hahn noch bis vor Kurzem selbst getrunken hatte. Selma, die ihre Mutter jetzt nicht mehr »Mama«, mit dieser vornehmen Betonung auf dem letzten »a«, nannte, sondern zu der sie nun »Mutti« sagte, was in Konrads Ohren ebenso seltsam klang – ihm wäre es jedenfalls nie in den Sinn gekommen, seine Mutter »Mutti« zu nennen –, holte aus dem Schrank eine große Büchse und öffnete stolz den Deckel.

»Die haben Alma und ich extra für eure Ankunft gebacken«, sagte sie und verstand wohl die gierigen Blicke von Fritz und Konrad falsch, denn sie entschuldigte sich für einen obenauf liegenden Keks, der etwas verunglückt neben all den korrekt ausgestochenen Keksen lag. »Den hat Alma gemacht, und den dürfen wir auf keinen Fall essen.«

Später, als sie dann bei heißer Schokolade – Konrad konnte sich nicht erinnern, dass er so etwas Köstliches je getrunken hatte – um den Küchentisch saßen und die Mutter Fritz' Gier nach den Keksen mit gelegentlichen Fußtritten unter dem Tisch zu bremsen versuchte, sagte Frau Hahn, dass Konrads Vater ein ganz außergewöhnlicher Mensch gewesen sein müsse, weil er so selbstlos sein Leben für das ihres Mannes hingegeben hatte.

»Ja, ein ganz außergewöhnlicher Mensch«, bestätigte seine Mutter zu Konrads Überraschung und pustete versonnen in ihre Kaffeetasse, in der sich richtiger Bohnenkaffee befand. Mehr sagte sie nicht. Ein unangenehmer Moment der Stille entstand, bis plötzlich aus dem Garten ein seltsames Plärren erklang, wie von einem Kleinkind, nur durchdringender und energischer. Sofort sprangen Frau Hahn und Selma von ihren Stühlen und rannten hinauf in den Garten. Konrad und seine Mutter folgten ihnen und starrten erstaunt auf die Wiese, wo die Decken nun neben der Liege lagen und zum Leben erwacht waren.

»Wir sollten sie morgen besser festbinden«, rief Selma ihrer Mutter zu und verschwand unter den Decken. Das Plärren stoppte sofort, und kurz darauf steckte Selma den Kopf aus den Decken und schaute sich erstaunt um. »Mutti, hast du Alma gesehen?«, fragte sie sehr betont. »Ich kann sie nämlich nicht finden.«

»Aber sie muss doch irgendwo sein«, rief Frau Hahn im selben komischen Tonfall zurück und schaute sich ebenfalls ratlos um. »Alma? Alma? Wo ist denn unsere Alma?«

»Da, Alma!«, kreischte es plötzlich, und an Selmas Seite tauchte das verweinte Gesicht eines Mädchens auf, das nur im ersten Augenblick Ähnlichkeit mit Selma besaß. Es verzog belustigt das Gesicht zu einer koboldartigen Fratze und streckte wie ein Kleinkind seltsam verrenkt die Arme nach der Mutter aus.

»Da ist ja unsere Alma«, rief Frau Hahn, nahm sie auf den Arm und trug sie, an ihren erstaunten Blicken vorbei, hinunter in die Küche. Dort fing Alma gleich wieder an zu schreien und konnte kaum beruhigt werden, denn Fritz hatte in der Zwischenzeit alle Kekse verdrückt, einschließlich Almas verunglücktem Keks. Dafür heimste er von seiner Mutter eine Ohrfeige und von Selma Schelte ein.

»Tu das nie wieder«, schimpfte sie. »Wenn ich sage, der Keks ist für Alma, dann ist er es auch!«

Alma freilich konnte das nicht besänftigen, sie schrie und heulte so ungestüm und warf alles in hohem Bogen von sich, was ihr Selma und Frau Hahn zur Ablenkung reichten, bis Konrad ihre Aufmerksamkeit mit einem alten Fingerspiel erzwang. Er kreuzte seine Handgelenke übereinander und verhakelte die kleinen Finger beider Hände.

»Zwei Mädchen wollten Wasser holen«, sagte er mit tiefer Stimme und zeigte, ohne die kleinen Finger aus ihrer Verhakelung zu lösen, mit Daumen und Zeigefinger der rechten Hand zwei Mädchen an. Alma wurde sofort still und schaute Konrad mit großen Augen an. »Zwei Jungen sollten pumpen«, fuhr Konrad fort und zeigte mit dem Daumen und dem Zeigefinger der linken Hand zwei Jungen an. Dann drehte er seine Hände über die verhakelten kleinen Finger vornüber, so dass die linke Hand die rechte Faust umschloss und eine Art Haus bildete, aus dem nur noch der rechte Daumen herausschaute. »Da guckt der Herr zum Fenster raus«, rief Konrad, wackelte bedrohlich mit dem Daumen und fügte finster hinzu: »Und ruft: Ihr seid Halunken!«

Alma klatschte vor Freude in die Hände und rief: »Noch mal!«, aber es ging ja weiter. Konrad drehte das Haus wieder auf. »Da guckt er wieder rein, da pumpen sie schnell ein!« Konrad machte mit den beiden Zeigefingern und Daumen die Pumpbewegungen nach und drehte seine Hände wieder zu einem Haus. »Da guckt er wieder raus, da reißen sie schnell aus!«

Konrad löste seine Hände und deutete mit den davonflatternden Fingern das Wegrennen der Mädchen und Buben an. Alma schaute ihn groß an, tat einen erschöpften Seufzer, dann rief sie »Noch mal!« und immer wieder »Noch mal!« An die zehnmal musste Konrad das Fingerspiel, das seine Mutter ihnen früher immer vorgespielt hatte, vorführen, und er hätte es noch weitere zehnmal wiederholen müssen, wenn es nach Alma gegangen wäre, aber dann hörten sie Herrn Hahn an der Haustür, und die drei verließen schnell die Küche, um ihn zu begrüßen.

Abends, als Konrad und Fritz in ihren neuen, frisch bezogenen Betten lagen und Konrad auf die noch ungewohnten Geräusche im Haus lauschte – auf Fritz' Atem, der die Nacht zuvor noch in seinem Nacken gewesen war und nun so weit weg lag; auf das Knarren der Dielen in der Beletage und auf das Geschirr-klappern aus der Küche, wo seine Mutter noch den Abwasch machte –, da hatte er wieder an seinen Vater denken müssen, der ihnen das alles hier mit seinem selbstlosen Tod ermöglicht hatte. Und Konrad fragte sich, ob es wohl wirklich immer in seinem Leben so sein würde, wie seine Mutter ihm beim Zu-bettbringen erklärt hatte: dass er, um etwas zu bekommen, auch immer etwas hergeben müsse. Nichts sei umsonst, alles hätte seinen Preis und dass sich im Schrecklichen manchmal auch etwas Gutes verberge. Konrad hatte ihr widersprechen wollen, aber dann hörte er von oben Selma lachen, und er verstand: Sein Vater musste im Krieg fallen, damit Konrad die Liebe sei-nes Lebens treffen konnte.

BRIGITTE

Dorf Mecklenburg

1950

Brigitte bereute nicht, was sie Neulehrer Albrecht gesagt hatte, weder das mit den Grenzen noch das über Hitlers Wiederkehr. Selbst wenn sie Hitlers einzig verbliebene Anhängerin sein sollte und sie die anderen dafür für verrückt erklärten, Brigitte würde dabei bleiben, dass nur der Führer die Deutschen erlösen könne, und sie war auch bereit, für ihre Überzeugung bestraft zu werden. Irgendeiner musste doch ein Zeichen setzen. Sie war eben nicht wie der alte Berthold und die paar anderen, die nur im Geheimen ihre Meinung kundtaten, aber sofort diesen unterwürfigen Hundeblick bekamen, wenn sie nur einen Russen oder einen von diesen gewendeten neuen Funktionären kommen sahen.

Ihre Eltern hatten sie dazu erzogen, immer zu ihrer Meinung und vor allem zu ihren Versprechen zu stehen, selbst wenn ihr daraus Nachteile erwachsen würden, und so würde sie auch das Donnerwetter, das Neulehrer Albrecht gleich lostreten würde, hoch erhobenen Kopfs überstehen, sich nicht vor den Konsequenzen fürchten. Einem Schulrauswurf etwa oder dass ihre Eltern in die Kommandantur geladen werden würden, um dort dem russischen Kommandanten Rede und Antwort zur Gesinnung ihrer Tochter zu stehen.

Doch Neulehrer Albrecht sagte nichts, schaute sie nur einen

Moment länger an als sonst. Dann, plötzlich, legte er den Kopf schräg, als würde er angestrengt lauschen; Albrechts Ohren hatten im Krieg durch die Detonation einer Handgranate direkt neben ihm stark gelitten, wie er ihnen einmal erzählt hatte. Dann rief er die Pause aus, so als hätte Brigitte nichts gesagt. Sie mussten alle ihre Mäntel anziehen, die Mützen aufsetzen und die Schals anlegen, dann in Zweierreihen auf den Vorplatz des Schulgebäudes gehen, wo die Kleinen begannen, ihre Murmeln auszupacken, und die Größeren Grüppchen bildeten, um über irgendwelchen Unsinn zu kichern.

Brigitte blieb allein, stand frierend abseits und schaute trotzig über die Felder unterhalb der Anhöhe. Ein scharfer Herbstwind pfiff ihr ins Gesicht, doch der war gewiss nur ein kleiner Vorgeschmack auf das, was bald auf sie zukommen würde. Denn auch wenn Albrecht über Brigittes Antwort einfach so hinweggegangen war, er würde Brigitte damit ganz bestimmt nicht davonkommen lassen. Niemals.

Brigitte wagte einen Blick hinüber zur Tür, wo Albrecht sonst immer in den Pausen auf den Stufen stand, um den Überblick über das Pausengeschehen zu behalten, aber da stand er nicht, er war nirgends zu sehen, und die Jungs aus der Vierten, die das anscheinend auch schon spitzbekommen hatten, begannen sich um ihr Lieblingsopfer, den kleinen Egon aus der Zweiten, zu scharen und ihn zwischen sich hin und her zu schubsen. Normalerweise wäre Brigitte hingeeilt und hätte den Jungs Prügel angedroht, aber ihre Beine waren wie zwei hölzerne Pfosten in den Boden gerammt, und ihr Verstand konnte Egons Hilferufe nicht aufnehmen, sondern produzierte unentwegt nur ein Bild: wie Albrecht in wenigen Minuten mit einem Geländewagen von der russischen Kommandantur vorgefahren kommen würde, die Maschinengewehre der russischen Soldaten im Anschlag, um den Staatsfeind Brigitte Günzel abzuholen und vor ein Gericht zu stellen.

Brigitte hatte von solchen Szenen schon gehört. Denunziationen waren seit Kriegsende an der Tagesordnung. Jeder musste sich vor dem Neid und der Missgunst seiner Nachbarn fürchten, es reichte manchmal schon die bloße Behauptung, dass jemand etwas gegen die Russen oder die neue Politik gesagt haben sollte, um ihn abholen zu lassen. Die Strothmann zum Beispiel hatte es nicht verknusen können, dass ihr heimgekehrter Mann sich plötzlich mit ihrer Freundin, der Annemarie, vergnügte, deren Mann noch immer in russischer Kriegsgefangenschaft war, und die Annemarie deshalb beschuldigt, für die Amis zu spionieren. Brigittes Mutter hatte ihrer Familie davon empört beim Mittagessen erzählt, und ihr Vater hatte es als eine neue Form von Hexenjagd bezeichnet und danach über die Inquisition des Mittelalters gesprochen, einer Zeit, in der besonders starke Frauen wegen ihrer Selbständigkeit oder wegen ihrer von der Kirchenpolitik abweichenden Gesinnung auf dem Scheiterhaufen gelandet waren. Viele von ihnen waren durch dieselbe Kirche später heiliggesprochen worden, und das hatte Brigitte besonders gefallen: Vielleicht würde auch sie durch ihre Tat irgendwann einmal, wenn alle einsehen würden, dass nichts Verwerfliches an ihrer Haltung gewesen war, heiliggesprochen werden.

So stand sie also da und trotzte dem schneidenden Herbstwind, während sie auf den Denunzianten Albrecht und den Geländewagen der russischen Kommandantur wartete. Plötzlich musste sie an Johann auf seiner Baustelle in der Kreisstadt denken und wie stolz er schon bald auf seine kleine Schwester sein würde, weil sie es gewagt hatte, zu ihrem einst gemeinsam abgelegten Schwur zu stehen. Ganz im Gegensatz zu ihm und den vielen anderen, die nicht über solch eine starke Willenskraft wie sie verfügten. Sie würde, wie sie es geschworen hatte, dem Führer treu bis an ihr frühes Lebensende bleiben, als Märtyrerin sterben und es keine Sekunde bereuen!

Brigitte bereute höchstens, dass wahrscheinlich niemand an ihrem Grab weinen würde, weil sie eben keine wirklichen Freunde hatte, nicht in der Klasse und auch nicht im Dorf. Bis zum Sommer war Johann ihr Freund gewesen, ihr großer Bruder und Beschützer in einem, und so hatte sie es nie nötig gehabt, sich um die Gunst der anderen Mädchen zu kümmern, etwa um die der schmallippigen Sieglinde. Die Tochter eines Neubauern, der nach dem Krieg mit einem Flüchtlingstreck hier in ihrem Dorf gestrandet war, hatte bereits verschiedene Versuche unternommen, Brigitte als Freundin zu gewinnen, aber Brigitte hatte keine Freundin gewollt, schon gar nicht Sieglinde, die nur davon redete, wie schön es in ihrer Heimat gewesen war und wie viele Kleider und Freundinnen sie dort besessen hatte.

Nur jetzt, als Brigitte so allein auf dem Vorplatz der Schule stand, hätte sie gern jemanden gehabt, der ihr das mulmige Gefühl hätte nehmen können. Und sei es nur durch ein harmloses Gespräch über so unwichtige Dinge wie über die Frage, was sie in einer Woche auf der Kirmes anziehen sollten – obwohl Brigitte die Kirmes nicht mehr erleben und sie auch Johann und ihre Eltern vielleicht nie wiedersehen würde.

Aber selbst Sieglinde hielt sich von ihr fern, suchte heute nicht Brigittes Nähe, denn auch sie wusste, der Neulehrer würde es nicht dabei belassen. Vermutlich war es deshalb für Sieglinde besser, sich jetzt nicht mit Brigitte sehen zu lassen, Albrecht könnte ja sonst glauben, dass auch sie sich die Grenzen von '38 und Hitler mit einem hunderttausend Mann starken Heer zurückwünschte. Was tatsächlich der Fall war, dachte Brigitte. Aber das hatte Sieglinde nur ein einziges Mal angedeutet, als sie nämlich wieder einmal vor lauter Heimweh weinend von ihrer Heimatstadt Danzig sprach, die Heulsuse, die nur auf ihren eigenen Vorteil bedacht war und das Große und Ganze nicht sehen wollte.

Plötzlich verebbte in Brigittes Rücken der Chor von Egons Peinigern, und es war nur noch Egons leises Winseln und dann Albrechts ruhige, aber immer etwas belegt wirkende Stimme zu vernehmen. Brigitte hatte den Geländewagen gar nicht kommen gehört. Und da war auch kein Geländewagen, keine Russen mit Maschinengewehren im Anschlag. Da war nur Albrecht, der dem kleinen Egon mit einem riesigen Taschentuch, das verheulte Gesicht säuberte und dann vorwurfsvoll zu Brigitte hinüberschaute, so als wäre sie für Egons Kummer verantwortlich. Ohne den Blick von ihr zu nehmen, reichte er Egon an die kräftige Susanne weiter und kam nun langsam über den Vorplatz auf Brigitte zugehinkt.

Ganz offensichtlich hatte Albrecht nicht die russische Kommandantur informiert, dachte Brigitte. Aber was hatte er dann getan? Hatte er etwa die ganze Zeit in seinem zugigen Zimmerchen unter dem nur notdürftig reparierten Dach des Schulgebäudes gesessen und sich für Brigitte ein paar Argumente zurechtgelegt? Hatte er etwa vor, sie bekehren zu wollen und sie anschließend zu einer Entschuldigung vor der versammelten Schule zu zwingen? Das jedenfalls waren die neuen Erziehungsmethoden, die Albrecht auf seiner Neulehrerschule, der Arbeiter- und Bauernfakultät in Halle, gelernt und mit denen er die Schüler in seinen ersten Stunden überrascht hatte.

Plötzlich musste niemand mehr, wenn er etwas verbockt hatte, mit dem Rohrstock rechnen, so wie noch bei Altlehrer Jorges, sondern bekam immer eine Gelegenheit, seine Antwort, seine Tat noch einmal zu überdenken und sich dafür zu entschuldigen. Am Anfang fiel es den meisten Schülern nicht gerade leicht, sich zu entschuldigen, zu tief hatte es sich in ihr Hirn eingebrannt, dass auch nach einer glaubwürdigen Entschuldigung der Rohrstock auf ihrem Rücken oder dem verlängerten Teil davon tanzen würde, aber als sie alle erst einmal begriffen, dass dies nicht mehr zu befürchten und eine rechtzeitige Entschuldigung die einfachste Methode war, ein schulisches Problem zu lösen, da begannen sich alle im Entschuldigen zu üben.

Brigittes Eltern schüttelten über diese neuen Erziehungsmethoden nur den Kopf. Auch wenn sie die teilweise brutalen Züchtigungen des alten Jorges nicht für richtig gehalten hatten, praktizierte Albrecht in ihren Augen versteckten Katholizismus, bei dem sich jeder von seiner Schuld durch eine Beichte freisprechen lassen konnte und niemand mehr darüber nachzudenken brauchte, wie er sein schuldhaftes Verhalten ändern oder vermeiden könnte. Denn insbesondere die Jungen kapierten schnell den Vorteil und riefen laut und vernehmlich »Entschuldigung«, noch bevor ihr Opfer aufschreien konnte, etwa bei einer Rüpelei auf dem Vorplatz oder nachdem sie einem Mädchen an den Zöpfen gezogen oder mit einem Handspiegel auf ihrem Fuß unter ihren Rock gelinst hatten. Allein dadurch, dass sie »Entschuldigung!« riefen, waren sie vor einer Strafe durch Albrecht gefeit, und sie konnten sich beruhigt neue Gemeinheiten ausdenken. Die Disziplin besserte sich natürlich nicht, aber seitdem sich die Schüler entschuldigen konnten und auch die wahren Gründe – nämlich Faulheit, Unlust oder pure Boshaftigkeit – für ihr Fehlverhalten benennen konnten, wozu Albrecht nicht müde wurde, sie zu ermutigen, »starben« in der Gegend viel weniger Großmütter oder andere Verwandte als noch zu Lehrer Jorges Zeiten, um ein Schulschwänzen oder nicht erledigte Hausaufgaben zu rechtfertigen. Und es kam seltener zu längeren Schlägereien, da es fürs Zurückschlagen keinen Grund mehr gab, so meinte Albrecht, wenn sich jemand für den Erstschlag entschuldigt hatte.

»Also sind doch die Russen an dem Krieg schuld gewesen, Herr Lehrer«, hatte Brigitte einmal nachgefragt, »denn die Russen hätten ja nicht zurückschlagen müssen.«

»Nein, so kannst du das nicht sehen«, hatte Albrecht damals lächelnd erwidert, und alle Schüler im Klassenraum hatten sich über dieses Lächeln gefreut, denn alle wussten, was es bedeutete: Sie konnten bis zum Rest der Stunde wegdämmern, denn Albrecht liebte solche »Diskussionen« über alle Maßen, weil er darin auf der Arbeiter- und Bauernfakultät geschult worden und ganz versessen darauf war, das dort Gelernte an seine unwissenden Schüler weiterzugeben. Bis zum Ende der Stunde hatte er damals über Deutschlands Schuld gesprochen und warum es an den Deutschen sei, sich bei den anderen Völkern zu entschuldigen, und er hätte noch in der nächsten Stunde weitergeredet, wenn Brigitte nicht irgendwann klein beigegeben hätte.

Nur diesmal würde Brigitte nicht klein beigeben und sich ganz bestimmt nicht entschuldigen. Entschuldigungen waren etwas für Memmen, für Leute, die mal so oder so redeten, die ihr Fähnchen nach dem Wind richteten und wieder und wieder zurücknahmen, woran sie glaubten, bis sie selbst nicht mehr wussten, was ihre wirkliche Meinung war. In Brigittes Augen war eine Entschuldigung deshalb auch immer der Beginn eines Verrats, an sich selbst und an anderen. Der nur aus Angst vor den möglichen Konsequenzen begangen wurde oder weil die Menschen kein Rückgrat besaßen. Insofern war auch der alte Berthold ein Verräter und Onkel Konrad sowieso. Der war abgehauen, obwohl sie mit ihm gemeinsam den Heldentod hatte sterben wollen. Aber als die Russen kamen, hatten alle sie im Stich gelassen. Niemand war noch da. Nur weiße Bettlaken in allen Fenstern. Was für eine Schmach!

Albrecht war unterdessen näher gekommen, nur noch wenige Meter trennten sie, und Brigitte dachte überhaupt nicht daran, den Kopf einzuziehen, so wie es ihre Klassenkameraden gern taten, wenn von Albrecht seine leisen, aber doch sehr wirksamen Ansprachen zu erwarten waren.

»Ich werde mich nicht entschuldigen. Ich habe gemeint, was ich gesagt habe«, schleuderte sie Albrecht entgegen und trat einen Schritt zurück, als befürchtete sie, dass er sie allein durch die entstandene Nähe doch noch überrumpeln könnte.

Albrecht blieb wenige Zentimeter vor ihr stehen, und mit einem Mal sah er viel älter aus als sonst. »Das weiß ich«, sagte er und sah sie ernst an. »Du bist keine von denen, die nur etwas so sagen und es dann nicht meinen.«

Sie standen einander gegenüber wie zwei Kampfhähne, und Albrechts demonstrativ friedliches Lächeln, das er immer aufsetzte, wenn er im Begriff war, eine seiner Erziehungsmethoden anzuwenden, machte Brigitte nur noch wütender. »Was wollen Sie dann von mir?«

»Ich wollte dir das hier geben.« Albrecht zog ein Buch aus der Brusttasche. »Du liest doch gern, oder?«

»Warum soll ich das lesen?«

»Es wird dich interessieren, glaub mir!«

Brigitte hatte mit einer Predigt gerechnet, mit albernen Argumenten, die Hitlers Tod belegen würden, so wie sie sie von ihren Eltern schon an die hundertmal gehört hatte, aber nicht mit einem Buch. Was wollte Albrecht von ihr?

»Es ist das Tagebuch einer Dreizehnjährigen«, sagte er, als würde das allein genügen, um Brigittes Neugier zu wecken.

»Ich bin erst elf.«

»Du wirst es verstehen. In vierzehn Tagen, wenn die Herbstferien vorbei sind, kannst du mir erzählen, was du darüber denkst«, sagte Albrecht, drückte ihr das Buch in die Hand und ging hinkend zurück zum Eingang.

»Wir machen weiter«, rief er den anderen Kindern zu und klatschte auffordernd in die Hände, damit sie sich beeilten.

Brigitte starrte auf das Buch in ihrer Hand und wusste nicht, was sie denken sollte. Warum hatte ihr Albrecht es gegeben? Und warum war er wieder nicht auf ihre Antwort in der Klasse eingegangen oder hatte zumindest eine Entschuldigung verlangt? Hatte er wirklich nicht verstanden, was sie über die Landkarte, die Grenzen und Hitler gesagt hatte? Oder konnte es sein – Brigitte blieb bei diesem Gedanken beinahe der Atem stehen –, dass Albrecht deshalb keine Entschuldigung von ihr verlangte, weil er ebenso wie sie und wie ein paar andere aus dem Dorf an den Endsieg und an Hitlers Wunderwaffe glaubte und er ihrer vorlauten Antwort insgeheim zustimmte, es sich aber nicht öffentlich zuzugeben traute, weil er als Lehrer unter viel größerer Beobachtung stand?

Der alte Berthold hatte gesagt, dass sie viele waren, die so dachten wie sie, und dass sie einander nur erkennen mussten, jedoch nicht gefährden durften.

Hatte Brigitte etwa Albrecht mit ihrer Antwort ermutigt, sich endlich zu seiner wahren Überzeugung zu bekennen und sich obendrein ihr zu erkennen zu geben, so wie sie sich ihm gegenüber vor der Landkarte zu erkennen gegeben hatte?

Sie hatte Albrecht mit ihrem Mut, mit ihrer Antwort beeindruckt, nur so konnte es sein, so musste es sein, denn laut der neuen Lehrerrichtlinien war er gezwungen, auf solche Antworten wie die von Brigitte einzugehen, das wussten selbst ihre Eltern, die sie beinahe täglich warnten, mit ihren verrückten Ideen über Hitlers Wunderwaffe hinterm Berg zu halten. Weil die Russen in Bezug auf Hitler keinen Spaß verstanden, selbst bei Mädchen in Brigittes Alter nicht, und sie mit solch unsinnigem Gerede ins Gefängnis kommen und die ganze Familie ins Unglück reißen könnte.

Voller Stolz betrachtete Brigitte das Buch in ihren Händen, das in einen Schutzumschlag aus Zeitungspapier gehüllt war und schon ziemlich zerlesen wirkte. Sie waren viele, sagte ihr der zerfledderte Umschlag, und Brigitte war eine von ihnen!

Sie schob das Buch schnell unter den Aufschlag ihrer grauen Feldjacke, damit niemand sehen konnte, was ihr Albrecht gegeben hatte – sie durften einander nicht gefährden –, und folgte dann dem Ruf zum Unterricht.

Auf dem langen Heimweg ertrug sie kaum Sieglindes hirnloses Geplapper. Unter ihrer Jacke brannte das Buch wie ein an die Brust gehefteter Orden eines Geheimbundes, und sie fragte sich, während sie gegen den eisigen Wind anmarschierte, als wolle sie Sieglinde abschütteln, worum es darin wohl gehen würde. Albrecht hatte gesagt, es wäre das Tagebuch einer Dreizehnjährigen, und auch wenn Brigitte erst elf war, so musste Albrecht eine Parallele zwischen diesem Mädchen und Brigitte sehen, die ihm erst durch Brigittes Antwort aufgefallen war. Vielleicht wollte er ihr mit diesem Buch sagen, dass sie durchhalten sollte und dass sie sehr, sehr viele waren. Mehr als sie glaubte. Und vielleicht würde er schon heute einige von ihnen an einem geheimen Versteck treffen und ihnen von ihr, seiner mutigen Schülerin, berichten. Ja, es gibt auch Kinder, würde Albrecht ihnen sagen, die den Schwur, ihrem Führer bis in den Tod zu folgen, nicht vergessen hatten und die durchaus würdig waren, später größere Aufgaben zu übernehmen, wenn ihr Führer erst einmal wieder für sie da sein würde.

»Was hat dir der Albrecht eigentlich auf dem Hof gegeben?«, fragte Sieglinde, als sie endlich vor dem Pfarrhaus angekommen waren, und musterte Brigittes Jacke.

»Was?« Brigitte brauchte einen Moment, um aus dem geheimen Versteck der Geächteten in den Vorgarten des Pfarrhauses zu gelangen.

»Der Albrecht hat dir doch auf dem Schulhof was zugesteckt!«

»Ach, das«, erwiderte Brigitte lahm. »Das war bloß 'ne Mitteilung an meine Mutter.«

»Wegen dem, was du über die Grenzen gesagt hast?«, sagte Sieglinde lauter als nötig, und Brigitte wusste, dass sie nur die Aufmerksamkeit von Brigittes Mutter erregen wollte, die gerade am Wohnzimmerfenster ein Staubtuch ausschüttelte.

»Was hast du schon wieder über die Grenzen gesagt?«, vernahm Brigitte prompt hinter ihrem Rücken und trat Sieglinde auf den Fuß, bis ihre Schweinsäuglein sehr viel Weiß zeigten.

»Nichts«, rief Brigitte ihrer Mutter über die Schulter zu, während sie nur langsam den Druck auf Sieglindes Zehen lockerte.

»Brigitte hat eine Mitteilung von Herrn Albrecht für Sie, Frau Günzel!«, rief Sieglinde, kaum befreit, und hatte damit endgültig den Anspruch auf eine Freundschaft verwirkt.

»Blöde Petze«, schrie Brigitte und schubste Sieglinde so heftig, dass diese mit ihrem Allerwertesten im Dreck landete.

»Haben Sie das gesehen, Frau Günzel?«, plärrte Sieglinde los.

»Ja«, erwiderte Brigittes Mutter ungerührt, »und ich finde, es geschieht dir recht.«

In solchen Augenblicken mochte Brigitte ihre Mutter sehr, auch wenn sie noch nicht wusste, woher sie die Mitteilung von Albrecht nehmen sollte, die die Mutter bestimmt gleich würde sehen wollen, und deshalb überlegte sie, ob sie nicht schnell hinüber zum Vater in die Kirche gehen sollte, um noch etwas Zeit zu schinden.

»Du bleibst hier«, bestimmte ihre Mutter, als sie sah, dass Brigitte sich schon der kleinen Backsteinkirche zuwandte. »Geh dir die Hände waschen, und dann kommst du zu mir in die Küche.«

Sieglinde verkniff sich gar nicht erst ihr schadenfrohes Grinsen, trollte sich aber zumindest.

Brigitte hätte viel lieber ihrem Vater alles erzählt. Na ja nicht alles, nichts von dem Buch und auch nicht, was sie über die Landkarte bei Albrecht gesagt hatte. Sie hätte etwas anderes Schlimmes erzählt, etwas, was sie sich noch hätte ausdenken müssen, aber ihr wäre schon noch etwas eingefallen in der würdigen Stille des Kirchenschiffes und in der Nähe Gottes. Sie hätte sagen können, dass Albrecht mit ihren Leistungen in Russisch unzufrieden wäre, auch wenn das nicht stimmte, und dann hätte ihr Vater ihr erklärt, warum und wieso es wichtig wäre, diese Sprache zu lernen, und er hätte nicht mit seiner Frau darüber reden dürfen. Denn das war eine abgemachte Sache in ihrer Familie, dass die Probleme, die man mit dem einen besprach, die anderen nichts angingen. Alles andere war Petzen und Verrat.

Das wusste ihre Mutter nur zu gut, und auch deshalb wollte sie, dass Brigitte mit ihr zuerst sprach und nicht mit ihrem Mann.

Also stellte Brigitte in der Diele ihre Tasche ab, hängte ihre Jacke auf den Bügel und steckte sich das Buch vorsichtshalber ins Leibchen, im Falle, dass ihre Mutter sie schon auf dem Flur auszufragen begann. Aber ihre Mutter war mit den Vorbereitungen für das Mittagessen beschäftigt, klapperte in der Küche mit den Töpfen, also hatte Brigitte Zeit zu überlegen, was sie ihr gleich erzählen könnte. Mit ihren schlechten Leistungen im Fach Russisch brauchte sie ihrer Mutter nicht zu kommen, denn anders als ihr Vater kümmerte die sich um ihre Schularbeiten und wusste daher, dass Brigitte darin gut war. Warum sonst also konnte sie eine Mitteilung von Albrecht bekommen haben?

Brigitte zog sich langsam die Hauspuschen an und schlurfte grübelnd ins Bad im Erdgeschoss, doch als sie mechanisch die Tür von innen verriegelte und sich dann aufs Klo setzte, kam ihr die Idee, sich Albrechts Buch näher anzuschauen. Sie schlug die erste Seite auf und las: *Das Tagebuch der Anne Frank – 14. Juni 1942 bis 1. August 1944*

Ein Bericht aus dem Krieg also, dachte Brigitte, blätterte um und las:

Tagebuch

»12. Juni 1942

Ich hoffe, daß ich Dir alles anvertrauen kann, wie ich es bisher noch niemals konnte, und ich hoffe, daß Du mir eine große Stütze sein wirst.«

Augenblicklich fühlte Brigitte sich angesprochen. Aber noch während sie sich fragte, ob sie tatsächlich gemeint war, las sie weiter. Es war das Tagebuch eines Mädchens, das Anne hieß und das auf den ersten Seiten ziemlich kokett von ihren Verehrern erzählte. Was hatte sie mit dieser Anne gemein?, dachte Brigitte. Wollte Albrecht etwa, dass sie sich mehr für Jungs als für Politik interessierte? Gleichzeitig aber fand sie, dass so ein Tagebuch auch eine gute Sache wäre, um Gedanken, für die ihre Mutter oder Johann sie auslachen oder gar rügen würden, mal in Ruhe niederschreiben zu können. Wollte Albrecht, dass sie ebenfalls Tagebuch führte?

Als sie dann auf ihrem Zimmer weiterlas, da ging es in Annes Einträgen schon nicht mehr darum, welche Jungs in sie verliebt waren oder nicht, sondern sie stellte erst einmal ihre Familie vor. Die stammte aus Frankfurt und emigrierte 1933 nach Holland, weil sie Juden waren. Ihr Leben in Amsterdam war angenehm gewesen, aber seit dem Einmarsch der Deutschen 1940 hatte es sich stark verändert, schrieb sie: Juden mussten den Stern tragen, ihre Fahrräder abgeben und durften nicht mehr mit der Straßenbahn fahren, ganz zu schweigen eigene Autos besitzen oder ins Theater gehen.

Das hatte sie alles schon in Albrechts Unterricht gehört, dachte Brigitte enttäuscht. Dann war es wohl doch nur so ein Propagandabuch. Denn sie wusste vom alten Berthold, dass sich die Juden der ganzen Welt verschworen hatten und an allem – am Krieg und an Deutschlands Kapitulation – schuld waren und Auschwitz eine Lüge war, um das deutsche Volk kleinzuhalten und zu beschämen.

Sollte sie so etwas überhaupt lesen oder nicht besser gleich dem Ofen anvertrauen? Sie entschied sich, es doch zu lesen, auch um Albrechts erwartbares Argument, sie wüsste nicht, worüber sie rede, wenn sie nur ein paar Seiten gelesen hätte, entkräften zu können. Außerdem fand sie den Stil ganz interessant. So, wie das Buch geschrieben war, hätte es tatsächlich von einem dreizehnjährigen Mädchen sein können, denn der Aufsatz, den Anne über *Eine Klatschblase* von ihrem Mathelehrer aufgebrummt bekam, weil sie im Unterricht so viel schwatzte, war wirklich lustig und auch frech. Das versprach doch, trotzdem ein amüsantes Buch zu werden, fand Brigitte, wenn man mal von der schlecht versteckten Propaganda – Anne musste sich mit ihrer Familie in einem Hinterhaus vor den bösen Deutschen verstecken – absah.

Anne hatte nämlich ganz ähnliche Probleme wie Brigitte, zum Beispiel mit ihrer Mutter, die Annes Schwester stets vorzog, nur weil sie älter, klüger, verständiger und vom Charakter eher wie die Mutter war. Das war bei den Günzels genauso. Johann war auch immer der Liebe, der Verständige und sah sogar der

Mutter ähnlich. Brigitte hingegen wurde immer getadelt, weil sie zu unbedacht, zu vorlaut, zu verletzend, zu starrsinnig war, und auch sie kam wie Anne mit ihrem Vater besser zurecht als mit ihrer Mutter.

»Gitti? Essen!«

»Gleich!«, rief Brigitte zurück und steckte das Buch unters Kopfkissen. Dann schickte sie noch einen Fluch in Richtung Sieglinde. Die war schuld daran, dass sie ihre Mutter nun anlügen musste.

Die Kartoffelpuffer waren in der Pfanne angeklebt und jeder einzelne ein einziger Klumpen und überhaupt nicht knusprig, so wie es ihre Mutter als junge Frau von ihrer Schwiegermutter, der Kaltmamsell Günzel, gelernt hatte. Das ärgerte Brigittes Mutter so sehr, dass sie ganz vergaß, nach dem Brief von der Schule zu fragen, und sich auch nicht wunderte, warum ihre Tochter kaum etwas aß und sofort wieder zurück auf ihr Zimmer wollte. Als Brigitte auch zum Abendbrot nur kurz erschien, legte ihre Mutter ihr jedoch besorgt die Hand auf die Stirn. Nein, Fieber hatte sie nicht. Trotzdem wollte sie gleich wieder auf ihr Zimmer und ins Bett, sagte sie, vielleicht »brüte« sie ja irgendetwas aus.

In Wahrheit »fieberte« Brigitte aber nur dem Tagebuch entgegen, denn was Anne da über ihre Mutter und ihre Stellung in der Familie schrieb, interessierte sie mehr als jedes Essen. Es war, so erstaunlich es ihr vorkam, tatsächlich die Beschreibung von Brigittes eigenem Leben. Auch Brigitte fühlte sich in ihrer Familie fremd, auch sie war nicht so beliebt und anerkannt wie ihr Bruder, und auch sie wusste nicht, woran das lag. Was machte sie nur falsch? Und konnte es sein, dass die Günzels Johann mehr liebten als sie?

Sie las weiter bis spät in die Nacht, und sie fand, dass das Buch auch hervorragend ohne diese Propaganda, das Verstecken im Hinterhaus, auskommen könnte. Die fand Brigitte eher

85

platt und mit dem Zaunpfahl erzählt, wie Johann sagen würde, aber was da über das Verhältnis von Anne zu ihrer Mutter stand, das traf eins zu eins auch auf sie zu. Hatte ihr Albrecht deshalb das Buch gegeben? Doch er konnte nicht wissen, wie ihre Mutter manchmal zu ihr war, wie sie sie manchmal so seltsam anschaute, als wäre sie gar nicht ihr Kind.

Der nächste Tag war der erste Ferientag, und beim Frühstück wollten Mutter und Vater wissen, was sie in der schulfreien Zeit vorhatte, denn wenn sie keinen Plan hätte, dann wüssten sie etwas für sie: ihrer Mutter beim Obst einwecken oder dem Vater in der Kirche bei der Vorbereitung des Erntedankfestes helfen. Obwohl Brigitte natürlich kein Fieber hatte, reichte ein mehrmaliges Hüsteln als Ausrede für den ersten Tag, und so durfte sie im Bett bleiben und bekam sogar ihr Essen ans Bett serviert, was ihr ein bisschen ein schlechtes Gewissen bereitete, aber auch nur ein klein bisschen.

Was sie nicht an dem Buch mochte, war immer wieder dieses Hetzen gegen die Deutschen, das wie winzige Glassplitter über die einzelnen Kapitel verstreut war und Brigitte zunehmend ärgerte. Wieso sollten die Deutschen denn Juden in Konzentrationslager stecken, für sich arbeiten lassen und sogar vergasen? Das war doch nicht zu glauben, gerade wenn sie dann las, dass Anne nicht anders über viele Dinge dachte als sie selbst, ähnlich schwatzhaft, temperamentvoll und wissbegierig, wie sie war, das verdarb doch das Lesevergnügen an dem Buch! Denn an manchen Stellen war das Tagebuch auch ein bisschen romantisch, und es wurde so richtig interessant, als Anne in dem am Anfang so langweilig geschilderten Peter einen Verbündeten bekam, sich also endlich mit jemandem austauschen konnte. Die Blicke, die da hin- und hergingen, das versprach doch schon jetzt eine ganz hübsche Liebesgeschichte zu werden. Da wollte sie unbedingt weiterlesen, denn da sah sie auch Parallelen zu sich und Johann, so wie sie früher miteinander umgegangen waren, bevor er in den Stimmbruch gekommen war und sich für die doofe Helga zu interessieren begonnen hatte.

Brigitte kam es fast so vor, als hätte sie selbst derjenigen, die das Buch geschrieben hatte, nicht nur von ihrer Beziehung zu ihrer Mutter erzählt, sondern ihr auch haarklein von ihrem Verhältnis zu Johann berichtet. Oder erlebten alle jungen Mädchen so etwas, fragte sie sich, denn dass es sich hier um eine Schriftstellerin handelte, die von ihren eigenen Kindheitserfahrungen berichtete, war ja wohl klar. Ein Mann könnte niemals so gut über die Beziehung zwischen Mutter und Tochter oder die romantische Verliebtheit zu einem Jungen schreiben. Ausgeschlossen.

Brigitte blätterte auf die ersten Seiten zurück, um zu erfahren, wer das Buch geschrieben hatte. Doch da stand kein Name, nur dass das Buch von einer Anneliese Schütz aus dem Holländischen übertragen worden war. Vielleicht war der Name der Schriftstellerin ja auf dem Umschlag abgedruckt? Brigitte überlegte, den Zeitungsumschlag zu entfernen, ganz vorsichtig, damit Albrecht nichts davon merkte. Doch dann dachte sie, dass sie zur Not auch einen neuen Umschlag basteln könnte, und entfernte vorsichtig den Schutzumschlag. Seltsam. Da stand auch kein Name, nur wieder der Titel: *Das Tagebuch der Anne Frank*, und wieder der Zeitraum: *14. Juni 1942 bis 1. August 1944*.

Darunter, praktisch auf dem Buchdeckel, war aber ein Text abgedruckt, den Brigitte natürlich sofort las. Aber noch während sie las, überkam sie plötzlich ein Schwindel, und alles schien sich mit einem Mal um sie zu drehen.

Konnte das tatsächlich wahr sein?

Sie las es noch einmal, langsamer, Wort für Wort. Dort stand, dass dieses Tagebuch echt, nicht erfunden war, sondern von einem Kind zwischen seinem dreizehnten und fünfzehnten Lebensjahr verfasst wurde, das im Lager von Bergen-Belsen zwei Monate vor der Befreiung von Holland gestorben war.

Gestorben.

Nein, das war zu abgefeimt, dachte Brigitte, beinahe wäre sie dem Text auf dem Leim gegangen.

Aber warum dann »gestorben«? Wenn es ein Propagandabuch war, würde doch da »ermordet« stehen. Oder?

Aber wie konnte denn ein Mädchen – Anne war nur zwei Jahre älter als Brigitte – so gut schreiben? Nein, das war gar nicht möglich, dann wären ja auch all die anderen Dinge, über die sie schrieb, wahr. Nicht nur das über Annes Mutter und über Peter, sondern auch das über das Versteck und … und auch der Grund dafür, warum sie sich versteckten, also die Deutschen, die sie, die Juden, laut Anne in ein KZ stecken und umbringen wollten. Nur, warum? Was hatte Anne ihnen denn getan? Oder Annes Vater?

Brigitte blätterte zum letzten Tagebucheintrag, um zu lesen, wie es ausging, doch da sah sie das Nachwort. Da stand, dass die »Grüne Polizei« am 4. August ins Hinterhaus eingefallen war und alle Versteckten arretiert und in Konzentrationslager gebracht hatte. Und dass Annes Tagebücher achtlos in den durchwühlten Zimmern liegen geblieben und erst später Annes Vater übergeben worden waren, der als Einziger von allen Untergetauchten überlebte.

Von allen.

Als Einziger.

Also war es doch wahr. Anne, Peter, ihre Mutter und die anderen, sie alle hatten wirklich gelebt, aber sie alle waren nun tot, hatten nicht leben dürfen, weil sie Juden waren.

Als ihre Mutter ihr das Abendbrot brachte, stellte Brigitte sich schnell schlafend, denn sie hätte ihrer Mutter nicht in die Augen schauen können, so sehr schämte sie sich plötzlich. So nichtig und gemein, so verbohrt und dumm kam sie sich vor, weil sie sich allen Zeichen und Ratschlägen von Albrecht, der Mutter, auch von Johann widersetzt und lieber auf den alten Berthold gehört und sich dabei auch noch so heldenhaft und wie eine Märtyrerin gefühlt hatte. Und das nur, weil sie als kleines Kind einmal einen Schwur geleistet hatte, von dem sie nicht mehr hatte abweichen wollen. Wie dumm sie gewesen war, wie starrköpfig wieder einmal, nur um nicht zu sehen, was alle sahen und längst wussten.

Anne hingegen hatte schon mit dreizehn Jahren erkannt, wer diese Nazis waren, wozu sie fähig waren. Sie hatte dennoch nicht ihren Lebensmut verloren, nicht ihren Witz und ihr Lachen und hatte sich auch noch selbst dafür gegeißelt, dass sie unter den Verhältnissen im Hinterhaus so sehr litt.

Als Brigitte in der Nacht Annes letzte Zeilen las, aus denen klar wurde, dass sie nicht einmal ahnte, dass ihre Entdeckung im Hinterhaus unmittelbar bevorstand und dass dies ihr letzter Eintrag sein würde, da weinte Brigitte nicht nur um Anne Frank, sondern auch um sich selbst: Warum nur hatte sie sich so unbelehrbar gezeigt und weder auf Johann noch auf die Eltern gehört und jeden Hinweis auf das, was die Deutschen den anderen Völkern in diesem Krieg angetan hatten, ignoriert?

Dann begann sie, das Tagebuch erneut zu lesen, von vorn, aber dieses Mal interessierten sie nicht so sehr die Streitereien zwischen Anne und ihrer Mutter, die Bevorzugung der Schwester oder Annes Interesse an Peter. Sie suchte die Stellen, in denen Anne über die Deutschen schrieb und sich vor ihnen fürchtete, sich vor Brigittes Volk ängstigte. Dabei tauchte vor Brigittes Augen auch immer wieder das Bild von Onkel Konrad auf. Vielleicht war Onkel Konrad, den nicht nur sie, sondern alle Kinder des Dorfes und auch der alte Berthold wegen seiner schicken Uniform abgöttisch verehrt hatten, ja einer von denen gewesen, der Mädchen wie Anne in ein Konzentrationslager gesteckt hatte? Und der vielleicht noch ganz andere, sich nicht auszumalen zu trauende Sachen getan hatte?

Deshalb verließ sie am Ende der Woche ihr selbstgewähltes Krankenlager und erschien wieder beim Abendbrot, denn sie wollte ihren Eltern ein paar Fragen zu Onkel Konrad stellen.

»Was hat Onkel Konrad damals im Krieg eigentlich so getan?« Es war nur eine ganz beiläufig gestellte Frage gewesen, aber ihre Eltern hielten beide sofort im Kauen inne und schauten sie überrascht an.

»Warum willst du das denn wissen?«, fragte ihre Mutter argwöhnisch.

»Einfach so.« Brigitte zuckte mit den Schultern. »Er hatte doch immer so eine schicke Uniform an, nicht?«

»Es war Krieg, Gitti. Viele trugen da Uniformen.«

Klar, ihre Mutter versuchte wie immer auszuweichen.

»Er war Arzt. Und deshalb hatte er auf den Schulterklappen den Äskulapstab. Also, wenn du das schick fandest.« Ihr Vater wiegte den Kopf hin und her, so als wäre er nicht ganz ihrer Meinung, aber das Thema für ihn damit abgeschlossen.

»Nein, Gitti meint sicher die SA-Uniform, die er davor getragen hat.« Johann schaute fragend zu Brigitte, und sie nickte.

Dieses Mal antwortete der Vater.

»Onkel Konrad hat zwar die braune Uniform getragen, aber er ist trotzdem kein böser Nazi gewesen.«

»Das sagen sie jetzt alle ...«, begann Johann spöttisch, doch als er den Blick seines Vaters sah, verstummte er.

»Er war mein Freund! Und von Freunden weiß man so etwas.« Ihr Vater war laut geworden, dann schaute er zur Mutter, die mit den Tränen kämpfte und in ihrer Kittelschürze nach einem Taschentuch suchte.

Trotzdem: Wieso »war«? Brigitte kam plötzlich ein furchtbarer Verdacht. »Ist Onkel Konrad etwa tot?«

Ihre Mutter schluchzte laut auf und rannte hinaus, was auch eine Antwort war, aber ihr Vater bestätigte sie noch mit einem traurigen Nicken, dann stand er auf und ging seiner Frau hinterher.

Brigitte wusste nicht, ob sie wegen Onkel Konrad trauern oder doch eher erleichtert sein sollte. Sie hatte ihn sich vor den Ferien noch mit solcher Inbrunst herbeigesehnt, wie einen Erlö-

ser, doch jetzt, wo sie Annes Tagebuch kannte und sich eingestehen musste, dass das alles, was Albrecht in der Schule über
die Nazis erzählt hatte, wahr war – die Konzentrationslager, die
Erschießungen, die Verfolgungen –, da war sie sogar froh, dass
Onkel Konrad nicht mit Hitlers Wunderwaffe und einem einhunderttausend Mann starken Heer zurückkehren konnte. Und
außerdem bewies ihr das, wie sehr sie der alte Berthold und die
anderen angelogen hatte.

Noch am selben Abend bat Brigitte ihren Vater um Papier
und Bleistift und darum, sie in der nächsten Ferienwoche in
Ruhe zu lassen. Sie wolle ihr bisheriges Leben überdenken und
alles genau aufschreiben, sagte sie ihm so ernst, dass er nicht
wagte nachzufragen.

Eine Woche redete Brigitte kein Wort mit den anderen, ver-
ließ ihr Zimmer nur für den Toilettengang und zu den Mahl-
zeiten, und ließ sich auch nicht von Johann provozieren, der
natürlich wissen wollte, was sie da so Aufregendes schrieb. Am
Ende der Woche hatte sie zwei Hefte vollgeschrieben und drei
Bleistifte verbraucht. Dann waren die Herbstferien um, und
Brigitte sehnte sich der ersten Unterrichtsstunde entgegen, um
Neulehrer Albrecht das Resultat zu präsentieren.

ANDRÉ

Ostberlin

1976

André lauschte auf die Geräusche, die aus dem Wohnzimmer kamen, obwohl er sich vor Müdigkeit kaum noch auf den Beinen halten konnte, aber irgendetwas war anders als sonst, und das hielt ihn wach.

Gerade lief die Erkennungsmelodie der *Aktuellen Kamera*, gleich würde Klaus Feldmanns sonore Stimme ertönen, also hatte André genau eine halbe Stunde Zeit, um sich zu überlegen, was er sagen wollte, wenn Burghard zurückkam. Aber eigentlich wollte André gar nichts sagen, deshalb war er ja hier im Hobbyraum, eingesperrt zwischen all den Brettern und Leisten, die mal ein Weihnachts-, Geburtstags- oder Hochzeitstaggeschenk für Doris hätten werden sollen, aber es nicht geworden waren, denn Burghard kam einfach nicht dazu bei all seinen Verpflichtungen und dem ganzen Ärger, den André ihm noch zusätzlich bereitete.

So hatten es sich die Rothemarks nämlich nicht vorgestellt, als sie damals so großzügig waren und sich bereit erklärt hatten, ihn aufzunehmen. Sie erwarteten ein bisschen mehr Dankbarkeit von ihm und nicht dauernd diese Lügen, diese Verstocktheit und schon gar nicht, dass er sie bestehlen würde. Davon waren die beiden ausgegangen: dass das Geld, das Doris in der

Zigarrenschachtel beim Bettenbeziehen unter Andrés Matratze gefunden hatte, nur ihr eigenes sein konnte. Das war zwar irgendwie wahr, aber wiederum auch nicht. Es war eben schwer zu erklären, und sie würden André sowieso nicht glauben, sie hatten sich bereits ihre Meinung gebildet, woher die 226,35 Mark in der Zigarrenschachtel kamen, und Andrés einzige Aufgabe wäre es gewesen, ihrer vorgefertigten Meinung zuzustimmen. Was André aber nicht konnte, auch weil es eine Lüge gewesen wäre, und lügen sollte er nicht. Das war es doch, worauf sie immer den allergrößten Wert legten.

Deshalb hatte er besser gar nichts gesagt und war Burghard stumm in die Hobbykammer gefolgt, hatte sich sogar bereitwillig über die Bank gelegt. Einerseits, weil er dem Handfeger sowieso nicht entkommen konnte, andererseits, weil es bereits fünf vor halb acht war und es seinen Adoptivvater nur umso wütender gemacht hätte, wenn er wegen André auch noch die *Aktuelle Kamera* verpasst hätte. Das war eben sein abendliches Ritual, so wie es damals auch das der Erzgebirgseltern gewesen war, obwohl die Nachrichten immer stinklangweilig waren. Jetzt zur Erntezeit umso mehr, in der sich wahrscheinlich wie jedes Jahr eine Korona von riesigen Mähdreschern von links nach rechts durch den Fernseher fräsen würde, während dazu ein Sprecher die Ernteerfolge und die besten LPGs des Landes aufzählte. Später würden vielleicht noch Abc-Schützen gezeigt werden, die am letzten Samstag das erste Mal zur Schule gingen.

Warum war sich Burghard nur so sicher, dass André das Geld aus dem Portemonnaie seiner Frau gestohlen hatte? Zwar ließ Doris ihr Portemonnaie tatsächlich öfter auf dem Küchenschrank liegen – anders als Burghard, der seine Brieftasche immer in der hinteren Hosentasche trug –, aber André hatte immer geglaubt, dass sie das absichtlich tat, als eine Art Prüfung für ihn, ob er dieser Verführung erliegen würde oder nicht. Schließlich war er nur ein Adoptivkind, und da konnte man ja nie wissen, hatte er sie einmal in einem anderen Zusammenhang sagen hören.

Nicht nur deshalb hatte André es nie gewagt, das Portemonnaie heimlich zu plündern, sondern auch, weil Doris immer genau Bescheid wusste, wie viel Geld sie besaß. Wenn er zum Beispiel nach dem Milchgeld für den nächsten Monat fragte, wusste sie, ohne auch nur einen Blick in ihr Portemonnaie zu werfen, dass sie die 3,40 Mark nicht mehr hatte. Sie sagte dann tatsächlich: »Tut mir leid, ich habe nur noch 2,83 Mark im Portemonnaie, also frag deinen Vater.«

Wie sollte André denn da unerkannt 226,35 Mark stehlen? Nicht einmal einen Pfennig hätte er sich heimlich nehmen können, ohne dass es ihr aufgefallen wäre, das müsste sie doch wissen!

Nur, damit konnte er Burghard nachher, wenn die *Aktuelle Kamera* vorbei wäre, nicht kommen. Er würde ihm diesen Beweis sofort ins Gegenteil kehren, da André damit ja zugab, immerhin darüber nachgedacht zu haben, sich aus Doris' Portemonnaie zu bedienen, und es nur nicht getan hatte, weil er um ihre Pfennigfuchserei wusste, also im Grunde nur ein cleveres Bürschchen war, was aber in Burghards Augen so viel wie »hinterlistig« bedeutete.

Es wäre so gut wie ein Schuldeingeständnis gewesen und hätte womöglich bedeutet, dass André die Rothemarks würde verlassen und in ein Kinderheim gehen müssen. Und davor hatte er wirklich Angst. Auch dass er dann Onkel Fritz nie wiedersehen würde, wie dieser angedroht hatte.

Die Wahrheit war, dass er den ganzen letzten Sommer nicht nur den täglichen Eintritt für das Schwimmbad (20 Pfennige), sondern auch die 20 Pfennige für die Straßenbahn nach Pankow (für hin und zurück) angespart hatte, die Doris Rothemark ihm jeden Morgen auf den Küchentisch gelegt hatte, bevor sie in ihre Buchhandlung unten bei ihnen in der Ladenzeile ging. Ja, insofern war ein Teil des Geldes in der Zigarrenschachtel auch ihr Geld, aber eben nicht die vollständigen 226,35 Mark. Da war auch sein Taschengeld von über einem Jahr dabei, das er jeden Montagabend in die Zigarrenschachtel gelegt hatte.

Er hatte nicht nur in den Ferien auf das Schwimmbad verzichtet, sondern auch auf die tägliche Pausenmilch in der Schule, was ihm jeden Monat zusätzlich zwischen 3,40 Mark und 3,74 Mark einbringen konnte, je nachdem, wie viele Tage der Monat hatte. Dabei hätten es durchaus zwischen 4,00 Mark und 4,40 Mark sein können, wenn er sich anstatt für die Himbeermilch für die Kakaomilch entschieden hätte, aber das wäre zu auffällig gewesen und hätte nur unnötige Fragen provoziert. Doris wusste, dass er Kakao nicht mochte, auch nicht Schokolade, also sagte er zu Hause, dass er Himbeermilch bestellte, und behielt einfach das Geld. Was wiederum sein Gewissen an den Tagen, an denen ein Elternabend in der Schule angesetzt war, schon genug plagte, weil er sich dann jedes Mal ausmalte, wie seine Lehrerin zu Doris über den seltsamen Umstand sprach, dass André als Einziger in der Klasse keine Milch in der Pause trank. Doch Elternversammlung war nur zweimal im Jahr und die Gefahr, dass seine ehemalige Klassenlehrerin von der POS irgendwann noch einmal auf die nicht bestellte Milch zurückkommen könnte, gering, obwohl sie mittlerweile eine gute Kundin bei Doris im Buchladen war.

Viel schlimmer war, und das plagte Andrés Gewissen beinahe ständig, dass er das meiste von den 226,35 Mark anderen Kindern gestohlen hatte, die nun wegen seines egoistischen Verhaltens Hunger leiden mussten oder keine Schulbücher hatten, geschweige denn Bleistifte oder Radiergummis. Dabei war André, obwohl er erst mitten in der dritten Klasse in die Neubauschule kam, am Schuljahresende einer der Besten beim Sammeln von Altstoffen in seiner Klasse gewesen, in einem Monat sogar der Beste der ganzen Schule. Als nämlich der alte Herr Vogler aus dem sechsten Stock, der mal ein Journalist für das *Neue Deutschland* gewesen war, ins Altersheim kam und er André schweren Herzens ganze Jahrgänge des *Neuen Deutschland* überlassen hatte, weil er sie in seinem neuen kleinen Zimmer nicht unterbringen konnte. 124,20 Mark hatte André damals für dreiundzwanzig komplette Jahrgänge bekommen, das heißt für jeden Monat – zu einem handlichen Paket verschnürt – 45 Pfennige. Er hatte den gesamten Betrag in der Schule abgegeben und sich damit nicht nur selbst zum absoluten Spitzenreiter für das Solidaritätsgeld gemacht, sondern für seine Klasse 3b den Jahresdurchschnitt so angehoben, dass sie in diesem Jahr ungeschlagen blieben und für ihre vorbildliche Solidarität auf dem Fahnenappell vor den Sommerferien eine Urkunde bekamen, über die sich André dann aber schon nicht mehr freuen konnte.

23 × 6, also 138-mal war er für die 124,20 Mark mit jeweils einem Paket links und einem Paket rechts den weiten Weg zur Altstoffannahmestelle am S-Bahnhof Marx-Engels-Platz gelaufen, einige Tage sogar an die zwanzigmal, weil ihm der alte Herr Vogler zu spät Bescheid gesagt hatte und seine Wohnung innerhalb weniger Tage geräumt sein musste. Aber das war durchaus zu verkraften gewesen, und auch als André die komplette Summe bei dem Mädchen, das immer das Soli-Geld einsammelte, abgab, hatte er sich noch über ihren erstaunten Blick freuen können und so getan, als wäre das alles gar nichts. Er begann sich erst Tage später zu ärgern, nämlich als Hotte ihm von der Möglichkeit erzählte, dass er schon mit zehn würde allein ins Ausland reisen können, denn dass André irgendwann nach Bulgarien an das Grab seiner Eltern wollte, hatte er schon auf der Fahrt vom Erzgebirge nach Berlin beschlossen.

335 Mark sollte der Flug nach Varna kosten, von wo es bis nach Burgas nicht mehr sehr weit war, hatte Hotte herausgefunden. Das war sehr viel Geld, fast so viel, wie Doris in ihrem Buchladen verdiente, und André hatte gerade 124,20 Mark in der Schule abgegeben, ohne auch nur einen Pfennig für sich zu behalten. Im Gegenteil, er hatte auch noch

Schnur zum Zusammenbinden der Pakete gebraucht und diese von seinem Taschengeld bezahlt, statt sie von der Summe abzuziehen.

Es hatte nichts geholfen: Das Geld für Herrn Voglers Zeitungen war futsch gewesen, er konnte es nicht mehr zurückholen. Deshalb hatte er kurz darauf, also schon zum Ende der dritten Klasse, nicht nur angefangen, sein gesamtes Taschengeld (eine Mark wöchentlich), das monatliche Milchgeld und auch das Geld für das Schwimmbad plus das für die Hin- und Rückfahrt zurückzulegen, sondern auch begonnen, die Kinder in Angola und Vietnam zu bestehlen. Indem er von da an zwar noch mehr Altpapier und Flaschen sammelte, aber stets nur die Hälfte des eingenommenen Geldes bei dem Soli-Geld-Mädchen abgab und die andere Hälfte in die Zigarrenschachtel unter seiner Matratze packte.

Immer hatte André gehofft, noch einmal auf einen ehemaligen Journalisten zu treffen und sein Gewissen gegenüber den Not leidenden Kindern in der Welt wenigstens mit größeren Soli-Beiträgen ein bisschen beruhigen zu können, aber die meisten Leute benutzten ihre alten Zeitungen viel lieber zum Anfeuern der Öfen oder gaben sie, wenn sie wie die Rothemarks Zentralheizung besaßen, an die weiter, die keine Zeitung am Kiosk um die Ecke ergattert hatten. Oder sie überließen sie ihren Kindern und Enkeln, die ja auch irgendwie ihren Soli-Betrag zusammenbekommen mussten.

Und nun war alles umsonst gewesen. Die Rothemarks würden die gesamten 226,35 Mark als ihr Geld betrachten und es sich in die eigene Tasche stecken. André würde nie an das Grab seiner Eltern nach Bulgarien kommen, das konnte er sich abschminken, wenn er erst einmal in dem Kinderheim wäre.

Im Wohnzimmer ertönte die Schlussmelodie der *Aktuellen Kamera*, und von irgendwoher, wahrscheinlich von den Nachbarn, hörte André die Anfangsmelodie der *Tagesschau*, die bei ihnen aber nicht geguckt werden durfte. Dafür klimperte der

Tanz der Bonbonfee, die Erkennungsmelodie von Willi Schwabes Rumpelkammer, durch den Flur bis in die Hobbykammer, und André fragte sich, ob die Rothemarks ihn etwa die ganze Nacht hier versauern lassen wollten oder nur bis nach dem *Schwarzen Kanal*, der immer danach kam und den Burghard erst recht nicht verpassen durfte.

Aber dann klingelte es an der Wohnungstür, und André wunderte sich, wer das sein könnte, denn die Rothemarks empfingen nie Besuch, abgesehen von Andrés Klassenlehrerin, die einmal im Jahr zu einem Besuch bei den Eltern ihrer Schüler verpflichtet war. Das war im Erzgebirge so gewesen und auch hier in Berlin. Dann aber hörte André die Stimme von Onkel Fritz und war sich sicher, dass er gekommen war, um ihn nun in das Kinderheim zu bringen.

Und dann saß André vor ihrem Haus mit Onkel Fritz in dessen Tschaika, während der Chauffeur sich die Auslagen im Buchladen anschaute. Plötzlich hatte André das Bedürfnis, alles zu gestehen – war ja sowieso egal, was Onkel Fritz oder die Rothemarks von ihm dachten. Er ließ nichts aus und schummelte auch nicht, weil es einerseits gar nicht anders ging, Onkel Fritz die vollen 226,35 Mark zu erklären, und weil es andererseits auch sehr erleichternd war, alle seine Missetaten auf einmal zu gestehen.

»Und du hast wirklich kein Geld aus dem Portemonnaie deiner Mutter gestohlen?«, hatte Onkel Fritz schließlich gefragt und ihn mit seinen wasserblauen Augen so durchdringend angesehen, dass André, auch wenn er diesbezüglich kein schlechtes Gewissen hatte, doch feuchte Hände bekam und den Blick senkte. Also gestand er auch noch, dass er daran durchaus ab und zu gedacht habe, aber dass dies bei Doris' gutem Gedächtnis selbst für klitzekleine Geldbeträge einfach unmöglich gewesen wäre. Da hatte Onkel Fritz geschmunzelt und gesagt, dass seine eigene Mutter auch immer über jeden Pfennig in ihrem Portemonnaie Bescheid gewusst habe und dass dies wohl zu den besonderen Fähigkeiten von Müttern gehöre. André hätte gern gefragt, ob Onkel Fritz als Kind auch manchmal das Verlangen verspürt hatte, sich an dem Portemonnaie seiner Mutter zu vergreifen, aber da hatte Onkel Fritz schon wieder sehr ernst geblickt, und André verkniff sich die Frage besser.

»Aber nun sag mir doch, wozu du das ganze Geld brauchst? Worauf sparst du?«

Das zu beantworten war das eigentlich Schwere, denn André hatte nicht damit gerechnet, diese Frage, wofür er das ganze Geld gespart hatte, jemals beantworten zu müssen. Seit er am Abend nach Hause gekommen war, war es immer nur darum gegangen, woher das Geld in der Zigarrenschachtel gekommen war, und nie, wofür er es verwenden wollte. Also fing André umständlich zu erklären an, was Hotte über das Reisen von Zehnjährigen herausgefunden hatte, und überlegte währenddessen, ob er Onkel Fritz den wahren Grund nennen durfte. Er hatte versprochen, nie wieder die Wüste oder das Maschinengewehr auch nur zu erwähnen, aber zählte das, was er vorhatte, auch dazu?

»Du willst also mit dem Geld nach Bulgarien, ja?«, fragte Onkel Fritz finster, und seine Enttäuschung war unüberhörbar.

»Aber doch nur, um das Grab meiner Eltern zu sehen«, rief André verzweifelt und sah, wie Onkel Fritz ihn überrascht anschaute.

»Warum sagst du das nicht gleich? Warum hast du mir das nicht schon vor einem Jahr erzählt, bevor du mit diesem unsinnigen Sparen angefangen hast?«

»Aber ich dachte ...«

»Du hast mir versprochen, alles zu erzählen! Hast du das?«

André nickte bekümmert, während Onkel Fritz den Chauffeur heranwinkte.

»Wir fahren nach Friedrichshagen.«

Jetzt würde es also in das Kinderheim gehen, dachte André und überlegte, ob er einfach die Tür aufreißen und aus dem Auto fliehen, die Spandauer Straße in Richtung Monbijoupark hinunterrennen sollte, wo er sich am Ufer der Spree hinter einem Busch oder einem S-Bahn-Pfeiler vor Onkel Fritz und seinem Chauffeur wenigstens für eine gewisse Zeit verstecken könnte. Aber das war natürlich Unsinn. Er war hundemüde und der Tag so furchtbar lang gewesen, dass er es kaum zur nächsten Ecke schaffen würde. Und wo sollte er schließlich auch hin, wenn er die beiden abgeschüttelt hätte? Also blieb er einfach in dem weichen Polster sitzen, unternahm nichts, stierte nur zum Fenster hinaus.

Die Stadt war an diesem Montagabend wie leergefegt, und als sie in Richtung Süden fuhren, ging am Osthafen gerade die Sonne unter, ditschte, wie die Erzgebirgsmutti gesagt hätte, am Horizont in die Spree und färbte das Wasser blutrot. Es war ein schöner Herbsttag gewesen, und das Abendrot – »Abendrot, schön Wetterbot!«, ein weiterer Spruch der Erzgebirgsmutti – versprach für den nächsten Tag einen ebenso schönen Tag, an dem Andrés neue Trainingskameraden nun ohne ihn ins Friesenstadion fahren würden. Aber das Kinderheim hatte ja auch etwas Gutes: Nie wieder müsste sich André vor den Rothemarks fürchten, und nie wieder müsste er einen dieser albernen Sprünge machen, es sei denn, er wollte irgendwann einmal in einem Schwimmbad vor anderen damit angeben.

Kurz hinter Schöneweide war André dann doch noch eingeschlafen und wurde erst durch ein sanftes Rütteln an seiner Schulter wach.

»Komm, wir sind da«, sagte Onkel Fritz und hielt ihm die Wagentür auf, obwohl das die Aufgabe des Chauffeurs gewesen wäre. Aber der war weit und breit nicht zu sehen, und da war auch kein Kinderheim in der Straße, in der der Tschaika gehalten hatte, sondern nur ein schmiedeeisernes Tor in einer roten Backsteinmauer, hinter der reihenweise Grabsteine im Licht der einzigen Straßenlaterne wie faulende Zahnstummel leuchteten. André machte unwillkürlich einen Satz zurück, doch Onkel Fritz schnappte ihn beim Kragen und hielt ihn fest.

»Willst du nun das Grab deiner Eltern sehen oder nicht?«

André verstand nicht, doch kurz darauf kam der Chauffeur mit einer Taschenlampe und einem Bund klappernder Schlüssel und schloss das schmiedeeiserne Tor zum Friedhof auf. Wie André es nicht anders erwartet hatte, öffnete es sich mit einem überaus lauten Quietschen, und beinahe gleichzeitig kam ihm dieser seltsam modrige Geruch, den er bereits von dem Friedhof kannte, auf dem die Erzgebirgsmutti ihre Eltern zu liegen hatte, in die Nase. Sofort hatte er das Bild von in der Erde verfaulenden Leichen vor Augen, obwohl die Erzgebirgsmutti erklärt hatte, dass der Geruch nicht aus den Gräbern, sondern von den Eiben, den Lebensbäumen, den Wachholdersträuchern und den Buchsbaumhecken käme, die typischerweise immer auf einem Friedhof angepflanzt wurden.

Onkel Fritz schritt zielgerichtet einen Weg hinunter und leuchtete mit einer Taschenlampe mal hier- und mal dorthin. Am liebsten hätte André ihn bei der Hand gefasst, so sehr ängstigten ihn die Schatten der hohen Bäume, die mit jeder Bewegung der Taschenlampe vor- und zurücksprangen, als wollten sie nach ihm greifen. Doch letztlich war es die Taschenlampe, die die nach André schnappenden Schatten in Schach hielt, bis Onkel Fritz endlich vor einem einfachen grauen Granitblock stehen blieb.

»Hier ist es«, flüsterte Onkel Fritz und richtete die Taschenlampe auf den Stein. *Klaus und Inge Meier, gestorben am 5. August 1970*, stand da. André hätte nicht sagen können, was er sich eigentlich von dem Grab seiner Eltern versprochen hatte, aber dass ihn die Namen auf einem einfachen Stein so treffen würden, hätte er nicht gedacht. Seine Kehle war wie zugeschnürt. Am liebsten hätte er sich vor dem Stein auf das Grab geworfen und ihn leidenschaftlich umarmt, so sehr fehlten ihm in diesem Augenblick die Eltern, obwohl er sich noch immer nicht an sie erinnern konnte. Er hätte ihnen gern etwas Nettes gesagt, mit ihnen »Zwiesprache« gehalten – so hatte es die Erzgebirgsmutti genannt, wenn sie wie versunken auf den Stein ihrer Eltern gestarrt und André um absolute Ruhe gebeten hatte. Doch sosehr André auch überlegte, ihm fiel nichts ein, was er ihnen hätte sagen können. Stattdessen schluckte er nach einer Weile nur die aufsteigenden Tränen hinunter und sagte: »Ich hieß also André Meier?«

»Ja«, erwiderte Onkel Fritz. »Da ist doch der Name, den du jetzt trägst, viel besser, oder?«

»Werde ich ihn denn behalten?« André traute sich kaum, Onkel Fritz in die Augen zu sehen, denn mit dem Umzug vom Erzgebirge nach Berlin hatte er auch den Familiennamen der Erzgebirgseltern abgeben müssen, und er sah natürlich ein, dass die Rothemarks ihm ihren Nachnamen nicht länger überlassen würden, wenn er erst einmal in einem Kinderheim wäre.

»Das hängt ganz von dir ab«, erwiderte Onkel Fritz. »Aber ich glaube, dass dich die Rothemarks sehr mögen und dass du ihnen auch erzählen kannst, wie du zu dem Geld gekommen bist.«

»Kannst du das nicht für mich machen? Dir glauben sie eher.«

Onkel Fritz überlegte einen Moment, dann lächelte er: »Nur, wenn du mich noch zum Grab meiner Mutter begleitest. Ich find's hier nämlich ziemlich gruselig.«

Also gingen sie noch zum Grab von Onkel Fritz' Mutter, das gleich hinter der Kapelle des Friedhofes lag. Währenddessen erzählte Onkel Fritz, dass er Andrés Eltern extra hier in Friedrichshagen habe beerdigen lassen, damit sie immer gemeinsam auf den Friedhof zu ihren Eltern gehen könnten. Nur, André habe nie nach dem Grab seiner Eltern gefragt, deshalb habe er André auch nie davon erzählt, weil er nämlich selbst auf diesen Wunsch kommen sollte, wie der Arzt, der André nach dem Unfall in Bulgarien untersuchte, Onkel Fritz geraten hatte. Alles andere hätte André vielleicht überfordern und einen Schock bei ihm auslösen können.

André sah ein, wie dumm es von ihm war, Onkel Fritz nicht

in seine Wünsche eingeweiht zu haben, und versprach, ihm von nun ab alles, was ihn bewegte und was mit seinen toten Eltern zusammenhing, sofort zu erzählen. Und er würde den Rothemarks auch keine Sorgen mehr bereiten und gern die albernen Sprünge machen, die so albern ja nun auch nicht waren, das war schon eine Art Kunst, nach einem komplizierten Sprung ganz ohne einen Spritzer ins Wasser zu tauchen.

»Warum ist sie nur dreiundfünfzig Jahre alt geworden?«, fragte André, als er den Abstand zwischen dem Geburts- und Sterbejahr von Onkel Fritz' Mutter errechnet hatte.

»Es war Krieg, und sie hatte sich eine schwere Lungenentzündung geholt, und es gab kaum noch Medikamente.«

»Wie war sie?«

»Oh, sie war eine sehr praktische Frau«, sagte Onkel Fritz und fügte lächelnd hinzu: »Gerade hat sie gesagt, dass wir mal nach den Äpfeln im Garten schauen sollten, die müssten jetzt reif sein.«

»Das hat sie gesagt?«, fragte André erstaunt. Gab es denn wirklich so etwas wie »Zwiesprache« mit einem Toten? Warum hatte André es dann nicht am Grab seiner Eltern gekonnt?

»Komm, das ist hier gleich in der Nähe.«

Onkel Fritz nahm ihn bei den Schultern und führte ihn zum Ausgang. André wäre lieber noch einmal zum Grab seiner Eltern gegangen, aber vielleicht könnte er nächstes Wochenende, wenn ihn Doris Rothemark nach dem sonntäglichen Mittagessen wieder in die Kindervorstellung vom *Colosseum* in der Schönhauser Allee schicken würde, heimlich nach Friedrichshagen auf den Friedhof fahren und seine Eltern besuchen.

Heimlich? Hatte er nicht eben versprochen, Onkel Fritz in seine Vorhaben, die seine Eltern betrafen, einzuweihen?

»Glaubst du, ich könnte auch allein auf den Friedhof kommen?«

»Deshalb habe ich dir das Grab gezeigt. Du solltest aber auch deine Eltern darüber informieren.«

Einen Augenblick war André verwirrt, denn er glaubte, Onkel Fritz hatte mit »seinen Eltern« seine wirklichen Eltern, also Klaus und Inge Meier unter dem Grabstein, gemeint, aber dann verstand er natürlich. Ja, er würde den Rothemarks von dem Grab seiner Eltern in Friedrichshagen erzählen und ihnen damit beweisen, dass er auch ihnen vertraute.

Während der Chauffeur den Schlüssel für den Friedhof zurückbrachte, waren sie zu einem verfallenen Haus nur zwei Querstraßen weiter gegangen, in dem Onkel Fritz früher mit seiner Mutter und seinem Bruder gewohnt hatte. Über dem Eingang, zu dem hinauf eine bröckelnde Steintreppe führte, prangte noch ein verrostetes *Konsum*-Schild, und die Jalousien vor den nachträglich in die Fassade gebrochenen Ladenfenstern hingen auf halb acht. Der *Konsum* war wegen eines Dachschadens Ende der Sechzigerjahre geschlossen worden, erzählte Onkel Fritz, aber da man alle Baukräfte und alles Baumaterial für das Wohnungsbauprogramm brauchte, war das Haus immer weiter verfallen, und irgendwann würde man es wohl abreißen müssen.

Sie stiegen über meterhohe Brennnesseln und kämpften sich in den hinteren Teil des Gartens durch Berge von Unrat, den die Leute der Gegend einfach über den Zaun geworfen hatten, und stiegen über alte Bettgestelle und Zinkwannen, bis sie vor einem Apfelbaum standen, von wo ihnen die Äpfel aus der Tiefe des Nachthimmels entgegenleuchteten. Sie waren genau richtig: nicht mehr zu grün, sondern süß und saftig, da waren sich André und Onkel Fritz sofort einig.

»Komisch, der Garten kommt mir heute viel kleiner vor als damals«, sagte Onkel Fritz kauend. »Nur der Apfelbaum ist gewachsen. Den hat meine Mutter 1919 gepflanzt, drei kümmerliche Zweige hat der gehabt, André. Und als die Inflation am größten war und ganz Berlin hungerte, trug er noch keinen einzigen Apfel.«

Sie pflückten so viele Äpfel, wie sie mit dem Nylonbeutel des

Chauffeurs transportieren konnten, und legten obenauf noch ein paar Johannisbeeren, die in dicken Trauben an den Sträuchern hingen. Dann fuhren sie damit zurück in die Stadt.

Unterwegs aßen sie noch mehr Äpfel, und Onkel Fritz erzählte aus der Zeit, in der er mit seinem Bruder in dem Haus in Friedrichshagen gewohnt hatte.

»Da war dieses Haus noch nicht verfallen, sondern hochherrschaftlich gewesen, und die ›gnädige Frau‹« – Onkel Fritz verzog pikiert das Gesicht und spreizte die kleinen Finger affektiert ab – »hat meine Mutter nur so durch die Gegend gescheucht. Betty, können Sie hier, können Sie da?«

André musste lachen, als Onkel Fritz eine gnädige Frau nachmachte, die es so heute ja nicht mehr gab, dafür hatten Onkel Fritz und seine Genossen nach dem Krieg gesorgt.

Und weil die Stimmung so gut war, traute sich André auch, noch einmal nach der klobigen, alten Uhr zu fragen, die Onkel Fritz trug und über die er damals auf der Fahrt vom Erzgebirge nach Berlin nicht hatte reden wollen. Aber heute war Onkel Fritz in Erzähllaune, wie er sagte, deshalb gestand er André, dass er die Uhr auch ziemlich hässlich fände, dass sie aber das einzige Andenken an seinen toten Bruder Konrad wäre und er sie deshalb niemals ablegen würde, auch wenn er sich zu Lebzeiten nicht immer gut mit seinem Bruder verstanden hatte, zu unterschiedlich waren sie gewesen und …

Mehr hörte André nicht, denn bald darauf war er wieder im weichen Lederpolster des Tschaikas eingeschlafen und gab auch vor, noch zu schlafen, als sie wieder in der Spandauer Straße hielten. Aber in Wirklichkeit wollte er den Rothemarks nicht Rede und Antwort stehen, nicht mehr an diesem Tag. Also ließ er sich vom Chauffeur bis in die Wohnung und in sein Bett tragen, während Onkel Fritz den Rothemarks die Herkunft der 226,35 Mark erklärte.

KONRAD

Friedrichshagen bei Berlin

1919

Schon bald wurde Konrad klar, dass er, um Selma wirklich nah sein zu können, noch einen viel höheren Preis würde zahlen müssen.

Während der ersten Tage, an denen sie sich im Hause der Hahns einlebten, hatte Konrad noch den Eindruck, dass auch Selma seine Nähe suchte, wiewohl ihr Platz in den oberen Stockwerken war und seiner im Souterrain. Seine Mutter hatte ihm erklärt, dass das gemeinsame Kaffeetrinken mit Frau Hahn und ihren beiden Töchtern nur eine Geste gewesen war und auf keinen Fall hieß, dass Selma für ihn eine Freundin werden könnte, wie die Elsbeth, die die größte Kodderschnauze gleich nach ihrer Mutter in der Schönhauser Allee war, das sollte er sich sofort aus dem Kopf schlagen.

Konrad verstand, aber fügen wollte er sich nicht. Zu viel hatte er aufgeben müssen, um Selma nah zu sein: die Freunde im vierten Hinterhof, voran seinen besten Freund Helmut Günzel, und auch die aufregenden Gespräche mit Rudolf Scheidt, weil der niemals einen Fuß in dieses bourgeoise Haus setzen würde.

Deshalb sann Konrad auf eine Lösung, die so schwer nicht zu finden war. Der ideale Ort für ein Aufeinandertreffen mit

Selma war natürlich der Garten, den Selma zum Spielen mit Alma benutzte und für den Konrad »ganz uneigennützig« die Verantwortung übernahm, als es um die Aufgabenverteilung zwischen ihm und Fritz ging. Obwohl sich Konrad noch vor ein paar Wochen niemals hätte vorstellen können, dass er sich jemals freiwillig für Gartenarbeit interessieren würde, sagte er der Mutter, dass er gern allein für den Garten verantwortlich wäre, und beteuerte obendrein auf ihren misstrauischen Blick hin, dass er auch Unkraut jäten und den Rasen sensen würde. Das Misstrauen seiner Mutter wurde dadurch nicht ausgeräumt, aber anscheinend kam sie auch nicht dahinter, warum Konrad seinem Bruder Fritz so selbstlos die Beheizung des Hauses überließ. Vielleicht war sie auch nur froh, dass die Arbeitsverteilung zwischen ihren Jungs mal ohne Geplärre ablief, jedenfalls nickte sie schließlich.

Konrads Plan ging sogar auf. Er musste sich nur im Garten aufhalten, und schon kam Selma mit ihrer Schwester im Schlepptau, denn die kränkliche Alma brauchte viel frische Luft, um sich abzuhärten, wie Selma ihm erklärte. Während er seiner Arbeit im Garten nachging, dauerte es meistens nicht lange, dass Selma seine Hilfe benötigte. Mal musste er Almas Rollstuhl aus einem Maulwurfsloch schieben, mal sollte er einen Ball holen, der aus Versehen zu tief in die Sträucher gerollt war. Oft aber kam Selma auch ohne Alma in den Garten. Wenn er zum Beispiel die Küchenabfälle auf den Kompost brachte oder mit dem Spaten neu anzulegende Beete aushob, dann stand Selma plötzlich neben ihm und wollte wissen, was er da tat. Konrad wusste genau, dass sie sich nicht wirklich dafür interessierte, sondern dass sie nur nach einem Grund gesucht hatte, ihn anzusprechen, um dann auf ein ganz anderes Thema zu kommen, das sie gerade beschäftigte. Meist hatten diese Themen etwas mit den Büchern zu tun, die Selma las, und immer wollte sie wissen, ob er das Buch auch gelesen hatte. Natürlich nicht. Wie auch? Die einzigen Bücher, die seine Mutter besaß, waren die

Gratisbücher der Zigarettenindustrie, in die man die Bildchen kleben musste, die man in den Zigarettenschachteln fand. So besaßen sie ein wunderschönes Wilhelm-Hauff-Märchenbuch, in dem aber die Bilder zum Märchen »Zwerg Nase« fehlten, weil seine Mutter einen schweren Keuchhusten hatte, als es die in den Schachteln ihrer Lieblingsmarke gab.

Die Treffen im Garten blieben Konrads Mutter nicht verborgen, aber als er ihr erklärte, dass es Selma war, die immer in den Garten kam, wenn er dort zu tun hatte, nahm sie es erst einmal so hin und beobachtete die Sache nur genauer. Schließlich musste sie Konrad recht geben: Selma schien ihn zu mögen, sie war es, die den Kontakt zu ihm suchte – und die auch die Tür zum Hause Hahn geöffnet hatte, das war seiner Mutter durchaus klar.

»Also, wenn es von Selma ausgeht«, erklärte sie ihm, »dann solltest du auf ihre Fragen natürlich höflich antworten.«

Konrad war erleichtert und wollte sofort in den Garten, doch sie hielt ihn am Arm zurück.

»Trotzdem solltest du dich hüten, Selmas Interesse an dir zu hoch einzuschätzen. Noch seid ihr Kinder, und noch mag sie dich vielleicht mehr als andere Jungen, aber das kann sich schnell ändern.«

Konrad nickte zu allem folgsam. Er würde es beherzigen und sich nicht einbilden, dass Selma ausgerechnet ihn …

»Doch wer weiß …«, unterbrach seine Mutter seine Gedanken und schaute genauso versonnen wie damals, als der Bescheid für die Witwenrente gekommen war oder als Selma ihr in der Küche den Vorschlag machte, zu ihnen zu ziehen.

Konrad fand das Verhalten seiner Mutter sehr ungewöhnlich. Ob die billigen Romanheftchen, die die Dienstmädchen von Friedrichshagen auf dem täglichen Markt vor der Kirche untereinander tauschten, doch eine gewisse Wirkung bei ihr hinterließen? Bisher hatte sie sich immer über die Geschichten in diesen Heftchen lustig gemacht – »Sie ist arm, und er ist reich, und am Ende sind sie beide gleich« –, aber als Konrad eines Tages etwas aus ihrem Zimmer holen sollte und deshalb auch in ihrem Nachtschränkchen nachgesehen hatte, da war er doch tatsächlich auf zwei dieser zerlesenen Heftchen gestoßen. Selbst seine Mutter konnte träumen, war Konrad da schlagartig bewusst geworden, und hatte schnell wieder das Schubfach geschlossen.

Bertha Sollmann stand also Konrad und Selma nicht im Weg, aber vielleicht Selmas Eltern? Nun, Frau Hahn vermutlich nicht, denn wie es sich in den folgenden Wochen herausstellte, war das gemeinsame Kaffeetrinken an ihrem ersten Tag im Souterrain nicht nur eine Geste gewesen – auch Frau Hahn mochte den Austausch mit ihrem Dienstmädchen Betty.

»Weil ich ihr immer die Wahrheit sage und nicht so geblümt daherquatschte wie ihre feinen Freundinnen«, sagte die Mutter zu Konrad.

Nein, ihrer Meinung nach war Herr Hahn derjenige, der insgeheim einen Keil zwischen Konrad und Selma zu treiben versuchte. Der heldenhafte Herr Hahn, dessen Kriegserlebnisse mit Konrads Vater von Tag zu Tag gefährlicher und heroischer wurden, gab sich in Anwesenheit von anderen gern verständnisvoll und wohlwollend und war die toleranteste, selbstloseste Person, die man unter der Sonne je gesehen hatte, wenn man seinen Aussagen glaubte. »Nur leider kann er nie, wie er will«, bemerkte Konrads Mutter einmal sarkastisch, nachdem sie endlich hinter Herr Hahns Masche gekommen war. Denn seine Hilfsbereitschaft musste Herr Hahn niemals unter Beweis stellen. Da gab es immer jemanden – seine Frau, die Nachbarn und gelegentlich auch Selma, denen er in ihrer Abwesenheit irrationale Ängste, kleinliche, gierige Verhaltensweisen und engstirnige Borniertheit unterstellte, wegen denen er einfach nicht so handeln konnte, wie er es selbst angeblich gerne wollte. Denn zuallererst war er ihnen zur Rücksicht verpflichtet.

Aber weil Herr Hahn in seiner Familie der einzige Mann war,

brauchte er ab und zu einen gleichgesinnten Gesprächspartner, der ihn in seinem männlichen Dasein verstand.

»Die Frauen können einen nicht verstehen«, leitete Herr Hahn für gewöhnlich solche Gespräche ein, und dann hörte Konrad, wie schwer es als Mann war, allein die ganze Verantwortung für eine Familie zu tragen, und wie wichtig es deshalb war, sich täglich mit anderen Männern im *Müggelschlößchen* oder im *Ratskeller* zu treffen oder sich auch auf den Pferdebahnen der Stadt sehen zu lassen. Um dort mit anderen Männern über all die Dinge zu diskutieren, von denen die Frauen nichts verstanden. Sport etwa oder Politik.

Dieses Unverständnis der Frauen äußerte sich bei Frau Hahn in einem verbitterten Strichmund, den sie immer dann trug, wenn Herr Hahn mit anderen Männern gesprochen und – das gehörte nun einmal dazu – ein wenig über die Hutschnur getrunken hatte. An solchen »Strichmundtagen« suchte Herr Hahn häufig das Gespräch. Konrad mochte diese Unterredungen von »Mann zu Mann«, auch dass Herr Hahn ihn dabei ab und zu »mein Sohn« nannte, und deshalb glaubte er Herrn Hahn auch, als er ihm eines Tages im Garten so ganz nebenbei anvertraute, dass seine Frau es nicht gern sah, wenn Konrad mit Alma und Selma Umgang hatte.

»Das musst du verstehen«, sagte Herr Hahn. »Meine Frau sorgt sich um die guten Manieren ihrer Töchter. Mir ist das ja egal, und ich halte dich für einen feinen Kerl, aber meine Frau …«

Konrad runzelte die Stirn. Das konnte er ganz und gar nicht verstehen. Wenn sich um irgendjemandes Manieren zu sorgen war, dann doch um seine! In den wenigen Wochen, in denen sie bei den Hahns wohnten, hatte sich sein gesamtes Benehmen so sehr verändert, dass bereits ihre ehemaligen Nachbarn, die sie manchmal am Wochenende besuchen fuhren, sich mokierten, ob er nun ein feiner Pinkel werden wolle, der mit abgespreiztem Finger Tee trinken und seine Stulle mit Messer und Gabel essen würde. Aber am auffälligsten hatte sich seine Sprache verändert. Er sprach nun in ganzen Sätzen und benutzte Wörter, die man im vierten Hinterhof der Schönhauser Allee noch nie gehört hatte. Daran war natürlich Selma schuld, die sich von Anfang an geweigert hatte, seine Stummelsätze und sein Berlinern zu akzeptieren, und die ihm jede Woche einen neuen Roman aus der Bibliothek ihrer Mutter zusteckte, damit er ihn lese und hinterher mit ihr darüber diskutiere. Um die Manieren der Töchter musste sich Frau Hahn ganz bestimmt nicht sorgen. Warum also sollte sie so etwas sagen?

Konrads Blick wanderte unwillkürlich zu Selma hinüber, die am Rande der Wiese mit Alma auf einer Decke saß und ihr das Märchen von Schneeweißchen und Rosenrot vorlas. Alma liebte dieses Märchen über alles, sie wollte es, genau wie Konrads Fingerspiel, immer wieder und wieder hören. Selma und Konrad, die sich beim Vorlesen deshalb immer abwechselten, konnten das Märchen schon im Schlaf aufsagen, und wenn Selma fertig war, würde er dran sein.

Aber durfte er das jetzt noch?

»Und Selma hat sich auch beschwert: Wo sie hingehe, tauche die Rotznase des Dienstmädchens auf«, fügte Herr Hahn leise und eindringlich hinzu und schenkte Konrad einen bedauernden Blick. »Sie traut es sich dir nur nicht zu sagen, weil sie so eine rücksichtsvolle Person ist.«

Konrad wäre am liebsten vor Scham im Erdboden versunken, so sehr versetzte ihm das, was Selma gesagt haben sollte, einen Stich, aber das würde er niemals zugeben. Er zuckte nur leichthin mit den Achseln, während Herr Hahn ihm tröstend seine gesunde Hand auf die Schulter legte. In Konrads Innerstem rumorte es. Wie dumm er gewesen war und wie borniert! Sich eingebildet zu haben, dass Selma ihn ebenso mochte wie er sie.

In diesem Moment rief Alma mit kehliger Stimme am Rande der Wiese »Noch mal!« und klatschte auffordernd in die Hände. »Konrad!«

Konrad stand auf, er wusste nicht, was er tun sollte. Selma klappte das Märchenbuch zu und lächelte zu ihm herüber. Noch Augenblicke zuvor hatte er sich eingebildet, dass Selmas Lächeln eine Aufforderung war, sich zu ihnen zu setzen, aber plötzlich erschien es ihm falsch und distanziert. Es war keine Einladung mehr, sondern eine Warnung, ihr ja nicht zu nahezukommen.

»Konrad muss seiner Mutter helfen«, antwortete Herr Hahn für ihn und sah Konrad auffordernd an. »Nicht wahr, mein Sohn?«

Konrad brauchte einen Moment, bis er ein Nicken zustande brachte. Er lief hinunter in die Küche, an seiner erstaunten Mutter vorbei in sein Zimmer, und ließ sich auf sein Bett fallen. Hier erst kullerten ihm die Tränen über die Wangen. Laut aufzuschluchzen, wonach ihm zumute wäre, verbot er sich wegen des offenen Fensters zum Garten hin, obwohl Almas wütendes Geheul es wahrscheinlich überdeckt hätte. Die gute Alma war ebenso enttäuscht wie er und verstand genauso wenig, warum Konrad nun nicht mehr mit ihr auf der Decke in der Sonne saß und ihr vorlas.

Dabei hatte ihn bereits sein Freund Helmut gewarnt, als er mit seiner Mutter, der Kaltmamsell, zu Besuch nach Friedrichshagen kam, um Bertha ein paar Tricks in der Küche zu zeigen. Und auch Fritz hatte Konrad abends, wenn sie in ihren Betten lagen, oft genug damit aufgezogen: »Selma liebt Konrad! Und Konrad liebt Selma!« Er hatte seinen Bruder dann in die Seite geknufft – nicht richtig, nur ein bisschen –, denn im Grunde hatte er Fritz' Hänseleien gemocht. Auch weil er bis zu diesem Nachmittag glaubte, dass sie der Wahrheit entsprachen.

Herr Hahns Enthüllungen brachten Konrads Wahrheit ins Wanken, und wenn er sich auch, als die erste Scham verflogen war, noch einzureden versuchte, dass dies alles nur ein Missverständnis war und Herr Hahn seine Tochter vielleicht nur falsch verstanden hatte, so musste Konrad doch bald erfahren, dass nicht nur er Selma fortan aus dem Weg ging, sondern auch sie ihm. Sie rief ihn weder, wenn sie mit Almas Rollstuhl auf dem Rasen in einem Maulwurfshügel stecken blieb, noch ließ sie sich wie früher im Garten blicken, wenn er dort zu tun hatte. Aber er litt, litt unendlich, und es gab nur eine im ganzen Haus, die noch mehr als er litt, und das war Alma.

Alma hatte an jenem Nachmittag weiter nach Konrad verlangt, hatte nach ihm geschrien und war kaum darüber hinwegzutrösten, dass er nicht mehr zu ihr kam, um sie die Treppen hinunterzutragen oder ihr vorzulesen. Niemand als Konrad verstand besser, was in Alma vor sich ging. Insgeheim wartete er darauf, dass Selma ihn endlich holen würde, um sie zu beruhigen. Aber Alma schrie, schrie sich die Seele aus dem Leib und war schon so geschwächt, dass sie nur noch »Kon« jammern konnte. Für die zweite Silbe seines Namens hatte sie keine Kraft mehr.

Doch dann passte Selma ihn eines Tages, kurz nach den Osterferien, auf dem Heimweg von der Schule ab und stellte ihn zur Rede.

»Du hältst mich also für eine borierte Zicke, ja?«, rief sie ihm schon von Weitem zu und funkelte ihn aus zusammengekniffenen Augen wütend an. »Und Alma ist eine Idiotin, ja?« Sie trat ganz nah an ihn heran und bohrte ihm ihren spitzen Zeigefinger in die Brust, bis es wehtat. Konrads Klassenkameraden, die bei Selmas stürmischen Auftritt zurückgewichen waren, feixten zu Konrad hinüber, während er nicht wusste, was er sagen, wie er sich verhalten sollte.

»Feigling«, zischte Selma und drehte sich zum Gehen um, aber da fiel ihm endlich ein, was er antworten konnte.

»Seit wann sprichst du wieder mit der Rotznase des Dienstmädchens?«, brüllte er und legte so viel Verachtung in seine Stimme, dass er fast dabei gespuckt hätte. Selma blieb stehen und sah ihn erstaunt an. Einen Moment lang gingen die Blicke zwischen ihnen hin und her, bis Konrad begriff, dass Selma nie dergleichen gesagt hatte. Nicht sie!

Als Konrad das endlich kapierte und auch Selma einsah, dass

ihr Vater sie nur gegeneinander ausgespielt hatte, beschlossen sie, ihn nicht zur Rede zu stellen; Herr Hahn würde nur behaupten, sie hätten ihn gänzlich missverstanden. Besser, sie würden auch weiterhin in seiner Anwesenheit Distanz zueinander wahren, was so schwierig nicht sein sollte, denn Herr Hahn war viel zu oft unterwegs und konnte seine Augen nicht überall haben.

Unverhoffte Unterstützung erhielten Konrad und Selma dabei ausgerechnet von Rudolf Scheidt, der einst behauptet hatte, dass er Konrad niemals bei diesen Spießern besuchen würde, und der, nachdem ihn Konrad bei einem Besuch in der Schönhauser Allee doch noch wiedergesehen hatte, plötzlich gern »aufs Land« zur Erholung kam, obwohl Friedrichshagen längst kein »Land« mehr war. Schon im nächsten Jahr würde Friedrichshagen genauso zu Berlin gehören wie der Ku'damm oder die Goldelse vor dem Reichstag, die übrigens von der Gießerei Gladenbeck aus der Friedrichshagener Ahornallee stammte, wie Rudolf wusste.

Herr Hahn, der sich gern politisch interessiert gab, liebte es, mit dem »gescheiten Rudolf«, wie er ihn scherzhaft nannte, bei einer dicken Zigarre, für die er horrende Preise zu zahlen niemals zögerte, im Salon oder im Garten über die schlechte Situation in Deutschland im Allgemeinen und über den Erzfeind Frankreich und die unverschämten Reparationszahlungen im Besonderen zu hetzen, und vergaß alles um sich herum, auch dass er seinen Töchtern versprochen hatte, mit ihnen Karten zu spielen oder ihnen vorzulesen. Auch wenn Konrad dann froh war, für Herrn Hahn diese Aufgabe übernehmen zu können, so war er doch jedes Mal ein wenig eifersüchtig, denn Rudolf war in erster Linie sein Freund, und auch er diskutierte gern mit ihm über die politische Weltlage. Aber er war ja nur ein Kind und vielleicht für Rudolf doch nicht der Gesprächspartner, den er sich wünschte. Herr Hahn war es auch nicht. Konrad kannte nur zu gut Rudolfs politische Ansichten, die in jedem Fall konträr zu denen von Herrn Hahn standen. Einen Widerspruch bekam Herr Hahn, zu Konrads Verwunderung, jedoch niemals zu hören.

Wie auch? Rudolf war während dieser Diskussionen ausschließlich damit beschäftigt, die Küchlein und die Kanapees zu verdrücken, die Frau Hahn ihm auf Anweisung ihres Gatten reichte – deren Herstellung sie Konrads Mutter mit sehr viel Geduld erläutert hatte. Rudolf hatte also den Mund voll und Mayonnaise im Lippenbärtchen und konnte schon aus lauter Höflichkeit und auf Grund seiner guten Kinderstube nicht widersprechen, wollte es auch nicht, wie er Konrad einmal heimlich gestand, weil Herr Hahn für ihn als Journalist ebenfalls eine nicht zu unterschätzende Informationsquelle und eine Stimme aus dem Volk war.

Doch wenn Rudolf nicht gerade in Friedrichshagen weilte, mussten sie sich vorsehen, und besonders Alma war das schwer zu erklären, obwohl sie nicht im wirklichen Sinne blöde war. Sie war nur etwas einfältig, und ihr Gesicht verzerrte sich oft ohne Anlass zu den absurdesten Fratzen, und deshalb unterschätzte Herr Hahn oft, was sie verstand und was nicht. Konrad jedenfalls hatte den Verdacht, dass Alma oft sehr wohl wusste, was sie wollte und wie sie es bekommen konnte. Und meistens wollte sie Konrad. Wenn er nur für einen winzigen Moment aus ihrem Gesichtsfeld verschwand, fing sie sofort in dieser tiefen, kehligen Stimmlage zu heulen an, und nur Konrad und sein Fingerspiel konnte sie verstummen lassen. Manchmal bereute Konrad, dass er Alma damals das Fingerspiel gezeigt hatte, aber Alma liebte ihn auf eine so rührende wie einfältige Art, dass er es nicht übers Herz gebracht hätte, ihr diesen Wunsch abzuschlagen. Ja, Alma liebte ihn, und er liebte Selma, und Selma liebte ihre Schwester Alma.

So war das, und am besten konnte man es sehen, wenn Selma nach Almas Mittagsschlaf ihr die verstrubbelten Haare bürsten wollte, was Alma natürlich nicht mochte. Sie ließ es sich nur gefallen, wenn sie dabei Konrads Haare kämmen durfte, was oft wegen ihrer unkontrollierten Motorik reichlich wehtat. Dennoch nahm er das gerne hin, denn nicht selten verlangte Alma, dass Konrad dafür gleichzeitig Selmas Haar bürstete.

So saßen sie manchmal im Kreis auf der Wiese und bürsteten und kämmten einander reihum die Haare. Selmas Haar zu berühren war das Schönste, was ihm der Tag bringen konnte, und wenn er am Ende ihre Haare anhob, um sie auch von unten vorsichtig durchzukämmen, dann musste er sich sehr beherrschen, nicht die feine Linie ihres Halses hinauf zu ihrem Haaransatz mit dem Finger nachzufahren oder die sich dort fein kräuselnden, fast weißblonden Härchen zu streicheln.

»Nun schauen Sie sich diese drei an«, rief Frau Hahn von ihrem Liegestuhl einmal an einem solchen Nachmittag amüsiert Bertha zu, die in der Sonne Socken stopfte. »Da passt keiner mehr dazwischen!«

»Muss auch nicht«, flüsterte Selma leise, »wir drei sind uns genug.« Dann schaute sie beinahe erschrocken über ihre Schulter zu Konrad, als ob sie Angst hatte, sich zu weit vorgewagt zu haben, und ihm blieb unter ihrem Blick fast das Herz stehen. Deshalb antwortete er ebenso leise: »Ja, für immer.«

»Schwöre«, flüsterte sie sofort zurück, und er erwiderte: »Ich schwöre.«

»Isch schöre«, echote da Alma, und sie mussten beide lachen, bis am Ende Alma in dieses Lachen einfiel, auf ihre lustige wiehernde Art, und seine Mutter ihn zur Ordnung rief. »Konrad!«

Ein Blick von ihm zur Mutter genügte, und er wusste, dass Herr Hahn nach Hause gekommen und nun wieder Abstand zu Selma geboten war.

Doch an dem Sonntag im Mai, als der Apfelbaum gepflanzt werden sollte, mussten sie auf Herrn Hahn keine Rücksicht nehmen. In Hoppegarten wurde die Rennbahnsaison eröffnet. Albert Hahn würde den ganzen Tag dort verbringen und je nachdem, wie erfolgreich seine Wetten waren, anschließend gute oder schlechte Laune haben. Den neuen Apfelbaum auf der Wiese würde er nicht bemerken, wahrscheinlich erst viel später, und dann würden alle so tun, als hätte das Bäumchen schon den ganzen Frühling über im Garten gestanden, so wie das Spalier der Johannis- und Stachelbeersträucher entlang der Grundstücksgrenze, das Herrn Hahns misstrauischem Blick bisher entgangen war, genau wie das neue Gemüsebeet und der Komposthaufen hinter den Buchsbaumhecken.

Konrads Mutter, die, als sie noch im vierten Hinterhof der Schönhauser Allee wohnten, ihre Wohnung zwar sauber gehalten und auch regelmäßig gekocht, aber doch neben ihrer Arbeit bei Osram nur das Notwendigste geschafft hatte, entwickelte bei den Hahns plötzlich einen neuen Ehrgeiz, der bald weit über das hinausging, was Frau Hahn von ihr erwartete. Als sie verstand, dass Frau Hahn keineswegs so anspruchsvoll war, wie Herr Hahn gern vorgab, sondern sich ebenso wie andere sorgte, ob ihr kleines, mit den Schnürsenkeln verdientes Vermögen auch für die nächsten Jahre reichen würde, da ging Bertha dazu über, den Hahnschen Haushalt auf Selbstversorgung umzustellen. Denn sie wollte sich die Anstellung, so lange es ging, erhalten und nicht etwa gefeuert werden, nur weil sich die Hahns ein Dienstmädchen samt ihrer gefräßigen Brut nicht mehr leisten konnten. So kamen die Johannisbeer- und die Stachelbeersträucher in den Garten, das Gemüse- und ein Kräuterbeet und jetzt nun also auch ein Apfelbaum, der mit seinen drei dürren, zum Himmel emporgestreckten Ästen wahrscheinlich erst Jahre später Früchte tragen würde.

Doch genau dafür wurde der Apfelbaum gepflanzt: für kommende schlechte Zeiten. Denn auch wenn Bertha und Frau Hahn genau wussten, dass sie auf einen zweiten Weltkrieg nicht hoffen konnten, nicht hoffen sollten, der weitere Schnürsenkel erfordern und also wieder Geld in die sich leerenden Kassen der Hahns spülen würde, so wussten sie doch, dass die schlechten Zeiten so unabdingbar kommen würden wie das Amen in der Kirche.

Selma verfolgte mit der Pflanzung des Apfelbaums allerdings ganz andere Ziele, weitaus idealistischere als ihre Mutter oder Bertha. Sie hatte gelesen, dass ein Mann in seinem Leben einen Baum pflanzen, ein Haus bauen und ein Kind zeugen müsse, um am Ende zurückschauen und sagen zu können, dass er etwas vollbracht hatte. Zu diesem ersten Schritt in ein erfülltes Leben wollte sie ihrem Freund nun verhelfen. So kam Konrad dazu, für das Bäumchen ein Loch zu graben, seine noch zarten Wurzeln mit Erde zu behäufeln und es abschließend anzugießen, während Selma ein selbst verfasstes Gedicht über das Leben unter einem Apfelbaum vortrug.

Von einer glücklichen Familie war in diesem Gedicht die Rede, die sich mit ihren Freunden durch alle Zeiten hindurch, ob gute oder schlechte, unter diesem Baum immer wieder zusammenfinden und sich niemals aus den Augen verlieren würde. Fritz, der von ihrer Mutter mehrmals ermahnt werden musste, nicht laut loszuprusten, während Selma mit wichtigem Gesicht und mit viel Pathos ihr Gedicht vortrug, hatte natürlich keinen Schimmer, worum es in dem Gedicht ging, aber Konrad konnte gar nicht anders, als sich selbst als das zukünftige Oberhaupt dieser Familie zu sehen und Selma als dessen Frau. Er fühlte geradezu, wie eine Zeile nach der anderen ihn mitten ins Herz traf und wie jeder Blick von Selma, wenn sie von ihrem Zettel bedeutungsvoll aufsah und zu ihm hinüberschaute, seine Ohren erglühen ließ. Doch Wochen später musste er sich eingestehen, dass das alles wieder nur ein Missverständnis war, dass Selmas Blick ganz offensichtlich nicht ihm gegolten und dass sie ganz andere Pläne mit ihm hatte.

Welche, erfuhr Konrad ein paar Wochen später an einem heißen Tag im Juli. Frau Hahn hatte durchgesetzt, dass ihr Mann an diesem Sonntag der Pferdebahn fernbleiben und dafür gemeinsam mit der Familie zum Baden an den Müggelsee fahren sollte. Herr Hahn, der am Sonntag zuvor auf der Trabrennbahn eine Menge Geld verloren hatte, trug schwer an seinem schlechten Gewissen und fügte sich brav dem Willen seiner Frau, sosehr Selma auch versuchte, diesen Ausflug zu verhindern. Denn eigentlich war der Sonntag, an dem ihr Vater für gewöhnlich auf der Pferdebahn war, für Konrad und sie der schönste Tag in der Woche, weil sie da ungestört zusammen sein konnten.

Während Fritz sich meist mit den Jungen aus Friedrichshagen traf, dessen Anführer er schnell geworden war, und sich mit ihnen im nahen Wald herumtrieb, begleitete Konrad Selma jeden Sonntag auf einem nachmittäglichen Bummel durch den Ort und schob für sie – wie ein richtiger Diener – Almas Rollstuhl. In der Schule musste Konrad deshalb viele Schmähungen von den Jungen seiner Schule hinnehmen und zu Hause natürlich auch von Fritz, doch das war ihm egal. Diese Spaziergänge waren es ihm wert, denn Selma war nicht nur schön und selbstbewusst, sondern hatte auch, anders als er, ganz genaue Vorstellungen von ihrem späteren Leben, das natürlich ein Leben mit ihrer Schwester Alma wäre, die sie nie verlassen würde, auch nicht für ihren späteren Mann.

Denn Selma fühlte sich schuldig, weil sie, anders als Alma, gesund zur Welt gekommen war. Sie hatte Alma bei der Geburt offensichtlich abgedrängt und ihr damit, wenn auch unabsichtlich, die Sauerstoffzufuhr abgeschnitten. Das sei, so sagten die Ärzte, jedenfalls die Ursache für Almas Zustand, und sie machten den Hahns kaum Hoffnung, dass sich an dem irgendetwas ändern ließe.

Selma wollte sich jedoch keineswegs damit abfinden. »Viele Krankheiten sind vor hundert Jahren noch ein Todesurteil gewesen und heute heilbar«, sagte sie. »Deshalb lese ich auch dieses medizinische Journal, Konrad, damit ich über die neuesten Fortschritte in der Neurologie informiert bin.«

Wenn sie so klug daherredete, während sie neben ihm herlief, schien Selma um sich herum nichts weiter wahrzunehmen, dachte Konrad, und es hätte wahrscheinlich auch jemand anderes Almas Rollstuhl schieben können. Doch so war das nicht.

»Allerdings fällt es mir sehr schwer, all die Fremdwörter überhaupt zu verstehen«, hatte sie vor zwei Wochen gesagt und eine längere Pause gemacht, als erwarte sie eine Antwort von ihm.

Konrad fiel dazu aber nichts ein.

»Ich meine, vielleicht könntest du diese Artikel auch lesen und sie mir dann erklären?«

Im ersten Moment glaubte Konrad sich verhört zu haben, aber dann verstand er. Sie erzählte es ihm nicht, weil kein anderer da war, sie meinte tatsächlich ihn, und so las er ab da alle Artikel, die sie ihm gab. Es fiel ihm tatsächlich etwas leichter als ihr, die Medizinersprache zu kapieren. Vielleicht, weil er wirklich eine schnelle Auffassungsgabe hatte, wie Rudolf und die Lehrer seiner Knabenschule in Prenzlauer Berg behauptet hatten. Aber nicht nur aus den Artikeln wusste er, dass Alma auch in Zukunft nicht zu heilen war. Dazu musste man kein medizinisches Journal lesen, hatte ihm seine Mutter erklärt, als sie ihn abends einmal eines lesen sah. Alma würde immer so bleiben, wie sie war: stürmisch, drollig, naiv und ungestüm, wie ein dreijähriges Mädchen, selbst wenn sie älter als fünfzig werden sollte. Ihr Gehirn war durch den Sauerstoffmangel bei der Geburt unwiderruflich geschädigt worden.

Das traute er sich Selma aber nicht zu sagen – er wollte sie auf keinen Fall enttäuschen –, sondern nährte ihre Hoffnungen sogar noch, indem er behauptete, dass auf der ganzen Welt dazu geforscht werde. Selma würde es schon irgendwann verstehen, dachte er, wenn nicht jetzt, so doch in ein paar Jahren, und ihm diese kleine Lüge dann wohl verzeihen.

Noch als Konrad an dem bewussten Sonntagmorgen mit seiner Mutter gemeinsam den Picknickkorb für den Ausflug der Hahns mit allerlei Leckereien füllte, glaubte er, dass dies der langweiligste Sonntag in seinem Leben werden würde, denn ohne Selma würden sich die Stunden bis zu ihrer Wiederkehr wie Tage dehnen.

Deshalb machte er sich auf den Weg an die Spree zur Fähre, mit der die Erholungssuchenden aus der Stadt zu den Müggelbergen oder nur zum Müggelschlößchen gleich gegenüber am anderen Ufer übersetzen konnten. Ihnen dabei zuzuschauen, wie sie einen Platz auf der übervollen Fähre zu ergattern versuchten, versprach genügend Abwechslung, und Konrad wurde nicht enttäuscht. Das war ein Gedränge und Geschiebe! Manch feiner Herr vergaß all seinen Anstand, nur um mit seinen Freunden eher als andere übersetzen zu können und einen der immerhin fünftausend Plätze im Biergarten des Müggelschlößchens zu besetzen.

Von dort kamen die Klänge einer Blaskapelle, die die Gäste des Biergartens unterhielt, und da war auch Badegetümmel, denn die Allgemeine Schwimmanstalt war nicht weit entfernt vom Fähranleger. Einen Moment lang glaubte Konrad, unter dem Kindergeschrei auch Almas kehlige Stimme auszumachen, aber das war sicher nur Einbildung. Herr Hahn wäre mit seiner Familie niemals an einen öffentlichen Strand gefahren, wo er permanent den mitleidigen Blicken anderer ob der Unterschiedlichkeit seiner beiden Töchter ausgesetzt gewesen wäre. Wenn er sich schon mit ihnen in der Öffentlichkeit zeigen musste, dann hatte er ganz bestimmt eine kleine versteckte Stelle am See gefunden, die trotzdem mit dem Automobil gut zu erreichen war.

Konrad ließ weiter seinen Blick über die Wartenden streifen und entdeckte unter ihnen plötzlich ein bekanntes Gesicht. Noch ehe Rudolf ihn entdeckte, war Konrad bei ihm und bewunderte dessen neuestes Spielzeug: ein todschickes Tandem, das eigentlich Rudolfs Redakteur gehörte, das sich Rudolf aber für den Ausflug zu den Hahns ausgeliehen hatte, um das Geld für die Stadtbahn zu sparen. Da er Konrad zu Hause nicht angetroffen hatte, wollte er sich allein einen schattigen Platz am See suchen. Doch nun lud er Konrad ein, hinten auf dem Tandem Platz zu nehmen, und den See in die entgegengesetzte Richtung abzufahren, da es an der Fähre zu lange dauern würde.

Konrad war das recht, und während sie die Straße um den Müggelsee herum nahmen, unterhielten sie sich über Rudolfs Lieblingsthema, wofür das Tandem ideal geeignet war. Im Windschatten des Freundes konnte Konrad sich in dessen Vision von einer Gesellschaft, in der alle gleich waren und jeder dieselben Chancen hatte, viel besser hineinversetzen, und ebenso davon träumen, einmal in solch einer modernen Gesellschaft zu leben. Selbst aus einfachen Verhältnissen stammend, wie Rudolf gern von sich behauptete, hatte er zwar Glück gehabt und sich selbst zu dem gemacht, was er war, aber das verdankte er zum großen Teil seiner besonderen Natur, seinem speziellen Wesen. Das hatte ihm so manche Tür geöffnet, die für seinesgleichen sonst verschlossen geblieben wären.

Konrad fragte sich, was Rudolf mit »seinem speziellen Wesen« meinte und ob auch er so ein Wesen entwickeln könnte. Vielleicht hatte er es ja schon und wusste es nur noch nicht? Wie kam es sonst, dass er hier mit dem am ganzen Prenzlauer Berg bekannten Journalisten zusammen Tandem fuhr und ihn auch die Lehrer seiner neuen Schule in Friedrichshagen stets für seine besondere Auffassungsgabe lobten? Klar, das Lernen fiel ihm leicht, anders als seinem Bruder, der oft genug den Rohrstock zu spüren bekam, weil die Dinge einfach nicht in seinem Kopf haften bleiben wollten. Aber auch sonst konnte Fritz nie mit der Milde, egal von wem, rechnen, die Konrad immer schon von ihm gänzlich unbekannten Personen entgegengebracht worden war. Ja, vielleicht hatte er ja tatsächlich dieses Besondere, dachte Konrad, und dieses spezielle Wesen, das ihm irgendwann zu einer glorreichen Zukunft verhelfen würde, ohne dass er heute schon sagen könnte … Konrad verbot sich, weiterzudenken. Das war doch alles Quatsch. Er sollte Rudolf nicht alles glauben.

Er war nur der Sohn eines Dienstmädchens, und aus Leuten wie ihnen wurde nie etwas Großes.

Konrad und Rudolf hatten das Gebiet des Wasserwerks schon passiert und nahmen dahinter den Waldweg entlang des Ufers, als Rudolf plötzlich ausrief: »Na endlich! Ich dachte schon, ich müsste heute hungern.« Er deutete auf das Automobil der Hahns, dass unter einem Baum im Schatten stand. Offensichtlich hatte Rudolf ganz bewusst nach ihm gesucht, weil er auf eine Einladung zum Picknick spekulierte.

Kurz darauf betraten sie eine kleine Lichtung, gaben aber vor, die Hahns nicht zu sehen, die tatsächlich auf einer ausgebreiteten Decke saßen und Picknick hielten. Selma stand auf einem umgestürzten Baumstamm, der vom Ufer übers Wasser ragte, und blickte unter sich ins Wasser. Die Hahns entdeckten Rudolf sofort und riefen ihn, worauf Rudolf ganz erstaunt tat und Konrad komplizenhaft zuzwinkerte, während er sich seiner Hosenklammer entledigte.

»Was für ein Zufall!«, donnerte er über die Lichtung, und auch die Hahns konnten es kaum fassen.

Konrad stand etwas unschlüssig da, das Tandem noch in der Hand, und wusste nicht, ob er auch zu den Hahns gehen konnte. Herr Hahn würde das sicherlich nicht wollen, auch wenn Konrad für diesen »Zufall« nichts konnte.

Selma hatte wohl ihre Ankunft bisher nicht mitbekommen, denn sie änderte ihre Haltung nicht. Etwas schien sie im Wasser überaus zu faszinieren. Ein Schwarm Fische vielleicht oder ein Krebs, denn plötzlich beugte sie sich hinab und ließ sich ins Wasser fallen, etwas ungelenk, wie er fand, und … Da begriff Konrad endlich, dass das nicht Selma war, sondern Alma. Er hatte die beiden verwechselt.

Dann ging alles sehr schnell.

Er ließ das Tandem zur Seite kippen und warf sich samt Kleidung ins Wasser, das an dieser Stelle zwar klar, aber schnell tiefer wurde und von Schlingpflanzen durchsetzt war, die ihm beim Tauchen die Sicht nahmen und ihn am Schwimmen in das noch tiefere Gewässer hindern wollten. Wo war nur Alma? Sie konnte doch nicht einfach so zu Boden gesunken sein.

Doch, sie konnte.

Wie erstarrt schwebte Alma über dem Grund, die Augen offen auf die Unterwasserwelt gerichtet. Als Konrad sie bei den Schultern packte und an die Oberfläche zog, wehrte sie sich heftig gegen Konrads Griff, obwohl er ja nur versuchte, sie in Ufernähe zu bringen. Sie japste nach Luft und schlug wild um sich, so dass er selbst viel Wasser schluckte und schon glaubte, nun auch ertrinken zu müssen. Doch schließlich gelang es ihm, sie ins flache Wasser zu ziehen, wo bereits Rudolf und Herr und Frau Hahn standen und Alma an Land brachten.

Während Konrad versuchte, selbst zu Luft zu kommen, hauchte Rudolf dem Mädchen mit einer Mund-zu-Mund-Beatmung wieder Leben ein und schlug ihr ein paarmal heftig auf den Rücken. Doch zwischen all dem Wasser, das Alma kurz darauf spuckte, jammerte sie immer nur »Frosch, Frosch!«, zu dem sie am liebsten wieder zurückkehren wollte.

Das ließen die Hahns natürlich nicht zu, und als der erste Schrecken vorüber und Alma trocken gerubbelt war, kehrten sie zurück auf die Picknickdecke, während Konrad sich bis auf die Unterhose auszog und seine nassen Klamotten auf einem Busch zum Trocknen ausbreitete. Frau Hahn brachte ihm eine Decke, in die er sich einwickelte.

Nach einer Weile sah er, wie die »richtige« Selma mit einem Strauß Blumen aus dem Wald trat, die Szenerie erfasste und zur Picknickdecke eilte. Er hörte nicht, was die anderen ihr berichteten, das brauchte er auch nicht, er war ja dabei gewesen. Doch er sah, wie sie erstaunt zu ihm herüberschaute, dann kam sie mit schnellen Schritten zu ihm und lud ihn ein, am Picknick teilzunehmen.

Als Konrad dann neben Rudolf auf der Decke Platz nahm, bedankte sich Herr Hahn noch einmal bei ihm und bestimmte, dass

Konrad ab sofort Almas persönlicher Beschützer sein sollte, egal, welche Einwände seine Frau haben würde, die aber gar keine Einwände hatte, sondern nur schmunzelte und folgsam nickte.

Und während sich Konrad und Rudolf den Bauch mit all dem guten Zeug vollstopften, das seine Mutter noch am Morgen nur für die Hahns ausgesucht hatte, erzählte Frau Hahn, dass sie, genau wie Konrad, Alma für Selma gehalten hatte, weil sie glaubte, Alma läge im Automobil und halte ihr Mittagsschläfchen. Niemand hatte mitbekommen, dass Alma aufgewacht und allein zum Ufer gegangen war. Und Herr Hahn wurde nicht müde, all die Zufälle aufzurechnen, die Almas Rettung erst ermöglicht hatten – einschließlich seiner Entscheidung, die Frau seines Lebensretters und ihre beiden Söhne gegen alle familiären Widerstände im Haus aufzunehmen. Ja, im Grunde hatte Herr Hahn, wollte man seinen Worten Glauben schenken, mit seinen umsichtigen Entscheidungen in der Vergangenheit selbst dazu beigetragen, dass Alma überhaupt gerettet werden konnte.

Niemand auf der Decke hatte etwas gegen Herrn Hahns Selbstüberschätzung. Alle waren nur froh, dass Alma gerettet war. Allen voran Selma, die wie auf Kohlen zu sitzen und nur darauf zu warten schien, dass Konrad endlich aufgegessen haben würde.

»Kann ich mit Konrad ans Wasser gehen, Papa?«, unterbrach sie ihren Vater, während Konrad noch den letzten Bissen hinunterschluckte, und fügte, weil sie, wie Konrad auch, ein unmerklich unwilliges Zucken seiner Mundwinkel wahrgenommen hatte, spitz hinzu: »Dem Retter unserer Alma.«

»Ja, ja, geht schon«, brummte Herr Hahn etwas unwillig und war schon wieder mit Rudolf bei der Politik, insbesondere bei den Nachteilen des abgeschafften Dreiklassenwahlrechts, das seiner Meinung nach jedem dahergelaufenen Tagelöhner eine Stimme und das Mitspracherecht in Dingen gab, von denen so ein Tagelöhner absolut nichts verstand.

Auch wenn Konrad sich nichts sehnlicher gewünscht hatte, als mit Selma die Decke verlassen zu dürfen und mit ihr allein zu sein, so überkam ihn doch ein mulmiges Gefühl, als er der so zielgerichtet ausschreitenden Selma hinunter zum Ufer folgte. Irgendetwas hatte Selma vor, irgendetwas hatte sie sich überlegt.

»Ich habe schon lange darüber nachgedacht«, sagte Selma, nachdem sie am Ufer Platz genommen und eine Weile aufs Wasser geschaut hatte, »und vorhin ist es mir erst richtig klar geworden: Du, Konrad, musst Arzt werden und das Mittel finden, das Alma heilt!«

Selma richtete ihre ernsten blauen Augen auf ihn. »Was sagst du dazu?«

Konrad war so überrascht, dass er erst einmal gar nichts sagen konnte: Alma heilen? Das hatten die Ärzte doch längst erklärt: Almas Zustand war nicht zu heilen, weil es keine Krankheit war, von der sie hätte genesen können.

»Zum Dank«, fuhr Selma fort, als hätte sie Konrads Überraschung ganz anders gedeutet: nämlich freudig, enthusiastisch, »zum Dank darfst du dann Alma heiraten. Versprochen!«

»Was?«, entfuhr es Konrad entsetzt, auch wenn er schon im nächsten Moment erleichtert dachte, dass Selma dieses Versprechen niemals würde einlösen können, weil Alma eben nicht zu heilen war.

»Ich weiß.« Selma verstand seinen entsetzten Ausruf offensichtlich als freudige Überraschung. Also hatte sie, dachte Konrad, für sich selbst nie die Möglichkeit, ihn irgendwann einmal zu heiraten, in Erwägung gezogen. Alles, wofür sie lebte, war Alma, und niemand anderes Wohl interessierte sie. Er war gerade mal gut genug, ihre Schwester zu heilen.

Konrad stiegen bei diesen Gedanken vor Wut die Tränen in die Augen. Hatte er denn all ihre liebevollen Gesten ihm gegenüber so falsch gedeutet, all ihre Verbundenheit?

Auch Selmas Augen waren feucht geworden. »Ich ahne, was

du denkst, Konrad. Aber bis Alma endlich gesund ist, hatte ich bereits ein schönes Leben. Auch mit dir.«

»Aber ...«

»Ich weiß«, wiederholte Selma leise. »Doch wenn Alma gesund wird, ist sie erst einmal dran.« Sie holte tief Luft und schaute ihm fest in die Augen.

»Schwöre, dass du dein Leben Alma widmen wirst«, sagte sie feierlich, und Konrad, unfähig zu widersprechen, schwor es – wie von selbst war seine rechte Hand einfach in die Luft gegangen und hatte die Finger zum Schwur gebildet. Danach schwor auch Selma, dass sie ihr Leben Alma widmen und notfalls sogar ihr eigenes für Alma hergeben würde. Und dann presste Selma ihre erhobenen Finger an Konrads erhobene Finger, und wenn es auch ganz sicher kein Kuss war, so fühlte es sich doch an wie ein Kuss – zumindest glaubte Konrad, dass sich ein Kuss von Selma so anfühlen müsste, und war wieder versöhnt mit dem Tag, mit Selma und dem Leben.

ANDRÉ

Dresden

1976

»Und wenn seine Eltern nun Verbrecher waren?«, sagte der Trainer aus Dresden zu Burghard, als André gerade in ihrem Rücken die Schwimmhalle betrat. »So etwas vererbt sich doch.«

»Weiß ich selbst«, antwortete sein Adoptivvater ungehalten und wandte sich einem Mädchen am Beckenrand zu, um ihren letzten Sprung zu besprechen.

André stand da und wusste sofort, dass sie über ihn gesprochen hatten. Und über seine richtigen Eltern. Und dass er das eigentlich gar nicht mitbekommen hätte, wenn er wie verabredet erst in zwei Stunden zum Wettkampf erschienen wäre. Insofern war er selbst schuld: Was war er auch immer und überall zu früh? Warum konnte er sich nicht selbst beschäftigen, wie andere Jungen auch? Warum war er immer schon da, so dass man nie mal einen Moment für sich hatte, wie sein Adoptivvater ihm schon mehrmals vorgeworfen hatte, und warum hatte er keine Freunde, mit denen er spielen oder anderes tun konnte? Burghard hatte das als Junge getan, trotz der vielen Zeit, die er beim Training verbrachte, und die Jungs aus Andrés Klasse taten es. Aber für die war es ein Leichtes, sich zu treffen, die wohnten alle in Pankow, kannten sich auch schon aus der alten Trainingsgruppe.

André hatte es gehört, und nun war es nicht mehr rückgängig zu machen oder gar zu vergessen. Im Gegenteil. Plötzlich fügten sich all die spärlichen Informationen über seine Eltern, die er mühsam aus Onkel Fritz herausbekommen hatte, zu einem Ganzen. Und er fragte sich, ob seine Eltern tatsächlich Verbrecher gewesen sein könnten und Onkel Fritz ihn vor dieser Tatsache nur bewahrt hatte, um ihn zu schonen? Denn wenn sich Verbrechertum wirklich vererbte, wie anscheinend alle wussten, dann würde er wohl auch einer werden.

Wäre er doch nur nicht zu früh in die Schwimmhalle gekommen.

Aber André hatte nicht gewusst, was er sonst hätte anfangen sollen in der ihm fremden Stadt, die ihm nicht nur wegen des feuchten Novemberwetters zugig, kalt und trist erschien. Dresdens ewig weite Neubauviertel und die breiten, zugigen Straßen, durch die nur ab und zu Straßenbahnen voll mürrischer, grauer Gesichter rauschten, hatten Andrés Einsamkeit, die er auf dieser ersten gemeinsamen Reise zu den DDR-Meisterschaften empfand, noch verstärkt und ihn in das Wohlvertraute, in das ihm Bekannte, also in eine Schwimmhalle getrieben, die ihm dann doch nicht so vertraut war, weil in dieser Dresdner Schwimmhalle so ganz andere Geräusche waren als in der in Berlin.

Sie war kleiner, wirkte höher, weil sie nicht wie die bei ihnen in Berlin noch ein 50-m-Becken für die Schwimmer beherbergte, sondern nur ein Sprungbecken mit einem Zehnmeterturm, und deshalb waren auch die Geräusche »enger« und »gedämpfter«. Er hatte das wahrgenommen und es Burghard gesagt, nur so, weil er dachte, Burghard würde es auch bemerken und sich darüber freuen, wie aufmerksam er war. Aber der hatte gar nicht verstanden, was André meinte, obwohl er doch so viele Schwimmhallen auf der Welt kannte. Stattdessen war sein Adoptivvater gleich wieder wütend geworden und wollte wissen, ob das nun wieder so eine Fantasterei sei, so wie das Maschinengewehr, mit dem er angeblich in der bulgarischen Wüste um sich geballert hatte.

André hatte wirklich nur, so wie es ihm Onkel Fritz geraten hatte, etwas über sich erzählen wollen, etwas, das Burghard vielleicht auch interessierte und zeigte, dass er sich ihm öffnete und nicht nur immer ängstlich zusammenzuckte, wenn er von ihm angesprochen wurde. Das war Burghard nämlich an André aufgefallen, hatte er Onkel Fritz erzählt, und der hatte es an André weitergegeben. Auch, dass dies seinen Adoptivvater ärgere, denn er sei doch kein Unmensch oder gar ein Ungeheuer!

»Oder etwa doch?«, hatte Onkel Fritz André in dem kleinen Café gefragt, dabei aber mit dem Stiellöffel in seinem Eisbecher nach einer weiteren Erdbeere gegraben, als erwarte er gar keine Antwort. Also war das nur eine rhetorische Frage gewesen, auf die der Fragesteller – laut der Worterklärung des Dudens – keine Antwort wollte.

So stimmte das allerdings nicht. André hatte da andere Erfahrungen gemacht: Eine rhetorische Frage enthielt in Wirklichkeit immer auch eine Drohung und nur vermeintlich die Möglichkeit des Befragten zur freien Entscheidung, die Frage nach eigenem Wissen und Gewissen zu beantworten. Denn natürlich ging Onkel Fritz nicht davon aus, dass Burghard Rothemark ein Unmensch oder gar ein Ungeheuer war – wie konnte er auch, er hatte ihn ja noch nie mit dem Handfeger in der Hobbykammer erlebt.

Vielmehr zielte Onkel Fritz' Frage samt dem von ihm gewählten ironischen Unterton darauf ab, André zu zeigen, dass seine Fantasie mal wieder am Überschäumen sei, denn Ungeheuer gab es doch nur im Märchen!

Oder?

Und insofern enthielt Onkel Fritz' rhetorische Frage auch die Warnung an André, sich zusammenzureißen. Und deshalb hatte André, obwohl Onkel Fritz laut Duden keine Antwort von ihm erwartete, doch geantwortet und schnell den Kopf geschüttelt und versprochen, keine Angst mehr vor Burghard zu zeigen.

Aber egal, was er seitdem sagte oder tat, immer blieben die Rothemarks auf der Hut. Immer schien es ihm, als fragten sie sich insgeheim, was André damit in Wirklichkeit bezwecke, wenn er einfach mal so, ohne Aufforderung, den Abendbrottisch deckte oder sich zum Einkauf anbot, einfach nur so. Immer schienen sie sich zu fragen, ob André ihr Vertrauen nicht doch ausnutzte, sie vielleicht doch bestahl, obwohl Onkel Fritz ihnen erklärt hatte, woher das Geld in dem Zigarrenkistchen gekommen war, und die Quittungen, die André vom Einkaufen stets mitbrachte, seine Anständigkeit hätten glaubhaft belegen müssen.

Was sie aber nicht taten. Keine Quittung der Welt konnte in ihnen das Misstrauen oder den Argwohn gegen André ausräumen. Keine.

Und jetzt hatte André auch endlich eine Erklärung dafür. Der Dresdner Trainer hatte es ausgesprochen, und die Reaktion seines Adoptivvaters darauf zeigte nur, dass er längst daran gedacht hatte, dass Andrés leibliche Eltern Verbrecher gewesen sein könnten und dass er nach ihnen käme, zumindest im Charakter, denn Andrés Talent für das Kunstspringen hielt er sich gern selbst zugute, zumindest vor anderen, meist vor den Trainerkollegen, wenn auch nur im Scherz.

Oder wusste er sogar, wer und was Andrés Eltern gewesen waren?

Nur so konnte es sein. Aber wieso wusste es Burghard und er selbst nicht?, fragte sich André in der fremden Umkleide der Dresdner Schwimmhalle, in die er sich zurückgezogen hatte, und suchte nach einem Spiegel. Und warum hatte er sich selbst noch nie dafür interessiert, was seine Eltern von Beruf gewesen waren? Warum hatte er Onkel Fritz, als sie im September das Grab seiner Eltern besucht hatten, nicht danach gefragt? Das war doch das Normalste von der Welt, dass man wissen wollte:

Was die eigenen Eltern von Beruf gewesen waren. Oder war er etwa nicht normal?

Doris Rothemark hatte es schon mehrmals angedeutet. Denn sie fand es nicht normal, dass André niemanden aus seiner Klasse zu seinem Geburtstag einladen wollte und sich nie über etwas zu freuen schien, weder über einen gewonnenen Wettkampf noch über eine gute Zensur, noch über ein Buch, nach dem alle anderen Kinder verrückt waren und das sie ihm dank ihrer Arbeit in der Buchhandlung besorgen konnte.

Es war genau dieses »sich nicht freuen können«, was es anderen so schwermache, André zu mögen, hatte sie ihm einmal mit Tränen in den Augen anvertraut und ihn bei den Schultern genommen und geschüttelt. André waren ihre Tränen peinlich gewesen, und er hatte gedacht – und hätte es ihr auch sagen können –, dass es sich genau umgekehrt verhielt, nämlich dass sie und alle anderen ihn zwar womöglich mochten, ihm das aber egal war. Da halfen auch kein Schütteln und keine Tränen, die hatten ihn nur davon abgehalten, ihr die Wahrheit zu sagen, um sie nicht noch mehr zu verletzen.

Wie konnte er denn Zutrauen zu ihr fassen, wo sie doch bei ihm ständig mit dem Schlimmsten rechnete? Wie zum Beispiel ein paar Wochen vor der Fahrt nach Dresden, als plötzlich der Abschnittsbevollmächtigte in voller Montur vor der Tür gestanden und André gesagt hatte, er solle seine Mutter an die Tür holen. Schon als er Doris in der Küche sagte, wer sie da sprechen wolle, hatte André den Eindruck, dass sie darüber nicht besonders erstaunt war, höchstens verärgert, dass es so schnell gegangen war. Dass also die Polizei André jetzt schon seiner Taten überführen würde, noch dazu zu einer ungünstigen Zeit, der Feierabendzeit, in der vielleicht alle Mieter im Haus sehen konnten, wie die Polizei ihren Adoptivsohn abholte.

Endlich fand André in einer Ecke der Dresdner Umkleidekabine einen fest montierten Haartrockner und daneben einen Spiegel. Er betrachtete sich eingehend. Konnte er es vielleicht in seinem Gesicht sehen – das Verbrechertum seiner Eltern? In seinen vererbten Augen? An seiner vererbten Nase?

Damals schien Doris Rothemark sofort gewusst zu haben, warum der ABV da war. Sie schenkte André nur einen säuerlichen Blick, wischte sich schnell noch die Hände am Geschirrtuch ab und ging zur Tür.

»Das kann Ihr Herr Sohn ruhig mit anhören«, polterte der ABV durch den Flur, als André auf sein Zimmer gehen wollte. Also machte er folgsam kehrt und marschierte zurück an die Tür.

André war sich keiner Schuld bewusst gewesen, schon gar keiner, die es nötig gemacht hätte, dass der ABV höchstpersönlich bei ihnen vorbeischaute, und es hatte auch noch nie zuvor dafür einen Anlass gegeben. Trotzdem fragte Doris sogleich den ABV: »Was hat er denn nun schon wieder angestellt?«

André hatte keine Zeit, darüber nachzudenken, wieso sie »schon wieder« gesagt hatte. Selbst das mit dem Geld in seiner Zigarrenkiste hatte sich geklärt, und sie hatten es ihm zurückgeben müssen.

»Fragen Sie ihn doch selbst!«, antwortete der ABV und schaute André sehr eindringlich an, so wie es alle Erwachsenen taten, wenn sie Kindern zeigen wollten, dass sie enttäuscht von ihnen waren. Zu Grund und Boden blickten sie einen, und man konnte dann kaum etwas anderes tun, als den Blick zu senken, was dann erst recht wie ein Schuldeingeständnis von den Erwachsenen aufgenommen wurde und was natürlich später nur schwer wieder zurückzunehmen war.

Es brachte auch nichts, dem Blick standzuhalten, denn das betrachteten die Erwachsenen als Provokation, und auch wenn hinterher herauskam, dass man nichts Schlimmes getan hatte, so trauten sie einem nach einem standhaft gebliebenen Blick doch umso eher etwas Böses zu, und das Misstrauen wurde nur umso größer.

Keine Angst zu zeigen machte einen in den Augen eines Erwachsenen nur abgebrühter. Sie unterstellten einem sofort, dass man nur clever genug gewesen war, sich nicht erwischen zu lassen.

Doch Doris fragte gar nicht erst nach. Sie sah ihn nur ebenso eindringlich an, wie es zuvor der ABV getan hatte. Deshalb zuckte André auch nur mit den Schultern, womit er andeuten wollte, dass er absolut keinen Schimmer hatte, was er hätte gestehen können.

»Schon ganz schön ausgebufft, was?«, sagte der ABV, lächelte aber breit. »Erst mal gar nischt zugeben! Erst mal sehen, was die Polizei so weeß!« Er zwinkerte Doris Rothemark zu. Nicht, als wolle er mit ihr flirten, sondern als wolle er andeuten, dass es alles nicht so schlimm war, wie es aussah. Er konnte ja nicht ahnen, dass Doris es gern viel schlimmer nahm, als es aussah, und deshalb auch nicht zurückzwinkerte, wie es vielleicht angebracht gewesen wäre, sondern ernst blieb und den Abschnittsbevollmächtigten wegen der Hellhörigkeit des Hauses in die Wohnung bat. Was im Grunde schade war, denn so bekam die Hausgemeinschaft nicht mit, wie das Missverständnis aufgeklärt wurde. Die Rothemarks sorgten sich jedenfalls noch Wochen danach, was die Leute im Haus wohl von ihnen dachten.

Natürlich hätte sie unten am Brett der Hausgemeinschaft ein Schreiben aushängen und darin erklären können, warum der ABV vor ihrer Tür gestanden hatte, aber das hätte natürlich wie eine Provokation bzw. wie eine Maßregelung der Nachbarn ausgesehen, und das wollten die Rothemarks nun doch nicht. Denn im Grunde waren sie ja froh, dass auch andere ein Auge auf ihren Adoptivsohn warfen. Das machte nämlich eine gute sozialistische Hausgemeinschaft aus, dass man sich um den anderen sorgte und seinen Weg durchs sozialistische Leben mit Anteilnahme verfolgte, ihn stützte, wenn er strauchelte, und ihn eventuell sogar auf den richtigen Weg zurückbrachte, wenn man glaubte, dass er den richtigen verlassen hatte. So wie bei André, den ein wohlwollender Nachbar, der nicht genannt sein wollte, auf dem falschen Weg vermutete, sprich in der Kaufhalle gesehen hatte und das an einem Vormittag, als er wie alle anderen Kinder der DDR in der Schule hätte sein müssen! Das hatte den Nachbarn zu der Überzeugung gebracht, dass André an diesem Vormittag nicht als verantwortungsvoller Schüler und Pionier, sondern als Schulschwänzer unterwegs war.

Ein Schulschwänzer war niemals auf dem richtigen Weg, im Gegenteil, ein Schulschwänzer entzog sich der Gemeinschaft, also hatte sich der sorgende Nachbar an den ABV gewandt, um André wieder auf den richtigen Weg zu bringen. Weder der ABV noch der Nachbar konnten ja ahnen, dass die Sportschule, die André seit einem Vierteljahr besuchte, andere Ferientermine hatte als alle anderen Schulen in der DDR. Obwohl es den Nachbarn hätte auffallen können, dass André in den offiziellen Herbstferien, als dem Nachbarn die eigenen Enkel auf die Nerven gingen, trotzdem jeden Morgen mit Schulranzen und Sporttasche das Haus verlassen hatte. Da hatte sich niemand um ihn Sorgen gemacht, ob er auf dem richtigen Weg gewesen war.

Natürlich entschuldigte sich der ABV bei Doris Rothemark und auch bei ihm für sein ungerechtfertigtes Kommen, aber anstatt die Entschuldigung anzunehmen oder über das Missverständnis zu lächeln, trug Doris dem ABV Grüße für den Nachbarn auf, der anonym hatte bleiben wollen. Für sie steckte hinter dem Kommen des ABVs die gute Absicht, ein Auge auf André zu haben, was ihr selbst wegen ihrer Berufstätigkeit nicht immer gelinge. Aber ein Auge auf André zu haben, das wäre tatsächlich vonnöten. Denn der ABV, hatte sie laut gesagt, wisse ja bestimmt, wie die Jungs in diesem Alter wären. Sie hätten ständig Dummheiten im Kopf, besonders ihr Sohn André, der undurchschaubar und unberechenbar wäre. Der ABV hatte es bestätigt und André abschließend mit einem Kopfschütteln bedacht, das noch einmal seine Enttäuschung zum Ausdruck brachte.

Woher kam er und wer würde er einmal werden, ging es André jetzt in der Umkleidekabine der Dresdner Schwimmhalle durch den Kopf, und er betrachtete sich in dem kleinen Spiegel neben dem Haartrockner, als könnte er dort eine Antwort finden. Hatte er sein blondes Haar von der Mutter oder vom Vater? Die blauen Augen, auf die er besonders von Frauen so oft angesprochen wurde, von seinem Großvater oder seiner Großtante? Hatte er überhaupt eine Großtante? Onkels? Großeltern? Und wenn ja, warum lebte er dann nicht bei ihnen, sondern bei den Rothemarks? Weil die eigenen Großeltern André nicht hatten haben wollen? Weil sie wussten, wie frech und ungezogen er immer war, wie schwer einzuschätzen?

Er hätte so gern gewusst, ob ihm später auch die Haare ausgehen würden, so wie zurzeit seinem Adoptivvater und zuvor schon dessen Vater und Großvater, wie André beim Durchblättern des Familienalbums bemerkt hatte. Jeden Freitagabend schmierte sich Burghard nach dem Baden Eigelb in die dünner werdenden Haare, um zu verhindern, was eigentlich unausweichlich war: dass er wie sein Vater und wie sein Großvater schon sehr bald eine Glatze bekommen würde, da konnte er sich noch so viel Eigelb in die Haare schmieren, es würde nichts nutzen.

Würde er selbst dieses Problem jemals haben, fragte André sich vor dem Spiegel in der Umkleidekabine. Er hatte ja kein einziges Foto von seinem Vater oder seinem Großvater, an denen er eine gewisse Tendenz – wie sich sein Haarwuchs entwickeln würde – hätte ablesen können.

Und genau deshalb hatte André auch keine Lust auf Geburtstage. Nicht auf den eigenen und nicht auf den anderer, auf denen immer irgendwann das große Rätselraten begann, nach wem das Geburtstagskind kam, ob es nun die großen Zähne von Tante Julie oder die Musikalität der Mutter geerbt hatte. Damit begann es meistens, hörte aber nicht damit auf, denn sogleich war man beim Lieblingsthema all derer, die im Gegensatz zu André sagen konnten, von wem sie abstammten.

Und das waren außer André alle.

Irgendwann fingen auf solchen Geburtstagen alle an zu überlegen, wem sie selbst aus ihrer Familie am meisten zu ähneln schienen, was eigentlich bedeutete, wem sie am meisten ähneln wollten, denn in der Regel ging es immer um positive Eigenschaften, die man von irgendwem aus der Familie ererbt hatte. Wenn zum Beispiel ein Mädchen auf so einem Geburtstagsfest behauptete, dass es seiner Tante sehr ähnlich sei, fragten natürlich alle nach, wie die Tante denn so wäre, und das Mädchen hatte dann nicht nur die Chance, einen Ausblick auf seine eigene Zukunft zu geben, sondern auch die eigenen Qualitäten als die ihrer Tante auszugeben, was ziemlich nah am Eigenlob war und das stank naturgemäß gewaltig. Außer André fiel das niemandem auf, denn alle waren geradezu versessen darauf, irgendjemandem zu ähneln und ihm oder ihr nachzueifern.

Onkel Fritz hatte mal gesagt, dass André ihn an seinen Bruder erinnere, der im Krieg gefallen war.

»Der ist als Kind genauso dünn und blass gewesen wie du, André, und auch so grüblerisch«, hatte er gesagt, und es klang fast wie ein Lob. Es hatte André damals aber nicht behagt, dass er mit jemandem Ähnlichkeit haben sollte, den er gar nicht kannte. Doch jetzt erschien ihm dies um so vieles besser, als vielleicht in seinem Gesicht, in seinem Charakter das Erbe von Verbrechern zu finden.

Kaum waren sie von der DDR-Meisterschaft in Dresden zurück, rief André Onkel Fritz an. Bei dieser Gelegenheit erfuhr er, dass dieser nicht allein wohnte, wie er aus irgendeinem Grunde immer gedacht hatte, sondern eine Frau hatte, die gerade das Abendbrotgeschirr abwusch. Jedenfalls erklärte Onkel Fritz so das Geräusch im Hintergrund, und weil sie auf ihren Mann wartete, damit er abtrocknete, wollte er auch nicht sagen, was Andrés leibliche Eltern von Beruf gewesen waren, schon gar nicht am Telefon, sondern verabredete sich mit ihm für den nächsten Tag auf dem Friedhof, wo er das Grab seiner Mutter winterfest machen wollte.

Nachdem Onkel Fritz André mit dem Tschaika vom Training abgeholt und ihm zum DDR-Meister auf dem Dreimeterbrett gratuliert hatte, fragte er ihn, warum er ausgerechnet jetzt wissen wolle, was seine Eltern von Beruf gewesen waren. André druckste nicht lange herum, sondern erzählte, was der Dresdner Trainer zu Burghard gesagt und wie der darauf reagiert hatte.

»Sind sie Verbrecher gewesen?«, fragte André bang, als sie vor dem Grab seiner Eltern standen, dessen Stein eine glitzernde Schicht Raureif trug. Über den Friedhof blies ein eisiger Wind, und es war fast schon so dunkel wie damals im September, obwohl es jetzt erst nachmittags war.

Onkel Fritz ließ sich mit der Antwort Zeit. Sein Gesicht, zumindest die Augen unter den buschigen Brauen, verschwanden beinahe ganz unter der Krempe seines Hutes, den er tief ins Gesicht gezogen hatte. Der untere Teil seines Gesichts wurde von dem hochgeschlagenen Kragen seines wollenen Mantels verdeckt. Keine Chance zu erraten, was er in diesem Moment dachte, was er für eine Antwort für André bereithielt.

»Eigentlich solltest du es erst zu deinem achtzehnten Geburtstag erfahren«, sagte er schließlich mit einem tiefen Seufzer, und André wusste, dass er wieder einmal etwas sehr Schweres von Onkel Fritz verlangte, etwas, was ihm noch gar nicht zustand mit seinen elf Jahren. Aber er konnte darauf keine Rücksicht nehmen, er musste es jetzt wissen.

»Bitte!«

»Nun, deine Eltern waren eigentlich Mediziner, bevor sie …« Onkel Fritz zögerte. »… bevor sie zu Verbrechern wurden. Genauer gesagt zu Schmugglern, die, als sie mit dir zum Schein in Bulgarien Urlaub machten, wertvolle Dinge an Leute aus dem Westen verkaufen wollten.«

Sie waren also wirklich Verbrecher gewesen, dachte André, und es bestürmten ihn gleichzeitig so viele Fragen, dass er nicht wusste, welche er zuerst hätte stellen wollen.

»Sie hätten unserem Land sehr schaden können, wenn es ihnen gelungen wäre«, sagte Onkel Fritz nach einer ganzen Weile, weil André stumm blieb.

»... aber zum Glück hatten sie ja diesen Unfall vorher«, sagte André und wusste nicht recht, warum er das gesagt hatte.

Zum Glück?

Nachdem Onkel Fritz auf dem Grab seiner Mutter drei Töpfchen Winterastern eingegraben und den Rest des Grabes mit ein paar Tannenzweigen abgedeckt hatte, fuhren sie wieder mit dem Tschaika zurück in die Innenstadt. André fand es ein bisschen gemein, dass Onkel Fritz für das Grab von Andrés Eltern weder Tannenzweige noch ein paar Astern gekauft hatte, sagte aber nichts, denn er verstand nur allzu gut: Seine Eltern waren nicht nur einfache Verbrecher gewesen, sie hatten die DDR an den Westen verraten wollen, und dass man solchen Leuten keine Blumen mit ans Grab brachte oder ihnen gar das Grab für den Winter herrichtete, war klar.

»Hatten sie den Unfall, weil du sie verfolgt hast?«, musste André dann aber doch wissen, weil er sich das Ganze immer noch nicht so richtig vorstellen konnte.

»Nein.« Onkel Fritz lächelte, legte kumpelhaft den Arm um André und zog ihn zu sich heran, so dass André den wohlbekannten Geruch von Mottenkugeln, der auch in Doris' Schrank heimisch war, riechen konnte.

»Ich fuhr erst nach dem Unfall deiner Eltern nach Bulgarien, um dich aus dem Krankenhaus abzuholen«, sagte Onkel Fritz, und es klang ungemein zärtlich in Andrés Ohren. Nur seinetwegen war Onkel Fritz nach Bulgarien geflogen!

»Und es war auch nicht so, dass deine Eltern von jemand verfolgt wurden. Sie hatten diesen Unfall, als sie einen anderen

Wagen auf der Landstraße nach Burgas überholen wollten und nicht sahen, dass ihnen ein Laster viel zu schnell entgegenkam.«

André drückte sein Gesicht tief in den kratzigen Stoff. Hatte er das wirklich hören wollen? Wollte er den Laster, der auf ihn und seine Eltern damals zugerast war, wirklich sehen?

»Sie versuchten dem Laster auszuweichen, und so kamen sie von der Fahrbahn ab und fuhren eine Böschung hinunter auf ein Feld, wo sie sich mehrmals überschlugen ...«

»Wo *wir* uns mehrmals überschlugen«, warf André zaghaft ein, und auch wenn es André nicht sehen konnte, weil er sein Gesicht in Onkel Fritz' Mantel hatte, so wusste er doch, dass Onkel Fritz in diesem Moment nickte.

»Ja, du warst dabei«, sagte Onkel Fritz leise. »Aber während deine Eltern auf der Stelle tot waren, hast du diesen schweren Unfall entgegen allen Voraussagen der bulgarischen Ärzte überlebt ... Weil du ein Kämpfer bist!« Er drückte André noch fester an sich, so dass André glaubte, ersticken zu müssen. Aber das war ihm eigentlich gerade egal, noch nie war ihm Onkel Fritz so nah gewesen wie in diesem Augenblick.

»Erst als du bereits im Krankenhaus warst und die bulgarische Polizei den Wagen deiner Eltern untersuchte, wurde klar, was deine Eltern in Bulgarien eigentlich vorgehabt hatten.« Onkel Fritz lockerte den Griff ein wenig, um André aber gleich darauf umso heftiger bei den Schultern zu packen. »Verstehst du, André? Du warst ihre Tarnung! Deine Eltern haben dich benutzt. Sie haben bewusst dein Leben riskiert!«

Der Tschaika fuhr bis in die Spandauer Straße, ohne dass sie noch ein Wort sprachen, und auch als der Wagen hielt, sagte keiner von ihnen etwas. Sie schauten geradeaus, direkt auf den Nacken des Chauffeurs, der sich ebenfalls nicht bewegte, als ginge es nicht um seinen wohlverdienten Feierabend. Dann endlich kam Bewegung in Onkel Fritz, und er wandte André das Gesicht zu.

»Zufrieden?«, fragte er mit einem Lächeln.

André wusste zwar, dass es nur eine rhetorische Frage war und die Antwort nur ein Nicken sein durfte, aber er fragte dann doch: »Wieso bin ich nicht bei meinen Verwandten?«

»Dein Vater und deine Mutter hatten keine Geschwister, und deine einzig lebende Verwandte, deine Großmutter mütterlicherseits, hat von dem, was deine Eltern vorhatten, gewusst. Wir konnten dich damals unmöglich zu ihr geben.«

André schaute überrascht zu Onkel Fritz auf: Er hatte eine Oma?

Hatte! Denn gleich darauf erzählte Onkel Fritz, dass Andrés Oma im Winter zuvor gestorben war.

»Warum hast du mich eigentlich nicht adoptiert?«, hörte sich André plötzlich fragen, obwohl er es gar nicht vorgehabt hatte. Doch die Frage, seit Jahren fix und fertig in seinem Kopf ausformuliert, hatte anscheinend von ganz allein ihren Weg nach draußen gefunden. Schon als ihn Onkel Fritz aus dem Erzgebirge abgeholt hatte und er wusste, dass die Erzgebirgseltern nicht seine richtigen Eltern gewesen waren, war ihm die Frage durch den Kopf geschwirrt. Nun war sie heraus, und Onkel Fritz konnte höchstens so tun, als hätte er sie nicht gehört. Doch das hatte er.

»Aber wer hätte sich denn dann um die anderen Kinder kümmern sollen, denen es ähnlich wie dir ergangen ist?«, erwiderte Onkel Fritz lächelnd und klang dabei irgendwie geschmeichelt, was André sofort gegen ihn aufbrachte. Er hätte gar nicht sagen können, warum.

»Es gibt noch mehr Kinder wie mich?«, rief er erstaunt, aber Onkel Fritz hörte die Empörung darin nicht, denn er erwiderte lächelnd: »Aber ja. Viele Kinder verlieren ihre Eltern. Irgendwer muss sich doch um sie kümmern.«

André schaute Onkel Fritz mit großen Augen an. Jetzt erst wurde ihm klar, was er insgeheim immer vermutet hatte und weswegen er die Frage bisher auch nie gestellt hatte. Aber nun war sie heraus, nun musste er mit der Antwort leben. »Das heißt, ich bin deine Arbeit?«

Es war wohl sein Tonfall, der Onkel Fritz aufmerken ließ, jedenfalls hatte er schon lächelnd nicken wollen, als ihm das Lächeln und auch das Nicken plötzlich verging und er nur noch zusehen konnte, wie André die Tür aufriss und über den Bürgersteig davon in den Hausflur rannte.

Nie wieder würde er Onkel Fritz sehen wollen, das schwor er sich, als er die acht Stockwerke nach oben marschierte und seine Wut nicht kleiner wurde. Und er würde Onkel Fritz nie wieder Anlass zur Arbeit geben. Auch das schwor er sich und wusste auch, was das für die Zukunft bedeutete: Er musste die Rothemarks ab sofort als seine Eltern akzeptieren! Und dazu gehörte in allererster Linie, dass er sich endlich wie ein richtiger Sohn verhielt. Das würde nicht einfach sein, auch weil er nicht wusste, wie sich ein richtiger Sohn verhielt. Denn er konnte sich nicht daran erinnern, wie er gewesen war, als seine richtigen Eltern noch lebten und nicht bewusst sein Leben riskierten.

TEIL II

Er liebt ein erstes Mal, wird wiedergeliebt,
und wenn nicht, so spürt er ihren Verlust,
sucht womöglich die Liebe im Geheimen.

BRIGITTE

Dorf Mecklenburg

1953

»Ist das ein Kamelhaarpullover?«, fragte der sommersprossige Manfred auf dem Schulhof und schaute Brigitte von unten herauf feixend an. Brigitte, die sich eigentlich nicht mehr mit den Kleinen aus der Fünften abgab – schließlich würde sie im August schon vierzehn werden – und durchaus ahnte, dass hinter der Frage eine Gemeinheit stecken könnte – auch die anderen Steppkes grinsten so blöd –, ließ sich trotzdem zu einer Antwort hinreißen. Immerhin war Manfred der kleine Bruder von Hans-Joachim, einem ihrer neuen Mitschüler, der ihr nicht ganz egal war, und der schaute auch gerade zu ihr hinüber, deshalb hieß es, freundlich bleiben.

»Was weißt du denn von Kamelen, Manne?«, fragte sie lächelnd.

»Dass sie zwei Höcker haben!«, trompetete Manfred, grinste stolz zu seinem Bruder hinüber und rannte mit seinen Kumpels kreischend davon.

Brigitte stand da, puterrot bis zu den Haarwurzeln, und schob instinktiv die Schultern nach vorne, um die Wölbungen, die sich unter ihrem Pullover abzeichneten, möglichst kleiner aussehen zu lassen. Wie sie das hasste!

Noch vor einem halben Jahr hatte sie ganz anderen Spott

über sich ergehen lassen müssen: »Brigittchen, Brigittchen –
ohne Arsch und Tittchen!«, hatten da noch die Jungs hinter ihr
hergerufen, und sie hatte allabendlich ihre Oberweite zum Gegenstand ihrer Gebete gemacht.

Und nun das!

Aber Brigitte wusste bereits, wie sie dies Hans-Joachim, der
seinen kleinen Bruder bestimmt dazu angestiftet hatte, heimzah-
len konnte und auch wann. Am nächsten Tag schon, wenn in
der vorbereitenden FDJ-Schulungssitzung darüber abgestimmt
werden sollte, wer würdig genug sei, im Herbst in die FDJ aufgenommen zu werden, dann würde sie Hans-Joachim nicht ihre
Stimme geben und dies vor allen anderen mit seinen schlechten
schulischen Leistungen und seiner fragwürdigen Haltung gegenüber dem weiblichen Geschlecht begründen. In die Einzelheiten würde sie natürlich nur zu Punkt eins gehen und hoffen,
dass dies als Erklärung genügen würde. Sollte allerdings doch
jemand ein Beispiel für Punkt zwei hören wollen, dann würde
sie auf seine unkollegiale Art beim letzten Subbotnik zu sprechen kommen, bei dem Hans-Joachim Sieglinde nicht an den
Mischer hatte lassen wollen, weil er die Arbeit am Mischer als
zu schwierig für Mädchen empfand. Das war kritikwürdig. Wo
doch die Mädchen lernen sollten – das war neben dem neuen
Obergeschoss für die Schule ein weiteres Teilziel dieses Subbot-
niks –, keine Angst vor der Technik zu haben.

Überhaupt bildete sich dieser Hans-Joachim, der der Sohn
des neuen Direktors war, ziemlich viel auf seine angebliche
Männlichkeit ein, dachte Brigitte, als endlich die Farbe aus ihrem Gesicht zu schwinden begann. Was war nur mit ihr los?
Dauernd wurde sie rot, auch aus geringeren Anlässen, selbst Johann war das schon aufgefallen, und dem fiel, seitdem er auf der
Baustelle in Berlin arbeitete und nur selten zu den Wochenenden nach Hause kam, kaum noch etwas auf. Nicht, dass sie jetzt
fast schon eine Frau war, und auch nicht, wie es voranging in
ihrem kleinen Dorf, seit der neue Direktor die Schule und den

Parteivorsitz übernommen hatte. Jeden Tag erzählte er ihnen im Unterricht, wie ihre kleine, junge Republik erstarkte, wie das Volk sich aufopferte und gern auf all die glitzernden Dinge des Westens verzichtete, um sich einen unabhängigen, nur vom Volk regierten Staat zu schaffen.

Nichts davon sah Johann, der konnte nur meckern, dass es dies und das noch nicht gäbe und dass seine Kollegen im Westen den dreifachen Lohn für die gleiche Arbeit bekämen und sich selbst bei gleichem Lohn mehr davon in ihren Läden würden kaufen können.

Mit dem neuen Direktor hätte sich Johann einmal unterhalten sollen, der hätte ihm schon Paroli geboten, aber dazu war er ja nicht bereit. Lieber traf er sich mit Neulehrer Albrecht – eine weitere Enttäuschung in Brigittes kurzem Leben – und überbrachte dessen Grüße, die sie aber weder haben wollte noch erwiderte.

Neulehrer Albrecht – oder sollte sie besser sagen: Altlehrer Albrecht –, der letztes Jahr von einer Weiterbildung in Halle nicht zurückgekehrt war, dort nie angekommen war, wie sich später herausstellte, weil er schnurstracks in den Westen gegangen war, wo er nach einer weiteren Umschulung nun an einem humanistischen Gymnasium Deutsch und Geschichte unterrichtete. Diesem Mann hatte sie ihr Innerstes anvertraut, hatte ihm beide Hefte, die sie damals nach dem Lesen von Anne Franks Tagebuch geschrieben hatte, überreicht.

Wie peinlich!

Albrecht hatte ihr die Hefte jedoch gleich am nächsten Tag zurückgegeben, und einen Moment glaubte sie, dass er wohl die ganz Nacht hindurch gelesen haben musste, weil er so dunkle Ringe unter den Augen hatte, aber dann sagte er, dass er sie nicht lesen wollte, die seien doch nur für sie und nicht für andere bestimmt. Auch wenn es ihn freue, dass Annes Tagebuch sie zu einem eigenen Tagebuch angeregt habe.

Dass Albrecht »Annes Tagebuch« sagte und nicht »Anne

Franks Tagebuch«, blieb Brigitte am deutlichsten in Erinnerung. Er hatte dieses Mädchen so vertraulich beim Vornamen genannt, dass Brigitte fast schon glaubte, Albrecht hätte Anne persönlich gekannt. Hatte er nicht, und dann erinnerte sich Brigitte wieder, dass Albrecht diese dunklen Augenringe schon immer gehabt hatte, auch schon, als er im Herbst '49 bei ihnen den Unterricht übernahm. Er sei in Buchenwald gewesen, hatte man damals im Dorf gemunkelt, habe dort Furchtbares erlebt und schliefe deshalb schlecht.

Als Brigitte im *Konsum* hörte, was Buchenwald gewesen sein sollte, war sie furchtbar empört gewesen und hatte die alten Klatschweiber im Dorf angeschrien, denn damals hatte sie noch geglaubt, dass dieses Buchenwald nur Propaganda der Volksfeinde war.

Doch mit Anne Franks Tagebuch hatte sich alles geändert, und an dem Tag, als Albrecht ihr ihre Hefte ungelesen zurückgab, war sie nicht nur enttäuscht gewesen – so viel Mühe hatte sie sich gegeben, mit ihrem Leben abzurechnen –, sie hätte ihn auch am liebsten in die Arme geschlossen, denn sie wusste nun, dass er wie Anne Frank unter unmenschlichen Bedingungen von den Nazis gefangen gehalten worden war und nur deshalb nicht zerbrochen war, weil er trotz alledem an das Gute im Menschen geglaubt hatte.

Aber dann war er plötzlich weg gewesen, der Verräter!

»Weil er gesehen hat, dass das angeblich Neue nichts Neues ist, schon gar nichts Neues hervorbringt, sondern nur wieder ...«

Wenn Johann anfing, Albrecht zu verteidigen, bohrte sich Brigitte einfach die Finger in die Ohren, um ihm nicht zuhören zu müssen. Das war natürlich kindisch, wie Johann treffend bemerkte, aber für sie war es die einzige Möglichkeit, seinen Argumenten zu trotzen. Albrecht war ein Verräter! Einer aus der bürgerlichen Intelligenz, der rein gar nichts mit der aufopferungsvoll kämpfenden Arbeiterklasse gemein hatte.

Doch meist unterbanden die Eltern schon im Vorfeld diese politischen Diskussionen am Abendbrottisch. Egal. Sollte Johann doch auch zu Albrecht in den Westen gehen und sie alle im Stich lassen! Sollte er doch lieber dem Goldenen Kalb nachrennen, während sie gemeinsam mit all den anderen eine neue, bessere Zukunft aufbaute – und sich dafür auch noch von den Unverbesserlichen anfeinden ließ.

Ja, es gab viele im Dorf, die so wie Johann und Albrecht dachten, die die neuen Zeichen der Zeit absichtlich missverstehen wollten.

»Haben wir nicht genug Uniformen gehabt?«, hatte die alte Gertrud sie im *Konsum* angefeindet, als Brigitte dort vor dem Pioniernachmittag mit der Verkäuferin wegen des Arbeitseinsatzes sprach.

»Jetzt singen sie wieder«, hatte der enteignete Bauer Lorenz verächtlich gemurmelt, als sie Sieglindes Vater, einem Neubauern, beim Bestellen seines Ackers an einem anderen Pioniernachmittag geholfen und dabei ein Aufbaulied gesungen hatten.

Selbst Brigittes Eltern sahen es nicht gern, dass sie bei den Pionieren war und im Herbst den FDJlern beitreten würde. Aber sie sagten nichts, schließlich wussten sie, dass sie Brigitte sowieso nicht davon abhalten konnten. Und was hätten sie auch sagen können? Dass sie es nicht wollten, dass Brigitte dazu beitrug, eine bessere Zukunft für sie alle zu erschaffen, ohne Krieg und im Verbund mit den nachbarlichen Brüdern?

Gerechterweise musste Brigitte jedoch zugeben, dass ihre Eltern auch gegen Johanns Beitritt in die HJ gewesen waren, der dann einfach heimlich eingetreten war, was Brigitte damals auch gern getan hätte, doch sie war noch zu klein gewesen. Aber jetzt wurde sie bald vierzehn, war also fast schon erwachsen, und wusste, dass ihre heutige Begeisterung auf einem soliden Fundament stand. Niemals würde sie nun einem Kriegstreiber wie Hitler ihre Stimme geben. Sie war auf der Seite der Guten, das mussten selbst die Eltern zugeben, denn die, denen Brigitte jetzt folgte, hatten schon vor dem Krieg vor Hitler gewarnt und waren dafür verfolgt, eingesperrt und oft auch gefoltert worden.

»Aber warum musst du gleich wieder Lieder singen und Fahnen schwingen, wenn es dir nur um eine bessere Zukunft geht?«, hatte der Vater am Küchentisch auf seine ruhige Art und Weise gefragt. »Warum könnt ihr Sieglindes Vater nicht ohne gesamtheitlichen Pionierbeschluss auf dem Feld helfen? In unserer Kirche nennt man das einen Akt der Nächstenliebe.«

»Dann war es wohl auch Nächstenliebe, dass unsere Kirche zuschaute, wie die Juden vergast wurden?«, hatte Brigitte scharf zurückgefragt und damit ein für alle Mal die Diskussion beendet.

Johann dagegen, wenn er denn mal zu Hause war, ließ sich mit solchen Argumenten, die sie im Debattierclub der Pioniergruppe gelernt hatte, nicht abspeisen. Er leugnete erst gar nicht, dass er sich, indem er wie ein Hirnloser hinter der HJ-Fahne hermarschiert war, in gewissem Sinne schuldig gemacht hatte, so wie sich auch ihr Vater in seinem Amt schuldig gemacht hatte, indem er nichts gegen die Nazis unternommen hatte, sondern sogar mit einem Nazi, diesem Onkel Konrad, eng befreundet gewesen war.

»Aber ist das ein Grund, sich heute gleich gedankenlos der anderen Seite anzuschließen und sich erneut zum Mitläufer zu machen und wie die Nazis Andersdenkende zu verfolgen und zu bespitzeln?«, hatte er gefragt und an ihren Verstand appelliert.

Klar, Brigitte verstand auch nicht recht, warum die Junge Gemeinde überall so verunglimpft wurde, besonders, da in ihren Augen dort sowieso nur die Hinterwäldler verkehrten, sie selbst zwar auch, aber nur als Zugeständnis an den Vater. Doch das mit dem Mitläufertum wies Brigitte entschieden zurück, denn Mitläufer sind die, die sich um des eigenen Vorteils wegen anpassen und immer mit dem Strom schwimmen. Das konnte man von ihr nicht behaupten. Sie hatte nichts davon, wenn sie neben ihrer Schule noch unbezahlte Arbeitseinsätze leistete.

Höchstens Rückenschmerzen und kaputte Hände. Und bislang waren sie auch noch eine verschwindend kleine Anzahl Pioniere, FDJler und Genossen, die gegen den großen Strom derer anzuschwimmen hatten, die nur ihr eigenes Fortkommen in der neuen Zeit sahen und sich keinen Deut um das Wohl der Gemeinschaft scherten.

Und als im März Josef Stalin starb und die ganze Arbeiterschaft der Welt um ihn trauerte und ihr neuer Direktor nur mühsam die Tränen unterdrücken konnte, als er es ihnen in der letzten Stunde mitteilte, da hatten sich hinterher die anderen auch noch lustig über Brigittes Tränen gemacht und an den Staatstrauertagen einfach auf den Feldern gearbeitet, statt dieses großen Helden zu gedenken.

Am meisten aber ärgerte sie, dass ihr geliebter Bruder nicht verstehen wollte, warum sie in die FDJ eintreten wollte. Er hatte ihr sogar angedroht, nie wieder ein Wort mit ihr zu reden, wenn sie es doch tun würde.

Deshalb hatte sich Brigitte für den Nachmittag mit dem FDJ-Sekretär des Kreisverbandes, Günther Jansen, in der Kreisstadt verabredet, um mit ihm über Johann und dessen Äußerungen, die er nur vom Klassenfeind haben konnte, zu reden. Sie erhoffte sich entscheidende Argumente von Günther, der im Argumentieren für die Sache geschult und einst selbst ein glühender Anhänger Hitlers gewesen war, bis er in russische Gefangenschaft geriet und dort auf deutsche Antifaschisten traf, die ihm den Kopf erst einmal geradegerückt hatten, so verbohrt, so vernagelt war er damals gewesen, wie er selbst gern erzählte.

Günther war ein gutes Beispiel, dass man sich auch noch mit fünfunddreißig neuen Ideen zuwenden konnte und dass Brigitte ihren Bruder noch nicht verloren geben musste. Und nein, das war kein Petzen oder Denunzieren, wenn sie sich bei ihm Hilfe holte! Sie wollte ihrem Bruder doch nur helfen, mit ihr auf der richtigen Seite zu stehen.

Deshalb war sie nach der Schule nicht nach Hause gefahren,

sondern hatte Sieglinde bei den Mathehausaufgaben geholfen, die ihr immer besonders schwerfielen, aber im Frisieren war Sieglinde gut, und sie hatte Brigitte gleich noch ein paar neue Frisuren gezeigt, die sie vielleicht zur FDJ-Weihe im Herbst tragen könnte.

Darüber vergaßen sie fast die Zeit, bis die alte Standuhr, die Sieglindes Mutter übers Haff aus Königsberg mitgeschleppt hatte, drei Uhr schlug und sie sich auf ihr Rad schwang und die zwölf Kilometer in die Kreisstadt radelte. Vorbei an der Schule, die nun wieder drei Stockwerke und schon acht Klassenräume, darunter ein Chemie- und Biologielabor, hatte und in der nur noch die ersten und zweiten Klassen zusammen in einem Raum unterrichtet wurden. Die anderen Klassen hatten dank der vielen Neubauern und Umsiedler, die in den vergangenen Jahren noch hinzugekommen waren, genügend Schüler, um sie in je einer Klassenstufe zu unterrichten. Danach kam Brigitte an den noch im Bau befindlichen Häusern der Neubauern vorbei, von denen natürlich Johann behauptete, dass sie nur aus Dreck gebaut seien, schlecht isoliert und zugig und nur winzige Zimmer hatten: eine gute Stube auf der einen Seite der Treppe und einen Stall auf der anderen. Klar, da waren die Wohnungen der Stalinallee, für die Johann schon zwei Lose besaß, von anderer Qualität, auch wenn er von dort ebenfalls über viel Pfusch berichtete. Der wäre praktisch vorprogrammiert, weil die Normerhöhungen des vorigen Juli die Bauarbeiter dazu zwangen, wenn sie wenigstens ein bisschen zu den Lebensmittelkarten dazuverdienen wollten.

Immer nur dieses Gemeckere, dachte Brigitte, während sie auf Bad Kleinen zuradelte und sich wunderte, dass noch vor dem Ortsschild ein dunkler, schwarzer Wagen stand, hinter dem dann auch noch ein Vopo hervortrat, als sie sich ihm näherte, und sie zum Anhalten aufforderte. Der Vopo fragte nach ihrem Namen und brachte sie dann zu dem Wagen, in dem zwei Männer in Trenchcoats saßen und von ihr wissen wollten, wohin sie fuhr. Wahrheitsgemäß erzählte Brigitte, dass sie mit dem FDJ-Sekretär zu einem Gespräch verabredet sei, doch sie schienen ihr nicht zu glauben.

»Johann Günzel? Ist das dein Bruder?«, fragte der größere von den beiden und schaute sie eindringlich an.

Brigitte nickte, obwohl sie es seltsam fand, dass der Mann sie nach Johann fragte.

»Weißt du, wo er sich aufhält?«

Brigitte verstand die Frage nicht recht. Meinten die, wo er wohnt? »Er wohnt unter der Woche in Berlin, wo er auch arbeitet.«

»In der Lychener Straße 2?«

Brigitte nickte wieder, und ihr wurde immer unbehaglicher unter den Blicken der Männer. Wieso wussten die, wo Johann wohnte, und warum fuhren sie nicht einfach dorthin, wenn sie ihn sprechen wollten?

»Da ist er leider nicht«, sagte der Kleinere mit einem unüberhörbar drohenden Unterton.

»Wahrscheinlich arbeitet er noch. Er hat immer erst um siebzehn Uhr Schluss.« Aber schon als Brigitte es aussprach, ahnte sie, dass er auch nicht bei der Arbeit war. Nur, wo war Johann dann, und warum suchten die beiden ihn?

Schließlich entließen sie Brigitte, und sie stemmte sich wieder in die Pedale, um die verlorene Zeit einzuholen und pünktlich im Kreissekretariat der FDJ zu sein.

In Bad Kleinen herrschte eine seltsame Stimmung. Kaum jemand war auf der Straße, wie leergefegt schien der Ort, so still wie an einem Feiertag oder besser: wie an dem Tag, als die Russen das erste Mal ins Dorf gekommen waren und Brigitte mit Johann und den anderen Steppkes mit ihren Holzgewehren auf dem Schulberg Stellung bezogen hatte. Da war es eine Weile auch so still gewesen, bis sie dann den ersten Panzer heranrollen hörten und der kleine Georg sich in die Hosen gepinkelt hatte und Brigitte sich auch ein wenig.

Als sie zum Markt kam, wurde es ihr noch mulmiger ums

Herz. Vor dem Rathaus standen russische Soldaten mit Gewehren, als würden sie Wache halten. Auch das war ungewöhnlich, denn vor einem Jahr war die russische Kommandantur aufgelöst und die meisten Russen in ihre Heimat zurückbeordert worden. Die, die geblieben waren, hatten vierzig Kilometer entfernt die alte Kaserne der Nazis bezogen.

Doch bevor Brigitte das Rathaus betrat, wollte sie im *Konsum* nach Seife ohne Bezugsschein fragen. Also stellte sie ihr Fahrrad vor dem Rathaus ab, ging quer über den Marktplatz und betrat den Laden. Drinnen standen dicht gedrängt eine Menge Leute, hauptsächlich Frauen, und das war immer ein Zeichen dafür, dass es irgendetwas gab, vielleicht nicht Seife, aber dafür eventuell Nähseide oder gar echten Tee. Brigitte sollte zwar selbst entscheiden, was sie von den zwanzig Mark kaufen würde, hatte ihr die Mutter gesagt, aber ihr zugleich strikt eine Rangfolge eingebläut: zuerst Seife. Wenn es die nicht gab, aber Mehl oder echten Tee oder Lederfett, dann sollte sie echten Tee nehmen. Ansonsten lieber das Lederfett, welches sie aber nicht nehmen sollte, wenn es Scheren gab, die auch wichtiger waren als der echte Tee, obwohl Tee ein schönes Geburtstagsgeschenk für den Vater sein könnte, der aber die Schere oder Kerzen für die Kirche dringender benötigte.

Brigitte sah mit einem einzigen Blick in die leeren Regale, dass es überhaupt nichts gab – nur diese Leute vor der Theke, die sie alle unverhohlen anstarrten, als würden sie nur drauf warten, dass Brigitte wieder gehe. Deshalb drehte sie auch gleich wieder um und hatte schon die Klinke in der Hand, als jemand sagte: »Bist du nicht die Pfarrerstochter aus Dorf Mecklenburg, die Schwester von Johann?«

Brigitte nahm die Hand von der Klinke. Schon wieder »Johann«! Was hatte das nur zu bedeuten? Sie drehte sich langsam um und nickte. Kaum hatte sie das getan, näherte sich ihr eine ältere Frau, nach dem sie schnell einen Blick hinaus auf den Marktplatz gewagt hatte: »Waren sie bei euch auch schon?«

Brigitte schluckte. »Wer?«

»Na die Männer aus dem Auto am Ortseingang. Haben sie dich nicht auch angehalten und gefragt, wo du hinwillst?«

Wieder nickte Brigitte. Was war hier nur los? Doch bevor sie fragen konnte, trat ein junger schmächtiger Mann vor, der, wenn sich Brigitte recht erinnerte, mal bei Johann in der Brigade gewesen war, als ihr Bruder noch hier in der Kreisstadt arbeitete.

»Sie sind hinter Johann her. Du musst ihn unbedingt warnen, sonst ...« Der Schmächtige kreuzte stumm seine Handgelenke, um eine Verhaftung anzudeuten, eine Geste, die Brigitte aber erst richtig verstand, als sie den *Konsum* wieder verließ und langsamen Schrittes zum Rathaus ging, wo Günther sie in seinem Büro bereits erwartete.

Wenn Brigitte alles richtig verstanden hatte, was ihr der Schmächtige in kurzen, gehetzten Sätzen mitgeteilt hatte, dann hatte Johann vor zwei Tagen in Berlin wegen der Normerhöhungen mit seinen Kollegen auf der Baustelle gestreikt und andere dazu aufgerufen, es ihnen gleichzutun. Und diesem Streik hatten sich dann am darauffolgenden Tag, also gestern, fast alle Arbeiter im Land angeschlossen. Doch was ruhig und mit der Forderung nach Rücknahme der Normerhöhungen begonnen hatte, war schließlich in Straßenschlachten mit der Polizei ausgeartet, bei denen es sogar Tote gegeben hatte, wie der Schmächtige von seinem Cousin wusste: Tote auf Polizei- und auf Arbeiterseite. Bis die Panzer gekommen waren und die Demonstranten auseinandergetrieben hatten.

»Und euer Johann«, hatte der Schmächtige gezischt, »soll ganz vorne dabei gewesen sein, jedenfalls steht er jetzt auf deren Liste, so wie der, den sie schon abgeholt haben.«

Brigitte erschrak, doch da trat eine der Frauen ganz nah an sie heran. Ihre Stimme überschlug sich fast.

»Fahr so schnell wie möglich nach Hause, und warn deine Eltern und auch Johann, falls er sich bei euch versteckt hält.«

Der Schmächtige nickte bestätigend. »Vielleicht hat er es ja nicht mehr über die Grenze nach Westberlin geschafft, die Panzer sollen bereits alles abgeriegelt haben.«

Brigitte hatte schon hinausstürmen wollen, doch der Mann hielt sie mit der Hand an der Schulter zurück. »Warte! Du darfst dir nichts anmerken lassen. Wo wolltest du als Nächstes hin?« Brigitte sagte es ihm, und der Schmächtige riet ihr, erst noch mit dem FDJ-Kreissekretär zu reden, als wäre nichts geschehen, sich aber trotzdem zu beeilen.

Wie betäubt saß sie deshalb nun in Günthers Zimmer, vor seinem Schreibtisch, und versuchte, die aufsteigende Panik zu bekämpfen.

»Brigitte! Worüber wolltest du denn mit mir sprechen?«, drang die Stimme des Kreissekretärs wie von sehr weit her zu ihr durch.

Brigitte versuchte, die schrecklichen Gedanken zurückzudrängen und sich ganz auf die freundlichen Augen von Günther zu konzentrieren.

Als wäre nichts geschehen.

»Ich wollte einen Vorschlag machen …«, sagte Brigitte langsam, stockend. Sie musste sich irgendetwas ausdenken, einen Vorschlag, den sie diskutieren könnten und der den Wunsch nach einem persönlichen Gespräch irgendwie rechtfertigte. Schließlich konnte sie Günther jetzt nicht mehr ihre Vorwürfe gegen Johann unterbreiten, sie durfte Johann, der in der Stalinallee angeblich Steine auf russische Panzer geworfen hatte, überhaupt nicht erwähnen … und da war sie plötzlich, die rettende Idee.

»Ähm, ich wollte vorschlagen, dass sich unsere Schule um den Namen unseres großen Führers … ähm … um den Namen des großen Helden der Sowjetunion, Genosse Josef Stalin, bewirbt.«

So, nun war es heraus. Sie schaute Günther erwartungsfroh an. Das war wirklich eine gute Idee, die hätte sie eigentlich auch so haben können. Oder? Es gab schließlich bereits ein Stalingrad und eine Stalinallee, warum also nicht auch eine Stalinschule?

Doch Günther reagierte anders als gedacht. »Du glaubst also, dass deine kleine Schule in Klein-Weiß-Nicht-Wo jemals würdig genug sein könnte, den Namen unseres großen Vorbildes und Anführers des tapferen und heldenhaften Sowjetvolkes zu tragen?«

Natürlich hatte sie das geglaubt, dachte Brigitte, immer noch empört, als sie auf dem Nachhauseweg kräftig in die Pedale trat und der kühle Fahrtwind ihr fast den Atem nahm. Warum auch sollten die Schüler ihres Dorfes weniger würdig sein als die Menschen in Berlin, die eine ganze Allee nach Stalin benannt bekamen? Hatte nicht gerade Günther immer wieder betont, dass auch sie in ihrem kleinen Dorf ebenso wie die Menschen in den Großstädten Heldenhaftes zu leisten imstande waren und dies oft unter noch viel widrigeren Bedingungen taten, als in dem von den Politikern bevorzugten Berlin, wo es besser bezahlte Arbeit gab und mehr Möglichkeiten zum Amüsement – wobei Günther »Amüsement« immer auf sehr affektierte Weise ausgesprochen hatte, um wohl auch dem Dümmsten unter ihnen klarzumachen, was er von dieser Art der bourgeoisen Freizeitgestaltung hielt.

Aber Brigitte war insgeheim auch froh, dass Günther auf ihren »Vorschlag« so negativ reagiert hatte, denn so hatte sie sich schnell entschuldigen können für ihre Anmaßung – sie hatte tatsächlich »Anmaßung« gesagt – und hatte gehen können, um so schnell wie möglich nach Hause zu radeln und die Eltern zu warnen, so wie es ihr die Leute im *Konsum* aufgetragen hatten.

Als sie wenig später am Ortseingangsschild vorbeikam, stand da immer noch der Wagen mit den Männern, die Brigitte aber nicht erneut anhielten, sondern ihr nur stumm hinterherschauten.

Brigitte fragte sich, ob die Männer oder ihre Kollegen nicht schon längst bei den Eltern gewesen waren, während sie bei Sieglinde neue Frisuren für sich ausprobiert hatte, und ob die Männer nicht gerade deshalb an dieser Stelle standen, weil sie wussten, dass Johann nicht bei den Eltern war, und dass er, wenn er nach Hause wollte, hier in jedem Fall vorbeikommen musste: entweder mit dem Auto von links über die Landstraße aus Berlin oder von rechts aus Bad Kleinen, wenn er mit dem Zug käme.

Brigitte war wie eine Irre nach Hause gesaust, hatte ihr Fahrrad einfach vor dem Pfarrhaus hingeschmissen, griff schon beim Sprung über die drei Eingangsstufen nach der Türklinke und wollte gerade »Mama, Mama!« schreien, da stand plötzlich Johann im dunklen Dämmerlicht der Diele vor ihr und starrte sie so erschrocken an, als wäre sie diejenige, die ihn holen wollte. Doch dann fielen sie einander in die Arme, und für einen Moment war alles gut.

Brigitte hätte Johann gar nicht sehen dürfen, schimpfte die Mutter. »Wenn das noch mal die Staatssicherheit gewesen wäre!«

Doch während Brigitte atemlos von den Leuten im *Konsum* berichtete, bezog Johann vorsichtshalber einen Verschlag zwischen Bad und Treppe, von dem sie bis dahin nichts gewusst hatte, so perfekt war der Verschlag von der einen Seite durch die Kacheln des Bades und von der anderen Seite durch die Treppe getarnt. Deshalb also hatte Brigitte trotz angestrengten Suchens in den vergangenen Jahren nie ihre Weihnachtsgeschenke gefunden und auch am heutigen Morgen nicht bemerkt, dass Johann längst schon da war, sich in der Nacht zuvor mit seinem Fahrrad die ganze Strecke von Berlin bis zum elterlichen Dorf durchgeschlagen hatte. Schon im Morgengrauen hatte er über die Felder und durch die Wälder im Zickzack ihr Haus erreicht und an das Fenster des elterlichen Schlafzimmers geklopft.

Sie hatten es Brigitte nicht erzählt, weil sie nicht wussten, wie sie reagieren würde. »Wir mussten doch damit rechnen, dass du schnurstracks zum Direktor läufst und Johann anzeigst«, sagte die Mutter entschuldigend, und Brigitte wurde puterrot, traute sich kaum aufzusehen. Nach außen sah es vielleicht aus, als schmerzte sie die Unterstellung, doch in Wirklichkeit schämte sie sich in Grund und Boden, dass ihre Eltern so unrecht nicht gehabt hatten. Ja, sie war eine Gefahr für ihren Bruder gewesen, hätte ihn heute Nachmittag sogar beinahe denunziert. Stattdessen wurde sie dafür gelobt, dass sie gleich zurückgekommen war, um die Eltern vor den Männern im Wagen zu warnen.

Als der Vater ihr dann aber sagte, dass Brigitte rasch die Sachen aussuchen sollte, die sie mitnehmen wolle, verstand sie nicht.

»Brigitte, wir müssen hier weg. Sie werden wiederkommen, immer wieder, bis sie Johann gefunden haben.« Der Vater drückte ihr einen Rucksack in die Hand. »Nicht mehr, als hier hineinpasst.«

»Aber wohin gehen wir?«, fragte Brigitte bang, doch der Vater befahl ihr nur, sich zu beeilen, denn gleich gäbe es Abendbrot.

Brigitte stieg in ihre Kammer hoch und wusste nicht, was sie denken sollte. Wohin sollten sie denn gehen? Zu fremden Leuten in einen Verschlag wie dem, in dem Johann sich gerade versteckte? Wie Anne Frank sich einst versteckt hatte und doch verraten worden war? Und was sollte sie mitnehmen, was hatte Anne damals am dringlichsten vermisst? Und wer würde sich selbst in Gefahr begeben und ihnen vor diesen Männern im schwarzen Wagen Unterschlupf bieten?

Als Brigitte in dem abgedunkelten Zimmer erwachte, hatte sie keine Ahnung, wo sie sich befand oder welcher Wochentag war. Durch die nur angelehnte Tür drangen gedämpft Stimmen, und irgendwo läutete ein Telefon. Brigitte erhob sich vorsichtig, alle Glieder schmerzten, und ihr Kopf dröhnte wie ein Brummkreisel. Sie sah an sich hinunter und bemerkte, dass sie ein rosafarbenes Nachthemd mit cremeweißer Spitze trug, die so fein war, dass sie, wenn sie mit ihren von den vielen Arbeitseinsätzen rau und rissig gewordenen Fingern darüberfuhr, daran hängen blieb und winzige Fäden zog.

Wo war sie nur? Und was war das für ein Lärm und Gehupe vor dem Fenster? Sie erhob sich langsam, tappte vorsichtig zum Fenster, zog die zugezogenen Vorhänge etwas beiseite und erschrak: Das da draußen war nicht ihr Dorf, sondern ein Hafen mit Frachtkähnen und Schiffen, mit Kränen und Anlagen, die riesige Ballen verluden. Sie musste träumen oder fiebern, dachte Brigitte, als sie plötzlich eine Bewegung hinter sich spürte und sich danach umdrehte.

Da standen ihre Mutter und noch eine Frau, die Brigitte nicht kannte, und beide strahlten sie an.

»Gitti. Bist du endlich aufgewacht«, sagte ihre Mutter und nahm sie in die Arme. Das fühlte sich seltsam vertraut an, gar nicht wie in einem Traum, aber doch auch anders, denn sie hatte ihre Mutter größer in Erinnerung.

»Und wie groß du in den paar Tagen geworden bist.« Ihre Mutter schob sie etwas von sich, um sie besser betrachten zu können. »Ich hatte mit vierzehn auch solch einen Wachstumsschub während eines Fiebers«, sagte sie gerührt. »Da werden wir dir gleich morgen neue Sachen kaufen. Du wirst staunen, was es hier alles gibt!«

Aber bis dahin sollte sich Brigitte noch ausruhen und wurde also wieder zurück ins Bett geschickt, während ihr Tante Rita, die eine Freundin aus Mutters Hebammenzeit war, eine Brühe zur Stärkung kochte. Brigitte würde schon alles verstehen und sich gewöhnen an Hamburg, wo sie vielleicht schon im Herbst auf ein sehr schönes humanistisches Gymnasium gehen würde. Der Vater sei gerade unterwegs, sie anzumelden ...

Brigitte fühlte sich tatsächlich noch sehr schwach, deshalb wankte sie folgsam zurück ins Bett zwischen die gut duftenden Kissen. Sie rochen besser als die Bettwäsche daheim, die ihre Mutter immer in den Garten hängte – gehängt hatte. Den Garten, das alte Pfarrhaus, die Kirche würde sie wohl nie mehr wiedersehen, dachte Brigitte erschöpft und versuchte sich zu erinnern, wie es gekommen war, dass sie nun in Hamburg und nicht in einem Verschlag war.

An dem Abend, als der Vater ihr den Rucksack gegeben hatte und sie ihn hauptsächlich mit Büchern, leeren Schreibheften und Stiften bepackte, weil Anne diese Dinge am meisten in ihrem Versteck vermisst hatte, hatten sie und die Eltern gerade beim Abendessen gesessen, als vor dem Pfarrhaus der schwarze Wagen mit den ihnen bereits bekannten Männern hielt. Johann war in seinem Versteck, und als die Männer kurz darauf gegen die Haustür hämmerten, befahl die Mutter dem Vater und Brigitte, weiterzuessen, während sie zur Tür ging.

»Kommen Sie nur rein und schauen Sie sich um«, hörten sie ihre Mutter laut sagen, und Brigitte wechselte einen erschrockenen Blick mit ihrem Vater. Da stand einer der beiden Männer auch schon im Esszimmer und musterte sie schamlos, während der andere, der Kleinere, die Treppe hinaufging, um dort nach Johann zu suchen.

Der Mann im Esszimmer sagte kein Wort, und ihre Mutter setzte sich wieder an den Tisch und aß weiter, nachdem sie Brigitte und ihrem Vater durch einen Blick bedeutet hatte, es ihr nachzutun. Der Blick des Mannes wanderte derweil durchs Zimmer, bis er an dem großen Unterschrank des Büfetts hängen blieb.

»Was ist da drin?«

Emmely Günzel lächelte, stand auf und öffnete die beiden Türen des Unterschranks wie ein Zauberer in der Manege: Voilà!

»Bettwäsche ... Sie glauben doch nicht, dass wir diesen Verbrecher hier in unserem Büfett verstecken? Oder etwa auf dem Dachboden?«, sagte sie ernst und klappte die Türen wieder zu, während Helmut Günzel den Atem anhielt und Brigitte kaum schlucken konnte, so sehr bewunderte sie ihre Mutter für ihren Mut.

»Sie halten ihren Sohn für einen Verbrecher?«, fragte der Mann erstaunt.

»Nun, wie würden Sie denn jemanden nennen, der Steine auf seine Brüder wirft«, erwiderte Brigittes Mutter mit unübersehbarem Abscheu im Gesicht und setzte sich wieder an den Tisch.

»Brüder?«, fragte der Mann irritiert.

»Na, sind die Russen jetzt unsere Brüder oder nicht?«, fragte sie und fügte kopfschüttelnd hinzu: »Wenn denen nun was passiert wäre … in ihren Panzern!«

Noch bevor der Mann in ihrem Esszimmer darauf etwas erwidern konnte, kam der Kleinere die Treppe vom Keller hinauf und bedeutete seinem Kollegen, dass er nichts Verdächtiges gefunden hatte. Der Größere verzog keine Miene, sondern starrte Brigittes Mutter weiterhin an.

»Woher wissen Sie eigentlich, dass Ihr Sohn Steine auf russische Panzer geworfen hat?«

Einen Moment lang war es mucksmäuschenstill, und ein Blick auf das kreideweiße Gesicht ihrer Mutter sagte Brigitte, dass sie trotz aller Ermahnungen nun doch etwas sagen musste. Jetzt war *ihr* Mut gefragt.

»Das haben die im *Konsum* gesagt, als ich dort Seife kaufen wollte«, sagte Brigitte und gab dem Mann ihren unschuldigsten Blick. »Gab aber keine.«

»Wer die?«, schoss er sofort zurück.

Brigitte erschrak, hatte sie jetzt Mist gebaut? Doch dann zuckte sie nur mit den Schultern.

»Weiß nicht. Leute eben.«

Danach blieb nicht viel Zeit, um über das dumme Gesicht des Mannes, das er bei seinem Abgang gemacht hatte, zu lachen. Brigitte sollte sofort ins Bett, denn schon fünf Stunden später würde ihre Mutter sie wecken, und dann müssten sie ungefähr eine Stunde schnellen Schrittes laufen, um zu ihrem ersten Treffpunkt zu gelangen. So hatte ihre Mutter es ihr erklärt, und so hatte es sich Brigitte auch vorgestellt, als sie im Bett lag und vor lauter Aufregung nicht einschlafen konnte.

Aber dann waren sie, nach einem ewig langen Marsch über Feld- und Waldwege, auf denen Brigitte nicht mal flüstern durfte und die Riemen ihres Rucksacks schmerzhaft zu brennen begannen, nicht zu einem einsamen Haus gekommen, sondern an eine Straße, wo ein Wagen stand, dessen Fahrer ihr bekannt vorgekommen war. Sie hatte ihn schon beim Vater in der Kirche gesehen, weiter konnte sie nicht denken, denn sie war im Wagen sofort eingeschlafen und wurde erst wieder wach, als Johann sie weckte. Das Auto, der Mann waren fort, und sie mussten noch einmal durch einen Wald laufen. Brigitte war so müde gewesen, dass sie hinter Johann praktisch im Halbschlaf herstolperte. Ihr Vater führte ihre kleine Gruppe an, und ihre Mutter lief hinter Brigitte und ermahnte sie leise, nur ja keinen Mucks von sich zu geben. Doch als sie an einem verlassenen Forsthaus vorbeikamen, hätte sie gern gefragt, warum sie nicht hierblieben, das schien doch ein ausreichend gutes Versteck, zumindest in ihren Augen, denn sie wollte nur noch schlafen.

Kurz darauf sahen sie vor sich einen See durchs Gehölz glitzern, und ihr Vater steuerte geradewegs darauf zu. Brigitte hatte im ersten Moment geglaubt, dass sie sich verlaufen hätten und nun auch noch dieses Hindernis würden umrunden müssen, aber dann deutete Johann auf einen Mann, der wie ein Gespenst in der fahlen Morgendämmerung hinter einem Baum hervortrat.

Nachdem ihr Vater kurz mit dem Mann im Flüsterton verhandelt hatte, gab er das Zeichen, ihnen durchs Unterholz zu folgen, bis sie nach einiger Zeit zu einem Gebüsch kamen, in dem ein kleines Boot versteckt lag. Während ihre Mutter unruhig umherschaute, zogen ihr Vater und Johann mit dem Mann das Boot vorsichtig hervor und trugen es leise zum See, der aber dann gar kein See war, sondern ein ziemlich breiter Fluss. Brigitte fragte sich, was für ein Fluss das sein konnte, rief bereits in ihrem Gedächtnis die Landkarte auf, die in ihrem Klassenzimmer neben der Tafel hing ... und plötzlich wurde ihr schlagartig klar, dass es gar nicht in ein Versteck ging, sondern in den Westen!

Dieser Fluss da war die Elbe, und die Eltern hatten sie angelogen!

Mit Händen und Füßen wehrte sie sich beim Einsteigen gegen Johann und den Vater, während ihre Mutter versuchte, ihr den Mund zuzuhalten, damit Brigitte sie nicht alle durch ihr Gezeter verrate und die Grenzpatrouille nicht auf sie aufmerksam wurde. Und dabei passierte es: Mit aller Verzweiflung hatte Brigitte um sich getreten und war plötzlich wie ein glitschiger Aal ihrem Vater und Johann aus den Händen geglitten und über Bord gegangen, war in das dunkle Elbwasser gekracht, dass sie sofort mit eisiger Kälte und noch größerer Dunkelheit umfing. Ein nie gefühlter Schmerz zerriss ihr fast die Lungen, bis sie gleich darauf einen noch größeren Schmerz an ihrer Kopfhaut verspürte, weil jemand an ihren Zöpfen riss, und dann Hände ihre Schultern packten, nach ihr griffen und sie zurück in den Kahn hievten. Johann wollte ihr sofort die Kleider vom Leib reißen, wogegen sie sich aber noch mehr wehrte, bis ihre Mutter das übernahm und sie schließlich in Johanns Joppe wickelte, während der fremde Mann ihr eine Feldflasche an den Mund setzte und sie aufforderte zu trinken. Sie erinnerte sich noch an das heiße Brennen in ihrer Kehle, mehr wusste sie nicht von dieser Überfahrt. Außer, dass ihre Zähne die ganze Zeit klappernd aufeinandergeschlagen hätten, wenn ihre Mutter ihr nicht den Mund zugehalten hätte, und dass sie über den ganzen breiten Fluss schreien wollte, dass man sie gegen ihren Willen in den Westen verschleppte.

Doch dazu fehlte ihr die Kraft.

Und nun waren sie also in Hamburg bei dieser seltsamen Tante Rita, von der Brigitte noch nie zuvor gehört hatte und die sich mit einer Tasse Brühe an ihr Bett setzte und behauptete, dass sich Brigitte bestimmt schnell eingewöhnen werde und das Leben in der Ostzone bald vergessen haben würde. Brigitte beschloss, dass sie das auf keinen Fall tun werde, und das musste sie auch nicht. Kurz darauf kam ihr Vater zurück und verkündete freudestrahlend, dass sie schon in wenigen Tagen nach Westberlin ziehen würden, weil er dort in Kreuzberg, in seiner alten Kirche, eine Stelle als Pfarrer bekommen würde.

KONRAD

Berlin

1923

»Hast du gesehen? Sie haben nicht nur ein Klavier, sondern auch einen richtigen Flügel«, sagte Helmut und schüttelte fassungslos den Kopf. Dabei hatte Konrad seinerzeit das Vorhandensein von Klavier und Flügel als Argument benutzt, um Helmut davon zu überzeugen, sich ebenfalls auf Scharfenberg am Tegeler See zu bewerben. Und nun hatten sie es beide geschafft, waren mit neunzehn weiteren Schülern als Aufbaujahrgang aufgenommen worden. Jetzt, an ihrem ersten Abend, saßen sie am Ufer des Tegeler Sees und schauten hinüber auf die Stadt, die sie für vier Jahre kaum sehen würden, um sich ganz auf ihr Abitur zu konzentrieren.

Rudolf Scheidt war es gewesen, der Anfang Februar von dem Aufruf nach geeigneten Schülern für einen Aufbaujahrgang dieser neuen ungewöhnlichen Reformschule gehört hatte und sofort hinaus nach Friedrichshagen gekommen war, um Bertha Sollmann und auch die Hahns davon zu überzeugen, dass es nicht nur Konrads einzige Möglichkeit war, jemals das Abitur zu machen, sondern dass es in diesen schlechten Zeiten auch viel billiger sei, Konrad in einer Art Internatsschule unterzubringen, die auf Grund ihrer Lage und des Anspruchs ihres Schulleiters, Wilhelm Blume, auf landwirtschaftliche Eigenproduktion und somit auf eine kostengünstigere Selbstverpflegung setzte. Um besonders Herrn Hahn den Verzicht auf Konrads billige Arbeitskraft schmackhaft zu machen, begann Rudolf Herrn Hahn mit drastischen Worten auszumalen, was von Konrad als jugendlichem Esser in Zukunft zu erwarten sei. Gerade mal erst vierzehn Jahre alt, würde für Konrad bald die Zeit anbrechen, in der er maßlos wachsen und sein Appetit noch maßloser werden würde und den Hahnschen Haushalt auf diese Weise arg belasten könnte. Jedenfalls ärger, als es sich in dem geringen Schulgeld niederschlüge, das das Internat für Konrad fordern würde. Überdies, fügte Rudolf hinzu, verfalle der Wert des Geldes zunehmend, und wenn das so weitergehe, könnte das Schulgeld, das für ein ganzes Jahr im Voraus zu bezahlen war, sich als regelrecht günstig erweisen.

Natürlich war Konrad bei diesem Gespräch im Februar nicht dabei gewesen, denn es fand im Salon statt, wo er höchstens mal hinkam, wenn er geholt wurde, um Alma wegen irgendetwas zu beruhigen. Aber Rudolf hatte ihm davon erzählt, auch wie seine Mutter immer um Rudolf und Herrn Hahn herumgeschlichen war und sie ganz offensichtlich belauschte, in dem sie vorgab, nur zu servieren.

Doch Herr Hahn ließ sich keineswegs erweichen, auch nicht durch Selma und seine Frau, die ihn beide wieder daran erinnerten, dass sie Konrad die Rettung von Alma verdankten und sie sich auf diese Weise endlich revanchieren könnten. Es führte kein Weg zu seinem knauserigen Herzen, während – wie Rudolf später erzählte – Bertha immer unruhiger geworden war und sich plötzlich an Rudolf gewandt hatte: »Ich kann Konrads Schulgeld selbst bezahlen!«

Einen Moment lang soll es sehr still im Salon gewesen sein, und Konrad wäre zu gern dabei gewesen, als seine Mutter erklärte, dass sie von ihrem Lohn als Wirtschafterin und ihrer Witwenrente bisher kaum etwas ausgegeben und das ganze Geld für ihr Alter gespart hatte, weil man sich ja auf nichts mehr verlassen könne heutzutage, nicht auf den Staat, die Kinder oder gar das Geld, das, obwohl es immer mehr wurde, immer weniger wert sei. Deshalb wäre es doch nur vernünftig, es in Konrads Zukunft zu investieren, bevor es gänzlich futsch sei.

So wollte es seine Mutter dann später doch nicht gesagt haben, als Konrad sie darauf ansprach. Sie stritt sogar ab, selbst das Schulgeld für Konrad aufgebracht zu haben, und benannte Rudolf als den wahren Gönner Konrads, wahrscheinlich, um seinen Bruder Fritz, der sich immer in allem benachteiligt fühlte, nicht noch mehr Futter für seine ewigen Maulereien zu geben.

Sowieso sei das Schulgeld nicht viel höher als an anderen Schulen auch, versuchte sie abzulenken, weil Jungen aus ärmeren Familien einen Nachlass bekämen, da hatte sie sich schon erkundigt, und Konrad würde es hauptsächlich sich selbst zu verdanken haben, wenn er in die Schulfarm aufgenommen werde. Denn er lerne gut, sei wissbegierig und würde deshalb bestimmt ein miserabler Anstreicher werden, wahrscheinlich ein noch viel schlechterer als sein … Doch da brach seine Mutter ab, klappte einfach ihren Mund wieder zu, als wäre ihr plötzlich die Luft ausgegangen, und erst da wurde Konrad bewusst, dass seine Mutter in den letzten Jahren über seinen Vater, eigentlich seit dem Tag, an dem Herr Hahn mit Selma in ihrer Küche gestanden hatte, nie wieder etwas Schlechtes, allerdings auch nichts Gutes gesagt, sondern ihn einfach nur nicht mehr erwähnt hatte.

Was aber wirklich Konrads sonst so geizige Mutter dazu gebracht hatte, ihr ganzes Erspartes in Konrads Bildung zu investieren, begann Konrad erst am heutigen Morgen zu ahnen, nachdem er sich mit seiner Mutter in aller Herrgottsfrühe auf den langen Weg nach Tegel gemacht hatte.

Wie verabredet hatten sie sich an der Fähre, die ihn zur Insel übersetzen sollte, mit Helmut Günzel und dessen Mutter, der Kaltmamsell, getroffen. Während Helmuts Mutter, die wie ein aufgegangenes Hefebrötchen aussah – so weiß und weich schien ihre Haut – sich fast vollständig in Tränen aufzulösen begann und den kleinen, dünnen Helmut beinahe mit ihren Abschiedsumarmungen erstickte, hatten Konrad und seine Mutter nur betreten dagestanden und auf den See geschaut, von wo sich unendlich langsam ein Fährboot der Anlegestelle näherte.

Aber auch als das Fährboot endlich anlegte und ein älterer Junge Konrads und Helmuts Rucksäcke in dem kleinen Ruderboot verfrachtete, während das Klagen von Helmuts Mutter immer unerträglicher wurde, und sich Konrad fragte, ob es der besondere Anlass nicht ausnahmsweise verlangte, seine Mutter zu umarmen, schließlich begann nun für sie alle ein neuer Lebensabschnitt, und er würde die Mutter ganze vier Wochen nicht sehen, stand sie nur da, die Hände in die knochigen Hüften gestützt, den Blick fest auf den Fährjungen gerichtet, so als würde sie ihn kontrollieren wollen, ob er seiner Aufgabe, Helmut und Konrad samt Gepäck überzusetzen, auch gerecht werden könne.

Aber sie stand nicht anders da, als es Konrad schon Dutzende Male beobachtet hatte, wenn am Dienstag und am Freitagnachmittag der Eismann die schweren Eisblöcke ablud oder der Kartoffelmann den Zentner Kartoffeln für die nächsten zwei Wochen brachte: versunken und weit weg, als würde sie sich eine kleine Pause gönnen, bevor sie wieder in die Küche hetzen und den nimmer endenden Haushaltspflichten nachkommen würde.

Konrad hatte sich gerade gegen eine Umarmung entschieden und Helmut einen Wink gegeben, nun einzusteigen, als er plötzlich die Hand seiner Mutter im Nacken spürte und ihre knochige Hand ihn mit festem Griff an sich zog.

»Mein Vater hat mir das Lyzeum nicht erlaubt, obwohl ich damals noch bessere Noten hatte als du«, sagte sie, und ihre wasserblauen Augen blickten hart auf Konrad herab. »Also, enttäusch mich nicht und nutze deine Chance.« Dabei klopfte sie ihm mit Nachdruck kräftig auf den Nacken, so dass Konrad meinte, jede einzelne Schwiele an ihren abgearbeiteten Händen spüren zu können. »Jawohl, Mutter« antwortete er, obwohl er gern etwas

Netteres gesagt hätte. Doch so einen Schmus, wie Kaltmamsell Günzel ihn mit Helmut veranstaltete, mochten die Sollmanns nicht, obwohl sie beide heimlich mit den Tränen kämpften.

Das war Konrads Verabschiedung. Dann stiegen sie in den Kahn, und der Junge, der sich als »Bolze« vorstellte, begann zu rudern, während Helmut und Konrad der Insel entgegenschauten, die nun für vier Jahre ihre neue Heimat sein würde. In ihrem Rücken hörten sie noch lange das Schluchzen von Helmuts Mutter, aber weder Helmut noch Konrad sahen zurück. Wozu auch? Konrads Mutter war sicherlich längst schon wieder die Uferböschung hinaufgestapft, um auch ja keine Zeit auf dem Heimweg nach Friedrichshagen zu vertrödeln. Die Obhut über ihren Sohn hatte sie nun in die Hände anderer gelegt. Das war jetzt nicht mehr ihr Bier.

Dabei wäre Konrads Aufnahme in Scharfenberg beinahe schiefgegangen, wie er seinem neuen Zimmerkameraden Bolze am ersten Abend vor dem Zubettgehen gestand. Konrad hatte zwar gute Zensuren und ein Empfehlungsschreiben seines Direktors vorweisen können, und er sah auch durch das fast ländliche Leben in Friedrichshagen schon lange nicht mehr so blass und ungesund aus wie sein Freund Helmut, der immer noch in der Schönhauser Allee wohnte. Konrad wirkte robust, was eine der Grundvoraussetzungen war, um überhaupt in die nähere Auswahl für Scharfenberg zu kommen, denn in der kargen Ausstattung der Schulfarm, wo es weder Strom noch Warmwasser gab, die Stuben nicht zu beheizen waren und Lehrer wie Schüler auf selbstgebauten Strohpritschen schliefen, durfte man nicht zimperlich sein. Man musste abgehärtet sein und kräftig, um die täglich anfallende schwere körperliche Arbeit des Landlebens auch durchzustehen. Konrad war es jedenfalls ein Rätsel, wie Helmut es überhaupt geschafft hatte, mit seiner labilen Konstitution durch die Aufnahmeprüfung zu kommen.

Nein, es waren weder Konrads Zensuren noch sein Allgemeinzustand oder sein Aufsatz, der von allen Bewerbern gefordert war, der Konrads Aufnahme auf die Reformschule gefährdet hatte, sondern er selbst war es gewesen, der sich beinahe ins Aus geschossen hätte, und das nur, weil die Mutter ihn stets dazu ermahnt hatte, immer – und das hieß immer – die Wahrheit zu sagen und nichts als die Wahrheit.

Deshalb konnte Konrad eben nicht lügen oder gar ausweichend antworten, als er im abschließenden Gespräch der Aufnahmeprüfung vom Schulleiter gefragt wurde, ob ihn auch ein wirklicher Herzensdrang aus der »Zivilisation« der Großstadt hier hinaus nach Scharfenberg treibe oder ob er gar andere Motive habe – eitle Motive etwa, wie der Schulleiter mit warnend erhobener Stimme ausführte und Konrad gleichzeitig mit einem warmen, freundlichen Blick bedachte.

Konrad war klar, dass beides eine Art Hilfestellung für ihn darstellen sollte, um die Frage richtig zu beantworten, aber ihm war bei dem Wort »Herzensdrang« sofort das Blut in die Wangen und ganz sicher auch in die Ohren geschossen, weil er sofort an Selma denken musste. Denn obwohl er die Frage des Schulleiters nur mit einem einfachen Nein hätte beantworten müssen – dann wäre die Sache erledigt und er aufgenommen gewesen –, musste Konrad ausgerechnet in diesem Moment die Wahrheit sagen und erzählte also, dass er, wenn es um seinen Herzensdrang ginge, eigentlich in Friedrichshagen bleiben müsste, aber dass er sich in Scharfenberg beworben hatte, da er Arzt werden wollte und also ein Abitur brauchte, für dass sich seine Mutter nur in Scharfenberg das Schulgeld leisten konnte.

Schon während Konrads Ausführungen verfinsterte sich die Miene des Schulleiters, und er bedachte Rudolf Scheidt, der Konrad zur Aufnahmeprüfung begleitet hatte und mit im Raum saß, mit einem enttäuschten, missbilligenden Blick. Auch Rudolf hatte die Stirn gerunzelt und sich scharf geräuspert, ohne jedoch Konrad stoppen zu können.

Als er dann hinausgeschickt wurde, blieb Rudolf noch bei

dem Schulleiter im Raum und kam erst eine halbe Stunde später wieder hinaus zu Konrad, der frierend vor dem sogenannten Bollehaus stand und ahnte, dass seine Aufnahme auf des Messers Schneide stand. Nun, nicht mehr, denn Rudolf grinste ihn breit an: noch einmal alles gut gegangen!

Trotzdem, er könnte es bis heute nicht sagen, ob er sich darüber gefreut hatte, dass Rudolf für ihn in die Bresche gesprungen war und den Schulleiter wortreich von Konrads ehrenhaften Absichten, auf Scharfenberg das Abitur zu machen, überzeugen konnte oder nicht. Denn wäre Konrad nicht aufgenommen worden, wäre er jetzt noch in Friedrichshagen, erklärte er Bolze, unter einem Dach mit Selma, die er dann weiterhin täglich hätte sehen können. Ob sie ihn allerdings dann noch hätte treffen wollen, war die große Frage, denn Selma wäre sicherlich maßlos enttäuscht gewesen, dass Konrad die Chance, Arzt zu werden, so leichtfertig verspielt hätte.

Bolze, der ein hoch aufgeschossener Junge mit pickligem Gesicht war und in zwei Jahren sein Abitur in Scharfenberg ablegen würde, verstand Konrad nur allzu gut und gab ihm, bevor sie endgültig das Licht der Petroleumlampe löschten, den guten Rat, sich bei den ersten Abendaussprachen sofort um einen Posten zu bewerben. Damit der Schulleiter sähe, dass Konrad sehr wohl dazu imstande war, »zum Wohle des Ganzen nach dem Prinzip der Freiwilligkeit Gutes zu leisten«. Das nämlich sei der höchste Anspruch von Scharfenberg und wichtigstes Kriterium, um nach dem ersten Probejahr wirklich in Scharfenberg aufgenommen zu werden.

Das wollte er auf keinen Fall aufs Spiel setzen. Nicht auszudenken, wenn er nach einem Jahr ohne die Chance auf ein Abitur wieder nach Hause käme und dies nicht nur Selma, sondern auch seiner Mutter erklären müsste. Noch im Einschlafen nahm Konrad sich fest vor, alles zu tun, was die Gemeinschaft in den folgenden vier Jahren von ihm forderte, und ihr immer uneigennützig zu dienen.

Und so träumte Konrad in seiner ersten Nacht auf Scharfenberg, dass er ein angesehener Arzt geworden war, der zum Wohle der Gemeinschaft Gutes leistete und nur an den Ärmsten der Armen seinen Dienst verrichtete, also kein Geld dafür nahm, sondern nur das, was seine armen Patienten entbehren konnten: ein paar selbstgezogene Möhren oder einen alten Hahn, den Konrad dann doch nicht schlachten konnte, weil Selma, die in dem Traum eine Krankenschwester in einem blütenweißen Kittel mit Häubchen war und sich leider kurz darauf in Alma verwandelte, mit dem zu schlachtenden Hahn vor Angst um die Wette schrie. Bis Konrad von dem Geschrei endlich erwachte und merkte, dass nicht Alma oder ein Hahn geschrien hatten. Eine Trillerpfeife hatte diesen schrecklichen Lärm verursacht, der die Jungen von Scharfenberg wecken sollte, zum Morgenlauf über die Insel.

Noch benommen, trottete Konrad den anderen Jungen über die Insel hinterher und dachte darüber nach, was es zu bedeuten hatte, dass Selma sich in seinem Traum in Alma verwandelt hatte, und ob der Hahn etwas mit Herrn Hahn zu tun gehabt haben könnte, als plötzlich einer der größeren Jungen sich zu ihm nach hinten fallen ließ und Konrad und Helmut aufforderte, einen Zahn zuzulegen. Eingedenk der Ermahnung von Bolze am Vorabend, nur ja nicht schlecht aufzufallen, spurtete Konrad sofort los und setzte sich an die Spitze des Trupps, ohne jedoch zu wissen, wo es eigentlich langgehen sollte. Entsprechend musste er an der nächsten Biegung umkehren, weil die nach ihm Kommenden einen anderen Weg genommen hatten. So landete er wieder beim Schlusslicht Helmut. Später beim Frühstück erfuhr er, dass ihm sein Spurt bereits einen Spitznamen eingebracht hatte. Aus Konrad Sollmann war kurzerhand »Soll« geworden, weil er so prompt auf die Aufforderung des älteren Jungen reagiert hatte.

Den Spitznamen wurde Konrad nicht mehr los, auch wenn er sich in den folgenden Wochen und Monaten alle Mühe gab,

nicht zu übereifrig zu wirken, etwas, das ihm gar nicht leicht-
fiel, war er doch von den Möglichkeiten, die Scharfenberg bot,
schlicht begeistert. In der Volksschule hatte er nur gelernt, um
einen guten Stand bei den Lehrern zu haben und damit dem
Rohrstock aus dem Weg zu gehen; hier lernte er, weil er es selbst
so wollte. Dabei kam es Konrad gar nicht so vor, als würde er
lernen, wenn er mit den anderen über die Insel streifte, Pflanzen
sammelte, sie trocknete und katalogisierte. Oder wenn er selbst-
gefangene Insekten unter dem Mikroskop betrachtete und die
Schönheit ihres raffinierten Körperbaus bewunderte.

All das Lernen hatte plötzlich etwas mit seinem Leben zu
tun. Ob sie nun in Physik die Energie ermittelten, die beim
Verbrennen eines Holzscheites freigesetzt wurde, in Chemie
Katalysatoren untersuchten, die die Energiefreisetzung im Holz
beschleunigten, oder in Mathe den Holzbedarf für die winter-
liche Heizperiode auf Scharfenberg berechneten – alles hatte
plötzlich etwas miteinander zu tun und mündete in praktische
Umsetzungen für das Leben auf der Insel. Bäume, die zuvor im
Biologieunterricht als krank oder morsch eingestuft worden waren oder andere Pflanzen am Gedeihen hinderten, wurden in
gemeinsamer Schwerstarbeit gefällt und gerodet und dann mit
Hilfe ihrer selbsterstellten Berechnungen (wie voll darf ein Kahn
beladen sein, um ihn noch über den See staken zu können?)
auf Boote verladen und von ihnen selbst über den See gestakt,
wo die kranken Stämme dann in der Sägemühle von Tegel zu
Brennholz geschnitten wurden und die besseren Stämme entweder zu Bauholz für die vielen Reparaturen auf der Insel verarbei-
tet oder an die nächste Tischlerei verkauft wurden, um von dem
Geld anderes, Wichtigeres zu kaufen. Lernen ergab plötzlich
einen Sinn, und jedes Fach griff in das andere, und wenn Konrad abends todmüde auf seine harte Pritsche sank, hätte er nicht
sagen können, ob er an diesem Tag für Mathe, Chemie, Physik
oder Biologie gelernt hatte.

Anders sah es da mit den schöngeistigen Fächern aus, die

besonders den neuen Schülern des Aufbaujahrganges schwer zu schaffen machten, weil sie selten aus gutbürgerlichen Familien kamen und sie also die deutsche Grammatik nicht wie die anderen mit der Muttermilch aufgesogen hatten, sondern sich den Gesetzmäßigkeiten ihrer Umgebung angepasst hatten und in Schrift und Wort berlinerten wie ein Droschkenkutscher aus dem Wedding. So behauptete es jedenfalls der sehr feinsinnige, immer etwas verschnupfte Berghof, der nicht nur Deutsch und Literatur, sondern auch Latein unterrichtete. Das waren aber eher die seltenen Fälle, wo ihre Herkunft besondere Beachtung fand. Ansonsten waren alle Schüler gleich, und kaum einer wusste, welche Stellung der Vater des anderen innehatte oder ob seine Eltern eine Ermäßigung für das Schulgeld in Anspruch nahmen.

Die Herkunft konnte man eigentlich nur daran erkennen, wer von den Schülern bereits vor seinem Eintritt in die Schulfarm ein Instrument beherrschte. Konrad und Helmut jedenfalls hatten weder in der Schönhauser Allee noch in Friedrichshagen jemanden gekannt, außer natürlich Selma, deren Eltern nicht nur das Geld für ein Instrument, sondern auch das Geld für einen Lehrer erübrigen konnten. Etwas nur um der Schönheit willen zu lernen war Konrad fremd. Er verstand es ja noch, warum Helmut, der keinerlei musikalische Vorbildung besaß, Tag für Tag, neben all der schweren Arbeit auf Scharfenberg, auf dem Klavier übte. Schließlich wollte Helmut Pfarrer werden, und da musste er auch Orgel spielen können. Aber warum Bolze, der Geologe werden wollte, sich mit seinen vom Steineklopfen schwieligen Händen auch dieser mörderischen Prozedur tagtäglich aussetzte und andere mit seinem Katzengejammer auf der durch die Feuchtigkeit auf der Insel ewig verstimmten Geige malträtierte, blieb Konrad ein Rätsel.

Die Bücher und Stücke, die Konrad nun für den Deutschunterricht lesen musste, ließen ihn jedoch die Quälerei auf dem Klavier vergessen, auch dass er sich oft unter den vielen Jungen einsam fühlte und nicht recht verstand, was den anderen daran so gefiel, auch noch in ihrer Freizeit einen Fußball über den Rasen zu kicken oder über die Insel zu streifen und so zu tun, als wäre man Robinson Crusoe höchstpersönlich.

Er verzog sich lieber mit den Büchern an einen schattigen Platz auf der Insel und las Homer oder Shakespeare oder Rilke und gab sich den seltsamen Rhythmen ihrer Verse hin. Besonders Homers *Odyssee* hatte er kaum weglegen können, so gefesselt war er von Odysseus Abenteuern, dass er einmal darüber beinahe die wöchentliche Abendaussprache vergaß, bei der immer die wichtigsten Dinge des Zusammenlebens auf Scharfenberg besprochen wurden.

Konrad mochte diese Abendaussprachen nicht, denn er hatte jedes Mal aufs Neue Mühe, dem ewigen Hin und Her der Meinungen und Bedenken für eine Sache oder gegen sie zu folgen. Oft genug kamen ihm die Argumente beider Seiten logisch und richtig vor, und natürlich ahnte Konrad, dass dies hauptsächlich daran lag, dass Konrads Kameraden im Diskutieren weitaus geübter waren als er, der es nicht gewohnt war, sein Recht, seine Meinung mit Worten zu vertreten. Doch es war ein Prinzip auf Scharfenberg und Teil des Erziehungskonzepts, den Schülern in allen Belangen des Lebens Verantwortung zu übertragen, und so wurde über jedes und jeden abgestimmt. Ob es beim Essen einen Tischschmuck geben sollte oder nicht, und wenn ja, wer dafür Sorge tragen sollte. Ob die Nüsse, die vom Baum fielen, dem Finder gehörten oder ebenso wie die Nüsse auf dem Baum der Gemeinschaft. Ob ein Wiedergutmachungsprinzip eingeführt werden sollte oder nicht, um den leichtfertigen Umgang der Schüler mit dem gemeinschaftlichen Besitz Einhalt zu gebieten, der stark im Gegensatz zum Umgang mit ihren privaten Besitztümern stand.

Über alles wurde entschieden, und zu allem sollten Konrad und die anderen eine Meinung haben, je schneller, desto besser, denn es waren immer viel zu viele Punkte auf der wöchentlichen Antragsliste, über die auch noch zu entscheiden war.

Doch wenn zum Beispiel die Diskussion für oder gegen die Anschaffung einer elektrischen Lichtanlage auf Scharfenberg zu lange dauerte und die eloquentesten unter Konrads Kameraden sogar »die kalte, an Materialismus mahnende Helligkeit des elektrischen Lichts und die damit einhergehende Verweichlichung des echten Scharfenbergers« heraufzubeschwören begannen, dann träumte sich Konrad einfach mittels eines Shakespeare-Sonetts fort, indem er es stumm memorierte und sich dabei vorstellte, es Selma im Garten der Hahnschen Villa vorzutragen.

Selma.

Als Konrad sie das erste Mal nach vier Wochen in der Friedrichshagener Villa wiedersah, war er erstaunt, dass sie sich kaum verändert hatte, obwohl es ihm so vorkam, als wäre er mindestens zwei Jahre fort gewesen. Er selbst fühlte sich viel größer und erwachsener als noch an seinem Abreisetag, und alle anderen schienen das auch zu bemerken. Selbst Herr Hahn drückte bewundernd auf Konrads Bizeps herum. Sein Interesse an Konrad und an seiner »neumodischen« Reformschule schien plötzlich echt, und deshalb durfte Konrad auch in den Salon und musste von allem ausführlich erzählen.

Wie einen seinesgleichen schien Herr Hahn Konrad plötzlich zu behandeln und beneidete ihn gar um die vielen aufregenden Erfahrungen, die er dank Scharfenberg machen durfte und Herr Hahn nicht mehr, weil er zu alt, zu festgezurrt in seinem »Geschirr« war, das er sich zwar selbst gesucht, aber doch irgendwie anders vorgestellt hatte. Konrad wurde das Gefühl nicht los, dass Herr Hahn sich wünschte, auch das Leben noch einmal vor sich haben zu können, selbst das Ungewisse, das, was man sich in der Jugend über die eigene Zukunft nicht ausmalen konnte, aber das dann doch geschah, im Guten wie im Schlechten.

»Mein Vater hat nur etwas zu viel getrunken«, gestand Selma Konrad später und fügte hinzu: »Wie in letzter Zeit leider des

Öfteren.« Die philosophierende Rührseligkeit ihres Vaters erklärte sie damit, dass ihr Herr Papa, als er noch neu in Berlin war und mit einem Bauchladen voller Schnürsenkel durch die Straßen gezogen war, sich nie erträumt hatte, für immer im Schnürsenkelgeschäft zu bleiben. Auch wenn sein Traum vom eigenen Auskommen und einiges darüber hinaus wahr geworden war und er sich auch mächtig ins Zeug hatte legen müssen, um damals vom Schnürsenkelverkäufer zum Schnürsenkelfabrikanten zu avancieren.

Es ist eben wichtig, sagte Selma bei einem Spaziergang zum Müggelsee, was man für Träume hat. Ob man nur vom Auskommen und ein bisschen darüber hinaus oder eben von einer erfüllenden Lebensaufgabe träumt.

»Denn davon hängt ab, wie glücklich man eines Tages wird«, sagte sie und blieb mitten auf dem Gehsteig stehen, um Konrad tief in die Augen zu schauen. »Wir beide haben diese Aufgabe«, sagte sie mit feierlichem Ernst, »und werden deshalb später sehr glücklich sein.«

Konrad war schon jetzt glücklich, denn Selma hatte ihn, den Sohn des Dienstmädchens, mit diesem Satz zu sich auf eine Stufe gehoben. Später am See bewunderte sie ihn sogar dafür, wie viele Bücher er in der Zwischenzeit gelesen hatte und was er plötzlich alles über Pflanzen und Insekten wusste. Immer wieder schaute sie ihn bewundernd an, und das war ein sehr erhebendes Gefühl.

Sie saßen nebeneinander und schauten lange auf den See hinaus, und Konrad fragte sich, ob es nun an der Zeit sei, das Sonett aufzusagen, das er für Selma extra gelernt hatte, um sie dann – wie Bolze und auch Helmut geraten hatten – einfach zu küssen, wenn sie davon ganz verzaubert wäre. Aber Selma war nicht verzaubert. Im Gegenteil. Schon nach den ersten Zeilen hatte sie gespürt, dass sie mit dem Sonett gemeint war, war unruhig aufgesprungen – und als er trotzdem weitersprach, hatte sie sich plötzlich die Ohren zugehalten.

»Hör auf«, schrie sie.

Konrad brach mitten im Satz ab, denn so hatte er Selma noch nie erlebt, so verzweifelt und so verstört. Was hatte er nur getan?

Sie wollte es nicht sagen, er sollte nur den Mund halten und sie nach Hause bringen, mehr nicht!

So waren sie stumm den ganzen Weg nebeneinanderher getrottet, bis Selma plötzlich zu sprechen begann.

»Weißt du, mir ist nur in den vergangenen Wochen klar geworden, wie sehr du mir gefehlt hast«, begann sie zögernd, während sie Schulter an Schulter in ihre Straße einbogen.

»Erst dachte ich, dass es daran lag, dass wir Alma kaum beruhigen konnten ... Nur ... Alma vergaß dich schneller, als wir dachten. Aber ich vergaß dich nicht und musste dauernd an dich denken ... Und ... als du vorhin dieses Sonett aufgesagt hast, da wusste ich, dass es dir genauso geht, nicht wahr?«

Sie waren vor der Hahnschen Villa angekommen, und Selma war vor ihm stehen geblieben. Sie war nun schon deutlich kleiner als er und musste zu ihm aufschauen, was ein ungewohntes, neues Gefühl war. Am liebsten hätte Konrad sie in die Arme genommen, aber das traute er sich dann doch nicht. Das würde Selma sicher nicht wollen, und deshalb nickte er nur.

»Es wäre aber nicht richtig«, sagte Selma, »wenn wir ...« Sie brach mitten im Satz ab und schaute auf die Spitzen ihrer schwarzen Lackschuhe.

»Aber warum denn nicht?«, fragte er, und seine Stimme machte so einen hässlichen Quiekser, wie es jetzt häufiger passierte, wenn er aufgeregt oder ärgerlich war.

»Nein, Konrad«, erwiderte Selma hart. »Das wäre Alma gegenüber nicht richtig. Und deshalb werden wir uns nicht mehr sehen, wenn du an den Wochenenden nach Friedrichshagen kommst. Ich werde dann bei einer Freundin übernachten oder bei meiner Cousine in Berlin.« Dann öffnete sie die Gartenpforte und stieg die Stufen zur Haustür hinauf.

Immer wieder Alma! Konrad sah Selma wie versteinert nach und wusste nicht, was er tun konnte, um Selma zu überzeugen, dass Alma nicht zwischen ihnen stehen musste. Oder glaubte Selma etwa immer noch, dass er sie später heilen könnte? Doch da hörte er ihre Schritte die Treppe wieder herunterkommen, und plötzlich stand sie wieder vor ihm, schaute ihn an und gab ihm einen Kuss.

»Leb wohl, Konrad«, flüsterte sie, dann rannte sie die Stufen zur Haustür hoch und verschwand im Haus.

Konrad stand da, wusste nicht, was er denken sollte, und verfluchte sich und besonders Bolze wegen des Sonetts, das diese Situation heraufbeschworen hatte.

Aber schon als er wenige Meter gegangen war – er konnte jetzt nicht einfach ins Haus zurück und so tun, als wäre nichts geschehen –, da begriff er, dass Selma ihm ja eigentlich eine Liebeserklärung gemacht hatte und dass dies mehr war, als er sich durch das Sonett zu erhoffen gewagt hatte.

Viel mehr.

Und seinen ersten Kuss hatte er auch bekommen!

Selma würde sich schon beruhigen, dachte Konrad und schritt kräftig aus. Sie würde bestimmt irgendwann begreifen, dass sie zu ihm gehörte – so wie Alma zu ihr. Und bestimmt hatte sie das nur so gesagt, dass sie ihm aus dem Weg gehen wird, denn sie würde es ganz sicher nicht ertragen, ihn nicht zu sehen, und konnte doch auch nicht jedes Mal flüchten, wenn er auf Besuch kam. Das würde sie maximal zweimal durchhalten, rechnete sich Konrad aus, vielleicht auch dreimal. Selma konnte ja ziemlich stur sein.

Deshalb war er recht gut gelaunt, als er erst zur Dämmerung nach Hause kam und seine Mutter besorgt fragte, ob er sich mit Selma gestritten habe.

»Ganz im Gegenteil«, erwiderte Konrad und konnte sich ein Grinsen nicht verkneifen.

»Konrad liebt Selma! Konrad liebt Selma!«, begann Fritz feixend zu singen. Er trompetete es immer lauter, bis es Konrad reichte und er sich Fritz mit einem auf Scharfenberg gelernten Griff schnappen wollte.

Nur dass er plötzlich selbst auf dem Rücken lag.

Auch Fritz hatte sich verändert, nicht nur Konrad. Er war zwar nicht so wie Konrad in die Höhe geschossen, aber Konrad hatte, als Fritz ihn auf den Rücken warf, deutlich eine neue Kraft und Wendigkeit an Fritz bemerkt, die eine Ursache haben musste. Und tatsächlich, Fritz schwärmte ihm sogleich vom neu gegründeten Arbeitersportverein in Friedrichshagen vor, wo er in kurzer Zeit einer der Besten seiner Altersklasse unter den Ringern geworden war.

»Der Max, unser Leiter, meint, dass ich Talent habe«, sagte Fritz und versuchte bescheiden zu klingen, denn das war laut Fritz eine der Ringertugenden: Disziplin, Willen und Bescheidenheit. »Nur wenn man die besäße, könne man die Schwächen des Gegners erkennen und dessen Stärke für sich selbst nutzen«, erklärte er und berichtete Konrad von dem solidarischen Zusammenhalt der Ringer, die alle aus der Arbeiterklasse kamen und einander auch in schweren Zeiten unterstützten. So wie jetzt, wo so viele Menschen Hunger litten, weil die Billionen, die sie am Tag in der Fabrik erarbeiteten, nicht ausreichten, um ein Pfund Margarine zu kaufen. Konrad lauschte ihm staunend. Auf Scharfenberg bekam er von der Inflation ja nicht viel mit, weil sie sich selbst versorgten und von überallher Spenden, auch Lebensmittelspenden, bekamen, sogar eine Ladung Mehl aus Amerika war in der letzten Woche eingetroffen.

Deshalb wollte Fritz, dass Konrad ihn am nächsten Tag mit zum Bahnhof begleitete, wo Fritz mit seinen Vereinskameraden diejenigen, die noch etwas hatten, um Lebensmittelspenden bitten würde.

»›Anbetteln‹ nennt man das«, mischte sich Konrads Mutter ein, die das gar nicht gerne sah. »Was sollen die Leute aus Friedrichshagen denn da von den Hahns denken? Dass sie etwa die Kinder ihres Dienstmädchens hungern ließen?«, fragte sie aufgebracht und stemmte kampfeslustig die Hände in die Hüften.

Ja, auch seine Mutter hatte sich verändert, vielleicht nicht nur in den vier Wochen, seitdem Konrad auf Scharfenberg war, aber allmählich und stetig, das ließ sich nicht leugnen.

Die Lebensweise der Hahns hatte seine Mutter beeinflusst, jedenfalls hätte sich eine Bertha Sollmann noch vor drei Jahren niemals selbst als Dienstmädchen bezeichnet, da war für sie dieses Wort noch ein Schimpfwort gewesen. Aber jetzt sprach sie es mit solch unverhohlenem Stolz aus, als sei sie tatsächlich jemand Besseres geworden.

Dazu beigetragen hatte ganz sicher, dass Frau Hahn »Betty« nicht nur wie eine Freundin behandelte, die ihr unter anderem auch bei der Hausarbeit half, sondern ihr auch ihre abgelegte Kleidung vermachte, die sie entweder für sich in den Abendstunden umänderte oder den Frauen in der Schönhauser Allee gab, die, wenn sie die Sachen nicht selbst trugen, sie auftrennten und daraus für die Kinder neue Sachen schneiderten.

Doch nicht nur die abgelegten, aber immer noch schicken Kleider von Frau Hahn hatten die Mutter zu einer feineren Frau gemacht, die neuerdings ebenso wie Frau Hahn beim Kaffeetrinken den kleinen Finger abspreizte und nur noch selten laut und scheppernd lachte. Auch der Umstand, dass seine Mutter plötzlich wie »der reiche Onkel aus Amerika« in der Schönhauser Allee als wohlwollende Gönnerin auftreten konnte und die Dinge, die Frau Hahn nicht mehr wollte, oder die Kleidung, die den Zwillingen nicht mehr passte, nach eigenem Ermessen verschenken durfte. Bertha Sollmann schlug zwar nie einen Vorteil daraus und versuchte immer, die Dinge gerecht unter ihren ehemaligen Nachbarinnen zu verteilen, aber sie genoss diese Stellung durchaus und vergaß schon mal jemanden, wenn er – wie zum Beispiel die neidische Gericke – die Hahns als Kriegsgewinnler beschimpfte. Dann bekam die eben nichts.

Und noch etwas hatte sich verändert. Konrad würde nicht nur Selma in der nächsten Zeit nicht sehen, sondern auch Rudolf.

»Ab sofort musst du allein zurechtkommen«, hatte Rudolf nach dem Aufnahmegespräch in Scharfenberg gesagt und Konrad dabei so seltsam angeschaut, dass Konrad sofort wusste, Rudolf meinte nicht nur Konrads zukünftige Zeit auf Scharfenberg. Und wirklich: Rudolf wollte Berlin schon am nächsten Tag verlassen, denn die Republik sei tot, sagte er, und in Berlin gäbe es nichts mehr für ihn zu tun, anderenorts schon. Ins ländliche Bayern, in die Nähe von München, wollte er, weil sich da gerade Kräfte bildeten, die all das, was die Republik versprochen hatte, einzulösen gedachten.

»Überdies kann ich den Hahns nicht ewig auf der Tasche liegen«, hatte Rudolf hinzugefügt und Konrad spaßeshalber in die Seite geknufft, damit er nicht mehr so ein »däppertes G'sicht« mache, wie Rudolf sagte und sich schon mal in der richtigen Ausdrucksweise für Bayern übte.

Ja, Konrad war traurig und erschrocken zugleich gewesen, dass Rudolf, der ihm in den letzten Jahren wie ein älterer Freund, vielleicht ein bisschen auch wie ein Vater gewesen war, ihn nun verließ, auch wenn er die Gründe verstand. Das Geld hatte von Tag zu Tag immer mehr an Wert verloren, und längst schon konnte Rudolf von seinen Artikeln nicht mehr leben, sondern war auf die Hahns und allerlei anderer Freunde Hilfe angewiesen gewesen. In Zukunft würde er bei seiner Tante bei München auf dem Lande wohnen, einer dicken, herzensguten Bäuerin, wie Rudolf sagte, die nur darauf wartete, den blassen Neffen aus Berlin auf ihrem Gehöft zu verwöhnen und mit all dem zu mästen, was ihr riesiger Hof hergab.

Trotzdem, Konrad fehlte sein Freund sehr, und wieder einmal erschien es ihm, als würde er für das eine, das er bekam – nämlich die bestandene Aufnahme in Scharfenberg –, etwas anderes hergeben müssen, das ihm lieb und teuer geworden war, und er verstand nicht, warum das immer so sein musste, warum nicht alles einfach nur besser werden und er das Abitur machen und trotzdem Selma und Rudolf weiterhin sehen konnte.

Es würden deshalb sehr lange vier Jahre werden, dachte Konrad, als er sich am nächsten Nachmittag, ohne dass er Selma noch einmal sah, wieder auf den Weg nach Scharfenberg machte.

ANDRÉ

Ostberlin

1980

Jubel brandete in dem kleinen Verbandsbüro der Sektion Wasserspringen auf, als Falk Hoffmann – einer von ihnen – ohne den kleinsten Spritzer nach einem Zweieinhalbgehechteten Auerbach vom Turm ins Wasser tauchte und ihm damit das Olympiagold sicher war. Der Sprecher im Fernsehen überschlug sich geradezu in Lobeshymnen auf die kleine DDR, die solch großartige Sportler hervorbrachte, und verlor kein Wort darüber, dass der wichtigste Konkurrent des neuen Olympiasiegers nicht zum Wettkampf angetreten war und somit Falk Hoffmanns Sieg von Anbeginn kaum in Frage gestanden hatte – der Russe, der den zweiten Platz belegte, war jedenfalls kein echter Gegner gewesen.

Auch im Verbandsbüro erwähnte niemand, dass der neue Olympiasieger mit dem Ausbleiben seines amerikanischen Konkurrenten Greg Louganis um ein ehrliches Kräftemessen und zudem um eine Revanche betrogen wurde. Denn vor zwei Jahren, bei den Weltmeisterschaften 1978, hatte Louganis nur deshalb Gold errungen, weil er einen misslungenen Sprung wegen angeblich schlechter Wetterverhältnisse wiederholen durfte. Dabei hätte der amerikanische Schiedsrichter – wenn die Wetterverhältnisse denn so schlecht gewesen wären – das Brett erst gar nicht freigeben dürfen. Verpatzt ist eben verpatzt. Und natürlich unterstellten damals die aufgebrachten DDR-Trainer dem amerikanischen Schiedsrichter, dass er Falk Hoffmann unter denselben Bedingungen nicht gestattet hätte, den Sprung wiederholen zu dürfen.

Aber nun war Greg Louganis nicht einmal in Moskau angetreten. Weder der Fernsehsprecher vermisste ihn noch die Trainer im Verbandsbüro der Sektion Kunstspringen, auch nicht Burghard Rothemark, obwohl er sich bereits Monate vor den Spielen auf diesen Wettkampf gefreut hatte, als würde er höchstpersönlich gegen seinen Erzfeind antreten. Doch der »Erzfeind« hatte sich, aus Angst, einen ehrlichen Kräftevergleich zu verlieren, gedrückt. Er hatte, wie es Burghard zwischen zusammengepressten Zähnen seiner Doris leise erklärte, eine hanebüchene Begründung vorgeschoben, aus Angst, den Sportlern der ruhmreichen Sowjetunion und ihren Verbündeten – also Falk Hoffmann – zu unterliegen. Anstatt sich mit einem ehrlichen zweiten oder dritten Platz zu begnügen, war er lieber gleich weggeblieben.

So sah es jedenfalls Burghard und nun auch Doris, die alles glaubte, was ihr Mann oder die Staatssender sagten, obwohl in Berlin auch andere Informationen zur Verfügung standen. Doch für Doris stand es gänzlich außer Frage, den »Feind« zu hören oder zu sehen und sich somit absichtlich einer anderen Meinung durch einen einfachen Knopfdruck am Fernseher oder dem Verstellen des Senderrädchens am Radio auszusetzen. Allein der Gedanke daran hätte ihr ängstliches Augengeklimper zu einer chronischen Krankheit auswachsen lassen können, und André bezweifelte, dass sie überhaupt jemals an so etwas gedacht hatte. So etwas machte man einfach nicht! Das kam für sie einem Landesverrat gleich, sie, die noch in den sechziger Jahren mit anderen FDJlern über die Dächer von Berlin geklettert war, um die Antennen, die nach Westen ausgerichtet waren, herunterzureißen.

Nein, solche wie seine Adoptivmutter konnten die wahren Gründe für das Ausbleiben der Amerikaner bei der Olympiade nicht wissen. So was wussten nur Westfernsehgucker und West-senderhörer und dann noch die Eingeweihten, die, die in besonderen Versammlungen und Sitzungen besondere Informationen erhielten, damit sie wussten, wie sie auf das »Nachplappern« der Westmeinung reagieren sollten.

Sektionschef Rothemark war so einer, der über Sonder-informationen verfügte und deshalb auch nicht Westfernse-hen schauen musste (es aber dennoch heimlich tat, wie André wusste), denn für ihn gab es Genossen, die ihm das, was er offi-ziell nicht gesehen hatte, erklärten und ihn darin schulten, an-deren zu erklären, wie sie das, was sie offiziell ebenfalls nicht gesehen hatten, hätten sehen sollen, wenn sie es denn gesehen hätten.

André wusste, dass Burghard aus dieser Sonderstellung an-deren gegenüber sehr viel Selbstbewusstsein zog und sich da-durch oft erhabener fühlte, wahrscheinlich auch vom Schicksal begünstigt – wenn nicht sogar erwählt. Denn auch wenn sich alle im Verbandsbüro über den Sieg von Falk Hoffmann freu-ten und sich Burghard und die Trainer gegenseitig zufrieden auf die Schultern klopften, als hätten sie den Sieg höchstpersönlich ermöglicht, so wusste André doch, dass sie nichts damit zu tun hatten, rein gar nichts.

Und das wiederum erfüllte André mit einer gewissen Scha-denfreude.

Der frischgebackene Olympiasieger Falk Hoffmann hatte nämlich nie in Berlin trainiert. Die Bronzemedaillengewinne-rin Karin Guthke vom Dreimeterbrett schon, aber auch sie war nicht Burghards Schützling gewesen; sie wurde ausgerechnet von dieser Frau trainiert, die zwar schon 1936 an der Olympi-ade teilgenommen, aber laut Burghard keine Ahnung hatte, wie man junge Sportler zu Höchstleistungen antrieb.

Und ganz im Gegensatz zu dem Eindruck, den Burghard am

Abendbrottisch versuchte, seiner Doris und seinem Adoptivsohn André zu vermitteln, hatte er in den letzten Jahren nicht einen einzigen Olympiasieger, geschweige denn einen Europameister hervorgebracht, und das nagte sehr an seinem Stolz als Trainer – wenn auch nicht an seinem Selbstbewusstsein als Familienoberhaupt, das war ungebrochen.

Und auch wenn er das nie zugeben würde, so war André praktisch seine letzte Hoffnung. Alle anderen aus Andrés Klasse und auch aus den danach folgenden Klassen hatten die Sportschule in den vergangenen vier Jahren wieder verlassen müssen – meist wegen zu schlechter Leistungen in den Wettkämpfen und im Training und weil sich die anfänglich gute Prognose bezüglich ihres Talents als falsch herausgestellt hatte.

Selbst Andrés ewiger Konkurrent Jan musste am Ende des siebten Schuljahres gehen. Nicht weil er untalentiert war oder etwa nicht fleißig genug trainiert hatte, sondern weil er sich von seiner Westoma nicht hatte lossagen wollen, schon gar nicht in einer offiziellen schriftlichen Stellungnahme, die die Sektion Wasserspringen von ihm vor seinem ersten internationalen Wettkampf im Westen verlangte.

»Bei uns gibt es doch jetzt auch Jeans, wozu brauchst du da noch deine Oma?«, hatte André damals zu Jan gesagt und eigentlich nur naiv Burghards Argument wiederholt, um ihn nicht zu verlieren. Längst waren sie nämlich beste Freunde geworden, obwohl sie immer noch Konkurrenten waren und um jeden Punkt in den Leistungstests kämpften, nur um besser als der andere zu sein.

»Es geht doch nicht um Jeans«, hatte ihm Jan damals geantwortet und ihm erklärt, dass ihm seine Oma eben wichtiger und lieber war, als irgendwann eine Medaille für einen Staat zu erringen, der es hinnahm, dass Menschen ihre Kinder und Enkel nicht mehr sehen durften, und der eine Mauer errichten musste, damit seine Bürger nicht wegliefen.

»Und sag jetzt nicht, ich müsste dankbar sein«, sagte Jan, als

André vor lauter Überraschung kein Wort herausbrachte. »Es ist nämlich die Pflicht eines Staates, seine Kinder gut auszubilden und sie in ihren Talenten zu fördern, sagen meine Eltern. Und das kannst du so auch deinem Vater sagen«, setzte Jan nach kurzem Zögern nach und grinste André an.

»Der ist nicht mein Vater«, erwiderte André, wie immer in solchen Situationen, und grinste zurück.

André hatte bereits in den ersten Trainingswochen gelernt, dass er besser zu seinen Sportkameraden hielt als zu Burghard, der sich natürlich durch André erhofft hatte, mehr über die anderen Jungen – deren Motivation und Einstellung zum Training und zum Staat – am Abendbrottisch zu erfahren. Aber da hatte André immer dichtgehalten und ließ sich lieber in die Hobbykammer sperren, als seine Freunde zu verraten,

Deshalb wusste Burghard auch bis heute nicht, wer ihn damals am letzten Abend im Wintertrainingslager 1977 nachts ausgesperrt hatte, als er allein die Obhut über zwölf Jungs hatte und nach Beginn der Nachtruhe nur mal auf den Hof gegangen war, um eine Zigarette zu rauchen. Das war natürlich unsportlich und vorbildlich sowieso nicht, deshalb versuchte er sein Laster so gut wie möglich zu verbergen, und wahrscheinlich glaubte er auch, dass André nicht wusste, was er nach der *Aktuellen Kamera* immer auf dem Balkon trieb.

Aber im Winterlager hatten sie es durch die offenen Fenster gerochen, die nachts nicht geschlossen werden durften, damit sie sich abhärteten, und jeden Abend davon geträumt, Burghard einmal auszusperren. Dafür, dass er sie tagtäglich bei eisiger Kälte durch den Wald triezte und sie bis zur Erschöpfung schleifte, während er in seinem warmen Daunenmantel, den er sich von einem Wettkampf in Österreich mitgebracht hatte, nur am Ziel stand, heißen Tee aus seiner Thermoskanne schlürfte und sie wegen ihrer angeblich schlechten Zeiten zusammenschiss. Jeder der Jungs hatte davon geträumt, und Jan hatte es

wahr gemacht und einfach leise den Riegel hinter ihm zuge-
schoben, als Burghard, kaum bekleidet, draußen im Schnee eine
durchzog. Da konnte der gegen die Tür pochen, hämmern und
rufen, wie er wollte, sie schliefen oder stellten sich zumindest
schlafend, nicht ohne André zuvor gedroht zu haben, dass er
was erleben könne, wenn er sie an seinen Vater verrate.

»Der ist nicht mein Vater«, hatte André daraufhin das erste
Mal gesagt, aber geglaubt hatten sie ihm nicht, jedenfalls nicht
im übertragenen Sinne, sie wussten ja, dass Burghard nur sein
Adoptivvater war. Erst als Burghard sie anschließend wie in so
einem richtigen Verhör in einem Film ausgequetscht und mit
allem Möglichen gedroht hatte, und niemand, auch André
nicht, umgefallen war und er sich dabei ein bisschen wie der
Widerstandskämpfer Artur Becker gefühlt hatte, der seine Kameraden in Spanien auch nicht verraten hatte, da hatten ihm
die anderen Jungs geglaubt, und Jan war sein Freund geworden.

Doch jetzt gab es Jan nicht mehr. Er war im letzten Herbst mit
seinen Eltern zu seiner Oma in den Westen gezogen, nachdem sie
zwei Jahre auf ihre Ausreise gewartet hatten. Bis dahin hatte André ihn immer wieder mal heimlich besucht und ihm Tipps für
sein Training gegeben, denn Jan wollte nach der Ausreise sofort
wieder mit dem Wasserspringen anfangen, wollte gut vorbereitet
sein, damit er mit ein bisschen Glück schon für die Olympiade in
Moskau aufgestellt werden könnte und sie sich, falls dies André
ebenfalls gelang, in Moskau wiedersehen konnten.

Daraus war nun nichts geworden. André hatte es auf Grund
einer Knieverletzung nicht in die Auswahl für die Olympiade
geschafft, und außerdem boykottierte die BRD die Olympiade,
so wie die USA und viele andere Länder auch, um so gegen den
Einmarsch der Sowjets in Afghanistan zu demonstrieren, wie
André aus dem Westfernsehen wusste, das er bei Hotte ab und
zu sah.

Aber bestimmt hatte Jan gerade eben, genau wie André,
vorm Fernseher gesessen und sich das Turmspringen der Män-

ner angeschaut – wahrscheinlich sogar im Ostfernsehen, weil der Westen die Olympiade diesmal nicht übertrug, höchstens Ausschnitte.

Die Übertragung im Fernsehen war vorbei, und für André hieß das, dass er nun nach Hause fahren konnte. Training hatte er wegen seiner immer noch andauernden Knieverletzung nicht – er war nur wegen der Wettkampfübertragung ins Friesenstadion gekommen.

Natürlich hätte André den Wettkampf auch zu Hause im Fernsehen sehen können, aber Cheftrainer Rothemark hatte bestimmt, dass die ganze Sektion gemeinsam vorm Fernseher sitzen und Falk Hoffmann die Daumen drücken sollte, um ihn zu unterstützen und gleichzeitig das Zusammengehörigkeitsgefühl der Sektion Wasserspringen zu stärken.

Das war auch nötig, denn kaum hatte sich André an jemanden aus den jüngeren Jahrgängen gewöhnt, da verkündete Burghard schon wieder am Abendbrottisch, dass derjenige die in ihn gesetzten Erwartungen nicht erfülle und es deshalb besser wäre, man schicke ihn an seine alte Schule zurück.

»Was soll ich den auch quälen, wenn er das Talent nicht mitbringt und uns nur die Zeit für die Talentierten stiehlt? Das kostet dem Staat schließlich Geld, so ein Platz an der Sportschule, viel Geld, das könnt ihr euch alle nicht vorstellen, was das kostet, oder, André?« Burghard betrachtete ihn verächtlich. »Du glaubst doch auch, dir stehe das alles einfach so zu.«

Es war ratsam, nicht darauf zu antworten, das machte Burghard nur umso wütender auf André, auf die Sektion Wasserspringen, auf alles; und neuerdings übernahm das Antworten sowieso Doris für ihn, denn ihr Augenklimpern zeigte kaum noch Wirkung. »Das tut er doch gar nicht. Nicht, André?«

Verabschiedungen der Untalentierten gab es nie, dafür war keine Zeit. Sie hätten dann in der Wettkampfsaison, in den Sommerferien, stattfinden müssen oder vielleicht an deren

Ende, doch da waren die Untalentierten schon wieder vergessen. Danach begann das neue Schuljahr, und dass ein paar Gesichter fehlten, fiel nicht weiter auf, jedes Jahr rückte ein Schwung neuer »Hüpfer« nach, aufgeregt schnatternd – den verräterischen »Grünspan« im Haar – hielten sie Einzug ins Trainingszentrum und hatten immer auch dieses Leuchten in den Augen, das nur die Neuen auszeichnete, die sich nicht nur wie Auserwählte fühlten, sondern auch wie die zukünftigen Olympiasieger und Weltmeister im Wasserspringen. Und irgendwie hatten sie ja auch recht, dachte André, nur deshalb waren sie auf die Sportschule aufgenommen worden, um Olympiasieger oder Weltmeister zu werden, aus keinem anderen Grund; wer das vergaß, hatte schon verloren.

Dieses Leuchten in den Augen. André würde bestreiten, es jemals gehabt zu haben. Bei anderen dagegen – sogar bei dem sich sonst so emotionslos gebenden Jan – hatte er es damals in den ersten Wochen des Trainings durchaus wahrgenommen, dieses Leuchten, das sich aber auch bei den Neuen schnell verlor im allgemeinen Trainingseinerlei und im täglichen Kampf um Muskelaufbau, Reaktionsschnelligkeit und Eleganz auf dem Brett. Es wich diesem trüben, stumpfen Blick, den man sich bei den Kunstspringern und Schwimmern zwar durch den regelmäßigen Kontakt mit Chlor erklären und schönreden konnte, den aber alle nach einer Weile auf der Sportschule bekamen, auch die Gewichtheber, Turner oder Spieler – Volleyballer wie Handballer –, wenn sie denn auf der Abschussliste standen und wussten, dass sie bald gehen mussten.

Diese Begeisterung der Anfänger zeigte im Prinzip nur ihrer aller Unwissenheit und Naivität, denn die meisten von ihnen, die gerade Falk Hoffmann die Daumen gedrückt hatten und sich selbst insgeheim schon als Olympiasieger, wenn nicht von Los Angeles, so doch von Seoul sahen, würden in zwei, allerspätestens in drei Jahren nicht mehr trainieren, also schon im Alter von zwölf oder dreizehn Jahren ihre Sportkarriere beendet haben, das hatte sein Adoptivvater André schon vor seiner Aufnahme auf die Sportschule erklärt. Er hatte ihm damit von Anfang an die Flausen austreiben wollen, die André zwar nie gehabt hatte, sie zu haben er aber den Cheftrainer glauben ließ, denn es war immer besser, ihm nicht zu widersprechen, wenn er einem »die Welt« erklärte. Das hätte ihn aus dem Konzept und auf die Idee bringen können, André wisse schon alles und noch dazu besser. Und das war überhaupt nicht gut.

Als André das Gelände des Trainingszentrums durch das Tor verließ, sah er ihn schon von Weitem. Onkel Fritz saß stumm und aufrecht auf einer Parkbank und schaute vor sich hin, so als hätte er sich rein zufällig dort niedergelassen. Als hätten ihn seine Füße ausgerechnet nach Friedrichshain getragen, in diesen Park. Aber André wusste, dass es kein Zufall war. Seit sie das letzte Mal gemeinsam auf dem Friedhof in Friedrichshagen gewesen waren und André sich danach geschworen hatte, Onkel Fritz nie wieder Anlass zur Arbeit zu geben, hatte er ihn höchstens vier- oder fünfmal »zufällig« gesehen, und immer waren diese Treffen auf Onkel Fritz' Initiative zurückzuführen gewesen, nie auf Andrés, zumindest diesen Teil seines Schwurs hatte er gehalten. Die Rothemarks als seine Eltern zu akzeptieren war ihm dagegen nicht immer gelungen.

Aber noch nie hatte Onkel Fritz sich ihm so in den Weg gestellt wie heute. Meistens war er bei irgendwelchen Wettkämpfen aufgetaucht, hatte plötzlich unter den Zuschauern auf der Tribüne oder wie im vorigen Jahr in einem Seerestaurant in Bad Saarow gesessen, wo die Sektion Kunstspringen ganz in der Nähe ein Sommer-Trainingslager abhielt. Immer hatte es genügend Möglichkeiten gegeben, Onkel Fritz auszuweichen, so zu tun, als würde André ihn nicht sehen, doch hier im Park führte sein Weg direkt an ihm vorbei, wenn er zur Straßenbahn wollte. Ihm blieb nur, zurück durchs Tor zu gehen und auf der anderen Seite des Geländes über den Zaun zu springen.

André entschloss sich dagegen. Er wollte nicht mehr wegrennen. Jedes Mal, wenn er Onkel Fritz in den vergangenen Jahren bei diesen »zufälligen« Treffen ignoriert hatte, hatte er sich anschließend schlecht gefühlt und noch stundenlang, manchmal sogar tagelang darüber nachgedacht, worüber sie wohl gesprochen hätten. Und jedes Mal hatte er es bereut, nicht die Gelegenheit genutzt zu haben, ihm all das zu sagen, was er ihm schon bei ihrem letzten Treffen hätte sagen sollen, nachdem er erfuhr, dass er nur eines von vielen Kindern war, die Onkel Fritz betreute, und er praktisch nur ein Teil seiner Arbeit war.

Jedes Mal danach hatte André die Rede geprobt, die er Onkel Fritz halten wollte und die er ihm ganz bestimmt halten würde, wenn sich die Gelegenheit noch einmal ergeben, also falls es Onkel Fritz noch einmal wagen würde, ihm in den Weg zu treten. Die Rede war längst vorbereitet, also warum sie nicht hier und jetzt halten?

»Lass uns ein Stück gehen«, sagte Onkel Fritz, als André auf ihn zuging, und erhob sich schwerfällig. Erst jetzt fiel ihm auf, wie klein Onkel Fritz war, wie gebeugt. Oder lag es nur daran, dass er selbst in den vergangenen vier Jahren beinahe fünfzehn Zentimeter gewachsen war? Langsamer, als er sonst gehen würde, tippelte er neben Onkel Fritz her.

Und schon wuchs wieder die Wut in ihm. Warum nur ließ er sich immer von Onkel Fritz einschüchtern? Warum lief er ihm wieder wie ein kleiner dummer Junge hinterher? Onkel Fritz hatte weder »Guten Tag« noch sonst irgendetwas zur Begrüßung gesagt. Allein, dass André nicht an ihm vorbeigelaufen und bei ihm stehen geblieben war, hatte ihm wieder Oberwasser gegeben. Aber André wollte nicht neben Onkel Fritz hertippeln, wollte seinen Gang nicht mäßigen, damit Onkel Fritz mit Andrés langen Beinen Schritt halten konnte. Onkel Fritz sollte ihn endlich wie seinesgleichen behandeln, nicht wie eine Akte in seinem Büro.

Deshalb blieb er einfach stehen.

Onkel Fritz ging weiter, anscheinend in Gedanken. Es war, als würde er nicht einmal bemerken, dass André an seiner Seite fehlte, und das machte André noch wütender.

»Was willst du von mir?«, rief er. »Du bist seit fast vier Jahren Rentner! Du bist nicht mehr für mich zuständig!«

Das war ja auch der Grund gewesen, warum es ihm relativ leichtgefallen war, seinen Schwur zu halten. Kurz nach ihrem letzten Besuch auf dem Friedhof war Onkel Fritz in Rente gegangen, wie ihm Doris bei seiner Wunschliste für Weihnachten erklärte. André sollte also nicht hoffen, dass Onkel Fritz das Fahrrad besorgen könne, das ganz oben auf seinem Wunschzettel stand.

»Lass uns in ein Café gehen«, erwiderte Onkel Fritz unbeeindruckt. »Dort können wir in Ruhe reden.«

Aber André wollte nicht in Ruhe reden. Er wollte endlich all seine angestauten Vorwürfe loswerden, und es war ihm herzlich egal, was Onkel Fritz darauf zu erwidern hatte. Der hatte ihm doch sowieso nie zugehört oder ihn gar verstehen wollen, der hatte ihn immer nur gemaßregelt. Nicht so offensichtlich wie Burghard, aber dafür umso nachhaltiger.

»Nein, hier.«

Onkel Fritz sah André erstaunt an, dann nickte er beschwichtigend und deutete auf die nächste Bank am Weg.

»Dort?«

André brummte bestätigend, und wieder trottete er Onkel Fritz hinterher, mäßigte seine Schritte, um nicht vor Onkel Fritz auf der Bank Platz zu nehmen.

Der Park war an diesem Ferienvormittag wie ausgestorben, nur etwas entfernt führte eine ältere Frau ihren ergrauten Pudel Gassi, und von der anderen Seite kam eine junge Mutter mit Kinderwagen. Die Vögel schreckten auf und machten einen Höllenkrach, als der Wind durch die Bäume fuhr.

»Es scheint, dass du mir aber zuerst etwas sagen möchtest.« Onkel Fritz bedachte ihn mit einem langen Blick, dem André wie früher nur schuldbewusst ausweichen konnte. Plötzlich fingen seine Schuhspitzen an, im Kies vor der Bank Kreise zu ziehen, als gehörten sie noch zu dem Elfjährigen von damals mit dem unerschöpflichen Schuldgefühl. Aber der wollte André nicht mehr sein, deshalb zwang er seine Füße zur Ruhe. Doch seinen Blick traute er sich deshalb noch lange nicht zu heben. Das hätte ihn zu viel Kraft gekostet. Kraft, die er für das Folgende dringend benötigte.

»Du hast damals für die Stasi gearbeitet«, stieß André hervor und wagte einen kurzen Blick auf Onkel Fritz.

Der lächelte. »Ja, und?«

»Du hättest es mir damals sagen müssen.«

»Hättest du denn damit etwas anfangen können?«, erwiderte Onkel Fritz, und André gefiel es überhaupt nicht, wie das Ganze lief. Das war wie früher, als Onkel Fritz ihn auch immer aufgefordert hatte, offen mit ihm zu sein, aber jede Offenheit mit einer Gegenfrage beantwortete, die ihm nur eines zu unterstellen beabsichtigte: dass er dumm war und zu jung und überhaupt alles falsch sah. Aber so war es nicht. So war es schon lange nicht mehr: Jan hatte André die Augen geöffnet, hatte ihm in den folgenden Jahren, in denen Jans Familie ihre Ausreise betrieben hatte, so vieles erklärt. Was die Stasi war, welche Funktion sie hatte und was sie den Menschen antat. Und dass Andrés Eltern vielleicht gar keine Verbrecher gewesen waren, sondern nur Menschen, die für sich und ihre Liebsten das Beste gewollt hatten und wahrscheinlich deshalb damals in Bulgarien über die Türkei hatten fliehen wollen ...

»Hättest du denn damals schon gewusst, was es bedeutet?«, hakte Onkel Fritz nach.

»Du hättest es mir erklären können«, gab André zurück, und er fühlte fast so etwas wie Stolz, Onkel Fritz endlich mal Paroli geboten zu haben.

»Du hättest fragen können.«

Da war es wieder. Immer drehte Onkel Fritz den Spieß um. Und immer verliefen die Gespräche mit ihm im Kreis.

»Wie kann ich nach etwas fragen, von dem ich nichts weiß!«, schleuderte André zurück und traute sich nun auch, Onkel Fritz direkt anzuschauen.

Der lächelte unbeeindruckt. »Und jetzt weißt du es, ja?«

André verstand nicht. Worauf wollte Onkel Fritz hinaus? Egal.

»Meine Eltern sind vielleicht gar keine Verbrecher gewesen, wie du behauptet hast. Sie wollten wahrscheinlich nur in den Westen, in die Freiheit!«

»Hat dir das dein Freund Jan erzählt?«

André starrte Onkel Fritz überrascht an. Woher wusste er von Jan? Onkel Fritz war doch schon pensioniert gewesen, als Jan und er im Wintertrainingslager Freundschaft geschlossen hatten?

»Ist dir nie in den Sinn gekommen, dass dein Freund absichtlich deine Nähe gesucht hat, um den Ausreiseantrag seiner Familie voranzutreiben? Wahrscheinlich hatte er sogar von seinen Eltern den Auftrag, dir dauernd diese Schauermärchen zu erzählen, damit du sie mir oder den Rothemarks erzählst ...«

Das kannst du ruhig deinem Vater sagen. Jans Satz echote plötzlich in ihm nach. Und auf einmal klang dieser Satz, der damals wie der Satz eines heldenhaften Märtyrers geklungen hatte, nur noch wie eine abgekartete Nummer, ein einstudierter Satz, von Jans Eltern in Auftrag gegeben, um einen eigenen Vorteil daraus zu schlagen.

»Das ist nicht wahr«, rief André und sprang auf. Ausgerechnet Onkel Fritz wollte, dass er Jan misstraute? Zur Strafe ließ er den alten Mann sitzen und ging einfach davon. Was hatte Jan damals für einen Ärger mit seinen Eltern bekommen, weil er André etwas erzählt hatte, was eigentlich in der Familie hätte bleiben sollen! Seine Eltern hatte ihm sogar eine Zeitlang den Kontakt zu André verboten, wie Jan ihm später erzählte. Um ihren Ausreiseantrag nicht zu gefährden und auch, um es Jan nicht noch schwerer zu machen, als er es ohnehin seit dem Ausreiseantrag in der Schule hatte. So hatte Burghard nicht nur gegen dessen Oma gewettert, sondern auch gegen Jans Eltern, weil die ihm Unwahrheiten über die DDR erzählten und ihn gegen seinen eigenen Staat zu beeinflussen versuchten.

Und doch! Konnte es sein, dass Jan nicht ganz uneigennützig sein Freund geworden war? Konnte André denn niemandem trauen? Keinem Einzigen?

»André!«

Onkel Fritz' Stimme kam von weit her und brachte ihn dennoch wieder auf die Erde zurück. Beinahe hätte er wegen Jan geheult. Beinahe.

»Lass mich!«, rief André zurück und beschleunigte seinen Schritt.

»André«, rief Onkel Fritz erneut. »Ich wollte dir doch nur klarmachen, dass du nicht jedem einfach so vertrauen kannst ...«

»Ach ja?« Wütend blieb André stehen. »Und dir kann ich wohl vertrauen?«

Onkel Fritz schien endlich einmal zu überlegen, bevor er antwortete.

Dann fuhr er nach einigem Zögern fort: »Ja, ich war damals als Offizier der Stasi für dich verantwortlich. Aber obwohl ich längst pensioniert bin, habe ich weiter deine Nähe gesucht, um dir zu verstehen zu geben, dass ich noch jemand anders für dich sein könnte. Ein Freund, ein Vertrauter ... vielleicht sogar ein Großvater?«

Onkel Fritz stand leicht gebeugt da und wirkte nicht mehr so selbstsicher wie früher. Der Stasioffizier von einst, der immer eine Antwort parat gehabt hatte, war verschwunden.

»Schau, André, ich habe doch keine Kinder und also auch keine Enkelkinder, und du warst mir immer der liebste unter all den Kindern, die ich zu betreuen hatte ... Ich kann dir nicht einmal sagen, warum ... Es ist nur so ein Gefühl ... Ich habe mich dir immer näher als den anderen gefühlt, habe mit dir immer viel mehr Zeit verbracht. Vielleicht auch, weil du mich immer etwas an meinem Bruder Konrad erinnert hast ... oder ... ich weiß es nicht ...«

André stand da und wusste nicht, was er fühlen oder denken sollte. Wie oft hatte er sich in den Jahren vor ihrem Bruch gewünscht, dass Onkel Fritz einmal solche Worte zu ihm sagen würde! Und nun, wo er sie sagte, gingen sie ihm tatsächlich runter wie Öl. Am liebsten wäre er Onkel Fritz einfach so in die Arme geflogen, hätte sein Gesicht gern wie damals in den Stoff von Onkel Fritz' rauem Wintermantel geborgen ... doch es war zu spät ... Oder?

Onkel Fritz hob, als wollte er seine Worte noch einmal unterstreichen, hoffnungsvoll die Arme, streckte sie ihm entgegen.

Doch André konnte es nicht. Onkel Fritz hatte den richtigen Zeitpunkt verpasst. Vor Jahren schon.

Er machte auf dem Absatz kehrt und ließ Onkel Fritz stehen.

Am liebsten wäre er zurück zum Tor, wieder auf das Gelände des Trainingszentrums gegangen. Doch nicht, um am anderen Ende der Anlage über den Zaun zu steigen. Denn einen einzigen Freund, einen Vertrauten hatte André noch, und der arbeitete mittlerweile auf dem Gelände der Sektion als Masseur, fuhr nicht mehr Barkas, und deshalb konnte André immer zu ihm, wenn ihm was auf der Seele drückte, und musste nicht darauf warten, dass er zu ihnen nach Hause kam.

Nur war Hotte gerade nicht da, sondern mit den Olympioniken in Moskau. André hatte ihn während der Übertragung kurz auf der Tribüne gesehen, wie Burghard wahrscheinlich auch, aber niemand hatte etwas gesagt. Alle wussten, dass er seinen Schwager nicht leiden konnte und es ihm ganz bestimmt nicht gönnte, in Moskau zu sein.

Hotte, der André und die anderen Kunstspringer vor vier Jahren noch mit dem Bus nach Dresden zur DDR-Meisterschaft gefahren hatte, war damals bei ihnen zu Hause seine Schwester besuchen, als André wutentbrannt aus Onkel Fritz' Tschaika gestürmt, die acht Stockwerke hinaufgerannt war und sich weinend auf sein Bett geschmissen hatte. Kurz darauf ging die Klingel, und dann klopfte es an seiner Tür, aber André hatte Onkel Fritz nicht mehr sehen wollen, und das schrie er auch unter seinem Kissen hervor, so lange, bis Onkel Fritz endlich abzog.

Und dann saß plötzlich Hotte an seinem Bett, ohne dass er ihn hatte reinkommen hören. Hotte hörte sich alles an, was André bewegte: dass seine richtigen Eltern Verbrecher gewesen waren und dass er für Onkel Fritz nur eine Arbeit war und dass er keinen Menschen hatte, der ihn einfach nur lieb hatte …

»Dit stimmt ja so nich«, hatte Hotte daraufhin in seinem unnachahmlichen Berliner Dialekt gesagt, der in Andrés Ohren auch immer ein bisschen ironisch und deshalb wie eine Aufmunterung klang. Unter Tränen hatte André aufgeschaut, und Hotte hatte noch einen draufgesetzt.

»Nun weene mal nich.« Er grinste André breit an. »Inne Backröhre stehn Klöße, die siehste nur nich.«

Damit hatte Hotte ein zerknittertes Taschentuch aus seiner verbeulten Hosentasche hervorgekramt und es ihm wie ein Freundschaftsgeschenk hingehalten. Und obwohl sich André ein bisschen vor dem Taschentuch geekelt hatte, nahm er es, um Hotte nicht zu verletzen.

»Ick hab dir das mit dem Maschinengewehr in der Wüste immer gegloobt …«

Das war Hotte. Andrés einziger Freund und Vertrauter, mit dem er seit diesem Abend sehr viel Zeit verbracht hatte und bei dem er sich immer aussprechen konnte, wenn es ihm doch mal zu schwerfiel, den Rothemarks ein richtiger Sohn zu sein.

Auch wenn Hotte ein paar Monate später, nachdem er sich ernsthaft bemüht hatte, in Bulgarien eine Wüste zu finden, doch zu der Erkenntnis gekommen war, dass Andrés Erinnerung ihn täuschen musste – zumindest nahm er Andrés Qualen ernst und besuchte mit ihm das Grab der Eltern in Friedrichshagen, wo sie ein paar Blumen niederlegten.

Hotte hatte nicht wie Jan seine Freundschaft gesucht. An dem Abend vielleicht. Aber ein paar Tage später war er verschwunden, fuhr nicht mehr den Barkas, der sie von der Schule zum Training bringen sollte, sondern stand eines Abends in Hohenschönhausen, wo sie im Winter in der Dynamo-Schwimmhalle trainierten, an der Straßenbahnhaltestelle und erklärte ihm, dass sie einander nicht mehr sehen könnten. Onkel Fritz hätte etwas gegen ihre Freundschaft, und deshalb suche er sich eine andere Arbeit, vielleicht sogar in einer anderen Stadt.

»Pass uff dich uff, Kleener!«, hatte Hotte zum Abschied gesagt, und wieder hatte sich André furchtbar verlassen gefühlt.

Umso größer war seine Freude gewesen, als er zwei Wochen später vom Training kam und ihn Hotte laut hupend an der Haltestelle empfing, in einem neuen Škoda. Die Sektion Wasserspringen habe ihn nicht verlieren wollen, erzählte Hotte auf der Fahrt zu den Rothemarks und grinste stolz. Deshalb habe man ihm eine Ausbildung zum Masseur angeboten.

»Dit heißt mehr Geld und Reisen«, frohlockte Hotte, »denn als Masseur muss ick ja überall mit hin.«

Und deshalb war Hotte nun in Moskau bei der Olympiade, weshalb André nicht mit ihm über Onkel Fritz' Vorwurf gegen Jan reden konnte. André hätte nicht mal Jan selbst dazu in einem Brief befragen können. Dazu musste Hotte erst zurück aus Moskau sein, denn die Briefe zwischen Jan und André gingen immer über Hotte, vielmehr über einen Bekannten von Hotte in Westberlin. André selbst kannte Jans Adresse nicht.

KONRAD

Berlin

1927

Selma hatte ihre Androhung wahr gemacht. In mehr als drei Jahren sah Konrad von Selma nichts weiter als ihr Ebenbild Alma, was ihm ein bisschen half, seine Sehnsucht nach Selma zu überwinden, denn so konnte er sich einreden, dass sie in Wirklichkeit gar nicht mehr so schön war. Almas unkontrollierte Gesichtsbewegungen, die sie auf Grund ihrer Behinderung unbewusst machte, überdeckten bald die Erinnerung an Selma, und manchmal, wenn er bei seiner Heimkehr im Garten ein liegengelassenes Buch sah und somit wusste, dass Selma da, aber nur vor ihm geflüchtet war, überfiel ihn eine Art Wut. Selbst in den Weihnachtsferien, zu denen er immer länger in Friedrichshagen war, bekam er sie nicht zu Gesicht, auch Alma nicht, denn die Hahns fuhren neuerdings in den Winterurlaub zu Verwandten in die Schweiz, was Alma sehr guttun würde, wie Konrads Mutter erzählte.

Auch schien Selma nicht mehr darauf zu bauen, dass er Alma später als Arzt würde heilen können, denn sie fuhr jetzt einmal in der Woche mit ihrer Schwester in die Anstalt für Epileptische Wuhlgarten bei Biesdorf, um sie dort von bereits erfahrenen Neurologen untersuchen und ihre kleineren und größeren Wehwehchen behandeln zu lassen. Dort wurde Alma unter ihresgleichen Beschäftigung angeboten, auch Sport, und es schien so, als würde Konrad das Abitur ganz umsonst machen.

Zum Glück war das Lernen für ihn nie eine Qual. Im Gegenteil. Er liebte es, zu lesen und zu studieren, und beneidete die Jüngeren in Scharfenberg, die neuerdings häufiger aus gutbürgerlichen Familien kamen, weil sie eher das Schulgeld aufbringen konnten, und die schon so viel Bildung von zu Hause mitbekommen hatten. Wenn er Helmut nicht an seiner Seite gehabt hätte, wäre er sich in Scharfenberg wirklich verloren vorgekommen. Denn die ewigen wöchentlichen Diskussionen um die Organisation der Selbstverwaltung gingen ihnen zunehmend auf die Nerven, weil die Neuen aus gutem Hause bereits wussten, wie sie ihre Wünsche und Vorstellungen gegen andere durchsetzen konnten. Wären da nicht die Wochenenden gewesen, an denen sie als die nun Älteren schon eigenständig Ausflüge machen durften, er und Helmut wären wohl geflohen.

Doch so fuhr er immer häufiger an den Wochenenden mit zu Helmuts Mutter, der Kaltmamsell, in die Schönhauser Allee. Dort fühlte er sich immer noch am wohlsten, unten auf dem Hof, in den nach Kohl riechenden Wohnungen der Familien, die er so gut kannte und die nie danach fragten, wer oder was er war.

Einige der Kinder, mit denen er und Helmut damals gespielt hatten, wohnten immer noch dort. Elsbeth, die größte Kodderschnauze nach ihrer Mutter, war allerdings vor zwei Monaten an Typhus gestorben und an ihrem Ende ein sehr stilles, blasses Mädchen gewesen. Hertha, Helmuts ältere Schwester, war mittlerweile Mutter eines dicken, immer gut aufgelegten Säuglings, und die alte Gericke war immer noch die beste Quelle für allen Tratsch und Klatsch.

Doch nicht deswegen verbrachte Konrad seine Wochenenden hauptsächlich in Prenzlauer Berg anstatt in Friedrichshagen. Sein alter Kiez bot einfach die bessere Abwechslung zur harten, aber dennoch beschaulichen Lebensweise auf Scharfenberg. In

Prenzlauer Berg gab es Biergärten und Spelunken, in denen man sich für wenig Geld bei Schwof und dünnem Bier genauso gut amüsieren konnte wie in den großen, teuren Tanzpalästen. Und überall waren Menschen, Massen von Menschen, die die Straßen überfluteten, hierhin und dahin strömten und dabei doch alle ein Ziel zu haben schienen.

Oft ließ sich Konrad einfach nur so treiben, blieb da vor einem Mann mit Bauchladen stehen, der eine neumodische Erfindung namens Ri-Ri vorführte, die angeblich schon bald jeden Knopf ersetzen sollte, schaute hier einem kleinen Mädchen zu, das mit ihrem Hund ein Kunststück aufführte. Oder er genoss es einfach, nur so durch das Scheunenviertel hinterm Alex zu schlendern und diese seltsam fremd anmutenden Menschen in bodenlangen Kaftanen bei ihren Geschäften zu beobachten.

Helmut, den Menschenansammlungen eher ängstigten, hatte auf solcherlei Touren durch die Stadt keine Lust. Er war mit der ländlichen Stille von Scharfenberg vollends zufrieden und half meistens seiner von Arthritis in den Händen schwer geplagten Mutter im Haushalt. Umso mehr war es verwunderlich, dass er an diesem Samstagabend mit Konrad unbedingt in den Prater an der Schönhauser Allee wollte, wo nicht mal Schwof oder eine Theateraufführung angekündigt war, sondern nur eine Versammlung des Arbeitervereins in einem der kleineren Räume gleich hinter dem großen Hauptsaal.

Darauf aufmerksam hatte sie Emmely gemacht, die mittlerweile sechzehnjährige, etwas dralle Tochter eines Anstreichers, mit dem Konrads Vater bis zu seinem plötzlichen Verschwinden 1914 zusammengearbeitet hatte. Konrad hatte sich nicht an sie erinnern können, er konnte sich ja nicht mal mehr an seinen Vater erinnern, aber Emmely hatte ihn angeblich gleich erkannt, als er vor ein paar Wochen eine kleine Stampe betrat, in der Nähe vom Rosentaler Tor, und hatte ihn angesprochen.

Auch da hatte sie ihn zu einer Versammlung des Arbeitervereins eingeladen, in dem sie wie ihr Vater und ihre Brüder organisiert war, doch er war nicht hingegangen. Versammlungen hatte er auf Scharfenberg genug. Aber dann waren er und Helmut ihr noch einmal zufällig auf der Schönhauser Allee begegnet, als sie gerade von der Stadtbahn kamen. Wieder lud Emmely sie zu einer Versammlung ihres Vereins ein, und Konrad sagte zu, nur um sie loszuwerden.

Doch es war nicht dieses Versprechen, warum er nun mit Helmut in diesem verqualmten Saal unter all diesen hemdsärmeligen Arbeitern saß und Fäuste schwingenden Rednern lauschte, anstatt sich irgendwo richtig zu vergnügen, sondern Helmut. Sein Freund hatte seit ihrer letzten Begegnung mit Emmely über nichts anderes mehr reden können als über sie und seine Chancen bei ihr, wo sie ihn doch kaum wahrgenommen hatte und ganz offensichtlich in Konrad verschossen war. Eine Woche lang bearbeitete Helmut ihn auf Scharfenberg, wich ihm nicht von der Seite, so dass sich Konrad kaum auf die Abitur-Matheprüfung, die in wenigen Tagen anstand, konzentrieren konnte. Helmut hätte ja auch alleine zu der Versammlung gehen können, ohne Konrad, doch Helmut schätzte seine Chancen, dass Emmely sich überhaupt an ihn erinnern würde, ganz richtig, also ziemlich gering ein. Er vermutete, dass sie ihn kalt abservieren würde, wenn er sie auf der Versammlung ansprächte.

Dabei war es ihnen durch die Scharfenberger Statuten verboten, sich irgendwelchen politischen Vereinen anzuschließen oder Versammlungen zu besuchen, um die Schullandfarm, die durch ihren reformistischen Anspruch sowieso immer unter besonderer Beobachtung aller möglichen Politiker stand, nicht zu gefährden.

Im Saal machte sich plötzlich Unruhe breit. Ungeduldiges Stuhlrücken, Räuspern und leise geknurrte Unmutsbekundungen rissen Konrad aus seinen Gedanken. Vorn auf dem etwas erhöhten Rednerpult stand ein Männlein in einem viel zu engen Anzug, wahrscheinlich seinem Konfirmationsanzug, denn auch die Hosen waren zu kurz. Er machte anscheinend gerade eine Pause, obwohl sich Konrad nicht daran erinnern konnte, ihn überhaupt sprechen gehört zu haben. Seine kurzsichtigen Augen starrten durch dicke Brillengläser verlegen in den Raum, als versuchte er, die nicht mit ihm sympathisierenden Zuhörer zu zählen und das Risiko abzuwägen, von ihnen eins auf die Gusche zu bekommen.

»Nu mach hinne, die Leute kieken!«, meldeten sich schon die ersten Ungeduldigen, und Lacher erklangen vereinzelt. Dem kleinen Mann schoss das Blut in den knochigen Schädel, und mit brüchiger Stimme setzte er in abgehackten Sätzen seinen Vortrag über den Wissenschaftlichen Sozialismus fort. Doch alles in allem blieb es ein laut gewordenes Grübeln, das niemanden interessierte.

Mit einem Pfeifkonzert, an dem sich zu Konrads und besonders zu Helmuts Erstaunen auch Emmely beteiligte, wurde das Männlein schließlich von der Bühne gefegt, und der Versammlungsleiter kündigte einen neuen Redner an, der unverhofft vorbeigekommen war und auf den die Zuhörer angeblich schon so oft umsonst gewartet hatten.

»... begrüßt also mit mir einen jungen Genossen und Sportler aus Friedrichshagen ... Fritz Sollmann!«

Noch bevor Helmut und Konrad einen erstaunten Blick tauschen konnten, bahnte sich unverkennbar Fritz einen Weg zum Pult. Auch nicht viel größer als sein Vorredner, übertraf er ihn jedoch in seiner Ausstrahlung um ein Vielfaches. Allein sein vom Ringen ausgeprägter Nacken und die typisch breiten, abfallenden Schultern erzeugten eine gewisse aufrechte Haltung, die nicht nur Aufmerksamkeit forderte, sondern die sofort jeder im Saal gern in eine aufrichtige Geisteshaltung umzuinterpretieren schien, jedenfalls strahlten ihm die Wartenden entgegen, als sähen sie das Christkind höchstpersönlich.

»Jetzt spricht der Sollmann!«

»Seid doch mal still!«

Konrad verstand nicht viel von dem, was Fritz sagte, und das nicht etwa, weil die Anwesenden in dem zu kleinen Saal zu laut waren. Es war mucksmäuschenstill, man hätte eine Stecknadel fallen hören können, doch an Konrad perlten Fritz' Worte ab wie Regenwasser an gefetteten Stiefeln. Der da, dem alle, einschließlich Helmut (der doch nur wegen Emmely auf diese Versammlung gegangen war), an den Lippen hingen, war sein Bruder, sein kleiner Bruder Fritz, der immer zu kurz Gekommene, der so oft auf Konrad neidisch gewesene kleine Bruder, dem das Lernen schwergefallen war und das Reden nicht in die Wiege gelegt worden schien. Wie hatte sich Konrad, wie hatten sich die Mutter und die Lehrer so in Fritz täuschen können? Denn da vorn stand plötzlich ein sprachgewaltiger junger Mann, der sich nicht nur zu artikulieren wusste, sondern mit großer Leidenschaft von einer besseren Zukunft für die Arbeiterschaft sprach und mit gut gewählten Pausen die Aufmerksamkeit seiner Zuhörerschaft gewann.

Applaus brandete auf. Ehe Konrad sich's versah, lief er mit Helmut und Emmely an Fritz' Seite wenig später die Kastanienallee Richtung Zionskirchplatz hinauf. Ihnen folgten mindestens ein weiteres Dutzend junger Männer, die zu Fritz ehrfurchtsvoll Abstand hielten, genauso wie zu Konrad, den sie mit scheuen, bewundernden Blicken bedachten. Schon im Anschluss der Versammlung hatte Konrad diese Blicke gespürt, als Fritz ihn seinen Genossen vorstellte. Sie alle hatten sich gefreut, Fritz' großen Bruder endlich einmal zu Gesicht zu bekommen, der trotz seiner Herkunft bald das Abitur machen und ein Arzt für die Arbeiter werden würde.

»Erst war ich ja dagegen, dass sich mein Bruder über seinen Stand erheben und ein feiner Pinkel werden wollte«, erklärte Fritz seinen Genossen, »aber jetzt bin ich froh, dass er Arzt wird. Für eine bessere Zukunft brauchen wir Ärzte, Ingenieure und Wissenschaftler aus unseren Reihen, die mit uns gemeinsam unsere Zukunft aufbauen.«

Konrad hatte dem nicht widersprochen, obwohl ihm die

Vereinnahmung seines Bruders gegen den Strich gegangen war. Unmöglich hätte er Fritz und seinen Genossen sagen können, dass er einfach nur ein guter Arzt werden wollte, der jedem Bedürftigen half, ohne Ansehen seines Status, seiner Herkunft, ohne wissen zu wollen, wer und was er war. Doch er hätte damit seinen Bruder nur unnötig bloßgestellt, und außerdem – hätte Fritz ihn überhaupt verstanden? Konrad fragte sich, wann er selbst jemals mit solch einer Achtung über seinen Bruder gesprochen hatte, wie er es über ihn tat. Wann hatte er Fritz jemals für etwas bewundert, was er selbst nicht hatte? Für diese körperliche Stärke, zum Beispiel, oder diese Leidenschaft, mit der er sich für andere einsetzte? Konrad hatte sich für Fritz immer etwas geschämt, hatte nicht nur seinen Ehrgeiz, immer und überall der Erste sein zu wollen, belächelt oder sein Unvermögen verachtet, Meinungsverschiedenheiten mit etwas anderem als seinen Fäusten auszutragen. Und erst recht Fritz' Berufswahl, bei der sich die Mutter gar nicht erst hatte durchsetzen müssen. Fritz war Anstreicher geworden, war wie einst der Vater ein Kollege von Emmelys Vater geworden, und schien darauf auch noch stolz zu sein.

Doch jetzt hatte Fritz nichts mehr dagegen, dass Konrad Arzt wurde. Jetzt schien für ihn die Gefahr, dass der ein feiner Pinkel werden könnte, gebannt.

»Selma geht jetzt immer mit solchen Snobs aus«, sagte Fritz unvermittelt, und Konrad spürte einen heftigen Stich in der Herzgegend.

»Die stehen regelrecht Schlange bei den Hahns«, fügte er hinzu. »Aber Mutter meint, dass sie sich über diese Idioten nur lustig macht. Sie hat Selma sogar sagen hören, dass sie nur einen Mann heiraten wird, der auch Alma an ihrer Seite akzeptiert.«

Helmut hielt das anscheinend für eine gute Nachricht, denn er klopfte Konrad aufmunternd auf die Schulter. Er selbst fand das überhaupt nicht tröstend. Er hatte Alma immer akzeptiert, und trotzdem ging ihm Selma aus dem Weg.

Das alles ging Konrad durch den Kopf, als sie in Mitte in die Bergstraße einmarschierten und kurz darauf auf einem Hinterhof standen, der einen kleinen Vereinssaal beherbergte. Fritz forderte sie auf, still zu sein, und schlich an die Fenster, während die anderen im Schatten der Toreinfahrt warteten. Helmut und Konrad tauschten einen bangen Blick, denn sie ahnten bereits, was auf sie zukam. Sie hatten oft genug davon gehört, auch im Tagesanzeiger davon gelesen, und im letzten Monat waren zwei ihrer Schulkameraden von Scharfenberg deswegen relegiert worden. Doch zur Umkehr war es zu spät. Konrad konnte jetzt unmöglich vor Fritz' Genossen kneifen, die ungeduldig darauf warteten, dass es endlich losginge. Und Helmut konnte vor Emmely nicht den Feigling geben, wenn er jemals ihr Herz erobern wollte.

»Wie ich es mir gedacht habe«, flüsterte Fritz, der von seinem Erkundungsgang zurückgekehrt war. »Es sind Braune.«

»Wie viele?«, fragte ein muskulöser Junge in Konrads Rücken, seine Stimme rau vor aufgeregter Erwartung.

»Etwa zwanzig«, erwiderte Fritz gelassen, dann teilte er das knappe Dutzend in zwei Gruppen ein und wies Emmely und ein weiteres Mädchen an, Schmiere zu stehen. Konrad hätte wetten können, dass Helmut in diesem Moment vor Schreck »grün« im Gesicht wurde, so wie er selbst wahrscheinlich auch, aber es war schon zu dunkel, dass es jemand hätte bemerken können.

Als sie dann in den Saal hineinstürmten, meinte Konrad einen winzigen Augenblick lang, Rudolph Scheidt im hinteren Saal gesehen zu haben. War das möglich? Länger konnte er nicht darüber nachdenken, denn da galt es bereits, auf abgebrochene Stuhlbeine und durch die Luft fliegende Bierseidel zu achten, auch auf plötzlich aus dem Nichts hervorschnellende Fäuste, die einen mitten im Gesicht treffen wollten. Konrad und Helmut hatten sich die ersten Minuten im Windschatten von Fritz durch den Saal bewegt, beinahe Rücken an Rücken, sich instinktiv Deckung gebend, doch dann riss Fritz den Redner vom

Podest und rollte mit dem Braunhemd wie ein Liebespaar über den Boden, so dass die Sicht auf Konrad und Helmut frei wurde und auch ihr Blick auf das Ganze nicht besser hätte sein können. Obwohl die Braunen in der Überzahl waren, schlugen sich Fritz' Leute beachtlich, und mit einem Blick verständigten sich Konrad und Helmut, dass ihre Hilfe nicht vonnöten war. Sie wollten sich gerade zurückziehen, als Emmelys Lockenkopf am Fenster erschien. Auf zwei Fingern ließ sie einen solch gellenden Pfiff erschallen, wie ihn Konrad und schon gar nicht Helmut je zustande gebracht hätten. Wie auf Kommando ließen alle voneinander ab, und das große Rennen begann. Über umgeworfene Stühle hinweg, den Ausgängen zu, dann über eine Mauer im Hof und noch einen Hof, und plötzlich befand sich Konrad auf der Ackerstraße, die ganz still und dunkel war, und nur noch von Weitem hörte man die Trillerpfeifen der Schupos. Konrad blickte sich um und überlegte, wo Helmut abgeblieben sein könnte, doch da hörte er jemanden seinen Namen rufen.

»Konrad?«

Unweit von ihm parkte ein Wagen, dessen Tür zum Fond offen stand.

»Hier, Konrad, hier!«

Konrad trat näher und schaute in den Wagen. Der Seidenschal war das Erste, was Konrad wahrnahm, dann die braune Uniform unter dem feinen Zwirn. Unwillkürlich zuckte Konrad zurück, aber da tauchte schon das lachende Gesicht von Rudolf Scheidt in der Türöffnung auf.

»Keine Angst, Konrad. Ich bin es nur.«

Sie hielten vor einer Stampe in der Münzstraße, wo Männer wie Scheidt sich trafen. Ältere Männer im trauten Gespräch mit jungen Männern in Konrads Alter. Konrad fühlte sich unwohl, auch wegen der prüfenden Blicke aus allen Richtungen, und am liebsten wäre er rückwärts wieder raus, aber da stellte Rudolf schon ein Bier vor ihm ab.

»Was machst du bei den Roten? Die sind doch nichts für dich, Konrad!« Sein alter Freund prostete ihm zu. »Ich dachte, du wolltest Medizin studieren?«

Konrad konnte Rudolfs Spott nur schwer hinnehmen, auch wenn er eher zufällig in Fritz' Truppe und in die Auseinandersetzung mit den Braunen geraten war. Denn er hatte etwas angesprochen, was Konrad schon seit Längerem beschäftigte. Er würde zwar, wenn alles gut ging, in wenigen Wochen sein Abitur in der Tasche haben, aber wie es dann weitergehen sollte, wusste er nicht. Weder die Mutter noch sonst wer konnten ihm ein Medizinstudium finanzieren.

»Ich weiß, wo ich hingehöre«, knurrte er nicht nur deshalb und nahm einen kräftigen Zug aus seinem Glas. Es war das Braunhemd, was Konrad an dem Freund so sehr störte.

»Ich etwa nicht?«, fragte Rudolf amüsiert und ließ den Blick durch den Raum wandern, als gehöre die Stampe ihm. »Bei uns gibt es auch Leute aus dem Volk – Arbeiter und Handwerker, natürlich auch Intellektuelle. Wir geben allen eine Chance!«

»Auch den Großindustriellen, die euch '23 den Putsch bezahlt haben?« Konrad, der sich damals an den Diskussionen auf Scharfenberg nie beteiligt hatte – viel zu sehr war er in seinem Probejahr damit beschäftigt gewesen, den Anschluss an das Lernpensum zu schaffen –, hätte noch ein paar mehr Phrasen vom Stapel lassen können, aber eigentlich ging es ihm um etwas anderes. Nur, dass nicht er es aussprach, sondern Rudolf.

»Du bist wütend, dass ich mich nie bei dir gemeldet habe. Aber ich habe mein Versprechen gehalten. Ich bin zurück.«

»In einem Braunhemd!«

»Wir haben uns geändert, Konrad, und wir suchen neue Verbündete.«

»Meinst du mich?« Konrad lachte höhnisch auf. »Ich werde bald ein Anstreicher mit Abitur sein, wenn nicht irgendetwas passiert.«

»Genau darum geht es. Wir geben jedem eine Chance.« Rudolf prostete ihm erneut zu. Doch Konrad konnte nicht lange bleiben. Er würde heute bei den Günzels schlafen und hoffte, dass Helmut wie verabredet vor dem Hauseingang in der Schönhauser Allee auf ihn wartete, ansonsten hätte er keine Bleibe für die Nacht.

Als Konrad wenig später die Neue Schönhauser in Richtung Pankow hinauflief, war er sich sicher, dass er das Versprechen, das er Rudolf gerade gegeben hatte, nicht halten würde. Die Braunen waren nichts für ihn, selbst wenn sie im Grunde dasselbe erzählten wie die Kommunisten. Das hatte Rudolf nämlich behauptet. Konrad würde kaum einen Unterschied in den Reden wahrnehmen. Na ja, ein bisschen öfter ging es darin vielleicht gegen die Juden, gegen die Rudolf aber selbst nichts hatte. »Aber genau deshalb haben wir ja so einen großen Zulauf«, hatte er gesagt und schien selbst ganz verblüfft darüber. »Das musst du nicht so ernst nehmen, das legt sich schon wieder.«

Aber auch zu anderen Versammlungen würde er nicht mehr gehen, nahm sich er auf dem Weg zur Schönhauser Allee vor. Einerseits war es ihm als Schüler von Scharfenberg sowieso verboten, an politischen Veranstaltungen teilzunehmen, andererseits fühlte er sich dort ebenfalls fremd. Mit der ganzen Aufgeregtheit, mit der diese Leute ihre Ziele durchzuboxen versuchten, konnte er nicht viel anfangen. Er war wegen Helmut zu dieser Versammlung gegangen, damit er Emmely hatte treffen können.

Helmut.

Ob er es wohl geschafft hatte, noch rechtzeitig aus dem Vereinssaal zu fliehen? Wenn nicht, würde es für ihn Ärger geben. Nicht nur auf Scharfenberg, sondern auch von Seiten der Kirche, die Helmut das Abitur ermöglichte, damit er Pfarrer werden konnte. Dann wären sie gleich zwei, die nach dem Abitur keine Perspektive hätten – wenn Helmut überhaupt das Abitur noch machen konnte und nicht sogar relegiert wurde.

Doch Helmut hatte es ebenso wie Konrad geschafft zu fliehen, und Emmely hatte ihm dabei geholfen. Beide standen knutschend im Hauseingang zu Konrads altem Mietshaus und erwarteten ihn bereits, Helmut mit einem sichtbaren Veilchen unterhalb des rechten Jochbeins. Emmely wurde rot bis über beide Ohren, als Konrad zu ihnen trat. Das hatte er nicht sehen sollen, sagte ihr verschämter Blick, und sie verabschiedete sich schnell. Konrad sah ihr erstaunt hinterher und war sprachlos, mit welcher Hartnäckigkeit Helmut sein Ziel verfolgte ... und dabei auch noch Erfolg zu haben schien.

»Emmely hat mir das Leben gerettet«, vertraute Helmut ihm an, als sie die drei Hinterhöfe passierten und auf dem vierten den Seitenflügel betraten. Denn als Helmut ebenso wie Konrad zum Ausgang auf den Hinterhof gestürzt war, hatte er irgendwie die Orientierung verloren und war in die falsche Richtung, in die Toreinfahrt zur Bergstraße gelaufen. Da hatte er plötzlich die Schupos vor der Einfahrt halten sehen. Er war dann in die andere Richtung gelaufen, aber alle waren schon weg, und er hatte den Ausgang nicht gefunden. In seinem Rücken waren die Schupos auf den Hof gestürmt, als er plötzlich eine Hand in der seinen fühlte, die ihn hinter einen Mauervorsprung zog. Er wollte sich wehren, aber da fühlte er schon samtweiche Lippen auf seinem Mund, und als gleich darauf ein Lichtkegel die Szenerie um ihn herum erhellte, erkannte er vor sich Emmely, die in die Taschenlampe des Schupos blinzelte.

»Die sind alle über die Mauer, Herr Wachtmeister«, hatte Emmely dem Kaiser-Wilhelm-Bart erklärt, und der hatte sie sofort in Ruhe gelassen und seinen Männern den Befehl gegeben, aufzusitzen und in die Ackerstraße zu fahren.

»Wenn ich mit dem Theologiestudium fertig bin, werde ich Emmely heiraten«, flüsterte Helmut in seinem Bett und lächelte versonnen, bevor er das Licht löschte. »Und du wirst unser Trauzeuge sein.«

Die Bäume auf Scharfenberg standen in voller Blüte an diesem warmen Tag im April 1927. Auf der Wiese hinter dem Anbau stand eine festlich gedeckte Tafel aus Anlass des bestandenen Abiturs, das Konrads Jahrgang mit Bravour gemeistert hatte. Es waren nicht nur die Angehörigen und Freunde der Abiturienten eingeladen, sondern auch Förderer des Vereins und allerlei Politprominenz, denen die Reformschule Scharfenberg am Herzen lag.

Auch Fritz und die Mutter waren gekommen, und neben Konrad saß Paula, eine Freundin von Emmely, die Selmas Platz nur schlecht ausfüllte, wie Konrad fand, denn sie war viel zu laut und zu direkt, als dass Konrad ernsthaft hätte gefährdet sein können. Aber Paula war mit ihrem vorlauten Mundwerk und ihrer frechen Ponyfrisur ein veritabler Hingucker und hatte in den letzten Wochen einen wichtigen Zweck erfüllt: Mit ihr musste Konrad sich nicht wie ein Anstandswauwau fühlen, wenn er mit Helmut und Emmely tanzen ging oder baden fuhr, und schon gar nicht wie das fünfte Rad am Wagen. Er konnte so tun, als wäre die mandeläugige Paula seine Freundin, und machte damit alle glücklich: Helmut, der nun glauben durfte, dass Konrad endlich Selma vergessen hatte. Seine Mutter, die Paula erfrischend und Selma sowieso eine Nummer zu groß für Konrad fand, wie sie ihm zwischen zwei Reden seufzend gestand. Und Fritz sowieso, der Paula nicht aus den Augen ließ und ihr offen in den freizügigen Ausschnitt ihres Reformkleides starrte.

Paula war ein Mädchen seines Standes. Ihr Vater war Maurerpolier und ihre Mutter Weißnäherin mit einem eigenen kleinen Kellergeschäft in der Buchholzer Straße, wo die Frauen der Gegend ihre Weißwäsche nicht nur ausbessern, sondern auch mangeln und an einer großen, eigens dazu angeschafften Dampfbügelmaschine plätten lassen konnten. Fast schon eine Bürgerliche war Paula also, und das würde seine Mutter sicher nicht lange für sich behalten können, sondern brühwarm Frau Hahn berichten und Konrads Freundschaft zu Paula vielleicht noch etwas ausschmücken. Ganz sicher wusste es dann bald auch Selma, und das war Konrads eigentliche Absicht. Sie, die sich mit all diesen Galanen traf, sollte nicht denken, dass er ihr noch nachtrauerte. Er würde schon irgendwie glücklich werden. Irgendwie.

Auch wenn er gehofft hatte, dass sie ihm wenigstens zum Abitur gratulieren würde.

Er hatte Selma schon vor Wochen ganz formell eine Einladung geschickt, aber sie hatte nicht reagiert, so wie sie die vergangenen vier Jahre nicht auf seine Briefe reagiert hatte. Doch dieses Mal hatte er gehofft, dass sie ihm wenigstens antworten würde. Schließlich hatte er ihretwegen das Abitur gemacht, oder zumindest für Alma, um später für sie als Arzt da sein zu können. Aber wahrscheinlich war Selma nun doch längst klar geworden, dass er an Almas Zustand nichts würde ändern können und dass er sowieso niemals Medizin studieren würde. Deshalb hatte sie es wohl nicht mehr für nötig gehalten, überhaupt noch zu antworten.

Die Reden waren endlich zu Ende, und das Scharfenberger Orchester spielte ein letztes klassisches Stück, dann wurde die Tafel abgeräumt, und der vergnügliche Teil des Abends begann. Unter hell erleuchteten Lampions und einigen wenigen Fackeln setzte sich Helmut ans Klavier und begann, eines dieser Lieder zu intonieren, die neuerdings immer öfter auf den Tanzböden der Stadt zu hören waren und bei denen man die Beine links und rechts von sich schmeißen musste, die Schultern bis zu den Ohren zog und mit den Händen so tat, als ob man ein Büfett mit dem Staublappen abwischte. Sofort fielen drei der Saxophonspieler ein, und Paula sprang juchzend von ihrem Sitz auf. Sie war in diesem Tanz eine Meisterin und hatte schon mehrmals versucht, ihn Konrad beizubringen, aber er hatte jedes Mal kläglich versagt. Darum störte es ihn auch nicht, dass sich Fritz ihrer erbarmte und wie ein Affe im Zoo bereitwillig ihre Verrenkungen nachzuahmen versuchte.

Konrad stand lieber daneben, schaute auf die Tanzfläche, wo seine Mutter gerade mit Kaltmamsell Günzel entgegen dem vorgegebenen Rhythmus im Dreivierteltakt vorbeischob. Wie stolz die Mutter gewesen war, als der Schulleiter sie am Nachmittag beiseitegenommen und ihr zum überdurchschnittlich guten Abitur ihres Sohnes gratuliert und ihr empfohlen hatte, ihn unbedingt studieren zu lassen. Bertha Sollmann hatte nur höflich genickt. Auch ihr war wohl klar gewesen, dass es für Konrad kein Studium geben würde.

So fand sich Konrad schon eine Woche nach seinem Abitur in Kreuzberg wieder, wo er gemeinsam mit Helmut eine winzige Kellerwohnung der Heilig-Kreuz-Gemeinde in der Zossener Straße bezogen hatte und nun schon fast zwei Monate für Helmuts Pfarrer arbeitete. Nicht als Anstreicher, nein, noch schlimmer: als »Mädchen für alles«, sprich als Handlanger für all die kleinen Reparaturarbeiten, die in so einer großen Kirche anfielen.

Hauptsächlich war er allerdings damit beschäftigt, für den Polier Botengänge zu verrichten, die er meist unter seiner Würde fand und dies auch mit herabhängenden Mundwinkeln jedes Mal zum Ausdruck brachte. Lehrjahre sind eben keine Herrenjahre. Diesen Spruch hörte Konrad mindestens siebenmal am Tag, und natürlich war der Polier von Anfang an gegen ihn gewesen. »Ne Arbeitergöre mit Abitur! Hat man dit schon wo jesehn!«

Das und noch vieles mehr war nur auszuhalten, indem Konrad nach Feierabend in einen der Ecktürme kletterte und sich die frische Luft um die Nase blasen ließ, an nichts dachte oder eben doch in der untergehenden Sonne Latein paukte. Denn so schnell würde er seinen Wunsch, doch noch Arzt zu werden, nicht aufgeben. Wenn er hier oben saß und hinunter auf die Stadt schaute, hinüber zum Schloss oder zur Goldelse vor dem Reichstag, dann fühlte er sich manchmal wie auf Scharfenberg, wo es auch trotz der ewigen Debatten diese stillen Momente gegeben hatte, in denen er über sich und sein Leben nachdenken konnte. Aber was gab es da nachzudenken? Sein Leben hatte, noch bevor es richtig angefangen hatte, wieder aufgehört. Jetzt war er nicht mal wie sein Vater ein Anstreicher geworden.

Wäre da nicht Helmut mit seinen optimistischen Zukunftsplänen gewesen, in denen er sich schon als Pfarrer der Heilig-Kreuz-Kirche sah, obwohl er noch nicht mal sein Theologiestudium begonnen hatte, und in denen er für Konrad eine Chefarztstelle erfand, die Selma unweigerlich wegen einer ominösen Krankheit von Alma, für die nur Konrad der Spezialist war, ansteuern musste, nur um dann mit Bedauern zu sehen, dass Konrad schon mit der schönen Paula zwei herzallerliebste Kinder hätte … dann … ja, dann … Was dann?

Aber das war alles Unsinn! Helmut war, seit er mit Emmely zusammen war, einfach nicht mehr zurechnungsfähig. So träumte er zum Beispiel davon, in der Heilig-Kreuz-Kirche die Kinder zu taufen, die seine Emmely als zukünftige Hebamme auf die Welt bringen würde, auch Konrads und Paulas Kinder, deren Zahl er auf fünf schätzte. Dabei war Helmut ganz entgangen, dass Paula nun mit Fritz ein Paar war.

Das hatte Paula Konrad vor zwei Tagen gestanden. Er denke ja doch nur an diese Selma, hatte sie gesagt, und Fritz sei so … Der schönen, temperamentvollen Paula waren tatsächlich die Worte ausgegangen, aber dieses feurige Glitzern in ihren Augen sagte alles. Und das wegen Fritz!

Trotzdem, Konrad war insgeheim erleichtert gewesen. Paula hatte ja recht. Egal, wo er stand, was er tat, bisher hatte er dabei immer nur Selma im Kopf gehabt. Selbst als er zuließ, dass alle glaubten, dass er und Paula ein Paar waren. Auch da hatte nur die Absicht dahintergesteckt, Selma zu irgendeiner Reaktion zu bewegen. Natürlich würde auch sie erfahren, dass er nicht mehr mit Paula zusammen war, und … Ach, er musste Selma vergessen! Sie endlich aus seinem Leben streichen, so wie sie ihn aus ihrem Leben gestrichen hatte. Und er versuchte es ja auch, gab sich die redlichste Mühe, und wenn die Sehnsucht nach ihr doch zu groß wurde, dann kletterte er bis in die Galerie in der Kirchenkuppel, wo das Räderwerk der riesigen Uhren den Takt zu seiner verstreichenden Lebenszeit vorgab.

Manchmal aber half nicht einmal das.

Was sollte er nur tun? Was konnte er werden?

In der ersten Woche nach Scharfenberg hatte Konrad sogar überlegt, wie Helmut Theologie zu studieren, weil er sich plötzlich einredete, dass Selma ihn vielleicht gar nicht vergessen hatte, sondern nur Herr Hahn gegen ihn war und Selma den Kontakt zu ihm verboten hatte.

»Vielleicht akzeptiert Selmas Vater ja einen Pfarrer als Schwiegersohn?«, hatte er einmal angemerkt.

Doch Helmut hatte nur verständnislos den Kopf geschüttelt. »Gib sie endlich auf. Der alte Hahn ist zwar vom Judentum zum Christentum konvertiert, aber einen Pfarrer will der bestimmt nicht für seine Selma! Für ihn wirst du immer der Sohn des Dienstmädchens bleiben, egal, was du tust.«

In Bezug auf Selma blieb Helmut ein unverbesserlicher Pessimist. Doch das befeuerte Konrads Widerspruchsgeist nur.

»Und wenn ich sie einfach abpasse und zur Rede stelle?« Konrad überlegte schon, wo er das bewerkstelligen konnte, aber Helmut sah ihn nur traurig an.

»Dann erzähle ich es dir doch«, sagte er.

»Was?«

»Was mir Fritz bei der Abiturfeier in Scharfenberg erzählt hat.«

»Was hat er denn gesagt?«, fragte Konrad und spürte, dass seine Kehle trocken wurde.

»Ich wollte es dir nicht sagen, aber du zwingst mich ja dazu.«

Konrad wusste, dass Helmut nicht zu Gemeinheiten fähig war. Fritz schon. Aber Helmut konnte Gemeinheiten erkennen, und wenn Fritz etwas Gemeines über Selma gesagt hatte, weil er sie noch nie hatte leiden können, dann würde es Helmut nicht weitererzählen.

»Ich will es gar nicht wissen.«

»Doch. Damit du endlich mal dein Leben in die Hand nimmst und schaust, was du selber willst.«

»Ich nehme es doch in die Hand! Und genau deshalb will ich es nicht wissen.«

»Selma wird sich mit dem Sohn eines Schuhfabrikanten verloben.«

»Das ist der Plan ihres Vaters.«

»Sie hat Ja gesagt.«

Konrad atmete tief durch. »Das hast du von Fritz?«

»Von meiner Mutter, und die hat es von deiner Mutter. Fritz hat es nur bestätigt.«

»Das macht Selma nie und nimmer. Sie hat nur ihrem Vater zuliebe Ja gesagt.«

»Eben. Sie liebt ihren Vater. Dich nicht.«

Helmut hatte noch mehr gesagt, hatte ihm sanft die Augen geöffnet, bis am Ende nur noch ein Zufluchtsort blieb: der *Rote Anker*. Dort war natürlich Emmely, weil ihr Vater später am Abend noch eine Rede halten sollte, und natürlich war auch Fritz da, der ihn am Ende sogar stützen musste, weil Konrad das viele Bier in die Beine gesackt war und ihm die von Helmut geöffneten Augen dauernd zuzufallen drohten. Fritz schlug in dieselbe Kerbe wie Helmut, als hätten sie sich verabredet, und zog richtig vom Leder.

Zum Beispiel sagte er, dass Selma früher immer einen Weg gefunden hätte, Konrad auch gegen den Willen ihres Vaters zu sehen, und dass sie nichts würde aufhalten können, wenn sie sich nur etwas in den Kopf gesetzt hatte. Gestern nicht. Und heute schon gar nicht. Auch dass Konrad der Sohn des Dienstmädchens war, wäre für eine wie Selma kein Hinderungsgrund. Eher im Gegenteil. Bei ihrem Gerechtigkeitssinn. Das sollte er mal überlegen. Also, ob Konrad nicht wie Alma und wie sie alle zu der Sorte Mensch in Selmas Leben gehörten, die nur einen einzigen Zweck erfüllten, einzig dazu da, damit sich Selma besser fühlen konnte.

Doch so besoffen war Konrad denn nun doch nicht, dass er Selma von Fritz beleidigen ließ. Nicht von Fritz! Schon gar nicht, wenn dieser noch bei klarem Verstand war, weil er im Gegensatz zu Konrad wegen eines Ringkampfes am nächsten Tag keinen einzigen Tropfen getrunken hatte. Und obwohl es nicht Konrads Art war und er noch in dem Moment davor kurz dachte, dass er das hier ganz sicher bereuen würde, holte er kräftig aus und schlug zu.

Als Konrad wieder zu sich kam, lag er auf einer Ottomane in einem großen und modern eingerichteten Zimmer, mit einer roten Samtdecke zugedeckt. Durch das Berliner Fenster fiel Tageslicht, und irgendwo klapperte Geschirr. An den Wänden hingen Bilder, wie sie Konrad noch nie gesehen hatte. Nicht solche, wie sie die Hahns in ihrem Salon hatten, wo fast von jeder Wand ein Hirsch durch einen von Nebelschwaden umflorten Wald röhrte. Auf diesen Bildern hier konnte man gar nichts erkennen, das waren nur Farben, verstörende Farben, und wenn doch etwas darauf zu erkennen war, dann Menschen mit ausgemergelten Gesichtern, in grellen Farben gezeichnet, halbnackt und in obszönen Stellungen. Die wenigen Möbel wirkten seltsam spartanisch, ohne jede Verzierung. Konrad hatte keine Ahnung, in wessen Wohnung er sich befand, deshalb schaute er mit banger Erwartung auf die Schiebetür, hinter deren Riffelglasscheiben plötzlich eine Gestalt sichtbar wurde. Dann wurde die Tür aufgezogen, und Rudolph Scheidt stand vor ihm, mit Sockenhaltern unter dem seidenen, cremefarbenen Schlafrock.

»Na, gut geschlafen?«

Konrad kam nicht dazu, etwas zu erwidern, denn hinter Rudolf betrat ein Diener mit einem Tablett den Raum.

»Wollen Sie das Frühstück hier im Salon nehmen oder drüben im Kabinett?«

»Danke, Gustav. Wir bleiben hier.«

Gustav nickte, stellte das Tablett auf dem Esstisch vor dem Fenster ab und begann, den Tisch zu decken.

»Wir machen das selbst, Gustav. Danke!«

Gustav schaute irritiert auf, dann nickte er wieder und wollte gehen.

»Sagen Sie, sind die Sachen des jungen Mannes fertig?«

Konrad bemerkte erst jetzt, dass er unter der Decke nur noch Socken und Unterhosen trug, und erschrak.

»Gesäubert, gedämpft und geplättet. Aber bei diesem fadenscheinigen Stoff hilft nicht mal mehr Schuhwichse.« Der pikierte Unterton war unüberhörbar.

»Für unsere Zwecke ist das gerade richtig«, erwiderte Rudolf und zwinkerte Konrad belustigt zu.

»Sehr wohl.« Gustav deutete noch einmal eine Verbeugung an und ging.

»Hättest du gedacht, dass ich mal einen eigenen Diener habe?«, rief Rudolf und griff nach der Champagnerflasche auf dem Tablett. »Und Champagner zum Frühstück?«

Beim Frühstück langte Rudolf herzhaft zu, während Konrad nur Kaffee nahm. Er berichtete, dass er Konrad schon tagelang gesucht hatte. Bis er ihn am gestrigen Abend im *Roten Anker* fand – über den Boden rollend mit seinem Bruder. Rudolf war sogar draußen in Friedrichshagen gewesen, aber Konrads Mutter hatte kein Wort mit ihm gesprochen. Wohl wegen seiner Uniform, auf die Herr Hahn hingegen sehr anerkennend reagiert hatte. Aber natürlich wusste der auch nicht, wo Konrad steckte.

»Und Selma? War Selma auch da?«

Rudolf schenkte ihm einen langen Blick und schüttelte schließlich den Kopf. »Du weißt, dass sie sich verloben wird?«

»Das macht sie nur für ihren Vater.«

»Glaub ich auch«, erwiderte er zu Konrads Erstaunen. »Aber deshalb habe ich dich nicht gesucht.«

»Warum dann?«

»Ich gebe heute Abend ein Fest. Und du bist eingeladen. Denn ich möchte dir jemanden vorstellen, der für deine Zukunft sehr entscheidend sein kann.«

Konrad schaute ihn groß an.

»Ich habe dich ihm als einen sehr intelligenten jungen Mann geschildert. Deshalb ist er bereit, dir dein Medizinstudium zu finanzieren.«

»Was?« Konrad glaubte, sich verhört zu haben, aber Rudolf ging auf seine Frage nicht ein, sondern lächelte nur über die Wirkung seiner Worte.

»Es ist alles schon besprochen. Natürlich will er dich noch persönlich kennenlernen, bevor er sich in Unkosten stürzt.«

»Wer ist es?« Konrad konnte sich nicht vorstellen, wer so etwas für ihn tun könnte.

»Das spielt keine Rolle.«

»Aber warum will er das für mich tun?«

»Du willst ihn also treffen?«

Er nickte überwältigt, und Rudolf erhob sein Champagnerglas. »Auf deine Zukunft!«

Konrad lächelte, und plötzlich war ihm ganz feierlich zumute. Deshalb ergriff er nun doch sein Glas. Tausend Gedanken schossen ihm gleichzeitig durch den Kopf, aber nur einen davon konnte er wirklich greifen. Seine Zukunft!

Ob darin Selma auch einen Platz hatte?

BRIGITTE

Westberlin

1958

»Du wirst zu ihr gehen und dich entschuldigen!«, zischte Helmut Günzel gepresst zwischen den Zähnen hervor, über seine gefalteten Hände hinweg, und hatte damit das erste Mal, solange Brigitte denken konnte, das Tischgebet unterbrochen.

»Werde ich nicht!«, gab Brigitte ebenso über ihre gefalteten Hände hinweg zurück und wiederholte es gleich in Richtung ihrer Mutter, die draußen in der Küche war und dort schluchzend nach einem sauberen Taschentuch im oberen Fach des Küchenbüfetts kramte.

Ein pures Ausweichmanöver, wie Brigitte wusste, denn ihre Mutter hatte immer ein Taschentuch in ihrer Kittelschürze. Immer! Auch wenn es nicht immer frisch, sondern oft etwas verschwitzt und verklebt war, weil sie sich damit nicht nur die Nase putzte oder die Stirn tupfte, wenn der Wrasen aus den Kochtöpfen aufstieg, sondern damit auch mal schnell die beschlagene Brille, die sie neuerdings zum Lesen brauchte, putzte oder einen Fleck vom Spiegel im Bad.

Sich ein Taschentuch zu holen war nur eines von diesen Ausweichmanövern, wenn die Mutter nicht mehr weiterwusste. Plötzlich brauchte sie ein neues Taschentuch, und deshalb vermutete Brigitte, dass es bei der Suche nach einem sauberen Taschentuch eher um das Verbergen des nicht ganz so reinen Gewissens ihrer Mutter ging. Womöglich auch um den Grund, der den Streit, das Weinen der Mutter und das Gezischel des Vaters über seinen gefalteten Händen hinweg ausgelöst hatten.

Damit Brigitte nicht nur die Nase dauernd in die Bücher stecke, hatte ihre Mutter nämlich am Vormittag vorgeschlagen, gemeinsam einen Geschenkkorb voller Lebensmittel an eine bedürftige Familie der Gemeinde zu überbringen. Um so »mit einer konkreten Tat den Not leidenden Menschen zu helfen und ein wenig Trost zu spenden, anstatt ...«

»... anstatt was? Sich zu informieren? Oder nur zu lamentieren?«, hatte Brigitte ihre Mutter streng unterbrochen, als hätten sich plötzlich ihre Rollen vertauscht und ihre Mutter wäre jetzt das Kind, das zu antworten hatte.

Das tat ihre Mutter aber nicht, sondern sie begann sich geschäftig in der Küche umzusehen, als könnte die Pfanne, der Kartoffelstampfer oder der Kochtopf im Regal ihr eine passende Ausrede liefern, warum sie schnell wegmüsste.

Doch Brigitte bohrte weiter. »Hast du dich mal gefragt, wie es kommt, dass wir in der Lage sind, anderen Menschen Körbe mit Lebensmitteln zu bringen, während andere nicht mal das Nötigste haben und deshalb auf unser Mitgefühl angewiesen sind?«

Ihre Mutter schob abwehrend das Kinn nach vorn, und fast sah es so aus, als kaue sie an einer Antwort, aber Brigitte wusste aus jahrelanger Erfahrung, was sie jetzt dachte. Sie wusste, ihre Mutter bereute bereits ihren Vorschlag, »schnell mal etwas Gutes zu tun«, und wünschte sich, nicht allein mit Brigitte während dieser nun ganz sicher auf sie zukommenden Diskussion zu sein. Sie hätte gern ihren Mann zur Seite stehen gehabt, denn der konnte Brigittes Argumenten immer etwas entgegensetzen, auch wenn Brigitte sie selten akzeptierte. Mit ihm aber konnte man wenigstens diskutieren, dachte Brigitte. Ihre Mutter wich nur immer aus, versuchte vom Thema abzulenken oder begab sich eben auf die Suche nach einem sauberen Taschentuch, anstatt sich einmal nur ihrem Gewissen zu stellen. Mehr wollte Brigitte doch gar nicht!

Bloß ein einziges Mal sollte die Mutter sich ihre persönliche Schuld am Krieg und an den vielen Millionen Toten eingestehen, so wie der Vater auch hatte zugeben müssen, dass seine Kirche die Inquisition, die Ausrottung der Indianer und die Ermordung der Juden nicht nur billigend in Kauf genommen hatte, sondern sogar Mittäter gewesen war. Und auch wenn an der Eltern Hände selbst kein Blut klebte, so hatten sie sie auch nicht erhoben, um das Blutvergießen zu verhindern. Anstatt energisch einzuschreiten, hatten sie sich sogar noch geschmückt mit Freunden wie diesem Onkel Konrad – der, das musste Brigitte sich schon eingestehen, auch sie selbst in seiner feschen Uniform beeindruckt und in seinen Bann gezogen hatte. Aber da war sie noch ein Kind gewesen, und die Eltern hätten sie fernhalten müssen von diesem Monster, das wahrscheinlich wer weiß was für Versuche an seinen debilen Patienten angestellt hatte in dieser angeblichen Heilanstalt, in der er vor dem Krieg gearbeitet hatte, wie sie immerhin mittlerweile wusste. Gebetet hatte Vater mit ihm! Brigitte konnte sich noch sehr gut erinnern, dass dieser Onkel Konrad, in den sie geradezu vernarrt gewesen war, dauernd mit ihrem Vater gebetet und manchmal auch geweint hatte, was Brigitte nicht besonders tapfer, eher ziemlich abstoßend gefunden hatte.

Ihr Vater wusste genau, was sein alter Kumpel getan hatte, und hatte ihm vermutlich sogar bei der Flucht vor den Russen geholfen, denn anstatt bis zu seinem letzten Tropfen Blut zu kämpfen, wie er es ja seinem Führer geschworen hatte, verschwand er zu Kriegsende auf Nimmerwiedersehen und kam dann kurz vor Kriegsende um – wie, das hatten die Eltern ihr bisher nicht erzählt. Das war auch nebensächlich, fand Brigitte. Onkel Konrad hatte jedenfalls seine gerechte Strafe erhalten. Wofür, wusste sie nicht genau, aber Johann hatte ihr erzählt, dass Onkel Konrad damals oft mit Almas Zwillingsschwester ins Dorf gekommen war, weil Alma eine seiner Patientinnen gewesen war.

Allerdings behaupteten die Eltern, Johann erinnere das falsch – er war damals ja erst sechs Jahre alt gewesen –, und bestritten die Existenz einer gesunden Zwillingsschwester. Brigitte konnte sich auch an keine Zwillingsschwester erinnern, sie wusste nur, dass Alma bis Kriegsende bei ihnen im Pfarrhaus gewohnt hatte, weil ihre Verwandten während des Krieges nicht hatten für sie sorgen können.

Plötzlich durchfuhr es Brigitte siedend heiß. Auf einmal erinnerte sie sich, dass sie dieser Alma als Kind mehrmals übel mitgespielt hatte, weil sie sich so oft für sie vor den anderen Kindern geschämt und nicht verstanden hatte, wie Alma, eine erwachsene Person, dümmer als sie selbst sein konnte, und noch dazu so ungemein gutgläubig. Das war nicht besonders fein von ihr gewesen, dachte Brigitte, verbot sich aber weitere Gedanken über ihre einstigen Missetaten. Sie war da schließlich noch ein Kind gewesen.

Das waren ihr Vater und sein Freund Konrad während der Nazizeit nicht gewesen, und deshalb gab es keine Ausreden für sie, warum sie damals weggeschaut oder sogar selbst an lebenden Menschen herumexperimentiert hatten.

Doch so weit kam Brigitte in ihren Vorwürfen an die Eltern nie. Sie brauchte nur Konrads Namen fallen zu lassen, schon weinte und greinte ihre Mutter, dass sie sich nicht versündigen solle und noch sehen werde, wie unrecht sie ausgerechnet dem Freund des Vaters damit tue. Wohingegen ihr Vater klipp und klar zu verstehen gab, dass er sich seinen Freund aus Kindertagen, mit dem er im Osten der Stadt aufgewachsen war, von Brigitte nicht beleidigen lasse, gerade von ihr nicht, und überhaupt: Ende der Diskussion! Denn solange sie die Füße unter seinen Tisch stecke, entscheide er, worüber in diesem Hause gesprochen werde und wer aus welchem Grund welche Tür schmiss. Rums!

Aber gerade dass ihr Vater sich in solchen Diskussionen verweigerte und nie etwas Konkretes über Onkel Konrads Arbeit als Arzt während des Krieges erzählte oder ihr erklärte, machte es für Brigitte so schwer, das vom Vater geforderte Verständnis zu zeigen. Wie sie das aufregte! Und natürlich wurde sie dabei manchmal auch unfair und eben persönlich, weil sie eigentlich nur recht behalten wollte. Das war aber nicht gut, das war kein Argument. Johann hatte ihr das beigebracht, aber der konnte ihr gerade nicht zur Seite stehen, weil er im fernen Hamburg lebte und Architektur studierte.

Es war auch nicht richtig, dass sie ihre Mutter manchmal als »bigotte Pute« bezeichnete oder ihren Vater als einen Familiendiktator. Manchmal konnte sie sich selbst kaum zuhören und wunderte sich, was da alles so aus ihrem Mund kam. Denn eigentlich liebte sie ihre Eltern ja und wollte doch nur endlich verstehen, warum sie immer, wenn es um diesen Konrad ging, so außer sich gerieten und selbst die kleinste Frage über ihn abwiegelten! Was sollte Brigitte denn da denken, was sie damals getan oder eben nicht getan hatten in der Zeit des Dritten Reichs? Und was ihr Freund Konrad in dieser angeblichen Heil- und Pflegeanstalt Wuhlgarten?

Dabei hätte sie sich nur allzu gern einen so mutigen Vater wie diesen Pastor Martin Niemöller gewünscht, der sogar jetzt noch als Nestbeschmutzer und Kommunistenfreund diffamiert wurde und von den Nazis damals ins KZ geworfen worden war. Ihr Vater hingegen hatte, als nach '33 die Veränderungen auch in der Heilig-Kreuz nicht mehr zu leugnen gewesen waren, nicht dagegen rebelliert, sondern war mit seiner Frau nach Dorf Mecklenburg gezogen, um dort eine winzige Gemeinde zu übernehmen. Sie hatten sich einfach aus der Verantwortung gestohlen.

So sehr hätte sich Brigitte mutige, Widerstand leistende Eltern gewünscht! Aber wenn sie das aussprach, riet ihr ihre Mutter immer nur, sich nicht über andere zu erheben. Oder sie nahm Zuflucht zum Taschentuch-Ausweichmanöver, statt sich zu wehren und Stellung zu beziehen hinsichtlich Brigittes Vorwürfe.

Und genau deshalb würde sich Brigitte auch nicht bei ihrer Mutter entschuldigen, dachte sie über der wahrscheinlich schon erkalteten Suppe, die Hände weiterhin gefaltet. Im Gegenteil. Sie würde etwas tun, würde aktiv werden. Ander als ihre Eltern damals in der schlimmen Zeit – die ihnen immer wieder als Ausrede dient, weil sie so gefährlich war, selbst für die allermutigsten Menschen. Aber war das ein Grund, heute wieder zum Mitläufer zu werden?, fragte sich Brigitte und begann nachzudenken, was sie tun konnte …

Der Tag war gut gewählt, sagte sie sich immer wieder, während sie langsam auf das Schulgebäude zuschritt. Es war die letzte Woche vor den Abiturprüfungen, zu denen sie wahrscheinlich schon nicht mehr zugelassen sein würde.

Und wenn schon, dachte sie und schritt noch kräftiger aus, sie wollte sowieso nicht studieren in einem Land, in dem sich alle nur darüber beklagten, wie arg ihnen dieser Hitler mitgespielt hatte, und in dem niemand einsehen wollte, dass er selbst daran schuld war. Lieber redeten sie sich mit den schlimmen Zeiten heraus, in denen nun mal alle in der Partei waren oder eben viele Uniform trugen. »Da dachte man sich gar nichts dabei.«

Doch Brigitte wusste es besser. Wie die Schafe hatten sie alle ihren Arm gehoben und mitgemacht, als es darum ging, ganze Völker auszurotten. Aber davon wollten sie heute nichts mehr wissen, kein Wort davon im Geschichtsunterricht, kein einziges Wort. Sie wollten sich als Opfer eines großen Verführers sehen, den sie zuvor vergöttert hatten, dessen Beschwörungen auch Brigitte, als sie noch sehr klein und unwissend war, aufgesessen war, bis ihr Neulehrer Albrecht das Tagebuch der Anne Frank gegeben hatte. Immer wieder hatte sie Oberstudienrat Klausner vorgeschlagen, dieses Buch im Unterricht vorstellen zu dürfen oder mit der ganzen Klasse in die Vorstellung des Schlosspark-Theaters zu gehen, aber er hatte es abgelehnt. Was sie sich einbilde, hatte er geschrien und ihre Eltern herbeizitiert.

Einen kurzen Moment dachte sie an ihre Eltern, als sie das Schulgebäude betrat und ins Treppenhaus spähte. Niemand da. Aus den Klassen drangen vereinzelt Stimmen. Frau Gerber, die Mathe gab, ließ gerade den Satz des Pythagoras im Chor nachbeten. Sonst war es still.

Vor allem an den Vater musste Brigitte denken, der sich neben seiner Arbeit als Pfarrer gerade mit den Bauarbeitern herumschlug, damit die Heilig-Kreuz zur Neueinweihung im Oktober auch wirklich fertig wurde. Vielleicht würde er durch Brigittes Aktion sogar aus dem Amt geworfen? Auf ihn hätte Brigitte gern Rücksicht genommen, aber hatte Sophie Scholl damals im Februar '43 auf ihre Familie Rücksicht genommen? Sophie hatte getan, was sie hatte tun müssen, weil niemand sonst dazu den Mut aufgebracht hatte. Deshalb hatte sie auch in Kauf genommen, dass man sie eventuell erwischte. Fünfzehn Jahre war das nun her. Auf den Tag fünfzehn Jahre – und auch deswegen war der heutige Tag gut gewählt, sagte sich Brigitte und stieg langsam die Treppe zur Aula hinauf. Nur vier Tage später schon, am 22. Februar 1943, war Sophie hingerichtet worden, und auch wenn Brigitte mit so einer harten Strafe nicht rechnen musste, so konnte dieser Tag ihrem Leben doch eine Wendung geben, die sie jetzt noch nicht abzuschätzen vermochte.

Wollte sie das? Sie wollte! Wenn nur ihr Herz nicht so laut klopfen würde.

Das Treppenhaus ihrer Schule war für ihr Vorhaben natürlich nicht so gut geeignet wie das der Maximilian-Universität, die sie erst am Wochenende vor zwei Wochen mit den Eltern besucht hatte, um sich dort, am Tag der offenen Tür, für eine eventuelle Einschreibung an der Fakultät Geschichte zu informieren. Brigitte hatte nicht vor, in München zu studieren, aber sie hatte den Ort sehen wollen, wo Sophie und Hans Scholl ein und aus gegangen waren und von wo sie ihre Flugblätter aus dem obersten Stockwerk in das große Vestibül geworfen hatten.

In Brigittes Schule gab es leider keine umlaufende Treppe mit solch einem großen Innenhof. Das Treppenauge hier war nicht mal einen halben Meter breit, doch wenn sie ihre vorbereiteten Blätter geschickt und jeweils fünf Blatt gleichzeitig abwarf, konnte sie darauf hoffen, dass auf jeder einzelnen der vier Etagen ein oder zwei davon nicht ganz den Weg nach unten schaffen und auf den anderen Stockwerken landen würden.

So würden ihre Flugblätter nicht nur die Mädchen aus dem Lyzeum erreichen, sondern auch die Jungs aus dem Gymnasium. Denn beide Schulflügel waren durch diese Treppe verbunden, so dass die männlichen Lehrer – hauptsächlich die, die die naturwissenschaftlichen Fächer lehrten – mal hier und mal dort unterrichten konnten.

Gerade als Brigitte den ersten Stapel durchs Treppenauge werfen wollte, hörte sie plötzlich Schritte, bekannte Schritte. Das markante Klackern von Fräulein Kunzes Absätzen auf dem Terrazzoboden des Erdgeschosses, die auf die Toilette ging. Die musste Brigitte abwarten, aber dann gab es kein Zurück mehr. Nur noch zwanzig Minuten bis zur Pause, und Brigitte hoffte, dass Fräulein Kunze nicht die Angewohnheit hatte, auf dem Lokus zu lesen. Hatte sie nicht. Kurz darauf hallten ihre Schritte wieder durchs Gebäude und verstummten, als sie die Tür ihres Büros hinter sich schloss. Brigitte holte ihre Flugblätter erneut unter ihrem Mantel hervor.

Vier Tage waren seitdem vergangen. Vier Tage voller Zittern und Bangen, was wohl nun geschehen würde. Doch nichts geschah. Sie hatte sich für ihr Vorhaben extra eine Woche von Dr. Hansen krankschreiben lassen, aber nun stellte sich heraus, dass das ein Fehler war. Denn dadurch war sie von sämtlichen Nachrichten aus der Schule abgeschnitten und konnte nur spekulieren, wie ihre Mitschüler und Lehrer auf die Flugblätter reagiert hatten. Wahrscheinlich fragten sich alle, wer die Flugblätter geschrieben hatte, denn zu Brigittes großer Verwunderung war alles glattgegangen. Niemand hatte sie bemerkt. Niemand hatte sie erwischt. Sie hatte die Flugblätter abgeworfen und war dann einfach aus dem Schulgebäude spaziert.

Vielleicht hatte der Direx sogar die Polizei informiert.

Auch das nur eine Mutmaßung, denn keine ihrer Klassenkameradinnen, von denen sie nur die »rote Zonenbraut« genannt wurde, hatte offensichtlich Lust, sich nach ihrem Wohlbefinden zu erkundigen. Brigitte konnte nur auf Karl-Heinz hoffen, der jeden Samstag zu ihnen nach Hause kam und mit ihr Latein paukte.

Karl-Heinz war ein pickliger Streber, der wie Brigitte Medizin studieren, aber später die Praxis seiner Eltern übernehmen wollte. Wie sie hatte er keinerlei Freunde und war über beide Ohren in Brigitte verschossen. Das nutzte sie natürlich aus, denn sie musste den Nachhilfeunterricht von ihrem eigenen Taschengeld bezahlen, und Karl-Heinz verzichtete regelmäßig darauf, wenn sie nur lieb genug darum bettelte.

Als es endlich klingelte, rannte Brigitte sofort an die Tür, was sonst gar nicht ihre Art war. So kam sie ihrer Mutter zuvor, die aber auch schon im Flur war. Ansonsten hätte Brigitte wohl gleich wieder die Tür zugeworfen, denn vor ihr stand nicht wie erwartet Karl-Heinz, sondern der Direx höchstpersönlich!

»Ist der Herr Pfarrer zu Hause?«, wandte sich der Direx an ihre Mutter, ohne Brigitte eines Blickes zu würdigen.

»Ja, in seinem Arbeitszimmer«, erwiderte sie und sah Brigitte fragend an.

»Ich würde ihn gern sprechen.«

Ihre Mutter nickte stumm und bat den Schuldirektor herein, nahm ihm Hut und Mantel ab und führte ihn ins Esszimmer.

»Mein Mann wird gleich bei Ihnen sein«, sagte sie und zog

die Tür hinter ihm zu, dann wandte sie sich flüsternd an Brigitte: »Hast du irgendwas angestellt?«

Brigitte holte tief Luft und wollte gerade Nein sagen, da klingelte es wieder.

»Karl-Heinz«, rief Brigitte froh und riss die Tür auf. Noch nie war ihr die Pickelhaube so willkommen gewesen wie heute. Noch ehe die Mutter etwas erwidern konnte, zog sie Karl-Heinz zu sich ins Zimmer und bedeutete ihm, mucksmäuschenstill zu sein.

»Der Direx ist hier«, flüsterte sie und konnte ihren Stolz darüber nicht ganz verbergen.

»Der Direx?«, fragte Karl-Heinz erstaunt. »Warum denn?«

»Na, wegen der Flugblätter!«

»Wegen welcher Flugblätter?«

Brigitte stöhnte genervt auf. Karl-Heinz war schon immer etwas schwer von Begriff, genau deshalb hatte er ja keine Freunde.

»Na die, die ich am Dienstag ins Treppenhaus geworfen habe.«

Zu Karl-Heinz' erstauntem Gesichtsausdruck gesellte sich nun ein »Hä?«, doch sie kümmerte sich nicht darum. Sie begann unter seinen fragenden Blicken die Kleidung aus ihrem Schrank zu entfernen und aufs Bett zu legen. Erst als sie meinte, das schwere Möbel bewegen zu können, zerrte sie es vorsichtig ein Stück beiseite, um an das Loch in der Wand zu kommen, dass sie sich für genau solche Zwecke hier vor längerer Zeit gebohrt hatte.

Vorsichtig schaute sie hindurch und erschauderte. Der Direx hielt tatsächlich ihr Flugblatt in der Hand und wedelte damit vor der Nase ihres Vaters herum.

»Sie können von Glück sagen, dass ich mich am Vortag in Ihrem Gemeinderaum verkühlt habe und deshalb häufiger als sonst auf die Toilette musste, sonst …«

Mehr verstand Brigitte nicht, denn mit einem Mal toste eine solche Flut von sich überschlagenden Fragen und Gedanken durch ihren Kopf, dass jedes echte Geräusch in den Hintergrund treten musste. Hieß das, dass der Direx die Flugblätter gefunden und sie wieder eingesammelt hatte, noch bevor es zur Pause klingelte? Sie höchstpersönlich eingesammelt hatte?

»Was reden sie denn?«

Aus weiter Ferne drang Karl-Heinz' Stimme an ihr Ohr, aber erst, als er ihr ungeduldig auf die Schulter klopfte, nahm sie ihn wieder richtig wahr.

»Kann es sein, dass du deshalb nichts von meinen Flugblättern weißt, weil es gar keine gab?«, fragte sie und schaute Karl-Heinz forschend an.

»Welche Flugblätter denn?«, fragte Karl-Heinz erneut, doch da wurde Brigittes Aufmerksamkeit wieder auf den Direx gelenkt, der hinter dem Loch in der Wand gerade empört rief: »Mit diesen kommunistischen Hetzereien ist jetzt ein für alle Mal Schluss! Entweder Sie nehmen Ihre Tochter von der Schule, oder ich erstatte Anzeige!«

Was ihr Vater darauf entgegnete, entging Brigitte, denn ohne dass sie lange darüber nachdenken musste, rannte sie aus dem Zimmer, stolperte im Flur beinahe über ihre Mutter, die an der Wand lauschte, und dann stand sie schon im Esszimmer.

»Ich will die Anzeige! Und einen richtigen Rausschmiss! Das könnte Ihnen so passen, dass ich von selbst gehe!«, schrie sie den Direx an und hörte, wie hinter ihr die Mutter vor Schreck die Luft anhielt.

»Verstehen Sie jetzt, was ich vorhin meinte, Pfarrer Günzel?« Der Direx wandte sich voller Mitleid an ihren Vater, als wäre Brigitte nicht anwesend. »Sie hetzt gegen alles und jeden. Überall sucht sie Mitläufer und alte Nazis.«

»Bemühen Sie sich nicht, meines Vaters bester Freund war auch ein hoher Nazi, über den ...«

»Brigitte, versündige dich nicht!«, rief die Mutter in ihrem Rücken.

»Denn das war damals eine schlimme Zeit«, äffte Brigitte,

weil ihrer Mutter das garantiert auf der Zunge lag, und wollte noch hinzufügen, dass das damals eben so war, da trug man eben oft Uniform, doch da spürte sie schon, wie die Hand ihrer Mutter in einer Schnelligkeit, die Brigitte ihr nie zugetraut hätte, über ihr Gesicht fuhr und einen stechenden Schmerz hinterließ. Geschockt sah sie zu ihrer Mutter, die auf ihre Hand starrte, als wäre sie selbst erschrocken. Und auch der Vater schaute ungläubig. Brigitte stand wie erstarrt. Noch nie hatte ihre Mutter sie geschlagen.

»Also, wie gesagt: Nehmen Sie sie von der Schule, oder ich erstatte Anzeige. Was das für Ihre Stellung hier in der Gemeinde bedeutet, ist Ihnen ja hoffentlich klar.« Der Direx hatte sich erhoben und ging zur Tür. »Und du, mein Fräulein, lerne zuerst einmal deine Eltern zu respektieren!«

Damit ging er hinaus, ohne dass ihr Vater etwas erwiderte. Erst an der Wohnungstür machte er noch einen Versuch, den Direktor umzustimmen: »Verstehen Sie doch, unsere Tochter hat das nicht so gemeint. Sie ist nur etwas verwirrt, weil …« Doch da war der Direx schon gegangen.

Ja, Brigitte war verwirrt. Aber nicht, als sie die Flugblätter geworfen hatte, sondern jetzt, weil ihre Mutter sie einfach geohrfeigt und sich seitdem nicht bei ihr entschuldigt hatte. Dabei hatte ihre Mutter doch Brigitte und Johann dazu erzogen, sich für alles und jedes zu entschuldigen, und, anders als Neulehrer Albrecht damals, von ihren Kindern immer echte Reue verlangt.

Doch nun sagte sie kein Wort, wich Brigitte nur aus und flüsterte dafür viel mit dem Vater. Immer wieder ertappte Brigitte die Eltern, wie sie plötzlich verstummten, wenn sie das Esszimmer oder die Küche betrat. Und einmal kam Brigitte im Gemeindehaus dazu, als ihr Vater mit der Mutter im Büro heftig stritt – wegen ihr. »Wir sagen es ihr erst, wenn sie einundzwanzig ist«, sagte ihr Vater in diesem kategorischen Ton, wenn er eine Diskussion für beendet hielt, doch ihre Mutter redete ungeachtet dessen weiter auf ihn ein. »Dann ist es vielleicht zu spät, und sie wird sich belogen fühlen. Du weißt doch, wie sie ist.«

»Genau deshalb sagen wir es ihr jetzt nicht. Das verkraftet sie einfach noch nicht. Das haben doch die letzten Wochen gezeigt.«

Normalerweise hätte sich Brigitte spätestens jetzt bemerkbar gemacht und die beiden gezwungen, ihr das zu sagen, was sie erst in zwei Jahren hören sollte, aber diesmal hielt sie irgendetwas davon ab. Denn sie spürte instinktiv, dass sie tatsächlich überfordert sein könnte mit dem, was die Eltern vor ihr zu verheimlichen suchten. Diesmal schien es nicht nur um das Versteck eines Weihnachtsgeschenks zu gehen, über dass sie angeblich heimlich diskutierten, um ihre neugierige Tochter auf die falsche Fährte zu locken. Dieses Mal wollten sie wirklich, dass Brigitte nicht mithörte, was sie zu besprechen hatten, und aus irgendeinem Grund, der Brigitte selbst unklar war, akzeptierte sie dies und ging.

Am nächsten Tag sah es aber fast so aus, als hätte sich ihre Mutter doch durchgesetzt. Denn als ihr Vater spät am Abend aus der Kirche kam, wo er sich noch mit dem Architekten wegen der dortigen Bauarbeiten getroffen hatte, rief er Brigitte zu sich in das Esszimmer, wo ihm ihre Mutter gerade die Suppe servierte. Beide schauten ihr ernst entgegen, als sie das Zimmer betrat.

»Wir wollen mit dir reden«, begann ihr Vater das Gespräch, während er seine Suppe löffelte, und nickte ihr zu, damit sie sich setze. »Und zwar haben wir gedacht, dass es dir vielleicht guttäte, mal etwas andere Luft zu schnuppern, bevor du überlegst, was du nun ohne Abitur aus deinem Leben machen könntest.«

Argwöhnisch schaute Brigitte von einem zum anderen. Was hatten ihre Eltern vor?

»Kurz, dein Vater hat mit Johann telefoniert und ihn gefragt, ob er seiner kleinen Schwester nicht mal die Stadt zeigen will«, sagte ihre Mutter in munterem Tonfall, und Brigitte wusste ausnahmsweise mal nicht, was sie darauf antworten sollte. Mit allem hatte sie gerechnet, mit jeder Strafe dieser Welt, dafür, dass sie sich durch die Flugblätter das Abitur versäbelt hatte, und nun das! Ein Flugticket nach Hamburg, wo Johann seit zwei Monaten sogar eine eigene kleine Wohnung in der Nähe des Hafens besaß. Fünf Jahre hatte sie Johann nicht gesehen, weil zwischen ihnen die Ostzone lag, in der Johann immer noch gesucht wurde und in der es auch für seine Angehörigen keine Garantie gab, seinetwegen nicht aufgehalten und an seiner statt festgenommen zu werden.

Sie fragte ihre Eltern besser nicht, warum sie Brigitte mit einer Reise zu Johann belohnten. Oder verfolgten die beiden gar einen bestimmten Zweck damit? Klar, so könnten sie Brigittes Fehlen bei den Abiturprüfungen der neugierigen Gemeinde mit gesundheitlichen Problemen erklären. Doch Brigitte glaubte eher, sie schickten sie zu Johann, damit er sie bändigte. Wenn sie überhaupt auf irgendjemanden hörte, dann auf Johann. Aber egal! Sie würde nach Hamburg fliegen und ihren Bruder wiedersehen.

»Na, was sagst du?«, fragte ihr Vater und kratzte auf dem Teller die letzte Pfütze Suppe zusammen. »Glaubst du, du könntest dich ein bisschen amüsieren in Hamburg?«

Brigitte nickte eifrig. »Mit Johann doch immer!«

»Er sagt, er hat sehr interessante Kommilitonen, die dich bestimmt gerne ausführen würden.« Ihre Mutter hatte wieder diesen geschraubten Ton angenommen, den sie, seit Brigitte sechzehn war, immer dann ausprobierte, wenn es darum ging, ihre Tochter unter die Haube zu bringen. Diesen Ton hatte sie aus ihrem evangelischen Kaffeekränzchen mitgebracht, der dort aber auch nur immer dann angeschlagen wurde, wenn Brigitte den Raum betrat. Offensichtlich machten sich nicht nur ihre

Mutter, sondern auch andere Frauen, sobald sie sie sahen, Sorgen, ob sie jemals einen Mann abbekommen würde, und überlegten deshalb vereint, wie ihr zu helfen sei. Bestimmt hatte ihre Mutter Johann händeringend nach einem Studienkollegen ausgequetscht, der Brigitte mal ein bisschen ausführen und ablenken, zugleich aber auch gut was wegstecken könnte, denn Brigitte war – wie sie mittlerweile selbst wusste – kein leichter Umgang.

Johanns Wahl war auf Peter, einen langsam denkenden, der deutschen Sprache anscheinend kaum mächtigen, also auf einen beinahe stummen jungen Mann aus Ostfriesland gefallen, dem das ewige Hin und Her der Nordseewellen lange Zeit die größte Aufregung in seinem Leben gewesen war und der sich nun im »großen Hamburg« furchtbar weltmännisch vorkam. Auch schien er eine Art Überlegenheitsgefühl allein daraus zu ziehen, dass Brigitte die »kleine Schwester« seines Kommilitonen Johann war. Als wäre der Zuwachs an Jahren ein Garant für den Zuwachs an Weisheit. Entsprechend abfällig und arrogant behandelte er sie, trotz seiner schweigsamen Art, jedenfalls schien sein Repertoire an derlei entsprechenden Gesten und Blicken schier unerschöpflich. Aber das war nicht der einzige Grund, warum Brigitte Peter von Anfang an nicht ausstehen konnte. Sein erster grundlegender Fehler war – und daran war er nicht einmal selbst schuld –, dass er anstelle von Johann in der Empfangshalle des Flughafens mit einem Namensschild stand, um sie abzuholen. Der zweite, dass er offensichtlich nach einem kichernden Backfisch Ausschau hielt, vor dem er den dicken Hecht hätte geben können. Sein Dauergrinsen, das auch milde Nachsichtigkeit für anstrengende Jugendliche signalisierte, verschwand jedenfalls auf Nimmerwiedersehen, nachdem ihn Brigitte mehrmals am Ärmel zupfte und sich als die Trägerin des Namens auf seinem Schild zu erkennen gab. Nach einer kurzen Schrecksekunde, so schien es Brigitte, entschied sich Peter aber trotzdem, seinen einmal gefassten Plan, Brigitte zu amüsieren, weiterzuverfolgen.

Denn nachdem sein erster Schrecken verflogen war und er Brigittes Fragen – Wo ist Johann? Und warum holt er mich nicht selbst ab? – knapp beantwortet hatte, zog er plötzlich Achtung heischend die Augenbrauen nach oben und wie ein Zauberkünstler ein Papiersträußchen aus seinem Ärmel, das er ihr schließlich mit einer tiefen Verbeugung überreichte.

Was hatte ihm Johann nur über sie erzählt, fragte sich Brigitte. Sie drückte Peter ihren Koffer in die Hand, als wäre er ihr Bediensteter, und steuerte mit großen Schritten auf den Ausgang zu in der Hoffnung, dass er ihr tatsächlich folgen würde, wie sie es schon so oft in Kinofilmen gesehen hatte, wo schönen Frauen irgendwelche tollpatschigen Trottel mit dem Gepäck folgten.

Aber war sie schön?

Eine Ahnung davon, was Johann über sie erzählt haben könnte, bekam Brigitte, als sie kurz darauf Johann in einem Café gleich hinterm Bahnhof trafen und er sie mit erstaunter Miene musterte, als hätte er jemand ganz anderes erwartet. Doch seinem irritierten Blick konnte sie nicht entnehmen, ob sie sich zu ihrem Vorteil oder zu ihrem Nachteil verändert hatte.

Dagegen hatte sie ihren Bruder gleich erkannt, obwohl er nun die Haare länger und mit Pomade nach hinten gekämmt trug und sich über seine Wangen »Schnitzel« kräuselten, wie Brigitte diesen neumodischen Haarwuchs nannte, und vom humorlosen Karl-Heinz immer mit »Koteletten« berichtigt wurde. Johann hatte sich in ihren Augen überhaupt nicht verändert. Dasselbe freche Grinsen, dieselben grünen, von buschigen Brauen beschatteten Augen, von dem das rechte nun aber etwas nach außen ausbrach, wie bei Jean-Paul Sartre, allerdings nicht so stark, und wie bei ihrer Mutter, bei der das rechte Auge sich auch immer ein wenig zu sträuben schien, sein Gegenüber direkt anzusehen, als scheue es den Blickwechsel und das umso mehr, je müder ihre Mutter war.

Dieser leichte Silberblick ihrer Mutter, den Brigitte das erste Mal nun auch an Johann bemerkte, gab ihm – das spürte sie mehr, als dass sie es sah – plötzlich das gewisse Etwas. Obwohl sie ihren Bruder immer schon für gutaussehend gehalten hatte, sah sie ihn nun trotz all dem Vertrauten, das sie auch an ihm entdeckte, mit neuen Augen, sozusagen mit den Augen einer Fremden. Denn natürlich bemerkte sie, während sie lächelnd auf ihn zuging, wie die anderen Frauen im Café eifersüchtig zu ihr hinüberschauten und sie skeptisch musterten. War sie vielleicht diejenige, die den Blick des jungen Mannes zwingen konnte, nur sie anzusehen? Denn selbst wenn er sie aus vollem Herzen anstrahlte, wie er es jetzt gerade tat, blieb das Gefühl, dass er mit dem einen Auge in der Ferne, zu den Frauen an den Nachbartischen, hinübersah und ihr gegenüber so etwas distanziert blieb, selbst in der allergrößten Nähe, während er sie gerade umarmte. Diese Möglichkeit der Gleichzeitigkeit, dass Johann im selben Augenblick hier und auch dort sein konnte, ärgerte sie plötzlich so stark, dass sie am liebsten zu diesen jungen Frauen an den anderen Tisch gegangen und ihnen mit spitzen Krallen durchs Gesicht gefahren wäre.

Doch was sollte sie sich mit diesen blasiert dreinschauenden Hamburgerinnen herumprügeln! Das war ja zu kindisch! Diesen geteilten Blick kannte sie doch von ihrer Mutter. Sie musste sich jetzt nur daran gewöhnen, dass auch Johann hier und dort mit seinen Blicken gleichzeitig sein konnte und vielleicht auch mit seinen Gedanken.

Bis in den späten Abend blieben sie in dem Café, das eigentlich ein Tanzcafé war. Brigitte, die sich vorgestellt hatte, dass sie sich erst einmal gegenüber Johann würde rechtfertigen müssen für das, was die Mutter ihm alles über sie aufgetischt hatte, hatte anscheinend ganz umsonst an ihrer Verteidigungsrede gefeilt. Denn nachdem Johann sie umarmt und seinen Kommilitonen vorgestellt hatte – allesamt Architekturstudenten, deren Namen sie jedoch im Gegenzug nicht erfuhr –, hatten die Jungs ihre Diskussion, die Brigitte und Peter durch ihr Hinzukommen unterbrochen hatten, einfach fortgesetzt, als wären sie Luft.

Anfänglich war Brigitte froh, nicht im Mittelpunkt zu stehen und damit auch nicht solche Fragen beantworten zu müssen: Wie es sich im viergeteilten Berlin lebte und ob sie schon mal in der Zone gewesen war, oder wie die Berliner die Luftbrücke der Amerikaner fanden. Darauf hatte sie sich zwar vorbereitet, aber sie genoss es jetzt, einfach nur am Tisch zu sitzen und der Diskussion zu lauschen, zu der sie nichts beisteuern konnte. Es ging um eine auf dem Reißbrett entstandene Stadt in Brasilien, an der Johann, wenn er sein Diplom erst in der Tasche haben würde, mitbauen wollte. Was Brigitte wunderte, denn der Chefarchitekt von Brasília, den Johann so sehr bewunderte, war ein überzeugter Kommunist, und denen hatte er doch spätestens am Tag seiner Ankunft im Westen abgeschworen. Doch sie sagte dazu nichts, schwieg ebenso wie Peter und noch zwei, drei andere, die nur wie sie dasaßen, Kaffee um Kaffee tranken und eine Zigarette nach der anderen rauchten, so dass alles um Brigitte herum in einem dichten Nebel verschwand, aus dem nur noch ab und zu Johanns mittlerweile heisere Stimme an ihr Ohr drang. Sehen konnte Brigitte ihn in all dem Qualm jedenfalls nicht mehr, ihr tränten schon die Augen.

In der Zwischenzeit hatte sich das Café gefüllt, und an ihren Tisch waren immer mehr Freunde und Bekannte gedrängt, so dass Peter einen guten Grund zu haben glaubte, ihr immer näher auf die Pelle, sprich auf den Petticoat zu rücken. Den hatte sie erst gestern Abend frisch gestärkt, heute Morgen noch feucht von der Leine genommen und drei Stunden lang mit dem Plätteisen bearbeitet, damit ihr Bruder Augen machen würde.

Aber Johann hatte keine Augen gemacht – er hatte sie ja nicht mal gleich erkannt –, und nun war er auf der Tanzfläche, wo er die Arme und Beine von sich schmiss, während um ihn herum dieses Mädchen vom Nachbartisch, an dessen Kirschmund Johanns rechtes Auge zuvor immer wieder hängengeblieben war, wie ein überdimensionaler, aufgezogener Brummkreisel um ihn herumwirbelte. Das hatte nichts mit dem zu tun, was Brigitte in der Tanzstunde mit Karl-Heinz lernte, zu der sie nur auf Wunsch ihrer Mutter ging, und um nicht in den Hauswirtschaftskurs zu müssen, den sie ihr als Alternative zur Wahl gestellt hatte. Entweder Hauswirtschaftskurs oder Tanzkurs. Natürlich war der Tanzkurs die bessere Alternative, auch wenn Karl-Heinz ihr dauernd auf den Füßen herumstand.

Wo hatte Johann nur so tanzen gelernt, fragte sich Brigitte bei ihrer mittlerweile wohl zwanzigsten Zigarette, und wer war dieses Mädchen, mit dem er da tanzte, dessen nackten Oberarm er immer wieder mit einer solchen Vertrautheit umfasste, wenn er sie auf dem Parkett in eine andere Richtung dirigieren wollte. Nur eine zufällige Bekanntschaft vom Nachbartisch, hatte Peter gesagt.

Und das war sie tatsächlich, wie Brigitte auf dem Heimweg zu Johanns Wohnung erfuhr. Das Mädchen mit dem Kirschmund war eine Zufallsbekanntschaft, was Johann nicht davon abhielt, sie schon am ersten Abend zu sich nach Hause einzuladen, damit sie sich Johanns neueste Scheiben anhören konnte. Brigitte war geradezu sprachlos, dass ihr eigener Bruder solch finstere Methoden anwendete, und stellte sich das Geschrei ihrer Mutter vor, wenn diese das sehen könnte. Doch Brigitte sagte nichts, trottete nur stumm und staunend hinter den beiden her und war froh, wenigstens diesen Peter abgeschüttelt zu haben.

Johann tat so, als würde sie überhaupt nicht existieren, während er jedes einzelne Wort dieses dumm daherplappernden Kirschmundmädchens aufsog, als lese sie ihm aus dem Wörterbuch der Philosophie vor. Das Mädchen selbst schien sich hingegen durch Brigittes Gegenwart völlig sicher zu fühlen und glaubte wohl tatsächlich, dass Johann ihr nur seine neuesten Platten zeigen wollte.

Brigitte fragte sich, warum die Mutter des Kirschmundmädchens ihre Tochter nicht vor Männern wie Johann gewarnt hatte. Brigittes Mutter, die nicht besonders häufig über ihre Erfahrungen mit Männern sprach, hatte das ihr gegenüber jedenfalls getan.

Als sie endlich zu dritt in der Nähe des Hafens Johanns kleine Wohnung betraten, begann sie zu ahnen, dass Johann sie nicht nur nicht wiedererkannt hatte, sondern auch ihren Besuch völlig vergessen haben musste, denn die Wohnung sah wie ein Schweinestall aus. Überall lagen Bücher, Zeitungen, auch Platten, für die sich das Kirschmundmädchen aber dann doch zunächst nicht interessierte, denn es blieb angeekelt in der Tür stehen, so wie Brigitte auch, und rümpfte sichtlich pikiert die Nase. Essensreste, übervolle Aschenbecher und halbvolle Biergläser verpesteten die Luft, während die überall verstreuten Dinge kaum erkennen ließen, wo das Wohnzimmer in das Schlafzimmer beziehungsweise das Wohnzimmer in die Küche überging. Doch dann kam Brigitte ein ganz anderer Verdacht: nämlich, dass Johann mit dem Aufräumen absichtlich auf sie gewartet haben könnte, damit sie ihm ein bisschen zu Hand ginge, weil er ja nun mal nur ein Mann war.

»Und geh deinem Bruder ein bisschen zur Hand. Er ist ja nun mal nur ein Mann«, hatte ihr die Mutter beim Abschied zugeraunt, doch sie hätte niemals geglaubt, dass Johann dies tatsächlich von ihr erwartete.

»Vielleicht gehst du mir beim Aufräumen ein wenig zur Hand?«, sagte er tatsächlich gerade mit einem reumütigen Grinsen, während das Kirschmundmädchen nur noch glotzte.

Brigitte wollte keine Diskussion anzetteln, nicht vor dieser dummen Pute, und tat so, als hätte sie Johann nicht gehört.

»Wo soll ich eigentlich schlafen?«, fragte sie stattdessen. In dem Zimmer, das, so glaubte sie, das Wohnzimmer war, gab es nur zwei winzige Sessel mit dünnen, abgespreizten Holzbeinchen, wie sie gerade modern waren, die aber unter Johanns hingeworfener Kleidung schon zusammenzubrechen drohten. Und das Bett, das sie in dem angrenzenden Zimmer sah, war auch viel zu schmal, als dass da mehr als einer drin schlafen könnte.

»Ach, Mist!«, rief Johann. »Ich sollte doch heute Nachmittag die Matratze für dich abholen … Das mach ich dann mal gleich. Hoffentlich ist die Hinrichs da«, ergänzte er und wusste auch gleich eine Aufgabe für die Frauen. »Vielleicht räumt ihr derweil ein bisschen auf?« Er klatschte tatenlustig in die Hände und verschwand mit einem Grinsen im Hausflur, während die Zufallsbekanntschaft angewidert den Kirschmund verzog, sich aber dennoch auf die Knie warf und an die Arbeit machte.

»Bist du verrückt geworden?«

»Was?« Das Mädchen starrte zu Brigitte hinauf, bis endlich doch der Groschen bei ihm fiel. »Ach, das! Macht mir nichts aus. Meine Brüder sind auch solche Schweine, na ja, eben Jungs, ne?«

»Und das gibt ihnen das Recht, uns wie Sklavinnen zu behandeln?«

Das Kirschmundmädchen schaute sie einen Moment verdutzt an, dann verdrehte sie die Augen. »Dein Bruder hat mich schon gewarnt, dass du so 'ne rote Emanze bist. Eine, die mal schwer 'nen Mann kriegen wird.« Damit senkte sie den Blick wieder auf den Boden und angelte nach einer liegengelassenen Socke, verpasste sie jedoch, weil Brigitte sie gerade an den Haaren aufwärts zerrte.

»Was hast du gesagt?«

Das Mädchen versuchte, sich aus Brigittes Griff zu befreien, vergeblich allerdings, und fauchte: »Ich nicht. War dein Bruder!«

»Das träumst du!«

»Klar, und dass du 'ne Spaßbremse bist«, schrie Kirschmund und griff sie ihrerseits bei den Haaren, bekam aber längst nicht so viel zu fassen wie Brigitte, die auf dieses Auftoupieren verzichtete, weil sie das künstliche Aufplustern und den klebrigen Haarlack eklig fand. Überhaupt war immer irgendein Windstoß unterwegs, der sich dann plötzlich und unerwartet unter das auftoupierte, wie Presspappe verklebte Haar setzte und es wie einen Skalp nach vorn klappte.

»Was ist denn in euch gefahren?«, hörte Brigitte ihren Bruder erstaunt rufen, während sie mit dem Mädchen über den Boden rollte. Sie fühlte einen heftigen Schmerz in ihrer Schulter, an der Johann nun zerrte, dann entfernte sich Kirschmunds Kopf von ihr, auf dem nun ein dickes Haarbüschel fehlte.

»Die hat ja nicht mehr alle Tassen im Schrank«, schrie Kirschmund und rannte hinaus, während Johann »Rike?« rief und ihr hinterherwollte, jedoch die Tür vor der Nase zugeschlagen bekam und deshalb Brigitte anschrie: »Immer musst du einem alles verderben … du mit deiner … selbstgerechten Art!«

»Mich nennst du selbstgerecht?«, schrie Brigitte im selben Ton zurück. »Wegen dir musste ich mein Zuhause verlassen und kann nie wieder zurück. Weil du Steine werfen musstest, anstatt mal an andere zu denken!«

Johann betrachtete sie abschätzig. »Und an wen hast du gedacht, als du in deiner Schule Flugblätter geschmissen hast? Du, du … Revoluzzer!«

»Das nimmst du zurück!«

Doch Johann dachte gar nicht daran, sondern ließ sie einfach stehen, um zwischen dem ganzen Müll Platz für die Matratze zu schaffen.

»Das nimmst du zurück!«

Johann drehte sich zu ihr um und schaute sie traurig an. »Werd erwachsen, Gitti.«

Aber es war genau dieser mitleidige Tonfall, der sie in Rage versetzte, weil sie sich, wenn sie ihn hörte, erst recht wie ein Kind fühlte. So redete man mit Kindern. Aber am meisten ärgerte sie diese Überheblichkeit, ausgerechnet von ihrem Bruder, von dem sie am allerwenigsten wie ein Kind behandelt werden wollte. Dem sie bisher immer am meisten vertraut hatte.

Deshalb ging sie einfach auf ihn zu und tat das, was sie als

Kind in einem solchen Fall immer getan hatte. Sie holte aus, um ihm eine zu knallen. Johann würde sich schon nicht wehren, er schlug Frauen grundsätzlich nicht, auch wenn sie ihn noch so reizen sollten. Brigitte hatte ihn früher oft genug bis zur Weißglut gereizt, ihm auch mal eine geknallt. Dennoch war er einfach stumm und stur geblieben und hatte niemals zurückgeschlagen.

Doch diesmal reagierte Johann anders als noch vor Jahren und erhob plötzlich ebenfalls den Arm, so als wollte er zuschlagen, um dann aber ihren ausholenden Arm nur abzuwehren, indem er ihr Handgelenk ergriff.

Einen Moment maßen sie sich mit wütenden Blicken. Ihre Nasenspitzen berührten sich fast. Brigittes Handgelenk brannte wie von tausend Ameisen gebissen. Eine Sekunde lang meinte sie sogar, sich in seinen dunklen Pupillen sehen zu können, dann stellte sie sich plötzlich auf die Zehenspitzen und küsste ihn einfach.

Und Johann ließ sich küssen, wich nicht entsetzt oder angeekelt zurück, wie sie es sich manchmal ängstlich vorgestellt hatte. Doch er tat auch nichts anderes, erwiderte den Kuss nicht stürmisch, so wie sie es sich ebenfalls immer wieder vorgestellt hatte, erwiderte gar nichts, sondern ließ nur seine Hand mit Brigittes Handgelenk sinken, während sie noch immer an seinen Lippen hing und sich allmählich fragte, ob sie vielleicht falsch küsste, weil er so gar nicht reagierte. Dann entzog er ihr vorsichtig seine Lippen, wandte plötzlich den Kopf leicht ab, blieb aber stehen, wo er war, so dass sie immer noch an seine Brust gelehnt stand und ihn von schräg unten betrachten und sein Herz schlagen hören konnte.

»Ich liebe dich, Johann.«

Er betrachtete lange die Decke, als ob von da eine Antwort kommen könnte. Dann wiederholte er: »Werd erwachsen, Gitti.«

»Ich bin erwachsen, und deshalb weiß ich, dass ich dich liebe!«

»Aber du bist meine Schwester!«

Johann schaute sie voller Verzweiflung an, doch sein rechtes Auge wich ihrem flehenden Blick aus. So nickte Brigitte nur bekümmert, dann ging sie zur Tür und zog sie langsam hinter sich zu.

Die Eltern wollten natürlich wissen, was zwischen ihnen vorgefallen war, als Brigitte bereits nach einem Tag wieder in Berlin vor der Tür stand. Erst sagte sie nichts, dann speiste sie ihre Mutter damit ab, dass sich Johann von ihr nicht zur Hand gehen lassen wolle und sie deshalb dort überflüssig war. Ihre Mutter hatte merklich geschluckt, aber nichts erwidert. So war Brigitte schnurstracks auf ihr Zimmer gegangen und ihre Mutter wohl ans Telefon, um Johann anzurufen.

Aber auch Johann hatte nichts erzählt, wie sie einem im Esszimmer belauschten Gespräch zwischen ihren Eltern Tage später entnehmen konnte. Demnach hatte Johann nur herzhaft gelacht, als ihm die Mutter am Telefon Brigittes Erklärung übermittelte, sie aber dann bestätigt, was ihre Mutter merkwürdig fand und ihren Vater veranlasste, im Esszimmer Vermutungen anzustellen. »Vielleicht vertragen sie sich wirklich nicht mehr so gut«, sagte er. »Schließlich war der Unterschied zwischen ihnen nie größer als jetzt: Johann ist bereits ein erwachsener Mann, und Brigitte, nun ja ...«

Brigitte wäre am liebsten ins Esszimmer gerannt, um ihrem Vater die Meinung zu geigen und zu fragen, was er mit diesem »nun ja« gemeint hatte, wenn sie dadurch nicht ihr Abhörloch verraten und sich damit aller weiterer Gelegenheiten, die Eltern ungestraft zu belauschen, beraubt hätte. Denn nichts war eine bessere Lauschvoraussetzung, als die Eltern im Esszimmer in absoluter Sicherheit zu wiegen. Nur so würden sie vielleicht irgendwann einmal ein richtiges Geheimnis preisgeben, in das sie sie niemals einweihen würden, weil es ihrer aller Existenz bedrohte.

Mittlerweile wusste Brigitte aber, dass mit so einem richtigen

Geheimnis überhaupt nicht zu rechnen war, dafür waren ihre Eltern viel zu langweilig, und das Horchloch diente ihr hauptsächlich dazu, die wahre Meinung ihrer Eltern über sich zu erfahren. Denn aus irgendeinem Grund war sie sich nie so recht sicher, was die beiden über sie dachten. Irgendetwas gab es da, worüber ihre Eltern sich nur mit Blicken verständigten, und sie kam nicht drauf, was es war, obwohl es manchmal deutlicher zu spüren war als sonst. Wie zum Beispiel damals, als sie diesen Mantel aus der Kleidersammlung hatte haben wollen und damit tagelang für seltsame Stimmung im Pfarrhaus gesorgt hatte.

Aber mehr noch, als dass ihr Vater in ihr noch immer das unvernünftige Kind sah, beschäftigte Brigitte, was Johann in Wirklichkeit über sie dachte. Ja, er war ihr Bruder, und das machte es ja auch so schwer, aber das, was sie in Hamburg zu ihm gesagt hatte, hatte sie ehrlich gemeint.

Nur, wie stand es mit Johann?

Er hatte ihren Kuss nicht erwidert, aber er hatte sie auch nicht angewidert von sich gestoßen, und er schien auch nicht besonders überrascht gewesen zu sein. Als hätte er selbst darüber schon mehrmals nachgedacht, sie irgendwann einmal zu küssen.

Oder bildete sie sich das jetzt nur ein?

Nein! Johann hatte stillgehalten und sich küssen lassen und dabei sogar die Augen geschlossen! Hatte er doch, oder? Brigitte wusste es nicht, wahrscheinlich weil sie selbst die Augen geschlossen gehabt hatte und viel zu aufgeregt gewesen war, um darauf zu achten, was Johann tat.

Obwohl, wenn sie es jetzt so bedachte, war sie bei dem Kuss überhaupt nicht aufgeregt gewesen, ganz im Gegenteil. Sie war sogar sehr ruhig gewesen, so als würde sie einer Fremden dabei zuschauen, wie diese Johann küsste. Aufgeregt war sie nur jetzt. Jetzt, wenn sie nachträglich an die ganze Situation dachte. Da schlug ihr das Herz bis in den Hals.

Wo waren eigentlich ihre Arme gewesen? Und hatte sie auch das rechte Bein etwas angehoben, so wie es die Mädchen in den

Filmen taten, wenn sie ihren Liebsten das erste Mal küssten? Das hatte sie sich doch fest vorgenommen für ihren ersten Kuss. Sich genauso elegant wie die Filmstars an ihren Liebsten zu lehnen und dabei das eine Bein etwas anzuheben. Und jetzt wusste sie gar nichts mehr. Das lag nur an Johann! Wie war sie nur darauf gekommen, ihren eigenen Bruder zu küssen?

Nun, so neu war dieser Gedanke nicht. Schließlich hatte sie es schon einmal getan. Damals, als sie so ungefähr elf gewesen war und Johann sich angeblich mit seinem Kumpel – wie hieß er noch gleich? – treffen wollte, aber sich in Wirklichkeit mit dessen Schwester am Teich traf und Händchen hielt. Da hatte Johann zuvor Brigitte geküsst, aus sogenannten Trainingszwecken, jedoch die Schwester seines Kumpels, die so unglaublich dumm in Mathe gewesen war, später nicht mehr.

Nur Händchen gehalten hatte er mit ihr, geküsst hatte er sie nie, das hatte Johann Brigitte jedenfalls später erzählt, als sie gerade aus dem Osten nach Hamburg geflohen waren und noch bei dieser Tante Rita wohnten. Johann hatte es ihr wahrscheinlich gesagt, um Brigitte ein wenig aufzumuntern und um sie von der verlorenen Heimat in Mecklenburg abzulenken. Damals schwor er ihr sogar, dass Brigitte nicht nur die Erste gewesen war, die er geküsst hatte, sondern dass sie bis zum Tage ihrer Ankunft im Westen sogar die Einzige war und es vermutlich auch noch lange Zeit bleiben würde, weil die Westbräute auf die Heinis aus der Ostzone nicht besonders scharf waren.

Das stimmte so aber nicht. Denn gleich in der zweiten Woche in Hamburg hatte die Sekretärin von Johanns neuer Arbeitsstelle, eine Abwesenheit ihres Gatten – des Poliers des Unternehmens – genutzt, um Johann »zum Mann zu machen«.

Auch das hatte Johann ihr anvertraut, und wenn sich Brigitte richtig besann, hatte sie immer mit Johann über diese Sachen gesprochen, obwohl oder vielleicht gerade, weil er ihr Bruder war, nicht immer sofort, aber irgendwann dann eben doch.

Nur diesmal verstrich die Zeit, ohne dass einer den ersten

Schritt machte, über das Geschehene zu sprechen, als warte jeder darauf, dass der andere beginne.

Immer wenn ihre Mutter mit Johann am Telefon sprach, wartete sie insgeheim darauf, zu hören: »Gitti? Johann will dich noch sprechen!« Aber das sagte sie nie, nicht in der ersten Woche nach Brigittes Heimkehr, nicht in der zweiten Woche, auch nicht einen ganzen Monat später, obwohl sie jeden Mittwoch nach ihrem Rommé-Nachmittag Johann anrief, weil er sich da ein paar Mark in einem Architekturbüro dazuverdiente und neben einem Telefon saß.

Aber sie fragte auch seltsamerweise nie, ob Brigitte Johann noch sprechen wollte, wenn diese wie zufällig durch den Flur strich, oder ob sie ihm einen Gruß von ihr ausrichten solle. Und Brigitte selbst rief auch nie wie früher: »Sag Johann einen schönen Gruß von mir«, wenn sie es eilig hatte, oder »Lass mich endlich auch mit ihm sprechen«, wenn ihre Mutter ewig brauchte, um all ihre Ermahnungen an den Sohn loszuwerden.

Anscheinend wunderte sie sich darüber gar nicht, und das war es, was Brigitte am wenigsten verstand. Dass nämlich ihre Mutter ganz gegen ihre sonstige Natur schon nach wenigen Tagen ihre bohrenden Fragen eingestellt hatte und so tat, als wäre es das Normalste der Welt, dass Brigitte und Johann plötzlich nicht mehr miteinander sprachen.

So konnte es nicht weitergehen, dachte Brigitte. Es ging nicht vor und nicht zurück, das war ja nicht auszuhalten. Was, wenn sie Johann irgendwie aus der Reserve locken könnte? Sie hatte ja viel Zeit, sich etwas auszudenken, bis zur Neueinweihung der Heilig-Kreuz, zu der Johann sogar aus Hamburg angeflogen kommen würde.

»Gitti? Johann ist am Apparat und will dich sprechen«, rief ihre Mutter im Flur, und der Tonfall, in dem sie das rief, war so beredt, dass sich Brigitte gut überlegte, was sie für eine Antwort geben sollte.

»Ich will ihn aber nicht sprechen«, schrie sie überdeutlich zurück, damit es auch Johann am Telefon hören konnte. Und freute sich insgeheim, dass die Ereignisse ihn nun doch aus der Reserve gelockt hatten.

Endlich!

Doch sie wollte nicht am Telefon mit ihm reden. Wenn er sie sprechen wollte, musste er sich schon nach Berlin bemühen – auch wenn die Einweihung der Heilig-Kreuz-Kirche erst in drei Monaten war. Da konnte es nämlich schon zu spät sein und sie bereits mit einem anderen verheiratet.

Ganze vier Wochen hatte sie gebraucht, um den etwas überraschten Karl-Heinz, der anfänglich meinte, sie erlaube sich mit ihm einen Scherz, davon zu überzeugen, dass sie ihn aufrichtig liebe. Dann hatte es noch einmal zwei Wochen gedauert, bis er ihr glaubte. Zu oft war er in seiner Schullaufbahn gemeinen Streichen aufgesessen und dachte natürlich, dass auch Brigittes Geständnis nur dazu da war, um andere zum Lachen zu bringen. Doch dann glaubte er ihr endlich und begann erst Blümchen zu bringen, dann Konfekt und dann Händchen zu halten, auch in der Tanzstunde, für alle sichtbar, und Brigitte musste sich zusammenreißen, diesen ganzen Körperkontakt auszuhalten, nicht nur Karl-Heinz' unrhythmische Plattfüße, sondern nun auch noch seine verschwitzten, weichen Hände! Das war schon ein hoher Preis! Und das alles nur, damit das Tuscheln der blöden Gänse, ihrer ehemaligen Klassenkameradinnen, bis in die Pfarrgemeinde getragen wurde, wo es natürlich umgehend ihre Mutter erreichte, die es dann wiederum dem Vater und natürlich auch Johann am Telefon erzählte. »Gitti hat jetzt einen Freund«, hatte ihre Mutter sechs Wochen später mit unüberhörbarem Stolz gesäuselt. »Einen Arztsohn, der später die Praxis seiner Eltern übernehmen wird.«

Das hatte Johann jedoch nicht aus der Reserve gelockt. Er hatte nur gesagt, dass »es ja auch mal Zeit wurde«, wie Brigitte aus dem anschließenden Gespräch ihrer Mutter mit dem Vater wusste. Kein Aufschrei der Verzweiflung von ihm, so wie sie es sich vorgestellt hatte, auch keinen mahnenden Appell an ihre gemeinsame Liebe, an die sie doch beide glaubten, auch wenn sie sie niemals leben durften.

Dass Johann all dies nicht tat, war eine große Enttäuschung, und deshalb hatte sie auch gar nicht richtig mitbekommen, wie ihr das mit Karl-Heinz langsam zu entgleiten drohte. Plötzlich wollte Karl-Heinz nämlich noch mehr Beweise, dass sie ihn wirklich liebte, und eigentlich hätte sie an dieser Stelle sagen können, dass sie Karl-Heinz doch nicht so liebte, wie sie es gedacht hatte, das wäre immerhin anständig von ihr gewesen. Aber dazu hatte sie zu sehr Angst, dass Johann, wenn er von der Trennung erführe, ihre Absicht durchschauen würde. Und das wollte Brigitte auf keinen Fall.

Deshalb hielt sie Karl-Heinz hin und versuchte ihm ihre Liebe zu beweisen, auch, indem sie einen glitschig feuchten Kuss von ihm tapfer akzeptierte, während sie ihre eigene Zurückhaltung mit ihrer Schüchternheit in solchen Dingen erklärte. Doch Karl-Heinz glaubte ihr nicht und forderte noch mehr Beweise und wurde zunehmend misstrauischer, bis er mit dieser Idee der heimlichen Verlobung kam und Brigitte nicht mehr zurückkonnte und auch nicht wollte. Weil Johann nicht reagiert hatte. Weil ihr Karl-Heinz leidtat. Weil sie auch endlich einen Freund haben wollte und ein Geheimnis, von dem nur sie, na ja, und Karl-Heinz wussten.

Also verlobte sie sich heimlich mit Karl-Heinz und war sich ganz sicher, dass niemand davon erfahren würde. Was ein Irrtum war. Nachdem sie bei Kaffee und Kuchen und spitzmündigem Kuss ihre Verlobung in einem Café am Ku'damm besiegelt hatten und Brigitte hoffte, erst einmal ein wenig Ruhe vor Karl-Heinz zu haben, und auf dem Heimweg schon darüber nachdachte, wann sie die Verlobung wieder auflösen würde, in vier oder erst in sechs Wochen, da hatte Karl-Heinz nichts Besseres zu tun, als gleich anschließend zu seinen Schulfreunden zu laufen und ihnen brühwarm von ihrer Verlobung zu erzählen.

Es dauerte dieses Mal nur vier Tage, bis das Geheimnis auch ihre Mutter erreichte. Und obwohl das Geheimnis anfänglich nur von Mund zu Mund weitergegeben worden war und also nur wie ein kleiner Schneeball ganz unbescholten den Berg hinabgekullert war, hatte es in diesen wenigen Tagen immer mehr Ausschmückungen erfahren, so wie auch der kleinste Schneeball beim Kullern immer mehr an Geschwindigkeit und an Masse zulegt. Das Ganze war zu einer mächtigen Lawine angewachsen, die sie mit voller Breitseite erwischte. Denn ihre Mutter hatte bereits Karl-Heinz zur Rede gestellt und erfahren, dass Brigitte zwar nicht schwanger war, Karl-Heinz aber durchaus beabsichtigte, noch in diesem Jahr, und zwar als Erster in der neu eingeweihten Heilig-Kreuz-Kirche, Brigitte zu heiraten, und ihr Vater sollte die Zeremonie leiten.

Sicher, die Sache war Brigitte etwas über den Kopf gewachsen, aber dass ihre Mutter von ihr verlangte, auf der Stelle die Verlobung zu lösen, ging ihr dann doch gegen den Strich. Weil sie sich nicht mehr wie ein kleines Kind behandeln lassen wollte. Auch wenn sie nach dem Gesetz noch nicht volljährig war, sagte sie ihrer Mutter, dass sie Karl-Heinz ganz bestimmt heiraten werde, und wenn ihre Mutter ihren Segen dazu nicht geben und ihr Vater sie nicht trauen wolle, dann würden sie es eben woanders tun, sie jedenfalls lasse sich nicht von den Eltern vorschreiben, wen sie heirate und wen nicht.

Da hatte ihre Mutter Johann angerufen und von ihm verlangt, dass er mit ihr sprechen solle, aber das war eben nicht das, was sich Brigitte vorgestellt hatte. Natürlich nicht. Deshalb lehnte sie es ab, und auch weil sie darauf spekulierte, dass er nun höchstpersönlich kommen würde, um sie von der Heirat mit Karl-Heinz abzuhalten.

Sie hatte sich nicht verspekuliert. Offensichtlich fand auch Johann ihren Einsatz, Karl-Heinz zu heiraten, diesmal hoch genug, um nach Berlin zu kommen und ihr persönlich die Leviten zu lesen. Als sie von der Tanzstunde kam, saß er bereits mit den Eltern im Esszimmer, wo sie wahrscheinlich seine Vorgehensweise beredeten, ohne zu ahnen, dass Brigitte alles mit anhören konnte.

»Wie kann Gitti diesen Jungen heiraten wollen, wenn sie ihn überhaupt nicht liebt?«, fragte Johann gerade aufgebracht.

»Warum bist du dir sicher, dass sie ihn nicht liebt? Du hast ihn doch noch nie gesehen?«, fragte ihre Mutter zurück.

»Weil alles, was du mir über ihn erzählt hast, darauf schließen lässt«, erwiderte Johann ohne Zögern, und Brigitte fand, dass er gut pariert hatte.

Doch da mischte sich schon ihr Vater ein: »Es ist gleichgültig, warum sie ihn heiraten will. Sie hat es sich nun mal in den Kopf gesetzt, und wie wir alle wissen, ist sie von dem, was sie sich vornimmt, nicht so schnell abzubringen.«

»Aber warum der?«, beharrte Johann.

»Den, den sie liebt, könne sie nicht heiraten, sagt sie«, erwiderte der Vater seufzend, und Brigitte sah, wie er Johann eingehend musterte. Johanns Gesicht konnte Brigitte leider nicht sehen, weil er mit dem Rücken zu ihr stand.

»Sag mal, in Hamburg? War da etwas zwischen Brigitte und diesen Studienkollegen von dir?«

»Nein, nein«, wehrte Johann schnell ab – zu schnell, wie Brigitte fand.

Auch die Mutter glaubte ihm nicht, blieb aber auf der falschen Fährte. »Ist er verheiratet?«

»Was? Nein!«

Mehr verstand Brigitte nicht, denn im Flur begann das Telefon zu klingeln. Brigitte verließ ihren Platz und rannte hinaus, um das Gespräch entgegenzunehmen. Es konnte eigentlich nur Karl-Heinz sein, dessen Eltern heute aus dem Urlaub heimkehrten. Sobald er ihnen von seinen Heiratsabsichten erzählt hatte, wollte er Brigitte Bescheid sagen, wie sie es aufgenommen hatten. Das wäre für sie eine gute Gelegenheit, vor Johann am Telefon die Verliebte zu spielen, dachte sie.

Doch daraus wurde nichts. Es war nicht Karl-Heinz, sondern seine Mutter, die bei seiner Ankündigung, Brigitte Günzel heiraten zu wollen, einen hysterischen Schreikrampf bekommen hatte. Und den hatte sie auch noch nicht überwunden, als sie bei den Günzels anrief, um die Verlobung aufzulösen. Als Brigitte endlich verstand, was die Frau wollte, war sie im ersten Moment erleichtert, aber im zweiten Moment doch auch verletzt. Sie durfte weder Johann haben, den sie liebte, noch Karl-Heinz, den sie kein bisschen liebte. Was, wenn es überhaupt keinen Mann in diesem Leben für sie gab, fragte sie sich und später auch Johann, als er an ihrem Bett saß und versuchte, sie zu trösten.

»Es wird schon noch der Richtige kommen, hm?«, erwiderte er.

»Aber du bist doch hier!«

»Du weißt, dass das nicht geht.«

»Dann gehe ich eben ins Kloster«, erwiderte Brigitte und fragte sich, woher sie diesen Satz hatte. Aus einem Film? Einem Roman? Na, wenn schon, sie fand Gefallen daran.

Johann allerdings schüttelte amüsiert den Kopf. »Warum denn gleich ins Kloster?«

ANDRÉ

Rostock

1982

Der Applaus blieb verhalten. Der Schwede hatte zwar kaum Spritzer gemacht und war wunderbar eingetaucht, aber der Schwierigkeitsgrad seines letzten Sprunges war nicht besonders hoch gewesen. Er hatte noch nicht sein ganzes Können zeigen wollen, wie so einige hier. Und das war ja auch normal. Schließlich war es nur der Internationale Springertag in Rostock. Keine EM oder gar WM, nur das erste Beschnuppern der internationalen Konkurrenz vor den großen Wettkämpfen im Sommer, ein Einspringen mit erstem Kennenlernen. Mit welchen neuen Gesichtern hatte man zu rechnen, mit welchen unerwarteten Talenten? Welche Namen musste man sich nun merken, und welche konnte man wieder vergessen?

Es war das dritte Jahr, dass André beim Springertag in Rostock bei den Junioren teilnahm, aber es war das erste Mal, dass er die Chance hatte, einen internationalen Wettkampf zu gewinnen. Nächstes Jahr würde er bei den Erwachsenen mitspringen und sich wieder hintenanstellen müssen. Und in zwei Jahren würde er in Los Angeles dabei sein, sagte er fest zu sich, als er seinen Trainingsanzug auszog, selbst wenn er heute den Wettkampf nicht gewinnen und den letzten Sprung vermasseln sollte. Die Konkurrenz bei den Wasserspringern war nicht besonders groß. In seiner Altersgruppe war er als Einziger in der DDR übriggeblieben. Das allein sicherte ihm jedoch noch nicht einen Platz bei Olympia.

Das Publikum in der Rostocker Neptunhalle stöhnte gerade auf. Ein sechzehnjähriger Chinese, der wie zwölf aussah, hatte einen sehr ehrgeizigen Sprung verpatzt, obwohl er bisher wie unter Hypnose gesprungen war. Die Chinesen hätten da so spezielle Methoden, die Nerven zu beruhigen, hatte ihm Hotte bei der gestrigen Abendmassage erzählt. Die wolle sich Hotte abgucken und trieb sich deshalb immer in den Umkleiden der Chinesen rum. Schwager Burghard würde das auch begrüßen, so ein bisschen Betriebsspionage innerhalb der sozialistischen Länder konnte ja nichts schaden, noch dazu, wenn sie dem eigenen Sohn zugutekam.

André beendete seine Dehnübungen und begann sich auf seinen Sprung zu konzentrieren, einen zweieinhalb Auerbach geschraubt, indem er den Bewegungsablauf Schritt für Schritt durchging, praktisch trocken durchsprang von dem Moment an, wo seine Zehen das Dreimeterbrett verlassen würden, bis zu ihrem Eintauchen, bei dem er hoffentlich die nur leichten Eintauchspritzer mit sich in den Abgrund ziehen würde.

Es folgten noch ein paar hüpfende Lockerungsübungen, dann atmete er einmal tief durch und ging an der gesammelten Konkurrenz vorbei zum Dreimeterturm. Ein paar seiner Mitstreiter nickten ihm anerkennend zu, ihm, dem Sohn des Olympiazweiten von Rom, dem ein bekannter Reporter gestern nach dem zweiten Platz auf dem Einmeterbrett eine ebenso glänzende Sportkarriere vorausgesagt hatte, wie sie seinem Vater seinerzeit gelungen war. Der Apfel fällt nicht weit vom Stamm, hatte der Reporter augenzwinkernd in die Kamera gesagt, obwohl er aus dem Vorgespräch wusste, dass André nur Rothemarks Adoptivsohn war und dass das also mit dem Apfel nicht zutraf. Aber um das aufzuklären, würde die Zeit beim Fernsehen nicht reichen, hatte der Reporter hinterher gesagt, und sowieso klinge

Adoptivsohn so nach verkorkster Kindheit. Das hatte André natürlich zu denken gegeben, während der Fernsehreporter den Zuschauern außerdem mitteilte, dass Andrés Vater heute sogar unter den Juroren saß und dessen Sprünge zu bewerten hatte, was bei Andrés Konkurrenten vielleicht nicht so gut ankam.

Noch bevor André einwerfen konnte, dass der Reporter da seinen Vater schlecht kennen würde, rief dieser, dass das Publikum aber da den Vater von André Rothemark schlecht kenne, denn in einem Vorgespräch habe Burghard Rothemark dem staunenden Reporter verraten, dass er seinen Sohn härter noch als alle anderen bewerten werde, damit hinterher keiner sagen könne … und so weiter und so fort.

Natürlich hatte Burghard sein Versprechen gehalten und jeden von Andrés Sprüngen mindestens zwei Zehntel schlechter bewertet als die anderen Kampfrichter. Trotzdem könnte er es schaffen, hatte er Doris in der Wettkampfpause beruhigt. »Und überhaupt: André versteht das schon!«

André verstand. Das war Rothemarks Art, ihm seine Liebe zu beweisen, indem er ihm nichts durchgehen ließ und ihn doppelt so hart rannahm wie andere. André hatte lange gebraucht, um das zu begreifen, und letztendlich hatte auch erst die Trennung von Onkel Fritz dies möglich gemacht. Weil er nun nicht mehr hatte hoffen können, irgendwann doch noch Burghards selbstgerechter Art entkommen zu können, hatte er sich mehr und mehr auf die Rothemarks eingelassen und allmählich doch noch einen Draht zu ihnen gefunden. Dass er außerdem eine Begabung für Burghards Sportart mitbrachte, hatte die Sache um einiges erleichtert. Denn der Stolz auf Andrés sportliche Erfolge stimmte Burghard oftmals milder, als er es vielleicht ohne diese Erfolge gewesen wäre und in den ersten Jahren ihres Zusammenlebens ja tatsächlich gewesen war.

Der Hallensprecher rief André auf, und ein leichtes Raunen ging durch die Halle, während er die Leiter zum Dreimeterbrett hinaufkletterte, den richtigen Härtegrad am Brett einstellte und dann Aufstellung nahm. Dieser Sprung würde nicht über seine Zukunft entscheiden, dachte André, aber er könnte ein Sprung in eine gute Zukunft werden.

In der Halle wurde es nun sehr still, und er wusste die Augen aller auf sich, besonders die von Burghard, Doris und Hotte. Seiner Familie. Dann ertönte der Pfiff. Er nahm Anlauf und sprang.

André bekam das Grinsen gar nicht mehr aus dem Gesicht. Der gestrige Tag war der schönste Tag seines ganzen Lebens gewesen, und das nicht nur, weil er seinen ersten internationalen Wettkampf gewonnen hatte, sondern weil er auch die Rothemarks noch nie so glücklich und gelöst und vor allem so stolz auf ihn, André, gesehen hatte.

Wenn er doch nur gewusst hätte, dass Burghard von Anfang an an ihn geglaubt hatte! Er habe nämlich, so sagte Burghard beim Abschlussfest des Springertages, schon etwas betrunken, bereits beim ersten Aufeinandertreffen gedacht, dass ihn dieses traurig dreinblickende Kerlchen ganz bestimmt irgendwann sehr stolz machen würde. Es hätte also diese Anfangsschwierigkeiten zwischen ihnen gar nicht geben müssen, dachte André ein bisschen wehmütig. Warum nur hatte er sich so dagegen gesperrt, sich von ihnen lieben zu lassen? Wo er doch diese Erfahrung mit den Erzgebirgseltern schon hinter sich hatte und wusste, dass diese Bilder in seinem Kopf, von denen er glaubte, dass sie Erinnerungen an sein früheres Leben seien, die Wüste, das Maschinengewehr, für andere schwer zu glauben waren und nur die Zuneigung zerstörten, die ihm die Erzgebirgseltern und die Rothemarks entgegenbrachten.

Wie dumm er gewesen war, dachte André auf seinem Hotelzimmer und strich zärtlich über sein neues Tonbandgerät, das der Vater, also Burghard, ihm schon zu Weihnachten hatte schenken wollen und über einen befreundeten Trainer in Prag hatte besorgen lassen, wie er gestern nach der Siegerehrung sagte.

Leider hatte es aber wieder einmal bei der tschechischen Firma TESLA Produktionsengpässe gegeben, so dass das Tonbandgerät erst im Februar eintraf. Burghard glaubte, dass sich André auch später darüber freuen würde, und befand, dass ein internationaler Wettkampf ebenfalls ein guter Anlass für ein solch großes Geschenk sei, besonders wenn André dabei gut abschnitt, wovon Burghard ausgegangen war. Sein Adoptivvater war einfach nicht mehr wiederzuerkennen, dachte André, während er das Tonbandgerät wieder verpackte und sich auf seinem Hotelzimmer für den Stadtbummel durch Rostock fertig machte, auf dem Doris nach einer neuen Nähmaschine Ausschau halten wollte und Burghard nach neuen Reifen für seinen Wartburg, und vielleicht fanden sie für André auch noch etwas in der *Jugendmode* oder im *Exquisit*, was ihm gefallen würde. Es durfte ruhig was kosten, denn Burghard, so hatte Doris ihm beim Frühstück im Hotelrestaurant lächelnd zugeraunt, habe wegen Andrés Sieg die Spendierhosen an, und das, plus seinen Kater vom gestrigen Abend, mussten sie ausnutzen.

Bepackt mit Tüten und Päckchen, die aber anderes enthielten, als sie sich zu kaufen vorgenommen hatten, weil es weder Reifen für den Wartburg noch Nähmaschinen gegeben hatte und André auch nichts zum Anziehen gefunden hatte, das ihm gefiel, zuckelten sie drei Stunden später durch die Fußgängerzone von Rostock und waren dennoch zufrieden, denn Doris hatte in einem Haushaltswarengeschäft, wo sie nur nach Töpfen hatte fragen wollen, eine Küchenmaschine ergattert, die eine Kollegin von ihr schon lange suchte und die wiederum einen Schwager hatte, der für die Rothemarks eventuell eine Kühltruhe besorgen konnte. Mehrere der Einkäufe waren also eigentlich für andere bestimmt, und dennoch waren sie alle sehr zufrieden. So war nur noch eines zu erledigen, nämlich der Besuch einer Freundin von Doris, mit der sie sich während ihrer Buchhändlerlehre in Leipzig gemeinsam ein Zimmer im Internat geteilt hatte. Burghard hatte wie André wenig Lust dazu, doch Doris bestand darauf, dass sie mit in den Buchladen kämen: Sie wollte der Freundin ihre kleine Familie vorführen, auf die sie so stolz war.

Also standen sie wenig später im Buchladen auf der Fußgängerzone, wo reger Besucherverkehr herrschte, und ließen sich von der Freundin begaffen und ertrugen auch ihre Ahs und Ohs, als sie hörte, aus welchem Anlass sie in der Stadt waren, und André musste seine Medaille zeigen. Aber dann waren sie endlich entlassen, weil die beiden Frauen noch ein paar Worte unter sich wechseln wollten, und deshalb schauten sich Burghard und André ein bisschen im Laden um, ohne damit zu rechnen, dass sie irgendein Buch von Interesse entdecken könnten, denn alles, was es an guten, lesenswerten Büchern gab, war sowieso Mangelware oder eben Bückware, die nur für ausgewählte Kundschaft hervorgeholt wurde. So wurde es im Buchladen von Doris Rothemark gehandhabt, und auch hier war es nicht anders, wo in den Regalen nur Ladenhüter standen, an der Kasse einige Kunden dennoch bereits verpackte »Bestellungen« zu horrenden Summen bezahlten.

Überdies hatten die Rothemarks ja ihre Buchquelle direkt in der Familie, und wenn es ein Buch gab, das André interessieren könnte, dann hätte Doris es ihm auch gleich besorgt. Deshalb wusste er selbst nicht, warum er sich, nachdem er einen Blick in das beinahe leere Regal für Bildbände geworfen hatte, an eine Frau in einem Kittel wandte, die gerade ein Regal mit Büchern aus dem Dietz Verlag vom Staub befreite.

»Entschuldigung? Haben Sie auch Bücher über Wüsten?«

»Ich weiß nicht«, sagte die Frau im Kittel freundlich und wischte weiter zwischen den Büchern. »Aber ich kann gleich mal hinten fragen gehen.« Dann hielt sie doch inne und lächelte ihn an. »Für welche Wüste interessierst du dich denn speziell? Die Gobi? Die Sahara? Die Kalahari? Die Nefud? Alaschan? Oder die Wadi Rum in Jordanien? Aber das ist eher eine Halbwüste … Dann gäb's da noch …«

»Sie haben über all diese Wüsten Bücher?«, fragte André, aber das war es nicht, was ihn so erstaunte. Er schien diese Frau zu kennen. Irgendwie kam sie ihm bekannt vor, besonders als sie die Wüsten aufgezählt und dabei so ernst dreingeblickt hatte.

»Ich weiß nicht«, sagte die Frau wieder und kam zu ihm herüber. Nach einem Blick ins Regal für die Bildbände fügte sie augenzwinkernd hinzu: »Ich schau mal, was ich tun kann.« Als sie bemerkte, wie André sie anstarrte, hielt sie inne. »Was ist?«

»Ich kenne Sie«, erwiderte André zögernd, doch da sah er schon Burghard auf sich zukommen, der sich eben noch Handbücher für Autoreparaturen angeschaut hatte, und die Frau, die ihn nun ebenfalls anstarrte, sagte ziemlich erschrocken: »Woher?«

»Kommst du? Wir gehen«, rief Burghard ihm zu und kam immer näher. André schüttelte hastig den Kopf, um der Frau zu bedeuten, dass er es nicht wusste, und sagte leise, als Burghard schon fast heran war: »Ich habe Sie nicht nach Wüsten gefragt!«

Dann lief er schnell Burghard entgegen, der natürlich sofort wissen wollte, was er mit der Frau zu bereden gehabt hatte, aber er erwiderte nur: »Ach, nichts.« Und dann folgte er Burghard und Doris zur Tür, die der Freundin noch einmal zuwinkten, während André sich nach der Frau umsah, die wie angewurzelt vor dem leeren Regal für die Bildbände stand und ihm nachschaute.

Dieser Blick, den er auf der ganzen Fahrt nach Berlin nicht vergessen konnte, und diese Augen, die ihm so bekannt vorgekommen waren … Während der gesamten dreistündigen Fahrt verglich er sie mit denen all jener Frauen, die er in seinem kurzen Leben bisher kennengelernt hatte. Doch keine von ihnen hatte so geschaut wie diese Frau in dem Rostocker Buchladen. Nicht die Hortnerin im Erzgebirge, nicht die Frau aus der Sekundärrohstoffannahmestelle, zu der er damals die Zeitungen des alten Herrn Vogler gebracht hatte. Nicht die Verkäuferin aus der Bäckerei gegenüber dem Friesenstadion, bei der er sich früher nach dem Training oft eine trockene Schrippe kaufte. Er ging sie alle durch. Die wenigen Freundinnen von Doris, die Krankenschwester an der Sportschule, bei der er sich immer die Vitamindrinks abholte, all die Lehrerinnen an den verschiedenen Schulen, auch die, bei denen er keinen Unterricht gehabt hatte, und doch kam er nicht darauf, woher er diese Augen, dieses ernste Gesicht, diese Frau hätte kennen können oder ihr Augenzwinkern, das so verschwörerisch gewesen war, als wären sie alte Kumpels.

Das machte ihn schier wahnsinnig, auch die trockene Luft im Auto und dieses monotone Geräusch, dieses beständige Klackern, das durch die Nahtstellen zwischen den Platten der Autobahn entstand.

Aber plötzlich ging das Klackern in ein leises Rattern über, das von weit her zu kommen schien, weswegen André aus dem Fenster hinaus in die Landschaft entlang der Autobahn schaute, wo plötzlich kein Baum und kein Strauch mehr den Blick versperrte auf den von der Sonne versengten rotbraunen Acker. Dahinter ragten in weiter Ferne tiefschwarze Berge gegen die untergehende Sonne auf, und plötzlich bekam es André mit der Angst zu tun. »Aber wie soll ich denn hier meine Freunde treffen?«, rief er.

»Du wirst neue Freunde finden, das habe ich dir doch versprochen«, erwiderte Doris vom Vordersitz, ohne sich nach ihm umzudrehen, und er wunderte sich, dass sie plötzlich so ein schwarz-weißes Tuch um den Kopf geschlungen trug, das Jassir Arafat zu den Weltfestspielen getragen hatte, so dass er gar nicht Doris' Gesicht sehen konnte. Wieso trug sie dieses Tuch, fragte sich André bang, das hatte er noch nie an ihr gesehen, nicht mal im Winter trug Doris eine Wollmütze, weil sie immer Hitze hatte, und hier war es doch noch heißer als im Winter, furchtbar heiß sogar, deshalb hatte Burghard ja auch diese Shorts an, wie André von hinten sehen konnte, und Sandalen mit Sohlen aus Autoreifen. Hatte er also doch noch Reifen für den Wartburg bekommen, dachte André lächelnd und erschrak fast im selben Moment. Denn Burghards rechtes Handgelenk umschloss eine ziemlich altmodisch aussehende Uhr, die aber nicht Burghard gehörte, sondern Onkel Fritz, der sie einst von seinem Bruder Konrad bekommen hatte.

»Wo fahren wir denn hin?«, fragte André bang.

»Nach Petra«, erwiderte Doris vom Vordersitz.

»Zu Petra, heißt das«, erhob André Einspruch.

Der Mann, der Onkel Fritz' Uhr trug, lachte, und auch Doris lachte und drehte sich plötzlich zu ihm nach hinten um.

»Hast ja recht, mein kluger Junge« sagte sie und zwinkerte ihm verschwörerisch zu. Doch das war nicht Doris, die sich da zu ihm umgedreht hatte und ihn so freundlich anlächelte. Das war diese Frau aus der Buchhandlung. Aber das stimmte auch nicht, denn sie war viel jünger als diese Buchhändlerin, als wäre sie die jüngere Schwester von ihr.

»Und sag mal, mein kluges Kerlchen, kennst du auch ein paar Wüsten?« Und so begann André brav die Wüsten aufzuzählen, so wie er sie von der Frau im Buchladen gehört hatte, nannte eine nach der anderen und noch mehr ...

Und er zählte sie auch noch die ganze folgende Nacht auf, während die Rothemarks glaubten, dass er sich einer frohen Zukunft entgegenträumte, sich aber in Wirklichkeit den Kopf über diesen Traum zerbrach und sich fragte, was er wohl zu bedeuten hätte. Denn bevor die Erzgebirgsmutti so verärgert über seine Träume wurde, hatte sie gesagt, dass sie immer etwas bedeuteten und mit einem selbst zu tun hatten. Man musste sie nur richtig lesen. So kam André zu dem Schluss, dass die Frau, die er in dem Traum auf der Fahrt von Rostock nach Berlin gesehen hatte, nicht nur die rätselhafte Frau aus dem Buchladen gewesen war, sondern vielleicht auch seine Mutter ...

Seine Mutter? Zuerst kam ihm der Gedanke verrückt vor. Seine Eltern waren tot, verbrannt in einem Auto, das hatte Onkel Fritz ihm erzählt. Aber was, wenn das gar nicht seine Eltern in dem Auto gewesen waren, sondern Leute, die sich ihren Wagen nur für eine Spritztour ausgeborgt hatten? Wer hätte sie denn identifizieren können, so verbrannt, wie sie waren? Ja, das klang konstruiert. Und dennoch, da war dieses Gefühl, das ihm sagte, dass die Buchhändlerin seine Mutter sein könnte. Mehr und mehr war er davon überzeugt.

Das gestand er am nächsten Tag Hotte bei der Massage nach dem Frühtraining, denn warum sonst sollte ihn die Frau aus dem Buchladen »mein kluger Junge« und »mein kluges Kerlchen« in dem Traum nennen, wenn sie nicht seine Mutter wäre? Hotte hatte sich das alles angehört und ungewöhnlich häufig bedenklich genickt, aber jetzt konnte er offensichtlich nicht mehr an sich halten.

»Mensch, Kleener, dit is doch janz logisch oder eigentlich überhaupt nich! Weil, dit is doch nur dein Traum, wa, also deine Einbildung. Nischt, wat du real jesehn hast! Verstehste?«

»Ja, schon. Aber es stimmt für mich vom Gefühl. Und diese Frau im Buchladen hat mich doch auch so seltsam angeschaut.«

»Na, hätte ick wohl och, wenn de mich nach Bücher über die Wüste jefragt hättst!«

»Trotzdem. Ich muss mit Onkel Fritz sprechen. Wenn ich nur wüsste, wie ich an ihn rankomme! Doris hatte immer nur eine Telefonnummer, aber die hat sie irgendwann weggeworfen, weil ich ja nichts mehr mit ihm zu tun haben wollte.«

»Na ja … ick könnt mir ja mal umhorchen bei meene Kumpels«, sagte Hotte zögernd. »Der Chauffeur von deenem Fritz hebt ja ab und zu mal eenen bei Renate im *Fengler*.«

»Das ist es!«, rief André erfreut. »Der hat doch Onkel Fritz früher immer nach Hause gefahren. Also, wenn er seitdem nicht umgezogen ist …«

Am Nachmittag, als André vom Unterricht kam, stand Hotte

vor der Schule, lässig an seinen Škoda gelehnt, und lächelte. Er hatte es tatsächlich geschafft, über einen Kumpel den Chauffeur ausfindig zu machen, doch die Nummer von Onkel Fritz hatte der nicht herausgerückt, auch nicht seine Adresse. Dafür hatte er Hotte den Tipp gegeben, dass Onkel Fritz gegen siebzehn Uhr auf dem Friedhof in Friedrichshagen anzutreffen sei, weil er ihn aus alter Verbundenheit wie jedes Jahr an diesen Tag dort hinfahren würde, damit er zum Geburtstag seiner Mutter einen Strauß Blumen niederlegen konnte.

»Dein Onkel Fritz wird dir dit selbe sagen wie icke.«

Doch weil André ihn trotzdem bettelnd ansah, seufzte Hotte nur und schaute auf seine Uhr. »Na ja, könnten wa schaffen, wa.«

Onkel Fritz' Chauffeur, der vor dem Friedhof wartete, tat so, als sei er sehr erstaunt, ihn in Friedrichshagen zu sehen. André ging schnurstracks zum Grab »seiner Eltern«, wählte seinen Weg jedoch absichtlich so, dass Onkel Fritz ihn sehen musste.

»André?«

André blieb scheinbar erstaunt stehen und tat so, als bräuchte er einen Moment, um Onkel Fritz zu erkennen. So hatte er es mit Hotte auf der Fahrt hierher geplant, und so ging der Plan auch auf.

»André! Ich bin es. Onkel Fritz.«

»Ach, hallo! So ein Zufall. Ich wollte gerade zum Grab meiner Eltern«, rief André über die Gräber hinweg und überlegte, ob er gleich von dem Traum erzählen sollte oder vielleicht erst später.

»Verstehe. Gibt es denn einen Grund, dass du sie ausgerechnet heute besuchst?«

Das lief ja besser, als er gehofft hatte, dachte André und schüttelte den Kopf. »Nein, das heißt, ich hab gestern so was Komisches von meiner Mutter geträumt, und da dachte ich …«

»Geträumt? Von deiner Mutter? Wie sah sie aus? Aber lass uns doch erst einmal setzen.«

Onkel Fritz deutete auf eine kleine Bank neben dem Grab seiner Mutter, mit Blick auf den Eingang des Friedhofs, und André begann, zuerst von der Buchhändlerin in Rostock zu erzählen und dann, wie er sie später im Traum gesehen hatte, und dass er jetzt irgendwie glaubte, dass sie seine Mutter war.

Onkel Fritz hatte sich alles ruhig angehört, ihn nicht, so wie früher immer, gleich unterbrochen, sondern ihn ausreden lassen. Und auch als André seinen Bericht beendete, sagte er erst einmal nichts, sondern schaute lange über die Gräber, so als müsste er erst einmal nachdenken, was hinter dem Traum stecke. Das irritierte André mehr, als wenn Onkel Fritz ihn wie Hotte gleich abgeschmettert hätte, und er sah es auch als Bestätigung für seine Vermutung.

»Nicht wahr, du glaubst auch, dass es meine Mutter gewesen sein könnte?«, fragte André, doch Onkel Fritz schüttelte nur den Kopf.

»Nein, sie liegt dort drüben, zusammen mit deinem Vater.«

»Aber wieso kam mir die Buchhändlerin so bekannt vor, und wieso habe ich von ihr geträumt?«

»Manchmal spielt uns unser Unterbewusstsein eben einen Streich«, erwiderte Onkel Fritz ruhig. »Es mag ja sein, dass dich die Frau aus dem Buchladen an deine richtige Mutter erinnert hat, weil sie eine gewisse Ähnlichkeit mit ihr hatte, aber sie kann es nicht sein, wie du weißt. Sie liegt dort drüben, und ich selbst habe es veranlasst.«

»Aber ich hab früher nie von meiner Mutter geträumt. Ich weiß nicht, wie sie aussah.«

»Vielleicht ist nach deinem Sieg in Rostock sehr viel Druck von dir abgefallen ... Da kommen im Traum schon mal alte Erinnerungen hoch.«

André sah ihn erstaunt an. »Du weißt, dass ich gewonnen habe?«

»Ich habe doch gesagt, dass du mir wichtig bist«, gab Onkel Fritz schmunzelnd zurück und wurde gleich wieder ernst. »Weil dieser ganze Druck von dir abgefallen ist, konntest du endlich im Traum deine Mutter sehen. Aber weil du dich nicht wirklich an sie erinnern kannst, hast du es mit dem freundlichen Gesicht der Buchhändlerin ergänzt. So was ist nicht ungewöhnlich. Glaub mir, du bist einer Täuschung erlegen.«

»Aber ...«

»Frag dich lieber, warum deine Mutter in Rostock arbeiten sollte? Und wenn sie es wirklich war, warum sie dann nicht das Normalste von der Welt tut, nämlich dich suchen.«

André schluckte. So hatte er es noch nicht gesehen.

»Na siehst du.« Onkel Fritz lächelte und legte seinen Arm um André, drückte ihn sanft. »Wer ist eigentlich Petra?«

André schaute Onkel Fritz überrascht an.

»Die aus deinem Traum.«

»Ich weiß nicht. Ich kenne keine Petra!«

»So? Dann weiß dein Herz wohl mehr als dein Verstand.« Onkel Fritz grinste spöttisch und boxte André leicht gegen den Arm. »Dein Vater hat mir erzählt, dass dich ein Mädchen aus der Schweiz kontaktiert hat.«

Kontaktiert?

André erinnerte sich an eine fünfzehnjährige Kunstspringerin aus Zürich, die ihn bei den Springertagen in Rostock auf seinen Vater angesprochen hatte. Hieß die Petra? Sowieso hatte er in Rostock nur nach Jan Ausschau gehalten, wenn auch etwas halbherzig, denn Jan hatte ihm schon lange nicht mehr aus Westberlin geschrieben. Hatte er also dieses Mädchen netter gefunden, als er es jetzt erinnerte und sich eingestehen wollte?

»Was hältst du davon, André, wenn wir unseren alten Streit vergessen und noch mal von vorn anfangen? Ich habe jetzt nämlich sehr viel Zeit, weißt du.«

André zuckte unbestimmt die Achseln und sah, wie drüben am Eingang ein älterer Mann den Friedhof betrat und direkt auf sie zusteuerte.

»Du könntest mich ja mal besuchen kommen.«

»Ich weiß ja nicht mal, wo du wohnst«, gab André etwas zu mürrisch zurück, denn eigentlich hatte er damals schon wissen wollen, wie Onkel Fritz so wohnte.

»Nicht weit von hier, Müggelseedamm 60. Sagen wir, morgen um sechzehn Uhr zu Kaffee und Kuchen? Oder hast du da noch Training?«

André schüttelte den Kopf. »Morgen Nachmittag kann ich frei bekommen.«

»Also dann abgema...« Onkel Fritz beendete seinen Satz nicht, sondern starrte plötzlich erstaunt dem älteren Mann entgegen, der nur noch wenige Meter von ihnen entfernt war und ebenso stehen geblieben war.

»Konrad?«, rief Onkel Fritz und wirkte dabei sehr aufgeregt. Und der Mann antwortete. »Fritz?«

Dann lagen sich die beiden alten Männer auch schon in den Armen, und André schaute ihnen betroffen zu. Denn dieser alte Mann dort musste Onkel Fritz' tot geglaubter Bruder Konrad sein, von dem ihm bisher nur die Uhr geblieben war, aber nun stand er leibhaftig vor Onkel Fritz.

»Konrad, darf ich dir André vorstellen?«, sagte Onkel Fritz, nachdem sie sich endlich wieder losgelassen hatten.

»Dein Enkel?«

»Kann man so sagen ...«, erwiderte Onkel Fritz lächelnd und warf André kurz einen Blick zu, als wollte er ihn um Erlaubnis für diese falsche Aussage bitten. »Ich fand immer, dass dir André etwas ähnlich sieht.«

»Kann man so sagen ...« André war der Satz die ganze Nacht nicht aus dem Kopf gegangen. Immer wieder hatte er sich einzureden versucht, dass Onkel Fritz diese Notlüge nur so in dem Moment stehengelassen hatte, um nicht seinem Bruder erklären zu müssen, dass André nur ein Teil seiner Arbeit gewesen war. Ganz sicher hatte Onkel Fritz seinem Bruder Konrad später, als André längst den Friedhof verlassen und mit Hotte zurück in die Stadt gefahren war, die Umstände erklärt, warum er André erst einmal als seinen Enkel ausgegeben hatte.

Und doch.

Es hatte ihm nur zu gut gefallen, von Onkel Fritz als Enkel vorgestellt zu werden. Das war es ja, was er sich damals immer von ihm gewünscht hatte: dass Onkel Fritz ihn vor anderen als seinen Enkel ausgäbe, wenigstens so zum Schein, auch wenn sie beide wussten, dass es nicht der Wahrheit entsprach. Aber natürlich hatte er immer gewollt, dass Onkel Fritz dies aus freien Stücken sagen würde und nicht nur, um komplizierten Erklärungen aus dem Weg zu gehen. Es sollte von Herzen kommen, nicht vom Verstand. Und genau dafür schalt er sich jetzt, wo er auf dem Weg zu Onkel Fritz war, nämlich dass er schon wieder und viel zu lange darüber nachdachte, wie Onkel Fritz dieses »kann man so sagen« gemeint hatte, und immer mehr zu hoffen begann, dass es auch ein wenig von Herzen gekommen war. Denn warum sonst hatte er André so angeschaut, als wolle er ihn um Erlaubnis fragen?

Die S-Bahn hielt in Friedrichshagen. André stieg aus und nahm, nachdem er in einem Textilgeschäft noch für Doris nach Frottierhandtüchern gefragt hatte, die Straßenbahn zum Müggelseedamm. Er kannte den Weg gut, denn der Müggelsee war ein beliebtes Ausflugsziel für die unteren Schulklassen am Wandertag. Im Sommer die Badestelle und im Frühjahr und im Herbst der Müggelturm, von dessen Aussichtsplattform man einen guten Blick über ganz Köpenick hatte, bis zum Fernsehturm. Wenn er damals gewusst hätte, dass Onkel Fritz ganz in der Nähe der Badestelle wohnte und nur ein paar Straßenbahnstationen vom Friedhof in Friedrichshagen entfernt, dann hätte André ihm damals ganz sicher einmal aufgelauert, um herauszukriegen, wo er wirklich wohnte und mit wem. Aber André war immer davon ausgegangen, dass Onkel Fritz auch in der Stadt wohnte, auch weil er ihn öfter vom Friedhof in die Stadt begleitet hatte.

Die Straßenbahn bog quietschend nach links in den Müggelseedamm ein, und André nahm sich vor, Onkel Fritz zuerst einmal nach seinem Bruder zu fragen. Das würde sie einander wieder etwas näherbringen, rechnete sich André aus, und bestimmt steckte eine besonders abenteuerliche Geschichte hinter dem Wiederauftauchen dieses Konrads. Sie würde mindestens ebenso spannend sein wie Onkel Fritz' Fluchtgeschichte 1935 nach Russland, nachdem er einer Jüdin das Leben gerettet hatte. Damals hatte Onkel Fritz einen Nazi erschießen müssen, weil dieser drohte, die Jüdin zu erschießen. Vielleicht war dieser Konrad ja auch noch da, und André konnte seine Geschichte aus dessen Mund hören.

Das gäbe André anschließend vielleicht die Chance, noch einmal auf seine Mutter zurückzukommen. Wenn Onkel Fritz' tot geglaubter Bruder plötzlich wieder auftauchen konnte, wieso dann nicht auch Andrés Mutter?

Obwohl die Straßenbahn die nächste Haltestelle noch nicht erreicht hatte, war sie auf freier Strecke einfach stehen geblieben und stand nun schon mehr als fünf Minuten. Die Leute, die alle in den Feierabend wollten, begannen zu murren. Aber das konnte dauern, denn vor ihnen standen noch mehr Straßenbahnen.

Eine halbe Stunde später erst gab der Fahrer auf Anweisung eines Polizisten die Türen frei, und alle gingen zu Fuß weiter, da die nächste Station sowieso die Endhaltestelle gewesen wäre. Währenddessen sprach sich wie ein Lauffeuer herum, was der eigentliche Anlass für die Unterbrechung gewesen war. Ein Mord sei etwas weiter vorn in einem der Häuser mit Seeblick geschehen. Ein Mord an einem ehemaligen Bonzen.

André hatte bei »Bonze« nicht sofort an Onkel Fritz gedacht, aber je näher er der von Onkel Fritz angegebenen Hausnummer kam, um so banger wurde ihm, und als er endlich vor dem Haus stand, sah er tatsächlich, wie zwei schwarz gekleidete Männer einen Sarg aus dem Haus trugen und in einem Leichenwagen verfrachteten. Dem Sarg war nicht anzusehen, dass darin Onkel Fritz lag, aber als der Polizeioberstleutnant einer älteren weinenden Frau die Hand zum Abschied reichte und sie mit Frau Sollmann anredete, wusste André, dass es nur Onkel Fritz sein konnte, der da im Sarg lag.

Das traf ihn dermaßen, dass er einfach davonrannte. Immer schneller rannte er, immer weiter, zurück bis zur Bölschestraße und weiter bis zum S-Bahnhof Friedrichshagen, und ließ dabei seinen Tränen freien Lauf.

TEIL III

Er hofft auf sie, spart sich für die eine große Liebe auf.
Blind vor Sehnsucht verschwendet er die Zeit, im Vertrauen auf sie.

KONRAD

Berlin

1929–1930

Als Konrad das große Hauptgebäude mit der Kuppel betrat, ergriff ihn etwas Erhabenes, etwas, das ihm die Brust vor lauter Stolz weitete, aber auch gleichzeitig verengte, aus Angst, er könnte die Erwartungen, die man in ihn setzte, nicht erfüllen. Sein halbes Leben hatte er auf diesen Moment hingearbeitet, und nun war er endlich am Ziel angelangt – oder zumindest an einem wichtigen Teilziel. Er hatte das Physikum bestanden und diese Stelle in der Städtischen Heil- und Pflegeanstalt Wuhlgarten bekommen, der ehemaligen Anstalt für Epileptische Wuhlgarten bei Biesdorf, dort, wo Selma ihre Schwester Alma zweimal die Woche zur Beschäftigungstherapie und zu den verschiedensten Untersuchungen brachte und wo er, so wie er es Selma einst versprochen hatte, sich als Arzt um Alma kümmern konnte. Ganze zwei Jahre hatte Konrad gebraucht, um seinen Gönner mittels Rudolf Scheidt davon zu überzeugen, dass diese Anstalt hier die besten Möglichkeiten für die verschiedensten Untersuchungen bot und dass es ihm, Konrad, überhaupt nichts ausmachen würde, so weit draußen – sprich: jwd – zu arbeiten, auch wenn es von Biesdorf zur Universität zehnmal weiter war als von der Charité in der Luisenstraße.

Natürlich hatte Konrads Gönner, dessen Name er nicht

kannte und den Konrad bisher nur ein einziges Mal, nämlich auf Rudolf Scheidts Fest, gesehen, jedoch nicht gesprochen hatte, von Rudolf wissen wollen, warum Konrad unbedingt in die Heil- und Pflegeanstalt Wuhlgarten wollte. Sie galt nicht unbedingt als Karrieresprungbrett, und »man« hätte es lieber gesehen, wie Rudolf weitergab, wenn Konrad sich um eine kleine Stellung in der medizinischen Forschung, zum Beispiel am Kaiser-Wilhelm-Institut bemüht hätte, denn da sah »man« Möglichkeiten für eine glänzende Karriere. Doch ohne dass sein Freund Rudolf etwas von Konrads wahren Beweggründen erzählen musste, konnte er den Gönner schließlich überzeugen, dass Biesdorf durch seine ungeheure Größe und gleichzeitige Abgeschiedenheit nahezu ideale Bedingungen bot, erst einmal Studien zu betreiben und Erfahrungen zu sammeln, die ihn später, wenn Konrad das Examen bestanden haben würde, gleich für eine richtige Anstellung im Forschungsbereich des Kaiser-Wilhelm-Instituts für Anthropologie und Genetik exponieren würden.

»Sollmann?«

Konrad drehte sich um und sah sich einem etwa dreißigjährigen Mann in der Uniform eines SA-Obersturmbannführers gegenüber, der missbilligend Konrads billigen Anzug musterte. Trotz des hohen Dienstgrades vermutete Konrad jemanden vom Wachpersonal und streckte unmerklich den Oberkörper durch.

»Ja, ich bin Konrad Sollmann und mit Dr. Gerold Mauersberger verabredet. Wissen Sie, wo ich ihn finden kann?«

Das Gesicht des SA-Mannes gab nur kurz ein mokantes Augenbrauenzucken preis, dann erwiderte er schneidend: »Ich bin Dr. Mauersberger, Sollmann. Heil Hitler!«

»Entschuldigen Sie ... Ich meine, Heil Hitler.« Konrad knallte die Hacken zusammen und erhob den Arm zum Gruß, was Dr. Mauersberger, dessen Gesichtsausdruck nicht anders als arrogant beschrieben werden konnte, nicht recht zufriedenstellte.

»Wo ist Ihre Uniform, Sollmann? Ich dachte, Sie sind Parteimitglied?« Mauersbergers hervortretender Adamsapfel hüpfte auf und ab.

»Seit April '28, Obersturmbannführer! Gleich nachdem das Verbot aufgehoben wurde«, schnarrte Konrad, wie er es bei den Parteitreffen gelernt hatte. »Ich dachte nur, dass hier ein weißer Kittel als Uniform angebrachter wäre, um die Patienten nicht zu beunruhigen.« Konrad klopfte tapfer auf seine Aktentasche, um anzudeuten, dass sich darin sein Kittel befand.

»Ach was, Sollmann. Die meisten unserer Debilen sind sowieso jenseits von Gut und Böse. Armselige Kreaturen mit weniger Grips als ein Hausschwein.«

Konrad holte empört Luft, um etwas zu erwidern, aber Mauersberger klopfte ihm bereits jovial auf die Schulter. »Kommen Sie, ich zeig es Ihnen.«

Konrad schluckte seine Empörung hinunter, so wie es ihm Rudolf in solchen Situationen schon mehrmals angeraten hatte, und folgte Mauersberger hinaus über den Vorplatz, an einem Baum vorbei, der ungewöhnlich große, weißgelbe Blüten trug, hinüber zu den Ställen, von wo tatsächlich Schweinegrunzen zu hören war.

»Gleich werden Sie Biene kennenlernen, Sollmann«, sagte Mauersberger und schritt in seinen knarrenden Stiefeln weit aus, den Kopf mit der schmalen Nase vorgestreckt, so dass er Konrad immer mehr an einen Truthahn erinnerte.

»Ein Mongo«, erklärte Mauersberger auf Konrads Frage, wer denn Biene sei, und dann betraten sie auch schon den Stall, wo in drei Boxen Schweine standen und dazwischen vier Patienten, zwei davon mit Down-Syndrom, die verschiedene Arbeiten verrichteten, während ein Krankenwärter sie beaufsichtigte.

»Passen Sie auf Ihre Augen auf«, riet Mauersberger, bevor sich die einzige Frau unter den vier Patienten mit freudigem Geheul auf ihn stürzte und ihm sofort mit den Fingern ins Gesicht fuhr und nach seinen Augen zu stechen versuchte.

»Biene, Biene ...«, rief die Frau dabei immer wieder, während Mauersberger seinen Kopf auf Abstand brachte und sie auf Konrad aufmerksam zu machen versuchte. Kaum war ihm das gelungen, ließ Biene von Mauersberger ab und kam auf Konrad zu, legte ihren Kopf schief und betrachtete ihn neugierig von unten.

»Biene, Biene!«, wiederholte sie, und schon zielte ihr Finger blitzschnell auf Konrads linkes Auge. Konrad konnte ausweichen, doch wenig später, als Mauersberger ihm erklärte, dass die Ställe nicht nur zu Therapiezwecken, sondern auch der Eigenversorgung der Anstalt dienten, erwischte ihn Biene mit ihren schmutzigen Fingern am linken Auge. Mauersberger geriet darüber so in Rage, dass er mit der bloßen Hand auf Biene einzudreschen begann, bis Konrad dazwischenging und Mauersberger von ihr wegzerrte und in eine Ecke drückte, während Biene, die Arme schützend über dem Kopf, vor sich hin wimmerte.

»Tun Sie das nie wieder!«, schrie Mauersberger Konrad an, nachdem er sich losgerissen hatte, und stampfte hinaus.

Konrad stand wie ein begossener Pudel da und wusste nicht, ob er Mauersberger folgen sollte oder nicht, ob er vielleicht gleich wieder gehen konnte.

»Kommen Sie, ich schau mir mal Ihr Auge an. Nicht, dass es sich entzündet«, meldete sich der Pfleger und holte von einer Ablage einen Verbandskasten herunter.

»Kümmern Sie sich zuerst um Biene«, erwiderte Konrad unfreundlicher, als er wollte, doch der Pfleger blinzelte ihm grinsend zu. »Biene geht es gut. Nicht wahr, Biene?«

Als hätte Biene nur darauf gewartet, lugte sie unter ihren Armen hervor und lachte breit. »Biene, Biene«, rief sie und erinnerte Konrad dabei sehr an Alma.

»Unsere Biene ist nämlich klüger, als die meisten denken«, erklärte der Pfleger und stellte sich vor.

»Walter Herrmann.«

»Widerlicher Abschaum ist das, mehr nicht.« Mauersberger setzte seine Führung durch die geschlossene Abteilung fort, nachdem sich Konrad bei ihm entschuldigt hatte. Die Wände waren nackt, doch hell gestrichen, aber der Geruch war wirklich kaum zu ertragen. Eine Mischung aus Desinfektionsmitteln, Urin und Kot. Hier waren die schwersten Fälle untergebracht, die am Tag an die Bänke im Flur und des Nachts an ihre Betten mit Riemen angekettet waren. Völlig in sich selbst verschlossen, gaben die Patienten sich monotonen Bewegungen hin, lallten, murmelten oder schrien Unverständliches und schienen nichts um sich herum wahrzunehmen.

»Wie kommt es, dass Sie hier gelandet sind, Sollmann?«, fragte Mauersberger, als sie die Station verließen und ein Wärter hinter ihnen die Tür zur Geschlossenen mit einem Vorhängeschloss sicherte. »Ich dachte, so ein ganz wichtiges Tier halte die Hand über Sie?«

»Ich wollte hierher. Es war mein Wunsch.«

Mauersberger betrachtete ihn skeptisch, dann plötzlich erhellte sich sein Gesicht. »Ach, Sie interessieren sich für unsere Versuche?« Mauersberger schnalzte süffisant mit der Zunge.

»Versuche? Nein, ich interessiere mich hauptsächlich für die ambulanten Fälle, also im Vergleich zu den stationären ... weniger hoffnungsvollen Fällen ...« Konrad war ein bisschen ins Stottern geraten, weil er das Gefühl hatte, sehr vorsichtig sein zu müssen mit dem, was er gegenüber Mauersberger sagte, und so war es auch.

»Weniger hoffnungslose Fälle?«, fragte Mauersberger aufgebracht. »Das sind alles hoffnungslose Fälle! Geisteskranke kann man nicht heilen. Auch wenn sich das die Angehörigen von den leichteren Fällen vielleicht wünschen.«

»Aber wir als Ärzte können ihr Leid ein wenig lindern«, erwiderte Konrad.

»Erstens müssen Sie erst einmal ein Arzt werden, Sollmann. Zweitens wären alle besser dran, die Geisteskranken und ihre

Angehörigen, wenn ihnen solch ein Schicksal erspart geblieben wäre. Und kommen Sie mir jetzt nicht mit dem Eid des Hippokrates. Das, was die meisten unserer Patienten hier haben, ist kein Leben!«

Diesmal konnte sich Konrad nicht beherrschen. Was Mauersberger da von sich gab, war ungeheuerlich!

»Und warum sind Sie dann hier?«, gab er im vollen Bewusstsein zurück, dass sein erster Tag in Biesdorf gleichzeitig auch sein letzter sein würde.

Mauersberger betrachtete ihn einen Moment aus blassblauen Augen, und Konrad sah erstaunt, dass da ein Zögern war. Nur warum?

»Vielleicht, weil über mich kein hohes Tier die Hand hält«, erwiderte Mauersberger gepresst und setzte kalt nach: »Gehen Sie jetzt rüber in die Offene. Dort wird Sie Otto einweisen. Ansonsten erwarte ich, dass Sie morgen in Ihrer Uniform erscheinen, wenn Sie dem Chef vorgestellt werden. Heil Hitler!«

Otto, um die dreißig Jahre alt, mit gutmütigem Gesicht und kleinem Bäuchlein, bestand darauf, zuerst Konrads Auge zu säubern, das immer noch tränte, und verpasste ihm eine Augenklappe, die er wenigstens drei Tage tragen sollte. Konrad machte sich wegen Selma Gedanken über sein Aussehen, aber nach einem Blick in den Spiegel befand er, dass ihm die Augenklappe etwas Verwegenes gab, und das konnte ihm nur nützlich sein, wenn Selma vielleicht von ihrem Verlobten erzählen würde.

Dabei kannte er dessen gesamten Lebenslauf schon durch seine Mutter. Ungefragt erzählte sie ihm jedes Mal, was für ein schönes Paar die beiden seien und wie sehr Selmas Verlobter auch Alma liebe. Unzertrennbar seien die drei! Zu sehen bekommen hatte Konrad das glückliche Trio jedoch nie, auch weil er kaum noch raus nach Friedrichshagen fuhr. Das hätte er nicht aushalten können, wenn Selma ihm ihren Verlobten vorgestellt hätte, so gern er sie selbst auch wiedergesehen hätte.

Die Augenklappe würde ihn jedenfalls davor bewahren, dass Selma sähe, wie es um ihn stünde: dass er immer noch nur an sie dachte, auch wenn er manchmal mit einem dieser Mädchen mitging, die sich in den Biergärten nur zu gern zu ihm setzten, wenn sie sahen, dass er allein war.

Otto unterbrach Konrads Gedanken und übergab ihm die Krankenakten der ambulanten Fälle, damit er sich auf seinen ersten Dienst am Nachmittag vorbereiten konnte. Auch Almas Akte war darunter, wie er sofort entdeckte. Zu seinem Erstaunen enthielt sie auch Untersuchungsergebnisse und Bemerkungen über Selmas Gesundheitszustand. Denn die eineiigen Zwillinge waren für verschiedene Forschungsarbeiten von besonderem Interesse, wie Otto ihm erklärte, weil man durch den direkten Vergleich Almas Hirnschädigung bei ihrer Geburt und deren Folgen genau bestimmen konnte. Laut Otto, der zu jedem Patienten auch private Details wusste und fast immer auch etwas über die Familienverhältnisse sagen konnte, ließ Selma jede Untersuchung über sich mit großer Geduld ergehen, schon um Alma zu zeigen, dass sie keine Angst zu haben brauchte, wenn man ihr käfigartige Gebilde auf den Kopf stülpte oder ihren Körper in Apparaturen zwängte, um ihre Leistungsfähigkeit zu testen. Selma hatte sich einmal sogar einen leichten Elektroschock verpassen lassen, um zu wissen, wie das für Alma war, die regelmäßig Elektroschocks gegen ihre epileptischen Anfälle bekam.

Insgesamt hatten sich aber, wie in der Krankenakte zu lesen war, nicht nur Almas motorische, sondern auch ihre kognitiven Fähigkeiten verbessert. Sie bewegte sich ohne Angst in den verschiedenen Werkstätten und liebte besonders die Arbeit in den Tierställen, wobei sie aber nicht mehr zum Federvieh durfte, da sie einmal durch ihre ungestüme Art, die Tiere zu liebkosen, ein Küken in ihrer Hand zerquetscht hatte und man ihr den leblosen Körper erst nach zwei Tagen und nur durch einen Trick entwenden konnte. Wochenlang litt sie noch unter dem Ver-

lust ihrer Lieblinge in Form von Appetitlosigkeit und Niederge-
schlagenheit, und es war allen Schwestern und Pflegern verboten, sie jemals wieder in die Nähe des Hühnerstalls zu lassen, da
der sie erstaunlicherweise immer wieder aufs Neue und als wäre
es gerade erst geschehen, an das tragische Ereignis erinnerte.

So fieberte Konrad aufgeregt der Stunde entgegen, in der er
Alma und auch Selma wiedersehen würde, während er durch
Mauersberger den ersten Patienten und deren Familien vorgestellt wurde und bei verschiedenen Untersuchungen assistierte.
Mauersbergers kalter, überheblicher Umgang mit den Patienten
war dabei nur schwer für ihn zu ertragen. Besonders zuwider
war ihm, dass Mauersberger seine zwei jüngsten weiblichen Kli-
enten ganz ohne Grund ausziehen ließ, die Entwicklung und
die Qualität ihrer Brüste oder ihrer Vulva schamlos kommen-
tierte und sie nach geheimen sexuellen Handlungen befragte,
was sie verneinten, und ihnen mit schrecklichen Krankheiten
drohte, wenn sie es dennoch täten. Zum Glück verstanden die
beiden geistesgestörten Mädchen kaum, was Mauersberger von
ihnen wollte. Mauersberger nutzte das schamlos aus, und fragte
eines der spastischen Mädchen, ob es schön sei, und zwickte sie
in die Brustwarzen, um dann blitzschnell seine Hand zwischen
ihre Beine zu stecken. Da hielt es Konrad nicht mehr aus und
machte eine Bewegung auf Mauersberger zu, doch der ging sich
rasch am Waschbecken die Hände waschen.

»Beruhigen Sie sich, Sollmann! Ich habe nur geschaut, ob sie
noch Jungfrau ist … Das ist doch in unser aller Interesse, zu
verhindern, dass diese Missgeburt noch weitere Missgeburten in
die Welt setzt. Oder?« Mauersberger warf ihm über dem Spiegel
am Waschbecken einen spöttischen Blick zu. »Sie müssen noch
viel lernen, Sollmann. Na, dafür sind Sie ja hier, was?«

Konrad half dem Mädchen beim Anziehen, überzeugt davon,
dass Mauersberger ohne seine Anwesenheit und ohne die von
ihm offen gezeigte Missbilligung noch Schlimmeres mit ihr angestellt hätte. Er nahm sich vor, in jedem Fall bei Alma eine

derartige Untersuchung zu verhindern. Doch bei den nächsten Untersuchungen schickte ihn Mauersberger jedes Mal mit fadenscheinigen Gründen ins Materialdepot, irgendein Instrument oder ein bestimmtes Präparat zu holen. Konrad wollte sich gar nicht ausmalen, was Mauersberger in der Zwischenzeit mit den Patienten anstellte, und so ging er in der Pause nicht in den Ärzteraum, sondern versuchte, mit Otto zu sprechen. Er brauchte einen Verbündeten.

Das war heikel, denn schließlich war Konrad erst den ersten Tag da. Vermutlich würde Otto sich bemüßigt fühlen, seinem Chef gegenüber loyal zu sein, anstatt sich von einem hochnäsigen Medizinstudenten etwas sagen zu lassen, der sich einbildete, gleich am ersten Tag alles ändern zu können. Doch Konrad hatte auch Ottos besorgten Gesichtsausdruck gesehen, als Mauersberger ihn ins Materialdepot schickte, deshalb hoffte er, dass der Pfleger genau wie er selbst um das Heil der Patienten fürchtete, wenn Mauersberger mit ihnen allein war.

»Sagen Sie, Otto, ich würde gern bei der Untersuchung der Hahns die ganze Zeit dabei sein. Was braucht denn Dr. Mauersberger noch so aus dem Depot?«

»Sind Sie auch an der Zwillingsforschung interessiert?«, fragte Otto sachlich, also nicht anzüglich, so wie es Konrad erwartet hätte, wenn Otto Mauersbergers Untersuchungsmethoden gutheißen würde.

»Nein, ich kenne die beiden nur persönlich. Ich bin praktisch mit ihnen aufgewachsen.«

»Sie?«

»Ja, wieso nicht?«

»Mauersberger hat erzählt, dass Sie so ein Emporkömmling aus der Schönhauser sind.«

»Ja, so könnte man sagen.« Konrad lächelte verlegen. »Als ich elf war, sind wir in das Haus der Hahns nach Friedrichshagen gezogen, weil meine Mutter dort den Haushalt führt.« So wie der Pfleger »Schönhauser« gesagt hatte, kam er sicher aus

Konrads altem Kiez. Vielleicht war das der Dreh, wie er ihn auf seine Seite ziehen konnte. »Aber ich bin noch oft in der Schönhauser, um meine Freunde zu besuchen.«

Tatsächlich. Otto war in der Gaudystraße aufgewachsen und erinnerte sich, dass sein älterer Bruder einmal mit Fritz aneinandergeraten war und wegen irgendetwas mörderische Dresche von ihm bezogen hatte.

»Toller Redner, Ihr Bruder! Ist er gerade in Berlin?«, wollte Otto wissen, und Konrad musste gestehen, dass er kaum noch Kontakt zu Fritz hatte, weil der viel umherreiste, um auf den verschiedensten Versammlungen der Kommunisten zu sprechen. Und wenn Konrad auch gestand, dass er mit seinem Bruder kaum noch etwas gemein hatte, so spürte er doch, dass Ottos Loyalität längst von Mauersberger auf ihn übergegangen war.

»Zwee Bengels aus 'm Prenzel Berg müssen schließlich zusammenhalten.« Otto grinste und wurde gleich darauf verlegen, weil er dem »zukünftigen Herrn Doktor« vielleicht zu nahegetreten war, wie er entschuldigend stammelte. Doch Konrad fand auch, dass sie zusammenhalten müssten, besonders gegen Mauersberger.

»Der ist der Schlimmste hier, was den Umgang mit unseren Patienten betrifft.« Otto schaute sich vorsichtshalber um, ob sie auch niemand belauschte, dann fuhr er fort: »Auch wenn es hier noch jede Menge anderer Ärzte und Pfleger gibt, die eine Schande für den Berufsstand sind. Aber ich sorge dafür, dass Sie bei den Hahns dabei sein können«, versprach er und machte sich schließlich auf ins Depot, um das zu holen, was Mauersberger wahrscheinlich noch von Konrad anfordern würde.

So hatte Konrad Zeit, noch einmal sein Gesicht im Spiegel zu überprüfen und aus dem Fenster hinüber auf den Vorplatz zu schauen und vielleicht einen Blick auf den Wagen der Hahns zu erhaschen, der ja jeden Moment kommen musste. In nur fünfzehn Minuten hatte Alma ihren Termin bei Dr. Mauersberger.

Doch zu seiner Überraschung sah Konrad nicht die Limousine der Hahns, sondern einen halbnackten Mann. Er kauerte auf dem Baum mit den wunderschönen, tulpenartigen Blüten und stopfte sich eine Blüte nach der anderen in den Mund, fraß sie, als wären sie der höchste Genuss. Konrad hatte den Mann bereits auf der Geschlossenen gesehen, wo er ebenfalls wie besessen mit den Fingernägeln den Putz von den Wänden geklaubt und gierig verschlungen hatte. Er informierte einen Pfleger, und der schlug sofort Alarm. Als der Insasse den markerschütternden Ton vernahm, sprang er vom Baum und rannte in Richtung Wuhle, einem schmalen Fluss, der die Anlage im Osten begrenzte, davon.

Wenig später hetzten zwanzig Pfleger und Ärzte, bewaffnet mit allem, was sie an Essbarem gerade noch hatten greifen können, wie die aufgescheuchten Hühner übers Gelände, unter ihnen auch Mauersberger, Otto und Konrad, der durch seine Augenklappe etwas behindert war, und suchten den Flüchtigen. Der war, wie der zuständige Wärter atemlos beteuerte, aus einem offen stehenden Fenster der Geschlossenen im zweiten Stock gesprungen, anders jedenfalls konnte er sich den Ausbruch nicht erklären, denn die Tür zur Geschlossenen war noch gesichert gewesen, als der Alarm losging.

Im Unterholz, nahe der Wuhle, konnte der Mann durch eine List gefasst werden: Als sie ihn entdeckt hatten, legten sie ihm eine Spur aus Esswaren, der er laut schmatzend folgte, bis ihn von hinten vier der kräftigsten Pfleger übermannten und ihn in eine Zwangsjacke steckten.

»So, das wär's«, sagte Mauersberger, und Konrad wollte sich gerade wieder zusammen mit ihm und Otto auf die Station begeben, als er plötzlich hörte, wie hinter ihm etwas wie eine stampfende Maschine auf ihn zukam und »Kon, Kon!« rief. Noch ehe er einen Blick auf Alma werfen konnte, hatte sie ihn bereits umgerissen und drückte und herzte ihn so stürmisch, dass sich Otto genötigt fühlte, ihm zu Hilfe zu kommen und Alma mit gekonntem Griff von ihm zu ziehen.

Mauersberger starrte ihn entgeistert an. »Sie sind dieser Kon, Sollmann?«

Auch Selma, die Alma nicht mehr hatte halten können, und nun atemlos hinzugelaufen kam, betrachtete ihn verwundert. »Konrad? Was machst du denn hier?«

Mauersberger hätte sich noch so viele Gründe einfallen lassen können, um ihn von der Untersuchung fernzuhalten, Alma wäre sowieso nicht von Konrads Seite gewichen, und so beschränkte sich Mauersberger auf das Notwendigste und gestattete ihm, Alma mit in die Tischlerei zu begleiten, wo sie, ohne ein Auge von Konrad zu lassen, Stuhlbeine mit Sandpapier abschmirgelte, während er mit Selma daneben auf einer halb fertigen Bank Platz nahm und ein erstes Gespräch versuchte.

Selma sah blass aus und sehr schmal, jedenfalls nicht wie eine glückliche Verlobte. Aber sie war noch viel schöner geworden, als Konrad es sich vorgestellt hatte, auch wenn er sie wegen der dussligen Piratenklappe über seinem linken Auge immer nur ganz kurz sehen konnte, nämlich dann, wenn er ihr direkt das Gesicht zuwandte, denn sie saß natürlich links von ihm.

»Die Augenklappe lässt dich so … ach, ich weiß nicht … so ganz anders aussehen«, sagte sie plötzlich und schaute ihn an.

»Verwegen?«

»Nein!« Sie lachte. »Eher hilflos.« Doch sie wurde gleich wieder ernst. Ihre Nase ging unmerklich einen halben Zentimeter in die Luft, und dann wandte sie das Gesicht wieder Alma zu. »Na, manche Frauen mögen ja hilflose Männer.«

»Wenn du Alma meinst, könnte ich wahrscheinlich eine Ausgeburt an Verwegenheit sein, und sie würde mich immer noch lieben. Da bin ich mir jetzt ziemlich gewiss.«

»Ja, das kannst du. Aber ich meinte eigentlich deine Verlobte.«

»Meine Verlobte?«

»Emmely.«

»Emmely?«

»Kon! Kon!« Alma winkte stolz mit ihrem ersten fertig abgeschmirgelten Stuhlbein zu ihnen herüber, und Konrad zwang sich zu einem bewundernden Lächeln, obwohl er gerade am liebsten aufgeschrien hätte.

»Emmely ist die Verlobte meines Freundes Helmut«, erwiderte er gepresst durch die Zähne, während er sich weiter zwang, Alma zuzulächeln, die gerade vom Tischlermeister ein neues Stuhlbein zugeteilt bekam.

»So wie Paula jetzt Fritz' Verlobte ist?«, fragte Selma spitz.

»Moment! Ich war weder mit Paula noch mit Emmely verlobt. Und überhaupt, was sind das für Vorwürfe? Du und dein Schuhfabrikant, ihr sollt mit Alma so ein glückliches Trio sein.«

Selma, die gerade etwas erwidern wollte, schaute ihn überrascht an.

»Jedenfalls, wenn ich meiner Mutter Glauben schenken darf ...«

Noch ehe Konrad den Satz zu Ende gesprochen hatte, wusste er, dass er seiner Mutter auf keinen Fall hätte Glauben schenken dürfen.

»Das heißt, du bist gar nicht mit diesem Schuhfabrikanten verlobt?«

Selma schüttelte den Kopf. »Du hast mich nicht mal zu deiner Abiturfeier eingeladen, Konrad«, sagte sie vorwurfsvoll.

Einen Moment zog er in Betracht, darauf zu antworten, doch die Erklärung, warum Selma keine Einladung bekommen hatte, lag ja auf der Hand. Und deshalb tat er, was er sich so lange schon vorgenommen hatte: Er küsste Selma einfach. Auch auf die Gefahr hin, dass er dafür eine Ohrfeige bekam.

Doch Selma wehrte sich nicht, sondern schloss sogar die Augen, und für einen Moment war es ganz still in der Werkstatt. Dann johlte Alma los, und die anderen Patienten stimmten mit ein, klopften mit dem, was sie gerade in den Händen hielten auf dem Werktisch Beifall oder warfen die Oberkörper vor und zurück. Konrad und Selma konnten gar nicht anders, als lächelnd den Beifall entgegenzunehmen.

»Ich hätte nicht gedacht, dass Alma es so leichtnimmt«, scherzte Konrad, als der Werkstattmeister seine Schützlinge wieder zur Ordnung rief. »Wo ich doch sie heiraten sollte.«

»Ich glaube, sie versteht mehr, als wir ihr alle zutrauen«, erwiderte Selma und fügte spitz hinzu: »Außerdem wartet sie auf was Besseres.«

Aber wie damals auf der Straße, als sie noch Kinder waren und sie plötzlich erkannten, dass an ihrem Zerwürfnis niemand anderes schuld war als Selmas Vater, war Selma jetzt ebenso wie ihm klar, dass dieses Mal nur Konrads Mutter dahinterstecken konnte. Sie hatte versucht, Konrad von Selma fernzuhalten und Selma von ihm. Sie hatte nicht nur die Einladung zur Abiturfeier verschwinden lassen, sondern Selma auch von Konrads angeblicher Verlobung mit Paula erzählt. Und als diese plötzlich Fritz' Verlobte war, hatte sie ihr von Emmely erzählt, die die Mutter natürlich aus Konrads Erzählungen kannte. Allerdings war Selma tatsächlich eine kurze Zeit mit dem Sohn eines Schuhfabrikanten verlobt gewesen, doch dass sie die Verlobung nach nur vier Wochen wieder gelöst hatte, hatte die Mutter Konrad nicht erzählt.

»Fritz hat mir jeden Abend in den Ohren gelegen, als du auf Scharfenberg warst«, sagte Konrads Mutter und knetete bedrückt ihr Taschentuch in den Händen, als sie sie gemeinsam noch am selben Abend in der Küche der Hahns zur Rede stellten. »Er wollte, dass du ein Arzt der Arbeiterklasse wirst und den Armen hilfst und dich nicht an ein bourgeoises Püppchen wegwirfst.« Die Mutter schickte in Selmas Richtung ein entschuldigendes Lächeln, dann rief sie verzweifelt: »Du weißt doch, wie gern ich dich habe, Konrad! Und dass ich mir immer für dich gewünscht habe, dass du und Selma ein Paar werdet. Aber als du nach Scharfenberg gingst, waren wir alle so stolz auf dich. Auch Fritz, der mit dir vor seinen Freunden im Arbeitersportverein angab, bis sie ihm einredeten, dass du für die Arbeiterklasse verloren wärest, wenn du weiterhin auf eine Verbindung mit Selma hoffen würdest. Sie haben ihm diesen Floh ins Ohr gesetzt.«

»Dabei war Fritz mir gegenüber immer freundlich«, erwiderte Selma kopfschüttelnd. »Deshalb habe ich ihm auch geglaubt, dass es besser wäre, Konrad nicht nach Scharfenberg zu schreiben, und ihm auch nicht mehr hier in Friedrichshagen zu begegnen.«

Konrad hatte mit steigender Wut zugehört, doch jetzt konnte er nicht mehr an sich halten. Seine ganzen Zweifel der letzten Jahre wären unnötig gewesen, wenn Fritz sich nicht eingemischt hätte! »Sag ihm«, wandte er sich aufgebracht an seine Mutter, »dass er mir lieber aus dem Weg gehen soll. Sonst passiert ein Unglück!«

»Er hat es doch nur gut gemeint«, erwiderte sie. »Weil er so stolz auf dich ist. Er ist nur manchmal so ein Hitzkopf … Bitte, Konrad! Du bist doch der Vernünftige von euch beiden.«

Weil er der Vernünftigere war und eigentlich auch kein Hitzkopf, ließ sich Konrad um des lieben Friedens willen von der Mutter und auch von Selma überreden, Fritz nicht zur Rede zu stellen. Es wäre sowieso ein schwieriges Unterfangen gewesen, da Fritz, wie er schon mehrmals in der Zeitung gelesen hatte, beinahe jeden Abend in einer anderen Stadt unterwegs war, um auf Versammlungen der Kommunisten zu sprechen. In den Zeitungen wurde Fritz als großer Agitator der Arbeiterklasse gelobt, der es verstand, sein Publikum in seinen Reden mitzureißen und von der Wichtigkeit eines gemeinsamen Kampfs gegen die Braunhemden zu überzeugen. Aber vielleicht verbog Fritz vor seinen Genossen ja auch die Wahrheit, nur um die Leute für seine Ziele und Ansichten zu gewinnen? Die Zeitungen deuteten so etwas an. Denn dort wurde immer wieder auch auf Fritz' aufschäumendes Temperament hingewiesen, der, wenn er denn einen Widerredner fand, gern auch mal seine Fäuste sowie ein paar Ringerwürfe nutzte, um seinen Gegnern Paroli zu bieten. Auch deshalb waren die Mutter und Selma daran interessiert, dass Konrad auf eine Aussprache mit ihm verzichtete.

Der Verzicht fiel Konrad nicht schwer, denn es galt nun endlich, die Stunden mit Selma zu genießen, und das taten sie ausgiebig, auch wenn sie wegen Herrn Hahn ihre Verbindung noch lange nicht öffentlich machen konnten.

Herr Hahn hatte zwei Jahre zuvor seine Schnürsenkelfabrik, nachdem Selma die Verlobung mit dem Schuhfabrikantensohn gelöst hatte, trotz aller Einwände seiner Frau, an ebendiesen Schuhfabrikanten verkauft und das Kapital in Aktien angelegt. Die waren aber nach dem Börsenkrach im Oktober '29 nicht mal mehr das Papier wert, auf dem sie ausgestellt waren, und so hatte Herr Hahn sogar die Limousine verkaufen müssen. Nun hatte er sich in den Kopf gesetzt, Selma, wenn nötig auch gegen ihren Willen, an den Meistbietenden zu verheiraten, und schmiss das letzte Geld der Familie für die Suche nach einem geeigneten Bräutigam hinaus, während Frau Hahn und Konrads Mutter versuchten, so sparsam wie möglich den Haushalt zu führen und noch mehr, als die Jahre zuvor, eigenes Obst und Gemüse anzubauen. Tatsächlich hatte der Apfelbaum im letzten Jahr das erste Mal genügend Früchte getragen, um davon ein paar Gläser einzuwecken.

Auch in diesem Jahr hatte der Apfelbaum in voller Blüte gestanden, und als Konrad und Selma unter ihm ihre Verlobungsfeier abhielten – von der Herr Hahn natürlich nichts wusste, weil er gerade bei einem Cousin in Hamburg weilte, um sich einen potenziellen Mann für Selma anzuschauen, das heißt, dessen Besitz zu begutachten –, hatten sich die meisten Blüten bereits in kleine Fruchtkörper verwandelt und ließen erneut auf eine gute Ernte hoffen.

Auch wenn die Feier vor Herrn Hahn verheimlicht wurde, so waren doch Emmely und Helmut, Alma, Frau Hahn und

Konrads Mutter genug Gäste, um das Ereignis freudig im Garten zu begehen. Und eine von Konrads Mutter seit Jahren – angeblich extra für diesen Zweck – im hintersten Winkel des Kellers versteckte Flasche Champagner ließ alle für einen Moment vergessen, dass nun bald wirklich finanziell schwierige Zeiten anbrechen würden.

Selma und Alma trugen beide ähnlich geschnittene fliederfarbene Kostüme, die extra für diesen Anlass angefertigt worden waren, und sahen einander wieder einmal so ähnlich, dass nicht nur Emmely und Helmut mehrmals die beiden verwechselten, sondern auch Konrad einmal der Täuschung erlegen war und Alma als Selma ansprach, als sie ihm den Rücken zuwandte.

»Gib es zu«, sagte Selma daraufhin lachend, »eigentlich hättest du dich lieber mit Alma verlobt als mit mir.« Und Konrad erwiderte, dass er das tatsächlich damals in Erwägung gezogen hatte, als er hörte, dass Selma diesen Schuhfabrikantensohn heiraten wollte. Denn wenn er mit Alma zusammen gewesen wäre, hätte er auch immer Selma nah sein können. Die eine war ja ohne die andere nicht zu haben, das hatte er schon begriffen, als er sie beide mit elf Jahren kennenlernte.

Nach der Feier gingen Konrad und Selma mit Helmut und Emmely ins Kino am Bahnhof, wo erstmalig eine Tonverfilmung von *Alraune* aus dem letzten Jahr gezeigt wurde und in der Brigitte Helm, die Selma und Emmely beide gleichermaßen verehrten, die Hauptrolle spielte. Keiner von ihnen wusste viel über den Inhalt des Films, da nicht einmal Selma und Emmely die Stummfilmverfilmung von vor drei Jahren gesehen hatten, und so erwarteten sie alle, gut unterhalten zu werden. Selma scherzte, bevor der erste Gong im Saal ertönte und den Beginn des Filmes ankündigte, dass sie, sollte sie je eine Tochter haben, sie dann Brigitte nennen würde, weil dieser Name so schön und voller Kraft war.

»Aber wir haben schon vor Monaten darüber gesprochen,

dass unsere Tochter, wenn wir eine haben werden, Brigitte heißen soll«, rief Emmely und schaute Helmut auffordernd an, damit er das bestätigte.

»Ihr könnt doch nicht beide eure Töchter Brigitte nennen! Was soll das denn später für ein Durcheinander geben«, erwiderte Helmut und schaute zu Konrad. Doch der brauchte nichts zu sagen, denn Selma sah das sofort ein und hatte auch gleich einen akzeptablen Vorschlag zur Hand.

»Dann darf die, die zuerst eine Tochter bekommt, sie Brigitte nennen, und die andere muss sich einen neuen Namen einfallen lassen.«

»Finde ich eine gute Idee«, erwiderte Emmely grinsend, weil sie sich wohl im Vorteil fühlte, und warf Helmut einen Blick zu, der ihn erröten ließ.

»Erst studiere ich zu Ende, dann heiraten wir, und dann denken wir über Kinder und ihre Namen nach«, erwiderte Helmut sehr bestimmt, worauf Konrad die Gelegenheit ergriff, auch für Selmas Kinderwunsch ein ferneres Ziel anzuvisieren. »Das wird bei uns nicht anders sein.«

»Aber in jedem Fall wirst du mein erstes Kind zur Welt bringen, Emmely«, verkündete Selma, als hätte sie ihn nicht gehört, und Emmely erwiderte, dass Selma sich nur etwas gedulden müsse, denn sie habe ja ihre Ausbildung zur Hebamme noch nicht abgeschlossen. Dann ertönte der dritte Gong, und Konrad und Helmut waren mehr als froh, dass das Kinderthema dadurch endlich ein Ende fand.

Nach dem Film war die Stimmung nicht mehr so gut, und alle waren sich einig, dass Brigitte Helm zwar eine großartige Schauspielerin war, der Film aber nicht unbedingt ein angemessener Abschluss für eine Verlobungsfeier. Denn am Ende beging die Alraune Selbstmord, nachdem sie erfahren hatte, dass sie ihre Geburt nur ihrem angeblichen Onkel, einem skrupellosen Wissenschaftler, verdankte, der eine Prostituierte mit dem Samen eines gehenkten Mörders künstlich befruchtet hatte.

Jeder von ihnen hatte in der Dunkelheit sofort den Bezug zu ihrem eigenen Leben gespürt, und das nicht nur, weil die Prostituierte, die ebenfalls von der Helm gespielt wurde, Alma hieß. Alle hatten sofort an Mauersberger denken müssen, von dessen sadistischer Neigung im Detail aber nur Helmut durch Konrad wusste. Vieles war einfach zu schrecklich und zu makaber und musste vor den Frauen verheimlicht werden, sonst wäre Selma mit Alma nie wieder nach Biesdorf gekommen, obwohl Alma die Arbeit dort in den Werkstätten guttat.

Selma fand Mauersberger zwar schmierig und manchmal auch unheimlich, doch sein wahres Gesicht kannte sie nicht. Bei ihr und Alma hielt sich Mauersberger zurück, seitdem er um Konrads Verbindung zu ihr wusste, und das auch nur, weil er Konrad für einen Protegé von jemand aus der allerersten Führungsriege hielt. Ansonsten hätte er wohl keine Rücksicht genommen.

Deshalb hatte Konrad überlegt, ob er nicht tatsächlich einmal seine Verbindung zu Rudolf nutzen sollte, und hatte ihn am nächsten Tag angerufen und um ein Gespräch gebeten. Als der Freund jedoch hörte, worum es ging, schlug er Konrad ein Treffen am kommenden Sonntag vor. Sie könnten ja zum Frühschoppen in die Musikersäle nahe dem Bülowplatz gehen, wo immer irgendeiner eine Rede hielt, um neue Mitglieder zu werben. Überhaupt, Konrad solle sich mal wieder bei den Genossen sehen lassen.

»Das stände dir ganz gut«, hatte Rudolf angemahnt, als er Konrads ablehnende Haltung selbst durchs Telefon bemerkte. »Besonders, wenn du von uns was willst.«

Das passte Konrad gar nicht. Nicht nur, dass ihm dadurch ein schöner Sommertag mit Selma entging. Er musste auch noch riskieren, dass ihn irgendein Bekannter von früher in der braunen SA-Uniform sah, die natürlich zu solch einem Frühschoppen Pflicht war, und dass dieser Bekannte seine Verwunderung darüber weitertrug, so dass es irgendwann nicht nur seiner Mutter, sondern auch Selma zu Ohren kommen würde. Beide würden geradezu entsetzt sein, das wusste er, und vielleicht sogar seinen Austritt bei diesen Schlägern verlangen. Aber genau deshalb hatte Konrad ihnen ja bisher seine Mitgliedschaft in der Partei verheimlicht und zweimal die Woche, immer wenn Alma in Biesdorf ihren Termin hatte, vor Mauersberger dieses Theater mit der angeblich verschmutzten, vergessenen oder sich gerade in der Reinigung befindenden Uniform gespielt. Konrad konnte von Glück sagen, dass Mauersberger dieser Zusammenhang zwischen Uniform und Selma noch nicht aufgefallen war und dass er nichts von seiner wahren Verbindung zu Selma wusste. Er wusste nur, dass Konrad die Hahn-Zwillinge aus Kindertagen kannte und sich ihnen verpflichtet fühlte, weil die Familie Hahn die Sollmanns nach dem Krieg bei sich aufgenommen und vor dem Verhungern gerettet hatten.

Und auch Selma gab bei ihren Terminen in Biesdorf Mauersberger keinen Hinweis, dass da mehr zwischen ihnen war, obwohl Alma sich nicht davon abbringen ließ, zwischen Selma und Konrad immer einen Kuss zur Begrüßung zu fordern, wenn sie auf die Station kamen, was ihr aber auf Grund ihrer Krankheit selbst von Mauersberger als eine Art Tick nachgesehen wurde. Denn Selma hatte viel zu viel Angst, dass ihr Vater durch einen der Ärzte, von denen ein paar auch in Friedrichshagen wohnten, von ihrer Verbindung erfahren könnte, und auch wenn sie zu Konrad stehen würde, wenn es hart auf hart kam, so wollte sie doch keine schlafenden Hunde wecken.

Wie Konrad erwartet hatte, war Rudolf reichlich verärgert, dass sich Konrad nicht wie abgemacht mit ihm am Schönhauser Tor traf, sondern einfach eine Stunde früher bei ihm in der Wohnung erschien, um dort seine mitgebrachte Uniform anzuziehen.

»Was fällt dir ein, hier in aller Herrgottsfrühe aufzutauchen?« schimpfte Rudolf. »Nur weil du dich schämst, in der Parteiuniform durch die Stadt zu laufen, die dir das Medizinstudium ermöglicht! Wenn ich das den richtigen Leuten erzähle, Konrad ... dann ...«

Konrad verstand schnell, dass Rudolfs Ärger weniger seinem Versteckspiel um seine Parteizugehörigkeit galt als mehr der Tatsache, dass er nun nicht mehr mit seiner Eroberung der letzten Nacht – ein blasses Jüngelchen, das Konrad kurz über die Diele huschen sah – in Ruhe frühstücken konnte.

»Meinst du den da?«, fragte Konrad deshalb grinsend zurück und deutete mit dem Kopf in Richtung Schlafzimmer. Rudolf erwiderte das Grinsen und sagte gespielt theatralisch: »Du weißt nicht, wer vor dir steht. Ich kann vielleicht schon bald über das Wohl deiner ganzen Familie entscheiden!«

»Deshalb bin ich ja hier«, antwortete Konrad ernst. »Allerdings hoffte ich, dass du das schon jetzt kannst.«

Scheidt schaute ihn prüfend an. »Geht es wieder um Selma?«

»Nein, mit Selma ist alles gut. Wir haben uns letztes Wochenende heimlich verlobt.«

»Was?«, rief Rudolf entsetzt aus.

»Ich hätte dich ja gern eingeladen, aber ...«

Konrad brach ab, weil er spürte, dass hinter Rudolfs fassungslosem Blick etwas anderes zu stecken schien als nur eine übergangene Einladung.

»Sag mal, bist du noch ganz bei Trost?«, fuhr ihn Scheidt an. »Wir geben dir die Möglichkeit zu studieren, und du hast nichts anderes im Sinn, als dich mit einer Jüdin zu verloben?«

Konrad war zu überrascht und auch zu entsetzt, um darauf antworten zu können. Von Mauersberger war er ja solcherart Anspielungen gewohnt – aber von seinem langjährigen Freund?

»Bekommst du überhaupt mit, was hier vor sich geht?«, wetterte Rudolf weiter. »Und dass du dein Studium in den Wind schreiben kannst, wenn das bei den Genossen bekannt wird? Die Juden sind der erklärte Feind Deutschlands!«

»Und was sagen die Genossen zu deinen Bekanntschaften?« Konrad hatte endlich die Sprache wiedergefunden. »Ich bekomme sehr wohl mit, was vor sich geht. Und deshalb hatte ich gehofft, dass ich Mauersberger mit deiner Hilfe Einhalt gebieten kann. Aber wahrscheinlich findest du es ja neuerdings zum Wohle des deutschen Volkes richtig, dass er unsere Patienten schamlos für seine sadistischen Experimente missbraucht. Nur, unter solchen Umständen will ich nicht mehr Arzt werden!«

Konrad war aufgesprungen und wollte die Wohnung ohne Gruß verlassen, doch Rudolf hielt ihn an der Tür zurück: »Konrad, bitte ... lass uns so nicht auseinandergehen ... Ich habe mir das auch anders vorgestellt, aber irgendwie wächst mir das alles über den Kopf ... Bitte bleib, und ich werde sehen, was wir gegen diesen Mauersberger unternehmen können.«

Konrad nahm die Entschuldigung an, weil er wusste, dass Rudolf das, was er über die Juden gesagt hatte, nicht ernsthaft meinte. Er hatte ebenso wie viele andere auch gedacht, dass die Hetzreden gegen die Juden nur ein Trick gewesen waren, um am Anfang mehr Aufmerksamkeit für die Bewegung zu erregen. Keiner von ihnen glaubte diesen Unsinn, doch Rudolf war mittlerweile noch tiefer als Konrad in diese Mühle hineingeraten, in der er gezwungen wurde, etwas gegen seine Überzeugung zu tun, um etwas anderes zu erreichen.

»Das ist längst nicht mehr das, was wir einmal gewollt haben, Konrad«, sagte Rudolf, »und natürlich könnten wir wieder aus der Partei austreten. Ich wäre dann nicht mehr ein Lieblingsjournalist von diesem Gauleiter Goebbels, und du, Konrad, würdest wohl nicht mehr Arzt werden können.«

»Vielleicht ist mir das jetzt gar nicht mehr so wichtig«, erwiderte Konrad. »Selma liebt mich auch so.«

»Jetzt komm doch mal endlich zur Vernunft! Und denk nur ein bisschen weiter.«

Konrad zuckte zusammen. Er hatte Rudolf noch nie so wütend gesehen.

»Glaubst du denn, wenn du dich jetzt abkehrst, dass sie dich dann einfach gehen lassen? ›Ja, schade, Herr Sollmann, aber trotzdem alles Gute für Ihre Familie und Ihre Zukunft««, höhnte Rudolf und schüttelte verständnislos den Kopf.

»Dann lass uns wenigstens unsere Stellungen dazu benutzen, um gegen diese unerquicklichen Entwicklungen vorzugehen, Rudolf«, bat Konrad, und schließlich stimmte sein Freund ihm zu. So versprach Rudolf, dafür zu sorgen, dass Mauersberger das Handwerk gelegt wurde. Gleich in der nächsten Woche würde er mit jemanden von der Ärztekammer reden, und dann habe Mauersberger zum letzten Mal Patienten im Namen der medizinischen Forschung gequält.

Konrad glaubte Rudolf nur bedingt, denn als sie beide in Uniform zum Frühschoppen fuhren, landeten sie dort an einem Tisch, an dem ausgerechnet einer von Konrads Professoren saß. Der wunderte sich lautstark, dass Konrad bei »seinen Beziehungen« ausgerechnet in Biesdorf arbeitete.

»Mensch, Sollmann, Sie haben doch andere Möglichkeiten, als irgendwelchen Debilen Kunststückchen beizubringen«, donnerte der Professor gutmütig und zwinkerte Rudolf verschwörerisch zu. »Wenn Sie wollen, kann ich mich für Sie beim Leiter des Kaiser-Wilhelm-Instituts einsetzen. Die beschäftigen sich mit Erblehre und Eugenik. Das hat Zukunft, Sollmann. Sie werden sehen.«

Doch während Konrad schon erklären wollte, dass er seinen Patienten ganz bestimmt keine Kunststückchen beibrachte, ergriff Rudolf das Wort und erkundigte sich eingehend, was genau am Kaiser-Wilhelm-Institut geforscht wurde. Das hätte Konrad ihm auch erklären können, denn gewissermaßen war es sein Spezialgebiet.

»Ach, wirklich! Zwillingsforschung?«, sagte Rudolf gerade gespielt erstaunt. »Das ist doch sehr interessant, nicht wahr, Konrad?«

»Es gibt keine bessere Möglichkeit, ein Präparat auszuprobieren und seine Wirkung zu beobachten, als an eineiigen Zwillingen«, erwiderte der Professor, während Konrad versuchte,

Rudolf ein Zeichen zu geben. Er wollte ganz bestimmt nicht ans Kaiser-Wilhelm-Institut nach Dahlem. Er wollte bei Selma und Alma in Biesdorf bleiben und hatte sogar eine Anfrage des Kaiser-Wilhelm-Instituts nach geeigneten Zwillingen für ihre Forschung mit Ottos Hilfe verschwinden lassen.

»Unser Mann hier ist nämlich auf Zwillinge spezialisiert«, sagte Rudolf, und Konrad blitzte ihn wütend an. Das konnte Rudolf doch nicht ernst meinen? Wie sollte er nur Selma überreden, mit Alma nach Dahlem zu wechseln?

»Soso … ein Spezialist«, sagte der Professor hocherfreut und schlug Rudolf ein Gespräch unter vier Augen über die Einzelheiten vor, bei dem sie auch gleich die Rezension für sein neues Buch besprechen könnten.

Eine Hand wäscht die andere, nannte das Rudolf, als sie eine Stunde später den Frühschoppen verließen, und war mit sich sehr zufrieden.

»Aber ich wollte, dass du mir dabei hilfst, dass Mauersberger seine Approbation entzogen wird! Das würde auch den anderen Ärzten und Pflegern eine Warnung sein, die ähnlich wie er mit den Patienten umgehen«, sagte Konrad und sprach auch von seiner Befürchtung, dass Mauersberger Alma und Selma ganz bestimmt nicht mit nach Dahlem ins Kaiser-Wilhelm-Institut gehen ließe. Und was dann?

»Vielleicht kannst du dich erst einmal bedanken, dass du den Mauersberger bald los bist«, erwiderte Rudolf sichtlich verärgert. »Während ich diesen medizinischen Mist lesen muss und bestimmt zwei Tage an dieser Rezension sitze.«

Zwei Schüsse durchbrachen plötzlich die sonntägliche Stille. Dann waren Schreie zu hören, Trillerpfeifen, weitere Schüsse, und da kamen auch schon Leute panisch aus einer Seitenstraße gerannt: Frauen, Männer, Kinder, die eiligst in verschiedenen Hauseingängen verschwanden. Konrad wollte sofort los, doch Rudolf hielt ihn am Ärmel fest.

»Wo willst du hin?«

»Helfen! Vielleicht ist jemand verletzt«, schrie er und riss sich los, während immer mehr Menschen aus der Seitenstraße drängten und Konrad plötzlich unter ihnen auch die Mutter und Fritz entdeckte, die bei seinem Anblick für einen kurzen Moment erstarrten, so wie er auch.

»Konrad, lass uns fahren«, rief Rudolf und sah nun auch die Mutter und Fritz, der Konrads Uniform höhnisch musterte und sogar verächtlich ausspie. Dann zog sein Bruder die Mutter weiter. Als könnte sie es nicht glauben, drehte sich Bertha Sollmann immer wieder nach Konrad um, bis sie mit Fritz in einer Toreinfahrt verschwand.

BRIGITTE

Brasilien, Rio de Janeiro

1960–1961

Als die Jesusstatue beim Anflug auf Rio hätte in Sicht kommen sollen, waren da nur Wolken gewesen, und wenig später, bei Brigittes Ankunft, regnete es so gewaltig, dass sogar die Ankunftshalle des Flughafens überschwemmt war und Brigitte, wie die anderen Reisenden auch, gezwungen war, mit ihren Koffern eine Art Slalom um die Pfützen herum zu laufen. Doch keines der ihnen entgegengereckten Schilder trug ihren Namen, niemand schien sich für sie zu interessieren und sie abholen zu wollen, so wie es der Vater gesagt hatte.

Nach einer Stunde – draußen regnete es noch immer heftig – entschied sich Brigitte, nicht länger zu warten und auf eigene Faust ein Taxi zum Waisenhaus zu nehmen. Sie hatte ja die Adresse, und auch wenn sie noch kein Wort Portugiesisch sprach, würde sie sich schon irgendwie verständlich machen können. Damit könnte sie den Schwestern auch gleich von Anfang an zeigen, dass sie selbständig handeln konnte. Das hatte ihr der Vater immer wieder eingeschärft: Selbständig anzupacken, auch wenn niemand sie um Hilfe bat. Darauf würde die Leiterin des Waisenhauses nämlich den allergrößten Wert legen, hatte auch der Mann vom diakonischen Hilfswerk gesagt, bei dem der Vater mit Brigitte vor drei Monaten vorgesprochen hatte.

Zu diesem Zeitpunkt hatte sie nicht mehr ins Kloster gewollt, so wie sie es gegenüber Johann ein Jahr zuvor durchaus ernsthaft behauptet hatte, als die Mutter vom pickligen Karl-Heinz die Verlobung aufgelöst hatte. Nein, sie wollte sich nicht mehr selbst bemitleiden, wie ihre Mutter ihr, nach dem sie zwei Wochen ihr Zimmer nicht mehr verlassen hatte, vorgeworfen hatte. Sondern etwas tun für andere. Die Anregung dazu hatte sie in einem Zeitungsartikel über Mutter Teresa gefunden. Als sie las, wie Mutter Teresa sich um Straßenkinder in Kalkutta kümmerte und sogar die Leprakranken pflegte, auch auf die Gefahr hin, dass sie sich selbst ansteckte, hatte auch sie in sich den Wunsch verspürt, anderen, ärmeren und vielleicht auch kranken Menschen zu helfen und also nach Kalkutta zu gehen.

Ihre Mutter war strikt dagegen gewesen, was Brigittes Wunsch nur verstärkte, bis ihr Vater vorschlug, dass sie zuerst einmal für drei Monate auf der Geriatrischen Abteilung im Urban-Krankenhaus aushelfen und dort testen sollte, ob sie diesen Anforderungen überhaupt gewachsen war. Da dann aber auf der Kinderstation dringender Hilfe benötigt wurde, leistete sie dort ihre drei Monate ab. Und weil ihr die Arbeit sehr viel Freude gemacht hatte, teilte sie ihrem Vater anschließend mit, dass sie nun doch lieber in einem Waisenheim in der Dritten Welt arbeiten würde, als die Leprakranken in Kalkutta zu versorgen, womit die Mutter sofort einverstanden gewesen war.

Deshalb war sie nun also in Rio de Janeiro und fuhr mit einem Taxi bei immer noch strömendem Regen dem Ort entgegen, wo sie ein ganzes Jahr verbringen, sich in christlicher Nächstenliebe üben und ihre eigenen Interessen ganz und gar zurückstellen würde – zurückstellen musste im Dienste der Waisenkinder und der gegebenen Erfordernisse.

Erst einmal ein Jahr, hatte ihr Vater bestimmt, aber Brigitte wusste schon jetzt, als das Taxi einen Vorort von Rio passierte und sie die ärmlichen Behausungen an ihnen vorüberziehen und halbnackte Kinder in den Pfützen spielen sah, dass sie länger bleiben würde, wahrscheinlich sogar für immer, denn wie Mutter Teresa würde sie sich nicht mehr abwenden, die Augen nicht mehr verschließen können vor dem Elend dieser Welt.

Zu diesem Zweck hatte Brigitte auch nach einem geeigneten Namen gesucht, unter dem sie bei den Schwestern arbeiten wollte und der ihrem zukünftigen Leben auch eine Art Richtung vorgab. Ihr Vater hatte sie bei der Suche unterstützt, und so hatte sie schließlich den Namen Monika gewählt, weil die heilige Monika nicht nur die Patronin der christlichen Frauen und Mütter war, sondern auch Patronin für die Seelenrettung der Kinder.

Sie sah sich jedenfalls schon als Leiterin eines eigenen Waisenhauses, als der Taxifahrer endlich vor einem ziemlich abseits gelegenen und reichlich verwahrlost aussehenden Fabrikgebäude hielt, aus dem ihr keine hellen Kinderstimmen entgegenlachten, so wie sie es sich vorgestellt hatte. Stattdessen hörte sie in ihrem Rücken plötzlich das Taxi mit quietschenden Rädern und samt ihren drei Koffern davonrasen, während sie auf das verwitterte und mit einem großen Umhängeschloss gesicherte Tor zulief.

Sie wusste sofort, was dies zu bedeuten hatte, und gab sich keiner Illusion hin. Das hier war weder das Waisenheim, noch würde der Taxifahrer zurückkehren und sich das Ganze also als ein Missverständnis herausstellen. Wie hatte sie nur so dumm sein können? Hatte der Vater sie nicht ausdrücklich gewarnt, ihr Gepäck niemals, auch nicht eine Sekunde aus den Augen zu lassen? Warum hatte sie nicht am Flughafen gewartet, so wie er es gesagt hatte: »Egal, was passiert, Gitti, warte!« Sie hingegen hatte dem Taxifahrer auch noch ein reichliches Trinkgeld gegeben, obwohl ihr der Preis sowieso schon absurd hoch erschienen war.

Dann kamen plötzlich die Tränen, und sie musste an Johann denken, der es nicht einmal für nötig gehalten hatte, sich von ihr persönlich zu verabschieden, und eine Prüfung im Fach Statik als Grund dafür vorgeschoben hatte. Wahrscheinlich würde sie Johann jetzt nie wiedersehen, auch nicht die Eltern, denen sie verboten hatte, sie zum Flughafen zu begleiten, weil sie sich wegen der zu erwartenden Tränen der Mutter nicht vor allen Leuten hatte blamieren wollen.

Da stand sie nun also mitten auf einer Ausfallstraße nach Nirgendwo im brasilianischen Regen, der immerhin etwas nachgelassen hatte, und wusste nicht, wohin sie sich, geschweige denn, an wen sie sich wenden sollte. Nirgends war eine Menschenseele zu sehen, nirgends eine bewohnte Behausung. Nur in der Ferne ein paar dieser armseligen Hütten, und selbst wenn sie dort jemanden getroffen hätte, der sie verstehen würde, dann hätte sie nicht einmal die Adresse des Waisenheims nennen können. Denn mit Brigittes Koffern war auch der Zettel mit der Adresse im Taxi geblieben.

So trottete sie schließlich, immer noch weinend, in die Richtung, aus der das Taxi gekommen und auch wieder davongefahren war, weil ihr das als das Sinnvollste erschien. Wäre da nicht wenig später diese Deutsche in diesem schicken Wagen vorbeigekommen und hätte zurückgesetzt, um sie anzusprechen, Brigitte wäre wohl auf immer verloren gewesen.

Diese Frau, die sich weder vorstellte noch ihren Namen nannte, wusste von einem Waisenhaus ganz in der Nähe, für das ab und zu Mädchen aus Europa im Auftrag des diakonischen Hilfswerkes arbeiteten, und bog nach ein paar Minuten in ein ärmliches Viertel ein. Dort hielt sie vor einem blau-weiß getünchten Gebäude, das auf den ersten Blick wie ein etwas heruntergekommener Palast im Kolonialstil wirkte. Das, fand Brigitte, sah schon eher nach dem Ort ihres zukünftigen Wirkens aus. Sie bedankte sich bei der Frau und schöpfte neuen Mut. Sie würde schon nicht verloren gehen, die Eltern machten sich ganz umsonst Sorgen.

»Sollten wir nicht erst einmal schauen, ob Sie hier auch richtig sind?«, gab die Frau zu bedenken.

Wo hatte sie nur ihre Gedanken? Natürlich. Es konnte doch

durchaus sein, dass es mehrere Waisenhäuser in Rio gab, obwohl sie das hier mit den Zitronenbäumchen links und rechts der etwas maroden Freitreppe bereits gern als ihr neues Zuhause sah. Sie folgte der Frau in das Vestibül, wo mehrere Türen abgingen und eine davon zum Büro der Leiterin des Hauses, der Oberin, führte.

Nachdem die Deutsche der Oberin, die gerade über ein paar Akten brütete, kurz etwas auf Portugiesisch erklärt hatte und sich schon wieder verabschieden wollte, brach das Donnerwetter los. Obwohl Brigitte kein Wort von dem verstand, was die Oberin da schrie, ahnte sie, dass es um die verloren gegangenen Koffer gehen musste, und das war tatsächlich schlimm.

Um ihre eigenen Sachen hatte es Brigitte nicht schade gefunden, sie würde ja, wie die Schwestern, eine einfache Tracht tragen. Auch nicht um die Bücher, die würde sie wahrscheinlich schon sehr bald in den Antiquariaten der Stadt für wenig Geld zurückkaufen können, wie ihr die freundliche Deutsche auf der Fahrt erklärt hatte. Um die beiden Koffer mit den Medikamenten, die ihr der Vater über die Hilfsorganisation mitgegeben hatte, tat es ihr allerdings wirklich leid. Darauf hatte die Oberin dringend gewartet und nur deshalb Brigittes Aufenthalt überhaupt zugestimmt, übersetzte die Deutsche und fügte hinzu, dass Brigitte es nicht so schwernehmen solle.

Das war einfacher als gesagt. Die Oberin, eine magere, schnell auffahrende Brasilianerin um die fünfzig, zeigte ganz offen, wie verärgert sie über Brigittes Verhalten war, indem sie sie einfach ignorierte und, nachdem die Deutsche sich verabschiedet und ihr viel Glück gewünscht hatte, an ihren Akten weiterarbeitete. Brigitte stand da, wartete geduldig, denn natürlich hatte sie sich diese Nichtbeachtung selbst verdient. Doch nach etwa zwanzig Minuten wurde sie allmählich ungeduldig. Warten würde ihren Fehler auch nicht wiedergutmachen. Aber bitte, von ihr aus. Dann fielen ihr die Ermahnungen des Vaters wieder ein, und sie verstand: »Handle selbständig!« Das wollte ihr die

Oberin wohl zu verstehen geben. Aber konnte sie wirklich einfach so gehen? Sie konnte.

Brigitte verließ ohne ein Wort das Büro und schaute sich im Vestibül um. Keine Menschenseele weit und breit. Keine Schwestern. Keine Kinder. Sie beschloss, auf eigene Faust das Gebäude zu erkunden. Die Oberin würde sich schon irgendwann beruhigen.

Sie betrat einen langen schwarz-weiß gefliesten Flur, der links und rechts zu den Seitenflügeln führte. Vor ihr gab es eine breite Terrassentür zu einem begrünten Innenhof, der neben einem kleinen Swimmingpool und einem Planschbecken auch einen Kräutergarten besaß. Auf den Grünflächen ringsum lagen Spielsachen, auch Gartengeräte, die still im Regen, der jetzt nur noch ein Nieseln war, vor sich hin rosteten. Wo waren nur die Kinder, fragte sich Brigitte und lief weiter.

Die ersten Kinder entdeckte sie im rückwärtigen Flügel, der das Gebäude nach Norden hin begrenzte und in dem sich die Küche und ein ziemlich großer Speisesaal befanden. Die Kleinen, alle zwischen zwei und drei Jahren, die Brigitte aus großen, dunklen Augen anstaunten, hatten gerade ihr Mittagessen beendet und wurden nun von zwei Schwestern in Brigittes Alter in den linken Flügel zum Mittagsschlaf gebracht. Am liebsten hätte Brigitte gleich mitgemacht, aber als die Schwestern sie sahen, begannen sie über sie zu flüstern und zu kichern. Brigitte nickte ihnen dennoch freundlich zu und ging ihnen entgegen. Doch da wendeten sie sich demonstrativ ab und mahnten die Kleinen zur Eile.

Was hatten die denn, fragte sich Brigitte, sie wollte doch nur helfen! Die Schwestern aber zur Rede stellen konnte sie nicht, weil sie noch kein Wort Portugiesisch sprach. Brigitte hatte dummerweise Spanisch gelernt, weil der Mann vom diakonischen Hilfswerk die ganze Zeit behauptet hatte, sie würde in ein Waisenheim in Argentinien kommen, bis es dann doch eines in Brasilien geworden war.

Brigitte durchquerte zwei aufeinander folgende große Schlafsäle, die mit etwa zwanzig uralten Metallbetten ausgestattet waren. Nichts wies darauf hin, dass hier Kinder wohnten, und sie nahm sich sofort vor, als Erstes unter den Kindern einen Malwettbewerb anzuregen, um die Räume und vielleicht auch die Flure mit ihren Zeichnungen etwas freundlicher zu gestalten.

Anschließend schaute sie in die Waschräume und die Toiletten, die auf den ersten Blick sauber, aber nicht wirklich rein waren – das hätte jedenfalls die Mutter gesagt. In einem Raum, der offensichtlich eine Art Bibliothek war, blätterte sie zerlesene Kinderbücher durch und schaute zwei älteren Schwestern in der Waschküche bei der Arbeit zu. Doch nachdem deren fröhliches Geplapper bei Brigittes Anblick verstummt war, arbeiteten sie still und verbissen weiter. Kein Lächeln für Brigitte. Kein erwiderter Gruß auf ihr »Hallo«, denn Brigitte hatte gehofft, dass sie immerhin dieses Wort verstehen würden. Doch selbst wenn dem so war – sie zeigten ihr nur die kalte Schulter, lehnten sie offensichtlich ab. Also ging Brigitte weiter.

Plötzlich flutete ein ohrenbetäubender Lärm das Gebäude, und Brigitte verstand. Sie hatte nirgendwo ältere Kinder gesehen, weil die erst jetzt aus der Schule eintrafen. Insgesamt mussten es über hundert im Alter zwischen zwei und dreizehn Jahren sein, die hier wohnten. Auch ein paar Säuglinge, die sie in einem Raum des rechten Flügels in Gitterbettchen entdeckt hatte und für die sie die Verantwortung übernehmen könnte. Sie hatte im Urban-Krankenhaus jede Menge Tricks gelernt, die die Schwestern hier sicher noch nicht kannten.

Brigitte hatte gehofft, dass die Oberin sie nun, wo alle da zu sein schienen, offiziell vorstellen würde, aber nichts geschah. Die Kinder rannten und lärmten an ihr vorbei, und auch die Schwestern taten so, als würden sie sie nicht bemerken. Blieb doch mal eines der Kinder stehen und betrachtete sie neugierig, rief eine der Schwestern nach ihm, redete kurz auf es ein, und schon rannte das Kind davon, noch bevor Brigitte ihm hatte zulächeln können.

Auch zum Essen, als sich alle im Speisesaal versammelten, kam niemand Brigitte holen. Einen kurzen Moment hatte sie überlegt, ob sie sich auch nach einem Teller Suppe anstellen sollte, schließlich hatte sie seit dem Flug nichts gegessen, doch dann entschied sie sich dagegen. Sie hatte noch keinen einzigen Handschlag getan und wollte etwas essen? Das sollte ihr die Oberin nicht auch noch vorwerfen können.

Zum Glück hatte es endlich aufgehört zu regnen, und so zog sie sich auf den Innenhof mit dem Pool zurück, wo sie bis zum Abend für alle sichtbar sitzen blieb. Nur sprach sie niemand an oder holte sie gar ins Haus.

Das war gemein und ungerecht und konnte ja wohl kaum darauf zurückzuführen sein, dass ihr die Koffer mit den Medikamenten geklaut worden waren, dachte Brigitte wütend. Sie konnte doch nichts dafür, dass niemand auf dem Flughafen gewesen war, um sie abzuholen! Oder dass der Taxifahrer mit ihren Koffern davongefahren war. Was hätte sie denn tun sollen? Warten, bis sie schwarz wurde?

»So schnell passiert das schon nicht«, sagte Dr. Siebert, ein deutscher Arzt, der zweimal in der Woche in das Waisenhaus kam, um nach den Kindern zu sehen, und dem sie sich als Schwester Monika vorgestellt hatte. Er hatte sich zu ihr an den Pool gesetzt und ihr erzählt, dass er sie vom Flughafen hätte abholen sollen, nur sei er durch eine Notoperation in seiner Praxis aufgehalten worden.

»Sie hätten einfach warten müssen, Schwester Monika«, fuhr Dr. Siebert fort, der ungefähr im Alter des Vaters, also etwas über fünfzig Jahre, war und eine auffällige, altmodische Brille und einen schmalen Oberlippenbart trug. »Hier nimmt man es mit der Zeit nicht so genau wie in Deutschland. Wenn Sie sagen, Sie kommen am Mittwoch, würde hier jeder überrascht sein, wenn Sie es tatsächlich täten.«

»Aber ich konnte doch nicht wissen, dass ich bis zum nächsten Tag am Flughafen hätte warten sollen«, sagte Brigitte, »Das kann die Oberin mir doch nicht zum Vorwurf machen.«

»Doch, sie kann. Und sie wird. Denn sie will Sie so schnell wie möglich wieder loswerden.« Dr. Siebert schien einen Moment auf eine Reaktion von Brigitte zu warten, doch ihr fehlten einfach die Worte.

»Das hätte sie übrigens auch gewollt, wenn Sie die Koffer glücklich bis zu ihr ins Büro geschleppt hätten«, ergänzte er lächelnd.

»Aber wieso?«

Dr. Siebert schaute Brigitte an, als erwartete er, dass sie sich die Frage selbst beantwortete.

»Beantworten Sie mir doch zuerst noch eine Frage«, sagte er schließlich. »Warum sind Sie hier, Schwester Monika?«

Brigitte schaute auf den Pool, in dem ein Gummitier, von einer leichten Brise angetrieben, von links nach rechts trieb, und wusste nicht recht, worauf Dr. Siebert hinauswollte. Plötzlich musste sie an Johann denken, warum, hätte sie nicht mal sagen können.

»Ich sehe es Ihnen an der Nasenspitze an: Sie sind vor einer unglücklichen Liebe davongelaufen.« Dr. Siebert lächelte.

»Da irren Sie sich aber gewaltig!«, erwiderte Brigitte heftiger als gewollt.

»Und nun wollen Sie Gutes tun.«

Brigitte merkte, wie sie bis zum Haaransatz errötete, doch sie blieb standhaft.

»Woher wollen Sie das denn wissen?«

Dr. Siebert lächelte milde.

»Sie sind nicht das erste Mädchen aus Europa, das hier freiwillig arbeiten möchte. Allerdings wählen die meisten den Namen Teresa. Mutter Teresa sagt Ihnen doch etwas?«

Brigitte stand abrupt auf. Sie hielt es keine Minute länger hier aus. Was fiel diesem Siebert ein, so über sie zu urteilen?

Selbst wenn seine Behauptungen nicht so weit entfernt von der Wahrheit waren.

»Bleiben Sie doch, Schwester Monika. Wenn ich unsere grimmige Frau Oberin richtig einschätze, wissen Sie noch nicht einmal, wo Sie schlafen werden.«

Brigitte schossen plötzlich die Tränen in die Augen. »Die ignorieren mich hier alle«, schluchzte sie, »tun so, als wäre ich Luft! Dabei will ich doch nur helfen.«

Dr. Siebert nickte mitfühlend und reichte ihr sein Einstecktuch.

»Aber was haben Sie heute schon getan, um zu helfen? Oder um sich wenigstens das Abendbrot zu verdienen? Für die Oberin sind Sie nämlich nur ein weiteres Maul, das gestopft werden muss. Dabei reicht es kaum für die Kinder.«

»Das weiß ich selbst. Deshalb habe ich mich auch nicht für die Suppe angestellt.«

Dr. Siebert nickte. »Damit Sie ein Bett für die Nacht haben, Monika, wird eines der Kinder seines räumen müssen.«

Brigitte schaute Dr. Siebert erstaunt an. Endlich begann sie zu verstehen. Warum war sie darauf nicht selbst gekommen? Sie erhob sich, nickte Dr. Siebert einen Dank zu und ging quer über den Hof in Richtung Küche, von wo aus seit einiger Zeit Geschirrgeräusche zu vernehmen waren. Dort stand eine der beiden älteren Schwestern und spülte ganz allein das Geschirr.

Brigitte trat freundlich an sie heran, und die Frau schaute kurz auf. Brigitte deutete mit der Hand auf sich und dann auf die Schwester.

»Lass uns tauschen. Ich mache deine Arbeit?«, versuchte sie es in gebrochenem Spanisch, was dumm war, wie sie gleich darauf begriff. Hier sprachen sie Portugiesisch.

Dann griff sie nach der Bürste in der Hand der Schwester, wollte sie ihr behutsam abnehmen, und versuchte gleichzeitig, selbst an den Platz vor die Spüle zu treten. Doch als wollte sie ihr das Allerliebste entreißen, krallte sich die Schwester plötzlich an der Bürste fest und begann, sich wie ein störrischer Esel steif zu machen. Feindselig starrte sie Brigitte an.

Brigitte war zwar überrascht, doch sie wollte nicht gleich aufgeben, und ließ deshalb auch nicht von der Bürste ab. Im Gegenteil. Sie zog daran, als ginge es ebenso um ihr Leben – ein bisschen ging es ja darum tatsächlich –, und war erstaunt, wie viel Kraft die kleine schmale Schwester, die so um die vierzig sein musste, aufbrachte. Ihre knochigen Hände krampften sich immer fester um den Stiel der Bürste, und als ihr langsam die Kräfte zu schwinden begannen, schoss ihr vogelartiger Kopf blitzschnell auf Brigittes Hand zu.

»Au!«, schrie Brigitte mehr aus Fassungslosigkeit, denn aus Schmerz auf und ließ sofort von der Bürste ab. Hatte diese Irre sie gerade tatsächlich gebissen? Sie starrte erst auf ihre Hand, dann auf die Schwester herab, die nun, als wäre nichts geschehen, weiter seelenruhig das Geschirr mit der Bürste bearbeitete, während von der Tür Dr. Sieberts Lachen zu vernehmen war.

»Ich sagte helfen, Schwester Monika. Nicht Arbeit wegnehmen.«

Aber wie? Und wo, dachte sie, als sie sich beschämt aus der Küche zurückzog und ihren Weg durch die Räume und Flure fortsetzte. Keine der Schwestern schaute auch nur hoch, wenn Brigitte ihnen begegnete, sondern alle gingen weiter stoisch ihrer Arbeit nach, putzten und schrubbten oder brachten die größeren Kinder zu Bett. Wie sollte sie ihnen denn helfen, wenn sie sie nicht mitmachen ließen?

Noch nie hatte sich Brigitte so fehl am Platz gefühlt wie an diesem Tag, der so ganz anders verlaufen war, als sie ihn sich vorgestellt hatte. Sie hatte gedacht, dass sich die Oberin über sie freuen, die Schwestern sie sofort in ihr Herz schließen und die Kinder sie spätestens nach zwei Tagen anbeten würden.

Und nun das.

Als sie an dem Schlafsaal der Kleinen vorbeikam und leises Weinen vernahm, war sie einen Moment versucht, hineinzugehen und das Kind mit einem Schlaflied zu beruhigen. Bestimmt hatte es noch nie ein deutsches Gutenachtlied gehört, und ihre Stimme war auch nicht so schlecht, hatte der Vater oft gesagt. Doch da fielen ihr noch einmal Sieberts Worte ein, und sie ging nicht in den Schlafsaal. Er hatte recht. Sie war hier, weil ihre Liebe nicht erwidert worden war. Nur deshalb. Sie wollte Gutes tun? Wirklich? Hieß das nicht zuallererst, selbstlos zu sein? Sie dagegen hatte sich schon beim ersten Gespräch mit dem Mann vom diakonischen Hilfswerk vorgenommen, Mutter Teresa nachzueifern, nein, sie sogar in ihrer Güte zu übertrumpfen. Das hatte nicht nur Siebert sofort gespürt, das ahnten auch die Oberin und die Schwestern. Deshalb ignorierten sie Brigitte, weil sie schon jetzt für etwas gelobt zu werden erwartete, das Siebert, die Oberin und die Schwestern jeden Tag ohne Murren taten, ohne irgendwelche Anerkennung zu erwarten: ihr Leben diesen Waisenkindern zu widmen.

Sie, Brigitte, war einfach nur egozentrisch und ichbezogen, schalt sie sich. Und alle wussten das. Die Eltern, Johann, die Menschen hier im Heim. Nach nur einem Tag hatten sie es erkannt, und deshalb wäre Brigitte am liebsten vor Scham im Boden versunken oder wenigstens abgehauen, aber dann hätten sich alle nur bestätigt gefühlt. Nein, das gönnte sie Siebert und den anderen nun doch nicht. Sie würde ihnen das Gegenteil beweisen.

Obwohl das Kind immer noch weinte, entfernte sie sich vom Schlafsaal. Dass sie mit Kindern umgehen konnte, würde sie den Schwestern – nein, den Kindern – später noch beweisen können, und vielleicht hatten sie hier ja auch besondere Gründe, warum sie lieber den Flur scheuerten, als das weinende Kind auf den Arm zu nehmen und zu trösten. Denn dass die Schwestern zu den Kindern sehr nett waren, hatte Brigitte schon am Nachmittag beobachtet.

Sie entschied sich schließlich für die Toiletten, die sowieso mal eine Grundreinigung brauchten, wenn sie das richtig in Erinnerung hatte. Vielleicht würde Dr. Siebert zwar sagen, dass es so aussehen könnte, als ob Brigitte die Schwestern in ihren brasilianischen Hygienevorstellungen beschämen wollte, aber das war ihr gerade egal. Niemand putzte gerne Toiletten, in keinem Land der Welt, und insofern konnte sie hier den Schwestern wenigstens eine ungeliebte Arbeit abnehmen.

Also schrubbte und scheuerte sie Klo um Klo, entfernte Kotreste und Urinstein, brachte die Waschbecken und die blinden Spiegel leidlich zum Glänzen, fischte aus den Siphons der zwei einzigen Duschen Seifenreste und Haare von mindestens hundert Kindern und hielt den immer wieder aufsteigenden Ekel mit Gedanken an ihre Mutter in Schach. Die würde aus dem Staunen nicht mehr herauskommen, wenn sie ihre Tochter in diesem Moment so sähe, dachte Brigitte stolz und verbot sich gleich wieder diesen Gedanken. Auch ohne das Lob der Mutter war es gut gewesen, die Toiletten zu putzen. Einfach weil es notwendig gewesen war, dachte sie, als sie endlich den letzten Eimer Wischwasser leerte und zufrieden den nun sauberen, noch feucht schimmernden Fliesenboden betrachtete.

Es war mittlerweile weit nach ein Uhr nachts, als Brigitte über die stillen Flure schlich. Keine der Schwestern schien noch wach zu sein, und auch sie fühlte bleierne Schwere in den Knochen. Sie war seit über achtundzwanzig Stunden auf den Beinen, praktisch seit sie am Tag zuvor ein letztes Mal in ihrem eigenen Bett in Deutschland aufgewacht war, und sie wusste immer noch nicht, wo sie schlafen sollte.

Sie hatte im Büro der Oberin noch Licht gesehen, deshalb klopfte sie nur kurz an, trat ohne Aufforderung ein und schaute die mürrisch aufblickende Oberin provozierend an. So einfach wurde die Oberin sie nicht los, sollte dieser Blick besagen.

Die Oberin schien sie sogar zu verstehen. Anstatt sie weiter zu ignorieren, wie es Brigitte erwartet hatte, deutete sie mit dem Kopf zu einem Teller Suppe und einem Stückchen Brot auf ihrem Schreibtisch. Das musste die Oberin für sie aufgehoben haben, dachte Brigitte und langte mit Heißhunger zu. Die Suppe war zwar kalt und das Fett längst zu kleinen Klümpchen erstarrt, aber das kümmerte sie nicht.

Anschließend folgte sie der Oberin in den Schlafsaal der Kleinen, wo etwa zwanzig Kinder in nur acht schmiedeeisernen Betten zu zweit oder zu dritt schliefen und ihren süßlichen Duft verströmten. Die Oberin ging die Betten entlang und entnahm einem Bett, in dem drei Knirpse zwischen zwei und drei Jahren schliefen, zwei davon und lagerte sie, so wie es Dr. Siebert vorhergesagt hatte, in andere Betten um. Dann bedeutete sie Brigitte, sich zu dem verbliebenen Kind zu legen. Brigitte hätte gern Einspruch erhoben, aber wie hätte sie sich verständlich machen sollen? Überhaupt: Die Oberin ließ sowieso nicht mit sich diskutieren, auch später nicht, als Brigitte entdeckte, dass die Oberin ganz gut Deutsch sprach, es aber nur benutzte, wenn sie etwas Wichtiges klarstellen wollte.

Brigitte zog schnell ihren Rock und ihre Bluse aus und legte sich zu dem kleinen Jungen ins Bett, während die Oberin endlich hinausging.

Eine ganze Weile lag sie steif neben dem kleinen Jungen, hörte auf seinen ruhigen Atem und traute sich nicht, sich zu bewegen. Kein Auge würde sie zumachen können, aus Angst, das kleine Kerlchen neben sich im Schlaf zu erdrücken, dachte Brigitte und überlegte, ob sie sich lieber im Speisesaal ein paar Stühle zusammenrücken sollte. Aber noch bevor sie zu einer Entscheidung gelangte, war sie über der Frage bereits eingeschlafen.

Als sie am nächsten Tag erwachte, war der Schlafsaal leer. Die Uhr über der Tür zeigte bereits kurz nach zwölf, und als sie entsetzt aufsprang und sich anziehen wollte, sah sie neben ihrem Bett einen ihrer Koffer stehen, und zwar den mit ihren persönlichen Sachen.

Wie das kam, erfuhr sie erst drei Tage später von Dr. Siebert, als er zu seiner routinemäßigen Sprechstunde kam und ihr Kohletabletten gegen ihren Durchfall gab. Sie hatte das Wasser aus der Leitung getrunken, denn das tranken selbst die Kleinen, aber ihr Körper hatte prompt reagiert. Sie würde sich schon bald an das Wasser gewöhnen, versprach Dr. Siebert und erzählte schließlich, dass die Oberin, gleich nachdem Brigitte ohne Gepäck angekommen war, sich ein wenig in der Stadt umgehört hatte, um herauszufinden, wer Brigitte gefahren haben könnte. So hatte sie schnell den Taxifahrer ausfindig gemacht und Brigittes Koffer, auch die, in denen die Medikamente gewesen waren, zurückholen lassen.

»Hat sie etwas dafür bezahlen müssen?«

»Vielleicht. Aber wahrscheinlich hat sie Rafaelas Brüder geschickt. Das ist die Schwester, mit der Sie wegen der Bürste aneinandergeraten sind.«

»Beißen die auch?«

Dr. Siebert lachte. »Schlimmer.«

»Gut zu wissen«, sagte sie und lachte ebenfalls.

Aber nach einem guten Monat war die Zeit der Auseinandersetzungen vorbei. Mehr als vier Wochen hatte Brigitte die Toiletten geputzt und sich nicht einmal vor sich selbst beklagt. Dafür konnte sie sich jetzt ohne schlechtes Gewissen zum Essen anstellen, und jeden Tag mehr spürte sie, wie sie ganz langsam eine von ihnen wurde. Die Schwestern schauten seltener weg, wenn sie kam, drückten ihr einfach nur ein Messer in die Hand, wenn sie sich zu den Gemüseputzerinnen setzte, oder reichten ihr Gummistiefel, wenn der Keller während des Regens volllief und trockengelegt werden musste. Auch sonst machte sich Brigitte überall dort nützlich, wo gerade Arbeit anfiel. Und es fiel täglich eine Menge Arbeit an. Jeden Tag schuftete sie so schwer, dass sie sich manchmal morgens, wenn sie aufwachte, wunderte, wie sie es überhaupt ins Bett geschafft hatte, so erschöpft war sie am Abend zuvor gewesen.

Dann war sie eines Abends wie gewohnt in die Toiletten gekommen, und plötzlich hatte da Rafaela auf dem Boden gehockt und die Klos geputzt. Ein Friedensangebot, verstand Brigitte, und zuerst wollte sie ihr helfen, damit sie schneller fertig wurde, aber nach einem finsteren Blick, der einen weiteren Biss zu versprechen schien, zog sie sich zurück. Seitdem waren die Toiletten nicht mehr nur ihre Aufgabe, auch nicht Rafaelas, sondern jede der Schwestern übernahm diese Arbeit ab und zu, manchmal öfter, manchmal weniger oft, eben so, wie sie die anderen Arbeiten auch reihum erledigten.

Erstaunlicherweise klappte das. Keine der Schwestern sah Brigitte sich je vor einer Arbeit drücken, und nichts blieb liegen, obwohl es keinerlei Pläne zu geben schien, wer welche Aufgabe zu erledigen hatte.

Aber das Beste daran war, dass Brigitte sich endlich angenommen und wie eine von ihnen fühlte. Nicht mehr oder weniger.

Zu Hause hatte sich die Mutter so oft darüber beklagt, dass sie Brigitte immer erst auf die Dinge aufmerksam machen musste und dass sie deshalb lieber immer alles schnell selbst erledigte. Hier im Waisenheim übersah Brigitte nichts und folgte dem Vorbild der anderen Schwestern, denn erst wenn alle Arbeit getan war, konnten sie sich den Kindern widmen oder etwas früher zu Bett gehen.

Ab und zu mit den anderen Schwestern am Vormittag in der Sonne zu sitzen und zu plauschen, wenn die meisten Kinder in der Schule waren, war am Anfang für Brigitte wegen ihres nur langsam wachsenden portugiesischen Wortschatzes nicht möglich, auch wenn die Schwestern mit Gesten versuchten, sie mit in das Gespräch einzubeziehen. Die ersten Wörter brachten ihr tatsächlich die Kinder aus der mittleren Gruppe bei. Sie lasen ihr die Kinderbücher vor und tippten anschließend auf die Bilder, um Brigitte schließlich mit ernsten, strengen Gesichtern zu fragen, was auf den Bildern zu sehen sei. Wenn Brigitte es nicht wusste, rollten sie amüsiert die Augen oder lachten sich halb tot, wenn sie die Wörter falsch aussprach.

Auch das war für Brigitte anders, als sie es erwartet hatte. Sie hatte sich, bevor sie nach Brasilien kam, als die Zeigende, als die Lehrende gesehen, und nun brachten ihr die Knirpse Portugiesisch bei und zeigten unendlich viel Geduld mit ihr, die sie an ihrer Stelle wohl nicht aufgebracht hätte, denn das Schwierigste an diesem Portugiesisch war die Aussprache. Und oft verstand niemand, was sie da zu sagen versuchte.

So blieb ihr einziger Gesprächspartner über lange Zeit Dr. Siebert, vor dessen Fragen und Kommentaren sie sich aber immer etwas fürchtete, weil sie das Gefühl hatte, von ihm auf Herz und Nieren geprüft zu werden. Er wollte nicht nur wissen, wie sie zu ihren Eltern stand, sondern auch, wo sie aufgewachsen war und wie sie die letzten Jahre verbracht hatte. Dabei interessierte ihn besonders, wie sie die Zeit im Dritten Reich und kurz nach dem Krieg erlebt hatte. Sie sei da noch sehr klein gewesen und erinnere sich kaum, redete sie sich jedes Mal heraus, denn dass sie einmal eine glühende Hitleranhängerin gewesen war, brauchte er nicht zu wissen. Dr. Siebert würde nur wieder schlecht von ihr denken. Aber sie war nicht mehr die, die nach Brasilien gekommen war, um andere zu belehren. Außerdem hatte sie schon genügend Gewissensbisse wegen ihres falschen Namens, war aber seit Langem auf eine diesbezügliche Frage vorbereitet.

»Wie heißen Sie eigentlich wirklich?«, fragte er einmal beim Mittagessen. Brigitte hatte gerade ihren Liebling, den kleinen José, auf ihrem Schoß, obwohl die Oberin das nicht gern sah. Sie wollte nicht, dass die Schwestern bestimmte Kinder vorzogen.

»Ich heiße wirklich Monika«, hatte sie erstaunt geantwortet, als hätte sie die Frage überrascht. »Aber ich habe natürlich nachgeschlagen, ob es eine Heilige mit diesem Namen gibt … und ja, es gibt eine. Sie ist die Patronin der christlichen Frauen und

Mütter, und auch für die Seelenrettung der Kinder zuständig. Das passt, fand ich.«

»Stimmt«, hatte Dr. Siebert geantwortet. »Vielleicht sind die Kinder ja Ihre Bestimmung.«

»Vielleicht«, hatte Brigitte geantwortet und war froh, so glimpflich davongekommen zu sein. Dann strubbelte sie José durchs Haar und schob ihm heimlich ein Stück von ihrem Brot in den Mund, was die Oberin auf keinen Fall hätte sehen dürfen. Keines der Kinder sollte von dem wenigen, das es zu essen gab, mehr als die anderen bekommen.

»Und ich habe Sie am Anfang tatsächlich für einen dieser Gutmensch-Touristen gehalten«, sagte Dr. Siebert, ditschte mit seinem Brot die letzte Soße von seinem Teller und steckte es sich in den Mund.

»Gutmensch-Touristen?« hatte Brigitte gefragt und die Frage sofort bereut. Denn sie ahnte bereits, dass Siebert ihr wieder einmal eine Lektion erteilen wollte und sie ihm gerade eine Steilvorlage geliefert hatte.

»Nun ja«, erwiderte Siebert und kaute genüsslich. »Gutmensch-Touristen sind die, die in den Kindern unnötige Hoffnung auf eine Vertrauensperson wecken oder gar auf eine Adoption nach Deutschland. Aber die am Ende ihres Jahres einfach nur abfahren. Oft sogar, ohne sich zu verabschieden. Weil sie die traurigen Kinderaugen nicht ertragen können.«

Brigitte hatte ihn kurz wütend angeschaut, dann war sie aufgesprungen. Doch bevor sie aus dem Speisesaal flüchtete, hatte ihr Siebert noch hinterhergerufen: »Machen Sie José keine Hoffnung darauf! Er wird es auch ohne diese Enttäuschung schwer genug im Leben haben.«

Fast immer endeten die Gespräche mit Siebert so, fast immer rannte sie davon, weil er ihr immer noch unterstellte, mit ihrem Hiersein keine ehrlichen Absichten zu verfolgen. Dabei hatte sie vom Putzen aufgesprungene Hände, und vom schweren Heben tat ihr oft der Rücken weh. Was also wollte er von ihr?

Sein Misstrauen nagte an ihr, und sie ging ihm immer öfter aus dem Weg. Sie konnte sich ja aussuchen, ob sie ihm bei den Untersuchungen der Kinder half oder lieber in der Küche Gemüse putzte oder gar Wäsche ausbesserte. Und als Gesprächspartner hatte sie Siebert nun auch nicht mehr so nötig wie am Anfang. Mittlerweile war ihr Wortschatz so groß, dass sie sich sogar mit den beiden jüngeren Schwestern über die politischen Zustände in Brasilien unterhalten oder sie ein bisschen nach Siebert ausfragen konnte, um vielleicht herauszubekommen, wo er selbst angreifbar war.

Demnach war Siebert erst nach dem Krieg mit seiner Frau nach Rio gekommen, die während eines Bombenangriffs in Hamburg verschüttet gewesen war und seitdem etwas wirr im Kopf sein sollte. Doch darüber redete er nicht gern und schon gar nicht über sich selbst. Das meiste wusste Schwester Ignacia von einem ihrer vielen Verwandten, der in dem Vorort lebte, in dem der Arzt eine kleine Praxis für die Armen eröffnet hatte. Durch Ignacia war auch der Kontakt zwischen Dr. Siebert und dem Waisenheim zustande gekommen. Als Ignacia hörte, dass er seine Patienten oft nur gegen Naturalien behandelte, hatte sie der Oberin von ihm erzählt.

Mehr war über Dr. Siebert nicht zu erfahren, obwohl Brigitte immer das Gefühl hatte, das da noch etwas war, was Ignacia wusste, aber nicht preisgeben wollte, denn nicht selten wiegelte sie Brigittes nachdrückliches Fragen damit ab, dass Dr. Siebert ein sehr guter Arzt sei, da könne man sagen, was man wolle.

Brigitte fand das seltsam, denn dass Siebert ein guter Arzt war, stand außer Frage. Noch dazu liebten ihn die Kinder und er sie. Warum also musste Ignacia das so betonen? Was konnte man denn noch über ihn sagen wollen? Brigitte beschloss, ihm selbst auf den Zahn zu fühlen. Denn warum sollte es immer nur ihm erlaubt sein, unangenehme Fragen zu stellen? Das konnte sie auch.

Doch dann fand sie zunächst keine Gelegenheit dazu, weil er

eine Zeitlang nicht ins Waisenheim kam. Seine Frau war schwer erkrankt, hieß es, und er konnte sie nicht wie sonst bei seinen Nachbarn lassen.

Kurz vor ihrer Abreise nach Deutschland, als sie ein letztes Mal aufs Postamt musste, um das von den Eltern gesammelte Geld für das Waisenheim abzuholen, traf sie ihn zufällig in der Stadt. Wie immer ging sie auf dem Rückweg auch bei *Karlos' Bistro* vorbei, diesmal aber, um sich zu verabschieden. Fast alle Deutschen der Stadt gingen mindestens einmal im Monat zu Karlos, der eigentlich Karl hieß und ebenfalls aus Deutschland stammte, um dort mit Wiener Schnitzel, Bockwurst und Salat oder nur mit einem auf deutsche Art gebrühten Kaffee ihr Heimweh hinunterzuschlucken.

So hatte sich Brigitte noch einmal eine Boulette mit Schrippe bestellt und gerade den letzten Happen in den Mund geschoben, als sie Dr. Siebert hereinkommen sah. Er musste sie von der Straße aus gesehen haben, denn nachdem er kurz mit Karlos gesprochen hatte, kam er mit seinem Bier sofort an ihren Tisch.

»Darf ich?«

Brigitte nickte und versuchte so unauffällig wie möglich zu kauen. Das fehlte noch, dass ausgerechnet Dr. Siebert sah, wie sie sich hier den Bauch vollschlug, noch dazu von dem Spendengeld aus Deutschland, während die Kinder fast immer hungrig den Speisesaal verließen.

»Ich hab Sie zufällig von draußen gesehen und dachte, wir könnten uns ein wenig unterhalten«, sagte Siebert und prostete ihr mit seinem Bier zu.

Brigitte hätte gern »worüber?« gefragt, doch sie konnte noch nicht sprechen, weil da immer noch Boulette zwischen ihren Zähnen war.

»Weil Sie uns ja nun auch bald verlassen«, fuhr er fort, »wollte ich Ihnen sagen, dass ich Ihnen wohl unrecht getan habe. Sie sind keiner dieser Gutmensch-Touristen. Sie sind ein sehr anständiges Mädchen, Monika. Das, nun ja, vielleicht immer ein

bisschen viel von sich selbst will, aber Sie haben dazugelernt.«
Siebert lächelte. »Ich habe nur versucht, Ihnen dabei etwas auf
die Sprünge zu helfen. Also, verzeihen Sie mir?«

Noch bevor Brigitte die Entschuldigung annehmen konnte,
sah sie zu ihrer größten Verwunderung, wie Karlos vor Siebert
einen Teller Kohlrouladen mit dampfenden Petersilie-Kartoffeln
abstellte.

»Wenn das die Oberin sehen würde«, sagte Siebert grinsend,
säbelte ein großes Stück von der Kohlroulade ab und schob es
sich in den Mund.

Brigitte sog genüsslich den Duft ein. Sie würde auch bald
Kohlrouladen essen. Die hatte sie sich schon in einem Brief bei
der Mutter bestellt, aus Anlass ihrer Rückkehr nach Deutschland.

»Mmmmh, herrlich! War die Boulette auch so gut?«

Brigitte schluckte. Woher wusste er?

»Sie haben da noch Senf am Kinn, und da die Bockwurst alle
war ...« Er grinste sie über seine Brille hinweg an, und Brigitte
konnte gar nicht anders, als zurückzulachen.

»Ich hatte solch einen Appetit darauf.«

»Gute Antwort!«, schmatzte Siebert. »Wenn Sie nämlich
doch einer von diesen Gutmensch-Touristen gewesen wären,
hätten Sie eine Antwort gefunden, die sie weniger selbstsüchtig
erscheinen lässt.«

Brigitte wusste nicht, was sie darauf erwidern sollte, doch
Siebert fuhr auch bereits fort: »Wahrscheinlich hätten Sie dann
behauptet, dass Sie, wenn Sie satt sind, im Heim weniger essen müssen und also für die Kinder mehr übrig bleiben würde.
Jedenfalls rede ich mir das immer ein, wenn ich hier etwas be-
stelle.«

»Ich glaub, diesen Satz hatte ich schon auf der Zunge«, erwiderte sie grinsend und kaute nun ganz offen die Reste der Boulette hinunter. »Aber Sie durchschauen einen ja doch.«

»Richtig. Also stehen Sie zu Ihrem Appetit, Schwester Monika! Sie scheuern sich seit fast einem Jahr die Hände wund und

haben so viele Entbehrungen in Kauf genommen, da werden Sie doch mal eine Boulette essen dürfen, noch dazu, wo Sie sie von Ihrem Taschengeld bezahlen.«

Brigitte schluckte, doch Siebert lachte erneut. »Schon wieder reingefallen!«

»Ich hab die Boulette von der Spende bezahlt«, erwiderte Brigitte kleinlaut.

»Na und? Ohne Sie gäbe es diese Spenden gar nicht. Also vergessen Sie mal Ihr schlechtes Gewissen, Schwester Monika.«

»Aber Sie haben es mir doch erst mit Ihren Sprüchen über Gutmensch-Touristen eingeredet. Dabei hatte ich gedacht, dass wir als Deutsche zusammenhalten würden.«

Dr. Siebert wurde mit einem Mal sehr ernst. »Ich habe Ihnen kein schlechtes Gewissen eingeredet, Monika. Es war immer schon in Ihnen. Und dass wir Deutsche immer zusammenhalten müssen, davon halte ich sowieso nichts. Haben Sie schon vergessen, was daraus entstanden ist?«

Nein, das hatte Brigitte natürlich nicht, und als sie dann gemeinsam das Bistro verließen und zurück zum Waisenhaus gingen, erzählte sie Siebert doch, wie verblendet sie einst gewesen war und wie fanatisch sie noch als Elfjährige für Hitler hatte sterben wollen, was Siebert mit einem nachdenklichen Nicken quittierte.

»Meine Tochter, die etwa so alt wie Sie ist, Monika, war leider damals auch eine glühende Hitler-Anhängerin.«

»Sie haben eine Tochter?«, fragte Brigitte erstaunt, weil Schwester Ignacia nie Kinder erwähnt und bisher nur von Sieberts Frau erzählt hatte. »Lebt sie in Deutschland?«

Siebert war stehen geblieben und schaute zwei Männern hinterher.

»Dr. Siebert?«

»Was haben Sie gesagt?«, fragte Siebert, als er sich wieder zu ihr umwandte und sie weitergingen.

»Ob Ihre Tochter in Deutschland lebt?«

»Ach, so. Nein. Also, doch. Im Prinzip schon.« Siebert wirkte plötzlich abgelenkt. Zerstreut. »Was halten Sie davon, wenn wir noch einen kleinen Umweg machen?«, sagte er plötzlich, wartete jedoch ihre Antwort nicht ab, sondern zog sie in eine Toreinfahrt. »Kommen Sie, ich würde Ihnen gern etwas zeigen. Hier gibt es nämlich einen Zitronenhain. Den müssen Sie vor Ihrer Abfahrt noch sehen.«

Nachdem sie drei aufeinanderfolgende Höfe durchquert hatten, vorbei an dösenden Hunden und spielenden Kindern, öffnete sich tatsächlich der Blick auf einen Hain, der vor ihnen auf einer kleinen Anhöhe lag. Siebert dirigierte sie zu einem verwitterten Springbrunnen, der leise vor sich hinplätscherte, und säuberte eine davorstehende Holzbank von heruntergefallenem Laub, damit sie sich setzen konnten.

»Riechen Sie das, Schwester Monika? Das sind die Zitronen.«

Brigitte nickte. Als sie in Rio angekommen war, standen die Zitronenbäume gerade in Blüte, deswegen kannte sie ihren typischen Duft mittlerweile gut. Doch die reifen Früchte hier gaben einen noch viel intensiveren Geruch ab. Das schien aber nicht das, was Siebert an diesem Platz interessierte. Nervös schaute er den Weg hinunter, den sie gekommen waren, als erwartete er jemanden. Doch da kam niemand. Sie waren allein. Das beruhigte ihn wohl etwas, denn er atmete tief aus und schaute sie an. »Schwester Monika, ich würde gern unser vielleicht letztes Gespräch dazu nutzen, um Ihnen etwas anzuvertrauen, was Ihr Bild von mir möglicherweise etwas korrigiert«, begann er. »Ich habe Sie oft genug gegen mich aufgebracht, indem ich Ihren Taten egoistische Absichten unterstellt habe. Aber glauben Sie mir, ich wollte nur Ihr Bestes und dass Sie nicht dieselben Fehler machen wie ich, als ich so jung war wie Sie.«

»Na ja, Sie hatten ja mit vielem recht«, erwiderte Brigitte, »auch mit meinem Namen. ›Schwester Monika, die Seelenretterin der Kinder!‹«, verhöhnte sie sich selbst. »Dabei bin ich das gar nicht. Ich wollte nur … Ich heiße in Wirklichkeit Brigitte.«

So, jetzt war es heraus. Und auch wenn sie damit seinen Anfangsverdacht bestätigte, sie wusste, dass sie längst nicht mehr die Brigitte war, die sich nur deshalb »Schwester Monika« genannt hatte, weil es bereits eine »Mutter Teresa« gegeben hatte.

Dr. Siebert schien das jedoch schon gewusst zu haben, möglich, dass es ihm die Oberin vor ihrer Ankunft verraten hatte, denn er nickte nur. »Auch ich bin nicht der, für den …« Er zögerte erneut. »… für den du mich hältst«, sagte er, doch er fuhr nicht fort, sondern schaute sich nach einem Geräusch hinter ihnen um. Ein Hase vielleicht, dachte Brigitte, oder ein streunender Hund. Etwas Größeres auf jeden Fall. Siebert erhob sich plötzlich. »Entschuldige mich einen Augenblick«, sagte er. »Diese Springbrunnen haben immer eine besondere Wirkung.«

Damit verschwand er vor ihr in den Büschen, und während Siebert sein Geschäft irgendwo im Zitronenhain erledigte, wunderte Brigitte sich, dass er sie plötzlich geduzt hatte. Warum? Das war ihm doch nicht nur so rausgerutscht. Er hatte dieses »du« sogar betont, als hätte ihr Geständnis, als Kind eine Hitleranhängerin gewesen zu sein, etwas in ihm ausgelöst. Anschließend hatte er nicht nur von seiner Tochter erzählt, von der wohl nicht mal die Schwestern etwas wussten, sondern sie jetzt auch noch geduzt. Was im Grunde ein Vertrauensbeweis war, dachte Brigitte und ärgerte sich, nicht früher den Mut zur Wahrheit gefunden zu haben.

Wo blieb Siebert überhaupt? Ein Blick auf die Uhr sagte Brigitte, dass sie von der Oberin zurückerwartet wurde. Die machte sich bestimmt schon Sorgen. Sicher nicht um Brigitte, aber um das Geld aus Deutschland, von dem sie einen neuen Waschautomaten anschaffen wollte.

Eine Stunde später hatte Brigitte den Zitronenhain mehrmals nach Siebert abgesucht, seinen Namen gerufen und auch in den angrenzenden Höfen gefragt, ob ihn jemand gesehen hätte.

Aber Siebert blieb spurlos verschwunden und war inzwischen auch nicht im Waisenheim aufgetaucht, wo sich alle große Sorgen um Brigitte gemacht hatten. Nicht, wie sie geglaubt hatte, um das Geld, sondern tatsächlich um sie, denn nach dem Geld zu fragen vergaß die Oberin sogar in der ersten Aufregung.

Seltsamerweise nahm die Oberin keinen Anteil daran, dass Siebert verschwunden war und auch verschwunden blieb. Er war auch nicht in dem Vorort, in dem er mit seiner Frau lebte, aufgetaucht, wie Brigitte von Schwester Ignacia über deren Verwandten erfuhr. Niemand wusste, wo er abgeblieben war, aber keinen schien das sonderlich zu kümmern. Schon gar nicht die Oberin, die nicht einmal die Polizei einschalten wollte, wie es Brigitte vorgeschlagen und ihr deshalb auch von den zwei Männern berichtet hatte, nach denen sich Siebert immer wieder umgesehen hatte. Im Nachhinein kam es Brigitte nämlich so vor, als hätte Siebert ihnen ängstlich hinterhergeschaut, als wäre sein plötzlicher Vorschlag, den Zitronenhain aufzusuchen, nur dazu bestimmt gewesen, diesen beiden Männern auszuweichen. Möglicherweise war das raschelnde Geräusch also weder ein Hase noch ein Streuner gewesen.

Davon wollte die Oberin aber nichts wissen und erklärte Brigitte kühl, dass der Arzt vielleicht zu einem Patienten auf dem Land gerufen worden war.

»Mitten im Zitronenhain?«, fragte Brigitte und war empört über diese Gefühllosigkeit der Oberin, für die der Arzt zwar unentgeltlich arbeiten konnte, doch ihre Anteilnahme hatte er sich dadurch wohl nicht verdient.

»Er wird schon wieder auftauchen«, versuchte die Oberin sie zu beruhigen. Er sei schon öfter mal ein paar Wochen verschwunden gewesen und danach immer wieder zurückgekehrt. »Und selbst wenn das dieses Mal nicht der Fall sein sollte, könnte ich nichts dagegen tun. Dr. Siebert arbeitet schließlich freiwillig für das Waisenheim, er kann also wegbleiben, wie es ihm beliebt. Er ist uns keine Rechenschaft schuldig.«

Brigitte verstand die Haltung der Oberin nicht. Wie konnte sie nur so kalt sein? Siebert brauchte vielleicht Hilfe, war möglicherweise Opfer von genau den Dieben und Ganoven geworden, vor denen die Eltern sie vor ihrer Abreise gewarnt hatten. Dann würde sie eben selbst zur Polizei gehen, entgegnete sie der Oberin, und bat Schwester Ignacia, sie zu begleiten, auch weil diese, wenn nötig, mehr zu Siebert sagen konnte. Als aber Schwester Ignacia Arbeit vorschob und Brigitte sich schon allein auf den Weg zur Polizeistation machen wollte, vertrat ihr plötzlich die Oberin den Weg und befahl sie zu sich ins Büro.

»Glauben Sie mir, ich schätze Dr. Siebert genauso wie Sie, Schwester Monika. Und man kann über ihn sagen, was man will, hier hat er gute Arbeit geleistet.«

Moment. »Hier? Woanders nicht?«

Die Oberin verzog das Gesicht. »In Brasilien verschwinden öfter mal Menschen, hauptsächlich Deutsche.«

»Ich verstehe nicht.«

Die Oberin atmete tief durch, als würde ihr das Sprechen schwerfallen. »Das sind oft Menschen, die alle hier als freundlich, zuvorkommend und oft sogar als selbstlos beschreiben würden.«

Schon wieder: Hier!

»Aber das waren sie nicht immer.« Die Oberin schaute Brigitte an, als müsste sie verstehen. Aber sie verstand noch immer nicht.

»Vielleicht hat ja der Mossad mit dem Verschwinden von Dr. Siebert etwas zu tun.«

»Der Mossad? Ist das nicht der israelische Geheimdienst?«

»Ja, und er versucht diejenigen aufzuspüren, die während des Krieges Verbrechen gegen die Menschlichkeit begangen haben, insbesondere an dem jüdischen Volk. Erst im Mai entführte der

Mossad einen hohen Nazi aus Argentinien, um ihm den Prozess zu machen. Adolf Eichmann.«

Die Oberin beobachtete Brigitte, als fragte sie sich, ob sie endlich die richtigen Schlüsse zog. Brigitte hatte noch nie etwas von diesem Adolf Eichmann gehört. Wie sollte sie auch? Im Mai war sie schon in Brasilien gewesen und hatte weder Zeitungen lesen noch die Nachrichten verfolgen können. Trotzdem war ihr sofort klar, was die Oberin andeuten wollte.

»Sie meinen ...« Brigittes Kehle war ganz trocken geworden. »Sie meinen, dass Dr. Siebert ein gesuchter ehemaliger Nazi ist?«

»Es heißt, er war Arzt in Auschwitz.«

Brigitte schüttelte abwehrend den Kopf. »Wie können Sie so etwas behaupten?«

»Ich behaupte gar nichts, aber ich habe mich natürlich schon vor seinem Verschwinden gefragt, was ein deutscher Arzt hier in Rio macht. Das heißt, ich habe mich das bewusst nicht gefragt und über seine mögliche Vergangenheit hinweggeschaut. Um der Kinder willen.«

In Brigittes Kopf rasten plötzlich die Gedanken. Das also hatte Siebert ihr vielleicht anvertrauen wollen kurz vor seinem Verschwinden. ›Auch ich bin nicht der, für den du mich hältst‹, hatte er gesagt. Jetzt bekam dieser Satz eine ganz andere Bedeutung. Brigitte hatte gedacht, dass er das gesagt habe, weil sie selbst das erste Mal die Wahrheit zugegeben hatte, aber jetzt klang der Satz wie ein Auftakt zu einem Geständnis. Zu dem er aber nicht mehr gekommen war, weil ihn der Mossad geschnappt hatte. Oder, dachte sie und bekam eine Gänsehaut, hatte ihr Geständnis über ihre kindliche Hitler-Verehrung ihn etwa bewogen, sich ihr zu offenbaren? Weil er ein gesuchter Nazi war und in Brigitte nun eine Verbündete sah, die möglicherweise nur eine oberflächliche Wandlung vollzogen hatte, sich aber in ihrem Herzen immer noch den Nazis verpflichtet fühlte und ihm deshalb irgendwann einmal nützlich sein könnte? So dachten doch solche Typen. So hatte sie damals der alte Berthold auch auf seine Seite gezogen.

Brigitte fielen plötzlich all die Sticheleien von Siebert ein, mit denen er ihr ein schlechtes Gewissen hatte einreden wollen, ob ihrer nur schlecht versteckten »egoistischen Ziele«. Was hatte er ihr nur alles indirekt unterstellt? Während er – wahrscheinlich nicht nur im übertragenen Sinne – Berge von Leichen im Keller hatte! Wie hatte sie nur seinem freundlichen Gebaren trauen, seinen schulmeisterlichen Bemerkungen auf den Leim gehen können? Warum hatte sie nicht gesehen, dass das alles nur Fassade und er der »Gutmensch-Tourist« gewesen war? Es mochte ja sein, dass sie selbst vor einer unglücklichen Liebe nach Rio geflohen war, aber war nicht er vor viel Gewichtigerem geflohen? Anstatt für seine Taten einzustehen, hatte er geglaubt, dass er, wenn er ohne Honorar im Waisenheim arbeitete und immer schön freundlich zu den Kindern war, genug Buße tat, um seine Schuld, was immer die war, zu sühnen.

Brigitte erfuhr es kurz nach ihrer Landung in Berlin, wo der Vater, die Mutter und selbst Johann sie in der Empfangshalle von Tempelhof erwarteten und Brigitte sie sofort ausfragte, ob sie in letzter Zeit in den Nachrichten von einem ehemaligen Nazi gehört hatten, der in Rio vom Mossad entführt worden war.

»Du hast dich kein bisschen verändert, Gitti.« Johann schlang die Arme um sie, doch sie wehrte ihn ab.

»Hast du nun davon gelesen oder nicht?«, fragte sie erregt.

»Nun komm doch erst einmal an, Kind«, sagte die Mutter.

»Aber stellt euch doch mal vor: Ich habe ein Jahr lang mit einem gesuchten Nazi zusammengearbeitet und es nicht gemerkt! Und hätte der Mossad ihn nicht mehr oder weniger vor meinen Augen entführt, dann würde ich ihn heute noch für einen netten, selbstlosen Menschen halten. Wer weiß, wie viele von denen sich noch unter falschem Namen ins Ausland abgesetzt haben und ihrer gerechten Strafe entkommen sind!«

Brigitte entgingen nicht die besorgten Blicke zwischen den Eltern, aber konnten sie überhaupt verstehen, was sie bewegte?

»He, du bist richtig hübsch geworden«, sagte Johann, als sie auf dem Parkplatz ins Auto stiegen und er sie mit einem Blick, den er wohl für einen Kennerblick hielt, von oben bis unten musterte.

»Vielleicht etwas dünn, aber das kriegen wir wieder hin«, sagte ihre Mutter und verkündete, dass es auf den speziellen Wunsch einer einzelnen Dame und zur Feier des Tages Kohlrouladen geben würde.

Doch Brigitte interessierte sich nicht mehr für die Kohlrouladen. Kaum hatte sie die Wohnung betreten, lief sie in das Arbeitszimmer des Vaters und durchforstete seinen Zeitungsständer. Und tatsächlich: Drei Tage nach Sieberts Verschwinden in Rio hatte *Die Welt* eine kleine Notiz über die Entführung eines mutmaßlichen Naziarztes durch den Mossad gebracht, der am Kaiser-Wilhelm-Institut in Berlin zuerst zur Rassentheorie und später mutmaßlich in Auschwitz unter Josef Mengele gearbeitet und an den berüchtigten medizinischen Experimenten an Zwillingen und Kleinwüchsigen mitgewirkt hatte.

Mehr stand da nicht.

Brigitte war dennoch der Appetit vergangen. Am Mittagstisch verkündete sie, dass sie nie wieder Kohlrouladen essen würde, jedenfalls nicht, solange solche Schweine wie dieser Mengele nicht endlich gefasst seien und für ihre Taten bestraft werden, anstatt irgendwo auf der Welt, in Paraguay oder sonst wo, in aller Ruhe ihre Kohlrouladen zu fressen, so wie dieser Dr. Siebert zuvor in Rio. Wie konnte irgendwer noch ruhig dasitzen, während sich diese Nazis überall auf der Welt in Waisenheimen und Krankenhäusern als Menschenfreunde aufspielten? Und insgeheim nur auf eine Gelegenheit hofften, weiter ihre sadistischen Experimente an ihren Patienten durchführen zu können.

KONRAD

Berlin

1935–1938

Auf der Station herrschte endlich Ruhe, nur hier und da war ein Stöhnen oder ein kurzer, im Traum ausgestoßener Aufschrei zu hören, und durch das Fenster, das Konrad nun am Ende des Flurs öffnen konnte, wehte eine frische Brise eines sehr schönen Spätsommertages herein. Hinterm Krankenhaus ging gerade blutrot die Sonne unter, und natürlich musste Konrad unweigerlich an seine Mutter denken, die dann immer »Abendrot schön Wetter droht« ausgerufen und sich sogleich an ihre Kindheit in Schlesien auf dem Land erinnert hatte, wo schönes Wetter immer sehr viel mehr Arbeit und noch längere Tage bedeutet hatte.

Doch diesen Ausspruch hatte Konrad schon über vier Jahre nicht mehr gehört, jedenfalls so lange nicht, wie dieser unglückselige Tag zurücklag, an dem ihn seine Mutter mit Fritz in der Nähe des Bülowplatzes in der SA-Uniform gesehen hatte. Und natürlich vermisste Konrad sie, vermisste ihre raue, bissige Art, ihm die Wahrheit zu sagen, auch wenn sie ihn mit ihren direkten Aussprüchen oft brüskiert und manchmal auch vor anderen bloßgestellt hatte.

Tagelang hatte er in Sorge gelebt, dass sie oder vielmehr Fritz Selma erzählen könnte, in welcher Aufmachung sie ihn gesehen hatten. Aber keiner der beiden sagte etwas zu Selma, sondern sie ließen Konrad schmoren und Selma sich wundern, warum der Kontakt zwischen Mutter und Sohn abgebrochen war.

Selma.

Selma vermisste er noch mehr als seine Mutter, und kein Tag verging, an dem er nicht an sie dachte – an die schöne Zeit mit ihr, an die vielen Ausfahrten, die sie gemeinsam mit Helmut und Emmely und natürlich mit Alma aufs Land unternommen hatten. Auch an ihr erstes Zusammensein in seiner Wohnung musste Konrad oft denken, an diesen Tag, an dem Selma und Alma eigentlich mit Emmely verabredet gewesen waren und Selma plötzlich allein vor seiner Tür gestanden hatte.

Aber auch das war lange her, fast drei Jahre schon. Kurz danach hatte Selma auf dem Kurfürstendamm zufällig Dr. Mauersberger getroffen, in nagelneuer SS-Uniform. Was die beiden besprochen, was Mauersberger zu Selma gesagt hatte, darüber spekulierte Konrad noch heute. Nur eines war gewiss: Selma hatte ausgerechnet von Mauersberger erfahren, dass Konrad seit Langem ein Parteimitglied war, und sogar von jemandem aus der obersten Führungsriege der SA protegiert wurde, ohne den er gar nicht hätte Medizin studieren können.

»Sag, dass das nicht wahr ist«, hatte Selma ihn durchs Telefon angefleht, aber Konrad hatte weder die Lügen noch die Ausflüchte vorbringen können, die er für diesen Moment schon so lange vorbereitet hatte. Er hatte gar nichts gesagt, und das war Eingeständnis genug. Trotzdem hatte Selma nicht gleich aufgehängt, wie er es erwartet hatte, sondern eine quälende Ewigkeit noch in den Hörer geschwiegen, so wie er auch, während ihm die Tränen über die Wangen liefen, denn er wusste wie sie, es waren die letzten kostbaren Sekunden, die sie miteinander verbringen würden, und wenn er nur den Versuch unternähme, irgendetwas zu sagen, würde sie auflegen.

Irgendwann hatte sie dann doch aufgelegt, beinahe zaghaft, seltsam unentschieden, so als täte es ihr unendlich leid. Und natürlich hatte Konrad noch mehrere Versuche unternommen, sie zu sprechen, sie umzustimmen, aber sie hängte immer gleich ein, wenn sie nur seine Stimme vernahm, und öffnete ihm gar nicht erst die Tür, als er raus nach Friedrichshagen fuhr. Auch seine Mutter ließ ihn eiskalt abblitzen.

Der Schmerz damals war überwältigend gewesen, und in den Wochen danach hatte sich Konrad oft gewünscht, noch einmal die Zeit bis zu seinem Abitur auf Scharfenberg zurückdrehen und alles ungeschehen machen zu können. Dann hätte er nämlich nie die Stelle in Biesdorf angenommen und Selma somit niemals wieder getroffen und sich also auch nicht mit ihr verlobt. Dann hätte er nicht gewusst, wie ein Leben mit ihr und vor allem ohne sie war.

Als Konrad Scharfenberg verlassen hatte, hatte er sich in seinem tiefsten Innern bereits damit abgefunden, dass sie nie zusammenkommen würden, und sein ewiges Nachdenken über Selma damals war eher ein lieb gewonnenes Ritual gewesen, das ihn schon seit seinem elften Lebensjahr begleitete, als dass es noch eine reale Grundlage gehabt hätte. Denn er wusste damals ja nicht, dass sie sich ebenso nach ihm sehnte wie er sich nach ihr.

Damals, nach dem Abitur, war er beinahe über Selma hinweg gewesen, aber vor drei Jahren, als sie den Hörer auflegte und ihm wenig später ihren Verlobungsring zurückschickte, wusste er, dass sie ihn liebte, und das machte alles viel schlimmer. Da wusste er, wie ihre Haut schmeckte, wie ihr Haar roch, wenn sie verschwitzt war, kannte diesen krummen kleinen Zeh an ihrem linken Fuß. Und er wusste, wäre Rudolf nicht gewesen, der sich für Konrads Misere mitverantwortlich fühlte, dann hätte er kurz vor dem Examen noch alles hingeschmissen und sich vielleicht sogar etwas angetan. Aber sein langjähriger Freund hatte das gespürt und Konrad zu sich in die Wohnung geholt und ihn mittels eines befreundeten Arztes für das Examen büffeln lassen, so dass Konrad gar nicht mehr dazu kam, an Selma zu denken oder an irgendetwas, was mit ihr zusammenhing. Dafür war er

Rudolf dankbar. Jedenfalls hatte er es ihm und nicht Selma zu verdanken – das hatte er sich aber erst später eingestehen können –, dass er nun ein Arzt war und kein Anstreicher.

Konrad verriegelte wieder das Flurfenster, prüfte noch einmal, ob auch jeder Vierkant am Fenster ordnungsgemäß verdreht war, und löschte das große Licht. Dann ging er die Haupttreppe hinunter zu seinem Büro, wo er seit Wochen beinahe jede Nacht an den Vorarbeiten für seine Doktorarbeit saß. Er fuhr nur noch selten in seine Wohnung in der Zossener Straße und übernachtete meist gleich im Büro, konnte also von einer Arbeit in die nächste Arbeit übergehen und von dort unmittelbar in den erlösenden Schlaf sinken, ohne die lange Fahrt in die Stadt auf sich nehmen zu müssen und ohne dabei in Gefahr zu geraten, aus purer Langeweile zum hundertsten Male darüber nachzudenken, was er damals hätte tun oder lassen sollen, um Selma nicht zu verlieren.

Sonst gab es keine Ablenkung. Auch Helmut und Emmely waren nicht mehr da. Sie waren in die Nähe von Wismar, nach Dorf Mecklenburg, gezogen, wo Helmut eine winzige Pfarrei übernommen hatte, obwohl er nach seiner Ordination an der Heilig-Kreuz-Kirche hätte bleiben können. Aber als ehemalige Mitglieder der nun aufgelösten Religiösen Sozialisten wollten Helmut und Emmely sich nicht damit abfinden, dass auch in der Heilig-Kreuz die Faschisten das Sagen übernommen hatten, und zogen es vor zu gehen. Zweimal hatte Konrad die beiden in ihrem Pfarrhaus bereits besucht, war auch Helmuts Trauzeuge gewesen, aber seit er wusste, dass Emmely schwanger war, hatte er immer Arbeit vorgeschoben, um ihren Einladungen nicht folgen zu müssen. Emmely schwanger zu sehen hätte ihn nur an Selma erinnert, denn schon Emmelys und Helmuts Hochzeit war für ihn eine harte Prüfung gewesen.

Als Konrad auf den Flur zu seinem Büro kam, sah er, dass er vergessen hatte, in seinem Büro das Fenster zu schließen, denn er hörte schon von Weitem, wie die Motten und Falter, angezogen durch das Flurlicht, von innen gegen die Scheibe in der Tür flogen. Also löschte er schnell das Licht im Flur und wartete einen Moment ab, bis er die Tür öffnete. Er roch den Rauch sofort. Dann erst sah er das Aufglimmen einer Zigarette am Fenster und einen ihm nur allzu vertrauten Schatten.

»Konrad?«, hörte er eine bange Stimme, und Konrad antwortete voller Hoffnung: »Selma?«

Doch nachdem er seine Schreibtischlampe angeschaltet hatte und Selma im Licht sah, wusste er, dass sie nicht gekommen war, um sich mit ihm auszusöhnen. Sie hatte geweint, das erkannte er sofort.

»Glaub mir, das hier hat mich große Überwindung gekostet.« Sie zog an ihrer Zigarette, als hinge ihr Leben davon ab. »Aber wir brauchen deine Hilfe, deine Mutter und ich.«

Noch bevor Konrad überlegen konnte, um welche Art Hilfe es sich dabei handeln konnte, fügte Selma hinzu, ohne ihn anzusehen: »Es geht um Fritz.«

Fritz?

»Er hat vor drei Tagen einen SA-Mann erschossen und damit Alma das Leben gerettet. Er konnte fliehen, aber gestern haben sie ihn geschnappt.«

»Fritz hat einen Menschen erschossen?«

»Einen dreckigen Nazi, der ...« Selma brach unvermittelt ab und musterte ihn kühl, als suche sie unter seinem Arztkittel nach etwas. »Er wollte Alma einfach mitnehmen. Wäre Fritz nicht dabei gewesen ...« Wieder tasteten ihre Blicke ihn so seltsam ab. »Glaub mir, es fällt mir nicht leicht, dich darum zu bitten. Aber wenn du noch diese Uniform trägst und diese Beziehungen hast, dann musst du Fritz helfen, deiner Mutter und mir zuliebe.«

Am nächsten Abend machte sich Konrad, gleich nach seinem Dienst, auf den Weg zu Rudolf. Hoffentlich konnte der ihm helfen, so wie damals mit Mauersberger, als Konrad nicht zum

Kaiser-Wilhelm-Institut nach Dahlem hatte wechseln wollen. Rudolf hatte sich damals bei ein paar Freunden über Mauersbergers Umgang mit den Patienten beschwert und zum Glück einen Verbündeten gefunden, der ebenfalls seinen epileptischen Sohn in Biesdorf behandeln ließ. Zwei Tage später war Mauersberger vor den Augen aller Ärzte und Krankenpfleger durch einen Trupp SS-Männer abgeholt worden und hatte im Folgenden sogar seine Approbation verloren.

Mauersbergers Beispiel hatte Eindruck gemacht, und besonders die Ärzte und Pfleger, die sich, im Schutze von Mauersberger, ebensolche Verfehlungen gegenüber den Patienten und ihrer Angehörigen erlaubt hatten, hielten sich danach zurück, wenigstens für eine Weile.

Aber das war 1931 gewesen. Da hatte die Partei noch um Wählerstimmen in der Bevölkerung gebuhlt, und jeder, der ihrem Ansehen schadete oder es herabsetzte, musste damit rechnen, dafür zur Verantwortung gezogen zu werden. Jetzt aber, vier Jahre später, herrschten andere Verhältnisse. Inzwischen hatte Mauersberger nicht nur seine Approbation zurückerhalten, er arbeitete jetzt auch am Kaiser-Wilhelm-Institut in Dahlem, wo er nun ganz offiziell innerhalb eines Forschungsprojektes seine Experimente an Zwillingen durchführen konnte. Dorthin war nach ihrem Bruch auch Selma mit Alma gewechselt, und wahrscheinlich hatte Mauersberger sich sehr gefreut, sie dort wiederzutreffen.

Wenn also Fritz einen SA-Mann erschossen hatte, auch wenn dieser selbst auf Alma angelegt hatte, so wie es Selma beteuerte, dann konnten ihm wahrscheinlich nicht einmal Rudolf und dessen Freunde in Regierungskreisen helfen, zumal Fritz Mitglied der verbotenen KPD war.

»Ich weiß, weswegen du kommst«, sagte Rudolf sofort, nachdem er Konrad in den Salon geführt hatte, den Konrad recht verändert vorfand. Die grellbunten Bilder waren nun durch naturalistisch gemalte Landschaften und die ehemals avantgardistischen Möbel durch klobige Lederfauteuils ausgetauscht worden. Als er sich setzte und darin fast versank, fühlte sich Konrad klein und nichtig.

»Versteh doch, Konrad! Ich kann für Fritz nichts tun«, fuhr Rudolf fort, blieb aber im Gegensatz zu Konrad stehen, als wäre damit die Sache für ihn erledigt.

»Wenn er nicht geschossen hätte, dann wäre jetzt Alma und vielleicht auch Selma tot«, erwiderte Konrad in der Hoffnung, so Fritz' Chancen auf Hilfe zu verbessern. Doch Rudolf schüttelte den Kopf.

»Wenn sie ihn finden, erwartet ihn die Todesstrafe.«

»Aber sie haben ihn doch schon gefunden«, rief Konrad leicht irritiert und sah, dass sich Rudolf auf die Lippen biss. »Oder etwa nicht?«

»Doch, doch«, sagte Rudolf widerwillig. »Aber seine Genossen haben heute Nachmittag die Wachen bei seiner Überstellung nach Moabit ausgetrickst.« Rudolf konnte sich ein Schmunzeln nicht verkneifen. »Sie haben sich als SS-Männer ausgegeben und sind mit Fritz davongefahren.«

Nun musste auch Konrad lachen. »Ich fand schon immer, dass die Parteibücher zu schnell ausgegeben werden.«

Scheidt winkte müde ab und setzte sich nun doch zu Konrad an den Rauchertisch. Er nahm eine Flasche Cognac in die Hand, um auf Fritz' Flucht anzustoßen, doch Konrad wollte lieber sofort nach Friedrichshagen fahren und seiner Mutter und Selma Bescheid zu sagen.

»Ihr redet wieder miteinander?«

Konrad erklärte ihm, wie die Dinge zwischen ihm und Selma standen, und Rudolf verstand.

»Dann weißt du ja«, sagte er, »wie es ist, wenn die dir liebsten Menschen nur dann zu dir kommen, wenn sie deine Hilfe brauchen.«

Konrad war einen Moment sprachlos. War das tatsächlich

so? Ja, auf die letzten Jahre traf das wohl zu, allerdings war die Art, wie ihm Rudolf geholfen hatte, ihm nicht immer recht gewesen. Niemals wäre er auf die Idee gekommen, sich bei der SA anzubiedern, nur um Medizin studieren zu können.

Oder?

Außerdem war Konrad nie davon ausgegangen, dass der um so viele Jahre ältere Freund mit den vielen Beziehungen überhaupt jemals seine Hilfe benötigen könnte. An der Tür drehte Konrad sich noch einmal um. »Dann sag Bescheid, wenn ich mich revanchieren kann, ja?«

Rudolf stand da, nickte. Na klar! Dann kam er doch noch zur Tür und sagte leise: »Überrede deine Selma lieber, endlich das Land zu verlassen.« Und nach einer Pause: »Ich kümmere mich auch um die Formalitäten.«

Konrad sah Rudolf dankbar an. So schlimm stand es also? Er hatte schon vor drei Jahren versucht, Selma zum Weggehen zu überreden. Sie hätten gemeinsam, wie so viele andere, nach Paris oder New York auswandern sollen. Aber sie hatte das abgelehnt, wollte die Heimat nicht ohne die Eltern verlassen, die, besonders ihr Vater, darauf beharrten, Deutsche zu sein. Einmal hatte ihr Vater sogar einer Gruppe von Nazis seinen leeren Ärmel unter die Nase gehalten: »Den hab ich für Deutschland gegeben«, hatte er sie angeschrien.

Konrad reichte Rudolf die Hand, doch der packte ihn fest bei den Schultern. »Hör zu: Mitte September wird es in Nürnberg einen Parteitag geben, der ein Gesetz zur ›Reinhaltung der deutschen Rasse‹ verabschieden wird.« Rudolfs zynischer Ton ließ Konrad ahnen, was er selbst davon hielt. »Das ist alles noch streng geheim, aber ich habe einen ersten Ideenentwurf lesen können. Wenn das durchgeht, Konrad, werden in Zukunft nicht nur Ehen zwischen Juden und Ariern verboten sein, sondern auch der außereheliche Geschlechtsverkehr. Also mach nicht so ein trauriges Gesicht. Ich bin ja nur um deinetwillen froh, dass Selma nichts mehr von dir wissen will.«

Konrad hatte damit gerechnet, dass, wenn ihn die Mutter nicht reinlassen, ihm wenigstens Selma die Tür öffnen würde, aber als er auf das Haus der Hahns zukam, sah er, dass die Haustür bereits offen stand. Verwundert ging er die Treppe hoch und trat in die Diele, wo ihm seine Mutter mit Schaufel und Handfeger entgegenkam. In den Jahren, in denen er sie nicht gesehen hatte, war sie noch hagerer und ihre Gesichtszüge noch härter geworden.

»Das waren deine Leute!«, rief sie bitter und begann, die überall herumliegenden Scherben der ehemaligen Spiegelverkleidung zusammenzukehren.

»Was wollten sie?«

»Was wohl? Wissen, ob wir Fritz versteckt haben!«

»Dann wisst ihr schon, dass Fritz fliehen konnte?«

»Meinst du denn, wir verlassen uns auf Leute wie dich?«, sagte seine Mutter, ohne ihn eines Blickes zu würdigen, und fegte weiter, während Konrad gleichzeitig von irgendwoher so einen seltsamen Singsang vernahm, monoton und klagend.

»Was ist das für ein Geräusch?«, fragte Konrad und lauschte.

»Ich habe den Rabbi geholt.« Und weil seine Mutter wohl spürte, dass Konrad nicht verstand, fügte sie hinzu: »Herr Hahn glaubt, dass das hier alles seine Schuld ist.« Sie sah nun doch kurz zu Konrad auf und machte eine Geste, die zeigen sollte, dass Herr Hahn nicht mehr allein in seinem Oberstübchen war. »Weil er damals konvertiert ist, glaubt er. Deshalb muss jetzt der Rabbi ran«, fügte sie kopfschüttelnd hinzu.

»Mutter? Es wäre besser, wenn die Hahns hier weggingen. Rudolf würde ihnen dabei helfen. Könntest du nicht versuchen, Selma zu überreden?«

»Was denkst du, was ich den ganzen Tag tue?« Sie stemmte kampfeslustig die Hände in die Hüften. »Dann hätt ich auch weniger Arbeit! Fehlt nur noch, dass ich koscher kochen muss!« Bei den letzten Worten versagte ihr die Stimme, und ein heftiges Schluchzen schüttelte sie plötzlich. Konrad war sofort bei ihr und nahm sie in die Arme. Sie ging ihm kaum noch bis zur Brust, seine kleine Mutter, die mit einem Mal so zerbrechlich wirkte.

»Konrad, ich hab solche Angst, was aus uns werden soll«, weinte sie. »Fritz ein Nazimörder, du ein Nazi, und ich das Dienstmädchen von Juden ... Das ist zu viel, Konrad. Hörst du? Zu viel für diese lausigen Zeiten!«

Nachdem seine Mutter sich ein wenig beruhigt hatte, brachte Konrad sie hinunter ins Souterrain auf ihr Zimmer, das ebenfalls durchwühlt worden war. Der Inhalt ihres Wäscheschrankes lag auf dem Fußboden verstreut, die Matratze ihres Bettes war herausgezerrt. Konrad richtete das Bett wieder her, hieß seine Mutter sich hinlegen und legte die Wäsche zurück in den Schrank. Dann holte er aus dem Medizinfach in der Küche ein Beruhigungsmittel von Alma, löste eine Messerspitze davon in einem Glas Wasser auf. Hier, in der Küche, war ebenfalls das Unterste zuoberst gekehrt worden

»Bleibst du noch?«, fragte seine Mutter, als sie das Glas ausgetrunken hatte. »Selma muss mit Alma gleich zurück sein. Auch wenn sie es nicht zeigt, sie freut sich bestimmt. Und Frau Hahn ...« Plötzlich wurde sie unruhig: »Oh Gott! Sie wissen ja gar nicht, was hier los war.« Schon erhob sie sich und wollte in ihre Schuhe schlüpfen, doch Konrad unterbrach sie.

»Du bleibst liegen. Ich übernehme das.«

Das Haus sah verheerend aus. Die Geheime Staatspolizei hatte Fritz sicher nicht hinter den Bilderrahmen oder in der gläsernen Vitrine mit den Champagnerflöten vermutet, trotzdem hatte sie jedes Bild im Haus von den Wänden gefegt, und nicht nur die Vitrine war ein einziger Scherbenhaufen.

Inmitten des ganzen Dilemmas saß der alte Herr Hahn mit dem Rabbi im Salon auf dem Boden und sprach inbrünstig dessen Gebete nach. Er schaute nicht einmal auf. Konrad schloss vorsichtig die Tür zum Salon und machte sich dann ans Aufräumen.

Als Konrad wenig später die Klingel hörte, war das Treppenhaus wieder einigermaßen in Ordnung, auch wenn nun die Bilder an den Wänden fehlten, und Almas Zimmer war aufgeräumt. Er ging zur Tür, atmete tief durch, dann öffnete er sie und trat schnell hinaus, ohne den drei überraschten Frauen Gelegenheit zu geben, einen Blick in die nun spiegellose Diele zu ermöglichen.

»Konrad!«, kam es vereint aus Selmas und Frau Hahns Mund, doch nur Alma warf sich ihm sofort an die Brust, drückte und herzte ihn. Selma starrte ihn an, wie Frau Hahn auch, und fragte sofort, ob er wegen Fritz etwas hatte erreichen können.

»Fritz konnte flüchten.«

Selma atmete erleichtert auf und lächelte ihn dankbar an. Konrad wollte sich jedoch nicht mit fremden Federn schmücken und erzählte, was er von Rudolf wusste. Dass nun die Gestapo nach Fritz suche und dass sie deshalb ihr Haus nicht mehr so vorfinden würden, wie sie es am Nachmittag verlassen hatten. Das löste bei Frau Hahn einen hysterischen Weinkrampf aus, der Konrad zwang, noch einmal Almas Beruhigungsmittel zu plündern. Als sie schließlich gemeinsam das Haus besichtigt hatten und bei Frau Hahn das Beruhigungsmittel zu wirken begann, brachte Selma Alma zu Bett, während Konrad sich in den Garten setzte und hinüber zum Apfelbaum schaute, in dessen Hintergrund die Sonne genauso schön unterging wie Jahre zuvor – nur, dass so viel in der Zwischenzeit geschehen war.

»Was machst du noch hier?«, fragte Selma kühl, als sie später von Alma hinunter zu ihm in den Garten kam. »Glaub nicht, dass jetzt alles wieder gut ist, nur weil du uns geholfen hast.«

»Bitte, Selma, du musst deinen Vater veranlassen, mit euch fortzugehen!«

Selma zündete sich eine Zigarette an, stieß verächtlich die Luft durch die Nase aus – das konnte sie sich nur von Konrads Mutter abgeschaut haben –, und schüttelte den Kopf. »Wo sollen wir denn hin?«

»Das spielt doch keine Rolle. Hauptsache, weg. Rudolf Scheidt kann euch helfen. Aber vielleicht nicht mehr lange ...«

»Warum hilfst du uns nicht?«

Konrad sah sie erstaunt an, aber sie nicht ihn, ihr Blick ging in die Ferne.

»Wie denn? Sag nur ... Du weißt, ich würde alles tun ...«

»Alles ist gar nicht nötig«, unterbrach sie ihn hart. »Nur eins: Heirate mich. Das wolltest du doch immer. Jetzt kannst du zeigen, ob du es ernst meinst.« Ihre Augen funkelten spöttisch, als sie den Blick auf ihn richtete. »Oder hast du Angst, dich mit einem Judenliebchen einzulassen?«

»Nein! Aber ...«

»Schon gut. Glaubst du, ich heirate tatsächlich einen Nazi? Lieber heirate ich den Rabbi!«

»Ich bin kein Nazi«, schrie Konrad empört und viel lauter, als er es gewollt hatte. Selma sah ihn erschrocken an, aber es war ihm egal, ob er sie erschreckte, was zu viel war, war zu viel. Er hatte ihren Spott nicht verdient. »Ich war nie ein Nazi, und ich werde nie einer sein. Ich trage ihre Uniform, weil nur die Nazis mir ermöglicht haben, Medizin zu studieren. So wie ich es dir versprochen habe!«

Selma schaute ihn lange an. »Das weißt du noch?«, fragte sie schließlich.

»Hast du es etwa vergessen?«

Sie schüttelte bedächtig den Kopf, dann streckte sie ihren Arm nach ihm aus und fasste seine Hand. »Nein, natürlich nicht.«

Als sie Konrads Hand wieder loslassen wollte, hielt er sie jedoch fest. »Ich habe es für dich getan.«

»Ich weiß.«

Er spürte, wie sie ihn von der Seite betrachtete, aber diesmal schaute er in die Ferne. »Also heiraten wir«, sagte er ruhig.

Eingedenk dessen, was Rudolf Konrad über die neuen, zu erwartenden Gesetze erzählt hatte, blieben ihnen noch etwa drei Wochen Zeit, um die Hochzeit zu vollziehen, danach würde sie ihnen nicht mehr erlaubt sein. Also versuchten Konrad und Selma gleich am nächsten Tag, auf drei Standesämtern der Stadt einen Termin zu bekommen. Doch der früheste Termin, den man ihnen anbot, war erst in drei Monaten, und natürlich spürten sie, dass das hauptsächlich daran lag, dass Selma Jüdin war. Eine der Standesbeamtinnen wurde Konrad gegenüber sogar deutlich, indem sie seine Heiratsabsichten offen als Rassenschande bezeichnete. Deshalb fuhren sie am folgenden Wochenende mit der Bahn auf einen Überraschungsbesuch nach Dorf Mecklenburg, denn schließlich hatte Helmut seinerzeit darauf bestanden, sie zu trauen.

Helmut und Emmely freuten sich sehr, dass Konrad und Selma wieder zusammengefunden hatten, und nachdem Helmut seinen Kirchendiener nach Hause geschickt hatte, setzten sie auch gleich zusammen das Aufgebot auf, um es im Schaukasten vor dem Pfarrhaus auszuhängen. Auch sie hatten schon von den neuen Gesetzen gehört, aber noch gab es das Gesetz ja nicht.

»Niemand wird bemerken, dass das Aufgebot nur eine Woche hing«, sagte Helmut, der beinahe jeden Sonntag vor fast leerem Kirchengestühl seine Predigten hielt. »Die Leute glauben heute an einen anderen Gott.«

Die Hochzeit wurde auf den nächsten Samstag, den ersten im September, festgelegt, und sie stießen im Garten darauf mit Helmuts selbstgezogenem Johannisbeerwein an, der süßer war als erwartet, aber hauptsächlich nach Hefe schmeckte. Während Selma und Emmely darüber sprachen, ob Emmely nun einen Jungen oder ein Mädchen gebären würde, und Alma die Katze durch den Garten jagte, gab Helmut vor, Konrad etwas in der Kirche zeigen zu wollen. Doch eigentlich wollte er mit Konrad ein offenes Wort reden. Ihm war aufgefallen, dass Selma lange nicht so herzlich mit Konrad umging wie damals nach der Verlobung. Und wie ein frisch versöhntes Pärchen, das seinem großen Tag entgegenfieberte, wirkten sie in Helmuts Augen auch nicht.

»Ist sie von jemand anderem schwanger?«, fragte er.

»Nein! Selma liebt mich, aber sie hat ein Problem mit meiner Uniform.« Konrad zuckte mit den Schultern. »Ich habe ihr versprochen, aus der Partei auszutreten, wenn ich meinen Doktor habe. Anders geht es nun mal nicht.«

Helmut wiegte den Kopf hin und her. »Doch, Konrad, du siehst, dass es geht.«

»Ach, hör doch auf. Soll ich etwa hier auf dem Dorf Schnupfen und eingewachsene Nägel kurieren?« Das hatte er sich schon oft genug gefragt und immer wieder mit Nein beantwortet. Doch Helmut sah das anders.

»Warum nicht?«

»Ach, lass mich mit diesen Dingen in Ruhe, und gehen wir lieber die Zeremonie für Samstag durch.«

Konrad hatte nie darüber nachgedacht, wie einmal seine Hochzeit sein würde. Selma dagegen hatte früher große Pläne gehabt, das wusste er, und Frau Hahn bestimmt auch, doch beide hielten sich tapfer und schienen nicht sehen zu wollen, wie leer die Kirche war.

Herr Hahn war gar nicht erst davon in Kenntnis gesetzt worden. Zu diesem Zeitpunkt wäre für ihn ein Nichtjude für seine Tochter als Bräutigam sowieso nicht mehr akzeptabel gewesen. Er hielt nun jeden Samstag streng den Sabbat ein und verbrachte die Tage meistens in der Synagoge.

Und so war die Hochzeitsgesellschaft mit Konrads Mutter und mit Alma nicht größer als zu ihrer Verlobungsfeier. Konrad glaubte anfänglich, dass Selma das traurig stimmen könnte, aber bei der anschließenden kleinen Feier im Garten der Pfarrei wirkte sie sehr gelöst, erwiderte zärtlich Konrads Blicke und überreichte ihm nach dem Kuss ein schmales Etui, hübsch in Seidenpapier verpackt und mit einer Schleife drum.

»Was ist das?«, fragte Konrad.

»Mein Hochzeitsgeschenk.«

»Oh, ich habe aber kein Geschenk für dich«, sagte er.

»Macht nichts. Ich habe jetzt alles, was ich wollte.« Lächelnd sah sie zu, wie Konrad die vergoldete Armbanduhr aus dem Etui nahm und sie sich sofort ums Handgelenk band. Sie war keinen Millimeter zu eng oder zu weit.

Als er am Abend die Frauen zurück nach Friedrichshagen brachte und anschließend wie selbstverständlich in seine Wohnung in die Zossener Straße fahren wollte, küsste ihn Selma inniger, als er gehofft hatte, und bedeutete ihm sogar zu bleiben. Schließlich wolle sie nun nicht auch noch auf die Hochzeitsnacht verzichten, wo ihre Hochzeit schon so ärmlich ausgefallen war, hatte sie ihm ins Ohr geflüstert, und so war Konrad ihr die Treppe hinauf in ihr Zimmer gefolgt, wo sie, kaum dass Selma die Tür geschlossen hatte, übereinander herfielen.

Auch wenn sie ihre Ehe nach dem Parteitag in Nürnberg nicht nur vor Herrn Hahn verheimlichen mussten und Selma schon wegen Alma in Friedrichshagen wohnen blieb, so erhoffte sich Konrad doch von den nächsten Jahren, dass sie die glücklichsten in seinem bisherigen Leben werden würden.

Besonders als Selma mit Alma kurz nach der Hochzeit wieder zurück nach Biesdorf in die Heilanstalt wechselte und nicht mehr zu Mauersberger nach Dahlem fuhr, schien für ihn alles perfekt. Er versuchte, so oft wie möglich mit Selma zusammen zu sein und das, was um sie herum vor sich ging und was Rudolf vorhergesagt hatte, einfach nicht wahrzunehmen. Selma gelang das weniger gut, weil immer mehr von ihren jüdischen Freundinnen und Verwandten plötzlich Deutschland verließen, ohne noch Zeit zu finden, Lebewohl zu sagen.

Um Selma davon abzulenken, überredete er sie, die Wochenenden und auch das Weihnachtsfest in Dorf Mecklenburg bei den Günzels zu verbringen, wo Emmely im März des darauffolgenden Jahres mit einem kräftigen Jungen niederkam, der auf den Namen Johann getauft wurde. Da es eine ziemlich schwere Geburt war und Emmely für ein Vierteljahr das Bett hüten musste, zog Selma während dieser Zeit mit Alma zu den Günzels und blieb auch noch den ganzen Sommer, um Emmely ein bisschen zur Hand zu gehen.

Das war ein Fehler, wie Konrad bald feststellte, denn der stete Umgang mit dem kleinen Johann weckte in Selma den Wunsch, selbst ein Kind zu haben, was aber unter den gegenwärtigen politischen Umständen einfach nicht möglich war, wie er ihr immer wieder zu erklären versuchte. Manchmal, wenn sie besonders traurig darüber war, beschimpfte sie ihn deswegen. Er solle sich doch von ihr scheiden lassen, wenn er mit einer Jüdin kein Kind haben wolle. Aber irgendwann sah sie es doch ein, dass nicht er das Problem war, sondern die neuen Rassengesetze, wonach ihr Kind ein »Mischling ersten Grades« wäre und später all den Repressalien ausgesetzt wäre, wegen denen ihre Freundinnen und Verwandten emigrierten.

Für eine gewisse Zeit war das Kinderthema auch ganz vergessen, als nämlich die Hahns ihr Haus zu einem Spottpreis verkaufen mussten und ihnen kaum etwas davon blieb, denn Herr Hahn hatte seit Jahren das Haus heimlich mit Krediten belastet.

All ihre finanziellen Reserven waren aufgebracht, und sosehr sich Frau Hahn auch bemühte, eine Arbeit zu finden, es gelang ihr nicht. So bezogen sie eine winzige Wohnung mit Plumpsklo in der Steinstraße in Mitte, wo bereits viele Juden, meist aus Galizien, wohnten. Herr Hahn bekam davon nicht mehr viel mit. Er betete nun ohne Unterlass und war gänzlich seinem religiösen Wahn verfallen, und dass um ihn herum nun so viele orthodoxe Juden wohnten, ließ ihn manchmal sogar glauben, er wäre wieder in seinem Heimatdorf in der Bukowina, von wo er sich vor mehr als vierzig Jahren aufgemacht hatte, um in Deutschland sein Glück zu versuchen. Während Herr Hahn immer seltsamer wurde, versuchten Konrads Mutter und Selma die Wohnung, so gut wie es eben ging, einzurichten und Frau Hahn über den Verlust ihres Heims hinwegzutrösten, aber ihr Lebenswille war gebrochen, und in den wenigen Wochen vom Verkauf des Hauses bis zu ihrem Umzug war sie um Jahre gealtert.

Seine Mutter hatte wieder eine Stelle bei Osram angenommen, wo sie nun in drei Schichten Glühbirnen am Fließband montierte und mit dem bisschen Geld, was sie dort verdiente, soweit es ging, die Hahns zu unterstützen versuchte. Sie wohnte wieder in Prenzlauer Berg, aber in die Schönhauser Allee hatte sie nicht zurückkehren wollen, denn die Häme, die sie dort von ihren alten Nachbarn erwartete, könnte sie nicht auch noch ertragen, hatte sie erklärt, und mied deshalb die gesamte Gegend. Bei Osram erfuhr sie durch einen Kassiber, der ihr eines Tages an ihrem Arbeitsplatz unauffällig zugesteckt wurde, dass Fritz nun in Moskau und in Sicherheit sei, was ihre Stimmung um vieles verbesserte.

Auch Selma hatte versucht, eine Arbeit zu finden, um ihre Eltern zu unterstützen, aber nichts gefunden, da die wenigen jüdischen Geschäftsleute, die noch nicht ins Ausland gegangen waren, zuallererst die eigenen Verwandten und Bekannten einstellten. Dann aber hatte ihn sein Chefarzt eines Tages vertraulich beiseitegenommen und ihn gefragt, ob seine Frau nicht dort in der Küche arbeiten wolle, da werde gerade eine Beiköchin gesucht, und ein Zimmer wäre im Wirtschaftsgebäude auch noch frei. Doch ehe Konrad überhaupt bestreiten konnte, verheiratet zu sein, gestand ihm sein Vorgesetzter, dass er sich bereits '34 wegen seiner exponierten Stellung von seiner jüdischen Frau hatte scheiden lassen und dies nun zutiefst bereue.

»Ich bewundere wirklich Ihren Mut, Sollmann«, hatte sein Chefarzt ihm anvertraut. »Und auch, wenn ich Sie als loyalen Kollegen schätze, das hätte ich nicht von Ihnen erwartet.«

»Danke. Aber wie haben Sie erfahren, dass ich verheiratet bin?«, wollte Konrad wissen.

»Ich fahre ab und zu nach Mitte, in das Viertel, wo jetzt meine Frau lebt, um sie zu besuchen, und da habe ich Sie gesehen. Meine Frau ist die Nachbarin Ihrer Schwiegereltern.«

So zog Selma also nach Biesdorf in die Heilanstalt, während Alma ganz offiziell von Konrad eingewiesen wurde, und in Biene ihre erste Freundin fand. Dadurch konnten Konrad und Selma sich jeden Tag sehen, selbst in den Nächten, in denen er aber meist an seiner Doktorarbeit schrieb und Selma ihm manchmal beim Abtippen half. Schon bald gewöhnten sie sich alle an die neuen Umstände, die auch ihre Vorteile hatten, wie Konrad fand. Denn obwohl Selma anfänglich die Arbeit in der Küche schwerfiel, konnte sie doch ab und zu für die Eltern etwas Essen beiseiteschaffen und es ihnen einmal die Woche nach Mitte ins Scheunenviertel bringen.

Aber nach der ersten Eingewöhnungszeit und in der Abgeschiedenheit der Heilanstalt, in der das Leben wieder in normalen Bahnen zu laufen schien, erwachte in Selma wieder der Wunsch, selbst ein Kind zu haben. Trotz der Rassengesetze. Sie war schließlich schon neunundzwanzig, sagte sie, und der »braune Spuk«, wie sie beide und alle anderen, mit denen sie vertraulich reden konnten, Hitler und seine Schergen nannten, schien noch lange nicht vorüber. Im Gegenteil, alles deutete darauf hin, dass es sogar Krieg geben könnte.

»In dieser Zeit ein Kind zu bekommen widerspricht jeder Vernunft«, argumentierte Konrad erneut, und Selma nickte und erwähnte ihren Kinderwunsch mit keinem Wort mehr. Nicht, weil Konrad sie überzeugt hatte, nicht wegen der politischen Verhältnisse, sondern weil sie nun ihre Schwangerschaft wie einen Feldzug zu planen begann, heimlich, ohne Konrad. Emmely war von Anfang an ihre Verbündete dabei, mit ihr entwarf sie einen Plan, wie sie gleichzeitig schwanger werden konnte und doch offiziell keine Mutter. Und natürlich musste sie Konrad deshalb anlügen, was die »sicheren Tage« betraf, und ließ ihn sich erst einmal in Sicherheit wiegen.

Doch dann, als er sich ganz auf sie verließ, wurde sie einfach nicht schwanger, wie sie ihm später gestand.

»Vielleicht soll es nicht sein«, klagte sie Emmely gegenüber. »Vielleicht weiß auch mein Körper, dass es gerade nicht gut ist, Mutter zu werden.«

Doch Emmely, die mittlerweile in ihrem Dorf und in ganz Mecklenburg schon viele Kinder auf die Welt geholt hatte, auch das von der Gutsherrin, die zuvor ebenfalls geglaubt hatte, keine Kinder bekommen zu können, hatte Selma beruhigt.

»Vom vielen Nachdenken darüber ist noch keine schwanger geworden. Und manchmal bekommt man das, was man so sehr wollte, erst dann, wenn man es gar nicht mehr will.«

Das alles gestand Selma Konrad erst später, als sie längst in froher Erwartung war und sie ihn anflehte, an ihr einen Abbruch vorzunehmen. Denn mittlerweile sah sie ein, dass es die wirklich ungünstigste Zeit war, um ein Kind zu bekommen. Sie beide hatten ja nicht mal die Veränderung ihres Körpers bemerkt, zu sehr hatte der Selbstmord ihrer Eltern und ihr Kummer darüber, nicht richtig für sie da gewesen zu sein, in Anspruch genommen, denn das Ausbleiben von Selmas Menstruation hatte Konrad sich mit ihrem schlechten psychischen Zustand erklärt.

Auch er war über den Tod der Hahns erschüttert gewesen, und als Neurologe hätte er längst etwas gegen Frau Hahns Depression unternehmen müssen, aber er hatte zu dieser Zeit immer noch an seiner Doktorarbeit geschrieben und sich auf ihre Verteidigung vorbereitet und nicht bemerkt, wie schlimm es um Frau Hahn gestanden hatte. Niemals hätte er Frau Hahn zugetraut, dass sie irgendwann einmal den Gashahn aufdrehen und damit ihrem und dem Leben ihres Mannes ein Ende setzen würde. Dabei hatte die stille Frau Hahn schon ihr ganzes Leben lang immer im Geheimen, so dass ihr Mann in der Öffentlichkeit nicht das Gesicht verlor, die Geschicke der Familie in die Hand genommen und jede einzelne Entscheidung selbst getroffen.

Nun hatte Frau Hahn entschieden, dass sie so nicht mehr hatte weiterleben wollen: mit einem dem Wahnsinn verfallenen Mann, der seine Wunden, die er sich am Tag, als im November '38 »seine« Synagoge in der Oranienburger Straße brannte, zugezogen hatte, als ein weiteres Zeichen seiner Strafe von Gott sah.

Konrad hatte all die kleinen Zeichen an Selma, die ihn unter normalen Umständen an eine Schwangerschaft hätten denken lassen, auf Selmas große Trauer um die Eltern geschoben und ihr sogar starke Beruhigungsmittel gegeben, die er nie einer Schwangeren verschrieben hätte. Auch das führte Selma an, als sie von ihm dem Abbruch verlangte, aber er konnte es nicht. Seltsamerweise hatte er, als Selma ihm von dem Kind erzählte, nach dem ersten Schrecken sogar so etwas wie Freude empfunden, denn dass er mit Selma wegen der herrschenden Gesetze keine Familie würde haben können, hatte an ihm mehr genagt, als er es sich vor Selma hatte eingestehen wollen. Er war ja der Vernünftigere von ihnen, der, der alles immer dreimal überlegte, wie Selma gern sagte, und nicht so impulsiv wie sie. Aber für ihn war Selmas Schwangerschaft auch ein Lichtblick, etwas für die Zukunft, und gerade nach der Beerdigung der Hahns hatte er oft gedacht, dass ein Kind Selma auch Kraft und Zuversicht geben könnte.

Und so war es auch. Kaum hatte er Selma davon überzeugt, die Schwangerschaft auszutragen, schöpfte sie wieder Mut und begann zu hoffen, doch noch eine Familie haben zu können, wenn auch nicht so, wie sie es sich einmal vorgestellt hatte. So fuhren sie am nächsten Wochenende wieder einmal nach Dorf Mecklenburg, um den Plan, den Selma und Emmely schon vor mehr als einem Jahr entwickelt hatten, mit ihnen zu besprechen.

ANDRÉ

Ostberlin

1982

Am Tag nach Onkel Fritz' Tod hatte sich André gleich am Morgen, noch vor dem Training, das *Neue Deutschland* von Burghard geschnappt und durchgeblättert, aber nicht einen einzigen Hinweis auf den Mord an Onkel Fritz gefunden. Gut, in den Zeitungen der Republik stand zwar nie etwas über Verbrechen, aber Onkel Fritz war ein hoher Mitarbeiter der Stasi gewesen, und André hätte zumindest erwartet, dass es für ihn eine Todesanzeige im *ND* gab. Die sollte doch für ihre ehemals höchsten Mitglieder einen Nachruf drucken, wenn sogar plötzlich verstorbene LPG-Vorsitzende eine Traueranzeige bekamen.

»Du musst da etwas falsch verstanden haben«, hatte Burghard am Abend zuvor nach einem langen Telefonat gesagt. »Onkel Fritz war schon seit Langem krank. Und dass seine Nachbarn behaupten, er wäre ermordet worden, zeigt doch nur, wie gehässig die Menschen sind.«

Auf André hatte Onkel Fritz kein bisschen krank gewirkt, aber Burghard zu widersprechen war sinnlos. Der hatte sowieso nur Andrés neuen Sprung im Kopf und redete auf der Fahrt in die Trockenhalle ohne Unterlass davon, wie André diesen mehrmals geschraubten, dreieinhalbfachen Auerbachsalto auf dem

Trampolin noch besser in die einzelnen Bewegungsabläufe zerlegen und einüben konnte, bevor er den kompletten Sprung vom Turm probieren und bis zur Europameisterschaft im nächsten Jahr zu beherrschen lernen würde. Die Schwimmeuropameisterschaft fand dieses Mal in Rom statt, und Burghard setzte sehr viel Hoffnung darauf, dass Rom für André ebenso ein Erfolg werden würde wie einstmals für ihn.

Doch als André nach dem Aufwärmen in der Trockenhalle in einem Gespinst aus Gurten auf dem Trampolin stand und versuchte, den Anweisungen von Burghard zu lauschen, konnte er sich nicht recht konzentrieren. Er musste unentwegt an Onkel Fritz denken, dem es zwar noch vergönnt gewesen war, seinen tot geglaubten Bruder in die Arme zu schließen, der aber sicher nicht genug Zeit gehabt hatte, sich gründlich mit ihm auszusprechen. Denn auch wenn Onkel Fritz jahrelang die Uhr seines Bruders getragen hatte, so hatte er doch nie verhehlt, dass er sich früher mit seinem Bruder nicht besonders gut verstanden und sich im Streit von ihm getrennt hatte.

Aber was, wenn sie sich doch ausgesprochen hatten, dachte André, während Burghard noch einmal den Sprung erklärte, und die Brüder ihren alten Streit nicht hatten klären können? Und sie sich trotz all der Wiedersehensfreude und der innigen Umarmung auf dem Friedhof weiter nur Vorwürfe gemacht hatten? Der Gedanke kam André so unerwartet, dass er Burghards Frage überhörte.

»André? Hörst du mir überhaupt zu?« Sein Adoptivvater schüttelte lächelnd den Kopf. »Von Rom kannst du träumen, wenn der Sprung sitzt.«

Also was, wenn Onkel Fritz und sein Bruder Konrad, anstatt das Wiedersehen als Chance zu nutzen und sich zu versöhnen, den Streit erneut aufflammen ließen und dann irgendwann handgreiflich geworden waren? Onkel Fritz konnte ein richtiger Dickschädel sein, der nie von seiner eigenen Meinung abwich. Das hatte André schon oft selbst erlebt und oft genug in sich diese ohnmächtige Wut gespürt, die vielleicht auch Onkel Fritz' Bruder Konrad ergriffen hatte.

»André! Los jetzt! Und pass auf, dass du dich nicht verhedderst!«

André schob alle Gedanken beiseite, ging noch einmal die erste Phase der Schraube in Gedanken durch und begann dann auf dem Trampolin zu hüpfen, gewann immer mehr an Höhe, während die elastischen Gurte, die ihn im Zentrum des Trampolins halten sollten, an ihm zogen und zerrten. Doch da waren schon wieder diese Gedanken, gerade als er abhob und in die Schraube ging, fuhr es ihm wie ein Blitz durch den Kopf: Hatte dieser Konrad vielleicht das getan, was sich André in solchen Streitsituationen manchmal selbst gewünscht und manchmal auch vorgestellt hatte? Nämlich zugeschlagen?

Dann war da plötzlich dieser Schmerz in seiner Schulter, und schon krachte er, verfangen in den Gurten, mit dem Kopf voran auf das Trampolin.

Mehr bekam er nicht mit.

Nicht mehr, wie sie ihn aus den Gurten befreit und ins Dynamo-Sportkrankenhaus nach Hohenschönhausen geschafft hatten, nicht mehr, wie die Ärzte eine Querschnittslähmung diagnostizierten. Und auch nicht, wie sie bezüglich der Querschnittslähmung wieder Entwarnung gaben.

Als André am nächsten Tag erwachte, war klar, dass er sehr großes Glück gehabt hatte und seine Halswirbel zwar gestaucht, aber doch nicht angebrochen waren, wie es die Ärzte anfänglich vermutet hatten. Und so war Burghard überglücklich, dass sich André letztlich nur die Schulter gezerrt hatte, wenn auch in Kombination mit einem Muskelfaserriss.

»Diesen Sommer wirst du wohl nicht an den Wettkämpfen teilnehmen können«, sagte Burghard am Krankenbett, während Doris jede Menge Bücher, Obst und Säfte auf seinem Nachttisch ablud. »Aber bis zum Herbst haben wir dich wieder fit! Damit du vor Rom noch ein paar internationale

Wettkampferfahrungen sammeln kannst. Wollen wir doch mal sehen!«

Hotte stand derweil am Fußende und grinste ihn an. Lass den mal quatschen, sollte das wohl heißen.

»Hotte wird jeden Tag einmal zu dir kommen und dich massieren, aber auch Übungen mit dir machen, damit deine Sprungkraft weitestgehend erhalten bleibt. Und wenn der Verband von der Schulter erst abkommt – der Arzt sagte, vielleicht in drei bis vier Wochen, aber ich denke, so trainiert, wie du bist ...«

»Nu lass den Jungen doch erst mal zu Sinnen kommen, wa?«, unterbrach ihn Hotte und zwinkerte André aufmunternd zu. »Wir machen det schon, wa, Kleener?«

André lächelte, obwohl es in seiner Schulter wie Feuer brannte, und versicherte Burghard: »Ich werde schon im Sommer an den Wettkämpfen teilnehmen. Und Rom ist ja noch ein Jahr hin!«

»Und dann werden wa uns nich mit'm zweeten Platz zufriedenjeben. Du wirst Europameista von Rom!«, rief Hotte, und sein Schwager lächelte säuerlich.

Kaum waren die Rothemarks weg, fragte André Hotte, ob er was Neues zu Onkel Fritz' Tod wusste. Hotte konnte ihm jedoch nur bestätigen, was Burghard ihm erzählt hatte: dass er schon lange schwer krank gewesen sein sollte und dass ein Nachbar dieses Gerücht von einem Mord in Umlauf gesetzt hatte.

»Wahrscheinlich eener, der deinen Onkel Fritz nicht besonders jut leiden konnte. Wat ja nich verwunderlich is, bei dem seine Arbeit«, meinte Hotte.

Erst am darauffolgenden Tag, mittlerweile vier Tage nach Onkel Fritz' Tod, gab es im *ND* eine große Traueranzeige für den alten Kämpfer und Genossen Fritz Sollmann, der nach langer schwerer Krankheit viele Freunde und Genossen und eine trauernde Frau hinterließe, Paula Sollmann.

So weit schien also das, was alle erzählten, zu stimmen. Und doch: Onkel Fritz hatte auf dem Friedhof nicht nur keinen besonders kranken Eindruck gemacht, sondern offenbar auch nicht mit seinem plötzlichen Tod gerechnet. Sonst hätte er André doch nicht für den Tag seines Todes zu Kaffee und Kuchen eingeladen und ihm angeboten, sich in nächster Zeit öfter mal mit ihm zu treffen. Irgendetwas stimmte da nicht, dachte André, und deshalb erzählte er Hotte, dass er, wenn er erst aus dem Krankenhaus raus wäre, die Frau von Onkel Fritz besuchen und sie dazu befragen wollte.

»Man, dit lässt dir ja keene Ruh«, sagte Hotte, während er André die Beine massierte. »Aber tu, wat de nich lassen kannst.«

Doch Andrés Wunsch, zur Beerdigung von Onkel Fritz zu fahren, unterstützte Hotte nicht, und obwohl André schon das Bett verlassen durfte und auch die Krankenschwester bat, bei den Ärzten für ihn ein gutes Wort einzulegen, waren alle der Meinung, dass er sich noch schonen musste. Dabei hatte er nur einen Muskelfaserriss in der Schulter!

Eine Woche später durfte André endlich wieder nach Hause. Er konnte natürlich noch nicht trainieren, auch weil er den rechten Arm, zur Entlastung der Schulter, noch in einer Schlinge trug. Hotte hatte ihm einen Trainingsplan zusammengestellt, bei dem er die Schulter weder bewegen noch beanspruchen musste, und so saß er jeden Tag mindestens zwei Stunden auf einem Standfahrrad und strampelte Kilometer um Kilometer, ohne vom Fleck zu kommen. Erst am darauffolgenden Wochenende konnte er am Samstagabend nach Friedrichshagen fahren, und auch das wäre ihm beinahe nicht gelungen, denn Hotte hatte mit ihm unbedingt zum Nachtangeln an den Stechlin gewollt. Doch André hatte seine kranke Schulter als Ausrede benutzt, und zum Glück war Doris ihm beigesprungen: Die Feuchtigkeit und die zu erwartende Kälte auf dem See würde für die Heilung von Andrés Schulter nicht sonderlich förderlich sein. Widerwillig hatte Hotte klein beigegeben.

Blieb für André noch die Frage, wie er sich am Samstagabend davonstehlen sollte, welche Ausrede er benutzen könnte, um nach Friedrichshagen zu fahren. Er hatte weder Freunde noch Bekannte in seinem Alter, mit denen er sich wenigstens zum Schein hätte verabreden können. Er war ja immer nur beim Training und noch dazu der Einzige in seiner Altersstufe. Doch beim Mittagessen fragte Doris ihn plötzlich, ob er den Abend nicht mal allein verbringen könnte, denn sie und Burghard wollten mit Doris' Kolleginnen ins Theater und vorher noch gemeinsam essen gehen. Sie würden also schon am späten Nachmittag das Haus verlassen.

Das war sehr ungewöhnlich, besonders dass Burghard mitging, denn er hasste nichts so sehr wie das Theater, und bisher war er immer zu Hause geblieben, auch um seine geliebte *Aktuelle Kamera* nicht zu verpassen. Aber André fragte nicht weiter nach, und als die beiden kurz nach 16 Uhr das Haus verließen, verfolgte André vom Balkon aus sicherheitshalber noch ihre Abfahrt im Wartburg. Dann war die Luft rein, und er machte sich selbst auf den Weg.

Als er wenig später in der S-Bahn nach Friedrichshagen saß, stiegen auch ein paar Jungs in schwarzen, abgerissenen Lederklamotten, verziert mit Ketten aus Sicherheitsnadeln, ein und nahmen in seiner Nähe Platz. Einer von ihnen, der einen leuchtend roten Irokesenschnitt trug, erregte Andrés besonderes Interesse. Noch nie hatte er jemanden in solch einer Aufmachung gesehen. Er war klein und kompakt, mit einem Stiernacken, in dem die Adern nervös pochten, aber er wirkte auch irgendwie sanft und behäbig, jedenfalls irgendwie verkleidet.

»Was glotz'n so? Noch nie nen Punk jesehn?«, motzte der Irokese ihn plötzlich an.

André sah schnell aus dem Fenster.

»Ej, kiek ma, der hat ja grüne Haare!«

André merkte, wie er rot wurde.

»Und jetzt wird er och noch rot!«

»Biste 'ne Ampel?«

Auch das noch, dachte André und war froh, dass er wenigstens diese lächerliche Armschlinge zu Hause gelassen hatte. Die hätte bestimmt für weitere Sprüche gesorgt.

»Bist so 'n Feierabendpunk, wa? Wennit dunkel wird, klappste die Haare hoch?«, gackerte ein anderer.

André starrte weiter aus dem Fenster, hörte die Umstehenden lachen. Am liebsten wäre er mit der Sitzbank verschmolzen. Hätte er den Irokesen doch bloß nicht so angestarrt.

»Nee, ehrlich ma«, sagte der freundlich. »Wie hast'n det Grün hingekriegt?«

André wandte ihm den Kopf zu. Der Punk schien sich wirklich für seine Haarfarbe zu interessieren.

»Das kommt vom Chlorwasser«, erwiderte er zögernd. »Ich bin Wasserspringer.«

»Wasserspringer? Wat soll denn dit sein«, johlte der Größte der drei Jungs, verstummte aber sofort, als er sich dafür einen bösen Blick vom Irokesen einfing, der anscheinend ihr Anführer war.

»Also, da macht man so Sprünge vom Brett ins Wasser«, erklärte André nicht zum ersten Mal in seinem Leben.

»Een Sportler! Da willste also Medaillen für unsere schöne Republik holen, damit wa noch mehr stolz uff uns sind?«, sagte der Irokese und grinste verächtlich, als sie in den S-Bahnhof Jannowitzbrücke einfuhren.

»Dann pass ma uff, ob du och so eenen Sprung kannst! Abflug, Männer!« Und damit waren die drei schon an der Tür, rissen sie, obwohl die S-Bahn noch in voller Fahrt war, auf und sprangen gekonnt ab. Nur der Mittlere, der mit den blond gefärbten Haaren, strauchelte kurz, denn der Irokese fing ihn auf, und dann rannten die drei, laut johlend und im Zickzack, über den Bahnsteig, um dem Bahnsteigwärter zu entgehen. Was ihnen nicht schwerfiel, der Mann war viel zu dick und zu überrascht, als dass er hätte schnell genug reagieren können. So entwischten ihm die Jungs mit einem waghalsigen Sprung über das Treppengeländer nach unten in die Tiefe, dem Ausgang entgegen.

Ebenso wie André hatten auch die anderen Fahrgäste gegafft, und manche schüttelten auch den Kopf oder machten eine abfällige Bemerkung über die heutige Jugend, die sich vor der Arbeit drücken und immer undankbarer werden würde.

Die S-Bahn fuhr weiter, und André überlegte, ob er sich vielleicht ganz umsonst auf den weiten Weg zu Onkel Fritz' Frau machte, denn es war ja gut möglich, dass er sie gar nicht antraf oder dass sie ihn nicht einließ, weil sie ihn nicht kannte, vielleicht nicht mal von ihm wusste. Er war ja Onkel Fritz' Arbeit gewesen, und die war streng geheim, jedenfalls hatte das damals Jan behauptet und ihm erzählt, dass oft nicht einmal die engsten Verwandten wussten, dass der Ehemann oder der Bruder bei der Stasi war. Und was wollte er Paula Sollmann überhaupt fragen? »Hallo, ich bin André und will wissen, an was für einer schweren Krankheit ihr Mann gestorben ist?«

Je länger André darüber nachdachte, desto alberner fand er seine Frage. Es war schließlich egal, woran Onkel Fritz gestorben war. Deshalb beschloss er, stattdessen auf den Friedhof zu fahren. Bei einer Frau, die vor dem Bahnhof in Friedrichshagen Blumen verkaufte, erstand er einen kleinen Strauß Märzenbecher. Die hatte die Erzgebirgsmutti in ihrem Garten gehabt, und alle hatten immer geglaubt, dass es Schneeglöckchen wären, auch André am Anfang. Nur Onkel Fritz hatte gewusst, dass es Märzenbecher waren, weil er als Kind immer viel durch den Wald in Friedrichshagen gestromert war, und also erschienen André diese Blumen eine gute Wahl.

Eigentlich wollte er zum Friedhof laufen, aber da gerade die Straßenbahn kam, fuhr er die zwei Stationen und öffnete an der Haltestelle zum Friedhof auch schon die Tür, um auszusteigen, doch dann entschied er sich wieder um und wollte doch zuerst Frau Sollmann besuchen. Vielleicht bot sie ihm ja an, mit ihr gemeinsam zum Grab ihres Mannes zu gehen, und war vielleicht bereit, etwas mehr über ihn zu erzählen. André sah einen freien Sitzplatz und schob sich an einem Mann hinter ihm vorbei, der ebenfalls hatte aussteigen wollen und den er auch schon in der S-Bahn gesehen hatte und wenn er sich nicht irrte, auch schon vor seinem Haus. Der Mann entschloss sich ebenfalls, nicht mehr auszusteigen, und setzte sich wieder, was eine ältere Frau, die tatsächlich aussteigen wollte, zu einer Schimpftirade über die zerstreuten jungen Leute anregte, die nur immer im Weg stehen würden. André musste darüber schmunzeln und schaute zu dem Mann, doch der lächelte nicht zurück, würdigte André keines Blickes, schaute ihm aber hinterher, als André ein paar Stationen später am Müggelseedamm ausstieg, wahrscheinlich, weil er sich nun auch erinnerte, André schon irgendwo einmal gesehen zu haben.

Dann stand er vor der Wohnung im dritten Stock und klingelte. Er wusste zwar immer noch nicht, was er sagen wollte, wie er sein Kommen erklären sollte, aber da war er nun.

Zu seiner Überraschung öffnete eine andere Frau als die, die er mit dem Polizisten gesehen hatte. Diese Frau hier war etwas jünger und – so schien es André – auch größer.

»Ähm, guten Tag. Könnte ich bitte Frau Sollmann sprechen?«

»Das bin ich«, erwiderte die Frau sanft und reichte ihm die Hand. »Und du, du musst André sein? Wir sind vor fast zwei Wochen verabredet gewesen, nicht wahr?«

André nickte und wollte, so wie er es einmal gelesen hatte, »mein Beileid« sagen, aber als er sah, wie Frau Sollmann seine Blumen anstarrte, überreichte er ihr einfach das Sträußchen Märzenbecher.

»Oh, wie schön. Schneeglöckchen«, rief sie. »Komm doch rein, André. Ich habe gerade frischen Tee gekocht.«

Damit verschwand sie mit den Blumen im Innern der Wohnung. André folgte ihr durch eine kleine Diele in das Wohnzimmer, an das sich eine Art Wintergarten mit Blick auf den Müggelsee anschloss. Hier hatte also Onkel Fritz gewohnt, in einer von Spitzendeckchen überzogenen Landschaft aus schweren Ledermöbeln und einer Hochglanz-Schrankwand mit Vitrine, die es nirgendwo zu kaufen gab und für die Doris wahrscheinlich ihr Leben gegeben hätte.

»Setz dich schon mal in den Wintergarten«, sagte Frau Sollmann zu ihm, »ich bin gleich da.«

André nahm an dem kleinen runden Tisch Platz, auf dem ein alter russischer Samowar, eine Dose Kekse und ein halb gefülltes Teeglas standen, während Frau Sollmann aus der Vitrine ein zweites Teeglas holte und eine Schale Konfitüre auf den Tisch stellte. Onkel Fritz hatte ihm einmal erzählt, dass er in der Sowjetunion den Tee immer mit Konfitüre gesüßt hätte. Das machte man dort so, und er habe sich das nie abgewöhnen können, hatte Onkel Fritz gesagt, aber bedauert, dass es hier keine Moosbeerenkonfitüre gab, denn die war die beste.

»In der Todesanzeige stand, dass Onkel Fritz schon sehr lange krank war«, sagte André, nachdem er einen Schluck getrunken hatte. Das schmeckte wirklich ungewöhnlich gut.

»Ja, das war er ... und dann ging alles so plötzlich«, sagte Frau Sollmann mehr zu sich selbst als zu André und schaute traurig auf den See. »Ausgerechnet jetzt, wo ihr beide einen neuen Anfang wagen wolltet«, fügte sie hinzu. »So lange hab ich ihm zugeredet, sich mit dir zu versöhnen, so lange schon, und nun ...«

»Er hat Ihnen von mir erzählt?«, fragte André erstaunt und geschmeichelt zugleich.

»Aber natürlich. Vor mir hatte er keine Geheimnisse. Auch wenn die Geheimniskrämerei sein Beruf war.« Sie hing schmunzelnd ihren Erinnerungen nach, dann nahm sie einen Schluck Tee und seufzte. »Er hat dich wirklich sehr gemocht, mein Fritz, und deshalb hatte er auch diese Frau aus dem Rostocker Buchladen zu unserem geplanten Kaffeekränzchen eingeladen. Hast du sie schon getroffen?«

André sah Frau Sollmann überrascht an.

»Die Frau, von der du dachtest, dass sie deine Mutter ist«, fügte sie hinzu.

»Sie war hier?«

»War sie denn nicht bei dir?«

»Bei mir?«

»Ja. Sie wollte dich besuchen. Ich selbst habe ihr noch deine Adresse gegeben, nachdem Fritz ...« Frau Sollmann konnte einen Moment nicht weitersprechen. »Also, nachdem sie meinen Fritz abtransportiert haben.«

»Aber sie war nicht bei uns zu Hause.«

»Vielleicht hat sie angerufen?«

André schüttelte den Kopf, er brachte kein Wort heraus.

»Na, das verstehe ich jetzt nicht. Sie wollte dir nämlich persönlich erklären, dass sie dich an dem Tag im Buchladen nur deshalb so angestarrt hat, weil du ihrem verunglückten Bruder so ähnlich siehst.«

André schluckte, das war es also gewesen. Er hatte sie angestarrt, weil sie ihm bekannt vorgekommen war, und sie ihn, weil er ihrem toten Bruder ähnelte.

Frau Sollmann sah ihn mitfühlend an. »Ich weiß, dass du jetzt enttäuscht bist, André. Aber glaub mir, deine Eltern liegen auf dem Friedhof. Warum hätte mein Fritz dich belügen sollen?«

Ja, warum hätte er? Doch so schnell wollte André nicht aufgeben. »Ich sag ja nicht, dass er gelogen hat. Aber bei seinem Bruder Konrad hat er sich auch geirrt.«

Frau Sollmann schaute ihn irritiert an. »Was meinst du?«

»Na, von dem hat Onkel Fritz auch gedacht, er sei tot, und dann stand er plötzlich da, und zwar sehr lebendig.«

»Ach, das meinst du. Aber das ist doch schon so lange her.«

»Zwei Wochen erst.«

Frau Sollmann stutzte kurz, dann schüttelte sie über sich selbst den Kopf, dass sie so vergesslich sein konnte. »Natürlich.

Verzeih! Mich hat Fritz' Tod etwas aus der Zeit geworfen.« Sie lächelte entschuldigend. »Vielleicht sollten wir unser Gespräch auch hier beenden?«

Frau Sollmann brachte André zur Tür und erklärte ihm, dass sie sich wahrscheinlich nicht wiedersehen würden, weil sie schon in der nächsten Woche zu ihrer Schwester nach Dresden zog. Aber sie wünsche André alles Gute und viel Erfolg im Sport und dass seine Schulter rasch wieder in Ordnung käme. André wünschte ihr auch alles Gute, bedankte sich für den Tee und versprach, sich um das Grab von Onkel Fritz zu kümmern. Dann ging er und fuhr mit der Straßenbahn zurück zum Friedhof.

Doch da war kein Grab für Onkel Fritz. Er lag nicht neben seiner Mutter, sondern er war, wie André später von Hotte erfuhr, in Friedrichsfelde, auf dem Ehrenfriedhof der Sozialisten, beigesetzt worden, wo viele hohe Tiere der Regierung ihre letzte Ruhe neben Rosa Luxemburg und Karl Liebknecht fanden. Gut also, dachte André, dass er Frau Sollmann die Märzenbecher überlassen hatte.

Tage später fiel ihm ein, dass er Frau Sollmann viel hartnäckiger nach dem Bruder von Onkel Fritz hätte ausfragen sollen. Jetzt, wo er von ihr wusste, dass sein Bruder Konrad nichts mit dessen Tod zu tun hatte, hätte André ihn gern getroffen. Warum, konnte er sich selbst kaum beantworten, aber seit er wusste, dass er Onkel Fritz nie wiedersehen würde, dachte er beinahe tagtäglich an ihn und bereute es, die letzten Jahre keinen Kontakt zu ihm gehabt zu haben. Vielleicht ging es ja seinem Bruder genauso, und sie könnten sich darüber austauschen und sich gemeinsam an ihn erinnern? Doch Frau Sollmann war nun bestimmt schon nach Dresden gezogen, und da er ihre neue Adresse nicht kannte, würde er den Bruder wohl nie mehr wiedersehen.

Und manchmal dachte er auch an die Frau in Rostock,

deren totem Bruder er so ähnlich sehen sollte und die er für seine Mutter gehalten hatte. Aber sie rief weder an, noch erschien sie ihm erneut in seinen Träumen, und er hegte kaum noch die Hoffnung, dass sie eines Tages plötzlich vor seiner Tür stehen könnte. Zwar hatte er sich aus Doris' Telefonverzeichnis die Nummer des Rostocker Buchladens rausgesucht, aber dort kannte niemand die Frau. Vielleicht, weil er sie falsch beschrieb? Und Doris vorzuschicken, damit sie ihre Freundin befrage, traute André sich dann doch nicht. Sollte er ihr sagen, dass er in der Buchhändlerin seine Mutter vermutet hatte? Nein, das war unmöglich. Vor allem jetzt, wo es gerade so gut zwischen ihm und den Rothemarks lief. Das hätte sie nur enttäuscht, und sowieso war ja diese Buchhändlerin nicht seine Mutter. Also, wozu Doris und Burghard verrückt machen? Außerdem würde es im nächsten Jahr wieder einen Springertag in Rostock geben, da könnte er sie ganz ungezwungen in dem Buchladen aufsuchen, vielleicht sogar allein.

Überhaupt blieb ihm in den nächsten Wochen nicht viel Zeit zum Nachdenken. Obwohl der Muskelfaserriss wieder gut verheilt war, schmerzte die Schulter immer noch, wenn er sie nur ein bisschen belastete, was das Training stark einschränkte und Burghard immer ungeduldiger werden ließ. Beinahe wöchentlich schleppte er André zu den Ärzten, damit sie ihn von den Schmerzen befreiten, und manchmal schrie er André auch an, er solle sich gefälligst nicht so anstellen. André gab sich Mühe, auch er sah langsam schwarz, was die Wettkampfteilnahme betraf, und hatte Angst, dass seine Schulter nie wieder schmerzfrei sein würde, aber allmählich gingen ihm auch Burghards Gezeter und die Unterstellungen, er wäre nur zu faul zum Trainieren, auf die Nerven. Mehr als einmal hätte André ihm und Hotte beim Krafttraining am liebsten die Hanteln vor die Füße geschmissen, aber er biss sich dann doch durch, auch weil er wohl zu feige war, gleich beide, Burghard und Hotte, gegen sich aufzubringen, und so ließ er sich immer schwerere Gewichte aufspannen, bis es plötzlich eines Tages im Kraftraum einen Knall gab, der wie ein Peitschenhieb klang, und ein noch viel heftigerer Schmerz ihm durch die Schulter fuhr als beim ersten Mal.

Diesmal hieß die Diagnose Muskelabriss, und auch wenn der Schmerz am Anfang unerträglich war, fühlte André nach einer Woche fast so etwas wie Erleichterung. Niemand durfte ihn mehr quälen. In den nächsten zehn bis zwölf Wochen würde er nicht mehr trainieren müssen, denn die Ärzte hatten Burghard und auch Hotte, der ja mittlerweile ein ausgebildeter Sporttherapeut war, die Leviten gelesen, weil sie den Muskelfaserriss nicht ernst genug genommen hatten und nicht ausheilen, sondern André in den Schmerz hinein hatten trainieren lassen.

Jetzt war André praktisch bis zu den Sommerferien von jeglicher sportlichen Betätigung befreit. In der ersten Woche hockte er noch viel auf seinem Zimmer, schaute vormittags heimlich Westfernsehen, machte seine Schularbeiten und fuhr auch zum Unterricht in die Schule. Seine Stunden, die an jedem Tag anders lagen, so wie sie eben früher in seinen Trainingskalender hineingepasst hatten, waren meist Einzelstunden, nur donnerstags, wenn er Physik und Chemie hatte, waren noch eine Turnerin und zwei Leichtathleten mit dabei, mehr Schüler gab es in der elften Klassenstufe nicht, denn die meisten Leistungssportler strebten nach der zehnten Klasse, die sie wegen des Sports manchmal erst mit achtzehn abschlossen, eine Lehre an oder verpflichteten sich für die Armee, wo sie in Ruhe weitertrainieren konnten.

Aber André wollte Sportmedizin studieren, dafür brauchte er das Abitur. Er hatte darum lange mit Burghard gefeilscht, denn der hatte natürlich gewollt, dass André eine Trainerlaufbahn einschlug und vielleicht mal die Sektion Wasserspringen übernehmen und sein Werk, wie er es nannte, fortführen würde. Doch unerwarteterweise hatte Doris André unterstützt. Ein Arzt, noch dazu ein Sportmediziner, in der Familie gefiel ihr gut, und so schleppte sie ihm schon jetzt jede Menge medizinische Fachbücher an, die sonst selbst für Ärzte Mangelware waren.

In der vierten Woche ohne Training fühlte André allmählich ein Gefühl der Leere in sich aufkommen. Er wusste nicht recht, was er mit der vielen Zeit anfangen sollte. Nach fünf dicken Romanen hatte er keine Lust mehr, noch einen sechsten zu lesen. Seine Tonbänder waren neu sortiert und sogar beschriftet, selbst seinen Wäscheschrank hatte er aufgeräumt, und so schlenderte er oft durch die Straßen, hielt in den Geschäften nach irgendwelchen Dingen Ausschau, die Doris dringend benötigte, für sich selbst oder für andere, um ihnen einen Gefallen zu tun. So lief André eines Tages, als er vom Staatsbürgerunterricht nach Hause kam, über den Alex und steuerte wieder einmal das *Centrum*-Warenhaus an, weil er für Doris nach Bettwäsche Ausschau halten sollte, als er hinter sich eine Stimme hörte.

»He, Grünspecht?«

André drehte sich um, obwohl seine Haare schon längst nicht mehr grün waren, und sah den Irokesen, wie er mit seinen beiden Kumpels und ein paar anderen am Brunnen saß und die käsigen Beine ins Wasser hielt.

»Na, komm, ick beiß nich!«, sagte er und winkte André heran, obwohl der Typ neben ihm maulte: »Wat willst'n mit dem?«

André wusste es auch nicht, ging aber zum Irokesen, der urplötzlich aufsprang, ihn mit einem gekonnten Griff in den Schwitzkasten nahm, so dass André vor Schmerz aufbrüllte – seine Schulter!

Der Punk ließ ihn sofort wieder los. »Mensch, dit wollt ick nich!«, rief er, während sich André die schmerzende Schulter massierte. »Haste dir wehjetan?«

»Ja, Mensch!«, brüllte André wütend und versuchte, die Schulter wieder locker zu kriegen. »Ich hab 'nen Muskelabriss!«

»Kann ick doch nich riechen, Mann. Ick wollt nur zeigen, dass ick och mal Sport jemacht hab.«

»Ja, danke. Kannst du nicht reden, oder was?«, schrie André und war selbst erstaunt, dass er sich traute, den Typen anzuschnauzen. Aber noch mehr verwunderte ihn, dass der sich das gefallen ließ. Die anderen schienen davon genauso überrascht und schauten ihren Anführer an, als erwarteten sie, dass er nun André endgültig fertigmachte.

»Deswejen haste wohl och keene grüne Friese mehr, weil de verletzt bist?«, sagte er jedoch mitfühlend.

»Och, ick ween gleich!«, johlte jemand aus der Gruppe, und die anderen grinsten hämisch. Aber da war der Irokese dem Johler schon dicht auf die Pelle gerückt und schubste ihn grob.

»Wat verstehstn du davon, du Penner!«

Sofort war es still, und der Irokese erklärte André in normalem Hochdeutsch, das er auch zu beherrschen schien, dass er mal Turner gewesen war, aber wegen einer Sportverletzung, die nicht ausheilen wollte, hatte aufhören müssen. »Tja, aus der Traum! Plötzlich lassen die dich wie eine heiße Kartoffel fallen, wenn du keine Medaillen mehr holen kannst. Nicht mal abtrainieren haben sie mich lassen.« Er spuckte verächtlich aus und traf Andrés Schuh: »Ähm, das wollt ich nicht. Ehrlich.«

So lernte André »Iro« kennen, der trotz seines finsteren Aussehens eigentlich ein Herzchen war, wie Doris gesagt hätte, und nicht nur Schiss vor Hunden hatte, sondern auch nah am Wasser gebaut war, wenn es um sein Mädchen ging, das allerdings nicht mehr sein Mädchen war, weil es nun einem anderen gehörte. Stundenlang konnte Iro, der eigentlich Uwe hieß, von ihr erzählen: Wie er sie kennengelernt hatte, was sie als Erstes zu ihm gesagt hatte und was als Letztes und so weiter und so fort. Tagelang feilte er an Songtexten, die André reichlich schmalzig fand, wenn sein neuer Freund sie ihm vorlas, aber wenn er sie später auf der Bühne gegen den Lärm der Gitarren und den Krach des Schlagzeugs rausschrie und nur noch ein Drittel des Textes zu verstehen war, dann hatten diese Songs etwas sehr Sprödes, manchmal auch Poetisches.

Meist aber hockten sie beide in der Laube von Iros Großvater und zupften auf verstimmten E-Gitarren rum, als könnten sie tatsächlich spielen, redeten über sich und ihr bisheriges Leben – über den Sport und ihre Familien, in denen sie sich fremd und unverstanden fühlten – und manchmal auch über Bücher, die ganz andere waren als die, die Doris André mitbrachte oder ihm empfahl.

So erfuhr André, dass Iros Mutter in den Westen abgehauen war und ihn beim Großvater zurückgelassen hatte. Iro liefen die Tränen übers Gesicht, während er das erzählte, und um es ihm gleichzutun, erzählte auch André seine Geschichte, angefangen bei den Erzgebirgseltern bis hin zu Onkel Fritz' Tod. »Wahnsinn, das ist ja urst traurig«, sagte Iro mit belegter Stimme, und begann wieder zu schluchzen, bis auch André nicht mehr anders konnte und seinen Tränen freien Lauf ließ. Da saßen sie also und heulten über ihr trauriges Leben und bedauerten sich selbst, was sie aber wenig später wiederum zum Lachen brachte und irgendwann wieder zum Weinen, bis keiner mehr wusste, ob das nun Lach- oder echte Tränen waren, die ihnen da über die Wangen liefen.

Eine Weile noch versuchte André seinen neuen Umgang vor den Rothemarks zu verheimlichen, war pünktlich zu Hause, bevor Burghard von der Arbeit heimkehrte, und tat so, als hätte er den ganzen Tag für die Schule gelernt oder medizinische Fachbücher gelesen. Doris konnte er damit allerdings nicht täuschen, die kam ja manchmal in ihrer Mittagspause aus dem Buchladen nach oben und fand ihn dann natürlich nicht vor. Doch sie wollte weder das gerade gute Verhältnis zwischen ihnen beiden gefährden noch Burghard da mit reinziehen, deshalb sprach sie André nur unter vier Augen darauf an. Darauf war er vorbereitet und behauptete, in seiner trainingsfreien Zeit in die Berliner Stadtbibliothek zu gehen, wo es eine ganze Abteilung für medizinische Fachbücher gab.

Die Wochenenden waren ein anderes Problem, besonders der Sonntag, an dem weder Doris noch Burghard arbeiteten, doch da deckte ihn Hotte, bei dem er dann angeblich übernachtete.

In Wahrheit trieb er sich mit Iro und dessen Clique in der Stadt herum. Sie liefen die wenigen Plätze ab, wo sich ihresgleichen traf, und stellten sich einfach dazu. So einfach war das, staunte André oft. Denn Iro kannte jede Menge Leute und hatte viele Freunde, und André war nun einer von ihnen, wenn nicht sogar sein bester Kumpel, den deshalb sofort alle akzeptierten.

Oft genügte es, dass irgendjemand wusste, dass am Weißensee noch andere waren oder in Pankow auf irgendeinem Hof eine Fete stattfinden würde, um sie alle in Bewegung zu setzen. Meistens fuhren sie in den Plänterwald, erschreckten auf dem Riesenrad biedere Familienväter, indem sie die Gondeln zum Schwingen brachten, oder fuhren betrunken Achterbahn, bis einer kotzte.

Manchmal fuhren sie auch am Wochenende völlig planlos nach Leipzig, Dresden oder Cottbus zu irgendeiner Mucke, feierten dort mit wildfremden Leuten, tranken viel, übernachteten in Gärten, Parks oder Kleingartenanlagen, immer auf der Hut vor den Bullen, und manchmal schliefen sie auch in Wohnungen von irgendjemandem, dessen Eltern gerade nicht anwesend waren. Dort hingen sie oft nur ab, lasen deren Bücher, tranken, rauchten – mehr als ihnen oft guttat –, aber André hatte sich noch nie so lebendig gefühlt, besonders, wenn sie den Bullen entwischen konnten, die ihre Treffen zu stören versuchten und anscheinend immer sehr genau wussten, wo sie als Nächstes auftauchen würden.

Ab und zu nahmen die Bullen auch jemanden mit. Kuschi, zum Beispiel, der Junge mit den blond gefärbten Haaren, weil er schon seit Wochen nicht mehr auf seiner Arbeitsstelle erschienen war und damit als asozial galt. Zwei Wochen saß er dafür in U-Haft und war danach ein anderer: einer, der nicht mehr zu ihren Treffen kam und nun wieder brav in die Berufsschule ging.

Vor solch einer Erfahrung hatten alle mächtig Düsengang, und so versuchte jeder von ihnen, wieder die Woche über am sozialistischen Leben teilzunehmen und nur an den Wochenenden ein anderer zu sein. Deshalb hätten sich André und Iro einmal beinahe nicht erkannt, obwohl sie ganz dicht aneinander vorbeigegangen waren, auf der Toilette seiner Schule nämlich, wo ein Klo verstopft gewesen war. André war als Schüler und Iro war als Klempner in einem Blaumann »verkleidet« gewesen, und hätte Iro nicht gerade etwas zu seinem Meister gesagt, dann hätte ihn André niemals erkannt.

Doch Andrés größte Angst war, dass ihm Burghard irgendwann auf die Schliche kommen könnte, denn natürlich spielte er zu Hause weiterhin den braven Sohn, dem immer noch die Schulter schmerzte, wenn er sie falsch belastete – was ja auch der Wahrheit entsprach. Doch kaum schlug die Wohnungstür am Wochenende hinter ihm zu, rannte er sofort in den Keller, wo er die Lederjacke überwarf, die Iro einem Typen in Leipzig geruppt hatte, in ein paar schmuddelige Röhrenjeans stieg und den aus einem Hundehalfter gefertigten Gürtel umlegte. Er hatte auch Wasser, Zucker, Kamm und Spiegel im Keller, um seine Haare, die er nun etwas länger trug, in weniger als zwanzig Minuten zu einem stacheligen Igel erstehen zu lassen. Und wenn er die Erlaubnis hatte, am Samstag bei Hotte zu übernachten, dann griff er auch zu Lebensmittelfarbe. Allerdings bestand dann immer die Gefahr, dass sie ihm, wenn er beim Pogo zu viel schwitzte oder ihm jemand ein Bier über den Kopf schüttete, über das Gesicht lief und er wie ein Clown aussah.

Trotzdem, auffallen wollte André schon, denn unter den Punks gab es nur sehr wenige Mädchen, und das Gedränge um sie war groß, besonders um Käthe, die eigentlich Uta hieß, aber die niemand so nannte und die anders als Iro wunderbare Gedichte schrieb, in denen sie sich über die Bullen und die Spießer lustig machte und um die sich alle, die nur eine Gitarre halten konnten, rissen, genau wie um ihre Aufmerksamkeit.

Käthe war sehr groß und dünn, trug ausnahmslos selbstgenähte schwarze Klamotten und hatte sich auch die Haare schwarz gefärbt, was einen schönen Kontrast zu ihren grünen

Augen gab, die auf André aber meistens nur wie auf einen jungen, tollpatschigen Hund herabschauten, der sie nicht besonders interessierte, aber den sie, wohl nicht nur wegen seiner zusammengeborgten Punk-Aufmachung, sondern auch wegen seiner nur abgeschauten Punk-Attitüde für besonders verachtenswert hielt. Nie redete sie direkt mit ihm oder schaute ihn an, wenn er einmal etwas sagte, einen Witz riss oder einen Vorschlag unterbreitete, wo sie das Wochenende verbringen könnten, und letztlich wurde André durch Käthes Benehmen klar, dass er nie dazugehören würde und nur von ihr und den anderen gelitten wurde, weil er unter Iros besonderem Schutz stand.

Egal, was er tat, ob er für alle das Bier besorgte – und sein gesamtes Taschengeld dabei draufging, weil er das Bier, nicht wie er vor den anderen behauptete, im *Konsum* geklaut hatte –, oder ob er so stark berlinerte wie Hotte und noch mehr zu trinken vorgab als die anderen, er wurde das Gefühl nicht los, dass er von ihnen und besonders von Käthe dabei skeptisch beäugt wurde.

Auch Iro begann sich ihm gegenüber sonderbar zu benehmen. Er schwieg sich immer häufiger aus, wenn es um die nächste Verabredung ging, oder tat am nächsten Tag so, als hätte er nur vergessen, André Bescheid zu sagen, dass sie sich nicht – wie am Vorabend noch in Andrés Beisein beschlossen – hinter dem Gasometer an der Prenzlauer treffen würden, sondern auf dem Humannplatz, dort, wo am Tage, geschützt durch ein paar Büsche, die alten Herren beim Kartenspiel ihre Rente verzockten und man am Abend ungestört auf den Steinbänken vor dem Pissoir herumlungern konnte. Und da André schon bald glaubte, dass dahinter Methode steckte, stellte er seinen Freund eines Tages zur Rede.

»Na, ist doch komisch, dass immer, wenn wir dir unseren Treff nennen, die Polizei dann auch Bescheid weiß«, rückte Iro endlich mit der Sprache raus. André wusste sofort, was das zu bedeuten hatte: Die anderen verdächtigten ihn, ein Informant der Bullen, wahrscheinlich sogar der Stasi zu sein. Immer wieder gingen solche Gerüchte über Leute um, besonders über die, die noch nicht lange dabei waren. Aber dass Iro ausgerechnet ihn verdächtigte, fand er ungerecht.

»Hast du schon vergessen, wie wir uns kennengelernt haben?«, fragte André. »Nicht ich hab eure Nähe gesucht! Du hast mich angesprochen, und das sogar zweimal!«

»Das hab ich den anderen auch gesagt. Aber zu den letzten zwei Treffen, von denen du nichts wusstest, sind keine Bullen gekommen. Ist doch komisch, oder?«, erwiderte er und klang dabei beinahe traurig, und André wurde es plötzlich siedend heiß unter der Lederjacke, denn er musste an Hotte denken, dem er dafür, dass er ihm den Rücken vor den Rothemarks freihielt, immer alles erzählte: Wo sie hinfuhren, wer dazugehörte, und manchmal hatte er Hotte auch Texte von Käthe gegeben, um Hotte zu erklären, warum er sie mochte und jede weitere Demütigung von ihr klaglos hinnehmen würde. Aber wenn Hotte all das weitergegeben hatte, warum war dann Kuschi und nicht Käthe eingefahren? Das ergab doch keinen Sinn!

»Was ist?«, fragte Iro, und André überlegte, ob er ihm von seinem Verdacht gegen Hotte erzählen sollte. Er hatte ihn zwar schon ab und zu erwähnt, aber dass Hotte ihn vor den Rothemarks deckte, damit André die Wochenenden mit der Clique verbringen konnte, hatte er nie erzählt. Denn dann hätte er auch zugeben müssen, dass all seine heroischen Geschichten, wie er sich die Wochenendfahrten gegen den Willen seines Adoptivvaters erstritten hatte, erstunken und erlogen waren und all die schönen Wortgefechte, die er sich angeblich deswegen mit der hysterischen Doris geliefert hatte, nur eine Ausgeburt seiner Fantasie.

Denn tatsächlich hatten Burghard und Doris keine Ahnung davon, dass er die Wochenenden woanders verbrachte als bei Hotte, der nur am Anfang etwas gegen Andrés neue Freunde gehabt und dann schnell – zu schnell? – unter der Bedingung nachgegeben hatte, dass André ihn immer vorher einweihen würde, wohin er mit den Freunden fuhr.

»Nur zu deiner eigenen Sicherheit, Kleener!«, sagte Hotte damals.

Also gab sich André einen Ruck und beichtete Iro alles, was ihm mit einem Mal auf der Seele lag, angefangen bei den Lügengeschichten bis hin zu dem, was er über Hotte vermutete, denn Iro und die Clique waren ihm wichtiger als alles andere, und auf keinen Fall wollte er ihre Freundschaft verlieren. Aber er verschwieg auch nicht, dass ihm Hotte bisher immer geholfen hatte, nicht nur, damit er überhaupt so frei die Wochenenden verbringen konnte, sondern auch in Bezug auf Jan. Hotte war es gewesen, der die Briefe zwischen ihnen damals weiterleitete, auch wenn Jan recht bald nicht mehr auf Andrés Briefe antwortete.

»Das ist ja wohl kein Beweis. Im Gegenteil!«, sagte Iro. »Du solltest diesem Jan mal wieder schreiben. Vielleicht hat der deine Briefe ja nie erhalten?«

André verstand, hoffte aber mehr für Hotte als für sich, dass Jan die Frage mit Ja beantworten würde. Denn sonst … denn sonst würde Hotte nicht nur seit neuestem für die Stasi arbeiten, wie er befürchtete, sondern das auch schon seit langer Zeit.

Bereits am nächsten Tag, einem Samstag, nahm Iros Großvater den Brief mit nach Westberlin und suchte dort auf dem Postamt die Adresse von Jans Familie heraus. Da diese immer noch in Westberlin lebte, überbrachte der Großvater den Brief selbst, traf Jan sogar an, wie Iro André später berichtete, als er ihm noch am selben Abend bei einem Punkkonzert im Prater Jans Antwort übergab.

Der Pratersaal war brechend voll und die Luft zum Schneiden, aber das war es nicht, was André die Tränen in die Augen trieb. Denn während vor der Bühne Pogo getanzt wurde, überflog André den Brief, und der bestätigte leider, was Iro vermutet und André befürchtet hatte: Jan hatte nicht einen einzigen Brief von André erhalten, und höchstwahrscheinlich waren die wenigen Zeilen, die André von ihm bekommen hatte, nicht von Jan gewesen, denn, wie Jan schrieb, keiner seiner Briefe an André war damals unter fünf Seiten gewesen, die aber offensichtlich auch nicht bei André angekommen waren. Und er wäre zwar gerne zum Springertag nach Rostock gefahren, schrieb Jan, aber da man seiner Familie jedes Mal die Einreise in die DDR ohne Begründung verwehrte, verzichtete Jans Verein von vornherein darauf, ihn dafür anzumelden. Was für André aber nur von Glück gewesen sei, schrieb Jan ironisch, denn wenn er dabei gewesen wäre, hätte André nicht so leicht gewonnen. *Und das kannst du ruhig deinem Vater sagen*, schrieb er. Wenn André nur einen Moment an der Echtheit des Briefes gezweifelt hätte, dieser Satz hätte ihn vollends überzeugt, und deshalb musste er dann doch lächeln

»Warum lachst'n? Sag schon, was schreibt er?«, drängelte Iro, aber noch ehe André etwas erwidern konnte, sagte hinter ihm eine Stimme: »Er schreibt: Das kannst du ruhig deinem Vater sagen!«

Iro schaute irritiert zu jemandem hinter André und verzog den Mund schon zu einer seiner gefürchteten Schmähungen, als André sich umdrehte. Da stand Jan. Immer noch etwas kleiner als er, nun aber mit leichtem Flaum auf Oberlippe und Kinn und mit einem breiten Grinsen im Gesicht. Dann fielen sie sich in die Arme.

Den ganzen Abend nahmen sie keinerlei Notiz mehr von der Musik, sondern redeten und redeten, über das, was in den letzten Jahren geschehen und wie es ihnen ergangen war. Iro wäre fast ein bisschen eifersüchtig geworden, wenn er nicht gleichzeitig so stolz auf sich und seinen wunderbaren Vorschlag gewesen wäre, der schließlich Jan dazu gebracht hatte, nicht nur den Brief zu schreiben, sondern einfach das zu machen, was er sich schon lange vorgenommen hatte. Nämlich mit dem Ausweis eines Freundes, der ihm entfernt ähnlich sah und der schon volljährig war, die Grenze unter falschen Namen zu passieren.

Nachdem sie Jan kurz vor Mitternacht zum Tränenpalast an der Friedrichstraße gebracht und sich für das nächste Wochenende verabredet hatten, fuhr André mit Iro in die Laube nach Hohenschönhausen, wo er trotz des vielen Bieres, das er am Abend getrunken hatte, kaum einschlafen konnte. Schließlich hatte er an einem einzigen Tag seinen langjährigen Freund Hotte verloren und seinen alten Freund Jan wiedergefunden. Die Fragen kreisten in seinem Kopf, auf der Suche nach Antworten, aber es gab keine, und so schaltete er wieder das Licht an, nahm Iros Textheft zur Hand und schrieb sich alles von der Seele, bündelte es zu seinem ersten Song, in dem sich nichts reimte und den er sich nur gebrüllt vorstellen konnte.

BRIGITTE

Westberlin

1964

Als Brigitte den Hausflur betrat, schallte ihr schon »I Want to Hold Your Hand« entgegen – Johann hatte also Damenbesuch. Wahrscheinlich hockten wieder zwei oder drei dieser Gänse in seiner Bude, um sich von ihm berichten zu lassen, wie er John, Paul und George in Hamburg im Star-Club kennengelernt hatte. Beinahe täglich kamen neue Mädchen zu Johann, und anstatt für ihr eigenes Studium zu lernen, halfen sie ihm lieber bei seinem Diplom, bastelten am Modell, schraffierten Grundrisse, beschrifteten die Maßketten oder redigierten und tippten die schriftlichen Ergüsse des zukünftigen Architekten.

Wie kann man sich nur so erniedrigen, dachte Brigitte, als sie die Wohnungstür aufschloss und dieses Aufkreischen vernahm, das die Mädchen immer dann von sich gaben, wenn Johann ihnen den Bierdeckel zeigte, auf dessen Rückseite siebzehn Striche in Fünferketten und eine gekritzelte Unterschrift zu sehen waren, aus der man mit viel gutem Willen »John« herauslesen konnte. Angeblich hatte Johann John Lennons Bier bezahlt. Nur weshalb hatte dann Lennon unterschrieben? Wahrscheinlicher war doch, wenn das Wort wirklich »John« bedeutete, dass der Wirt es auf den Deckel geschrieben hatte. Aber auf so etwas kamen Johanns Sklavinnen ja nicht, auch nicht auf Johanns wahres Motiv, das weit jenseits der Fertigstellung seines Diploms lag. Sicherlich hatte er längst eine von ihnen auserkoren, der er etwa gegen zehn Uhr, wenn die Freundinnen langsam zum Aufbruch mahnten, vertraulich zuraunen würde, dass er mit ihr noch etwas sehr Wichtiges zu besprechen habe und sie deshalb doch noch ein wenig bleiben solle.

Aber heute würden diese Schafe ungeschoren davonkommen, denn heute Abend mussten Johann und Brigitte bei den Eltern zum Essen erscheinen und wieder einmal Rede und Antwort stehen, wie es so voranging mit dem Studium, ob sie auch schön lernten und immer brav in die Vorlesungen gingen. Und natürlich würden ihre Eltern so tun, als würden sie das von ihnen beiden wissen wollen, aber eigentlich wollten sie nur die rebellische Tochter kontrollieren, dachte Brigitte, als sie die Küche betrat und fast einen Schlag bekam. Mit zwei Sätzen war sie an Johanns Tür und riss sie auf.

»Das räumst du sofort auf«, rief sie und sah, wie die Mädchen erst erschrocken den Atem anhielten, dann nach ein paar schnell untereinander getauschten Blicken zu grinsen begannen.

»Darf ich vorstellen: meine Schwester Gitti. Und das sind Tina, Gisa und Marion«, erwiderte Johann ungerührt und schenkte den Mädchen sein charmantestes Lächeln.

»Ich mach das schon«, rief Marion, deren Namen Johann natürlich französisch ausgesprochen hatte, und schwebte lächelnd an Brigitte vorbei in die Küche.

»Sie hat keinen Freund«, hörte Brigitte, als sie die Tür wieder schloss, Johann zu den beiden anderen mitleidig sagen, woraufhin sie wieder loskicherten.

»Wenn ich einen Freund hätte, müsste ich ja noch öfter putzen«, rief Brigitte durch die geschlossene Tür und ging auf ihr Zimmer. Wütend warf sie sich auf ihr Bett. Wie machte Johann das bloß, dachte sie, dass am Ende immer sie schlecht dastand? Auch vor den Eltern! Dabei war sie diejenige, die keine Vorlesung und kein Seminar ausließ, jede Hausarbeit pünktlich ablieferte und sich sogar noch Extraaufgaben bei den Professoren holte. Deshalb war sie bei ihren Mitstudentinnen schon als Streberin verschrien, während Johann, der angeblich nach Berlin gewechselt war, um ein wenig auf Brigitte aufzupassen, in Hamburg beinahe aus der Uni geworfen worden wäre, weil er so selten in den Vorlesungen und Seminaren anzutreffen gewesen war. Aber Johann hatte den Eltern das Wiederholungssemester, ohne das er die Uni nicht hätte wechseln dürfen, als eigene Maßnahme verkauft, um sein Studium mit besonders guten Noten abschließen zu können. Obendrein hatte Brigitte ihn auch noch anbetteln müssen, nach Berlin zu kommen. Ansonsten hätte sie nämlich während des Studiums weiter bei den Eltern wohnen und sich tagein, tagaus von ihrer Mutter bei jedem ihrer Schritte kontrollieren lassen müssen.

»Wir wollen doch nur, dass so etwas wie in Münster nicht wieder passiert«, hatte ihre Mutter gesagt und Brigitte den Auszug aus der elterlichen Wohnung nur unter der Bedingung erlaubt, dass sie sich erst einmal mit Johann eine Wohnung teilte, so zur Probe gewissermaßen, dann könnte man weitersehen.

Dabei hatte das, was in Münster »passiert« war, nichts damit zu tun gehabt, dass sie dort in einer eigenen kleinen Mansardenwohnung wohnte und nicht wie die meisten ihrer Mitschülerinnen im Internat des Overberg-Kollegs. Auch mit dem Lernen hatte es nichts zu tun. Ihre Noten waren bis zum Schluss gut gewesen, und sie hatte in drei Jahren nicht einen Tag unentschuldigt gefehlt. Sie war nie krank gewesen, hatte nicht eine einzige Stunde des Unterrichts geschwänzt, und den einzigen Tag, an dem sie trotz Unterrichts nicht in der Schule war, verbrachte sie gezwungenermaßen auf der Polizeiwache von Münster, weil sie leider wieder mal Flugblätter hatte werfen müssen.

Das musste Brigitte dann den Eltern auch noch versprechen: nie wieder Flugblätter. Sonst hätte ihr Vater seinen Freund im Bistum Münster nicht angerufen und der nicht den Bischof und Dekan des Overberg-Kollegs in Münster, und dann hätte Brigitte ihr Abitur nicht ausgehändigt bekommen, obwohl sie alle Prüfungen schon bestanden hatte. Also versprach sie es, und so war am Ende alles gut ausgegangen, und Brigitte konnte von Glück sagen, dass sie erst so spät, nach den Prüfungen nämlich, auf das gestoßen war, was sie hatte die Flugblätter schreiben und an der Uni Münster verteilen lassen.

Anstatt sich von den Prüfungen etwas auszuruhen und an den Vorbereitungen des Abschlussfestes teilzunehmen, hatte sie die Zeit bis zur Bekanntgabe der Ergebnisse lieber damit verbracht, wieder einmal nach diesem Dr. Siebert zu forschen, über den nach seiner Entführung durch den Mossad nie wieder etwas in den Zeitungen stand. Es gelang ihr einfach nicht, irgendetwas über seinen Verbleib herauszufinden. Weder tauchte er in den Prozessberichten auf, noch gab es einen Hinweis, dass er seinen Verfolgern entkommen war. Oder hatte Siebert nach der Gefangennahme vielleicht Selbstmord begangen? Das war schon mehrmals vorgekommen und stand auch immer in den Zeitungen, wenn es sich dabei um inhaftierte Nazis handelte.

Brigitte hatte sogar Artikel gelesen, die vor dem Kriegsende zum Kaiser-Wilhelm-Institut geschrieben wurden. Dort sollte Siebert ja laut einem Zeitungsartikel gearbeitet haben, aber auch hier fand sie nichts über ihn. Dafür entdeckte sie in den Artikeln mehrmals den Namen eines Professors, der gerade an der Uni Münster den Lehrstuhl für Humangenetik innehatte und offensichtlich ebenfalls vor dem Krieg am Kaiser-Wilhelm-Institut in Dahlem arbeitete, das damals noch den Beinamen »für Anthropologie, menschliche Erblehre und Eugenik« trug. Verwechslung ausgeschlossen. Dieser Professor, der Brigittes Fragen nach Dr. Siebert nicht beantworten wollte, ihr aber dafür mehrfach erklärte, dass er selbst entnazifiziert und als »Mitläufer« eingestuft worden war, hatte, so fand Brigitte heraus, nicht nur in den dreißiger Jahren versucht, die Rassentheorie der Nazis wissenschaftlich nachzuweisen, sondern war später auch noch der Doktorvater von Josef Mengele gewesen!

War das nicht ungeheuerlich? Von der Eugenik zur Humangenetik? Musste sie da nicht aufklären und Flugblätter schreiben? Besonders, weil der Professor jedes Gespräch über seine Arbeit vor und während des Krieges ablehnte. Und deshalb war es Brigitte auch egal gewesen, ob dieser Typ nun einen Persilschein hatte oder nicht, sie hatte etwas unternehmen müssen, und so war sie wieder einmal auf diese Flugblätter gekommen. Von heute aus gesehen war das natürlich dumm und kindisch gewesen. Sie hätte zu einer Zeitung gehen und alles, was sie herausgefunden hatte, einem Redakteur erzählen sollen. Dann hätte der Professor reden müssen und die, die ihm diese Professur gegeben hatten, auch. So war sie am Ende wieder einmal nur wie das kleine, verwirrte Mädchen behandelt worden und musste sich auch noch schriftlich bei dem Professor entschuldigen. Dabei hatte sie in ihrem Flugblatt nur den Werdegang des Professors aufgelistet. Also wenn sie sich für seinen Lebenslauf entschuldigen musste, hätte da nicht erst recht der Professor einen Grund dazu gehabt?

Gut, diese Runde hatte sie verloren, aber sie würde nicht aufgeben. Deshalb wollte sie in Berlin ja auch Geschichte studieren. Da würde sie sich später, wenn sie sich erst durch die Ur- und Frühgeschichte und durch das Mittelalter gequält hätte, auf die Neuzeit spezialisieren und dann über solche wie Siebert und diesen Professor in Münster Bücher schreiben, ganz sachlich und ohne jede Polemik. Denn Polemik und Voreingenommenheit sind die Feinde jeder wissenschaftlichen Arbeit, hatte ihr ein Dozent bei der Rückgabe ihrer ersten Hausarbeit gesagt, nebenbei aber auch Brigittes kraftvollen Stil gelobt.

Doch sie erzählte niemandem etwas von ihrem zukünftigen Vorhaben, weder ihren Lehrern noch Johann oder den Eltern, sondern ließ sie alle in dem Glauben, dass sie unerwarteterweise Gefallen an der Ur- und Frühgeschichte gefunden hätte und sie sich später vielleicht noch für Archäologie einschreiben wollte, vorerst aber nur ein Seminar dazu besuchte.

Irgendetwas war im Busch. Das sah Brigitte gleich, als sie mit Johann die Eltern begrüßte und die beiden so seltsam aufgeregt wirkten. Die Freude ihrer Mutter über ihr pünktliches Erscheinen war so unangebracht überschwänglich gewesen, und ihr Vater schien beim Essen ungewohnt unkonzentriert, so dass kein richtiges Gespräch aufkam.

Doch Brigittes Befürchtungen, dass die Eltern ihr mal wieder, und nur ihr, eine Gardinenpredigt halten würden, waren offensichtlich unbegründet gewesen. Ihre Eltern behandelten sie ungewöhnlich liebevoll und aufmerksam – so wie damals in Hamburg, als sie immer wieder mal mit ihrer Flucht zurück in den Osten gedroht hatte, wenn sie dies oder das nicht durfte oder bekam – und schienen trotzdem mit ihren Gedanken ganz woanders zu sein.

Deshalb erzählte sie, um ihre Eltern weiter zu beruhigen, wie viel Spaß ihr das Studium der Geschichte bereitete, und begann auch ein bisschen von dem Archäologieprofessor zu schwärmen, der zu einer über dreitausend Jahre alten Scherbe, die er in Ägypten ausgegraben hatte, stundenlang referieren und wirklich interessante Geschichten erzählen konnte.

»Wäre der nicht was für dich? Oder ist er schon so alt wie seine Scherben?«, fragte Johann beim Nachtisch.

»Im Gegensatz zu dir sehe ich die Uni nicht als Heiratsmarkt«, konterte Brigitte und sah ihre Mutter erröten.

»Ich habe nicht die Absicht zu heiraten«, sagte Johann grinsend, und nun wurde auch ihr Vater unruhig.

»Nun streitet euch doch nicht«, sagte er und räusperte sich, als wollte er noch etwas sagen.

»Wir sind Bruder und Schwester, da müssen wir uns nun mal streiten«, unterbrach ihn Johann und versuchte, Brigitte in die Seite zu kneifen. Aber während Brigitte ihn abwehrte, sah sie wieder, wie die Eltern sich so einen seltsamen Blick zuwarfen. Dann räusperte sich ihr Vater erneut.

»Brigitte? Johann? Wir haben euch heute zum Essen gebeten, weil wir endlich mit euch über etwas reden wollten, was in erster Linie Brigitte betrifft, aber auch dich, Johann. Also im Grunde unsere ... nun ja ... die ganze Familie.«

Jetzt kommt's, dachte Brigitte und blickte besorgt zwischen den Eltern hin und her.

»Was ist denn los?«, fragte Johann und wirkte jetzt auch beunruhigt. »Ist Mutter krank?«

»Nein, nein«, versicherte ihr Vater eilig, und ihre Mutter schüttelte beschwichtigend den Kopf. »Das, was wir euch heute zu sagen haben, hätten wir euch schon längst erzählen müssen. Und wir hoffen, dass ihr uns das nicht übelnehmt, aber glaubt mir, es war nie der richtige Zeitpunkt ...«

»Wofür?«, unterbrach Johann ungeduldig.

»Lass ihn jetzt bitte ausreden«, fuhr ihre Mutter Johann ungewohnt streng an, während ihr Vater nach einem neuen Ansatz zu suchen schien.

»Wir wollten es euch nach Brigittes achtzehntem Geburtstag erzählen, aber dann dachten wir, dass es besser wäre, noch ihr Abitur abzuwarten ...«

»Aber dann wurdest du ja relegiert, Brigitte. Und Karl-Heinz' Eltern lösten auch noch die Verlobung ...«, sprang ihre Mutter ein.

»Es erschien uns zu viel für dein Gemüt, Gitti«, sagte ihr Vater entschuldigend und schaute sie so traurig an, dass ihr fast das Herz stehen blieb, so angespannt war sie. Wo führte das nur hin? Nur eines schien sicher: Es betraf sie mehr als Johann.

»Immer kam etwas dazwischen. Als du aus Brasilien zurückkamst und so enttäuscht von ... diesem Arzt warst ...«

»Und dann im Juni, wo es wieder auf Messers Schneide stand, ob du das Abitur überhaupt erhalten wirst. Aber jetzt, wo du nun endlich studierst und reifer geworden bist, glauben wir, nicht länger warten zu müssen«, sagte ihr Vater und holte bereits Luft, um das Geheimnis, das Johann wie Brigitte an die Stühle fesselte, endlich zu lösen.

»Warte«, rief ihre Mutter dazwischen, »ich möchte vorher noch etwas anderes sagen.«

Was kam denn jetzt noch? Brigittes Herz raste wie wild, und ihr war, als könne sie auch Johanns Herz schlagen hören.

»Nämlich, dass wir auch schon überlegt hatten, es euch niemals zu erzählen ... Aber dann passierte wieder die Sache in Münster, und wir dachten, wenn wir es dir endlich sagen, Brigitte, dann würdest du gegenüber solchen Menschen wie dem Professor in Münster oder ... dem Arzt in Brasilien vielleicht etwas nachsichtiger sein.«

»Niemals«, flüsterte Brigitte atemlos, und ihre Eltern nickten sofort, als hätten sie mit dieser Reaktion gerechnet.

»Doch, das wirst du, wenn du nur in Betracht ziehen würdest, welche Zeit damals herrschte und welchen Zwängen manche Menschen auf Grund ihrer Herkunft ausgesetzt waren.« Der Ton ihrer Mutter war plötzlich scharf geworden, aber damit reizte er Brigitte nur zur Widerrede.

»Man kann nicht alles mit der ›schlimmen Zeit‹ erklären und sich dahinter verstecken«, rief sie.

»Nein, das kann man nicht. Aber wenn du erfährst, dass dein Vater ein Nazi war, wie denkst du dann darüber?«

»Emmely! Nicht!«

Das war es also! Einen Moment lang konnte Brigitte überhaupt nichts denken, aber da meldete sich schon Johann.

»Und was hast du getan?«, fragte er mit belegter Stimme und musterte seinen Vater kalt.

»Ich? Nein, das habt ihr jetzt falsch verstanden. Emmely?« Er warf seiner Frau einen flehenden Blick zu.

»Gitti«, wandte sie sich zärtlich an Brigitte. »Wir lieben dich wie unsere Tochter. Aber du bist nicht unser Kind. Du bist das Kind unserer ehemaligen Freunde Konrad und Selma.«

Vor dem Fenster graute der Morgen. Brigitte starrte an die Decke, über die in unregelmäßigen Abständen die Lichtkegel der vorbeifahrenden Autos auf der Straße huschten. Ansonsten war es still, sehr still, nur ihr Herz pochte so laut, dass sie seinen Widerhall sogar durch die Matratze zu spüren meinte.

Ihr Vater war also dieser Konrad Sollmann. Onkel Konrad. Den sie in Kindertagen so verehrt hatte und über den später zu Hause nicht mehr gesprochen wurde. Jedoch aus einem anderen Grund, als sie es bisher angenommen und den Eltern manchmal auch vorgeworfen hatte. Nicht, weil es ihnen peinlich war, einen Nazi als Freund gehabt zu haben, sondern weil sie nicht immer wieder an die Lüge erinnert werden wollten, die sie irgendwann Brigitte hätten gestehen müssen. Es hatte bisher zwar genügend Situationen gegeben, Brigitte über ihr Verwandtschaftsverhältnis zu Onkel Konrad aufzuklären, aber ihre Eltern – oder wer immer die Günzels nun für sie waren und die sie ab sofort bei ihrem Vornamen nennen wollte – hatten die Gelegenheiten jedes Mal verstreichen lassen, angeblich, um sie zu schonen. »Was hätte sich denn geändert«, hatte Helmut entschuldigend gefragt, »wenn du schon mit fünfzehn oder achtzehn von deinen leiblichen Eltern erfahren hättest? Sie waren da doch beide schon tot.«

Brigitte wusste nicht, was sie denken sollte, und doch: »Heißt das, ich bin die Tochter eines Nazis? Eines Verbrechers?«

Ihre Eltern – die Günzels – schüttelten schnell den Kopf. »Dein Vater ist in einem Kriegsgefangenenlager der Briten umgekommen. Ermordet, so hieß es jedenfalls damals«, sagte Helmut, und beteuerte erneut, dass sein Freund Konrad kein schlechter Mensch gewesen sei und seine SA-Uniform damals nur trug, um anderen zu helfen.

»Ja, klar! Was denn sonst«, höhnte Brigitte und konnte es nicht fassen, wie sich die Günzels, die nun nicht mehr ihre Eltern waren, der Tatsache verschlossen, dass ihr Freund einer dieser Nazi-Verbrecher gewesen war. Ermordet? Wahrscheinlich hatten die Briten ihn am nächsten Baum aufgeknüpft, weil er so viele Gräueltaten begangen hatte! Brigitte wollte jedenfalls nichts mehr über ihren Vater hören, auch wenn die beiden immer wieder von ihm anfingen.

»Schluss jetzt!«, schrie sie, und die beiden hielten endlich den Mund. Wie konnten sie nur für Onkel Konrad Partei ergreifen? Letztlich waren sie doch auch nur Mitläufer, Duckmäuser und Ja-Sager.

Auch ihre Mutter Selma war während des Krieges gestorben. Woran, wollten die Günzels ihr nun aber erst später erzählen, weil das sonst tatsächlich etwas zu viel für sie wäre, sagte Helmut und wirkte regelrecht beleidigt. Nur kurz regte sich in Brigitte Widerspruch, dann schwieg sie lieber. Sie hätte es nicht ertragen können, dass vielleicht auch ihre Mutter eine stramme Hitler-Anhängerin gewesen war. Hatte Brigitte in ihren ersten Jahren etwa deshalb Hitler so glühend verehrt, weil ihr das von ihren Eltern in die Wiege gelegt worden war? Doch sie konnte die Günzels nicht fragen. Ihre Scham über ihre leiblichen Eltern war zu groß.

Stattdessen hatte Emmely ihr ein Foto gegeben, worauf Brigittes Familie zu sehen war. Aufgenommen vor dem Pfarrhaus in Dorf Mecklenburg, an das sich Brigitte noch gut erinnern konnte. Auf dem Bild war der Pfeiler der Pforte noch nicht von einer Handgranate zerborsten, und die Kastanien vor dem Grundstück überragten noch nicht das Dach des Pfarrhauses.

Brigitte knipste die Nachttischlampe an und nahm zum hundertsten Male das Foto in die Hand. Das war also ihre Familie. In der Mitte stand, stolz lächelnd, ihr Vater Konrad, den einen Arm um die Hüfte von Selma geschlungen, neben der Alma stand, die nun also Brigittes Tante war. Hinter ihnen stand Frau Hahn, Brigittes Großmutter mütterlicherseits, deren Vornamen Emmely jedoch nicht mehr wusste, und links von Konrad stand Bertha, die Großmutter väterlicherseits, der Brigitte angeblich so ähneln sollte.

»Genauso ein starker Charakter wie du«, hatte Helmut am

Abend gesagt. »Als Kinder hatten wir immer eine Heidenangst vor ihr.«

An Alma konnte sich Brigitte noch erinnern. An ihre Mutter Selma nicht. Doch Johann hatte damals recht gehabt, es hatte eine gesunde Zwillingsschwester von Alma gegeben. Wieso hatten die Günzels damals ihre Existenz geleugnet? Wieso hatten sie nicht da schon alles aufgeklärt?

»Du warst noch zu klein für die Wahrheit«, gestand Emmely traurig. »Aber vielleicht erinnerst du dich ja doch an deine Mutter, weißt es nur nicht? Sie hat Alma so ähnlich gesehen, schließlich waren sie eineiige Zwillinge, und an Alma erinnerst du dich doch, oder? Sie hat ja lange Zeit bei uns gewohnt ...«

An dieser Stelle brach Emmely wieder in Tränen aus, gleich darauf auch Helmut. Beide konnten lange nicht weiterreden, und Brigitte wünschte sich, sie könnte auch weinen oder zumindest die beiden trösten, die nun nicht mehr ihre Eltern waren, aber sie saß nur da, zu keinerlei Reaktion fähig. Ihr Kopf war wie leergefegt.

»Erinnerst du dich noch an den Mantel, Gitti, den, den du damals, du warst so ungefähr elf, unbedingt haben wolltest?«, sagte Helmut.

»Welcher Mantel?«

»Den mit dem kleinen Persianerkragen. In der Taille enger und unten ausgestellt.«

»Der aus der Sammlung für Berlin?«

»Das war mal Selmas Mantel. In dem haben Konrad und ich deine Mutter damals kennengelernt.«

Brigitte begriff nicht.

»Wir wissen nicht, wie der Mantel nach Dorf Mecklenburg gelangt ist, aber es gab damals so viele Flüchtlinge, die quer durchs ganze Land zogen«, fuhr Helmut fort. »Vermutlich hatte einer von denen Selmas Mantel in einem zerbombten Haus gefunden und mitgenommen. So ist er dann wohl bei uns in der Sammlung für Berlin gelandet.«

»Aber ihr habt ihn gar nicht in die Sammlung gegeben! Er hing noch im Schlafzimmerschrank, und ich dachte, ich bekomme ihn zum Geburtstag.«

»Wir hatten vor, ihn dir zu geben, wenn wir dir die Wahrheit über deine Herkunft sagen.« Emmely klang schuldbewusst.

»Aber dann mussten wir Hals über Kopf aus Dorf Mecklenburg weg«, fügte Helmut hinzu.

»Ihr habt ihn dagelassen?«, fragte Brigitte fassungslos, und Helmut fing erneut an zu weinen.

Als er sich die Tränen weggewischt hatte, begann er wieder zu versichern, dass Brigittes Vater zwar bei der SA gewesen war, aber nur zum Schein, um Medizin studieren zu können. »Er hat nichts Schlimmes getan, dafür legen deine Mutter und ich die Hand ins Feuer.«

»Wir haben Konrad gut gekannt. Dein Vater ist schließlich mit ihm aufgewachsen«, stimmte Emmely mit ein, doch Brigitte wollte das nicht mehr hören und stand auf.

Die beiden redeten aber weiter auf sie ein.

»Du hast ihn doch damals selbst kennengelernt, Gitti«, sagte Helmut, aber da war sie schon an der Tür. Sie konnte darauf nichts mehr erwidern, sie spürte nur noch eine große Abwehr in sich aufsteigen, wollte endlich gehen, mit ihren Gedanken allein sein.

Johann erging es genauso, und so legten sie schweigend den Heimweg zurück und verzogen sich, kaum dass sie in ihrer Wohnung in Charlottenburg angekommen waren, sofort auf ihre Zimmer.

Sie war also die Tochter eines Nazis, der für ein Verbrechen hingerichtet worden war, das so grausam gewesen sein musste, dass die Eltern sich nicht nur weigerten, es ihrem alten Freund Konrad zuzuschreiben, sondern es auch ablehnten, überhaupt darüber nachzudenken, um welche Art Verbrechen es sich dabei handelte.

Aber Brigitte wollte es herausbekommen, das versprach sie sich. Sie würde nicht vor dem eigenen Vater haltmachen, so wie es sich die Günzels vielleicht erhofften. Selbst wenn er so nett wie dieser Dr. Siebert gewesen war, der sich in Brasilien versteckt gehalten hatte, um dort den Armen mit seinem medizinischen Wissen zu helfen, als selbstgewählte Buße für das, was er im Krieg getan hatte.

Brigitte legte das Foto zurück auf den Nachttisch und löschte das Licht. Wie einfach sie es sich alle machten, dachte sie, und dass sie niemals von ihrer bisherigen Meinung abweichen würde. Doch plötzlich sah sie Alma vor sich, wie sie weinte und schrie. Und da war auch sie selbst und noch vier, fünf andere Kinder aus dem Dorf, die ebenso wie sie um die an einen Baum gefesselte Alma herumsprangen und mit dünnen Weidengerten auf sie einschlugen. Sie sah Almas Angst und wie sie immer wieder »Bitti!« schrie, womit sie nicht »Bitte« meinte, sondern Brigitte, denn so hatte Alma Brigitte immer genannt, weil sie das »G« nicht sprechen konnte.

»Bitti!«

Und dann war sie allein mit Alma gewesen, in einem Klassenraum in der Schule. Und da war plötzlich Onkel Konrad, der hinzukam und Alma befreite. Die anderen Kinder waren weggelaufen, nur Brigitte war noch da, und ihr geliebter Onkel schimpfte sie aus, schimpfte sie heftig aus, und sie schämte sich in Grund und Boden, auch jetzt, wo sie sich wieder an diese Szene erinnerte. Plötzlich kamen ihr doch die Tränen. Wie hatte sie nur so etwas tun können? Wie hatte sie das nur einem anderen Menschen antun können? Wie hatte sie nur zulassen können, dass Alma, die Brigitte so abgöttisch geliebt hatte, so gequält wurde? Nein, bleib ehrlich, ermahnte sie sich, du selbst hast sie gequält!

»Gitti? Gitti? Beruhige dich doch!« Plötzlich saß Johann an ihrem Bett, weil er von ihrem lauten Schluchzen wach geworden war. Aber sosehr er auch auf sie einsprach, sie konnte mit dem Weinen nicht aufhören, wollte es auch gar nicht, denn es war, als würde sich endlich diese große Anspannung in ihr lösen, als würde mit den Tränen gleichzeitig alles das fortgespült, was sie sowieso nicht denken wollte.

Als sie sich dann doch etwas beruhigte, ging Johann ihr ein Glas Wasser und eine Beruhigungstablette holen, die sie aber ablehnte.

»Kannst du nicht mal bei mir schlafen, so wie früher?«, fragte sie stattdessen, und Johann nickte lächelnd, schlüpfte zu ihr ins Bett und kuschelte sich eng an ihren Rücken. Das tat so gut. Seine Nähe, seine Wärme zu spüren, sein Gesicht, sein Atem in ihrem Nacken und seine Hand, die auf ihrem Bauch ruhte, und seine Finger, die sich wie früher, als sie noch Kinder waren, sanft in ihren Bauchnabel gruben.

Endlich kam sie zur Ruhe, und eine bleierne Schwere senkte sich auf sie herab, und sie war schon fast eingeschlafen, als sie bemerkte, dass Johann in ihrem Rücken immer wacher wurde, dass sein Atem tiefer ging und die Küsse in ihrem Nacken immer fordernder wurden. Empört drehte sie sich zu ihm um.

»Wir sind nicht mehr Bruder und Schwester«, flüsterte er leise, und dann küsste er sie sanft.

Brigitte sprang aus dem Bett.

»Ist das alles, was dir einfällt, wenn du erfährst, dass mein Vater ein Nazi war?«, schrie sie ihn an und begann wieder zu weinen.

Johann sah sie erschrocken an, dann streckte er versöhnlich seine Hand nach ihr aus. »Komm ins Bett, Gitti, bitte! Ich mach auch nichts. Ich dachte nur, du wolltest es auch …«

Schluchzend stieg sie zurück ins Bett, aber als Johann sie wie zuvor, diesmal nur vorsichtiger, umarmte und sich plötzlich steif wie ein Brett in ihrem Rücken anfühlte, war da so eine Kälte und Leere in ihr, die nicht auszuhalten war. Deshalb drehte sie sich plötzlich zu ihm um und begann ihn nun ihrerseits verzweifelt auf den Hals, auf die Wange zu küssen.

»Gitti, wenn du das nicht willst, dann hör auf damit«, flüsterte Johann, drückte sie aber zärtlich an sich.

»Doch ich will«, erwiderte sie leise, aber bestimmt und küsste ihn auf den Mund.

Als Brigitte am späten Vormittag erwachte, war sie allein in ihrem Bett und hörte Johann in der Küche fröhlich pfeifend mit dem Geschirr hantieren.

Oh Gott! Was hatten sie nur getan.

Leise schlüpfte sie ins Bad und duschte dort erst einmal heiß, putzte sich ausgiebig die Zähne, kämmte ihr Haar länger als sonst, aber irgendwann musste sie das Bad wieder verlassen und ihm gegenübertreten, das ging nun mal nicht anders.

Doch Johann machte es ihr leicht. Als sie die Küche betrat, benahm er sich wie immer, fragte, wie sonst auch, ob sie gut geschlafen hätte, und stellte ihr eine Tasse wunderbar starken Kaffee vor die Nase, das Einzige, was er gut kochen konnte.

Es schien, als wollte er nicht über das, was in der Nacht geschehen war, reden, und Brigitte gestand sich ein, dass sie das auch nicht wollte. Dann konnte vielleicht alles so bleiben wie früher, und sie konnte nicht nur die letzte Nacht, sondern auch das, was sie am Abend zuvor erfahren hatte, einfach wieder vergessen. Vorsichtig trank sie einen Schluck heißen Kaffee.

»Ich dachte, du wärst noch Jungfrau«, sagte Johann, als er sich zu ihr an den Tisch setzte, und grinste sie an.

Brigitte schoss sofort die Röte ins Gesicht. »Dann hast du falsch gedacht«, gab sie trocken zurück.

»Meine kleine Schwester!« Johann streckte die Hand nach ihr aus, bestimmt wollte er sie auf diese altväterliche Weise, die sie so hasste, scherzhaft in die Wange kneifen, doch sie schlug seine Hand weg.

»Damit das klar ist: Das wird nicht noch einmal passieren!«

Doch in der nächsten Nacht passierte es wieder, auch in der darauffolgenden und in der nächsten. Sie konnten einfach nicht aufhören, jetzt, wo der Bann gebrochen war und sie nicht mehr diese Entschuldigung vor sich selbst hatten. Sie waren nicht mehr länger Schwester und Bruder. Sie waren nur noch Mann und Frau, die sich jede Nacht nacheinander sehnten.

Bruder und Schwester waren sie nur für die anderen, und das voneinander zu trennen war nicht immer leicht.

Die Eltern, die erwartet hatten, dass »ihre Kinder«, wenn sie denn erst einmal die Neuigkeit ein wenig verdaut hätten, sie mit Fragen und Vorwürfen bombardieren würden, wunderten sich bestimmt sehr, dass nichts dergleichen kam, und glaubten vielleicht, Brigitte und Johann hätten es ihnen übelgenommen, dass sie sie so lange angelogen hatten. Aber deshalb mieden sie die beiden nicht. Es war mehr die Angst, sich vor ihnen zu verraten und den möglichen Fragen nicht gewachsen zu fühlen.

Doch ein paar Tage später kamen sie auf einen Überraschungsbesuch in Charlottenburg vorbei, und während Brigitte und Johann noch fieberhaft überlegten, wie sie erklären sollten, dass sie beide gerade aus dem Bett kamen, auch wenn das von Brigitte unberührt schien, versicherten Johanns Eltern, dass sie das Thema Konrad nie wieder von selbst anschneiden würden, wenn Brigitte oder Johann dazu aber Fragen hätten, würden sie diese gerne beantworten, und überhaupt, daran sollte die Familie nicht zerbrechen, sie waren schließlich all die Jahre eine richtige Familie gewesen, eine gute noch dazu, und falls Brigitte diesbezüglich irgendwelche Ängste hätte, so seien die völlig ungerechtfertigt.

Die Günzels atmeten erleichtert auf, als Johann und Brigitte versprachen, sie ganz bald wieder zu besuchen, und verabschiedeten sich wieder. Doch Johann und Brigitte gingen die beiden nur noch getrennt besuchen. Nur zu besonderen Tagen, wie den Geburtstagen, traten sie mal für eine Viertelstunde gemeinsam auf, weil sie durch die anderen Gäste sowieso abgelenkt waren.

»Willst du denn gar nicht wissen, was mit deiner Mutter geschehen ist?«, fragte Emmely bei einem dieser Besuche vorsichtig, weil sie nicht verstand, warum Brigitte überraschend vorbeigekommen war und sofort wieder gehen wollte.

»Ein andermal vielleicht«, erwiderte sie und fragte dann doch, ob Johann da gewesen war.

»Nein. Suchst du ihn?«

»Und vorgestern Abend? War er da bei euch?«

Die Mutter schüttelte erstaunt den Kopf, und als Brigitte daraufhin nun aber wirklich gehen wollte, kam sie ihr besorgt nachgelaufen. »Habt ihr euch gestritten?«

»Nein, aber er hat gesagt, dass er hier wäre.«

»Gitti! Du musst nicht alles wissen, was dein Bruder tut. Das geht dich nichts an«, mahnte Emmely lächelnd. Am liebsten hätte Brigitte erwidert, dass es sie sehr wohl etwas anginge, ob Johann sie anlog oder nicht, aber sie schluckte ihren Ärger darüber hinunter und ging.

Es begann Brigitte nämlich zunehmend zu nerven, dass Johann immer noch mit den anderen Mädchen flirtete und sich mit ihnen traf, angeblich nur zur Tarnung, aber sie kannte ja ihren Bruder, ihren Johann … Und am meisten ärgerte sie, dass diese Gänse weiterhin glaubten, dass Brigitte nur Johanns kleine Schwester sei, und sie dementsprechend mitleidig behandelten, sie ganz offen auslachten, wenn sie Johann nachts endlich in der dritten oder vierten Tanzbar aufstöberte und verlangte, dass er nach Hause käme. Sie hätte ihnen so gern Bescheid gestoßen und ihnen ein für alle Mal klargemacht, dass Johann ihr Mann war, aber das ging ja nun nicht, aus Rücksicht auf die Eltern, auch aus Rücksicht auf Johanns und ihren eigenen Ruf, der Brigitte aber herzlich egal war. Sie wollte, dass Johann sich öffentlich zu ihr bekannte, und wenn das nicht in ihrer vertrauten Umgebung ging, dann könnten sie ja ins Ausland gehen und mit ihren gleichen Nachnamen vorgeben, bereits verheiratet zu sein.

Das wollte Johann aber nicht, nicht jetzt, wo er diese interessante Stelle in diesem aufstrebenden Architekturbüro gefunden hatte. Stattdessen drohte er, sich von Brigitte zu trennen, wenn sie dieses eifersüchtige Nachspionieren nicht lasse. Und obendrein würde er auch die Eltern dazu bewegen, dass Brigitte sich eine eigene Wohnung nähme oder eben zu ihnen zurückziehe, damit er endlich wieder etwas mehr Privatleben hätte. Diese Streits endeten jedoch meistens mit einer Versöhnung, in der Johann schwor, Brigitte nie zu verlassen, und sie versprach, ihm gewisse Freiheiten einzuräumen. Aber je häufiger diese Streits entbrannten, umso seltener versöhnten sie sich danach, und deshalb sann Brigitte auf eine realistische Möglichkeit, ihre Beziehung zu legalisieren, ansonsten würde sie noch daran kaputtgehen, das spürte sie.

Wenn die Günzels sie adoptiert hatten, musste es doch irgendwo ein Schriftstück darüber geben. Ja, dachte sie, das wäre die Lösung! Sie könnten es herumzeigen, um allem Tratsch und Klatsch aus dem Weg zu gehen, und die Günzels könnten auch so etwas wie eine öffentliche Bekanntgabe machen, also zum Beispiel auf Brigittes Geburtstagsfest noch einmal vor vielen Zeugen das erzählen, was sie ihr vor drei Monaten eröffnet hatten. Brigitte und Johann könnten dann so tun, als würden sie es erst an diesem Tag erfahren, und sich dann vielleicht zwei, drei Monate später für alle sichtbar verlieben. So stellte sich das Brigitte vor. Dass ihr Vater ein Nazi war, musste dabei ja nicht erwähnt werden, das war ja nun doch zu privat, und sie rief gleich Emmely an, um sich mit ihr für den Nachmittag zu verabreden.

»Aber wir haben dich nicht adoptiert«, sagte sie beinahe triumphierend, nachdem Brigitte nach einer Adoptionsurkunde gefragt hatte. »Wir sind laut Kirchenregister deine leiblichen Eltern.«

Brigitte verstand nicht. »Heißt das, es gibt keinen Nachweis, dass ihr nicht meine Eltern seid?«

»Keinen einzigen«, sagte Emmely stolz. »Niemand im Dorf ahnte damals, dass nicht ich, sondern Selma die Schwangere und also deine Mutter war. Wir hatten dafür einen guten Plan geschmiedet: Über fünf Monate trug ich anstatt eines Kindes immer größer werdende Kissen unter dem Herzen, während Selma ihren Bauch zu verstecken suchte.« Wie glücklich Emmely doch wirkte, das alles endlich einmal erzählen zu können! Brigitte jedoch kam es vor, als würde der Boden unter ihr schwanken. »Und niemand hat es gemerkt!«, fügte Emmely strahlend hinzu. »Nicht mal der neugierige Berthold, obwohl ich einmal vergessen hatte, mir das Kissen unter die Schürze zu stopfen, und es ihm sofort aufgefallen war, dass mein Bauch plötzlich weg war.«

Emmely machte eine bedeutungsvolle Pause und wartete wohl darauf, dass Brigitte fragen würde, wie das mit Berthold ausgegangen war, doch in ihr rumorten ganz andere Fragen.

Aber ehe sie die stellen konnte, fuhr Emmely schon fort: »Ich hab dem Berthold eine unglaubliche Geschichte von größer und kleiner werdenden Bäuchen in den ersten Wochen der Schwangerschaft aufgetischt, und wenn er am Anfang auch skeptisch war, er musste sie glauben, denn ich war ja die Hebamme und nicht er.« Sie lachte.

»Aber warum hat mich meine Mutter denn nicht gewollt?«, rief Brigitte verzweifelt. Ihr war überhaupt nicht zum Lachen zumute.

Emmely wurde sofort ernst und sah sie lange an, dann sagte sie: »Deine Mutter hat dich sehr wohl gewollt. Gegen alle Widerstände der Welt wollte sie dich unbedingt bekommen, als sie merkte, dass sie schwanger war, aber damals ...« Sie zögerte einen Moment. »Damals waren eben schlimme Zeiten, ja das waren sie, und Konrad hätte deine Mutter eigentlich schon gar nicht mehr heiraten dürfen, weil sie nämlich Jüdin war, geschweige denn ein Kind mit ihr haben können.«

»Meine Mutter war Jüdin?«, fragte Brigitte fassungslos. Wenn sie in den letzten Wochen jemals darüber nachgedacht hatte, wer diese Frau gewesen war, die sie zur Welt gebracht, dann aber einfach so weggegeben hatte, dann hatte sie niemals diese Möglichkeit in Betracht gezogen.

»Ja, das war sie, auch wenn sie keine gläubige Jüdin war, so wie ihr Vater zuletzt.«

Und dann erzählte Emmely, welche Schwierigkeiten Konrad und Selma gehabt hatten, überhaupt noch heiraten zu können, und dass sie sich deshalb auch entschieden hatten, dass die Günzels Brigitte vorerst als ihr eigenes Kind ausgeben sollten, denn später, wenn der braune Spuk vorbei wäre, könnten sie das immer noch richtigstellen, zur Not auch Brigitte adoptieren, falls ihnen niemand glauben würde.

»Aber der Spuk ging nicht vorbei«, sagte Emmely sehr leise und schwieg dann.

»Wie ist sie umgekommen? Wie ist meine Mutter gestorben? Doch nicht etwa ...« Brigitte wagte es nicht auszusprechen, auch weil Emmely sofort Tränen in die Augen geschossen waren. Aber sie wollte es ja erzählen, hatte schon so lange darauf gewartet, dass sie es Brigitte endlich erzählen konnte.

KONRAD

Dorf Mecklenburg

1941

Konrad wäre mit Selma und Alma lieber im Auto nach Dorf Mecklenburg gefahren, aber das war, kaum dass er es sich hatte leisten können, vor zwei Monaten eingezogen worden. Sein Freund Rudolf hatte ihm geraten, nicht dagegen zu protestieren. Es sei schließlich Krieg, und wenn er schon nicht selbst seinem Vaterland als Soldat diente – wofür wieder einmal Rudolf gesorgt hatte –, dann wäre es doch eine schöne Geste, wenigstens das eigene Auto für das Vaterland sterben zu lassen. Deshalb fuhren sie nun mit der Eisenbahn, die vom Bahnhof Gesundbrunnen direkt nach Dorf Mecklenburg fuhr.

Aber Rudolfs Sarkasmus war nur noch vorgetäuscht. Sein Stern schien im Sinken begriffen zu sein, auch er musste nun vorsichtiger sein, dachte Konrad, als der Zug einfuhr und er mit seinen beiden Frauen einen fast leeren Wagon betrat. Wie immer waren am späten Freitagabend nicht mehr ganz so viele Leute nach Mecklenburg unterwegs, und Konrad fand ein leeres Abteil. Selma zog trotzdem sofort die Vorhänge zu, um Alma vor unliebsamen Blicken zu schützen.

Zu oft hatte Rudolf sich bei seinen Genossen in der Regierungsriege für seine unliebsamen Freunde einsetzen müssen, hatte versucht, von ihnen Schaden abzuwenden, und war nun wegen seiner eigenen undeutschen Lebensweise selbst schon ein paarmal verwarnt worden.

Konrad konnte jedenfalls nicht mehr mit jeder Kleinigkeit zu ihm kommen. Dass man seinen Chefarzt Anfang '39 gezwungen hatte zu gehen, nachdem er seine jüdische Frau wieder zu sich genommen hatte, war für Rudolf eine solche Kleinigkeit gewesen. Dass der Chefarzt in einem Anflug von neu erwachter Zivilcourage anschließend Konrads Ehe mit Selma öffentlich gemacht und ihn als sein leuchtendes Vorbild dargestellt und damit Konrads Rausschmiss provoziert hatte, war zwar keine Kleinigkeit mehr gewesen, das fand auch Rudolf, dennoch fühlte er sich außerstande, Konrad zu helfen.

»Ich kann nicht dauernd für dich die Kastanien aus dem Feuer holen«, hatte er ihm erwidert, als Konrad ihn deswegen aufgesucht hatte. »Besser, du zeigst endlich mal etwas Eigenverantwortung für das, was du dir mit Selma eingebrockt hast.«

»Was ich mir eingebrockt habe?« Konrad war das erste Mal ungehalten geworden. »Dass ich meine Stellung verloren habe und keine Jüdin heiraten, geschweige denn ein Kind mit ihr haben darf, das haben uns deine Freunde, die Nazis, eingebrockt, nicht ich! Also verdreh jetzt nicht die Tatsachen.«

»Du hast ja recht«, hatte sein alter Freund zugegeben und erneut bedauert, dass sie damals nicht vorhergesehen hatten, was jetzt um sie herum geschah. »Ich würde dir und Selma ja helfen, Konrad. Ich habe nichts gegen Juden, das weißt du, aber ich fürchte, mir fehlen inzwischen die Beziehungen, die euch beschützen könnten. Oder auch mich selbst.«

Rudolf hatte an dem Tag ungewohnt niedergeschlagen gewirkt, aber auf Konrads Nachfrage hin nur sein Alter und seine schwindende Attraktivität auf Männer angeführt. Liebeskummer also. Oder steckte da doch mehr dahinter?

Angst?

»Unsinn«, hatte Rudolf erwidert. »Kümmer du dich lieber um deine eigenen Angelegenheiten.«

Das wollte Konrad. Das musste er. Denn der »frische« Wind, der mit dem neuen Chefarzt auf seine Station in Biesdorf einziehen würde, hätte ihm sowieso nicht gepasst. Über kurz oder lang wäre Konrad auch mit ihm aneinandergeraten, weil er seine Patienten auf ähnlich sadistische Weise behandelte, wie einst dieser Mauersberger. Wer aber würde die Patienten dann noch beschützen, wenn selbst der Chefarzt und anscheinend auch der Anstaltsleiter glaubten, dass sie keinerlei Rechte besaßen? Nein, es war damals wirklich Zeit gewesen, aus Biesdorf wegzugehen.

Draußen vor den Fenstern dämmerte es. Der Zug fuhr ruhig, und an den Stationen stiegen nur noch selten Leute zu. Alma schlief, aber für Selma war jeder Halt eine Herausforderung, denn sie versuchte, in jedem Zusteigenden zu lesen, ob von ihm eine Bedrohung für die Schwester ausgehen konnte.

Als Behinderte war Alma ständig in Gefahr, mitgenommen oder abgeholt und dann in eine andere Heilanstalt außerhalb Berlins eingewiesen zu werden, und das betraf nicht nur jüdische Behinderte.

Vor seiner Entlassung aus Biesdorf hatte er noch für jeden seiner Patienten Meldebögen ausfüllen müssen. Je nachdem, wie er die Fragen darin beantwortete und wie hoch er die Heilungsaussichten seiner Patienten darin einschätzte, konnten diese entweder bleiben, oder sie wurden in andere Heilanstalten verlegt, wo die Luft, die Umgebung und auch das Personal besser für ihre speziellen Gebrechen sein sollten und man sich, so stand es in dem Schreiben, mehr auf den einzelnen Patienten und seine Krankheit würde konzentrieren können.

Um aber Almas Verlegung zu verhindern, hatte Konrad sie schon vorher vorsorglich von der Station genommen. Doch ihre Wohnung in der Zossener Straße war auf Dauer zu klein für sie drei. Sie brauchten nicht nur eine größere, sondern auch eine neue Anstellung für Konrad, um Geld zu verdienen, aber überall, wo er nachfragte, wusste man, warum er rausgeschmissen worden war. Ob er es nun wollte oder nicht, er musste endlich selbst für seine Familie Verantwortung übernehmen, so wie es Rudolf von ihm gefordert hatte. Konrad hatte deshalb damals beschlossen, sich selbständig zu machen und eine Praxis zu eröffnen. Doch das war gar nicht so leicht gewesen, weil alle Hausbesitzer zuallererst ihre Papiere sehen und an Juden oder Mischehen nicht mehr vermieten wollten.

Dann aber gab seine Mutter ihnen den Hinweis, dass bei ihr in der Göhrener Straße, die im Kiez nur »Göhrener Ei« auf Grund ihrer ovalen Anlage genannt wurde, eine Praxis mit Wohnung frei geworden war. Konrad fühlte sich deswegen ein bisschen wie ein Kriegsgewinnler und erzählte Selma deshalb nichts davon. Im Gegenteil, er hatte in seiner SA-Uniform bei dem Hausbesitzer vorgesprochen, der als strammer Parteigenosse tatsächlich so beeindruckt gewesen war, dass er Selmas Papiere gar nicht mehr hatte sehen wollen. Noch dazu wohnte er weit weg in Zehlendorf, würde also nicht einfach mal so »vorbeischauen«.

Ihr Zug fuhr ein letztes Mal an und verließ den Bahnhof von Bad Kleinen. Selma weckte Alma und gab ihr etwas zu trinken. Draußen war es mittlerweile dunkel, und so würden sie unbehelligt von neugierigen Blicken aussteigen können. Dann würden sie sich zwei volle Tage erholen, und vor allem Alma könnte nach Lust und Laune herumtollen und musste nicht dauernd leise sein, so wie in ihrer Wohnung in der Göhrener Straße, die an seine Praxis direkt angegliedert war.

Im Sommer '40, vor knapp einem Jahr, hatte Konrad dann die Praxis eröffnet, und sie lief sofort wie am Schnürchen. Der kleine Warteraum war vom ersten Tag an immer voll. Dazu kamen viele Hausbesuche, denn schon vorher hatte sich durch seine neue »Krankenschwester« herumgesprochen, dass Dr. Konrad Sollmann bestimmte Patienten auch ohne Bezahlung behandelte. Seine Krankenschwester war niemand anderes als seine Mutter, die zwar kaum medizinische Kenntnisse besaß, aber dafür die Notleidenden von ganz Berlin zu kennen schien und ihm zuführte, allen voran ihre alten Nachbarn aus der Schönhauser Allee. Noch dazu war Konrad der Bruder des berühmten Fritz Sollmann, der den Nazis durch einen pfiffigen Streich entwischt war, und so wurde Konrad auch zu Menschen gerufen, die sich verstecken mussten und keinerlei Möglichkeit hatten, offiziell zu einem Arzt zu gehen. Das schmälerte seinen Gewinn, denn die Untergetauchten konnten ihn selten bezahlen, aber Emmely und Helmut halfen ihnen oft mit Obst und Gemüse aus, das sie selbst im Pfarrgarten anbauten.

Heute verlief die Fahrt nach Mecklenburg zum Glück ohne Vorkommnisse, und als sie auf dem kleinen Bahnhof von Dorf Mecklenburg endlich nach drei Stunden Fahrt ankamen, stand Helmut schon da, um ihnen beim Aussteigen zu helfen.

Wenn Konrad und Selma freitagabends mit Alma aufs Land zu den Günzels fuhren, fühlte sich das Leben fast wie vor dem Krieg an. Hier gab es kein Sirenengeheul, auch kein Getuschel über den misslungenen Blitzkrieg in England. Hier verfolgte man noch mit klopfendem Herzen die Meldungen der Russland-invasion, die ein einziger Erfolg zu werden versprach, wie die *Deutsche Wochenschau* mit kleinen Filmen aus dem Hinterland belegte: Russische Frauen mit braungebrannten Gesichtern, von weißen Kopftüchern kontrastreich umrandet, standen da am Straßenrand und schwenkten filigrane Feldblumensträuße, um die deutsche Wehrmacht willkommen zu heißen.

Der Samstag war ein wunderschöner Augusttag mit viel Sonne und leicht böigem Wind aus Nordost. Am Abend zuvor hatte es noch nach längerer Trockenheit geregnet, und die Luft war am Morgen dementsprechend klar und frisch gewesen und hatte nach feuchter Erde und Pilzen gerochen. Deshalb hatte Emmely gleich nach Sonnenaufgang Konrad und Selma geweckt, und sie waren mit den Fahrrädern in den Wäldern der Umgebung gewesen und hatten noch vor dem Frühstück Körbe voller Pfifferlinge nach Hause gebracht, von denen sie einen kleinen Teil zum Frühstück mit etwas Speck und Zwiebeln aßen. Den größeren Teil weckten Selma und Emmely in Gläser ein, während Helmut und Konrad mit Johann, Alma und Gitti einen Drachen bauten.

Am Nachmittag gingen sie alle auf die Felder hinter dem Pfarrhaus und ließen mit den Kindern einen Drachen steigen, auf dem wenig später allerdings Alma herumstampfte, weil sie die Drachenschnur plötzlich für eine lebendige Schlange hielt und Brigitte vor ihr schützen wollte. Johann war untröstlich und wollte sich kaum beruhigen, obwohl er bisher immer schnell eingesehen hatte, dass Alma für ihre verrückten Ideen und für ihre Tollpatschigkeit nichts konnte.

»Du blöder Idiot! Du Kretin!«, schrie er und begann, auf Alma einzuschlagen. Sie alle standen dabei und waren für einen Moment wie paralysiert, nur Selma nicht. Im Nu war sie bei Johann und zerrte ihn unsanft von Alma weg, dann versetzte sie ihm eine schallende Ohrfeige.

»So etwas sagst du nicht noch einmal!«

Zuerst schrie Johann los, dann Gitti, dann Alma, dann Emmely.

»Was fällt dir ein, mein Kind zu schlagen?«, schrie sie Selma an, und Selma schrie zurück: »Wenn du zulässt, dass er Alma schlägt, dann …«

»Was dann?«

»Alma? Brigitte?« Selma sah sich nach ihnen um. »Wir gehen!«

Die Kinder und auch Alma hörten sofort auf zu weinen, aber am meisten überrascht war wohl Brigitte, deren Blick ungläubig zu Emmely ging, die sich drohend vor Selma aufbaute. »Gitti bleibt hier!«

»Das werden wir ja sehen«, rief Selma, ebenso entschlossen, und machte einen Schritt auf Brigitte zu, doch da fasste Konrad Selma bei der Hand und brachte sie gegen ihren Willen zurück ins Haus auf ihr gemeinsames Zimmer.

»Brigitte ist meine Tochter, und ich kann bestimmen, wo sie

sein darf«, schrie Selma unter Tränen und versuchte sich gegen Konrads Griff zu wehren, doch sie hatte keine Chance. Er hielt sie einfach fest und drückte sie auf das Bett, bis sie endlich nachgab und nur noch weinen konnte.

Er hatte schon seit Langem befürchtet, dass es einmal zu solch einer Szene kommen würde, und insofern war er in gewisser Weise darauf vorbereitet gewesen, aber dass ausgerechnet Johann der Auslöser dafür sein würde, hätte er nicht gedacht, obwohl es auch dafür bereits Anzeichen gegeben hatte.

Seit Brigitte laufen und ihre ersten Worte sprechen konnte, hatte es immer öfter kleinere Streitereien und eifersüchtige Szenen zwischen Alma und Johann gegeben, denn beide buhlten jetzt um ihre Gunst. Johann, der bisher Almas ungeteilte Aufmerksamkeit als ihr Liebling genossen hatte, musste nun mit ansehen, dass Alma Brigitte, die sie nur »Bitti« nannte, ihm vorzog. Das konnte er nur schwer akzeptieren, auch weil seine kleine Schwester unter der Woche unter seinem persönlichen Schutz stand, wenn Alma nicht da war. Da war er Gittis Held. Aber nun war er an den Wochenenden weder Gittis noch Almas Liebling.

Von Johann dafür Verständnis einzufordern, weil er mit seinen fünf Jahren doch tatsächlich der Klügere der beiden war, fiel Emmely und Helmut nicht immer leicht. Aber Alma für ihr nur gut gemeintes Handeln zu tadeln und von ihr als der Älteren Einsicht zu fordern, war auch der falsche Weg. Alma war es seit mehr als dreißig Jahren gewohnt, dass alle auf sie Rücksicht nahmen, und auch wenn sie nicht viel verstand, wusste sie eines sehr wohl: Sie musste nur in ihrer herzzerreißenden Art zu schluchzen anfangen, und schon waren ihr die Aufmerksamkeit und Nachsicht aller gewiss.

So war es jedenfalls bisher gewesen, aber neuerdings sah Johann das nicht mehr ein und hatte diesmal seine Ohnmacht darüber auch mit Schimpfwörtern zum Ausdruck gebracht, deren Bedeutung er höchstwahrscheinlich nicht einmal verstand und die er nur im Dorf aufgeschnappt haben konnte, vielleicht beim alten Berthold, dessen größter Kummer es war, nicht kriegsverwendungsfähig zu sein. Der Grund dafür war sein einfacher, sehr begrenzter Verstand gewesen, der es ihm aber nicht erlaubte, zu begreifen, warum er nicht k.v. war. Dennoch, er wirkte im Vergleich zu den Patienten von Biesdorf normal und konnte immerhin die Parolen, die ihm sein Volksempfänger ins Haus brachte, nachplappern. Für Johann und die anderen Kinder war Berthold deshalb in ihrem Verständnis, anders als Alma, ein ganz normaler Erwachsener, den sie zu respektieren und dessen Ansichten sie nicht anzuzweifeln hatten.

Helmut und Emmely hatten Johann aber vor Berthold zu warnen versucht, und ihm mehrmals schon den Umgang mit ihm verboten, was Selma jedoch nicht für ausreichend empfand, denn wer Alma angriff oder beleidigte, konnte – auch wenn er erst fünf Jahre alt war – ihre volle, ungefilterte Ablehnung zu spüren bekommen.

Konrad hatte immer versucht, Selma zu bremsen. Johann ist doch noch ein Kind, hatte er ihr schon mehrmals gesagt, auch weil er die lange, innige Freundschaft zu Helmut und Emmely nicht gefährden wollte und deren Hilfe er in Bezug auf Selmas Kinderwunsch in diesen Zeiten ungeheuer selbstlos fand, weil sie damit auch ihre eigene Familie gefährdeten.

Trotzdem: Wegen Selmas Einmischungen waren Emmely und Helmut schon mehr als einmal verstimmt gewesen, obwohl auch sie bestimmt ahnten, dass hinter Selmas Ausbrüchen etwas ganz anderes steckte.

Denn nicht zu Selma sagte Brigitte »Mama«. Und nicht zu Selma lief Brigitte, wenn sie sich stieß oder hinfiel. Sie lief natürlich zu Emmely, obwohl die sich Mühe gab, Gitti an Selma zu verweisen, wenn Selma und Konrad am Wochenende da waren. Aber Brigitte mit ihren zwei Jahren verstand natürlich nicht, warum sie die Woche über mit all ihren Problemen zu Emmely gehen konnte und sich am Wochenende deshalb an

Selma wenden sollte. Darüber hinaus hatte Brigitte eine gewisse Scheu gegenüber Selma entwickelt, weil diese immer gleich zu weinen anfing und Gitti viel länger in den Armen halten wollte, als es ihr lieb war. Na klar, bei Emmely fühlte sie sich wohler.

Auch Selmas Anspruch, ihrer Tochter jeden Wunsch zu erfüllen, hatte schon zu Auseinandersetzungen und auch zu großen Enttäuschungen seitens Selma geführt, die neuerdings mitansehen musste, wie Gitti zuerst zu Emmely schaute, um sich bei ihr die Erlaubnis für einen von Selma überreichten Leckerbissen zwischen den Mahlzeiten abzuholen.

»Sie mischt sich in meine Erziehung ein«, klagte Selma dann immer Konrad.

»Weil du Gitti verwöhnst.«

»Es ist meine Tochter, da darf ich doch wohl ...«

»Selma!«

»Nein, nein. Wenn Gitti schon nicht bei uns aufwachsen darf und nicht mal unseren Namen trägt, dann werde ich sie doch wenigstens ein bisschen verwöhnen können ...«

»Aber du tust ihr keinen Gefallen damit, und noch dazu untergräbst du damit Emmelys Autorität!«

»Ja, aber merkst du denn nicht, dass es Emmely genau darum geht? Weil sie Gitti nie wieder hergeben will!«

Obwohl Konrad das auch manchmal befürchtete, durfte er Selma, wenn es wieder zu diesem Punkt kommen würde, auf keinen Fall recht geben, das nahm er sich vor, als er ihr sein Taschentuch reichte.

Doch sie schlug seine Hand weg. »Das ist so ungerecht! Wie lange soll ich denn noch zusehen, wie eine andere mein Kind in den Arm nimmt?«, schluchzte sie. Er sah ihr einen Moment hilflos zu und wusste, dass er sie eigentlich trösten sollte, aber er konnte es nicht.

»Meinst du etwa, mir tut es nicht weh, Gitti zu Helmut ›Papa‹ sagen zu hören?«, erwiderte er aufgebracht. »Das versetzt mir jedes Mal einen Stich. Oder denkst du, nur du leidest unter dieser Situation?«

Selma hörte augenblicklich auf zu weinen und musterte ihn – kühl, wie er fand. So hatte er noch nie mit ihr gesprochen, und er überlegte bereits, sich dafür zu entschuldigen. Als Mutter stand es ihr zu, verzweifelt zu sein. Doch dann bekam ihr Blick etwas Fragendes, Unsicheres. »Glaubst du auch, wir haben einen Fehler gemacht?«

»Was meinst du?«

»Ich meine Gitti.«

»Selma, nicht!«

»Doch, Konrad, wir hätten sie ... ich hätte sie niemals bek–«

Weiter kam Selma nicht, denn er legte ihr die Hand auf den Mund, ließ sie diese Ungeheuerlichkeit nicht aussprechen. Unbändige Wut schlug ihm aus ihren Augen entgegen. Doch da küsste er sie einfach, und sie küsste ihn zum Glück zurück, als würde ihr Leben davon abhängen, und zog ihn aufs Bett.

Allmählich beruhigte ihr Atem sich wieder, und sie lagen eine Weile ganz still, hingen jeder für sich ihren Gedanken nach. Draußen vorm Fenster waren die Stimmen von Alma, Johann und Gitti zu hören. Sie schienen sich versöhnt zu haben, auch Emmely und Helmut klangen entspannt.

»Wir sollten wieder zu ihnen gehen«, schlug Konrad vor und erhob sich. Selma nickte und gab ihm einen verschämten Blick. »Ich habe mich mal wieder ganz unmöglich aufgeführt, was?«

»Emmely und Helmut werden das verstehen.«

»Es ist nur so: Wenn es mal wieder so sein wird, dass auch Jüdinnen Kinder haben dürfen, dann haben wir nichts in der Hand, was beweisen könnte, dass Gitti unser Kind ist! Jeder im Dorf wird für Emmely sprechen.«

»Ach, Selma. Das wollten wir doch alle so, um Gitti zu schützen. Anders ging es nicht.«

Selma nickte traurig. »Ich weiß, die beiden helfen uns nur.

Sie haben es möglich gemacht, dass wir überhaupt Gitti haben können. Wir sollten ihnen vertrauen.«

Konrad lächelte dankbar, auch weil Selma die Worte gefunden hatte, die er sich schon selbst zurechtgelegt hatte. Er reichte ihr die Hand, um ihr aufzuhelfen, und sah aus dem Fenster.

Draußen hob Helmut gerade Brigitte auf Almas Rücken, während Emmely lachend danebenstand und Johann Almas Gürtel zu fassen gab. Johanns »Hüh!« war bis hier oben zu hören und auch Almas darauf einsetzendes Wiehern und Gittis Juchzen, als sich die drei in Bewegung setzten und eine Menge Staub aufwirbelten.

Was würden er und Selma nicht alles dafür geben, um wenigstens einmal solch ein Familienidyll nur für sich zu haben, dachte Konrad und schaute vorsichtig zu Selma, die ebenfalls hinaussah und den Blick nicht abwenden konnte. Würde sie ob dieser Szene gleich wieder in Tränen ausbrechen?

»Wäre es nicht mal wieder an der Zeit, Emmely zu danken, dass sie Gitti ohne Unterschied wie ihr eigenes Kind behandelt?«, fragte Selma etwas gepresst.

»Ich glaube, eine einfache Entschuldigung mit einer Umarmung würde vollkommen ausreichen.«

Wie Konrad es von seinen alten Freunden erwartete, nahmen sie Selmas Ausbruch nicht übel. Emmely entschuldigte sich ebenfalls, auch sie hatte sich hinreißen lassen, sagte sie und wollte ab sofort mehr auf Johann einwirken, dass er Alma anständig behandelte.

»Und den Umgang mit dem alten Berthold verbiete ich ihm auch.«

Die Verabschiedung am Sonntagabend war wie jedes Mal eine leidvolle Prüfung für Selma und Konrad, aber sie mussten sich zusammennehmen, auch wegen Alma, die eine weinende Selma ebenso wenig mochte wie Gitti. Denn dann wollte sie die

Schwester unbedingt trösten, wurde unwirsch und war kaum zu beruhigen, wenn es ihr nicht gelang, und erhöhte die Gefahr, dass sie alle auf der Rückfahrt nach Berlin unnötig auffielen.

Seit mehr als zwei Jahren stand nun der Name Sarah vor Selmas und Almas Vornamen in der Kennkarte. Das war seit '38 Gesetz für alle jüdischen Frauen, während die jüdischen Männer den Vornamen Israel als Zusatz trugen. Seit April diesen Jahres war es für Selma und Alma sogar verboten, Züge zu benutzen, deshalb trug Konrad nun immer, wenn er mit den beiden von Dorf Mecklenburg kam, die SA-Uniform. Die war der einfachste und beste Schutz gegen unliebsame Ausweiskontrollen. Vor seiner Uniform knallten fast alle die Hacken zusammen.

Wenn er doch mal in Zivil mit Selma und Alma unterwegs war, wurden sie viel häufiger nach den Papieren gefragt, als es ohnehin schon üblich geworden war. Auch seine Person erregte, wenn er nur Zivil trug, immer häufiger bei anderen Interesse, denn warum war er noch nicht eingezogen oder hatte sich nicht wie so viele andere freiwillig in den Krieg gemeldet? Er schien doch ein gesunder junger Mann zu sein, nur etwas älter als dreißig, und hatte schon so viel länger gelebt als die, die nun nie wieder zurückkommen würden.

Die Uniform schützte ihn und Selma auch vor den unliebsamen Fragen, warum Alma ob ihres Zustandes nicht in einer Anstalt war, und wenn sie dann die Kennkarten zeigen mussten, warum er, Konrad, als Arier überhaupt in Begleitung zweier Jüdinnen sei. Doch lange würde seine Uniform sie nicht mehr vor zu eifrigen Hitler-Anhängern bewahren, denn am Freitag hatte in der Zeitung gestanden, dass ab September alle Juden einen sichtbaren gelben Stern würden tragen müssen. Juden in Mischehen, wie Selma, konnten davon ausgeschlossen werden, aber für Alma würde es keine Ausnahme geben. Sie wäre ab September durch den Stern immer als Jüdin erkennbar und könnte überhaupt nicht mehr mit ihnen Zug fahren.

Deshalb hatte Konrad vor Selmas und Emmelys Auseinan-

dersetzung bereits Helmut gefragt, ob Alma nicht ebenfalls bei
ihnen im Pfarrhaus wohnen könnte. Helmut hatte sofort zugestimmt, aber Emmely bat sich beim Abschied doch Bedenkzeit
bis zum nächsten Wochenende aus. Sie müsse auch an ihre Familie denken, das Dorf sei klein und die Ohren des alten Bertholds groß ...

Er würde am Abend wahrscheinlich noch ein, zwei Hausbesuche machen müssen, dachte Konrad müde, als er mit Selma und
Alma am Bahnhof Gesundbrunnen aus dem Zug stieg und sich
gegen die U-Bahn und für ein Taxi entschied. Nicht nur, um
dort den möglichen Kontrollen aus dem Weg zu gehen, sondern um sich auch das Schleppen zu ersparen. Emmely hatte
wieder reichlich eingepackt. Nicht nur die frisch eingeweckten
Pfifferlinge, sondern auch Kläräpfel aus dem Garten, Johannisbeeren und Gemüse. Denn so wie beinahe jeden Sonntagabend
würde bestimmt schon jemand in der Göhrener Straße auf Konrad warten, um ihn zu einem erkrankten Freund, Genossen
oder Verwandten zu bringen.

Und so war es auch. Aber der, der da an der Ecke bereits ungeduldig auf ihn wartete, war kein Fremder. Es war Otto, sein
Lieblingspfleger aus Biesdorf. Allerdings kam er, als er Konrad
aus dem Taxi steigen sah, nicht sofort auf ihn zu, sondern tat
plötzlich so, als hätte er ihn nicht gesehen, und wollte sich ganz
offensichtlich aus dem Staub machen.

»Otto?«, rief Konrad überrascht. Otto blieb stehen und
schaute sich, schlecht gespielt, erstaunt nach ihm um.

»Dr. Sollmann«, sagte er zögernd.

»Was machen Sie hier, Otto? Wollten Sie zu mir?«

»Ähm, ja. Ähm, nein«, sagte Otto und konnte anscheinend
den Blick nicht von Konrads Uniform lösen.

»Otto, ich bin's. Sollmann.«

»Ja. Kommen Sie von einer Parteiversammlung?«

»Was? Nein. Ach so!« Konrad senkte die Stimme. »Die trag

ich wegen Alma. Das macht vieles leichter, wenn Sie verstehen. Haben Sie das mit der Kennzeichnung gehört?«

»Ja, habe ich, und ich hab gleich an Alma und Selma denken müssen.« Otto lächelte den beiden zu, wurde aber sofort wieder ernst. »Dr. Sollmann, ich bin hier ... weil, Sie müssen etwas unternehmen! Unsere Station soll geräumt werden! Alle Patienten sollen in andere Heilanstalten.«

»Suchen Sie eine Arbeit?«, fragte Konrad.

Otto schüttelte den Kopf und sah zu den Frauen. »Können wir reingehen?«

Konrad nickte, und während Selma mit Alma in den Wohnbereich ging, bat Konrad ihn in die Praxis, in sein Untersuchungszimmer.

»Sie werden sie umbringen. Alle«, flüsterte Otto, kaum dass er vor Konrads Schreibtisch Platz genommen hatte, und schaute sich dabei unbehaglich um, als vermutete er hinter dem Paravent einen versteckten Mithörer. Konrad verstand nicht, doch Otto fuhr schon fort: »Kurz bevor Sie von uns weggingen, da gab es doch diese Verlegung der Patienten von Station III nach Cholm bei Lublin. Erinnern Sie sich?«

»Aber ja. Da gab es diesen Ärger wegen der Krankenakten ...«

»Die das Begleitpersonal angeblich aus Versehen vergessen hatte und deshalb nicht wissen konnte, wer welches Medikament auf dem Transport bekommen musste.«

»Angeblich?«

»Die Akten wurden zwei Tage später in einer der Werkstätten entdeckt. Wie kamen die da hin?«

»Ja, stimmt. Das war seltsam. Dr. Mertens hatte zwar beteuert, dem Begleitpersonal die Akten persönlich übergeben zu haben, aber sosehr ich ihn schätze, er war auch immer etwas, nun ja, zerstreut ...«

»Ja, das war er. Aber heute denke ich, dass er die Akten damals wirklich übergeben hat.« Otto zögerte kurz. »Jedenfalls ist

Dr. Mertens dann selbst nach Lublin gefahren, damit die Akten so schnell wie möglich die Heilanstalt erreichen. Allerdings musste er feststellen, dass es weder in Lublin noch in der Umgebung eine Heilanstalt mit dem Namen Cholm gab, auch keine andere Einrichtung dieser Art.«

»Otto! Was wollen Sie damit sagen? Was hat das mit der Räumung zu tun?«

»Ich will sagen, dass das Begleitpersonal damals die Akten absichtlich versteckt hat, damit wir sie erst Tage später finden und sich Dr. Mertens dafür verantwortlich fühlte, dass seine Patienten auf dem Transport nicht ihre Medizin bekamen.«

»Ja, und?«

»Von den vierundzwanzig Patienten haben achtzehn den Transport nicht überlebt, und die anderen sechs sind ein paar Wochen nach ihrer Einlieferung verstorben.«

»Was?« Entsetzt lehnte sich Konrad vor.

»Das haben wir erst Wochen später erfahren, als Sie schon weg waren.«

»Aber wie kann das sein?« Konrad sprang auf. »Selbst wenn die Patienten ein paar Tage nicht ihre Medizin …«

»Wir haben die amtlich beglaubigten Sterbeurkunden samt Todesursache aus Hartheim in Österreich erhalten«, unterbrach Otto ihn. »Plus Rechnungen für Quartier, Kost und Pflege für die Zeit ihres Aufenthalts bis zu ihrem Tod. Auch einen Beileidsbrief für die Angehörigen, mit Informationen für die Zustellung der sterblichen Überreste in einer Urne …«

Otto redete wie aufgezogen. Konrad packte ihn bei den Schultern und schüttelte ihn, was aber nichts half.

»Otto!«

»Sechs von ihnen sind an einer plötzlichen Thrombose erkrankt und sollen an einer Lungenembolie verstorben sein. Acht erlitten einen Kreislaufkollaps, der tödlich ausging. Zwei hatten angeblich schwere Diphtherie …«

»Otto, bitte! Wieso denn angeblich?«

Otto sah ihn mit Tränen in den Augen an.

»Verstehen Sie denn nicht? Dahinter steckt System. Angeblich werden sie nach Lublin in Polen gebracht, dann sterben sie in Österreich, aber in Wirklichkeit waren sie in Brandenburg ...«

»Was soll das denn jetzt wieder heißen?«

»Nachdem die ersten Sterbeurkunden aus Hartheim eintrafen, fuhr Dr. Mertens nach Österreich, um der Sache nachzugehen. Dort erfuhr er aber, dass seine Patienten in Brandenburg waren und man dort wahrscheinlich nur den Briefkopf von Hartheim benutzte, weil die Druckerei von Brandenburg mit dem Briefpapier in Verzug war.«

»Was ist das für eine Verrücktheit? Das eine liegt im Protektorat Österreich, das andere in Deutschland!«

Otto nickte. »Ich denke, dass das dazugehört, um Nachforschungen zu erschweren. Die Angehörigen und das ehemalige Pflegepersonal sollen in die Irre geleitet werden. Oder warum dürfen wir, ihre jahrelangen Betreuer, sie nicht selbst in die neuen Heilanstalten begleiten? Wir dürfen sie nur in die Busse oder Züge setzen. Alles andere hat uns nicht mehr zu interessieren.«

»Bitte, Otto! Das ist jetzt nicht Ihr Ernst.«

»Doch, in den letzten zwei Jahren sind fast vierhundert unserer Patienten in die Provinz verlegt worden.«

»Otto, jetzt mal ... Was sagt denn Dr. Mertens dazu?«

Otto wirkte mit einem Mal wieder gefasst. »Am Anfang hat sich Mertens schreckliche Vorwürfe wegen der Akten gemacht. Und als die ersten Sterbeurkunden eintrafen, da dachte ich wirklich, er tut sich etwas an ... Aber dann fuhr er nach Österreich und anschließend nach Brandenburg, wo er aber nicht vorgelassen wurde. Nach Brandenburg war er sehr ruhig, obwohl er die wenigen noch lebenden Patienten nicht hatte sehen können ... Er war wirklich sehr ruhig anschließend. Wahrscheinlich wusste er da schon, dass die Sterbefälle nicht seine Schuld gewesen waren ... Ich glaube, er hat als Erster von uns begriffen, was da vor sich ging.« Otto hielt inne, als zögere er weiterzusprechen.

Konrad schüttelte den Kopf. »Ich weiß nicht, was ich dazu sagen soll ...«

Ottos Gesicht verzog sich zu einer hässlichen Fratze, dann sagte er ruhig: »Als die letzte Sterbeurkunde eintraf, hat sich Dr. Mertens doch noch aufgehängt.«

Auf der Fahrt zu Rudolf, denn nur von ihm versprach sich Konrad wirkliche Hilfe, erzählte Otto, dass es nach Mertens Selbstmord immer wieder kleinere Verlegungen von bis zu dreißig Patienten gegeben hatte, aber jetzt Konrads ehemalige Abteilung geräumt werden sollte. Von den vormals sechsundachtzig Patienten waren noch fünfunddreißig Patienten übriggeblieben, wobei nicht alle verlegt worden waren. Viele Familien hatten auf Anraten mancher Ärzte und Pfleger ihre Angehörigen aus der Heilanstalt herausgeholt, doch anderen war das nicht möglich gewesen. Vielleicht konnte Rudolf ja dem Abtransport Einhalt gebieten, dachte Konrad. Diesmal würde er sich nicht herausreden können. Wenn Rudolf aus Ottos Bericht dieselben Schlüsse wie Konrad zog, auch wenn sie ihm noch so absurd erschienen, dann musste Scheidt helfen, denn dann ging es um das Leben von fünfunddreißig Menschen.

Schon während Ottos Bericht, aber jetzt besonders, wo sie schweigend zu Rudolf nach Schöneberg fuhren, musste Konrad an eine etwa ein halbes Jahr zurückliegende Begebenheit denken, auf die er sich seinerzeit keinen Reim hatte machen können.

Sie waren wieder einmal mit Taschen voller Lebensmittel aus Mecklenburg gekommen und hatten wie am heutigen Tag am Gesundbrunnen ein Taxi genommen. Dass der Taxifahrer während der ganzen Fahrt Alma durch den Rückspiegel beobachtete, war für Konrad und Selma nichts Ungewöhnliches, und sie waren auch schon auf Anfeindungen vorbereitet gewesen. Doch der Taxifahrer sagte nichts, ließ kein Wort über Almas Art fallen, obwohl er kaum den Blick von ihr wenden konnte. Als sie dann ausstiegen, öffnete er sogar Alma zuerst die Tür und half ihr hinaus. Konrad bedankte sich für die ungewohnte Hilfe mit einem höheren Trinkgeld, was der Mann aber ablehnte. Plötzlich deutete er auf Alma. »Hat sie Parkinson?«

»Nein«, erwiderte Konrad. »Sie hat während der Geburt zu wenig Sauerstoff bekommen. Es war eine Zwillingsgeburt.«

»Ich dachte, weil sie so zuckt. Passen Sie trotzdem gut auf sie auf.«

»Das machen wir«, sagte Konrad und hielt die Sache für erledigt, doch der Taxifahrer hielt ihn vertraulich am Arm zurück.

»Meine Nichte, die an Parkinson litt, wurde schon abgeholt.«

Konrad verstand nicht, worauf der Mann hinauswollte.

»Sie ist, kurz nachdem sie in eine neue Heilanstalt gebracht worden war, an einer Lungenentzündung gestorben«, fügte der Mann hinzu.

»Das tut mir leid. Aber das passiert manchmal.«

»Stimmt. Trotzdem, passen Sie gut auf sie auf.« Der Taxifahrer deutete erneut zu Alma hinüber. »Lassen Sie es nicht zu, dass sie in eine Anstalt gebracht wird« – dem Mann versagte fast die Stimme – »wo sich angeblich spezialisierte Ärzte ganz besonders um sie kümmern werden.«

»Moment, was wollen Sie damit sagen?«

»Man hat sich um meine Nichte ganz besonders gekümmert.« Der Mann lächelte abfällig. »Ja, das hat man. Und jetzt ist sie tot.« Damit tippte er einen Gruß an die Schirmmütze, stieg in sein Taxi und fuhr davon.

Konrad blieb wie gelähmt zurück.

»Konrad, was wollte er denn noch?«, fragte Selma, die plötzlich neben ihm stand, und drückte ihm die Taschen mit den Lebensmitteln in die Hände.

»Ich weiß es nicht«, hatte Konrad damals erwidert und seitdem nicht mehr an das seltsame Gespräch gedacht. Bis heute.

Rudolfs Diener öffnete wie gewohnt die Tür, doch Konrad spürte sofort, dass irgendetwas nicht stimmte. Seitdem er Gustav das letzte Mal gesehen hatte, also vor etwa einem halben Jahr, war dieser mindestens um zehn Jahre gealtert. Zudem wirkte er weniger gepflegt als sonst, war sogar unrasiert. Gustav hatte Konrad bisher immer etwas herabschätzend behandelt, aber diesmal nahm er vor Konrads Uniform Haltung an und sagte: »Herr Scheidt ist nicht anwesend, aber er hat Ihnen eine Nachricht hinterlassen.« Und nachdem er Otto kurz gemustert hatte, fügte er hinzu: »Treten Sie ein, Dr. Sollmann. Aber *er* muss draußen bleiben.«

Otto nickte zustimmend, und Konrad folgte Gustav in die Wohnung, blieb aber sofort bestürzt stehen: Hier sah es wie damals bei den Hahns nach dem Besuch der Gestapo aus! Bilder und Regale waren von den Wänden gerissen, Möbel umgestürzt, Vorhänge aus den Halterungen gezerrt, und überall lag zerschlagenes Glas und Porzellan.

»Gustav, was ist hier los?«

Als hätte Gustav nur auf die Frage gewartet, schluchzte er plötzlich auf und ließ sich mitten in dem Tohuwabohu auf einem Sessel nieder.

»Sie haben ihn abgeholt! Vorgestern Nacht. Sein Jüngelchen hat ihn angeschwärzt ... Ich wusste, dass der ihm mal gefährlich werden würde. Ich wusste das. Das war keine Liebe. Der hatte es nur darauf abgesehen, über Herrn Scheidt in die besseren Kreise zu kommen.«

Armer Rudolf, dachte Konrad. Immer hatte er Konrad davor gewarnt, sein Leben nur der Liebe zu verschreiben, und jetzt war er selbst gestolpert. Der Liebe wegen. Aber die, die das hier angerichtet haben, wollten ihm sicher nur einen Denkzettel verpassen. Jemand wie Rudolf stand doch nicht auf der Abschussliste! Sicher erholte er sich gerade in einem seiner geliebten Kurhotels von dem Schrecken, machte heimlich einem Kellner schöne Augen und schlürfte dazu Champagner.

»Schon wie dieser Bursche mich behandelt hat«, fuhr Gustav fort. »Als wäre er was Besseres, der kleine Stricher!« Dann jedoch ging ein Ruck durch ihn. Er erhob sich schnell und nahm wieder Haltung an. »Verzeihung, Dr. Sollmann, ich habe mich vergessen.«

»Schon gut, Gustav. Ich bin es doch, Konrad.«

Gustav ließ wieder Kopf und Schultern hängen.

»Wissen Sie denn, wo er jetzt ist, Gustav?«

»So, wie die auf den Herrn Scheidt eingedroschen haben, hätte er eigentlich ins Hospital gemusst. Aber ich habe ein bisschen rumgefragt.« Er schüttelte missmutig den Kopf. »Ein anderer Bekannter von Herrn Scheidt, Sie wissen schon, meinte, er käme bestimmt in so ein Lager.« Gustav kam vertraulich näher, und Konrad roch Cognac. »Sie wissen schon: KZ nennen die das«, flüsterte er, als fürchte er Lauscher. »Da stecken sie jetzt unsereinen hin. Verpassen einem ein rosa Dreieck, damit den anderen auch gleich klar ist, warum man dort ist.«

»Nein, das glaub ich nicht«, erwiderte Konrad erschrocken. »Er taucht bestimmt bald wieder auf. Also denken Sie nach, ich brauche seine Hilfe.«

»Ach, Herr Konrad! Mein Herr hatte schon recht, wenn er sagte, dass Sie ein Träumer wären. Aber egal, Herr Scheidt wird Ihnen nicht mehr helfen können. Sein Rabatt bei den hohen Tieren ist, glaub ich, aufgebraucht.«

»Aber Sie sagten doch, er hätte eine Nachricht für mich hinterlassen? Dann muss er mich doch erwartet haben.«

»Ich würde sagen, er hat damit gerechnet, dass Sie irgendwann mal wieder vorbeikommen ...«, erwiderte Gustav nachdenklich. »Ich hole sie!«

Er wankte nach hinten, wo sich Scheidts Schlafzimmer befand, und kehrte kurz darauf mit einem Umschlag zurück. Konrad öffnete ihn eilig, zog ein fliederfarbenes Blatt Papier heraus. *Wie werden wir nur die Geister, die wir riefen, wieder los?*, stand da in Scheidts Handschrift, und dass sich Konrad keine Sorgen um ihn zu machen brauche und vor allem nicht alles glauben solle, was der alte Gustav ihm erzählte.

Die Rückfahrt verlief ebenso schweigsam wie die Hinfahrt, nur mit weniger Hoffnung im Gepäck. Rudolf konnte ihm nicht mehr helfen. Er hatte seine Kontakte selbst überreizt. Wer half Rudolf jetzt? Konrad konnte es nicht. Und wer half nun den letzten fünfunddreißig Patienten seiner ehemaligen Station? Sie würden am morgigen Tag abgeholt werden, und unter ihnen würde auch Biene sein.

Konrad hatte Otto vorgeschlagen, sich dem Begleitpersonal entgegenzustellen. Schließlich hatte er immer einen guten Stand bei den anderen Ärzten und den Pflegern gehabt, und vielleicht würden sie sich ihnen anschließen. Aber Otto riet davon ab. Die Pfleger hatten das bereits bei der letzten Verlegung versucht, als schon vielen klar war, was das für ihre Patienten bedeuten würde. Sie hatten sich geweigert, die Patienten reisefertig zu machen, am Ende aber nur mit ansehen müssen, wie ihre Schützlinge in ihren dünnen Pyjamas in den bereitstehenden Bus verfrachtet wurden. Denn das Begleitpersonal hatte Waffen getragen und keinen Hehl daraus gemacht, sie wenn nötig auch gegen die Ärzte und Pfleger einzusetzen.

Otto fuhr bis in die Göhrener mit und wollte von dort aus nach Hause, in die Dunckerstraße, laufen. Konrad stellte fest, dass sie praktisch Nachbarn waren, obwohl sie sich noch nie im Viertel gesehen hatten.

Otto versprach, nachmittags mal auf einen Kaffee zu Konrad in die Praxis zu kommen. »Und falls Sie mal jemanden zum Anpacken brauchen: Ich suche Arbeit«, fügte er noch hinzu. »Nach Biesdorf gehe ich nicht mehr, ich will da nicht zuschauen.«

Konrad verstand das, und er hätte gut Unterstützung brauchen können, nur … Wie sollte er es Otto erklären? »Das ist nicht so eine Praxis, wie Sie sich das vielleicht vorstellen.«

»Tja, dann. Ich kann ja nur mit Verrückten.« Otto versuchte

seine Enttäuschung zu überspielen. »Aber die wird es wohl bald nicht mehr geben.«

»Ich habe sehr spezielle Patienten, Otto. Und ich will Sie da nicht mit hineinziehen.«

»Ich weiß«, sagte Otto und senkte die Stimme. »Letzte Woche haben Sie in Friedrichshain den Mann meiner Cousine behandelt.« Er grinste. »Die Dicke, in der Rigaer Straße. Sie soll mir ähnlich sehen.«

Nun lachte auch Konrad. Tatsächlich hatte ihn die Frau an Otto erinnert. Ihr Mann wurde gesucht und hätte niemals am Tage in seine Praxis kommen können.

»Dann wissen Sie ja, worauf Sie sich einlassen«, sagte er und reichte Otto freudig die Hand, auch wenn er noch nicht wusste, wie er ihn würde bezahlen können. Aber mit Otto als Hilfe müsste sich Konrad nicht länger mit seiner Mutter um die Aktenablage und die Organisation der Praxis streiten. Auf Otto war da immer Verlass gewesen. Und auch körperlich bot Otto Vorteile gegenüber »Schwester Bertha«, der es mit ihren fast fünfzig Jahren oft schon ziemlich schwerfiel, den ganzen Tag auf den Beinen zu sein und dann abends noch auf unzählige Hausbesuche mit ihm zu gehen.

Doch eine Frage hatte Konrad noch. »Wieso sind Sie eigentlich noch nicht an der Front, Otto?«

»Angeborener Herzfehler. Deshalb bin ich nicht k.v., sondern a.v.«

»Arbeitsverwendungsfähig?«, fragte Konrad.

Otto nickte. »Und Sie?«

»Auch a.v.«

»Was haben Sie?«

»Hatte. Ausgezeichnete Verbindungen.«

Konrad war am nächsten Tag dennoch mit Otto in die Heil- und Pflegeanstalt Wuhlgarten gefahren und hatte sich auf eine ernstzunehmende Auseinandersetzung eingerichtet, bei der er keinen Deut nachgeben wollte. So nahm er es sich in der schlaflosen Nacht zuvor jedenfalls vor, als er versuchte, sich Mut zuzusprechen und sich einzureden, dass er wie sein Bruder in einer solchen Situation standhaft bleiben und den Verbleib der Patienten zur Not auch mit Gewalt einfordern könne. Er rief sich ins Gedächtnis, wie Fritz' ungezügelter Wille, notfalls auch anderen wehzutun, seine Gegner oft schon vorher zurückschrecken ließ, so dass Fritz am Ende überhaupt nicht brutal werden musste. Allein seine aus jeder Pore seines Körpers strotzende Entschlossenheit ließ die anderen bereits im Vorhinein aufgeben. Konrad müsste also nur ebenso entschlossen wirken, dann würde er den Krankentransport verhindern können.

Und wenn nicht?

War er tatsächlich bereit, für Biene und die anderen Patienten Kopf und Kragen zu riskieren, sogar körperliche Schmerzen hinzunehmen, vielleicht sogar eine Verhaftung? War er dazu bereit? Und es ging hier nicht nur um ihn, sondern auch um Selma und Alma. Besonders um Alma, die bisher durch ihn geschützt war und deshalb nicht einfach abgeholt und in irgendeine Heilanstalt, weit weg von ihnen allen, gebracht werden konnte, wo sie … Konrad konnte und wollte das nicht zu Ende denken, was Otto da angedeutet hatte.

Das wäre zu ungeheuerlich.

Und dann standen sie am nächsten Morgen am Fenster im Aufenthaltsraum der Pfleger und schauten über den Platz, der sich, seit Konrad hier angefangen hatte zu arbeiten, nicht wesentlich verändert hatte. Die Bäume waren größer, die Buchsbaumhecken voller, aber die Kieswege verschwanden wie früher im morgendlichen Nebel, der von der Wuhle herüberzog. Um sechs Uhr in der Früh hatte der Krankentransport kommen sollen, und seit einer halben Stunde saßen alle bereit, die Pfleger, die Patienten, und schauten gespannt und nervös Richtung Zufahrt. Aber es kam kein Bus, nicht um sechs, nicht um sieben und auch um zehn Uhr nicht.

Dann musste Konrad zurück in die Praxis, und insgeheim war er sehr erleichtert, dass er nicht hatte »kämpfen« oder überhaupt hatte irgendwie agieren müssen. Das war seine Sache nicht, gestand sich Konrad ein. Andere waren dafür vielleicht geschaffen, hatten möglicherweise auch bessere Verbindungen nach oben, so wie er sie zuvor durch Rudolf Scheidt gehabt hatte, und begaben sich dadurch auch nicht in eine solche Gefahr wie er, der für seine jüdische Frau und für ihre geistig behinderte Schwester sorgen musste.

Tage später bestätigte Otto ihm das indirekt, als er ihm erzählte, dass der Krankentransport gänzlich abgesagt worden war, weil sich anscheinend zu viele namhafte Angehörige gegen die Verlegungen ihrer geistig behinderten Verwandten gewehrt hatten.

Otto wollte dennoch nicht zurück nach Wuhlgarten, sondern weiterhin die Stelle von Konrads Mutter in der Praxis übernehmen. Allerdings war Schwester Bertha nicht bereit, gänzlich auf ihre Arbeit zu verzichten, sosehr sie Ottos Hilfe auch begrüßte. Sie würde nun aber abends in ihrer Wohnung bleiben und Konrad nicht mehr bei den Hausbesuchen begleiten – die immer mehr wurden, weil die meisten Hilfesuchenden erst im Schutze der Dunkelheit bei ihr klingelten und sie nun immer antrafen.

So waren Konrad und Otto beinahe jeden Abend unterwegs. Nur noch den Samstagabend verbrachte Konrad mit Selma bei den Günzels in Mecklenburg. Tatsächlich wurde es Selma dank einer Ausnahmeregelung gestattet, den Stern nicht zu tragen, weil sie mit Konrad, einem Arier, in Mischehe lebte. Für Alma waren die Züge nun jedoch verboten, aber sie ohne den Stern mit nach Mecklenburg zu nehmen war zu riskant, deshalb ließen sie Alma an den Wochenenden bei Konrads Mutter in Berlin zurück.

Emmely hatte zwar zugestimmt, dass Alma zusammen mit Selma nach Mecklenburg ziehen könnte, und hatte mit Helmut ein Zimmer im Dachgeschoss des Pfarrhauses freigeräumt. Doch gleich in den ersten Tagen hatte es wieder Streit zwischen Selma und Emmely wegen Brigittes Erziehung gegeben, so dass sie übereingekommen waren, sich weiterhin nur an den Wochenenden zu sehen. So kam es, dass sich Selma, kaum in Dorf Mecklenburg angekommen, ebenso große Sorgen um Alma und Konrads Mutter in Berlin machte, wie unter der Woche um Brigitte in Mecklenburg.

Konrads Sorge galt hingegen hauptsächlich Selma, die er vielleicht bald allein lassen musste. Da ihm Rudolf nicht mehr helfen konnte, rechnete er beinahe täglich mit einer erneuten Einladung zur Musterung, und der Marschbefehl würde dann alsbald folgen. Dann könnte er zwar endlich die braune Uniform ablegen und stattdessen die Wehrmachtsuniform der Ärzte tragen, aber er würde sich auch nicht mehr schützend vor Selma stellen können.

TEIL IV

Das formt den Menschen, macht ihn aus,
so dass er ein anderer wird, ein besserer, schlechterer.
In jedem Fall einer, der ohne die Liebe auszukommen glaubt.

KONRAD

Berlin

1942

Obwohl Konrad im zurückliegenden Jahr beinahe täglich damit gerechnet hatte, dass er erneut zur Musterung vorgeladen werden würde, war nichts dergleichen geschehen. Vielleicht schützte ihn die Praxis, denn die Bevölkerung musste weiter ärztlich versorgt werden, oder Rudolfs ehemalige Kontakte hatten es versäumt, auch dessen Schützlinge fallen zu lassen.

Aber Anfang November bekam er dann doch die Aufforderung zur Musterung, und wenige Tage später hielt er seinen Marschbefehl in den Händen. Schon in ein paar Tagen würde er in einem Zug nach Russland sitzen und in einem Lazarett die verletzten Soldaten wieder zusammenflicken. Die neue Offensive war vor Stalingrad ins Stocken geraten, und nun wurde jeder eingezogen, der noch ein Gewehr halten konnte. Freiwillige gab es kaum mehr, und wenn doch, nur noch unter den verrückten Achtzehnjährigen, die es nicht erwarten konnten, für den Führer zu sterben. Denn trotz aller Erfolgsmeldungen in den Wochenschauen hielt sich hartnäckig das Gerücht, dass die 6. Armee vor Stalingrad eingekesselt war und nun auf Befreiung aus der Heimat hoffte.

Konrad nutzte die wenige ihm verbleibende Zeit, um die Praxis aufzulösen und Selma schon im Voraus drei Briefe zu schreiben, da die Feldpost sehr lange dauern würde. Den ersten würde er noch am Tag seiner Einberufung einstecken, den zweiten von unterwegs und den dritten, wenn er in dem Frontlazarett, dem er zugeteilt werden würde, angekommen war. Schon beim Schreiben stellte er sich vor, wie überrascht Selma wäre, wenn sie vielleicht schon kurz nach seiner Abfahrt den ersten Brief erhielt. Er selbst würde hingegen Wochen auf ihre ersten Zeilen warten müssen, da der Frontverlauf sich täglich änderte.

Schon jetzt, wo er noch bei Selma war, ergriff ihn eine so große Sehnsucht nach ihr, dass er nicht wusste, wie er eine Trennung von ihr jemals würde aushalten, wie er sie überhaupt überstehen sollte, wenn er erst eingezogen war, und dann Wochen, vielleicht sogar Monate, ohne sie auskommen musste.

»Was ist?«, fragte ihn Selma dann, wenn er sie zu lange betrachtete, um sich ihr Gesicht für die entbehrungsvolle Zeit genau einzuprägen, und er erwiderte: »Nichts.«

Zum Glück lenkten ihn die nächtlichen Hausbesuche seiner sehr speziellen Patienten etwas davon ab. Wie Alma mussten sie das Tageslicht und die öffentlichen Straßen und Plätze scheuen. Das Leben in der Stadt war sehr beschwerlich geworden, fast jede Nacht heulten die Sirenen, und Bertha Sollmann begab sich tagtäglich auf Nahrungssuche. Denn hatten Konrads Patienten am Anfang noch oft mit Naturalien bezahlt, so schlug er solche Art von Entlohnung mittlerweile aus. Die meisten hatten selbst kaum etwas zu beißen und mussten zusehen, wie sie bei Kräften blieben, um die Zeit im Versteck zu überstehen.

An seinem vorletzten Abend, Konrad war mit Otto noch spät bei einem letzten Patienten in Pankow gewesen, war es ungewöhnlich still in der Straße, als sie ins Göhrener Ei einbogen. Konrad beschlich eine seltsame Ahnung. Er vermisste nicht nur das gewohnte Geräusch des Springbrunnens, der wegen des Krieges erst kürzlich zu einem Feuerlöschteich umgebaut worden war, nein, es war, als würde die Straße den Atem anhalten.

So dachte Konrad es zumindest wenig später, als er die Praxis aufschloss und ihnen seine Mutter aufgelöst entgegeneilte.

»Sie haben Alma und Selma mitgenommen!«, rief sie ihnen schon an der Tür entgegen. »Und sie wollten nicht nur Alma, sondern auch Selma! Ich habe ihnen immer wieder gesagt, dass sie doch mit dir verheiratet ist, aber ...«

»Wo haben sie sie hingebracht?«, fragte Konrad tonlos.

»Wir saßen gerade beim Abendbrot, als wir die Schritte auf der Treppe hörten. Sie waren auch in den anderen Häusern, haben alle mitgenomm...«

»Wo haben sie sie hingebracht, Mutter?«, wiederholte Konrad lauter.

»Ich weiß es doch nicht! Meinst du, die reden mit unsereinem? Vielleicht in das jüdische Altenheim in der Großen Hamburger? Dort ist seit Kurzem ein Sammellager für Juden, hab ich beim Bäcker gehört, von wo sie weitertransportiert werden sollen. Die Gerlachs aus der Nummer sieben sind auch dabei ...«

Kaum zwanzig Minuten später bogen Konrad und Otto mit schnellen Schritten in die Große Hamburger ein, wo bereits mehrere Menschen vor dem ehemaligen jüdischen Altenheim warteten. Vor dem Eingang standen zwei SS-Leute, breitbeinig, drohend.

Konrad straffte sich, zog sein Uniformhemd glatt und ging auf die beiden zu.

»Dr. Sollmann. Ich bin der behandelnde Arzt von Alma Hahn, eine ihrer ...« Konrad wusste einen Moment nicht weiter, plötzlich fand er das Wort »Inhaftierten« unpassend, auch wenn es den Tatsachen entsprach. Aber er durfte die SS-Leute nicht von Anfang an brüskieren, deshalb sagte Konrad nur: »Ich möchte den diensthabenden Offizier sprechen.«

Die beiden tauschten einen Blick, musterten Konrads Uniform, dann wurde er zur Pförtnerloge geführt, wo ein glatzköpfiger Mann saß und mit müden roten Augen von seinen Papieren aufschaute.

Auch wenn der Obersturmführer durchaus Verständnis für Konrads Problem zeigte, war er doch nicht gewillt, Alma, geschweige denn Selma gehen zu lassen. Er arbeite nur eine Liste ab und folge damit einem Erlass, nach dem alle Berliner Juden hierher in die Sammelstelle gebracht werden sollen, um dann auf verschiedene Objekte verteilt zu werden.

»Was für Objekte?«, fragte Konrad barsch, als hätte er hier das Sagen. Aber der Obersturmführer zuckte nur die Achseln und sagte, dass sich dies seiner Kenntnis entziehe. Deshalb behauptete Konrad, dass beide Frauen Teil eines wissenschaftlichen Zwillingsexperiments am Kaiser-Wilhelm-Institut seien und eine wertvolle Forschungsarbeit, an der er selbst als Neurologe beteiligt sei, gefährdet werden würde, wenn sie die Stadt verließen. Seinem Gegenüber war nun die Unsicherheit anzusehen, denn eine möglicherweise falsche Entscheidung in dieser Sache konnte ihm die Versetzung an die Front einbringen. Doch so leid es ihm auch täte, er könne weder Alma noch Selma gehen lassen, jedenfalls nicht, solange Konrad nicht ein entsprechendes Schreiben des Instituts vorlege. Damit war das Gespräch für den Obersturmführer beendet, auch wenn er sich bereit erklärte, Selma die Beruhigungstabletten zu bringen, die Konrad vorsorglich für Alma eingesteckt hatte.

»Was wollen Sie jetzt tun?«, fragte Otto Konrad besorgt, als sie wieder draußen auf der Straße standen.

»Wir nehmen uns ein Taxi und fahren zum Kaiser-Wilhelm-Institut! Wenn wir Mauersberger dort nicht antreffen, erfragen wir seine Adresse und fahren zu ihm nach Hause. Er muss helfen, sonst ...«

Das Kaiser-Wilhelm-Institut für Anthropologie, menschliche Erblehre und Eugenik war ein riesiger großer Kasten in der Ihnestraße, in der es wegen der Vorschriften zur Verdunklung um diese Zeit erwartungsgemäß stockfinster war. Doch als Konrad und Otto das Gebäude über eine kleine Treppe betraten, sahen sie, dass in der Pförtnerloge Licht brannte.

»Dr. Mauersberger ist noch da«, bestätigte der Pförtner Konrads Frage und führte sie kurz darauf in den zweiten Stock, wo Mauersberger gleich neben dem Institutsdirektor sein Büro hatte.

»Sollmann?« Mauersberger hatte sich kein bisschen verändert und schaute immer noch genauso arrogant auf ihn herab, obwohl er saß. Er erhob sich und kam ihm entgegen.

»Was verschafft mir die Ehre Ihres Besuches, Dr. Sollmann?«

Konrad war über die beinahe herzliche Begrüßung so perplex, dass er nicht wusste, wie er beginnen sollte, doch Mauersberger schien sowieso keine Antwort zu erwarten.

»Wissen Sie eigentlich, wie dankbar ich Ihnen bin? Ohne meinen Rausschmiss in Wuhlgarten hätte ich hier nie diese Anstellung bekommen. Der Rauswurf war sozusagen meine Eintrittskarte gewesen. Allerdings«, fügte er lächelnd hinzu, »werde ich Ihnen nie verzeihen, dass sie mir Alma und Selma Hahn weggenommen haben.«

Auch wenn Konrad es so nicht vorgehabt hatte, hörte er sich plötzlich sagen: »Wollen Sie sie wiederhaben? Dann helfen Sie mir!«

Mauersberger beäugte ihn skeptisch.

Eine Stunde später bekam Konrad tatsächlich ein Schriftstück ausgehändigt, das vom Institutsdirektor und von Mauersberger unterschrieben war und das Alma und Selma als Teil eines Zwillingsforschungsprojektes auszeichnete. Konrad musste Mauersberger dafür das Versprechen geben, die Schwestern am nächsten Tag zu ihm ins Institut zu bringen, zu ihrer eigenen Sicherheit, wie er sagte. Konrad war fest entschlossen, sein Versprechen zu brechen, auch wenn Mauersberger ihm sogar seinen Wagen zur Verfügung stellte, mit dem Otto und er nun zurück nach Mitte fuhren. Er würde Selma und Alma noch in der

Nacht mit Mauersbergers Wagen nach Mecklenburg bringen, die notwendigen Papiere, damit der Wagen bei einer unvorhergesehenen Kontrolle nicht eingezogen wurde, hatte er dabei, und dann könnte er den Wagen am übernächsten Tag von Otto zu Mauersberger zurückfahren lassen, während er selbst längst im Zug nach Russland säße und Alma und Selma sicher in Dorf Mecklenburg bei den Günzels sein würden.

So war der Plan, so hätte es gehen können.

Doch der glatzköpfige Obersturmführer war mittlerweile abgelöst worden, und sein Nachfolger, nur ein Hauptscharführer, wollte sich nicht an die Absprachen seines Vorgängers halten.

»Da könnte ja jeder mit irgend so einem Fetzen Papier daherkommen«, schrie er Konrad an. Für ihn war damit das Gespräch beendet.

»Kann ich die beiden wenigstens kurz sehen?«

»Nein!«

Konrad ließ nicht locker, bettelte fast, obwohl er wusste, dass das die falsche Vorgehensweise war. Und tatsächlich, der Hauptscharführer blieb hart. Er musste sich etwas Neues ausdenken, dachte Konrad und verließ die Pförtnerloge. Vielleicht könnte er Mauersberger bewegen, herzukommen, vor dem hatten sie alle Respekt. Zurück auf der Straße, wollte er am liebsten vor Wut schreien, aber er verbot es sich und atmete nur tief durch, als hinter ihm der Obersturmführer, der zuvor Dienst gehabt hatte, aus dem Gebäude kam. Er war also noch im Haus gewesen.

Konrad sah sofort seine Chance und hielt ihm das Papier des Kaiser-Wilhelm-Instituts unter die Nase. »Ich habe das Schreiben, das Sie wollten, aber Ihr Genosse will mir meine Patienten nicht rausgeben.«

Der Mann studierte eingehend das Schriftstück, dann bat er Konrad, einen Moment zu warten, und ging zurück in die Pförtnerloge, von wo Konrad wenig später eine gedämpfte Diskussion vernahm und immer wieder Almas und Selmas Namen hörte. Dann kam er zu Konrad auf die Straße zurück.

»Hauptscharführer Gerhardt wird Sie jetzt in den ersten Stock zu den Patienten bringen. Allerdings … Na, das wird er Ihnen oben erklären.« Noch ehe Konrad nachfragen oder ein Wort des Dankes über die Lippen bringen konnte, riss der Obersturmführer den rechten Arm hoch. »Heil Hitler!« Konrad grüßte auf ebenso schneidige Weise zurück und folgte dem Hauptscharführer, der mit einer Taschenlampe voranging, eine breite Treppe in den ersten Stock hinauf. Auf dem Gang, den sie betraten, kauerten links und rechts des Lichtkegels Menschen auf dem nackten Boden und umklammerten das wenige, das sie hatten mitnehmen dürfen.

Der Hauptscharführer öffnete eine Tür, und sie betraten einen nach menschlichen Ausdünstungen riechenden Saal, in dem dicht gedrängt einfach gezimmerte Holzdoppelstockbetten standen. Konrad fragte sich, wie er unter den etwa vierzig Leuten Alma und Selma finden sollte, ohne die anderen wach zu machen und in ihnen vielleicht den Wunsch zu wecken, ebenfalls wieder mitgenommen zu werden. Doch da holte der Hauptscharführer einen Zettel hervor, überflog ihn und ging dann zielsicher zu einem Doppelstockbett. Darin lag in der untersten Etage eine Frau fest zusammengerollt und schlief. Konrad wusste, es musste Alma oder Selma sein, welche von beiden, konnte selbst er in der Dunkelheit nicht sagen, schon gar nicht, wenn sie schlief.

»Gut, und wo ist die andere?«, fragte er deshalb flüsternd den Hauptscharführer.

»Es gibt da ein kleines Problem«, erwiderte der Hauptscharführer und räusperte sich. »Die eine der beiden, die Verrückte, hab ich gleich bei Dienstantritt auf Transport geschickt.«

Konrad starrte ihn an.

»Dazu war ich verpflichtet. Die Geisteskranken gehören woandershin. Ich konnte nicht ahnen, dass Sie hier mit so einem Schrieb auftauchen.«

»Wohin?«, fragte Konrad und zwang sich, nicht die Fassung zu verlieren.

»Was weiß ich, wo die hinkommen. Man wird sich schon um sie kümmern.«

In Gedanken sah Konrad sich dem Hauptscharführer die Waffe aus dem Halfter reißen und sie ihm an den Kopf drücken, sah, wie der Hauptscharführer stumm auf die Knie fiel, mit Blicken um Gnade flehte. Er drückte ab.

»Wen haben Sie angerufen?«, bohrte Konrad weiter.

»Ich kann Ihnen die Nummer raussuchen. Kein Grund, so ein Aufheben zu machen.« Der Hauptscharführer zog missbilligend eine Braue in die Höhe, ohne zu ahnen, dass er gerade dem Tod entgangen war. Doch wenn Konrad jetzt die Beherrschung verlor, gefährdete er auch Selmas Leben. Seine Selma, die da zusammengerollt lag und so tief schlief, als ginge es nicht gerade um Leben und Tod. Doch im selben Moment durchfuhr ihn ein jäher Schrecken. Konnte es sein? Nein! Er fasste die Frau bei den Schultern und rüttelte sie unsanft.

»Selma?«, rief er bang. »Selma?«

»Kon! Kon!«

»Das ist ja die Verrückte«, entfuhr es dem Hauptscharführer überrascht, als sich Alma noch etwas benommen an Konrad klammerte.

Während Otto Alma in den Wagen setzte, ließ sich Konrad in der Pförtnerloge die Telefonnummer geben, die der Hauptscharführer angerufen hatte, um Alma abholen zu lassen. Dort schien man die aufgeregten Anrufe von Angehörigen bereits zu kennen und verschanzte sich hinter Ahnungslosigkeit. Welcher ihrer Krankentransporte Selma mitgenommen hatte, konnten oder wollten sie nicht sagen. Die seien in der ganzen Stadt unterwegs, bekämen von überall ihre Hinweise auf Geisteskranke, und Konrad werde sicher schon bald informiert werden, wohin Selma gebracht worden war.

»Aber es handelt sich um ein Missverständnis«, versuchte er dem Mann am Telefon zu erklären. »Sie ist nicht geistig behindert, sondern hat sich wahrscheinlich nur als solche ausgegeben.«

»Warum sollte sie das tun?«

»Um ihre behinderte Schwester vor Ihnen zu beschützen.«

Es gab eine kurze Pause, in der Konrad überlegte, ob er sagen sollte, dass Selma seine Frau war.

»Also, wenn die Verrückte noch dort ist, schicke ich Ihnen jemanden, um sie zu holen.«

»Nein, verstehen Sie doch!« Noch einmal erklärte Konrad, dass beide Frauen für die Forschung wichtig seien, die gesunde und die geistig Behinderte. Aber irgendwann legte der Mann am anderen Ende auf und nahm nicht wieder ab, egal wie oft Konrad die Telefonnummer erneut wählte. Auch der Hauptscharführer, anfänglich durchaus verängstigt ob der Konsequenzen, die ihm durch sein eigenmächtiges Handeln und dieser Verwechslung erwachsen könnten, bekam wieder Oberwasser, als er begriff, dass Konrad mit einer der jüdischen Schwestern verheiratet war, und ließ ihn das auch spüren. Er sah in Konrad einen Volksfeind, der in Mischehe lebte, und verachtete ihn deshalb.

Konrad kümmerte das nicht. Er würde nicht von der Stelle weichen, ehe er wusste, wohin sie Selma gebracht hatten, da konnte dieser kleine, schmierige Hauptscharführer schreien, so viel er wollte, das hörte Konrad überhaupt nicht, das drang gar nicht zu ihm durch. Er sah nur, wie dieser Mund sich verächtlich verzerrte, sah die geifernden schmalen Lippen. Aber während Konrad den Hauptscharführer so betrachtete, packte ihn plötzlich jemand bei den Schultern und schob ihn aus der Pförtnerloge und weiter, vorbei an den Wachen vor dem Altenheim und auch die wenigen Schritte bis auf die Große Hamburger, wo Konrad sofort umdrehte und wie ein störrischer Esel erneut in Richtung Eingang lief, aber der Wachmann, der ihn hinausbefördert hatte, stemmte sich gegen ihn, schnitt ihm den Zugang ab und zischte zwischen zusammengepressten Zähnen hindurch: »Sie ist wahrscheinlich in Hadamar, in Hessen. Da kommen die jetzt meistens hin.«

Das ließ Konrad sofort wie aus einem trüben, kalten Tümpel auftauchen. Bis eben hatte er sich willenlos in die Stille der Tiefe sinken lassen, aber nun kam er zurück an die Oberfläche und holte Luft. »Was haben Sie gesagt?«

»Verschwinden Sie endlich!«, schrie der Mann jedoch laut zurück und kam noch einmal drohend auf Konrad zu, legte seine Hände auf Konrads Brust und schubste ihn wie einen lästigen Bittsteller vom Eingang fort, während er wieder kaum hörbar zischte: »Wenn nicht in Hadamar, dann in einer anderen dieser Anstalten.« Er gab Konrad einen weiteren heftigen Schubs, so dass er fast rücklings über die Bordsteinkante gestolpert wäre, wenn ihn Otto nicht aufgefangen hätte.

»Wir müssen hier weg, Dr. Sollmann«, flüsterte er eindringlich und zog Konrad ein paar Meter weiter, dorthin, wo Mauersbergers Wagen stand, und bugsierte ihn nach hinten auf den Rücksitz zu Alma, die sich in die Ecke gekuschelt hatte und bereits wieder tief und fest schlief. Ihr Gesicht so entspannt wie schön.

Alma?

Oder war es vielleicht doch Selma? Das alles konnte doch nur ein schreckliches Missverständnis, auf jeden Fall musste es eine Verwechslung oder gar eine Sinnestäuschung sein.

Oder?

Während Otto den Motor zündete und langsam die Große Hamburger hinunter in Richtung Lothringer fuhr, wurde Konrad allmählich klar, dass das da neben ihm nicht Alma, sondern natürlich Selma war. Sie hatte sich nur als Alma ausgegeben, nur so getan, als wäre sie ihre drollige Schwester, weil … ja, weil?

Weil Selma Konrad prüfen wollte. Das war es! Ab und zu tat Selma das, denn immer noch wollte sie wissen, ob er auch für Alma genauso da sein würde wie für sie oder ob er Alma nicht nur als ein notwendiges Übel, als eine nicht von ihm gewollte, aber hinzunehmende, nicht verhandelbare Zugabe zu Selma betrachtete. Alma und Selma gab es nur im Doppelpack, das war ihm von Anfang an klar gewesen, und deshalb war es auch ganz unnötig, dass Selma ihm diesen dummen Streich zu spielen, seine Sinne zu verwirren versuchte, anstatt ihn zu beruhigen, damit er sich voll darauf konzentrieren konnte, Alma wiederzufinden. Das wollte Selma doch auch! Denn falls der Krankentransport nicht sofort nach Hadamar gefahren war, sondern erst noch andere Behinderte in der Stadt einsammelte, dann könnten er und Otto, wenn sie die Nacht durchführen, vielleicht sogar vor dem Krankentransport in Hadamar sein, der Landesheilanstalt von Hessen, das richtige Schreiben hatten sie ja jetzt von Mauersberger. Das hatte selbst bei diesem Hauptscharführer Eindruck gemacht, und das würde es auch anderswo. Nur leider hatte er schon viel zu viel Zeit verloren, auch wenn Konrad nicht wusste, wieso, es war nur so ein unbestimmtes Gefühl, vielleicht auch nur eine Ahnung.

Deshalb verstand Konrad auch nicht, warum Otto jetzt in der Göhrener Straße hielt und warum wenig später seine Mutter mit einer Reisetasche zustieg. Er versuchte auch ihr klarzumachen, dass sie sofort nach Hadamar mussten, zuallererst nach Hadamar, aber dann biss ihn plötzlich etwas ins Bein, und als er nachschaute, was das war, da sah er Otto eine Spritze in seinen Oberschenkel entleeren.

Nur einen Moment hatte er das alles für einen schrecklichen Albtraum gehalten, als er in Mecklenburg bei den Günzels in dem kleinen Zimmer aufwachte, in dem er sonst immer mit Selma übernachtete. Ein einziger Blick neben sich auf das unberührte Kopfkissen, auf dem sonst Selmas Kopf lag, genügte ihm, und er wusste, dass das kein Traum gewesen war, auch keine Verwechslung oder eine von Selmas Prüfungen, die sie sich für ihn immer ausdachte.

Wahrscheinlich hatte Selma die Beruhigungstabletten für

Alma dazu genutzt, Alma ruhigzustellen, und sich dann vor den Leuten vom Krankentransport als die geistig behinderte Alma ausgegeben. Bestimmt glaubte Selma, dadurch Zeit gewinnen und es später noch richtigstellen zu können, dass sie nicht geistig behindert war und also wieder in das Altenheim zurückgebracht werden würde, wo Konrad sie vielleicht schon mit einem Schreiben von Mauersberger erwartete. Das hatte Konrad ihr mit den Tabletten für Alma ausrichten lassen. Doch Selma war nicht zurückgebracht worden und nun wahrscheinlich in Hadamar. Es nutzte nichts, sich etwas anderes vorzumachen. Deshalb zog sich Konrad schnell an und ging hinunter in die Küche, wo er Emmely und die Mutter reden hörte.

Sie blickten beide vom Tisch auf, als er in die Küche kam. Seine Mutter abwartend skeptisch. Emmely mitfühlend forschend. »Wie geht es dir?«, fragte sie und stand auf, ohne eine Antwort abzuwarten, befüllte den Wasserkessel. »Es ist noch Braten da«, fuhr sie fort, ohne sich nach ihm umzuschauen. »Sicher hast du Hunger nach den zwei Tagen.«

»Ich habe zwei Tage geschlafen?«

»Otto hielt das für besser«, erwiderte seine Mutter. »Und wir auch.«

»Dann ist Selma zurück?«

Beide Frauen hielten kurz die Luft an, als würde ihnen das Atmen schwerfallen.

»Hat sie sich gemeldet?«

»Iss erst mal was«, sagte die Mutter, als Emmely ihm einen Teller mit Braten auf den Tisch stellte.

»Aber wir müssen nach Hadamar, solange wir noch Mauersbergers Wagen haben. Selma holen.«

»Otto und dieser Dr. Mauersbergers sind noch gestern früh losgefahren. Und eigentlich müssten sie längst zurück sein«, sagte Emmely und wechselte mit seiner Mutter einen Blick, den Konrad nicht richtig deuten konnte. Was verschwiegen sie ihm?

»Das kann viele Gründe haben«, wehrte seine Mutter sofort

ab, und Emmely nickte, so als wäre das schon eine ausreichende Erklärung. Von draußen hörte er Gitti nach Johann rufen, dazu Almas gutturales Lachen.

»Wo ist denn Helmut?«

»Er hat was in Berlin zu erledigen, hat er gesagt.«

Das klang seltsam unbestimmt, als wüsste Emmely selbst nicht, ob sie das glauben sollte.

»Nun, wir sollten uns jedenfalls keine allzu großen Sorgen machen«, sagte seine Mutter. »Die beiden sind dem Transport nach Osten entgangen. Das ist doch was. Auch wenn das, was man so hört, bestimmt maßlos übertrieben ist.«

»Ja, es gibt überhaupt keinen Grund, sich Sorgen zu machen, Konrad«, stimmte Emmely seiner Mutter zu. »Alma ist hier, und Selma weiß sich schon selbst zu helfen. Vielleicht konnte sie die Verwechslung nicht gleich aufklären, und nun, wo sie schon mal da ist, erholt sie sich noch ein paar Tage in Hadamar von der Tortur der Reise.«

BRIGITTE

Westberlin

1968

Brigitte stand im Bad, schaute in den Spiegel, während Janis wie wild gegen die Tür hämmerte. Sie würde noch verrückt werden, wenn er nicht bald Ruhe gab, ihm vielleicht sogar etwas antun, nur um endlich, endlich Ruhe zu haben.

Ruhe.

Zwei würden vielleicht helfen, drei garantiert. Dann würde sie Janis besser ertragen, würde ihm eine bessere Mutter sein können, als sie es ohne die Dinger war. Sie wollte ihm nicht wehtun, das wollte sie ganz bestimmt nicht, aber wenn er nicht bald mit dem Geschrei aufhörte, dann würde sie sich noch vergessen ...

Brigitte fingerte drei Tranquilizer aus der Packung, füllte den Zahnputzbecher mit Wasser und spülte sie hinunter. Es würde ein paar Minuten dauern, bis sie sich entspannen könnte, bis sich wohlige Ruhe um alles legen würde, was in ihrem Kopf diesen Lärm verursachte. Um Janis, um Johann, um alles. Alles würde leicht werden und weit, weit weg sein ...

Brigitte drehte den Wasserhahn auf, wusch sich das Gesicht. Das kalte, klare Wasser hinterließ eine sanfte Rötung auf ihren Wangen, gab ihrem Gesicht den alten Anschein von Wachheit und Lebendigkeit. Das machte sie mehrmals am Tage, beinahe alle fünf Minuten, um nicht unerwarteterweise in der Scheibe des Küchenschrankes oder den Fenstern dieses talgige, tote Gesicht sehen zu müssen, von dem sie felsenfest überzeugt war, dass es ihrer Mutter Selma gehörte. Da könnte Emmely noch so oft behaupten, dass sie viel mehr Ähnlichkeit mit ihrer Großmutter, dieser Bertha, hätte und dass höchstens ihr Haar dem ihrer Mutter ähnle.

Dieses weiche blonde Haar, das sich bis vor einem halben Jahr noch in sanften Wellen um ihren Kopf geschmiegt hatte. Sie hatte es, in einem Anflug von Ekel, mit der Nagelschere ratzekurz geschnitten, weil sie es nicht mehr ertrug, das Haar einer Toten zu haben.

»Bist du jetzt vollkommen verrückt geworden?«, hatte Johann sie angeschrien, als er am Abend heimkam. »Du siehst wie ein KZ-Häftling aus! Ist es das, was du willst?« Vorbei war es mit ihrem guten Gefühl. Denn so wie sie nun hatte ihre Mutter vielleicht an ihrem letzten Tag die Haare getragen, bevor man sie anstelle von Alma in einem Krematorium verbrannte.

Wieso nur hatte ihre Mutter den beabsichtigten Irrtum nicht mehr aufgeklärt? Wieso hatte sie bis zum bitteren Ende vorgegeben, Alma zu sein?

»Wir nehmen an, dass man ihr damals auf der Fahrt nach Hadamar eine so starke Beruhigungsspritze gegeben hat, dass sie nicht mehr sie selbst war und vermutlich auf das Personal von Hadamar tatsächlich einen geisteskranken Eindruck gemacht hat«, erklärte Emmely ihr damals, nachdem sie Brigitte alles über den Tod ihrer Mutter erzählt hatte.

Da fing es an, dass Brigitte immer das tote Gesicht ihrer Mutter anstelle ihres eigenen zu sehen begann, wenn sie irgendwo in einen Spiegel blickte und weder schlafen noch essen konnte. Weswegen ihr der Arzt, zu dem Johann sie nach ein paar Wochen schleppte, diese Tranquilizer verschrieb. Danach ging es ihr auch wirklich besser, auch mit Johann lief es wieder gut, und sie nahm zu, obwohl sie noch immer kaum schlafen konnte. Was den Arzt dann auch auf die Idee brachte, einen Schwangerschaftstest zu machen.

Brigitte schaute auf ihre Armbanduhr und staunte. Sie war seit mehr als einer Stunde im Bad. Vor einer halben Stunde hätte sie für Janis Mittagessen machen müssen.

Janis.

Er hatte aufgehört zu brüllen und hämmerte nicht mehr gegen die Tür. Doch anstatt deshalb in Sorge zu geraten, dachte Brigitte nur, dass sie ohne die Tranquilizer sich jetzt schreckliche Sorgen und Vorwürfe machen würde. Das sollte sie nicht tun, hatte der Arzt gesagt. Es würde schon nichts passiert sein, und wenn, würde sie damit umgehen können, dank der Tranquilizer ...

Die Badtür ließ sich nicht ganz öffnen. Irgendetwas behinderte die Tür. Wieder dachte sie, dass sie jetzt normalerweise Panik bekommen würde, aus Angst, für immer in diesem Bad eingeschlossen zu sein. Doch es war nur Janis, ihr kleiner Engel Janis, den Johann nicht hatte haben wollen und den sie dennoch bekommen hatte.

Wie ein erschöpfter Welpe lag er zusammengerollt vor der Tür, das Gesicht noch feucht von Tränen, die blonden Locken verschwitzt, die kleinen Händchen immer noch zu Fäusten geballt. Brigitte hob ihn vorsichtig auf und trug ihn hinüber zum Sofa, wo sie ihn so fest an sich drückte, dass sie sein Herz gleich neben dem ihren schlagen spürte.

»Janis? Janis?«, wisperte sie ihm ins Ohr, und er begann sich zu regen.

»Wieder lieb«, flüsterte er und tat einen tiefen Seufzer.

»Ja, du bist sehr lieb«, erwiderte Brigitte und küsste ihn sanft auf die Augen. »Hast du Hunger? Wollen wir uns was zu essen machen?«

Während Janis seine Feuerwehr gegen die Küchenmöbel krachen ließ, setzte Brigitte Pellkartoffeln auf und putzte ein paar

Möhren. Nach dem Mittagessen würde sie ihn schlafen legen und selbst auch ein bisschen schlafen.

Obwohl sie jetzt immer gut ein- und durchschlafen konnte, fühlte sie sich nie ausgeschlafen. Seit der Geburt von Janis vor drei Jahren war sie permanent erschöpft und kraftlos, zu nichts konnte sie sich aufraffen. Und längst hatte sie auch eingesehen, dass sie nicht noch nebenher hätte weiterstudieren können, so wie sie es anfangs noch vorgehabt hatte. Unmöglich. Sie schaffte ja kaum die alltäglichsten Dinge.

Auch heute würde sie nach dem Mittagschlaf mit Janis nur kurz auf den Spielplatz gehen können, denn sie musste noch aufräumen, Wäsche waschen, einkaufen, um für Johann am Abend etwas »Ordentliches« zu kochen. Denn das erwartete Johann von ihr, dass sie ihm etwas »Ordentliches« vorsetzte, wenn er nach drei Tagen von der Baustelle in Süddeutschland zurückkam. Dann wollte er sich nicht über ungemachte Betten oder herumliegendes Spielzeug ärgern, ausgerechnet Johann, der, als er noch selbst für sich in Hamburg sorgen musste, wie in einem Schweinestall gehaust hatte.

Das war der Preis gewesen. Das war der Preis dafür, dass Johann sie und Janis innerhalb ihrer vier Wände als seine Familie akzeptierte und Brigitte jede Woche achtzig Mark Kostgeld hinblätterte, von dem sie alles bestreiten musste. Das Essen und die Miete und den Strom und die Kleidung für sich und Janis, einfach alles.

Das war wenig, und doch hatte Brigitte lange dafür gekämpft, genau das zu bekommen: Johanns Anerkennung als seine Frau, als Mutter seines Sohnes. Nicht offiziell. Nicht vor seinem Chef und seinen Kollegen. Für die war sie weiterhin die arme Schwester, der ein gemeiner Kerl furchtbar mitgespielt und der sie samt dem Kind sitzen gelassen hatte. Johann war dagegen für die Kollegen der sich sorgende Bruder, der sein Privatleben für Schwester und Neffen aufgab und deshalb immer noch ein Junggeselle war.

Einzig Emmely und Helmut wussten Bescheid. Das hatte sie sich damals ausbedungen, wenigstens »seine« Eltern einzuweihen. Ansonsten, so hatte sie ihm damals gedroht, würde sie mit dem Baby im Bauch nach Brasilien abhauen und dort ihr Kind bekommen. Dann würde er sie gar nicht mehr sehen, und das hätte er dann davon!

Heute konnte sie über ihre Naivität damals nur noch lachen. Sie allein mit Janis in Brasilien! Dabei konnte sie, seit er auf der Welt war, nicht mal mehr die Wohnung in Ordnung halten. Aber damals war sie noch die starke Brigitte gewesen, voller Tatendrang und verrückter Ideen, und Johann hätte ihr damals alles zugetraut, auch dass sie klammheimlich nach Brasilien verschwand, sich dort eine eigene Existenz aufbaute und er sein Kind niemals zu Gesicht bekommen würde. Deshalb hatte er dann zugestimmt, dass sie Emmely und Helmut einweihen würden. Ihnen nicht nur gestehen würden, dass Brigitte schwanger, sondern auch, dass Johann der Vater war.

»Was versprichst du dir davon?«, hatte er gebrüllt, aber sie nicht einschüchtern können. Denn bestimmt würden sich seine Eltern darüber freuen. Schließlich bekämen sie eine Schwiegertochter, die sie kannten, die sie mochten, so glaubte Brigitte es jedenfalls damals noch, und dann würden Emmely und Helmut natürlich in der Gemeinde auch bekannt geben, dass Brigitte nicht ihre leibliche Tochter war, und auch Johann dazu zu bewegen, die Art seiner Beziehung zu Brigitte richtigzustellen. Vor seinem Chef, seinen Kollegen, vor der ganzen Welt!

Aber da hatte sie sich getäuscht, gewaltig getäuscht.

»Das sind vielleicht Neuigkeiten!«, rief Emmely freudig, nachdem Brigitte gesagt hatte, dass sie schwanger sei, und befühlte sofort ihren Bauch.

»Ich würde sagen, schon siebzehnte Woche«, fügte sie mit ihrer Autorität als langgediente Hebamme hinzu.

»Ich musste erst einmal klarkommen mit dem, was ihr mir

über meine Mutter erzählt habt«, begegnete Brigitte dem versteckten Vorwurf. »Ich weiß es auch erst seit einer Woche.«

»Wir werden Großeltern!«, freute sich Emmely trotzdem, aber nur halbherzig. Sicherlich wollte sie da noch wissen, wer der Vater war, aber sie fragte nicht, sondern sagte stattdessen: »Dabei hatte ich gedacht, dass Johann uns zuerst ...«

»Aber das tut er doch«, rief Brigitte darauf hocherfreut, und warf Johann, der die ganze Zeit unbehaglich dreinblickte, einen triumphierenden Blick zu. »Johann ist der Vater meines Babys!«

An das, was danach passierte, erinnert sich Brigitte nicht gern. Es war zwar nicht so schlimm gewesen, wie zu erfahren, auf welche Weise ihre Mutter gestorben war, aber es zeigte ihr, was Emmely und Helmut tatsächlich von ihr hielten. Sie war ihnen als Schwiegertochter nicht gut genug für ihren über alles geliebten Sohn, da konnten sie hinterher noch so sehr das Gegenteil behaupten. Wie sonst hätte Brigitte es verstehen sollen, dass die Mutter sofort in Tränen ausbrach und von einer Strafe Gottes murmelte und der Vater nur stumm dasaß und ihren Blick mied? Was sollte sie denn sonst denken? Vielleicht, dass sie sich nicht gerade eine Halbjüdin für ihren Sohn zur Frau gewünscht hatten? Oder die Tochter eines Nazis? Johann hatte tatsächlich den richtigen Riecher gehabt, vermutlich mit genau so einer Reaktion seiner Eltern gerechnet. Na klar! Sie waren ja auch eine Familie, aus dem gleichen Fleisch und Blut.

Immerhin redeten Emmely und Helmut ihrem Sohn aus, Brigitte nach Holland zu bringen, wo man solche kleinen »Missgeschicke« beheben lassen könnte, wie sich Johann ausdrückte. Aber auch da war es seinen Eltern nicht um Brigitte und das zukünftige Enkelkind, sondern nur um das zu beschützende, ungeborene Leben im Allgemeinen gegangen. Ihr Glaube ließ es schlicht und einfach nicht zu. Und so war das kleine »Missgeschick« nun schon drei Jahre alt, aber wenn sich Brigitte heute noch einmal entscheiden müsste, dann ...

Nein, so durfte sie nicht denken. Janis war ihr Ein und Alles, ihr kleiner Engel, auch wenn all zu oft in ihm der Teufel steckte oder besser noch, er den Teufel in ihr allzu oft zum Vorschein brachte.

»Herrgott noch mal!«, schrie sie und zog die qualmenden Kartoffeln vom Herd, während Janis erschrocken zu schreien begann. Wie hatte das Wasser nur so schnell verdunsten können?

»Ist ja gut, Janis. Mami hat nur vergessen, Wasser in den Topf zu füllen. Nicht so schlimm.«

Der Topf war nicht mehr zu retten, deshalb warf sie ihn samt Kartoffeln in den Abfalleimer.

»Siehst du, mein Engel, weg ist das stinkende Ungeheuer. Nun hör schon auf. Essen wir eben nur Möhren.«

Janis brüllte weiter.

»Es ist doch gar nichts passiert! Janis, hörst du? Also hör auf zu schreien. Janis! Oh, verflixt!«

Die Möhren kochten über, und das Wasser zischte perlend über die Herdplatten. Brigitte zog schnell den Topf vom Herd.

»Auhhhh!«

Sie zuckte zurück, doch dabei riss sie den Topf mit, und sein Inhalt ergoss sich siedend heiß in die Küche. Ein paar Spritzer trafen ihre Beine.

»Mist, verfluchter!«

Zum Glück hatte Janis weit genug weg gestanden, um etwas abbekommen zu können. Trotzdem schaltete er einen Ton höher und brüllte nun wie am Spieß.

»Du hast doch gar nichts abbekommen, Janis! Also mach jetzt nicht so ein Theater«, sagte Brigitte streng, als er dennoch weiterschrie.

»Hörst du, du sollst aufhören!«

Sie musste raus. Sie musste hier unbedingt ganz schnell raus.

»Janis!«, brüllte sie. Janis hielt erschrocken einen Moment inne, aber nur um Luft zu schöpfen, dann brüllte er weiter mit seiner kleinen, mittlerweile vom vielen Schreien schon heiseren Stimme.

»Gut, du hast es nicht anders gewollt«, sagte Brigitte und versuchte die aufsteigende Panik in sich zu ignorieren, aber es gelang ihr nicht. Deshalb ließ sie ihn stehen, ging ins Bad, nahm noch zwei Tranquilizer und marschierte dann schnurstracks an ihm vorbei aus der Wohnung.

Nur nicht nachdenken.

Nur nicht wieder einsichtig sein.

Das ist nicht gut.

Die Wut auch mal rauslassen, hatte der Arzt gesagt.

Sie ließ sie raus. Und wie!

Erst als die Haustüre hinter ihr zuschlug, war Janis' Geschrei nicht mehr zu hören.

Als sie endlich wieder zu sich kam, war sie irgendwo in Moabit und stellte fest, dass sie keinen einzigen Schritt mehr würde gehen können. Nicht, wenn sie nicht gleich etwas zu trinken bekam. Brigitte suchte die Taschen ihrer Jeans ab und hoffte, dass das Kleingeld, das sich darin befand, noch für eine Cola reichen würde. Es reichte nicht, doch dann fiel ihr ein, dass sie auch in der Kleingeldtasche oberhalb der rechten vorderen Hosentasche suchen könnte. Sie fischte tatsächlich einen verwaschenen, aber dennoch erkennbaren Zehnmarkschein daraus hervor, den sie dort bestimmt irgendwann einmal vor Wochen mit der Absicht deponiert hatte, sich erst daran zu erinnern, wenn sie völlig abgebrannt wäre und bereits all ihre anderen Kleidungsstücke nach vergessenen Geldscheinen kontrolliert hätte.

Der Besitzer der kleinen Stampe beobachtete sie skeptisch von seinem Tresen aus, und das sicherlich nicht nur, weil sie in ihren Jeans und in ihrem Baumwollhemd, unter dem sie keinen BH trug, so gar nicht in die Gegend passte. Es war eine Kneipe für die Nachbarschaft, wo die Arbeiter aus dem Kiez nach ihrem wohlverdienten Feierabend noch eine Molle und 'nen Kurzen zischten oder ein paar Rentner, so wie jetzt, zu Bier und Bockwurst still und verbissen Skat droschen. Die Stille wurde nur ab und zu von ihren kurz gebellten Geboten und dem monotonen Klingelgeräusch eines an der Wand hängenden Spielautomaten durchbrochen, der auf wundersame Weise gegen sich selbst zu spielen schien.

In den Kneipen ihrer Gegend war es nie so still. In denen hockten tagein, tagaus die Studenten der nahe gelegenen Uni, belagerten die Tische und qualmten und diskutierten, dass einem nur so die Augen tränten und der Kopf brummte, nur vom Danebensitzen. Brigitte ging dort schon lange nicht mehr hin, auch weil sie kaum noch verstand, warum die Studenten immer solch ein Geschrei machten, und weil sie sich auch ein wenig schämte, dass sie seit drei Jahren nichts weiter tat als einkaufen, putzen und kochen. Zuerst war sie noch stolz auf ihr Mutterdasein gewesen, hatte geglaubt, dass alle Frauen sie beneiden würden, und hatte ihren ehemaligen Kommilitoninnen bei *Rosalinde* in der Knesebeckstraße den kleinen Janis vorgeführt, aber die hatten ihn überhaupt nicht beachtet, sondern nur die Augen verdreht. Wie könne sie nur in solch einer Zeit, in der überall auf der Welt Menschen an Hunger und an Folter starben, ein Kind in die Welt setzen?

Nein, die Kneipen in Charlottenburg mied sie seitdem, auch die Demos und Sit-ins, an denen sie noch kurz nach ihrer Schwangerschaft ohne Johanns Wissen teilgenommen hatte, als Janis noch fast den ganzen Tag über schlief und zu berechenbaren Zeiten wach wurde. Da hatte sie sich, als die Studenten vor dem Amerika Haus, gleich bei ihr um die Ecke, gegen den Vietnamkrieg protestierten, einfach wegstehlen können, ohne dass Janis es bemerkte, ohne dass Johann, der weit weg in Süddeutschland war, ihr ins Gewissen reden konnte. Aber selbst da bemerkte sie schon, dass sie irgendwie außen vor war, nicht mehr dazugehörte, und das nicht nur, weil sie während des Sit-ins dauernd an Janis denken musste und hoffte, dass das Sit-in sich nicht, wie manche der Studenten frohlockten, über Tage hinziehen würde. Das ganze Geschrei kam ihr plötzlich so aufgesetzt und unecht vor, und sie war schließlich froh gewesen und schämte sich doch gleichzeitig dafür, dass schon bald jemand auf die Idee mit den Farbbeuteln gekommen war und die Polizei also einen Grund hatte, sie alle auseinanderzutreiben.

Das war ihre letzte Demo gewesen, dachte Brigitte und bestellte eine weitere Cola. Danach war sie nur noch einmal zufällig in eine Demonstration und peinlicherweise auf die falsche Seite geraten, als sie nämlich endlich einmal Johann überreden konnte, mit ihr am Abend am Kurfürstendamm ins Kino zu gehen, wo sie *Africa Addio* sehen wollten, einen italienischen Dokumentarfilm über das neue Afrika. Brigitte hatte nicht mitbekommen, dass es bereits in Italien Proteste gegen den Film gab. Im Gegenteil. Sie hatte den Film bewusst ausgesucht, weil sie hoffte, dass sie, wenn sie schon keine Zeit mehr zum Zeitunglesen fand, auf diese Weise etwas erfahren könnte, worüber sie mit Johann später wie früher hätte diskutieren können. Das warf er ihr nämlich auch schon vor, dass sie nur noch über Janis und seine täglichen Fortschritte reden würde und dass er es deshalb eben vorzöge, sich abends noch mit seinen Kollegen zu treffen, unter denen, ja, warum nicht, auch ein paar Kolleginnen waren.

Doch sie waren erst gar nicht bis ins Kino hineingekommen. Schon draußen auf der Straße standen die Studenten mit den Plakaten, die besagten, dass der Film die alten Kolonialherren in Ostafrika verherrliche und die neuen unabhängigen afrikanischen Staaten diffamiere.

Früher hätte sie sich in solch einer Situation auf keinen Fall von irgendwelchen Demonstranten abschrecken lassen und wäre dafür eingestanden, sich selbst ein Bild zu machen. Aber an diesem Abend war sie nur wieder von sich selbst beschämt, dass sie so unwissend, so unpolitisch und so dumm war, und so gab sie gegenüber Johann vor, dass sie schon seit dem Nachmittag Migräne hätte und deshalb ganz froh wäre, doch nicht in den Film gehen zu müssen. Doch Johann wollte den Film nun erst recht sehen – nicht aus Interesse, sondern weil er sich nicht von anderen sagen lassen wollte, was er tun oder lassen sollte – und bestand darauf, mit ihr ins Kino zu gehen.

Danach hatten sie jedenfalls genug Stoff für ein Gespräch gehabt, und er reichte auch noch für einen handfesten Streit, auf dessen Höhepunkt Johann sie einfach stehen ließ und sich besaufen ging, während Brigitte nun ausreichend Grund hatte, sich erneut zu schämen: wegen der Szene, die ihr Johann vor all diesen Leuten auf dem Ku'damm gemacht hatte, und auch wegen ihrer eigenen Feigheit, nicht selbst auf den Film bestanden zu haben.

Was war nur aus ihr geworden, dachte Brigitte, während sie an der Theke zahlte und sich nun auch noch für den Blick des Wirts schämte, der in Höhe ihrer Brüste hängen geblieben war, und für sein süffisantes Zungenschnalzen. Die gegebenen Reize etwas zu betonen, wie Johann das bei den Studentinnen in ihrem Viertel anerkennend nannte, war eine Sache. Sie diesem ekligen Wirt zu präsentieren, war etwas ganz anderes.

Brigitte klaubte schnell das Wechselgeld zusammen und lief mit hochrotem Kopf hinaus, das leise Feixen des Wirts im Rücken, doch die Blicke, als sie durch das Viertel ging, hörten nicht auf. Hier, in Moabit, war sie wie ein Paradiesvogel aus einem fernen Land, obwohl sie sich schon ein paar Straßenzüge weiter, in Charlottenburg, in genau denselben Sachen wie eine graue Maus fühlte unter all den interessanten, jungen Menschen, die zur Uni eilten.

Sie brauchte eine Aufgabe, sie musste etwas tun! Ja, das war die Lösung, dachte Brigitte gerade, als sie eine junge Frau in einem schicken Pepita-Kostüm nach einem Taxi rufen sah.

Brigitte hielt verwundert inne. Die junge Frau erinnerte sie an Sieglinde, an die alte Petze Sieglinde, das blonde Neubauernmädchen aus Dorf Mecklenburg. Und es war ja auch durchaus möglich, dass sie es war, denn ihre Familie war '54 auch in den Westen geflüchtet, nach Nürnberg. Sie hatten ihr Neubauernhaus samt den ihnen zugeteilten fünf Hektar Ackerland einfach stehen- und liegengelassen, weil sie dem Druck der Agitatoren, die alle Neubauern in eine LPG zwingen wollten, nicht mehr standhalten konnten. Das wusste Brigitte durch einen Brief, den Sieglinde den Günzels letztes Jahr geschickt hatte. Sie habe in Nürnberg ihr Abitur gemacht und danach in Heidelberg begonnen, Medizin zu studieren; inzwischen habe sie bereits ihr 3. Staatsexamen abgelegt, erzählte Emmely. Nun machte sie eine Facharztausbildung in der Kinderpsychiatrie, wie sie den Günzels weiter mitteilte, und bat sie, den Brief und die beiliegenden Fotos doch an Brigitte weiterzuleiten, um sich mit ihr schreiben zu können.

Zwar war Sieglindes Kostüm auf dem Foto nicht halb so schick gewesen wie das Pepita-Kostüm der Frau im Taxi, doch es hatte Brigitte damals einen Stich gegeben. Der pure Neid hatte sie erfasst. Denn über dem Kostüm trug Sieglinde sehr leger den offenen Arztkittel, natürlich mit Stiften in der Brusttasche und einem Stethoskop um den Hals, und sie stand als einzige Frau zwischen den Ärzten um das Krankenbett eines etwa zehnjährigen Mädchens, und aller Augen waren lächelnd auf sie, Sieglinde, gerichtet. *Bei der Visite*, hatte Sieglinde auf der Rückseite in ihrer neuen erwachsenen Handschrift notiert, und dieses einfache »bei« hatte Brigitte dermaßen die Füße weggehauen, dass sie sofort wusste, sie würde Sieglinde niemals antworten können. Sonst müsste sie ihr gegenüber ja eingestehen, dass aus ihr, die allen anderen und besonders sich selbst immer nur das Höchste abverlangt hatte, rein gar nichts geworden war.

Sie brauchte dringend eine Arbeit.

Dann würden ihr die Blicke, die süffisanten wie die abschätzigen, und auch die Erfolgsmeldungen einer Sieglinde gleichgültig sein. Dann hätte sie etwas anderes zu tun, als sich darum zu kümmern, was andere über sie denken könnten.

Eine Arbeit.

Eine Arbeit, bei der sie ihren Kopf anstrengen musste, eine, die sie forderte und bei der sie – wie Johann, wie Sieglinde – Kollegen hätte, mit denen sie über andere Dinge als mit den Hausfrauen vom Spielplatz reden konnte. Mit denen sie sich auch außerhalb der Arbeit treffen würde, weil das die Arbeitsatmosphäre auflockerte und für ein gutes Klima zwischen den Mitarbeitern sorgte.

Ja, sie würde sich eine Arbeit suchen, dachte Brigitte. Am besten sofort, gleich am nächsten Kiosk! Her mit den Stellenanzeigen und dem Stift, geborgt vom ebenfalls schmierigen Kioskbesitzer, dessen Augen auch an ihren Brüsten hängen blieben. Aber das machte Brigitte schon nichts mehr aus, denn sie hatte ja zu tun: zuerst Annoncen anzustreichen und dann Wichtiges zu entscheiden. Nämlich, ob sie eine nette Servicekraft in einem Biergarten sein wollte, die gut zu Fuß und freundlich war, oder lieber eine hübsche Schreibkraft, die fehlerfrei tippen und addieren konnte und auch die Rechtschreibung beherrschte. Oder – das war es! – eine wache Journalistin, die für ein neu herauszugebendes Frauenmagazin interessante Artikel schreiben wollte und dazu noch eine spitze Feder hatte. Da rief sie gleich an, wer wagt, der gewinnt, und schon hatte sie ihre erste Arbeit! Ihren ersten Auftrag! Sie müsste nur aufschreiben, was Frauen interessiere, ganz egal was, ganz egal wie, ganz einfach eben, dann würde man, wie die Frau am Telefon sagte, weitersehen.

Als Brigitte den Hörer wieder einhängte, konnte sie es kaum fassen. Am liebsten hätte sie den schmierigen Kioskbesitzer umarmt oder die mürrisch dreinblickende Frau mit der Einkaufstasche und den zwei Blagen links und rechts an der Hand. So glücklich war sie! So voller Tatendrang und Übermut. So …

Schon lange hatte sie sich nicht mehr so gut gefühlt. Schon lange war sie nicht mehr so gut gelaunt gewesen wie jetzt, hier auf der Straße, unter all den fremden Menschen, die nicht einmal ahnten, wer ihnen da entgegenkam.

Sie hatte eine Arbeit, wenn auch erst einmal keine Kollegen. Eine Arbeit, die sie sogar trotz Janis würde leisten können, vielleicht während seines Mittagsschlafs, nachdem sie sich am Vormittag auf dem Spielplatz schon ein paar Notizen gemacht hätte. Sie würde eine Journalistin sein, eine, die über das Leben von Frauen berichtete, die aussprach, was Frauen dachten und fühlten, ja, das traute sie sich zu, das hatte sie auch der Frau am Telefon gesagt. Natürlich traute sie sich das zu! Und noch mehr. Viel mehr!

Sie würde mit ihrer spitzen Feder – denn die, beschloss Brigitte, würde in jedem Fall zu ihrem Markenzeichen werden – und ihren geistreichen Kommentaren eine der wenigen Journalistinnen dieser Stadt sein, um die sich schon bald ganz andere Magazine, vielleicht sogar richtige Zeitungen, nicht nur dieses Herz-Schmerz-Käseblatt, reißen würden und der man schon bald auch andere Ressorts übertragen könnte, nicht nur diesen Hausfrauenkram, weil ihr Stil nicht nur so unverwechselbar, sondern ihre Artikel auch politisch brisant sein würden, so dass manch einer der Politiker dieser Stadt sie schon bald lieber tot als lebendig sähe.

Natürlich würde sie sich nicht korrumpieren lassen. Nicht sie. Sie würde alles beim Namen nennen und aufdecken: Schmiergeldaffären und staatlich sanktionierte Skandale. Und vor niemandem haltmachen. Nicht vor den Bonzen, nicht vor den ehemaligen Nazis, nicht vor den ehrwürdigen Professoren in den Hochschulen. Und diese Studenten, die sie einst vor dem Kino am Ku'damm belächelt hatten, würden sie anbeten für ihren Mut, ihre Unbestechlichkeit und ihre scharfen, kritischen Artikel …

Und dann könnte sie endlich Sieglinde schreiben und würde sich mit ihrer permanenten Überarbeitung entschuldigen und ein paar ihrer besten Artikel beilegen, die Sieglinde natürlich alle schon kannte, weil Brigittes scharfzüngiger Ruf bereits bis ins kleine Heidelberg geschwappt war.

Den ersten Dämpfer erfuhr Brigitte, als sie ihren dunklen Hausflur betrat und ihr wieder Janis in den Sinn kam. Nicht, dass sie zuvor nicht auch an ihn gedacht hätte, im Gegenteil. Sie würde jedenfalls eine Journalistin sein, die ihr Kind überall mit hinnähme, ja, das würde sie: in die Redaktionsstuben der großen Zeitungen, auf die Demonstrationen der Studenten und an all die Kriegsschauplätze dieser Welt. Damit er einmal ein genauso politischer Mensch wie sie wurde, der sich von nichts und niemandem einschüchtern ließ und immer seinem Gewissen folgte.

Aber jetzt, als sie die Treppen zu ihrer Wohnung hinaufstieg, dachte sie in anderer Weise an Janis. Da dachte sie noch wie die alte Brigitte, die sich plötzlich Sorgen machte, was Janis inzwischen durchgemacht haben musste, so ganz allein in der leeren Wohnung, so ganz sich selbst überlassen. Sicher weinte er immer noch, fürchtete sich zu Tode. Doch im Treppenhaus war kein Laut zu hören, so wie sie es erwartet hätte, nur der Widerhall ihrer Schritte. Ansonsten beklemmende Stille.

Und plötzlich erfasste sie wieder diese Panik und dieses Gefühl, das ihr die Kehle zuschnürte, die Gedanken lähmte und in ihrem Kopf dieses Rauschen erzeugte, als könnte sie ihr eigenes Blut durch die Adern fließen hören.

Voll banger Ahnung steckte sie den Schlüssel ins Schloss und hörte plötzlich ein Lachen. Janis' helles Engelslachen, das aus dem Kinderzimmer kam. Sie schloss leise die Wohnungstür und horchte.

Da war auch Johanns Stimme. Anscheinend brachte er Janis gerade zu Bett. War es denn schon so spät? Johann wollte doch erst um sechs nach Hause kommen! Brigitte warf einen Blick auf ihre Armbanduhr. Sie zeigte zwanzig nach sieben.

»So, jetzt wird aber geschlafen«, hörte sie Johann sagen.

»Sagst du Mama, dass ich wieder lieb bin?«

»Sag ich ihr. Nun schlaf.«

Johann schloss leise die Tür und wollte gerade in die Küche, als er sie entdeckte. Aber anstatt sie anzubrüllen und sie zu fragen, wo sie die ganze Zeit gesteckt hatte, schenkte er ihr nur einen kalten Blick, so als wäre sie bloß ein Möbelstück, und ging weiter. Brigitte stand da und hörte, wie er sich aus dem Kühlschrank ein Bier nahm, es öffnete.

»Ich habe mir eine Arbeit gesucht«, sagte sie wie zur Entschuldigung und folgte ihm in die Küche, blieb aber vorsichtshalber im Türrahmen stehen. Wenn er jetzt anfangen würde zu brüllen, wäre sie sofort wieder weg.

Doch er erwiderte nichts.

»Ich kann für eine Frauenzeitung schreiben«, fügte sie hinzu, und ein bisschen fühlte sie wieder diese Euphorie in sich aufsteigen, die sie noch vor Kurzem gespürt hatte.

»Das kann ich nebenbei machen, wenn Janis schläft.«

»Du schaffst nicht mal den Haushalt, geschweige, dass du auf Janis aufpassen kannst.«

»Mir fällt einfach die Decke auf den Kopf! Ich werde noch verrückt so!«

»Bist du das nicht schon?«

Brigitte wusste, dass sie darauf nicht eingehen durfte, sich auf das Wesentliche konzentrieren musste. »Immer nur Janis, Janis, Janis! Wozu habe ich denn Abitur gemacht?«

»Janis war deine Entscheidung, also steh jetzt auch dazu!«

Brigitte schnappte wütend nach Luft. »Du bist so ein konservatives Arschloch!«

»Nicht in diesem Ton! Nicht mit mir!« Johann richtete drohend den Zeigefinger auf sie, ließ ihn aber gleich wieder sinken. »Ich versuche, mir eine Zukunft aufzubauen! Für uns! Und was machst du? Du tust alles, um mich daran zu hindern …«

»Weil ich nur als Sklavin darin einen Platz habe«, schrie sie und dachte, dass sie das irgendwo schon mal gelesen hatte.

»Wann fängst du endlich an, dir selbst Gedanken zu machen, anstatt diese albernen Parolen nachzuplappern?«, erwiderte er bitter und nahm einen tiefen Zug aus seiner Bierflasche.

Johann hatte das also auch gelesen. Nur wo?

Trotzdem, der Streit hatte ihr gutgetan, obwohl ihr neuerdings immer schneller die Argumente ausgingen. Nur nicht, wenn sie über ihren Artikel nachdachte. Während Johann nämlich einfach gegangen war und sich wahrscheinlich in irgendeiner Kneipe besoff, hatte sie bereits über ihren ersten Artikel gebrütet und auch in der Nacht, als sie auf Johanns Heimkehr wartete, darüber nachgedacht. Sie hatte Argument um Argument gefunden und verworfen. Formulierung um Formulierung getestet und verfeinert. Satz um Satz. Wort für Wort. Immer wieder hatte sie die Nachttischlampe angeknipst, um sich Notizen zu ihren Argumenten zu machen, und es fielen ihr immer neue ein, die sie hätte Johann an den Kopf schleudern sollen – doch gut, dass sie das nicht getan hatte, sondern nun ihre ganze Wut in den Artikel packen konnte.

Am Ende war sie so erschöpft und müde, aber gleichzeitig so aufgedreht und angespannt, dass ihr ganzer Körper zu vibrieren schien und ihre Haut kribbelte, als wäre sie in ein Beet Brennnesseln gefallen. So ging sie noch einmal ins Bad und nahm drei Tranquilizer, denn sie musste am nächsten Tag unbedingt ausgeruht sein, wenn sie in nur zwei Stunden – so lange würde Janis' Mittagsschlaf höchstens dauern – den Artikel runterschreiben wollte, was nicht viel Zeit war, aber dennoch zu schaffen.

Am nächsten Morgen erwachte sie erst nach zehn. Ihr Kopf fühlte sich benommen an, und ihrem Mund entwich ein widerlicher Gestank. Das Bett neben ihr war leer, aber sie hätte nicht sagen können, ob Johann bereits aufgestanden oder gar nicht erst nach Hause gekommen war. Sie hatte geschlafen wie ein Stein.

Brigitte wankte ins Bad, füllte den Zahnputzbecher mit Wasser und stürzte es hinunter. Als sie sich im Spiegel erblickte, zeichneten sich in ihrem Gesicht die Knitterfalten des Kopfkissens ab, und ihre Augenlider hingen schlaff und verquollen herab.

Auf dem Küchentisch fand sie einen Zettel mit Johanns

schöner Architektenhandschrift. Er sei zurück nach Süddeutschland gefahren, um dort das Wochenende zu verbringen. Er brauche dringend Erholung, schrieb er, und dass er erst wieder am nächsten Freitag zurückkäme. Brigitte nahm es gelassen. So würde sie in Ruhe ihren Artikel schreiben können, ohne dass er ihr dauernd in die Quere kam.

Aber sie fand weder an diesem Tag genügend Ruhe für den Artikel noch an einem der darauffolgenden Tage. Am Samstag wollte Janis partout keinen Mittagsschlaf halten und kam alle fünf Minuten angekleckert, so dass sie sich nicht eine Minute auf ihre Notizen konzentrieren konnte. Am Abend dann, als Janis endlich im Bett lag und schlief, war sie selbst so erschöpft, dass sie am Küchentisch über ihrem Block einnickte und wenig später selbst ins Bett ging, dann aber nicht mehr einschlafen konnte. Am Sonntag hielt Janis zwar seinen Mittagsschlaf – sie hatte ihn den ganzen Vormittag durch den Tiergarten gescheucht, damit er richtig müde wurde –, aber als sie dann ihre Notizen las, fand sie das alles nur Mist. Nichts davon zeigte ihre sonst so brillante Argumentationskunst, und ihr Schreibstil war weder spitz noch amüsant, sondern nur umständlich und verquast, und ihre Orthografie ließ auch zu wünschen übrig.

Aber noch wollte sie nicht aufgeben. Sie setzte neu an, fand bessere Argumente, warum auch eine Frau mit einem Kind einer Arbeit nachgehen und nicht nur die Kinder erziehen und den Haushalt in Ordnung bringen sollte. Dann aber fragte sie sich, ob das tatsächlich »die kleinen Nöte und Sorgen« waren, die die nette Frau aus der Redaktion gemeint haben könnte, und kam zu dem Schluss, dass sie sich besser erst einmal informieren sollte, wie solche Artikel in ähnlichen Magazinen geschrieben waren. Brigitte wollte die nette Frau in der Redaktion ja nicht gleich mit ihrem ersten Artikel, den selbst Brigitte etwas zu polemisch geraten fand – auch wenn er noch nicht aufgeschrieben war –, vor den Kopf stoßen.

Also las Brigitte zwei Tage Frauenzeitschriften aller Couleur, die aber alle auf ähnliche Art um dieselben Themen wie Mode, Haushalt, leckere Gerichte, Kinder und Klatsch und Tratsch kreisten. Ein paar Tipps, besonders die für das »Kochen mit kleinem Budget«, fand sie sogar äußerst interessant, aber ansonsten waren die Artikel mittelmäßig. Selbst wenn sie ihren Artikel nur halb so gut schreiben würde, wie sie es vorhatte, dann würde zwischen all den Plattitüden und Binsenweisheiten in diesen Zeitschriften noch ein gewisses Funkeln von ihm ausgehen.

Nur wurde dann Janis krank und weinte drei volle Tage, und kein Arzt wusste, warum er so hoch fieberte. Als das Fieber abklang, war die Woche auch schon um, und Brigitte hatte noch immer keine einzige Zeile getippt. Dafür sah sie des Nachts immer wieder das nette Fräulein aus der Redaktion sich fragen, wo denn Brigittes angekündigter Artikel bleibe. Schließlich würde die erste Nummer schon bald in Druck gehen.

Und so ging es Woche um Woche. Keine einzige Zeile brachte sie zustande. Keinen einzigen ersten Satz. Wie auch? Immer wenn sie arbeiten wollte, kam ihr etwas dazwischen: ein Geburtstag von Janis' Freunden, die Masern, ihre ständige Müdigkeit. Kaum auf den Beinen konnte sie sich manchmal halten, und trotzdem schrieb sie, stellte Wörter und ganze Sätze um. Und verwarf gleich darauf wieder alles. Dabei war längst die erste Ausgabe der neuen Zeitschrift ohne ihren Artikel erschienen. Worüber sie am Ende sogar froh war, denn nichts wäre ihr peinlicher gewesen, als für so ein konservatives Blättchen zu schreiben.

Jedenfalls bereute sie zutiefst, dass sie sich den ganzen Sommer über mit diesem Artikel gequält hatte, anstatt mit Janis an die Nordsee zu fahren, so wie sie es eigentlich vorgehabt und Johann es ihr geraten hatte. Jetzt war sie nur umso mehr erschöpft, kam kaum noch mit sechs Tranquilizern am Tag aus, was ein Problem war, denn ihr Arzt weigerte sich, ihr mehr als drei pro Tag zu verschreiben, so dass sie sich die zusätzlichen Tabletten kaufen musste, weil sie sonst am Ende des Monats ohne die Dinger hätte auskommen müssen. Und ohne ertrug sie Janis einfach nicht mehr. Sein ewiges Gequengel nicht und auch nicht sein ständiges Weinen wegen nichts. Seine ewig gleichen Fragen und sein engelsgleiches Lachen. Das ging ihr ganz besonders auf die Nerven, weil er nur lachte, wenn er mit anderen Kindern oder deren Müttern zusammen war, und ihr somit zeigte, wie trostlos er das Leben mit ihr empfand.

Alles, was ihr diese Arbeit am Artikel eingebracht hatte, war, dass sie sich für eine noch schlechtere Mutter hielt als zuvor und sich noch unnützer und dümmer vorkam. Nicht mal so einen lächerlichen Artikel brachte sie zustande! Nichts. Rein gar nichts. Und deshalb musste sie weg.

Einfach nur weg und von vorne beginnen. Weg von Johann. Weg von Janis. Weg von den Tabletten. Nur weg.

Und vielleicht hatte sie genau deshalb eines Tages das Urlaubsgeld in einem ihrer vielen Verstecke deponiert und es noch nicht für Tabletten ausgegeben, wie Johann es annahm. Und vielleicht ließ sie deshalb auch Johanns Gebrüll über sich ergehen, der sie eine dumme Pute schimpfte, die nicht einmal mit seinem schwer verdienten Geld umgehen könne, obwohl sie sich plötzlich erinnerte, dass das Geld in ihren Winterschuhen stecken musste, aber es Johann nicht gestand, sondern sich weiter anbrüllen ließ.

Und vielleicht investierte sie deshalb in der Woche darauf ein paar Mark mehr in ein aufwendiges Essen, räumte die Wohnung auf und zog sich ein schönes Kleid an, um Johann wieder etwas freundlicher gegen sie zu stimmen, was ihr nicht wirklich gelang, er rührte sie nicht an, aber er gab ihr plötzlich doch noch einmal Geld für einen Urlaub, damit sie trotzdem mit Janis an die Nordsee fahren und sich erholen könne, während er wegen eines wichtigen Kongresses in Berlin bleiben müsste.

Und vielleicht war sie nur deshalb, einen Tag vor ihrer Abreise an die Nordsee, auf die Idee gekommen, Johann vom Bahnhof Zoo abzuholen und gleichzeitig die Tasche mit ihren

Sachen in der Gepäckaufbewahrung aufzugeben, damit sie am nächsten Tag, wenn sie in aller Herrgottsfrühe mit Janis zum Bahnhof eilen würde, nur ihn und seine kleine Tasche tragen müsste. Vielleicht ließ sie nur deshalb Janis bei der Nachbarin.

Vielleicht. Oder?

Bestimmt hatte sie aber auch das Urlaubsgeld tatsächlich eine Weile in ihren Winterschuhen vergessen und es dann nicht mehr herausgeben wollen, weil Johann mit dem Gebrüll trotzdem nicht aufgehört hätte und sie es also auch als Notreserve behalten konnte, um ihn nicht dauernd um jeden zusätzlichen Groschen anbetteln zu müssen.

Bestimmt hatte sie sich auch schon ausgerechnet, wie viele Tabletten sie sich von dem Geld würde kaufen und wie viele Tage sie so besser würde überstehen können. Und bestimmt sogar hatte sie Johann nur dieses teure Essen gekocht, um ihm zu zeigen, dass auch sie eine gute Hausfrau und Mutter sein konnte.

Und ganz bestimmt war sie nicht auf den Bahnhof gegangen, um Johann zu kontrollieren oder ihn gar mit dieser Frau zu sehen, die sich von ihm kaum trennen konnte und ihn immer und immer wieder küsste. Das hatte Brigitte bestimmt nicht sehen wollen.

Ganz bestimmt nicht. Oder?

ANDRÉ

Ostberlin

1983

Es war bereits dunkel, höchstens jede dritte Straßenlaterne spendete ein wenig Licht, die anderen waren defekt. Egal. Kein Mensch war bei diesem Mistwetter unterwegs außer ihm. Nur am Zionskirchplatz lärmte eine leere, hell erleuchtete Straßenbahn um die Ecke. Ihre schwachen Scheinwerfer tasteten sich über graue, abblätternde Fassaden, streiften ihn kurz, bis sie ihren Weg gefunden hatten und den Schienen die Kastanienallee hinunter Richtung Pankow folgten. Andrés Blick wanderte die Häuserfront entlang, hielt Ausschau nach nicht erleuchteten Fenstern, die womöglich nicht einmal Gardinen besaßen. Danach sollte er zuerst suchen, denn da würde vielleicht niemand mehr wohnen, hatte Iro gesagt, als sie vor ein paar Wochen mit der Wohnungssuche begonnen hatten. Aus der Laube mussten sie nämlich bald ausziehen, weil der Großvater das Grundstück verkauft hatte und zu einer Bekannten nach Westberlin zog. André war sehr stolz gewesen, dass Iro ausgerechnet mit ihm zusammenziehen wollte, obwohl die Stasi an André aus irgendeinem Grund ein besonderes Interesse hatte, das war ihnen klar.

Ausgerechnet Hotte war zu ihrem IM, ihrem informellen Mitarbeiter, geworden, nachdem Onkel Fritz erst Rentner und dann gestorben oder eben ermordet worden war. Wer kannte sich denn da noch aus? Und die Rothemarks hatten das gewusst, zumindest geahnt, aber ihm nichts davon gesagt, wie ihr schuld-bewusstes Schweigen bewies, als er es ihnen direkt auf den Kopf zu sagte.

»So viel zu ›immer schön ehrlich‹ sein«, hatte er sie ange-schrien und dann seine Sachen gepackt und war zu Iro und des-sen Großvater auf die Datsche gezogen. Er war zwar erst sieb-zehn gewesen, aber sie konnten ihn mal!

Sein Auszug hatte auch etwas Gutes gehabt, so musste er sich nicht mehr verkleiden, wenn er Iro und die Clique treffen wollte. Jedenfalls redete er sich das damals ein, aber im Grunde hatte er nur Schiss gehabt, noch einmal auf Hotte zu treffen, dem er so vertraut, völlig naiv und blind alles erzählt hatte und der seine steile Karriere bei der Sektion Wasserspringen – er durfte als Masseur sogar mit ins nicht-sozialistische Ausland rei-sen – faktisch nur André und dessen Bespitzelung zu verdanken hatte. Wahrscheinlich hätte André zugeschlagen, wenn er Hotte noch einmal bei den Rothemarks oder im Trainingszentrum hätte sehen müssen, oder ihm spontan vor die Füße gekotzt. Solch einen Ekel empfand er, wenn er nur an Hotte und dessen Verrat dachte.

Über den Grund, warum André für die Stasi so von Interesse war, hatten Iro und er oft und lange spekuliert, waren jedoch nie zu einem Ergebnis gekommen. Nur, dass diese Typen ihn bestimmt weiter beobachten würden, die gaben so schnell nicht auf. Hotte hatte Onkel Fritz ersetzt, und nun würde ein ande-rer Hotte ersetzen, der ihm vielleicht schon täglich überallhin folgte. André warf einen Blick zurück, aber nein, das Wetter war wohl auch für IMs zu mies.

Iro allerdings schien es zu genießen, dass ihm die Bullen durch André mehr Aufmerksamkeit als zuvor zollten, und pro-vozierte sie, wo er nur konnte, um von ihnen mitgenommen und befragt zu werden. Wenn man selbst keine Fragen stellen durfte, so war seine Logik, dann musste man bei den Fragen der

Bullen nur richtig zuhören. Denn diese Fragen zielten ja immer auf eine ganz bestimmte Antwort ab, enthielten somit zum Teil bereits die Antwort, wiesen zumindest die Richtung auf.

So hatte zum Beispiel diese Frau Sollmann – da war sich Iro ziemlich sicher – André damals, als er sie nach Onkel Fritz' Tod besuchte, vor allem nach dem Verbleib der Buchhändlerin ausgefragt. Sowieso wäre sie nicht die richtige Frau Sollmann gewesen, sondern bestimmt auch eine von der Stasi, was Iro damit begründete, dass sie die Märzenbecher nicht erkannt und André zum Abschied alles Gute für seine Schulter gewünscht hatte, obwohl sie davon gar nichts hatte wissen können.

Das klang durchaus logisch, fand André, aber er war dennoch nicht bereit, sich als Gegenstand eines Komplotts zu verstehen. Wer war er schon? Dieses Komplott hätte ja dann schon von seinem fünften Lebensjahr an gegen ihn bestehen müssen, von dem Tag an, als er für Onkel Fritz zur Arbeit geworden war und der ihn deshalb ins Erzgebirge gebracht hatte. Nein, nein. Sein Freund las einfach zu viele von diesen Spionageheftchen, die sein Großvater jedes Wochenende über die Grenze schmuggelte und deren Niveau nicht besser war als Doris' Groschenromane, in denen arme, liebenswerte Krankenschwestern das Herz reicher, arroganter Stationsärzte eroberten.

Rechts gegenüber, kurz vorm Zionskirchplatz, sah André im vierten Stock endlich, wonach er suchte. Zwei dunkle, leere Fensterhöhlen ohne Gardinen davor. André überquerte die Straße und betrat einen feuchten, muffig riechenden Hausflur. Ein alter Stiller Portier, reichlich verziert, verzeichnete einen gewissen Grabow als Mieter der Wohnung im vierten Stock, aber an den Briefkästen war der Name nicht zu finden.

»So was ist ein gutes Zeichen«, hatte Iro gesagt, als sie gemeinsam in Lichtenberg auf Wohnungssuche gewesen waren. »Das heißt, dass der Mieter längst ausgezogen ist und die Wohnung wahrscheinlich leer steht.« Leider hatte dann doch jemand in der Wohnung gewohnt. Jemand, der es nicht der Mühe wert fand, sein Namensschild in den Stillen Portier zu kleben und einfach nur nicht zu Hause gewesen war, obwohl 19 Uhr eine Zeit war, wo die Leute meistens schon zu Hause waren. Auch darauf musste man bei der Suche achten, um nicht plötzlich eine bewohnte Wohnung zu öffnen, so wie sie es damals getan hatten und schnell abgehauen waren. Was für eine Pleite.

Nur war die Wohnungssuche kurze Zeit später sowieso nicht mehr notwendig gewesen, weil Andrés Kumpel »eingefahren« war. Ohne Grund, einfach so, plötzlich hatte ein Kärtchen im Briefkasten der Laube gesteckt, auf der stand, dass Iro, also Uwe Hausner, sich am nächsten Tag zur Klärung eines Sachverhalts auf dem Revier melden sollte, und seitdem waren er und einige andere einfach weg. Sie saßen nun wegen »asozialem Verhalten« in irgendeinem Jugendstrafhof in Brandenburg ein, wohin ihm sein Großvater nur einmal im Monat schreiben und einmal im Vierteljahr, nach einem strengen Reglement, ein Päckchen schicken durfte. Käthe, die sie auch einkassiert hatten, war nach vier Wochen wieder freigelassen worden und wollte mit André nichts mehr zu tun haben, weil es natürlich seltsam war, dass er als Einziger keine dieser Karten erhalten hatte. Aber zu dieser Zeit hatte er ja schon bei Iro in der Laube gewohnt, fast schon zwei Monate. Wie also hätte ihn die Karte erreichen sollen? Davon wollte Käthe natürlich nichts wissen. Sie wollte von niemandem aus der alten Clique mehr etwas wissen und war nach ihrer Freilassung zurück zu ihrer Familie nach Thüringen gezogen, ihr Abitur nachholen, hatte sie gesagt.

Nachdem André vom Hof aus kontrolliert hatte, ob in der Wohnung nicht doch Licht brannte, stieg er hinauf in den vierten Stock, an muffelnden Klos auf jeder halben Treppe vorbei. Oben angekommen, gab es, wie er es erwartet hatte, kein Namensschild an der Tür, und die Klingel schien abgestellt. Auch ein gutes Zeichen. Trotzdem entschloss sich André erst einmal zu klopfen, bevor er seinen Dietrich hervorholen und die Tür öffnen würde. Schließlich wäre das sonst Einbruch, und dafür konnte er nun wirklich eingebuchtet werden! Auf sein Klopfen regte sich nichts in der Wohnung. André klopfte vorsichtshalber erneut und lauschte wieder. Immer noch nichts. Doch gerade als er den Dietrich hervorholte und ihn ins Schloss stecken wollte, wurde plötzlich die Tür aufgerissen, und ein bärtiger Mann um die dreißig stand im Schlafanzug in der Tür.

André steckte schnell den Dietrich weg und stotterte: »Entschuldigung, wohnt hier nicht Grabow?«

Der Mann betrachtete ihn einen Augenblick skeptisch von oben bis unten, dann sagte er: »Im Hinterhaus, im dritten links, ist, glaub ich, noch was frei.« Er nickte ihm kurz zu und schloss die Tür.

Im Hinterhaus ging das Flurlicht nicht, deshalb zog André seine zu diesem Zweck mitgebrachte Taschenlampe hervor und stieg die Treppen hoch. Auf den Fensterbrettern der Flurfenster standen Teelichter, auch noch ungebrauchte, was auf Bewohner schließen ließ, doch alle Fenster zum Hof hin waren dunkel gewesen. Trotzdem klopfte André wieder erst, bevor er die Tür schließlich öffnete und einen winzigen Flur betrat. Zum Hof hin ging ein Zimmer von etwa zwanzig Quadratmetern, und nach hinten, zu einem anderen Hof hinaus, gab es eine sehr geräumige Küche, in der sogar noch ein Spülschrank und ein Herd standen. Auf Verdacht drehte André im Sicherungskasten eine Sicherung ein und probierte dann den Lichtschalter in der Küche aus. Tatsächlich, es gab Strom! Trübes Licht fiel auf einen hellblauen Ölsockel mit dunklen Schimmelflecken in den Ecken, darüber wellte sich eine gelbe Küchentapete. Klar, die Wohnung war kalt und feucht, aber im Zimmer gab es einen Kachelofen. Allerdings auch eine halbvolle Schüssel mit abgestandenem Wasser, die da jemand aufgestellt haben musste, um das von der Decke tropfende Regenwasser aufzufangen. Trotzdem, beschloss André, dies würde sein neues Zuhause werden, eine Alternative gab es für ihn erst einmal nicht. In zwei Tagen würde Iros Großvater nach Westberlin ziehen. Also brachte er unter der Klingel seinen Namen an und baute ein neues Schloss in die Tür. So würde niemand die Wohnung besetzen, während er seine Sachen aus der Laube holte.

Als er zwei Stunden später wieder den Hof in der Kastanienallee betrat, lag das Hinterhaus immer noch im Dunkeln. Anscheinend standen noch mehr Wohnungen frei, vielleicht sogar trockenere, aber das könnte er noch in den nächsten Tagen erkunden. Wenn ja, könnte Iro, wenn er erst wieder aus dem Knast käme, auch mit ins Haus ziehen, auch noch ein paar der anderen, dachte André und malte sich aus, wie er und seine Freunde das ganze Hinterhaus besetzen würden. Aber kaum hatte er seine Wohnungstür hinter sich geschlossen und den Beutel mit den Kohlen abgestellt, den ihm der Großvater mitgegeben hatte, da umfing ihn auf einmal so eine jämmerliche Leere, dass er am liebsten losgeheult hätte, wenn da nicht plötzlich so ein Geräusch an der Tür gewesen wäre.

Dann klingelte es.

André war darauf gefasst, einem aufgebrachten Nachbarn gegenübertreten zu müssen, den er vielleicht ebenso wie den Mann im Vorderhaus aus dem Schlaf gerissen hatte und der ihn wahrscheinlich mit einer Anzeige bei der Wohnungsverwaltung drohen würde, wenn er nicht sofort wieder verschwände, doch als er endlich die Tür öffnete, stand da nur ein Mädchen in einem dicken, selbstgestrickten Pullover, die dünnen braunen Zöpfe über den Ohren zu Schnecken aufgerollt, und lächelte ihn an.

»Wann bist'n eingezogen?«, fragte sie neugierig, schien aber keine Antwort zu erwarten, sondern ging einfach an ihm vorbei ins Zimmer. »Die Schüssel da musst du stehen lassen. Die hab ich hingestellt. Sonst tropft es bei mir durch«, sagte sie und drehte sich nach ihm um. »Ich bin übrigens Pepe.« Als André nichts erwiderte, schob sie hinterher: »Eigentlich heiß ich ja Petra. Aber das ist eher ein Sammelbegriff als ein Name. Jedenfalls nennen mich alle Pepe.«

»Und ich bin André.« Er wusste nicht weiter, aber das machte nichts, denn Pepe, die er höchstens auf sechzehn schätzte, wusste schon, was zu tun war. Zuerst den Ofen anheizen und dann, während die Kohlen durchbrannten, bei ihr in der Wohnung auf gute Nachbarschaft anstoßen. »Dort ist es ein bisschen gemütlicher«, sagte Pepe, und das war schlicht untertrieben.

Neben zwei alten ledernen Ohrensesseln vor einem quadratischen Rauchertischchen gab es noch einen alten Bauernschrank und einen Tisch mit gedrechselten Beinen samt passendem Stuhl dazu, dessen Lederpolster aber durchgesessen war. Die Regale, hüfthoch, waren aus rohen Brettern, die auf schwarz bemalten Ziegelsteinen lagen, und quollen vor Büchern nur so über. Vor dem Fenster stand eine Schneiderpuppe ohne Kopf, aber mit einem langen Leinenmantel bekleidet und mit verschiedenen Ketten behängt, daneben, zwischen den beiden Fenstern, eine alte Nähmaschine, die noch mit den Füßen anzutreten war. Dann gab es da noch eine Staffelei, von der ein unfertiges Selbstporträt von Pepe finster in den Raum blickte und an deren Füßen weitere Bilder lehnten. Der Ofen stand an der gleichen Stelle wie seiner, und neben ihm gab es auf dem Boden eine Art Lagerstatt aus bunten Decken und Kissen, deren Grundlage ein paar zusammengeschobene Matratzen bildeten. Andrés Blick glitt weiter zu einem Plattenspieler, einer Obstkiste mit Platten, einer Teekanne auf einem Stövchen und schließlich zu einem Aquarium, in dem zwar eine Sauerstoffpumpe munter vor sich hin gurgelte, aber kein einziger Fisch schwamm.

»Sind ertrunken. Nein, natürlich nicht. Ich hatte nie welche. Machen zu viel Arbeit, aber ich mag das Geräusch der Wasserpumpe«, erklärte Pepe, als sie seinen fragenden Blick bemerkte. Dann winkte sie ihn in die Küche, in der quer durch den ganzen Raum lila und rosa gefärbte Bettlaken zum Trocknen aufgehängt waren. Auf einer Küchenhexe erhitzte sie Wasser für sie beide.

»Das werden mal T-Shirts und Latzhosen.« Sie deutete auf

die Wäschestücke auf den Leinen. »Die verkaufe ich dann auf dem Markt.«

Eigentlich wollte sie in Dresden Bühnenbild studieren, erzählte sie, war aber bisher nicht angenommen worden, weil sie nicht in der FDJ, auch nicht bei den Pionieren, sondern eben nur in der Jungen Gemeinde gewesen war, und das reichte nun mal nicht als gesellschaftliche Aktivität. Im Gegenteil. Dabei habe sie schon zweimal die Eignungsprüfung bestanden, in Dresden und auch in Giebichenstein, wo sie sich allerdings für Formgestaltung beworben hatte, was bedeutete, dass sie mindestens schon so alt wie André sein musste, vielleicht sogar auch älter. Vielleicht würde sie aber im nächsten Jahr die Eignungsprüfung in Weißensee für Mode schaffen. Das wäre jedenfalls was, sagte Pepe lächelnd, besonders, weil die in Weißensee nicht so großen Wert auf gesellschaftliche Aktivitäten legten, habe sie jedenfalls gehört, und außerdem würde es ihr schwerfallen, auf die Freunde und auf die Familie zu verzichten. »Aber vielleicht wäre es gerade deshalb mal gut, aus Berlin wegzugehen«, sagte Pepe, ohne von André eine Antwort zu erwarten. »Einfach um zu sehen, ob ich auch woanders zurechtkäme, weißt du.«

Jedenfalls würde irgendwann eine der Kunsthochschulen sie nehmen müssen, plapperte Pepe weiter und wirkte dabei das erste Mal etwas unsicher, vielleicht weil sie plötzlich die Unterlippe vorschob und sich den Pony aus der Stirn pustete, als wollte sie sich selbst Mut zusprechen. Bis dahin, fuhr sie aber gleich darauf fort, zeichne und male sie eben erst mal nur so für sich und nähe aus gefärbten Bettlaken Hosen und T-Shirts, um sich den Lebensunterhalt irgendwie zu finanzieren.

»Und du? Was machst du so?«, fragte Pepe, diesmal schien sie an einer Antwort interessiert zu sein.

»Nichts«, gab André zögernd zu. Er hätte Pepe gern noch etwas länger zugehört, aber er ahnte schon, dass er damit nicht davonkommen würde. Also erzählte er, dass er bis zum Sommer noch Kunstspringer gewesen war, auch gar kein so schlechter, aber dann zur Europameisterschaft nach Rom nicht hatte fahren dürfen, weil er Kontakte zu einem ehemaligen Trainingsfreund unterhielt, wie man ihm vorwarf, der nun in Westberlin lebte. Irgendwie hatten die es doch spitzgekriegt, dass er sich mit Jan getroffen hatte, und ihm unterstellt, dass er in Rom bleiben würde. Selbst sein Vater, der wegen Jan furchtbar enttäuscht gewesen war, hatte dann bei einem Gespräch zugegeben, dass er nicht wisse, dass er sich nicht sicher sei, wie André sich in Rom verhalten würde. Deshalb durfte André also nicht nach Rom, obwohl Jan nie wieder über die Grenze gelassen wurde, und deshalb hatte er den Sport aufgegeben und war noch am selben Tag bei seinen Eltern ausgezogen. Das war die Kurzfassung, das musste Pepe genügen.

Tat es aber nicht.

»Moment? Dein Vater hat dir praktisch die Europameisterschaft vermasselt, in dem er dir unterstellte, du würdest in den Westen abhauen?«

»Na ja, er ist Sektionschef vom Wasserspringen, weißt du. Und wenn da sein eigener Sohn abhauen würde, wäre es auch mit seiner Karriere Essig!«

»Und, würdest du?«

»Abhauen?«

Pepe nickte. André wusste, was er darauf zu antworten hatte, schließlich kannte er Pepe erst seit ein paar Stunden.

»Natürlich nicht«, sagte er deshalb möglichst bestimmt.

»Ich könnte das auch nicht«, erwiderte Pepe, »so alle Freunde und die Familie zurücklassen. Weißt ja nie, wann du die wiedersiehst, wäre dir doch sicherlich nicht leichtgefallen, oder?«

»Weiß nicht. Meine Eltern sind tot, und die Rothemarks sind nur meine Adoptiveltern.«

Pepe wollte sofort mehr wissen, sehr viel mehr, also erzählte André auch noch von Onkel Fritz und seinen richtigen Eltern, die die DDR verraten hatten und nun auf dem Friedhof lagen. Auch von dem Maschinengewehr und dem Geruch der Wüste, damit Pepe überhaupt verstand, warum die Rothemarks kein Vertrauen zu ihm haben konnten.

»Deshalb schaust du so traurig drein. Weil du nicht weißt, zu wem du gehörst«, sagte Pepe mitfühlend und bot ihm an, bei ihr zu übernachten, denn natürlich hatten sie vergessen, die Ofenklappen in Andrés Wohnung zuzudrehen, so dass die Kohlen längst zu kalter Asche zerfallen waren.

Mittlerweile dämmerte es draußen. André ging seinen Schlafsack holen und putzte sich in Pepes Küche die Zähne. Über dem Spülbecken hing ein kleiner Spiegel, und darin betrachtete er sein Gesicht. Schaute er wirklich so traurig drein? Eigentlich ging es ihm doch gut! Oder?

Als er zurück ins Zimmer kam, war Pepe bereits eingeschlafen. Obwohl sie ihm unmissverständlich einen Platz neben sich auf den Matratzen angeboten hatte, schob er sich die beiden Ledersessel zusammen und versuchte, eine einigermaßen bequeme Schlafstellung zu finden.

Am nächsten Morgen wurde André von einem heftigen Schmerz in seiner Schulter wach, die wohl nie wieder richtig auskurieren würde, und lauschte den seltsamen Geräuschen, die an sein Ohr drangen. Bis er begriff, dass das Geräusch von der Nähmaschine kam, auf die Pepe heftig eintrat, und er sich überhaupt zurechtfand, vergingen ein paar Momente. Draußen fiel dichter Nieselregen, nahm den grauen Brandmauern vor dem Fenster die Konturen, und aus dem Kachelofen kam ein Knacken und Zischen. Pepe hatte offensichtlich schon angefeuert.

»Ich hab mir gedacht, dass wir uns auf die Suche nach deinen Angehörigen machen könnten«, verkündete Pepe beim gemeinsamen Frühstück und langte ordentlich bei der Stachelbeermarmelade zu, die ihm Iros Großvater eingepackt hatte.

»Die sind alle tot.«

»Trotzdem, willst du nicht wissen, wer sie waren?«

André schüttelte den Kopf. »Wozu?«

»Damit du weißt, wer du bist«, sagte Pepe mit Nachdruck und verdrehte amüsiert die Augen.

»Und wenn ich es gar nicht mehr wissen will?«

»Ich will es aber wissen«, erwiderte Pepe, und ihrer beider Blicke trafen sich. Dann sah Pepe auf ihre Tasse hinab und pustete sich den Pony aus der Stirn. »Gehört zum Nachbarschaftstest. Ist in diesem Haus hier Usus.«

Noch am selben Nachmittag fragten sie sich beim Bezirksamt bis zur Jugendhilfe durch. Dort wurden sie von einer Abteilung in die nächste verwiesen, und obwohl man André bestätigte, dass er, da er nun volljährig war, seine Adoptionsakte durchaus hätte einsehen können, konnte niemand die Akte finden.

»Ich verstehe sowieso nicht, was Sie damit wollen.« Die Abteilungsleiterin betrachtete André forschend über den Rand ihrer Lesebrille hinweg. »Wie Sie sagten, wissen Sie bereits, wer Ihre Eltern sind. Sie haben ihre Namen und Sie wissen, wann sie gestorben sind. Mehr steht sowieso nicht drin.«

»Aber vielleicht gibt es dort einen Hinweis auf einen weiteren Angehörigen von André«, erwiderte Pepe, die bisher alle Gespräche mit den Angestellten des Jugendamtes geführt hatte.

»Nein, da muss ich Sie enttäuschen«, erwiderte die Abteilungsleiterin. »Das ist nie der Fall. Viele Angehörige wissen oft gar nicht, dass ihre Verwandten ihr Kind zur Adoption freigegeben haben. Wir müssen schließlich die Adoptiveltern davor schützen, dass nicht die Verwandten des Kindes plötzlich bei ihnen vor der Tür stehen.«

»Aber das ist doch bei André ganz anders. Seine Eltern haben ihn nicht einfach zur Adoption freigegeben, sie sind verunglückt«, beharrte Pepe, und die Abteilungsleiterin wirkte plötzlich verunsichert.

»Da haben Sie natürlich recht«, versuchte sie einzulenken, »Aber in Andrés Fall sind ganz sicher die nächsten Anverwandten gefragt worden, ob sie ihn aufnehmen können.« Sie machte eine bedeutungsvolle Pause, schien nach Worten zu suchen. »Anscheinend wollten Andrés Verwandte ihn leider nicht zu sich nehmen, wenn ich das jetzt mal so sagen darf, auch ohne genaue Kenntnis der Aktenlage.« Sie betrachtete André so mitfühlend, dass er beinahe losgeheult hätte. Nur Pepe ließ sich davon nicht beeindrucken.

»Ist doch egal, dass sie André damals nicht gewollt haben! Vielleicht haben sie ja über die Jahre ihre Meinung geändert. Könnte ich mir jedenfalls gut vorstellen.«

»Ich hab dir doch gesagt, dass meine Oma kurz danach auch gestorben ist«, warf André ein, weil er bemerkte, dass die Frau langsam ungehalten wurde.

»Aber du musst doch noch mehr Verwandte haben. Niemand hat nur Eltern und eine einzige Oma!«

»Selbst wenn.« Die Frau warf einen unmissverständlichen Blick auf ihre Armbanduhr. »Die Akte ist nun mal leider nicht zu finden, also kann ich Ihnen auch nicht weiterhelfen. Aber wie gesagt: Ich bezweifle, dass darin überhaupt noch andere Verwandte genannt sind.«

Für André war die Sache erledigt, für Pepe offensichtlich nicht, denn als er sie danach zu einem Kaffee in der Mokka-Milch-Eisbar in der Karl-Marx-Allee einlud, in der Burghard Rothemark einst seine Doris das erste Mal geküsst hatte, starrte Pepe nur finster in ihre Tasse.

»Ich finde es ja schön, dass du mir helfen willst«, begann er vorsichtig, »aber die Frau hat recht. Wenn meine Verwandten mich damals nicht gewollt haben, ist es doch unwahrscheinlich, dass sie mich jetzt, nach so vielen Jahren, plötzlich kennenlernen wollen.«

»Aber es geht doch gar nicht um deine Verwandten«, rief Pepe erbost.

»Um wen denn sonst?«

Pepe antwortete nicht, sondern schaute ihn nur resigniert an.

Vielleicht war es dieser Blick, der André auf einmal einen Stich versetzte, oder war es seine plötzliche Einsicht, dass es tatsächlich nicht um seine Verwandten ging, ob sie ihn damals gewollt hatten oder nicht. Es ging um ihn! Einzig um ihn. Er wollte endlich wissen, wer er war. Woher er kam.

»Du hast ein Recht darauf«, flüsterte Pepe und legte ihre Hand tröstend auf seine. »Aber erst einmal lernst du jetzt meine Sippe kennen.«

Zu Pepes weit verzweigter »Sippe« gehörte auch eine Großtante, die in einem schönen und recht geräumigen Backsteinhaus auf dem Krankenhausgelände von Buch wohnte. Ihr verstorbener Mann war Professor für Onkologie in der nahe gelegenen Rösselklinik gewesen, aber um die Dienstwohnung nicht aufgeben zu müssen, hatte sie, schon als ihr Mann im Sterben lag, eine Nichte samt Familie aufgenommen, die ebenfalls Ärzte waren und in Buch auf der Kinderstation arbeiteten. Das ist für die ganze Familie ein Glück gewesen, berichtete Pepe, als sie am Dorfkrug in Buch aus dem Bus stiegen, denn sonst wäre nicht nur das Haus verloren gewesen, in dem Pepe oft ihre Sommerferien verbracht hatte, sondern sie hätten die Großtante auch in ein Altersheim geben müssen.

Die Großtante sammelte nicht nur allerlei Zeug, sie war zudem auch noch schwerhörig, was André die Unterhaltung mit ihr nicht gerade leicht machte, während Pepe erst den Keller und dann die Abstellkammer durchforstete – wonach, das wusste André nicht.

»Ich hab's«, rief sie nach über einer Stunde und legte André freudestrahlend ein dickes, staubiges Telefonbuch von 1969/70 in den Schoß. André verstand nicht.

»Was willst du damit?«

»Herausfinden, wo deine Eltern mit dir vor ihrem Unfall gewohnt haben.«

»Wozu?«

»Vielleicht erinnerst du dich dort an etwas, was für dich wichtig ist.«

Damit nahm Pepe ihm das Telefonbuch wieder ab, schlug es bei »Meier« auf und stöhnte: »Gott, müssen deine Eltern ausgerechnet so einen Allerweltsnamen gehabt haben? Seitenweise Meiers!«

André merkte trotzdem, wie ihn plötzlich die Aufregung ergriff. Sollte es tatsächlich so leicht sein, etwas über sich und seine Eltern zu erfahren?

Natürlich nicht. Auch die Vornamen seiner Eltern, Klaus und Inge, gab es über die ganze Stadt verteilt dutzendweise, aber kein einziger Telefoneintrag wies beide Namen zusammen auf, mal abgesehen davon, dass es auch sein konnte, dass Andrés Eltern vielleicht gar kein Telefon besessen hatten. Klar, Onkel Fritz hatte damals erzählt, dass sie Mediziner gewesen waren, und die hatten bevorzugt ein Telefon genehmigt bekommen, aber sicher war es nicht. Trotzdem. Die Wahrscheinlichkeit war hoch genug, um die Spur weiterzuverfolgen. Und André hatte überdies noch eine andere Idee. Seine Mutter hatte mit Mädchennamen Bernett geheißen, so stand es jedenfalls auf ihrem Grabstein, und das war kein so häufiger Name.

Was Pepe bestätigte. Weder in dem aktuellen noch in dem Telefonbuch von 1969/70 gab es jemanden, der Bernett hieß, was nur bedeuten konnte, dass die Familie von Andrés Mutter nicht in Berlin lebte oder es nur weibliche Verwandte gab, die mittlerweile alle geheiratet und ihren Namen geändert hatten.

Doch dann kam Pepe auf die Idee, in einem noch älteren Telefonbuch zu suchen, und also gingen sie gemeinsam in die Kammer und entschieden sich schon nach wenigen Minuten für das Telefonbuch von 1959/60, als der Mann von Pepes Großtante Professor geworden war und sie das Haus bezogen hatten. Ein älteres Telefonbuch würden sie bestimmt nicht finden.

André war mittlerweile so aufgeregt, dass er Pepe sofort das Buch aus der Hand riss und selbst nachschlug. Er traute seinen Augen kaum, als da tatsächlich der Name Gertrud Bernett stand. Konnte das seine Großmutter sein? Oder vielleicht eine Tante seiner Mutter?

»Und? Welche Straße ist angegeben?«, fragte Pepe gespannt.

»Borsigstraße 17. Wozu willst du das wissen?«

Pepe antwortete nicht. Sie hatte bereits in dem Telefonbuch von 1969/70 zu blättern angefangen und vertiefte sich wieder in eine der Meier-Spalten.

»Hier: K. Meier, Borsigstraße 17«, rief sie und schaute ihn triumphierend an. »Gertrud Bernett ist also höchstwahrscheinlich deine Großmutter, und deine Mutter Inge ist nach ihrer Heirat mit Klaus Meier weiter in der Borsigstraße wohnen geblieben.«

Gleich am nächsten Tag statteten sie der Borsigstraße Nummer 17 einen Besuch ab. Obwohl André den Blick immer wieder schweifen ließ, sah der Hausflur weiter wie ein ganz normaler Hausflur aus. Dabei hätte er sich doch wenigstens an die Kacheln mit den Seerosen und Schwänen erinnern müssen, die wie eine Bordüre den gefliesten Sockel begrenzte. Solche Kacheln gab es schließlich nicht überall. Doch er erinnerte sich nicht. Überhaupt nicht.

»Dann gehen wir jetzt einfach die Treppe hinauf«, schlug Pepe vor. »Stell dir vor, du wärst vier Jahre alt und die Stufen ziemlich hoch.«

André verstand, aber die Stufen, sosehr er sich auch vorzustellen versuchte, dass sie riesig waren, sie blieben ganz normale Stufen, die wie andere auch beinahe bei jedem Schritt und Tritt knarrten. Das rief dann auch im zweiten Stock einen alten Mann auf den Plan, der neugierig den Kopf zur Tür heraussteckte und fragte, zu wem sie wollten.

»Das wissen wir leider noch nicht«, sagte Pepe. »Aber vielleicht kennen Sie ja noch die Familie Bernett oder Meier? Die haben hier mal gewohnt.«

»Ich bin erst vor vier Jahren eingezogen«, sagte er, »aber Frau Zuche im zweiten Stock wurde hier geboren.«

André wusste nicht, was er dieser Frau Zuche gleich sagen würde, dazu war er viel zu aufgeregt, als er die Klingel im zweiten Stock drückte. Denn es konnte ja sein, dass er gleich jemandem gegenüberstehen würde, der ihn bereits als kleines Kind gekannt hatte ... und ihn vielleicht sogar wiedererkennen würde!

»Ja? Wer ist denn da?«, rief eine alte, brüchige Stimme hinter der Tür. André erschrak. Wieder sprang Pepe für ihn ein.

»Wir suchen jemanden, der die Familie Meier oder Bernett gekannt hat.«

Nach einer halben Ewigkeit, so kam es André jedenfalls vor, hörten sie endlich Schließgeräusche an der Tür, und kurz darauf öffnete sie sich auch einen Spalt, um einen Blick auf ein sehr altes Gesicht mit einem schlohweißen Haarschopf zu erlauben.

»Ich habe damals doch schon alles gesagt«, sagte die alte Frau und blickte mit gerunzelter Stirn von einem zum anderen. »Oder sind Sie gar nicht von der Polizei?«

André wusste, dass er jetzt etwas antworten müsste, aber er konnte nicht. Diese Frau da hatte seine Eltern persönlich gekannt, das stand jetzt fest, und er ...

»Sind wir nicht.« Pepe lächelte. »Aber das hier ist der Sohn von Inge und Klaus Meier.«

Die Frau starrte ihn wieder an, musterte ihn skeptisch. »André?«

Aber er war nicht André. Jedenfalls nicht der André, an den sich die alte Frau Zuche erinnerte und auf den sie damals oft aufgepasst hatte, wenn seine Eltern Dienst in der Charité gehabt hatten. Der André der alten Frau Zuche hatte kupferrote Haare gehabt, so wie seine Mutter Inge auch, und war im Alter von fünf Jahren mit seinen Eltern in den Westen abgehauen. Das war 1970 gewesen. Seitdem hatte Frau Zuche die Meiers nie wieder gesehen. Nur eine leere Karte aus London, ohne jeden Gruß darauf, hatten die Meiers ihr kurz nach ihrem Verschwinden geschickt, damit sie sich wohl keine Sorgen um sie machte. Aber in Wirklichkeit brachte ihr die Karte dann viele Unannehmlichkeiten ein, weil die Polizei doch herausbekam, dass die Meiers sie geschrieben hatten, und dann glaubte, dass Frau Zuche von der Flucht der Meiers gewusst hatte.

Auf dem Heimweg überlegte Pepe laut, was es für einen Grund geben könnte, dass man André den Namen eines Kindes gab, das nun im Westen lebte, und beschwor noch aberwitzigere Verschwörungstheorien herauf als zuvor schon Iro.

Doch André hörte ihr nicht mehr zu, schaltete auf Durchzug. Denn auch wenn Pepe das alles nur für ihn tat, so war sie doch nicht ganz unschuldig daran, dass er nun wusste, dass er jahrelang vor einem falschen Grabstein an seine Eltern gedacht und manchmal sogar geweint hatte. Dieser Gedanke war kaum auszuhalten. Jetzt erst fühlte er sich wirklich allein, jetzt, wo die Hoffnung, jemals etwas über seine Eltern zu erfahren, vollkommen zunichtegemacht war. Die Namen auf dem Grabstein waren sein einziger Anhaltspunkt gewesen.

Und deshalb wollte er auch nicht mehr mit zu Pepe in die Wohnung, wo es natürlich wärmer und gemütlicher war. Wenn schon allein, dann richtig, mit allen Konsequenzen. Das aber ließ Pepe nicht zu, nicht an diesem Abend, an dem er seine Eltern erneut verloren hatte! Er musste sich auf die Matratzen legen und ausruhen, während sie sich einen neuen Plan ausdenken und ihm eine Zaubersuppe kochen wollte. Die würde ihm neue Kräfte schenken, versprach sie. Aber nicht einmal Pepe fiel etwas ein, und die Zaubersuppe schmeckte einfach nur beschissen.

»Ist ›Zaubersuppe‹ so was wie ein Pseudonym für schlechte Kochkünste?«, fragte André, weil er hoffte, dass er sie dadurch von seinen nicht vorhandenen Eltern ablenken konnte. Doch sie überhörte es schlicht.

»Weißt du, André, auch wenn es jetzt so aussieht, als hättest du niemanden auf der Welt …«

»Ist schon gut«, unterbrach er sie. »Könnten wir jetzt bitte über etwas anderes reden?«

»Ich meine, wenn du willst, kann ich deine Schwester sein. Dann bekämst du zwei Brüder dazu, meine etwas nervigen Eltern, zwei Omas, einen Opa, drei Onkel, vier Tanten, zwei Großtanten, von denen du eine heute schon kennengelernt hast, sieben Cousinen und vier Cousins! Also, was sagst du?« Sie sah ihn mit ihren braunen Knopfaugen an und lächelte. André war zum Heulen zumute, doch er tat so, als überlege er es ernsthaft.

»Du musst dich jetzt entscheiden, denn wenn du meine Verwandten alle erst einmal kennst, willst du mich vielleicht nicht mehr als Schwester.«

»Also schön, wenn du akzeptieren kannst, dass ich keine Familie habe, dann bist du jetzt meine kleine Schwester.«

»Große Schwester. Ich bin zwei Jahre älter.«

»Also meine große, nervige Schwester.«

»Jetzt, wo das geklärt ist, kann ich auch neben dir schlafen.« Pepe knipste das Licht aus und kuschelte sich an ihn. André durchfuhr es sofort heiß, doch er versuchte, es zu überspielen, tat ganz ungezwungen. Frauen mögen es, wenn man locker bleibt, hatte ihm Iro damals in Bezug auf Käthe geraten, was er aber nicht gekonnt hatte. Nicht bei Käthe.

»Gehört das auch zum Nachbarschaftstest?«, fragte er möglichst leichthin, aber natürlich klang seine Stimme belegt.

»Zum Geschwistertest«, flüsterte Pepe, deren Stimme auch etwas seltsam klang.

André wusste, dass er nun dran war, etwas zu erwidern. Nur was? Und danach könnte er sie vielleicht spaßeshalber kitzeln. Hatte er schon mehrmals im Film gesehen, auch Kissenschlachten.

Doch da drehte sich Pepe plötzlich zu ihm um und schaute

ihm fest in die Augen. »Eigentlich will ich gar nicht deine Schwester sein.«

Noch bevor er fragen konnte, warum nicht, küsste sie ihn vorsichtig, so, als wolle sie ihn erst um Erlaubnis fragen. Doch keiner von ihnen wartete die Antwort ab.

Danach konnte er lange nicht einschlafen, während Pepe ruhig neben ihm atmete. Es war heiß und stickig, und er überlegte, ob er das Fenster öffnen sollte, aber da saß er plötzlich wieder in diesem Jeep und fuhr mit der Buchhändlerin durch die Wüste. Dieses Mal wusste er, dass es ein Traum war, und hoffte, möglichst lange darin bleiben und die Buchhändlerin betrachten zu können, doch sie drehte sich nicht nach ihm um. Dafür war er plötzlich in einer Burg oder einer Ruine und konnte die Buchhändlerin vorbeilaufen und ihn rufen sehen. »Janis!«, rief sie. »Janis, wo bist du?« Aber obwohl er zurückrufen und sich bemerkbar machen wollte, brachte er keinen Ton hervor und spürte auf einmal, dass es daran lag, dass ihm jemand den Mund zuhielt, eine große, grobe Hand, an dessen Gelenk Onkel Fritz' Uhr überlaut tickte. Er versuchte trotzdem zu schreien …

»André? Wach auf! André!«

André blinzelte in das Licht und brauchte einen Moment, bis er sich zurechtfand und die Bilder des Traumes von der Realität trennen konnte.

»Du hast gestöhnt und um dich geschlagen, als würde dich jemand umbringen wollen«, flüsterte Pepe. »Was hast du denn geträumt?«

»Dass ich Janis heiße. Die Frau aus dem Buchladen hat mich ›Janis‹ genannt.«

»Welche Frau?«

KONRAD

Russland

1942

Als Konrad kurz nach Selmas Verschwinden eingezogen wurde und sich mit seinem Marschgepäck auf den Weg nach Russland machen sollte, überlegte er, einfach nicht hinzugehen und unterzutauchen. Vielleicht in Mecklenburg, in der Nähe von Helmut und Emmely. Doch überall wimmelte es von übereifrigen alten Männern wie Berthold und von Hitler verblendeten Kindern wie Johann, die vom Endsieg träumten und am liebsten selbst in den Krieg gezogen wären, die aber wegen ihres Alters oder ihrer Gebrechen nicht »für den Führer sterben durften« und jeden verpfiffen, dessen Gesinnung nicht die ihre war.

Otto und Mauersberger waren zwei Tage zuvor aus Hadamar nach Berlin zurückgekehrt, ohne einen einzigen Hinweis auf Selmas Verbleib, obwohl Mauersberger, wie Otto berichtete, beim Leiter der Anstalt getobt hatte, als wäre Selma sein höchstpersönliches Eigentum gewesen. Und doch hatte Mauersberger nichts weiter als ein Achselzucken des Heimleiters erhalten: Er könne ihm da leider nicht helfen.

Selma blieb wie vom Erdboden verschluckt. Trotzdem redete Konrads Mutter auf ihn ein, seinen Wehrdienst anzutreten, denn wenn er sich nicht bei seinem Kommando zum vorgegebenen Zeitpunkt meldete, wäre er ein Deserteur, und denen drohte die sofortige Todesstrafe. Bertha, Emmely und auch Otto versprachen, nichts unversucht zu lassen, um Selma zu finden und Konrad sofort zu telegrafieren, wenn sie eine Spur von ihr entdeckten. Bestimmt würde Selma bald wieder auftauchen. Ein Mensch verschwand doch nicht einfach so, selbst im Krieg nicht. Und eine wie Selma schon gar nicht. Schon als kleines Mädchen hatte sie immer ihren Willen durchgesetzt, nicht nur, als sie Konrads Mutter und deren Söhne gegen den Willen ihres Vaters ins Haus holte. Ihr war es, wenn man es genau nahm, auch zu verdanken, dass Konrad ein Arzt geworden war und nun zwar an der Ostfront seinen Kriegsdienst leistete, aber das zumindest in der relativ ungefährlichen Etappe.

Laut Marschbefehl lag das Lazarett, das in einem ehemaligen Krankenhaus untergebracht war, fünfzig Kilometer von der Front entfernt. Konrad sollte dort die schwerverletzten Soldaten der Heeresgruppe Don wieder zusammenflicken, die eigentlich am 21. November die bei Stalingrad eingekesselte 6. Armee hatten befreien sollen. Doch der Entsatzangriff unter dem Decknamen »Wintergewitter« war reichlich schiefgegangen und die Verluste hoch, die Anzahl der Verletzten noch um ein Vielfaches höher.

Der Truppentransport zu seinem Einsatzort fand selten in beheizten Zügen statt, so dass er sich alles anzog, was er besaß und sich zusätzlich bibbernd unter einer Felddecke verkroch. Trotzdem nahm Konrad wahr, wie verwüstet das von den deutschen Truppen eingenommene Land ringsum bereits war, wie kaputt die Häuser und wie psychisch zerstört die wenigen Menschen, die er beim Umsteigen von einem Zug in den anderen, von einem Laster auf den nächsten nur flüchtig zu sehen bekam. Diese Menschen hatten nichts mehr gemein mit den Bildern aus den Wochenschauen. Keine braungebrannten, von weißen Kopftüchern gerahmten lächelnden Gesichter mehr, nur noch in Lumpen gehüllte Wesen.

Je weiter Konrad nach Osten kam, umso härter und unerbittlicher wurde die in alles und jeden hineinkriechende Kälte, die im Verbund mit einem scharfen Ostwind selbst den Schnee zu einem anderen werden ließ. Winziger grauer, körniger Graupel, der ihm wie eine scharfe Kralle durchs Gesicht fuhr und blutige Kratzer und kleine rote Punkte wie von sehr feinen spitzen Nadeln hinterließ. Wenn Konrad etwas von den Sorgen um Selma ablenkte, dann war es diese Kälte, die sich in die Knochen, in die Eingeweide, ja sogar bis ins Herz fraß. Die selbst in den Innenräumen der wenigen Kontrollpunkte, an denen sie Verpflegung fassten oder auf die nächste Mitfahrgelegenheit warteten, nicht nachzulassen schien und jeden Gedanken, jede Sorge, egal um wen oder was, sofort zum Erstarren brachte.

Am wahrscheinlichsten war – das glaubten zu Hause schließlich alle –, dass Selma versehentlich auf einen dieser Transporte in die Arbeitslager im Osten geraten war. Von denen hörte man in letzter Zeit immer wieder. Vielleicht war Konrad sogar schon mit seinem Zug an einem dieser Lager vorbeigefahren, in dem Selma arbeitete, und sie hatte vielleicht sogar seinen Zug, den hohen pfeifenden Ton, wenn der Lokführer Dampf abließ, gehört und kurz aufgeschaut und an ihn gedacht. In den Arbeitslagern würde es hauptsächlich um Zuarbeiten für die Rüstung gehen, hatte Emmely vor Kurzem im Dorf gehört, denn die Soldaten benötigten ständig neue Munition.

Mauersberger hatte ihm noch vor seiner Abfahrt angekündigt, auch in diesen Lagern nach Selma suchen zu wollen, um sie zurück ans Kaiser-Wilhelm-Institut in seine Forschungsabteilung zu holen. Auch wenn Konrad der Gedanke missfiel, Selma könnte wieder in die Hände des sadistisch veranlagten Mauersbergers fallen, so wüsste er dann doch wenigstens, wo sie sich aufhielt. Er würde mit Mauersberger schon eine – beide Seiten zufriedenstellende – Abmachung treffen, die weder Selmas noch Almas Rechte oder ihrer beider Würde verletzte.

Über Mauersbergers Bemühungen wollte Emmely ihn per Post auf dem Laufenden halten, doch noch hatte Konrad kein einziger Brief bei seinen vielen Umsteigestationen erreicht, während von ihm mittlerweile drei Briefe an Selma unterwegs waren. Natürlich hätte er neue, an die Situation angepasste, schreiben können, in denen er hoffte, dass sie bald wiederkäme, aber etwas in ihm sperrte sich dagegen. Das wären keine Zeilen an sie geworden, sondern nur an die Leerstelle, die sie momentan hinterließ. Und hieße das nicht auch, er akzeptierte ihr Verschwinden? Nein, nein. Selma würde es sicher verstehen, dass er mit keinem Wort Bezug auf ihr Verschwinden nahm und darin von ganz alltäglichen Dingen schrieb, von denen er noch vor wenigen Wochen glaubte, sie würden ihm an der Front fehlen. Wie hätte er denn ahnen können, dass Selma – als die Adressatin – im wortwörtlichen Sinn fehlen würde?

Als er endlich im Lazarett eintraf, beschloss er, erst wieder zu schreiben, wenn er Selma in Sicherheit wusste. Nur ein winziges Zeichen, dass es ihr gutginge, brauchte er, während er bei seinen Patienten Arme und Beine amputierte, vor allem aber Füße und Unterschenkel, die den Soldaten beim Ausharren in der eisigen Kälte der Nächte schwarz gefroren waren. Auch Nasen hatte er entfernen müssen und Ohren. Niemand in der Heeresführung hatte wohl mit diesen Temperaturen gerechnet, die bereits am Tag unter 20 Grad minus blieben und in der Nacht oft um weitere zehn Grad fielen. Niemand hatte bedacht, die Wehrmacht mit entsprechend warmer Kleidung auszustatten. Stiefel, Wintermäntel, Lederjacken waren für deutsche Winter in Friedenszeiten entworfen worden, und selbst die Mäntel der Offiziere mit ihren aufgesetzten, lächerlich winzigen Pelzkrägen boten nicht genügend Schutz vor der eisigen Kälte.

Auch Helmut hatte Konrad kurz vor seiner Abreise noch gesehen, er war gerade rechtzeitig nach Dorf Mecklenburg zurückgekehrt. Zuvor hatte er in Berlin etwas erledigen müssen, was anscheinend nicht besonders angenehm gewesen war, worüber er aber nicht sprechen wollte, nicht sprechen durfte, wie er immer wieder wiederholte. Nicht nur Emmely fand das seltsam.

»Nun rück schon raus mit der Sprache«, forderte sie ihn immer wieder auf, um schließlich, weil er einfach nichts sagte, den Kopf zu schütteln. »So was gab es ja noch nie!«

Konrad und die Mutter spürten ebenfalls, dass in Berlin etwas vorgefallen sein musste, etwas, das Helmut erschüttert haben musste, denn er wich nicht nur ihren Fragen aus, sondern auch ihren Blicken. Konrad, der Helmut kannte, seit er denken konnte, hatte den Freund noch nie so erlebt, nicht als kleinen Jungen in der Schönhauser Allee und nicht als fast Erwachsenen in Scharfenberg. Hätte Konrad nicht bereits seinen Marschbefehl gehabt, dann hätte er es mit ein wenig mehr Zeit bestimmt geschafft, Helmut zum Reden zu bringen. So aber fiel ihr Abschied, der ja vielleicht auch ein Abschied für immer war, etwas distanziert aus, und einen Moment lang hatte Konrad das Gefühl, dass Helmut sich für etwas schäme und dass das der wahre Grund für sein plötzlich verändertes Verhalten war.

Kurz vor Weihnachten kam Emmelys Telegramm, das aber kein Wort über Selma enthielt, sondern nur die kurze Information, dass seine Mutter im Sterben lag. Konrad würde Weihnachten also zu Hause sein, höhnte sein Stabsoffizier unverhohlen neidisch, während die anderen sich hier im wahrsten Sinne des Wortes den Arsch abfrieren würden. Denn die 6. Panzerdivision hatte in der Nacht auf den 20. Dezember die einzige Brücke über die Myschkowa besetzt und am Nordufer einen Brückenkopf eingerichtet, der in den folgenden Tagen bis Weihnachten erweitert werden sollte, wenn denn alles gut lief.

Konrad hatte in den vergangenen Wochen schon mehrmals erlebt, dass Hiobsbotschaften aus der Heimat, die zu einem Fronturlaub führten, von den Empfängern oft nicht als die Hiobsbotschaften aufgenommen wurden, als die sie sie in Vorkriegszeiten empfunden hätten, sondern sie eher als eine erlösende und vielleicht sogar als lebenserhaltende Maßnahme für sich selbst sahen. Und auch Konrad nahm die Nachricht zwiespältig auf, wusste nicht, ob er nun trauern sollte oder eher sich freuen, weil er so der Kälte und dem Chaos um ihn herum entfliehen konnte. Insgeheim hoffte er, dass es nur eine Finte von Emmely war, um ihn Weihnachten nach Hause zu bringen, denn dass seine robuste Mutter irgendwann einmal ernsthaft erkranken könnte, das konnte sich Konrad beim besten Willen nicht vorstellen. Mit ihren fünfzig Jahren war sie auch noch gar nicht in einem Alter, in dem man üblicherweise im Sterben lag, versuchte er sich zu beruhigen, vielleicht war das Telegramm ja auch nur ein Vorwand, um …

Ja, um was?

Konrad hatte telegrafiert, wann sein Zug in Dorf Mecklenburg ankommen würde. Drei Tage später erwarteten ihn Emmely und Helmut auf dem Bahnsteig. In Deutschland herrschten zur gleichen Zeit sehr milde Temperaturen, und doch trugen Helmut und Emmely Winterstiefel und ihre dicksten Mäntel, während Konrad seinen Uniformmantel mit einem Mal als viel zu warm empfand. Doch obwohl er darin schwitzte, hatte er ihn auf der gesamten Heimreise nicht ausgezogen. In den wenigen Wochen war ihm dieser grobe, kratzige Mantel wie eine zweite Haut geworden. Ohne ihn hätte er sich wehrlos gefühlt, nackt und verletzlich. Und ein bisschen genoss er es sogar, zu schwitzen. Noch vor drei Tagen hatten er und seine Kameraden sich nach Hitze gesehnt. Und so wie sie damals als Kinder in der Schönhauser Allee von den allerfeinsten Speisen träumten und sie fast schon auf der Zunge schmeckten, so hatten sie sich hinter den dünnen Zeltwänden ihres Lazaretts wohlige Wärme und sengende Hitze vorgestellt, und manchen von Konrads Patienten war dabei tatsächlich so heiß geworden, dass sie sich wie im Delirium ihrer Sachen entledigten, was aber – das wusste Konrad aus dem Studium – nur eine Täuschung des Körpers kurz vor einem Kältetod war. Das gab es zu unterscheiden, da musste aufgeklärt und sofort gehandelt werden, um noch mehr Tote zu vermeiden.

Auf dem Bahnhof von Dorf Mecklenburg stiegen nur Konrad und eine ältere Frau mit ihrem etwa zehnjährigen Enkel aus, die aber von niemandem abgeholt wurden. Emmely und Helmut standen im Schatten des kleinen Bahnhofsgebäudes, als wollten sie sich verstecken. Ihre Gesichter wirkten grau und leblos, verzogen sich bei seinem Anblick jedoch zu einem aufgesetzten Lächeln. Konrad durchfuhr ein Schauder. Es stand um seine Mutter also schlimmer, als er gedacht hatte.

Konrad trat Emmely und Helmut gefasst entgegen, und die beiden schüttelten ihm ebenso ernst die Hand, als ständen sie alle bereits am Grab der Mutter, als würden ihm die beiden hier schon auf dem Bahnsteig kondolieren.

Helmut nahm Konrad stumm seinen Koffer ab, was ganz und gar unnötig war, weil er nichts weiter enthielt als ein bisschen dreckige Wäsche, aber Konrad ließ es geschehen, es war nicht der Zeitpunkt, um über Höflichkeiten zu streiten, das spürte Konrad. Und so folgte er den beiden steifbeinig und ohne ein Wort der Begrüßung zum Ausgang des Bahnhofsgeländes, vorbei an dem einarmigen Bahnwärter, der erst in seine Trillerpfeife blies und dann mit derselben Hand die Kelle aus seinem Gürtel zog und in die Luft hob.

»Kann ich sie noch einmal sehen?«, fragte Konrad mitten in das einsetzende Schnaufen und Stampfen des abfahrenden Zuges hinein und wiederholte die Frage etwas lauter, denn weder Emmely noch Helmut hatten darauf reagiert.

»Deiner Mutter geht's gut«, erwiderte Emmely und schaute sich ängstlich nach dem Bahnwärter um. »Lass uns erst mal nach Hause gehen«, fuhr sie fort und unterdrückte ein plötzliches Schluchzen, dass dennoch ihre Schultern erschütterte.

Konrad suchte Helmuts Blick. Der wich ihm wieder aus, wie schon bei seiner Verabschiedung an die Front vor fast vier Wochen.

Konrad wusste nicht, was er denken sollte: Seiner Mutter ging es gut. Warum machten die beiden dann solch ein Gesicht?

Als sie endlich vor dem Grundstück ankamen, stand seine Mutter am Fenster. Sie lebt, jubilierte Konrad innerlich, aber als er ihr Gesicht sah, hielt er inne. Wie fahl und leblos es war. Nichts mehr war zu erkennen von der Tatkraft seiner Mutter, nichts von ihrer berüchtigten Sturheit. Ihre einstmals hellblauen Augen hatten all ihre Strahlkraft verloren, starrten aus eingefallenen Höhlen zu ihm herüber. Beschämt wandte sich seine Mutter ab, als sie Konrads Blick begegnete. Ihm stockte das Herz. Was war hier los? Im Garten hörte er Almas dunkle, gutturale Stimme und Brigittes helles Kichern. Er hätte sie gern begrüßt, doch zuerst wollte er zu seiner Mutter.

Er fand sie in der Küche am Tisch sitzend, den Blick fest auf ein Schreiben vor sich gerichtet, in den knochigen Händen ein Taschentuch. Kein Zeichen des Erkennens, kein Wort der Begrüßung, nur dieser Blick, der nicht ihm galt, sondern einzig einem Schreiben, das vor ihr auf dem Tisch lag. Konrad trat näher heran. Es schien ein offizielles Schreiben zu sein, denn es trug ein Hakenkreuz und die Kopfzeile von Hadamar

Landesheil- und Erziehungs-Anstalt Hadamar,
den 3. Dezember 1942

Sehr geehrte Frau Selma Sollmann,
zu unserem großen Bedauern müssen wir Ihnen mitteilen, dass Ihre Schwester, Frau Alma Hahn, *die vor Kurzem auf ministerielle Anordnung gemäß Weisung des Reichsverteidigungskommissars in unsere Anstalt verlegt werden sollte,* am 28. November 1942 *unerwartet an* Thrombose und Lungenembolie *verstorben ist.*
Bei der Art ihres *unheilbaren Leidens ist ihr Tod nur als eine Erlösung für* sie *zu betrachten. Möge Ihnen diese Gewissheit zum Troste gereichen.*
Infolge hier herrschender Seuchengefahr (es befinden sich in der hiesigen Anstalt schwer seuchenkranke Patienten, die

aus westlichen Reichsgebieten nach hier verlegt worden sind)
waren wir auf polizeiliche Anordnung hin gezwungen, den/die
Verstorbene/n sofort einäschern zu lassen.
Sollten Sie den Wunsch haben, die Urne mit den sterblichen
Überresten Ihres/r entschlafenen <u>Schwester</u> *auf einem be-*
stimmten Friedhof beisetzen zu lassen, so bitten wir um Ihre
diesbezügliche Mitteilung unter Beifügung einer Einver-
ständniserklärung der betreffenden Friedhofsverwaltung. Die
Überführung der Urne wird von uns aus gebührenfrei erfolgen.
Sollten wir innerhalb von 14 Tagen keine Nachricht von Ihnen
erhalten, werden wir die Urne anderweitig beisetzen lassen.
Zwei Sterbeurkunden, die Sie für die Vorlegung bei Behörden
sorgfältig aufbewahren wollen, legen wir bei.
Heil Hitler! Dr. Friede

Im ersten Moment verstand Konrad nicht: Alma? Die spielte
doch mit Brigitte im Garten?

Aber dann begriff er.

Darum konnte seine Mutter den Blick nicht von diesem
Brief nehmen und ihren Sohn Konrad nicht einmal begrüßen.
Sie hatte Angst vor seiner Reaktion. Dass er schreien, weinen,
sie hierfür verantwortlich machen würde, dass er sich selbst oder
auch ihr etwas antun würde. Denn seine Mutter war damals im
November anwesend gewesen und hatte es zugelassen, dass man
ihm Selma nahm.

Doch Konrad konnte in diesem Augenblick seiner Wut und
seiner Trauer keinen Namen, kein Ziel geben und glaubte abwechselnd, Opfer eines Missverständnisses oder eines üblen
Scherzes zu sein. Er versuchte, sich Selmas Gesicht vorzustellen,
das er schon mehr als vier Wochen nicht mehr gesehen, nicht
mehr liebkost hatte und das er nun nie wieder berühren, niemals wieder küssen würde.

Schnell schob er den Gedanken beiseite, konzentrierte sich
lieber auf etwas anderes. Zum Beispiel auf die gepunkteten Li-

nien in diesem Vordruck und die darüber mit Schreibmaschine nachträglich eingesetzten Wörter, die dafür standen, dass Konrad und seine Familie nicht die Einzigen waren, die solche Briefe bekamen. Für einen winzigen Moment machte es das für Konrad seltsamerweise erträglicher, und er legte sich schon den Satz zurecht, den er später vielleicht einmal Brigitte antworten würde, wenn sie nach dem Verbleib ihrer Mutter fragen sollte: »Du, das war eben damals so.«

Nein, er musste sich zusammenreißen und nicht an später denken.

Diese Pünktchen.

Auf die sollte er sich konzentrieren.

Diese Pünktchen boten zwar viele Möglichkeiten für andere familiäre Zusammenhänge, denn dort könnten auch die Bezeichnungen von Brüdern, Müttern, Onkeln oder Vätern stehen, ließen aber gleichzeitig wenig Raum für die Beantwortung einer viel schrecklicheren Frage, die in Konrads Bewusstsein drängte: nämlich, warum es in einer Landesheilanstalt überhaupt eines solchen Vordruckes bedurfte?

Wie viele Insassen starben denn da so täglich, dass dieser Vordruck mit den Pünktchen einer Schreibkraft so viel Zeit und Arbeit ersparte, sie also um ein Vielfaches effektiver werden ließ, so dass sich das Drucken solch einer Vorlage lohnte? Und wer hatte dann den Druck dieser Auflage in Auftrag gegeben, und ab welcher Stückzahl konnte man dafür überhaupt eine Druckerei bemühen, dass sich auch für sie der Aufwand lohnte, die Maschine anzuwerfen?

In ihrer Heilanstalt damals in Biesdorf, da hatten er und seine Mitarbeiter jedenfalls noch das Gespräch mit den Verwandten gesucht, wenn denn doch einmal einer der Patienten bei einem epileptischen Anfall, den das Personal nicht rechtzeitig mitbekommen hatte, an seiner eigenen Zunge erstickt war oder sich anderweitig tödlich verletzt hatte. Und warum war Selmas Todestag der 28. November? Das war doch der Tag, an dem er mit

Otto abends im Kaiser-Wilhelm-Institut gewesen war, um sich von Mauersberger bescheinigen zu lassen, dass Selma und Alma Teil seines wissenschaftlichen Forschungsprojektes waren. Und wieso hatte man von Selma nichts gewusst, als Otto und Mauersberger zwei Tage später in Hadamar nach ihr suchten? Und warum hatten seine Mutter oder Emmely nicht sofort Konrad über den Brief aus Hadamar informiert, sondern erst das Zuschicken der Urne mit Selmas Asche veranlasst? Denn das da auf dem Tisch, neben dem Schreiben, das war doch eine Urne, das war doch die Urne, in der die Asche von Selma war.

Konrad erwartete nicht, dass ihm jemand seine Fragen beantworten würde. Aber solange er noch Fragen stellte, so lange konnte er aus seinem Bewusstsein verdrängen, dass er Selma nie mehr sehen, riechen, schmecken, berühren würde. Denn wenn er irgendwann dieser Tatsache nicht mehr aus dem Weg würde gehen können, wäre da nur noch Leere.

So klammerte er sich an dieses Schreiben, an diesen bürokratischen Wisch, der so viele Fragen aufwarf und gleichzeitig die Antworten dazu gab, die Konrad aber nicht akzeptieren konnte. Er glaubte weiterhin an ein Missverständnis, manchmal auch an einen geschmacklosen Scherz, denn wer verschickte denn solch ein Schreiben an trauernde Hinterbliebene?

Und dann war da noch so ein Gedanke. Einer, der ihm schon viele Schuldgefühle beschert hatte, die, seit er Selma kannte, an ihm genagt hatten. Nicht einmal ihr hatte er sie anvertrauen können, und das war jetzt die Quittung dafür: Ein vorgedrucktes Schreiben hatte ihm damals den Vater genommen, und dafür war Selma mit einem roten Apfel in sein Leben spaziert. Nun nahm ihm ein ähnlicher Vordruck Selma und damit alle Freude. Was also war das nur für eine Welt, die mit einem bürokratischen Vordruck, in den man jeden beliebigen Namen hätte einsetzen können, ihm einen geliebten Menschen wortwörtlich mit einem Federstrich geben oder nehmen konnte?

Selma fand ihre letzte Ruhe auf dem Kirchhof von Helmuts Gemeinde. Einen Tag vor Weihnachten nahmen sie in einer kleinen Zeremonie von ihr Abschied. Es schmerzte Konrad sehr, dass er seiner dreijährigen Tochter, deren Gedanken nur um ihre Geschenke zu Weihnachten kreisten, nicht erklären konnte, dass sie hier am Grab ihrer Mutter stand. Brigitte hatte Selma nie besonders gemocht, war immer nur auf sie zugegangen, wenn Emmely es ausdrücklich von ihr verlangte. Auch den Umstand, dass Selma zwar so aussah wie Alma, aber im Umgang längst nicht so robust war wie sie, hatte Brigitte nie verstanden, und das hatte sie stets auf Distanz zu ihrer leiblichen Mutter bleiben lassen. Oft genug war Brigitte kaum dazu zu überreden gewesen, sich am Sonntagabend, wenn Konrad und Selma zurück nach Berlin fuhren, von ihr zu verabschieden, und hatte sich manchmal absichtlich versteckt, nur um Selmas Küssen und Tränen auszuweichen, was bei Selma erst recht die Tränen kullern ließ. Konrad hingegen war Brigittes größter Schatz, denn auch seine neue Uniform imponierte ihr und nicht nur ihr. Johann und die Kinder aus dem Dorf zollten ihm oder viel mehr seiner Uniform bedingungslosen Respekt.

Aber am schmerzhaftesten war es für Konrad, Alma zu sehen, die treuherzige, gutmütige Alma, die nicht einmal verstand, dass ihre geliebte Schwester für immer fehlte. Sie fragte sich nicht, ob Selma noch lebte; die Auskunft, dass Selma in Berlin hatte bleiben müssen, genügte ihr, dann wendete sie sich gleich wieder ihrer »Bitti« zu.

Immer wieder ertappte Konrad sich dabei, in ihr Selma zu sehen. Die feine Nasenlinie, die Art, wie sie die Stirn krauszog, wenn ihr etwas nicht passte, und dabei angriffslustig den Kopf senkte. Manchmal gelang Alma das für Selma typische spöttische Zucken der rechten Braue, aber eher zufällig und unbewusst, denn Spott war Alma, die nur ein Ja oder ein Nein kannte, fremd. Das war besonders schmerzlich für Konrad: in seiner Trauer ständig Alma zu sehen. Sie wirkte, wenn sie still für sich in eine Tätigkeit versunken war, ein Bilderbuch anschaute, die Katze fütterte oder nur aus dem Fenster sah und den Regen beobachtete, ganz wie Selma, so als könnte sie gleich wie Selma aufschauen, ihn wie Selma anlächeln und dann einen Tee aufsetzen. Den kleinen Moment, in dem er Alma für Selma halten konnte, bevor sie wieder zu Alma wurde, den versuchte sich Konrad einzuprägen, mit diesen Bildern von Selma würde er wieder zurück an die Front fahren und andere heilen können; nur nicht darüber nachdenken, wie sinnlos das Leben im Grunde war. Denn er musste ja gesund aus dem Krieg zurückkehren, für Alma und auch für Brigitte.

Am Abend saßen sie still zusammen um den Tisch in der Küche. Johann, Gitti und Alma lagen bereits im Bett, und ab und zu unternahmen Emmely und seine Mutter den Versuch, eine nette Begebenheit über Selma zu erzählen, so wie man das vielleicht nach Begräbnissen von alten Menschen tat, die zwar auch immer zu früh, zu überraschend, aber doch in einem angemessenen Alter nach einem erfüllten Leben starben. Konrads Mutter erzählte, obwohl alle die Geschichte schon Hunderte Male gehört hatten, wie Selma damals in der Küche ihren Vater zurechtgewiesen hatte, weil er die Frau seines Lebensretters mit schnödem Geld abspeisen wollte, während sie selbst, Bertha, damals liebend gern das schnöde …

Weiter kam seine Mutter nicht, denn schon flossen ihr die Tränen, und so erging es auch Emmely, als sie erzählte, wie sie mit Selma die Geburt von Brigitte geplant hatte. Es war aber nicht so schlimm, dass sie sie nicht zu Ende erzählen konnte, sie alle kannten auch diese Geschichte und wussten, wie sie ausgegangen war.

Doch dann räusperte sich Helmut plötzlich, und Konrad überlegte bereits, welche Begebenheit er über Selma zum Besten geben könnte, da sagte sein Freund: »Ich bin an Selmas Tod mit schuld und du auch, Konrad. Wir alle. Hätte ich damals erzählt, was ich schon seit Langem wusste, hätten wir alle besser auf sie und Alma aufgepasst.«

»Was willst du damit sagen?«, fragte Konrad und sah, dass Emmely und seiner Mutter eine ähnliche Frage auf der Zunge lag.

»Kannst du dich erinnern, Konrad, wie du dich damals beschwert hast, dass du in Biesdorf für jeden Patienten neue Meldebogen hattest ausfüllen müssen, und dich gewundert hast, warum auch die Schwere ihrer Geisteskrankheit, ihrer Arbeitsfähigkeit, die Dauer ihres bisherigen Aufenthalts in der Anstalt und ob sie die deutsche Staatsangehörigkeit besaßen oder etwa nicht deutschen Blutes waren, abgefragt wurde?«

»Ja, klar erinnere ich mich. Das war viel Arbeit. Aber es ging darum, Patienten mit ähnlichen Krankheiten zusammenzulegen und sie so besser und gezielter behandeln zu können«, erwiderte Konrad und fragte sich, worauf Helmuts Frage abzielte.

»Und um dem Staat Geld zu sparen«, gab Helmut trocken zu bedenken.

»Auch das«, erwiderte Konrad unbehaglich.

»Was willst du damit andeuten, Helmut?«, fragte Emmely.

»Nichts. Nur dass es nach dem Zurückschicken der Meldebögen ab Oktober '39 ungewöhnlich viele Sterbefälle unter den verlegten Patienten gab. Du hattest da schon deine Praxis, Konrad.«

Dennoch musste Konrad daran denken, wie er mit Otto den Abtransport von Biene und den anderen Patienten hatte verhindern wollen, der dann aber nicht mehr stattgefunden hatte.

»Es war ein heimliches Programm zur Vernichtung unwerten Lebens«, erwiderte Helmut zögernd. »Das wurde im August '41 jedoch beendet, nachdem verschiedene kirchliche Würdenträger und Vormundschaftsrichter dagegen protestiert hatten.«

Helmut schaute niemanden an.

»Ihnen war aufgefallen, dass viele ihrer ›Schäfchen‹ bei den Verlegungen unerwartet häufig verstorben waren.« Endlich sah

Helmut Konrad an und setzte in einem für ihn ungewöhnlich scharfen Tonfall nach: »Angeblich an einer Embolie oder Thrombose.«

»Angeblich?«, flüsterte Konrads Mutter nach langem Schweigen aller. Doch niemand brauchte mehr eine Erklärung auf diese Frage.

»Hast du davon gewusst, Konrad?«, fragte seine Mutter leise, als fürchtete sie die Antwort.

»Sicher gewusst nicht. Aber Otto hat damals so etwas angedeutet, als er bei mir in der Praxis war. Und es gab auch andere Hinweise.«

Konrad dachte an den Taxifahrer, der ihn wegen Alma gewarnt hatte. Und da begriff er. »Ich hätte es wissen können! Und geahnt habe ich es ja auch. Es gab so viele Hinweise ... Nur habe ich mir eingeredet, dass das völlig absurd wäre, dass doch niemand all diese Menschen absichtlich ... und schon gar nicht Selma ...« Er schaute verzweifelt von einem zum anderen, während ihm die Tränen übers Gesicht liefen und er auf ein gutes Wort von ihnen hoffte. Doch keiner am Tisch war imstande, ihn zu trösten und in den Arm zu nehmen, und so weinte er hemmungslos.

Später, als Konrad sich etwas beruhigt hatte, erzählte Helmut, dass er, als er davon hörte, dass Selma aus dem jüdischen Altenheim in Mitte verschwunden war, sofort zu einem befreundeten Pfarrer nach Brandenburg und nicht, wie behauptet, nach Berlin gefahren sei, um sich bei ihm zu erkundigen, ob eventuell dieses geheime Programm, gegen das die kirchlichen Würdenträger damals protestierten und es stoppen konnten, eine Neuauflage erfahren habe. Aber davon wusste der befreundete Pfarrer nichts. Allerdings würde er seine Hand dafür nicht ins Feuer legen, hatte er hinzugefügt. Und es konnte wohl kaum ein Zufall sein, dass Selma ebenfalls an einer Thrombose und Lungenembolie gestorben war, als völlig gesunde Frau.

BRIGITTE

Westberlin

1968

Kein einziges Mal hatte Johann sie in der Öffentlichkeit so freudig begrüßt und so leidenschaftlich geküsst wie diese junge Frau auf dem Bahnsteig am Bahnhof Zoo. Und das tat besonders weh. Nicht nur, dass er sie betrog, er machte auch diesen Unterschied zwischen ihr und all den anderen Frauen. Da spielte es für sie kaum noch eine Rolle, woher die andere überhaupt wusste, wann und mit welchem Zug Johann aus München ankam. Obwohl er das sonst nie voraussagen konnte und deshalb immer wollte, dass sie mit Janis zu Hause auf ihn wartete.

Warten. Immer sollte sie warten.

Plötzlich durchfuhr Brigitte ein furchtbarer Gedanke. Schickte Johann sie etwa mit Janis an die Nordsee, damit er ungestört in ihrer gemeinsamen Wohnung eine Woche mit dem Flittchen da verbringen konnte? Hatte er ihr deshalb noch einmal so großzügig Geld für den Urlaub spendiert?

Das hatte er sich ja fein ausgedacht.

Mit etwas Abstand folgte sie dem verliebten Paar durch die Bahnhofshalle, aber die beiden achteten nur auf sich. Fieberhaft überlegte sie, wie sie Johann die Tour vermasseln und sich rächen konnte. Ja, es ging auch um Rache. Ihre erste Idee war, ein Kranksein vorzuschützen und nicht am nächsten Tag mit Janis an die Nordsee zu fahren. Sollte Johann sich doch ein Hotel suchen und dafür bezahlen, wenn er mit der da zusammen sein wollte!

Dann fiel ihr wieder ihre Reisetasche ein, die sie zuvor in der Gepäckaufbewahrung eingeschlossen hatte. Deshalb war sie ja zum Bahnhof gelaufen, während Janis bereits friedlich schlief, um sie heute schon einzuschließen und sie morgen nicht samt Janis schleppen zu müssen. Die konnte sie nun wieder mitnehmen, das würde ihr am nächsten Tag einen Weg ersparen. Ja, so umsichtig war sie, trotz alledem! Da sollte Johann noch mal behaupten, dass sie chaotisch und planlos wäre. Dem würde sie aber ...

Sie sah, wie Johann sein Liebchen in ein Taxi setzte, und ging langsam zu den Schließfächern. Er würde sich bestimmt wundern, wenn sie nach ihm nach Hause käme. Doch als sie die Reisetasche aus dem Fach hob, kam ihr eine andere Idee. Wenn Johann die Nähe zu ihr nicht mehr wollte, dann wollte sie sie auch nicht mehr. Sie würde einfach abhauen. Nicht mehr da sein. Das wäre ihm sicher eine Lehre! Sie hielt inne. Wäre es das? Brigitte war sich unsicher. Doch. Aber nur, wenn sie nicht gleich wieder aufgab und vor ihm zu Kreuze kroch.

Sie wollte nicht für immer verschwinden, nur für ein paar Tage. Damit sich Johann Sorgen machte. Nicht um sie, das erwartete sie gar nicht, sondern darum, wie er sein Liebchen mit Janis unter einen Hut bringen sollte. Um Janis müsste sich Johann dann allein kümmern. Zwei, drei Tage konnte er das schon mal übernehmen, so lange würde sie ihn schmoren lassen, und sollte er mit Janis nicht klarkommen, könnte ihm ja seine Freundin helfen ... Ha, die hatte sich die Tage mit ihm sicher etwas anders vorgestellt!

Ja, so fühlte sich eine gute Revanche an.

Auch wenn ihr Janis schon jetzt leidtat. Johann konnte nämlich sehr ungehalten werden, wenn dieser seine Pläne durchkreuzte. Denn an Brigitte, die für Johann sonst immer an allem schuld war, würde er sich dieses eine Mal nicht abreagieren können.

Und im Grunde war es doch so: Johann würde sich auch dieses Mal als das Opfer sehen, weil er nun als Mann nicht mehr tun und lassen konnte, was er wollte. Denn Brigitte, seine Putze, seine Hausfrau, seine Krankenschwester und die Mutter seines Kindes, hielt ihm nicht mehr den Rücken für die wichtigen Dinge in seinem Leben frei. Das würde schon bald diese junge Frau vom Bahnsteig übernehmen oder irgendein anderes Mädchen. Es gab immer Frauen, die solchen wie Brigitte, die einen eigenen selbstbestimmten Weg gehen wollten, in den Rücken fielen und damit weiter den Rücken des reaktionären Mannes stärkten. Und schuld waren die Mütter, die ihre Söhne wie Paschas und ihre Töchter wie Dienerinnen erzogen, wahrscheinlich aus Rache für die eigene Versklavung zuvor.

Der nächste Zug ging nach Heidelberg, Abfahrt in zwanzig Minuten. Brigitte dachte kurz an Sieglinde, die dort lebte, doch die alte Freundin war nicht der Grund, warum sie eine Fahrkarte nach Heidelberg löste. Wichtiger war, dass der Zug dort erst am nächsten Morgen eintreffen und sie somit für die Nacht eine Art Bleibe haben würde. Jetzt noch durch die Stadt zu irren und sich eine Pension zu suchen? Da würde sie nur wankelmütig werden.

Sie stieg in den Zug, suchte sich ein leeres Abteil und fühlte sich großartig. Sie würde es Johann zeigen. Er sollte endlich kapieren, dass sie nicht alles mit sich machen ließ. Dann hörte sie die Trillerpfeife, das Abfahrtssignal. Die Türen klappten zu, und durch den Zug ging ein Ruck, dann setzte er sich langsam in Bewegung.

Plötzlich stieg Panik in ihr auf. Was, wenn Johann auf dem kurzen Weg zu ihnen nach Hause überfahren wurde und Janis am nächsten Morgen ganz allein aufwachen würde? Unsinn, versuchte sie sich zu beruhigen. An so etwas sollte sie überhaupt nicht denken. Das brachte sie nur in Gefahr, beim ersten Halt wieder umzukehren. Aber sie musste stark bleiben. Janis' trauriges Gesicht ausblenden. Wenn sie jetzt hierblieb, würde sich nie etwas zwischen ihr und Johann ändern. Doch da war wieder Janis, der ihr bettelnd die Arme entgegenreckte … Besser sie nahm zwei Schlaftabletten und noch zwei Tranquilizer. Das half eigentlich immer. Dann nahm sie aus der Tasche ihren warmen Pullover, kuschelte sich damit in eine Ecke am Fenster und zwang sich, auf das gleichmäßige Rattern der Räder zu lauschen. Langsam begann sich ihre Wut zu legen …

Jemand rüttelte sie unsanft aus dem Schlaf, und Brigitte wusste im ersten Moment nicht, wo sie war. Ein älterer Mann schaute auf sie herab. Sein Gesicht weckte Erinnerungen. Es war der Zugschaffner, der am Abend zuvor ihre Fahrkarte kontrolliert hatte.

»Fräulein? Endstation. Aufstehen.«

Brigitte raffte ihre Sachen zusammen und verließ benommen den Zug. Da stand sie nun in Heidelberg auf dem Bahnhof und wusste nicht weiter. Doch, erst mal auf die Toilette. Dort spritzte sie sich anschließend am Handwaschbecken etwas Wasser ins Gesicht. Sie hätte die Nacht nicht noch mehr von den Tranquilizern nehmen sollen, dachte sie und spürte etwas Hunger und Durst. Am liebsten wäre sie gleich wieder in den nächsten Zug nach Berlin gestiegen, um dort auf dem Weg zurück weiterzuschlafen. Es war sechs Uhr früh. Nicht gerade ihre Zeit. Und sie brauchte erst einmal mehr Tranquilizer, ihr Vorrat und das Rezept für die Reise lagen noch im Schubfach des Küchenschrankes. Sie könnte in einer Apotheke fragen, ob die ihr welche ohne Rezept gaben, aber die öffnete erst um acht.

Janis würde bald aufwachen und das erste Mal aufs Töpfchen wollen … und nach ihr rufen …

Nein, sie musste stark bleiben. Das konnte sie jetzt sowieso nicht ändern. Warum ging sie sich nicht stattdessen den Ort anschauen, wenn sie schon mal hier war? Dann könnte sie gemächlich durch die Stadt schlendern, während alle um sie herum zur Arbeit eilten. Sie würde Urlaub machen, nicht an der Nordsee, sondern in Heidelberg.

Sie sah sich um. Hier also wohnte Sieglinde, die in ihrem Brief an Emmely geradezu darum gebettelt hatte, dass Brigitte sie irgendwann besuchen kommen solle, jederzeit, egal wie lange. »Sie will ja nur, dass ich sie in ihrer langweiligen Kleinstadtwelt als Ärztin bewundere«, hatte Brigitte erwidert, als Emmely sie mehrmals drängte, Sieglindes Einladung doch anzunehmen. Doch Emmely hatte widersprochen.

»Heidelberg ist nicht so piefig, wie du denkst, Gitti. Und die Mönchsgasse 9 muss direkt in der Altstadt sein.«

Sieglinde hatte sich kaum verändert. Ihr Gesicht war immer noch rund und pausbäckig, aber statt der weizenblonden Zöpfe trug sie die Haare nun kurz, wie Brigitte, jedoch eher aus praktischen Gründen, und am Hinterkopf leicht hochtoupiert.

»Gitti!«, entfuhr es Sieglinde überrascht, und sie umarmte ihre alte Klassenkameradin fest, wie eine lang Vermisste.

»Ich wollte ja vorher schreiben, aber die Arbeit und Johann«, sagte Brigitte. »Ich bin nur auf der Durchreise und dachte, ich schau mal vorbei.« Sie hatte sich auf dem Weg in die Mönchsgasse ein bisschen was zurechtgelegt, das sie Sieglinde erzählen konnte. Sieglinde musste nicht wissen, dass Brigitte abgehauen war, weil sie Johann und ihr Leben in Berlin nicht mehr ertrug. Und Brigitte wollte eigentlich auch nicht lange bleiben, sie wollte nur fragen, ob Sieglinde ihr mit einem Rezept aushelfen konnte. Sie war schließlich Ärztin.

Doch dann war es viel netter mit Sieglinde als gedacht. Ohne sie groß auszufragen, bereitete Sieglinde ihr ein Frühstück und hörte sich ruhig Brigittes tollkühne Erzählungen von einer überarbeiteten, rastlosen Reporterin an, die mal unbedingt ein paar Tage zum Ausspannen brauchte. Moment, hatte sie nicht vorhin gesagt, sie wäre auf der Durchreise? Doch bevor sie sich berichtigen konnte, sagte Sieglinde schon: »Klar, du könntest unser Arbeitszimmer haben.«

»Unser?«

Sieglinde teilte sich die Wohnung mit ihrer ehemaligen Kommilitonin Margit, die, als sie aus dem Bad kam und sich zu ihnen setzte, nichts gegen den Besuch hatte. Überhaupt, die beiden fragten sie kaum etwas, hakten auch nicht nach, egal, welche Lüge Brigitte ihnen über ihr ach so interessantes Leben auftischte. Sieglinde gab ihr einfach den Schlüssel für die Wohnung und eilte anschließend mit Margit zur Arbeit in die Uniklinik.

Brigitte hatte Sieglinde noch nach einer Schlaftablette oder einem anderen Beruhigungsmittel fragen wollen, aber weil Margit dabei war, traute sie sich das nicht, obwohl ihre Hände schon zitterten. Vielleicht fand sie welche im Bad oder im Nachtschrank, vielleicht sogar einen Rezeptblock. Im Wäscheschrank wurde sie fündig. Versteckt zwischen Bettwäsche und Handtüchern, fand sie alle möglichen Arten von Tabletten, nur keine Tranquilizer. Trotzdem bediente sie sich, vorsichtig nur. Hier zwei Schmerztabletten, da ein Schlafmittel. Es sollte ja nicht auffallen. Aber dann, die Gelegenheit war günstig, dachte sie, und griff noch einmal zu ...

Sie verschlief den ganzen Tag, döste nur so vor sich hin, ohne an irgendetwas zu denken. Was sehr erleichternd war. Nur das Zittern hörte nicht auf. Als Sieglinde sie dann am Nachmittag weckte, lag neben ihrem Kopfkissen eine leere Packung Tabletten. Hatte sie die alle geschluckt?

»Was nimmst du eigentlich sonst?« Sieglinde deutete auf die leere Packung. Da war sie wieder, die alte Sieglinde, die immer diese bohrenden Fragen stellte und sie anschließend bei der Mutter verpetzte. »Nichts. Was meinst du?«

»Was du gegen das Zittern nimmst?«

Brigitte wollte sie in die Schranken weisen, was fiel ihr ein? »Tranquilizer?«, hakte Sieglinde nach.

»Nein, ich bin einfach nur so schrecklich überarbeitet. Ich brauchte was zum Runterkommen. Mehr nicht.« Niemals würde sie zugeben, dass sie das Zeug mittlerweile wie Bonbons fraß. Nicht vor Sieglinde.

Aber die entschuldigte sich plötzlich für ihre vermeintliche Unterstellung und bedrängte sie nicht weiter. Einfach so. »Dann ruh dich weiter aus«, sagte sie freundlich und verließ leise das Zimmer.

Doch das Zittern wurde stärker. Am liebsten wäre Brigitte abgehauen, davongeschlichen, aber sie konnte keinen Gedanken mehr fassen. Sie brauchte ihre Tabletten, jetzt, sofort, sonst rastete sie noch aus.

Zitternd schleppte sie sich in die Küche, wo Sieglinde und Margit gemeinsam etwas kochten. »Könntest du mir doch ein Rezept ausstellen?« Es war ihr mittlerweile scheißegal, was die beiden über sie dachten. Sollten sie doch. Sie war am Ende.

Sieglinde gab ihr kein Rezept, aber zwei Pillen, die Brigitte gierig gleich ohne Wasser schluckte. Erst dann kam Sieglinde dazu, ihr zu erklären, dass das andere Tabletten waren, welche, die sie ebenfalls ruhig und schläfrig werden ließen, aber die sie nicht wie die Tranquilizer abhängig machen würden, denn das sei sie nämlich bereits: abhängig.

Zwei Tage lang gab ihr Sieglinde alle vier Stunden diese zwei Tabletten und unterbrach dafür auch ihre Arbeitszeit, um sie ihr selbst zu verabreichen, obwohl Brigitte schwor, dass sie die Menge und die Zeiten gewissenhaft einhalten würde.

»Du bist suchtkrank«, antwortete Sieglinde. »Da hat man kein Gewissen.«

Deshalb waren wohl auch die Tabletten aus dem Wäscheschrank verschwunden, dachte Brigitte und zitterte sich alle vier Stunden Sieglindes Pillen entgegen. An den Abenden, wenn Sieglinde aus der Uniklinik kam, kochten sie gemeinsam mit Margit, die wohl etwas mehr als eine Kommilitonin für Sieglinde war, und redeten über dies und das, über Geschehnisse in der Uniklinik, in der Politik und über ihre gemeinsamen Zeit damals in Mecklenburg. Aber als Sieglinde Margit erzählte, wie schrecklich sie sich früher oft gegenüber Brigitte verhalten hatte, obwohl sie sie immer für ihren Mut und ihren Gerechtigkeitssinn bewundert hatte, da ließ auch Brigitte die Maske der überarbeiteten Journalistin fallen und erzählte, wie es ihr in den letzten Jahren ergangen war, erzählte von ihrer Liebe zu ihrem Bruder, der gar nicht ihr Bruder war, erzählte von Janis. »Ich bin eigentlich nur Mutter und noch dazu eine schlechte, weil ich mein Kind einfach im Stich gelassen habe«, beendete sie ihr Geständnis.

»Du wirst deine Gründe dafür haben«, sagte Sieglinde, und Brigitte spürte, dass sie es auch so meinte. Margit dagegen schien aus dem Staunen gar nicht mehr herauszukommen. Aber das war Brigitte egal. Solange Sieglinde nicht auf sie herabschaute, und das tat sie nicht, war sie froh, dass sie die ganze Misere ihres jungen, verpfuschten Lebens endlich jemandem gebeichtet hatte.

»Du musst dein Tun und Lassen nicht rechtfertigen«, sagte Sieglinde eines Abends. »Das war dein bisheriges Leben. Das änderst du nicht mehr. Aber wenn du in Zukunft anders leben willst, musst du etwas tun.«

Als Erstes wollte Brigitte von den Tranquilizern loskommen und dann zurück nach Berlin, zurück zu Janis, um ihm eine bessere Mutter zu sein als zuvor. Sieglinde sagte dazu nichts, obwohl Brigitte ein Lob erwartete, sondern schlug vor, den ersten Schritt unter ihrer Anleitung in der Klinik in Angriff zu nehmen und erst dann den zweiten Schritt zu überlegen, denn vielleicht würde Brigittes zweiter Schritt dann ein ganz anderer sein, als sie es sich jetzt vorstellte.

Brigitte wollte das nicht glauben, aber als sie nach vier Wochen das Krankenzimmer der Psychiatrischen Abteilung wieder verließ, war der Gedanke an Janis und der Wunsch, ihn so bald wie möglich wieder in die Arme zu schließen, tatsächlich in weite Ferne gerückt. Auch wenn ihre Sehnsucht nach ihm groß war, so würde sie in Berlin doch nur wieder in dieselbe Mühle geraten. Denn Johann würde keine Rücksicht auf sie nehmen, dazu brauchte sie nicht die Gespräche mit Sieglinde, um das zu erkennen. Außerdem war sie noch viel zu kaputt und zu durcheinander, um sich um Janis wirklich kümmern zu können. Sie musste erst einmal zu sich selbst finden, beschloss sie, und für sich selbst Verantwortung übernehmen, ehe sie auch wieder für Janis da sein könnte.

Sieglinde bot ihr an, bei ihr und Margit wohnen zu bleiben. »Das Zimmer stand ja eh leer.« Und sie empfahl Brigitte, an einer Gruppentherapie in der Poliklinik der psychiatrischen Uniklinik bei einem Kollegen teilzunehmen. Im ersten Moment fühlte Brigitte sich von Sieglinde alleingelassen und abgeschoben. Warum sollte sie denn nun anderen alles noch einmal erzählen?

»Das wäre nicht besonders professionell, wenn ich dich weiter therapieren würde«, erklärte ihr Sieglinde. »Da könnte es zu Interaktionen kommen, die wir beide nicht wollen. Schließlich sind wir Freundinnen.«

»Sind wir das denn?«, fragte Brigitte zögernd.

»Natürlich. Seit wir uns zum ersten Mal in Mecklenburg begegnet sind.«

Brigitte hatte das selbst nie so gesehen, aber plötzlich war sie froh, schon so lange eine gute Freundin gehabt zu haben.

Die Gruppentherapie nahm sehr viel Zeit in Anspruch, es waren ja nicht nur die Sitzungen selbst, sondern auch die Zeit danach, die sie zum Nachdenken brauchte, um über sich selbst Klarheit zu erhalten. Doch sie musste auch dringend eine Arbeit finden, durfte nicht nur grübeln. Schließlich wollte sie der Freundin nicht ewig auf der Tasche liegen.

Bei der Vorauswahl der Anzeigen, die sie mit Sieglinde durchsah, gab es jedoch bestimmte Ausschlusskriterien: Der Job durfte nichts mit dem medizinischen Bereich zu tun haben, damit sie durch die Nähe zu Psychopharmaka nicht rückfällig wurde, und sie sollte erst einmal keinen Kontakt zu Kindern in Janis' Alter haben, um nicht dauernd an ihn erinnert zu werden, was aber doch geschah, denn wenn sie durch die Altstadt bis hoch zum Schloss spazierte oder nur still auf einer Bank am Philosophenweg saß und über den Neckar hinunter auf Heidelberg sah, dann waren da immer auch Kinder in Janis' Alter – die gehörten nun mal zum normalen Leben dazu, nur eben nicht mehr zu ihrem.

Es war nicht leicht, in einem Städtchen wie Heidelberg mit so vielen Studenten, die ebenfalls einen Job suchten, um ihr karges Stipendium oder das geringe Taschengeld der Eltern aufzustocken, etwas Geeignetes für eine Ungelernte zu finden. Doch schließlich kam sie über eine alte Flamme von Margit in der Universitätsbuchhandlung nahe dem Bismarck-Platz unter, über der sich im zweiten Stock das Institut für Geschichte der Medizin befand.

Anfänglich war Brigitte nur eine Aushilfskraft auf Zeit, die die neu bestellten Lehrbücher auspacken und sie für das bald beginnende Herbstsemester zu entsprechenden Stapeln zusammenstellen musste, die die Medizinstudenten je nach ihrem Studienjahr als Nächstes benötigen würden. Das war kein Hexenwerk, und Brigitte blieb genügend Zeit, ab und zu selbst die Nase in eines dieser Bücher zu stecken. Nicht, dass sie sich plötzlich für Medizin interessierte, die war ihr durch ihre Bekanntschaft mit diesem Dr. Siebert in Brasilien und mit ihrem Professor in Münster verleidet. Auch ihr einst von ihr so vergötterter Onkel Konrad – ihr Vater, wie sie inzwischen wusste – war Arzt gewesen. Einer, der wahrscheinlich seinen Beruf missbraucht und ohne jegliche Empathie, vielleicht unter dem Deckmantel der Forschung, Experimente an seinen Patienten durchgeführt hatte.

Oder warum sonst hatten ihn die Briten ermordet, wie Emmely und Helmut behaupteten? Wahrscheinlicher war doch, dass die Briten ihn aufgeknüpft oder erschossen hatten.

Die Günzels hatten immer geleugnet, dass Konrad an den schrecklichen Vorkommnissen im Krieg beteiligt gewesen war, und hatten sogar versucht, selbst diesen Dr. Siebert reinzuwaschen, obwohl sie ihn gar nicht kannten und meinten, es habe auch anständige Ärzte im Krieg gegeben.

Sicher!

Nur ihr Vater und dieser Siebert gehörten nicht zu ihnen.

Die Arbeit in der Buchhandlung machte ihr Spaß. Sie fühlte sich weder unter- noch überfordert, hatte immer einen lockeren Spruch parat und kannte bald die Namen vieler Studenten.

Schon nach zwei Wochen stand Brigitte mit an der Kasse, gab den unschlüssigen Studenten Empfehlungen, für welche Bücher es sich lohne, die letzten Groschen herzugeben, und kam immer häufiger auch mit den Mitarbeitern des Instituts ins Gespräch, die zwar alles studierte Humanmediziner waren, jedoch nie Kontakt zu Patienten hatten, sondern lieber theoretisch über Ethik in der Krankenpflege oder eine effektive Behandlung von psychiatrisch Kranken in den Anstalten forschten. Diese Anstalten seien noch immer bloße Verwahranstalten, klagte Sieglinde oft beim gemeinsamen Abendbrot, in denen die Patienten entmündigt, isoliert, mit Tabletten ruhiggestellt und mit Elektroschocks behandelt würden.

Sieglindes Kollege, Dr. Huber, ein noch junger Assistenzarzt, bei dem Brigitte zweimal die Woche in die Gruppentherapie ging, verfolgte einen anderen, ganz neuen Ansatz. Er wollte, dass die Teilnehmer der Gruppe ihn, den Arzt mit Doktortitel, in den Sitzungen wie ihresgleichen behandelten. Er wollte auch nicht derjenige sein, der sie heilen oder gesund machen würde. Das mussten sie schon selber tun. Was die meisten der Gruppe jedoch so ziemlich überforderte, auch Brigitte.

»Damit will er das starre, althergebrachte Arzt-Patienten-Verhältnis aufbrechen, das in seinen Augen keinen respektvollen Umgang mit den Patienten erlaubt«, erklärte ihr Sieglinde abends, und Margit stimmte ihr zu: »Noch werden die Patienten auf den psychiatrischen Stationen nicht wie Menschen, sondern wie Käfer unterm Mikroskop seziert, beurteilt und kategorisiert, um sie dann in Schubladen, sprich: auf entsprechenden Stationen und bis zum Sankt-Nimmerleins-Tag einzuschließen.«

»Trotzdem, mir ist nicht klar, wie ich mich selbst heilen soll«, sagte Brigitte und fragte noch mal in der nächsten Gruppensitzung nach.

»Eine sehr gute Frage, Brigitte«, lobte sie Dr. Huber und schaute in die Runde. »Möchte jemand antworten?«

Natürlich traute sich niemand, und deshalb erklärte es Dr. Huber: »Bisher wurde eine psychiatrische Erkrankung immer als ein Symptom und nicht als das Ergebnis gesellschaftlicher Ursachen behandelt. Deshalb könnt ihr, die Patienten, gar nicht gesunden, jedenfalls nicht, bevor nicht auch die Gesellschaft gesundet.«

Dr. Huber schaute triumphierend in die Runde, doch Brigitte schien es, als würde nur sie gerade das Ungeheure an seiner Aussage begreifen. Das hieße ja, dass nicht sie an ihrer Misere schuld war, sondern das System! Das hätte sie dann zu dem gemacht, was sie nicht sein wollte: eine unsichere junge Frau, die in althergebrachte Strukturen und in eine Rolle gezwängt worden war, die sie niemals für sich allein gewählt hätte.

Das war es. Nicht sie trug an ihren derzeitigen Lebensumständen die Schuld, sondern die Gesellschaft. Und das war bei den anderen auch so. Wie zum Beispiel bei dem schüchternen Gernot, der den Frauen nicht mal in die Augen schauen konnte, weil er in jeder ein Männer fressendes Ungeheuer sah, wie ihm durch bestimmte Herrenmagazine eingeredet worden war. Oder wie bei Sybille, die unter der Nichtachtung ihrer herrischen Mutter litt, während diese ihren Bruder in allem vorzog. Nicht das war das Problem, sondern dass die Männer überall in der Gesellschaft besser angesehen waren.

»Die Gesellschaft macht euch krank«, wiederholte Dr. Huber in jeder Sitzung, »und ich als Arzt soll euch wieder tauglich für diese Gesellschaft machen. Aber das will ich nicht.«

Allmählich begriffen es auch die anderen in der Gruppe: Die Gesellschaft, das System musste sich ändern, nicht sie!

»Ja«, befeuerte Dr. Huber sie weiter. »Denn in eurer Krankheit steckt die Kraft zur Veränderung, wenn ihr euch solidarisiert und aus eurer Krankheit eine Waffe werden lasst.«

»Krankheit ist Waffe!«, rief Brigitte in einer spontanen Eingebung, und alle, auch Huber, waren sofort euphorisiert und fühlten sich erstmalig wirklich als Gruppe, als Gemeinschaft, obwohl sie zuvor nur ein zusammengewürfelter Haufen von Menschen mit kleinen selbstsüchtigen Wehwehchen gewesen waren.

Ein bisschen erinnerten diese Gruppensitzungen sie auch an ihre Zeit in Dorf Mecklenburg, kurz vor der Flucht, an die vielen Versammlungen in der Schule, als sie noch unbedingt eine FDJlerin hatte werden wollen. Die Sprache und die Rhetorik der FDJ-Agitatoren, die damals überall durchs Land zogen, um Mitglieder zu werben, hatte ähnlich geklungen, war, so meinte Brigitte jetzt, ebenso rigide und dogmatisch und auch etwas manipulierend gewesen. Damals war auch das System, der Kapitalismus, an allem schuld. Deshalb sollte man für den Sozialismus, den Kommunismus sein. Und Brigittes Ausspruch, Krankheit ist Waffe, war gar nicht so spontan gewesen, denn damals in dem Kreiskulturhaus von Bad Kleinen hing so ein Plakat, auf dem stand: *Kunst ist Waffe!*

Deshalb wunderte es Brigitte manchmal, wie sehr sich Sieglinde im Kreis um Dr. Huber engagierte und wie umso vieles politischer und radikaler sie bereits im Gegensatz zu Brigitte dachte. Fiel ihr die Ähnlichkeit der Agitation zu früher nicht auf? Ihre Eltern waren doch mit ihr genau vor solchen Agitatoren geflohen.

Als junges Mädchen hatte Sieglinde zu den typischen Ja-Sagern der neuen Macht in der jungen DDR gehört, so wie Brigitte zwar auch, aber sie hatte aus echter Überzeugung, wenn auch naiv, gehandelt, und nicht wie Sieglinde aus Furcht, weil sie als Flüchtlingskind nur darauf bedacht war, im neuen Staat nirgendwo anzuecken. Jetzt betete sie oft Hubers Ansichten einfach nach und ließ keinen Zweifel daran gelten. Allerdings versuchte Sieglinde auch, das Leben ihrer kleinen Patienten tatsächlich zu verbessern, und hielt sich dabei nicht mit Schönheitsreparaturen auf, sondern packte das Übel auf der Kinderstation bei der politischen Wurzel, und vermeldete am Abendbrottisch stolz ihre Erfolge gegen die bornierten Amtsträger. Das bewunderte Brigitte an der Freundin, denn sie selbst dachte immer häufiger an Janis und musste sich besonders von Margit vorwerfen lassen, wieder nur im Privaten festzustecken. Spürte sie denn nicht die neue Zeit? Janis würde sie nur von einem politischen Leben abhalten. Doch Sieglinde ergriff für sie Partei: »Lass Gitti in Ruhe. Das können wir nicht verstehen. Wir sind keine Mütter.«

Ja, sie litt zunehmend darunter, keinen Kontakt zu Janis zu haben, nicht zu wissen, wie es ihm ging. Aber Sieglinde, Margit, Dr. Huber und auch die anderen aus der Gruppentherapie fanden, dass sie immer noch einen weiten Weg vor sich habe und erst zu sich selbst finden müsse. Janis würde sie nur zurückwerfen.

Nach einem halben Jahr Dreier-WG hatte Brigitte endlich das Gefühl, in Heidelberg angekommen zu sein und mit Sieglinde nun das erste Mal in ihrem Leben eine richtige Freundin zu haben, mit der sie alles teilen, über alles reden konnte. Wieso nur hatte sie früher ausschließlich Johann als ihren einzigen Vertrauten zugelassen und nur von ihm Rat und Tadel angenommen? Nun begriff sie, wohin sie das geführt hatte.

Doch je enger ihre Beziehung zu Sieglinde wurde, um so abweisender begann sich plötzlich Margit ihr gegenüber zu verhalten und vergiftete mit ihrer schlecht versteckten Eifersucht – nichts anderes war es, warum Margit neuerdings immer so schlecht gelaunt auf Brigitte reagierte – die Atmosphäre in ihrer WG. Immer wieder gab es deswegen heimlich geführte Aussprachen zwischen den beiden, nach denen Margit immerhin eine Weile netter zu Brigitte war.

Aber dann änderte Margit ihre Taktik, und Sieglinde ließ sie sogar gewähren. Sie stutzte Margit nicht mehr zurecht, wenn diese ihre fiesen Bemerkungen am Abendbrottisch fallen ließ, die ganz klar gegen Brigitte gerichtet waren und zu handfesten Streits eskalierten, wenn sie mit Margit allein war. Dann zog Margit neuerdings die Janis-Karte, was sie im Beisein von Sieglinde niemals gewagt hätte, indem sie von ihrer Arbeit in einer Wohngemeinschaft für schwer erziehbare Kinder und Jugendliche erzählte.

»Kein Wunder, dass der Junge zündelt. Er hat eben nie die Liebe einer Mutter erfahren. Nun buhlt er um unser aller Aufmerksamkeit«, sagte Margit, während sie den Teekessel mit Wasser befüllte, und schloss damit ihren Bericht über einen zwölfjährigen Jungen in der WG, der beinahe das ganze Haus, in der die WG untergebracht war, abgefackelt hätte.

»Ich weiß, was du mir damit sagen willst«, erwiderte Brigitte und begann wütend die Holzbrettchen auszuteilen, die sie nur zum Abendbrot benutzten, legte die Messer und Gabeln dazu.

»Ach ja?« Margit entzündete eine der Gasflammen und stellte den Wasserkessel darauf.

»Du willst mir wegen Janis ein schlechtes Gewissen einreden.«

»Das hast du auch ohne mich. Oder warum kannst du dich nicht von Janis' Sachen trennen? Die dürften ihm kaum noch passen.«

Das war wahr. Brigitte hatte damals für den Urlaub an der Nordsee Janis' Sommersachen eingepackt, die ihm mittlerweile zu klein sein dürften. Trotzdem konnte sie sich nicht von ihnen trennen. Es waren die einzigen Dinge, die sie von ihm hatte, und manchmal roch sie eben daran, als enthielten sie Janis' Geruch, aber natürlich hatte sie seine und ihre Sachen damals vor dem Urlaub noch einmal gewaschen, deshalb war es höchstens das Waschmittel, was sie da roch.

»Es geht hier doch um etwas ganz anderes«, sagte Brigitte und warf Margit einen höhnischen Blick zu.

»Wenn du es weißt, warum handelst du nicht danach?«, sagte Margit nach längerem Schweigen, als hätte sie gehofft, dass Brigitte das Thema selbst ansprach.

»Es ist nicht so einfach, eine passende Wohnung zu finden«, erwiderte Brigitte und hatte sofort Margits Aufmerksamkeit, weil es tatsächlich nur darum ging. Margit wollte sie loswerden, sie aus ihrer trauten Zweisamkeit mit Sieglinde ausschließen, und ihre Geliebte endlich wieder für sich haben.

»Wenn du willst, kann ich mich ja mal umhören«, antwortete Margit ungewohnt weich.

»Wonach?« Sieglinde stand in der Tür und schaute von Margit zu Brigitte und zurück.

Margit tat möglichst unbescholten. »Brigitte will sich eine eigene Wohnung suchen, und ich habe versprochen, ihr dabei zu helfen.«

Brigitte konnte sehen, dass Sieglinde Margit kein Wort glaubte, aber einen winzigen Wimpernschlag lang hatte sie auch die Erleichterung in Sieglindes Gesicht gesehen, bevor sich skeptisches Staunen darauf breitmachte. »Wirklich?«

Brigitte nickte zögernd.

»Aber ich finde, du bist noch nicht so weit, allein …«

»Doch, bin ich. Ehrlich.«

Sieglinde bedachte sie mit einem forschenden Blick.

»Wenn Brigitte sagt, dass sie so weit ist, dann ist sie es auch«, sagte Margit.

Sieglinde ignorierte sie. »Du weißt, dass du hier immer willkommen bist, Gitti?«

»Das weiß ich.«

Natürlich war Brigitte noch nicht so weit. Denn auch wenn sie Margit nicht besonders leiden konnte, war sie das kleinere Übel und leichter zu ertragen als diese Einsamkeit, vor der sie sich am meisten fürchtete, wenn sie eine eigene Bleibe finden würde. Allein mit sich selbst, das hatte sie in den letzten Monaten mehrmals üben können, als Sieglinde und Margit übers Wochenende zu ihren Familien nach Nürnberg und Konstanz und einmal sogar fünf Tage auf einen Kurztrip nach Brügge fuhren und sie allein in der Wohnung zurückgeblieben war.

Beim ersten Mal hatte Brigitte gesagt, Sieglinde solle sich keine Sorgen um sie machen und ruhig zu ihren Eltern fahren. Tatsächlich aber hatte Brigitte sich bei dem Gedanken an ein paar Tage allein beinahe in die Hose gemacht, so sehr fürchtete sie sich vor sich selbst. Aber das fand sie erst hinterher in der Gruppentherapie bei Huber heraus. Damals hatte sie geglaubt, sie würde sofort ebenfalls ihre Sachen packen und nach Berlin abhauen oder bei Johann anrufen oder, noch viel schlimmer, einen der Ärzte, die sie durch die Unibuchhandlung kannte, um Beruhigungstabletten bitten. Irgendeiner würde ihr schon diesen Gefallen tun, und das war die eigentliche Verführung, mehr noch: die eigentliche Prüfung.

Auch wenn sie diese Wochenenden und auch den Kurztrip nach Brügge am Ende immer überstand, ohne in Berlin anzurufen und ohne sich ein Rezept zu erschwindeln, so war sie ganz und gar nicht stolz auf diese Tage nur mit sich. Sie hatte sie hauptsächlich im Bett verbracht, im abgedunkelten Zimmer, die Decke zusätzlich fest über den Kopf gezogen und mit einer Flasche Cognac im Arm. Und nicht – wie Margit es mehrmals vermutete – mit einem ihrer vielen Verehrer auf einer wilden Party tanzend.

Natürlich hatte Brigitte noch einen Kater gehabt, wenn die beiden von ihren Ausflügen aus Konstanz und Nürnberg eintrudelten und ihre vollgestopften Taschen mit den Spezialitäten ihrer Heimat auspackten, von denen ihre Familie meinten, dass ihre Töchter es ohne sie nicht bis zu ihrem nächsten Besuch in der Heimat überleben würden.

Auch das würde Brigitte fehlen, wenn sie allein leben und nicht mehr Nutznießer solcher Gaben sein würde. Wie sollte sie nur genügend Geld für Miete und Essen aufbringen? Das bisschen, was sie in der Unibuchhandlung bekam, würde hinten und vorne nicht reichen.

Worin Margit aber recht hatte, war, dass sie tatsächlich eine ganze Reihe von Verehrern hatte, die sie fast jedes Wochenende ausführen wollten: hochnäsige Assistenten, die sich ein kleines Abenteuer hinterm Rücken ihrer Verlobten aus besserem Hause erhofften, aber auch schüchterne Doktoren und zerstreute Professoren, die manchmal eine gutaussehende, kluge Begleitung für ein Fest suchten.

Dr. Alfred Breier hingegen, ein gutaussehender Wissenschaftler aus dem Institut über der Unibuchhandlung, um die fünfzig, mit noch dunklem, vollem Haar und braunen, immer etwas feucht schimmernden Augen, schien keinerlei Interesse an Brigitte zu haben. Er kam nur in den Laden, um seine sehr speziellen Bücher zu bestellen, die Brigitte auf der ganzen Welt, aber meistens in England orderte. Dr. Breier war ihr gegenüber zwar freundlich und höflich, aber auch immer etwas distanziert, und egal wie sehr sich Brigitte um bestimmte Bücher für ihn bemühte oder gar eigene Recherchen zu seinem Forschungsthema in den Antiquariaten von Europa unternahm, er kam nur selten selbst, um die Bücher entgegenzunehmen, sondern schickte dafür meist seine Sekretärin, die die Bücher und das Porto anstandslos bezahlte, aber auch nie ein Wort des Dankes ausrichtete. Das wurmte Brigitte sehr, jedenfalls mehr, als sie es sich nach einiger Zeit selbst eingestehen wollte, und so begann sie, Nachforschungen über Dr. Alfred Breier anzustellen. Eines Tages folgte sie ihm bis in die Mensa, wo sie sich wie zufällig an seinen Tisch setzte.

»Ach, hallo!«

Er grüßte zurück, aß aber in sich gekehrt weiter. Ob er Brigitte tatsächlich erkannt hatte, sie halbwegs zuordnen konnte oder sie für eine der vielen namenlosen Mitarbeiterinnen an der Uni hielt, blieb offen.

Wie Brigitte bereits wusste, teils durch ihre Chefin im Buchladen, teils von seiner Sekretärin, hatte Dr. Alfred Breier in Berlin Medizin studiert und erforschte nun die arabischen Einflüsse auf die mittelalterliche europäische Medizin. Sein besonderes Interesse galt dabei der Überlieferungsgeschichte der *Materia medica*, also der Heilmittelkunde, vom Anbeginn bis hin zur Neuzeit. Dafür hatte er in Heidelberg zusätzlich Arabistik belegt, sprach und verstand also mittlerweile so gut Arabisch, dass er die arabischen Kräuterbücher selbst lesen konnte und sich nicht nur auf das schlechte Englisch seiner Dolmetscher auf seinen Forschungsreisen verlassen musste, wie er Brigitte gegenüber angedeutet hatte, als er kürzlich nach einem arabisch-englischen Medizinwörterbuch suchte. Brigitte hatte es ihm innerhalb von zwei Wochen beschaffen können.

»Konnten Sie etwas mit dem Wörterbuch anfangen, Dr. Breier, oder soll ich mal nach einem arabisch-deutschen Wörterbuch Ausschau halten?«

Er schaute sie erstaunt an, dann aber schien der Groschen allmählich zu fallen. Brigitte konnte ihn geradezu aufschlagen hören.

»Sie arbeiten in der Unibuchhandlung, nicht?« Er lächelte sie zum ersten Mal an und entblößte dafür zwei Reihen ebenmäßig gewachsener Zähne, die, wenn Brigitte ihre Anzahl – bar jeder medizinischen Kenntnisse – hätte schätzen sollen, weit über die vorgesehene und übliche Höchstzahl von zweiunddreißig geschätzt hätte, so breit war sein Lächeln, in das sie sich augenblicklich ein bisschen verliebte.

»Sagen Sie, Sie verfolgen mich doch nicht?«, raunte er scherzhaft, und Brigitte erschrak, fasste sich jedoch gleich wieder.

»Das könnte ich Sie auch fragen.«

Er stutzte. »Sie saßen hier schon, als ich kam?«

Brigitte hatte richtig gepokert: Er war so abwesend gewesen, dass er es nicht genau zu wissen schien.

»Dann entschuldige ich mich, Fräulein …? Wie heißen Sie noch mal?«

Wie sie das hasste, »Fräulein« genannt zu werden, nur weil sie nicht verheiratet war. Fräulein hier, Fräulein da. Sie kam sich vor wie ein alter zerfledderter Regenschirm aus einer anderen Zeit. Sie hatte den Verdacht, dass sie als Ledige zu einer vertrockneten Jungfer oder einem asexuellen Blaustrumpf abgestempelt werden sollte, und das vor allem von Männern, die selbst nicht verheiratet waren. Aber nein, schalt sie sich, sie war schon wieder auf Krawall gebürstet, wie es Sieglinde wohl ausgedrückt hätte. So würde sie nie bekommen, was sie brauchte – und von dem sie wusste, dass Dr. Alfred Breier es besaß: eine große Wohnung in einer ehemaligen Industriellen-Villa nahe dem Philosophenweg mit Blick auf die Altstadt. Brigitte hoffte, dass sie schon bald dort würde einziehen können, wenn sie erst einmal mit Dr. Alfred Breier, sie würde ihn Fred nennen, etwas angefangen hatte. Also verkniff sie sich einen Fräulein-Kommentar, nannte ihm ihren Namen und setze ihr schönstes Lächeln auf.

»Was beschäftigt Sie denn so, Dr. Breier, dass Sie nichts und niemanden um sich herum wahrnehmen?«

»Reisevorbereitungen.«

»Ah, und wo geht es hin?«

»Erst in den Libanon nach Beirut, dann nach Damaskus und schließlich nach Jordanien, besser gesagt, in die Stadt Amman.«

»Sie besuchen dort die Bibliotheken?«

Er lächelte bestätigend, und Brigitte nahm sich spaßeshalber vor, irgendwann einmal seine Zähne nachzuzählen, wenn sie erst mit ihm zusammenwohnen würde.

»Für ein ganzes Jahr. Das will gut vorbereitet sein.«

»Und wann geht es los?«

»Übermorgen.«

Brigitte starrte ihn entgeistert an. Nein, sie würde ganz bestimmt nicht mehr dazu kommen, Freds Zähne zu zählen. Und erst recht nicht bei ihm einziehen. Was für eine Pleite!

Auf die Abende, an denen sie zu Dr. Huber in die Gruppentherapie ging, freute sie sich immer. Wenn sie von dort nach Hause kam, fühlte sie sich jedes Mal stark und beschwingt, als ein Teil von etwas Großem, Neuem und nicht mehr so nichtig, unbedeutend und einsam wie an den Tagen, an denen sie keine Therapiegruppe hatte und Margit und Sieglinde sich in ihr Zimmer verzogen oder mit ihren Freundinnen verabredet waren, zu denen sie Brigitte aber offensichtlich nicht zählten. An diesen Tagen konnte Sieglindes alte Musikanlage, egal wie laut Brigitte sie aufdrehte, die Leere in ihr nicht übertönen, und das Einzige, was gegen die Leere half, war, an Janis zu denken, an ihren kleinen Jungen. Dann war sie immer versucht, bei Johann anzurufen, was ihr aber immer alle ausredeten. Sie sei noch nicht so weit.

Janis war nun schon vier und vermisste sie bestimmt genauso wie sie ihn. Wann immer das Telefon in der Berliner Wohnung schellte, rannte er bestimmt zu dem kleinen Service-Wagen, auf dem das Telefon thronte, und versuchte, es vor seinem Vater zu erreichen. Das war vielleicht in den letzten Monaten ein Wettkampf zwischen ihnen gewesen, so stellte sie es sich zumindest vor: Wer zuerst das Telefon ergatterte, durfte hören, wer dran war, und sicherlich hoffte Janis, das sie es war.

Nein, Janis hatte sie längst vergessen, in diesem Alter vergisst man schnell, und er hatte deshalb den Wettlauf um das Telefon längst aufgegeben, denn die Mama war ja sowieso nie dran.

So oder so ähnlich hatte Brigitte sich das in den vergangenen Monaten vorgestellt, aber an dem Tag, als sie erkannte, dass Dr. Alfred Breier ihr weder eine Wohnung noch einen Ausweg bieten würde, konnte sie doch nicht widerstehen. Sie ging nicht wie sonst an der Telefonzelle in ihrer Straße vorbei und nach Hause, sondern betrat sie trotz des penetranten Uringestanks im Inneren und wählte Johanns Nummer. Minutenlang so kam es ihr jedenfalls vor, lauschte sie dem Freizeichen.

Seit ihrer Flucht aus Berlin war es das erste Mal, dass sie bei Johann anrief. Selbst Sieglinde hatte nur einmal kurz mit ihm nach Brigittes Ankunft in Heidelberg und einmal etwas ausführlicher mit Emmely telefoniert, um ihnen in Brigittes Namen mitzuteilen, wo sie abgeblieben war und dass sie in naher Zukunft nicht nach Berlin zurückkehren würde. Johann hatte Sieglinde damals sofort beschimpft, so dass sie gleich wieder auflegte. Emmely hingegen hörte sich Sieglindes Erklärungen an und gab sich selbst die Schuld. Sie hätte nicht so lange zögern dürfen, Brigitte die Wahrheit über ihre Eltern zu erzählen, dann wäre alles anders gekommen, hatte sie Sieglinde weinend erklärt.

Der Gestank in der Telefonzelle war nicht auszuhalten, doch wenn Brigitte die Tür öffnete, konnte sie wegen des Straßenlärms kaum das Freizeichen hören. Es war Feierabendzeit, und die Busse, die die Leute in die umliegenden Dörfer nach Hause brachte, hielten keine fünf Meter entfernt von ihr an einer Haltestelle. Als am anderen Ende doch der Hörer abgenommen wurde, war Johann dran, und ihr rutschte das Herz in die Hose.

»Hallo? Wer ist denn da?«, sagte er, als sie sich nicht meldete. »Hallo? Wer ist da?«

Doch anstatt zu antworten, hielt sie schnell die Sprechmuschel zu. Sie wollte erst einmal überlegen, was sie …

»Das bist du, nicht?« Seine Stimme war plötzlich kalt. Wie konnte er das wissen? »Gitti?«

Sie stand stumm da, unfähig, ihren Namen zu sagen. Gleichzeitig lauschte sie auf ein Geräusch im Hintergrund. War das Janis? Eigentlich hatte sie doch nur seine Stimme hören wollen. Doch als hätte Johann ihren Anruf seit Langem schon erwartet, schnauzte er in der ihr wohlbekannten Art sofort los. »Was geht da nur in deinem Kopf vor? ... Was, wenn Janis etwas passiert wäre? ... Was haben wir dir denn getan?«

Am liebsten hätte sie ihm gesagt, dass er still sein soll. Sie wollte nur Janis hören. Das war er doch im Hintergrund? Oder?

»... jetzt bist du auch noch feige, du ... du Schlampe, du ... du undankbares Kuckucksei!«

Das saß.

Warum hatte sie ihn nur angerufen? Wahrscheinlich hatte sie ihm nur sagen wollen, dass es ihr nun besser gehe und dass es ihr leidtäte, damals auf diese gemeine Art und Weise gegangen zu sein, ohne eine Nachricht zu hinterlassen, wo sie abgeblieben war oder einen Grund zu nennen, warum sie ihn verließ.

»Ich habe mir Sorgen gemacht, Gitti!« Plötzlich klang Johann ganz anders, weicher, fast wie früher. »Ich dachte, du wärst nur Kippen holen und dabei überfallen worden ...«

Aber sie hörte nicht hin. Sie konnte ihn einfach ausblenden. Das hatte sie bei Dr. Huber gelernt. Einfach an etwas anderes zu denken.

Sie könnte ihm sagen, dass es für sie damals lebensnotwendig gewesen war, endlich zu gehen, auch für ihn und für Janis, und dass sie ohne sie besser dran waren, weil sie Johann noch immer keine gute Frau und Janis keine gute Mutter sein könnte.

»Wegen dir habe ich meine Stelle in Bayern aufgeben müssen, du egoistische Kuh, und die krieg ich auch nicht wieder!«

Sein Ton war wieder kälter. Aber warum erzählte er das? Glaubte er etwa, sie hätte angerufen, um ihre Rückkehr anzukündigen?

»Gitti? ... Gitti? Warum antwortest du denn nicht, ... du bescheuerte ...«

Er brach mitten im Satz ab. Dann folgte ein Schluchzen. Nein, sie musste sich getäuscht haben. Oder? Denn gleich darauf sagte er leise, aber beherrscht:

»Immer zerstörst du alles, was anderen wichtig ist.«

Brigitte konnte nichts entgegnen, wollte es auch nicht, sie

lauschte nur auf Janis im Hintergrund, der anscheinend einen Freund, vielleicht ein Nachbarskind, zu Besuch hatte, denn da war noch eine Stimme, die sich dann aber als die Stimme ihrer Mutter, also die von Emmely, entpuppte und »Bleib hier, Janis!« rief. Doch da war Janis zarte Stimme schon unmittelbar neben Johann und fragte: »Ist Opa dran?«

»Nein, kennst du nicht«, erwiderte Johann knapp und ging wohl mit dem Telefon ins Schlafzimmer, denn einen Moment lang hörte sie nichts weiter als ein Rascheln und Rauschen in der Leitung. Sie war schon versucht, »Hallo?« zu rufen, doch dann war Johann wieder dran und sagte leise und gepresst: »Ich wünschte, wir hätten nie etwas miteinander angefangen. Es war ein Fehler, Gitti.«

Da legte Brigitte auf und nahm sich fest vor, nie wieder anzurufen. Nie wieder würde sie der Versuchung erliegen.

Vier Tage später überreichte ihr Margit einen Zettel mit der Adresse einer alten Dame, deren Enkel seit vier Wochen in Margits WG für schwer erziehbare Jugendliche lebte und die nun jemanden für das frei gewordene Zimmer in ihrem Haus in der Altstadt suchte.

»Du darfst ihr aber nicht erzählen, dass du ein Kind hast, hörst du?«, warnte Margit, bevor sie sich gemeinsam zum Haus der alten Dame aufmachten. »Dann würde sie sofort fragen, ob du auch verheiratet bist, und wenn du das mit Nein beantwortest, dann ...«

»Ich weiß«, sagte Brigitte. »Eine Mutter ohne Trauschein gilt in dieser Stadt als Flittchen.«

»Für mich nicht«, erwiderte Margit ungewöhnlich mitfühlend. Brigitte sah sie erstaunt von der Seite an und beschloss, der alten Dame doch nicht von Janis zu erzählen, wie sie es eigentlich geplant hatte, um ihren Auszug bei Sieglinde und Margit noch etwas hinauszuzögern. Margit war nicht ihr Feind, dachte Brigitte, sie wollte nur wieder mit Sieglinde allein sein, und irgendwann musste sie ja den Absprung aus Sieglindes Obhut wagen, warum also nicht jetzt?

Das »Zimmer« war eine kleine Einliegerwohnung mit Wohnzimmer, offener Küche und eigenem Bad, die Frau Wittinger, eine etwa siebzigjährige Professorenwitwe mit lila Haaren und langen klimpernden Ketten um den Hals, einst für ihre geschiedene Tochter ausbauen ließ, um im Alter nicht allein zu sein. Die Tochter hatte es aber nur vier Monate mit der Mutter ausgehalten, wie Brigitte später von einer Nachbarin beim Bäcker erfuhr, und so war deren fünfzehnjähriger Sohn eingezogen, Frau Wittingers Enkel, der also ein Scheidungskind und deshalb nach einem ungeschriebenen Heidelberger Gesetz sowieso verloren war, und hatte es sogar auf nur drei Monate in der Einliegerwohnung gebracht, weil man ihn wegen Schulschwänzens und kleineren Diebstählen der Fürsorge überantwortet und in die WG von Margit gesteckt hatte.

Die Einliegerwohnung war mit Frau Wittingers Wohnung durch eine Tür verbunden, die zwischen dem Flur der alten Dame und dem Wohnzimmer der Einliegerwohnung lag. Die Tür störte Brigitte nicht, die könnte sie ja abschließen, wenn sie erst einmal eingezogen war. Brigitte wusste nur, dass sie die Wohnung unbedingt wollte. Niemals würde sie etwas Vergleichbares oder Besseres in der Altstadt finden, auch wenn die Miete viel zu hoch für ihren Lohn war. Margit sah das auch so und hatte bereits mit Sieglinde abgesprochen, Brigitte, wenn nötig, finanziell eine gewisse Zeit zu unterstützen, schließlich hätten sie ja auch etwas davon.

So zog Brigitte Anfang Juni zu Frau Wittinger in die Einliegerwohnung. Vor die Verbindungstür, zu der sich dummerweise nirgendwo ein Schlüssel fand, hatte Brigitte vorsorglich ein Bücherregal aufgestellt, damit es sie nicht nur vor Frau Wittingers eigenmächtigen Zutritt bewahrte, sondern auch Frau Wittinger vor der leistungsstarken Musikanlage schützte, die Brigitte von Sieglinde zum Abschied geschenkt bekommen hatte.

Dennoch träumte Brigitte in der ersten Nacht, dass sie auf einer Schaukel saß, sich wie als Kind damals in Mecklenburg kräftig nach vorne und nach hinten schwang, in die hinter und vor ihr liegende, undurchdringliche Dunkelheit hinein, aus der plötzlich vor ihr, wie von einem Scheinwerfer angestrahlt, Frau Wittinger trat und Brigitte an die Brust fasste. Schreiend wachte sie auf und sah sich um. Nur ein Traum, dachte sie erleichtert.

Als Brigitte drei Tage später aus der Therapiegruppe kam, war das Regal vor der Verbindungstür jedoch mitsamt den Büchern in den Raum gestürzt, und Frau Wittinger erklärte ihr, dass die Tür offen bleiben müsse, zu jeder Tag- und Nachtzeit. Nur so könne sie sich sicher sein, dass in ihrem Eigentum nichts geschehe, was sie nicht wollte, das hätten auch ihre Tochter und der Enkel irgendwann akzeptiert, was aber durch deren frühzeitigen Auszug, Brigittes Ansicht nach, widerlegt war.

»Dennoch«, erklärte Frau Wittinger resolut, und die schlaffe Haut unter ihrem Kinn zitterte vor wilder Entschlossenheit, »würde ich Ihre Wohnung niemals ohne dringenden Verdacht betreten. Aber es muss mir möglich sein, wenn ich glaube, dass etwas nicht ganz koscher ist.«

»Nicht ganz koscher?«, echote Brigitte perplex. »Dass Ihr Mann vor rund dreißig Jahren alle jüdischen Mitarbeiter an der medizinischen Fakultät entlassen hat, fanden Sie aber schon koscher, oder?«

Das hatte Brigitte von einer Mitarbeiterin im Unibuchladen erfahren, deren Familie seit Generationen in Heidelberg lebte. Frau Wittinger schnappte einen Moment empört nach Luft und rauschte dann in ihre Wohnung zurück.

Brigitte baute das Bücherregal trotzdem wieder vor der Verbindungstür auf, insgesamt dreimal. Zweimal riss Frau Wittinger es wieder um, ohne sich aber blicken zu lassen. Dann gab Brigitte auf und spannte zwischen den Regalen, die jetzt links und rechts neben der Tür standen, etwas Angelsehne, um zu kontrollieren, ob die alte Frau tatsächlich nur überprüfte, ob sie die Tür öffnen konnte, wann immer sie es für nötig hielt, oder ob sie Brigittes Zimmer auch zum Herumschnüffeln während ihrer Abwesenheit betrat. In den folgenden Wochen wurde die Angelsehne nicht beschädigt, und so hatten sie einen für beide Seiten annehmbaren Kompromiss gefunden.

Was schade war.

Brigitte hätte die Nazi-Witwe, wie sie die Wittinger im Stillen nannte, gern wegen ihres Mannes provoziert, aber sie ließ sich nicht mehr blicken, verhielt sich mucksmäuschenstill, selbst wenn Brigitte versuchte, sie aus der Reserve zu locken, indem sie ihre Musikanlage bis zum Anschlag aufdrehte.

So blieb als einzige Abwechslung die Gruppentherapie bei Dr. Huber, die mit der Zeit jedoch ihren Reiz verlor. Mittlerweile gingen ihr die anderen mit ihrer ewigen Nabelschau und dem ständigen Suchen nach Schuldigen für ihr verkorkstes Leben ziemlich auf die Nerven, doch Brigitte hatte das Gefühl, es Sieglinde schuldig zu sein, denn ihre Freundin sah in Dr. Hubers Arbeit immer noch etwas revolutionär Neues.

Ab und zu luden Sieglinde und Margit sie noch zum Abendessen oder auch mal ins Kino ein. Das hatte aber immer den Beigeschmack von Mitleid und Sorge, ob Brigitte denn auch ohne sie zurechtkam, und am liebsten hätte sie diese Einladungen abgelehnt, wenn sie nicht so sehr nach Sieglindes Freundschaft gelechzt hätte. Dann aber, eines Tages im Juli, konnte sich Brigitte bei ihnen revanchieren. Jemand aus ihrer Therapiegruppe sprach sie in der Pause an.

»Sag mal, hast du nächsten Samstag schon was vor?«

Der schüchterne Gernot war auch wegen einer depressiven Verstimmung in der Gruppe, und Dr. Huber sagte, dass das System daran schuld sei, dass Gernot sich in dieser Gesellschaft nicht behaupten könne und auch kein Mädchen fand. So neigte Gernot dazu, zwischen zwei Extremen zu schwanken: bodenlosem Selbsthass, weil nichts für ihn bei Frauen lief, und völliger Selbstüberschätzung, die ihm Dr. Huber einredete.

»Warum willst du das wissen?« Brigitte und Gernot standen allein am Tisch mit dem Wasserspender, und Brigitte füllte sich grade ihr Glas auf. Sie sollte sich das nächste Mal lieber zu den Rauchern stellen, dachte Brigitte, da hätte Gernot es nicht gewagt, sie anzusprechen.

Es war ihr ja eigentlich klar, was er wollte. Er hatte sie schon die ganze Therapiestunde über aus dem Augenwinkel beobachtet und immer wieder schnell den Blick gesenkt, wenn Brigitte zu ihm hinübergesehen hatte.

»Ähm, da am Samstag ... also da hält Ulrike Meinhof einen Vortrag in Tübingen.«

»Eine Physikerin?« Brigitte wusste, dass er im vierten Semester Physik studierte, vermutlich interessierte er sich für nichts anderes.

»Nein.« Gernot kicherte merkwürdig und wischte sich die schwitzenden Hände an den Seitennähten der Jeans ab. »Die schreibt für *konkret*.«

»Und da willst du mit mir hin?«

»Nein.« Gernot sagte das mit einer Bestimmtheit, die sie ihm gar nicht zugetraut hätte, so als wäre es das Allerletzte, was er je würde tun wollen. Es war schon fast beleidigend.

»Nein?« Sie musterte ihn prüfend.

»Nein«, erwiderte Gernot. »Ich meine, ich bin ja keine Frau. Und eine Mutter bin ich auch nicht.«

Brigitte verstand kein Wort.

»Deshalb würde ich auch nicht zu einem Vortrag über die ›Befreiung der Frau‹ gehen.« Gernot legte den Kopf schief und grinste, so als wäre er sehr stolz auf seinen Scherz. »Aber ich dachte, dich könnte das interessieren.«

Als Brigitte Sieglinde den Vorschlag unterbreitete, zusammen nach Tübingen zu dem Vortrag dieser Ulrike Meinhof zu fahren, stellte sich heraus, dass Margit, Sieglinde und noch ein paar Ärztinnen der Uniklinik längst beschlossen hatten hinzufahren.

Zunächst hieß es, in Margits Ente wäre kein Platz mehr für eine weitere Mitfahrerin. Der fand sich dann aber doch, weil Margit und Sieglinde wohl ein schlechtes Gewissen hatten, Brigitte nicht gefragt zu haben.

Wie Brigitte aus ihren Worten entnahm, verehrten sie diese Ulrike Meinhof schon seit Jahren, weil sie in ihren Artikeln für *konkret* so klar und einfach formulierte, was die meisten nicht einmal zu denken wagten, den Staat und die Gesellschaft kritisierte und gegen das System und die alten Nazis in der Bundesrepublik anschrieb.

Margit konnte es kaum glauben, dass Brigitte noch nie etwas von dieser Meinhof gehört, geschweige denn gelesen hatte, aber Sieglinde drückte Brigitte einfach einen Stapel *konkret*-Hefte in die Arme.

»Gitti hatte eben ein Kind zu versorgen«, verteidigte sie sie, als Margit weiter gegen Brigitte schießen wollte: »Genau solche Frauen wie Brigitte meint die Meinhof in ihren Artikeln.«

Dieser Satz hatte Brigitte elektrisiert. Diese Meinhof schrieb über sie? In der kommenden Nacht las sie sämtliche Artikel von ihr, die sie in den Heften finden konnte. Unfassbar! Worüber die Meinhof schrieb, waren jahrelang auch ihre Themen und Probleme gewesen! Nur hatte Brigitte, anders als die Meinhof, ihre Probleme ausschließlich in privaten und persönlichen Zusammenhängen gesehen und deshalb auch versucht, sie nur innerhalb dessen zu lösen, während die Meinhof, die gerade mal fünf Jahre älter war als sie, in ihren Artikeln auch auf das Gesellschaftliche, Politische und Systemische dahinter zielte und die Ursachen in ihrer klaren, von jeder Ironie befreiten Sprache analysierte, auch das Darunterliegende, Verborgene benannte. Ohne dass sie zum Handeln aufrufen musste. Denn plötzlich war einem glasklar, was da falsch lief, dass jeder, der das las, gar nicht anders konnte, als ihr zuzustimmen.

Und das bestätigte sich auch bei ihrem Vortrag in Tübingen. Wie waren sie alle begeistert von dieser Frau, die so ruhig und bestimmt von ihren eigenen Nöten als Frau und Mutter sprach! Ja, die Meinhof war nicht nur eine gute Journalistin, sie hatte sogar Zwillinge, die zwei Jahre älter waren als Janis, und sie litt, wie Brigitte darunter gelitten hatte, ihnen als berufstätige Frau keine gute Mutter sein zu können, obwohl sie das wollte und auch davon überzeugt war, dass Kinder stabile Verhältnisse, also eine Familie, bräuchten. Seit einem Jahr war die Meinhof sogar alleinerziehend, hatte ihren Mann wegen privater Probleme verlassen und sah sich, obwohl sie politisch arbeitete und obwohl sie ihre Meinung exakt formulieren und vertreten konnte, denselben Problemen in der Kindererziehung und im Alltag ausgesetzt wie jede andere Frau auch. Privatangelegenheiten, erklärte sie ihnen an anderer Stelle, seien eminent politisch, wie auch die Kindererziehung und die privaten Beziehungen untereinander, da sie darüber Aussagen treffen, ob jemand unterdrückt oder frei in dieser Beziehung wäre.

Hinterher erinnerte sich Brigitte nicht an alles, was die Meinhof in ihrem Vortrag gesagt hatte, weil sie jeder zweite Satz an ihre eigene Beziehung denken ließ, an ihr Leben mit Johann. Wie sie versucht hatte, sich zu wehren, und wie Johann sich ihr gegenüber verhalten hatte, weil sie beide so unterschiedliche Ansichten gehabt hatten, obwohl sie sogar in ein und derselben Familie erzogen worden waren.

Aber das Erstaunlichste war, dass es den anderen zweihundert Zuhörerinnen nicht viel anders als ihr ergangen war. Das erkannte Brigitte, als sie um sich blickte und überall Zustimmung in den Gesichtern sah, dieses Erinnern an die eigenen Beziehungen und dieses Erkennen, dieses Bewusstwerden, dass sie alle hier, so oder so ähnlich, dasselbe erlebt hatten oder gerade erlebten und sie nicht in einzelnen, individuellen Schicksalen zufällig gefangen waren, sondern dass dahinter ein System steckte und sie alle im Grunde einer statistischen Gruppe angehörten, die von ihrer Größe gerade erst eine Ahnung bekam.

Denn ganz sicher waren die Frauen, die zu diesem Vortrag

gekommen waren, keine Ausnahme. Da draußen waren noch mehr, die wie Brigitte unter den privaten Zuständen litten, die, wie die Meinhof es formulierte, erstickten an dem, was sie alles tagtäglich runterschlucken mussten, und dagegen Pillen nahmen oder wütend Kochlöffel nach ihren Ehemännern warfen, die, wenn sie gut erzogen waren, vorher wegen der Nachbarn noch rasch das Fenster schlossen, bevor sie losmotzten. Und die Meinhof verstand auch, wie sie sagte, wenn sich die Frauen nicht mehr von ihren eigenen Männern kränken lassen wollten, weil sie um der Kindererziehung willen nur eine schlechte, gar keine oder eine nur abgebrochene Ausbildung hatten, was natürlich Spuren bei ihnen hinterließ, für die sich die Frauen dann selbst verantwortlich machten.

Der Applaus war lang und anhaltend. Margit, die wie andere Frauen auch daran gedacht hatte, ihre *konkret*-Ausgaben einzustecken, um die Meinhof auf den Heften unterschreiben zu lassen, ging nach vorne. Brigitte fand das peinlich und unnötig. Ulrike Meinhof war doch kein Schlagerstar, der Autogramme gab! Aber je länger die Schlange wurde, umso mehr wollte Brigitte auch eine Erinnerung an diesen denkwürdigen, inspirierenden Abend haben. Also stellte sie sich zu Margit und Sieglinde in die Schlange, und fragte, ob sie ihr das *konkret*-Heft Nr. 9 von 1964 für eine Widmung überlassen würden.

»Klar.«

1964. Da war die Meinhof so alt gewesen wie Brigitte jetzt. Fünfundzwanzig Jahre. Aber das war nicht der Grund, warum es dieses Heft sein sollte. Sondern weil es in dem Artikel um einen Nazi ging.

Am Ende war Brigitte vor lauter Ehrfurcht aber stumm geblieben und hatte der Meinhof einfach nur das aufgeschlagene Heft über den Tisch gereicht, das die Meinhof entgegennahm, kurz darin blätterte und aufsah.

»Ich soll unter dem Artikel vom Karl-Wolff-Prozess unterschreiben?«

»Ja, bitte!«

Die Meinhof schien sie erst jetzt richtig zu bemerken. Oder wartete sie auf eine nähere Erklärung von Brigitte? Ihr fiel aber nichts ein, also fragte die Meinhof, die ja bestimmt als Journalistin das Fragen gewohnt war: »Haben Sie Opfer in der Familie?«

Brigitte erwachte aus ihrer Erstarrung. »Na ja, mein Vater war ein Nazi. Er wurde von den Briten auf Grund seiner Verbrechen hingerichtet.«

Die Meinhof schaute sie an und nickte schließlich ernst. »Dann gehören Sie also zu uns ›Nestbeschmutzern‹?«

Brigitte hatte das Wort noch nie als lobendes Prädikat, sondern immer nur als Schimpfwort wahrgenommen, ein Wort, um andere, die nach all den Gräueltaten Gerechtigkeit suchten, mundtot zu machen. Aus dem Munde der Journalistin klang es jedoch wie eine Auszeichnung, die Brigitte mit ihr, der Meinhof gemein machte, eine Auszeichnung für heldenhaften Mut.

»Meine Mutter war Jüdin«, erwidert Brigitte fast entschuldigend. »Und sie war ein eineiiger Zwilling.«

Die Meinhof sah sie neugierig an und schien zu überlegen, ob sie das Thema weiterverfolgen wollte. Doch dann warf sie einen Blick auf die noch Wartenden hinter Brigitte und lächelte entschuldigend.

»Ich habe auch Zwillinge«, sagte Ulrike Meinhof. »Allerdings zweieiige Mädchen.«

»Die Nazis machten Experimente mit ihnen, bis sich meine Mutter anstelle ihrer geisteskranken Zwillingsschwester umbringen ließ.«

Die Meinhof schluckte, und eine ganze Weile sagte niemand etwas, auch die hinter Brigitte wartenden Frauen waren still geworden. Dann langte die Meinhof in ihre Tasche und hielt Brigitte ein Kärtchen hin. »Sie sollten das mal aufschreiben ... und mir schicken, wenn Sie wollen.«

Als Brigitte sie anstarrte, setzte sie hinzu: »Es muss nicht gut geschrieben sein.«

»Ich schreibe gut«, erwiderte Brigitte mit einer Festigkeit, die sie selbst erschreckte. Aber es war ja wahr: Immer war sie für ihre Aufsätze, für ihre Briefe gelobt worden, von Neulehrer Albrecht damals, aber auch von der Mutter, als die noch ihre Mutter war, oder von Johann. Sie konnte schreiben!

»Ja, dann«, erwiderte die Meinhof, reichte ihr das Heft mit ihrer Unterschrift zurück über den Tisch und wandte sich der Frau hinter Brigitte zu.

»Was hast du denn so lange mit der gequatscht?«, wollte Margit auf der Heimfahrt natürlich wissen, aber das, dachte Brigitte, ging niemanden was an.

KONRAD

Russland, Ipatowo

1943

Etwas pfiff an Konrads Ohr vorbei, dann folgte die Detonation. Die Luftwelle riss Kurt, der voranlief, die Trage aus der Hand und hob sie samt dem verletzten Soldaten über Konrads Kopf hinweg in die Luft. Dort stand sie einen Moment still, senkrecht, wie ein Schutzschild, und die schreckgeweiteten Augen des Verwundeten schauten auf Konrad herab. Dann kippte die Trage, auf die Konrad den Soldaten erst wenige Minuten zuvor geschnallt hatte, wie ein Sargdeckel auf Konrad herab und begrub ihn unter sich.

Die Splitter, die in den Körper eindringen konnten wie ein warmes Messer in ein Pfund gekühlter Butter, waren da schon längst über sie hinweggepfiffen und hatten Konrad wieder einmal verschont. Doch nicht seinen Sanitäter Kurt, und den verletzten Soldaten auch nicht. Mit dumpfem Platschen regnete es Klumpen brauner Erde auf die Trage herab, während Konrads Körper flach auf den Boden gepresst wurde. Dann war es still.

Konrad musste sich nur ein wenig bewegen, sich nur ein kleines bisschen von seinem Sargdeckel befreien, dann würde er die russischen Scharfschützen und die Infanteristen auf sich aufmerksam machen und ihnen damit bekunden, dass es da noch etwas zu erledigen, ein verirrtes deutsches Menschenleben zu vernichten gab, das offensichtlich bis zu diesem Tag vom Glück verwöhnt worden, aber leider zu dumm war, um seine Chance auch dieses Mal zu nutzen.

Aber Konrad war keiner, der sich gedankenlos bewegte und zufällig den Tod riskierte. Konrad war weder dumm, noch hatte er das Glück gewollt, verschont zu bleiben. Für andere hatte er es sich gewünscht, dieses Glück, aber nur selten war sein Wunsch in Erfüllung gegangen. Er hätte jedenfalls gern sein Leben für Kurt gegeben, dieses Leben, das Konrad nicht mehr ein Leben nennen konnte und das er deshalb nicht mehr wollte, ohne Selma.

Noch hielt Konrad aber die Luft an, noch würde er sich nicht zu erkennen geben, denn er wollte einen schnellen, gut gezielten Schuss aus nächster Nähe. Doch egal, wie angestrengt er unter der Last des Toten über ihm lauschte, das Getrampel und das Gebrüll kam nicht näher, und die vereinzelten Schüsse ringsum, die die Untoten aufschrecken und seine sich nur tot stellenden Kameraden endgültig erledigen sollten, hörten sich bereits weit entfernt an, bis Konrad endlich kapierte, dass die Detonation zu nah gewesen war, um noch gut hören und sich auf seine Ohren verlassen zu können.

Wahrscheinlich hatte es ihm das Trommelfell in einem Ohr zerfetzt, oder die Erde, die zwischen seinen Zähnen knirschte und unter den Augenlidern wie Scheuerpulver rieb, war ihm auch in die Ohren gekrochen, überall war Erde in ihm, die sich anscheinend ebenso vor den Russen fürchtete wie Konrads Kameraden, und die sich deshalb in sämtliche Leibesöffnungen der Deutschen zu verkriechen suchte, in jeder winzigen Pore und auch in jedem Nasen- und Arschloch.

Es war an der Zeit, sich zu bewegen, wenn er diesen Krieg nicht überleben wollte, anstatt sich weiter still zu verhalten und die erste brutale Welle des Gegners – Auge um Auge, Zahn um Zahn – über sich hinwegtrampeln zu lassen.

Wenn er nur nicht so feige wäre!

Konrad nahm all seinen Mut zusammen und drückte den Toten samt Trage mit einem martialischen Schrei von sich.

Als er nach Selmas Beerdigung wie unter Schock aus Mecklenburg zurück an die Front fuhr, hatte er sich bei seiner Kompanie zurückmelden wollen, jedoch schon auf der Fahrt erfahren, dass sie nur einen Tag nach seiner Abfahrt einem so vernichtenden Angriff ausgesetzt gewesen war, dass sie anschließend aufgelöst und die wenigen Überlebenden auf andere Sanitätskompanien aufgeteilt worden waren.

Wäre Konrad also kurz vor Weihnachten nicht zu den Günzels nach Mecklenburg gefahren, wäre er jetzt höchstwahrscheinlich nicht mehr am Leben. Dann wäre er zwar mit dem Wissen gestorben, Selma nie mehr wiederzusehen, hätte sie jedoch in Sicherheit gewähnt, denn da glaubte er ja noch – und alle glaubten das damals noch: Helmut, Emmely, Otto und sogar Mauersberger –, Selma würde schon ihren Weg nach Hause finden. Natürlich würde sie das, sie war doch Selma, das Mädchen, die Frau, der in jeder Notlage etwas einfiel, der immer alles gelang. Mit diesem Gedanken zu sterben wäre in jedem Fall ein besserer letzter Gedanke gewesen, weil er für Konrad einen Funken Hoffnung enthalten hätte: Selma würde überleben.

Nun aber war Selma tot. Sie hatte ihr Leben gegeben, damit Alma weiterleben konnte – so, wie sie es einst geschworen hatte. Und ganz nebenbei hatte sie damit auch Konrads Leben gerettet, nicht nur im übertragenen Sinne, wie er es früher immer dachte, weil sie der einzige Sinn seines Lebens war, sondern weil er durch ihren Tod auf Heimaturlaub geschickt worden war und er so den russischen Angriff auf seine Kompanie überlebte.

Aber er wollte dieses Leben nicht! Er hätte Selmas Leben, sie und ihre Schwester Alma beschützen müssen. So hätte es sein sollen! Nicht andersherum. Das war in Konrads Augen verkehrt.

Selma.

Um zu verhindern, dass er wieder in einem Standort-Lazarett der Etappe eingesetzt wurde, wo er tagein, tagaus Selmas Verlust beklagen und sich nur selbst bemitleiden würde, hatte er sich freiwillig für einen mobilen Sanitätszug dicht hinter der Frontlinie bei Ipatowo im nördlichen Kaukasusvorland gemeldet. Wie er es gehofft hatte, fand er hier kaum Zeit zur Trauer, da er sich als Arzt wie in einem nicht enden wollenden rauschhaften Sog entlang der Frontlinie mitbewegte, immer voller Adrenalin, immer die Nerven angespannt bis zum Zerreißen, und in dem er trotz seiner Rot-Kreuz-Armbinde oft unter Beschuss geriet, während er mit Kurt die verwundeten Soldaten erstversorgte oder sie zum von ihnen angelegten Verwundetennest transportierte.

Konrad und sein Sanitäter Kurt, der nun nicht mehr lebte, hatten Druckverbände angelegt und Morphiumspritzen gegen Schmerzen gesetzt und später die Verwundeten zum Truppenverbandplatz gebracht, wo sie noch einmal zwischengelagert wurden und von dort dann weiter nach Ipatowo in das Ortslazarett transportiert wurden, das in einer idyllisch am Waldrand gelegenen Schule untergebracht war.

Ob ein Weitertransport eines Verwundeten noch sinnvoll war, entschied Konrad oft schon im Verwundetennest. Wessen Prognose er schlecht einschätzte, dem gab er nur noch Morphium und wartete, bis es vorüber war. Auch um Medikamente zu sparen. Denn der regelmäßige Nachschub von Medikamenten und Verbandszeug wurde zunehmend durch die russischen Angriffe gestört und verebbte proportional zur zunehmenden Anzahl der Verletzten.

Den Sterbenden »hinüberzubegleiten« tat er nur, wenn die Zeit dafür vorhanden war – in einer Feuerpause oder während eines Vorstoßes der deutschen Truppen – und sich die Frontlinie ostwärts bewegte. Doch viel zu oft bewegte sich die Frontlinie westwärts, also auf sie zu, und dann mussten sie die Verwundetennester, manchmal sogar die Truppenverbandplätze, in rasender Eile räumen, manchmal auch nicht geräumt aufgeben. Dann blieb Konrad nur noch Zeit, den Verwundeten eine Überdosis Morphium zu geben und ihnen die »Hundemarke« abzunehmen, um sie später als gefallen zu melden und ihren Angehörigen die Gewissheit über den Verbleib ihres Sohnes, ihres Bruders, ihres Vaters zu geben.

Manchmal aber entschied sich Konrad bei einem Verwundeten auch gegen die Überdosis, obwohl der Verwundete auf Grund seines Bauchschusses nicht mal den Transport bis zum Verwundetennest überleben würde. Denn wenn ihm die Augen des Verwundeten sagten, dass er dennoch voller Hoffnung war, seine Verlobte, seine Mutter oder die Frau und die Kinder noch einmal sehen zu können, bevor er starb, dann gab Konrad ihm die Überdosis nicht und versuchte ihn trotz gegenteiliger Prognose zu bergen. Denn natürlich starb so einer auf dem Transport mit solch einer ernsthaften Verletzung wie einem Unterleibsschuss, bei dem die Eingeweide wie die Auslage eines Bauchladens für alle sichtbar vor ihm ausgebreitet lagen, aber mit einem Funken Hoffnung, davon war Konrad überzeugt, starb es sich etwas leichter.

Im Ortslazarett in der Schule von Ipatowo gab es nur vierzig Betten, zwei Ärzte, zwei Schwestern und drei Sanitäter, die die Verwundeten dann für den großen Transport fit zu machen versuchten. Wenn der Lazarettzug rechtzeitig eintraf, ging es weiter in die Standort-Lazarette im Hinterland oder sogar bis in die Heimat zum Auskurieren. In ganz Europa sammelte der Zug die Verletzten aus den annektierten Ländern ein, und wenn die Schienen ins Hinterland intakt und der Zug mit seinen vielen Wagons nicht selbst zwischen die Fronten und unter Beschuss geriet, dann hatten die Verwundeten das Schlimmste überstanden und erreichten zwar versehrt, aber lebend die Heimat.

Seit er hier in Ipatowo war, meldete sich Konrad jedes Mal, wenn es an den ruhigen Tagen, an denen beide Kriegsparteien ihre Wunden leckten, etwas zu organisieren gab, obwohl es – als einer von zwei Assistenzärzten vor Ort – nicht seine Aufgabe war. Dafür gab es die einfachen Soldaten, blutjung und oft unerfahren, ohne das Mindestmaß an Fantasie, das nötig war, um sich überhaupt vorzustellen, was sie alles bei solch einem Einsatz erwarten könnte. Die aber genau deshalb von einem dieser durchgeknallten Unteroffiziere, die noch immer für Volk und Vaterland einen ruhmreichen Tod sterben wollten, zu einer »Operation Heldenklau« verpflichtet wurden. Das waren Himmelfahrtskommandos, von denen selten mehr als die Hälfte der Ausgesandten zurückkam, oft, ohne auch nur das ausgegebene Ziel zu erreichen, wie etwa Lebensmittel oder ein bisschen Futter für die Pferde zu beschaffen. So starben sie an solch einem Tag der vermeintlichen Waffenruhe völlig umsonst und noch sinnloser, als es ihre Kameraden ohnehin schon ringsum taten. Auch von diesen Einsätzen kam Konrad immer wieder heil zurück. Deshalb hatte er sich in seiner Kompanie den Ruf eines Hasardeurs und eines verwegenen Helden erworben, um den jede feindliche Kugel einen Bogen machte.

Hier, bei Ipatowo, wollte Konrad wie einst sein Vater für einen anderen sterben. Und so, wie Hans Sollmann gestorben war, um seiner Frau Bertha und ihren Söhnen Konrad und Fritz ein besseres Leben zu ermöglichen, so wollte Konrad hier bei Ipatowo sein Leben für einen dieser jungen Hitzköpfe geben, damit er weiterleben und ein besseres Leben führen konnte, als Konrad es für sich in der Zukunft sah. Auch weil so ein junger Hitzkopf noch gar nicht wusste, wie schön das Leben sein konnte, ohne Krieg, denn er kannte ja nur den.

Doch Konrad lebte noch immer. Er hatte sich zwar bewegt und sich mühsam von dem Toten auf der Trage über ihm befreit, aber statt eines Schusses hörte er in seinem Nacken plötzlich das markante Geräusch eines Gewehrs, das durchgeladen wurde. Er glaubte, hoffte, dass nun alles gleich vorüber war, aber es geschah nichts, und als er sich instinktiv umdrehte, schaute er direkt in einen Gewehrlauf, an dessen anderem Ende ein mindestens ebenso verdreckter Mensch wie er selbst in einer russischen Uniform stand und ihn über Kimme und Korn fixierte.

»*Dawai, dawai!*«, winkte der Soldat mit dem Gewehrlauf und gab Konrad die Richtung vor, in die er sich mit erhobenen Armen zu bewegen hatte. Konrad stolperte los, fiel fast über Kurt, der sich ganz der Erde ringsum bereits angepasst hatte, und dann sah er, da waren noch mehr von ihnen.

Konrad erkannte in der verrauchten Luft drei andere Soldaten des Himmelfahrtkommandos, das vor einer Stunde – oder waren es schon Tage her? – noch ein Dutzend zählte, aber von denen Konrad keinen einzigen näher gekannt hatte. Das war ja der Sinn solcher Heldenklau-Aktionen, dass keiner den anderen kannte und sich also mit niemandem besprechen und zusammentun konnte, um gemeinsam stiften zu gehen. Jeder sollte vor jedem Angst haben, nicht nur vorm barbarischen Russen, sondern auch vor der Denunziation des Kameraden neben ihm.

Drei Soldaten des ausgesandten Dutzends hatten sie schon auf dem Weg zu dem Bauernhof verloren, wo sie ein paar Lebensmittel oder ein Schwein – jemand hatte aus der Richtung des Bauernhofes am Morgen ein verdächtiges Quieken gehört – zu konfiszieren hofften. Einen jungen, noch pickligen Soldaten durch eine Mine, zwei durch Scharfschützen, und nun waren mit Konrad nur noch vier Soldaten übrig, vier von einem Dutzend, entwaffnet, die Arme über den eingezogenen Kopf erhoben, und so stolperten sie über die Toten, viele russische und auch ein paar deutsche.

Auf dem Weg zum russischen Basislager ging ein weiterer Kamerad ihres Dutzends durch eine Sprengfalle verloren, die die Pionierabteilung von Konrads Kompanie noch am vorherigen Tag ausgelegt hatte, und riss auch einen ihrer russischen Bewacher mit in den Tod, was die anderen zwei Deutschen, abgesprochen oder nicht, zur Flucht nutzten. Aber sie kamen nicht weit, weil sie in ihrer Verwirrung in die falsche Richtung flohen und direkt in die Salve eines russischen Maschinengewehrs liefen. Er hätte mit ihnen flüchten und sich ebenfalls abknallen lassen sollen, dachte er, als er die zwei zusammenbrechen sah, aber er war mal wieder zu feige, zu paralysiert gewesen, um diese Chance überhaupt als Chance zu begreifen.

So war Konrad der Letzte ihres Dutzends, und es würde nicht einer von ihnen übrig bleiben, denn Russen machten niemals Gefangene, davor waren sie immer gewarnt worden: Der Russe knallt jeden Deutschen ab, auch wenn man sich kampflos ergibt und sogar, wenn man die Rot-Kreuz-Binde am Arm und den Äskulapstab auf den Schulterstücken trägt.

Aber statt ihn einfach abzuknallen, statt ihn endlich loszuwerden, führte man Konrad nach einem Zwanzig-Minuten-Marsch in ein zugiges Zelt, in dem er ausgezogen und ihm gründlich Gesicht und Hände gewaschen wurden. Warum, verstand Konrad erst, als er hinterm Zelt in einen Krankenwagen mit deutschen Kennzeichen, dessen Fahrerkabine jedoch ausgebrannt war, gebracht wurde und vor einem provisorischen Operationstisch stand, auf dem ein russischer Offizier in Konrads Alter mit einem ungefährlichen Steckschuss in der Schulter lag. Seine Rot-Kreuz-Armbinde hatte Konrad als Arzt ausgewiesen und ihn wieder einmal für den Moment lebendig nützlicher als tot erscheinen lassen.

Es fehlte fast an allem in dem engen Krankenwagen. Offensichtlich war die deutsche Besatzung geflohen, nicht ohne vorher die wichtigsten Medikamente und Instrumente mitzunehmen. Doch Konrad sah im Wandregal noch ein paar Fläschchen stehen, darunter sogar Chloroform, und der Sterilisationsofen war auch da, weil er zu schwer für eine Flucht zu Fuß gewesen war.

Konrad hätte sich gleich an die Arbeit machen können, wenn man ihm nicht bei seiner Verhaftung seine Arzttasche abgenommen hätte. Doch gleich darauf wurde sie ihm gebracht, und während ihn sein russischer Patient auf dem Tisch skeptisch musterte, fing Konrad an, nach seinen Skalpellen zu suchen. Die waren natürlich nicht mehr da. Auch die Pinzetten, Spritzen und Scheren fehlten. Wie sollte er also dem Mann die Kugel aus der Schulter entfernen? Konrad gab das Suchen auf und zuckte hilflos mit den Schultern. Eine Geste, die der russische Patient sofort verstand und nun Anweisungen in die Richtung von Konrads Bewacher bellte, der sie nach draußen weitergab, wo sie abermals weitergegeben wurde und wie ein stetig leiser werdendes Echo schließlich in der Ferne verhallte.

Es dauerte noch einmal gut zehn Minuten, und die Skalpelle, Pinzetten, Spritzen und alles, was Konrad noch so aus der Arzttasche vermisste, fanden ihren Weg zurück in den zerschossenen Krankenwagen, wo Konrad alles sofort sterilisierte und dem jungen Offizier zügig die Kugel unter einer örtlichen Betäubung entfernte.

Nachdem er die Schulter verbunden hatte, wischte er sich die Hände an einem schmutzigen Tuch ab, und fragte sich, was nun geschehen würde. Aber vor dem Krankenwagen hatte sich bereits eine kleine Schlange von weiteren Verletzten gebildet, die er, soweit er es konnte, nun ebenfalls zu versorgen begann. Er reinigte Wunden, legte neue Verbände an, zog einen abgebrochenen Zahn, holte aus einem Jungen zwei Kugeln und einen Splitter, die dort schon mehrere Tage vor sich hin geeitert hatten, pinselte Jod auf nicht heilen wollende Blasen und amputierte einen von Wundbrand befallenen Fuß nur mit einem Fuchsschwanz, weil er am Morgen vergessen hatte, die kleine Knochensäge einzupacken.

Konrad war so sehr in seine Arbeit vertieft, dass er kaum noch bemerkte, auf welcher Seite der Front er stand. Gut, er konnte seinen Helfern keine Anweisungen geben, aber seine Zeichen und Gesten verstanden sie, und insofern war kein Unterschied zu spüren, ob er nun diesseits oder jenseits der Frontlinie Verletzte verarztete, außer vielleicht, dass die russischen Patienten weniger vor Schmerz schrien und mehr die Zähne zusammenbissen als die deutschen Verwundeten, wahrscheinlich, um sich vor dem deutschen Arzt keine Blöße zu geben.

Es war draußen längst dunkel geworden, und Konrad fragte sich, was nun mit ihm geschehen würde, jetzt, wo er seine Schuldigkeit getan hatte. Das schienen sich auch die Russen zu fragen, denn als sich Konrad erschöpft draußen vor dem Krankenwagen auf die Stufen der kleinen Metalltreppe setzte, um seinen Rücken zu entspannen, waren ringsum die Augen scheu, aber neugierig auf ihn gerichtet. Dann kam einer mit einem Blechgeschirr auf ihn zu, aus dem es trotz der Dunkelheit sichtbar dampfte und gleichzeitig ein verführerischer Duft nach Erbsensuppe und Speck aufstieg. Die gute alte Erbsensuppe, die würde es jetzt in seiner Kompanie, wenn es sie noch gab, auch geben, vielleicht nicht so ein grobes Brot dazu, wie es ihm hier gereicht wurde, aber es schmeckte nach so einem Tag nicht weniger gut. Im Gegenteil.

Konrad machte sich mit Heißhunger über die Suppe her, und erst als er sie fast ausgelöffelt hatte, musste er plötzlich an seinen Bruder Fritz denken, der, wie seine Mutter ihm eines Abends noch in der Praxis in der Göhrener Straße erleichtert anvertraut hatte, damals nach Moskau geflohen und also in Sicherheit war, nachdem er Selma und Alma vor diesem pöbelnden SS-Mann beschützt und ihn schließlich erschossen hatte. Was Fritz dort in der Sowjetunion tat, wusste seine Mutter nicht mit Bestimmtheit zu sagen, denn der Genosse, der ihr die Nachricht überbracht hatte, hatte später nur erzählt, dass es Fritz gutginge und dass er eine Schule besuche.

»Kannst du dir vorstellen, dass unser Fritz noch mal die Schulbank drückt«, hatte seine Mutter kopfschüttelnd zu Konrad gesagt und gelacht. Doch sie war sich sicher, dass er an der Seite der Russen gegen die Deutschen kämpfen und mit dazu beitragen würde, dass dieser Krieg endlich ein Ende fand. Dann würden Angehörige von Menschen wie Alma nicht mehr um deren Leben fürchten müssen.

Konrad hatte da einen gewissen Stolz für Fritz in der Stimme der Mutter mitschwingen hören, was ihn etwas schmerzte, wo sie doch früher immer auf ihn stolz gewesen war. Besonders als er mit ihren gesparten Groschen nach Scharfenberg gegangen war, um als ein Junge aus der Schönhauser Allee das Abitur zu machen. Sogar Fritz und Selma waren auf ihn stolz gewesen, doch später nicht mehr, obwohl sie wussten, dass Konrad nie ein glühender Verehrer von Hitler gewesen war und die SA-Uniform erst nur aus Karrieregründen angezogen und später zum Schutz von Selma und Alma nicht mehr ausgezogen hatte. Lag es daran, dass er sich verstellt hatte, statt wie sein Bruder Fritz Haltung zu zeigen?

Und wie war das jetzt? Hatte Konrad heute nicht auch einen Beitrag zur Beendigung des Krieges geleistet? Hatte er nicht grade eine halbe russische Kompanie verarztet, damit sie schneller gesundete und den deutschen Truppen – seinen Kameraden – den Garaus bereitete? Konrad kannte das Urteil seiner Mutter, auch ohne sie zu sprechen: Fritz kämpfte aus eigenem Ansporn mit der Waffe in der Hand, während er nur zufällig und durch seine Ausbildung als Arzt in die Situation gekommen war, der russischen Seite zu helfen.

Aber jetzt, wo er schon einmal auf der anderen Seite war, könnte er doch aktiv werden.

Er hatte das kaum gedacht, als der junge Offizier, aus dessen Schulter Konrad noch wenige Stunden zuvor den Steckschuss entfernt hatte, mit einem bewaffneten Soldaten zurückkehrte. Während der Soldat sein Gewehr auf Konrad richtete, fesselte der Offizier Konrad die Arme hinterm Rücken und verfrachtete ihn unsanft auf die Rückbank eines überdachten Geländewagens.

Seit etwa zehn Minuten fuhren sie durch die verschneite Grassteppe. Ringsum war es dunkel, denn natürlich fuhren sie ohne Licht. Dennoch glaubte Konrad unter dem sternenklaren Himmel am Horizont die ersten Erhebungen des Kaukasus zu sehen, die aber dann doch keine Vorboten des Gebirges waren, sondern sich kurz darauf als ein riesiges Zeltlager der russischen Armee entpuppten. Das mussten Zelte für mindestens zweihunderttausend Mann sein, dachte Konrad. Panzer gab es auch, vielleicht fünfzig oder siebzig, und das waren nur die, die er in der Dunkelheit schemenhaft zu sehen glaubte. Was, wenn es davon noch mehr gab, und was, wenn die deutsche Admiralität nichts davon wusste?

Konrad wurde in ein beheiztes Zelt gebracht, vor einen provisorischen Schreibtisch geführt und auf einen davorstehenden Stuhl gedrückt, dann erst nahm ihm der Soldat die Fesseln ab. Kurz darauf betrat ein älterer Offizier das Zelt, setzte sich hinter den Schreibtisch und begann, Konrads Wehrpass durchzublättern, den man ihm bereits im Feld bei seiner Ergreifung samt seinem Rot-Kreuz-Ausweis abgenommen hatte. Darin waren nur zwei Eintragungen, da gab es eigentlich nichts zu blättern, da Konrad ja erst im letzten November eingezogen worden war.

»Sie sind noch nicht viel rumgekommen, Herr Sollmann«, ließ sich der Mann hinterm Tisch, laut seiner Uniform ein Leutnant, zu Konrads Überraschung in einem akzentfreien Deutsch vernehmen. »Was hatten Sie denn so dringend zu tun, bevor Sie Angehöriger der Wehrmacht wurden?«

»Ich hatte eine Praxis in Berlin, bis November '42«, erwiderte Konrad und merkte, dass das dem Leutnant noch nicht genügte. Nur was hätte er dazu noch sagen können? Dass er unter besonderem Schutz gestanden hatte und deshalb …

»Da standen Sie wohl unter besonderem Schutz«, unterbrach der Leutnant Konrads Gedanken, »dass Sie in Ihrem Alter nicht früher eingezogen wurden.«

Das war mehr als eine Andeutung und offensichtlich auch keine Frage, eher eine Feststellung, trotzdem fühlte Konrad die Notwendigkeit zu antworten. »Die Bevölkerung muss auch im Krieg versorgt werden.«

»Sie haben sich besonders um einen gewissen Teil der Bevölkerung gekümmert, wie wir erfahren haben.«

»Von wem?«

»Sagen wir, darunter waren auch Angehörige von mir.«

Er war also wie Fritz einer von den Übergelaufenen, die den Russen halfen, weitere Wehrmachtssoldaten zum Desertieren zu überzeugen.

»Dafür wollen wir uns bei Ihnen bedanken«, fuhr der Leutnant fort, der ein sauberes Hochdeutsch ohne jede nationale Färbung sprach, »und bieten Ihnen eine Assistenzstelle in einem Lazarettzug an, bei der Sie nicht täglich Gefahr laufen zu sterben.«

Der Leutnant lächelte zufrieden, weil ihm seine Überraschung gelungen schien, denn Konrad glotzte sogar für sein eigenes Empfinden reichlich blöd.

Doch dann schüttelte er den Kopf und sagte zögernd: »Ich will ja sterben. Ich finde nur nicht den Mut, es selbst zu tun.«

Dieses Mal glotzte der Leutnant blöd. Aber nachdem ihm Konrad erklärt hatte, dass er wegen seiner verstorbenen Frau sterben wolle, ihm aber das Glück bisher nicht hold gewesen war und er deshalb auf keinen Fall einen Schonposten in einem Lazarettzug wollte, schmunzelte der Leutnant und berichtigte sich: »Die Assistenzarztstelle ist kein Schonposten, sondern Tarnung für einen Kurierdienst, Herr Sollmann. Sie werden für uns von den jeweiligen Einsatzorten des Lazarettzuges Informationen über die geplanten Truppenbewegungen und den Nachschub überbringen.«

»Wie kommen Sie da ausgerechnet auf mich?«

»Ihr Leumund hat Sie empfohlen.«

»Der da wer ist?«, fragte Konrad, aber der Leutnant wollte dazu nichts sagen, sondern schien nur erleichtert, dass er die Gefahren des Kurierdienstes nicht herunterspielen musste.

»Mit dem Überbringen dieser Informationen begehen Sie Hochverrat, und wenn Sie sich erwischen lassen, erwartet Sie die Todesstrafe.«

Als Konrad Stunden später in der Nähe der Schule von Ipatowo abgesetzt wurde, übergab ihm sein russischer Begleiter eine schlecht in Ölpapier verpackte Ferkelhälfte, mit der er wieder einmal seinen Ruf als Hasardeur und als einer, dem die feindlichen Kugeln nichts anhaben konnten, bestätigte. Deshalb wunderte es niemanden, dass er als Einziger des ausgesandten Dutzends von dieser schwierigen Mission zurückgekehrt war. Eine Woche danach bekam Konrad seinen neuen Stellungsbefehl und machte sich auf den Weg nach Rostow am Don, wo ein anderer Lazarettzug, noch nicht seiner, ihn bis nach Warschau mitnehmen würde, wo er dann auf seinen Zug warten sollte.

ANDRÉ

Ostberlin

1984

Sie waren kurz nach fünf aufgestanden, waren mit der S-Bahn nach Oranienburg gefahren und stiegen dort in den bereitstehenden Sieben-Uhr-Personenzug nach Rostock, deren Abteile ekelhaft nach Fisch muffelten. Eine große Fischmehlfabrik nahe den Gleisen verpestete mit ihrem Gestank nicht nur die Gegend, sondern auch alle Züge und S-Bahnen, die über Nacht am S- und Fernbahnhof Oranienburg abgestellt wurden. Auch die Eier aus der *HO* und dem *Konsum* rochen und schmeckten so, weil die Hühner in den Legebatterien mit ebendiesem Fischmehl gefüttert wurden.

Aus drei neuen Ladungen gefärbter Bettlaken, diesmal in Türkis, Violett und Grün – andere Textilfarben waren nirgendwo zu bekommen gewesen –, waren innerhalb weniger Tage erneut Hosen und T-Shirts geworden, und ein paar Röcke waren auch in den beiden übergroßen Taschen aus grüner Markise, die sie gestern Abend noch zusammengepackt hatten und die nun über ihnen im Gepäckträger des Abteils lagen und hoffentlich nicht den Fischmehlgeruch auf der dreistündigen Fahrt annahmen.

Selbst diese Taschen hatte Pepe irgendwann mal mit ihrer Nähmaschine genäht, so wie fast alles, was sie trug, mal abgesehen von ihrer Unterwäsche. Denn im Gegensatz zu Doris Rothemark kaufte Pepe niemals in den üblichen Bekleidungsgeschäften ein, auch nicht im *Exquisit* oder in der *Jugendmode*, sondern trieb sich in Baustoffläden, beim Gartenbedarf und in Abteilungen für Haushaltswäsche herum. Sie überlegte ständig, was sie aus dem wenigen, das es zu kaufen gab, nähen konnte. So nähte Pepe aus Tüll luftig leichte Blusen, aus aufgetrennter Feinrippunterwäsche Nickis und aus schwarzer Erdbeerfolie Regenmäntel und Jacken. Die hatten sie allerdings nicht dabei. So etwas verkaufte sich nicht an der Ostsee, wo FDG-Bumsler, wie Pepe die meist älteren Urlauber nannte, die den Ferienplatz durch ihren Betrieb zugeteilt bekamen, die Strände bevölkerten. Das, was Pepe in den letzten Tagen genäht hatte, war weitaus konservativer und gefälliger als »ihre Collection«, die sie auf den Berliner Märkten anbot. Aber wenn Pepe alles in Warnemünde verkauft bekam, und davon ging sie aus, dann würde sie fast tausend Mark an einem einzigen Tag verdient haben. Dafür lohnte es sich, tagein, tagaus das Geratter der alten Pfaff-Nähmaschine zu ertragen.

Und ein bisschen aufgeregt war André auch, wegen seiner eigenen Kreation. Er war eines Tages auf die Idee gekommen, sich das Lederarmband, das Iro mal vom Großvater aus Westberlin mitgebracht bekommen hatte, nachzunähen und mit Nieten zu versehen. Pepe hatte da gleich eine neue Geschäftsidee gewittert und mit ihm lange an der Umsetzung für eine Serienproduktion getüftelt. Vorerst hatten sie nur zwanzig Stück im Gepäck, aber wenn sie die alle verkaufen würden, und auch davon war Pepe überzeugt, dann hätte er mit einem Schlag dreihundert Mark verdient und damit genug Geld, um neues Material zu kaufen und anschließend in Großproduktion zu gehen, wie Pepe das nannte.

In Rostock stiegen sie in die zweistöckige S-Bahn um, die sie nach Warnemünde an den Strom und fast bis an den Strand bringen würde. Und wie es aussah, waren sie nicht die Einzigen, die zum Markt wollten. Dutzende Leute wie sie stiegen hier aus und schleppten ebenfalls übergroße Taschen zum S-Bahn-Gleis. Ein paar von ihnen begrüßten Pepe überschwänglich, als hätten sie sich ewig nicht gesehen, doch aus ihren Worten entnahm André, dass sie sich von den verschiedenen Märkten der Republik kannten und sogar gegenseitig ihre verkauften Klamotten trugen.

André hatte, als sie letzte Woche die Reise planten, kurz überlegt, ob er Pepe nicht allein zum Markt fahren lassen könnte, um noch einmal in den Buchladen in Rostock zu gehen. Doch dann erfuhr er, dass der Markt an einem Sonntag war, und damit hatte sich das sowieso erledigt.

Auch zwischen ihm und Pepe war es kein Thema mehr, nachdem er ihr alles über seinen Besuch in dem Rostocker Buchladen und Onkel Fritz' Erklärungen dazu erzählt hatte. Das fand André einerseits seltsam, denn es passte gar nicht zu Pepe, dass sie daraus keine neuen Ideen für die Suche nach seinen Eltern entwickelte. Andererseits war er froh, nicht erneut in irgendwelche Aktionen von ihr gedrängt zu werden. Am Anfang war zwar seine Hoffnung immer groß, vielleicht endlich einen Hinweis auf seine Familie zu finden, doch wenn die Spuren am Ende wieder nur ins Leere liefen, war seine Enttäuschung noch viel größer. Manchmal hatte er auch den Verdacht, dass Pepe – nun, da er alles, wirklich alles erzählt hatte, was er zu seinen Eltern wusste oder auch nur vermutete – nur deshalb Ruhe gab und nicht weiterfragte, weil sie wusste, dass es da nichts mehr zu erzählen gab. Denn eins war mal gewiss: Als Hotte sich als der verlängerte Arm von Onkel Fritz herausgestellt hatte und sich André von ihm abwandte, da hatten die von »Horch und Guck« bestimmt nicht beschlossen, aufzugeben und ihn ab sofort in Ruhe zu lassen. Ganz sicher würden sie jemand Neuen auf ihn ansetzen, der sein Vertrauen erschleichen und ihn im Auge behalten sollte, hatte damals Iro gewarnt. Also immer schön die Zufälle hinterfragen, wie und warum er jemanden kennengelernt hatte und: immer schön misstrauisch bleiben!

Aber Pepe?

War es möglich, dass sie, wie sie ihm da schlafend gegenübersaß, ihre Beine vertrauensselig auf seinem Schoß ausgestreckt, ihn heimlich hinterging? Dass sie ihn aushorchte und bereits im Kopf die Berichte über ihn verfasste, um … um vielleicht doch einen Studienplatz an einer der begehrten Kunsthochschulen zu ergattern?

Nein, das konnte nicht sein, auch wenn sie die Einzige war, zu der er in den letzten Wochen Kontakt gehabt hatte. Denn niemand sonst wusste, wo er jetzt wohnte. Die alte Clique war zerschlagen, und sowieso eilte André überall der Ruf voraus, er wäre ein Spitzel und der Zerfall der Clique ginge auf sein Konto. Das hatte er in den letzten Wochen deutlich gespürt, wenn er mal die alten Treffpunkte aufsuchte. Nur er selbst wusste, dass dem nicht so war, dass er niemanden verpfiffen hatte. Deshalb musste es ja jemand anderes gewesen sein.

Und wen hatten sie jetzt auf ihn angesetzt?

Pepe?

Ja, sie hatte ihn angesprochen und ihn auf die Spur nach seinen Eltern gesetzt, aber dass er in der Kastanienallee landen würde, hatte niemand, nicht mal die Stasi vorhersehen können. Er war immer noch bei den Rothemarks gemeldet, denn an der neuen Adresse konnte er sich erst anmelden, wenn er ein Jahr in der Wohnung wohnte und bei der Kommunalen Wohnungsverwaltung nachweisen konnte, dass die Wohnung schon über ein Jahr leer gestanden hatte und ohne ihn weiter leer gestanden hätte. Nur dann könnte er dort einen eigenen Mietvertrag bekommen.

»Woran denkst du?«, fragte Pepe. Anscheinend hatte sie ihn schon eine ganze Weile betrachtet.

»An nichts«, erwiderte André und versuchte, ehrlich zu klingen.

Der Markt war oberhalb der Dünen vor dem Leuchtturm, und sie kamen kaum dazu, ihre Ware auszupacken oder auf mitgebrachte Bügel zu hängen, da standen auch schon die ersten neugierigen Käufer da, befühlten fachmännisch die Nähte und kauften.

Kauften. Kauften. Kauften. Auch Andrés Armbänder.

Zwei Stunden später war alles weg. Und André hätte nicht sagen können, warum ihn deswegen so ein Hochgefühl ergriff: Ob des ersten, mit der eigenen Hände Arbeit verdienten Geldes oder weil er tatsächlich nietenbestückte Lederarmbänder an mittelalterliche, leicht korpulente Paare in mausgrauen und taubenblauen Windblusen und in beigefarbenen Gesundheitsschuhen verkauft hatte. Er war die ganze Zeit nicht aus dem Staunen herausgekommen und hatte sich immer wieder versucht, vorzustellen, wie diese Leute seine Armbänder trugen, bis Pepe ihn lachend aufklärte: »Die kaufen die doch nicht für sich. Die kaufen die für ihre Kinder oder für die Kinder der Kollegen oder Freunde und bekommen dafür etwas anderes von denen, wozu sie selbst keinen Zugang haben.«

Und weil sie alles verkauft und gutes Geld verdient hatten, gingen sie im *Hotel Neptun* essen und hauten mal so richtig auf den Schlamm. Noch einmal eine Stunde später lagen sie unten am Strand, genossen die wärmende Junisonne und lauschten dem sanften Geraune der Ostsee, die leider kaum Welle hatte. Ab und an kreischte mal eine Möwe über ihnen, und André hätte sich eigentlich eingestehen können, dass er glücklich, absolut glücklich war, wenn da nicht doch etwas in seinem Hinterkopf genagt hätte und ihm die Ruhe nahm.

»Wollen wir nicht einfach über Nacht bleiben?«, fragte er zögernd, nur so ins Blaue hinein.

»Mann ej, ich hab schon gedacht, du fragst nie«, erwiderte Pepe, und er öffnete überrascht die Augen. Sie lag neben ihm auf dem Bauch, hatte den Kopf auf die Arme gestützt und schaute ihn unterm Pony hervor an. »Der Buchladen macht um zehn

Uhr auf«, flötete sie und erklärte, dass sie dieses Mal auf seine Eigeninitiative hatte warten wollen, weil es eben nicht gut sei, wenn sie ihm ständig sagen würde, was er tun sollte. Schließlich sei sie nicht seine Mutti.

So standen sie am nächsten Morgen Punkt zehn Uhr mit ein paar anderen in der Rostocker Fußgängerzone vor dem Buchladen und warteten, dass er öffnete. Schon vorher hatte André versucht, in den Laden zu schauen, ob er die Frau, von der er damals geglaubt hatte, sie sei seine Mutter, im Inneren entdeckte. Sie war nirgends zu sehen, aber die Freundin von Doris Rothemark, der er vorgestellt worden war, richtete gerade die Kasse ein. Pepe drängte André, sie anzusprechen, also gab er sich einen Ruck.

»Entschuldigung, darf ich Sie etwas fragen?«

Die Freundin der Mutter, deren Namen André nicht mehr erinnerte, hob genervt den Blick. »Ja?«

»Ich bin der Sohn von, ähm … der Adoptivsohn von Doris Rothem–«

»Ja, stimmt!«, fiel sie ihm ins Wort, und ihr Gesicht hellte sich auf. »Bist du wieder zum Wettkampf hier? Ist Doris auch mit?«

»Nein.«

Und dann erzählte er ihr, warum er gekommen war. Nämlich weil er eine Kollegin suchte, die er damals hier im Buchladen getroffen und sich so nett mit ihm unterhalten hätte. Die wollte er unbedingt wiedersehen.

Im ersten Moment wusste die Frau nicht, wen er meinte, glaubte wohl auch, André suche eine jüngere Kollegin, eine, in die er sich an dem Tag verguckt hatte, aber so nach und nach, als sie sich die damalige Situation vor Augen rief, erinnerte sie sich an die Kollegin, die aber keine ihrer Kolleginnen gewesen war, sondern nur eine Aushilfe aus der Werftbibliothek, also nicht einmal eine richtige Buchhändlerin. Die hatten sie angefordert, weil der Krankenstand im Sommer immer hoch war und der Strom der Touristen nicht abriss. Die Aushilfe hatte auch nur beim Auspacken der Ware und beim Einräumen der Bücher in die Regale helfen sollen, und es erstaunte Doris' Freundin nun doch, dass die Kollegin Kundenkontakt gehabt habe.

»Erinnern Sie sich an ihren Namen?«, unterbrach Pepe sie. Die Frau überlegte einen Moment, dann schüttelte sie den Kopf. »Nee ... Warum wollt ihr den denn wissen?«

»André glaubt, sie könnte seine Mutter sein«, erwiderte Pepe.

Die Freundin von Doris riss überrascht die Augen auf und musterte ihn. »Ach!« Doch gleich darauf schüttelte sie den Kopf. »Fällt mir nicht ein. Wir haben uns auch nur einmal, kurz nachdem ihr raus wart, unterhalten. Über dich.«

»Wirklich?« André wurde plötzlich ganz heiß.

»Ja, sie hat mich gefragt, wer ihr seid, weil du ihr so bekannt vorkamst, und da hab ich ihr erzählt, was ich grad von Doris erfahren hatte. Dass du adoptiert wurdest und die Rothem–...«

»Diese Werftbibliothek, wo finden wir die?«, unterbrach Pepe sie.

Doris' Freundin musterte Pepe unfreundlich, es gefiel ihr gar nicht, so abgewürgt zu werden. »Wo schon? In der Werft«, erwiderte sie schnippisch.

»Logo!« Pepe hob dankend die Hand, dann zog sie André bereits hinter sich her aus dem Laden.

An der Werft waren sie kurz zuvor mit der S-Bahn vorbeigefahren, sie lag zwischen Warnemünde und Rostock, also fuhren sie wieder zurück und waren eher erstaunt, wie einfach sie das Gelände betreten konnten. Niemand nahm Notiz von ihnen. Auch nicht in dem Bürotrakt, wo laut einem Schild unter anderem auch die Werftbibliothek untergebracht war.

Die Bibliothek bestand aus drei hintereinander aufgereihten, kleinen Räumen, in denen ein paar wacklige, raumhohe Holzregale wenigen zerlesenen Büchern Platz boten. Der süßlichmodrige Geruch von nicht holzfreiem Papier – alte Bücher und solche von minderer Qualität wurden, laut Doris, daraus immer noch hergestellt – hing in der Luft und mischte sich mit dem Geruch von jahrelangem Staub auf den selten ausgeliehenen Schwarten. So roch es in den meisten Bibliotheken. Ungewöhnlich war jedoch, dass sich der Schreibtisch der Aufsicht und die Karteikästen im hinteren Raum befanden, als wollte man den Lesern der Werft die Möglichkeit geben, sich unbemerkt ein paar Bücher einzustecken. Vielleicht war der Grund dafür aber auch in dem kleinen Kanonenofen zu suchen, der als einzige Wärmequelle der drei Räume diente und gleich neben dem Schreibtisch der Aufsicht und einem gähnend leeren Regal stand. Pepe unkte leise, dass es hier wohl in frostigen Wintern zu Bücherverbrennungen käme, aber André zeigte auf ein Schild über dem leeren Regal. *Vorbestellungen* stand da.

Eine rundliche Mittvierzigerin mit hängenden Schultern schaute ihnen erwartungsvoll entgegen und schien erfreut, dass die beiden etwas Abwechslung in den Tag brachten. Sie konnte sich zuerst nicht an eine Aushilfe erinnern, die im Rostocker Buchladen gearbeitet haben sollte, doch dann ahnte sie, wen André meinte.

»Das war Sonja!« Die Frau lächelte und erzählte, dass Sonja ihre fleißigste und eigentlich auch einzige Leserin seit Jahren gewesen war. »Sie kam einmal die Woche und nahm immer einen ganzen Schwung an Büchern mit, die sie dann alle in einem rasenden Tempo las.«

André hätte gern etwas gefragt, aber sie redete bereits weiter. »Sie lieh auch Bücher aus, die sie eigentlich schon in der Schule gelesen haben müsste, und verschlang sie mit solch einem Eifer, dass man denken konnte, sie hätte gerade erst lesen gelernt oder noch nie zuvor ein Buch gelesen.«

Diese Sonja war aber nicht bei ihr in der Bibliothek Aushilfe gewesen, sondern in der Werftkantine, erfuhren André und Pepe. Da schrubbte sie damals Töpfe, wischte Regale aus oder putzte Gemüse nach, übernahm eben die Feinarbeit, die die Schälmaschinen an den Kartoffeln und Möhren nicht leisten konnten.

»Und erinnern Sie auch ihren Nachnamen?«

»Ja, sie hieß Sonja Mehlhorn.«

»Wieso hieß?«, fragte Pepe.

»Weil sie, nachdem sie in Rostock für mich die Aushilfe übernommen hatte, nicht mehr wiederkam. Ich habe sogar in der Kantine nach ihr gefragt, aber die wussten auch nicht, wo sie abgeblieben war. Und deshalb bin ich zu unserem Leiter, weil Sonja noch Bücher ausgeliehen hatte. Nicht dass die hier jemandem fehlen würden.« Die Frau sah achselzuckend zu den Regalen. »Aber alle paar Jahre gibt es schon 'ne Inventur, und da wollte ich nicht blöd dastehen.«

Als Pepe und André das Werftgelände verließen, hatten sie zwar endlich einen Namen, aber die Geschichte um die verschwundene Buchhändlerin, die nur eine Küchenhilfe gewesen war und die André damals für seine Mutter gehalten hatte, war umso rätselhafter geworden. Denn natürlich hatten sie sogleich den Leiter der Bibliotheksaufsicht sprechen wollen, um von ihm eine Adresse von Sonja Mehlhorn genannt zu bekommen. Aber da winkte die Frau ab. Danach habe sie ihren Leiter damals auch gefragt, sagte sie, und der war anfänglich zwar bereit gewesen, ihr die Adresse von dieser Sonja zu beschaffen, aber als sie ihn nach ein paar Tagen noch einmal daran erinnerte, hatte er sie ziemlich barsch angewiesen, einfach auf den Karteikarten der fehlenden Bücher zu notieren, dass sie gestohlen worden waren, und ihn fortan nicht weiter mit diesem Thema zu belästigen.

Auf der Fahrt zurück nach Berlin fand Pepe es äußerst seltsam, dass jemand in der kleinen DDR so einfach verschwinden konnte. Bisher hatte sie immer das eher ungute Gefühl gehabt, dass man in diesem Staat »gut« bewacht war und niemand so mir nichts, dir nichts verloren ging, also wie hatte es diese Sonja Mehlhorn fertiggebracht? Und woher war sie überhaupt gekommen?

Das hatte die Aufsicht der Werftbibliothek damals ebenso interessiert und deswegen bei den Küchenfrauen nachgefragt. Demnach war der Küchenchef etwa ein Jahr zuvor mit Sonja im Schlepptau in die Kantine gekommen und hatte sie als Aushilfe vorgestellt, die wahrscheinlich nur für kurze Zeit in der Küche arbeiten sollte, bis sich etwas Besseres für sie fand. Denn das war sofort zu sehen gewesen, hatten die Küchenfrauen ihren Eindruck bestätigt, dass diese Sonja gebildeter schien, als sie vorgab, und vielleicht eine »Politische« war. Deshalb fragten sie diese Sonja auch nicht weiter aus, sondern hielten sich von ihr fern. Ein bisschen wirkte sie, als hätte sie studiert, hatte die Aufsicht weiter erzählt, was aber ihrer Meinung nach nicht sein konnte, denn Sonja hatte nicht einmal Abitur, wie sie der Aufsicht damals gestand. Deshalb kannte sie auch keines der üblichen Bücher wie *Die Aula*, *Wie der Stahl gehärtet wurde* oder *Djamila*, die ja alle Lesestoff der Abiturklassen gewesen waren. In der Kantine hatte man jedenfalls angenommen, dass der Küchenchef mit ihr verwandt, zumindest mit ihr bekannt gewesen sein musste, also dass er jemandem einen Gefallen damit tat, sie für eine Weile in der Werftkantine unterzubringen.

»Denn ›Politische‹ einzustellen ist immer heikel«, erklärte ihm Pepe später. »Erst bietet man ihnen eine Arbeit, so dass sie nicht als Asoziale gelten und die Polizei ihnen nichts mehr anhaben kann, und dann stellen sie zum Dank einen Ausreiseantrag, der dann dem, der sie eingestellt hat, zum Vorwurf gemacht wird, weil er und sein Kollektiv nicht in der Lage gewesen waren, den Ausreiseantrag zu verhindern.«

»Vielleicht schauen wir noch mal in die Telefonbücher«, schlug André vor, als sie wieder in der S-Bahn nach Rostock saßen. »Mehlhorn ist ein eher seltener Name, da wird es nicht so viele geben.«

Aber Pepe war sich erstaunlicherweise sicher, dass sie zu Sonja Mehlhorn weder eine Telefonnummer noch eine Adresse finden würden, und so war es schließlich auch. Als sie endlich ein unbeschädigtes Telefonbuch von Rostock in einer nach Pisse stinkenden Telefonzelle fanden, waren dort nur drei Mehlhorns aufgeführt, die sie natürlich sofort anriefen. Nur einer ging ran, aber er erzählte, dass die anderen beiden Telefoninhaber Verwandte von ihm waren und, so wie er auch, eine Sonja Mehlhorn ganz bestimmt nicht kennen würden.

Es war, wie André es im Stillen vorhergesehen hatte: Nach einer hoffnungsvollen heißen Spur kam der Absturz ins Bodenlose, die abgrundtiefe Enttäuschung, die ihm hinterher jedes Mal mehr zu schaffen machte als die zuvor. Es war so aussichtslos, und das machte André von Tag zu Tag mürrischer und einsilbiger, nichts interessierte ihn mehr, nichts war mehr von Belang. Er war so nah dran gewesen an der Lösung des Rätsels um diese Frau, die vielleicht doch seine Mutter war, und nun war wieder alles umsonst gewesen. Wahrscheinlich fehlte ihm nur ein winziges Puzzleteil, damit alles einen Sinn ergab – aber würde er das Teil jemals finden? Er glaubte nicht mehr daran und verfluchte den Tag, als er Pepe getroffen und sie ihm diesen Floh ins Ohr gesetzt hatte, seine Mutter, seine Familie finden zu können.

Pepe sah das entschieden anders: André hatte nun alle Möglichkeiten ausgeschöpft, hatte alles getan, um herauszufinden, wer er war, woher er kam. Mehr war nicht drin. Doch er hatte es versucht, und sich nicht einfach so seinem Schicksal ergeben.

»Prima!«, sagte André angefressen. »Dafür kann ich mir aber leider nichts kaufen.«

»Nein«, sagte Pepe, »aber du kannst jetzt endlich deine alte Familie hinter dir lassen und eine eigene gründen.« André verstand nicht, also setzte Pepe nach: »Wenn es ein Junge wird, nennen wir ihn Janis, oder?«

André hielt die Luft an. Hatte Pepe gerade gesagt, dass er Vater wurde? Dass sie eine Familie sein würden? Er wusste, dass er jetzt etwas Nettes sagen sollte, aber plötzlich stieg die Panik in ihm hoch. Er war noch nicht mal zwanzig! Und im Februar war er gemustert und trotz seiner Schulter für die Armee als tauglich erklärt worden. Das wusste Pepe doch! Und was war mit ihrem Studium? Sie hatte die Eignungsprüfung in Weißensee bestanden und sich doch fürs Bühnenbild und nicht für Mode beworben. Anfang Juli würde die Zu- oder Absage kommen. Was, wenn sich Pepes Traum erfüllte und sie angenommen wurde? Könnte sie denn überhaupt mit einem Baby studieren?

»Hast du mich verstanden?«, fragte Pepe, als er nach einigen Minuten immer noch nichts sagte.

»Ja, hab ich.«

Dann sagten sie beide nichts mehr und gingen ohne ein weiteres Wort ins Bett, und natürlich konnte André nicht einschlafen.

Im Oktober würde er eingezogen werden und für eineinhalb Jahre selten zu Hause sein. Warum hatte er bei der Musterung damals seine pazifistische Einstellung nicht glaubhaft genug rübergebracht? Aber als Bausoldat wäre er noch größeren Schikanen ausgesetzt gewesen, wie man so hörte. Der einzige Vorteil als Bausoldat war, dass man nicht an der Mauer eingesetzt werden konnte, weil Bausoldaten sowieso immer als Systemkritiker galten und als potenzielle Republikflüchtige.

André hatte geglaubt, dass er wegen der immer noch schmerzenden Schulter sowieso ausgemustert werden würde. Doch ein Attest hatte er nicht vorlegen können. Sein ehemaliger Sportarzt an der Sportschule hatte ihm keins ausstellen wollen. Klar, wieso sollte sich sein langjähriger Sportarzt für jemanden einsetzen, der keine Medaillen mehr für den Staat holen wollte? Nicht nur die Rothemarks waren von André enttäuscht, auch die Begleittrainer, Therapeuten und Ärzte, die ihn jahrelang betreut hatten und ihm seine Schulterschmerzen nicht recht abnahmen, sondern sie als eine Art Verweigerung von André auffassten.

Was im Grunde auch die Wahrheit war. Denn hatten sie sich nicht jahrelang aufopferungsvoll um André gekümmert, hatten ihn gehätschelt und gepflegt, aufgebaut und ermutigt und die eigenen Familien und Kinder vernachlässigt, um ihn an den Wochenenden zu den Wettkämpfen zu begleiten? André hatte ihnen, indem er nicht mehr trainierte, den Lohn für ihre jahrelange Arbeit verweigert. Sollte er doch sehen, wie er nun allein zurechtkam.

»Soll ich es wegmachen lassen?«, hörte er Pepe plötzlich neben sich flüstern.

Er drehte sich zu ihr um, schaute sie an. »Ich werde einen-halb Jahre nicht da sein.«

»Ich weiß, aber wir schaffen das.«

BRIGITTE

Westberlin

1970

Was für ein schöner Park. Besonders im Frühling. Damals, als Brigitte noch bei Johann in Berlin wohnte, war sie nie auch nur in die Nähe des Stadtparks Schöneberg gekommen, der eigentlich seit ein paar Jahren anders hieß, aber alle im Viertel würden ihn weiter so nennen, hatte die Meinhof am Telefon gemeint. Seine verschlungenen Wege führten mal zu einem Teich, mal zu einer abseits gelegenen Bank für Liebespaare, dann wieder zu einer versteckten Wiese oder zu einem Spielplatz, hielten dabei immer neue verlockende Aussichten bereit, so dass man weiter und weiter in den Park hineinlaufen wollte, bis man schließlich im Volkspark Wilmersdorf war, der sich nahtlos an den Stadtpark anschloss.

Die von einem großspurigen Dreikäsehoch gegenüber seiner Mutter als »Todesbahn« betitelte Rinne, die sich von einem kleinen Hügel in der Parklandschaft in die Weite einer Wiese fraß und die sich der Kleine mit seinem Luftreifen-Roller mutig hinabstürzte, hätte ihr Janis sicher auch als Mutprobe gesehen. Aber Brigitte war damals meistens mit ihm am Bahnhof Zoo vorbei über die Brücke am Schleusenkrug in den Tiergarten oder gleich in den Zoologischen Garten gegangen, wo sie ihren Gedanken nachhängen konnte, während Janis Ponys gestreichelt, freilaufende Eichhörnchen und Enten gefüttert oder, was er am liebsten tat, stundenlang die verschiedenen Affen beobachtet hatte.

Ulrike Meinhof lebte anscheinend so gut vom Schreiben, dass sie sich hier in dieser gefragten Gegend eine Wohnung leisten konnte, vielleicht sogar ein Kindermädchen für die Zwillingsmädchen, damit diese nicht ihrem Gedankenfluss, ihren Reisen, also ihrer Arbeit im Wege standen. Anders vermochte es sich Brigitte nicht vorzustellen, denn auch in Tübingen, als sie den Vortrag hielt, waren die Zwillinge ja nicht bei ihr gewesen.

Heute wollte die Journalistin aber am Nachmittag mit ihren Mädchen in den Park kommen. Brigitte sollte sie am Ententeich treffen, und dann würden sie über Brigittes Geschichte reden, obwohl die Meinhof gerade nur wenig Zeit hatte und eigentlich noch ein, zwei Begleittexte zu ihrem kürzlich erst abgedrehten Film *Bambule* schreiben müsste, wie sie ihr am Telefon erklärt hatte. Doch die Mädchen mussten mal an die frische Luft und sie selbst auch, hatte die Journalistin gesagt und hatte dabei so erschöpft und müde geklungen, als ringe sie gerade wirklich nach Luft. Und sie klang auch ein bisschen genervt, fand Brigitte, was die Meinhof dann aber selbst bemerkte und deshalb sofort beteuerte, dass dies nicht wegen Brigitte sei, sie habe nur grad so viel um die Ohren und könne sich auf nichts richtig konzentrieren.

Obwohl Brigitte keinen Beruf erlernt und auch nicht ihr Geschichtsstudium abgeschlossen hatte, kannte sie diesen Zustand aus der Zeit, als sie noch mit Johann und Janis zusammenlebte, von sich selbst sehr gut. Sie hatte damals genauso genervt auf andere reagiert, weil sie so unzufrieden mit ihrem Leben gewesen war. Einerseits hatte sie sich im Haushalt und mit Janis gelangweilt und andererseits doch nichts auf die Reihe bekommen, weil sie viel zu müde für alles, wirklich alles gewesen war. Und doch hatte sie nicht schlafen oder sich entspannen können und war den Tranquilizern verfallen, die am Ende alles nur noch schlimmer machten. Fast ein Jahr hatte sie gebraucht, sich von diesen Dingern zu erholen.

Erst Sieglinde und Margit und ja, dann auch Ulrike Meinhof, die sie nach dem Vortrag in Tübingen aufgefordert hatte, ihre Geschichte und die ihrer Eltern aufzuschreiben und ihr zu schicken, hatten ihr dabei geholfen, von den Tabletten loszukommen. Denn plötzlich hatte Brigitte eine Aufgabe, wenn sie abends aus der Unibuchhandlung kam. Ein Ziel, das von da an all ihre freie Zeit beanspruchte und sie oft schon in Gedanken, während sie am Tage noch die Dozenten und Studenten bediente, an Formulierungen feilen oder Listen mit Ideen für den Text anfertigen ließ.

Doch dann meldete sich die Journalistin nicht, nachdem ihr Brigitte die gut einhundert Seiten geschickt hatte, und Brigitte fragte sich fast täglich, ob die Meinhof ihren Text überhaupt bekommen hatte. Selbst Frau Wittinger fragte sich das und kontrollierte ständig den Briefkasten, zu dem es, wie sollte es anders sein, angeblich nur einen einzigen Schlüssel gab, den sie nicht mal, wenn sie wegfuhr, aus der Hand gab.

Brigitte hätte das von der alten Frau niemals erwartet, aber der Text hatte ihr tatsächlich gefallen. Sie hatte ihn sogar eigenhändig abgetippt, weil ihr Brigittes Einfinger-Suchsystem – welches Frau Wittinger das Adler-Suchsystem (kreisen, zielen, zustoßen) nannte – und ihr langsames, nicht enden wollendes Klacken der einzelnen Tasten unerträglich gewesen war und sie selbst das Zehnfingersystem perfekt beherrschte. In diesem Zusammenhang erfuhr Brigitte, dass Frau Wittinger in jungen Jahren eine Ausbildung zur Sekretärin abgeschlossen hatte und ihrem Mann, als er noch ein junger Student gewesen war, nicht nur finanziell den Rücken mit ihrer Arbeit freigehalten hatte, sondern ihn später auch inhaltlich bei seiner Doktorarbeit unterstützt hatte, so dass sie selbst Lust zum Studieren, dann aber leider doch erst einmal ein Kind bekam und anschließend zu Hause blieb und ihre Träume begrub.

Frau Wittinger schaffte es, die einhundert Seiten in zwei Tagen abzutippen und dabei nur zweimal Tipp-Ex zu benutzen. So konnte Brigitte der Meinhof zeigen, wie professionell sie war. Doch mehr noch hoffte sie, dass die Journalistin nicht nur ihre Geschichte, sondern auch ihren Stil so gut und exzellent finden würde, wie das Frau Wittinger bekundet hatte, und dass sie Brigitte deshalb ihrem Redakteur bei *konkret* als Autorin empfahl.

Ungeduldig wartete sie seitdem auf die Antwort der Journalistin, die aber weder nach ein paar Tagen kam, wie sie es eigentlich erwartet hatte, noch nach zwei Monaten. Genug Zeit also für Brigitte, um auf den Boden der Tatsachen zurückzukehren und ihren Text etwas kritischer zu lesen.

Wie hatte sie der Wittinger nur glauben können? Ihr wurde heiß und kalt vor Scham. Der Text war roh und verworren, ungelenk und stümperhaft, ein Machwerk, das sie niemals so hätte abschicken dürfen und das die Meinhof wahrscheinlich schon nach der ersten Seite in die Ecke gefeuert hatte und Brigitte also zu Recht nicht antwortete.

Dann aber war Gernot im letzten November an sie herangetreten, kam extra in die Unibuchhandlung, weil sie in den letzten Wochen auch die therapeutischen Gruppensitzungen bei Dr. Huber geschwänzt hatte, um an einem neuen, anderen Text, einen über diesen Dr. Siebert in Brasilien, zu arbeiten. Sie war ja erst dreißig, noch war es also nicht zu spät, um von einem erfolgreichen Leben, so wie Ulrike Meinhof es als Journalistin führte, zu träumen.

Gernot hatte an dem Tag in der Unibuchhandlung gar nicht erst so getan, als suche er ein Buch, sondern war sofort zu ihr an die Kasse gekommen. Sein Selbstbewusstsein war offensichtlich weiter gestärkt worden, denn er hielt ihrem fragenden Blick stand, lächelte sogar. Wie Brigitte von Sieglinde bereits wusste, war er mittlerweile zu einem der führenden Köpfe der Therapiegruppe aufgestiegen, die sich jetzt »Kollektiv« nannte. Aber Margit hatte schon mehrmals gescherzt, dass man wie in dem

Film *Der Hofnarr* womöglich nur auf die richtige Art mit dem Finger schnipsen müsste, um Gernots neues Selbstbewusstsein wie ein Kartenhaus zusammenfallen zu lassen und ihn wieder in den schüchternen, unsicheren Gernot von früher zu verwandeln.

»Sag mal«, wandte er sich an sie, »hast du in den nächsten Tagen vor zu verreisen?«

»Wieso?« Sie zog amüsiert eine Augenbraue hoch. »Hast du wieder einen Tipp für einen Vortrag?«

»Nein, diesmal geht es um etwas anderes.«

»Um was?«

Gernot drehte sich um, als hätte er Angst, dass ihn jemand belauschte, doch der Laden war leer, es war kurz nach der Mittagszeit, die Stunde der toten Augen, wie Johann früher immer gesagt hatte, in der alle müde und träge waren, irgendwo ein Nickerchen hielten und ihr Mittagessen verdauten.

Gernot rückte noch etwas näher an sie heran. Brigitte fürchtete schon, gleich seinem unangenehmen Atem ausgesetzt zu sein, und wich deshalb etwas zurück, was aber nichts nützte, denn Gernot kam einfach noch näher.

»Also verreist du nun oder nicht?« Gernot konnte neuerdings sogar ungeduldig sein.

»Nein!« Obwohl sie genervt tat, wurde Brigitte auch ein bisschen neugierig.

»Also, es ist so …« Er drehte sich unnötigerweise erneut um. »Es gibt da eine Person, die derzeit mit ihrem Ausweis nicht reisen kann … Weil die Polizei sie sucht.« Er musterte sie von oben bis unten. »Deine Größe, dein Alter würden jedenfalls passen.«

Brigitte starrte ihn überrascht an. Sie hatte mit vielem gerechnet, aber was Gernot hier andeutete … Nein, das konnte nicht sein. Nicht Gernot. Oder doch?

»Sie hat nichts geklaut oder jemanden umgebracht«, fügte Gernot eine Spur unsicherer hinzu. »Verstehst du? Sie braucht den Pass nur, um verschwinden zu können.«

Es ging also um Feinde des Staates? Aber wen konnte er meinen? Brigitte überlegte fieberhaft, zu wem Gernot Kontakt haben könnte, auch, wer etwas politisch so Subversives angestellt hatte, dass er jetzt untertauchen musste – sie jetzt untertauchen musste, besser gesagt, denn Gernot fragte ja nach dem Pass einer Frau. Meinte er etwa … Ihr stockte der Atem. Nein, unmöglich. Gernot hatte ganz sicher keinen Kontakt zu diesen vier Leuten, die vor mehr als einem Jahr in Frankfurt zwei Kaufhäuser angezündet und es eine »politischen Aktion« genannt hatten, weil sie damit auf den Vietnamkrieg aufmerksam machen wollten. Oder doch? Das war im April '68 gewesen, und die vier waren noch im selben Jahr verurteilt worden, doch als sie im November '69 endlich ihre Haftstrafe antreten sollten, waren sie abgehauen, einfach untergetaucht.

Brigitte wurde ganz heiß vor Aufregung. Die Zeitungen hatten groß darüber berichtet. Unter den Brandstiftern war auch eine Frau gewesen, ungefähr in Brigittes Alter …

»Du bekommst den Ausweis wieder«, unterbrach Gernot ihre Gedanken. »Versprochen! Sobald sich die Person neue Papiere besorgt hat.«

»Gibst du deinen Ausweis auch her?«

»Ich bin zu klein, das würde auffallen, wenn er kontrolliert würde«, sagte Gernot mit echtem Bedauern. »Aber du verstehst, dass ich keine Namen nennen darf. Ist auch für dich besser, falls du verhört wirst.«

Verhört?

»Und wenn ich selbst kontrolliert werde?«

»Dann hast du deinen Ausweis grad verloren und noch keine Zeit gehabt, es zu melden.«

Brigitte nickte nachdenklich. »Bin gleich wieder da«, sagte sie und ging nach hinten ins Lager, wo es eine Ecke gab, in der die Verkäuferinnen ihre persönlichen Dinge aufbewahrten. Sie entnahm ihrer Handtasche den Ausweis, zögerte kurz, und kehrte dann entschlossenen Schrittes in den Laden zurück, der noch immer gähnend leer war. Trotzdem reichte sie Gernot ihren Ausweis nicht einfach so über den Kassentresen, sondern schaute sich mit bis zum Hals pochendem Herzen erst nach allen Seiten sorgsam um und steckte Gernot dann unterm Tresen ihren Ausweis mit einem konspirativen Augenzwinkern zu, das Gernot hoffentlich nicht falsch verstand.

Er blinzelte ebenso konspirativ zurück und spazierte dann – für einen eventuellen Beobachter – sehr auffällig unauffällig mit ihrem Ausweis, den er sich mit einem vorgetäuschten Hüsteln ins Jackett gesteckt hatte, hinaus.

Wieder war Brigitte hinterher wie elektrisiert und fragte sich, warum ausgerechnet sie in Gernots Augen vertrauenswürdig war. Ja gut, Alter, Augenfarbe und auch Größe hatten bei der Auswahl eines passenden Ausweises eine wichtige Rolle gespielt, aber trotzdem musste Gernot für sie als zuverlässige Person gebürgt haben.

Doch je länger sie nach Gernots Besuch darüber nachdachte, desto wahrscheinlicher war für sie auch die Möglichkeit, dass ihr Text, den sie der Meinhof geschickt hatte, etwas damit zu tun gehabt haben könnte, dass sie als Ausweisgeberin ausgewählt worden war. In einem der *konkret*-Hefte hatte die Meinhof nämlich über die Kaufhausbrandstifter und deren Prozess geschrieben, und wenn sich Brigitte richtig erinnerte, hatte sie die Brandstiftung zwar als eine Variante der bereits vorhandenen, systemischen Vernichtung gesellschaftlichen Reichtums durch Mode, Verpackung, Werbung und eingebauten Verschleiß kritisiert, dann in dieser Tat aber auch ein progressives Moment gesehen, weil die Vernichtung gesellschaftlichen Reichtums keinen Gesetzesbruch darstellte, der Angriff auf das Privateigentum des Kaufhausbesitzers hingegen schon.

Und noch ein weiteres Indiz sprach dafür, dass die Journalistin hinter Brigittes Auswahl steckte: Als die Meinhof damals in Tübingen von jemandem zu ihrer momentanen Arbeit befragt worden war, hatte sie erzählt, dass sie zwei der Kaufhausbrandstifter bei einer Recherche für ihren Film über Heimkinder in Hessen kennengelernt und sich mit ihnen angefreundet habe.

Also was, wenn die Meinhof mit den untergetauchten Brandstiftern in Kontakt stand und sie Brigitte auf Grund ihres Textes und, ja, vielleicht auch wegen ihres Aussehens – sie hatten ja in Tübingen eine ganze Weile miteinander gesprochen, und eventuell war der Meinhof bereits da die leichte Ähnlichkeit mit der Brandstifterin aufgefallen – empfohlen hatte?

Also hatte die Meinhof möglicherweise deshalb nicht auf ihren Text reagiert, weil sie Brigitte nicht hatte gefährden wollen? Weil sie einen offiziellen Kontakt zwischen ihnen vermeiden und die Möglichkeit, sie eines Tages um ihren Ausweis zu bitten, nicht leichtfertig vergeben wollte? Die Telefongespräche der Meinhof waren schon mehrmals abgehört worden, hatte sie in Tübingen erzählt, warum sollten sie also nicht auch ihre Post kontrollieren?

Das war allerdings inzwischen vier Monate her, und mittlerweile hatten sich drei der Brandstifter, darunter auch die Frau, diese Gudrun Ensslin, der Polizei gestellt, und der letzte Flüchtige, dieser Andreas Baader, war erst vor ein paar Tagen hier in Westberlin verhaftet worden. Ganz in der Nähe sogar, dachte Brigitte und zog sich ihren Mantel enger um die Taille. Es war zwar Frühling, aber noch nicht besonders warm. Und ihre Uhr zeigte grade erst 15 Uhr. Da war sie zwar mit der Meinhof verabredet, aber die würde sicher nicht pünktlich sein. Das akademische Viertel musste sie der Journalistin schon zugestehen. Sie war ja im Gegensatz zu Brigitte eine Studierte.

Auch wenn Brigitte im letzten November keine Beweise für ihre Vermutungen besessen hatte, dass die Meinhof sie nur schützen wollte, so lebte es sich mit dieser Annahme weitaus besser als mit der Frustration darüber, von ihr einfach nur ignoriert worden zu sein. Es spornte Brigitte sogar an, an ihrem neuen Text über diesen Dr. Siebert weiterzuarbeiten, der leider auch nur auf Vermutungen beruhte, denn wirklich Genaues über seinen Verbleib und die Gründe für sein Verschwinden hatte sie nie herausfinden können.

Aber sie hatte ihrem Text eine andere Grundlage gegeben, indem sie in ihm über ihre eigene Verblendung und Hitler-Verehrung als Kind Stellung nahm, auch ihre nahtlos anschließende Verehrung des frühen DDR-Regimes nicht ausließ und sich in ihrem Text sogar selbst fragte, auch weil sie Dr. Siebert nicht dazu hatte befragen können, wie sie sich heute oder wie sich jeder Einzelne überhaupt gegen die Vereinnahmung von totalitärem Gedankengut schützen könnte, wie es einem also gelingen könne, ganz objektiv über den Tellerrand zu schauen, wenn man bereits in der braunen oder roten Soße festsaß?

Brigitte hatte sich mit solch einem Enthusiasmus an diese neue Arbeit gemacht, dass der restliche November unbemerkt an ihr vorbeigegangen wäre, wenn da nicht plötzlich in ihrer Post ein Briefumschlag aus Italien und darin ihr Ausweis gelegen hätte, allerdings ohne ein einziges Wort des Grußes oder des Dankes. Aber was bildete sie sich denn ein? Darum ging es doch gerade: keine Spuren, keine Verbindungen zu hinterlassen!

Die, die ihren Ausweis benutzt, ihn für das Verlassen von Deutschland so nötig gebraucht hatte, hatte ihn einfach in Italien in einen unverfänglichen Briefumschlag gesteckt und in Rom auf die Post gebracht. Immer wieder schaute sich Brigitte die Stempel auf den hinteren Seiten ihres Passes an, denen zufolge sie vor Kurzem in Frankreich und dann in Italien gewesen war, und beneidete ihre »Doppelgängerin« insgeheim für ihr aufregendes und gefährliches Leben, stellte sich vor, selbst diejenige zu sein, die es nötig hatte, sich von einer anderen Frau, einer wie ihr, einen Ausweis zu borgen. Und ein klein wenig hatte sie auch das Gefühl, der Gefahr ebenso ausgesetzt gewesen zu sein wie die, die ihren Ausweis benutzt hatte, und für ein paar Tage war da so ein neues, aufregendes Kribbeln in ihrer Magengegend gewesen, und auch ein gewisser Stolz erfasste sie, der aber bald wieder abflaute, bis sie mehr oder weniger den Vorfall vergaß.

Vom Weihnachtsfest bekam sie nicht viel mit, zu sehr war sie in ihr Schreiben vertieft. Aber zum Jahreswechsel luden Sieglinde und Margit sie zu einem Fest ein, auf das auch zwei oder drei Männer kommen sollten, alle angeblich extra auf Kompatibilität zu Brigitte ausgesucht, worüber sie sehr lachen musste. Die Auswahl war dann auch tatsächlich so, dass Brigitte sich bereits kurz nach Mitternacht von den enttäuschten Freundinnen und den, Brigittes Meinung nach, enttäuschenden Männern verabschiedete, froh, sich am nächsten Morgen in aller Frühe wieder an ihren Text setzen zu können.

Brigitte schaute erneut auf ihre Uhr und wurde langsam ungeduldig. Es war schon zwanzig Minuten nach drei. Vielleicht war der Meinhof etwas dazwischengekommen, und sie wartete nun darauf, dass Brigitte sie anrief? Aber was, wenn sich die Journalistin wegen der Zwillinge verspätete? Brigitte war doch auch oft wegen Janis zu spät gekommen, weil er kurz vorm Losgehen noch mal aufs Klo oder etwas trinken musste oder ein Schuh nicht zu finden war. Wie musste es da sein, gleich zwei Kinder für eine Verabredung pünktlich fertig zu machen? Also was, wenn die Meinhof doch in den Park zu ihrem Treffpunkt gerade dann kam, wenn Brigitte von einer Telefonzelle, die sie außerhalb des Parks auch erst einmal finden müsste, die Meinhof zu erreichen versuchte und nicht erreichte, während die, ihrerseits verärgert, am Treffpunkt nach Brigitte Ausschau hielt.

Wie Brigitte solche Situationen hasste, in denen andere ihr aufzwangen, sich für oder gegen etwas zu entscheiden! Immer kam sie dann in dieses Gedankenkarussell, das jedes Handeln lähmte.

Anfang Januar war Gernot dann wieder auf Brigitte zugekommen, genauso konspirativ wie beim ersten Mal, und hatte sie gebeten, ihre Wohnung, die ja einen eigenen Eingang hätte, für ein Wochenende an ein Pärchen aus Italien zu vermieten, das sich leider aus verschiedenen Gründen – Gernot zwinkerte wieder konspirativ – kein Hotel nehmen konnte und auf der Durchreise nach Berlin war. Mehr hatte Gernot nicht sagen müssen, damit Brigitte verstand, dass es sich bei dem italienischen Pärchen um Ensslin und Baader handelte, die zuvor auch ihren Pass gehabt hatten und nun offensichtlich mit anderen Papieren reisten.

»Ich habe leider nur ein Bett und wenn sie auf dem Boden schlafen ...«

Noch während sie sprach, schüttelte Gernot den Kopf: »Du müsstest natürlich an dem Wochenende woanders übernachten.«

»Ich soll ihnen meine Wohnung überlassen?«

»Für eine Nacht. Das wäre sehr wichtig.«

»Und wo schlafe ich?«

Sie könne doch bei Sieglinde übernachten, schlug Gernot vor. Sie dürfte ihr nur nicht erzählen, warum, sondern sollte sich also etwas ausdenken, kurz: Sieglinde und Margit belügen.

Im ersten Moment fand Brigitte das ziemlich anmaßend, wie konnten die einfach über ihre Wohnung verfügen, aber dann fiel ihr ein, dass sie ja auch Nein sagen konnte, und genau das bot ihr Gernot auch an. Niemand wolle sie zu irgendetwas zwingen. Es war also ihre freie Entscheidung, und deshalb sagte sie Ja. Zu Frau Wittinger sagte sie, ihr Bruder Johann sei mit seiner Frau auf der Durchreise von Italien nach Berlin und würde bei ihr übernachten, während sie selbst gar nicht da wäre. Brigitte hoffte nur, dass Frau Wittinger ihren »Bruder und seine Frau« nicht nach einem Trauschein fragte.

Sieglinde und Margit hingegen waren nicht ganz so einfach mit einer Lüge abzuspeisen, denn Brigitte war so aufgeregt, weil sie zwei von der Polizei gesuchten Straftätern Unterschlupf gewährte, dass sie üble Bauchschmerzen bekam, sich sogar übergeben musste, und das kannte Sieglinde von ihr noch aus Kindertagen: Das war meistens ein Zeichen für Gittis schlechtem Gewissen gewesen. Doch Brigitte blieb standhaft, erzählte nichts, nur dass sie sich eben krank fühle und deshalb bei Sieglinde und Margit das Wochenende verbringen wolle, was ja auch irgendwie stimmte.

»Entschuldigung, wir sind etwas zu spät.«

Eine eher pummlige Frau mit fahler, ungesunder Haut, im Schlepptau zwei Mädchen im Grundschulalter, die einander nur wenig ähnelten, setzte sich neben Brigitte auf die Bank und reckte sofort ihr Gesicht der Frühlingssonne entgegen, schloss die leicht verquollenen Augen. Brigitte hatte sie schon seit einiger Zeit kommen sehen, aber in ihr nicht die Journalistin aus Tübingen wiedererkannt.

»Es ist so selten, dass ich mal rauskomme«, fuhr die Frau fort, ohne die Augen zu öffnen, »eigentlich nur am Sonntag, wenn die Mädchen an die Luft müssen und keine Schule ist.«

Ihr Tonfall war schleppend und flach, nicht tief guttural, wie es Brigitte vom Vortrag in Tübingen erinnerte, und kein bisschen kämpferisch und kraftvoll. Wie lange war das her? Ein halbes Jahr? Sogar etwas weniger.

Brigitte nickte zustimmend, obwohl die Journalistin das nicht sehen konnte, und überlegte, wie sie das Gespräch ihrerseits beginnen könnte. Sollte sie gleich eine Frage zu ihrem Text stellen oder sich besser erst einmal für Meinhofs Film interessieren, über den Brigitte in der Zeitung gelesen hatte?

»Mama, wo ist denn der Junge der Frau?« Die Zwillinge, die am See stehen geblieben waren und begonnen hatten, Steinchen ins Wasser zu werfen, schauten zu ihnen herüber.

Die Journalistin öffnete die Augen und sah Brigitte das erste Mal an. »Ja, wo ist Ihr Sohn? Ich habe den Mädchen gesagt, dass Sie ihn mitbringen und sie sich um ihn kümmern sollen, während wir reden.«

Brigitte wusste nicht, was sie antworten sollte, und stotterte fast, als sie es doch tat. »Er ist bei seinem Vater.«

»Bei dem, der Sie betrogen hat? Hier in Berlin?« Die im leisen Staccato fast gebellten Fragen erinnerten schon eher an die Journalistin aus dem Vortrag in Tübingen, auch in dem Vorwurf, der darin mitschwang.

»Ja, ich denke schon.«

Die Journalistin betrachtete sie überrascht. »Sie wissen es nicht?«

»Ja, doch … Ich meine, als ich das letzte Mal anrief, war er noch bei ihm.«

»Wann war das?«

Was wollte diese Frau von ihr? Was nahm die sich heraus? Etwas irritiert antwortete Brigitte und zuckte zusammen, als die Meinhof sie regelrecht anschnauzte: »Sie haben ihren Sohn seit Ihrem Weggang nicht mehr gesehen?«

Brigitte schluckte und schüttelte zögerlich den Kopf. Was ging das die an, dachte sie bockig. Sie sollte etwas zu Brigittes Text sagen, nicht ihr irgendwelche Vorwürfe machen oder sie gar als Rabenmutter hinstellen. Brigitte konnte sich eben kein schönes Heim in der Nähe eines Stadtparks leisten, wo sie ihrem Janis ein anständiges Zuhause in einer anständigen Umgebung hätte bieten können.

»Ich will Ihnen keine Vorwürfe machen«, unterbrach die Journalistin Brigittes Gedankenfluss. »Nur sind Sie sich darüber im Klaren, wem Sie da Ihren Sohn überlassen?«

Brigitte verstand nicht, worauf die Meinhof abzielte. Oder wusste sie etwas über Johann, was Brigitte nicht wusste? Kannte sie ihn vielleicht? Die Journalistin zog aus ihrer Manteltasche eine Schachtel Zigaretten, fingerte einhändig, während sie die andere Hand in der Manteltasche ließ, eine Zigarette daraus hervor und zündete sie sich hastig an, zog tief durch. Als sie bemerkte, dass sie Brigitte keine angeboten hatte, hielt sie ihr die offene Schachtel hin.

»Danke, ich rauche nicht.«

Die Journalistin nickte, so als hätte sie das erwartet, und starrte zu den Mädchen rüber, die, wie Brigitte jetzt erst sah, recht verwahrlost aussahen. Oder war es spießig, so etwas zu sagen? Nein. Die Strumpfhosen der Mädchen hatten Löcher an den Knien, die Schuhe waren ungeputzt und an den Spitzen abgestoßen. Und auch der Wollmantel der Frau neben ihr war abgewetzt und ausgebeult, obwohl er einmal von guter Qualität gewesen sein musste, das sah Brigitte an den Knöpfen, in die die Inschrift einer bekannten teuren Marke eingeprägt war. Wahrscheinlich war er irgendwann einmal nass geworden, und niemand hatte ihn wieder aufgebügelt. Vermutlich ging von ihm auch dieser üble Geruch aus nach vergossenem Wein oder Bier und altem abgestandenen Zigarettenqualm, der Brigitte in die Nase stieg, seit die Journalistin neben ihr saß und den Brigitte schon damals in den Studentenkneipen nie hatte ausstehen können. Die Meinhofs wirkten geradezu verwahrlost, und da wollte diese Frau Brigitte Vorhaltungen machen, dass sie sich nicht um Janis kümmerte?

»Er hat Sie doch betrogen«, lenkte die Journalistin Brigittes Gedanken in eine andere Richtung, denn mit einem Mal wurde ihr bewusst, dass die Meinhof tatsächlich ihren Text gelesen hatte, und zwar bis zum Ende, denn erst auf den letzten Seiten hatte Brigitte ihr Leben mit Johann geschildert und auch ihre Überforderung mit Janis.

Die Meinhof machte ihr keine Vorwürfe, und Brigittes spießiger Reflex, eine Mutter nach der Sauberkeit ihrer Kinder zu beurteilen, das war doch genau das, was sie selbst immer an den Blicken der anderen gehasst hatte, den heimlichen von Emmely, den offenen von Johann oder aber auch den angeekelten Blicken von wildfremden Menschen auf der Straße: diese abfälligen, verurteilenden Blicke, mit denen sie gerade selbst die Journalistin und ihre Mädchen verurteilte.

Die Meinhof hatte nun wahrlich anderes zu tun, als sich um die Meinungen anderer zu kümmern. Sie hatte Unmengen an klugen, aufwühlenden, analysierenden Texten über die heutige Gesellschaft geschrieben, sogar einen Film, der bereits abgedreht war und bald gesendet werden würde, und hatte trotz ihrer zwei Mädchen den Anspruch, die Welt, die Gesellschaft, den Staat zu verändern, indem sie mit ihren Texten Denkanstöße gab, und da wollte jemand wie Brigitte sie auf Grund ein paar lächerlicher Unzulänglichkeiten ihrer Kleidung verurteilen, die im Grunde nur Äußerlichkeiten waren?

Das war so unwichtig!

Und so waren sie dann doch noch ins Gespräch gekommen, und Brigitte gestand der Meinhof, wie sehr sie Johann seit ihrer Kindheit verehrt hatte und dass er immer in allem ihr Vorbild gewesen war.

»Vielleicht hast du es nur nicht wahrhaben wollen, dass er eigentlich schon immer ein Maulheld gewesen war, der sich von einem kleinen feigen Hitlerjungen zum ostzonalen Revoluzzer und dann als Student zu einem linken Salonlöwen entwickelt hat?«

Brigitte war sprachlos. Nicht nur, weil die Meinhof sie geduzt hatte, als wären sie längst Freundinnen, sondern weil sie mit wenigen Schlagworten Johanns Charakter auf den Punkt gebracht hatte.

»Ja, damals hatte er noch Mitgefühl mit allen unterdrückten und versklavten Völkern dieser Welt. Er ist für sie sogar auf die Straße gegangen, aber gleichzeitig hat er mich und meinen Sohn, die kleinste Zelle der Gesellschaft, unterdrückt und versklavt«, erwiderte Brigitte und fand, dass sie ebenbürtig klang. Sie fuhr fort. »Mittlerweile ist Johann sogar selbst eine Stütze des Establishments geworden, der mich, seine Frau, nur auf die drei Ks reduzieren will: Kinder, Kirche, Küche.«

»Und sich aber selbst alle Freiheiten eines fleischgewordenen Paschas herausnimmt«, ergänzte die Meinhof.

Sie waren Leidensgenossinnen, sie und die Meinhof, das wurde Brigitte in diesem Gespräch klar. Sie hatten ähnliche Erfahrungen gemacht, wie so viele Frauen vor ihnen, neben ihnen und nach ihnen noch machen würden, wenn sich nichts änderte in den Beziehungen untereinander, die aber nur gedeihen konnten, wenn der Staat das ermöglichte und die Gesellschaft umlernte.

Das anfängliche Gefälle von oben nach unten, das Brigitte vor diesem Treffen mit der Journalistin als natürlich angesehen und auch akzeptiert hatte, verwischte sich in diesem Gespräch, in dem die Meinhof allmählich auf Touren kam, zur alten bekannten Form auflief und damit auch Brigitte ansteckte, die viele Monate nicht mehr so viel geredet hatte. Jedenfalls nicht über solche wichtigen Dinge wie dem Zusammenleben zwischen den Geschlechtern, den verhärteten Strukturen in der Gesellschaft, der politischen Arbeit von Frauen, unter denen viele Mütter wie die Meinhof waren und die wie sie progressive Ansichten vertraten, aber als Mütter den normalen Unzulänglichkeiten des Miteinanders ausgesetzt waren. Und nicht nur deshalb musste etwas geschehen, sagte die Meinhof, nicht nur wegen der Frauen, sondern es musste endlich Schluss sein mit dem politischen Gequatsche und dem sezierenden Schreiben, das höchstens die Haltung des Schreibers zeige, aber nichts an der Realität ändere.

Brigitte hätte gern gefragt, was die Meinhof denn damit meine, ob sie vielleicht die Kaufhausbrandstifter und deren Tat meine, aber da fiel ihr auf, dass sie die Zwillingsmädchen schon lange nicht mehr gesehen hatte, obwohl sie zwischendurch mehrmals angerannt gekommen waren und gebettelt hatten, doch endlich nach Hause gehen zu dürfen, was die Meinhof immer wieder stereotyp mit »Ja, gleich« beantwortet hatte und es dann doch sofort wieder vergaß, egal wie oft sie es in diesen so schnell verrinnenden Stunden schon versprochen hatte, es dämmerte ja bereits. Und obwohl sie das Gespräch geradezu erhitzt hatte, war es nun doch empfindlich kühl geworden, und Brigitte machte sich ein wenig Sorgen um die Zwillingsmädchen, auch wenn die Meinhof zwischendurch immer wieder betont hatte, dass die Mädchen lernen müssten, nicht immer im Mittelpunkt zu stehen, und auch gut für sich selbst sorgen könnten.

Das war auch weiterhin ihre Meinung, als Brigitte sie auf das Fehlen der Mädchen aufmerksam machte. Kein Anzeichen von Sorge oder Erschrecken.

»Sie werden nach Hause gelaufen sein«, mutmaßte die Journalistin, und Brigitte war voller Bewunderung. So würde sie auch mit Janis in Zukunft verfahren und sich nicht mehr dauernd diese Vorwürfe und Sorgen machen, wenn sie ihn erst wieder zu sich geholt hätte. Das würde sie nämlich tun, ihn zu sich zurückholen, ein Kind gehörte zur Mutter, auch davon war die Meinhof überzeugt und nun auch Brigitte, und Janis würde wie die Zwillingsmädchen lernen müssen, dass arbeitende und insbesondere politisch denkende und arbeitende Mütter, wie sie und die Meinhof, anders waren als die gesichtslosen Mütter ihrer Spielkameraden, die hauptsächlich dazu beitrugen, das jahrhundertealte Rollenbild von der dienenden, sich aufopfernden Mutter weiterzugeben.

Denn nur indem sie selbst als Kinder miterleben würden, wie ihre Mütter sich ihren eigenen Weg zu einem besseren Platz im Leben erkämpften, würden sie auch erfahren, was es für diesen Kampf von Seiten des Staates als Unterstützung benötigte. Und spätestens als Erwachsene würden sie nicht gegen ihre Mütter sein und deren Art, wie sie lebten, sondern selbst dafür einstehen und besonders als Mann ihren Frauen ein würdigeres Miteinander ermöglichen.

Da war sie sogar im Vorteil gegenüber der Meinhof, dachte Brigitte, weil sie selbst einen Sohn hatte und damit die Chance, ihn bereits jetzt anders, also in ihrem Sinne zu erziehen. So dass Janis später als Mann und Familienvater nicht so wie Johann werden würde, das lag tatsächlich in Brigittes Verantwortung, sagte die Meinhof, und das leuchtete Brigitte auch sofort ein. Sie selbst war dafür verantwortlich, wie Janis später Frauen behandeln würde, wenn sie sich mit ihrem Sohn einließen und vielleicht sogar mit ihm eine Familie gründeten.

Nachdem sie auf Brigittes Anraten doch den Park nach den Mädchen abgesucht hatten, die Meinhof eher lustlos, Brigitte doch heimlich besorgt, waren sie noch gemeinsam zur Wohnung der Journalistin gegangen. Und tatsächlich, die Zwillingsmädchen waren zwar nicht allein nach Hause gegangen, aber der derzeitige Freund der Meinhof hatte sie auf seinen Heimweg im Park herumstromern sehen, sie mit in die Wohnung genommen und ihnen etwas zu essen bereitet.

»So muss es sein«, hatte die Meinhof das zufrieden kommentiert. »So erzieht man Männer. Indem man ihnen nicht alles abnimmt und sie durch unsere Verweigerung dazu zwingt, selbst die Verantwortung für die Kinder zu ergreifen, was sie aber nur tun, wenn man ihnen aus überbordender Dankbarkeit nicht gleich wieder alles aus der Hand nimmt, das Essen zu Ende kocht, die Wäsche schnell abnimmt oder die Wohnung noch einmal nachputzt.«

Hundemüde, voller verrückter, noch nicht zu Ende gedachter Ideen, wie ihr zukünftiges Leben sich ändern sollte, und doch gleichzeitig wie leergefegt und total erschöpft, zog Brigitte noch bis Mitternacht allein durch die Stadt, sog das geschäftige Treiben in sich auf, zu dem sie plötzlich wieder dazugehören wollte, und betrat gegen Mitternacht in der Kantstraße sogar das französische Bistro, in dem sie früher immer gewesen war. Noch immer wurde es bis spät in die Nacht hinein von Studenten, hauptsächlich von der nahen Kunsthochschule in der Hardenbergstraße, frequentiert, und anders als im letzten Jahr, als sie das Bistro noch gemieden hatte, um sich nicht als Außenseiterin zu fühlen, setzte sie sich einfach an einen grad freiwerdenden

Tisch und ertrug es sogar, von den anderen Gästen kurz gemustert, auf ihren Status, ihre Zugehörigkeit taxiert zu werden, genoss es beinahe, und hielt ihren Blicken stand, bis das Interesse an ihr wieder schwand und sie sich erneut ihren Diskussionen widmeten.

Als Johann noch an der TU und sie an der FU studierten, er Architektur und sie Geschichte, da waren sie ein paarmal gemeinsam hier gewesen, um sich mit Johanns Kommilitonen zu treffen. Doch der dicke Qualm, der beständig in dem Bistro wie eine undurchdringliche Wolke hing, hatte ihr die Besuche rasch vermiest. Er war ihr ins Haar, in die Kleidung, in den Kopf gekrochen, hatte ihr die Luft zum Atmen genommen und den Geist vernebelt, bis sie den endlosen Diskussionen, die Johann mit seinen meist männlichen Kommilitonen führte, kaum noch folgen konnte, und noch dazu war sie zunehmend gelangweilt gewesen, weil es immer Männerthemen waren. Also hatte sie immer öfter irgendwelche Ausreden erfunden, warum sie nicht mehr mitgehen konnte: Kopfschmerzen zum Beispiel oder eine Hausarbeit fürs Studium, dann später die Schwangerschaft, die ja keine Ausrede war, ihr war wirklich in den ersten Monaten dauernd schlecht, so wie dann Janis keine Ausrede war, weil sie ja über ihn und seinen leichten Schlaf wachen musste, wer sonst.

Dass Johann später weiter allein hierher ging, das brauchte er nicht zu erwähnen, denn wenn sie nachmittags gemeinsam mit Johann und Janis aus dem Tiergarten und vorbei an dem Bistro kam – was selten genug geschah –, dann sah sie, wie ihm die Angestellten heimlich, als wäre sie eine alles verbietende, alles kontrollierende Xanthippe, mitleidig zunickten und etwas überrascht und verwundert auf seine kleine Familie schauten. Ganz anders als die jungen Studentinnen, die hinter den Fenstern Cola schlürften und bestimmt über sie als »Familie Gänseklein« flüsterten, jedoch Johann nicht einmal heimlich grüßten, obwohl sie ihn ganz sicher von den Abenden kannten, und er ihnen auch nicht zunickte – das hätte er sich mal wagen sollen!

Heute aber war sie diejenige, die hier am Abend saß, während Johann sich um ihren gemeinsamen Sohn Janis kümmerte, was, das musste Brigitte sich eingestehen, keine freiwillige Entscheidung von Johann gewesen, ihr Verhältnis also nicht so modern war, wie es vielleicht auf Außenstehende wirken könnte. Sowieso glaubte Brigitte nicht, dass irgendjemand das positiv bewerten würde, und wenn, dann nur, indem gleichzeitig betont wurde, was für eine schlechte Mutter sie war.

Brigitte hatte sich ein Pensionszimmer in der Nähe des Savignyplatzes genommen und geplant, am nächsten Tag wieder in den Morgenzug nach Heidelberg zu steigen. Aber dann war es am Abend zuvor doch später geworden, und sie hatte verschlafen. Die Bedienung im französischen Bistro, ein Kunststudent, hatte wie wild mit ihr geflirtet, was ihr anfänglich schmeichelte, doch dann hatte er sie überreden wollen, ihm nach Dienstschluss noch Modell zu stehen, und ihr deshalb ein paar bunte Drinks aufs Haus spendiert.

Brigitte war nicht blöd. Sie hatte die Drinks angenommen, verließ dann aber allein – etwas wankend zwar, doch eben allein – das Bistro, was den Kunststudenten furchtbar zu verletzen schien, wenn sie die unflätigen Worte, die er ihr schließlich nachrief, richtig deutete, nachdem er sie argumentativ nicht hatte einschüchtern können:

»Bist du etwa so 'ne Spießerin vom Dorf? Du nimmst doch die Pille? Hier haben wir alle Sex miteinander, du prüde, frigide Kuh! Wahrscheinlich bist du eine vertrocknete alte Jungfer, die noch nie was vom Orgasmus gehört hat!«

Brigitte konnte noch immer darüber lachen, nachdem sie aufgehört hatte, sich über den verpassten Zug nach Heidelberg zu ärgern, und fragte sich, ob Johann früher als Student und vielleicht auch heute noch so vorging, um irgendwelche Mädchen in sein Bett zu kriegen?

Johann.

Ihre alte Wohnung war ganz in der Nähe, und es war zehn Uhr an einem Sonntagmorgen, also ungefähr die Zeit, in der sie damals, wenn zwischen ihr und Johann gute Stimmung herrschte, gemeinsam mit Janis bei schönem Wetter, und es war schönes Wetter heute, in den Tiergarten am Schleusenkrug zum Frühschoppen gegangen waren. Da trafen sich die ehemaligen Studenten mit ihren ehemaligen Dozenten auf ein frühes Bier oder ein Glas Wein, um über Politik oder ihre neuesten beruflichen Erfolge zu reden, um alte Kontakte zu vertiefen und neue zu knüpfen. Den Kindern spendierten sie an solchen Tagen eine Fassbrause und Groschen für den einarmigen Banditen an der Wand, während die Ehefrauen daheim den obligatorischen Sonntagsbraten zubereiteten, bis auf Brigitte natürlich, die sich als die »Schwester« diesem Spießerritual von Anfang an widersetzt hatte. Sie konnte sowieso nicht kochen, wollte es auch nicht lernen – sollte Johann doch zu seiner Mutter fahren, wenn er sich nach einem Sonntagsbraten mit Rotkohl, Soße und Salzkartoffeln sehnte. Brigitte war derweil mit Janis meist eine Runde durch den Tiergarten gegangen, zumindest anfänglich, als er noch nicht laufen konnte, dann aber fast immer mit ihm auf der Schleusenbrücke stehen geblieben, weil ihn der Schleusenbetrieb so faszinierte.

Sicher hatte Johann an diesem alten Sonntagsritual festgehalten und war jetzt mit Janis im Tiergarten. Sie würde also nicht Gefahr laufen, Johann zufällig zu begegnen, wenn sie nach einem ausgiebigen Frühstück in der Pension noch kurz durch die Knesebeckstraße schlendern würde, ganz ohne irgendein Ziel, nur um der alten Zeiten willen – na gut, vielleicht auch, um einen Blick auf ihr altes Wohnhaus zu werfen, eventuell auch auf das Klingelschild, ob da noch immer Johanns und ihr Name dranstand oder ihrer inzwischen durch den Namen der jungen Frau ersetzt worden war, die Johann so leidenschaftlich auf dem Bahnhof geküsst hatte.

Würde sie das kränken, fragte sich Brigitte. Nein, vermutlich nicht, jedenfalls nicht mehr. Sollte Johann doch küssen, wen er wollte, das hatte er schließlich immer getan. Aber wie sie über einen anderen Namen auf ihrem alten Klingelschild denken würde, würde sie erst sagen können, wenn sie ihn dort sähe.

Als sie über den Savignyplatz Richtung Knesebeckstraße lief, wurden ihr doch die Knie weich, und ihr Verstand warnte sie, besser umzudrehen, auf keinen Fall weiterzugehen. Doch ihre Beine stolperten weiter, und ihr Herz schlug so laut und schnell, dass sie kurz glaubte, tot umzufallen, wenn sie nicht sofort kehrtmachte. Die Tür ihres alten Wohnhauses, die sie bereits sehen konnte, zog sie geradezu magisch an, und wenn Johann jetzt mit Janis aus der Tür getreten wäre, sie wäre vor Schreck zur Salzsäule erstarrt. Aber das geschah nicht. Vielleicht, weil Johann mit Janis schon fort war oder in diesem Augenblick noch damit beschäftigt war, ihn für den Frühshoppen fertig zu machen.

Mittlerweile stand sie vor dem etwas zurückgesetzten Eingang und starrte auf das Klingelschild. Da standen immer noch ihre beiden Namen, was Brigitte mehr beruhigte, als sie gedacht hatte, und sie begann zu überlegen, was sie tun sollte. Klingeln? Und was, wenn Johann zu Hause war und fragte, wer da sei? Was sollte sie antworten? Ich bin's nur, Gitti?

Sie musste gar nichts sagen!

War ihnen damals nicht oft genug Klingelstreiche gespielt worden, und niemand hatte sich anschließend gemeldet, weil sie eine der wenigen Häuser waren, die diese neumodischen Gegensprechanlagen schon besaßen, die man sonst nur aus den Neubauten kannte? Die Klingelstreiche waren zwar immer unter der Woche gewesen, meistens wenn die Kinder aus der Schule durch die Knesebeck kamen, nie am Sonntag, trotzdem, Brigitte drückte einfach den Klingelknopf.

Es passierte nichts. Nach einem gebührenden Zeitabstand, während dem sie sich vorstellte, dass Johann die Klingel zwar gehört, aber vermutet hatte, sich verhört zu haben – schließlich war es Sonntag, und wer sollte da denn kurz nach zehn klingeln –, drückte Brigitte den Klingelknopf noch einmal und auch länger und wartete erneut. Diesmal konnte Johann das Klingeln nicht überhört haben, wenn er zu Hause war, dachte Brigitte und gab ihm noch etwas mehr Zeit, bis zur Gegensprechanlage im Flur gleich neben der Eingangstür zu laufen. Keine Reaktion. Johann und Janis waren nicht da. Was also jetzt?

Sie befühlte ihr Schlüsselbund, an dem sich noch immer ihr Wohnungs- und Hausschlüssel befand, dann steckte sie ihn mit zitternden Fingern ins Schloss und öffnete die schwere Holztür. Sie kam sich wie eine Diebin vor, und doch glaubte sie, ein Recht darauf zu haben, hier in diesem Hausflur zu sein, dessen abgestandene Gerüche ihr sofort wieder vertraut waren, viel vertrauter als damals, als sie diesen Geruch aus purer Gewohnheit nicht mehr wahrgenommen hatte.

Dann stand sie vor ihrer Wohnungstür im dritten Stock und lauschte auf die Geräusche, die aus der Nachbarwohnung kamen, doch bei Johann war alles still. Zur Vorsicht klingelte sie noch einmal, aber nichts geschah. Also nahm sie erneut ihr Schlüsselbund vor, wählte den Wohnungsschlüssel aus und steckte ihn ins Schloss.

Er passte nicht.

Im ersten Augenblick glaubte Brigitte, sich vertan zu haben, ihren alten Wohnungsschlüssel verwechselt zu haben, aber nein, es war der richtige, Johann hatte das Schloss auswechseln lassen. Wieso? Warum? Das war nicht schwer zu beantworten. Er hatte damit gerechnet, dass sie irgendwann nicht anders konnte, als zurückzukommen, so wie sie nicht anders gekonnt hatte, als doch irgendwann anzurufen, und zu feige sein würde, sich vorher anzumelden.

Johann hatte immer viel früher als sie selbst gewusst, was sie tun, wie sie auf etwas reagieren würde, aber selbst als er sie noch sehr gemocht hatte, hatte er dieses Wissen nur dazu benutzt, sie kleinzuhalten, sie zu demütigen und ihr wie jetzt in diesem konkreten Fall zu sagen, dass hier bei ihm und Janis kein Platz mehr für sie war.

Sie hätte gern gleich hier im Hausflur losgeheult, wenn sie damit nicht sofort die Nachbarn heraufbeschworen hätte, die bestimmt längst nach Brigittes Verbleib gefragt und von Johann ganz sicher nicht die Wahrheit über sie erzählt bekommen hatten. Das wiederum machte Brigitte dermaßen wütend, dass sie Johann auf der Stelle die Meinung sagen wollte und sich auf den Weg zum Schleusenkrug machte.

Obwohl es bis zum Schleusenkrug höchstens ein Kilometer war, verflog ihre Wut bis dahin fast vollkommen, so dass sie wieder etwas klarer denken konnte und sich also fragte, wie sie sich verhalten wollte. Sollte sie Johann im Schleusenkrug wirklich eine Szene machen? Wahrscheinlich hatte Johann auch da die Mär von seiner durchgeknallten Schwester verbreitet, die ihren Sohn, von dem niemand wusste, von wem er war, zurückgelassen hatte und um den Johann sich nun selbstlos kümmerte und sogar dafür seine Arbeitsstelle in Bayern hatte aufgeben müssen.

Und wenn schon, hatte Brigitte noch auf dem Weg zum Schleusenkrug gedacht und versucht, sich etwas Restwut auf Johann zu bewahren, aber dann war Johann gar nicht dort, und sie verzog sich schnell, bevor noch einer von Johanns Bekannten auf sie aufmerksam geworden wäre und es Johann beim nächsten Frühshoppen brühwarm berichtet hätte.

Da stand sie nun und wusste nicht, was sie bis zur nächsten Zugverbindung nach Heidelberg mit sich anfangen sollte, in einer Stadt, in der sie nicht mehr dazugehörte. Johann, so glaubte sie, verbrachte vielleicht den Sonntag mit Janis bei den Eltern in Kreuzberg, bei Emmely und Helmut, wo es den Sonntagsbraten mit allem Drum und Dran gab. Aber hatte sie wirklich die Traute, bei den Günzels aufzutauchen? Zeit bis zur nächsten Zugverbindung wäre dafür …

»Fräulein Günzel? Was machen Sie denn hier?«

Brigitte schaute sich um und sah ein blendend weißes Lachen in einem, zumindest für diese Jahreszeit, bereits stark gebräunten Gesicht.

»Dr. Breier! Und Sie?«

»Ist das so eine Masche von den jungen Leuten heutzutage, Fragen mit Gegenfragen zu beantworten?«, fragte Dr. Breier lachend, und auch Brigitte lachte.

»Das machen nicht nur die jungen Leute. Sie können das auch sehr gut«, erwiderte sie, obwohl ihr gleichzeitig bewusst wurde, dass sie Dr. Breier gerade für alt erklärt hatte.

Das war er auch. Und ein Gentleman. Denn er sah sofort, dass es Brigitte nicht gut ging, und lud sie deshalb auf Kaffee und Kuchen ins Kranzler ein. Und er ließ nicht gelten, dass sie etwas anderes vorhatte, was Dr. Breier aber nur für Ausflüchte hielt, denn sie wollte nicht sagen, was es war. Sie konnte ihm ja kaum erzählen, dass sie wütend auf ihren Bruder war, dem Vater ihres Sohnes. Und ein bisschen gefiel ihr auch, das Dr. Breier so hartnäckig blieb, hatte sie sich damals also doch nicht getäuscht, dass sie bei ihm sogar eine Chance gehabt hätte.

»Also gut, ein bisschen Zeit hätte ich wohl«, gab sich Brigitte geschlagen. »Dann müssen Sie mir aber auch erzählen, warum Sie nicht in einer Bibliothek in Beirut oder Damaskus sitzen und zu ihrem Thema forschen.«

Dr. Breier war wegen seiner dreiundachtzigjährigen Mutter in Berlin, die bei einem Sturz daheim einen Oberschenkelhalsbruch erlitten hatte und die er nun täglich im Krankenhaus besuchte. Die Ärzte machten ihm keine Hoffnung, dass sie sich erholen würde, und so würde er wohl in Berlin bleiben, bis sie »hinübergegangen« war, wie sich Dr. Breier ausdrückte, und er die Beerdigung hinter sich gebracht haben würde. Davor graute es ihm jetzt schon, und das schien ihn auch mehr mitzunehmen, als er es sich eingestehen wollte, jedenfalls wirkte er mit einem Mal so traurig und depressiv, dass Brigitte mehrmals versuchte, das Thema zu wechseln, aber nichts konnte ihn von seinen Sorgen um die Mutter ablenken. Schließlich fiel ihr doch etwas ein: »Wie ist es denn in Beirut oder Damaskus? Gibt es da nicht gerade politische Unruhen?«

Brigitte bereute sofort diese letzte Frage, denn sie hatte zwar ein bisschen darüber in den Zeitungen gelesen, aber nicht recht durchgesehen, wer da gegen wen kämpfte, sich allerdings auch nicht besonders viel Mühe gegeben, es zu verstehen, schließlich hätte sie ja nicht ahnen können, dass sie auf Dr. Breier treffen würde und es wichtig sein könnte, dass sie etwas mehr über die politischen Verhältnisse in Vorderasien wusste.

Erst schien Dr. Breier nicht zu verstehen, was Brigitte gefragt hatte, aber dann kam er doch langsam in Fahrt, antwortete jedoch nicht auf ihre Frage, sondern beschrieb nur kurz Beirut und Damaskus, die er als Städte nicht besonders zu mögen schien, sie als zu voll, zu laut, zu dreckig beschrieb. Und obwohl Brigitte froh war, dass er ihr nicht die komplizierte politische Lage dort unten in Vorderasien auseinandersetzte, so war sie doch enttäuscht, dass er so negativ von seiner Reise berichtete.

Brigitte wagte noch einen weiteren Versuch und sprach ihn auf sein Forschungsgebiet, die Überlieferungsgeschichte *Materia medica*, an, und endlich zeigte Dr. Breier wieder sein außergewöhnliches Lächeln, als er von den uralten Büchern sprach, die er in der Bibliothek Orientale in Beirut hatte sehen, berühren und auch lesen dürfen.

Es hätte ganze Tage und nicht nur eine Stunde bei Kaffee und Kuchen im Kranzler benötigt, deren Form, Zustand und Geruch zu beschreiben, und dabei war Dr. Breier noch nicht einmal in der Bibliothek von Damaskus angekommen. Brigitte fühlte ein unbändiges Verlangen, jenem Gähnen nachzugeben, das sie schon die ganze Zeit quälte. Die vielen bunten Drinks der vergangenen Nacht waren eben doch nicht spurlos an ihr vorübergegangen. Bevor sie jedoch unhöflich wurde, kontrollierte sie demonstrativ ihre Uhr, gab vor, sich fürchterlich zu erschrecken, und sprang fast im selben Moment auf, um sich schnell zu verabschieden, nicht ohne sich für die Einladung zu bedanken und Dr. Breier, diesem Langweiler, alles Gute für seine Mutter zu wünschen.

»Vielleicht können wir uns noch einmal sehen, bevor ich zurückfliege«, sagte Dr. Breier, der ebenfalls aufgesprungen war, weil er eben ein Mann alter Schule war beziehungsweise ihm seine nun bald verstorbene Mutter einen gewissen Anstand gegenüber dem weiblichen Geschlecht beigebracht hatte. Was Emmely bei Johann nicht unbedingt versäumt hatte, aber Johann hatte das als ein überaltertes männliches Rollenklischee erkannt und deshalb abgelehnt. Was in der Praxis bedeutete, dachte Brigitte verächtlich, dass sich Johann den von Frauen, auch von modernen Frauen, weiterhin geschätzten Manieren wie Fürsorge, Zuvorkommenheit, Rücksicht und höfliches Benehmen als althergebrachte männliche Rollenklischees verweigerte, aber die schlechten althergebrachten Manieren der Männer wie Untreue, Rücksichtslosigkeit oder sich zu Hause wie ein Pascha zu benehmen beibehielt.

»Ich fahre heute Abend nach Heidelberg zurück«, erwiderte sie und sah plötzlich echtes Bedauern in Dr. Breiers sanften Augen schimmern.

»Ach ... wenn Sie erst morgen fahren würden, könnten wir unsere Unterhaltung fortsetzen«, erwiderte Dr. Breier und schaute sie wie ein Hund an, der um ein Leckerli bettelte. »Ich wohne gleich hier am Ku'damm, Pension Elsass.«

Brigitte wusste, sie würde die Unterhaltung auf keinen Fall fortsetzen wollen, obwohl sie natürlich ahnte, dass es Dr. Alfred Breier nicht nur ums Unterhalten ging, sonst hätte er wohl kaum seine Pension erwähnt. Dennoch lächelte sie, als würde sie beides nicht völlig ausschließen, und bekam dafür noch einmal seine Doppelreihe an weißen Zähnen zu sehen, die in seinem braungebrannten Gesicht fast schneeweiß und irgendwie hypnotisch auf Brigitte wirkten.

Was war das nur, dass sie so auf seine Zähne stand?

KONRAD

Polen, Warschau

1943–1945

Konrad hatte sich auf Warschau gefreut. Endlich würde er wieder Häuser sehen, so hatte er geglaubt, und nicht nur zerstörte, dem Erdboden gleichgemachte, niedergebrannte Dörfer. Das Schlimmste waren die halb verhungerten Kinder, die, kaum wurde ihr Zug in einer Kurve oder vor einem nicht einsehbaren Tunnel langsamer, wie die Maulwürfe aus Höhlen und Erdlöchern gekrochen kamen und ihnen bettelnd die Arme entgegenstreckten, wohl wissend, dass sie erfolglos bleiben würden, denn zu viele andere Kinder standen neben ihnen, hielten wie sie die dünnen Ärmchen und hohlwangigen Gesichter dem Zug entgegen, in dem Konrad zu seiner neuen Stellung fuhr.

Und längst hatten sie im Zug selbst kaum noch genug zu essen. Denn die hinteren Wagons waren überfüllt mit Verwundeten und Landsern, die auf Urlaub fuhren, und schon einige Male hatten die Sanitäter die Rationen der Kranken mit Waffengewalt verteidigen müssen. Die Versorgungslage war schlecht, der Nachschub gefährdet, und obendrein gerieten die Züge immer häufiger unter Beschuss. Einmal hatte es eine Gruppe von Partisanen in einem Wäldchen sogar nur auf den Proviant-Wagon abgesehen, was Konrad sehr an seine letzte Heldenklau-Aktion erinnerte, die durch das Quieken eines

Schweins ausgelöst worden war und elf Männern das Leben gekostet hatte.

Doch als der Zug endlich nach Warschau einfuhr, begrub Konrad sofort die Hoffnung auf richtige Häuser und »richtige« Menschen. Noch nie hatte er eine so zerschossene, menschenleere Stadt gesehen. Fassaden ohne Räume dahinter ragten wie Kulissen in den Himmel, Wohnhäuser ganz ohne Fassaden, die Einblicke in das einstige alltägliche Leben der längst geflüchteten Menschen erlaubten wie in überdimensionierte Puppenhäuser, solche, wie sie Selma und Alma wohl einmal in ihrer Kindheit besessen hatten und wie er irgendwann einmal Brigitte eines hatte bauen wollen.

Doch auch wenn hier in Warschau die Ausstattung der »Puppenhäuser« viel detailtreuer und ausgesprochen vielfältig war und in dem Büfett im dritten Stock immer noch Porzellanschiffchen und Sektflöten in der Abendsonne glitzerten, so fehlte es doch an der Reinlichkeit und vollkommenen Ordnung, für die solche Puppenstuben von kleinen Mädchen doch standen, denn viele Dinge lagen hier in Warschau umgeworfen umher, und über allem, das war das Traurigste, lag eine dicke Schicht von Schutt und Asche, die den Gesamteindruck verdarb.

Der Lazarettzug, auf dem Konrad als Assistenzarzt eingeteilt war, stand bereits vier Tage auf dem Bahnhof Warschau-Ost. Er wurde gerade technisch durchgesehen und mit neuem Verbandszeug, Medikamenten und ausreichend Verpflegung für die nächste Fahrt bestückt. Seine erste Fahrt würde Konrad nach Minsk führen, wie er von dem Verwaltungsbeamten Hans Krause erfuhr. Dieser war für die gesamte Logistik im Zug zuständig und hielt deshalb Kontakt zum Arbeitsstab der Lazarettzüge bei der Heeres-Sanitätsinspektion, die wiederum für die Transportlenkung und Verteilung der Verwundeten zuständig war und die damit verbundenen Meldevorschriften vorgab.

Auch wenn der Zug erst am nächsten Tag starten sollte, sammelten sich bereits in den Mannschaftskrankenwagons die

Rückkehrer aus ihren Fronturlauben und diejenigen, die einen Stellungsbefehl gen Osten erhalten hatten. Sie alle würden an den jeweiligen Stationen aus- und umsteigen und mit anderen Zügen oder LKWs weiter zur entsprechenden Einheit fahren, um dort für den Führer und Deutschland zu kämpfen. Es wunderte Konrad nicht, dass die Soldaten und Offiziere zwar erholt und ausgeruht, aber doch sehr in sich gekehrt wirkten, ganz anders als die Verwundeten in seinem letzten Zug nach Warschau, die trotz ihrer teils schweren Verletzungen eher frohen Mutes waren, wahrscheinlich weil sie erst einmal dem Schlachten an der Front entkommen waren und nun gen Westen fuhren.

Einzig bei den zu anderen Orten mitfahrenden Sanitätern und Krankenschwestern herrschte eine geradezu ausgelassene Stimmung, da für sie die Arbeit erst an ihren Zielorten begann, wenn sie neue Verwundete aufnehmen und sie zurück ins Hinterland transportieren würden. Doch bis dahin zeigten sie einander, was sie aus dem kurzen Heimaturlaub mitgebracht hatten. Einige der Krankenschwestern waren aus Ostpreußen, so dass sie es nicht so weit nach Hause hatten, und sie protzten voreinander mit dicken, geräucherten Wurstringen, mit in Gläsern eingeweckter Blut- und Leberwurst oder mit ganzen Speckseiten aus privater Produktion. Da konnten die beim Heer nur von träumen. Der Duft erfüllte den ganzen Wagon, und Konrads Magen begann so laut zu knurren, dass es ihm eine Einladung zum Essen und einen Schnaps auf gute Zusammenarbeit einbrachte.

So gestärkt, verabschiedete sich Konrad noch einmal in die Stadt. Es war schließlich Frühling, und in Warschau wehte ein warmes Lüftchen. Er wollte über die Weichsel Richtung Zentrum gehen, das sich ganz in der Nähe befinden sollte und laut Hans Krause noch ein paar Geschäfte und Vergnügungen bot. Aber auf der Straße zur Weichsel, die ansonsten fast menschenleer war, sah er überall wieder diese kleinen, fast verhungerten Kinder sitzen, noch grauer, noch verhärmter als die in den Dörfern an der Bahnstrecke und mit so ausdruckslosen Gesichtern, dass es Konrad regelrecht fröstelte. Sie hatten nicht einmal mehr die Kraft, die Arme zum Betteln auszustrecken, wenn jemand vorbeikam. Sie hielten nur ihre kleinen, knochigen Hände gefaltet und sangen oder, wenn ihnen dazu die Kraft fehlte, summten seltsam religiös anmutende Lieder und wiegten sich dazu monoton im Frühlingswind.

Konrad hatte genug von der Stadt, ehe er sie richtig gesehen hatte, und entschloss sich, lieber zum Bahnhof zurückzukehren, wo ihn die Schwestern und Sanitäter seines Zuges bereits wie einen alten Bekannten begrüßten. Er würde am nächsten Tag sicherlich noch nicht alle Namen den richtigen Gesichtern zuordnen können, aber ein Anfang war gemacht, und es schien, als würde er hier in diesem Lazarettzug kaum Zeit haben, an Selma zu denken, und mehr konnte er nicht erwarten. Er wusste, er musste sie aus seinem Kopf bekommen, um sie rächen zu können. Denn genau das hatte er sich auf der Fahrt nach Warschau vorgenommen: Er würde Selma rächen, indem er zum Saboteur, zum Spion werden würde und so zu Deutschlands Untergang beitrug. Wie das im Einzelnen vor sich gehen sollte und was er dafür tun müsste, das hatte ihm der russische Offizier, der mal ein Deutscher gewesen war, nicht gesagt, auch nicht, wer Konrad für diesen »Dienst an seinem Vaterland«, denn so hatte es der Offizier genannt, empfohlen hatte. Es musste irgendein Verwandter des Offiziers gewesen sein, den Konrad irgendwann einmal in seiner Praxis in Berlin verarztet hatte, ohne ihm zu seiner Verwundung, seiner Herkunft oder seiner politischen Gesinnung Fragen gestellt zu haben.

Erst am nächsten Morgen trafen Konrads neue Kollegen ein. Chefarzt Prof. Dr. Schäfer war mit seinen ein Meter neunzig eine imposante Erscheinung und bereits um die sechzig, schien aber vor Kraft nur so zu strotzen. Fast kahlköpfig, flossen bei ihm Kopf und Hals beinahe übergangslos ineinander, hinten mit dem kräftigen Nacken und vorn mit dem fliehenden Kinn, und nur die Querfalten, die die einzelnen Fettwülste trennten und sich wie mehrere Halsbänder um seinen Hals legten, zeigten an, wo eventuell der Hinterkopf endete oder das Gesicht anfing.

Auf den ersten Blick hatte Prof. Dr. Schäfer ihm einen Heidenrespekt eingeflößt, aber dann begrüßte er Konrad mit einer unerwartet hohen, weichen Stimme und reichte ihm dazu eine vom vielen Schrubben aufgeweichte Hand, die nicht den geringsten Druck ausübte, so dass Konrad schon um die Hierarchie im OP fürchtete, denn der zweite Assistenzarzt, Dr. Hans-Joachim Kersten, war das pure Gegenteil von Schäfer: dünn, drahtig, nervös, mit tiefer Stimme und sehr festem Händedruck. Doch auch bei ihm täuschte der erste Eindruck. Hajo, wie er von Konrad genannt werden wollte, war umgänglich, hilfsbereit und auch etwas schwatzhaft. Von ihm erfuhr Konrad noch am selben Abend, dass Konrads Vorgänger, der bisherige Assistenzarzt, von einer einzigen Partisanenkugel getroffen worden und auf der Stelle tot gewesen war. Er war als Einziger bei dem Überfall getötet worden, und man hätte fast den Verdacht haben können, dass es ein gezielter Anschlag allein auf ihn gewesen war, sagte Hajo, denn niemand sonst wurde bei diesem Überfall angegriffen oder gar getroffen. Es fiel nur dieser eine Schuss, und dann war wieder Ruhe.

»Und wann war das?«, fragte Konrad, weil ihn plötzlich das Gefühl beschlich, dass seine neuen Freunde dahinterstecken könnten. Sie hatten Konrad in diesem Zug haben wollen, also mussten sie auch dafür sorgen, dass er in diesem Zug unterkam.

»Vor zehn Tagen«, sagte Hajo, und Konrad sah seinen Verdacht bestätigt. Vor elf Tagen saß er noch bei dem Offizier im Zeltlager, sie hatten diese Stelle also extra für ihn »geschaffen«.

»Wir glauben hier, und mit ›wir‹ meine ich mich und die Sanitäter, dass es eine der Schwestern war.«

»Bitte?«

»Ja, nehmen Sie sich vor denen in Acht! Hartmut hatte mindestens mit zweien von ihnen gleichzeitig etwas, und zu Hause gab's noch eine Frau mit drei Kindern.«

Konrad sah ihn skeptisch an.

»Doch!«, bekräftigte Hajo. »Bei der heutigen Knappheit an Männern, da kommen die Damen schnell mal auf dumme Ideen.«

»Aber es gibt keine Beweise«, mischte sich August, der zwanzigjährige Sanitäter, der Konrad zugeteilt war, grinsend ein.

Der erste Halt war Minsk, wo sie 448 Verwundete mitnahmen, obwohl ihr Zug mit 27 Krankenwagen nur für 297 Verwundete Betten bereithielt. Aber wenn man die leichter Verletzten auch auf dem Boden verteilte, möglichst so, dass die Schwester oder der Sanitäter, der für den jeweiligen Wagen zuständig war, noch durchkam und nicht dauernd wegen einer Morphiumspritze oder etwas zu essen aufgehalten wurde, dann konnte die vorgesehene Bettenkapazität sogar verdoppelt werden, wie Konrad in den folgenden Wochen erfuhr. Das wurde auch immer dringender, denn der Krieg war nach Stalingrad in eine jähe Abwärtsspirale geraten, und die Verluste an Personal und Material stiegen praktisch mit der Anzahl der Durchhalteparolen, die sie über Funk und Radio immer noch erreichten.

Nach einem Dreivierteljahr war Konrad bereits durch halb Europa gereist, war in Budapest und Königsberg, in Paris, Wilna und Riga, in Kiew, Berlin, Tallinn und Warschau und auf den Strecken dazwischen in all den größeren Städten gewesen, wo sie, wenn es Richtung Westen ging, verwundete Soldaten aufnahmen, und wenn es Richtung Osten ging, frische, erholte Soldaten aus der Heimat in den Osten brachten. Manch einen von ihnen sah Konrad sogar zweimal. Erst als Verwundeten von der Front und dann als Genesenden aus dem Heimaturlaub kommend und manchmal auch umgekehrt.

Seine Stellung als Assistenzarzt war nicht besonders anspruchsvoll, fand Konrad. Die meisten Verwundeten waren zuvor in den Lazaretten gut versorgt worden, so dass sie als Ärzte nicht sehr viel zu tun hatten. Eher selten mussten sie doch noch auf der Fahrt in die nächste Stadt bei jemandem amputieren, weil sich ein Wundbrand entwickelt hatte. Doch zunehmend gerieten sie selbst unter Beschuss, trotz der Rot-Kreuz-Zeichen und -Flaggen, die sie davor bewahren sollten.

Mehr und mehr ließ auch die Feinabstimmung mit der Heeres-Sanitätsinspektion nach, so dass sie mal wegen einer falschen Weichenstellung die Lok verloren und ein anderes Mal einen Bremsklotz überfuhren und die Lok eine Böschung hinabstürzte. Wenn Konrad den Geschichten Glauben schenkte, die die Soldaten, egal in welche Richtung sie unterwegs waren, erzählten, dann war jeder Nachschub, jedes Stück Brot, jede einzelne Morphiumspritze, die sie hier fern von Deutschland erreichte, schon ein Wunder. Es ging bergab mit Deutschland, und nach fast fünf Jahren Krieg ging es auch mit der Moral ringsum bergab, das war deutlich zu spüren. Doch Konrad wusste, das durfte ihn nicht dazu verführen, leichtsinnig zu werden und ebenso zynisch auf all die Veränderungen zu reagieren wie die restliche Besatzung des Zuges.

Denn ganz offiziell war er neben den Diensten im OP auch für die Feldpost im Allgemeinen zuständig, und obwohl sich Konrad seine Aufgaben als Spion anfänglich viel gefährlicher vorgestellt hatte, tat er eigentlich nichts anderes, als noch ein paar Briefe zusätzlich mitzunehmen, die ihm irgendjemand, den er vorher noch nie gesehen hatte, in einer dieser Städte, in denen sie hielten, mal im Bahnhof, mal mitten in der Stadt, mal auf der Toilette in einem Restaurant oder letztens sogar an einem Badestrand am Frischen Haff, in der Nähe von Metgethen zusteckte, einem Städtchen nördlich von Königsberg, das ihr Lazarettzug sehr oft anfuhr und eine Art Knotenpunkt vor Pillau für den Weitertransport von Verletzten aus dem Osten darstellte.

Dort war plötzlich, als er an einem freien Nachmittag gerade im Wasser schwamm, jemand hinter ihm aufgetaucht und hatte ihm zugenickt. Anschließend fand Konrad unter seinen ordentlich zusammengelegten Kleidungsstücken am Strand zwei Umschläge, auf denen nur ihr zukünftiger Bestimmungsort stand, nichts weiter. Diesen Umschlag sollte er entfernen und die darin verschlossenen Briefe an ihrem Bestimmungsort auf der Bahnhofstoilette in einer bezeichneten Kabine liegen lassen. Mehr nicht. Das war schon seine ganze Spionagetätigkeit, und sie kam Konrad irgendwie lächerlich vor, wie etwas Erfundenes, nichts Echtes, nur dazu da, um seine Zuverlässigkeit zu prüfen.

Schon länger hatte er den Verdacht, dass sein Kurierdienst eher eine Probezeit oder Prüfung war, und er verspürte immer drängender das Verlangen, auch einmal den zweiten Umschlag zu öffnen, um endlich zu erfahren, welcher Art Informationen er da überhaupt weiterleitete. Ging es um die Übermittlung von Waffenstärke, strategisch bedeutenden Gefechtspunkten oder gar um Munitionstransporte? Aber immer kam etwas dazwischen, niemals war er wirklich allein, und so hatte er bisher die Briefe immer ungeöffnet hinterlegt.

Eines Morgens war ihr Zug, kurz bevor sie Kaunas, eine Kreisstadt nahe Wilna, erreichten, über eine Mine gefahren, wodurch ein Wagon ganz zerstört und zwei andere entgleist waren. Das bedeutete erst einmal Stillstand, denn die verunfallten Wagons mussten mit einem Fuhrwerk ausgekoppelt werden. Die Organisation übernahm ein Major aus der Gegend, ein knarziger Mann um die vierzig, der auf einem Gutshof ganz in der Nähe mit ein paar Leuten stationiert war und sich offenbar langweilte, denn er schien ganz versessen auf diese Aufgabe und Abwechslung. Während also seine Leute arbeiten, lud er alle höheren Dienstgrade, die sich im Zug befanden, zu einem Essen auf seinem Gutshof ein. Es war ein herrlicher Sommertag im Juni, und Krause, Schäfer, Hajo und zwei Offiziere schienen große

Lust auf einen Ausflug zu haben, deshalb bot Konrad an, währenddessen als Offizier im Zug die Stellung zu halten. Insgeheim hoffte er, die Gunst der Stunde nutzen zu können, um die Briefe heimlich zu öffnen. Seit Tagen plagte ihn die Frage, welche Informationen er da transportierte. Krause hatte nichts dagegen, aber der Major bestand darauf, dass alle zu diesem Essen kamen. »Wir lassen keinen zurück!«, rief er lachend und klopfte Konrad jovial auf die Schulter.

Auf dem Gutshof erwartete sie ein wahres Festessen, und das im fünften Kriegsjahr, mitten im Juni '44. Wie das duftete! Konrad glaubte, seinen Sinnen nicht zu trauen. Eine viertel Gans für jeden, mit rohen Klößen und Rotkohl, wie es seine Mutter nicht besser hinbekommen hätte. Zum Nachtisch gab es Schokoladenpudding mit Mandelsplittern und Vanillesoße, und alle Anwesenden schwärmten, noch nie im Leben etwas so Köstliches gegessen zu haben. Dazu floss reichlich Wodka und Bier, und kurz nach drei Uhr waren Hajo und Krause bereits sturzbesoffen, und auch der Major hörte sich an, als hätte er Fusseln zwischen den Zähnen, und prahlte, als Prof. Dr. Schäfer auf die ausgestellten Jagdtrophäen im annektierten Gutshaus zu sprechen kam, mit seinen Jagderfolgen in seiner Heimat, dem Schwarzwald. Prof. Dr. Schäfer, auch nicht mehr ganz nüchtern, begann seinerseits damit zu prahlen, was er schon alles in seinem Heimatforst nahe der Pfalz erlegt hatte.

Konrad hatte sich da längst ausgeklinkt, denn einer der beiden Offiziere aus dem Zug war wie er nüchtern geblieben, und berichtete ihm von einer drohenden Offensive der Russen, die für die deutschen Truppen noch verheerender als die Frühjahrsoffensive werden würde. Als Beweis diente ihm ausgerechnet das Festessen bei dem Major. Denn niemand schlachte Gänse im Frühsommer, wenn er nicht muss. Alles sähe auf dem Gutshof nach Aufbruch aus oder nach Vorbereitung zum Aufbruch, falls eine schnelle Flucht notwendig werden sollte.

»Stimmt, da draußen werden grad Kisten verladen«, raunte

Konrad dem Offizier zu und deutete zum Fenster hinaus auf den Hof, wo mehrere Lastkraftwagen standen, deren Ladeflächen bereits mit Mobiliar und großen Schrankkoffern zugestellt waren.

»Was gibt es denn da zu tuscheln?«, fragte der Major quer über die Tafel hinweg und stierte sie aus glasigen Augen an.

»Wir haben uns grad geärgert, dass keine Jagdsaison ist«, erwiderte der Offizier geistesgegenwärtig.

»Vielleicht nicht für Rotwild«, sagte der Major und wandte sich seinem Adjutanten zu, »aber eine Hasenjagd kriegen wir schon noch hin, nicht?«

Der Adjutant schien nicht sonderlich erfreut. »Herr Major, wir könnten die Hasen bei der derzeitigen Lage noch für später brauchen«, erwiderte er mit einem seltsam mahnenden Unterton, der ihm ganz und gar nicht zustand, wie Konrad aus ähnlichen Begebenheiten wusste, und tatsächlich reizte er den Major dadurch nur umso mehr zum Widerspruch. Leicht schwankend erhob er sich und befahl seinem Adjutanten, die Jagdgewehre auszugeben, der noch einmal fast bettelnd versuchte, den Major davon abzubringen. Doch jeder sah, dass der Major sich nicht mehr umstimmen lassen würde, also winkte der Adjutant sie alle in den Flur, wo die Jagdgewehre in zwei Schränken gut verschlossen waren.

Konrad sah auf den ersten Blick, dass er, wenn er es richtig anstellen würde, leer ausgehen würde, denn es waren nur sechs Gewehre. Leider hatte auch der Offizier keinerlei Ambitionen, an der Hasenjagd teilzunehmen, und so versuchten sie beide, sich gegenseitig den Vortritt am Gewehrschrank zu lassen, was aber nur dazu führte, dass der Major Hans Krause das Gewehr wieder wegnahm und nun der Offizier und Konrad jeder eines bekamen. Natürlich würde er auf keine Hasen schießen, wahrscheinlich nicht mal welche sehen, beruhigte sich Konrad im Stillen, denn Feldhasen waren schnell und für das nicht geübte Auge nahezu unsichtbar, weil sich ihre braune Fellfarbe so gut ihrer natürlichen Umgebung anpasste. Was dann aber kam, darauf war niemand in der Gruppe gefasst.

»Erst einmal sucht sich jeder einen Hasen aus«, rief der Major und ging voran, führte sie rechts über den Hof zu den Ställen, wo die Pferde, Schweine und das Geflügel untergebracht waren, wohl auch die Karnickel. Sollten sie etwa auf Kaninchen schießen, nicht auf Hasen in freier Wildbahn?

Der Major schritt auf die Tür eines Nebengebäudes zu, und je näher sie kamen, desto stärker wurde der Gestank. Aber es war nicht der Geruch nach Viehmist, der Konrad beinahe den Magen umdrehte, sondern nach menschlichen Fäkalien. Ihn überkam eine schreckliche Ahnung.

Als der Adjutant die Holztür aufsperrte, starrten ihnen ein Dutzend Augenpaare aus abgemagerten Gesichtern entgegen. Die Hasen, die sie jagen sollten, waren Menschen! Konrad hielt entsetzt den Atem an, während der Major aufgeregt in die Hände klatschte, als wollte er ein paar Hühner zusammentreiben.

»*Dawai, dawai!*«, rief er gut gelaunt. Die armen, vor Dreck starrenden Kreaturen schreckten sofort zurück und drängten sich in eine Ecke des Stalls, die aber kein Versteck bot. Der Adjutant gab den Wachmännern ein Zeichen, die sofort wahllos auf die kleine Gruppe einschlugen und sie so hinaus in den Hof trieben. Konrad wollte gerade dazwischengehen, machte schon einen Schritt, aber Schäfer hielt ihn zurück.

»Muss das denn sein, Herr Major?«, fragte Schäfer jovial mit der Autorität seiner Körpergröße und seines Berufstandes. Konrad ahnte, dass das die falsche Art war, den Major zu stoppen.

»Was wollen Sie damit sagen?«, keifte der zurück, während der Adjutant die russischen Gefangenen, vielleicht waren es auch Partisanen, dachte Konrad, im Hof Aufstellung nehmen ließ.

»Sie haben alle den Tod verdient!« Der Major unterdrückte seine Aggressivität nicht, wirkte aber schon weniger betrunken. Professor Schäfer hob sofort beschwichtigend die Hände, was den Major kein bisschen beruhigte. »Das sind rote Teufel, die unsere Stellungen angegriffen haben.«

Schäfer und die anderen erwiderten besser nichts und suchten wohl wie Konrad – sie alle vermieden es, die Gefangenen überhaupt anzuschauen – fieberhaft nach einem Grund, der sie von der »Hasenjagd« befreien könnte und der den Major gleichzeitig nicht noch mehr provozieren würde. Konrad wollte auf keinen Fall und unter gar keinen Umständen an dieser Art von Menschenjagd teilnehmen, das würde er niemals tun, wusste er, und wenn er eine Ohnmacht vortäuschen musste, er tötete keine Menschen, er versuchte sie zu heilen, dazu war er nicht nur als Arzt und auf Grund des hippokratischen Eids verpflichtet. Er würde auch ohne diesen Eid niemals einen Menschen töten, nicht einmal in Notwehr. Für Selma damals hätte er vielleicht töten können, um ihr Leben zu retten, wenn es notwendig gewesen wäre, so wie es Fritz damals getan hatte, aber sicher war er sich da auch nicht. Ein Mensch war ein Mensch.

»Meine Güte«, drang des Majors Stimme wieder zu Konrads Ohr durch, »was schauen Sie so belämmert drein? Man könnte ja meinen, ich hätte Sie zum Hasen bestimmt.«

»Wir sind Ärzte und haben den hippo…«

»Papperlapapp«, unterbrach der Major Konrad und forderte sie alle auf, sich endlich einen Gefangenen auszusuchen. Gehorsam hoben sie, auch Konrad, den Blick, ließen ihn möglichst unbestimmt über die Gefangenen gleiten, ohne jemanden konkret ins Auge zu fassen. Dabei spürte Konrad, dass einer der Gefangenen seinen Blick zu suchen schien, ihn herausforderte – vielleicht der Mutigste unter ihnen, vielleicht sogar der Anführer –, während die anderen ihnen, den Deutschen, mit ihren Blicken bewusst auszuweichen schienen, nur um nicht in ihren Fokus zu geraten, nur um nicht aufzufallen und plötzlich im Licht des Geschehens zu stehen. Doch Konrad tat dem »Anführer« nicht den Gefallen und ließ sich auf keinen Blickkontakt ein.

Es waren elf Gefangene, die da vor ihnen standen, die Hände auf dem Rücken gefesselt, den Kopf hängend, die Kleidung starr vor Dreck und Unrat, ohne sichtbaren Übergang zur Haut. Nur das Weiß der Augen blitzte auf, als der Major sie einen nach dem anderen abschritt und ihren Kopf mit der Spitze seines rechten behandschuhten Zeigefingers anhob.

Der Major forderte von jedem Einzelnen der elf diesen Blick, als suchte er nach dem, der ihm den größten Widerstand entgegenbrachte, um ihn dann für sich selbst als Hasen zu erwählen. Konrad war sich sicher, dass das der »Anführer« sein würde, aber als der Major alle elf auf diese Weise getestet hatte, ging er zum achten Gefangenen in der Reihe zurück und ließ ihm von seinen Adjutanten eine vorbereitete Nummer anheften, wie man sie in der Leichtathletik trug. Dann mussten Konrad und die anderen sich je einen Hasen erwählen, und noch immer suchte er verzweifelt nach einer Ausrede, wie er sich der Hetzjagd entziehen konnte. Da spürte Konrad plötzlich, dass ihn ein Blick streifte, nur flüchtig, nur für eine Zehntelsekunde, und ihn doch sofort elektrisierte und noch einmal hinschauen ließ.

»Gefällt der Ihnen«, hörte er plötzlich hinter sich den Major fragen, und Konrad, noch starr vor Entsetzen, dass er eben in die Augen seines Bruders geblickt hatte, überlegte, was er antworten sollte, was wohl Fritz von ihm erwartete, und im selben Moment wurde ihm auch klar, dass er die »Hasenjagd« nicht verhindern könnte, aber vielleicht … Deshalb versuchte Konrad möglichst gelassen zu klingen und zeigte auf Fritz.

»Ja, der hier hat mich so frech angestarrt. Den würde ich gern jagen.«

Konrad spürte, wie den anderen aus seinem Zug der Mund vor Staunen offen stehen blieb. Das hätten sie Konrad niemals zugetraut, das hätten sie von ihm niemals erwartet, dass er Freude an solch einer Veranstaltung finden würde, aber in diesem Krieg, in dieser Zeit hatte sich schon so mancher in einem anderen getäuscht und schon so mancher sich als ein anderer herausgestellt, als von anderen erwartet.

So bekam Fritz auch eine Nummer angeheftet und die vier anderen Gefangenen schließlich ebenfalls, die sich Hajo, Schäfer und die beiden Offiziere ausgesucht hatten, aber die übrigen fünf Gefangenen mussten zurück in den Stall, und Konrad wusste nicht, ob es wirklich schlau gewesen war, Fritz auszusuchen, ob seine Überlebenschance in dem Stall nicht größer wäre. Doch ändern konnte er daran nichts mehr.

Während Fritz und die anderen fünf Gefangenen wie Vieh weggetrieben wurden, bestiegen Konrad, der Major, Schäfer, Hajo und die beiden Offiziere einen Geländewagen, mit dem sie der Adjutant in ein nahe gelegenes Wäldchen brachte. Er hatte offensichtlich schon mehrmals solche Jagden organisieren müssen und erklärte ihnen während der Fahrt fast routiniert den Ablauf.

»Das Waldstück, an dessen Rand ich Sie gleich nacheinander absetze, wird auf der einen Seite von einem Fluss begrenzt und ist auf den anderen Seiten von Feldern umgeben, auf denen unsere bewaffneten Posten darüber wachen, dass keiner der »Hasen« entkommen kann, falls Sie nicht treffen sollten, und er es doch aus dem Waldstück heraus schafft.«

Damit erübrigte sich die Frage, die Konrad gerade beschäftigte: Konnte er durch ein gezieltes Danebenschießen das Leben seines »Hasen« retten? Und wie würde er Fritz trotzdem vor dem sicheren Tod bewahren können?

Der Adjutant setzte jeden Einzelnen von ihnen kurz darauf an einem anderen Außenpunkt des Waldstücks im Abstand von etwa einem Kilometer ab und gab ihnen die Anweisung, sich erst nach der auf einem Horn geblasenen Begrüßung zur Jagd sternförmig auf die Mitte des Waldes zuzubewegen. Dort würden zur selben Zeit die Gefangenen losgelassen werden und konnten sich ab da frei im Wald bewegen. Die Aufgabe war, den zuvor erwählten Gefangenen in dem Waldstück zu jagen und innerhalb einer Stunde zu erschießen. Gelang es demjenigen nicht, seinen Gefangenen zu erschießen, konnte nach einer Stunde jeder andere die noch flüchtigen Gefangenen erschießen.

Das hieß für Konrad, dass Fritz und er sich vor dem Ablauf einer Stunde finden mussten, denn nur so lange war sein Bruder vor den Kugeln der anderen sicher, und nur so lange hatten sie eine Chance, gemeinsam zu fliehen, denn das stand für Konrad außer Frage, dass er mit Fritz würde fliehen müssen, um diesem tödlichen, aberwitzigen Spiel entkommen zu können.

Nachdem das Horn verklungen war, lief Konrad sofort kreuz und quer durch das Waldstück, voller Sorge um seinen Bruder. Am liebsten hätte er nach Fritz gerufen, aber das ging nicht, das hätte verraten, dass sie einander kannten oder, schlimmer noch, dass Fritz kein Russe war, sondern ein Deutscher, der für die russische Seite kämpfte. Konrad rannte und rannte, gab kaum noch acht auf zurückschlagende Zweige oder Erdlöcher, in denen er sich die Knöchel hätte brechen können. Und da, tatsächlich, schlug ein Ast zu, allerdings von hinten, und Konrad ging zu Boden.

Als er wieder zu sich kam, kniete Fritz auf seiner Brust und hielt ihm den Mund zu. Er machte Zeichen, sich still zu verhalten, auch wenn Fritz ihn nun freigäbe.

»Oder wolltest du mich doch erschießen?«, flüsterte Fritz und schaute sich suchend um.

»Ja, klar«, erwiderte Konrad ironisch und wollte aufstehen, sich den Dreck von der Uniform klopfen.

»Nein, lass den Dreck dran«, flüsterte Fritz. »Es muss glaubhaft rüberkommen, dass ich dich übermannt habe. Also gib mir das Gewehr.«

»Nein, ich komme mit dir«, wisperte Konrad bestimmt und wünschte sich, dass der Bruder ihm wenigstens einmal in die Augen sah oder ihn gar in die Arme nahm. Sie waren immer schon sehr unterschiedlich gewesen, aber sie waren auch Brüder.

Doch Fritz hatte nur Augen für die Umgebung und horchte auf die anderen, die immer wieder Schüsse abgaben.

»Du kannst nicht mit«, erwiderte Fritz, als Konrad schon längst nicht mehr mit einer Antwort gerechnet hatte. »Ich kann mich, wenn ich allein unterwegs bin, als Russe oder Deutscher ausgeben. Mit dir bin ich verloren, egal, von welcher Seite wir aufgegriffen werden.«

Konrad verstand und wollte gerade fragen, wohin Fritz denn fliehen werde, da wurde es wieder dunkel um ihn.

Als er das nächste Mal die Augen aufschlug, hatte er hämmernde Kopfschmerzen. Er befand sich wieder im Lazarettzug, in seinem Abteil. Das gleichmäßige Rattern eines fahrenden Zuges, dass er im Traum gespürt hatte, als er mit seiner Mutter durch eine Landschaft fuhr, hatte also eine reale Ursache gehabt. Auch, dass ihm im Traum der rechte Arm so sehr geschmerzt hatte, dass er den Schaffner nicht mit dem Hitlergruß hatte grüßen können, hatte einen Grund in der realen Welt gehabt, denn wie Konrad nun sah, war sein rechter Oberarm verbunden.

Wie er zu dieser Verletzung gekommen war, daran konnte er sich nicht erinnern, und er überlegte, wie lange er wohl bewusstlos gewesen war. Konrad hatte keine Ahnung. Er versuchte, an der vor dem Fenster vorbeiziehenden Landschaft zu erkennen, wo sich der Zug befand, aber es kam ihm nichts bekannt vor. Waren sie wieder auf der Rückfahrt nach Deutschland, oder waren sie immer noch auf dem Weg nach Kaunas und Wilna? Und wie spät war es eigentlich? Er schaute sich nach seiner Armbanduhr um, aber er konnte sie nicht entdecken.

»Na, endlich ausgeschlafen?« August, sein Sanitäter, kam durch das Abteil und setzte sich zu ihm.

»Ihr Russe hat Ihnen ja böse mitgespielt, Dr. Sollmann. Der hätte Sie auch töten können«, sagte August und erzählte, was er von den anderen erfahren hatte. Demnach habe der Russe ihn von hinten mit einem Ast niedergeschlagen, zweimal sogar, denn Konrad hatte zwei Beulen am Hinterkopf und eine schwere Commotio cerebri. Er hatte ihm das Gewehr abgenommen und auch die Armbanduhr, und wahrscheinlich war es dabei zu einem Streit gekommen, denn der Mann hatte aus nächster Distanz auf ihn geschossen.

»War aber ’n glatter Durchschuss.« August deutete auf Konrads Arm. »Der wird nicht lange schmerzen, und die Fahrkarte nach Deutschland ist die beste Medizin.«

Konrad war schockiert: Fritz hatte auf ihn geschossen. Sein eigener Bruder!

Am liebsten hätte Konrad gefragt, ob er vielleicht während seiner Bewusstlosigkeit gesprochen und dadurch irgendetwas verraten hatte, verbot sich das aber. Wenn er etwas Verräterisches gesagt haben sollte, vielleicht sogar Fritz erwähnt hatte, dann würden August oder die anderen schon von selbst danach fragen.

Aber das hatte Konrad wohl nicht, denn August erzählte, dass Konrads Hase mit einem weiteren Russen aus dem Wäldchen entkommen war, nicht ohne vorher dem Major noch ein Loch in die Brust zu schießen, weshalb der Major von Prof. Dr. Schäfer notoperiert werden musste und dann bis Kaunas ebenfalls als Patient mitgefahren sei, aber Kaunas nicht mehr lebend erreicht hatte.

Konrad musste nicht einmal ein Erschrecken für August vortäuschen. Seine Gedanken waren noch bei dem Durchschuss und Fritz’ kaltblütiger Art. Hatte die schon immer in seinem Bruder gesteckt? Und da war noch eine Frage: Fritz hatte ihm doch bestimmt nur zu einer plausiblen Verwundung verhelfen wollen, damit Konrad das Entkommen seines Hasen später glaubhaft rechtfertigen konnte? Oder? Konrad hoffte es. Für sich. Für Fritz. Und auch für ihre Mutter.

»Dr. Sollmann?«, rief August ihn in die Gegenwart zurück. »Soll ich Ihnen etwas zu essen bringen?«

Ja, nickte Konrad, ja, er hatte großen Hunger. Aber vorher musste er noch etwas anderes wissen.

»Und die anderen Gefangenen?«, fragte er.

»Die sind alle mit dem Leben davongekommen«, sagte August, »weil doch der Major verletzt war. Weder Schäfer noch Hajo haben einen getroffen, hat Krause erzählt.«

»Ja, Krause hätte sein Ziel nicht verfehlt, wenn er ein Gewehr gehabt und mit in den Wald gedurft hätte«, sagte Konrad, und August grinste.

Zweieinhalb Tage war Konrad ohne Bewusstsein gewesen. Vorsichtig tastete er nach den Briefen, die er in Wilna auf der Bahnhofstoilette hätte ablegen sollen. Sie waren noch da. Aber Konrad fuhr jetzt in die entgegengesetzte Richtung und würde sie in nächster Zeit nicht an ihrem Bestimmungsort abgeben können. Da konnte er sie doch auch öffnen, oder? Denn egal, was für eine Information darin stand, sie würde längst veraltet sein, wenn er zurück nach Wilna kam. Falls er überhaupt jemals zurück nach Wilna kam.

Konrad nahm sich fest vor, die Briefe in der nächsten ruhigen Minute zu öffnen, es kam nur keine ruhige Minute, denn ihr Zug hatte einen Tag zuvor bei Witebsk, in dessen Nähe die Front in einem tausend Kilometer langen Bogen bis nach Bobruisk verlief, von der Heeresgruppe Mitte, die dort mit fünfhunderttausend Mann gegen eine drohende Einkesselung ankämpfte, sehr viele Verwundete aufgenommen, von denen einige Leichtverletzte auch im Abteil der Ärzte untergebracht waren, weil nirgendwo anders mehr Platz war.

So ließ Konrad die Briefe lieber in ihrem Versteck und half beim Operieren, denn so schwer war seine eigene Verletzung nicht, dass er weiter im Bett hätte bleiben müssen. Trotzdem hatte er Heimaturlaub bekommen, denn am Vormittag war für ihn ein Telegramm aus Mecklenburg eingetroffen. Die Mutter war überraschend an einer Lungenentzündung verstorben, hatte in Emmelys Telegramm gestanden, und Konrad wusste im ersten Augenblick nicht, was er denken sollte.

Diesmal war es wohl keine erfundene Geschichte von Emmely, um ihn nach Hause zu holen und ihm bei seiner Ankunft ein noch viel schrecklicheres Geschehen mitzuteilen. Das hätte ja nur etwas mit Brigitte sein können, ein Unfall, eine plötzliche Krankheit oder gar eine Mine, auf die sie vielleicht getreten war. Denn Emmely würde mit dem Tod seiner Mutter nicht spaßen. Diesmal war es wahr, dieses Mal musste er Abschied nehmen, ohne seine Mutter noch einmal sehen zu können.

Als Konrad nach Tagen und etlichen Malen umsteigen auf dem kleinen Bahnhof von Dorf Mecklenburg ankam, schien es ihm, als hätte sich seit seinem letzten Besuch nichts verändert, ganz im Gegensatz zum Rest der Welt. Er hatte unterwegs viele Arten von Verwahrlosung, Angst, Trauer und Auflösung erlebt. Vor seinen eigenen Augen war ein als Deserteur enttarnter junger Soldat mit gefälschten Papieren aus dem Zug geholt und an einem Signalmast der Reichsbahn aufgehängt worden, für alle zur Mahnung, die etwas Ähnliches beabsichtigten. Überall in den Zügen, auf den Bahnhöfen, in den Unterkünften wurde getuschelt und geflüstert, dass es in Frankreich eine Invasion der Alliierten gegeben habe und im Osten eine weitere russische Offensive zu erwarten sei, und immer gab es da auch einen, der das alles als Feindpropaganda abtat und jedem mit Meldung oder gar Erschießung drohte, der diese weitergab. Dabei waren die Alliierten tatsächlich in Frankreich gelandet, das hatte Konrad noch in seinem Lazarettzug von Hans Krause erfahren, der ja mit der Heeres-Sanitätsinspektion ständig in Funkkontakt stand und deshalb mitbekam, bis wohin die anderen Lazarettzüge noch fuhren. Ihr Radius wurde zunehmend kleiner, und nach Frankreich wurde gar kein Lazarettzug mehr beordert, was im Umkehrschluss hieß, dass Frankreich wieder hinter der Front lag.

Es sah nicht gut aus für Deutschland. Doch hier in Dorf Mecklenburg sah alles so idyllisch aus wie eh und je. Hier gab es keine abgebrannten Häuser, keine von Bomben aufgerissenen

Straßen oder ziellos umherirrende Menschen, die weder wussten, von wo sie kamen, noch wohin sie wollten. Noch nicht. Das würde sich aber sicherlich bald ändern.

So war es für Konrad der gleiche sonnenbeschienene Weg, den er früher mit Selma und Alma gegangen war, wenn sie gemeinsam von Berlin über Bad Kleinen nach Dorf Mecklenburg fuhren, um die Günzels und Brigitte zu besuchen und auch, um sich ein wenig zu erholen von der Anstrengung, immer allen Passkontrollen, immer allen Anfeindungen in der Stadt aus dem Weg zu gehen.

Doch dann kam Konrad der alte Berthold entgegen. Wie zuvor in seinem Traum konnte Konrad den Hitlergruß wegen seines verletzten Armes nicht erwidern, und er fragte sich, ob Fritz ihm nicht genau deswegen in den rechten Arm geschossen hatte, damit er nie wieder den Arm hob. Oder war das nur Zufall? Und ihm fiel auch ein, dass er in demselben Traum mit der Mutter in einem Zugabteil gesessen hatte und mit ihr durch eine schöne Landschaft gereist war, und das hieß, er hatte sie doch noch einmal gesehen, wenn auch nur im Traum.

Wenig später traf er auf Alma und Brigitte im Garten, die ihn beide begrüßten. Beide auf ihre Art. Alma war, obwohl es nicht mehr so viele Lebensmittel wie vor dem Krieg frei zu kaufen gab, etwas in die Breite gegangen, und er fand seine Angst unbegründet, Almas Ähnlichkeit zu Selma nicht ertragen zu können. Almas ehemals feine Gesichtszüge, die Selmas so ähnelten, hatten sich mehr und mehr verwischt, waren fließender geworden, und ihr Körper war nun robuster und runder. Konrad fragte sich, ob sich Selma in den wenigen Jahren auch so entwickelt hätte oder ob es nicht eher Almas Krankheit war, die den Unterschied machte. Unverändert jedoch war ihre Liebe zu ihm. Als Alma ihn sah, kam sie ungestüm angesprungen, wie ein Hund, der sich über die Heimkehr seines Herrchens freute, und riss ihn buchstäblich um.

»Kon, Kon, Kon!«, rief sie immer wieder und drückte und

herzte ihn, während er rücklings in einem Beet des Pfarrgartens lag, um ihn herum nur Erde und blühende Kartoffelpflanzen, und über ihm Alma, die sich vor Freude kaum beruhigen konnte, derweil Brigitte danebenstand und neugierig auf ihn herunteräugte.

»Bist du mein Onkel Konrad?«

Sie hatte ihn vergessen! Das hatte seine lange Abwesenheit mit sich gebracht, das brachte der Krieg mit sich: dass die Kinder ihre Onkel und Väter nicht mehr erkannten.

»Und du bist Gitti, ja?« Konrad schob Alma vorsichtig von seiner Brust und ließ sich von seiner Tochter aufhelfen. Seine Gitti, die ihren Blick von ihm nicht wenden konnte, auch nicht, als sie bereits zusammen mit Emmely und Johann in der Küche bei Kartoffelsuppe saßen, die ihm zu Ehren, wie Johann anmerkte, sogar Speck enthielt.

Seine Gitti, die erstaunlicherweise immer mehr seiner Mutter, seiner gerade erst verstorbenen Mutter ähnelte, auch wenn Konrad nicht sagen konnte, worin eigentlich diese Ähnlichkeit bestand.

Weder Brigittes Augenform noch ihre Nase erinnerten an die der Mutter, und doch hatte Brigitte die sehr hellblauen Augen von ihr geerbt, vielleicht auch von ihm, denn er hatte sie ja auch. Es war eher, wie sich Gitti, obwohl erst knapp fünf Jahre alt, gab, ihre Gesten, ihre Art zu sprechen, ihre prüfenden Blicke und ihr erstaunlicher Wille, auch durchzusetzen, was sie sich in den Kopf gesetzt hatte. Alles erinnerte ihn an die Mutter, und das nicht nur im Guten, es fehlte eigentlich nur noch, dass Gitti beim Lachen die Hände in die Hüften stemmte und dieses meckernde Lachen »ausspie«, so wie seine Mutter damals in der Küche der Schönhauser Allee.

Oder war er bloß sentimental und vermischte da etwas?

Niemals hätte er gedacht, dass seine Mutter so früh, mit nur dreiundfünfzig Jahren, sterben könnte. Sie, eine so kraftvolle, energiegeladene Frau, die nie etwas hatte umhauen können, war von einer Lungenentzündung dahingerafft worden. Vor ein paar Wochen war sie erkrankt, aber nicht so schwer, dass es eine Behandlung durch einen Facharzt gebraucht hätte, erzählte Emmely ihm und schien trotzdem nicht frei von Schuldgefühlen zu sein. Vor vierzehn Tagen noch galt ihre Lungenentzündung sogar als geheilt, doch dann war es mit ihr plötzlich rasant bergab gegangen, so dass Emmely und Helmut bei ihrem letzten Besuch in der Göhrener Straße sofort beschlossen hatten, sie zu sich nach Mecklenburg zu nehmen und sie sich dort auskurieren zu lassen. Doch dann war sie innerhalb von drei Tagen gestorben, nicht einmal der alte, sehr erfahrene Dorfarzt hatte noch etwas für sie tun können.

Die Beerdigung fand am Tag von Konrads Ankunft statt, und es waren nur sie drei, Emmely, Helmut und Konrad, und ihre »gemeinsamen« Kinder Alma, Gitti und Johann dabei, denn im Dorf hatte kaum jemand seine Mutter gekannt.

Konrads Urlaub dauerte eine Woche, und währenddessen verfolgte er an dem Radio, das Helmut in der Sakristei der Kirche versteckt hielt, die Ereignisse des Krieges, die sehr unterschiedlich vom Heeresfunk und von der BBC in London bewertet wurden. An der Ostfront, dort, wo Konrads Lazarettzug gerade unterwegs war und Verwundete einsammelte, hatte die russische Armee eine Großoffensive begonnen, in deren Ergebnis, wie bereits geahnt, die Heeresgruppe Mitte zwischen Witebsk und Bobruisk in einer Art Zangenbewegung aufgerieben und überrannt wurde. Nun stand die Rote Armee schon vor Minsk.

Konrads Lazarettzug war dabei ebenfalls unter Beschuss geraten, so dass der Zug aufgegeben wurde und Konrad sich nach seinem Heimaturlaub bei einem anderen Lazarettzug melden musste. Wieder hatte ihm ein Sterbefall in seiner Familie vielleicht das Leben gerettet, zumindest vor einer Gefangenschaft durch die Russen.

Emmely, Helmut und Konrad hörten jeden Abend, wenn

die Kinder schliefen, heimlich BBC in der Sakristei. Die Alliierten und die Russen kamen von beiden Seiten rasant näher. Der Krieg konnte nicht mehr allzu lange dauern. Doch wie würde der letzte Kriegstag aussehen? Würden sie ihn unbeschadet überleben?

»Und was, wenn du hierbleibst? Wir könnten dich bestimmt irgendwo im Dorf verstecken«, sagte Helmut, doch Konrad schüttelte den Kopf.

»Erstens gibt es den Befehl, Deserteure sofort aufzuknüpfen, wenn man sie findet, und zweitens ...« Konrad zögerte, weil es in den Ohren der Freunde vermessen klingen musste, was er gleich sagen würde, noch dazu in einer Kirche. »Und zweitens bin ich anscheinend unverwundbar.«

Emmely und Helmut sahen ihn irritiert an.

»Doch, doch! Es muss so sein. Rings um mich rum sind sie – im wahrsten Sinne des Wortes – wie die Fliegen gestorben. Und ich, der sterben wollte, der ich kein Risiko gescheut habe, ich habe als einer der wenigen überlebt.«

In den Gesichtern der Freunde sah er Zweifel – ob an dem, was er gesagt hatte oder an seinem Gemützustand, denn sie kannten ihn als Atheisten, wusste er nicht. »Glaubt mir, irgendwer hält die Hand schützend über mich, vielleicht, weil ich schon genug erlitten habe«, versuchte Konrad die beiden zu überzeugen. »Oder«, fügte er leise hinzu, »noch nicht genug.«

Aber an so etwas glaubte nicht einmal Helmut, der Pfarrer, der eigentlich von Berufs wegen an so etwas glauben musste. Und für Emmely war das sowieso nur dummer, gefährlicher Aberglaube, mit dem Konrad sein Schicksal über das anderer erhebe, schalt sie ihn, und der ihn auch unvorsichtig werden ließe, obwohl er sich das überhaupt nicht leisten konnte. »Du hast noch Gitti, Alma und uns! Das ist mehr, als andere haben werden, wenn sie aus dem Krieg zurückkehren. Also hör auf, dich zu bemitleiden. Es ist nämlich deine Pflicht, heil und gesund zurückzukommen, hörst du?«

Und auch Helmut bekam sein Fett weg. »Wieso bringst du ihn auf so dumme Gedanken?«, fragte Emmely. »Ihn hier im Dorf verstecken zu wollen!« Sie schüttelte den Kopf. »Das wäre viel zu heikel für Konrad«, erklärte sie ihrem Mann, denn im Dorf gab es immer noch den alten Berthold, der tagein, tagaus darüber wachte, dass jeder auch seine nationalsozialistische Pflicht erfüllte und an jedem Tag für Führer und Vaterland sein Leben einsetzte. Und Konrad wusste doch, Berthold dürfte man auf keinen Fall unterschätzen. Schon deshalb wäre es nicht in Frage gekommen, länger im Dorf zu bleiben, als es Konrads Urlaubsschein zuließ.

So verabschiedete er sich nach einer Woche unter vielen Tränen, wobei er wohl die meisten Tränen von allen vergoss, denn in diesen Zeiten war es keinesfalls sicher, dass sie sich jemals wiedersehen würden.

Konrad war einem neuen Lazarettzug zugeteilt worden, aber der Einzugsbereich des Zuges, von wo sie Verletzte aufnahmen, wurde durch die stetig nach Westen vorrückende Front immer mehr eingeschränkt. Ende Juli hielt ihr Lazarettzug ein letztes Mal in Warschau-Praga, die Weiterfahrt zum Bahnhof Warschau-Ost war auf Grund der zerstörten Strecke nicht mehr möglich. Da die Weichselbrücke aber bereits von den Pionieren zur Sprengung vermint worden war, passierten sie sie nur im Schneckentempo bis zum Danziger Bahnhof. Dann ging es weiter nach Warschau-West, um über Königsberg nach Metgethen und weiter auf die Landzunge nach Pillau zwischen dem Frischem Haff und der Danziger Bucht zu gelangen, wo ihr Zug am Ostseehafen mit neuem Verbandsmaterial und Lebensmitteln versorgt wurde.

Noch mal drei Monate später war ihr Einzugsradius, in dem sie Verwundete aufnahmen und Soldaten aus dem Hinterland wieder an die Ostfront brachten, noch einmal sehr viel kleiner geworden. Ein letztes Mal nahmen sie 466 Verwundete in Budapest-Süd auf, die sie dann in Breslau, Liegnitz, Sagan, Kohlfurt, Hirschberg und Oberschreiberhau entluden.

Im Februar '45 fuhren sie von Hannover nach Saßnitz-Hafen, wo 694 Verwundete übernommen wurden. Diese wurden in Stralsund, Rostock, Bad Doberan, Neubuckow, Wismar, Lübeck und Mölln entladen, und Konrad überkam eine große Lust, stiften zu gehen. Zum einen, weil Dorf Mecklenburg so nah war, dass er bei der Einfahrt in Wismar glaubte, es bereits riechen zu können. Und natürlich, weil er sich große Sorgen um die Günzels machte, denn überall waren Flüchtlinge unterwegs, die alles verloren hatten, darunter einige, denen auch ihre Moralvorstellungen abhandengekommen waren und die alles nahmen oder taten, um zu überleben. Hinzu kamen immer mehr Deserteure und sich zurückziehende Truppen.

Doch die Schlimmsten, wie man von den Verwundeten im Zug hörte, waren die, die die letzte Reserve an der Heimatfront darstellten. Tausende von alten, kranken Männern, die zuvor ausgemustert worden waren, sollten nun mit noch halben Kindern, Fünfzehn-, Sechzehnjährigen, die bisher noch nicht hatten in den Krieg ziehen dürfen, weil sie zu jung gewesen waren, um eingezogen zu werden, den »Volkssturm« bilden und das erreichen, was der deutschen Wehrmacht in fast fünf Jahren nicht gelungen war: diesen verdammten Krieg endlich zu gewinnen.

Die Lage wurde von Tag zu Tag unübersichtlicher, und die Sanitäter, Schwestern und auch Ärzte wechselten beinahe wöchentlich an Konrads Seite, oder er wechselte den Lazarettzug, weil seiner wieder mal unter Beschuss geraten oder auf eine Mine gefahren war. Der letzte Lazarettzug, auf dem Konrad mittlerweile Oberarzt war, verendete Anfang April in Schwerin, wo sie die letzten Verwundeten und auch den Zug selbst an die Feldkommandantur übergaben. Der Kommandeur entließ auch die Besatzung, hatte keine Marschbefehle mehr für sie. Es hieß, das Oberkommando der Wehrmacht zöge sich angeblich Richtung

Nordsee zurück, aber die meisten von ihnen wollten lieber nach Hamburg, auf jeden Fall Richtung Westen, wo sie hoffen konnten, in britische oder amerikanische und somit nicht in die gefürchtete russische Gefangenschaft zu kommen, die ihnen im Osten drohte und jeden von ihnen deshalb schneller laufen ließ, weil sie der Rache für das, was sie in Russland hinterlassen hatten, entgehen wollten.

Konrad war das gleich. Er wollte nach Dorf Mecklenburg, und von Schwerin aus war das sogar in einem Tagesmarsch zu Fuß zu schaffen. Es ist richtig, sich nach Dorf Mecklenburg abzusetzen, dachte er. Mecklenburg hinkt immer in allem hinterher. Wenn die Welt untergeht, dann tut sie das in Mecklenburg erst hundert Jahre später. So oder so ähnlich hatte das einmal der alte Bismarck formuliert, und deshalb freute sich Konrad auf die Günzels und ihre »gemeinsamen« Kinder.

BRIGITTE

Heidelberg

1970

»Schon wieder Blumen von Dr. Breier«, raunte ihr die Chefin
zu, kaum dass Brigitte die Unibuchhandlung nach ihrer Mittagspause betrat. Auf dem Tresen stand ein weiteres Fleurop-
Bouquet, das dritte in drei Wochen. Es war noch pompöser als
die zwei zuvor, wohl über dreißig Baccara-Rosen, und erzählte
nicht nur ihrer Chefin, sondern auch jedem anderen Betrachter
entsprechend dem allgemein anerkannten Blumen-Code von
einem Liebesverhältnis, das es so aber überhaupt nicht gab. Es
sei denn, Dr. Alfred Breier hatte seinen Monolog im Kranzler
als einen Heiratsantrag gesehen. Denn natürlich hatte Brigitte
den Abendzug nach Heidelberg genommen und war nicht zu
Dr. Breier in die Pension gegangen. Schöne Zähne hin oder her.

Das mit den Blumen wurde langsam lästig, fand Brigitte,
und auch wenn es noch Frühling war, verstand sie nicht, warum
so viele Menschen in den letzten Wochen dermaßen durchgedreht waren. Dieser Dr. Alfred Breier war ja nicht der Einzige,
der eine »Unterhaltung« falsch interpretiert hatte und die Trauer
um seine Mutter in einer ziemlich absurden Erwartungshaltung
Brigitte gegenüber kompensierte. Auch die Leitung der Psychiatrischen Poliklinik in Heidelberg war durchgedreht und hatte
Dr. Huber Anfang des Jahres wegen angeblicher Aufhetzung

seiner Patienten einfach entlassen. Das hatte nach einer Patientenvollversammlung, die Dr. Huber danach einberief, zu einer Demonstration geführt, in deren Ergebnis dann Dr. Huber mit anderen Kollegen, Studenten und über fünfzig Patienten der Therapiestunde ein »Patientenkollektiv« gründete, in dem es keinen Unterschied mehr zwischen Patienten und Ärzten geben sollte. Das war unter der Hand zur gern genutzten Vorlage für seine Kritiker geworden: Dr. Huber gab also zu, verrückt geworden zu sein?

Und auch Ulrike Meinhof war vor Kurzem durchgedreht und hatte aus heiterem Himmel den Kaufhausbrandstifter Andreas Baader auf einem Freigang befreit. Mit einer Waffe! Brigitte konnte sich nicht vorstellen, dass diese erschöpfte, kraftlose und mit sich selbst hadernde Frau sogar auf einen Wachmann geschossen haben sollte und deshalb in den Untergrund gegangen war. Jedenfalls wurde die Meinhof überall als Mörderin gesucht.

Brigitte wunderte sich auch, dass die Meinhof ihr damals im Park so ins mütterliche Gewissen geredet hatte. Nur das zufällige Treffen mit Dr. Breier hatte sie davon abgehalten, in die Zossener Straße zu den Günzels zu fahren, um Janis wenigstens einmal kurz zu sehen, während die Meinhof nun selbst, nur ein paar Wochen später, ihre Zwillingsmädchen ohne jeden Skrupel zurückließ.

Heute fragte sich Brigitte, wie sie wohl reagieren würde, stünde sie Janis plötzlich gegenüber. Fast jede Nacht träumte sie von ihm, sah dann aber immer nur seinen Rücken mit den schmalen, hängenden Schultern, den Hinterkopf auf seinem zarten Hals, die zwei kleinen blonden Wirbel am Übergang vom Nacken zum Haaransatz. Die waren beim Haareschneiden immer etwas heikel gewesen. Wer Janis wohl jetzt die Haare schnitt?

Brigitte wünschte sich in diesen Träumen immer, dass sich Janis nur einmal kurz, nur ein einziges Mal nach ihr umdrehe, so dass sich sein und ihr Blick wenigstens für einen Moment begegnen und sie sehen könnte, ob er sie bereits vergessen hatte. Aber wenn es in diesen Träumen endlich so weit war und Janis auf Brigittes Rufen hin langsam seinen Kopf ihr zuwendete und sie schon sein Halbprofil ahnen, ja, sehen konnte, dann wachte sie plötzlich auf. Und so wie Brigitte früher als Kind immer versucht hatte, sich zurück in den schönen Traum zu träumen, wenn sie viel zu früh von Emmely für die Schule geweckt worden war, weil sie gerade an dem Eis in ihrer Hand schlecken oder von dem riesigen Stück Streuselkuchen hatte abbeißen wollen, so versuchte sie auch jetzt immer noch, zurück in den Traum zu gelangen, aber natürlich gelang ihr das weder damals als Kind noch jetzt als Erwachsene.

Auch dieses Mal lag dem Rosen-Bouquet ein Briefumschlag von Dr. Breier mit einem langen Brief bei. Das Telefonat mit Fleurop in Heidelberg, bei dem er den Brief diktiert hatte, musste von Amman aus, wo er sich nun befand, ein Vermögen gekostet haben. Wieder bezog er sich auf ihr Gespräch im Kranzler, wieder konstruierte er daraus eine Verbundenheit zwischen ihnen, aus der heraus er sie dieses Mal jedoch sogar nach Amman einlud und sogar alles bezahlen wollte, ihren Flug, ihren Aufenthalt, also auch ihr Hotelzimmer, das nicht seines, sondern natürlich ein separates sein würde. Brigitte müsse nur in Karims Reisebüro in Westberlin anrufen und sagen, wann sie fliegen wollte, dann schon würde man ihr ein Flugticket von Schönefeld in Ostberlin über Beirut und Damaskus nach Amman buchen, das sie dann kurz vorher am Mariendorfer Damm 422 abholen müsste. Auch wenn sie von Ostberlin aus fliegen würde, ging es Dr. Breier nicht darum, an Brigitte zu sparen, wie er betonte, schließlich habe er gerade von seiner Mutter eine größere Summe geerbt – ja, er bot sich wirklich als gute Partie an –, aber er habe mit der ostdeutschen Fluglinie sehr gute Erfahrungen gemacht.

Es kam für Brigitte nicht in Frage, Dr. Breiers Angebot anzunehmen, das wäre für ihn das falsche Signal gewesen. Männer,

die sich so brennend für sie interessierten, waren ihr unangenehm. Sie wollte eher selbst einen Mann erobern. Warum übte
er sich nicht wie damals in Heidelberg weiter in Zurückhaltung?
Dann hätte sie sich vielleicht ein bisschen nach ihm gesehnt ...

Doch vor allem aber wollte sie in den nächsten Wochen
nicht aus Heidelberg fort, wo es in dem verschlafenen Städtchen endlich einmal so richtig interessant wurde. Dr. Hubers
neues Patientenkollektiv hatte in den letzten Wochen einen
ungeheuren Zuspruch erfahren, und die Zahl seiner Patienten –
durfte man die überhaupt noch so nennen? – hatte sich fast ver-
dreifacht. Das Patientenkollektiv war eine regelrechte Bewegung
geworden, die sich längst nicht mehr nur gegen die starre Hierarchie des Ärzte-Patienten-Verhältnisses richtete, sondern auch,
nachdem Dr. Huber von der Klinikleitung entlassen worden
war, für seine Wiedereinstellung kämpfte, indem sie das Büro
der Verwaltung besetzte und sogar damit durchkam.

Doch dann stand wieder Gernot im Laden, und Brigitte war
sofort klar, worum es ging, er brauchte kein einziges Wort zu
sagen. Das, was zu sagen gewesen wäre, brauchte keine Worte,
das erklärte ihr ihr Magen, der sich vor Aufregung sofort in den
Papierkorb unterm Tresen übergab, direkt unter Breiers süßlich
duftenden Rosen.

Natürlich hätte Brigitte auch dieses Mal Nein sagen können,
aber jetzt ging es auch um die Meinhof, die ihr offensichtlich
so sehr vertraute, dass sie Brigitte auch unter den neuen Umständen für eine konspirative Wohnung auswählte, obwohl Brigitte damals von der Meinhof etwas enttäuscht gewesen war, da
sie wegen Brigittes Text keinen Kontakt zu ihrem Ex, also zum
Chefredakteur von *konkret*, hatte herstellen wollen. Die Meinhof wusste aber, dass Brigitte nicht nachtragend oder gar rach-
süchtig war, und sie brauchte Brigittes Hilfe, also eine Bleibe,
und deshalb stand Gernot nun wieder bei ihr im Laden und
wollte, dass sie noch einmal zum Wochenende aus ihrer Wohnung verschwand.

Brigitte wollte jedoch nicht wieder zu Sieglinde und Margit gehen, sie wollte für die zwei Tage nicht in Heidelberg bleiben, weil sie sonst nur in Versuchung gekommen wäre, ihre Wohnung von der gegenüberliegenden Seite, vielleicht vom Bäcker aus oder gar aus einem der Hausflure gegenüber, zu beobachten und sich gleichzeitig vor Aufregung und Angst zu übergeben, denn dieses Mal würde es sogar eine echte, begründete Angst vor der Polizei, der Staatsmacht sein. Nun war nämlich die Meinhof eine gesuchte Mörderin, deren Konterfei auf Plakaten in ganz Deutschland an Litfaßsäulen und in öffentlichen Räumen wie Banken, Sparkassen, Polizeistuben oder Rathäusern aushing, vielleicht sogar auch bei Zahnärzten. Jeder sollte ihr Gesicht, das das einer Mörderin war, kennen, obwohl der Wachmann, den die Meinhof angeschossen hatte, nicht tot, zum Glück nicht tot war. Überall, wo sie auftauchen konnte, selbst in einer noch so schmalen und abgelegenen Gasse in Heidelberg wie Brigittes, sollte sie von jedem Bürger und jeder Bürgerin erkannt und der Polizei sogleich zur Anzeige gebracht werden, was mit einer ausgesetzten Belohnung von 10 000 Deutsche Mark honoriert werden würde.

Nein, das hätte Brigitte nervlich nicht durchgestanden, in Heidelberg zu sein und die Meinhof in ihrer Wohnung zu wissen, wie sie prüfend die Buchrücken in ihren Regalen las oder versuchsweise ihren Kleiderschrank öffnete, um zu sehen, ob sich darin etwas befand, was sie vielleicht bei einer schnellen Flucht als Tarnung hätte benutzen können. Deshalb überlegte Brigitte, wo sie stattdessen das Wochenende verbringen könnte.

Je länger sie darüber nachdachte, desto mehr spielte sie mit dem Gedanken, noch einmal nach Berlin zu fahren, um Janis endlich wiederzusehen. Ein anderer Ort, an dem sie sein wollte, fiel ihr einfach nicht ein. Diesmal aber würde ihr kein Dr. Breier die Tour vermasseln, nahm sie sich vor, und dass sie Janis nur von Weitem betrachten und sich nicht zu erkennen geben wollte, denn das wäre für sie beide wahrscheinlich nicht gut.

Aber anstatt dann im Nachtzug nach Berlin bis zur Passkontrolle an der innerdeutschen Grenze bei Helmstedt zu schlafen, überlegte Brigitte während der Fahrt fieberhaft, wo sie Janis ungestört wiedersehen konnte, ohne dabei Johann begegnen zu müssen. Entsprechend übermüdet kam sie in den frühen Morgenstunden des nächsten Tages, einem Samstag, am Bahnhof Zoo an und nahm sich in der Pension, in der sie bereits vor mehr als vier Wochen gewesen war, wieder ein Zimmer. Sie duschte erst einmal ausgiebig, um sich den Mief des Zuges aus den Haaren zu waschen, und legte sich noch einmal schlafen.

Dieses Mal ließ sie sich aber wecken, frühstückte und saß ab 9 Uhr in der Knesebeckstraße in der *Rosalinde*, wo eine studentische Hilfskraft sie bediente. Sie wählte einen Fensterplatz, von wo aus sie einen guten Blick auf ihren ehemaligen Hauseingang hatte, obwohl sie nicht wusste, ob Johann und Janis überhaupt zu Hause waren. Brigitte saß einfach nur da und wartete, wenn es sein musste, würde sie bis Sonntagabend warten, da erst fuhr ihr Zug zurück nach Heidelberg.

Die Studentin brachte Brigitte gerade ihren Kaffee, da trat gegenüber tatsächlich Johann mit Janis auf die Straße, ihr kleiner Janis, der in den wenigen Monaten um so vieles größer geworden war, seine Arme und Beine hatten sich gestreckt, und sein großer Kopf wirkte nicht mehr ganz so groß. Ach, er sah noch zerbrechlicher und dünner aus als zuvor!

Gekonnt kickte Janis einen Ball in einem Netz vor sich her, versuchte abwechselnd darauf einzutreten, während Johann, der sich kein bisschen verändert hatte – er hatte immer noch diesen unzufriedenen, gehetzten Ausdruck im Gesicht –, Janis an der Hand mit großen Schritten hinter sich herzerrte und dabei ungeduldig seine Uhr kontrollierte.

Wo wollte er denn an einem Samstagmorgen so früh mit Janis hin, fragte sich Brigitte, legte schnell das Geld für den Kaffee auf den Tisch und verließ das Café, um Johann und Janis zu folgen, die bereits in die Goethestraße Richtung Steinplatz einbogen, als Brigitte endlich auf die Straße trat.

Brigitte musste fast lachen, denn sie erinnerte sich noch gut, wie sie früher selbst versucht hatte, mit Janis irgendwo pünktlich anzukommen. Johann war jetzt genauso überfordert wie sie damals und ruckte und zog unbeherrscht an Janis' dünnem Arm, brüllte ihn einmal sogar kurz an, als sich Janis weigerte weiterzulaufen. Geschieht Johann nur recht, dachte Brigitte. Da sieht er mal, wie das ist.

Johann marschierte weiter über den Steinplatz, mit Janis im Schlepptau. Vorbei an Rabatten und Buchsbaumhecken schlug er den Weg Richtung Bahnhof Zoo ein, bestimmt waren sie auf dem Weg in den Tiergarten. Nur, warum mussten sie sich deshalb so beeilen? Der Tiergarten lief ja nicht weg! Klar, wenn Johann mit Janis auf dem Rückweg gewesen wäre, wenn es also darum gegangen wäre, wieder rechtzeitig zum Abendbrot zu Hause zu sein, damit er, Johann, das Essen pünktlich auf den Tisch bringen konnte, bis seine Frau Brigitte abgearbeitet und erledigt von den großen Entscheidungen des Tages nach Hause käme – sie musste kurz grinsen bei dieser Vorstellung –, ja dann hätte sie seine Eile verstehen können. Aber auf dem Hinweg? Oder wollten die beiden woandershin, vielleicht einen Ausflug machen und am Zoo einen bestimmten Zug oder Bus nehmen? Nur, sie hatten gar kein Gepäck dabei.

Brigitte blieb etwa fünfzig Meter hinter ihnen zurück, so dass sie Vater und Sohn gut beobachten konnte.

Ihre beiden Männer.

Brigitte fragte sich, ob Janis sie nach fast eineinhalb Jahren überhaupt noch wiedererkennen würde. Oder hatte sein kleines Gehirn längst seine schlechten Erfahrungen mit ihr, besonders die aus ihren letzten gemeinsamen Monaten, für nicht wertvoll genug befunden, um sie später noch einmal erinnern zu wollen, und deshalb einfach gelöscht? Eineinhalb Jahre waren für sie selbst nicht viel, aber im Leben eines klei-

nen Menschen wie Janis, der noch nicht einmal fünf war, eine
sehr lange Zeit.

Doch dann, unter der S-Bahn-Brücke zum Bahnhof Zoo,
riss sich Janis plötzlich von Johann los und begann zu laufen
und breitete schon die Arme für eine junge Frau aus, die aber
nur Augen für Johann hatte und ihm ungeduldig entgegen-
schaute, während Janis sich an ihren hellen Rock schmiegte und
vergeblich um ihre Aufmerksamkeit buhlte. Brigitte brach es
fast das Herz, wie ihr kleiner Junge an dieser Frau hing, die eine
andere war als die damals am Bahnhof Zoo, die Johann aber genauso leidenschaftlich zur Begrüßung küsste. Nach einem weiteren Kontrollblick auf seine Uhr verabschiedete er sich gleich
wieder von ihr, aber nicht von Janis, und rannte Richtung Busbahnhof. Ohne Janis. Brigitte stand fassungslos zwanzig Meter
entfernt und hörte Janis nach seinem Papa rufen, aber der war
nicht mehr zu sehen und kam auch nicht noch einmal zurück,
weshalb Janis bockig und stur sich keinen Zentimeter mehr von
der jungen Frau bewegen ließ und plötzlich nach Mama schrie.

Mama!

Brigitte stand da und wusste nicht, was sie tun sollte, eingreifen oder nicht, und fragte sich, was geschehen würde, wenn sie
sich tatsächlich zu erkennen gab?

Sie würde es für Janis nur schlimmer machen, wenn sie jetzt
hingehen und sich zeigen würde, um anschließend doch wieder nach Heidelberg zu verschwinden. Und das würde sie, denn
so weit, dass sie allein für sich und Janis sorgen konnte, war
sie noch nicht. Deshalb konnte sie, durfte sie Janis das nicht
ein zweites Mal antun. Wenn sie mit ihrem kleinen Jungen nur
einen Funken Mitleid empfand und ihn wenigstens ein klein
bisschen liebte, dann musste sie einfach wieder verschwinden.
Ohne sich zu erkennen zu geben.

Janis schien ja diese junge Frau sehr gut zu kennen und
auch gernzuhaben, diese Frau, die Janis nun, wie Johann zuvor,
hinter sich her Richtung Tiergarten zerrte, dann aber plötzlich

stehen blieb und Janis auf den Arm nahm. Sie versuchte ihn wohl abzulenken und zeigte auf einen gerade abfahrenden Bus, worauf sich Janis' Gesicht plötzlich tatsächlich erhellte und er aufgeregt zu winken begann. Denn da saß auf dem Oberdeck in der ersten Reihe Johann an der Frontscheibe des gelben Doppeldeckers. Nur winkte er nicht zurück, sondern starrte erschrocken und mit halb offenem Mund über Janis hinweg zu Brigitte.

Sein Blick traf sie bis ins Mark, und Brigitte tauchte sofort in der Menschenmenge ab, die in kleinen Grüppchen auf andere Busse wartete, während Johann der jungen Frau nun aufgeregt Zeichen gab, die sie erst nicht verstand, sich dann doch umdrehte, sogar Brigitte kurz ins Auge fasste, dann aber weiter ihren Blick schweifen ließ, weil sie nicht begriff, worum es Johann mit seinen Gesten ging. Dann querte der Bus mit Johann die Hardenbergstraße und fuhr die Joachimsthaler entlang, Richtung Ku'damm.

Johann kämpfte sich noch bis zur Heckscheibe durch, doch der Bus entfernte sich mehr und mehr. Und warum auch diese Aufregung? Was glaubte Johann denn, was Brigitte tun würde, warum sie hier war? Dass sie ihm ihren kleinen Sohn rauben wollte? Wäre Johann denn nicht sogar froh, wenn sie ihm Janis wieder abnehmen würde? Seine Freundin schien jedenfalls kein besonderes Interesse an Janis zu haben. Wieso auch sollte sie sich um ein fremdes Kind kümmern, das sie in ihrer Freiheit beschnitt und deren Mutter sie doch niemals sein könnte, das hatte Janis' herzerweichender Ruf nach seiner Mama ja wohl gezeigt. Und deshalb würde sie den Abstand zu den beiden höchstens noch etwas vergrößern, damit sie Janis weiter gut beobachten konnte, aber er selbst sie nicht zufällig entdeckte und einen Wunsch entwickelte, dem Brigitte auf keinen Fall nachkommen konnte. Noch nicht.

Als Brigitte sich nach den beiden umdrehte, konnte sie sie nicht mehr zwischen den hin und her laufenden Passanten und Reisenden entdecken. Kurz entschlossen schlug sie den schmalen Weg Richtung Schleusenkrug ein. Wenn Janis immer noch so an Schiffen interessiert war wie früher, dann würde Johanns neue Freundin mit ihm sicherlich beim Schleusenkrug haltmachen und Brigitte ihn gleich am Geländer zur Schleuse stehen sehen.

Oder würden die beiden doch zu einer der Wiesen gehen? Janis hatte einen Ball dabeigehabt, also wollte er Fußball spielen. Nur wo? Es gab so viele Wiesen im Tiergarten, wo Ballspiele möglich waren. Doch dann sah Brigitte Janis tatsächlich auf der kleinen Brücke stehen. Selbst noch zu klein, um über das Geländer zu schauen, hielt er sich mit beiden Händen links und rechts an den senkrechten Streben fest und hatte seinen Kopf, der immer noch zu groß für seine schmalen Schultern wirkte, zwischen die Streben gesteckt, um in der Schleuse die einfahrenden Dampfer und Kähne und natürlich den Schleusenwärter genau beobachten zu können.

Ein zwanzig Meter langer Lastkahn, beladen mit Braunkohle, fuhr grad in die Schleuse ein. Sein Kapitän und sein Helfer waren voller Ruß im Gesicht, und selbst ihre ehemals leuchtend roten Halstücher waren nur blasse Farbkleckser auf ihrer ansonsten dunklen Kleidung.

Brigitte stellte sich etwas seitlich an das gegenüberliegende Geländer hinter Janis, so dass sie ihn besser im Halbprofil sehen konnte, und musste sich sehr beherrschen, nicht seinen Namen zu rufen, damit er endlich, endlich in ihre Arme fliegen konnte, doch sie verbot es sich: Es würde Janis nicht guttun und, wenn sie ehrlich war, ihr auch nicht.

Schon ihn gesehen zu haben tat ihr nicht gut, dachte sie, aber dann fiel ihr auf, dass die junge Frau, die Johann so leidenschaftlich geküsst hatte, nirgends zu sehen war. Brigitte suchte die Fenster des Restaurants ab. Vielleicht war sie einen Kaffee trinken und behielt Janis von dort im Auge?

Im Gastraum des Restaurants brannten zwar die Lampen, so dass sich die am Fenster sitzenden Gäste gut abzeichneten, aber in die Tiefe des Restaurants konnte Brigitte nicht sehen, dazu hätte sie direkt an die Scheibe treten und mit ihren Händen das von außen einfallende Licht abschirmen müssen, was aber alle Gäste im Gastraum auf sie aufmerksam gemacht hätte, auch die neue Freundin von Johann, die sich dann vielleicht an sie als die Frau von der Bushaltestelle erinnern und eins und eins zusammenzählen würde.

Sie konnte in Brigitte möglicherweise nicht gleich die Mutter von Janis erkennen, vielleicht gab es in Johanns Wohnung kein Foto mehr von ihr, vielleicht wusste diese Freundin also gar nicht, wie sie aussah, aber wenn die beiden am Abend oder wann immer sie sich wiedersehen würden, über Johanns Gefuchtel im Bus und den Anlass dazu sprechen würden und Johann der jungen Frau Brigitte beschrieb oder doch ein Foto von ihr zeigte, dann könnte sich seine neue Freundin an sie, die Frau an der Scheibe, doch erinnern und irgendwelche Schlüsse ziehen, die es gar nicht zu ziehen gab.

Besser, Brigitte tat so, als müsse sie auf die Toilette, und überprüfte dabei, wo Johanns Freundin saß, daran würde diese sich bestimmt nicht erinnern, dass Brigitte an ihr vorbei durch den Gastraum auf die Toilette gegangen war. Doch als Brigitte den Gastraum betrat und einen Moment so tat, als müsste sie sich erst einmal orientieren, was aber gar nicht nötig war, sie war hier mit Janis viele Male auf dem Klo gewesen, da konnte sie die junge Frau unter den Gästen nicht entdecken. Nicht an den Mittelreihen und nicht in der Tischreihe an den Fenstern zum Bahnhof Zoo, die junge Frau war nicht in dem Restaurant, das zu dieser Zeit auch nicht besonders voll war, es war schönes Wetter, und die Professoren und ihre ehemaligen Studenten standen draußen im Biergarten. Deshalb kam auch gleich ein Kellner auf Brigitte zu und fragte: »Ein Platz auf der Schleusenseite?«

Die junge Frau konnte eigentlich nur noch auf der Toilette sein, und deshalb durchquerte Brigitte sofort den Gastraum,

Richtung Toilette, obwohl sie dem Kellner »Ja, bitte« geantwortet hatte und er sie zu einem Tisch am Fenster hatte begleiten wollen. Sie würde einfach ihren Lidstrich am Spiegel überprüfen und warten, bis Johanns Freundin aus der Toilette kam und sich neben ihr die Hände wusch. So stellte es sich Brigitte vor, aber als sie den Waschraum mit den zwei offenen Toilettentüren betrat, sah sie, dass hier niemand war.

Sie ging zurück in den Gastraum, setzte sich an den ihr zugewiesenen Tisch und schaute sich genauer um. Die junge Frau war nicht da, hier nicht und auch nicht auf den Toiletten! Brigitte übersah sie auch nicht. Im ganzen Restaurant saß keine einzige Frau, die jünger als Brigitte war. Irrtum ausgeschlossen.

Und draußen im Biergarten konnte Brigitte sie auch nicht entdecken. Konnte es also wirklich sein, dass die junge Frau Janis da draußen ganz allein gelassen hatte?

Brigitte suchte die Brücke ab, auf der Janis immer noch stand und das Treiben in der Schleuse beobachtete, und er war da nicht allein. Eine Mutter mit Kinderwagen stand da neben einem Mann, der sich zu seinem etwa zweijährigen Sohn hockte und ihm etwas zur Schleuse erklärte, was Janis, ihr kluger kleiner Janis, zu kommentieren schien, denn der Vater lächelte und nickte, während plötzlich ein älterer Mann mit einem Filzhut neben Janis auftauchte und seine Hand auf Janis Schulter legte, als gehöre sie da hin, als habe er ein verbrieftes Recht auf Janis' Schulter. Brigitte fühlte Empörung in sich aufsteigen und fragte sich, ob die junge Frau, wo immer sie auch gerade war, nicht langsam mal einschreiten müsste, denn wie konnte sie es zulassen, dass ihr kleiner Junge von wildfremden alten Männern angegrabscht wurde, sah sie denn nicht, was da geschah?

Eine Glocke ertönte, und der alte Mann, dessen Gesicht Brigitte wegen der Krempe seines Huts nicht sehen konnte, neigte sich nun zu Janis hinunter, schien ihn etwas zu fragen, und Janis nickte, ohne den Mann anzuschauen, den Blick weiter auf die Schleuse gerichtet, woraufhin der Mann die Brücke verließ, vorbei am Schleusenkrug lief und sich ein paar Meter weiter bei einem an ein Fahrrad gekoppelten Eiswagen anstellte, wo sich bereits eine kleine Schlange gebildet hatte. Brigitte wusste sofort, was der alte Mann im Schilde führte: Er wollte sich Janis mit einem Eis gefügig machen, vor solchen Situationen hatte Emmely sie früher immer gewarnt, niemals etwas von alten Männern zu nehmen, keine Bonbons, kein Eis, sondern sofort und am besten schreiend davonzulaufen. Das hatte Emmely ihnen als Kinder beigebracht, und Brigitte hätte das als Mutter an Janis weitergeben müssen, aber sie war nicht da gewesen, und nun würde der alte Mann …

Mehr musste Brigitte nicht mehr denken. In wenigen Schritten war sie aus dem Restaurant raus auf die Brücke gerannt und stand nun vor ihrem Sohn.

»Janis?«

Schon ihre Stimme ließ ihn sich sofort umdrehen und die Stäbe des Geländers erstaunt loslassen, so dass sie ihn hochnehmen und an sich drücken konnte, und dann lief sie mit Janis in den Armen auch schon los, sich gar nicht erst umsehend nach dem alten, perversen Mann, der bestimmt große Augen machen würde, wenn er mit seinem Eis zurück auf die Brücke käme und das Ziel seiner Begierde nicht mehr sah.

Brigitte lief und lief, Janis' weiches Haar dicht an ihrem Hals, so dass es fast kitzelte, und sie wunderte sich über sich selbst, früher hatte sie Janis als schwer empfunden, wenn sie ihn nach einem langen Tag auch noch die Treppe hinauf hatte tragen müssen, jetzt, wo er um so vieles größer war und objektiv auch viel mehr wog, empfand sie ihn subjektiv als ganz und gar nicht mehr schwer, er war überhaupt keine Last mehr, ihr kleiner Engel, der früher an ihr wie eine Klette gehangen hatte, aber jetzt leicht wie eine Feder war, und so flog sie mit ihm fast die Treppe zur S-Bahn-Station Tiergarten hinauf, um die einfahrende S-Bahn nach Wannsee noch zu erwischen.

Bis Brigitte ihn in einer Viererbox absetzte, hatte Janis kein

einziges Wort gesagt, und auch jetzt schaute er sie nur aus großen Augen an, den Rücken aufrecht an das Polster gelehnt,
während er seine Beine bis zu den Unterschenkeln auf dem Sitz-
polster von sich streckte und mit dem Oberkörper ein recht-
winkliges Dreieck bildete, während Brigitte sich ihm gegenüber-
setzte und versuchte, zu Atem zu kommen. Eine ganze Weile
starrten sie so einander an.

Was hatte sie nur getan?

Nichts!

Sie war Janis' Mutter und hatte sehr wohl das Recht, auf
ihren Jungen zu achten, wenn es andere, wie zum Beispiel sein
Vater, nicht taten und das Kind leichtsinnig Gefahren aussetz-
ten, indem er es einer anderen Frau überantwortete, die ihre
Verantwortung nicht wahrnahm. Das würde Johann eine Lehre
sein, dass er Janis nicht eben mal wie ein Gepäckstück bei irgendjemandem abgeben konnte. Was wäre denn passiert, wenn
Brigitte nicht eingeschritten wäre und dieser eklige Alte Janis
fort von der Brücke und tiefer und tiefer in den Tiergarten gelockt hätte?

Brigitte wollte sich nicht ausdenken, was Janis alles hätte
passieren können. Ja, sie hatte vollkommen richtig und eben
wie eine Mutter gehandelt! Und was war denn schon passiert?
Ob Janis nun weiter allein auf der Brücke am Schleusenkrug
gestanden hätte oder ob er nun hier mit seiner Mutter S-Bahn
fuhr, das war doch vollkommen egal.

Oder?

Doch, doch, doch! Sie würde Janis ja zurückbringen, zu
Johann zurückbringen und am besten so, dass sie dabei nicht
Johann gegenübertreten müsste und sie also seinen Schimpftira-
den ausweichen konnte. Aber erst einmal würden sie und Janis
sich einen schönen Tag machen, jetzt war es doch sowieso egal,
ob sie Janis nun gleich oder etwas später zurückbringen würde,
ihr Vergehen war dasselbe, und da konnte sie sich mit Janis
doch noch einen schönen Tag machen, irgendetwas gemeinsam

unternehmen, dort, wo sie noch nie zuvor gemeinsam gewesen waren, Janis es also später als etwas Besonderes erinnern würde, und natürlich, wo sie niemand mit Janis vermuten würde, falls man sie suchte.

Die S-Bahn hielt am Bahnhof Zoo, und plötzlich hatte Brigitte eine Idee.

»Komm«, sie streckte die Hand nach seiner aus, »wir schauen uns mal einen anderen Park an.« Doch er nahm ihre Hand nicht, schaute sie an wie einen Fremdkörper. Deshalb nahm sie Janis schnell auf den Arm und stieg mit ihm aus, kämpfte sich an den anderen Passagieren mit gesenktem Kopf – vielleicht fahndete man schon nach ihnen – vorbei an zwei Bahnhofspolizisten, hinunter zur U2.

An der U-Bahn-Station Nollendorfplatz stellte Brigitte fest, dass Janis seinen Ball an der Brücke vergessen hatte. Das schien ihn aber nicht zu stören, auch nicht, dass sie versprach, ihm einen neuen zu besorgen. Noch hatte Janis nicht ein Wort gesprochen, aber immerhin hatte er sich fest an sie gekuschelt, als sie ihn am Bahnhof Zoo aus der S-Bahn trug. Hatte es ihm nur die Sprache verschlagen, oder was war die Ursache?

Brigitte kaufte an einem Kiosk erst einmal etwas zu essen für sie. Janis nahm eine Currywurst mit Schrippe, nachdem sie darauf gezeigt und er genickt hatte, und für sich selbst bestellte sie Bockwurst mit Salat.

Anschließend nahmen sie die U-Bahn bis Rathaus Schöneberg und betraten von dort direkt den Park, wo sie zuerst am Teich die Enten mit der Schrippe fütterten, die Janis zur Currywurst nicht ganz aufgegessen hatte, und wo Brigitte ihm an einem Stand noch ein Eis kaufte, als er darauf zeigte. Als sie es ihm überreichte, wollte er es wieder stumm entgegennehmen, doch sie hielt das Eis zurück. »Weißt du, wer ich bin?«

Janis schaute sie groß an, dann nickte er langsam.

»Sag es«, forderte Brigitte ihn auf. Einen Moment noch zögerte er, dann sagte er in einem formvollendeten Satz: »Du bist meine Mama.«

»Ja, das bin ich.« Brigitte hätte vor Freude losheulen können, aber sie umarmte ihn nur überschwänglich, riss sich aber schnell wieder zusammen und gab ihm das Eis. Janis hatte sie also nicht vergessen, kein bisschen vergessen, und sein Ruf nach Mama vorhin am Bahnhof Zoo hatte tatsächlich ihr gegolten. Nur sie hatte er in seinem Schmerz sehen wollen. Nur sie!

Der Schöneberger Park war jetzt, im Juni, noch schöner als damals im April, bei ihrem Treffen mit der Meinhof und ihren Mädchen. Die Bäume hatten alle ihre Blätter entfaltet, und da es im Mai viel geregnet hatte, war das Grün frisch und üppig und die sogenannte Todesbahn feucht und glitschig. Es war also keine Tragik, dass Janis keinen Roller dabeihatte, den er aber besaß, wie er ihr stolz erzählte. »Den hat mir mein neuer Opa gekauft. Der hat sogar einen Sitz. Das ist sehr bequem.«

Sein neuer Opa – Brigitte nahm an, der Vater der jungen Frau war damit gemeint – hatte ihm den Roller in Grün geschenkt, als er ihn und den Papa das erste Mal besuchte.

Brigitte war versucht, Janis mehr nach Johann und seiner neuen Freundin auszufragen, aber dann entschied sie sich dagegen, um von ihm nicht Dinge zu hören, die sie eigentlich nicht hören wollte und die sie höchstens wieder auf Johann wütend werden ließen. Sie wollte diesen Tag mit Janis genießen, und das gelang auch, weil Janis sich benahm, als wäre sie nie fort gewesen, als wäre er nicht mehr als ein Jahr im Ungewissen darüber gewesen, ob er sie jemals wiedersehen würde, und auch, als miede er die Frage, die ja trotzdem zwischen ihnen im Raum stand: Würde sie nun für immer bei ihm bleiben?

Sie saßen auf einer Bank am Rand einer Wiese, und Janis schien sich diese Frage mit Nein beantwortet zu haben, denn er hatte keinerlei Lust, seinen neuen Ball auszuprobieren oder sich sonst auf irgendeine Weise von ihr zu entfernen. Stattdessen kuschelte er sich eng an ihre Seite und zog sich ihren Arm wie eine wärmende Decke um die Schulter, wie damals, als sie das noch als unangenehm und einengend empfunden hatte und ihn deshalb im Scherz oft Klette nannte. Das war womöglich nur eine Folge ihres damaligen Verhaltens gewesen, als sie Janis immer wieder mal in der Wohnung sich selbst überließ, um wenigstens ab und zu ein paar Stunden befreit durchatmen zu können.

Ja, wurde ihr mit einem Mal klar, sie selbst hatte diese Angst bei Janis hervorgerufen und ihn auf diese Weise zu einem ängstlichen Kind werden lassen, das ständig fürchten musste, verlassen zu werden. Deshalb klammerte er sich an jede Frau und jeden Mann, derer er habhaft werden konnte, und wenn er diese Personen nur ein wenig mochte, ließ er sie einfach nicht mehr gehen. So hatte er sich Stunden zuvor an das Bein dieser jungen Frau geklammert, die ihn dennoch schnöde im Tiergarten zurückgelassen hatte.

Ihr eigenes Verhalten, das erkannte Brigitte jetzt, hatte Janis erst anfällig für alte, eklige Männer gemacht, und das nicht, weil sie es als Mutter durch ihre Abwesenheit versäumt hatte, ihn darauf vorzubereiten und ihn vor solchen Männern zu warnen.

Konnte sie das je wiedergutmachen, und wenn ja, wie?

Sie würde in Janis dieses Gefühl des immer wieder Verlassenwerdens heute Abend sogar noch verstärken, wenn sie ihn nachher vor Johanns Wohnung in der Knesebeckstraße absetzen würde. Alles, was Johann irgendwann einmal Janis in der Zeit ihrer Abwesenheit über sie erzählt hatte, und das war sicher nichts Gutes, würde sie damit bestätigen. Nur, was sollte sie tun? Sie konnte Janis schlecht mit nach Heidelberg in ihre kleine Einliegerwohnung zu Frau Wittinger nehmen. Damit wäre die Frau sicher nicht einverstanden. Und würde Johann ihr nicht auch die Polizei auf den Hals hetzen? Schließlich hatte sie, wenn man es genau nahm, Janis, der offiziell in Johanns Obhut war, entführt. Wobei, er war ja schließlich ihr Sohn und Johann offiziell nur der Onkel. Oder würde Johann dieses Mal zugeben,

dass Janis auch sein Sohn war, nur um ihn Brigitte wieder entreißen zu können? Das wäre doch ein netter Nebeneffekt, wenn
Johann das endlich zugeben müsste ...

Natürlich würde die Polizei Janis zuerst bei Brigitte, also in
Heidelberg vermuten. Johann hatte sie ja am Busbahnhof gesehen, und wenn er heute Abend mit der jungen Frau oder sogar
bereits die Polizei mit ihm telefonierte, es musste der jungen
Frau doch aufgefallen sein, dass Janis nicht mehr auf der Brücke
am Schleusenkrug stand, dann würde Johanns erster Verdacht
auf Brigitte fallen.

Nein, zurück nach Heidelberg könnte sie mit Janis nicht,
nicht nur wegen der Polizei, sondern auch wegen der Gäste in
ihrer Wohnung, die landesweit gesucht wurden und die sie mit
ihrer Tat ebenfalls gefährdete, denn was, wenn die Berliner Polizei die Heidelberger Polizei beauftragte, in Brigittes Wohnung
nach ihr und ihrem Kind zu suchen, und die Meinhof ahnungs-
los die Tür öffnete?

Was hatte sie nur getan?

Wieso überlegte sie sich nie die Konsequenzen ihres Han-
delns? Ja, diese Frage hatte ihr früher immer Johann gestellt
und dann auch immer gleich die Antwort serviert. Was war die
Antwort? Sie ahnte sie, spürte sie bereits in sich aufsteigen, aber
sie ließ sie nicht zu. Panik übermannte sie, und sie nahm Janis
schnell auf den Arm und lief mit ihm aus dem Park, um eine
Telefonzelle zu suchen. Die Panik ergriff sofort auch Janis, sie
sah es an seinen Augen, kurz strampelte er auch mit den Beinen,
so leicht war er wirklich nicht mehr, und er schien nur deshalb
keine Fragen zu stellen, weil sie ihn dabei so fest umklammert
hielt, als flüchte sie schon jetzt mit ihm vor ihren Verfolgern.

In der Kufsteiner Straße fand sie eine Telefonzelle und
wählte sofort Gernots Nummer, die er ihr für mögliche Notfälle
gegeben hatte, während sie Janis auf dem Tischchen mit dem
Telefonbuch absetzte.

»Rufst du Johann an?« Janis nannte seinen Vater immer noch

Johann, weil der ja offiziell sein Onkel war. Wollten die Günzels also auch Janis ein Leben lang belügen?

»Nein, einen Freund«, antwortete Brigitte jedoch und horchte angestrengt auf das Freizeichen. Als Gernot endlich abnahm, erklärte Brigitte ihm umständlich – er hatte ihr eingeschärft, niemals Namen zu nennen, weder ihren eigenen noch denen der Gesuchten –, dass es möglich wäre, dass »Onkel Gerd« bei ihr vorbeikäme, weil er sie besuchen wolle, wobei »Onkel Gerd« natürlich das zwischen ihnen verabredete Codewort für Polizei war.

»Mach dir keine Sorgen um Onkel Gerd«, erwiderte Gernot. »Wenn niemand bei dir zu Hause ist, ist eben niemand bei dir zu Hause!«

Brigitte atmete erleichtert auf. Denn das hieß ja, dass weder die Meinhof noch Baader oder die Ensslin in ihrer Wohnung waren und Brigitte sie mit ihrer Aktion, Janis zu entführen, nicht gefährdet hatte. Gleichzeitig verspürte sie aber auch einen Anflug von Enttäuschung. Hatte die Meinhof ihr etwa nicht vertraut, oder hatten sie gar ihre Vertrauenswürdigkeit testen wollen, indem sie nur vorgegeben hatten, ihre Wohnung als Versteck zu benutzen?

Womit aber hatte sie dieses Misstrauen denn verdient? Sie hatte ihnen ihren Ausweis zur Verfügung gestellt, sie bereits einmal in ihrer Wohnung nächtigen lassen. Damit hatte sie sich selbst in große Gefahr begeben. Und das war nun der Dank dafür? Dass man sie nur zum Schein ihrer Wohnung verwies, weil man ihr nicht vertraute?

Denn wenn die Meinhof und ihre Freunde nicht Brigittes Wohnung beansprucht hätten, dann wäre sie nicht nach Berlin gefahren, hätte nicht heimlich Johann und Janis beobachtet und schließlich auch nicht Janis mitgenommen. Dann hätte sie aber Janis auch nicht vor diesen alten Mann bewahren können, sagte sie sich, und deshalb war es gut, dass sie hier in Berlin war. Nicht auszudenken, was ohne ihr Eingreifen geschehen wäre.

Brigitte verließ mit Janis die Telefonzelle und schaute sich um. Überrascht erkannte sie, dass sie sich in der Straße befand, in der die Meinhof wohnte, gewohnt hatte, denn nun war sie ja untergetaucht und auf der Flucht. Da drüben hatte die Meinhof damals geklingelt, nur um Brigitte zu beruhigen, die sich wegen des Verschwindens der Zwillingsmädchen aus dem Park große Sorgen um die beiden gemacht hatte. Doch der Freund der Meinhof, der nach einer ganzen Weile erst an die Sprechanlage gekommen war, hatte damals bestätigt, dass die Zwillingsmädchen oben in der Wohnung waren und bereits Abendbrot gegessen hatten.

Plötzlich hatte Brigitte das unbestimmte Gefühl, beobachtet zu werden, und tatsächlich stand unweit vom Haus der Meinhof ein Wagen geparkt, in denen mitten am Tag zwei Männer im arbeitsfähigen Alter saßen und sich anscheinend aus schierer Langeweile den Arsch plattdrückten. Beide schauten schnell weg, als Brigitte sie fixierte, es fehlte nur noch, dass sie anfingen ein Liedchen zu pfeifen, die Pfeifen. Doch Brigitte wusste, warum sie hier waren, und lief deshalb mit Janis am Haus der Meinhof vorbei.

Kaum aber hatte sie sich von dem Haus entfernt, erfasste sie wieder der Jammer. Was sollte sie nur tun? Sie konnte Janis doch unmöglich wieder in der Knesebeckstraße abgeben. Das konnte sie ihm nicht antun, und das wollte sie auch nicht. Wieso nur hatte sie diesmal nicht der Zufall oder jemand wie Dr. Alfred Breier davon abgehalten, überhaupt in die Knesebeckstraße zu gehen? Dr. Alfred Breier? Brigitte kam da eine Idee.

Drei Tage später stiegen Brigitte und Janis aus einem Flugzeug der ostdeutschen Interflug. Sie hatten einen elfstündigen Flug mit Zwischenstopps in Warschau und Damaskus hinter sich, doch jetzt schlug ihnen trockene, angenehm warme Luft entgegen. Der erste Eindruck war Ocker. Alles war Ocker. Die Gebäude rings um den Flughafen, die Wege und Straßen, der

Staub, der sich sofort auf alles legte, auch auf ihre Kleidung. Selbst die Luft und die Sonne schienen diese Farbe angenommen zu haben.

Vom Flugzeug aus hatten sie auf Amman herabschauen können, das wie ein großer Steinhaufen wirkte, aufgetürmt aus Tausenden von ockerfarbenen Schachteln mit schmalen, tiefliegenden Fenstern. Brigitte atmete tief durch und nahm sich vor, diese Reise, die Breier ihr spendiert hatte, nicht nur als Flucht, sondern auch als Gelegenheit zu nutzen, Janis wieder näherzukommen und ihm das Vertrauen in seine Mutter zurückzugeben. Er musste wissen, dass er sich ab sofort wieder auf seine Mutter – immer und überall – würde verlassen können. Das hatte sie ihm seit dem Abflug in Ostberlin schon mehrmals versprochen, weil sie nicht nur ihn, sondern auch sich selbst hatte beruhigen müssen. Schließlich begab sie sich mit dieser Reise in die Hände eines ihr fast völlig unbekannten Mannes, und sie war sich ganz und gar nicht sicher, wie er darauf reagieren würde, dass sie nicht allein kam, sondern mit ihrem Sohn.

Erfreut war Dr. Breier tatsächlich nicht, als er verstand, dass der kleine Junge neben ihr zu ihr gehörte. Erst hatte er ihr noch aufgeregt zugewinkt, mit all seinen Zähnen gelächelt, doch dann war das Lächeln einem Fragezeichen auf der Stirn gewichen. Brigitte stellte die beiden einander vor, als wäre es so vereinbart gewesen, dass sie auch ihren kleinen Sohn mitbringe, denn es war ja nicht ihre Schuld, dass Dr. Breier bisher nie nach ihren privaten Verhältnissen gefragt hatte. Sie erklärte ihm auch sofort, dass ihn Janis keinen zusätzlichen Pfennig gekostet hatte, denn Kinder unter sechs Jahren flogen bei der Interflug gratis mit den Eltern, das hatte ihr der freundliche Angestellte von Karim-Reisen erzählt und gefragt, ob denn Janis auch in ihrem Pass stünde. Brigitte glaubte erst, der freundliche junge Mann hätte sofort geahnt, dass sie Janis entführt hätte, aber dann erklärte er, warum er fragte. Manche gaben Kinder von Verwandten als die ihren aus, nur um den Preis für das Kind zu sparen.

Der Angestellte hatte Brigitte auch noch ein paar Tipps für ihr Gepäck gegeben, und so war der Tag vor ihrem Abflug damit ausgefüllt gewesen, für Janis ein paar Sommersachen und für sich selbst ein Kopftuch einzukaufen, abseits des Ku'damms, wo Johann oder die Polizei sie vielleicht nicht mit Janis vermuten würde.

Seltsamerweise schien aber niemand nach ihnen zu suchen, oder es geschah eben ganz im Geheimen, denn nachdem sie in einem Kaufhaus in der Schlossstraße für Janis kurze Hosen, einen Schlafanzug und ein paar Nickis eingekauft hatte, schlenderten sie zur Nachrichtenzeit in die Technikabteilung, wo die neuesten Fernseher zum Vorführen liefen. Was sie da sah und hörte, versetzte Brigitte einen tüchtigen Schrecken. Plötzlich war in den Nachrichten von Heidelberg die Rede, wo es am Vortag im Rahmen einer internationalen Konferenz zur Entwicklungshilfe zu schweren Auseinandersetzungen zwischen der Polizei und linken »Chaoten« gekommen sei, die gegen die Ausbeutung der Dritten Welt durch die westlichen Industrienationen demonstrierten. Und dann kamen auch schon die Bilder, in denen junge Leute, von denen sie aber keinen Einzigen kannte, von Polizisten mit Gummiknüppeln gejagt und mit einem Wasserwerfer beschossen und vor sich hergetrieben wurden. Auch wenn Brigitte sich wegen Janis bemühte, ruhig zu bleiben, fragte sie sich doch, warum sie vor ihrer Abreise von dieser Konferenz nichts gehört hatte. War sie derart mit sich selbst beschäftigt gewesen?

Wie versprochen hatte Dr. Breier ihr ein Zimmer in seinem Hotel gebucht, und das nutzte sie mehr, als sie gedacht hätte. Denn Janis wollte keine Minute allein bleiben und ließ es nicht einmal zu, dass Brigitte ohne ihn die Toilette benutzte, ob in einem Restaurant oder auch nur im Hotelzimmer. Sowie sie außerhalb seiner Sichtweite war, fing er an zu schreien und panisch nach ihr zu suchen. Ja, sie hatte ihm und auch sich selbst versprochen, ihn nie wieder allein zu lassen, schon gar nicht in einem fremden Land. Also nahm sie Janis wie selbstverständlich mit, wenn Breier sie in ein Restaurant ausführte, und ließ ihn auf ihrem Schoß schlafen, während Dr. Breier von seinen Büchern erzählte. Da auch sie die Gespräche ermüdend fand, blieb sie immer öfter mit Janis im Hotel und schützte rasende Kopfschmerzen vor. Am Tage, wenn Dr. Breier – er hatte ihr immer noch nicht das Du angeboten, und allmählich fragte sich Brigitte, warum er sie überhaupt nach Amman eingeladen hatte – in den Bibliotheken seine Forschungen betrieb, schlenderten Brigitte und Janis durch die weit verzweigte Stadt, besuchten den Herkules-Tempel auf dem Hügel der Zitadelle und das Römische Amphitheater, auch Märkte und Basare, auf denen Brigitte immer sehr schnell als Europäerin erkannt und auf ihre Herkunft angesprochen wurde. Zuerst gab es immer Komplimente, etwa für ihre helle Haut, ihr blondes Haar, das unter dem Kopftuch doch immer hervorblitzte, oder generell über ihre Schönheit, die ihrer eigenen Meinung nach bei Weitem nicht so groß war wie die der einheimischen Mädchen. Nach den Komplimenten gab es dann immer einen Tee. Hatte sie dazu Ja gesagt, gab es ein paar Süßigkeiten, hergestellt nach einem alten geheimen Rezept der Familie. Darauf baute sich eine verwickelte Familiengeschichte auf, gespickt mit Schicksalsschlägen von größter Traurigkeit, die es Brigitte im anschließenden Verkaufsgespräch, in das die Unterhaltung von ihr unbemerkt irgendwann übergegangen war, sehr schwer machte, noch Nein zu überteuerten Kupferpfannen, winzigen Gebetsteppichen oder anderen für sie völlig nutzlosen Dingen zu sagen.

Der Reiz dieser Ausflüge war bereits nach ein paar Tagen verflogen. Jeder Andenkenstand, jede noch so lange Obst- und Gemüseauslage, deren Sorten in den ersten Tagen noch sehr exotisch auf sie gewirkt hatten, so dass sie und Janis vieles davon probierten, verlor ihren Reiz, und Brigitte sah mit Skepsis der Zeit entgegen, in der Dr. Breier für sie und Janis Zeit haben und ihnen auf seine recht umständliche Art noch einmal alles zeigen und erklären würde. In nur wenigen Tagen, so tröstete er Brigitte, die sich am Anfang darüber beklagte, alle Ausflüge allein mit Janis unternehmen zu müssen, in maximal einer Woche würde er seine Forschungen abgeschlossen haben, und dann würden sie alle drei gemeinsam einen Ausflug nach Petra machen, einer steinernen Stadt, etwa 500 Jahre vor Christi Geburt aus einem Felsen geschlagen, die noch heute den Europäern bewiese, in was für einer Hochkultur das jordanische Volk einst gelebt hatte.

Dennoch, auf den Ausflug freute sie sich, denn im Augenblick unterhielt sie sich höchstens mal mit dem Hotelpagen der am Tage kleinere Besorgungen für die Gäste erledigte, unter denen aber weder Amerikaner noch Europäer waren, sondern nur von außerhalb Ammans kommende Kaufleute und Ingenieure, die sie nicht interessierten.

Manchmal sah sie in der Stadt Weiße wie sie, die Französisch oder Englisch sprachen, aber meistens viel besser gekleidet waren und oft von ihrer Dienerschaft begleitet wurden, so dass es sich für Brigitte von selbst verbot, sie anzusprechen oder auch nur ihre Nähe in einer dieser Hotelbars oder gar Mokkastuben zu suchen, in die sie am zweiten Tag mit Janis einfach hineinspaziert war und wie eine – Brigitte fiel dafür nur diese eine Formulierung ein – »räudige Hündin« zwar nicht davongejagt, aber eben doch auf sehr unfreundliche Weise sofort wieder hinauskomplimentiert wurde. Die Mokkastuben waren allerdings, wie ihr Dr. Breier danach erklärte, nicht nur für sie, sondern für das gesamte weibliche Geschlecht in Jordanien tabu.

Dann aber, am Ende der ersten Woche ihres Aufenthalts, hörte sie, als sie den Gemüsemarkt betrat, jemanden Deutsch sprechen. Es war eine eher junge Männerstimme, die wegen irgendetwas genervt zu sein schien und sich wohl über etwas beschwerte, woraufhin jemand anderes dann übersetzte. Brigitte versuchte im Gedränge, das dazugehörige Gesicht auszumachen, aber ringsum sah sie nur Einheimische, und sie überlegte bereits, ob einer von ihnen solch ein akzentfreies Deutsch sprechen könnte, als das Geräusch eines startenden Motors die Stimme überlagerte und kurz darauf ein Jeep an ihr und Janis vorbeifuhr, auf dem, ja auf dem ...?

Brigitte fragte sich, ob sie sich womöglich nur getäuscht hatte, aber sie glaubte tatsächlich, Andreas Baader und Gudrun Ensslin auf dem abfahrenden Jeep erkannt zu haben, trotz der Tücher, die sie um Kopf und Hals geschlungen trugen, und trotz der schwarzen Haare. Brigitte kannte beide Gesichter zwar nur von Fotos, aus den Zeitungsberichten zum Kaufhausbrand und aus den Artikeln nach der Befreiung von Andreas Baader, aber sie hatte sich natürlich auch gefragt, wo die beiden mit Ulrike Meinhof untergetaucht waren, wenn sie denn nicht in Brigittes Heidelberger Wohnung Unterschlupf gesucht hatten. Konnte es wirklich sein, dass die drei hier in Jordanien, in Amman, waren? Und wenn ja, was taten sie hier?

TEIL V

Erst im Nachhinein erkennt der Mensch,
dass die Welt ohne die Liebe nicht existieren kann.
Denn in unserem Verständnis wäre sie so für immer verloren.

ANDRÉ

Storkow

1984

André bereute es schon an seinem ersten Tag im VEB Gleich-schritt, dass er sich nicht mehr Mühe gegeben hatte, bei der Musterung durchzufallen. Obendrein hatte er am Abend zuvor auch noch mit Pepe Schluss gemacht. Sie war ohne ihn besser dran. Das hatte er gestern wirklich noch gedacht. Was sollte sie mit einem Typen, der nicht mal Abitur, nur die zehnte Klasse hatte und nun für eineinhalb Jahre bei der Asche verschwand. Sein Kind würde schon ein Jahr alt sein, wenn er von der Armee zurück wäre, und ihn wahrscheinlich mit »Onkel« ansprechen. Obwohl. Da war er sich grad nicht so sicher. Konnten Kinder mit einem Jahr schon sprechen?

Egal.

Er hatte schon länger überlegt, sich von Pepe zu trennen, es aber immer wieder aufgeschoben, auch weil er nicht gewusst hatte, wo er bis zur Einberufung hätte wohnen sollen, denn die Wohnung über Pepes Wohnung hatte längst ein anderer besetzt. So brach er an ihrem letzten Abend, der, wäre es nach Pepe ge-gangen, ein sehr schöner Abend hätte werden sollen, mehr oder weniger vorsätzlich einen Streit vom Zaun, der dann zum Ende ihrer Beziehung führen sollte.

Schon als er vorher darüber nachdachte, wie er es anstellen

sollte, ahnte er, dass es nicht leicht werden würde. Pepe war immer so verständig, so anständig, und man konnte sie zwar sehr gut in kleinen Dingen provozieren, aber in großen Dingen, wie etwa, ihre Beziehung in Frage zu stellen, da war sie doch sehr überlegt und großzügig und schien niemals daran zu zweifeln, dass er der Richtige für sie war. Aber er war nicht der Richtige für sie. Pepe hatte etwas Besseres verdient.

Es fing damit an, dass er Pepe verbot, ihn am nächsten Morgen zum Wehrkreiskommando nach Weißensee zu begleiten, wo er sich mit etwa vierhundert anderen Rekruten früh um acht hatte einfinden müssen, mit einer schwarzen Reisetasche, die für alle Soldaten Vorschrift war und die die wenigen privaten Dinge enthielt, wie Rasier- und Waschzeug, die ihm ab jetzt und für die nächsten achtzehn Monate erlaubt waren. Er wolle nicht, dass seine zukünftigen Kameraden sahen, dass seine Freundin schwanger war, erklärte er Pepe und hoffte, sie damit so zu verletzen, dass sie sich von ihm trennte.

Aber Pepe wäre nicht Pepe, wenn er sie so leicht hätte ausrechnen können. Sie war nicht einmal verstimmt deswegen. Im Gegenteil.

»Das geht schon klar«, erwiderte sie nur lapidar. »Ich habe morgen früh Kunstgeschichte, und das ist grad wirklich spannend.«

Spannend war grad Pepes Lieblingswort. Das hatten ihr ihre neuen Kommilitonen beigebracht, die auch immer alles spannend fanden.

So schnell aber gab André nicht auf. »Wie, du gehst lieber in die Vorlesung, als mich zu verabschieden?«

»André? Das hier ist unser Abschiedsabend, und wenn du artig bist, kriegst du auch noch Abschiedssex.« Letzteres hatte sie wohl spaßig gemeint, aber er wollte sie ja absichtlich missverstehen. Er fühlte sich dazu geradezu verpflichtet, und ja, er kam sich auch ein bisschen heroisch vor, denn natürlich liebte er sie und wusste auch, dass sie die Richtige, die Einzige für ihn war. Aber es musste sein: Er durfte ihr nicht achtzehn Monate im Weg stehen, und so hatten sie die ganze Nacht gestritten, sich argumentativ immer wieder im Kreis gedreht. Es war wirklich zum Verzweifeln, wie viel Einsicht Pepe immer wieder mit ihm hatte, aber er ließ sich auf nichts ein. Früh um fünf war es dann beschlossen. Sie würden über die achtzehn Monate keinerlei Kontakt haben. Sein Kind, was immer es werden würde, sollte ihn nie kennenlernen, während er einsam und allein wie ein Steppenwolf durchs Leben ziehen würde.

Schon einen Tag später wusste André nicht mehr, warum er das gewollt hatte, und bereute es sehr, mit Pepe Schluss gemacht zu haben. Aber würde er sich nicht völlig unmöglich in ihren Augen machen, wenn er gleich wieder angeschissen käme und sie in einem langen, schwulstigen Brief – Schreiben war sowieso nicht seine Sache – um Verzeihung bäte? Nein, das würde er jetzt durchziehen und nicht den Jammerlappen geben.

Dumm nur, dass er nicht einmal ein Bild von Pepe mitgenommen hatte, um es in seinem Spind aufzuhängen oder es nachts, wenn er vorgab zu schlafen, heimlich zu betrachten. Wieso hatte er sie zurückgestoßen, wieso hatte er sie so schäbig an ihrem letzten gemeinsamen Abend behandelt? Nur weil er zu Hoffmanns Trachtentruppe, zur Asche, musste? Pepe, die niemals ihre gute Laune verlor, hatte in den letzten Wochen all seine Launen ertragen und ihn höchstens mal ironisch aufgezogen: »Klar, wir Frauen bluten die Hälfte unseres Lebens und müssen die Kinder gebären, aber ihr armen Männer habt es wirklich schwer, denn ihr müsst zur Armee.«

Und wenn er mal wirklich ehrlich zu sich selbst war, dann war sein sogenannter Ehrendienst nicht der eigentliche Anlass für seine seit Wochen anhaltende schlechte Laune gewesen. Auch nicht, dass er bald Vater werden würde und absolut keinen Plan hatte, wie er seine zukünftige kleine Familie ernähren sollte. Es war, und das traute André sich kaum selbst einzugestehen, Pepes Kunststudium, das sie erst vor wenigen Wochen begonnen und das sie plötzlich in eine Welt gehoben hatte, in die sie sicherlich immer hineingewollt hatte, aber von der sie nun wusste, dass sie auch in sie hineingehörte. Fast jeden Tag kam sie mit tausend Geschichten aus der Kunsthochschule zurück, in der Professor Soundso sie wegen ihres mutigen Strichs gelobt oder irgendein anderer Professor ihr erklärt hatte, dass er sie gern in seiner Malerei-, Bildhauer- oder Modeklasse gesehen hätte, weil ihr Talent im Bühnenbild absolut verschenkt wäre, und alle ihr eine glorreiche Zukunft als Künstlerin voraussagten, sich Pepe selbst aber eher in einem Kollektiv am Theater sah, nicht allein als Malerin oder Bildhauerin in einem abgelegenen Atelier.

Und dann waren da noch ihre Kommilitonen, die schon in der ersten Woche auch bei ihnen zu Hause auftauchten, ganz selbstverständlich mit einer Flasche Rotwein vor der Tür standen, damit sie auch noch abends über Kunst, Theater und Literatur und natürlich auch über Politik und das Studium diskutieren konnten, naturgemäß auch etwas freier sprechen konnten als an der Kunsthochschule, wo ja selbst in den kleinen Seminargruppen angeblich immer auch jemand von der Firma Horch und Guck dabei war und sie eben vorsichtig sein mussten bei dem, was sie dort so laut daherredeten.

André war immer noch nicht ehrlich zu sich selbst, denn es waren in Wirklichkeit die anderen Männer, mit denen Pepe nun täglich Umgang hatte und neben denen er sich selbst so ungeheuer blass vorkam. Diese Typen hatten ihn gerade mal am ersten Abend ausgefragt, was er denn so mache, und dann hatten sie auch gleich jedes Interesse an ihm verloren. Denn er hatte in ihre erwartungsvollen Gesichter zynisch lächelnd geantwortet: Nichts. Er mache nichts. Gar nichts.

Pepe fühlte sich natürlich bemüßigt, sofort von seiner Karriere als Kunstspringer an der Sportschule zu erzählen, und hätte am liebsten Andrés Medaillensammlung aus dem Schrank geholt, aber er winkte ab. »Das ist doch nur Blech!« Dabei hatte er nur dafür jahrelang trainiert und all die Entbehrungen, die Rothemarks und die Quälereien in der Trockenhalle klaglos hingenommen.

Und natürlich kam von den Herren Kunststudenten sofort die stereotype Frage, die jeder stellte, der nichts mit dem Sport zu tun hatte: »Wie, du meinst so vom Brett ins Wasser?«

Und dann hatte Pepe natürlich erzählen müssen, dass er zurzeit auf dem Friedhof an der Invalidenstraße als Totengräber arbeite, worauf ebenfalls alle auf die gleiche Weise reagierten wie jeder andere zuvor auch, und sie ihn plötzlich mit einem Respekt betrachteten, als sei er ein Dissident, dabei hob er nur Gräber aus. Gruben. Das könnte er auch bei VEB Tiefbau machen, mit der Schippe in der Hand fürs Vaterland, lachte er ihren falschen Respekt weg und fing dabei einen Blick von Pepe auf, die sich für ihn zu schämen schien.

Aber auf dem Friedhof arbeiten hieß Aussteiger, hieß, niemand außer Kirchens hatte ihn einstellen wollen, weil er wahrscheinlich einen Ausreiseantrag gestellt hatte, was sich aber keiner zu fragen traute, lieber dachten alle, dass André aus politischen Motiven Gräber aushob, der ehemalige Kunstspringer, der nun kein Kunstspringer mehr sein wollte. Aber nein, er hatte weder einen Ausreiseantrag gestellt noch andere Motive. Außer dass er eine Arbeit brauchte, um noch etwas Geld zu verdienen, bevor er zur Armee eingezogen wurde. Denn niemand sonst war bereit gewesen, ihm für so eine kurze Übergangszeit eine Arbeit zu geben.

Da hatte er ja was gesagt!

Das Wort Armee beschwor bei allen männlichen Anwesenden sofort persönliche Erinnerungen herauf, denn natürlich waren sie alle gleich nach dem Abitur eingezogen worden, wenn sie nicht durch einen väterlichen Freund, der Arzt war, ein Attest hatten vorweisen können. Jeder der Herren Kunststudenten, der gedient hatte, hatte auch gleich einen Tipp, wie er sich am

besten den Schikanen durch den Spieß oder durch die Rang-
höheren würde entziehen können: Man musste etwas können.
Etwas, was die Offiziere und Majore nicht konnten, wie zum
Beispiel zeichnen oder malen, dann ließen sie einen in Ruhe,
weil man dann Wandzeitungen oder Fotoalben für die Kompanie gestalten oder Einladungskarten für Kompaniefeste entwerfen durfte. Und wenn er ein Musikinstrument spielte, dann
konnte er ins Erich-Weinert-Ensemble aufgenommen werden,
aber da musste man sein Instrument schon sehr gut beherrschen
oder wenigstens gut singen können, nur, das konnte man nicht
nur einfach so behaupten, denn beim Erich-Weinert-Ensemble
war Können gefragt, und es gab Aufnahmeprüfungen wie an der
Kunsthochschule.

Kunst ist Waffel, ähm Waffe!

Aber auch wenn er nur leidlich Gitarre oder Klavier spielte,
dann könnte er den Kindern der Offiziere Musikunterricht geben. Oder wenn er fotografieren konnte. Es waren immer Leute
gefragt, die von der Kompanie, von den Festen, von den Of-
fiziersfamilien schöne Fotos schossen, mit denen die Offiziere
dann vor anderen angeben konnten.

André war allerdings ein schwieriger Fall. In seinem Leben
war für Kunst nie viel Zeit gewesen, außer fürs Kunstspringen,
haha, und er konnte weder gut zeichnen noch ein Instrument
spielen, noch gut singen oder fotografieren.

Doch Pepes Kommilitonen gaben so schnell nicht auf. Egal,
ob André nun fotografieren konnte oder nicht, das sollte er
dann eben am Anfang einfach behaupten, wenn er nichts anderes konnte, sogar auch dann, wenn er keine Ahnung davon
hatte. Er könnte es ja in den achtzehn Monaten lernen.

Danach hatten ihn die Herren Kunststudenten nicht mehr
ausgefragt. Nicht, weil sie kein Interesse an ihm hatten, hatte
ihm Pepe später erklärt, sondern weil er so zynisch und bissig
ihnen gegenüber gewesen war und jeden Vorschlag ihrerseits
mit einem höhnischen Spruch kommentiert hatte.

Genau deshalb verließ André dann auch immer die Wohnung, wenn ihre neuen Freunde spontan vorbeikamen, und behauptete, sich mit seinen alten Kumpels treffen zu wollen, von denen Pepe natürlich wusste, dass es sie nicht gab. Nicht mehr gab. Seit er mit ihr zusammen war, hatte er alle anderen Kontakte schleifen lassen, und so war es auch kein Wunder, dass André an solchen Abenden allein durch die Straßen schlich und vor Eifersucht fast verging, weil er natürlich glaubte, dass Pepe viel mehr Spaß mit diesen zukünftigen Künstlern hatte als mit ihm.

Wie Pepe nun mal so gestrickt war, ließ sie sich das nicht lange von André gefallen, und eines Abends wollte sie wissen, ob er mit seinem Leben, mit seiner Situation, unzufrieden war. Natürlich war er das, aber was hatte es damit zu tun, dass er diese Kunstgockel in seiner Wohnung nicht haben wollte?

»Kunstgockel?« Pepe hatte das Wort auf so eine bestimmte Art wiederholt, dass er wusste, er hatte verloren.

»Bin ich dann für dich eine Kunsthenne?«

»Eher ein Huhn«, versuchte er, die schlechte Stimmung zu retten, aber dieses Mal ging Pepe nicht darauf ein.

»Ich habe so lange dafür gekämpft, endlich an der Kunsthochschule angenommen zu werden, und nun machst du mir das mies?«

»Ich mache doch nicht dein Studium mies oder dich, sondern diese Typen, die nicht einen einzigen Klimmzug schaffen, obwohl sie behaupten, sie hätten sich nach der Grundausbildung bei der Asche noch nie so fit gefühlt.«

»Dann machst du eben das nächste Mal mit ihnen einen Klimmzugwettbewerb, wenn du dich dann besser fühlst«, erwiderte Pepe, und André wusste, dass sie es ernst meinte und er weitere Aufeinandertreffen mit ihren Kommilitonen nun erst recht fürchten musste. Aber dann hatten sie sich wieder vertragen, und er versprach, nicht mehr eifersüchtig zu sein und es als ganz normale Verlustangst zu akzeptieren, wenn er andere Männer in der Nähe seiner Freundin wegzubeißen versuchte. Seiner Freundin, der Mutter seines Kindes. Doch das war alles vorher gewesen. Vor ihrer Trennung.

Das NVA-Objekt der 2. Nachrichtenbrigade in Spreenhagen bei Storkow war unerwartet groß. Von den neuen Rekruten hatten ganz offensichtlich mehrere behauptet und wahrscheinlich auch belegen können, dass sie fotografieren konnten. So war André nicht unter denjenigen, die beim ersten Appell namentlich aufgerufen und zur besonderen Verfügung des Kompaniechefs ausgewählt wurden. André blieb einer von den Namenlosen ohne besondere Fähigkeiten, die auf die verschiedenen Abteilungen aufgeteilt wurden und in unterschiedlichen Bereichen nacheinander geschult werden würden.

Dennoch, die sechswöchige Grundausbildung mussten alle absolvieren, auch die »Erwählten«, und davor hatten die meisten der Rekruten eine höllische Angst. Schon auf der einstündigen Fahrt nach Storkow überlegten sie, wie sie der berüchtigten Sturmbahn mit Eskaladierwand, Gleithindernis und Seilleiter entgehen konnten, und da war auch die Rede von zehn Kilometer langen Todesmärschen mit Gasmaske, genannt Schnuffi, und überhaupt schienen alle auf Andrés LKW bereits sehr geübt im richtigen Soldaten-Jargon. Von Hängolin, dem Tee, der einem die Lust an Sex jeder Art nehme und deshalb bei der NVA jeden Abend für die Soldaten gebrüht werde, hatte er schon in den unteren Klassen die Jungs raunen hören, doch sonst?

Einmal mehr erkannte André, dass er auf der Sportschule und auch die letzte Zeit mit Pepe wie unter einer Käseglocke gelebt hatte, denn von EKs, den Entlassungskandidaten, die einem das Leben bei der Armee schwer machten, hatte er zuvor noch nie gehört. Vielleicht hätte er ja von ihnen erfahren, wenn er Pepes Kommilitonen besser zugehört hätte, aber das hatte er aus besagten Gründen nun mal nicht, deshalb tappte er täglich mindestens einmal in eines der Fettnäpfchen, die für die Spritzer, so nannten sie hier die neuen Rekruten, bereitstanden, was für ihn mit sehr viel zusätzlicher Arbeit – putzen, putzen, putzen – und manchmal auch mit einem blauen Auge endete.

Das Einzige, womit er sich eine gewisse Anerkennung bei seinem Spieß und unter seinen neuen Kameraden erwarb, war, dass er gleich in den ersten Tagen der Grundausbildung die Sturmbahn und ihre Hindernisse in einer nie dagewesenen Bestzeit überwunden hatte, ohne sich dafür großartig anstrengen zu müssen, während die meisten seiner neuen Kameraden tatsächlich nicht erst an der Eskaladierwand scheiterten, sondern schon vorher.

Andrés unerwarteter Erfolg brachte ihm dann doch die Sonderstellung ein, die sich Pepe für ihn erhofft hatte. Kompaniechef Helfrich sah nämlich in ihm, wie André erst viel später erfuhr, endlich eine Chance, einen anderen, ihm seit Jahren verhassten Kompaniechef aus Straußberg, der normalerweise die Leistungssportler aus Berlin abgriff, endlich im militärischen Mehrkampf zu schlagen, eigentlich eine Sportart, die von der GST betrieben wurde, der aber einige Kompaniechefs aus purer Langeweile mit den ihnen zugeteilten Soldaten ebenfalls verfallen waren.

André wurde jedenfalls an seinem ersten Grundausbildungstag von der Sturmbahn weg zum Kompaniechef befohlen und durfte dort das gerade erst erlernte »Männchen« machen, was aber Helfrich gar nicht sehen, sondern nur wissen wollte, warum so eine Sportskanone – André fragte sich, aus welchem Jahrhundert der Mann wohl kam, der noch solche Wörter benutzte – zu ihm in die Kompanie nach Storkow gelangt war. So erzählte er Helfrich, dass er früher Kunstspringer gewesen war.

»Wie? Vom Brett ins Wasser?«

André bejahte und erzählte, dass er vor einem Jahr wegen seiner Schulter mit dem Sport aufgehört hatte und deshalb kein O-Kader, also kein Olympia-Kader mehr gewesen und ganz normal gemustert worden war.

»Das mit Ihrer Schulter«, fragte Helfrich, »ist das denn jetzt ausgeheilt?«

»Ich denke schon«, antwortet André. Tatsächlich hatte er keine Schmerzen mehr, und wenn er sich richtig erinnerte, dann hatten die Schmerzen mit dem Tag aufgehört, als er bei den Rothemarks ausgezogen war.

»Dann können Sie auch werfen?«, fragte Helfrich. André überlegte. Natürlich konnte er werfen, nur worauf lief das hier hinaus? Er nickte vage und blieb vorsichtig. Zu Recht.

»Und schießen? Haben Sie schon mal geschossen?«

Darauf lief es also hinaus, auf seine angeblichen Schießübungen mit einem Maschinengewehr in einer Wüste, dachte André und wusste nicht, wie er reagieren sollte. Wollte der Mann ihn testen?

Pepe hatte ihm eingeschärft, auf keinen Fall jemals stur zu sein, wenn es um diese Frage ging, sondern den anderen kommen zu lassen. Nicht leugnen, was wahr war, aber auch nichts hinzufügen oder mehr zugeben, als der andere vielleicht tatsächlich wusste. Denn ganz sicher hatte Oberstleutnant Helfrich bereits seine Akte gelesen und vielleicht darin erfahren, dass André seit seiner Kindheit behauptete, angeblich in einer Wüste mit einem Maschinengewehr geschossen zu haben.

Aber das stand da auch nur vielleicht drin. Wer wusste schon, was in der eigenen Akte drinstand und ob man überhaupt eine hatte. Nur, dass André eine hatte, davon konnte er ausgehen. Er war immerhin jahrelang von einem Stasi-Offizier betreut worden.

»Na, nun seien Sie mal nicht so schüchtern«, sagte Helfrich. »Das bringen wir Ihnen schon bei. Und wenn Sie wenigstens im Werfen annähernd so gut sind wie an der Wand, dann können Sie sich auch mal eine Sechs beim Schießen leisten. Wegtreten!«

Damit war André entlassen und ab sofort der Sonderbehandlung des Unteroffiziers Christian Jensen, eines rotblonden Hünen mit Sommersprossen, ausgesetzt, der sich für drei Jahre verpflichtet hatte, um Sportmedizin studieren zu können. Das erfuhr André nicht von Jensen, dessen Rekordzeit er an der Sturmbahn um fast zwei Minuten pulverisiert hatte, sondern von seinem Stubenkameraden Maik Müller, der erstaunlich viel über alle anderen wusste, was unter anderem wohl auch an seinem Beruf lag. Maik, ein pausbäckiger Schlacks ohne jeden erkennbaren Muskel unter der schneeweißen Haut, war im richtigen Leben Friseur in einem kleinen Laden in der Prenzlauer Allee gewesen, und es hatte ihn noch mit sechsundzwanzig Jahren erwischt. Das war das letzte Jahr, in dem man noch für den Grundwehrdienst eingezogen werden konnte, und wie Maik André schon auf dem LKW nach Storkow anvertraut hatte, hatte er immer gehofft, dass der Kelch an ihm vorübergehen würde. Das hatten doch alle auf dem LKW gehofft, dachte André, denn niemand gab freiwillig achtzehn Monate seines Lebens her.

André Sonderbehandlung begann gleich am nächsten Tag, nachdem sein Zug die Sturmbahn gemeinsam hatte bewältigen müssen, wobei es darauf angekommen war, dass sie am Ende alle zusammen ins Ziel kamen. Der Letzte, der ins Ziel kam, zählte für die Zeitnahme, und es war egal, wie sie alle über die Wand kamen, alle mussten rüber, und wenn einer den anderen hinübertrug oder warf, das war unerheblich. Also hatte André neun Mann, zum Glück noch nicht in voller Ausrüstung, über die Wand gehoben und anschließend noch sich selbst, und deshalb waren seine Arme danach wie aus Gummi, als ihm Jensen eine ziemlich echt aussehende Eiergranate, natürlich ohne Zünder, in die Hand drückte und ihn aufforderte, sie zu werfen. André kam nicht einmal annähernd so weit, wie es Jensen wohl erwartet hatte.

»Hoffentlich schießen Sie besser, Rothemark, als Sie werfen«, sagte Jensen und lächelte gehässig. Danach gingen sie zum Schießstand rüber, wo André »es« schon von Weitem auf einem Tisch liegen sah.

Ein Maschinengewehr.

Das ihn anzog wie ein Magnet.

Jensen zeigte auf den Hintergrund, wo etwa fünfzig Meter entfernt die Scheiben standen, deren Umrisse einen Menschen nachbildeten. Doch die sah André an diesem Tag nicht. Er konnte seinen Blick einfach nicht von dem Maschinengewehr abwenden, und vielleicht deshalb nahm Jensen die MPi KM, wie er die Kalaschnikow nannte, und drückte sie André grinsend in die Hände, weil er glaubte, dass das, was er da in Andrés Gesicht sah, die pure Vorfreude auf das Schießen war.

Doch das war es nicht.

Denn egal, was Jensen neben ihm sagte, neben ihm schrie, neben ihm fluchte, André blieb in einer Art Schockstarre, während sein Puls und sein Herz rasten und er auf einmal ganz woanders, nämlich wieder in dieser Wüste, war.

Doch dieses Mal sah er noch mehr. Da war ein Mann, der ihn auslachte, weil er nicht getroffen hatte, und da zerrte jemand anderes an seinem Maschinengewehr, wollte es ihm entreißen, und als er aufschaute, war da seine Mutter. Er wusste, das war seine Mutter, obwohl es genau genommen wieder die junge Buchhändlerin war, die er schon in dem Jeep gesehen hatte. Sie wollte ihm das Maschinengewehr entreißen und löste dadurch selbst eine Salve von Schüssen aus, die den Mann wie das Rumpelstilzchen am Lagerfeuer springen ließ.

»Ja, sind Sie denn vollkommen verrückt«, rief Jensen, nachdem er ihm endlich die MPi entrissen hatte und André langsam wieder zu sich kam. Aber während Jensen weiter auf ihn einschrie und ihn kurz darauf im Laufschritt zu den Unterkünften trieb, versuchte André noch einmal zurück in das gerade Gesehene zu gelangen und sich umzuschauen. Wo war er da gewesen? In welchem Land standen die Zelte, die er hinter dem lachenden Mann gesehen hatte? War das wirklich Bulgarien? Und war das derselbe Ort wie in dem Traum, als er mit seiner Mutter, der Buchhändlerin, und einem Mann in kurzen Hosen, der Onkel Fritz' Uhr trug, zu dieser Petra gefahren war?

Seine Sonderbehandlung war durch diesen Vorfall nicht aufgehoben, doch sie hatte ein negatives Vorzeichen bekommen. Jensen, der bis dahin in allen Disziplinen des militärischen Mehrkampfes der Beste der Kompanie gewesen war, hatte dem Kompaniechef mit sehr viel Häme, die er als maßlose Enttäuschung zu tarnen verstand, von Andrés Misserfolgen beim Werfen und beim Schießen berichtet, wie Maik aus seinen »Quellen« erfuhr. Und so lernte André, wie es war, wenn man zurück ins Glied musste, nachdem man, wenn auch nur für sehr kurze Zeit, der Liebling des Chefs gewesen war.

Jensens Häme war aber nichts gegen die Häme der EKs, die sofort von ihm abgelassen hatten, als sie hörten, dass André unter den Fittichen des Kompaniechefs stand. Normalerweise mischte der sich nicht in die Hierarchiekämpfe der Soldaten ein, aber wenn es um seine Mehrkämpfer ging, verstand Helfrich keinen Spaß. Nun, zwei Tage später, war Andrés Status noch geringer als der aller anderen neuen Rekruten, denn er war bereits aufgefallen, flog also nicht mehr als Namenloser unterm Radar. Maik, der gehofft hatte, Andrés Sonderbehandlung würde auch ihn schützen, hielt sich nun, wie alle anderen, möglichst fern von André, der mit einem Mal tatsächlich der einsamste Mensch der Kompanie war. Schließlich war er die Pussi, die sich am Schießstand fast in die Hose gemacht hatte, so jedenfalls wurde sein Aussetzer überall kolportiert.

André machte das nichts aus, er war Einsamkeit noch von früher gewohnt. Viel mehr sehnte er sich dem Tag entgegen, an dem alle Neuen im Rahmen der Grundausbildung ihre erste Stunde am Maschinengewehr haben würden, weil er hoffte, dann wieder seine Mutter und vielleicht noch ein bisschen mehr von der Umgebung zu sehen, in der sie beide gewesen waren. Ja, das erhoffte er sich inständig, als sie zwei Tage später in Kolonne zum Schießplatz marschierten, während seine Kameraden und Vorgesetzten sich fragten, ob André ein weiteres Mal austicken würde und wie sie sich davor würden schützen können.

Wieder bekam André eine Sonderbehandlung, indem Jensen ihn zu einem Schießstand etwas abseits kommandierte, wo noch zwei andere Soldaten, EKs, warteten und offensichtlich dafür abgestellt waren, André zu bändigen, falls er wieder die Nerven verlöre. Und tatsächlich war André hoch nervös und fast dankbar, dass da welche bereitstanden, die einschreiten konnten, falls er wieder abdriftete. Denn er wollte ja niemanden verletzen.

Jensen gab sich alle Mühe, dieses Mal André sehr langsam und vorsichtig an das Maschinengewehr heranzuführen, er drückte ihm das Gewehr diesmal nicht einfach nur in die Hand, sondern nahm Andrés Hand und führte sie sehr behutsam zum Kolben und dann über die gesamte Maschinenpistole.

Aber während Jensen versuchte, André im Vorhinein zu beruhigen, hoffte André auf das Gegenteil, hoffte wieder auf ein erneutes Puls- und Herzrasen, das ihn in die Vergangenheit bringen würde. Doch das setzte seltsamerweise nicht ein, und insofern war Jensen erfolgreicher als sein Schützling, was André jedoch maßlos enttäuschte.

Und dann wurde er doch noch der Liebling des Kompaniechefs, denn es stellte sich heraus, dass André nicht nur die Granate zielgenau werfen konnte, wenn seine Arme ausgeruht waren, sondern dass er auch ein sehr gutes Auge beim Schießen hatte. Er war darin zwar nicht besser als Jensen, aber da er die Sturmbahn und die fast zwanzig Einzeldisziplinen weitaus schneller und mit höheren Punktzahlen als Jensen absolvierte und ihm auch im Werfen überlegen war, genoss André danach fast dieselben Privilegien wie ein EK. Er musste sich nicht einmal beim Aufeinandertreffen mit einem richtigen EK das alberne selbstgebastelte Maßband zeigen lassen. Er konnte diese Idioten einfach ungestraft ignorieren.

Sieben Wochen hatte er erst rum, obwohl sie André vorkamen wie ein ganzes Jahr, und er konnte Pepes Gesicht, ihre weiche Haut, ihre lustigen Knopfaugen kaum noch erinnern. Aber am

Tag seiner Vereidigung fehlte ihm Pepe besonders, auch wenn er wusste, dass sie niemals zu so etwas gekommen wäre, nicht mal, wenn sie frisch verliebt gewesen wären. Doch die anderen Angehörigen und Freundinnen zu sehen entzündete eine tiefe Sehnsucht in ihm nach Pepe, von der er glaubte, dass sie alle anderen anwesenden Frauen um Längen an Schönheit ausstechen würde.

»Das haben die doch absichtlich so gemacht«, ärgerte sich Maiks Mutter, als sie nach der Vereidigung im Besucherraum mit ihr zusammensaßen und ihre mitgebrachte Kalte Schnauze aßen. »Die verbieten uns, euch vorher zu besuchen, damit es dann so aussieht, als würden wir gern an dieser blöden Vereidigung teilnehmen.«

Da hatte sie nicht so ganz unrecht. Kaum einer der Angehörigen wäre gekommen, wenn sie die Chance gehabt hätten, ihre Freunde, Söhne, Brüder und Männer zu einem anderen Anlass wiederzusehen. Es war der erste Besuch, den diese empfangen durften, und bis zum ersten Urlaub war es noch Wochen hin. Dennoch, die letzten Wochen waren für alle wie im Flug vergangen, jetzt würden die Mühen der Ebene kommen.

Das hieß Dienst nach Vorschrift und sehr viel Zeit. André nutzte sie, in dem er viel las, denn im Kiosk der Kompanie gab es ein erstaunlich gutes Angebot an Büchern. Selbst Doris Rothemark hätte sich da gewundert, welche Autoren es hier frei zu kaufen gab und keine Bückware waren, sondern in so großer Stückzahl angeboten wurden, dass einige sogar ihre Freunde und Bekannten damit zu Hause versorgten. Jensen, einer der wenigen, mit denen sich André auch über Bücher austauschen konnte, glaubte zu wissen, was dahintersteckte: So konnte der Staat zeigen, dass auch die kritischen und begehrten Autoren gedruckt wurden, deren Auflagen aber bei der Armee verschwanden, wo sie anscheinend niemand wollte.

Eines Tages, André lag auf seinem Bett und las Kafka, wurde er zum Politoffizier gerufen. André dachte sich nichts dabei und schlurfte in seinen Pantoffeln in dessen Büro, wo er erst einmal strammzustehen hatte. André war sofort klar, dass seine Hausschuhe nicht der Situation angemessen waren, wunderte sich aber, dass er nicht zurückgeschickt wurde. Im Gegenteil, der Politoffizier – ein mürrischer Mann, den man besser nicht zum Feind hatte – bat ihn freundlich, Platz zu nehmen, ohne die beiden Herren in Zivil neben ihm André vorzustellen.

Es begann ein Gespräch, in dem der Politoffizier viele lobende Worte für André und dessen Entwicklung fand, von besonderem Vertrauen ihm gegenüber sprach und der Ehre, die ihm zuteilwurde, zu den Auserwählten und Besonderen zu gehören. Nur einen sehr kleinen Kreis würde man überhaupt fragen. Was, das sagte er nicht, in dem gesamten halbstündigen Gespräch nicht, das eher ein Monolog war. Aber André als ehemaliger Sportler habe ja bereits bewiesen, dass er gern für seinen Staat einstehe, dass er sowieso bereits zur Elite dieses Landes gehörte, und ob sich André also vorstellen könne, der guten Sache wegen, sich ihnen anzuschließen – wobei der Politoffizier wieder nicht sagte, wer die beiden Herren waren oder wem er sich eigentlich anschließen sollte –, denn noch immer sei in diesem Staat nicht alles so, wie es sein sollte, aber wenn alle immer nur meckerten, dann würde es nie besser werden. Der Politoffizier lachte jovial, wie über einen guten Witz. Dann folgte eine Pause, in der sich André nicht genötigt sah zu antworten, denn er war ja nichts gefragt worden, und ungefragt antworten sollte man nicht, das hatten sie ihm hier schon in den ersten Tagen beigebracht. Noch eine Pause. Dann ein Hüsteln des einen »Zivilisten«.

»Da haben wir Sie überrascht mit unserem Angebot, was?«, nahm der Politoffizier gequält das Gespräch wieder auf und bezog sich wieder auf etwas, was er nicht gesagt hatte. »Das ist tatsächlich so lukrativ, grade, wenn man eine Familie gründet.«

André starrte ihn an. Woher wusste der, dass er Vater wurde? Natürlich gab es da nur eine Antwort, dachte André. »Deshalb lassen Sie sich das alles mal in Ruhe durch den Kopf gehen und überlegen, ob Sie dabei sein und ein Wandler und Mitbestimmer sein wollen oder eben nicht.«

Wieder sagte André nichts. Doch so langsam bekam er eine Ahnung, was sie von ihm wollten, und das fand er ungeheuerlich, ja geradezu absurd! Diese Typen da fragten ausgerechnet ihn?

»Die Antwort können Sie mir dann jederzeit mitteilen, aber spätestens in einer Woche, wenn wir uns hier in diesem Raum wiedersehen, sollten Sie eine Antwort parat haben.« Er lächelte erneut. »Ansonsten, wie gesagt, jederzeit.«

Damit war André entlassen und schlurfte zurück auf seine Stube. Er war anscheinend noch etwas blass um die Nase, denn als er sich sehr nachdenklich auf sein Bett setzte, fragte ihn Maik sofort aus.

»Was mit deinem Mädchen?«

»Nee«, erwiderte André, immer noch etwas ungläubig. »Die haben mich grad gefragt, ob ich bei der Stasi mitmachen will. Mich! Also, nicht richtig, aber so indirekt.«

Maik hatte ihn daraufhin überrascht angesehen, und auch die anderen, die am Tisch saßen und Skat droschen, schauten zu ihm herüber und waren für einen Moment sehr still. Niemand sagte etwas. Keine Frotzelei wie sonst, kein noch so kleiner abfälliger Kommentar. Es schien fast so, als wären sie sauer, dass sie noch nicht gefragt worden waren, oder waren sie es schon und hatten es nur nicht erzählt?

André hatte es geschmeichelt, dass die ihn für etwas Besonderes hielten, dass die auf ihn zählen wollten. Denn klar, als ehemaliger Leistungssportler hatte er schon einige Male sein Land im Ausland vertreten müssen, und auch seine Eltern waren ja ... Moment, fiel er jetzt wirklich auf das alles rein?

Wie immer sah er plötzlich Pepes Gesicht vor sich und überlegte, was sie wohl dazu sagen würde. Und obwohl ihm vollkommen klar war, dass er auf keinen Fall unterschreiben würde, hörte er Pepe sagen, dass die ihm absichtlich geschmeichelt hätten, damit er sich als jemand Besonderes, Auserwähltes fühlte und gar nicht erst auf die Idee kam, ihr Angebot abzulehnen. Nur, warum kam er nicht selbst auf solche Gedanken, warum brauchte er immer Pepe dazu? Er war doch selbst lange genug von Hotte bespitzelt worden, und ein paar seiner Kumpels waren wegen Hotte sogar weggeschlossen worden. Und deshalb freute er sich schon kurz darauf auf den Termin in einer Woche, wenn er ihnen genau das sagen würde. Dass er niemanden bespitzeln würde. Niemals. Und wenn er dem Politoffizier vor Ende der Woche auf dem Flur oder draußen auf dem Exerzierplatz begegnen würde, dann würde er dessen Blick nicht ausweichen, denn er hatte keine Angst vor denen, er könnte es ihnen auch gleich sagen: Er würde niemals für die Firma, für Horch und Guck, arbeiten.

Doch der Politoffizier selbst wich Andrés Blick seit dem Gespräch aus, so kam es André jedenfalls in den ersten Tagen vor, und dann bemerkte André, dass auch andere plötzlich durch ihn hindurchschauten. Niemand sah ihn mehr, niemand schützte ihn mehr, was die EKs sofort rochen. Er bildete sich das nicht ein, er wusste es, und nach einer Woche wurde er auch nicht mehr in das Büro des Politoffiziers bestellt, um ihnen sagen zu können, dass er verzichtete, dass er niemals …

Maik hatte das vorhergesehen und meinte, André solle sich keinen Kopf machen, die würden ihn sowieso nie wieder fragen.

»Aber warum«, wollte André wissen.

»Na, weil du allen erzählt hast, dass die Stasi dich gefragt hat.«

Und dann war Pepe einfach da. Sie saß im Besucherraum, ihr stolzer Bauch wie gerahmt von ihrem offenen blauen Mantel. Sie sah unglaublich schick aus, fand André, und ihre selbstgenähten Klamotten sahen auch nicht mehr selbstgenäht aus, sondern wirkten sehr professionell gearbeitet, abgesehen davon, dass ihr Stil auch irgendwie mondäner wirkte, vielleicht wegen ihres Bauchs, oder weil sie, wie sie ihm erzählte, neuerdings mit den Modemädchen an der Kunsthochschule abhing und die ihr einige Tipps fürs Nähen gegeben hatten. Pepe machte richtig was her, und die anderen Soldaten, aber auch deren Angehörige, besonders die weiblichen, linsten ab und zu herüber und fragten sich bestimmt, woher sie diese schicken Sachen hatte. So etwas gab es weder im *Konsum* noch im *Exquisit,* und es waren auch keine Klamotten aus dem Westen, auf die sie da alle neidisch waren, während André krampfhaft überlegte, was er ihr sagen könnte.

Doch ihm fiel nichts ein. Sie hatte den ersten Schritt getan, und André war darüber dermaßen erleichtert, dass er jetzt einfach nur sprachlos war und auch besser nichts sagte, als sie ihn zur Begrüßung küsste und er den Kuss von ihr entgegennahm wie einen ganz normalen Kuss, wie einen, den er noch vor einem halben Jahr von ihr bekommen hatte, wenn er vom Einholen aus der *Kaufhalle* oder von der Arbeit auf dem Friedhof zurückkam. Er setzte sich, und es war, als wären sie nie getrennt gewesen und für Pepe waren sie das offensichtlich auch nicht.

Es war nur der erste Termin, an dem für die neuen Rekruten der erste Besuch offiziell erlaubt war, ohne dass sie selbst schon nach Hause fahren durften. Darüber hatten sie noch vor ihrer Trennung, die vielleicht gar nicht stattgefunden hatte, wie es André plötzlich schien, noch gesprochen und verabredet, dass dies der erste Termin sein würde, an dem sie ihn besuchen käme. Pepe hielt sich eben immer an Absprachen.

»Ich hätte dir wenigstens mal schreiben können«, sagte er schließlich, nur um irgendetwas zu sagen.

»Das hatten wir doch so abgemacht: keine Briefe. Du schreibst nicht gern. Ich schreibe nicht gern …«

»Du hättest mir was malen können«, fügte er schon etwas mutiger hinzu.

Sie sah ihn skeptisch an, als fragte sie: Wirklich? Oder: Seit wann interessierst du dich denn für Kunst? Aber stattdessen sagte sie: »Ich habe Kuchen gebacken, und Kaffee habe ich auch dabei.«

Und dann saßen sie da und tranken Kaffee zum etwas zu trockenen Kuchen, und er schaute sie einfach nur an. Was für ein Glück er doch hatte mit ihr, dachte er, und vielleicht dachte sie das auch, denn sie grinste ihn die ganze Zeit an und legte ihm einmal die Hand an die Wange, die er sofort ergriff und küsste: Ja, was für ein Glück, dass er sie hatte.

Plötzlich zuckte sie zusammen, und sie nahm seine Hand, die er gerade noch geküsst hatte, und legte sie sich seitlich auf den Bauch. Und dann fühlte er es, diese kleine Beule, die sich unter ihrer Haut wie eine Maus unter einem Teppich bewegte und wieder verschwand, um gleich darauf daneben wieder aufzutauchen. Was für ein Glück, dass er sie beide hatte.

»Weißt du schon, was es wird?«

Pepe schüttelte den Kopf. Sie hatte keinen Ultraschall bekommen, weil bei ihr alles in Ordnung zu sein schien, aber ihre ganze Familie behauptete, es würde ein Junge.

Danach kam Pepe alle zwei Wochen nach Storkow, obwohl ihr Bauch immer dicker wurde. Aber nur so konnten sie einander sehen. Ein Heimaturlaub war erst nach vier Monaten erlaubt, es sei denn, man bekam aus einem wichtigen Grund Sonderurlaub.

Der Termin für das Kind, von dem André hoffte, dass es ein Mädchen werden würde, damit es nie in seinem Leben zur Asche müsste, war der 1. Januar, und vielleicht, dachte er, würde er zur Geburt ja Sonderurlaub bekommen, wenn er nicht noch einmal negativ auffiel. Für diesen Wunsch wurde André jedoch seit Wochen verlacht, denn Weihnachten und Neujahr durften die EKs auf Urlaub und vielleicht noch einige wenige von den zukünftigen EKs, den jetzigen Mittelspritzern, aber ganz bestimmt nicht die Spritzer.

Trotzdem war André so vermessen, zu glauben, dass er Silvester auf das Wohl seines Kindes mit Pepes Familie würde anstoßen können, denn Oberstleutnant Helfrich wurde nicht müde zu betonen, wie sehr er sich auf den ersten Wettstreit zwischen André und dem Schützling seines Rivalen aus Straußberg freute. Und André war besser als der Gegner aus Straußberg. Helfrich selbst sah bereits Andrés Sieg als gesetzt und seinen Triumph über den Straußberger Kompaniechef als sicher.

Pepes Freunde hatten André damals gewarnt, dass auch eine Bevorzugung von einem Tag auf den anderen, ohne Vorwarnung und außerdem auch ohne jeden Grund enden konnte und man so, wie man aufgestiegen war, auch jederzeit in Ungnade würde fallen können. Wenn man für den Aufstieg, für Privilegien noch etwas tun musste, dann musste man für den Abstieg, für den Wegfall aller Privilegien gar nichts tun. Es reichte, wenn der Kompaniechef schlechte Laune oder seine Frau schlecht geträumt oder sein Kind schlechte Noten hatte, und manchmal brauchte es nicht einmal das. Der Arbeiter-und-Bauern-Staat konnte ihm jederzeit zeigen, wer die Macht im Arbeiter-und-Bauern-Staat hatte, und wenn nicht er, so doch seine Vertreter.

Andrés Sohn hatte es nicht erwarten können und war schon drei Tage vor seinem festgesetzten Termin auf die Welt gekommen, am 29. Dezember, und sobald André das Telegramm von Pepes Opa erhalten hatte, beantragte er Sonderurlaub zur Geburt seines Sohnes.

Wer weiß, wie die Laus hieß, die seinem Kompaniechef zu Weihnachten offensichtlich über die Leber gelaufen war, ob ihn seine Frau verlassen oder seine Tochter ihn unterm Weihnachtsbaum beleidigt hatte. Helfrich strich sämtliche Urlaubsansprüche der Kompanie, selbst die der EKs, was einem Sakrileg gleichkam, und ließ niemanden in den Urlaub fahren, auch nicht in den Sonderurlaub.

André schäumte.

Er hatte für seinen Kompaniechef hart trainiert und war an

der Kalaschnikow besser und besser geworden, und er hatte auch geglaubt, es sich deshalb erlauben zu können, sich beim Chef persönlich zu beschweren. Maik riet ihm davon ab, und das tat auch Pepe, als er sie bei ihrem Opa anrief, bei dem sie mit dem Baby untergeschlüpft war, weil ihre Wohnung in Prenzlauer Berg zu zugig und zu schwer zu beheizen war. Aber André wollte nicht hören.

Er floh am Silvesternachmittag aus der Kaserne, setzte einfach über den Zaun, wobei er wahrscheinlich auch ganz offiziell zum Haupttor hätte hinausmarschieren können, denn die Kameraden waren bereits seit dem Mittag betrunken. Die Uniform, die er über seinen Zivilsachen trug, versteckte André kurz darauf im Wald unter einer Fichte und lief nun in viel zu dünner Kleidung zur fünf Minuten entfernten Bushaltestelle, von der aber an diesem Tag kein Bus mehr fuhr, wie er auf dem Fahrplan sah. So lief er notgedrungen die Hauptstraße entlang und hielt den Daumen raus.

André war noch nie zuvor getrampt, davon hatte ihm immer nur Pepe vorgeschwärmt, wie sie nach dem Abitur mit ihrer Clique zwei Sommer hintereinander bis runter ans Schwarze Meer, bis nach Burgas in Bulgarien und sogar noch weiter bis nach Achtopol getrampt war, einem kleinen Ort kurz vor der türkischen Grenze. Dort waren sie bulgarischen Soldaten vor einem rot-weißen Schlagbaum begegnet, der sicherlich noch nicht zur Staatsgrenze der Türkei gehört hatte, sondern nur der abzusichernde Bereich vor der Grenze gewesen war, so wie André mal gehört hatte, dass die Mauer, die sie in Berlin überall sahen, in Wirklichkeit nicht die richtige Mauer war, sondern nur eine Art Vormauer, nach der der sogenannte Todesstreifen und dann erst die richtige Mauer kam. Und natürlich waren Pepe und ihr damaliger Freund an dem Schlagbaum gleich wieder umkehrt, denn es ging ihnen damals nur darum, die Grenzen, die ihnen durch den Staat der DDR gesetzt wurden, bis aufs Äußerste auszutesten. Sie wären niemals abgehauen, selbst wenn die drei bulgarischen Soldaten sie durch den Schlagbaum gewunken hätten, davon war Pepe noch Jahre später überzeugt.

André hingegen wollte abhauen. Aus Storkow abhauen. Ihm war an diesem Silvesternachmittag alles egal, und über mögliche Konsequenzen wollte er nicht nachdenken. Es ging ihm auch gar nicht um seinen Sohn, den er natürlich sehen wollte, aber ob das nun gleich an diesem Abend geschah oder ob er erst im nächsten Jahr dazu Gelegenheit haben würde, war nicht wichtig. Ihm ging es ums Prinzip. Er hatte geglaubt, eine gewisse Vertrautheit zu Helfrich aufgebaut zu haben, und angenommen, dass er Helfrich auch außerhalb seiner sportlichen Leistungen am Herzen lag. Doch es war wie zuvor mit den Rothemarks: Sobald er eigene Wünsche äußerte, kannten sie ihn nicht mehr, dann war er ihnen gleichgültig.

Ganz so war es dann aber doch nicht. Helfrich hatte für die Kompanie eine Überraschungsparty geplant, auf der nun nur André fehlte, und das konnte, durfte Helfrich nicht hinnehmen und schickte sofort zwei EKs und Jensen los, ihn wieder einzufangen.

Hätte er noch seine Uniform angehabt, hätten ihn die vorbeifahrenden Autos bestimmt schneller mitgenommen, denn mit den einfachen Soldaten hatten alle im Land Mitleid. Jeder wusste, dass niemand gern bei der Armee war, und so wurden die einfachen Soldaten in den Zügen oder auf den Bahnhöfen gern von wildfremden Leuten, die die Asche früher ebenso gehasst hatten, zum Bier oder auch auf einen Schnaps eingeladen.

André stand allerdings mit seiner dünnen, von Pepe genähten Lederjacke in der Dunkelheit am Straßenrand und wirkte auf die wenigen Autofahrer an diesem letzten Abend des Jahres anscheinend nicht gerade vertrauenswürdig. Niemand nahm ihn mit, und André sah sich schon bis nach Berlin laufen, als dann doch zwei Scheinwerfer langsamer wurden und etwa zwanzig Meter vor ihm anhielten. Er fragte sich nicht, warum der Wagen nicht näher kam, aber als André auf ihn zuging, ahnte er sehr schnell, allein wegen der Höhe der Scheinwerfer, dass dies kein normaler PKW, kein Trabi und kein Wartburg war, sondern ein Geländewagen der Armee.

Er rannte sofort los. Aber das war Brandenburg, links und rechts nur graue flache Äcker, auf denen er wahrscheinlich sofort bis zu den Knien im Modder versinken würde, und deren wenige Büsche am Straßenrand wenig Schutz vor den Stabtaschenlampen seiner Kameraden boten. Also blieb er stehen und ließ sich willenlos und doch trotzig in den Geländewagen verfrachten, in dem es immerhin etwas wärmer als auf der nächtlichen Straße war.

KONRAD

Dorf Mecklenburg

1945

Als Konrad im April '45 das Ortsschild von Dorf Mecklenburg erreichte, glaubte er zunächst, dass es die richtige Entscheidung gewesen war, sich dorthin abzusetzen statt in den Westen. Das Dorf schien seinen Dornröschenschlaf wie ehedem zu halten, alles wirkte friedlich. Die einfachen Backsteinhäuser strahlten in einem warmen Rotbraun in der Frühlingssonne, und in den Gärten blühten Forsythien und die letzten Krokusse. Doch dann stand da ein Geländewagen der Wehrmacht vor der Tür des Pfarrhauses, und in der Küche an Emmelys Tisch saß Mauersberger in Zivil, und nicht nur Konrad schien von dessen Besuch überrascht. Auch Emmely und Helmut deuteten Konrad mit verstecktem Achselzucken an, dass sie nicht wussten, was Mauersberger bei ihnen wollte, wieso er bei ihnen vorbeigekommen war, jetzt, wo die ganze Welt in Auflösung und so viele Menschen in alle Richtungen auf der Flucht waren. War Mauersberger desertiert, oder was führte ihn hierher nach Dorf Mecklenburg?

Natürlich freuten sich die Günzels über Konrads Rückkehr, das wusste Konrad und sah es ihnen auch an, aber mit Dr. Mauersberger am Tisch fiel die Begrüßung ungewohnt förmlich und distanziert aus.

»Komm, setz dich«, sagte Emmely und bot ihm etwas zu trinken und zu essen an.

Konrad stürzte das Glas Wasser gieriger hinunter, als es in dieser Runde angemessen war, aber er war so durstig ... Umso mehr ließ er sich mit der trockenen Scheibe Brot, die Emmely ihm hingelegt hatte, Zeit, um seinen leeren Magen nicht zu überlasten, aber auch, um die drückende Stille auszublenden, die sich über die Küche gelegt hatte. So viele Fragen standen unausgesprochen im Raum.

Warum war Konrad hier? Warum Mauersberger? Suchten sie beide Unterschlupf, waren sie desertiert und in Gefahr, oder stellte zumindest einer von ihnen selbst eine Gefahr dar? Das fragten sich die anderen sicher auch, und bestimmt hätten die Freunde nichts dagegen, wenn er für die letzten Tage des Krieges bei ihnen untertauchen würde. Aber was war mit Mauersberger? Den hatte Konrad noch nie einschätzen können. Niemand konnte das. Ja, er war sadistisch veranlagt, oft ohne Mitleid für seine Patienten gewesen, aber bei Selmas Verschwinden hatte er Anteilnahme gezeigt, zumindest war es Konrad so vorgekommen.

Doch auch Mauersberger schien kein Interesse daran zu haben, irgendwelche Fragen laut auszusprechen. Und so saßen sie, fast wie in Friedenszeiten, am Holztisch, beschienen von der kleinen Porzellanlampe, die auch schon in der Küche von Kaltmamsell Günzel in der Schönhauser Allee über einem Küchentisch gehangen hatte, und teilten sich eine wässrige Suppe, die Emmely aus dem wenigen, das sie in diesen Zeiten hatte zusammenkratzen können, aufgesetzt hatte, kaum dass Mauersberger vorgefahren war.

Gut, Mauersberger kannte die Günzels aus der Zeit, als er ihnen wegen Selmas Verschwinden geholfen hatte, aber berechtigte ihn das, gleich Zuflucht bei ihnen zu suchen? Mauersberger war immer ein scharfer Hund gewesen, ein linientreuer noch dazu, und er hatte viele Beziehungen gehabt, hatte sie vielleicht immer noch, und konnte ihnen weiterhin schaden, wenn er wollte, zum Beispiel, wenn er fragte, warum Konrad hier und nicht in einem Lazarett war, wo er viel dringender gebraucht wurde, um weiter den Verwundeten beizustehen. Aber Mauersberger fragte nicht und erkaufte sich damit, dass auch die Günzels und Konrad nicht fragten, wie es kam, dass er hier und nicht bei seiner Kompanie war. Schließlich war er auch ein Arzt, der dringend gebraucht wurde.

Oder?

So schlürften sie weiter ihre Suppe, und Konrad kam nicht einmal auf die Idee, nach Alma und Gitti oder Johann zu fragen, so stark hatte ihn Mauersbergers Anwesenheit in Anspruch genommen. Erst als draußen im Garten eine ältere Frau nach Emmely rief und sie bat, schnell mitzukommen, weil der alte Berthold mit den Kindern hoch zur Schule gelaufen sei, um von dort auf die vorrückenden Russen zu schießen, da erst fiel ihnen allen auf, dass die Kinder fehlten.

»Dieser verrückte alte Trottel«, brach es aus Emmely hervor, »der hetzt die Kinder noch am letzten Kriegstag in den Tod!« Kaum hatte sie das ausgesprochen, schauten alle erschrocken zu Mauersberger. Dafür, dass Emmely glaubte, der Krieg wäre bereits verloren und sein Ende stehe unmittelbar, sogar an diesem Tag noch bevor, könnte er sie auf der Stelle wegen »Zersetzung der Wehrkraft« erschießen. Wenn er wollte.

»Wo ist die Schule?«, fragte er stattdessen, und dann fuhren Konrad, Helmut und Mauersberger mit dessen Geländewagen hoch zur Schule, während Helmut sie über die letzten Geschehnisse im Dorf einweihte.

Nachdem der alte Berthold sich gleich im September '39 freiwillig für den Kriegsdienst gemeldet hatte, aber nicht genommen worden war, weil er seit seiner Kindheit etwas wirr im Kopf war, hatte er trotzdem oder gerade deswegen über die richtige patriotische Gesinnung jedes Einzelnen im Dorf gewacht. Doch vor Kurzem hatte Berthold es noch in Hitlers letztes Aufgebot geschafft, und seitdem verlangte er auch von Helmut, dem Pfarrer, zur Waffe zu greifen – er müsse schließlich das Dorf verteidigen, wenn die Russen kämen –, was Helmut aber bisher mit seiner pazifistischen Einstellung verweigern konnte.

Doch nun hatte Berthold sogar Kinder unter zwölf um sich geschart und trainierte sie seit zwei Wochen, Granaten zu werfen, die sie in Wirklichkeit nicht hatten und deshalb als Ersatz Steine nahmen. Berthold übte mit ihnen auch das Schießen, mit Stöcken statt Gewehren, und den Kampf Mann gegen Mann, wobei er die Kinder in Russen und Deutsche aufteilte und gegeneinander kämpfen ließ, aber gern die kleineren, schwächeren zu Russen erklärte, damit die Deutschen auch tatsächlich gewannen.

Konrad erinnerte das an seine mit Fritz geführten Kriegsschlachten damals im Hof der Schönhauser Allee, aber sie hatten wenigstens keinen verrückten Erwachsenen dabeigehabt, den die Kinder, nur weil er ein Erwachsener war, als Autorität ansahen und der ihnen deshalb alles befehlen konnte. Auch, gegen die Russen zu kämpfen.

Niemand im Dorf traute sich, dem alten Berthold Einhalt zu gebieten, wobei die Mütter ihre eigenen Kinder beinahe mehr als den alten Berthold fürchteten, weil sie inzwischen völlig verblendet und ebenso hitlertreu waren wie er und nicht davor zurückschreckten, die eigene Mutter zu denunzieren.

Als sie oben vor der Schule ankamen, sahen sie, dass der alte Berthold etwa acht, neun Jungen im Alter von sechs bis zwölf Jahren um sich versammelt hatte, darunter auch Johann, der zu Konrads Überraschung eine HJ-Uniform trug. Hatte Helmut ihm etwa den Eintritt erlaubt? Nein, das wohl nicht, dachte Konrad nach einem Seitenblick zu Helmut, denn der schien darüber genauso erschüttert zu sein wie Konrad, sagte aber nichts. Keiner im Dorf, nicht einmal Helmut als Pfarrer, traute sich noch, gegen den alten Berthold aufzubegehren. Schon bei Konrads letztem Heimaturlaub hatte Emmely ihm erzählt, dass der alte Mann sie alle mit patriotischen Appellen, Verdächtigungen und Denunziationen terrorisiere und beständig ihre Gesinnung hinterfrage.

Konrad wunderte sich, weder Alma noch Gitti bei Johann zu sehen, die, laut Helmut, doch mit ihm gemeinsam hatten spielen wollen, war aber froh, dass die beiden anscheinend nicht zu Bertholds Anhängerschar zählten. Wahrscheinlich ließ der Alte nur Jungen zu, denn es war auch kein anderes Mädchen unter ihnen.

Die Jungs waren gerade dabei, die Schule zu verbarrikadieren, die Fenster von außen mit Pappe zu vernageln und Sand in Säcke zu füllen, die sie vor der Schultür aufstapelten. Aber Berthold war nirgends zu sehen.

Er hatte aber den Wagen gehört und war aus dem Schulgebäude gekommen. Als er Konrad in seiner Uniform sah, nahm er sofort seine Mütze vom Kopf, nahm Haltung an und riss den rechten Arm in die Höhe. »Heil Hitler!«

»Guten Tag«, erwiderte Mauersberger spöttisch, noch bevor Konrad etwas erwidern konnte, und Bertholds Augen wurden schmal.

»Das ist nicht der deutsche Gruß!«, widersprach er.

»Aber der einzig angemessene«, antwortete Mauersberger.

Der alte Berthold schaute empört zu Konrad, in dessen Rücken die Jungs kicherten.

»Nehmen Sie gefälligst Haltung an, wenn Sie mit einem Offizier der Waffen-SS sprechen«, bellte Mauersberger auf einmal dermaßen scharf, dass nicht nur Berthold sich wie eine zuvor zusammengefallene Marionette plötzlich straffte, sondern auch Konrad innerlich Haltung annahm und gleichzeitig Bertholds fragenden Blick mit einem ernsten Nicken, der Mauersbergers Aussage bestätigte, beantwortete.

»Wo haben Sie gedient?«, schnarrte Mauersberger überheblich.

»K.v.H., Herr ...«, stotterte Berthold, und sie alle konnten förmlich seine Angst riechen, nicht zu wissen, wie er Mauersberger anreden sollte.

»Aha«, erwiderte Mauersberger und drehte sich lachend zu den Jungs. »K.v.H.«, wiederholte er genüsslich. »Kann ... vorzüglich ... humpeln! Das heißt das doch wohl, was, Jungs?«

Die Jungs kicherten.

»Das heißt kriegsverwendungsfähig Heimat«, empörte sich Berthold fast weinerlich. »Ich bin im Dorf der oberste Befehlshaber, also der Anführer des Volkssturms! Und alle, die nur Zivil tragen und sich nicht anderweitig ausweisen können, stehen unter meinem Kommando!«

»Hoho«, höhnte Mauersberger und schaute wieder feixend zu den Jungs hinter sich, doch als er sich zum alten Berthold zurückdrehte, blickte er direkt in den Lauf einer Pistole.

»Hoho! Was sagst du nun, du Vaterlandsverräter?«, höhnte Berthold seinerseits zurück.

»Berthold, was tust du da?«, rief Helmut erschrocken.

»Berthold, Dr. Mauersberger ist wirklich ein hoher Offizier der Waffen-SS, und du machst einen Fehler, wenn du ihn bedrohst.« Konrad bemühte sich um einen ruhigen Tonfall. »Ansonsten bin ich hier der ranghöchste Offizier, und ich befehle dir, mir deine Waffe zu geben.«

Berthold schaute unsicher zwischen Mauersberger und Konrad hin und her, der ihm auffordernd die Hand hinhielt.

»Und warum trägt er dann nicht seine Uniform?«, wollte er im bockigem Ton wissen.

»Weil ich in geheimer Mission auf dem Weg nach Flensburg bin, du Idiot, wo Großadmiral Dönitz eine neue Reichshauptstadt etablieren wird.«

»Und der Führer? Was ist mit dem Führer in Berlin?«, fragte Berthold.

»Berlin ist verloren«, erwiderte Mauersberger knapp, machte zwei schnelle Schritte auf Berthold zu und nutzte dessen Überraschung, um ihm die Pistole zu entreißen.

Doch so einfach ging das nicht, so leicht ließ Berthold sich nicht überrumpeln, und plötzlich ertönte ein Schuss. Gar nicht so laut wie sonst, dachte Konrad noch, und schon sank Mauersberger ächzend auf dem Schulhof zusammen.

Die Jungs schrien erschrocken auf. Berthold sah auf seine Pistole, als könne er es nicht glauben, dass sie überhaupt in der Lage gewesen war, einen Schuss abzusetzen, während sich Konrad sofort neben Mauersberger hinkniete, ihm den Oberkörper stützte und seine Jacke öffnete.

Wie konnte Mauersberger nur weiterhin so arrogant gucken, fragte sich Konrad, während er ihn vorsichtig untersuchte. Da war der Mann vielleicht tödlich verletzt, und er guckte trotzdem weiterhin auf jeden anderen herab, selbst im Liegen!

»Sie müssen ihn entwaffnen, Sollmann«, flüsterte Mauersberger mit schmerzverzerrtem Gesicht, und Konrad nickte. Das war auch sein Plan. Er wartete nur auf einen günstigen Moment.

Die Verletzung war nicht lebensgefährlich, das sah Konrad sofort, schaute aber entsetzter, als er es bei einem Durchschuss in Hüfthöhe sonst tun würde.

»Was ist mit ihm?«, fragte Berthold ängstlich, und auch die Jungs wurden wieder lebendig und versuchten, neugierig über Konrads Schulter zu schauen.

»Wir tragen ihn erst mal rein, Berthold«, entschied Konrad. »Hier draußen holt er sich ja den Tod.« Dann wandte er sich an Helmut: »Kannst du meine Arzttasche im Dorf holen? Sie steht in der Garderobe. Ach, und nimmst du die Kinder mit?«

»Nein, die bleiben hier. Das ist meine Einheit, die hören nur auf mein Kommando!«, widersprach Berthold wieder eine Spur sicherer und immer noch mit der Pistole in der Hand.

»Dann gib uns den Befehl, ins Dorf zu fahren und Konrads Arzttasche zu holen«, erwiderte Helmut geistesgegenwärtig.

Berthold sah ihn verdattert an, schien zu überlegen, ob Helmut ihn nur verscheißern wollte oder ihn tatsächlich als Befehlshaber anerkannte.

»Und wie soll ich ohne meine Einheit das Dorf verteidigen?«, sagte er schließlich.

»Heute kommen die Russen nicht mehr, Berthold, deshalb sollten sich die Kinder erst mal ein bisschen zu Hause ausruhen.«

Wieder überlegte Berthold das Für und Wider, dann nahm er Haltung an.

»Jungs? Ihr kehrt jetzt mit dem Pfarrer ins Dorf zurück.«

Die Jungs johlten vor Freude auf. Sie durften im Geländewagen fahren!

Kurz darauf war Helmut mit den Jungs abgefahren, nicht ohne Berthold zu versprechen, sofort wieder zurückzukommen.

Stumm sah Berthold ihnen hinterher, immer noch mit der Pistole in der Hand.

»Berthold, wenn du nicht mit anfasst, kann ich ihn nicht reinbringen«, sagte Konrad, während Mauersberger dramatisch aufstöhnte.

Doch der Alte sah wieder nur nachdenklich drein. Plötzlich schaute er zum ersten Stock hinauf und rief laut: »Gitti? Gittiiii?« Kurz darauf erschien tatsächlich Gittis blonder Schopf mit der modischen Haartolle über der Stirn, so wie sie jetzt viele Frauen trugen.

»Onkel Konrad!«, rief sie erstaunt.

»Gitti, was machst du denn hier?«, rief er ebenso erstaunt zurück.

»Ich schaue, ob die Russen kommen, Onkel Konrad.«

»Gitti, komm runter! Du musst mir helfen«, befahl ihr Berthold in einem Ton, der Konrad empörte, wie sprach denn der mit seiner Tochter? Aber Gitti riss sofort den Arm hoch und zwitscherte in ihrer Kinderstimme, als wäre es ein Spiel: »Zu Befehl, Gruppenführer!« Dann verschwand sie wieder, während Konrad und Mauersberger einen bestürzten Blick wechselten.

»Was willst du von ihr?«, fragte Konrad.

»Werdet ihr schon sehen«, erwiderte Berthold und spuckte aus.

Brigitte war seit Konrads letztem Heimaturlaub wieder ein Stück gewachsen, dennoch erschien sie Konrad geradezu winzig und zerbrechlich, als sie versuchte, die große, schwere Schultür zu öffnen.

»Hast du die Fesseln überprüft?«, fragte Berthold.

Gitti nickte und warf Konrad, der sich fragte, wen sie da oben als Gefangenen hielten, einen scheuen Blick zu.

»Dann komm her und nimm die Pistole.«

Konrad und Mauersberger glaubten sich verhört zu haben.

»Nein, Gitti!«, rief Konrad.

Doch Gitti war bereits folgsam zum alten Berthold gegangen, der ihr die Pistole in die Hand drückte und sagte: »Wenn die beiden mich überrumpeln, Gitti, dann schießt du. So, wie ich es dir beigebracht habe.« Er richtete die Pistole in Gittis Händen auf Konrad aus und kam zu Konrad und Mauersberger herüber.

»Nimm die Pistole runter, Gitti«, befahl Konrad streng, während er Mauersberger unter die Arme griff.

»Dein Onkel hat dir nichts zu sagen«, mahnte der Alte.

»Gitti! Hör, was ich sage«, rief Konrad noch eine Spur strenger und sah erleichtert, dass sie unsicher wurde.

»Wenn du meinen Befehl verweigerst, erschieße ich dich, wie diesen Deserteur und Vaterlandsverräter hier«, rief Berthold und gab Mauersberger einen Tritt in den Magen, nicht besonders fest, doch so, dass Mauersberger aufschrie. Dann nahm er Mauersbergers Beine auf, und sie schleppten ihn gemeinsam in die Schule, legten ihn dort in einem der Klassenzimmer im Erdgeschoss ab.

Gitti war ihnen mit der Pistole gefolgt, zielte aber nicht mehr auf Konrad, sondern ließ die Pistole wie ein Spielzeug in ihrer rechten Hand baumeln, und so nutzte Konrad den Augenblick. Mit drei Sätzen war er bei ihr und entriss ihr die Pistole.

Gitti begann sofort zu weinen, und Berthold fluchte, doch darauf konnte Konrad keine Rücksicht nehmen. Er übergab Mauersberger die Waffe und fesselte Berthold mit dessen Gürtel an die Heizung, während Mauersberger sich mühsam aufraffte.

»Ich bringe euch vors Kriegsgericht!«, heulte Berthold wütend und strampelte wie ein Irrer.

»Komm, Gitti«, sagte Konrad und führte Gitti aus dem Raum, denn er hatte so eine Ahnung, was Mauersberger mit dem Alten anstellen würde, besser, Gitti bekam davon nichts mit. Erleichtert hörte er, dass der Geländewagen gerade vor der Schule anhielt, und ging mit seiner Tochter nach draußen. Helmut kam ihnen bereits auf den Stufen entgegen, mit Konrads Arzttasche in der Hand.

»Gitti, was machst du denn hier?«, sagte er überrascht. »Und wo ist Alma?«

Ja, wo war Alma, das fragte sich in diesem Augenblick auch Konrad und sah Gitti an, die schnell in Helmuts Arme gerannt war und nun trotzig den Kopf hob.

»Alma ist eine Schande für Deutschland!«

Helmut und Konrad sahen sie gleichermaßen fassungslos an. »Was redest du denn da?«, sagte Helmut. »Alma gehört doch zur Familie.«

»Berthold sagt, Alma ist kein Mensch, Papa, nur ein Kre… Kretin!«

»Gitti!«, ermahnte Helmut sie scharf und warf Konrad einen erschrockenen Blick zu. »Ich habe Bertholds Einfluss wohl unterschätzt«, sagte er leise.

Wohl? Sollte das etwa eine Entschuldigung sein? Wie hatten Helmut und Emmely es zulassen können, dass Gitti so über ihre Tante dachte? Waren sie denn blind und auch noch taub gewesen? Doch vor Gitti wollte Konrad das nicht diskutieren. Er bat Helmut nur, dem verletzten Mauersberger schon mal die Arzttasche zu bringen.

»Und du wartest draußen, Gitti«, rief Konrad und ging wieder ins Schulgebäude. Wo war Alma nur? Er rannte die Treppen hinauf in den ersten Stock. Berthold hatte etwas von Fesseln gefaselt – wen hielten sie da oben gefangen?

Er riss eine Tür nach der anderen auf, bis er sie schließlich fand, im hintersten Klassenzimmer. Alma lag geknebelt auf einer Matratze, die Hände auf dem Rücken gefesselt, in ihrem eigenen Kot. Sie war wohl vor Erschöpfung eingeschlafen, denn ihre Wangen waren noch nass, die Augen verquollen, und sie schnarchte ein wenig. Sie musste sehr lange geweint und gewütet haben, so wie sie aussah, dachte Konrad und hätte vor Mitleid selbst laut aufheulen können, während er sie vorsichtig von Knebel und Fesseln befreite.

Alma schlug die Augen auf, und ihr Mund öffnete sich schon zu einem erneuten Weinen, da erblickte sie Konrad und warf sich ihm stürmisch in die Arme.

»Kon, Kon!« Es klang so erleichtert und vorwurfsvoll zugleich, dass Konrad doch die Tränen kamen.

»Alma, wer war das?«

»Bitttti!«

»Ja, ich bring dich gleich zu Bitti«, erwiderte Konrad. »Aber sag, war das Berthold?«

Alma heulte wie ein verwundetes Tier auf, wie damals in Frau Hahns Küche, als Fritz einfach ihren Keks gegessen hatte, doch sie klang noch enttäuschter, nahezu untröstlich und wiederholte dauernd: »Bitti … Bitti …«

Ihr Schluchzen wurde immer leiser, bis sie nur noch still in sich hineinweinte. Das kannte er so gar nicht von ihr. Immer hatte sie sofort lautstark Protest angemeldet, wenn ihr irgendetwas gegen den Strich gegangen war. Er begann, sie notdürftig mit herumliegendem Papier zu säubern, half ihr auf und überlegte, wie er sie am besten nach Hause brachte, als er hinter sich Schritte hörte. Es war Mauersberger, der mit Helmuts Hilfe seinen Durchschuss bereits selbst verarztet hatte.

»Donnerwetter, Alma!«

Alma zuckte bei seiner Stimme zusammen, verkroch sich Schutz suchend hinter Konrad.

»Haben sie vergessen, dich zu vergasen?«, rief Mauersberger belustigt, aber da war Konrad mit einem Satz bei ihm und schloss seine Hände um seine Kehle.

»Wagen Sie es ja nicht, noch einmal so etwas zu sagen«, zischte er und schubste ihn wie ein ekliges Insekt von sich fort, so dass Mauersberger überrascht auf den Hosenboden fiel und sich vor Schmerzen die Schusswunde hielt.

»Sind Sie bescheuert, Sollmann?«, stöhnte er, und Konrad beantwortete es mit einer Gegenfrage: »Was ist mit Berthold?«

Doch gleichzeitig fragte er sich, ob er das wirklich wissen wollte, denn dann würde sein Eid von ihm verlangen, sich auch um Berthold zu kümmern, was ihm aber schwerfallen würde, angesichts dessen, was er Alma angetan hatte.

Mauersberger lächelte mokant und zuckte nur die Schultern, also schaute Konrad, nachdem er Alma auf die Beine geholfen, sie die Treppe hinuntergebracht und an Helmut übergeben hatte, noch zu Berthold hinein und rechnete mit dem Schlimmsten.

Der Alte lebte noch, obwohl er schlimm zugerichtet war. Über seiner rechten Augenbraue war eine Platzwunde, sein Kiefer schien ausgerenkt, und so wie er sich krümmte und fiepend die Luft einzog, hatte er anscheinend auch innere Verletzungen. Als er Konrad hereinkommen sah, schlug er sofort die Augen nieder und begann zu wimmern, weil er wohl fürchtete, dass Konrad ihm den Rest geben würde. Doch Konrad bückte sich und löste seine Fesseln. Kaum war der Gürtel gelöst, rappelte sich Berthold auf und flüchtete humpelnd und sich den Unterleib haltend aus dem Schulhaus.

Konrad folgte Berthold nach draußen und sah noch, wie der über die Felder hinunter ins Dorf rannte, dann ging er zum Geländewagen, wo sich Alma immer noch aufgebracht mit Händen und Füßen weigerte, zu Gitti und Mauersberger in den Geländewagen zu steigen. Egal, was Helmut ihr versprach, sie heulte und tobte weiter. So einigten sich die Männer darauf, dass Helmut mit Gitti zu Fuß ins Dorf lief, und Konrad die Verwundeten, Alma und Mauersberger mit dem Wagen ins Pfarrhaus brachte. Dort beruhigte sich Alma endlich, so dass Emmely sie gründlich waschen und ihr etwas zu essen geben konnte.

Doch als Helmut eine halbe Stunde später mit Gitti die Küche betrat, fing Alma wieder an zu heulen und zu schreien, als würde sie den Teufel persönlich sehen, und deshalb gingen Helmut und Konrad mit Gitti wieder nach draußen, in den Garten, und begannen, sie auszufragen. Warum reagierte Alma nur so, warum wollte sie nicht in Brigittes Nähe sein?

Was sie da von ihr nach und nach erfuhren, brach beiden schier das Herz. Brigitte, noch keine sechs Jahre alt, war in den letzten Wochen offensichtlich zu Bertholds Instrument geworden, hatte Alma gequält und drangsaliert. Konrad hätte ihr gern für ihre Antworten eine Ohrfeige gegeben, um sie endlich wachzurütteln. Und wäre Helmut nicht dabei gewesen, hätte er es wohl auch getan, denn Brigitte sah sich nicht im Unrecht, sie senkte einfach nur trotzig den Kopf, obwohl ihr Helmut vorhielt, dass Alma sie doch immer über alles geliebt hatte. Bertholds Gehirnwäsche und die staatliche Propaganda hatten ganze Arbeit geleistet. Dabei hatten die Günzels sie doch mit Liebe und Fürsorge überschüttet und ebenso wie Johann im christlichen Glauben erzogen, in dem jede Kreatur Respekt und Schutz verdiente. Wie hatte dann so etwas geschehen können?

Doch er war ja selbst in der Uniform der SA vor den Kindern herummarschiert, die zwar ihm das Medizinstudium und später besonders Alma einen gewissen Schutz bieten sollte, aber durch die Gitti und Johann geglaubt hatten, ihr geliebter Onkel Konrad sei ein ebenso glühender Hitler-Anhänger wie der alte Berthold, dem es dadurch wahrscheinlich umso leichter gefallen war, sie zu ködern, obwohl Berthold beinahe von jedem Erwachsenen im Dorf belächelt wurde.

Sie alle hatten wohl ihren Einfluss auf die eigenen Kinder überschätzt, dachte er, als er später allein draußen auf der Bank am Haus saß, auf der er früher so oft mit Selma in der Sonne gesessen hatte, und versuchte, in der frischen Aprilluft einen klaren Kopf zu bekommen. Wie sollten sie Brigittes jungen verdrehten Geist nur erreichen? Und wie konnten sie Alma in Zukunft vor ihr schützen?

Und da kam ihm die Idee fortzugehen. Hier in Mecklenburg konnte er schon wegen dem alten Berthold nicht bleiben. Noch war Krieg, und wenn Berthold sich erst einmal von Mauersbergers Tritten erholt haben würde, würde er sie beide anzeigen. Mauersberger war vielleicht sicher vor ihm. Der war, gleich nachdem er Konrad und Alma zu Emmely ins Pfarrhaus gebracht hatte, weiter Richtung Flensburg gefahren und hatte Konrad sogar angeboten, ihn mitzunehmen, denn dort würde er wahrscheinlich der neuen, noch zu gründenden Regierung angehören. Das war also wahr gewesen, was Mauersberger über Flensburg erzählt hatte, aber Konrad fuhr trotzdem nicht mit. Er wollte keine neue Reichsregierung, er wollte, dass der Krieg endlich aufhörte. Und wie kam Mauersberger überhaupt darauf, ihn zu fragen, war er etwa deshalb extra nach Dorf Mecklenburg gekommen?

Konrad konnte aber auch nicht im Dorf bleiben. Er wäre dem alten Berthold schutzlos ausgesetzt, solange der Krieg noch nicht zu Ende war, und vielleicht sammelte er schon ein paar Verbündete, um ihn an die Wand zu stellen. Deshalb musste er fortgehen, vielleicht doch nach Hamburg, um sich lieber dort in britische Gefangenschaft zu begeben, als den Russen in die Hände zu fallen.

Vor einem Tag noch, auf dem Weg von Schwerin zu den Günzels, hatte er sich vorgestellt, in Mecklenburg zu bleiben, wo Selmas Grab und auch das seiner Mutter war und wo seine einzigen Freunde lebten, Helmut und Emmely, seine Schwägerin Alma und vor allem seine Tochter Brigitte. Er hätte dafür die von allen gefürchtete russische Gefangenschaft in Kauf genommen – falls es denn überhaupt dazu käme, denn durch seine Kuriertätigkeit in Russland würde er möglicherweise gar nicht oder nur vorübergehend interniert werden; diejenigen, die ihn damals als Kurier ausgesucht hatten, würden, wenn sie noch lebten, hoffentlich erneut für ihn bürgen.

Und wenn dann alles vorüber wäre, der Krieg und auch die kurze Gefangenschaft, so hatte es sich Konrad auf dem Weg zum Pfarrhaus noch vor zwei Tagen ausgemalt, dann würde er in Dorf Mecklenburg eine kleine Landarztpraxis eröffnen, damit es für Emmely und Helmut nicht zu schwer würde, wenn er Brigitte und Alma zu sich nähme. Denn das hatte er vorgehabt: Alma und Gitti zu sich zu nehmen.

Konrad hatte mehrere kleine Reden auf dem Weg eingeübt und Argumente gesammelt, um Emmely und Helmut davon zu überzeugen, Brigitte gehen zu lassen, und er hatte es sich sehr schwer vorgestellt.

Aber nun, nach nur einem Tag im Dorf, waren ihm Zweifel gekommen. Er liebte Brigitte, die nicht nur seine, sondern auch Selmas Tochter war, und dennoch hatte er Selma damals einen Schwur gegeben, an den er sich für den Rest seiner Tage halten wollte: ein Leben lang für Alma zu sorgen, koste es, was es wolle. Und wenn es das Zusammenleben mit der einzigen Tochter kostete? Ja, vielleicht auch dann. Gitti war noch ein Kind, sie glaubte eh, die Tochter der Günzels zu sein, aber Alma, die hatte nur ihn. Und könnte er Gitti jemals wieder mit Alma alleine lassen? Was, wenn sie Selmas Schwester – ihre Tante – noch einmal so furchtbar quälte?

Deshalb stand Konrad sehr früh am Morgen auf und weckte Alma, die bei ihm im Zimmer schlief, weil sie bei Gitti nicht mehr schlafen wollte. Das war für Gitti vielleicht die größte

Strafe am Abend zuvor gewesen: ganz allein in ihr Zimmer und ins Bett zu gehen.

Natürlich verstand Alma nicht, warum sie so früh aufstehen sollte, und machte schrecklich viel Krach, als er sie anzog und ihre Sachen zusammenpackte. Emmely und Helmut waren davon sicherlich wach geworden. Erst wunderte es Konrad, dass sie nicht aus dem Schlafzimmer kamen, aber dann verstand er. Sie wussten auch, dass er nicht bleiben konnte und dass er Alma mitnehmen musste. Und vielleicht verhielten sie sich nur so still, weil sie ahnten, dass er ihnen dafür Gitti lassen würde, die sie trotz der gestrigen Ereignisse weiter wie ihre eigene Tochter liebten und immer lieben würden.

Als Konrad wenig später mit Alma das Pfarrhaus verließ, schaute er sich noch einmal um und sah Helmut und Emmely in ihren Nachthemden am Fenster des Schlafzimmers stehen. Helmut, sein langjähriger Freund Helmut aus Kindertagen, hob zum Gruß die Hand, doch Konrad grüßte nicht zurück und schloss die Gartenpforte hinter sich.

BRIGITTE

Jordanien, Amman

1970

Kaum war der Jeep mit Baader und Ensslin außer Sicht, versuchte Brigitte den Besitzer des Standes auszufragen. Ihr beider dürftiges Englisch harmonierte gut miteinander, und so erfuhr sie, dass die Leute auf dem Jeep schon den dritten Tag da gewesen waren und immer etwa zur selben Zeit kamen. Wohin der Jeep anschließend fuhr, wusste der Standbesitzer nicht, aber die Leute hatten bereits, wie die Tage zuvor, bei ihm Bestellungen für den nächsten Tag aufgegeben, die sie bestimmt auch abholen würden.

In der darauffolgenden Nacht konnte Brigitte kaum schlafen vor Aufregung. Was wollte sie eigentlich sagen oder tun, wenn sie überhaupt den Mut fände, Baader oder die Ensslin, besser die Ensslin, von Frau zu Frau war das sicher einfacher, anzusprechen. Sie könnte nach der Meinhof fragen oder besser nach Ulrike. Das würde sie vor der Ensslin sofort als Bekannte der Journalistin ausweisen und sie nicht gleich in die Flucht schlagen, denn Brigitte könnte ja auch von der deutschen Polizei sein, die vielleicht in Amman war, um die Untergetauchten festzusetzen …

Die ganze Nacht hatte Brigitte überlegt, was sie sagen müsste, um das Vertrauen der Ensslin oder von Baader zu erringen, aber als sie die beiden am nächsten Tag tatsächlich auf dem Markt traf, fragte sie nur, ob Ulrike auch bei ihnen wäre. Es war Baader, der erst sie und dann Janis von oben bis unten musterte und dann sagte:

»Du bist die aus Heidelberg, ja?«

Vor lauter Überraschung konnte Brigitte nur nicken. Denn natürlich: Die beiden hatten vor ein paar Monaten in ihrer Wohnung ein Wochenende verbracht, und die Ensslin war mehrere Monate mit ihrem Pass und mit ihrem Foto darin, durch Europa gereist.

»Willst du mitkommen? Ulrike könnte eine Aufmunterung gebrauchen.«

Baader hielt ihr die Hand hin, damit sie einsteigen konnte, und sie hätte sie auch beinahe ergriffen, wenn ihr nicht noch Janis eingefallen wäre, der neben ihr stand und die beiden angaffte.

»Willst du Jeep fahren?«, fragte Brigitte Janis, und seine Augen begannen bereits aufgeregt zu leuchten, noch bevor er Ja sagen konnte.

»Andreas, was soll das?«, fragte Ensslin nicht besonders freundlich, aber Baader winkte ab und half Janis und Brigitte auf die Ladefläche, wo links und rechts zwei Holzpritschen als Sitze angebracht waren. Als sie saß, sah sie zu Janis, der ihre Hand umklammert hielt und wie hypnotisiert auf die zwei Maschinengewehre auf dem Boden des Jeeps starrte. »Sind die echt, Mama?«, fragte Janis, ohne den Blick davon abwenden zu können.

»Klar. Und wenn wir erst aus der Stadt raus sind, darfst du mal damit schießen«, verkündete Baader und trat aufs Gas.

Janis warf Brigitte einen ungläubigen, aber schon um Erlaubnis bettelnden Blick zu, den sie natürlich mit einem Kopfschütteln beantwortete. Janis nickte nur und schien nicht einmal enttäuscht, er hielt nur weiter ihre Hand umklammert. Dann fuhren sie mit dem Jeep in einem viel zu hohen Tempo über schlecht gepflasterte Straßen Richtung Norden aus der Stadt hinaus. Als Brigitte begriff, dass sie die Stadt verließen, wollte sie Einspruch erheben, klopfte Baader mehrmals auf die Schulter und versuchte ihm Zeichen zu geben, damit er anhielt. Aber er grinste ihr nur, wie ihr schien, spöttisch zu und schaltete noch einen Gang höher, so dass sich Brigitte besser wieder hinsetzte und Janis festhielt.

Nach knapp einer Stunde fuhren sie plötzlich von der Hauptstraße ab, querfeldein über eine staubige Ebene, bis sie einen ausgefahrenen Sandweg erreichten und schließlich vor einem Tor standen, das von Männern mit Maschinengewehren gesichert wurde. Baader winkte ihnen zu, als wäre er ihr Chef, aber Brigitte sah sofort, dass die Wachen ihn für einen Spinner, einen Großkotz hielten. Dennoch, sie ließen sie ein, und wenig später stand sie tatsächlich Ulrike Meinhof gegenüber, die mit anderen aus dem einzigen Haus auf dem Gelände gekommen war, um die Einkäufe aus dem Jeep zu holen. Ansonsten gab es ringsum nur große ockerfarbene Zelte.

Die Meinhof verstand erst nicht, was Brigitte hier wollte, doch immerhin erinnerte sie sich an sie.

»Ach ja, du hattest mir diesen Text über deine Familie geschickt.«

Ach ja? Sie hatten sich deswegen sogar in Berlin getroffen!

»Nein, das ist die, die mir damals ihren Ausweis überlassen hat«, sagte die Ensslin. »Sie hat uns auf dem Markt gesehen und nach dir gefragt.« Dann besprachen die beiden leise etwas, schienen sich fast zu streiten, bis die Meinhof nickte. »Komm, ich zeige dir erst mal alles«, sagte sie und schien erst jetzt Janis wahrzunehmen. »Und wer ist das?«

»Mein Sohn Janis. Er war damals, als wir uns im Park am Ententeich trafen, bei seinem …« Brigitte biss sich auf die Lippen. Sie konnte vor Janis doch nicht sagen, dass Johann sein Vater war. Aber die Meinhof verstand Brigitte trotzdem, wenn vielleicht auch falsch.

»Hat er ihn freiwillig gehen lassen?«

Brigitte schluckte. Was sollte sie darauf nur antworten?

»Verstehe«, sagte die Meinhof und lächelte das erste Mal. »Ich konnte meine Mädchen zum Glück noch von einer Freundin nach Bremen schaffen lassen, als ich verschwinden musste.« Nach der Befreiung von Baader, meinte sie natürlich. »Ihr Vater hatte nämlich noch am selben Tag das alleinige Sorgerecht beantragt.«

Sie gingen gemeinsam Richtung Haus. Die Meinhof hatte ihre Zwillingsmädchen also praktisch auch entführt, dachte Brigitte für sich. Sogar entführen lassen.

Die Meinhof zeigte ihr das Gemeinschaftshaus und stellte ihr auch die anderen Leute aus der etwa zwanzigköpfigen Gruppe vor, und Brigitte fragte sie zaghaft, was sie hier eigentlich taten.

»Das hier ist ein Camp der El-Fatah. Wir bereiten uns auf den städtischen Guerillakampf vor«, erklärte Meinhof. »Worte reichen nicht mehr, um unsere Forderungen durchzusetzen. Das System kann nur mit Gewalt geändert werden.«

Brigitte dachte an die Polizisten in den Nachrichten, die brutal mit Gummiknüppeln und Wasserwerfer gegen die Heidelberger Demonstranten vorgegangen waren. Wie lange war das her? Ein halbes Jahr? Nein, nicht mal drei Wochen.

Später tranken sie an einem grob gezimmerten Holztisch süßlichen Pfefferminztee, und Brigitte kam noch einmal auf die Zwillingsmädchen zurück. Hatte sie die wirklich entführen lassen?

»Ihr Vater hatte da noch nicht das Sorgerecht, aber es ging um Stunden. Doch die Vorstellung, dass mein Ex sie in die Hände bekommen und sie mit seiner Neuen zu kleinen unpolitischen Spießerinnen erziehen würde ...« Die Meinhof schüttelte voller Abscheu den Kopf.

»Und wo sind die Mädchen jetzt?«

»In einem Dorf auf Sizilien. Sie haben Betreuer, die auf sie aufpassen. Genossen«, fügte Ulrike stolz hinzu, als wollte sie damit ihre besondere Fürsorge für ihre Kinder unter Beweis stellen. Brigitte aber dachte plötzlich voller Mitleid an die beiden

Mädchen, die nun zwischen fremden Menschen hin- und her-geschubst wurden, ohne ihre Eltern, ohne ihr Zuhause.

»Aber wären sie bei ihrem Vater nicht besser aufgehoben«, gab Brigitte zu bedenken.

»Ich hätte meine Mädchen auch viel lieber hier im Camp, so wie du deinen Sohn. Nur kann ich eben nicht mehr so frei reisen«, schnappte die Meinhof zurück. Sie fühlte sich anscheinend von Brigitte angegriffen. »Und wenn der BND wüsste, wo die Mädchen jetzt sind, dann würden diese Schweine nicht da-vor zurückschrecken, sie zu entführen, nur um mich zur Auf-gabe zu zwingen.«

»Klar«, räumte Brigitte ein, »dann wären sie erst recht Spiel-ball fremder Leute.«

Trotzdem. Brigitte ging dieser Umgang mit den Kindern ge-gen den Strich, und sie wollte dazu eigentlich noch etwas sagen, als plötzlich Maschinengewehrsalven übers Gelände knatterten. Dazu erklang das seltsam gehässige Lachen von Baader, der an-scheinend irgendjemandem gerade das Schießen beibrachte und sich über ihn lustig machte, dass derjenige den Rückstoß nicht aushielt und deshalb nicht traf. Anscheinend übten die da drau-ßen gerade schießen, dachte Brigitte und fragte sich, wo eigent-lich Janis steckte, bis sie draußen plötzlich ein dünnes Stimm-chen zwischen Baaders Gefrotzel ausmachte. Das war Janis, der sich ernst und mit Logik zu wehren versuchte: »Na und? Du hast beim ersten Mal bestimmt auch nicht getroffen!«

Mit einem Satz war Brigitte draußen, da hatte der Gedanke noch gar nicht ihre Beine erreicht, und entriss Janis das Maschi-nengewehr, das ihm Baader für die Schießübungen umgehängt hatte. Dabei löste sie selber eine Salve aus, die sich unkontrol-liert den Weg durch die Luft suchte. Baader sprang mit einem Mal hektisch zur Seite und sah sich entgeistert um: Die Kugeln waren direkt hinter ihm niedergeprasselt.

»Du verblödete Fotze!«, schrie er sie hysterisch an. »Wer hat dich hier überhaupt reingelassen, gottverdammt!«

Brigitte sagte nichts, das hämische Grinsen der anderen ringsum war Antwort genug. Sie nahm Janis auf den Arm und stapfte mit ihm wie eine Löwenmutter zum Ausgang. Sie wollte hier weg. Sofort.

Doch so einfach war das nicht. Die palästinensischen Wachen traten ihr finster entgegen und machten ihr mit ihren Maschinengewehren unmissverständliche Zeichen, zurück zum Haus zu gehen. Brigitte spürte, wie Janis auf ihren Armen vor Angst zu zittern anfing, und kehrte schnell um und versuchte ihn zu beruhigen.

»Ist gut, Janis. Die tun uns nichts, die drohen nur.«

Was nicht der Wahrheit entsprach. Durch dieses Tor würden sie nicht einfach zurück ins Hotel gehen können. Und selbst wenn die Wachen sie durchgelassen hätten, wäre da kein Weiterkommen gewesen. Das Camp lag irgendwo außerhalb von Amman im Nirgendwo, und sie würde nach dem Sandweg, der hinterm Tor begann, mindestens eine Stunde querfeldein zu Fuß laufen müssen, erst dann würde sie auf die eigentliche Hauptstraße zur Stadt stoßen, oder hatte es da mehrere Abzweigungen gegeben? Sie hatte darauf nicht geachtet, als sie herfuhren, da war sie ja davon ausgegangen ... Nein, sie war von gar nichts ausgegangen. Sie war einfach mit Janis auf den Jeep geklettert. Deshalb waren sie und Janis auch nur für den Markt angezogen und nicht darauf vorbereitet, mindestens zwei oder sogar drei Stunden bei sengender Hitze ohne Wasser und Essen sich den Weg durch eine Art Wüste oder Steppe zu bahnen. Und selbst wenn jemand sie in seinem Wagen mitnähme, wer sagte ihr, dass er nicht die Gelegenheit nutzen und sie beide entführen würde? Davor hatte Dr. Breier sie mehrmals gewarnt, dass pro-israelische, arabische oder palästinensische Freischärler sie einfach mitnehmen könnten, um von der gegnerischen Seite irgendwelche politischen Zugeständnisse für ihre Freilassung zu erpressen.

Zurück im Haus, lachte Baader sie aus, als sie ihn bat, Janis und sie zurück in die Stadt zu fahren. Sie konnten nicht mehr weg, da waren sich auch die anderen einig. Denn Brigitte wusste, wo sie sich befanden, und sie wurden immerhin international gesucht. Also nein, Brigitte konnte nicht wieder gehen, obwohl sie ihnen allen beteuerte, dass sie ohne Hilfe nicht mal den Weg zurück zur Hauptstraße finden würde. Warum hatte Baader sie nicht darüber aufgeklärt, schrie sie, und dämpfte dann ihren Ton, als Janis plötzlich zu weinen begann, dass sie hier wie die Kinder »mitgegangen, mitgehangen« spielten? Das hätte Baader ihr doch sagen müssen, als er sie in den Jeep einlud.

Baader redete sich damit heraus, dass er davon ausgegangen war, dass Brigitte sich ihnen anschließen wollte, denn sie hatte ihnen ja nicht nur ihre Wohnung in Heidelberg als Versteck zur Verfügung gestellt und der Gudrun den Ausweis geborgt, sondern ihn auch auf dem Markt angesprochen. »Das war nicht ich, sondern sie!«, wandte er sich an die Gruppe. »Also die Fotze sollte besser das Maul halten, die dämliche Kuh!«

»Selber dämlich«, erwiderte Brigitte. Sie hätte gerne ganz andere Schimpfwörter benutzt, tat es aber wegen Janis nicht. »Als mir klar wurde, dass wir Amman verlassen, hab ich ihm gesagt, dass ich aussteigen will, aber dieser Blödmann ist nur umso schneller gefahren.« Sie schaute erhobenen Kopfes in die Runde. Von dem da würde sie sich nicht einschüchtern lassen. Warum wehrte sich hier niemand gegen dieses Großmaul? Alle ließen sie sich von ihm beleidigen, selbst die Meinhof, obwohl er ihr seine Befreiung zu verdanken hatte. Baader schien sie trotzdem nicht zu mögen, verzog immer verächtlich das Gesicht, wenn sie etwas sagte.

Jetzt, wo sie die Aufmerksamkeit der anderen endlich hatte, konnte sie ihnen erklären, warum sie mit Janis wieder zurück nach Amman musste. »Spätestens heute Abend, wenn mein Freund Alfred« – sie nannte Dr. Breier extra bei seinem Vornamen, um die Beziehung zu ihm enger und emotionaler erscheinen zu lassen – »aus der Bibliothek zurück ins Hotel kommt und uns nicht antrifft, wird er die Polizei alarmieren und uns suchen lassen.«

Baader zuckte mit den Schultern und wollte schon etwas sagen, aber Brigitte war schneller: »Wie schnell käme die dann wohl darauf, dass wir zuletzt auf dem Markt gesehen wurden, bei genau jenem Standbesitzer, bei dem ich mich einen Tag zuvor nach den deutschsprechenden Leuten auf dem Jeep erkundigt habe. Und in den ich und Janis heute in seiner Gegenwart eingestiegen und davongefahren sind?« Sie spürte förmlich, wie alle ihren Gedanken zu Ende dachten: Sie kauften dort täglich ein, der Standbesitzer würde sie deshalb gut beschreiben können. »Wie lange also würde es dann wohl dauern, bis man auf euch käme und sich ein riesiger Tross von Deutschland nach Jordanien in Bewegung setzen würde, um die ganze Gruppe zu verhaften?«

Einen Moment lang waren alle still. Brigitte hoffte bereits, sie hätte sie überzeugt, da schlug Baader vor, den Standbesitzer noch vor dem Morgengrauen umzubringen, so dass die Bullen keine Verbindung zu ihnen herstellen könnten.

Das konnte doch nur ein Witz sein. Brigitte spürte bereits das ungläubige Lachen in ihrem Hals kitzeln, als sie sah, wie Baaders Vorschlag tatsächlich Einlass in die Köpfe der anderen fand und sie in Gedanken schon an der Durchführung dieses absurden Plans zu basteln begannen.

Wo war sie hier nur reingeraten?

Brigitte holte tief Luft, um ihre Stimme zu stützen, so wie ihr Helmut das mal gezeigt hatte.

»Niemand wird umgebracht! Das würde die Polizei erst recht alarmieren«, donnerte sie, und alle waren sofort still, selbst Baader, der, da war sich Brigitte sicher, sie in diesem Moment um ihre feste Stimme beneidete. Doch sie wollte und durfte sich Baader nicht zum Feind machen, er war hier der Obermacker, das wusste sie, deshalb bot sie an: »Wenn ich mit Janis heute Abend pünktlich zurückkehre, wird uns niemand suchen, und ich werde niemanden erzählen, wen wir getroffen haben.«

Die Gruppe begann zu diskutieren, und Brigitte bemühte sich, ruhig und gelassen zu bleiben, schenkte Janis zwischendurch ein Lächeln und drückte beruhigend seine Hand, während es in ihr tobte. Ihr rann die Zeit für eine normale Rückkehr ins Hotel davon! Außerdem fühlte sie sich stark an die Gesprächsrunden bei Dr. Huber erinnert, in denen bei den letzten Sitzungen auch immer alle durcheinandergeschrien hatten.

»Wenn die jetzt gehen«, rief gerade jemand, »hindert sie praktisch ihren Sohn daran, ein politischer Mensch zu werden und sich später für den revolutionären Kampf zu entscheiden.«

»Ja, genau! Sie soll ihn hierlassen, damit wir ihn im Guerillakampf ausbilden können«, rief ein anderer, was plötzlich sogar Ulrike ermutigte, sich einzumischen und etwas zu sagen, was sogar Baaders Anerkennung fand. Nämlich, dass Brigitte für sie alle hier ein Vorbild sein würde, wenn sie ihren Sohn heute noch in ein palästinensisches Waisenhaus gäbe, um ihn fern von allen emotionalen Abhängigkeiten zu einem städtischen Guerillakämpfer ausbilden zu lassen, und dass sie, also Ulrike, sich das auch für ihre Zwillingsmädchen vorstellen könnte oder sich wünschen würde, aber da riss Brigitte regelrecht der Geduldsfaden, denn niemand von ihnen, und schon gar nicht die Meinhof, hatte auch nur einmal ihren Sohn beim Namen genannt.

»Ihr redet von meinem Sohn wie von einem Stück Vieh! Dabei habe ich ihn euch heute Vormittag vorgestellt. Wieso nennt ihr ihn also nicht bei seinem Namen?« Sie schaute in die Runde, von einem zum anderen, aber alle schwiegen. »Ihr habt ihn vergessen, weil er euch kein bisschen interessiert.«

Zwei, drei von ihnen wollten protestieren, aber sie kam ihnen zuvor. »Genauso habe ich von euch die Namen vergessen, weil ihr mir genauso unwichtig seid wie mein Sohn euch«, sagte sie, und genau deshalb sollten sie sie endlich zurück in die Stadt bringen. Und außerdem – sie hielt Janis die Ohren zu und sagte etwas leiser –, außerdem wolle sie ganz sicher keinen Kontakt zur Polizei. »Weil ich meinen Sohn ohne das Wissen seines

Vaters aus Deutschland entführt habe und den ganz bestimmt nicht auf unsere Spur bringen will.«

Besonders ihr letztes Argument, das die Meinhof bestätigte, hinterließ Eindruck, und man kam schließlich überein, ihr und Janis, dessen Namen sie mit Absicht nicht noch einmal erwähnte, wie in einem schlechten Krimi die Augen zu verbinden und von einem der palästinensischen Anführer zurück nach Amman bringen zu lassen. Brigitte war geradezu dankbar, dass sie ihr das Gesicht verhüllten, dann musste sie nicht noch einmal den ganzen Dreck und Staub einatmen, und Janis gegenüber verkaufte sie es als eine Art Versteckspiel, in das er sofort enthusiastisch einwilligte.

Brigitte und Janis waren pünktlich zum Abendbrot zurück im Hotel. Dr. Breier wirkte zwar etwas verwundert, dass sie beide mit noch nassen Haaren in ihrem üblichen Restaurant erschienen, aber letztlich drängte es ihn viel zu sehr, von seinem wichtigen Tag zu erzählen, als dass er sie nach ihrem Tag befragt hätte.

»... und deshalb«, verkündete er so freudestrahlend, dass Brigitte aus ihren Gedanken hochschreckte, »habe ich nun Zeit für Sie und Ihren Sohn. Unserem Ausflug nach Petra steht nichts mehr im Wege.«

Brigitte, die sich bisher auf die Felsenstadt gefreut hatte, war nach den Erlebnissen im Camp nicht gerade auf weitere Abenteuer erpicht und wäre gern bis zu ihrer Abreise nur noch im Hotel geblieben oder besser gleich zurück nach Deutschland geflogen. Aber sie suchte noch immer verzweifelt nach einer Lösung für ihr »Problem« mit Janis. Was sollte sie nur mit ihm tun, wenn sie erst einmal wieder zurück in Deutschland waren? Johann hatte Janis bestimmt längst als vermisst gemeldet und ihr die Polizei auf den Hals gehetzt, und die hatte sie wahrscheinlich bereits in Heidelberg gesucht. Nur dass tatsächlich niemand von ihrer Reise nach Jordanien wusste. Außer die Polizei würde auf die Idee kommen, die Listen der Interflug zu überprüfen, dann könnte sie wissen, dass sie über Ostberlin nach Amman geflogen war. Aber warum sollte das die Polizei tun?

Petra, das etwa zweihundertfünfzig Kilometer von Amman entfernt lag, erschien ihr daher wie ein Aufschub für ihr Problem, auch als eine angemessene Entfernung zu Baader, der als Einziger weiter darauf bestanden hatte, sie und Janis nicht gehen zu lassen, weil er glaubte, sie würde sie alle verraten. Das war also der Dank dafür, dass sie diesem Idioten und seiner Freundin Ensslin ihren Ausweis und die Wohnung überlassen und sich selbst in Gefahr gebracht hatte!

Am nächsten Tag fuhren sie bereits los, und Brigitte genoss die Fahrt durch die karge Landschaft mit Dr. Breier an ihrer Seite und Janis auf dem Rücksitz, der am liebsten bei Baader im Camp geblieben wäre, nicht weil er ihn mochte, sondern weil er sich mit seinen knapp fünf Jahren absolut sicher war, dass er nur einmal richtig mit dem Maschinengewehr üben müsste, um besser schießen zu können als dieser Mann, dessen Namen er aber nicht kannte, weil der es wohlweißlich vermieden hatte, sich ihnen vorzustellen. Immer wieder fing er davon an, zurück in das Camp zu wollen, um es »dem Mann« zu zeigen, und Brigitte hatte einige Mühe, Janis' Wunsch vor Breier als eine erfundene Geschichte aus einem Kinderbuch abzutun, die ihm sein Opa vorgelesen hatte und die durch seine überbordende Fantasie ihm wie eine real erlebte Geschichte erschien, so dass er nun glaubte, tatsächlich mit einem Maschinengewehr geschossen zu haben.

Doch als sie nach beinahe vier Stunden endlich in Wadi Musa eintrafen und nach einem köstlichen Essen in einem Beduinendorf Janis endlich auf einen Esel reiten durfte, da war das Erlebnis mit dem Maschinengewehr vergessen. Ihr Sohn war so stolz, wie Ali Baba hoch zu Ross zu sitzen, dass es ihm vollkommen egal war, dass er seinen kleinen Esel nicht selbst lenkte und dieser nur das letzte Tier in einer langen Perlenschnur von Pferden war, auf denen noch andere Touristen saßen, die von ihrem Guide nach Petra angeführt wurden.

Das Märchen von Ali Baba und seinen vierzig Räubern hatte Brigitte ihrem Sohn auf dem Flug nach Amman erzählt, weil sie fand, dass es sehr gut zu ihrem Zielort passte und Janis ein bisschen auf Amman, auf die Hitze und die besondere Kleidung der Menschen dort, einstimmen würde. Am Morgen, bevor sie nach Petra aufbrachen, hatte sie ihm versprochen, dass sie vielleicht sogar den Schatz der Räuber finden würden, denn in der Felsenstadt sollte es märchenhafte Paläste und Höhlen geben. Erstaunlicherweise fand Dr. Breier das gar nicht so abwegig, und das beeindruckte Janis wohl noch mehr, dass dieser knochentrockene Mann diese märchenhafte Aussicht auf einen Schatz unterstützte, und so fieberte Janis plötzlich Petra entgegen.

Eine halbe Stunde waren sie etwa geritten, als sie absteigen sollten und zu Fuß durch eine schmale Schlucht gingen, die links und rechts von hohen roten Sandsteinfelsen begrenzt wurde und sich erst nach etwa fünfzig Metern auf einen kleinen Platz öffnete, auf dem sich eine aus dem Felsen gehauene, etwa vierzig Meter hohe Fassade erhob.

»... die sich aus korinthisch anmutenden Säulen mit ebensolchen Kapitellen, aus Pilastern und einem Portikus mit geteiltem Giebel, einer angedeuteten Rotunde und reichlich verzierten Gesimsen zusammensetzt«, spulte Dr. Breier trocken ab, als hätte er das vorher auswendig gelernt, um sie zu beeindrucken.

Brigitte war beeindruckt. Nicht von Breier, sondern von der Fassade. So etwas hatte sie noch nicht einmal in einem Buch gesehen. Johann hätte seine helle Freude gehabt. Sie musste ihn später unbedingt fragen, ob er so etwas schon einmal gesehen hatte?

Johann.

Was, wenn er jetzt hier bei ihr wäre und sie sich zu dritt, wie eine richtige Familie, die Felsenstadt anschauen könnten? Natürlich müsste er dann auch zu ihr so sein wie früher, als er noch ihr großer Bruder gewesen war und ihre spontanen Einfälle zwar kritisiert, aber auch geliebt hatte. Dann vielleicht wäre zwischen ihnen auch eine Versöhnung möglich. Oder?

Dr. Breiers monotone Stimme drang wieder an ihr Ohr, der ihnen gerade erzählte, dass dieses Bauwerk kein Bauwerk war, sondern eine aus dem Felsen gehauene Skulptur. Denn sie war nicht entstanden, indem Menschen Stein auf Stein gesetzt hatten, sondern sie war mit so etwas wie Hammer und Meißel aus dem Felsen herausgeschlagen worden.

Der Raum, der sich hinter der Fassade verbarg, war ernüchternd und faszinierend zugleich, weil er eigentlich nur eine Höhle war, die keinerlei Schmuckelemente enthielt, aber der als Gegensatz zur Fassade die ungeheure Leistung der Erbauer – Bildhauer – noch deutlicher hervorhob. Hier konnte man die Beschaffenheit des Felsens aus seinem Inneren heraus begreifen, da die verschiedenen Abstufungen des roten Sandsteins die einzelnen abgesetzten Sedimentschichten zeigten, deren wellenförmige Zeichnung über viele Jahrtausende mit dem Felsen entstanden war.

Brigitte musste wieder an Johann denken, an die Zeit, als er ihr noch begeistert von den imposantesten Bauwerken erzählt hatte, die die Menschheit im Laufe ihres Werdens erschaffen hatte. Vorsichtig fuhr Brigitte mit der Hand die Linien der Sedimentschichten ab, als wären sie unendlich zerbrechlich und kostbar, und ein wenig waren sie das auch, denn der Sandstein war rauer und poröser, als sie es erwartet hatte, und ein paar Körner blieben auch an ihren Fingern haften, und gerade wollte sie Janis fragen, ob er nicht auch mit seinen Händen mal die Linien berühren wollte, die sich so fließend und sanft wie Ölschlieren im Wasser durch die Höhle zogen, da bemerkte sie, dass weder Breier noch Janis mit ihr in der Höhle waren, sondern nur ein paar ältere Touristen.

Brigitte ging zurück auf den Platz, wo Dr. Breier immer noch mit seinem Stativ vor der Fassade stand. Er musste schon einen ganzen Film verknipst haben, denn er wechselte gerade in seiner eigens dafür umgebauten Reisetasche aufwendig den Film, damit auch ja kein Lichtstrahl und kein einziges Staubkorn in den Fotoapparat gelangte. Doch von Janis keine Spur! Er war nirgends zu sehen, Brigitte rief nach ihm und schaute zunehmend besorgter auch in die Schluchten. Und auch wenn sie sich anfänglich einredete, dass Janis sich wahrscheinlich auf die Suche nach Ali Babas Höhle begeben hatte und sich in der kurzen Zeit nicht allzu weit entfernt haben konnte, so wurden ihre Rufe nach ihm doch immer lauter, immer dringlicher, immer verzweifelter, und wieder musste sie zuerst an Johann denken: Konnte es wirklich sein? Konnte er sie und Janis tatsächlich aufgespürt haben und sich auf diese Weise an ihr rächen?

Nein. Nein. Nein.

Sie rannte zurück zur Höhle. Vielleicht hatte sie ihn nur in der Dunkelheit übersehen? »Janis?«, rief sie erneut. Aber mehr als ihr eigenes schwaches Echo kam nicht zurück.

Sie hatte geschrien, sie hatte geweint, sie hatte die Polizei gerufen, und sie war tagelang jeden Pfad, jede Höhle, jeden Platz, jede Ebene von Petra in dem unendlich weiten Gelände abgegangen. Allein. Mit Breier. Mit der Polizei und einem halben Dutzend Helfern aus den umliegenden Dörfern, bis die jordanische Polizei nur noch die Schultern zuckte, bis sich Dr. Breier längst verabschiedet hatte, um seinen Flug zurück nach Deutschland zu nehmen, während Brigitte ihren Rückflug verfallen ließ. Die Augen, die Füße und auch ihr Herz schmerzten vom vielen In-die-Ferne-Schauen, vom vielen Umherlaufen in dieser staubigen Geisterstadt und dem sich immer mehr in ihr ausbreitenden Gefühl, dass das ja doch alles sinnlos war.

Ihr Verdacht, dass Johann hinter Janis Verschwinden stecken könnte, dass er oder Emmely und Helmut sie durch intensives Ausfragen von Sieglinde oder Brigittes Chefin in der Unibuchhandlung ihre Verbindung zu Dr. Breier entdeckt und sie hier in

Jordanien aufgespürt hatten, um ihr Janis ebenso zu rauben, wie sie es vor nicht ganz drei Wochen getan hatte, fiel rasch wieder in sich zusammen. Solch eine Hinterhältigkeit traute sie Johann nicht zu, und erst recht nicht Emmely und Helmut. Selbst wenn sie Brigitte aufspüren ließen, um ihren Enkel Janis zurückzuholen, so würden sie Brigitte niemals in dieser schrecklichen Ungewissheit zurücklassen. Nein, so herzlos waren sie alle drei nicht.

Deshalb gab es für sie nur eine andere Möglichkeit: Baader. Er hatte nicht gewollt, dass Brigitte und Janis das Camp wieder verließen, weil er fürchtete, dass sie ihn und die anderen verraten würde. Steckte er also dahinter? War Baader ihr nach Petra gefolgt, oder hatte er einen seiner Epigonen nachgesandt, um Janis und damit auch sie zurück ins Camp zu zwingen?

Kaum war ihr der Gedanke gekommen, bat sie zwei pensionierte Lehrer aus Freiburg, sie in ihrem Mietwagen mit nach Amman zurück zu nehmen, von wo aus das Paar seinen Flug zurück nach Deutschland nehmen wollte. Die beiden hatten ihr bereits in den vergangenen Tagen bei der Suche nach Janis geholfen und zahlten ihr nun aus lauter Mitleid auch noch zwei weitere Tage das Hotel.

Als Erstes ging sie auf den Markt, zu dem Besitzer des Standes, an dem sie auf Baader getroffen war. Der erklärte ihr in seinem gebrochenen English, dass er tatsächlich für diesen Tag noch Bestellungen offen hatte und den Jeep jeden Moment erwartete. Also blieb Brigitte in der Nähe des Standes, und nur eine Viertelstunde später kam der Jeep, den wieder Andreas Baader lenkte. Während der Standbesitzer die Bestellungen auflud und Baader und Ensslin über den Markt schlenderten, nutzte Brigitte einen unbeobachteten Moment, um sich auf der Ladefläche unter einer der Bänke zu verstecken. Dort war zwar nicht über die gesamte Länge Platz, wie sie es gehofft hatte, denn die Radkästen der Hinterräder verkürzten den Raum beträchtlich, doch sie zog rasch einen Sack zu sich heran, so dass sie einigermaßen vor Blicken gefeit war.

Als der Jeep anfuhr, musste sich Brigitte die Hand vor den Mund halten, um nicht vor Schmerzen laut aufzuschreien, so sehr wurde sie durchgeschüttelt. Nach einer knappen Stunde verließen sie die eher befestigte Straße, und der Jeep rumpelte wieder querfeldein, wie beim letzten Mal, und deshalb kroch Brigitte aus ihrem Versteck heraus. Wenn sie sich jetzt schon zu erkennen gab, hatte sie überlegt, könnte sie Baader und Ensslin ihr Auftauchen erklären, ohne dass die Wachen der El-Fatah in der Nähe waren.

Baader erschrak wie ein kleines Mädchen, das plötzlich ein Gespenst sah, und hätte fast die Kontrolle über den Jeep verloren, wenn Ensslin ihm nicht ins Steuer gegriffen und den Wagen ausgelenkt hätte. Kurze Zeit später brachte Baader den Jeep zum Halten und schimpfte sofort auf sie los: Was sie sich einbilde, ihn so zu erschrecken und sich hinterrücks einzuschleichen und, und, und ...

Brigitte ließ ihn sich abreagieren, sie brauchte ihn noch. Schließlich sollte Baader sie mit ins Camp nehmen, dorthin, wo hoffentlich Janis war. Seltsamerweise kam Baader während seiner Schimpftirade selbst auf Janis zu sprechen, dessen Name er zwar nicht erwähnte, ihn aber ihre »Brut« nannte. Brigitte musste mehrmals nachfragen, bis sie verstand, wovon er redete. Demnach hatte ihnen jemand aus Deutschland berichtet, dass Brigitte vor ein paar Tagen in den deutschen Nachrichten gewesen war, weil man sie wegen Kindesentführung suchte. Bei der Suche nach Brigitte hatte die Polizei auch ihre Vermieterin, die alte Frau Wittinger, befragt, die bereitwillig Auskunft gab und nicht vergaß, ihren Bruder und seine Frau zu erwähnen, die in Brigittes Abwesenheit bei ihr gewohnt hatten. Irgendwie waren die Polizisten dann von dem Pärchen auf Baader und Ensslin gekommen, und so wurde Brigitte also plötzlich zu ihren Unterstützern gerechnet, die vielleicht sogar an der Vorbereitung zur Befreiung von Baader teilgenommen hatte.

»Siehst du nun, was du dir und uns eingebrockt hast?«, fragte die Ensslin und musterte Brigitte verächtlich. »Wo ist er eigentlich, dein Sohn?«

Brigitte durchlief es kalt. Janis war also nicht bei ihnen im Lager. Und höchstwahrscheinlich auch nicht in Berlin bei Johann. War er vielleicht doch von irgendwelchen Freischärlern entführt worden, um durch ihn politische Forderungen durchzusetzen oder gar Gefangene freizupressen? War es hier also gar nicht um sie als Person oder um Janis selbst gegangen? War er nur ein Mittel zum Zweck gewesen, und es hätte auch einen anderen Jungen unter den Touristen treffen können? Nein, keinen anderen, denn nur sie hatte ihren Sohn nicht richtig beaufsichtigt, so wie es eine richtige Mutter getan hätte, und das war nun die Strafe dafür!

Und obwohl sie Baader glaubte, dass Janis nicht bei ihnen war, fuhr sie mit ihnen ins Camp, was Baader auch erlaubte, vielleicht, weil er keine Lust hatte, die ganze Rumpelstrecke noch einmal zu fahren. Und wohin sonst hätte sie jetzt auch gehen können? Sie wurde verdächtigt, zu der Baader-Meinhof-Gruppe zu gehören, und sicherlich würde auch bald Dr. Breier befragt werden, und er würde erzählen, dass sie mit Janis bei ihm in Amman und auch in Petra gewesen und dort geblieben war. Doch von ihrem Besuch im Camp wusste Breier nichts. Also konnte er auch keinen Zusammenhang zu Baader herstellen.

Oder?

Breier glaubte, sie war seinetwegen nach Jordanien geflogen, und das sagte sie Baader und den anderen auch, die sie am Abend im Gemeinschaftshaus regelrecht verhörten und sich letztendlich nur für einen Punkt interessierten: Wollte Brigitte sich der Gruppe nun für immer anschließen oder nicht?

Brigitte hatte darüber bereits nachgedacht, während die anderen ihr noch ihre misstrauischen Fragen stellten. Sie wurde gesucht wie sie, weil sie Baader und Ensslin in ihrer Wohnung in Heidelberg beherbergt hatte, wenn auch nur für eine Nacht, und sie hatte Gudrun Ensslin sogar ihren Pass geliehen, als diese nicht das Land verlassen konnte. Sie waren ihr was schuldig. Ja, das fand Brigitte wirklich. Sie mussten ihr helfen, denn sie hatte weder Geld noch eine Bleibe. Die Meinhof und die anderen hingegen hatten überall Unterstützer, ihnen wurden stets die neuesten Nachrichten zugetragen. Dies war also Brigittes einzige Chance, etwas über Janis' Verbleib zu erfahren. Sie sah keine andere Möglichkeit, als bei der Gruppe auszuharren. Und wenn sie ihren Sohn erst einmal zurückhatte, dann könnte sie immer noch gehen.

Allerdings sollte sie ihre Sorgen um Janis bis dahin besser vor den anderen verbergen. Sie verstanden das einfach nicht. Nicht mal die Ensslin und die Meinhof, obwohl beide Mütter waren wie sie. Aber die Ensslin, die ihr eigentlich als die Vernünftigste im Camp erschien, hatte im letzten Jahr erst ihren zweijährigen Sohn dem Vater entzogen und ihn Pflegeeltern überantwortet, und auch die Meinhof sorgte sich um ihre Mädchen anscheinend nur, wenn es darum ging, ihrem Ex eins auszuwischen. Beide hatten ihr erklärt, dass irgendjemand, wer immer das auch sei, sich sehr gut um Janis kümmern würde, denn er war ein Pfand für etwas, was seine Entführer haben oder zurückhaben wollten. Und Johann, Emmely und Helmut, sagten sie, würden alles dafür tun, dass die Entführer es bekamen, nur, um Janis auszulösen. Das glaubte Brigitte sogar, aber dennoch machte sie sich Sorgen um ihren Sohn. Wer wusste denn schon, bei wem Janis gerade war und wie sie mit ihm umgingen? Vielleicht sprachen die Entführer nicht einmal seine Sprache, und was für eine schreckliche Angst würde ihr Janis bestimmt gerade haben? Diesmal war er nicht nur von seiner Mutter, sondern gleich auch noch von seinem Vater getrennt. Warum verstanden Gudrun und Ulrike das denn nicht?

Doch bevor Brigitte um Aufnahme in die Gruppe bitten konnte, wurde sie ihr bereits angetragen. Offensichtlich hatte sie bei ihrem ersten Besuch im Camp einen guten Eindruck hinterlassen, denn die anderen fanden sie kämpferisch und selbstbewusst, weil sie sich sogar von selbstbewussten Personen – wie Baader – nicht aus der Ruhe bringen ließ, gelassen weiterargumentierte, ihre Meinung mit Nachdruck vertreten konnte und anscheinend auch keine Angst vor Ablehnung hatte.

Abends, als sie im Schlafraum ihr Bett zugewiesen bekam, ließ sich Brigitte erleichtert auf die Matratze sinken. Noch nie hatte jemand in ihrem Starrkopf etwas Positives gesehen. Dieses Mal hatte er ihr keinen Verweis und keine Relegation eingebracht, sondern eine Bleibe in einer Gruppe, die überall gesucht wurde. Über mehr dachte sie erst einmal nicht nach. Sie hoffte nur, dass Janis bald wieder auftauchen würde.

Doch es gab keinerlei Nachrichten über Janis, weder in Amman noch in Deutschland, Brigitte hätte es erfahren, die Gruppe unterhielt genügend Kontakte. Und so flog Brigitte notgedrungen mit zurück nach Berlin und blieb bei ihnen im Untergrund. Wo sonst hätte sie auch hingekonnt? Sie wurde wie die anderen gesucht. Deshalb musste sie, kaum zurück in Westberlin, einfach bestimmte Dinge tun, um ihr eigenes und das Überleben der Gruppe zu sichern, ob sie es nun wollte oder nicht.

Im Camp bei der El-Fatah hatten sie noch geübt, wie man Sprengstoff herstellte, Handgranaten warf, auf bewegliche Ziele schoss, im Dreck unter Stacheldraht hindurchrobbte oder, ohne selbst eine Waffe zu haben, andere Bewaffnete überwältigte und entwaffnete. Dennoch war es etwas anderes, all dies anzuwenden, wenn man eine echte Bank ausraubte, also wenn dabei Menschen verletzt werden konnten und die Polizei im Anmarsch war, oder ein richtiges Auto zu knacken, wenn die Hände vor Angst und Aufregung schlotterten und nicht zur Ruhe kommen wollten oder gar eine geladene Schusswaffe in ihrer schicken roten Knautschlackledertasche steckte, die auch losgehen konnte.

Das Verkleiden, dass Sichverstellen, um bei einem ahnungslosen Vermieter eine neue Wohnung, einen neuen Unterschlupf anzumieten oder eine passende Agenda parat zu haben, falls sie unerwartet auf der Straße angehalten und nach ihrem Ausweis gefragt wurde, das alles machte Brigitte hingegen ausgesprochen Spaß. Noch nie hatte sie sich so lebendig und überlegen gefühlt, und es war, als spielte sie in Helmuts Kirche wieder beim Krippenspiel mit. So trug sie gern dunkle, halblange Perücken und gab vor, einen portugiesischen Akzent zu haben und für eine brasilianische Bank oder Hotelkette unterwegs zu sein.

Doch sosehr sie sich auch bemühte, in verschiedene Rollen zu schlüpfen, sosehr sie auch Dinge lernte, von denen sie zuvor keinen blassen Schimmer gehabt hatte, sie verstand dennoch nicht, warum sie das alles eigentlich taten. Warum sie das mühsam erbeutete Geld in die teuersten Boutiquen schleppten, wo es doch die oberste Pflicht war, nicht aufzufallen. Und warum sie sich so teuer und bourgeois kleideten, wo sie doch alles Bourgeoise angeblich ablehnten und verachteten und in der Erklärung zu Baaders Befreiung behauptet hatten, das Proletariat erreichen zu wollen, nicht die kleinbürgerlichen Intellektuellen.

Nur, da durfte sie nicht nachfragen. Zweifel oder Kritik waren in der Gruppe nicht erwünscht, so wie damals in der DDR nicht, dachte sie, aber auch, wenn sie manchmal noch den Impuls verspürte, gegen Baader oder Ensslin zu rebellieren, hielt sie meist den Mund. Sie brauchte die Gruppe. Ihre Kontakte, ihr Geld. Wohin sollte sie sonst. Außerdem wurden die Diskussionen in Berlin zunehmend seltener, anders als noch in Jordanien, war dafür keine Zeit mehr. Sie waren nur noch auf der Flucht, und alles, was sie taten und unternahmen, war zuallererst eine Reaktion auf ihre Verfolger. Um zu überleben. Und auch Brigitte wollte überleben. Für ihren Sohn überleben. Denn irgendwann würde sie ein Lebenszeichen von ihm finden.

Es war ein seltsam gehetztes Leben, ihr neues Leben. Über allem hing die tiefe Angst, erwischt zu werden und ins Gefängnis zu müssen, denn sie hatten geraubt, bedroht und, ja, auch gemordet.

Manchmal erschien Brigitte ihrer aller Angst als unbegründet, die Polizei war einfach zu dumm, und ihre sorgsamen Vorsichtsmaßnahmen verkehrten sich oft ins Lächerliche, zu einer Art Mummenschanz. Dann aber wieder war ihre Angst durchaus begründet, wenn im Rückspiegel des gerade geknackten Wagens immer wieder derselbe Lieferwagen auftauchte, der auch nach waghalsigen Wendemanövern nicht abzuschütteln war. Dann fühlte sich die Bedrohung, gefasst zu werden, mit einem Mal sehr real an.

Wenn sie dann doch entkamen und der Lieferwagen plötzlich nicht mehr im Rückspiegel zu sehen war, auch auf Dauer verschwunden blieb, und Brigittes Herz trotzdem weiterraste, bis in die Ohren pulsierte, so dass sie das Gefühl hatte, jemand habe ihr eine Glocke über die Ohren gestülpt, unter der sie nur noch sich selbst hören konnte, dann durchflutete sie beinahe ein Glücksrausch, und für wenige Momente war das Leben gut so, wie es war, dann wollte sie nichts anderes mehr als dieses aufregende, berauschende Leben im Untergrund. Erst wenn das Pochen in ihrem Körper allmählich leiser wurde, bemerkte sie schließlich, dass sie wortwörtlich schweißgebadet war.

Sie würde das nicht noch einmal überleben, solch eine Situation und diese Angst, glaubte Brigitte jedes Mal hinterher, und doch wusste sie, dass sie es wieder tun würde, denn längst hatte sie begonnen, solche Situationen zu lieben und herauszufordern, weil sie anschließend das Gefühl hatte, etwas geleistet, etwas geschafft zu haben.

Aber wenn sich ihr Puls beruhigt hatte und sie wieder einen klaren Gedanken fassen konnte, dann, ja dann wünschte sie sich manchmal, endlich gefasst zu werden. Endlich nicht mehr wegrennen zu müssen und endlich wieder ein normales Leben zu führen, auch wenn sie vorher noch in den Knast müsste. Der Staat zeigte sich nicht zimperlich gegenüber seinen Feinden, aber wieder mit anderen über normale Dinge reden, zurückkehren zu können in die Familie, die sie, das verlorene Schaf, natürlich wieder aufnehmen würde. Das hoffte sie zumindest. Emmely und Helmut waren keine Unmenschen, und sie könnten auch auf Johann Einfluss nehmen. Doch auch sie würden Janis nicht finden. Und ohne ihn würde es für Brigitte sowieso keine heile Welt geben. Deshalb rannte sie weiter um ihr Leben, um ja nicht gefasst zu werden.

Die Angst davor war keine Einbildung, sie war real. Es gab um sie herum Menschen – einige davon waren mit in Jordanien gewesen –, die tatsächlich verhaftet worden waren, in einer der konspirativen Wohnungen, die hauptsächlich Ulrike Meinhof beschaffte, weil sie unendlich viele Freunde und Bekannte in der Stadt hatte, bei denen sie immer noch ein hohes Ansehen genoss und die lieber ihnen halfen als den Bullen, die nach ihnen suchten.

Eine dieser Wohnungen befand sich ausgerechnet in der Knesebeckstraße, keine hundert Meter entfernt von Brigittes alter Wohnung, und es verbot sich für Brigitte von selbst, dass sie sich dort ohne Verkleidung blicken ließ, wo die Leute sie vielleicht noch vom Sehen kannten oder sie jetzt erst recht erinnerten, nachdem ihr Foto im Zusammenhang mit Janis' Entführung im Fernsehen gezeigt worden war. Aber ab und zu musste sie eben zu einer Besprechung in die Knesebeck, und jedes Mal hoffte und fürchtete sie sogleich, Johann zu sehen, ihn in der gleichen Trauer um seinen Sohn zu sehen, wie sie sie gerade selbst durchlebte, aber sie sah ihn nie. Doch dann, als sie eines Tages vom Savignyplatz in ihre alte Wohnstraße einbog, sah sie in der Ferne tatsächlich Emmely und Helmut mit einem älteren Mann aus ihrem ehemaligen Wohnhaus kommen.

Es waren zweifelsfrei Emmely und Helmut, den anderen Mann kannte sie nicht. Brigitte drehte sich sofort erschrocken weg, noch bevor die beiden in ihre Richtung hätten blicken können. Eigentlich war die konspirative Wohnung gut gewählt, fand Brigitte, obwohl sie am Anfang gegen die Knesebeckstraße gewesen war. Aber Baaders Argument, die Bullen würden die Gruppe, die nun überall Baader-Meinhof-Bande hieß, eben gerade nicht in der ehemaligen Wohnstraße einer ihrer Mitglieder vermuten, hatten alle gut gefunden, und es schien ja auch zu funktionieren. Nirgendwo parkte ein Auto, in dem Männer sich gelangweilt den Arsch plattsaßen.

Nach ihrer Rückkehr aus Jordanien im August hatte Brigitte wochenlang versucht, herauszubekommen, was mit Janis geschehen war, ob sich die Entführer bei Johann, der Polizei oder einer anderen Organisation gemeldet hatten oder ob er – durch eine Art Wunder – vielleicht schon längst zurück in Deutschland war. Aber Janis blieb verschwunden, und sein Fall war mittlerweile auch nicht mehr in den Zeitungen.

Zuvor war dort berichtet worden, dass Dr. Breier die deutsche Polizei darüber informiert hatte und diese wiederum die Leute von Interpol, dass Janis in Petra verschwunden und Brigitte deshalb in Jordanien zurückgeblieben war. So wurde in den Artikeln sogar vermutet, dass sie Janis' Entführung nur vorgetäuscht habe, weil sie Angst vor Entdeckung gehabt und gehofft habe, Dr. Breier würde der Polizei und Interpol von der angeblichen Entführung berichten. Daraufhin meldete sich aber auch das pensionierte Lehrerpaar aus Freiburg und bestätigte, wie verzweifelt Brigitte gewesen war und wie abgebrannt und dass das keineswegs gespielt gewirkt hatte. Das Paar berichtete den Journalisten auch, dass Brigitte noch in Amman geblieben war, weil sie dort einer Spur hatte nachgehen wollen.

Brigittes Verbindungen zu Baader und Ensslin wogen aber letztendlich schwerer, und in den letzten Zeitungsberichten zu Janis' Entführung nahmen die Polizei und Janis' Angehörige an, dass sie ihn vielleicht, wie Ulrike Meinhof ihre Zwillingsmädchen, irgendwo in Italien versteckt hielt. Brigitte hätte, als sie das las, am liebsten die Polizei angerufen und ihnen gesagt, dass Janis nicht in Italien oder sonst wo von ihr versteckt worden war, sondern dass auch sie ihn suchte, dass auch sie ihn wiederfinden wollte und unendlich unter seinem Verlust litt.

Doch sie rief nicht bei der Polizei an. Zu panisch waren nach der ersten Verhaftungswelle alle um sie herum, und auch Brigitte hatte furchtbare Angst, durch solch einen Anruf eventuell ihre Verfolger auf ihre Spur zu locken oder bei dem Telefonat mehr über sich und ihren Aufenthaltsort zu verraten, als ihr lieb war.

In Berlin war es für die Gruppe zu heiß geworden, und so setzten sie sich nacheinander nach Westdeutschland ab. Einige fuhren mit dem Auto, andere mit dem Zug, aber Brigitte hatte einen Flug von Schönefeld nach Prag gebucht, weil sie über Gernot die Nachricht erhalten hatte, dass Sieglinde sie gern in Prag in der Nähe der Karlsbrücke treffen wollte. Brigitte ahnte, dass Sieglinde von Emmely und Helmut und indirekt auch von Johann vorgeschickt worden war, um von ihr irgendetwas über den Verbleib von Janis zu erfahren, und sagte nach langem Überlegen zu. Sie wusste, wenn die Günzels erkannten, dass Brigitte Janis nicht irgendwo verborgen hielt und ebenso nach ihm suchte wie sie, dann würden sie ganz anders und auch an ganz anderen Orten nach ihm suchen und ihn auch viel eher finden, außerdem würden sie sie nicht länger verfolgen.

Doch als sie an dem geplanten Tag in Schönefeld eintraf, um das Flugzeug nach Prag zu nehmen, wurde sie nach der Passkontrolle aus der Schlange gewunken und von einem der Grenzoffiziere gebeten, ihm zu folgen. Mit klopfendem Herzen nahm sie in einem kleinen fensterlosen Raum an einem Tisch mit zwei Stühlen Platz. Sie wusste, ihr Ausweis war echt, und nur die Gruppe kannte den Namen, auf den er ausgestellt war. Ulrike Meinhof hatte die Blanko-Ausweise samt Dienstsiegel und Stanzgerät für die Passfotos aus einem Rathaus in einem kleinen Ort bei Gießen gestohlen. Also, worum ging es hier?

Ein kleiner drahtiger Mann von vielleicht sechzig Jahren betrat den Raum und setzte sich zu ihr an den Tisch.

»Guten Tag, Fräulein Günzel«, sagte er, und Brigitte grüßte höflich zurück, bis ihr plötzlich der Schrecken durch Mark und Bein fuhr. In ihrem Ausweis stand Monika Hildebrand. Günzel war ihr Klarname!

»Sie wundern sich vielleicht, woher ich Ihren richtigen Namen weiß?«, fragte der Mann lächelnd und schaute sie aus seinen wasserblauen Augen forschend an.

Brigitte erwiderte nichts, das hatten sie einander in der Gruppe immer wieder eingebläut: Wenn es nichts mehr zu leugnen gab, am besten gar nichts mehr sagen.

»Ich kannte mal Ihre Eltern, Emmely und Helmut Günzel, aber das ist schon etwas her. Republikflüchtige, nicht wahr?«

Brigitte sog langsam die Luft ein. Daher wehte also der Wind! War der Mann etwa einer der beiden »Ledermäntel«, die 1953 nach dem Aufstand in Berlin bei ihnen in Mecklenburg nach Johann gesucht hatten und wegen denen sie noch in der Nacht nach Hamburg geflohen waren? Oder war der Mann aus Mecklenburg und Umgebung? Er kam ihr nicht direkt bekannt vor. Das nicht. Aber irgendwie erinnerte er sie an jemanden. Vielleicht hatte sie jemanden aus seiner Familie gekannt? Doch ihr fiel niemand ein, sosehr sie auch die Jahrgänge ihrer alten Schule im Geiste durchforstete.

»Wie ist denn Ihr Name?«, fragte Brigitte mit betont fester Stimme.

»Der tut nichts zur Sache. Noch nicht. Ich wollte nur, dass wir uns mal kennenlernen.« Damit reichte er ihr ihren Ausweis über den Tisch. »Hervorragende Arbeit.«

»Weil er echt ist«, erwiderte Brigitte und ärgerte sich sofort über ihre unnötige Antwort.

»Wenn Sie dennoch mal Schwierigkeiten haben mit dem,

was sie da tun, dann rufen Sie diesen Mann hier an.« Er gab ihr eine Visitenkarte mit einem Namen und einer Telefonnummer. »Fragen Sie einfach nach Onkel Fritz.«

Onkel Fritz? Ernsthaft? Spielten sie hier Räuber und Gendarm?

Doch sie behielt ihre Verwunderung für sich, steckte die Karte ein, und der kleine Mann verließ den Raum, ohne ein Wort des Grußes. Anschließend brachte der Grenzoffizier sie zum Flugzeug, das nur noch auf sie wartete, denn kaum war sie eingestiegen, schloss die Stewardess die Tür. Erst auf ihrem Platz betrachtete Brigitte die Visitenkarte genauer. Da stand nur eine Telefonnummer, wenn sie sich nicht irrte, mit der Vorwahl von Bonn. Wie kam ein Mann vom Grenzschutz der DDR dazu, ihr eine Telefonnummer in Westdeutschland zuzustecken?

Brigitte prägte sich die Nummer ein und zerriss die Karte dann in kleine Schnipsel, die sie auf dem Tablett mit dem kleinen Plastikbecher, in dem ihr eine Zitronenlimo gereicht wurde, zurückließ. Brigitte nahm sich vor, Emmely und Helmut nach dem Mann zu fragen, wenn die beiden, wie Brigitte annahm, ebenfalls an der Karlsbrücke erschienen. Vielleicht wussten die beiden ja, wer das gewesen war.

Doch als sie sich in Prag auf den Weg zur Karlsbrücke machte, hatte sie plötzlich das Gefühl, verfolgt zu werden. Oder war die Stadt etwa so klein, dass sie immer wieder auf dieselben Passanten traf? Als ihr ein Mann um die vierzig bereits das dritte Mal zu folgen begann, winkte sie kurzerhand einem Taxi zu und wies den Fahrer mit ihrem noch rudimentären Russisch an, sie so schnell wie möglich zum Bahnhof zu bringen, wobei sie hoffte, dass ihre Worte »*wogsal, dawai*« ausreichten, sie nicht nur schnell zu irgendeinem Bahnhof zu fahren, sondern zum Hauptbahnhof.

Auch wenn seit 1968 in Prag Russisch bestimmt nicht gern gehört wurde, so ließ Brigittes minimaler Wortschatz als Überbleibsel ihrer DDR-Jugend den Taxifahrer hoffentlich ahnen, dass sie keine Russin war, sondern sich nur einer Sprache bediente, die er vielleicht verstand. Der Taxifahrer fuhr auch, wie sie es erhofft hatte, sofort los, warf ihr aber einen kurzen abschätzigen Blick über den Rückspiegel zu. »Deutschmark?«

Sie nickte.

Ja, sie »war« Deutschmark und nicht Ostmark und würde auch mit Ersterer bezahlen. Das war die Frage, die dahinterstand. Ihr Russisch hatte den Taxifahrer verunsichert, ihre Aufmachung nicht. Er hätte erst gar nicht angehalten, wenn er sie für eine Russin oder Tschechin gehalten hätte.

Als sie kurz darauf am Hauptbahnhof hielten, gab ihm Brigitte ein großzügiges Trinkgeld, obwohl die Ensslin, die die Finanzen unter sich hatte, sie neuerdings alle zur Sparsamkeit anhielt. Das Geld aus den drei Banküberfällen in Berlin, bei denen sie etwas mehr als 200 000 DM erbeutet hatten, schmolz erstaunlich schnell zusammen. Kein Wunder, wenn alle in schicken Boutiquen einkaufen gingen.

Auf dem Bahnhof ließ sich Brigitte eine Verbindung nach Frankfurt am Main über Eisenach – Bebra raussuchen, weil sie hoffte, dass die westdeutsche Grenzpolizei an diesem Übergang die Einreisenden nicht ganz so hart kontrollieren würde, da sie ja bereits von den Grenzern der Ostzone peinlich genau gefilzt worden waren. Brigitte allerdings musste die westdeutschen Grenzer fürchten, die ostdeutschen nicht, denn ihr Pass war echt, wie sogar dieser Onkel Fritz auf dem Flughafen Schönefeld anerkennend bemerkt hatte.

Während Brigitte auf den Zug wartete, kam ihr eine Idee: Wenn Sieglinde tatsächlich in Prag war, dann dürfte sie wohl kaum zu Hause in Heidelberg sein. Also meldete sie an dem dafür zuständigen Schalter, der für Touristen Auslandsgespräche handvermittelte, eine Verbindung nach Heidelberg an und wartete. Nach ein paar Minuten schon wurde sie aufgerufen und betrat die Telefonzelle, die man ihr genannt hatte. Margit war am Apparat.

»Kannst du mir mal Sieglinde geben«, sagte Brigitte, ohne ein Wort des Grußes und wartete geduldig, bis sich Margit von dem Schreck, ihre Stimme zu hören, erholt hatte.

»Sie ist zu einem Treffen mit einer alten Freundin«, erwiderte Margit gedehnt und fügte schnell hinzu: »Die Eltern der Freundin und ihr Bruder sind auch mit.«

»Sag ihnen, dass die Freundin das, wonach sie suchen, auch sucht und keine Ahnung hat, wieso ihr das passiert ist.«

Brigitte war bei ihren letzten Worten ungewollt die Stimme brüchig geworden, und ihr waren die Tränen gekommen, deshalb hängte sie schnell den Hörer ein und brauchte einem Moment, bis sie sich wieder im Griff hatte.

Sieglinde und die Günzels waren also tatsächlich nach Prag gereist, und sie hätte sie treffen und mit ihnen gemeinsam über den Verlust von Janis weinen können, wenn sie nicht so eine Schisserin gewesen wäre und so furchtbare Angst vor einer möglichen Verhaftung gehabt hätte.

Und was, wenn sie sich nur getäuscht hatte und der Mann, vor dem sie geflohen war, gar kein Verfolger gewesen war? Vielleicht sahen in Prag einfach nur viele Männer so aus wie er, und es war gar nicht ein und derselbe Mann gewesen. Eventuell hatte er nur eine ähnliche Jacke angehabt und den Bart ähnlich getragen, so wie es hier in Prag gerade Mode war. Im Osten hatte man nicht so viele Möglichkeiten, sich unterschiedlich zu kleiden, das wusste sie doch noch von früher, da sah schnell einer wie der andere aus.

Brigitte überlegte, doch noch zur Karlsbrücke zu fahren, verwarf den Gedanken aber wieder. Sieglinde, die ja mittlerweile genügend Erfahrung mit der Überwachung des Sozialistischen Patientenkollektivs haben dürfte, nach allem, was Brigitte darüber gehört hatte, konnte sich bestimmt denken, warum Brigitte dem Treffen an der Karlsbrücke ferngeblieben war. Und Brigitte war ja auch das, was sie Sieglinde hatte sagen wollen, indirekt über Margit losgeworden. Die Günzels würden von ihr erfahren, dass Janis nicht bei ihr war und dass Brigitte ihn ebenfalls suchte. Ob sie ihr glaubten, stand auf einem anderen Blatt.

Oder sollte sie doch noch hin? Sie hätte Johann tatsächlich gerne wiedergesehen, auch wenn sie sich nur allzu gut ausmalen konnte, wie hasserfüllt er auf sie reagieren würde. Aber wenn er erst mal kapiert hätte, wie sehr auch sie unter Janis' Verschwinden litt, dann würde er ihr vielleicht verzeihen und sie in die Arme nehmen, und sie könnten einander gegenseitig trösten. Er wusste doch, dass sie Janis' Leben nicht leichtfertig aufs Spiel gesetzt hatte, das war nur passiert, weil sie eben manchmal so unüberlegt und spontan war.

Das hatte sie sich schon alles auf dem kurzen Flug nach Prag zurechtgelegt, aber nun war die Chance, sich mit Johann zu versöhnen, vertan, und sie war auf den Weg nach Frankfurt, zurück in ihr neues Leben.

KONRAD

Brasilien, Rio de Janeiro

1961

Konrad hatte die beiden Männer schon einmal gesehen. Vor etwa zehn Tagen waren sie in einem großen, auffällig modernem Wagen durchs Dorf gefahren und hatten sich, wie José ihm später erzählte, schon zwei Dörfer weiter erkundigt, ob es in der Gegend ausländische Ärzte gab. Nun waren sie auch hier in Rio de Janeiro aufgetaucht, aber in einer Gegend, in die Fremde für gewöhnlich nicht fuhren, da sie abseits der Sehenswürdigkeiten lag, und in der es für Leute, die sich nicht auskannten, gefährlich werden konnte. Für Konrad Grund genug, misstrauisch zu werden. Deshalb wählte er einen großen Umweg über die kleineren Straßen des Viertels, die ihn erst einmal von *Karlos' Bistro* wegführten. Er war sich sicher, die beiden Männer dadurch abschütteln zu können, und falls er sie doch wieder sah, würde er heute nicht bei Karlos essen, sondern auf verschlungenen Wegen hungrig in sein Dorf zurückkehren.

Als Konrad vor beinahe fünfzehn Jahren nach Brasilien gekommen war, hatte er noch mehr darauf geachtet, ob er den Gesichtern um ihn herum schon einmal irgendwo begegnet war, und hatte jeden, der ihn nach seiner Herkunft ausgefragt hatte, misstrauisch beäugt, aber möglichst nicht zu offen, denn wenn man einem an sich offenen Menschen misstrauisch begegnete, wurde dieser ja erst alarmiert, selbst wachsam zu sein, und trat einem erst recht mit Skepsis entgegen.

Es war nicht ratsam, zu vorsichtig zu sein. Denn natürlich merkten die Dorfbewohner sofort, dass er ein Ausländer war, und wollten wissen, warum er ausgerechnet ins ländliche, arme Brasilien gekommen war, selbst wenn sie zuvor gehört hatten, dass ganz Europa in Schutt und Asche lag.

Denn die armen Leute auf den Dörfern rings um Rio sahen da offenbar keinen Zusammenhang. Ja, sie hatten schon von diesem großen Krieg gehört, aber der war doch schon seit mehr als zwei Jahren vorbei gewesen, als Konrad nach Rio kam, und was der Krieg angerichtet hatte, konnten sie sich überhaupt nicht vorstellen, niemand konnte es sich vorstellen, wenn er nicht selbst dabei gewesen war, und manchmal konnten – oder wollten – sich nicht mal die im Nachhinein an den Krieg erinnern.

Deshalb waren Brasilien, Argentinien oder Paraguay auch so beliebte Ziele für ranghohe Offiziere wie Mauersberger gewesen, der alle Verbindungen nach Deutschland hatte hinter sich lassen wollen. Aber wenn man sich wie Konrad sehr vorsichtig bewegte und noch dazu den Einwohnern der Gegend von Nutzen war, dann konnte man sehr lange unbehelligt bleiben, dann wurden sogar die, die einen vielleicht suchten oder andere nach ihm suchen ließen, gern mal mit falschen Informationen in die Irre geleitet.

Und Konrad war den Leuten der Umgebung von Nutzen.

Gleich nach seiner Ankunft in Brasilien hatte er eine kleine Praxis eröffnet und – nachdem er sich einigermaßen eingerichtet hatte – geplant, wie er Alma zu sich nachholen könnte. Auch wenn er damals ahnte, dass Alma ihr Problem mit Gitti nicht so schnell überwinden würde und der Umgang für die Günzels sehr schwer mit ihr werden würde. Alma konnte, anders als früher Selma, nicht verzeihen. Wer sie einmal enttäuscht hatte, dem würde sie nie wieder trauen können, also war es die beste Lösung, sie zu sich nach Brasilien zu holen. Er selbst wäre nicht so allein, würde weiterhin das einst Selma gegebene Versprechen – sich immer um Alma zu kümmern – nicht brechen und auch die Günzels entlasten. Doch da Konrad nicht wusste, ob er in Deutschland noch gesucht wurde, bat er damals die Oberin des Waisenheims, für das er gleich in der ersten Woche kostenlos zu arbeiten begann, sich mit den Günzels in Verbindung zu setzen, um Alma vielleicht mit einem offiziellen Rot-Kreuz-Transport nach Brasilien zu bringen.

Wie entsetzt war er, als er eine Woche später von der Oberin erfuhr, dass die Günzels Alma, gleich nachdem sie die Nachricht erhalten hatten, dass Konrad tot sei, in ein Heim für geistig Behinderte bei Brandenburg gesteckt hatten.

Wie hatte sich Helmut nur dazu hinreißen lassen, Alma, der Schwester von Selma, so etwas anzutun? Das tat er auch ihr und ihrer Tochter Gitti an, die sie für sie aufzogen, und auch ihm, seinem langjährigen Freund Konrad. Und hatte Alma es nicht schon schwer genug in ihrem Leben gehabt? War das die viel beschworene christliche Nächstenliebe, die Helmut in seiner Kirche predigte, die selbstlose Hilfe, die besonders denen zuteilwerden sollte, die vom Schicksal nicht bevorzugt waren, sondern schwerer an ihrem Päckchen zu tragen hatten als andere?

Konrad war nie gläubig gewesen, die Erziehung seiner Mutter, die an gar nichts geglaubt hatte, nicht einmal an die Liebe, war nicht gerade eine gute Voraussetzung dafür gewesen. Trotzdem hatte er Helmut abgenommen, dass sein Glaube echt war und nicht nur ein Berufsziel, eine Haltung, die nur aus Phrasen bestand. Doch dann sah er ja, wie es um Helmuts christliche Nächstenliebe stand, wenn er Alma, kaum war Konrad nicht mehr da, einfach in ein Heim verfrachtete und sich damit aller Verantwortung für sie entledigte.

Damals, 1947, als er in Brasilien ankam, hatte Konrad eigentlich vorgehabt, die Günzels darüber zu informieren, dass er doch noch lebte, wenn er Alma erst zu sich geholt hätte. Aber dann wollte er nichts mehr mit ihnen zu tun haben. Sollten sie doch denken, er sei tot. Was ging das ihn noch an? Er musste sich zuallererst um Alma kümmern, sie aus dem Heim holen und nach Brasilien schaffen. Das war das Wichtigste und die Nachkriegszeit, in der auch nach zwei Jahren noch unendlich viele Heimatlose, Kriegsgefangene und Vertriebene einen neuen Platz in dieser zerbombten Welt suchten, war genau die richtige Zeit, um Alma heimlich aus diesem Heim für Behinderte abzuholen und sie unbemerkt nach Brasilien zu bringen.

Bevor Alma in Rio ankam, hatte Konrad sie unter den Leuten seines Dorfes angekündigt und verbreitet, seine Frau sei leider etwas verrückt, also nicht mehr ganz richtig im Kopf, seit einem Bombenangriff auf Berlin, nach dem sie drei Tage lang verschüttet gewesen war. So richtig hatten die Leute ihm das nicht abgenommen, dass Alma, nur weil sie verschüttet gewesen war, anders war, aber Konrad merkte schnell, dass er sich gar keine weiteren Begründungen ausdenken musste, so wichtig war das den Leuten gar nicht. Die Bewohner der Gegend waren es gewohnt, geistig und körperlich Behinderte in ihren Familien zu versorgen. Nur in den großen Städten Brasiliens wurden sie manchmal in Heimen versteckt, so wie in Deutschland.

Auch seinen neuen Patienten jagte Alma deshalb nicht, wie Konrad es anfänglich erwartet hatte, Angst und Schrecken ein, sondern sie fassten durch Almas Krankheit sogar schneller Vertrauen zu ihm als Arzt und ließen von den anfänglichen, sehr skurril wirkenden Ausreden, wie sie sich zum Beispiel eine Geschlechtskrankheit zugezogen haben könnten, irgendwann ab und gaben zu, dass sie diese Probleme erst seit einem Besuch bei Rosalie hatten, einer außerhalb des Dorfes, in einer kleinen Baracke wohnenden älteren Frau, von der sie sich ab und zu verwöhnen oder, wenn die Betroffenen noch sehr jung und unerfahren waren, in die Kunst der Liebe einweihen ließen.

So konnte Konrad endlich Rosalie als den Ausgangspunkt des immer wieder auftretenden Trippers in der Gegend ausmachen und schließlich auch sie mit etwas Einfühlungsvermögen heilen, wofür sich Rosalie mit einem kostenlosen Verwöhnprogramm bei Konrad bedanken wollte, doch das lehnte er ab, obwohl er sonst die Bezahlung seiner Dienste in Naturalien durchaus mochte.

Denn weil die Frauen der Umgebung ihn wegen Alma, die weder kochen noch sonst richtig für ihn sorgen konnte, bemitleideten, brachten sie ihm als Bezahlung immer wieder Essen oder beaufsichtigten Alma für ein paar Stunden, wenn er mal etwas Zeit für sich brauchte. Und manchmal nahmen sie Alma sogar für ein, zwei Tage in ihrer Familie auf, wenn er nach Rio de Janeiro in die Stadt musste, um neue Medikamente zu holen, oder wenn er im Waisenheim länger als einen Tag brauchte, um die Kinder zu untersuchen.

Seine Visite im Waisenheim verband er meist mit einem Besuch in *Karlos' Bistro* und genoss dort das vertraute Essen aus der Heimat, denn Karlos hieß eigentlich Karl und war bereits vor dem Krieg nach Rio ausgewandert, weil seine Frau, eine Nachtclubtänzerin aus São Paulo, sich in Nazi-Deutschland nicht mehr sicher gefühlt hatte. Mit Karl unterhielt sich Konrad gern, aber die deutsche Hausmannskost zog auch andere Deutsche an, die wie Konrad erst nach dem Krieg über Italien geflohen waren, oft wie er selbst mit Hilfe von Alois Hudal, dem Rektor des deutschen Priesterkollegs Santa Maria dell'Anima, und nur zu gern über das Deutschland von damals reden wollten, allerdings nicht so gern über ihre Taten während des Krieges, denn auch wenn sie sich alle bei Karlos als Gleiche unter Gleichen wähnten, so wollte sich auch jeder vor Entdeckung und Verfolgung schützen und nicht seinen wahren Namen preisgeben.

Konrad hieß in Brasilien zum Beispiel Dr. Siebert und mit Vornamen Rüdiger, aber da ihn Alma weiter beharrlich »Kon« nannte und er ihr das auch nicht hatte abgewöhnen können, erzählte er denen im Dorf, die es wunderte, dass sein zweiter Vorname Kornelius war. Überhaupt nahm er Alma niemals mit in die Stadt. Das hatte er nur einmal getan, und die ungewohnte Umgebung hatte sie dermaßen verwirrt, dass sie nicht mehr zu beruhigen gewesen und er so bald wie möglich wieder mit ihr nach Hause gefahren war. Im Dorf konnte er ihr weismachen, dass sie weiterhin in Deutschland auf dem Land lebten, auch wenn sich das Wetter und die Nachbarn stark verändert hatten und weder die Günzels noch Johann und Gitti dort vorbeikamen. Aber so wie Alma nach einem Jahr endlich Selma vergessen und nicht mehr nach ihr gefragt hatte, so hatte sie nach einem Jahr in Brasilien auch alle Menschen von früher vergessen und trug nun, als wäre es das normalste der Welt, Josés Enkelkinder auf ihrem Rücken herum und erfand für sie – wie damals für »Bitti« – neue, für sie einfache, aussprechbare Abkürzungen. Alma lernte sogar ein paar Silben Portugiesisch, jedenfalls wussten Josés Kinder, was Alma ihnen sagen wollte, doch kein anderer Brasilianer hätte Almas Portugiesisch je verstehen können.

Doch sein Groll auf Helmut und Emmely verflüchtigte sich nach mehr als zehn Jahren in Brasilien, nicht nur, weil er eigentlich nicht nachtragend war, sondern auch, weil er so oft an Gitti denken musste. Deshalb hatte Konrad den Günzels vor drei Jahren das erste Mal geschrieben. Das war er Selma schuldig und schließlich auch den Günzels, die sich ja trotz allem immer um Gitti wie um ihre eigene Tochter gekümmert hatten. Brigitte war da schon achtzehn und lebte mittlerweile mit den Günzels in Westberlin, wie er durch seine Nachforschungen wusste, und Helmut war doch tatsächlich Pfarrer in der Heilig-Kreuz-Kirche in der Zossener Straße geworden.

Konrad hatte damals sehr lange über seinen ersten Brief an die ehemaligen Freunde nachgedacht und irgendwann beschlossen, nicht ihnen, aber zumindest seiner Tochter Gitti wegen Alma zu verzeihen. Sie war ja damals nicht mal sechs gewesen, und wenn, dann hatten der alte Berthold und die Nazis Almas Qualen kurz vor Kriegsende zu verantworten gehabt. Sie alle waren in gewisser Weise damals den Rattenfängern nachgelaufen, und deshalb war es auch an der Zeit gewesen, den Günzels zu verzeihen und ihnen zu schreiben, dass er lebte und dass er damals Alma aus dem Heim in Brandenburg entführt hatte.

Helmut und Emmely hatten ihm mit einem langen Brief geantwortet. Sie freuten sich sehr, dass er lebte, und obwohl sie sich entschuldigten, Alma ins Heim gegeben zu haben, fragten sie ihn, was sie damals anderes hätten tun sollen. Hätten sie Gitti anstatt Alma weggeben sollen? Denn Alma geriet auch noch nach Monaten immer außer Rand und Band, wenn sie Gitti nur sah. Das war kein Zustand mehr gewesen. Und wenn sie damals gewusst hätten, dass Konrad doch noch lebte, dann hätten sie ihm lieber Gitti nach Rio geschickt, als Alma ins Heim zu geben. Das, so forderten die beiden, musste er ihnen glauben. Die beiden hatten ihn allerdings nicht gefragt, warum er überhaupt in Brasilien unter einem anderen Namen lebte und warum er in Deutschland lieber weiterhin als tot galt. Vielleicht dachten sie, er würde schwerwiegende Gründe dafür haben, und die hatte er ja schließlich auch. In ihren weiteren Briefen, die sie sich bald schrieben, war das jedenfalls kein Thema; ob sie Brigitte darüber aufklären sollten, wer ihr Onkel Konrad war und dass er doch noch lebte, schon.

Auf dem Weg zu *Karlos' Bistro* hatte er mehrere Haken geschlagen und die beiden Männer nicht noch einmal gesehen. Das beruhigte ihn, und er betrat endlich mit knurrendem Magen das Bistro.

Im Fenster des Bistros saß Schwester Monika, so nannte sich Gitti hier in Rio. Er hatte gehofft, sie bei Karlos noch einmal anzutreffen, denn es war ihre letzte Woche in Brasilien, und sie musste heute auf die Post, um eine Überweisung von Helmut für das Waisenhaus abzuholen. Danach ging sie wie Konrad ebenfalls gern bei Karlos vorbei, wenn sie in der Nähe war.

Gitti. Seine Tochter Brigitte.

Damals, als er Deutschland verließ, hatte er nicht einmal hoffen dürfen, sie jemals wiederzusehen, aber nun arbeitete sie fast schon ein ganzes Jahr im Waisenheim, und er überlegte immer noch, ob er ihr nicht doch endlich sagen sollte, wer er in Wirklichkeit war und dass er mit daran Schuld hatte, dass sie in Rio de Janeiro war und nicht wie geplant in Argentinien. Doch Helmut und Emmely hatten ihm ausdrücklich verboten, Gitti reinen Wein über sich einzuschenken. Sie wäre noch nicht so weit, hatten sie in ihren Briefen gewarnt, das würde sie nur noch mehr verwirren, und sie könnte Konrads Aufenthaltsort in ihrer Wut, jeden Alt-Nazi öffentlich anzuprangern, und sei er auch ihr eigener Vater, vielleicht sogar verraten.

Konrad holte sich bei Karlos ein Bier und ging zu ihr ans Fenster.

»Darf ich?«

Brigitte wirkte erschrocken, aber sie nickte ihm zu.

»Ich hab Sie zufällig von draußen gesehen und dachte, wir könnten uns ein wenig unterhalten«, sagte Konrad, prostete ihr mit seinem Bier zu und sagte ihr endlich, wie gut sie sich doch in dem vergangenen Jahr entwickelt hatte.

Das Bistro war zur Mittagszeit immer gut gefüllt, deshalb musste man immer etwas auf sein Essen warten. Doch endlich brachte Karlos einen Teller Kohlrouladen mit Petersilien-Kartoffeln und stellte ihn vor Konrad ab.

»Wenn das die Oberin sehen würde«, sagte Konrad, säbelte sich ein großes Stück von der Kohlroulade ab und schob es in den Mund. »Mmmmh, herrlich! War die Boulette auch so gut?«

Er sah, wie Gitti rot wurde. Wahrscheinlich fragte sie sich, woher er das wusste. »Sie haben da noch Senf am Kinn, und da die Bockwurst alle war ...« Er lächelte sie über seine Brille hinweg an, und als sie schließlich zurücklächelte, wurde ihm ganz weich ums Herz. Jetzt entschuldigte sie sich auch noch, dass sie Appetit gehabt hatte.

Konrad hatte sich damals darauf eingelassen, keinen Kontakt zu Brigitte aufzunehmen, obwohl er sich vor drei Jahren nicht sicher war, ob die Günzels ihn nicht nur vertrösten wollten. Doch ihr Brief hatte wirklich besorgt geklungen, auch ihre Berichte danach, aber der, der ihn dann vor mehr als einem Jahr erreichte, noch mehr. Brigitte war von einem Arztsohn verschmäht worden und hatte daraufhin ins Kloster gewollt. Konrad musste damals grinsen, als er das las. Seine kleine Gitti hatte Liebeskummer und wollte ins Kloster! Die Günzels hatten sie aber immerhin überreden können, stattdessen Waisenkindern zu helfen, und so war man auf ein Waisenheim in Argentinien gekommen, mit dem die Kirche eng zusammenarbeitete. Allerdings hatte Emmely große Sorge, wie es Brigitte in der Fremde ergehen würde, so mutterseelenallein. Sie sei kein einfacher Charakter, schrieb sie, und niemand würde dort auf sie aufpassen. Da kam Konrad der Gedanke, Gitti in dem Waisenheim in Rio unterzubringen, wo er selbst Waisenkinder verarztete, und er schrieb das den Günzels. Die befürworteten seinen Vorschlag sofort, allerdings dürfe er sich Gitti nicht zu erkennen geben, warnte Emmely erneut, das würde Brigitte nur noch mehr durcheinanderbringen. Denn Gitti glaubte ja nicht nur, er, Konrad, sei ihr Onkel, sondern sie hielt ihn auch für tot. Auch wären sie und Helmut gerne dabei, wenn Gitti die Wahrheit über ihre Herkunft erfahre, damit sie ihr erklären konnten, warum sie es ihr erst so spät sagten.

Konrad war von der Chance, Gitti in Rio zu treffen und sie ein Jahr lang regelmäßig zu sehen, so sehr begeistert, dass er Emmelys Forderung zustimmte. Und was war er aufgeregt gewesen, als der Tag sich näherte, an dem er seiner Tochter am Flughafen gegenübertreten sollte, das erste Mal seit Jahren! Aber dann war Gitti nicht mehr da gewesen, als er verspätet eintraf, war einfach auf eigene Faust losmarschiert und hatte sich auch noch die Koffer klauen lassen. Als er sie dann später so allein im Innenhof des Waisenheims sitzen sah, da hatte er sie lange nur betrachtet. Einfach nur angeschaut. Seine Tochter, die nun schon eine erwachsene Frau war. Wenn doch nur Selma sie für einen winzigen Augenblick so sehen könnte, hatte er gedacht, ihre gemeinsame Tochter.

Und da war auch ein bisschen Angst gewesen, dass Gitti in ihm sofort ihren geliebten Onkel Konrad von früher wiedererkennen könnte. Doch nein, bis zum heutigen Tag hielt sie ihn für den Dr. Siebert, der ihr am Anfang viele Ratschläge gegeben hatte, damit sie von der Oberin und den anderen Schwestern angenommen wurde. Ja, Gitti war zu Beginn etwas naiv und impulsiv gewesen, hatte zu viel gewollt und sich sogar anders genannt. Zum Glück hatte er Emmely noch warnen können, dass sich Brigitte auf keinen Fall Teresa nennen sollte, denn die dritte Schwester Teresa in vier Jahren hätten die anderen Schwestern sicher noch weniger akzeptiert.

Wie viele andere Mädchen vor ihr hatte Gitti in Rio »Gutes« tun wollen, und das Heim nahm nur noch widerwillig die höheren Töchter aus Deutschland, England oder Frankreich an, die sich in ihrem Mitleid für die Waisenkinder suhlten und davon träumten, als eine zweite Mutter Teresa berühmt zu werden. Doch nach einigen Monaten stellte sich heraus, dass Gitti tatsächlich auch mit anzupacken wusste, sich für keine Drecksarbeit zu schade war, und mittlerweile empfand auch die Oberin sie als eine große Hilfe.

Die Oberin, die Schwestern, sie alle hatten seiner Gitti anfangs unrecht getan, selbst er, ihr eigener Vater, hatte nicht mit Ratschlägen, Sarkasmus und zynischen Bemerkungen gespart. Aber es war ihr gut bekommen, denn sie ließ sich nicht ins Bockshorn jagen, sondern war ein starker, grundehrlicher Charakter, der ihn inzwischen immer mehr an seine Mutter erinnerte. Konrad hatte sich in seinen Berichten an die Günzels deshalb schon mehrmals bedankt, wie gut sie Gitti erzogen hatten.

Konrad schob sich gerade das letzte Stück Kohlroulade in den Mund, die so schmeckte wie bei seiner Mutter früher – der Kohl scharf angebraten, an manchen Stellen fast verkohlt für den kräftigeren Geschmack, die Hackfleischfüllung mit einer Spur von Kümmel, damit der Kohl später im Magen nicht mehr so blähte –, da sah er sie wieder, die beiden Typen. Sie spazierten am Schaufenster des Bistros vorbei, anscheinend in ein Gespräch vertieft, und schon waren sie aus seinem Blickfeld verschwunden.

Nachdem sich Konrad von dem Schrecken erholt hatte, begann er zu überlegen: Wenn die beiden ihn oder irgendeinen anderen ehemaligen Nazi-Deutschen suchten und sie, wie Konrad vermutete, vom Mossad waren, warum waren sie dann gerade an *Karlos' Bistro* vorbeigegangen? Sie würden doch wissen, dass hier ein Treffpunkt für Deutsche, auch für ehemalige Nazis in Rio war, und hätten sich doch bestimmt umgesehen, ob nicht gerade jemand, nach dem sie fahndeten, hier zu Mittag aß.

Oder etwa nicht?

Erst im letzten Mai hatte der Mossad Adolf Eichmann in Buenos Aires aufgegriffen, der früher von seinem Schreibtisch aus die Judenvernichtung geplant und die Befehle dafür gegeben hatte, und nun wurde ihm in Tel Aviv der Prozess gemacht. Jeder, der aus denselben Gründen aus Deutschland wie Eichmann geflohen war, musste nun vor seiner Ergreifung zittern. War es das, warum Konrad in jedem Mann, den er zufällig zweimal sah, den Mossad vermutete?

Er konnte es nicht sagen, und es war auch unwichtig, was er glaubte und was nicht. Hier in *Karlos' Bistro* saß er sowieso in der Falle. Wenn die beiden da draußen in diesem Augenblick ihre Männer sammelten, um in wenigen Minuten das Bistro zu stürmen und Konrad zu verhaften, dann konnte er das nicht mehr verhindern. Plötzlich durchfuhr ihn ein Schreck: Was würde aus Alma werden?

Würde José so herzlos sein und Alma vor die Tür setzen,

wenn Konrad nicht mehr zurück ins Dorf käme? Ein paar Tage, vielleicht ein, zwei Wochen würde Josés Familie Alma sicher noch durchfüttern, aber wenn sie hörten, was Konrad während des Krieges alles angeblich getan haben sollte, würden sie dann Alma nicht loswerden wollen, die ja trotz ihrer Krankheit, oder vielleicht gerade wegen ihrer Krankheit, immer einen gesegneten Appetit hatte und praktisch immer für zwei aß – als würde sie für Selma mitessen, dachte Konrad manchmal?

Doch niemand stürmte das Bistro. Die beiden Kerle kamen auch nicht noch einmal vorbei, also konnte er die Fragen um Alma auch noch später überdenken, obwohl er sich nun vorwarf, nicht längst für den Fall der Fälle Vorsorge getroffen zu haben. Denn was, wenn man ihm seine Geschichte nicht glaubte?

Da er aber daran gerade nichts ändern konnte, beschloss er, sich weiter mit Gitti zu unterhalten, vor der ihm eine Verhaftung sehr unangenehm sein würde, gerade weil er durch die Briefe der Günzels wusste, dass sie nicht sehr gut auf Nazis zu sprechen war und ihn dann wahrscheinlich für einen Lügner halten würde, für einen feigen Nazi. Gitti hatte ihn nie gefragt, warum er in Rio war, fiel ihm auf, also hielt sie ihn womöglich für einen selbstlosen Menschen, der für die Ärmsten der Armen sein Leben hingab.

»Ich hab die Boulette von der Spende bezahlt«, sagte Gitti gerade kleinlaut.

»Na und? Ohne Sie gäbe es diese Spenden gar nicht«, entgegnete er. »Also vergessen Sie mal Ihr schlechtes Gewissen, Schwester Monika.«

»Aber Sie haben es mir doch erst mit Ihren Sprüchen über Gutmensch-Touristen eingeredet. Dabei hatte ich gedacht, dass wir als Deutsche zusammenhalten würden.«

»Ich habe Ihnen kein schlechtes Gewissen eingeredet, Monika. Es war immer schon in Ihnen. Und dass wir Deutsche immer zusammenhalten müssen, davon halte ich sowieso nichts. Haben Sie schon vergessen, was daraus entstanden ist?«

Nein, das hatte Gitti natürlich nicht, und als sie kurz darauf das Bistro verließen und gemeinsam zurück den Weg zum Waisenhaus einschlugen, erzählte sie Konrad, wie verblendet sie einst selbst gewesen war und wie fanatisch sie noch als Elfjährige für Hitler hatte sterben wollen. »Da war der Krieg schon fünf Jahre vorbei, Dr. Siebert.«

Konrad quittierte es aber nur mit einem nachdenklichen Nicken. Vielleicht sollte er ihr doch noch vor ihrer Abreise die Wahrheit über sich sagen? Denn schon bald würde sie fort sein, und er würde sie vermissen und sich wohl grämen, nicht die Chance genutzt zu haben. Für sie würde er in wenigen Wochen nur noch eine verblassende Erinnerung sein, ein alter Mann, ein Arzt, der sie immer auch ein bisschen gepiesackt, gefoppt und moralische Bedenken angemeldet hatte, wenn sie mit dem Kopf durch die Wand gewollt hatte. Aber was wäre, wenn Gitti wüsste, dass er nicht nur ihr einst so verehrter Onkel Konrad, sondern sogar ihr Vater war? Ja, er hatte Emmely und Helmut versprochen, den Mund zu halten, aber sie hatten ja nicht miterlebt, wie sich Gitti hier in diesem Jahr gemausert hatte. Außerdem war er Gittis Vater! Dann durfte er ja wohl auch bestimmen, wann die Zeit für die Wahrheit reif war. Deshalb sagte er vorsichtig:

»Meine Tochter, die etwa so alt wie Sie ist, Monika, war leider damals auch eine glühende Hitler-Anhängerin.«

Natürlich fragte Gitti sofort nach, wo seine Tochter jetzt war. Was sollte er da antworten? Gitti war ja gerade in Rio, aber würde sie seine Antwort dann nicht falsch und seinen Hinweis erst recht nicht verstehen? Doch da sah er die beiden Männer erneut: Sie kamen direkt auf ihn zu, waren nur noch wenige Meter von ihnen entfernt, und würden geradewegs in Konrad und Gitti hineinlaufen. Mutlos blieb er stehen. Jetzt war es also so weit. Doch die beiden Männer gingen, ohne ihn eines Blickes zu würdigen, an ihnen vorbei. Er hatte sich getäuscht, dachte Konrad, und schaute ihnen noch etwas hinterher.

»Was halten Sie davon, wenn wir noch einen kleinen Umweg machen?«, schlug er vor und zog Gitti, ohne ihre Antwort abzuwarten, in eine Toreinfahrt. »Kommen Sie, ich würde Ihnen gern etwas zeigen. Hier gibt es nämlich einen Zitronenhain. Den müssen Sie vor Ihrer Abfahrt noch sehen.«

Konrad bedeutete Gitti, ihm zu folgen, und nachdem sie drei aufeinanderfolgende Höfe durchquert hatten, standen sie vor einem Zitronenhain, etwas höher gelegen, und zu seinen Füßen plätscherte es leise aus einem kleinen, verwitterten Springbrunnen. Wie immer, wenn er hier war, säuberte Konrad die danebenstehende Holzbank von dem herabgefallenen Laub, damit sie sich setzen konnten. Das hier war sein Lieblingsplatz, hier war er oft in den ersten Wochen gewesen, nachdem er nach Rio de Janeiro gekommen war und zwei Straßenzüge weiter eine kleine Wohnung bezogen hatte, bevor er die verlassene Praxis auf dem Land gefunden hatte.

»Riechen Sie das, Schwester Monika? Das sind die Zitronen.«

Natürlich hatte Brigitte schon Zitronenbäume gerochen, im Waisenhaus standen links und rechts der kleinen Freitreppe zum Haupteingang zwei sehr schöne Exemplare. Aber irgendwie hatten ihn die beiden Männer ganz durcheinandergebracht, und plötzlich hatte er das Gefühl, er sollte Gitti doch gleich hier und jetzt die Wahrheit über sich sagen.

»Schwester Monika, ich würde gern unser vielleicht letztes Gespräch dazu nutzen, um Ihnen etwas anzuvertrauen, was Ihr Bild von mir möglicherweise etwas korrigiert«, begann Konrad zögernd. »Ich habe Sie oft genug gegen mich aufgebracht, indem ich Ihren Taten egoistische Absichten unterstellt habe. Aber glauben Sie mir, ich wollte nur Ihr Bestes und dass Sie nicht dieselben Fehler machen wie ich, als ich so jung war wie Sie.«

»Na ja, Sie hatten ja mit vielem recht«, erwiderte Gitti, »auch mit meinem Namen. ›Schwester Monika, die Seelenretterin der Kinder!‹«, höhnte sie. »Dabei bin ich das gar nicht! Ich wollte nur … Ich heiße in Wirklichkeit Brigitte.«

Das war doch ein guter Anfang, viel einfacher, als er gedacht hatte. »Auch ich bin nicht der, für den ...« Er zögerte etwas, sollte er wirklich gleich mit allem rausrücken? Wäre das nicht zu viel für den Anfang? »... für den du mich hältst«, sagte er und schaute sie an. Verstand sie sein Angebot, zum Du überzugehen? Doch da hörte er plötzlich ein Rascheln im Zitronenhain und sah einen größeren Schatten hinter den Stämmen vorbeihuschen, der größer war, als ihn ein streunender Hund, von denen es in Rio so viele gab, verursachen würde. Seine Zeit war nun doch gekommen, das wusste Konrad sofort, er würde Gitti nicht mehr die Wahrheit sagen können, denn hier oben hatte er noch nie jemanden angetroffen. Die Brasilianer hatten so viel wunderschöne Natur um sich rum, dass sie es nicht nötig hatten, sich in einem kleinen Zitronenhain abseits aller Boulevards und vor allem abseits des Strandes aufzuhalten, wo sie keine anderen Menschen treffen konnten.

Nein, da war jemand in dem Zitronenhain, der nicht gesehen werden wollte, und das entsprach so gar nicht der brasilianischen Seele. Und hatte der Mossad diesen Eichmann nicht auch im Stillen, abseits aller möglichen Zeugen, verhaftet und heimlich nach Israel gebracht? Der Zitronenhain wäre ideal für eine Verhaftung, dachte Konrad. Er wollte nur nicht, dass man ihn vor Gittis Augen abführte, und deshalb entschuldigte er sich bei ihr für einen Augenblick, obwohl er wusste, dass er länger wegbleiben würde.

Er müsse nur mal kurz Wasser lassen, entschuldigte er sich bei ihr, dieser Springbrunnen habe immer diese Wirkung auf ihn, und am liebsten hätte er sie zum Abschied umarmt, aber so weit war er mit seinem Geständnis nicht gekommen, dass sie eine Umarmung richtig verstehen konnte. Er schaute vielleicht ein letztes Mal in ihre blauen Augen, dann ging er in den Zitronenhain hinein. Nach nur wenigen Schritten wurde ihm von hinten etwas über den Kopf gestülpt, und es wurde sofort dunkel um ihn herum. Er war wie gelähmt vor Angst, aber um

Gitti nicht zu erschrecken, unterdrückte er den Aufschrei, der ihm bereits in der Kehle saß. Er war gefasst auf das, was jetzt kam. Seit Langem.

Gitti und die Oberin würden noch früh genug erfahren, was es mit ihm und seinem Verschwinden auf sich hatte. Er war nun mal ein gesuchter Mörder. Und wenn nicht, umso besser, dann behielten sie ihn hoffentlich in guter Erinnerung. Mehr Sorgen machte er sich um Alma. Wie würde sie sein Ausbleiben verkraften, und würde Josés Familie sie auch ohne seine Anwesenheit weiter verpflegen und gut behandeln? Wieso hatte er daran nicht vorher gedacht?

Wenig später wurden Konrad die Hände auf den Rücken gefesselt, und er wurde unsanft auf den Rücksitz eines Autos gehievt. Dann deckten sie ihn stumm mit einer Decke ab. Auch er sagte nichts. Wozu auch?

Es waren nur die zwei Männer, glaubte Konrad, nicht mehr, soweit er das mit einem Sack über dem Kopf plus Decke beurteilen konnte. Er hatte sich die Verhaftung immer brutal und schmerzhaft vorgestellt, hatte Schläge erwartet, aber nein. Vielleicht hoben sie sich das für später auf. Er hoffte inständig, dass es nicht so schlimm werden würde, wie er es sich vorstellte.

Sie fuhren etwa zwei Stunden oder mehr, unter der Decke gab es kein Zeitgefühl, erst durch die Stadt, dann über eine Landstraße in die Berge. Die Außengeräusche hörten sich nach Natur an, nach sehr viel Natur, als führen sie durch einen Wald, dabei hatte er geglaubt, dass er sofort nach Israel gebracht werden würde, vielleicht in das Gefängnis, in dem jetzt Adolf Eichmann saß.

Sie hielten mitten im Wald, und einer der beiden Männer zog die Decke von ihm herunter, nahm ihm die Kapuze ab, vielleicht damit er sah, wohin sie ihn gebracht hatten, und alle Gedanken an eine Flucht sofort begrub. Denn selbst wenn es ihm gelingen würde zu fliehen, er war hier in der Wildnis und würde nicht einmal wissen, in welche Richtung er laufen müsste.

Es waren tatsächlich die beiden Männer, die er im Dorf und vor dem Bistro gesehen hatte.

Hätte er das doch nur ernst genommen, dann hätte er noch mit Alma verschwinden können, egal, was Gitti oder die Oberin am Ende über ihn gedacht hätten.

Die Männer waren zwischen dreißig und vierzig Jahre alt, der eine etwas größer und kräftiger, der andere kleiner, aber schlank. Sie sprachen noch immer kein Wort mit ihm, sondern führten ihn stumm in eine einfache, etwas versteckt gelegene Holzhütte und brachten ihn in einen drei mal drei Meter großen Raum, in dem außer einem Stuhl, auf den sie ihn setzten und daran wieder fesselten, nichts weiter stand. Links von ihm gab es ein vergittertes Fenster, durch das er nur undurchdringliches Grün sah.

Sie überprüften kurz seine Fesseln, wobei sie seine Unterarme auch nach irgendetwas abzusuchen schienen. Dann begannen sie, von ihm Fotos zu machen. Im Profil und im Halbprofil, auch von vorn und etwas von unten. Als Konrad etwas sagen wollte, machten sie nur »Schsch!«, dann verließen sie den Raum, und wenig später hörte er den Wagen abfahren.

Konrad hatte sich also nicht getäuscht. Jetzt bekam er die Rechnung, und die würde schrecklich ausfallen, je nachdem, was Mauersberger tatsächlich seinen Patienten am Kaiser-Wilhelm-Institut angetan hatte oder in den Lagern, in denen er während des Krieges gewesen war. Obwohl Konrad sich noch in Damaskus aufhielt, als in Deutschland die Nürnberger Prozesse stattfanden, hatte er genug darüber gehört, was in den Konzentrationslagern geschehen war, welche Experimente dort an den Gefangenen, an Kindern und besonders an eineiigen Zwillingen vorgenommen wurden. Schon damals hatte Konrad sofort an Mauersberger denken müssen und nicht gezweifelt, dass er daran beteiligt gewesen war. Konrad hatte ja zur Genüge miterlebt, wie Mauersberger bereits vor dem Krieg seine Patienten gequält hatte. Er war ein skrupelloser Sadist gewesen, der es verdient hätte, hier vor diesen Männern zu sitzen, aber nun saß Konrad hier an seiner statt und musste die Männer, wer immer sie auch waren, wer immer sie auch geschickt hatte, überzeugen, dass er nicht Mauersberger war, sondern damals nur mit dessen falschen Papieren geflohen war, um sich selbst zu schützen.

»Hallo? Ist da jemand?«

Keine Antwort. Es kam Konrad vor, als hätte er einen Wagen gehört. Oder spielte ihm sein Kopf nur einen Streich? Wie lange saß er hier schon? Drei, vier Stunden oder kürzer? Er hatte Durst, nicht so sehr Hunger. Gut, dass er noch einmal eine Kohlroulade gegessen hatte, was eine angemessene Henkersmahlzeit war, wenn dies hier seine letzten Stunden waren.

»Hallo?«

Er lauschte angestrengt, versuchte die eigenen Körpergeräusche auszublenden, die in der Stille des Raumes deutlicher zu hören waren als sonst, aber da war kein zusätzliches Geräusch, nur Vögel, deren Rufe er keiner ihm bekannten Art zuordnen konnte. Wie gern hätte er noch einmal eine Amsel oder eine Lerche gehört. In Dorf Mecklenburg hatte es viele Lerchen gegeben und Stare, besonders wenn die Kirschen reif wurden, jede Menge Stare und Störche, selbst im Krieg hatten die Störche auf dem Dach der Kirche und oben am Schulberg auf dem Telegrafenmast genistet. Es waren jedes Jahr dieselben Paare gewesen, die, obwohl die Welt ringsum in Trümmern gelegen hatte, immer nach Mecklenburg zurückkehrten.

Aber was kümmerten ihn die Störche. Um Alma musste er sich sorgen, die sicher schon unruhig wurde und bald durchdrehte, weil er nicht zurückkam. Ein paar Tage würde Josés Frau sie vielleicht mit ein paar Extrabissen davon ablenken können, dass Konrad nicht da war, aber irgendwann würde Alma nicht mehr zu beruhigen sein, so wie damals, als Selma und er nicht mehr kamen. Es hatte viele Monate gedauert, bis Alma endlich wieder ruhig schlief, hatte ihm Emmely damals an die Front ge-

schrieben, doch nur, wenn keiner Konrad oder Selma aus Versehen erwähnte. Geschah das doch, begann sie sofort wieder auf
ihre besondere Art zu weinen und war tagelang nicht zu beruhigen.

Und dann ging Konrad noch etwas durch den Kopf: Würden die Männer ihn foltern, wenn sie ihm seine Geschichte
nicht abnahmen? Nur, was sollte er dann sagen, wenn er die
Wahrheit bereits erzählt hatte und sie ihm trotzdem nicht glauben würden? Er nahm sich vor, dann doch zuzugeben, dass er
Mauersberger war, denn eine Folter würde er nicht durchstehen.
Er hatte noch nie Schmerzen aushalten können. Für Selma ja,
für Selma, um sie zu schützen, da hätte er eine Folterung überstehen können, zumindest glaubte er das, denn wie konnte er
sich da sicher sein, er war ja noch nie gefoltert worden.

Aber für sich selbst Schmerzen aushalten? Nur damit er diese
Welt nicht als ein Dr. Mauersberger, sondern als Dr. Konrad
Sollmann verließ?

Als es draußen vor dem vergitterten Fenster langsam dunkel
wurde, hörte er wieder den Wagen. Die Männer waren zurück.
Er hörte sie im Nebenraum umhergehen, aber auch dieses Mal
sprachen sie kein einziges Wort.

»Hallo? Können Sie mich verstehen?« Er hatte auf Deutsch
gerufen, warum auch sollte er so tun, als wäre er kein Deutscher? Sicher hatten sie sich ausreichend über ihn erkundigt.
Oder waren sie gar keine Ermittler des Mossad, die Dr. Mauersberger suchten, sondern nur ein paar brasilianische Gangster,
die sich für ihn, den Deutschen, ein Lösegeld erhofften? Dann
sollte er besser Portugiesisch mit ihnen sprechen.

»*Olá? Por que estou aqui?*«

Kaum hatte er es ausgesprochen, ging die Tür auf, und die
beiden Männer kamen herein und lösten seine Fesseln.

»Sie wissen, warum Sie hier sind, Dr. Mauersberger?«, fragte
der Kleinere, Schlanke von ihnen in einem Deutsch, das Kon-

716

rad sofort im Norden Deutschlands verortete. Also doch der Mossad, dachte er.

»Ich bin nicht Dr. Mauersberger ...«

Weiter kam Konrad nicht, denn der Größere, Kräftige unterbrach ihn sofort und höhnte im ebenfalls akzentfreien Deutsch mit westfälischer Färbung: »Ach, stimmt. Sie sind ja Dr. Rüdiger Siebert, ein Arzt aus ...«

»Nein, ich bin auch nicht Dr. Siebert«, fuhr Konrad ihm ruhig in die Parade. »Rüdiger Siebert war Mauersbergers Tarnname für die Zeit nach dem Krieg. Ich bin aber in Wirklichkeit Dr. Konrad Sollmann aus Berlin.«

Die beiden stutzten, deshalb fuhr Konrad fort: »Ich habe mich nur als Dr. Mauersberger ausgegeben.«

»Was?«, sagte der Größere ungläubig. »Warum sollten Sie das tun? Gerold Mauersberger ist einer der meistgesuchten Kriegsverbrecher!«

»Das habe ich erst hier in Brasilien erfahren«, erwiderte Konrad.

»Ja, niemand will damals etwas gewusst haben!«

»Ich wusste, dass er schon vor dem Krieg nicht besonders gut mit seinen Patienten umgegangen ist, aber ich erfuhr erst hier in Brasilien, dass er auch in Auschwitz war.«

»Sie kennen also Dr. Mauersberger persönlich?«

»Ja«, sagte Konrad und berichtigte sich sogleich: »Also, ich kannte ihn.« Er sah von einem zum andern, dann fügte er langsam hinzu: »Dr. Mauersberger ist nämlich tot. Deshalb habe ich mich für ihn ausgegeben.«

Die beiden wechselten einen Blick. »Noch mal: Warum sollten Sie das tun?«, rief der Größere gereizt und betrachtete ihn mit zusammengekniffenen Augen.

»Nun«, begann er zögernd, »um die, nun ja, Unterstützung von der Kirche in Rom zu erhalten, die sonst Mauersberger auf seiner geplanten Flucht erhalten hätte.«

Es war den beiden anzusehen, dass sie ihm nicht glaubten,

dass sie vermuteten, er habe sich diese krude Geschichte für den Fall seiner Festnahme ausgedacht, doch Konrad hätte sich dieser Geschichte nur zu gern entledigt. Seit über fünfzehn Jahren trug er sie nun mit sich herum. Sie war schuld daran, dass er hier, fern der Heimat, in einem brasilianischen Dorf lebte und eine kleine Praxis für arme Leute betrieb, mit unzureichender Ausstattung und zu wenigen Medikamenten.

»Dann erzählen Sie mal«, sagte der Größere, nachdem sie vor ihm ein Tonbandgerät aufgebaut und ein Mikrofon auf ihn ausgerichtet hatten, doch er klang inzwischen ein wenig verunsichert. Der Zweifel nagte an ihm, das merkte Konrad.

Vielleicht hatten sie bereits alte Bilder von Mauersberger mit ihm verglichen. In fünfzehn Jahren veränderte sich ein Mensch ja nicht so sehr. Und vielleicht waren sie auch deshalb mehrmals an ihm sehr nah vorbeigegangen, um sein Gesicht mit den alten Fotos vergleichen zu können? Und ja, ein Außenstehender hätte Konrad und Mauersberger damals wohl auf dieselbe Weise beschrieben: Sie waren beide etwa gleich groß, schlank, hatten glattes blondes Haar, blaue Augen und eher schmale Lippen und Nasen. Mauersberger war zwar etwas älter als Konrad gewesen, hatte aber auch immer etwas jünger gewirkt. Deshalb hatte Konrad ja damals mit Mauersbergers Pass fliehen können.

Doch auch wenn sie die gleichen physiognomischen Merkmale gehabt hatten, wäre niemand, der sie beide damals kannte, jemals auf die Idee gekommen, sie miteinander zu verwechseln. Mauersbergers arroganter Zug um die Mundwinkel, den Konrad auf seiner Flucht mehrmals versucht hatte, nachzuahmen, wenn er an den Grenzen mit dem Passfoto von Dr. Mauersberger/Siebert verglichen wurde, hatte wie ein feststehendes Merkmal zu Mauersbergers Gesicht gehört, selbst in der Stunde seines Todes.

»Kann ich erst mal auf die Toilette?«, fragte Konrad, und sie erlaubten es ihm, blieben aber vor dem kleinen Klohäuschen im Garten stehen, was ganz unnötig war, denn Konrad sah wieder, dass es keinerlei Fluchtmöglichkeiten gab. Ringsherum herrschte eine grüne Hölle, die jeden verschluckte, der ihr nicht mit einer scharfen Machete begegnete. Er hatte genügend Geschichten darüber gehört, seit er in Brasilien lebte, und Konrads Folgsamkeit wurde belohnt. Er bekam Maisbrot, Tomaten und Bohnen, dazu etwas Wasser, und immerhin auch die Chance, sich vor dem Mikrofon zu erklären. Doch er musste etwas weiter ausholen, damit sie verstanden, warum Mauersberger tot war, und vor allem, damit sie ihm glaubten.

Noch während Konrad die erste Tonbandspule besprach, fuhr der Größere erneut mit dem Wagen davon.

Nachdem Konrad kurz vor Kriegsende Dorf Mecklenburg verlassen hatte, wollte er sich mit Alma nach Hamburg zu den Engländern durchschlagen. Auf der Hauptstraße nach Bad Kleinen schlossen sie sich den anderen Flüchtlingen an, die sich mit vollgepackten Kinder- und Handwagen, seltener mit ganzen Fuhrwerken, vor den Russen zu retten versuchten. Aber schon nach zwanzig Minuten war Konrad klar geworden, dass er mit Alma niemals eine so weite Strecke würde laufen können, denn er musste Alma praktisch zu jedem zweiten Schritt überreden. Immer wieder blieb sie stehen, meist wenn Alma ein Kind weinen hörte, dann wollte sie nicht weiter, bevor sie das Kind nicht auf ihre drollige Art getröstet hatte.

Also kehrte Konrad noch einmal um und brachte Alma bis vors Pfarrhaus, wo Konrad Emmely und Helmut in der Küche beim Frühstück sitzen sah. Alma riss sich sofort von ihm los, rannte sogar die letzten Meter allein ins Haus und polterte laut durch die Tür.

Die Wiedersehensfreude war auf beiden Seiten groß, wie Konrad von draußen durchs Fenster sah, bis Gitti, vom Lärm geweckt, verschlafen die Küche betrat und Alma erneut zu schreien und zu toben begann. Alma beruhigte sich erst, als Emmely Gitti hinausschickte, mit einem prüfenden Blick in den Garten.

Konrad duckte sich jedoch schnell hinter dem Pfeiler der Gartenpforte, damit sie ihn nicht sah, und überlegte, ob er Alma unter diesen Umständen wirklich bei Emmely und Helmut lassen konnte. Denn Alma würde sich so schnell nicht beruhigen, dazu kannte er sie zu gut. Doch er musste es tun, entschied er, wenn er nicht in russische Kriegsgefangenschaft geraten wollte, und beschloss, Alma zu sich zu holen, sobald er wüsste, wo er sich nach dem Krieg in Deutschland niederlassen würde.

Dann machte er sich wieder auf den Weg Richtung Hamburg und schloss sich erneut dem Flüchtlingsstrom an. Ab und zu wurde der Zug von Militärfahrzeugen mit Offizieren überholt, den wenigen, die sich noch nicht in Richtung Westen hatten absetzen können und die für ihre Wagen überhaupt noch Benzin hatten. Überall am Straßenrand standen verendete Fahrzeuge oder lagen stinkende Kadaver von Pferden oder Kühen, die ohne Futter auf der Strecke von Ostpreußen nach Mecklenburg elendig verreckt waren. Auch Tote, die an Erschöpfung und Hunger gestorben waren, säumten den Weg, darunter besonders viele alte Menschen und auch viele Kinder, zumeist Kleinkinder.

»Sie wollen mir doch jetzt nicht von den Leiden des deutschen Volkes berichten?«, fragte der Kleinere und holte damit Konrad aus seinen Erinnerungen zurück.

»Nein«, erwiderte Konrad. »Ich versuche wohl nur, mich noch ein bisschen vor der Wahrheit zu drücken.«

»Das wird Ihnen nicht gelingen, Dr. Mauersberger.«

»Ich bin nicht Mauersberger«, beharrte Konrad erneut. »Ich bin Dr. Konrad Sollmann aus Berlin.«

Er wollte gerade mit seinem Bericht fortfahren, da hörte Konrad draußen den Wagen zurückkommen. Der Kleinere stoppte die Aufnahme, kontrollierte noch einmal Konrads Fesseln und ging hinaus. Konrad hörte sie leise miteinander reden, dann betraten sie den Raum, und der Kleinere schaltete erneut das Tonband an.

»Sie wollen also Dr. Konrad Sollmann sein?«, fragte er im scharfen Tonfall von jemandem, der bereits eine andere Wahrheit zu kennen glaubte.

»Ja, das bin ich. Aber Sie haben wahrscheinlich erfahren, dass Dr. Sollmann tot ist. Seit dem 14. Juli 1945. Und dass wohl ein anderer an meiner Stelle am nächsten Tag das Internierungslager der Briten verlassen hat.«

Die Selbstsicherheit der beiden war sofort wieder verflogen, unsicher sahen sie ihn an.

»Der Tote«, fuhr Konrad fort, »der im Marschland von Hedwigenkoog gefunden wurde, war Gerold Mauersberger. Er hatte einen an mich adressierten Brief von meinen Freunden, den Günzels aus Dorf Mecklenburg, bei sich, weil ich ihm den untergeschoben und ihm stattdessen alles, was er bei sich hatte, abgenommen habe.«

Die beiden sahen sich erneut an.

»Sie wollen dabei gewesen sein, als Mauersberger starb?«, fragte der Kleinere, und Konrad nickte zögernd, denn das war nur die halbe Wahrheit. Der Grund, warum er sich seit fünfzehn Jahren als Mauersberger ausgab, die andere.

»Ich habe Mauersberger Ende Juni '45 in einem Internierungslager der Briten oben an der Nordsee wiedergetroffen. Unter einem anderen Namen. Er hatte mich jedoch, als er ankam, sofort unter den Lazarettärzten entdeckt und es irgendwie hingedreht, dass er für die Erstuntersuchung zu mir kam.«

»Sie haben als Arzt im Internierungslager der Briten gearbeitet?«

Konrad nickte. »Im Lazarett von Hedwigenkoog, das zum britischen Internierungsgebiet G im Kreis Dithmarschen-Eiderstedt gehörte.«

Und weil das die beiden zu wundern schien, erklärte er ihnen und allen, die später das Tonband abhören würden, dass die Wehrmachtsangehörigen, die erst nach der Kapitulation Deutschlands am 8. Mai 1945 interniert wurden, laut Genfer Konvention nicht mehr als Kriegsgefangene galten. Deshalb hätten die Alliierten sie eigentlich sofort nach Einstellung der Kriegshandlungen entlassen müssen. Stattdessen erklärten die Briten sie zu »Surrendered Enemy Personnel« und die Amerikaner sie zu »Disarmed Enemy Forces« und konnten so trotzdem alle Militärangehörigen erst einmal internieren, was ihnen einerseits die Suche nach Kriegsverbrechern erleichterte und andererseits das eigene Militär personell entlastete. Denn die Internierungslager wurden, wie Konrad ihnen erklärte, überwiegend in Eigenverwaltung durch die Internierten geführt, wobei die Kommandostrukturen unter den ehemaligen Wehrmachtsangehörigen bestehen blieben.

»Ja, das wissen wir!«, warf der Kleinere ungeduldig ein. »Die Selbstverwaltung bewirkte aber oft das genaue Gegenteil. Kriegsverbrecher wurden von ihren ehemaligen Gefolgschaften im Lager gedeckt, und statt sie auffliegen zu lassen, bürgten sie sogar noch für sie, so dass sie bald entlassen wurden.«

»Rudolf Höß«, fügte der Größere hinzu, »der Lagerkommandant von Auschwitz, war in Ihrem Gebiet unter falschem Namen als Maat der Marine interniert und konnte deshalb bis März '46 in der Umgebung von Flensburg untertauchen.«

Konrad erinnerte sich, davon auf seiner Flucht nach Damaskus gehört zu haben, und fragte sich, ob der ältere Marinesoldat, mit dem er Mauersberger damals mal im Lager gesehen hatte, nicht dieser Rudolf Höß gewesen sein könnte. Konrad hatte mehrmals gesehen, wie der Maat von den anderen Internierten respektvoll und nach allen militärischen Regeln gegrüßt wurde. Auch Mauersberger war ja in Auschwitz gewesen, wie Konrad heute wusste. Höß und Mauersberger mussten sich also schon vor der Internierung bei den Briten gekannt haben. Und sie schienen im Lager auch sehr vertraut miteinander, wie alte Bekannte, obwohl Mauersberger eine Uniform der Wehrmacht trug und dieser Höß eine Uniform der Marine. Die »dicken Fische« erkannten einander eben überall, und wenn nicht, dann sorgte ein breiter Schwarm Gefolge dafür, dass ihnen ausreichend Respekt gezollt wurde.

Mauersbergers Kennkarte hatte ihn damals nur als einfachen Gefreiten der Infanterie ausgegeben. Sein Soldbuch, das tatsächlich echt gewesen war, weil es ihm, wie Mauersberger Konrad verriet, noch in Flensburg von der neuen Regierung unter Großadmiral Dönitz mit allen notwendigen echten Stempeln und Eintragungen ausgestellt worden war, wies ihn als einen gewissen Heinz Gehrke aus, sechsunddreißig Jahre alt und in Berlin-Köpenick geboren, der den ganzen Krieg nur im Hinterland gedient hatte.

»Wie oft trafen Sie diesen ›Heinz Gehrke‹ denn?«, wollte der Kleinere von Konrad wissen.

»Da ich in der Nähe des Lazaretts untergebracht war und Mauersberger sich auf dem weiten Gelände selbst etwas hatte suchen müssen, war es klar, dass wir uns nicht so schnell wiedersehen würden, vielleicht sogar überhaupt nicht mehr bis zu meiner Entlassung, die da schon absehbar war.«

»Haben Sie bei seiner Untersuchung gesehen, ob er eine für die SS typische Blutgruppentätowierung am linken Unterarm hatte?«

»Die hatte er nicht, sonst wäre er mit seinem Wehrmachtsausweis auch nicht weit gekommen«, sagte Konrad. »Die Engländer waren ja nicht blöd und haben die Internierten zuerst auf diese Blutgruppentätowierung hin kontrolliert. Und wenn jemand eine hatte, wurde überprüft, wo er im Krieg eingesetzt gewesen war.«

Konrad wusste nun also, warum die beiden zuerst seinen linken Arm untersucht hatten. Das hatte die beiden das erste Mal verunsichert, dass Konrad keine Tätowierung gehabt hatte, und doch ergänzte er wahrheitsgemäß: »Viele bei der Waffen-SS hatten zwar diese Tätowierung, aber eben auch nicht alle.«

Die beiden nickten einander zu.

»Woher kannten sie den Mauersberger eigentlich?«, fragte der Größere. Also schilderte Konrad ihnen sein erstes Treffen mit Mauersberger in Biesdorf. Konrad ließ nichts aus. Weder Mauersbergers sadistische Ausfälle gegenüber seinen Patienten noch sein besonderes Interesse für eineiige Zwillinge. Aber dann geriet er doch ins Stocken, nämlich als er gerade erzählen wollte, dass er durch seine Kontakte zur SA dafür gesorgt hatte, dass Mauersberger in Wuhlgarten rausgeworfen wurde und sogar seine Approbation verlor. Damals war Konrad richtig stolz gewesen, Mauersberger Einhalt geboten und auch den anderen Ärzten und Pflegern gezeigt zu haben, dass ihre Patienten Rechte besaßen und man nicht nach Gutdünken an ihnen herumexperimentieren oder sie unter angeblich wissenschaftlichen Forschungsaspekten quälen durfte. Was hatte er sich damals gut gefühlt, weil er sich schützend vor seine Patienten gestellt hatte! Mit Hilfe von Otto und Rudolf Scheidt, aber eben auch mit Hilfe der SA war ihm das gelungen.

»Was ist?«, sagte der Größere. »Erzählen Sie weiter.«

»Ja, ähm, wovon habe ich grad gesprochen?«

»Dass sich Mauersberger schon als junger Arzt für eineiige Zwillinge interessierte«, half ihm der Kleinere auf die Sprünge, doch Konrad wollte nicht weiterreden, zu viel ging ihm gerade durch den Kopf, was er nicht unbedingt dem Mikrofon anvertrauen wollte. »Könnten wir eine Pause machen?«, fragte er deshalb. Die beiden waren nicht erfreut, führten ihn aber schließlich vor die Hütte, wo er wieder an den Stuhl gefesselt wurde.

Er musste nachdenken. Erst einmal für sich allein.

Denn ein furchtbarer Gedanke war Konrad kurz zuvor vor dem Mikrofon gekommen. Was hätte er eigentlich gegen Mauersberger unternommen, wenn ihm damals nicht die Unterstützung von Rudolf und der SA sicher gewesen wäre? Hätte er sich dann für jeden einzelnen Patienten von Mauersberger eingesetzt oder wieder nur für diejenigen, die ihm persönlich wichtig waren, für Alma und Selma? Wäre ihm das Schicksal der anderen Patienten überhaupt nahe genug gegangen, wenn er nicht Alma unter ihnen gewusst hätte, die praktisch das Unterpfand zu Selmas Liebe war?

Damals war ihm die Verachtung für seine SA-Uniform von Selma und seiner Mutter als ein sehr hoher Preis erschienen, aber im Stillen hatte er sich sehr heroisch gefühlt, ihn für sie zu zahlen. Nur jetzt, wo er von all den wirklichen Helden wusste, die sich mit ihrem Leben gegen Hitler und diesen Krieg eingesetzt hatten, da kam er sich wie ein schrecklich feiger Angsthase vor, der sich, um mit seinen Liebsten vom Tyrannen verschont zu bleiben, ihm lieber angedient und in seinem sicheren Schatten ein ganz gutes Auskommen genossen hatte. Er hatte damals nichts riskiert, weder sein Leben noch seine Stellung. Er hatte einfach nur Rudolf Bescheid gesagt und Mauersberger entfernen lassen. Hatten das die »richtigen« Nazis nicht auch gemacht? Nicht nur solche verkleideten Nazis, wie er einer gewesen war? Leute entfernen und umbringen lassen?

Konrad hatte damals geglaubt, etwas Mutiges unternommen zu haben, aber heute wusste er, dass er Mauersberger damit nur den Weg ans Kaiser-Wilhelm-Institut geebnet hatte. Vielleicht hatten Konrads Anschuldigungen sogar dazu geführt, Mauersberger für die Forschung an eineiigen Zwillingen im Kaiser-Wilhelm-Institut erst auszuzeichnen? Und das war ja ebenfalls nur eine Vorstufe gewesen, nämlich die für den Lagerarzt in Auschwitz, wo Mauersberger ungestörten Zugriff auf noch viel mehr »Menschenmaterial« bekam als in seinem Institut. Trug er, Konrad, also an Mauersbergers Werdegang nicht mindestens so viel Schuld wie dieser selbst? Er hatte den Arzt zwar daran gehindert, seine sadistischen Züge an Alma auszuleben, aber was er danach woanders und später in Auschwitz tat, hatte Konrad nicht mehr interessiert. Weil er immer nur Selmas und Almas Wohl gesehen hatte. Für sie hatte er sich eingesetzt, aber auch nur für sie. Das System, das Leute wie Mauersberger förderte, das nicht genehme Menschen umbringen ließ, hatte er nicht bekämpft, nicht einmal darüber nachgedacht, es zu tun. Das war es, was er sich vorwerfen musste. Er hatte sich für sein kleines privates Glück eine Nische in Mecklenburg und in seiner Praxis in der Göhrener Straße gesucht und ansonsten kaum um andere geschert.

Trotzdem war er mit seinem privaten Glück gescheitert. Selma war tot, seine Tochter kannte ihren Vater nicht. Und wenn diese Männer ihm hier nicht bald glaubten und ihn noch länger festhielten, dann würde er auch Alma verlieren.

Als die beiden ihn wieder in die Hütte holten und erneut vors Mikrofon setzten, erzählte Konrad ihnen nichts von seinen Überlegungen. Er wäre sich zu mies, zu schäbig und so unendlich feige im Angesicht dieser Männer vorgekommen, die bestimmt viele Verwandte oder sogar ihre ganze Familie in den Konzentrationslagern verloren hatten. Konrad hätte es vielleicht verhindern können, wenn er rechtzeitig und konsequenter eingeschritten wäre, und das nicht nur gegen solche wie Mauersberger.

Bald schon stellte sich heraus, dass er mit der Vermutung über die Angehörigen der beiden nah an der Wahrheit war. Als Konrad von Selmas Verschwinden und von der Urne mit dem Begleitbrief zu erzählen begann, hatte nicht nur Konrad mit den Tränen zu kämpfen, sondern auch die beiden.

»Sie hätten wie viele andere mit ihrer jüdischen Frau und ihrer Schwägerin nach Palästina auswandern können«, sagte der Kleinere, doch der Größere ließ seinen Genossen kaum ausreden, ihn beschäftigte etwas ganz anderes. »Dann ist die Frau, die hier in Brasilien bei Ihnen lebt, nicht Ihre Frau Selma, sondern Ihre Schwägerin Alma?«, fragte er.

Konrad nickte und bat sie inständig, wegen Almas Zustand endlich in sein Dorf zurückgebracht zu werden, um sich um sie kümmern zu können. Sicherlich war sie kaum noch zu beruhigen. Doch die beiden konnten ihn nicht gehen lassen. Noch nicht, sagten sie immer wieder. Denn noch fehlte der glaubhafte Beweis, dass er tatsächlich nicht Dr. Gerold Mauersberger war, der grausame und sadistische Arzt aus Auschwitz.

So beschloss Konrad ihnen nun doch zu erzählen, warum Mauersberger tot war, schon über fünfzehn Jahre, und Konrad unter dessen falschem Namen lebte.

Gleich nachdem Konrad Mauersbergers Erstuntersuchung im britischen Internierungslager abgeschlossen hatte, wollte dieser, dass Konrad ihn außerhalb des Lazaretts unter vier Augen traf. Konrad wollte das nicht. Er wollte mit Mauersberger nichts mehr zu tun haben, diesem Sadisten, auch wenn er sich damals an der Suche nach Selma beteiligt hatte. Uneigennützig war das bestimmt nicht gewesen. Selma war schließlich Teil seines langjährigen Forschungsprojektes gewesen, deshalb wollte auch er sie zurückhaben.

»Was wollte der Mauersberger denn von Ihnen?«, fragte der Kleinere.

»Dass ich ihn krankschreibe, so dass er vorzeitig und am besten ohne weitere Überprüfung seiner tatsächlichen Identität von den Engländern entlassen werden würde. Aber das konnte und wollte ich auch nicht. Erst kurz zuvor war einer unserer Ärzte dabei erwischt und zu mehreren Monaten Haft verurteilt worden«, sagte Konrad, während das Tonband vor ihm Meter um Meter von einer Spule auf die andere beförderte. »Ich wusste nicht, wieso ich Mauersbergers Wunsch überhaupt Folge leisten sollte. Der Krieg war aus, und Mauersberger konnte mir nichts mehr befehlen. Sein neuer Dienstgrad – also von der Person, für die er sich ausgab – lag weit unter meinem. Weil er sich damit aber nicht zufriedengab, versuchte ich ihm im Lager aus dem Weg zu gehen.«

Das Internierungsgebiet umfasste damals die ganze Halbinsel des Landkreises Eiderstedt, und dazu gehörten auch die

Kreise Norder- und Süddithmarschen, wo kurz nach Kriegsende fast 400 000 Mann interniert gewesen waren. Und auch wenn niemand das Gebiet ohne Entlassungspapiere, also einen D2-Schein, verlassen konnte, so durften sich die Internierten innerhalb dieses riesigen Gebietes völlig frei bewegen, sich bei den Bauern der Gegend Arbeit suchen oder auch Veranstaltungen organisieren oder Lehrgänge zur Abiturvorbereitung belegen, die besonders für die Jüngsten unter Hitlers letztem Aufgebot interessant waren. So war es für Mauersberger anfänglich nicht so einfach, Konrad zu finden, und Konrad hatte schon gehofft, Mauersberger endgültig abgeschüttelt zu haben, als der ihm ausgerechnet an Konrads letztem Abend – Konrad hatte am Nachmittag seine Entlassungspapiere erhalten und war als Mitläufer eingestuft worden, ohne dass er den Kurierdienst in Russland hatte erwähnen müssen – vor dem Lazarett auflauerte und Konrad mehr oder weniger zu einem Strandspaziergang zwang. Konrad erinnerte sich nicht gern daran, doch vergessen würde er diesen Abend wohl niemals.

Es war gerade Ebbe, und sie konnten das Wasser der Nordsee nur in der Ferne erahnen. Für Mitte Juli war es nicht besonders warm, aber die Marsch stank trotzdem nach Tang, verrottendem Fisch, eben nach Meer. Mauersberger wirkte nervös und forderte Konrad, kaum hatten sie den Strandweg entlang des Deiches erreicht, ganz direkt auf, ihm seine Entlassungspapiere zu geben.

Konrad war zunächst sprachlos. »Ihnen zur Flucht zu verhelfen würde nicht nur meine Entlassung gefährden«, sagte er schließlich, »ich würde sogar eine mehrmonatige Haft riskieren.« Und er setzte hinzu, ehe Mauersberger ihn unterbrechen konnte: »Sie müssen doch nur warten, Mauersberger. Die meisten bekommen hier nach weniger als drei Monaten ihren D2-Schein und dürfen dann nach Hause.«

»Nennen Sie mich nicht dauernd Mauersberger, Sollmann! Ich bin Gehrke«, zischte Mauersberger, und Konrad nickte lieber, obwohl die nächsten Spaziergänger mindestens dreihundert

Meter entfernt waren und sich eher von ihnen wegbewegten. Niemand konnte sie hier belauschen.

»Meine Flucht aus Deutschland ist bereits organisiert, Sollmann, und auch bezahlt«, sagte Mauersberger gereizt, als wäre das ein ernstzunehmendes Argument. »Aber wenn ich hier vor meiner Entlassung von irgendjemand erkannt und denunziert werde, dann bin ich geliefert.«

Konrad betrachtete Mauersberger, der sich theatralisch auf die die Marsch begrenzenden Steine hatte sinken lassen und nun in die Ferne starrte. Konrad fragte sich, ob er nur vorgab, verzweifelt zu sein, oder ob er wirklich solche Angst hatte. Es war ja nicht so, dass Mauersberger die anderen Internierten konsequent meiden würde. Konrad hatte ihn zusammen mit diesem älteren Maat von der Marine gesehen.

Trotzdem, so wie an diesem Tag am Strand hatte er Mauersberger noch nie erlebt, nicht mal vor zwei Monaten in Mecklenburg, als Berthold ihn angeschossen hatte. Damals schien er sich trotz der Verletzung noch sehr sicher zu sein, das Ende Deutschlands überleben zu können. Aber den arroganten Zug um den Mund verlor Mauersberger trotz seiner Angst auch diesmal nicht. Der verstärkte sich sogar, als Konrad sich zu fragen traute: »Was haben Sie denn getan, dass man Sie ...« Er setzte sich neben Mauersberger auf die Steine.

»Gar nichts«, fuhr ihn Mauersberger harsch an. »Ich habe geforscht!«

Konrad ahnte, dass das noch nicht alles war.

»Sie wissen doch, Sollmann, hauptsächlich zu eineiigen Zwillingen. Dazu gehören nun mal auch Experimente.«

Damals am Strand, im Juli '45, hatte sich Konrad zwar vorstellen können, warum Mauersberger solch eine Angst vor seiner Entdeckung hatte – geforscht hieß gequält –, doch er wusste da noch nicht, dass Mauersberger einer von mehreren Lagerärzten in Auschwitz gewesen war und welcherart Experimente sie dort durchgeführt hatten. Dennoch. Er hatte Mauersberger in

Wuhlgarten erlebt, und das reichte ihm, um ihm nicht helfen zu wollen.

»Bitte, Sollmann. Wir haben uns doch immer gut verstanden«, bettelte Mauersberger ihn schließlich an und klopfte sich dabei auf die Brust. »Hier, in meiner Brusttasche, habe ich einen genauen Plan meiner Fluchtroute aus Europa, und der besagt, dass ich spätestens in zehn Tagen in Bayern in einem bestimmten Kloster sein muss. Wenn ich da nicht erscheine, wird man davon ausgehen, dass ich es nicht geschafft habe, und jemand anderes wird meinen Platz einnehmen.«

»Könnten Sie sich nicht von jemand anderem helfen lassen? Ich meine, Sie scheinen hier ja ein paar Freunde zu haben?«, versuchte Konrad es.

»Damit die mir meinen Plan stehlen und an meiner Stelle fliehen?« Mauersberger schüttelte entrüstet den Kopf. »Nein! Bestimmt nicht!«

Auf gewisse Weise verstand Konrad ja Mauersbergers Angst. »Sie könnten versuchen, nachts zu fliehen«, schlug er vor.

»Sie wissen genau, ohne Entlassungspapiere komme ich draußen nicht weit. Wenn ich den D2 nicht vorzeigen kann, heißt das, dass ich von den Alliierten noch nicht überprüft wurde, und dann werde ich sofort wieder interniert.«

Da hatte Mauersberger recht: Ohne den D2-Schein bekam man draußen weder eine Lebensmittelkarte noch eine Aufenthaltsgenehmigung oder Arbeitserlaubnis.

Konrad spürte Mauersbergers verzweifelten Blick auf sich gerichtet. »Sie, Sollmann«, hörte er ihn sagen, »sind der Einzige, dem ich mich anvertrauen kann. Sie besitzen schließlich noch Moral und Anstand.«

Konrad wurde das langsam unangenehm, besser er entzog sich diesem hypnotischen Blick. Auf keinen Fall durfte er nachgeben. Er schaute deshalb zum Horizont, wo die Sonne langsam unterzugehen begann und der Himmel sich bereits rosa einfärbte.

»Sollmann, Sie wissen es nicht, aber Sie sind mir noch was schuldig«, flüsterte Mauersberger plötzlich, und da wandte Konrad ihm doch wieder das Gesicht zu.

»Haben Sie sich nie gefragt, Sollmann, warum ich damals bei Ihren Freunden im Pfarrhaus aufgetaucht bin?«

Natürlich hatte er sich das, und er hatte wie der alte Berthold damals vermutet, dass Mauersberger auf der Flucht und auf der Suche nach einem Ort gewesen war, wo er sich bis zum Kriegsende verstecken konnte. Aber dann hatte Mauersberger ja vor dem alten Berthold behauptet, dass er in geheimer Mission nach Flensburg unterwegs sei, wo unter Großadmiral Dönitz eine neue Regierung und Reichshauptstadt etabliert werden sollte.

»Weil es auf Ihrem Weg nach Flensburg lag. Sie wollten sogar, dass ich Sie begleite«, erwiderte Konrad, denn er war ja tatsächlich dort gewesen, hatte in Flensburg seine neuen Papiere bekommen, die ihn als Heinz Gehrke auswiesen.

»Nein, Sollmann. Es gab in Posen den Befehl, Sie vors Kriegsgericht zu stellen, weil in einem der Lazarettzüge Briefe mit Informationen für den Feind gefunden worden waren, die man Ihnen zuordnete.«

Konrad durchfuhr es einen Moment siedend heiß, doch dann entspannte er sich gleich wieder. Der Krieg war aus. Die Briefe konnten ihm nichts mehr anhaben.

Was also wollte Mauersberger von ihm?

»Ich hatte damals den Auftrag übernommen, Sie vors Kriegsgericht zu stellen«, beharrte Mauersberger. »Sie wären tot, wenn ich Sie nicht verschont hätte.«

Konrad blieb skeptisch. Was reimte der sich da in seiner Not nur zusammen? »Wie wurden die Briefe überhaupt entdeckt? Ich meine, der Lazarettzug ist, soviel ich weiß, damals den Russen in die Hände gefallen.«

»Ja, aber einer aus Ihrer Besatzung, ein Müller oder Schulze, hat vorher noch alles Wertvolle mitzunehmen versucht und dabei die Briefe gefunden. Sie wurden bei ihm entdeckt, als er verwundet wurde.«

Konrad hielt den Atem an, weil er sofort an Hans Krause denken musste und fürchtete, er sei vielleicht anstelle von Konrad wegen »seiner« Briefe verdächtigt worden.

»Bevor der Kerl an seinen Verletzungen gestorben ist, hat er aber noch beteuert, dass die Briefe Ihnen gehörten«, fügte Mauersberger hinzu.

Und während vor ihnen langsam die Sonne unterging, erzählte ihm Mauersberger, dass er in Posen gerade dazukam, als der neue Stadtkommandant, ein treuer Hitler-Anhänger, der trotz des massiven Vorstoßes der russischen Armee in jenen Tagen immer noch an den Endsieg glaubte, gerade nach Schwerin telegrafieren wollte, um Dr. Konrad Sollmann festnehmen und ihn vors Kriegsgericht stellen zu lassen.

Eigentlich hätte sich Mauersberger da auch nicht eingemischt, was interessierte ihn der Verräter Sollmann? In diesen Tagen war sich jeder selbst der Nächste. Es sei denn, dachte Konrad, der mögliche Aufenthaltsort des Verräters lag auf der eigenen Fluchtroute, so dass sich die Flucht als zertifizierter Auftrag tarnen ließ, den man den allerletzten Kämpfern für die Sache als Alibi vorzeigen und also weiter Richtung Westen ziehen konnte.

»Ich danke Ihnen, dass Sie mich nicht verhaftet haben, aber ich muss nach Hause und mich um meine Familie kümmern«, versuchte Konrad ihm vorsichtig zu erklären.

»Meinen Sie die debile Alma? Was haben Sie mit der zu schaffen?«

Konrad sah Mauersberger warnend an. Er würde es nicht noch einmal zulassen, dass Mauersberger so etwas wie in der Schule über Alma sagte.

Mauersberger spürte das wohl und hob beschwichtigend die Hände. »Ja, schon gut. Ich weiß ja, dass Sie das anders sehen.«

Konrad erwiderte nichts. Schon am nächsten Tag würde er

das Internierungslager verlassen und Mauersberger für immer los sein. Deshalb sagte er nur: »Ich kann Alma nicht bei meinen Freunden lassen. Nicht nach dem, was dort vorgefallen ist.«

Mauersberger nickte, als würde er das verstehen. Also wollte sich Konrad erheben und gehen. Doch da spürte er plötzlich einen Luftzug und einen Schatten schnell über sein Gesicht gleiten, und dann setzte auch schon dieser Schmerz ein, dieser heftige, nie gekannte Schmerz, der ihn sofort zurück auf die Steine brachte und wahrhaftig Sterne sehen ließ.

Dann wurde es dunkel.

Er lag auf dem Rücken, als er wieder zu sich kam, und jemand tastete seine Brust, die Jackentaschen seiner Uniform ab. Es war mittlerweile dunkel geworden, nur das helle, verzerrte Gesicht des Mondes, nein, das war wohl eher ein Ball mit einem aufgemalten Gesicht, tanzte über seinem Kopf, seltsam durchsichtig, wie diese Luftballons, die die kleinen Kinder der Reichen zur Kirmes an langen Bindfäden herumtrugen.

Wie albern.

Aber anstatt einer Schnur hatte der Luftballon plötzlich Arme und daran Hände, die sich nun fest um Konrads Hals krallten, so dass er kaum noch Luft bekam.

»Wo ist der Entlassungsschein, Sollmann? Geben Sie ihn mir, dann tue ich Ihnen auch nicht weh«, rief Mauersberger, und Konrad dachte: Ach, darum geht es also. Erst fragt er mich, aber jetzt will er mir den Schein einfach so abnehmen. Doch wie sollte das funktionieren? Konrad würde ihn anzeigen, noch bevor Mauersberger am nächsten Tag mit seinem D2-Schein die Kontrolle an der Sperre passieren konnte, das musste Mauersberger doch wissen, der war doch nicht blöd, ganz im Gegenteil, der hatte sich bestimmt schon vorher alles genauestens überlegt. Wenn das funktionieren sollte, dann musste Mauersberger ihn schon umbringen.

Wollte Mauersberger das?

Ja, das wollte Mauersberger. Denn das hier war nicht nur der Kampf um einen Passierschein oder um eine Entlassung in die Freiheit, das hier war der Kampf ums Überleben, ums Davonkommen. Konrad tastete in seinem Rücken nach einem Stein und fand auch einen, während Mauersberger immer noch auf ihm kniete, ihn mit einer Hand würgte und mit der anderen Hand nach dem D2-Schein durchsuchte. Dann schlug Konrad zu, direkt gegen das linke Ohr, und Mauersberger sank sofort stumm auf Konrads Brust zusammen.

Als Konrad sich schließlich unter der Last hervorwälzte, schmeckte er Blut. Wahrscheinlich war es sein eigenes, das ihm da von der Stirn tropfte. Denn er hatte sofort auch Mauersbergers Kopf befühlt, und der schien intakt. Doch als er Mauersberger aufhelfen wollte, merkte Konrad es sofort. Er hatte zu stark zu geschlagen. Mauersberger war tot.

Panik ergriff Konrad. Was sollte er jetzt tun? Er würde am nächsten Tag doch niemals entlassen werden, wenn man Mauersberger vorher tot auffand! Was sollte er nur tun?

Aber niemand musste ihn finden.

Niemand hatte sie am Strand gesehen. Die, die Konrad in der Ferne gesehen hatte, hatten sich von ihnen wegbewegt. Mauersberger hatte diesen Platz ja genau aus diesem Grund gewählt. Er hatte Zeugen vermeiden wollen, falls er Konrad umbringen müsste, um mit seinem D2-Schein am nächsten Tag das Lager verlassen zu können. Genau so hatte es Mauersberger wohl geplant. Von Anfang an. Doch nun würde keiner von ihnen das Lager in die Freiheit verlassen. Mauersberger nicht, weil er tot, und Konrad nicht, weil er ein Mörder war.

Denk nach, denk nach, befahl sich Konrad. Es war schon längere Zeit dunkel, also würde bald Sperrstunde sein. Vorher musste er unbedingt in seiner Unterkunft sein, sonst würden die Patrouillen alarmiert werden, und dann hatte er sowieso verloren.

Nein, wenn Konrad nicht riskieren wollte, erwischt zu werden, musste er Mauersberger verstecken. Doch das Land um ihn herum war flach. Kein Strauch, kein Busch war in der Nähe, gerade mal der Deich bot ein bisschen Deckung zur Landseite hin, und die Flut würde wohl erst am Morgen einsetzen. Trotzdem, er könnte es wie einen Badeunfall aussehen lassen, am Tag war es wunderbar warm gewesen, fiel Konrad ein und begann, Mauersberger bis auf die Unterhose auszuziehen, legte dessen Kleidung fein säuberlich zusammengelegt auf den Steinen ab.

Konrad hätte es in der Dunkelheit fast nicht bemerkt, aber Mauersbergers nackte Brust umspannte ein Verband, unter dem ein in Ölpapier gewickeltes Päckchen befestigt war. Vermutlich enthielt es seine echten Papiere. Konrad nahm alles an sich, dann hievte er Mauersberger mit dem Kopf voran ins Wasser. Vielleicht würde die Tide ihm einen gewissen Vorsprung verschaffen, hoffte er, und begab sich endlich ins Lazarett, in seine Unterkunft, ein kleines Zimmer mit vier Stockbetten, das er sich mit drei anderen Ärzten und fünf Sanitätern teilte.

Im Waschraum säuberte er die Platzwunde, die kaum der Rede wert war. Er überzeugte sich, dass er auch wirklich allein im Waschraum war, dann schaute er sich Mauersbergers Päckchen mit den Papieren etwas genauer an und staunte. Darin befand sich ein Ausweis vom Internationalen Komitee des Roten Kreuzes Italiens, der auf den Namen eines gewissen Dr. Rüdiger Siebert ausgestellt war, geboren am 13. Mai 1910 in Berlin-Charlottenburg, und der mit einem Passbild von Mauersberger samt seinem arroganten Lächeln und verschiedenen Stempeln des C.I.C.R. Italia und einem Fingerabdruck versehen war. Mauersberger hätte also nur Konrads D2-Schein zum Verlassen des Lagers gebraucht, nur dafür hatte er Konrad töten wollen, denn der Pass des Internationalen Komitees des Roten Kreuzes Italiens war ein überall anerkannter Ausweis für all die Staatenlosen, die nun aus all den befreiten Konzentrationslagern zurück in ihre Heimat wollten.

In dem Ölpapierpäckchen fand Konrad auch noch ein Blatt

mit der Überschrift *Reiseroute*, auf dem Namen und Adressen von Ordensträgern der katholischen Kirche standen, die Mauersberger bis nach Rom Zuflucht und wohl auch finanzielle Unterstützung geboten hätten, denn hinter den Namen waren Geldsummen notiert, die Mauersberger anscheinend schon in den letzten Monaten an die jeweiligen Adressen gesendet hatte. Nun würde also ein anderer als Mauersberger diese Hilfe in Anspruch nehmen können, dachte Konrad.

Doch erst in der Nacht, als er sich schlaflos hin und her wälzte und überlegte, wie er es verhindern konnte, vielleicht schon wenige Tage nach seiner Entlassung als Mörder von »Heinz Gehrke« gesucht und verfolgt zu werden, und sich wieder darüber empörte, dass Mauersberger mit Konrads Papieren hatte entkommen wollen, da kam ihm plötzlich die Idee, doch die Sache einmal andersherum zu betrachten und also Mauersbergers Papiere und seine bezahlte Reiseroute für sich selbst zu nutzen. Dazu mussten die Entdecker des toten Mauersberger allerdings den Leichnam für Konrad Sollmann halten.

Deshalb plante er, noch einmal sehr früh am Morgen an den Strand zu gehen, um Mauersbergers Gesicht zu verunstalten und zwischen seinen Kleidern einen Hinweis auf sich selbst zu geben, so dass es aussah, als hätte Gehrke den Arzt Sollmann wegen des D2-Scheins umgebracht. Doch als Konrad an den Strand zurückkehrte, war er froh, dass er den Leichnam nirgendwo im Wasser entdecken konnte. Er war sich nicht mehr sicher, ob er Mauersbergers Gesicht wirklich hätte mutwillig so unkenntlich machen können. Doch er steckte einen Brief von Emmely in die immer noch auf den Steinen liegenden Kleider von Mauersberger und hoffte, dass das ausreichen würde.

Das war die Wahrheit. Das war der wirkliche Grund, warum er nun in Brasilien unter falschem Namen lebte. Es war jetzt an den beiden, zu entscheiden, ob sie ihm die Geschichte abnahmen oder nicht.

»Was haben Sie sich denn davon erhofft«, fragte der Größere. »Es war doch egal, ob man Sie nach der Entdeckung des Leichnams als Mörder von Mauersberger oder als Mörder von Konrad Sollmann suchen würde.«

»Nein«, erwiderte Konrad. »Ich wollte ja noch Alma bei den Günzels abholen, und wenn sie nach dem Mörder Sollmann gesucht hätten, hätten sie ihn zuerst in Mecklenburg gesucht.«

Die beiden dachten nach, doch ehe sie etwas sagen konnten, kam Konrad ihnen zuvor: »Doch erst nach meiner Entlassung, als ich schon auf dem Weg nach Mecklenburg war, kam mir in den Sinn, dass sich Alma zu so einem strapaziösen Versteckspiel vor der Polizei gar nicht eignen würde, deshalb beschloss ich, sie erst später zu mir zu holen, wenn meine Flucht geglückt war.

Ich schlug mich bis nach Süden durch. Schon am ersten Abend erreichte ich eine der Adressen auf Mauersbergers Liste und zeigte einem Obstbauern bei Buxtehude den Ausweis des italienischen Roten Kreuzes, der mich als Dr. Rüdiger Siebert auswies. Ich war mir gewiss, dass niemand nach ihm suchte, aber würde mich das Passfoto von Mauersberger nicht verraten? Und was, wenn jemand meinen Fingerabdruck mit dem im Ausweis verglich? Den hatte ich zwar etwas mit Spucke verwischt und auch Mauersbergers arroganten Blick auf dem Passfoto pausenlos geübt, aber was, wenn dieser Bauer Mauersberger von früher kannte? Doch so war es nicht. Mir wurde überall und an jeder dieser Adressen mit Wohlwollen begegnet«, schloss Konrad seinen Bericht.

»Das lag nicht nur an Ihnen oder dass Sie sich perfekt als Mauersberger ausgaben, sondern hauptsächlich an der Unterschrift von Dr. Leo Biaggi de Blasys auf ihrem Ausweis, der Delegierter des italienischen Roten Kreuzes war und großes Ansehen genoss«, sagte der Größere, und der Kleinere fügte hinzu: »Er hat auch Adolf Eichmann einen Ausweis ausgestellt. Allerdings auch einigen von unseren Leuten, die dadurch während des Krieges dem sicheren Tod entkommen konnten.«

»Ich fand überall ein Bett, ohne dass ich lange fragen musste«, sagte Konrad. »Es reichte, meinen Ausweis vorzuzeigen, und sofort öffneten sich Türen, Geldbörsen, aber auch Herzen. Ich habe später oft schreckliche Dinge über Mauersberger gehört, aber damals auf meiner Flucht, dachte ich oft, wie gut er sich doch verstellt haben muss, wenn mir so viele halfen, nur weil ich mich als Mauersberger ausgab.«

Die beiden schauten ihn nur stumm an. Sie wussten, was Konrad meinte, denn auch dem Feingeist Eichmann hatte niemand angesehen, dass er tagtäglich, manchmal nur mit einem einzigen Federstrich, eiskalt und ohne jedes Mitleid unzählige Menschen in den Tod geschickt hatte.

Mittlerweile waren etwa zwei Wochen vergangen. Die beiden Männer schienen ihm seine Geschichte zu glauben, dennoch wollten sie ihn nicht gehen lassen. Dann fuhr der Größere eines Vormittags wieder mit dem Wagen fort und kam erst in den Abendstunden wieder. Anscheinend nicht allein, denn Konrad hörte gleich mehrere Stimmen, auch die einer Frau. Der Kleinere hatte Konrad erst kurz zuvor wieder die Handschellen angelegt, die er in den letzten Tagen nur noch nachts hatte anlegen müssen, und er ahnte, dass etwas Entscheidendes bevorstand. Der Kleinere von beiden, deren Namen er noch immer nicht wusste – trotz der langen Zeit, gab es keinerlei Gespräche außerhalb von Konrads Befragung –, wirkte schon den ganzen Tag sehr nervös und hatte in der Abwesenheit des Größeren eine Art Andeutung gemacht, dass Konrads bisher gemachte Aussagen sich heute bestätigen oder als falsch herausstellen würden. Er hatte, als er das Tonbandgerät und die besprochenen Spulen einzupacken begann, kurz gezögert und dann gefragt: »Oder wollen Sie noch etwas berichtigen?«

Konrad verneinte. Er hatte keine Ahnung, warum genau dieser Tag der Tag sein sollte, an dem sie bereit waren, ihm zu glauben oder nicht, aber als er draußen die Stimmen hörte, ahnte er, dass sie zu Zeugen gehörten, die Mauersberger während des Krieges persönlich kennengelernt hatten und ihn nun vor einem Gericht sehen wollten. Als also endlich hinter Konrad die Tür aufging, wusste er, dass er gleich mehreren Opfern von Mauersberger gegenüberstehen würde und sie ihn, Konrad, dennoch als Mauersberger identifizieren könnten.

ANDRÉ

Ostberlin

1986

»Das ist er! Da, da unten steht er!« Pepe zeigte hinunter auf die Straße, doch André glaubte ihr nicht mehr, machte sich daher auch gar nicht erst die Mühe, aus dem Fenster hinunter auf die Straße zu schauen.

»Ich gehe jetzt da runter und stelle den zur Rede.« Die Wohnungstür knallte zu. Seit Pepe mit einer Kommilitonin zu einem »Offenen Freitag« des Pankower Friedenskreises gegangen war, vermutete sie überall Leute der Stasi, die sie angeblich verfolgten und beobachteten. Was hatte Pepe überhaupt beim Friedenskreis verloren? Sie glaubte weder an Gott, noch war sie getauft. Darum ginge es nicht, sagte Pepe, sondern darum, dass man sich nicht alles gefallen ließe. Und deshalb pöbelte sie wahrscheinlich gerade irgendeinen Mann vor ihrem Haus in der Brunnenstraße an, weil sie glaubte, er beobachtete sie.

André fand das absurd. Wie sollte das gehen? Sie wohnten im vierten Stock. Niemand konnte ihnen in die Fenster schauen, schon gar nicht von der Straße aus, und André war es wirklich leid, dass Pepe neuerdings überall Verrat witterte und sogar ihren besten Freunden an der Kunsthochschule nicht mehr traute.

Allerdings war er an ihrer Paranoia nicht ganz unschuldig,

fand er. Wäre er damals nicht von der Asche abgehauen, um sein Kind kurz nach der Geburt sehen zu können, wäre vielleicht alles anders gekommen. Er wäre danach nicht in den Bunker gesteckt worden, in den Einzelarrest, sondern hätte für seinen Kommandanten vielleicht als Erster den Mehrkampf auf der Hindernisbahn gewonnen und dafür von ihm alle Privilegien erhalten, die so mancher EK nicht einmal drei Tage vor seiner Entlassung in Anspruch nehmen durfte. Aber nein, André musste ja stur sein! Dafür wurde ihm der Urlaub für ein weiteres halbes Jahr gestrichen, und als er vor einem Monat endlich nach achtzehn Monaten die Armee verließ, hatte er seinen Sohn bis dahin genau zweimal gesehen.

Pepe war inzwischen mit Janis in eine größere Wohnung in der Brunnenstraße gezogen, eine mit eigenem Bad, und das hatte bei André sofort einen gewissen Argwohn geweckt, denn niemand bekam einfach so eine größere Wohnung, da musste man mindestens eine Eingabe an Honecker geschrieben haben oder mit Vitamin B ausgestattet sein. Pepe besaß zwar eine weitverzweigte Familie, die bei Problemen aller Art immer irgendjemanden kannte, der helfen konnte, aber über einflussreiche Kontakte zur Kommunalen Wohnungsverwaltung verfügte da niemand, und auch eine Eingabe hatte Pepe ganz sicher nicht geschrieben. Sie würde den Herrn Staatsratsvorsitzenden doch nicht wie eine Leibeigene ihren König anbetteln! Auch wenn es Gerüchte gab, dass so manch einer auf diese Weise zu einer besseren oder überhaupt erst zu einer Wohnung gekommen war.

Da war es wieder, dieses klappernde metallische Geräusch in der Küche, das von ihrem Gasherd ausging. Eine Vibration, die alle fünf bis zehn Minuten das ganze Haus erfasste und das Gitter auf ihrem Herd erschütterte, vermutlich verursacht von zwei aneinander vorbeifahrenden Straßenbahnen unten auf der Kreuzung. So glaubte André es zumindest. Seltsam war nur, dass der Herd auch nachts klapperte, obwohl da gar keine

Straßenbahnen mehr fuhren. André wurde davon immer noch wach, während sich Pepe und Klein-Janis daran schon gewöhnt zu haben schienen.

André linste hinunter in die Brunnenstraße, sah aber weder Pepe noch jemanden von der Stasi, die meistens einfach zu erkennen waren, weil sie oft viel zu lange irgendwo herumstanden, ohne dass sie auf irgendwen oder -was zu warten schienen. Oder saßen sie etwa in dem Wartburg, der schon seit dem Vormittag unten vor dem Haus parkte?

Wäre es von den Stasi-Fuzzis nicht klüger gewesen, sich in dem Modeinstitut gegenüber zu verschanzen, einem ehemaligen Kaufhaus aus der Jahrhundertwende, in dem ihre achtzigjährige Nachbarin Frau Schulte noch bis Kriegsende einkaufen gegangen war? Die von Horch und Guck hatten da doch ihre Möglichkeiten. So hieß es jedenfalls überall.

Denn so wie André und Pepe hinüber in die Büros mit den großen Fenstern schauen konnten, so konnten die Leute aus den Büros natürlich auch in ihre Wohnung gucken. Erst gestern hatten sie wieder abends gegen zehn Uhr den Hausmeister des Modeinstituts mit seiner Taschenlampe durch die dunklen Büros laufen sehen und sich darüber amüsiert, wie er sich von einem Schreibtisch irgendwelche Süßigkeiten nahm und sie sich in den Mund schob.

»Mama?«, vernahm André aus dem Kinderzimmer und machte sich langsam Sorgen, wo Pepe blieb. Hätte sie nicht längst wieder zurück sein müssen? Hoffentlich hatte sie keinen der Stasi-Leute beleidigt und war deshalb einkassiert worden. Was sollte er dann bloß tun?

»Mamaaaa?«

Janis' Rufen wurde drängender, doch André wusste, es wäre keine gute Idee, seinen Sohn selbst beruhigen zu wollen. Noch war er für Janis ein Fremder, noch erkannte Janis ihn nicht als seinen Papa an, besonders dann nicht, wenn er Angst hatte oder nicht schlafen konnte.

Aber da hörte er zum Glück die Tür gehen und Pepe rufen. »André? Kommst du mal?«

André steckte den Kopf in den Flur und sah zu Pepe.

»Hier ist jemand für dich!«, sagte sie und deutete mit dem Kopf hinter sich zur Tür.

Für ihn? André bekam nie Besuch, also wer sollte da …

»Er behauptet, du würdest ihn kennen«, flüsterte sie, damit der Mann, der in der offenen Tür stand, sie nicht hörte. »Stimmt das?«

Der Mann, etwa um die achtzig Jahre alt, kam ihm tatsächlich bekannt vor. Nur woher? Sein heller, leichter Mantel war ganz sicher im Westen hergestellt worden, so gut geschnitten, wie der war, und so ein schickes Baseballcap würde im Osten auch kein Rentner tragen.

Der Mann tat einen Schritt auf ihn zu und streckte die Hand aus. »Ich bin Konrad Sollmann. Wir haben uns vor vier Jahren kurz …«

»Ja, auf dem Friedhof in Friedrichshagen gesehen!«, fiel ihm André ins Wort. Sein Gegenüber wirkte erleichtert.

»Der Bruder von Onkel Fritz?« Pepe blieb weiter misstrauisch.

André nickte und spürte plötzlich eine freudige Erregung in sich aufsteigen. »Kommen Sie doch rein, ähm, bitte, Herr Sollmann!«

Pepe zog ein Gesicht, als wäre ihr das trotzdem nicht recht. »Du denkst daran, was dir Iro damals geraten hat?«, wisperte sie ihm zu, und André nickte. *Zuerst bei den Fragen des anderen genau hinhören und nichts erzählen, was der andere vielleicht noch gar nicht weiß.*

Aus dem Kinderzimmer ertönte Janis' fordernde Stimme. »Mamaaa!«

»Vielleicht komme ich besser ein andermal wieder?«, fragte Herr Sollmann. »Ich möchte nicht stören.«

Aber André schüttelte den Kopf. »Nein, nein. Kommen Sie rein«, und machte erneut eine einladende Geste.

Pepe verzog missbilligend den Mund, doch dann zuckte sie die Schultern und ging ins Kinderzimmer.

Der alte Mann trat ein, schaute sich um. »Hier, für Ihren Mantel«, sagte André und reichte ihm von der Garderobe einen Bügel. Dann führte er ihn in die Küche. »Tee? Oder lieber Kaffee?«

»Tee, bitte.«

Da war er nun. Konrad Sollmann. Vier lange Jahre hatte sich André gewünscht, ihn noch einmal zu treffen, um ihn zum Tod von Onkel Fritz befragen zu können – und natürlich zu der Frau, die André für seine Mutter gehalten hatte. Und jetzt saß er auf einmal hier, an seinem Küchentisch.

Sei trotzdem vorsichtig, ermahnte er sich. Überfall ihn nicht gleich mit deinen Fragen, das macht ihn vielleicht misstrauisch. Deshalb tat André so, als würde ihn das Kochen eines schwarzen Tees ganz in Anspruch nehmen, setzte Wasser auf, stellte, bis es kochte, das Stövchen auf den Tisch, die Teegläser und das Schälchen mit dem Kandis dazu ... und blieb abwartend am Küchenschrank gelehnt stehen. Sollte Sollmann doch zuerst beginnen und sagen, was er von ihm wollte.

Der schwieg jedoch und schaute sich in der Küche um, wo an den Wänden ein paar von Pepes Kostümentwürfen zu Shakespeares *König Lear* an den Wänden hingen.

Der Gasherd begann zu klappern. André, froh um die Ablenkung, sagte: »Das ist nur die Straßenbahn.«

»Nein, die U-Bahn«, erwiderte Sollmann.

»Hier gibt es keine U-Bahn. Erst am Alex«, berichtigte ihn André freundlich und goss Tee in die Tassen.

Herr Sollmann lächelte. »Doch, hier unter Ihrem Haus fährt die U8 von Wittenau bis Leinestraße. Bin ich schon gefahren. Aber zwischen Gesundbrunnen und Moritzplatz sind nur Geisterbahnhöfe.«

»Geisterbahnhöfe?« André nahm am Tisch Platz.

»Ja, das sind die Stationen im Osten, auf denen DDR-Grenzer patrouillieren und manchmal auch schießen, wenn einer von ihnen abhauen will.«

Unsinn, davon hatte André ja noch nie gehört! Doch Sollmann ließ sich nicht beirren. »Man kann die Soldaten manchmal im Dunkeln auf den toten Bahnsteigen mit ihrer Kalaschnikow stehen sehen, weil die U-Bahn da etwas langsamer durchfährt.«

André spürte, wie in ihm wieder die Wut aufstieg. Wie kam dieser Mann dazu, ihn zu belehren? Selbst wenn es stimmte, dass unter ihrem Haus eine U-Bahn entlangfuhr, war es etwa Andrés Schuld, dass er nichts davon wusste? Hatte er etwa zugestimmt, dass er erst mit fünfundsechzig Jahren in den Westen reisen und frühestens als Rentner Paris, New York und Tokio sehen durfte? Er hatte sie so satt, diese alten Leute mit ihrem Herrscherwissen, die sich heute einfach so in der Welt umsehen konnten, aber als sie jung waren, nichts gegen die Mauer getan hatten, sie vielleicht sogar mitgebaut ... plötzlich blitzte etwas unter dem Hemdärmel an Sollmanns Handgelenk auf. André verschlug es fast den Atem.

»Was ist?«, fragte der alte Mann und schaute auf seine Uhr.

»Das ist ... das war ... Onkel Fritz' Uhr.« André biss sich verlegen auf die Unterlippe.

Doch Konrad Sollmann nickte lächelnd. »Er hat sie mir an dem Tag zurückgegeben, als wir uns auf dem Friedhof trafen.«

André schwieg. War das nicht ein sehr seltsamer Zufall? Er musterte Sollmann, der in seinem Tee rührte.

»Die Uhr hat mir meine Frau zur Hochzeit geschenkt, und Fritz hat sie mir im Krieg einfach gestohlen.« Konrad Sollmann sah ihn forschend an. »Wie steht es denn so zwischen Ihnen?«

André verstand nicht, war einen Moment irritiert. Sollmann musste es wohl bemerkt haben, denn er hakte nach: »Sie haben ihn doch seitdem gesehen. Oder? Er sagte damals, Sie hätten gerade erst wieder zueinandergefunden.«

André begriff endlich. Der alte Mann wusste nicht, dass sein

Bruder seit über vier Jahren tot war. Dass er vielleicht sogar ermordet worden war.

»Was ist? Haben Sie sich wieder zerstritten?«

André schüttelte langsam den Kopf, nahm einen Schluck Tee.

»Nein? Was ist dann mit Fritz?« Konrad Sollmann suchte seinen Blick, als wollte er ihn so zu einer Antwort zwingen, doch André wandte die Augen ab. Wie konnte es sein, dass der nichts vom Tod seines Bruders wusste? Wo blieb denn da sein Herrscherwissen?

»Ich habe gedacht, Sie könnten mir sagen, wo er steckt.« Sollmanns Stimme klang plötzlich belegt. »Was ist? Ist ihm etwas zugestoßen? Nun sagen Sie doch schon! Ich habe ihn nirgends finden können ...« Sollmann war auf einmal sehr blass geworden.

André schaute beklommen in seine Teetasse und spürte, wie ihm das Wasser in die Augen stieg. Wegen Onkel Fritz! Plötzlich tat es ihm leid, dass Sollmann nicht wusste, was mit seinem Bruder war, und deshalb schrieb er Pepes Warnung in den Wind und fragte vorsichtig: »Sind Sie deshalb gekommen, um herauszufinden, wo Ihr Bruder seit dem Tag abgeblieben ist?«

Für Konrad Sollmann war das wohl Antwort genug. Er nickte stumm, dann räuspere er sich und schaute André fest an. »Wie ist es passiert?«

Vorsichtig begann André ihm zu erzählen, was er wusste, was er damals gehört und was er selbst vermutet hatte. Währenddessen blitzten immer wieder Tränen in Herrn Sollmanns Augenwinkel auf, aber am Ende schien er irritiert.

»Sie glauben, ich hätte Fritz ermordet?«

»Nein, nicht mehr, ich ...« André zuckte entschuldigend mit den Schultern. »Es war dumm, ja. Aber ich dachte, Sie beide hätten sich vielleicht gestritten?«

Konrad Sollmann schüttelte langsam den Kopf. »Wir hatten uns so lange nicht gesehen, da streitet man doch nicht. Wir waren doch froh, einander wiedergefunden zu haben ... und versprachen uns zum Abschied, uns nicht mehr aus den Augen zu verlieren. Er wollte mich in Westberlin besuchen.«

»Waren Sie denn nicht an dem Tag auf dem Friedhof, um Onkel Fritz zu treffen?«

»Nein, das war eher Zufall. Obwohl ...« Herr Sollmann überlegte kurz. »Ich wollte damals in Dorf Mecklenburg das Grab meiner Mutter besuchen, aber es war nicht mehr dort. Ein junger Pfarrer gab mir später den Hinweis, dass die Gebeine meiner Mutter schon in den sechziger Jahren nach Friedrichshagen umgebettet worden waren. Also wollte ich ihr neues Grab sehen. An diesem Tag war ja auch ihr Geburtstag, deshalb bin ich hin.«

André verstand. Genau deshalb war er zum Friedhof gegangen, weil er von Onkel Fritz' Chauffeur wusste, dass er am Grab seiner Mutter sein würde.

»Und dann stand da auf einmal Fritz vor mir, mein totgeglaubter Bruder. Das war unglaublich.«

André ahnte, wie sich Sollmann gefühlt haben musste, und dachte an die Buchhändlerin in Rostock, an diese Sonja Mehlhorn. Sie beide hatten auch kurz geglaubt, einen längst verstorbenen Verwandten vor sich zu haben. Sonja ihren toten Bruder und André seine tote Mutter.

»Meine Mutter war immer schon das verbindende Glied zwischen Fritz und mir gewesen, und dann hat sie es sogar noch einmal als Tote geschafft, uns für einen kurzen Augenblick zu vereinen.« Herrn Sollmann kamen wieder die Tränen, und André schwieg berührt. Da klopfte plötzlich Pepe an die Scheibe der Küchentür. Sie hatte Janis auf dem Arm und zeigte zur Küchenuhr, dann verschwand sie.

André schrak zusammen. So spät war es schon?

Herr Sollmann erhob sich. »Entschuldigen Sie, ich habe Sie viel zu lange aufgehalten.«

»Nein, na ja! Aber unser Sohn braucht sein Abendbrot, und ich habe heute ›Kinderdienst‹.« Dass Pepe am Abend zum Friedenskreis nach Pankow wollte, ließ er besser weg. Trotzdem, er konnte den Mann nicht einfach so gehen lassen. Er war noch keine seiner eigenen Fragen losgeworden!

»Aber ... ich hab da auch noch ein paar Fragen an Sie.«

»So?« Konrad Sollmann musterte ihn. »Inwiefern?«

Andrè zögerte. Wie viel konnte er, durfte er preisgeben? Er kannte den Mann schließlich nicht. Doch er war seine einzige Verbindung zu Onkel Fritz. Seine einzige Chance, vielleicht doch noch etwas über seine leiblichen Eltern zu erfahren. »Ich meine, vielleicht hat Onkel Fritz Ihnen ja etwas über mich gesagt, damals auf dem Friedhof. Etwas, dem Sie damals keine Bedeutung beigemessen haben, aber das für mich von großem Interesse wäre.«

»Zum Beispiel?«

»Na, vielleicht hat er Ihnen etwas ... ganz nebenbei ... über meine Eltern erzählt?«

»Über Ihre Eltern?«, fragte Herr Sollmann erstaunt. »Nein, aber dafür war auch gar keine Zeit.«

»Warum denn nicht? Vielleicht erinnern Sie sich nur nicht?«, unterbrach ihn André hart und konnte sich plötzlich nicht mehr bremsen. Er »rotzte« Sollmann all seine dunklen und lange verheimlichten Vermutungen vor die Füße: »Also, dass sie Ärzte, Diebe oder nur einfache Leute gewesen waren? Oder dass sie tot sind oder mich damals nicht mehr hatten haben wollen, weil ich ihnen auf die Nerven gegangen bin und dass ich deshalb wirklich zu bedauern wäre ...«

Der alte Mann starrte ihn erschrocken an, dann legte er ihm tröstend eine Hand auf die Schulter, aber André schlug sie weg, das durfte nur Pepe. »Er muss doch irgendetwas über mich gesagt haben.« Ein tiefer Schluchzer entfuhr André, und plötzlich kam wieder Leben in Sollmann.

»Das hat er doch! Und Sie waren dabei, André. Er hat Sie mir als Enkel vorgestellt, also als angenommenen Enkel.«

André nickte lahm und kramte aus seiner Hose ein Taschentuch hervor. Klar, das hatte Onkel Fritz damals in seinem Beisein gesagt.

»Und dass Sie ihn immer an mich erinnert haben, an mich als Kind. Wissen Sie noch?«

»Ja.« Er schnaubte ausgiebig, aber seine Enttäuschung verflog dadurch nicht. Im Gegenteil. »Er will mein Großvater gewesen sein?« André spürte, wie erneut Wut in ihm aufstieg. »Ihr Bruder hat mich all die Jahre über angelogen! Erst hat er mir erzählt, meine Eltern wären bei einem Unfall in Bulgarien gestorben, dann, dass sie angeblich Müller hießen und Ärzte waren, die die DDR verraten wollten. Aber das waren alles nichts als Lügen! Lügen, Lügen, Lügen.« Er starrte den alten Mann provozierend an. Na, was sagte der nun?

»Fritz hat mir nur erzählt, dass er für das Ministerium für Staatssicherheit gearbeitet hat und dass er Sie im Rahmen dieser Arbeit unter seine Fittiche genommen hat.«

»Genau, ich war nämlich nur seine Arbeit«, höhnte André schon etwas ruhiger, fand aber, dass er immer noch wie ein enttäuschtes kleines Kind klang.

»Sie vermissen ihn sehr, ja?«

Ein weiterer Schluchzer entwich plötzlich Andrés Brust, und am liebsten hätte er losgeheult, aber die Blöße gab er sich nicht. Vermissen? Nein, er hasste ihn! Onkel Fritz war nämlich nur ein Lügner und Manipulator gewesen!

Aber das sagte er Herrn Sollmann nicht. Wozu? Das änderte ja doch nichts. Deshalb sagte er nur: »Das Schlimmste an Onkel Fritz' Tod ist für mich, dass ich nun nie mehr erfahren werde, wer meine Eltern waren.«

Plötzlich stand Pepe wieder mit Janis in der Tür. »Es ist gleich sechs, André. Und wir haben Hunger, stimmt's?« Sie schaute Janis fragend an, der sich aber verschämt an ihren Hals kuschelte. »Ja, ich übernehme ihn gleich«, erwiderte André und erhob sich.

»Tut mir leid, dass ich Ihnen nicht helfen konnte, André«, sagte Sollmann und stand ebenfalls auf.

»Ich bring Herrn Sollmann nur noch zur Tür, Pepe. Könntest du schon mal den Brei warm machen, ja?«

Pepe nickte, und André und Sollmann betraten den Flur.

»Wie alt ist denn ihr Sohn?«, fragte Sollmann.

»Eineinhalb.«

»Und wie heißt er?«

»Janis.«

Der alte Mann schaute André überrascht an. Es schien ihm dem Atem verschlagen zu haben.

»Was ist?«

»Mein Enkel heißt auch Janis. Schöner Name.« Sollmann lächelte traurig, und André hielt ihm seinen Mantel hin.

»Wie haben Sie mich eigentlich gefunden?«, fragte André, nachdem er ihm in den Mantel geholfen hatte.

»Ich war jetzt drei Jahre hintereinander am Geburtstag meiner Mutter auf dem Friedhof. Wenn Fritz noch in Berlin wohnt, dachte ich, würde er ihr ganz bestimmt Blumen bringen. Aber das Grab wucherte von Jahr zu Jahr mehr zu, und da fiel mir endlich ein, dass er mir damals erzählt hat, dass Sie, André, ein Kunstspringer waren, sogar ein großes Talent, wie er sagte.«

»Er hat Ihnen doch was über mich erzählt?«

Herr Sollmann stutzte. »Ja, aber nur das, sonst nichts weiter. Als Sie den Friedhof verließen und wir Ihnen nachschauten. Wirklich. So bin ich über den Sport zu Ihrem Nachnamen und dann zu ihrer Mutter, Doris Rothemark, gekommen.«

»Sie ist nicht meine Mutter. Ich wurde adoptiert«, erwiderte André mit Nachdruck.

Herr Sollmann nickte. »Ich weiß nicht, was Sie gegen Ihre Adoptivmutter vorzubringen haben, aber sie schien mir nett zu sein. Von ihr weiß ich jedenfalls, wo Sie wohnen.«

Er gab André zum Abschied die Hand und ging dann die Treppe hinunter. André schaute ihm noch einen Augenblick nach. Er konnte in den Bewegungen des alten Mannes keinerlei Ähnlichkeit mit seinem Bruder Fritz sehen. Wie unterschiedlich doch manchmal die Menschen ein und derselben Familie waren.

Leise drückte er die Wohnungstür zu und ging in die Küche, wo Pepe für Janis den Brei vorbereitete.

»Woher weiß Doris Rothemark, wo wir wohnen?«

Pepe hielt kurz inne. »War das wirklich der Bruder von Onkel Fritz?«

»Lenk jetzt nicht ab«, erwiderte André gereizt und auch etwas zu laut, so dass Janis, der in seinem Hochstuhl saß, sofort verängstigt das Gesicht verzog und kurz vorm Weinen war. Pepe war sofort bei ihm, nahm Janis tröstend auf den Arm. »Nicht doch, nicht! Papa hat das nicht so gemeint. Nicht, Papa?«

Sie setzte Janis wieder in den Stuhl, füllte den Brei auf den Teller und drückte André einen Löffel in die Hand.

»Lass uns nachher reden«, sagte sie. »Ich muss jetzt los.« Sie deutete nur einen Luftkuss an, denn Janis reagierte immer noch empfindlich, wenn sie wegging.

Das war also die Zukunft ihrer Beziehung. Abwechselnde Abwesenheit und das Verschieben von Aussprachen. Doch aufgeschoben bedeutete nicht aufgehoben, das sollte Pepe nicht glauben.

Das Abendbrot mit Janis verlief ohne großes Geschrei. Ganz anders als bei ihrem ersten Mal, als sie beide alleine gewesen waren, da hatte Janis unentwegt nach Mama geschrien. Trösten ließ er sich aber weiterhin nur von ihr. Deshalb musste André jeden Stress vermeiden, wenn Pepe nicht da war. Am besten, er ließ heute das Zähneputzen einfach aus, das musste Pepe ja nicht wissen, sondern zog Janis gleich für die Nacht um. Dann legte er ihn schlafen und sang ihm das Gutenachtlied vor, das auch Pepe immer sang, und zog die Spieluhr auf. Weißt du wie viel Sternlein stehen.

Als Pepe drei Stunden später von ihrem Friedenskreis zurückkam, saß er wieder bei Tee in der Küche und reparierte das
kleine Holzauto, das er Janis noch bei der Asche in seiner Freizeit gebaut hatte. Und nachdem er ihr kurz berichtet hatte, wie
gut, wie schnell Janis bei ihm eingeschlafen war, stellte er erneut
die Frage. »Woher weiß Doris Rothemark, wo wir wohnen?«

»Was hast du denn gedacht, wie wir zu dieser Wohnung gekommen sind?«, sagte sie leise, goss sich einen Tee ein und setzte
sich zu ihm.

André verzog das Gesicht. »Hätten wir nicht auch einfach
mal Glück haben können?«

»Aber das ist doch Glück, dass du ihr so wichtig bist, dass sie
ihre Beziehungen spielen lässt und uns eine Wohnung mit Bad
besorgt, obwohl du sie seit vier Jahren wie die Pest meidest.«

»Ich hab sie nicht als Mutter gewollt.« Er wurde schon wieder laut. Denn sofort war die Wut da, obwohl er sie schon lange
nicht mehr in sich gespürt hatte. Die Armee, hatte er geglaubt,
die Armee hätte ihm den letzten Funken Widerspruchsgeist geraubt, aber offensichtlich war da noch etwas übrig geblieben.

»Sie hat es trotzdem getan«, sagte Pepe. »Und das war bestimmt nicht leicht.«

»Jetzt soll ich auch noch Mitleid mit ihr haben? Sie hat gewusst, dass er mich in der Kammer verprügelt hat!«

Pepe legte beruhigend ihre Hand auf seine. »Das ist auch
nicht zu verzeihen. Selbst im Tausch für eine große Altbauwohnung mit Bad nicht«, sagte sie ernst, zwinkerte ihm dann aber
ironisch zu. »Die hätte sonst irgend so ein Bonze bekommen.«

»Genau! So wischt man denen eins aus«, gab André sarkastisch zurück und hätte am liebsten laut losgebrüllt. »Merkst du
denn nicht, wie sie uns korrumpieren? Immer ein klein bisschen
mehr?«

»Und deshalb verweigerst du dich lieber komplett, ja?«,
stellte Pepe sehr sachlich fest, in einer ganz normalen Lautstärke,
so dass er wieder nicht umhinkam, sie zu bewundern. Lernte

man so etwas in einer echten Familie? Zu diskutieren, ohne gleich laut zu werden. Argumente vorzubringen, ohne den anderen angreifen oder verletzen zu wollen? Ohne einen Anspruch auf die alleinige Wahrheit zu erheben?

»Ach, lass mich doch in Ruhe«, maulte er trotzdem, ließ sie allein in der Küche sitzen und ging ohne ein weiteres Wort ins Bad. Was hätte er ihr auch antworten sollen.

Pepe hatte ja recht, dachte er, als er sich die Zähne putzte und sein mürrisches Gesicht im Spiegel betrachtete. Er spürte schon lange, wie es an Pepe nagte, dass er keinerlei Zukunftspläne hatte, weder beruflich noch privat.

Als sie damals schwanger wurde, hatte Pepe sicher erwartet, dass ihn ihre kleine Familie zu etwas mehr beruflichem Ehrgeiz anspornen würde, als weiter seine Talente als Grabschaufler zu vergeuden. Ja, Pepe glaubte immer noch, er hätte Talente, aber das stimmte nicht. Das Einzige, was er konnte, war, von einem Brett oder einem Turm ins Wasser zu springen und dabei alberne Verrenkungen zu vollführen. Und wahrscheinlich brachte er nach mehr als drei Jahren ohne Training nicht einmal mehr das zustande. Wofür er sich wohl interessiert hätte, wäre er bei seinen richtigen Eltern aufgewachsen? Wer wäre er heute, wenn ...?

Als er endlich im Bett lag, dachte er noch einmal über den Besuch von Konrad Sollmann nach. Wieso war er den alten Mann so hart angegangen? Der konnte doch nun wirklich nichts für Andrés verkorkste Familiensituation. Allerdings war sein Bruder Fritz nicht so ganz unschuldig daran, und das hatte Sollmann sicher verstanden, dass ihn das zermürbte, auch ungerecht werden ließ. Dass er nicht wusste, wer er war, woher er kam und wohin er wollte. Denn Letzteres gab es eben nicht ohne Ersteres. Und jeder, der von ihm wissen wollte, wie es ihm gehe, schien sich genau das Gleiche zu fragen. Selbst wenn sich jemand nur nach seinem Befinden erkundigte, André hörte immer dieses Wohin heraus, also was er nach dem übergangsweisen Gräberschaufeln mit seinem Leben denn vorhatte.

Er wusste es nicht.

Er konnte es nicht sagen, und ja, er zog sich immer mehr zurück. Freunde hatte er nicht mehr, und mit Pepes Kommilitonen hatte er sowieso nichts am Hut. Die verschlimmerten das Problem höchstens, weil sie von André anscheinend erwarteten, dass er nun, von der Armee zurück, endlich irgendwas »Künstlerisches« ausbrütete, was er natürlich nie bestätigte, aber auch nicht dementierte, sondern einfach nur dazu schwieg. Es war ihm zu blöd, ihnen zum x-ten Male zu erklären, dass er auch bei der Asche weder singen, fotografieren, zeichnen noch ein Instrument spielen gelernt hatte. Doch Andrés Schweigen nahmen Pepes Kommilitonen erst recht als Bestätigung ihrer Vermutungen und Unterstellungen. Es war ihnen einfach nicht auszutreiben, in ihm etwas Besonderes zu sehen. Dabei glaubten sie das ja nur, weil er mit Pepe zusammen war. So eine tolle Frau und Künstlerin konnte doch nicht mit einem nutzlosen Trottel zusammenleben!

André hatte seit seiner Rückkehr nur noch Kontakt mit dem Küster der Sophiengemeinde, seinem Chef, und den zwei anderen Hilfsarbeitern auf dem Friedhof. Abgesehen von diesen dreien traf André nur noch Leute, die die Gräber ihrer Angehörigen pflegten oder an den Trauergesellschaften teilnahmen. Die schönen, traurigen, aber oft auch lustigen Anekdoten über die Toten hatte André schon vor der Armeezeit sehr gemocht und sich manchmal vorgestellt, er selbst hätte diese Geschichten erlebt, diese Leben geführt, die er da in kurzen oder auch zu langen Reden ausschnittsweise mit anhörte. Noch Stunden später versuchte er, die einzelnen Bruchstücke zusammenzusetzen zu einem Gesamtganzen, zu einem homogenen Etwas, das die anderen Leben nannten, manchmal auch Schicksal, aber das sich André für sich selbst nicht im Geringsten vorstellen konnte.

Pepe dagegen wusste sehr wohl, was sie im Leben wollte. Sie

wollte Bühnenbildnerin werden und Illusionen von Räumen und Landschaften erschaffen, die es so in der Natur zwar nicht gab, aber die jeder, wenn man Pepes Arbeit im Theater erst sah, trotzdem als diese Räume und Landschaften sofort erkannte, weil sie wie ein Substrat dessen waren, was jeder Zuschauer und Betrachter über solche Räume und Landschaften wusste. Das war Pepes Kunst, Illusionen zu erschaffen und Bilder im Zuschauer zu erzeugen.

Wie unterschiedlich sie waren, Pepe und er, und manchmal glaubte er, dass sie eigentlich nichts mehr verband, nichts außer der gemeinsame Sohn. Wenn Janis nicht wäre, hätte André längst in den Sack gehauen, sagte er sich manchmal, ohne sich selbst darüber im Klaren zu sein, was das eigentlich bedeutete. Hatte er vielleicht vor, die Flocke zu machen oder vom »Zigarettenholen« nicht mehr zurückzukommen, so wie es Iros Mutter mit dessen Vater damals ergangen war? Oder wollte er etwa einen Ausreiseantrag stellen und so seinem Leben eine neue Wendung geben?

Damit rechneten sowieso alle, die hörten, dass er »nur« auf dem Friedhof arbeitete. Denn die Friedhöfe waren die Sammelstellen der Aussteiger, Unangepassten und politischen Quertreiber. Da gab es weder Parteisekretäre noch Abteilungsleiter, die Probleme bekamen, weil sie auf den Antragsteller nicht genügend eingewirkt hatten, ihn nicht für den sozialistischen Staat hatten begeistern können.

Aber für André brachte die Arbeit auf dem Friedhof den Vorteil, der täglichen Routine in den Betrieben zu entgehen, in denen die Arbeiter um 6 Uhr und die Studierten um 7 Uhr zu arbeiten begannen und erst nach 9¼ Stunden den Heimweg antreten konnten. Er verdiente als Grabschaufler zwar nur wenig, aber im *Konsum* oder in der *HO* gab es sowieso kaum etwas, was er besitzen wollte. Dafür konnte er sich mehr um Janis kümmern, der zwar seit neuestem eine Kinderkrippe besuchte, aber oft nur bis nach dem Mittagsschlaf, wenn André am Nachmittag nicht grad eine Beerdigung zu betreuen hatte.

Am nächsten Nachmittag lenkte er den Buggy mit Janis zum Monbijoupark, wo es neben den S-Bahn-Bögen ein kleines Schwimmbad gab, in das man als Erwachsener nur mit einem Kind unter vierzehn Jahren reinkam, aber selbst nie das Becken, sondern nur die Duschen benutzen durfte.

Und weil das Monbijoubad an diesem Tag die Saison eröffnete und es für Mitte Mai schon sehr warm war, bildete sich hinter André eine lange Schlange von Eltern mit Kindern, die ebenfalls ins Bad wollten. Er hatte gerade gezahlt und steuerte auf eine Decke mit zwei ihm bekannten Müttern aus der Krippe zu, da sah er ihn im Profil am Rand des Beckens stehen.

Er sah noch genauso aus wie früher: Aufrecht und streng schaute er über die kleine Wasserfläche, und doch wirkte er seltsam geschrumpft, sein Trainingsanzug schien ihm viel zu groß. Er trug immer noch die Haare etwas zu lang, doch sie waren noch weniger geworden und nun mit grauen Strähnen durchsetzt, sein Gesicht wirkte fahler, und die Nasenfalten, die sein Gesicht früher schon sehr streng hatten erscheinen lassen, waren nun noch tiefer.

Pepe hatte von Doris Rothemark erfahren, dass sie sich von ihm hatte scheiden lassen. Aber was hatte Burghard nur getan, dass er so abgestiegen war? Vom Sektionsleiter für Wasserspringen zum Rettungsschwimmer im Monbijoubad, wie auf seiner Jacke stand? Vom Trainer für den O-Kader zum Bademeister im städtischen Kinderbad? Gab er etwa im Herbst auch Schwimmunterricht für die Drittklässler? Und würde Andrés Sohn Janis in sieben oder acht Jahren bei ihm im Stadtbad Mitte oder in der Oderberger Straße schwimmen lernen?

Noch ehe André die Decke der beiden Mütter erreicht hatte, war er wieder auf dem Rückzug und floh aus dem Bad. Er fühlte seinen Puls rasen, und sein Magen streikte. Kaum hatte er mit Janis das eiserne Tor am Einlass durchquert, da übergab er sich auch schon auf die Wiese. Janis, im Buggy hart durchgeschüttelt durch Andrés schnellen Abgang, brüllte wie am Spieß und beruhigte sich erst, als André ihm im *Konsum* gegenüber eine Schrippe kaufte, auf der er bis zu Hause mit tränenverschmiertem Gesicht und Rotznase herumnuckelte.

Als André am Abend Pepe davon erzählte, stellte er das Wiedersehen allerdings etwas heroischer dar. »Ich konnte mich gerade noch so beherrschen, ihn nicht von hinten zu packen und ihn in das Planschbecken zu stoßen«, sagte er und fügte lapidar hinzu: »Bin aber nicht nachtragend.«

Später im Bett fragte er sich, warum er Pepe diese Lüge aufgetischt hatte, denn nun würde er den ganzen Sommer in dieses blöde Kinderbad gehen und den Anblick von Burghard ertragen oder jedes Mal eine neue Ausrede erfinden müssen, warum er mit Janis nicht im Bad gewesen war. Was wäre denn geschehen, wenn sein Adoptivvater ihn bemerkt hätte? Was hätte er getan? Hätte Burghard ebenfalls den Drang verspürt, sich an André zu rächen? Für all die Enttäuschungen, die er ihm letztendlich bereitet hatte?

BRIGITTE

Rostock

1980

Sie sah das Haus bereits von der S-Bahn aus. Die leuchtend gelben Sonnenblumen auf erdbraunem Grund waren die einzigen Farben, die ihr neues Zuhause an diesem verregneten Novembertag für sie bereithielt. Ansonsten gab es nur Grau in Grau ringsum und provisorische Holzstege über Bauschlamm und Matsch hinweg, in denen die wenigen Autos – Wartburg, Trabant, Saporoshez, wie hießen noch gleich die anderen Marken? – bis zu den Radkappen versanken. Dazwischen Pfützen, so groß wie Feuerlöschteiche am Dorfanger, Berge von vergessenem Bauschutt und zugewachsene Kieshaufen, durch die die Bewohner von Rostock-Lichtenhagen in Gummistiefeln Slalom liefen und versuchten, nicht darin zu versinken.

Nirgendwo auf der Welt waren Neubaugebiete im November farbenfroh, das wusste Brigitte, denn sie hatte in den letzten Jahren schon viele Male in solchen Satellitenstädten gewohnt, eigentlich mehr gehaust, oft ohne Möbel, ganz im Gegensatz zu den ersten Jahren, da hatten sie ihre konspirativen Wohnungen für die Nachbarn, die eventuell mal ein Ei oder etwas Zucker borgen wollten, mit spießigem Kleinbürgermobiliar ausstaffiert, um sich als normale Mieter zu tarnen. Aber in letzter Zeit war es zunehmend unerheblich gewesen, wie sie unterkam, die

Hauptsache war, dass sie überhaupt irgendwo unterkam und die Tür sicher hinter sich schließen konnte.

Solche Satellitenstädte eigneten sich sehr gut, um unterzutauchen, um in der Masse zu verschwinden. Die Anonymität dort war wie eine durchsichtige Tarnkappe, was eigentlich paradox war, aber man wurde gesehen und doch wiederum nicht, und auch wenn die Menschen in solchen Hochhausscheiben vielleicht noch wussten, wer ihr unmittelbarer Nachbar war, so wussten sie es nicht mehr zwei Wohnungseinheiten weiter oder drei Stockwerke über ihnen. Deshalb hatten sie als Gruppe ja all die Jahre ihre konspirativen Wohnungen in solchen Wohnscheiben angemietet. In Paris, Hamburg, Berlin, Frankfurt.

Und nun in Rostock-Lichtenhagen. Nur mit dem kleinen Unterschied, dass Onkel Fritz – sie konnte sich immer noch nicht daran gewöhnen, ihren Führungsoffizier so zu nennen – ihr dieses Mal diese Wohnung ausgesucht hat, weil er ebenso wie sie um die Vorteile eines solchen Wohngebietes wusste. Niemand würde es interessieren, woher sie kam und wohin sie ging, wenn es irgendwann nötig sein würde, schnell wieder zu verschwinden. Alle waren hier in diesem Haus neu und einander fremd. Dennoch, der Hausmeister, bei dem sie sich zuerst melden sollte und der im Erdgeschoss des Sonnenblumenhauses seine Wohnung und ein Büro hatte, musterte sie eingehend.

»Sie sind also Sonja Mehlhorn«, stellte er schließlich fest, und Brigitte überlegte, ob darin ein Unterton zu hören war. Fritz – im Stillen ließ sie den »Onkel« immer weg – hatte ihr eingeschärft, auf solche Untertöne zu achten. Aber hatte der Hausmeister damit nicht nur sagen wollen, dass sie nun wie angekündigt tatsächlich vor ihm stand? Das war nichts, was sie Fritz hätte melden müssen.

»Ich bin der Herr Mahndorf. Und wenn Sie mal ein Problem haben mit dem Wasserhahn oder dem Licht auf Ihrer Etage, dann sagen Sie mir Bescheid. Aber erst einmal will ich Ihren

Ausweis sehen. Ordnung muss sein, was?«, sagte er lächelnd, nahm aber bereits ein Schlüsselbund von einem Brett neben der Tür.

Nachdem Brigitte ihm ihren neuen Ausweis gezeigt hatte, der kein bisschen neu wirkte, sondern auch ein paar Stempel auf den hinteren Seiten hatte, die ihr ein paar Urlaubsreisen nach Ungarn, Polen und der Tschechoslowakei in früheren Jahren bescheinigten, schloss er seine Wohnung ab und ging voran.

»Die Fahrstühle funktionieren grad nicht«, rief er ihr über die Schulter hinweg zu, zog eine Tür zum Treppenhaus auf und wartete, bis Brigitte mit ihrem Koffer an ihm vorbei war. Dann überholte er sie und stieg vor ihr schnaufend Stufe um Stufe des sich endlos in den Himmel windenden quadratischen Treppenhauses hinauf. Sollte sie jemals wieder Selbstmordgedanken haben – und die hatte sie in den vergangenen Jahren immer wieder genau dann gehabt, wenn sie zur Ruhe gekommen war und sich in Sicherheit wähnte –, dann wäre dieser Treppenschlund über elf Geschosse, der durch keinerlei Netze gesichert oder unterbrochen war, sicherlich der ideale Ort, sie in die Tat umzusetzen, dachte sie. Während sie ihren Koffer hinterm Hausmeister die Treppe hinaufschleppte, liefen immer wieder Kinder laut lachend und kreischend an ihnen vorbei und verschwanden dann mal ein Stockwerk höher oder tiefer auf der nächsten Etage. Ein kleiner Junge, etwa in Janis' Alter damals, drückte sich an ihr vorbei, doch als er den Hausmeister vor ihr erkannte, verlangsamte er sofort seinen Schritt.

»Das will ich dir auch geraten haben«, knurrte der Hausmeister ihn an, und auch die anderen Kinder huschten schnell durch eine der Türen davon, hinter denen sofort wieder ihr Gekreische erklang.

»Zum Glück sind Ihre Möbel schon vorige Woche gekommen«, schnaufte der Hausmeister atemlos, »als der Fahrstuhl noch funktionierte.«

Im achten Stock nahm er endlich den Ausgang, der auf einen langen, über die gesamte Breite der Wohnscheibe reichenden Flur führte, dessen Fensterband einen weiten Blick über das gesamte Arial und die anderen, nur fünfgeschossigen Neubaublocks, bis zum Horizont zuließ. War da hinten vielleicht die Ostsee?, fragte sich Brigitte.

Der Hausmeister nahm eine weitere Treppe, die aber nicht zu dem großen Treppenhaus gehörte, sondern zu den einzelnen Wohnungen führte.

»Hier ist es«, sagte er, schloss eine der Türen auf und überreichte ihr einen Schlüsselbund, an dem genau drei Schlüssel hingen. Einer für die Wohnung, einer für den Hauseingang und ein kleinerer für den Briefkasten.

Die Wohnung war überheizt, deshalb drehte sie gleich den Heizkörper im Wohnzimmer ab, das über die gesamte Breite auch einen geräumigen Balkon hatte, der dieselbe Aussicht wie zuvor das Fensterband bot. Erst dann schaute sie sich in ihrem neuen Zuhause um. Links vom Wohnzimmer, das auch das einzige Zimmer war, ging die Küche ab, und dahinter befand sich das Bad, zu dem sie über den winzigen Flur, über den sie hereingekommen war, Zugang hatte. Die Möbel, die Fritz für sie ausgesucht hatte, waren weder neu noch modern. Sie wirkten gebraucht und unverfänglich, also normal. Kein Besucher würde in Frage stellen, dass diese Möbel schon einmal in einer größeren Wohnung gestanden hätten und nun alles waren, was ihr nach der Scheidung von ihrem furchtbaren Exmann Klaus geblieben war. Doch sie würde keinen Besuch bekommen, das hatte sie sich vorgenommen, während sie ihre Legende in dem Forsthaus an der Spree auswendig gelernt hatte. Sie brauchte erst einmal Zeit für sich.

Brigitte öffnete in der Küche einen Oberschrank, zog eine Schublade auf. Fritz und seine Mitarbeiter hatten wirklich an alles gedacht, selbst das Geschirr und die Kochlöffel waren gebraucht, und Brigitte fragte sich, wem das wohl zuvor alles gehört hatte. Republikflüchtigen? Oder Fritz? Was wusste sie überhaupt über den »Herrn Major«, wie sie ihn einmal jemand hatte nennen hören? Nichts. Und dennoch hatte sie immer das Gefühl gehabt, dass sie ihm besonders am Herzen lag, jedenfalls mehr als die anderen Aussteiger der RAF. Vielleicht, weil er ihre Eltern – also die Günzels – gekannt hatte, auch wenn er nie über sie sprach. Brigitte war auch die Erste aus ihrer Gruppe gewesen, die er angesprochen hatte, sie war die Kontaktperson für alle anderen aus der Gruppe gewesen, die hatten aussteigen wollen.

Brigitte hatte Fritz mit Informationen über die Gruppe und über ihre Aktionen versorgt, und Fritz bedankte sich damit, indem er das MfS dazu benutzte, um für sie nach Janis zu suchen. Das war ihr Deal. Und dass Fritz ihre Informationen nicht gegen die Gruppe benutzte. Sie wollte keine Verräterin sein, auch wenn sie am Anfang nicht mit sehr viel Herzblut dabei gewesen war, sondern nur, weil sie auf Informationen zu Janis lauerte.

Einmal, vor drei Jahren, glaubte Fritz, Janis' Entführern tatsächlich auf die Spur gekommen zu sein, in Ägypten hätte es Hinweise auf sie gegeben. Brigitte saß schon im Flieger nach Kairo, aber dann hatte sich die Spur zerschlagen, und Fritz beschuldigte Brigitte, dass sie mit ihrem voreiligen Entschluss, nach Ägypten zu fliegen, die Täter vielleicht aufgescheucht hatte. Das war damals sehr bitter für sie gewesen, und sie hatte Fritz versprochen, niemals wieder auf eigene Faust nach Janis zu suchen oder Fritz bei seinen »Recherchen« dazwischenzufunken.

Fritz hätte es auch gern gesehen, dass sie sich eine andere Arbeit ausgesucht hätte, eine, in der sie mehr ihren Grips anstrengen müsste, wie er sich ausdrückte, aber Brigitte hatte sich für die Küchenarbeit in der Rostocker Werft entschieden. Mehr wollte sie nicht tun, als stumpfsinnig Kartoffeln schälen oder Töpfe schrubben, denn sie musste erst einmal wieder zu sich kommen. Fast zehn Jahre war sie auf der Flucht gewesen und hatte sich dabei immer tiefer in die Scheiße geritten, auch weil ihr Fritz, außer das eine Mal, immer rechtzeitig aus der Patsche geholfen hatte, wie einmal in Bulgarien und ein anderes Mal in Bratislava, als sie schon kurz vor der Auslieferung in die Bundesrepublik gestanden und dann einfach die Nummer in Bonn angerufen und Onkel Fritz verlangt hatte. Wie durch Zauberhand hatten sich plötzlich die Gefängnistüren vor ihr geöffnet, und sie war zur nächsten Grenze eskortiert worden.

Oder hatte sie nur nicht den Mut gehabt, sich endlich zu stellen? War sie nur zu feige gewesen, für ihre Taten geradezustehen und erneut in den Knast zu gehen? Andere hatten das Wegrennen irgendwann aufgegeben, hatten sich in Situationen gefangen nehmen lassen, in denen sie durchaus noch eine Chance zur Flucht gehabt hätten, zumindest in ihren ersten Jahren des Untertauchens. Später war das schon nicht mehr so leicht gewesen, zumindest nicht in Deutschland. Da saßen die Colts auf beiden Seiten sehr locker, und der gegenseitige Hass und die Rachegelüste waren groß. Nicht nur bei den unmittelbar Betroffenen oder ihren Angehörigen.

Immer öfter hatten ihnen plötzlich auch alte Sympathisanten die Tür vor der Nase zugeschlagen oder waren höchstens noch dazu bereit, sie nicht sofort bei der Polizei anzuzeigen. Und auch die Vermieter waren viel misstrauischer als früher und geldgieriger sowieso, denn auf jeden Einzelnen aus der Gruppe war ein hohes Kopfgeld ausgesetzt, und ihre Konterfeis hingen in jeder Polizeistube und in jeder Bank in ganz Europa.

Selbst Sieglinde hatte ihr jede Hilfe und Unterstützung verwehrt, als sie sich einmal bei ihr in höchster Not meldete, und das nicht nur, weil Sieglinde wegen des Patientenkollektivs in Heidelberg bereits genug Erfahrung mit dem Verfassungsschutz gesammelt hatte. Sieglinde war immer sie selbst geblieben und ihrer eigenen Überzeugung treu und hatte Brigitte damals an Baaders Befreiung erinnert, bei der ein Mensch, der nichts damit zu tun gehabt hatte, schwer verletzt worden war. Brigitte wusste damals, was sie ihr darauf antworten musste: Der Wachmann war ein Büttel des Staates gewesen, wofür er sich einst selbst entschieden hatte, und musste als solcher auch die Konsequenzen tragen. Aber im Grunde ihres Herzens gab Brigitte Sieglinde ja recht. Sie hatten Banken überfallen, Dokumente gefälscht, gebrandschatzt und Unbeteiligte ermordet, um sich gegen die Repressalien des Staates zur Wehr zu setzen, und hatten damit die Gewaltspirale angeheizt. Und dabei die verloren, die sie eigentlich hatten erreichen wollen.

Mit dem revolutionären Kampf, den sie gegen das Establishment hatten führen wollen, hatten sie ihre kriminellen Taten gerechtfertigt. Aber ihr eigentliches Ziel, das imperialistische System zu stürzen und die Arbeitermassen zu befreien, das hatten sie dabei aus den Augen verloren. Es ging nur noch darum, die Toten auf ihrer Seite zu rächen, was wiederum neue Gewalt seitens der Verfassungsschützer und des BKA produzierte. Dafür hatte sie ja auch gesessen, war eingefahren für ganze vier Jahre, weil Onkel Fritz nicht schnell genug hatte helfen können. Als man sie wieder aus dem Gefängnis entließ, hatte sie keine Alternative für sich gesehen, als wieder in den Untergrund zu gehen und sich dann den Leuten des »2. Juni« anzuschließen. Nicht, weil sie keine andere Zukunft für sich gesehen hätte, sondern weil sie immer noch auf der Suche nach Janis war. Auf jedem Kontinent, in jedem Land, in jeder Stadt. Das war ihr Antrieb, ihr Motor für viele Jahre gewesen. Erst Fritz hatte sie dazu überredet, endlich aufzugeben, denn auch er hatte alles versucht, um für sie Janis zu finden, und nichts erreicht.

Nicht einmal er.

Ihr erster Arbeitstag in der Küche der Werftkantine begann früh um sechs. Brigitte brauchte nur aus dem Haus zu treten, dann linker Hand die Brücke über die S-Bahn-Gleise zu nehmen und noch eine halbe Stunde zu Fuß durch das noch im Bau befindliche Neubaugebiet Groß Klein zu gehen. Oder sie fuhr eine

Station mit der S-Bahn bis zum Haupteingang der Werft und lief von dort bis zum Küchentrakt.

Die Gesichter ihrer neuen Kollegen, die sie erst nach mehr als einer Woche zu unterscheiden lernte, blickten ihr stumpf und nicht besonders freundlich aus der üblichen Küchenkleidung entgegen. Der Küchenbulle, ein fetter Grobian, der ihren Körper unter ihrem steif gestärkten weißen Kittel sofort mit seinen Blicken zu ertasten begann, war jedoch klug genug, ihre Ablehnung zu bemerken, und ließ sie zur Strafe erst einmal zwei Stunden in seinem Büro warten, bis er sie beauftragte, den Speisesaal mit Bohnerspänen zu fegen, wobei er es sich nicht nehmen ließ, ihr eine theoretische und praktische Einführung ins Fegen zu geben.

Brigitte fegte in den ersten Tagen, so kam es ihr vor, den gesamten Küchentrakt durch, zu dem nicht nur der Speisesaal für etwa einhundert Leute und die verschiedenen Küchenbereiche gehörten, sondern ein noch viel größerer Saal, die eigentliche Kantine, für etwa eintausend Menschen, und mehrere kleinere Räume und Flure. Als sie Tage später damit durch war, putzte sie die Klos und Duschen ohne Murren, was anscheinend bei ihren Kollegen Mitleid erzeugte und sie dazu brachte, Brigitte andere Aufgaben anzubieten. Doch sie wollte keine andere Arbeit. Sie war froh, nicht mit den anderen zusammenarbeiten und ihre Fragen beantworten zu müssen. Das jedoch weckte erneut den Widerspruchsgeist des Küchenbullen, und er versetzte sie nun doch in die Küche, zum Schrubben der angebrannten Töpfe, wo sie jedoch, abgesehen von ein paar Schaben, die einer der Jungköche in verschiedenen Marmeladengläsern sammelte, um sie in den Pausen Wettrennen gegeneinander laufen zu lassen, ebenso allein war wie zuvor beim Fegen.

Bereits an ihrem ersten Feierabend war sie an dem Schild für die Werftbibliothek vorbeigekommen, hatte sich aber einen Besuch für den nächsten Tag aufgehoben, denn sie wollte zuerst an den Strand in Warnemünde, die Ostsee sehen. Von der Werft aus war das auch nur eine halbe Stunde Fußweg. Allerdings hatte sie nicht damit gerechnet, dass es, als sie endlich kurz vor sechs das Werftgelände verließ, bereits dunkel sein würde. Trotzdem lief sie bis zum Strand, sog die frische, nach Seetang riechende Luft genüsslich ein, lauschte auf das sanfte Rauschen der Wellen. Sehen konnte sie nicht viel. Es herrschte dichter Nebel über der Ostsee. Also spazierte sie durch das ausgestorbene Warnemünde, wo auch die Geschäfte schon geschlossen hatten, bis auf eine Kneipe. Aber dort waren bereits alle Plätze für den Abend reserviert, wie ihr eine patzige Kellnerin sofort entgegenschleuderte, als sie an einem leeren Tisch Platz nehmen wollte. Na klar, auf diese Unart hatte Onkel Fritz sie doch im Forsthaus vorbereitet.

Über ein Jahr lebte sie so dahin, arbeitete im Dreischichtsystem, wobei sie die Nachtarbeit besonders liebte, weil sie dann, besonders in den Sommermonaten, am Tag zum Schlafen an den Strand und von dort wieder zur Arbeit fuhr. Dabei wehrte sie alle Annäherungsversuche von aufdringlichen Männern am Strand ab, auch die ihrer neuen Kollegen und Kolleginnen, die sehr neugierig waren, wieso sie in der Küche arbeitete, obwohl sie doch ganz offensichtlich hier nicht hingehörte. Brigitte gab darauf keine Antwort, obwohl Fritz sie bei ihren regelmäßigen Treffen, die er einmal im Monat für sie und die anderen ansetzte, warnte, sich nicht zu sehr gegen das »Kollektiv« zu sperren. Es könnte gefährlich sein, wenn man sie als arrogant abstempelte, als eine, die sich für etwas Besseres hielt. Dies war schließlich ein Arbeiter-und-Bauern-Staat, die hatten hier die Macht, und wenn sie sich absonderte, dann fingen die Leute an, über sie zu quatschen und sich darüber auszutauschen, warum sie so war, wie sie war, und das wollte sie doch nicht. Oder?

Nein, das wollte Brigitte nicht, und deshalb nahm sie nun auch an den Frühstücksrunden teil, spendierte etwas verspätet zu ihrem Einstand Kaffee und Kuchen und gab jedes Mal eine Mark in die Gemeinschaftskasse, wenn jemand Geburtstag, ein Jubiläum oder sonst ein Ereignis feierte. Auch freundete sie sich mit der Aufsicht in der Bibliothek an, deren einzige Leserin sie anscheinend war. Sie fraß sich praktisch durch die gesamte DDR-Literatur und das, was an ausländischen Büchern zu haben war, obwohl sie für ihre DDR-Legende ein paar Stichpunkte über die meistgelesenen Bücher in der DDR bereits wusste. Aber wie es sich bald herausstellte, waren Onkel Fritz und seine Mitarbeiter nicht wirklich gut informiert. Die Aufsicht schon, und die empfahl ihr ganz andere Bücher. Zum Beispiel *Franziska Linkerhand*, ein kritisches Buch über eine junge Architektin, die auf so einer Großbaustelle arbeitete, so wie Rostock-Lichtenhagen noch vor Kurzem eine gewesen war, und die an ihrem Anspruch zerbrach, die ökonomischen und politischen Zwänge mit einem menschenwürdigen Städtebau zu verbinden.

Brigitte liebte dieses Buch, und als sie hörte, dass es eine Verfilmung dazu gab, organisierte sie für ihr Küchenkollektiv einen Kinobesuch, zu dem am Ende aber nur der Küchenbulle und zwei Köchinnen kamen, die von dem Film sichtlich enttäuscht waren. Fritz schalt sie später für ihr nicht genehmigtes Vorpreschen und verbot ihr, noch einmal in der Küche die Intellektuelle raushängen zu lassen. Die waren im Arbeiter-und-Bauern-Staat nicht besonders gelitten und hatten sich gefälligst unterzuordnen. Niemand sollte sich was auf seine Klugheit einbilden, und deshalb wohnten auch in ihrer Wohnscheibe Ärzte neben Schlossern, Lehrer neben Hafenarbeitern, Marineoffiziere neben Küchenhilfen. Dünkel sollte es in der DDR nicht geben und wurde durch solcherlei verordnete Durchmischung unterbunden.

Als die Bibliotheksaufsicht Brigitte eines Tages fragte, ob sie während ihres Urlaubs in einem Buchladen in Rostock aushelfen könnte, sagte Brigitte einfach zu. Nicht, weil sie sich nach der Arbeit in einem Buchladen sehnte. Auch nicht, weil sie unbedingt unter Leute wollte. Brigitte sagte zu, weil sie der Bibliotheksaufsicht damit einen Gefallen tun konnte, die eigentlich in Rostock hatte aushelfen sollen, aber aus irgendeinem Grund nicht konnte. Brigitte fragte nicht nach, so etwas machte man hier nicht. Wenn die Aufsicht ihr das von allein erzählte, war das okay, wenn nicht, auch. Man tat jemandem eben einen Gefallen und konnte darauf bauen, dass der andere sich irgendwann in irgendeiner Weise revanchierte. Dabei ging es nicht um »eine Hand wäscht die andere«, das klang viel zu sehr nach Kungelei, man half sich einfach gegenseitig, die großen und kleinen Versorgungsprobleme zu lösen. Und auch Geld spielte kaum eine Rolle. Beziehungen hingegen waren alles, und Brigittes Beziehungen zur Aufsicht der Bibliothek brachten ihr den Zugang zu neuen und sehr begehrten, oft nur in kleinen Auflagen verlegten Büchern ein, die es nirgendwo zu kaufen und auch nicht in der Bibliothek auszuleihen gab. Brigitte brachte der Aufsicht dafür ab und zu ein bisschen frisches Obst oder Gemüse aus der Werftküche mit, welches Brigitte nach der Schicht für den Eigenbedarf mitnehmen durfte.

Und natürlich hatte sie Fritz nicht davon in Kenntnis gesetzt, wie sie es hätte tun müssen, dass sie in dem Buchladen aushelfen wollte. Er hätte es sowieso nicht erlaubt. Da hätte sie ihm lange erklären können, dass es der Bibliotheksaufsicht bestimmt seltsam aufstoßen würde, wenn sie als Ausrede eine Reise oder gar eine Krankheit vorschützen würde. Das hätte ihr gutes Verhältnis eher belastet, also informierte sie Fritz nicht. Es ging ja nur darum, hinten im Lager des Buchladens auszuhelfen, wie die Aufsicht ihr gesagt hatte.

Der Laden war an diesem Vormittag brechend voll, und Brigitte hatte den Auftrag, die Bücherpakete auszupacken und in die Regale vorn im Laden einzuräumen. Eine Arbeit, die sie noch aus Heidelberg kannte. Doch dann stellte sie fest, dass die Regale, besonders die Regale mit der Parteiliteratur, ziemlich verstaubt waren, und begann sie auszuwischen.

»Entschuldigung? Haben Sie auch Bücher über Wüsten?«

Sie drehte sich um und sah in das etwas picklige Gesicht eines fünfzehn- oder sechzehnjährigen Jungen.

»Ich weiß nicht«, erwiderte sie wahrheitsgemäß. »Aber ich kann gleich mal hinten fragen.« Sie wollte schon los, da fiel ihr ein, dass es ziemlich viele Wüsten gab.

»Für welche Wüste interessierst du dich denn speziell? Die Gobi? Die Sahara? Die Kalahari? Die Nefud? Alaschan? Oder die Wadi Rum in Jordanien? Aber das ist eher eine Halbwüste. Dann gäb's da noch …« Brigitte biss sich auf die Zunge. Sie sollte doch nicht mit ihrem Wissen prahlen, das wirkte schnell überheblich, und dieser Junge hier schien auch wirklich irritiert, so wie er sie ansah.

»Sie haben über all diese Wüsten Bücher?« Die Stimme des Jungen überschlug sich fast.

»Ich weiß nicht«, erwiderte sie achselzuckend und ging zu ihm hinüber, wo das Regal mit den Bildbänden war. Tatsächlich, da stand kein einziges Buch über Wüsten. Sie zwinkerte ihm aufmunternd zu. »Ich schau mal, was ich tun kann.« Doch da bemerkte sie, wie der Junge sie anstarrte. »Was ist?«

»Ich kenne Sie«, erwiderte der Junge zögernd, und Brigitte erschrak. War es jetzt passiert? War sie jetzt enttarnt und würde fliehen müssen? Gerade jetzt, wo sie sich hier wohlzufühlen begann? »Woher?«, fragte sie atemlos.

»Kommst du? Wir gehen!«, rief da ein Mann in Brigittes Alter dem Jungen zu und kam näher. Der Junge drehte sich zu dem Mann um, blickte ängstlich zwischen ihr und dem Mann hin und her und sagte plötzlich: »Ich habe Sie nicht nach Wüsten gefragt!«

Dann lief er schnell zu dem Mann hinüber, der etwas zu ihm sagte.

»Ach, nichts«, hörte sie den Jungen etwas zu laut antworten. Dann sah er noch einmal zu ihr herüber, und sie erstarrte. Denn die Erkenntnis traf sie plötzlich und ganz unerwartet wie ein Schlag: Dieser Junge da war Janis. Ihr vermisster Sohn Janis. Sie wusste es und konnte doch nicht handeln. Sie starrte ihm nur nach und sah, wie er dem Mann und seiner Frau zur Tür aus dem Laden folgte und sich noch einmal nach ihr umdrehte.

Janis!

Sie wusste nicht, wie lange sie so dagestanden hatte. Erst als die Buchhändlerin an der Kasse sie fragte, ob es ihr nicht gut gehe, kam sie wieder zu sich. »Sagen Sie, kannten Sie die Leute eben. Die Frau hat Ihnen zugewunken?«

»Eine Freundin aus Berlin. Wir hatten während der Lehre in Leipzig zusammen ein Zimmer im Internat«, sagte die Buchhändlerin. »Ihr Mann ist Trainer für Kunstspringen und hat früher, glaub ich, bei der Olympiade mehrere Medaillen geholt.«

»Und der Junge?«

»Der macht das auch und hat gestern so einen Wettkampf gewonnen. Meine Freundin ist tüchtig stolz auf ihn!«

»Wissen Sie, wie der Junge heißt?«

»Ach. Da fragen Sie mich was. Sie hat es erwähnt, aber ...« Sie schüttelte den Kopf, was zeigen sollte, dass sie es schon wieder vergessen hatte. »Ich glaub, es war was Russisches.«

»Russisch?«

»Na, für den Namen kann meine Freundin ja nichts.« Die Buchhändlerin kam ihr vertraulich nahe und senkte die Stimme. »Der Junge ist nämlich adoptiert, weil ihr Mann ...« Sie machte eine Geste in Richtung ihres Unterleibs und verzog traurig das Gesicht. Doch Brigitte knöpfte bereits ihren Kittel auf, ging nach hinten in den Lagerraum, warf den Kittel achtlos in eine Ecke, schnappte sich ihre Jacke und ihre Tasche und lief zurück, quer durch den Laden an der staunenden Buchhändlerin vorbei auf die Straße. Doch sie konnte Janis nirgendwo mehr entdecken.

»Janis? Jaaniiis!«

Sie rief mehrmals. Die Leute drehten sich schon nach ihr um, dann gab sie auf. Denn wäre der Junge noch in der Nähe gewesen, dann hätte er sie doch hören müssen und bestimmt reagiert, wenn er Janis war. Oder? Zweifel überkamen sie. Die wischte sie sofort wieder weg. Sie hatte schon oft in anderen Kindern Janis gesehen, und jedes Mal hatte es sie innerlich fast zerrissen. Aber niemals war sie sich so sicher gewesen wie an diesem Tag. Und hatte er sie nicht zuerst erkannt? »Ich kenne Sie«, hatte er gesagt. Es war nicht mal eine Frage gewesen, sondern ganz klar eine Feststellung. Er war sich sicher gewesen! Und das war ja auch nachvollziehbar: Sie hatte sich als Erwachsene in den vergangenen elf Jahren nicht so sehr verändert wie er sich. Er war unterdessen von einem Fünfjährigen zu einem jungen Mann herangereift, der, wenn sie sich recht an seine Stimme erinnerte, bereits den Stimmbruch überstanden hatte. Und er war adoptiert! Das konnte kein Zufall sein.

Sie musste mit Fritz sprechen, unbedingt! Deshalb war ihr erster Gedanke, ihn direkt vom Buchladen aus anzurufen. Doch sie hätte damit gleich wieder ein Verbot übertreten. Niemals, niemals durfte sie von einem Telefon anrufen, bei dem andere mithören konnten. Doch wo war die nächste Telefonzelle? In ihrem Viertel in Lichtenhagen hätte sie das gewusst, aber hier in der Fußgängerzone, in der Kröpeliner Straße, kannte sie sich kaum aus.

Sie entschied sich, nach rechts zu laufen, Richtung Uni, und sah auch sofort eine der gelben Zellen zwischen den Köpfen der bummelnden Passanten aufblitzen. Wie zu erwarten war, stand davor eine Schlange Wartender. Jeder, der das Glück hatte, eine funktionierende Telefonzelle vorzufinden, nutzte das natürlich und rief jeden an, den er kannte und der ein Telefon besaß. Fritz hatte ihnen bei ihrer Schulung erzählt, dass nur zehn Prozent der Bevölkerung ein Telefon besaßen, deshalb bekamen sie auch keins. Es könnte andere misstrauisch machen, wenn sie bevorzugt wurden. Es würde also nicht leicht sein, hatte Fritz gesagt, ihn in einem Notfall anzurufen.

Brigitte überlegte, ob sie sich eine andere Telefonzelle suchen sollte. Der junge Mann in der Zelle hatte auf dem Telefonkasten einen Stapel Münzen abgelegt. Entweder hatte er noch unzählige weitere Gespräche innerhalb der Stadt für zwanzig Pfennige geplant, oder er führte ein Ferngespräch und beabsichtigte, noch all diese Münzen da abzutelefonieren.

Dafür hatte Brigitte keine Zeit. Sie musste Fritz sofort sprechen, ehe der Junge, ihr Janis, auf Nimmerwiedersehen verschwand. Die ältere Frau vor ihr in der Schlange warf ihr einen genervten Blick zu. Hatte sie etwa vor lauter Ärger laut mit sich selbst gesprochen oder war die Frau nur genauso genervt von dem noch abzutelefonierenden Münzstapel? Brigitte wusste es nicht. Dieses laute Mitsichselbstreden musste sie sich unbedingt wieder abtrainieren. Das hatte sie sich damals im Knast angewöhnt, als sie mehr oder weniger vier Jahre allein in ihrer Zelle gewesen war und nur zum Hofgang auf andere Gefangene traf oder einmal im halben Jahr auf ihre Anwälte. Solch eine Isolationshaft wie sie Ulrike durchgemacht hatte, hätte sie selbst niemals durchgestanden, und Ulrike hatte das ja letztlich auch nicht. Sondern sich das Leben genommen.

Der junge Mann quatschte immer noch munter in den Hörer und ließ sich von den Wartenden überhaupt nicht stören. Im Gegenteil, anstatt sich abzuwenden und der Schlange vor der Zelle den Rücken zuzudrehen, schien er es sogar zu genießen, dass ihm alle beim Plaudern zusehen konnten – und auch zuhören, so laut, wie er sprach. Eine Belanglosigkeit nach der anderen besprach er mit seiner Freundin, ja, er schien geradezu nach immer neuen Themen zu suchen, nur um sie an der Strippe zu halten.

»Jetzt reicht's«, rief Brigitte, als der junge Mann gerade in den Hörer fragte, was es sonst noch so gäbe. Sie riss die Tür auf und zog den jungen Mann an der Jacke nach draußen. Aber anstatt nun den älteren Mann in die Kabine zu lassen, der als Nächstes in der Schlange dran gewesen wäre, betrat sie selbst die Zelle und zog einfach hinter sich die Tür zu.

Errege niemals öffentliche Aufmerksamkeit.

Einer von Fritz' Leitsätzen. Und wenn du ungewollt doch Aufmerksamkeit erregst, dann verschwinde. Sofort.

Aber das konnte Brigitte nicht. Wenn ihr jemand helfen könnte, den Jungen aus dem Buchladen wiederzufinden, dann war es Fritz. Das hatte er ihr damals versprochen. Dass er ihr dabei helfen würde. Aber bisher hatte es ja keinen weiteren Hinweis auf Janis gegeben als den damals in Ägypten. Wer hätte auch ahnen können, dass sich Janis in der DDR aufhielt? Wie hatte Fritz das ahnen sollen? Überall hatte er gesucht. In Jordanien natürlich zuerst. Dann in Damaskus. Und im Jemen, wohin sie nach ihrer Freilassung aus dem Knast ausgeflogen wurde, dort hatten sie gemeinsam nach Janis gesucht. Dann in Europa. Fritz hatte überall gute Kontakte und jede Menge Mittel, jeden zu finden, den er finden wollte, dachte Brigitte, nachdem sie die auswendig gelernte Nummer gewählt hatte und auf das Freizeichen im Hörer lauschte. Draußen vor der Zelle klopfte der junge Mann wütend gegen die Glasscheibe, und die Frau zeterte irgendetwas.

»Onkel Fritz, bitte! Es ist dringend!«, rief sie in den Hörer, als sie draußen dieses hässliche Grün auftauchen sah. Brigitte lächelte dem Polizisten vorsichtshalber zu. Ein Lächeln kann die Welt retten, hatte Emmely immer gesagt, und Brigitte fand es reichlich seltsam, dass sie ausgerechnet in solch einer brenzligen Situation an ihre Ziehmutter denken musste.

Ihr Lächeln schien den Polizisten, der hier in der DDR Abschnittsbevollmächtigter hieß, tatsächlich zu beruhigen. Er würde bestimmt warten, bis sie fertig telefoniert hatte. Wer lächelt, führt nichts Schlimmes im Schilde, hatte der ABV vielleicht bei seiner Mutter gelernt.

»Hören Sie? Onkel Fritz ist grad nicht zu erreichen. Kann ich ihm was ausrichten?«, sagte die Frau im Hörer.

Was wollte sie ihm ausrichten? Fritz würde wissen, dass es ein Notfall war, denn sie hatte ihn in den fast eineinhalb Jahren noch kein einziges Mal angerufen. Sie musste jetzt nur entscheiden, ob Fritz hierher zu ihr nach Rostock kommen sollte oder ob sie zu ihm fuhr. Sie entschied, zu ihm nach Berlin zu fahren, denn die Freundin der Buchhändlerin war aus Berlin gewesen. Also wohnte ihr Janis in Berlin? Sie gab der Frau das Codewort für Berlin, die Zeit stand immer fest, dann legte sie auf und lächelte noch einmal dem ABV zu.

Brigitte trat aus der Zelle und entschuldigte sich mit reumütigem Gesicht bei den Wartenden, ihre Mutter sei schwer erkrankt, da hätte sie dringend ihrem Onkel Bescheid sagen müssen, bitte entschuldigen Sie. Lügen hatte sie schon immer gut gekonnt, dachte sie, als sie mit der S-Bahn zurück in ihre Wohnung fuhr.

Den Abend verbrachte sie damit, sich Vorwürfe zu machen. Was, wenn sie sich getäuscht hatte und das alles nur ein riesiger Zufall war? Fritz konnte sehr ungehalten werden, wenn jemand ohne jeden Grund Alarm auslöste, nur weil er in Panik geriet und sich erkannt glaubte. Denn das hieß nicht nur, dass Fritz und seine Kollegen eine neue Unterkunft für denjenigen besorgen und eine neue Legende für ihn oder sie erstellen mussten, was noch nicht das Schwerste war. Das weitaus schwierigere Unterfangen war, das plötzliche Verschwinden dieser Person später ihren Nachbarn und Kollegen glaubhaft zu erklären. Doch bisher war es noch nie dazu gekommen, wie Brigitte glaubte, dass jemand von ihnen mit einer neuen Identität hatte ausgestattet werden müssen.

Als sie sich ein wenig beruhigt hatte, kam ihr die Idee, noch einmal die Buchhändlerin zu befragen, aber natürlich war es dafür bereits zu spät und der Buchladen längst geschlossen. Sie würde frühestens am nächsten Tag nach ihrer Schicht in der Kantine noch einmal nach Rostock reinfahren und den Buchladen aufsuchen können. So viel Zeit hatte sie nicht. Am nächsten Tag würde sie mit dem Zug nach Berlin fahren und Fritz treffen.

Doch dann kam sie auf die Idee, in der Schwimmhalle nach ihm zu fragen. Es gab nur eine Halle in Rostock, die einen Zehnmeterturm und Sprungbretter hatte, nur dort konnten Wettkämpfe im Kunstspringen stattfinden. Und wenn sie Glück hatte, wurde die Halle auch für den öffentlichen Badebetrieb genutzt, hatte am Abend vielleicht noch geöffnet.

So war es. Schon als sie das Foyer der Schwimmhalle betrat, drang Kindergeschrei an ihr Ohr. Eine Mark Eintritt musste sie bei der Frau an der Kasse bezahlen, dann durfte sie in geliehenen Badelatschen zum Bademeister an den Beckenrand schlurfen. Laut der Kassiererin hatte er bei den Wettkämpfen Dienst gehabt, was der Bademeister, nachdem er Brigitte in ihrer Straßenkleidung skeptisch gemustert hatte, auch bestätigte. Er konnte sich an den Jungen erinnern, kannte sogar seinen Namen, weil sein Vater mal ein bekannter Kunstspringer gewesen war.

André Rothemark.

So hieß ihr Janis also jetzt. Fritz könnte den Namen überprüfen, könnte mit seinen Mitteln herausfinden, warum und wieso er adoptiert worden war und wo seine leiblichen Eltern abgeblieben waren. Fritz würde das ganze Ministerium für Staatssicherheit bemühen, wenn es notwendig wäre, das wusste sie. Er würde für sie herausfinden, ob dieser André ihr Janis war. Aber das war nur noch eine Formalie. Brigitte war sich sehr sicher, dass es so war, konnte sich nur nicht erklären, wie Janis von Jordanien in die DDR gelangt war. Vielleicht war sein Adoptivvater, dieser Burghard Rothemark, damals ja zu einem Wettkampf im Ausland gewesen, wo man ihm ihren Jungen zur Adoption angeboten hatte? War so etwas denkbar? Laut Fritz schon. Der hatte ihr schon mehrmals erklärt, dass in Vorderasien öfter mal

Kinder von Touristen aus Westeuropa verschwanden und dann woanders wieder auftauchten. Was dahintersteckte, wollte sich Brigitte all die Jahre besser nicht vorstellen. Ihr Junge in den Händen von ... Nein, so durfte sie nicht denken.

All diese Fragen und Zweifel beschäftigten Brigitte auf der Fahrt nach Berlin. Doch als sie zu dem verabredeten Treffpunkt kam, war Fritz nicht zu sehen. Hatte sie etwas verwechselt?

Plötzlich tauchte ein Mann neben ihr auf. »Onkel Fritz ist etwas dazwischengekommen«, sagte er und erklärte ihr, dass Fritz erst am nächsten Tag für sie Zeit haben würde. Bis dahin solle sie im Forsthaus an der Spree auf ihn warten. Fritz würde sie am nächsten Nachmittag dort treffen.

»Aber es ist wichtig. Ich glaube, ich wurde erkannt«, zischte Brigitte zurück, doch der Mann nickte nur, als wäre ihm das nicht neu, als wäre das auch nicht besonders wichtig, und ging einfach davon. Brigitte folgte ihm zu einem Parkplatz, wo sein Wagen stand.

Als sie eine gute Stunde später bei dem alten Forsthaus in der Nähe von Briesen ankamen, war ihr Zimmer, das sie vor fast zwei Jahren das erste Mal für die Schulung bezogen und ein halbes Jahr bewohnt hatte, bereits hergerichtet. Brigitte durchströmte geradezu ein Gefühl von Nach-Hause-Kommen, ganz anders als vor zwei Jahren. Damals war sie körperlich wie seelisch am Ende, alles war ihr egal gewesen. Sie hatte nur Ruhe gebraucht. Immer wieder Ruhe und Schlaf.

Jetzt war sie ausgeschlafen und hatte sich mittlerweile an das Leben in der DDR gewöhnt. Auch wenn sie manchmal den pompösen Luxus vermisste, den sie sich nach einem geglückten Banküberfall geleistet hatte – ein teures Parfüm oder eine extravagante goldene Uhr –, so hatte es doch auch die Tage und Wochen gegeben, wo sie in ihrem Versteck gehockt und nichts anderes gehabt hatte als Chips und Alkohol, weil sie sich nicht auf die Straße und schon gar nicht in die Läden traute. Dagegen war das beschauliche Leben in der DDR doch sehr erholsam.

Die Angestellten, die Mitarbeiter, die Küchenfrauen, sie alle behandelten sie wie ein rohes Ei, ließen jedoch nicht erkennen, ob auch sie sie wiedererkannten. War es ihnen vielleicht verboten, mit ihr Kontakt aufzunehmen, oder kehrten hier täglich Leute wie Brigitte ein? Sie wusste, dass sie hier alle vor Fritz kuschten, obwohl er längst Rentner war, denn das hier war sein ganz persönliches Projekt gewesen und Brigitte und ihre Gruppe waren seine Spezialoperation.

In der Nacht träumte sie prompt von Fritz, seltsam wirres Zeug. Der Bademeister aus der Rostocker Schwimmhalle wollte, dass sie vom Zehnmeterturm springe, nur dann könne sie André Rothemark wiedersehen. Die Angst vor der Tiefe und der Blick in das viel zu kleine Becken unter ihr, das sie niemals würde treffen können, ließen sie schweißgebadet aufwachen. Minuten später versuchte sie immer noch, zurück in den Traum zu gelangen. Sie würde springen, ganz egal, ob sie dabei draufgehen würde!

Beim Frühstück wurde ihr mitgeteilt, dass Onkel Fritz doch nicht ins Forsthaus käme, dass er sie aber zu sich nach Hause einlud, denn er habe ihr etwas sehr Wichtiges mitzuteilen.

Der Mitarbeiter schien darüber genauso verwundert wie Brigitte. Sie wurde zu Onkel Fritz nach Hause eingeladen? Hatte es so etwas schon einmal gegeben? Er schüttelte den Kopf und setzte sie in einen Wolga, dessen Fahrer sie zur Wohnung von Onkel Fritz brachte. Er wohnte in einem dreistöckigen Haus am Müggelsee, und während der Fahrer wieder abfuhr, was Brigitte sehr wunderte, öffnete ihr eine adrette ältere Frau die Tür, bat Brigitte herein und führte sie zu einer Art Wintergarten mit schönstem Blick auf den See.

In der Wohnung hing dichter Pfeifenqualm mit einer Vanillenote, die nun auch im Osten modern war.

»Fritz kommt gleich.« Die alte Frau mit den schönen, mandelförmigen Augen lächelte. »Nehmen Sie doch schon mal Platz.« Sie zeigte auf den Kaffeetisch im Wintergarten, der für drei gedeckt war, und ließ Brigitte mit ihren Gedanken allein. Ihr Führungsoffizier hieß tatsächlich Fritz? Das war kein Deckname? Und er wohnte hier unter seinem richtigen Namen? Brigitte überlegte, welchen Namen sie auf dem Klingelschild gelesen hatte, aber sie hatte nicht darauf geachtet. Unten hatte der Fahrer für sie geklingelt, und im dritten Stockwerk hatte Fritz' Frau bereits in der offenen Tür gestanden und sie hereingebeten.

»Brigitte!«

Sie schaute sich erstaunt um. Fritz, der sonst so ernste Onkel Fritz, kam durch das Wohnzimmer lächelnd und mit ausgebreiteten Armen auf sie zu. Sie erhob sich, und schon umarmte er sie herzlich, was sie natürlich nicht erwidern konnte. Sie wusste, dass Onkel Fritz sie gegenüber den anderen immer bevorzugt hatte, aber das hier war sehr seltsam und überhaupt nicht angemessen.

»Setz dich. Kaffee?«

Ohne ihre Antwort abzuwarten, schenkte er ihr ein, während sie ihn nur anstarrte.

»Ich weiß, was du jetzt denkst.« Fritz lächelte sie an. »Aber du wirst gleich erfahren, warum ich so gut gelaunt bin.«

»Braucht ihr noch was, Fritz?« Die Frau stand im Wohnzimmer und schaute selbstbewusst zu ihnen herüber.

»Nein, danke. Wir kommen klar. Bis nachher.«

Die Frau nickte ihnen beiden zu und ging. Kurz darauf hörte Brigitte die Wohnungstür hinter ihr zuschlagen. Brigitte überlegte, für wen wohl das dritte Gedeck war, wenn Fritz' Frau nicht mit ihnen Kaffee trank.

»Das war Paula, meine Frau«, sagte Fritz und lächelte erneut, während sich Brigitte fragte, was hier los war. So viel hatte sie ihn noch nie lächeln sehen.

»Die Torte hat sie gemacht.« Er lud Brigitte ein Stück auf den Teller, während er selbst nach seiner Pfeife in einem schweren Kristallaschenbecher angelte, heftig an ihr zu saugen begann

778

und gleichzeitig mit dem Pfeifenbesteck den Tabak andrückte. Dicker Qualm stieg aus seinem Mund auf.

»Das stört dich doch hoffentlich nicht?«

Was spielt das schon für eine Rolle, dachte Brigitte und überlegte, ob sie erst die Torte probieren sollte oder ob sie zuerst ansprechen sollte, weshalb sie hier war. Sie entschied sich für Letzteres.

»Ich bin in Rostock erkannt worden«, sagte sie mit all der Schärfe, die dieser Information ihrer Meinung nach zukam. Immer wieder hatte Fritz sie vor den Konsequenzen gewarnt, wenn jemand sie erkennen würde. Es war nicht nur für denjenigen, der erkannt wurde, eine Katastrophe, auch für Fritz und seine Mitarbeiter war es das Schlimmste, was ihnen passieren konnte, denn wenn bekannt wurde, dass die DDR international gesuchte RAF-Terroristen versteckte und sogar jahrelang unterstützt hatte, dann waren all die Abkommen, die seit den siebziger Jahren zwischen der DDR und der BRD geschlossen worden waren, nicht das Papier wert, auf dem sie geschrieben standen.

»Ich weiß«, erwiderte Fritz leichthin und strahlte sie an, als hätte sie ihm gesagt, wie schön der Ausblick auf den See sei.

»Ja, aber du weißt nicht, wer mich erkannt hat«, erwiderte Brigitte und hoffte, dass dies sein Verhalten ändern würde. Das tat es auch, aber nicht so, wie sie es erhofft hatte, denn Fritz sah sie weder neugierig noch interessiert an, sondern vielmehr so, als wüsste er bereits, was sie selbst noch nicht für möglich hielt.

»Brigitte ... du hast sicherlich gespürt, dass du mir immer mehr am Herzen lagst als die anderen, aber ich habe dir nie gesagt, warum.«

Brigitte ging spontan in Abwehrhaltung, kreuzte die Arme vor der Brust und starrte ihn abwartend an. Was kommt jetzt?, fragte sie sich.

Fritz räusperte sich. »Die Sache ist die ... Ich bin zusammen mit Helmut Günzel in Prenzlauer Berg aufgewachsen. Und auch Emmely habe ich später kennengelernt, noch vor dem Krieg. Sie war eine Freundin meiner Frau.«

»Ja und? Die Günzels sind nicht meine Eltern.«

Fritz starrte sie erstaunt an. »Das wusstest du?« Er wirkte plötzlich sehr, sehr alt. »Warum hast du mir das in unserem ersten Gespräch auf dem Flughafen nicht erzählt?«

»Was hätte das für eine Rolle gespielt?«

»Eine große, Brigitte, glaub mir. Denn dann hätte ich doch nicht ...« Fritz war plötzlich blass geworden und wirkte ungewohnt fassungslos, als fehlten ihm die Worte.

»Was?«

Fritz zögerte, dann schien er sich einen Ruck zu geben. »Ich habe erst gestern von meinem Bruder erfahren, dass du seine Tochter bist und Selma deine Mutter.«

Brigitte verstand nicht. »Du hast meine Mutter gekannt?«

»Ja, Konrad und ich sind mit ihr und ihrer Zwillingsschwester hier ganz in der Nähe aufgewachsen.«

Konrad. Meinte er etwa Onkel Konrad? Ihren Vater, der von den Briten umgebracht worden war?

»Ich bin Fritz Sollmann, der Bruder deines Vaters. Und wenn ich gewusst hätte, dass dein Sohn mein ...«

»Was ist mit Janis?«, unterbrach Brigitte ihn hart.

»Lass mich das erst erklären, bitte.« Er sah sie fast bettelnd an. Brigitte nickte.

»Ich brauchte damals ein Faustpfand. Das wollten meine Vorgesetzten so. Ein Faustpfand dafür, dass sich die RAF nicht von uns den Rücken freihalten lässt, um dann später auch gegen uns eine Revolution anzuzetteln.«

Brigitte verstand nicht. Was hatte Janis' Verschwinden mit der RAF zu tun?

»Ich habe Janis mit dir im Camp der El Fatah gesehen«, erklärte Fritz. »Du bist kurz nach der Baader-Meinhof-Gruppe über Schönefeld nach Amman geflogen. Erst habe ich darin keinen Zusammenhang gesehen, dass du, die Tochter meines alten

Bekannten Helmut Günzel, nach Amman flogst, aber dann berichtete man mir, dass du mit Janis im Camp aufgetaucht bist. Und nachdem wir dich überprüft haben, war klar, dass du dazugehörst. Du hast der Ensslin den Ausweis geborgt und ihr und Baader auch Unterschlupf gewährt. Janis war ein Mittel zum Zweck, nichts weiter. Ein Druckmittel, um dich über die Aktivitäten von Baader und Meinhof auszuhorchen.« Er zögerte einen Moment. »Und dann dachte ich auch, dass dein Kind nicht in solche Kreise gehörte und ich den Günzels einen Gefallen damit tat, wenn ich ihn dir erst einmal wegnehme.«

Brigitte sah Fritz fassungslos an. Ihr Kopf war plötzlich wie leergefegt. Oder doch, da regte sich ein Widerspruch: Sie gehörte damals doch noch gar nicht zur RAF! Erst als Janis verschwand und sie nicht wusste, wohin, da war sie bei ihnen geblieben.

Sie stand mit einem Ruck auf. Sie musste hier raus, sofort!

»Und es hat Janis auch nicht geschadet. Du hast ihn ja in Rostock getroffen, wie er mir gestern erst erzählt hat.« Onkel Fritz erhob sich ebenfalls. »Ich bin dein Onkel, Brigitte, dein leiblicher Onkel«, sagte er feierlich, »und ich habe mich immer gut um Janis gekümmert.« Er breitete die Arme aus und kam auf sie zu.

Er hat es die ganze Zeit gewusst, dachte sie. Er hat all die Jahre gewusst, wo Janis steckt. Er hat ihn vor mir versteckt.

Sie wollte Fritz ausweichen, aber hinter ihr war der Tisch.

»Ich bin dein Onkel, Brigitte, und Janis mein Großneffe.« Er lächelte entschuldigend und nahm sie in die Arme, während sie sich steif und steifer machte und den Aschenbecher mit der abgelegten Pfeife zu fassen bekam.

Dann schlug sie zu.

Einmal, zweimal, dreimal. Noch öfter, doch sie zählte nicht mehr mit.

Fritz war ihr vor die Füße gerutscht. Sein Gesicht blutiger Brei. Sie ließ den Aschenbecher fallen, stieg angeekelt über ihn hinweg und rannte hinaus ins Treppenhaus, wo ihr Fritz' Frau mit einer schweren Einkaufstasche entgegenkam und sie mit ihren großen Mandelaugen staunend betrachtete. Brigitte schob sie beiseite und lief an ihr vorbei, nahm nach unten mehrere Stufen auf einmal, so dass sie stolperte und beinahe fiel. Dann rannte sie hinaus auf die Straße.

KONRAD

Dorf Mecklenburg

1970

Konrad nahm die kleine grüne Metallschippe, stieß sie in die Schale mit dem Sand und ließ dann den Kies langsam auf Almas Urne rieseln, als wollte er Zeit schinden. Das gefiel Selma bestimmt, dass sie nun endlich wieder mit Alma vereint war. Weder sie noch die Hahns, noch Konrad oder irgendein anderer hätte wohl damals gedacht, dass Alma um so viele Jahre, beinahe dreißig Jahre, Selma überleben und mit einundsechzig Jahren ruhig und zufrieden entschlafen würde, zwar in Brasilien, aber dort in ihrem eigenen Bett.

Konrad stand an ihrem Grab allein, neben ihm nur ein junger Pfarrer, der eine kleine Rede nach Konrads Vorgaben gehalten hatte, und das nicht nur, weil Almas Beerdigung im Geheimen hatte stattfinden müssen. Der junge Pfarrer hatte ihm den Gefallen getan, nachdem Konrad sich zu einer großzügigen Spende für die Junge Gemeinde entschlossen hatte, die nur wenig Zulauf fand. Auch dass Alma noch neben Selma einen Platz fand, war nur der Tatsache geschuldet, dass die Einwohnerzahl von Dorf Mecklenburg so stark zurückgegangen war und die Gräber deshalb länger als die üblichen fünfundzwanzig Jahre belegt blieben. Dennoch, Selmas Grabstelle war in einem katastrophalen Zustand. Es war mit Efeu überwuchert, und der Stein, halb versunken, stand schief nach vornübergekippt. Die Schrift darauf war bemoost und verwittert und kaum noch lesbar.

Das Grab seiner Mutter, das neben Selmas gewesen war – oder erinnerte Konrad das falsch? –, war ganz verschwunden. Der Platz leer. Kein Stein. Kein Grabhügel. Nichts erinnerte mehr an Bertha Sollmann. Ihr Grab war auf dem ganzen Friedhof nicht zu finden, obwohl er nicht sehr groß war. Dabei war sie nach Selma gestorben. Der junge Pfarrer konnte sich das auch nicht erklären und begann im Kirchenbuch zu blättern.

»Vielleicht hat sie jemand umbetten lassen«, mutmaßte er.

Konrad musste sofort an Fritz denken. Könnte es sein? Konrad beantwortete sich die Frage im Stillen mit Ja. Das war Fritz zuzutrauen.

»Und wann könnte das gewesen sein?«

»Wenn ich das wüsste, würde es die Suche erleichtern«, sagte der Pfarrer. »Leider musste unsere Gemeinde mehrmals ohne einen Hirten auskommen. Da geht schon mal eine Information verloren, wenn sie nicht nach Vorschrift eingetragen wurde.«

Es fand sich nirgendwo ein Vermerk über den Verbleib der sterblichen Überreste seiner Mutter, obwohl ihr Tod und ihre Grabstelle im Februar '45 ordnungsgemäß von Helmut eingetragen worden war. Wenn es eine Umbettung gegeben hatte, dann musste sie nach der Flucht der Günzels, nach Juni '53, erfolgt sein, denn sonst hätten die beiden ja davon gewusst und es ihm nach Brasilien geschrieben. Ja, es sprach alles dafür, dass Fritz die Mutter hatte umbetten lassen. Nur wohin?

Bevor Konrad aus Dorf Mecklenburg abfuhr, ließ er Selmas Grabstein aufrichten und hinterließ dem Pfarrer für den Steinmetz und die weitere Pflege des Grabes etwas Geld, nicht viel, aber eben Westgeld, wofür sich in der DDR so einiges reparieren und beschaffen ließ, wie der Pfarrer ihm freudig gestand. Konrad gab dem Pfarrer seine Adresse in Brasilien, damit er ihm schreiben konnte, wenn er etwas zum Verbleib seiner Mutter herausfand.

So ging er wahrscheinlich ein letztes Mal in seinem Leben den Weg zum Bahnhof, den er damals so oft mit Selma und Alma gegangen war, wenn sie nach einem Wochenende bei den Günzels zurück nach Berlin fuhren. Immer noch schmerzte ihn der Gedanke an Selma, doch ihr Fehlen tat ihm nun nicht mehr körperlich weh, wie in der ersten Zeit nach ihrem Tod. Der Schmerz war wie eine Narbe geworden, die sich, lange verheilt, nur noch zu bestimmten Anlässen bemerkbar machte.

Auf dem Bahnsteig dachte Konrad, dass er, wenn er erst für immer aus Brasilien zurückkehrte, seine beiden Frauen, Selma und Alma, ebenfalls umbetten lassen könnte. Doch dazu musste er wissen, wo er später seinen Ruhestand verbringen wollte. In den nächsten Jahren würde er noch weiter für die Oberin und das Waisenheim in Rio de Janeiro arbeiten. Aber irgendwann würde auch seine Kraft ein Ende haben. Dann musste er sich einen Platz zum Sterben suchen.

Damals, 1961 in Brasilien, als die ehemaligen Auschwitz-Häftlinge bestätigt hatten, dass er nicht Gerold Mauersberger war – keiner der drei hatte auch nur eine Sekunde daran gezweifelt, als er ihnen in der kleinen Hütte im Hinterland von Rio de Janeiro gegenüberstand –, da hatte sich Konrad zuallererst um Alma gesorgt und so schnell wie möglich zu ihr zurückgewollt. Doch wie es sich herausstellte, hatte sich Josés Frau tatsächlich liebevoll um sie gekümmert. Sein fast dreiwöchiges Verschwinden sorgte für viele Fragen, auch für Misstrauen. Er war den Menschen, mit denen er so viele Jahre nun schon zusammenlebte, eine Erklärung schuldig. Und so tat er etwas, was er schon lange nicht mehr getan hatte: Er sagte die Wahrheit. Dass man ihn für einen Kriegsverbrecher gehalten und am Ende sogar Zeugen aus Auschwitz gegenübergestellt hatte. Dass der Mossad ihn schließlich laufen ließ, war ja der beste Beweis, dass er zu Unrecht beschuldigt worden war. So sah es José, dessen Frau und auch die Oberin. Sie alle waren froh, ihn wieder zurückzuhaben. Und so sahen es auch Karlo und dessen Gäste, von denen einige jedoch auf Nimmerwiedersehen aus Rio verschwanden, nachdem sie von Konrads Entführung durch den Mossad erfahren hatten, und wahrscheinlich woanders untergetaucht waren.

Doch der Gedanke an Gitti ließ ihn nicht los. Wie sie ihm über sich die Wahrheit gesagt hatte und er nicht mehr dazu gekommen war, ihr seine zu erzählen. War es nicht seine Pflicht, Gitti sein plötzliches Verschwinden im Zitronenhain zu erklären? War nicht nun der Zeitpunkt gekommen, ihr mit Helmut und Emmely gemeinsam – so wie die beiden es immer gewollt hatten – zu erklären, warum sie als eine Günzel und nicht als eine Sollmann aufgewachsen war? Ja, er würde sich endlich als ihr Vater zu erkennen geben!

Also schrieb er an die Günzels, die ihn aber vertrösteten, auch wenn sie froh waren, dass er gesund zurück und nicht der Dinge schuldig war, die man ihm fälschlicherweise an Mauersbergers Stelle vorgeworfen hatte. Das hatten sie ja immer gewusst, schrieben sie, dennoch klangen sie sehr verhalten in ihrer Freude darüber und sogar äußerst ablehnend, was Brigitte betraf. Seine Verhaftung in dem Zitronenhain hätte Gitti wieder einmal nur bestätigt, dass auch viele Jahre nach dem Krieg noch überall in Deutschland die Nazis in Amt und Würden waren. Und im Augenblick wäre es besonders ungünstig, Brigitte über Konrad und ihre Herkunft aufzuklären, sie hole gerade ihr Abitur in Münster nach. Vielleicht fände sich später eine bessere Gelegenheit dafür.

Eine bessere Gelegenheit, dachte Konrad verbittert, als er jetzt in den Zug nach Berlin stieg. Die hatte es in den vergangenen neun Jahren nach Einschätzung der Günzels nur einmal gegeben, und die hatten sie allein und ohne Konrad hinzuzubitten genutzt und damit Brigitte und auch Johann in ein solches Gefühlschaos gestürzt, dass die beiden sogar ein Liebespaar geworden waren und er, Konrad, nun schon seit fast fünf Jahren Großvater eines Jungen war, den er noch nie gesehen hatte. Aber das würde sich ändern, nahm sich Konrad vor. Diesmal würde er sie einfach unangekündigt besuchen. Sollten sie ihm doch die Tür weisen, wenn sie den Zeitpunkt wieder nicht passend fänden. Er würde sich nicht den Weg zu seiner Tochter Gitti versperren lassen. Wer wusste denn, wie viel Zeit ihm dazu noch blieb?

Doch bevor Konrad die Ostzone über den Grenzübergang an der Friedrichstraße verließ, stieg er noch einmal am Alexanderplatz um, und fuhr mit der U-Bahn zur Schönhauser Allee. Die U-Bahn-Station, die früher Nordring hieß, als Konrad noch auf dem 4. Hinterhof gewohnt hatte, hieß nun wie seine alte Straße Schönhauser Allee, und das fand er sehr angemessen.

Als die U-Bahn in Höhe der alten Schultheiß-Brauerei aus dem Tunnel ans Tageslicht fuhr und zur Hochbahn wurde, war Konrad sehr überrascht. Hier sah es fast noch so aus wie zu seiner Zeit. Ja, die Häuser waren grau und verdreckt, der Putz bröckelte an vielen Stellen, aber er erkannte so vieles noch wieder: Auf der rechten Seite sah er kurz in die Gneiststraße und dort die roten Backsteinbauten der Bremer Höhe, danach kam gleich das Männer-Siechenhaus, und wenig später bremste die U-Bahn und fuhr in den Bahnhof Schönhauser Allee ein. Auch hier übermannten ihn die Erinnerungen: Eine Fahrt mit der Hochbahn konnte sich damals, als er noch ein Steppke gewesen war, niemand aus den Hinterhöfen leisten, aber einmal hatte sich Konrad mit Fritz doch am Stationswächter vorbeigemogelt, und sie waren eine ganze Station bis zum Senefelder Platz umsonst mitgefahren. Wie ein Vogel war für sie der Zug damals zwischen den Häusern entlanggesegelt, hatten sie der staunenden Mutter berichtet, und sie hatten tatsächlich in die Wohnungen der besseren Leute aus den Vorderhäusern schauen können. Heute gab es keinen Stationswächter mehr. Ein kleiner metallener Kasten stand da, an dem man für zwanzig Ostpfennige einen Fahrschein ziehen und so viele Stationen fahren konnte, wie man wollte. Zwanzig Pfennige. Das war gar nichts, trotz Zwangsumtausch an der Grenze.

Konrad nahm die Treppe zum Hinterausgang, die unter dem »Magistratsschirm« endete. Auch hier sah es fast noch genauso aus wie früher. Schräg gegenüber stand das Haus, in dem er gewohnt hatte, und als er nach der schweren Holztür die Flucht bis zum hintersten vierten Hof durchschritt, erntete er von den dort spielenden Kindern ähnliche Blicke wie die, mit denen er und seine Freunde damals Selma empfangen hatten. Neid sah er da über seine bessere Kleidung und die stumme, neugierige Frage, was er hier zu suchen habe. Doch keines der Kinder sprach ihn an, und so stand er einen Augenblick später in dem schmalen Treppenhaus zum vierten Seitenaufgang. Fast wäre er ohnmächtig geworden, denn es hing immer noch der gleiche Geruch von damals im Treppenhaus. Eine Mischung aus Kohl und nicht trocknen wollender Wäsche. Er schaute die Namen auf den Briefkästen durch, doch keiner weckte Erinnerungen in ihm. Auch fehlte im Vorderhaus der Stille Portier. Anscheinend war er kürzlich abgenommen worden, denn die leere Stelle dahinter, heller als der Putz ringsum, war noch deutlich sichtbar. Möglich, dass ihn jemand geklaut hatte. Ein paar Meter weiter hatte Konrad einen Trödelladen gesehen, in dem genau solch ein Stiller Portier im Schaufenster angeboten wurde.

Sonst hatte sich die Schönhauser Allee kaum verändert. Ja, die Autos sahen anders aus, auch die Straßenbahnen. Und vielleicht auch die Menschen. Die jungen Leute trugen bunte, synthetische Kleidung, und die Männer hatten dicke Koteletten und lange Haare, ähnlich wie die Jugend in Brasilien oder in Westberlin. Die Röcke der Mädchen wirkten dagegen wie zu breit geratene Gürtel. Aber auch das kannte er bereits aus Rio. Die Alten jedoch sahen grauer aus, abgearbeiteter und misslauniger als die in Brasilien, was vielleicht auch mit dem Wetter zu tun hatte und mit den leeren Schaufenstern beim Bäcker, in der Fleischerei oder in den anderen Geschäften.

Konrad spazierte auch bis in die Göhrener Straße, um zu

sehen, was aus seiner Praxis geworden war. Nichts. Die Ladenwohnung war nun eine Wohnung mit Gardinen vor den Fenstern. Und an der Ecke zur Raumer Straße hatte ein Fischladen aufgemacht. Doch die Auslagen waren dürftig, und in dem blaugefliesten Becken schwammen nur zwei kleine Karpfen. Wahrscheinlich, weil es Juni war und das Becken erst zu Silvester gefüllt wurde.

Am Abend war er wieder in seiner kleinen Pension hinterm Ku'damm, wo die Wirtin um seinen Doktortitel herumscharwenzelte, als sei sie auf dem Heiratsmarkt. Er musste sie ständig daran erinnern, dass er Herr Siebert und nicht Herr Doktor war, doch das vergaß sie immer gleich wieder.

Damals, als ihn der Mossad freiließ, hatte er überlegt, ob er seinen richtigen Namen wieder annehmen sollte. Doch wozu, hatte er sich gleich darauf gefragt. Was hätte er für einen Vorteil davon? Sich umzubenennen hätte viel zu viel Aufmerksamkeit auf sich gezogen, und manch einer hätte möglicherweise Fragen gestellt, die Konrad in Schwierigkeiten gebracht hätten. Nicht, dass sich noch jemand an die Geschichte mit den D2-Pässen erinnerte! Und sich fragte, wer da eigentlich wen im britischen Internierungslager umgebracht hatte, wenn Dr. Sollmann nun so lebendig durch die Welt spazierte.

Als Konrad am nächsten Morgen mit der U-Bahn bis Gneisenaustraße fuhr, hatte er das seltsame Gefühl, dass der Bahnsteig länger war als vor dem Krieg, und auch an die blauen Kacheln an den Wänden konnte er sich nicht erinnern. Er überquerte die Gneisenaustraße, betrat die Zossener Straße und sah sofort, dass sich auch die Heilig-Kreuz-Kirche verändert hatte. Den hohen spitzen Aufsatz auf der Kuppel gab es nicht mehr. Bestimmt war die Kirche im Krieg von Bomben getroffen und danach wieder aufgebaut worden. Nun, alles hatte sich verändert, auch er, zumindest war er älter geworden, wie auch Helmut und Emmely. Es war fünfzehn Jahre her, als sie sich das letzte Mal gesehen hatten. Würden die beiden überhaupt da sein? Und würde er Gitti sehen können und seinen Enkel? Emmely hatte damals von Schwierigkeiten mit Gitti in ihren Briefen gesprochen, weil sie ihr die Wahrheit über ihn erzählt hatten.

Vielleicht hätte er sein Kommen doch ankündigen sollen?

Dann stand er vor dem Büro der Pfarrei und hörte durch die Tür hindurch zwei vertraute Stimmen. Und plötzlich begann Konrads Herz wie wild zu pochen. Nur ruhig, ermahnte er sich und klopfte kurz, dann drückte er die Türklinke runter.

Was hatte er denn gedacht? Dass die beiden ihn sofort erkennen und ihm um den Hals fallen würden? Er selbst hätte sie ja auch nicht erkannt, diese zwei alten Menschen, wenn er nicht zuvor ihre Stimmen gehört hätte. Er wollte schon mit einem kurzen »Entschuldigung« die Tür wieder schließen, vielleicht hatte er sich ja vertan und es waren gar nicht seine Freunde aus Jugendtagen, doch da lächelte ihm die Frau freundlich zu.

»Ja, bitte?«

»Emmely!«, entfuhr es ihm da, und er machte einen Schritt auf sie zu und sie im selben Moment einen von ihm weg. Ganz instinktiv. Aus Selbstschutz, sagte sie später.

»Konrad?«, fragte Helmut. Seine Stimme klang plötzlich aufgeregt und heiser. Dann lagen sie sich in den Armen, und die Tränen rannen ihnen über die Wangen. Emmely kam hinzu und drückte und umarmte ihn ebenfalls. Wie gut das tat, wie er das all die Jahre vermisst hatte.

»Warum hast du nicht Bescheid gesagt, dass du kommst«, fragte Emmely, als sie sich alle drei ein bisschen beruhigt hatten und bei Kaffee und Keksen am Tisch saßen.

»Damit ihr mir wieder schreibt, dass es grad ungünstig wäre?«, erwiderte Konrad und meinte es eher spaßig. Doch als er die Gesichter der beiden ernst werden sah, ahnte er, dass er tatsächlich zu einem ungünstigen Zeitpunkt gekommen war.

»Nun sagt schon: Wie geht es Gitti?«, fragte Konrad und schaute Helmut an, der aber seinem Blick auswich.

»Wir wissen es nicht so genau, Konrad«, sagte er.

»Doch, doch«, beteuerte Emmely schnell und zeigte zur Anrichte, wo ein gerahmtes Foto stand, das Gitti bei einem Ausflug vor einem Schloss zeigte.

»Sie arbeitet jetzt in Heidelberg in der Unibuchhandlung. Schon über ein Jahr«, sagte Emmely und betrachtete lächelnd das Foto. »Ihre damalige Schulfreundin Sieglinde ist dort Ärztin. Sie hat uns auch das Foto geschickt. Zum Glück hält sie uns auf dem Laufenden, was Brigitte angeht. Mit uns spricht sie ja nicht mehr, auch nicht mehr mit Johann.

»Ich dachte, sie studiert hier in Berlin Geschichte? Das habt ihr doch damals geschrieben.« Konrad sah von einem zum anderen. Was verheimlichten die beiden ihm?

Und so erzählten Helmut und Emmely ihm, dass Brigitte ihre kleine Familie von einem Tag auf den anderen verlassen hatte und nach Heidelberg gegangen war, wo zum Glück diese alte Freundin aus Kindertagen wohnte, Sieglinde. Bei ihr war Brigitte anfangs untergeschlüpft, bevor sie dann eine eigene Wohnung gefunden hatte, eine Einliegerwohnung bei einer alten Frau.

»Emmely hofft, dass Gitti noch Medizin studiert, aber ich denke, sie ist dafür schon zu alt.« Helmut zuckte entschuldigend mit den Schultern.

»Und Janis, ihr Sohn?«

»Er ist bei Johann geblieben.«

Konrad war irritiert. »Er ist nicht bei Gitti?«

Helmut zuckte entschuldigend die Schultern. »Brigitte wollte Abstand. Von allem.«

»So müssen wir nicht extra nach Heidelberg, um unseren Enkel zu sehen«, sagte Emmely und versuchte lieber das Positive daran zu betonen. »Und du kannst deinen Enkel auch sehen, Konrad.«

»Ja, Janis ist oft bei uns, wenn Johann beruflich unterwegs ist oder mal einen Abend für sich braucht«, ergänzte Helmut, und dann begann Emmely mit leuchtenden Augen von ihrem Enkel, von »ihrem Augenstern« zu erzählen. Ihrem gemeinsamen Enkel, dachte Konrad mit einer Mischung aus Wehmut und auch etwas Neid. Aber ein paar Tage Zeit hatte er ja noch, um Janis kennenzulernen, bevor er wieder zurück nach Rio musste.

Als Konrad am Abend in dem Zimmer schlief, das die Günzels ihrem Enkel in der geräumigen Altbauwohnung eingerichtet hatten, damit er immer, wenn Johann auf seinen Baustellen nach dem Rechten schauen musste, bei ihnen übernachten konnte, da surrte Konrad nur so der Kopf von all dem, was und vor allem, was nicht in seiner langen Abwesenheit geschehen war. Denn noch wusste Brigitte nicht, dass ihr Vater am Leben war. Die Günzels hatten Gitti nach ihrer Rückkehr aus Rio nicht die ganze Wahrheit sagen können, weil Gitti sie nicht mehr hören wollte. Dann war ihr Kontakt vollends abgerissen, nachdem sie von Johann schwanger geworden war. Im Dunkeln auf der viel zu weichen Kindermatratze verspürte Konrad eine tiefe Trauer um seine Tochter, die so verloren schien, und ihn plagte sein schlechtes Gewissen. Selma und er hatten damals gehofft, dem Nazisystem ein Schnippchen schlagen zu können, doch all ihre Lügen hatten sich zum Falschen verkehrt. Seine Uniform, die er trug, um Selma und Alma zu schützen, hatte Brigitte glauben lassen, ihr Vorbild, ihr geliebter Onkel Konrad, gehöre den Leuten an, die es richtig fanden, kranke und debile Menschen zu quälen und für lebensunwert zu erachten. Anstatt aber dafür die Verantwortung zu übernehmen und sie zum Gegenteil zu erziehen, war er einfach gegangen, hatte sie einfach im Stich gelassen, so wie sie nun ihren Sohn im Stich gelassen hatte und die Erziehung ihres Kindes anderen überließ.

Das war nicht richtig.

Doch nun war er hier in Berlin und bekam seine Chance.

Schon am nächsten Tag würde Janis zu den Günzels kommen, weil Johann eine Woche lang wegen eines Großprojekts nach Düsseldorf musste. Eine ganze Woche, um seinen Enkel kennenzulernen, dachte Konrad zufrieden, und danach könnte er vielleicht auch Gitti treffen.

Konrad hätte nie gedacht, dass er noch einmal solch ein Glück erleben würde. Das Glück, Opa zu sein. Janis war ein sehr schüchterner Junge und erinnerte ihn sehr an sich selbst, obwohl Konrad keine genauen Erinnerungen mehr daran hatte, wie er selbst mit fünf Jahren gewesen war. Aber Helmut behauptete, dass er sich noch genau an Konrad mit fünf Jahren erinnern konnte, da hatten sie schon gemeinsam auf dem vierten Hinterhof in der Schönhauser Allee gespielt, und Helmuts Mutter hatte Bertha ab und zu etwas aus der kalten Küche ihrer Herrschaft mitgebracht, weil Hans Sollmann seinen Wochenlohn immer schon am Samstag in den Spelunken versoffen hatte. Und dann war Konrads Vater fort gewesen, weil er sich freiwillig zum Kriegseinsatz gemeldet hatte.

Janis war sehr anhänglich, das fiel Konrad sofort auf, und er genoss es. Zuvor hatte er sich Sorgen gemacht, ob sein Enkel einen zweiten Opa überhaupt akzeptieren würde, einen neben Helmut, aber als Konrad ihm einen Roller kaufte, der sogar einen Sitz hatte, da fragte Janis nicht mehr, wo der neue Opa all die Jahre zuvor gewesen war, sondern schenkte ihm sein ganzes Vertrauen.

Gittis Vertrauen zu erringen würde ihm nicht so leicht gelingen, meinten Helmut und Emmely, und auch Johann stimmte ihnen nach seiner Rückkehr zu, und so entwarfen sie gemeinsam mehrere Szenarien, um sie nach Berlin zu locken. Als Sieglinde, die sie um Unterstützung baten, es jedoch ablehnte, hinter Brigittes Rücken ein vermeintlich zufälliges Treffen in Westberlin zu arrangieren, beschlossen Konrad und Emmely, gemeinsam mit Janis am nächsten Wochenende nach Heidelberg zu fahren. Emmely warnte Konrad zwar, dass ein solcher Überraschungsbesuch Gitti vielleicht noch mehr gegen sie und auch gegen Konrad aufbringen könnte, aber eine andere Chance sah Konrad nicht. In ein paar Tagen musste er wieder zurück nach Rio, denn die Oberin brauchte ihren Arzt für die Waisenkinder.

Sie hatten geplant, am Samstagnachmittag mit dem Zug nach Heidelberg zu fahren. Doch am Abend vorher sahen sie in den Nachrichten einen Bericht über die internationale Konferenz zur Entwicklungshilfe, die gerade in Heidelberg stattfand. Dabei war es zu schweren Auseinandersetzungen zwischen Polizei und Demonstranten gekommen, und Emmely war überzeugt, dass sie Brigitte unter den Demonstranten gesehen hatte, kurz bevor der Strahl eines Wasserwerfers sie erfasste. Voller Angst rief sie bei Sieglinde an, wieder und wieder, aber es ging niemand ran.

Also beschlossen sie am nächsten Morgen, den erstbesten Zug nach Heidelberg zu nehmen, um, wenn nötig, Brigitte und auch Sieglinde bei der Polizei auszulösen. Das brachte allerdings den ganzen Ablauf durcheinander. Janis, der die Nacht bei Johann übernachtet hatte, musste nun ebenfalls früher am Bahnhof Zoo sein. Doch weil Johann auf die Baustelle von Gropiusstadt musste, übergab er Janis, bevor er am Zoo in den Bus stieg, an seine derzeitige Freundin Claudia, die mit Janis am Schleusenkrug auf Konrad warten sollte, während Emmely am Bahnhof ihre Fahrkarten umzutauschen versuchte.

So war es geplant, und so lief es auch ab. Konrad bekam von Claudia Janis' Ausweis, damit er Westberlin verlassen konnte. Janis war derweil auf der Brücke geblieben und schaute dem Schleusenwärter bei der Arbeit zu. Und weil sie noch etwas Zeit bis zum Zug hatten, kaufte Konrad für Janis noch ein Eis.

Und dann war Janis fort. Erst glaubte Konrad, dass Janis nur seinen Platz am Brückengeländer gewechselt hatte, und suchte das ganze Geländer ab, aber er konnte ihn nirgendwo entdecken. Das war ein Irrtum. Nur ein Irrtum, dachte Konrad wieder und wieder, und doch trat ihm vor Angst der Schweiß auf die Stirn. Dann begann er, nach Janis zu rufen. Wieder und wieder, aber Janis meldete sich nicht, und die Leute, die eben noch um Janis herumgestanden hatten, drehten die Hälse, fragten, was los sei, und hielten ebenfalls Ausschau nach ihm. Niemand hatte ihn weggehen sehen. Wo hatten die Leute denn ihre Augen, dachte er verzweifelt. Was sollte er nur tun? Er lief Richtung Bahnhof, suchte angestrengt den Pfad zwischen den Büschen nach Janis ab, um dann wieder in die entgegengesetzte Richtung zu laufen. Vielleicht war Janis rüber zu den Wiesen gelaufen?

Dann fiel ihm Emmely ein.

Sie wartete am Bahnhof auf ihn. Sollte er nicht besser zu ihr gehen und ihr Bescheid sagen? Aber was, wenn Janis zurückkam und ihn nicht vorfand? Würde er den Opa nicht suchen gehen? Dann würden sie einander verfehlen. Oder war es möglich, dass jemand Janis mitgenommen hatte, jemand, der ihm etwas antun wollte? Die Optionen, die Konrad hatte, zielten in so viele verschiedene Richtungen und schlossen die anderen dabei immer gleich wieder aus, so dass er sich plötzlich wie Gulliver als Riese fühlte, der von den Liliputanern mit Seilen gefesselt wurde, die nicht dicker als ein einzelnes seiner Haare waren, aber so viele, dass sie ihn völlig bewegungslos machten.

Jemand anderes hatte die Polizei gerufen, und plötzlich war auch Emmely da, die vergeblich am Bahnsteig gewartet und schon geahnt hatte, dass etwas passiert sein musste. Vielleicht hatte sich die Übergabe von Janis verzögert, oder Konrad hatte einen Herzinfarkt erlitten oder ... oder ... oder.

»Man macht sich doch so seine Gedanken«, sagte Emmely, als sie mit Konrad bei den Polizisten stand. »Aber dass der Junge einfach so verschwindet, das wäre mir nicht in den Sinn gekommen.«

Die Polizisten glaubten, wie Konrad und Emmely, dass sich Janis nur aus Versehen von der Brücke entfernt hatte. Vielleicht hatte er jemanden gesehen, der von hinten wie sein neuer Opa ausgesehen hatte, und war ihm hinterhergelaufen, um dann festzustellen, dass es nicht der neue Opa, sondern ein wildfremder Mann war. Vielleicht hatte Janis dann nicht zurück zur Schleusenbrücke gefunden, dachte Konrad beklommen, und irrte nun suchend im Tiergarten herum. Er war doch noch nicht einmal fünf!

Die Polizei durchkämmte den ganzen Vormittag mit etwa zwanzig Mann den Tiergarten, auch den Zoologischen Garten, aber Janis blieb verschwunden, und Konrad und Emmely begannen zu hoffen, dass Janis vielleicht allein den Weg nach Hause gefunden haben könnte. Und wenn nicht?, fragte sich Konrad auf dem Weg in die Knesebeckstraße bang. Wie würde es Johann wohl aufnehmen, dass Janis ausgerechnet in Konrads Obhut verschwunden war?

Doch zu Konrads und Emmelys Erstaunen glaubte Johann nach dem ersten Erschrecken sofort zu wissen, wo Janis abgeblieben war.

»Es war Brigitte. Sie hat Janis entführt. Ich habe sie am Busbahnhof gesehen. Sie stand hinter Claudia und hat zu mir rübergeschaut«, sagte Johann und war fassungslos über Brigittes Skrupellosigkeit.

Konrad und Emmely fiel dennoch ein Stein vom Herzen. Brigitte war also in Berlin gewesen, hatte sich Janis geholt und saß nun wahrscheinlich mit ihm wohlbehalten in dem Zug nach Heidelberg, den eigentlich Emmely und Konrad hatten nehmen wollen.

Bereits in Frankfurt am Main, wo Brigitte mit Janis hätte umsteigen müssen, wurden alle Reisenden von der Polizei am Ausgang des Bahnsteigs kontrolliert, aber Brigitte und Janis waren nicht unter ihnen. Das erfuhren Konrad und die Günzels erst am Abend, denn die Polizei kontrollierte auch die folgenden Züge. Brigitte und Janis blieben verschwunden. Auch eine Kontrolle bei Brigittes Vermieterin in Heidelberg war erfolglos, und selbst Sieglinde hatte keine Idee, wo Brigitte abgeblieben sein könnte.

Das änderte sich auch die folgenden Tage nicht. Brigitte blieb verschwunden, und Konrad reiste schließlich nach Rio ab, ohne zu wissen, wie es seinem Enkel Janis ging und ob er ihn jemals wiedersehen würde. Er fuhr aber jeden zweiten Tag auf das Postamt, um mit Emmely zu telefonieren. Nein, es gab noch keine Spur von Brigitte und Janis.

Dabei hatte sich Konrad vor Janis' Verschwinden bereits vorgestellt, dass ihn Janis in Brasilien besuchen kommen könnte, bevor er eingeschult werden würde. Sie hätten sich gemeinsam Brasilien anschauen können, und vielleicht wären Brigitte und Johann und auch Emmely und Helmut mit nach Rio de Janeiro gekommen. Sie hätten eine große wiedervereinte Familie sein können, vielleicht nicht ganz so groß wie die brasilianischen Familien, in denen es immer auch Dutzende von Cousinen und Cousins, Schwippschwager und Nenntanten gab, von denen am Ende niemand so genau wusste, wie sie zur Familie gehörten, nur dass sie dazugehörten, das wusste jeder, das stand für alle außer Frage.

Am Ende flog Konrad zurück nach Rio.

Er verfluchte sich wieder und wieder, Janis für diesen einen, winzigen Augenblick allein gelassen zu haben, um ihm ein Eis zu kaufen. Nur einen Wimpernschlag, gemessen an seinem Lebensalter, hatte Konrad die Chance gehabt, zu erfahren, wie es sein könnte, eine eigene Familie zu haben.

ANDRÉ

Ostberlin

1989

»Und? Was denkst du?«, fragte André beim Abendbrot und sah, wie Pepe zu kauen aufhörte und den Blick in ihre Teetasse senkte, um dort nach einer möglichst höflichen Antwort zu suchen. Einer Antwort, die sie beide nicht gleich wieder entzweite, die sie nicht stundenlang streiten und anschließend tagelang schweigen ließ. Und eigentlich war das von André auch nur eine rhetorische Frage gewesen, denn irgendwann mussten sie doch darüber sprechen, oder wollte Pepe etwa so tun, als hätte sie es nicht gelesen?

»Ich weiß nicht«, wich Pepe aus. »Warum fragst du immer nur mich?«

»Weil du meine Frau bist? Die Mutter meiner Kinder? Und weil du Bühnenbildnerin bist und an einem Theater arbeitest?«

»Spar dir diesen ironischen Ton!«

»Mach ich, wenn du mir eine Antwort gibst.«

»Mama, was ist ironischen?«, fragte Janis.

André wusste, dass Janis gar nicht an der Antwort interessiert war. Mit seinen fast fünf Jahren war er diese Art von Kommunikation zwischen seinen Eltern bereits gewohnt und hatte gelernt, dass er die aufgeladene Stimmung mit Fragen entspannen konnte.

»Ironisch bedeutet, dass man etwas sagt, es aber ganz anders meint, Janis.« Pepe flehte André mit Blicken an, Ruhe zu geben. Das wollte André nicht. Es war bereits halb sieben. Wenn Janis und Elisa aufgegessen hatten, dann ging es ans Waschen, ans Zähneputzen, dann kam das Sandmännchen und anschließend die Vorlesegeschichte, für die er verantwortlich war, weil er viel besser vorlas als Pepe. Da waren sich Janis und die zweijährige Elisa einig. Pepe würde derweil noch den Rest der *Aktuellen Kamera* sehen, und er würde dann um 20 Uhr dazustoßen, um mit Pepe gemeinsam die *Tagesschau* zu sehen, die den ganzen Schwachsinn, der in der *Aktuellen Kamera* gesagt worden war, in ein anderes Licht rückte. Und dann würden sie sich wieder streiten, ohne auch nur ein einziges Wort über sein neues Theaterstück gesprochen zu haben, und sich wegen der Nachrichten gegenseitig vorwerfen, naiv und blauäugig zu sein, weil der andere die Lage nicht richtig einschätze. Zwischendurch würde Elisa mehrmals aus ihrem Bett geklettert sein und in die Küche kommen, weil sie ihren Schnuller, ihren Hasen oder sonst etwas suchte, und sie beide würden sie abwechselnd wieder zurück ins Bett bringen und ihr beteuern, dass Mami und Papi nicht miteinander stritten, sondern nur spielten, bis Elise es endlich glaubte und einschlief. Unterdessen würde es Mitternacht geworden sein, und sie würden erschöpft und voller unterdrückter Wut ins Bett gehen, sich routiniert einen Kuss geben, der kein Kuss mehr war, und einander eine Gute Nacht wünschen, die natürlich keine gute Nacht wurde, denn keiner von beiden konnte einschlafen, auch wenn sie dem anderen gegenüber so taten, weil sie beide darüber nachgrübelten, wie sie aus diesem Teufelskreis ausbrechen konnten.

Sie hatten Paare immer gehasst, die sich nur wegen der Kinder nicht trennten, doch Janis und Elisa ließen die Hürde für eine Trennung tatsächlich höher werden. Dabei waren die beiden von Anfang an der Grund gewesen, warum Pepe und er nicht mehr so hatten handeln können, wie sie es gern wollten.

Und schon gar nicht konnten sie noch irgendetwas als eigenständige Person entscheiden. Sie waren eine Familie und mussten als solche Lösungen finden.

Sich zu trennen war deshalb nie eine Option gewesen, für keinen von ihnen. Ansonsten wäre André längst über Ungarn geflohen oder über die Prager Botschaft. Nur Pepe und die Kinder hielten ihn hier. Ohne die drei würde er niemals gehen. Trotzdem wurde für ihn die Luft immer dünner. Manchmal glaubte er zu ersticken: an seiner Wut, an seinem Hass auf den Staat, in dem sie lebten, und an der ohnmächtigen Erstarrung, zu der er durch seine Familie verdammt war.

Oder war er nur feige?

»Was hältst du davon, wenn wir nachher keine Nachrichten gucken und übers Stück sprechen?« Pepe schaute ihn versöhnlich lächelnd an.

»Das wär Wahnsinn, wenn wir auf die mal verzichten könnten«, gab André zurück und lächelte ebenfalls.

Ein Friedensangebot!

»Liest du uns dann nicht vor?«, maulte Janis.

»Heute mal nicht. Heute erzählt der *Ohrenbär* eine Geschichte.«

Janis und Elisa jubelten. Der *Ohrenbär* vom SFB war ein guter Ersatz. Und während Pepe die Kinder ins Bad brachte, begann André mit dem Abwasch. Plötzlich war er sich nicht mehr so sicher, ob er wirklich von Pepe hören wollte, wie schlecht sie sein Stück fand.

Und dann war der *Ohrenbär* vorüber, die Gutenachtküsse gerecht verteilt, das Licht gelöscht, und Pepe trocknete in der Küche den letzten Teller ab. André wartete immer noch darauf, dass sie endlich etwas zu seinem Stück sagen würde, und war auf alles gefasst. Also fing er an. »Ich habe das wirklich genau so erlebt!«

»Das weiß ich doch«, erwiderte Pepe. »Aber dann ist das

kein Theaterstück, sondern ein Protokoll. Und es ist ja auch gut, wenn du das alles mal aufschreibst, damit du es vergessen kannst, aber ...«

»Ich will das nicht vergessen, Pepe. Niemals!«

»Ich meinte verarbeiten, damit du es verarbeiten kannst und etwas Abstand dazu bekommst.«

»Ich will auch keinen Abstand! Ich will, dass es irgendwann alle erfahren und jemand dafür zur Rechenschaft gezogen wird. Verstehst du das nicht?«

»Doch, das verstehe ich. Aber das wird nicht geschehen. Eher gehen wir daran kaputt. Unsere Beziehung geht daran kaputt, André!«

So schnell waren sie noch nie zu diesem Punkt gekommen. Das war sonst immer der Endpunkt gewesen, dass einer von ihnen die Beziehung bedroht sah oder in Frage stellte, aber nur so als Drohung, weiter hatten sie sich bisher nie getraut, und eigentlich sollten sie jetzt besser schlafen gehen. Aber das konnte er nicht. »Sie haben mich einfach einkassiert! Haben mich mitten auf der Straße in ein Auto gezerrt und in Hohenschönhausen in eine Zelle geschmissen!«

»Ich weiß.«

»Vierzehn Tage!«

»Ich weiß.«

»Du hast drei Tage lang nicht gewusst, wo ich abgeblieben bin. Hast du das vergessen?«

»Nein.«

»Und das nur, weil ich mit Onkel Fritz' Bruder gesprochen habe.«

»Dein Onkel Fritz war ein Stasi-Offizier und ist wahrscheinlich ermordet worden. Da wollen sie natürlich wissen, worüber du mit dem Bruder aus dem Westen redest«, erwiderte Pepe.

Dann stritten sie wieder darüber, ob das nicht der Grund wäre, endlich einen Ausreiseantrag zu stellen. Was sollten sie sich denn noch alles gefallen lassen? Was wollten sie noch in einem Staat, der Leute einfach einkassierte und sie all ihrer Rechte auf Klarstellung und Verteidigung beraubte? Theater, für die Pepe Bühnenbilder entwerfen konnte, gab es auch im Westen. Wieso konnte Pepe ihn nicht verstehen?

»Dieser Staat hat mich von Anfang an verarscht. Wieso darf ich nicht wissen, wer meine Eltern sind?« André war kurz vorm Heulen, und Pepe nahm schnell seine Hände in ihre, was ein bisschen half.

»Du weißt, wer deine Mutter ist«, flüsterte Pepe und umarmte ihn. »Die hätten in Hohenschönhausen nicht nach ihr gefragt, wenn Sonja Mehlhorn nicht deine Mutter wäre.«

»Aber warum dachten sie, dieser Konrad würde etwas über sie wissen?«

»Jana sagt, die stochern einfach so in dem rum, was sie bereits über dich wissen, und warten ab, ob du auf irgendwas reagierst oder ein schlechtes Gewissen zeigst. Dann vermischen sie das mit irgendwelchen Behauptungen, halb wahr, halb unwahr, um dich zu verunsichern und ins Stolpern zu bringen.«

Ja, das wusste André. Auch aus eigener Erfahrung. Nicht nur Pepes Freundin Jana hatte das gesagt, auch dem Neuen vom Friedhof war es wie ihm ergangen. Zehn Tage U-Haft in Hohenschönhausen, nur weil er ein Plakat zu einer Baumpflanzaktion selbst hergestellt, mit einer Wäschemangel an seinem Küchentisch vervielfältigt und es in der Stadt aufgehängt hatte. Dabei hatte er es extra signiert, damit niemand auf die Idee kam, dass noch andere dahintersteckten. Doch das wollten die in Hohenschönhausen ja nicht glauben.

André fragte sich, warum so einer wie der Neue nicht einfach gegangen war. Er hatte weder Kinder, noch lebte er mit jemandem zusammen. Gut, er hatte mal von seiner Mutter erzählt, um die er sich kümmerte, aber trotzdem: Wieso war der nicht über Ungarn oder Prag abgehauen? Alle gingen grade, und niemand wurde dafür belangt.

Es waren nicht nur die Kinder, die Pepe hier ausharren ließen. So schön, wie es mit Pepes weitverzweigter Familie auch war, André empfand sie zunehmend wie einen Bremsklotz. Ihre Familie war es, die Pepe hauptsächlich daran hinderte, dem Ausreiseantrag zuzustimmen. Dabei hatte sie ihre Stelle am Deutschen Theater nur einem Typen zu verdanken, der selbst abgehauen war. Kurz nachdem sie ihr Diplom verteidigt hatte, war der Chefbühnenbildner nicht aus den Ferien in Ungarn zurückkehrt, und da hatte sie seine Stelle bekommen.

»Es ändert sich hier gerade so viel, André. Da geb ich doch nicht einfach auf und gehe!«

Klar, es hatte Demonstrationen gegeben, in Leipzig und auch vor ein paar Tagen in Berlin, eine von den Künstlern initiierte Kundgebung am Alex, auf der sogar Kollegen von Pepe gesprochen hatten, auch Schriftstellerinnen wie Christa Wolf, die André seit Langem verehrte. Und die gesamte Regierungs- und Parteiriege war zurückgetreten. Ja, es änderte sich etwas. Aber wurde es dadurch erträglicher? Und kam das nicht alles viel zu spät?

»Nein, endlich haben wir eine Chance, selbst Einfluss zu nehmen. Und da will ich dabei sein«, sagte Pepe, da lagen sie längst im Bett, diesmal eng aneinandergekuschelt. So wie früher. Löffelchen an Löffelchen. Pepe schaffte es immer wieder, ihn zu überzeugen. Und vielleicht hatte sie ja recht, vielleicht würde sich wirklich etwas ändern. Trotzdem, auch wenn sie sich gerade einander so nah fühlten, widerstand André der Versuchung, Pepe das zu sagen, was er gerade wirklich wollte. Ein drittes Kind. Er verkniff es sich, auch weil Pepe sofort einverstanden gewesen wäre. In die neue Zeit, die Pepe voraussah, würde ein drittes Kind nicht passen. Trotzdem hatten sie mal wieder Sex gehabt. Und das war schön gewesen. Nicht aufregend, aber schön. Aber als sie endlich am Wegdösen waren, klingelte es. Wer konnte das sein?

Da wieder.

Es klingelte Sturm.

Das klang dringend. Wurden sie jetzt abgeholt? Was hatten sie gesagt oder getan? André konnte sich an nichts erinnern, aber was bedeutete das schon in diesem Staat?

Vorsichtig schlich er in den Flur und schaute durch den Spion. Der Mann, der da vor seiner Tür stand, den kannte er. Sie hatten erst heute über ihn gesprochen. Seinetwegen hatte André vor drei Jahren in Hohenschönhausen in U-Haft gesessen. Aber er hatte sich nie wieder bei ihnen gemeldet. Warum auch.

Widerwillig, aber auch etwas neugierig öffnete André die Tür.

»Sie wohnen hier also noch«, rief Herr Sollmann erstaunt aus und schaute zu Pepe, die in ihre Decke gewickelt hinter André an die Tür gekommen war.

»Ja, warum nicht«, fragte André eine Spur schnippischer zurück, als er es gewollt hatte.

Sollmann nickte, als würde ihm gerade etwas klar werden, dann schaute er kurz hinter sich ins Treppenhaus und fragte: »Darf ich reinkommen?«

»Ich weiß nicht«, sagte André wahrheitsgemäß. »Ich hatte damals Ihretwegen ziemlich viel Ärger.«

»Das hab ich mir gedacht«, erwiderte Sollmann. »Deswegen bin ich ja hier.«

»Nun kommen Sie schon rein«, sagte Pepe und bedeutete André, sich etwas anzuziehen, weil er nur in Schlafhose dastand. »Wollen Sie einen Tee?«

»Ja, ein Tee wäre gut.«

Und wie vor drei Jahren stand André wieder in der Küche und kochte Tee und wartete ab, was Konrad Sollmann sagen würde, der seinerseits auch abwartete und sich die Bühnenbilder zu Christoph Heins Stück *Die Ritter der Tafelrunde* genau ansah. Nur saß heute Pepe dabei und unterbrach die Stille. »Wo sind Sie gewesen? André war Ihretwegen ganze zwei Wochen im Knast.«

Der alte Mann nickte. »War es sehr schlimm?«

André zog eine Augenbraue in die Höhe. »Ging so, wenn man davon absieht, dass niemand wusste, wo ich stecke, und ich nicht wusste, für wie lange und weswegen sie mich festhielten.«

»André, dein Sarkasmus hilft jetzt auch nicht weiter«, ermahnte ihn Pepe.

Aber ihre Ermahnung ganz bestimmt, dachte André wütend und wäre am liebsten rausgerannt. Ihn auch noch vor diesem Sollmann fertigzumachen, der als Westler einfach kommen und gehen konnte, wie es ihm beliebte, das war wirklich das Letzte!

»Mich haben sie damals auch verhört. Allerdings nur zwei Stunden«, erzählte Sollmann.

»Was wollten die denn wissen?« Andrés Wut wich sofort der Neugier. Sie hatten Sollmann auch verhört?

»Warum ich im Osten war ... Sie getroffen habe. Worüber wir gesprochen haben.« Konrad Sollmann zuckte hilflos die Achseln. »Ich habe denen erzählt, dass ich mich bei Ihnen nach meinem Bruder erkundigt habe, weil ich wusste, dass er sich beruflich um Sie gekümmert hat.«

»Haben Sie denen auch gesagt, dass ich mit Ihnen über meine Eltern geredet habe?«

Der alte Mann schüttelte den Kopf: »Ich dachte, das ginge niemanden etwas an.«

André nickte. Genau so war es.

»Kennen Sie eine Sonja Mehlhorn«, platzte Pepe dazwischen.

»Nein, sollte ich?«

Pepe schaute André auffordernd an.

»Wegen ihr haben die mich vierzehn Tage in der U-Haft ausgequetscht«, erklärte André. »Aus irgendwelchen Gründen ist die Stasi davon ausgegangen, dass Sie etwas über diese Frau wüssten.«

»Nein, ich kenne keine ...«

»Sonja Mehlhorn«, half Pepe ihm.

»Wer soll das denn sein?«

»Meine Mutter vermutlich.« André zuckte entschuldigend mit den Schultern. Sollmann schien das zu freuen, das sah André, aber es verriet ihm auch, dass der alte Mann nichts über Sonja Mehlhorn wusste. Onkel Fritz hatte das Geheimnis über Andrés Eltern mit ins Grab genommen.

»Und warum sind Sie jetzt hier?«, wollte Pepe wissen.

»Weil die Briefe, die ich Ihnen geschrieben hatte, immer wieder zurückkamen. *Unbekannt verzogen*, stand drauf.«

»Warum haben Sie uns denn geschrieben?«, fragte André.

»Weil ich wissen wollte, wie es Ihnen ergangen ist, nachdem ich schon zwei Stunden festgehalten wurde. Und dass Ihre Genossen mich nicht mehr über die Grenze lassen. Einfach so, ohne jede Begründung.«

»Willkommen in unserer Welt!« Pepe lachte bitter, aber André lachte nicht mit.

»Und wieso hat man Sie dann diesmal über die Grenze gelassen?«, wollte er wissen.

Der alte Mann sah sie beide erstaunt an. »Ja, wissen Sie das denn nicht?«

»Was?«

»Die Grenze ist auf.«

Es hatte mehrere Minuten gebraucht, um zu begreifen, was Konrad Sollmann ihnen da sagte, und letztlich überzeugten sie erst die Berichte im Fernseher, den sie sofort angeschaltet hatten, die Berichte in der ARD. Das DDR-Fernsehen brachte nichts darüber.

Da hatten sie mal einen Abend auf die Nachrichten verzichtet, und dann passierte das! Es war kaum zu glauben.

Einen Moment lang waren sie unsicher, was sie tun sollten. Sie wollten die Kinder auf keinen Fall allein in der Wohnung lassen. Aber was, wenn die Grenzen am nächsten Tag wieder zu waren? Und was, wenn nur einer von ihnen sich das, was da im Fernsehen zu sehen war, mit eigenen Augen anschauen ging und nicht mehr zurück über die Grenze gelassen wurde? Konrad Sollmann konnte ihnen da auch nicht raten. Niemand wusste es, aber im Moment sah es so aus, als bliebe alles friedlich. Also weckten sie die Kinder, zogen sie an. Sie wollten zum Grenzübergang Bornholmer Straße, wo auch Sollmann rübergekommen war.

Auf dem Weg zur Straßenbahn erzählte ihnen Sollmann, dass er am Abend nur noch die Spätnachrichten hatte sehen wollen. Aber als er dann von der Öffnung der Grenze erfuhr, wollte er sich selbst davon überzeugen, deshalb nahm er eine Flasche Sekt aus dem Kühlschrank, um die Ostler im Westen zu begrüßen. Erst als er sah, dass die Leute nicht nur ungehindert in den Westen, sondern auch zurück in den Osten laufen konnten, da kam ihm die Idee, zu Andrés alter Adresse zu fahren. Vielleicht wussten seine ehemaligen Nachbarn, wohin André gezogen war, hatte er gedacht, und überhaupt nicht damit gerechnet, ihn persönlich anzutreffen.

Die Straßenbahn kam, und sie stiegen ein. Die Menschen saßen und standen dicht gedrängt und schienen doch in aufgeregter Erwartung. Klar, die Bilder im Fernsehen hatten sie alle gesehen, die waren echt, aber würden sie es noch schaffen, rüberzukommen, fragte sich André. Und wie würde das ausgehen? Durften sie auch wieder zurück? Er würde es sowieso erst glauben, wenn er es mit eigenen Augen sah.

Es war kurz nach Mitternacht. Die Straßenbahn rumpelte durch die Schönhauser Allee, auf deren breiten Gehsteigen viele Menschen in nur eine Richtung liefen. An der Haltestelle Wisbyer Straße stiegen sie alle aus. Manche trugen kleinere Koffer oder Reisetaschen, die meisten aber hatten nur ihre Ausweise und Geldbörsen dabei. Was wollten sie nur mit ihren Aluchips, dachte Andre, die waren drüben doch eh nichts wert. Er selbst und Pepe trugen Janis und Elisa auf den Armen, die längst wie-

der eingeschlafen waren, und in Pepes Handtasche steckte ihr
»Buch der Familie«, das sie damals zur Hochzeit vom Standes-
amt bekommen hatten. Das enthielt alle wichtigen Dokumente:
vier Geburtsurkunden, die Heiratsurkunde und Pepes Diplom.
So hatten sie zur Not alles bei sich, falls sie aus irgendeinem
Grund nicht zurückkommen konnten oder wollten oder sonst
irgendetwas Unvorhergesehenes geschah.

Doch es passierte nichts Unvorhergesehenes. Alle waren
entspannt und in gelöster, freudiger Stimmung, je näher sie
dem Grenzübergang kamen. Die Leute warteten ruhig, dicht
gedrängt, denn es ging vorwärts, langsam zwar, aber vorwärts.
Schließlich durchschritten auch André und Pepe die Grenze ungehindert mit den Kindern, an jubelnden Westberlinern vorbei,
die ihnen freudig zuwinkten und Sektflaschen in die Luft hielten. Sie hatten nicht einmal ihren Ausweis vorzeigen müssen,
und plötzlich waren sie im Westen, der genauso grau, kalt und
feucht war wie der Osten.

»Hier kommt nichts weiter. Das ist der Wedding, aber ich
kann Sie hinfahren, wohin Sie wollen. Mein Wagen steht da
drüben.« Konrad Sollmann zeigte in die Ferne.

Mit einem Mal wurden André die Knie weich, auch wenn
sich auf den ersten einhundert Metern nichts sonderlich verändert hatte, es haute ihn wortwörtlich um, nicht nur sprichwört-
lich. Pepe, die es bemerkte, umarmte André schnell und drückte
ihn so heftig an sich, dass Elisa in ihren Armen zu weinen begann.

»Wir gehen aber zurück«, flüsterte Pepe, und André nickte,
aber sicher war er sich nicht. Sollmann stand neben ihnen und
kam sich wahrscheinlich etwas überflüssig vor, bis Pepe das Ziel
vorgab: »Ich will den Ku'damm sehen.«

Die ganze Nacht fuhr Konrad Sollmann sie durch die Stadt,
die voller feiernder Menschen war, und zeigte ihnen, was sie
sehen wollten, aber auch Orte, von denen sie noch nie gehört
hatten. Am Seiteneingang des KaDeWe spendierte er ihnen um

zwei Uhr nachts Currywurst und Pommes. Dazu gab es Sekt aus Piccolo-Flaschen und für die Kinder Cola in Pappbechern. Dann brachte er sie zurück zum Grenzübergang, wo sie völlig übermüdet den Nachtbus nach Hause nahmen. Wie zuvor die Straßenbahn war auch der Bus überfüllt, aber dieses Mal mit glücklich lächelnden Menschen.

Sollmann hatte ihnen zum Abschied noch seine Telefonnummer gegeben, damit sie ihn jederzeit anrufen konnten. Es wäre ihm eine Freude, sie wiederzutreffen und ihnen alles zu zeigen. Den Zoo. Den Botanischen Garten. Die Theater. Gern auch gleich an diesem Wochenende.

Pepe und André sagten zu allem Ja, aber als sie endlich im Bett waren, fand Pepe es etwas seltsam, dass Konrad Sollmann auch noch sein Wochenende für sie opfern wollte.

»Das ist okay, aber ich will ihm nicht auf der Tasche liegen«, sagte Pepe gähnend, und sie beschlossen, sich erst einmal das Begrüßungsgeld zu holen, das jeder erhielt, wenn er das erste Mal in den Westen kam. Egal ob als Flüchtling, Rentner oder Reisender.

Aber als sie am nächsten Vormittag in den Nachrichten hörten, dass es lange Schlangen vor den Banken und Sparkassen gäbe, hatte André keinerlei Lust mehr, sich dort anzustellen: »Ich bin doch kein Bettler!«

Pepe überzeugte ihn, es trotzdem bald zu tun. Denn wenn sie Westgeld hätten, könnten sie sich Westberlin auf eigene Faust anschauen und Herrn Sollmann als Dankeschön bald mal auf einen Kaffee einladen.

Also brachten sie erst die Kinder zu Pepes Opa, der als Rentner schon oft in Westberlin gewesen war und lieber aus sicherer Distanz die Bilder im Fernseher genoss. Er gab ihnen den Tipp, wieder zum Ku'damm zu fahren, wo es viele Banken geben sollte.

Dieses Mal nahmen sie den Grenzübergang Friedrichstraße, der ebenfalls in der Nacht für die Ostberliner geöffnet worden war. Dort am Tränenpalast hatte André damals Jan verabschiedet, nun schlängelte er sich selbst durch die engen Gänge, die er damals nicht betreten durfte, an finsteren DDR-Grenzern vorbei, die plötzlich gar nicht mehr so finster dreinschauten. Sie mussten nur noch kurz den Ausweis vorzeigen, dann konnten sie auf den Bahnsteig und die S-Bahn bis Lehrter Bahnhof nehmen. Überall hieß es, dass man auch ohne Fahrschein fahren könne, und so fuhren sie dicht gedrängt in übervollen Zügen bis Bahnhof Zoo, wo immer noch die Hölle los war. Feiernde Menschen überall. Niemand schien heute auf der Arbeit zu sein.

Auf dem Ku'damm kamen ihnen hupende Trabis entgegen, aus denen ihre Landsleute ihr Glück herausschrien, und vor den Geschäften standen dichte Menschentrauben, die stumm die Auslagen bestaunten und wahrscheinlich überlegten, was sie sich von ihrem Begrüßungsgeld würden kaufen können. André hatte keine Wünsche. Aber Pepe wollte vielleicht Zeichenstifte und Papier kaufen und für Janis ein Matchboxauto, das wünschte er sich schon so lange.

Die Schlange vor der Deutschen Bank war lang und rückte nur langsam voran, aber nach zwanzig Minuten betraten sie schon den Schalterraum, durch den sich ihre Schlange mühsam vorwärts mäanderte.

Es herrschte eine feierliche Still im Raum, in Erwartung ihres ersten Westgeldes, denn sie alle hier in der Schlange waren Ostler, und es hätte nicht der Schalter bedurft, um die Trennung zwischen Ost und West deutlich zu machen. Die Männer dahinter waren in jedem Fall die besser gekleideten.

»Schau mal, Bernhard! Fünfzigtausend Mark Belohnung für jeden von denen«, sagte die Frau vor ihnen in der Schlange zu ihrem Mann.

Sie zeigte auf die Wand rechts von ihnen, und nicht nur ihr Mann, auch André und Pepe blickten in die Richtung. Auf einem Plakat waren dicht an dicht Passbilder von verschiedenen Personen abgebildet, und darüber stand in fetten Lettern: *Ter-*

roristen! Unter den Fotos waren der Name und das Alter der jeweilig gesuchten Person angegeben, und am unteren Rand des Plakats gab es eine weitere Warnung: *Vorsicht Schusswaffen!*

»Fünfzigtausend. Das wär was, Heike, wenn wir einen von denen treffen würden, was?«

Heike seufzte zustimmend und schaute sich lächelnd nach ihren Hintermännern um, ob die sich auch darüber freuen würden. Pepe verzog nur angewidert den Mund. »Schämen Sie sich!«

Die beiden verdrehten verächtlich die Augen, aber André interessierte das alles nicht. Er starrte wie gebannt auf das Plakat.

»André«, sagte Pepe und stupste ihn an. »Gaff da nicht so hin!«

»Das da unten rechts ist die Buchhändlerin.«

»Was, welche …?« Pepe rückte dichter an André heran, damit die beiden vor ihnen sie nicht hören konnten: »Bist du dir sicher?«

»Ja«, flüsterte André. »Ganz sicher.«

Als sie aus der Bank kamen, holte Pepe Stift und Papier aus ihrer Tasche und notierte, was sie sich gemerkt hatten: Brigitte Günzel, 32 Jahre, Größe 1,62 m, blaue Augen.

»Von wegen Sonja Mehlhorn. Sie heißt Brigitte Günzel!«

Pepe schaute André prüfend an. »Bist du dir immer noch sicher?«

André nickte. »Natürlich bin ich das. Sie sieht genauso aus wie in meinem Traum.«

»Also nicht wie die Buchhändlerin in Rostock?«

»Doch! Die war nur älter als auf dem Foto.«

»Okay, dann gehen wir jetzt zur Polizei.«

»Was? Wieso denn?«

»Um rauszukriegen, ob sie Familie hat und wie es kommt, dass sie in Rostock war.«

André schüttelte den Kopf: »Nein! Oder willst du sie ans

Messer liefern? Sie wird gesucht, Pepe! Auf ihren Kopf sind fünfzigtausend D-Mark ausgesetzt.«

Pepe erkannte ihren Fehler. »Ja, das wäre blöd.«

»Wir könnten ihren Nachnamen im Telefonbuch nachschlagen«, schlug André vor und zog Pepe in Richtung einer Telefonzelle. Doch es gab mehr als vierzig Eintragungen für den Namen Günzel allein in Westberlin, dabei war es nicht mal sicher, dass Andrés Mutter tatsächlich aus Westberlin stammte.

»Sie muss einiges angestellt haben, wenn so eine hohe Belohnung auf sie ausgesetzt ist. Bestimmt haben die Zeitungen über sie geschrieben.«

André verstand sofort, was Pepe meinte. In jeder größeren Bibliothek gab es einen Katalog mit einem Personenregister, das wusste er. So einen hatte er selbst schon oft in der Stadtbibliothek benutzt, als er für Pepes schriftlichen Teil ihrer Diplomarbeit über Max Reinhardt Artikel von früher gesucht hatte. Wenn sie Brigitte Günzel im Personenregister einer Bibliothek fanden, würden sie auch Artikel in den Zeitungen finden, in denen sie erwähnt wurde. Doch wahrscheinlich würden sie in den Bibliotheken bei ihnen im Osten nichts zu ihr finden. Aber in der Nacht, erinnerte sich Pepe, waren sie mit Konrad Sollmann an der Philharmonie vorbeigefahren – dorthin wollte er sie später einmal ins Konzert einladen –, und kurz vorher hatte er auf ein ähnliches Gebäude gezeigt, die Staatsbibliothek. Da könnten sie doch mit ihrer Suche beginnen, schlug Pepe vor.

»Wir könnten Herrn Sollmann fragen, ob er uns bei der Suche hilft«, sagte André, aber Pepe lehnte das ab.

»Nein. Wir probieren das erst mal allein.«

Zweimal mussten sie Passanten nach dem Weg fragen, was nicht so einfach war, denn es waren hauptsächlich Ostler unterwegs, dann fanden sie die Staatsbibliothek wieder. Sie waren die gesamte Strecke vom Ku'damm zu Fuß gegangen – die war ihnen allerdings am Abend zuvor im Auto nicht so weit vorgekommen, wie sie dann doch war. Aber ihr erstes Westgeld für einen Busfahrschein auszugeben, wäre ihnen wie die reinste Verschwendung erschienen, deshalb liefen sie tapfer weiter, bis sie endlich vorm Eingang der Staatsbibliothek standen.

Man begegnete ihnen am Infotresen sehr freundlich, besonders als man bemerkte, dass sie aus dem Osten waren, und eine der Bibliothekarinnen begann sich rührend um sie zu kümmern, und fragte sie, ob diese Brigitte Günzel, nach der sie suchen wollten, eine Verwandte wäre.

»Das wissen wir noch nicht«, erwiderte Pepe wahrheitsgemäß, während die Frau im Personenregister nachschlug und anscheinend selbst erstaunt war, etwas zu Brigitte Günzel zu finden.

»Sie wird in ein paar Artikeln über die RAF erwähnt«, sagte die Bibliothekarin und schaute sie forschend an. »Kann das sein?«

»Es wäre möglich«, erwiderte Pepe, und André bewunderte sie wieder einmal für ihre Coolness.

»Die Artikel sind auf Mikrofilm. Ich such Ihnen die mal raus«, sagte die Frau und bat sie, schon mal an einem der Geräte Platz zu nehmen, mit deren Hilfe sie die Mikrofilme dann würden lesen können.

Kurz darauf überflogen sie am Bildschirm die wenigen Artikel über Brigitte Günzel, ohne jedoch auf Informationen zu ihrer Herkunft zu stoßen. Wie sich aber herausstellte, war Andrés Mutter, wenn sie es denn wirklich war, eine der wenigen Übriggebliebenen der ersten Generation der RAF, die an Banküberfällen beteiligt gewesen war. Sie hatte Waffenlager der Bundeswehr leergeräumt, Autos gestohlen, Pässe gefälscht und hatte Sprengstoffattentate mit vorbereitet, bei denen mehrere Menschen verletzt und zwei sogar getötet wurden.

»Ich kann mich an diese Zeit noch erinnern«, sagte Pepe. »Darüber kam was in der *Tagesschau*. Aber interessiert hat es mich nicht. Ich war dreizehn und in Rolf verknallt, einen Typen aus der Zehnten.«

André hatte, bevor er bei den Rothemarks ausgezogen war, nie Westfernsehen schauen dürfen, obwohl Burghard es geschaut hatte, heimlich und nur Tierfilme, wie er einmal beteuerte, als André hinzukam und er nicht schnell genug umgeschaltet hatte.

»Da, da steht was über ihre Familie!«, rief Pepe aufgeregt, und André konzentrierte sich wieder auf das Lesen. Dort stand, dass Brigitte Günzel im Osten, in Dorf Mecklenburg aufgewachsen war, in einem christlich evangelischen Elternhaus. Der Vater war Pfarrer und die Mutter Hebamme.

»Deswegen war sie in Rostock! Sie hat dort bestimmt ihre Familie besucht«, sagte André.

»Nein, lies weiter«, sagte Pepe und las es gleich selbst vor: *»Aber nachdem ihr Bruder im Zusammenhang mit dem Aufstand am 17. Juni 1953 verhört werden sollte, floh die Familie nach Hamburg und siedelte später nach Westberlin um, wo der Vater als Pfarrer eine Berliner Gemeinde übernahm.«* Pepe schaute hoch. »Der Rest ist eher uninteressant.«

André atmete tief durch: War das wirklich seine Mutter? Konnte das wirklich sein? Sie hatte in dem Buchladen wie eine ganz normale Frau aus der DDR gewirkt, nicht wie eine Terroristin aus dem Westen. Während André weiter darüber nachdachte, hatte sich Pepe bereits das Telefonbuch von Westberlin geben lassen.

»Hier! Heilig-Kreuz-Kirche in Kreuzberg. Der Pfarrer heißt Helmut Günzel! Das muss ihr Vater sein.« Sie sah André an. »Vielleicht ist er ja auch dein Großvater.«

André schluckte. Konnte das wahr sein? Dass sein Großvater in Westberlin lebte? Und seine Mutter aus dem Westen war? Wie war er dann damals in den Osten gekommen? Als er geboren wurde, waren die Grenzen doch schon zu gewesen.

Sie hatten sich sofort auf den Weg nach Kreuzberg gemacht, gingen auf Empfehlung der Bibliothekarin, der sie erzählt hatten, sie wollten die Stadt unbedingt zu Fuß erkunden, immer am Landwehrkanal entlang und brauchten dafür nur eine knappe Stunde.

Doch als sie dann in die Zossener Straße kamen und die Kirche vor sich sahen, da überkam André tatsächlich das Gefühl, hier schon einmal gewesen zu sein. Oder wollte er es nur, dass ihm die Kirche bekannt vorkam?

Im Büro des Pfarrers war eine ältere Frau, die ihnen sagte, dass der Pfarrer im Hauptschiff wäre und gerade einen Dankgottesdienst vorbereite. Als sie das Kirchenschiff betraten, kam auch das André vertraut vor, aber der Mann, der die Gesangbücher im Kirchengestühl auslegte und vielleicht sein Opa war, weckte keinerlei Erinnerungen in ihm. André ging trotzdem auf ihn zu, während Pepe zurückblieb, und je näher er ihm kam, desto weicher wurden ihm die Knie.

Dann schaute der Mann auf. »Hallo, wollen Sie zu mir?«

André schluckte. »Sind Sie Pfarrer Günzel?«

»Ja.«

»Der Vater von Brigitte Günzel?«

Das Gesicht des Pfarrers wurde hart. »Ich habe gesagt, dass ich keine Aussagen mehr über meine Tochter mache. Ich weiß weder, wo sie steckt, noch, was sie in den letzten Jahren getan hat. Und nun gehen Sie bitte.«

Er drehte sich von André weg und legte weiter Gesangbücher aus.

André nahm all seinen Mut zusammen. »Ich glaube, Ihre Tochter ist meine Mutter.«

Der Pfarrer erstarrte, drehte sich langsam zu ihm um, musterte ihn skeptisch von oben bis unten und fragte dann: »Janis?«

Es war wie eine Erlösung.

Jemand hatte ihn »Janis« genannt! Bei seinem richtigen Namen genannt! Alles fiel plötzlich von André ab, all die Zweifel, all die Enttäuschungen und der tiefe Schmerz, der immer in ihm gebohrt hatte, weil er glaubte, keine Familie zu haben. Trotzdem bekam er nur ein Nicken zustande, und dann stürzte sich der Pfarrer auch schon auf ihn und umarmte, küsste und herzte ihn, während ihnen beiden die Tränen über die Wangen kullerten und sein Opa ihn immer wieder von sich wegschob, ihn anschaute, fassungslos den Kopf schüttelte und ihn wieder an die Brust drückte.

»Emmely? Emmely, so komm doch! Janis ist wieder da!«

Nun kam die alte Frau aus dem Büro herbei und schaute zwischen dem Pfarrer und André hin und her, blieb aber distanziert.

»Sag ihr, wer du bist!«, forderte der Pfarrer deshalb André auf, also wiederholte André seinen Satz noch einmal: »Ich glaube, Ihre Tochter ist meine Mutter.«

Doch bei der alten Frau, die nun seine Oma war, hatte der Satz nicht dieselbe Wirkung. Sie musterte ihn skeptisch, als wollte sie nicht riskieren, sich umsonst zu freuen.

»Woher weißt du das?«

»Emmely«, mahnte Helmut Günzel.

Weil es in der Kirche ziemlich kalt war, schlug sein Opa vor, in die Pfarrerswohnung zu wechseln, die nur zwei Straßen weiter und sehr gemütlich war und in deren Küche Emmely Günzel eine Suppe aufwärmte, die eigentlich für den nächsten Tag sein sollte. Und dann erzählten Pepe und André abwechselnd, was sie bisher alles erlebt und herausgefunden hatten, wie er das Passbild seiner Mutter in der Bank gesehen und endlich einen richtigen Namen hatte, der sie schließlich zu den Günzels in die Heilig-Kreuz-Kirche gebracht hatte. Doch dass André im Osten groß geworden war und auch Brigitte dort getroffen haben wollte, ließ die beiden wieder unsicher werden, und André sah ihnen an, dass sie ihm nicht glaubten, weil das eben alles zu absurd klang.

»Weißt du, unser Janis ist in Jordanien verschwunden, in Petra, der Felsenstadt.«

»Petra ist eine Stadt?«

Pepe und André sahen sich überrascht an.

»Ja, eine in den Felsen gehauene Stadt im Süden von Jordanien«, sagte sein Opa und ging ein Fotoalbum holen. Denn die beiden waren dort gewesen, um sich anzuschauen, wo Janis verschwunden war.

Petra.

Das war es! Das war der Name aus seinem Traum! André erzählte den Günzels, dass er immer geglaubt hatte, dass Petra ein Mädchen wäre, in das er vielleicht als Jugendlicher verliebt gewesen war. Und später hatte er geglaubt, dass der Name für Pepe stand, denn sie hieß ja in Wirklichkeit Petra.

André und Pepe schauten sich das Album an, aber die Bilder weckten keine Erinnerung in ihm. Erst, als er einen kleinen Esel in einer Karawane sah, regte sich etwas.

»Ich bin damals auf einem Esel geritten! Doch, das weiß ich genau.«

In diesem Moment klingelte es an der Tür, und Andrés Oma verließ das Wohnzimmer und ging zur Tür, während sein Opa sich räusperte, als müsste er etwas Unangenehmes loswerden.

»Janis, ich muss dir was gestehen: Emmely und ich sind in Wirklichkeit nicht die Eltern deiner Mutter.«

André schluckte, schaute hilfesuchend zu Pepe. Zerfiel jetzt wieder alles zu Staub? War das eben alles doch nicht wahr gewesen, sondern nur ein Traum?

»Nein, nein, keine Angst, du bist hier richtig.«

Vom Flur her waren Stimmen zu hören. André schaute zur Tür, wo jetzt ein Mann in mittleren Jahren stand und ... ja, es war tatsächlich Konrad Sollmann, der perplex André anstarrte und er ihn. Was machte er denn hier?

»Janis, das ist dein Vater Johann und dein anderer Großvater, Konrad, der richtige Vater von Brigitte.«

Es war ein heilloses Durcheinander von Armen und Körpern, die sich umarmten und drückten und herzten. Gesichtern, die zugleich weinten und lachten. Händen, die auf sich und auf den anderen zeigten. Münder, die zu erklären und verstehen versuchten. Es brauchte etwas Zeit, bis alle Fakten zusammengetragen, die falschen und die richtigen sortiert und entwirrt und in die richtige Reihenfolge gebracht waren, bis alles etwas nachvollziehbarer, aber deswegen noch lange nicht bis ins Detail verständlich wurde.

Onkel Fritz hatte richtiggelegen, als er damals behauptet hatte, André würde ihn an seinen Bruder Konrad erinnern. Von diesem Tag hier, dem 10. November 1989, aus gesehen war es sogar logisch. Denn André war Konrads Enkel, und Enkel sahen ihren Großvätern durchaus mal ähnlich. Aber Onkel Fritz selbst konnte das damals nicht wissen, er hatte erst auf dem Friedhof in Friedrichshagen von Konrad erfahren, dass Brigitte nicht die Tochter der Günzels, sondern Konrads Tochter und somit seine Nichte war.

Niemand konnte sich jedoch erklären, wie André in den Osten zu Onkel Fritz gekommen war. Vielleicht hätte Brigitte ihnen helfen können, wenn sie in diesem Moment bei ihnen gewesen wäre. Doch sie war seit Jahren untergetaucht, und ja, die anderen glaubten André zwar, dass er seine Mutter in Rostock getroffen hatte, denn das hatte ja seine Suche nach ihr erst intensiviert. Aber Konrad, Helmut und Johann hatten all die Jahre vermutet, dass Brigitte sich im Nahen Osten versteckte, vielleicht in Damaskus, Beirut oder Teheran. Es würde viele Gespräche brauchen, um das alles aufzuklären, aber André – Helmut und Johann nannten ihn die ganze Zeit Janis, was schön und falsch zugleich war – sah voller Hoffnung in die Zukunft. Der Mauerfall hatte ihm seine Familie zurückgegeben, und alles andere brauchte einfach etwas Zeit.

BRIGITTE

Polen, Kocborowo

1989

Irgendetwas ging hier vor sich. Seit ein paar Wochen hatten sich die Geräusche in den Häusern, auf dem Gelände verändert. Es war stiller geworden. Pfleger und Ärzte fielen aus und kamen nicht wieder, wurden auch nicht ersetzt. Doch Brigitte konnte niemanden fragen. Sie hatte in all den Jahren, die sie in der psychiatrischen Landesanstalt von Kocborowo untergebracht war, kaum ein Wort Polnisch gelernt. Nicht, weil sie es nicht gewollt oder versucht hätte, sondern weil mit ihr als geistig Behinderter immer nur das Nötigste gesprochen wurde.

Als Brigitte vor fast sieben Jahren in Polen aufgegriffen wurde, war es ihr erst einmal schwergefallen, die polnische Polizei und später die Ärzte von ihrer Behinderung zu überzeugen. Sie gab zwar vor, hören zu können, aber ob sie auch verstand, was man zu ihr sagte, da waren sich damals die Polizisten und Ärzte nicht einig gewesen. Doch das musste sie nicht vortäuschen. Sie verstand damals tatsächlich kein einziges Wort Polnisch. Heute wusste sie, was Ja und Nein hieß oder Guten Morgen und Gute Nacht. Immerhin.

Damals war sie fast ein halbes Jahr durch Polen geirrt, aber erst bei Tarnów, einem Ort in der Nähe der russischen Grenze, hatte sie sich absichtlich aufgreifen lassen. Sie konnte auch nicht mehr. Sie war fix und fertig.

Wie von ihr beabsichtigt, hielten die Polizisten sie anfänglich für eine Berberin, eine Obdachlose oder eine Russin, die vielleicht aus politischen Gründen in der Sowjetunion in Haft gesessen hatte und von dort hatte flüchten können. Also wurden von ihr Fotos gemacht, auf denen sie sich möglichst einfältig, mit offenem Mund, hängenden Gesichtszügen und stumpfem Blick präsentierte, Fotos, die man dann mit den Fahndungsfotos von vermissten russischen, aber auch polnischen Frauen ihres Alters verglich. Auf die Idee, dass sie eine gesuchte RAF-Terroristin aus der BRD sein könnte, kamen sie nicht, weil sich Brigitte dafür viel zu weit entfernt von Westeuropa aufgehalten hatte.

Weil sie offensichtlich nirgendwo gesucht wurde, brachte man sie nach Kocborowo, in eine der polnischen Landesanstalten für psychisch Kranke, nahe Starograd Gdanski, im Norden von Polen, nicht weit entfernt von der Ostseeküste, was nicht das Einzige war, was Brigitte gefiel.

Die Psychiatrische Landesanstalt Konradstein, wie das ehemalige westpreußische Gut bis zum Ende des Zweiten Weltkriegs noch geheißen hatte, war eine nach der Jahrhundertwende errichtete, sehr symmetrische Anlage aus größeren und kleineren roten Backsteinhäusern im Stile der Neorenaissance – mit Wasserturm, Kultursaal, Kiosk, Wirtschaftstrakt und mehreren Häusern für die einzelnen psychiatrischen Abteilungen –, die wie eine kleine autarke Stadt inmitten eines großen Parks lag.

Brigitte fühlte sich vom ersten Tag an wie im Sanatorium, auch wenn sie zunächst auf die Geschlossene kam, weil sie, anders als ihre Tante Alma früher, am Anfang gern auch andere biss, wenn ihr etwas nicht passte oder wenn ihr jemand zu nahetrat. Und zu nahe traten ihr viele. Es gab unter den Pflegern und Ärzten einige, die es ausnutzten, dass sie sich angeblich nicht artikulieren konnte. Die biss Brigitte dann in die Wange, in die

Schulter oder ins Ohr, wo sie eben rankam, und wurde dafür von denen, die ihre Patienten achteten, sogar gelobt, was sie aber vorgab, ebenfalls nicht zu verstehen. Denn niemals, nicht ein einziges Mal durfte sie durchblicken lassen, dass sie nicht die war, für die man sie hielt: eine dumme, kaum denken und sprechen könnende Frau um die vierzig. Auch bei den fürsorglichen Pflegern und Ärzten nicht, sonst wäre sie nicht nur verlegt, sondern womöglich auch erneut überprüft worden. Und selbst wenn sie glaubte, für sich allein zu sein, durfte sie sich nicht anders benehmen. Musste den Mund immer etwas geöffnet halten, so dass in ihren Mundwinkeln oft ein Speichelfaden hing. Musste sich abgewöhnen, ein Taschentuch zu benutzen, wenn ihr die Nase lief. Auch nicht ihren Ärmel zu benutzen, wenn ihr der Schnodder unter der Nase kitzelte und bereits die Oberlippe erreicht hatte. So etwas tat nur jemand, der Kontrolle über seinen Körper hatte, und die hatte sie angeblich nicht.

Alma, ihre Tante Alma, von der sie nicht wusste, wo sie nach dem Krieg geblieben war, an die sie sich aber besonders in ihrer Anfangszeit in Kocborowo zu erinnern versuchte, wurde in allem zu Brigittes Vorbild. So wie Alma damals eine Achillesferse gehabt hatte und niemals von bestimmten routinierten Dingen oder Handlungen abwich, so hatte auch Brigitte sich von Anfang an ein paar Ticks und Macken zugelegt, um glaubwürdig zu sein. Sie begann, wie eine Boje zu heulen, und warf den Oberkörper vor und zurück, wenn ihr ein Pfleger oder ein Arzt nicht passte, oder sie hielt sich mit schmerzverzerrtem Gesicht die Ohren zu, wenn sie Arbeiten verrichten sollte, die sie nicht mochte.

Brigitte hatte, als sie in Kocborowo aufgenommen wurde, ziemlich erbärmlich ausgesehen, denn es war damals nicht leicht gewesen, die deutsch-polnische Grenze zu überwinden, die zwar nicht so stark bewacht wurde wie die innerdeutsche Grenze, aber für die sie doch ein Visum oder eine persönliche Einladung benötigt hätte, weil der ehemals visumsfreie Grenzverkehr zwischen der DDR und Polen 1980 wieder abgeschafft worden war. Die DDR-Oberen hatten wohl befürchtet, dass der Funke der Solidarność-Bewegung bei offener Grenze hätte überspringen können.

Die Idee, in Polen unterzutauchen, war Brigitte damals auf ihrer Flucht raus aus Ostberlin gekommen, nachdem sie fast bei dem Versuch geschnappt worden wäre, noch einmal Janis zu sehen. Denn Fritz – allein sein Name löste in ihr noch heute eine Welle von Wut und Ekel aus –, hatte ihr ja bestätigt, dass André Rothemark, der Junge im Rostocker Buchladen, ihr Janis gewesen war. Deshalb war sie aus Fritz' Haus nur mit einem Gedanken geflohen: Sie wollte Janis sehen und ihm sagen, dass er sich nicht getäuscht hatte im Buchladen, und ihn in die Arme nehmen. Sich vielleicht sogar von ihm in die Arme nehmen lassen.

Sie hatte sich in der nächsten Telefonzelle die Adresse von Andrés Adoptiveltern herausgesucht und wollte dann mit der S-Bahn bis zum Marx-Engels-Platz fahren, denn die Rothemarks wohnten ganz in der Nähe, in den Neubauten der Spandauer Straße.

Doch schon am Alexanderplatz sah Brigitte sie auf dem Bahnhof stehen, die unauffälligen Herren von der Stasi. Fritz' Frau hatte sie offensichtlich sofort alarmiert, um die Mörderin ihres Mannes einzufangen. Auch am Marx-Engels-Platz, dem nächsten Halt der S-Bahn, an dem sie eigentlich hatte aussteigen wollen, sah sie sie wieder. Deshalb blieb sie sitzen, fuhr weiter bis zur Friedrichstraße, wo zum Glück niemand stand. Von dort war sie mit der nächsten S-Bahn zurück bis Ostkreuz gefahren, wo sie in die S-Bahn nach Straußberg umstieg. Denn eins war ihr jetzt klar: Sie durfte Janis noch nicht sehen, sie musste sich erst einmal selbst in Sicherheit bringen. Aber wenn erst einmal etwas Gras über den Mord gewachsen war, dann würde sie wiederkommen und es noch einmal versuchen. Niemand würde sie davon abhalten können, so hatte sie es sich damals auf dem Weg nach Straußberg und raus aus Ostberlin vorgenommen. Sie würde es irgendwann erneut wagen, vielleicht erst in einem Jahr, vielleicht auch erst in zwei Jahren, aber sie würde zurückkommen und Janis in die Arme nehmen. Das hatte sie sich damals versprochen.

Doch nun waren schon sieben Jahre vergangen.

An einer Tankstelle hinter Straußberg hatte sie damals dieser polnische LKW-Fahrer mitgenommen, mit dem sie sich nur mit Handzeichen und Gesten hatte verständigen können. Da war ihr dann die Idee gekommen: Wie wäre es, wenn sie in Polen untertauchen und sich dort als geistig Behinderte ausgeben würde, die von keinem Angehörigen vermisst wurde? Würden die polnischen Behörden nicht vermuten, Brigittes Familie habe sie auf Grund ihrer psychischen Behinderung ausgesetzt?

Der polnische LKW-Fahrer, der sie leider nicht bis über die Grenze mit nach Polen nehmen wollte, weil es eben illegal war, ließ Brigitte etwa zehn Kilometer vorher aussteigen, und so schlug sie sich von dort aus wortwörtlich durch die Büsche, bis zur Grenze. Fast zwei Wochen hielt sie sich damals entlang der Oder in den Wäldern auf und versuchte auszuspähen, wann und wo es am günstigsten sein würde, die Oder zu durchschwimmen. Bis dahin übernachtete sie in leeren Scheunen und verlassenen Gehöften, manchmal auch an verregneten Tagen in vollbesetzten Rinderställen zwischen den Tieren. Sie hatte sich im selbsttauferlegten militärischen Drill körperlich auf das Schwimmen und die Zeit danach, wenn sie unentdeckt Polen durchqueren wollte, vorbereitet. Sie lief täglich ein paar Kilometer und härtete sich ab, indem sie ab und zu in den flussnahen, stehenden Tümpeln der Gegend ein paar Züge schwamm. Breit war die Stelle nicht, die sie sich auserkoren hatte, höchstens dreihundert Meter, aber Brigitte war seit der Flucht aus Mecklenburg nie wieder geschwommen, und so musste sie erst einmal etwas üben. Sie musste fit für die Strecke danach sein, denn sie wollte sich ja erst nahe der russischen Grenze schnappen lassen. Doch der Gedanke an Janis, die Gewissheit, dass er lebte – woran sie die letzten Jahre vor dem Treffen in Rostock, wenn sie zu sich selbst ehrlich gewesen wäre, schon nicht mehr richtig geglaubt hatte –, beflügelte sie und würde ihr auch die Kraft geben, die nächste Zeit allein zu überstehen.

Zugute kam ihr, dass das Gebiet entlang der Oder nur dünn besiedelt war und die Kontrollgänge der Grenzer einem strikten, vorhersehbaren Zeitplan folgten. Allerdings musste Brigitte davon ausgehen, dass sich ihre Diebstähle und Einbrüche, um an Lebensmittel zu kommen, unter den wenigen Menschen in den Dörfern nahe der Oder schon bald herumgesprochen hatten und diese nun auf der Hut waren, also auf jeden Fremden, jede Fremde in ihrer Gegend zu achten begannen.

Doch alles ging gut.

Sie durchschwamm die Oder in einer mondlosen Nacht Ende Juli 1982 und schlug sich anschließend bis nach Tarnów durch. Für Brigitte begann damit wieder ein neuer Lebensabschnitt, aber es war ja nur für eine überschaubare Zeit, dachte sie damals, und sie würde sich erst einmal etwas erholen, denn die sechs Monate, die sie sich in den Wäldern Polens versteckt hatte, hatten ihre bereits angegriffene Gesundheit wieder geschwächt. Die zwei Jahre in Rostock hatten nicht ausgereicht, ihre Schlafstörungen und Panikattacken und ihre körperliche Konstitution grundlegend zu verbessern.

Leider war sie erst nach mehr als einem Jahr von der Geschlossenen in die Offene verlegt worden, denn man vertraute ihr nicht sofort, als sie das Beißen endlich unterließ. Doch Patientin auf der Offenen zu sein hieß nicht, dass sie einfach davonspazieren konnte. Das Areal der Anstalt war sehr groß, hatte aber auch hohe Zäune, und die wurden überdies streng bewacht, auch wenn es so wirkte, als lebten sie hier alle in einem weitläufigen Landschaftspark. Deshalb versuchte sie, erst einmal weiter Vertrauen aufzubauen, und war zu allen Ärzten und Pflegern entsprechend freundlich, ohne jedoch aus ihrer Rolle – der nichts verstehenden, geistig Behinderten – zu fallen.

Nur so würde sie die Anstalt vielleicht bald hinter sich lassen und Janis wiedersehen können, hoffte sie damals.

Ab da gab sich Brigitte eher drollig und anhänglich, verfressen und ein bisschen verschmust, und tatsächlich wurde sie schon bald von den Pflegern und Ärzten wie ein Maskottchen oder wie das Faktotum der Anstalt behandelt. Jeder in Kocborowo wusste, was Brigitte mochte und was nicht, wann sie nett und folgsam war und wann sie unleidlich wurde und warum. Brigitte genoss im wortwörtlichen Sinne ihre neue Narrenfreiheit, aber fügte sich erst einmal in den Anstaltsalltag, übernahm sogar kleinere Aufgaben und versuchte derweil, andere Möglichkeiten zur Flucht auszukundschaften.

Zu ihren Aufgaben gehörten Küchenarbeiten wie Kartoffelschälen oder Töpfe schrubben oder die Schuhe der Pfleger und Ärzte zu putzen, aber mit dem Küchenleiter zum Markt zu fahren, damit sie von dort verschwinden konnte, durfte sie nicht, obwohl sie sich ihm gegenüber sehr anhänglich zeigte und bald so tat, als könnte sie keine Minute mehr ohne ihn sein. Sie erreichte allerdings nur das Gegenteil: Der Küchenleiter verstand ihre Anhänglichkeit falsch, und am Ende hatte sie sich nicht anders vor ihm retten können, als ihn kräftig in die Hand zu beißen. Weil sie aber nicht sprechen, ihn also auch nicht beschuldigen konnte, glaubte der Anstaltsleiter dem Küchenleiter, der wahrscheinlich behauptet hatte, dass sie plötzlich ohne jeden Grund zugebissen hätte. Sie bekam wieder Beruhigungsspritzen und musste wieder für ein paar Wochen auf die Geschlossene zur Beobachtung. Oder waren es gar Monate gewesen? Auf der Geschlossenen verlor man schnell das Zeitgefühl, auch wegen der Pillen, die sie dort bekam.

Als sie wieder auf die Offene kam, versuchte Brigitte noch einmal bei den Ärzten und Pflegern Vertrauen aufzubauen, aber es gelang ihr nicht. Sie spürte überall die Skepsis, diese Vorsicht ihr gegenüber, vielleicht weil alle doch irgendwie ahnten, dass sie sich nur verstellte.

Und so war sie dann schon vier Jahre in Kocborowo, als sie durch Zufall den fünfjährigen Tomasz auf der Kinderpsychiatrie kennenlernte, auf der sie eigentlich nichts zu suchen hatte und die sie auch nicht betreten durfte, da sie selbst Patientin war. Doch manchmal übernahm Brigitte Botengänge für die verschiedenen Stationen, denn das Personal war immer unzureichend, weil zu schlecht bezahlt. Also schickte der Apotheker, wenn er allein in seinem Laden war, Brigitte ab und zu mit den jeweiligen Medikamenten zu den einzelnen Stationen. Dann breitete er vor ihr den Lageplan aus, tippte auf das entsprechende Haus, und Brigitte, froh über die kleine Abwechslung, marschierte los. So kam sie auf die Kinderstation, auf der die Kinder ab sieben Jahre untergebracht waren. Die jüngeren hatten eine Etage höher ihre Zimmer, in denen an den Wochenenden auch ihre Eltern übernachten konnten.

Tomasz war höchstens fünf, neu in Kocborowo und offensichtlich ein Waisenkind. Weil er keine Eltern hatte, die bei ihm übernachten konnten, war er bei den älteren Kindern untergebracht, um ihn die Abwesenheit seiner Eltern nicht permanent spüren zu lassen. Schon als Brigitte das erste Mal die Station besuchte, fiel ihr Tomasz auf, und das nicht nur, weil er sie vom Alter her sofort an Janis erinnerte. Er saß still und allein auf einer Bank auf dem Flur und wirkte, so dünn und schmal, wie er war, unendlich verloren. So als wollte er niemandem auch nur auffallen und am liebsten mit seinem blassen Gesichtchen ganz in der weiß gekalkten Wand hinter sich verschwinden.

Brigitte aber sah ihn.

Nachdem sie die Lieferung des Apothekers im Schwesternzimmer abgegeben hatte, setzte sie sich einfach zu ihm auf die Bank und ließ die Beine baumeln, ohne ihn anzuschauen. Mehr musste sie gar nicht tun. Denn alle auf der Station kannten sie: die Schwestern, die Ärzte und auch die Kinder, die, wenn es ihnen nach ein, zwei Wochen besser ging, auf den Spielplatz durften oder am Kiosk sich von ihrem Taschengeld Süßigkeiten kaufen. Alle sprachen sie an und riefen:

»*Cześć, Jadwiga!*«

Das hieß: Hallo, Jadwiga.

Jadwiga.

Das war ihr Name. Den hatten sie ihr hier gegeben, nachdem sich herausgestellt hatte, dass sie niemand vermisste.

»*Cześć, Jadwiga!*«

Brigitte grinste nur blöd zurück, und Tomasz, dessen Namen sie da noch nicht kannte und der sie eine ganze Weile stumm von der Seite betrachtete, begann plötzlich ebenfalls mit den Füßen zu baumeln.

Als einer der jungen Ärzte das zufällig sah, holte er die Schwestern herbei und besprach sich mit ihnen. Daraufhin verschwanden die Schwestern und kamen mit einem Teller Essen zurück, stellten ihn zwischen Brigitte und Tomasz. Brigitte fing sofort an zu essen, obwohl sie nicht hungrig war, aber das gehörte zu ihrem Krankheitsbild dazu: immer Appetit habend, immer Lust auf Essen. Also nahm sie den Löffel und schaufelte sich eine riesige Fuhre von den zerstampften Kartoffeln und Möhren in den Mund, die mit sehr viel flüssiger Butter übergossen waren, die es normalerweise nicht dazu gab. Sie kaute und stöhnte dabei und machte genießerische Laute, obwohl ihr die Butter eher zuwider war.

Es geschah genau das, was sich der junge Arzt und die Schwestern gewünscht hatten: Tomasz nahm schon bald selbst den Löffel zur Hand und schob sich eine ebenso große Fuhre in den Mund und stöhnte und schmatzte und mampfte noch genüsslicher als Brigitte vor sich hin, als sei das ein Wettbewerb.

Offensichtlich war es das erste Essen, das Tomasz zu sich genommen hatte, seitdem er auf der Station angekommen war, und weil er danach anscheinend wieder nichts aß, wurde Brigitte die nächsten Tage zu all seinen Mahlzeiten geholt. So verbrachten sie und Tomasz, den Brigitte bald schon »Tom« rief, täglich viel Zeit miteinander, und eine Woche später bekamen sie ein gemeinsames Zimmer auf der Kinderstation eine Etage höher. So als wäre Brigitte Tomasz' Mutter.

Seine Mutter.

Die schönste Zeit ihres Lebens begann, denn Tomasz war ihr Augenstern und sie seiner. Ohne Jadwiga aß Tomasz keinen Bissen. Ohne sie machte er keinen Schritt. Tomasz kuschelte sich an sie, wenn die Psychologin mit ihm redete, und er versicherte sich ihrer immer wieder durch Blicke, wenn er mit den anderen Kindern spielte. Brigitte wusste nicht, was ihm widerfahren, warum er eine Waise war, sie schätzte nur das Glück, das sie durchfuhr, wenn er seine kleinen Ärmchen stumm um sie schlang oder wenn er ihr manchmal etwas auf Polnisch ins Ohr flüsterte. Sie erkannte an seinem Tonfall, ob er glücklich, traurig, zufrieden oder verängstigt war, und sie tat, was sie konnte, um ihm alle Angst und Traurigkeit zu nehmen.

Und dann war Tom plötzlich fort.

Natürlich hätte Brigitte das ahnen können. Sie hätte es ahnen müssen. Sie war ja nicht wirklich dumm, sie tat doch nur so. Trotzdem kam es für sie völlig unerwartet. Tomasz war mittlerweile seit drei Monaten in Kocborowo, aß wieder anständig, hatte auch zugenommen, sprach mit anderen Kindern, beantwortete die Fragen der Ärzte und Psychologin und lachte sogar, wenn sie mit ihm scherzten, was Brigitte manchmal auch eifersüchtig werden ließ.

Und dann setzten die Pfleger Brigitte eines Tages in einen Bus zu den älteren Kindern, und Tomasz durfte nicht mit, nur die Großen machten diese Ausfahrt an die Ostsee, wie Brigitte endlich verstand, als sie zwei Stunden später auf die Küstenstraße der Danziger Bucht einbogen und die Ostsee sahen.

Eine Mutter musste auch loslassen können. Das hatte sie sich schon mehrmals in Bezug auf Tomasz gesagt, weil er neuerdings lieber mit anderen Kindern spielte, als immer bei ihr zu hocken. Wie hätte sie ahnen können, dass das die Ärzte und Pfleger von Tomasz ebenfalls so sahen und sich seit einiger Zeit darüber Gedanken machten, wie sie Brigitte von Tomasz entwöhnen konnten und bereits einen Hinterhalt planten!

So war Brigitte eine Woche mit den großen Kindern in der Bucht von Gdansk gewesen, im Badeort Gdynia. Sie alle wohnten mit drei Pflegern und einem Arzt oberhalb der Steilküste in einer alten, still vor sich hin bröckelnden Industriellenvilla aus der Jahrhundertwende, in die die Ärzte jedes Jahr nur mit den älteren, artigen Kindern zur Erholung fuhren. Es herrschte schönstes Wetter, was nicht immer üblich an der Ostsee war. Brigitte machte am Strand ihre Scherze mit den Kindern und genoss es, anders als »normale« Frauen in ihrem Alter wie ein junger Hund herumzutollen, den seidenweichen, kühlen Sand durch ihre Finger rieseln zu lassen, Kleckerburgen zu bauen, sie wieder mutwillig zu zerstampfen und jeden mit Wasser voll zu spritzen, der sie griesgrämig oder kopfschüttelnd zu lange ansah. Und obwohl sie täglich die Gelegenheit dazu gehabt hätte, war Brigitte nicht auf die Idee gekommen, diese Chance zu nutzen und endlich abzuhauen.

So viele ungenutzte Möglichkeiten zur Flucht waren das gewesen, dachte sie. Am Strand. Des Nachts, als alle schliefen. Auf der Promenade. Täglich hatte es Situationen gegeben, wo sie einfach hätte davonspazieren können, in denen der Arzt und die Pfleger ihr wegen der anderen Kinder nicht hätten folgen können oder es sowieso zu spät bemerkt hätten. Nein, sie dachte nicht an Flucht, auch nicht an Janis. Sie dachte nur an Tomasz.

Anstatt zu verschwinden, sammelte sie für Tomasz Muscheln! Fand, wie sie es sich vorgenommen hatte, tatsächlich eines Morgens einen kleinen Bernstein für ihn und kaufte ihm von ihrem eigenen Geld, das sie sich durch ihre Botendienste und durchs Schuheputzen in der Anstalt verdient und manchmal auch bei den älteren, begüterten Patienten heimlich »abgezweigt« hatte, einen hölzernen Spielzeug-Fischkutter, leuchtend blau, rot und weiß lackiert, der ihr sofort ins Auge gefallen war und sogar ein Netz für den Fischfang hatte.

Ja, der Kauf war eine bewusste Handlung gewesen, zu der die dumme Jadwiga eigentlich nicht hätte fähig sein dürfen, aber der Arzt und die Pfleger nahmen es hin, halfen ihr beim Kauf, als sie mit ihren Eis verklebten Händen immer wieder auf den Fischkutter hinter der Schaufensterscheibe gezeigt und dazu »Tom. Tom. Tom« ausgerufen hatte. Niemand machte sich deswegen Gedanken, auch Brigitte nicht, und hinterher war sie auch überzeugt, dass die Pfleger und der Arzt, die mit in Gdynia gewesen waren, nicht wussten, dass Tomasz in der Zwischenzeit aus Kocborowo entlassen worden war. Oder waren sie wirklich so herzlos?

Als sie eine Woche später zurückkamen, hatte der Bus kaum auf dem Vorplatz vor dem Verwaltungsgebäude gehalten, da war sie bereits mit ihrem Fischkutter unterm Arm hinausgestürzt und bis nach hinten zum Haus IV, in dem die zwei Kinderstationen untergebracht waren, gelaufen. Atemlos und voller Vorfreude, ihren kleinen Liebling wiederzusehen.

Erst im Nachhinein, als sie Tom weder auf der Station noch auf dem Spielplatz oder sonst irgendwo auf dem Gelände hatte finden können, fiel ihr auf, dass sie niemand auf dem ganzen Weg dorthin gegrüßt hatte, auch nicht auf der Station oder dem Spielplatz. Niemand hatte »*Cheść, Jadwiga!*« gerufen, um sie zu begrüßen. Alle hatten sie nur ängstlich und abwartend angeschaut und waren dann schnell weitergehastet, als wollten sie nicht anwesend sein, wenn ihr klar wurde, dass Tomasz, ihr »Tom«, nicht mehr da war.

Darauf hatte der Anstaltsdirektor, ein bürokratischer Hanswurst, der zwar das richtige Parteibuch besaß, aber von keinem der Ärzte respektiert wurde, zwei der brutalsten Pfleger schon vorbereitet, und noch bevor Brigitte richtig austicken und irgendjemanden beißen oder verletzen konnte, fand sie sich bereits in einer Zwangsjacke wieder und wurde auf die Geschlossene gebracht. Fast ein halbes Jahr brachte sie dort zu, weil sie immer wieder, wenn sie die Beruhigungsspritzen absetzten, nur ein paar Tage lang brauchte, um neue Kräfte zu sammeln, um dann, kaum von der Geschlossenen entlassen, wieder zu brüllen und zu wüten zu beginnen. Einmal hatte sie es sogar bis ins Büro des Anstaltsdirektors geschafft und ihn mit einem Stuhlbein verprügelt. Ihr waren schon die Kräfte geschwunden, dieses ewige Angekettetsein auf der Geschlossenen hatte sie viele Muskeln gekostet und ihre Kraft und Ausdauer schwinden lassen. Doch niemand wollte dem Direktor zu Hilfe eilen. Erst, als sie selbst erschöpft aufgab und sich von den Pflegern abführen ließ, wurde sie wieder für ein weiteres Jahr oder noch länger weggesperrt. Wieder verlor sie jedes Zeitgefühl, und irgendwann war ihr alles egal. Tom würde nicht mehr zurückkommen. Sie saß nur noch stumm da, aß wenig, versank im wattigen Frieden ihres schwindenden Bewusstseins, den ihr die Beruhigungspillen bereiteten. Sie dachte an nichts mehr, an niemanden, sie war eine körperlose Wolke geworden.

Vielleicht hatte Brigitte es dem neuen Anstaltsleiter zu verdanken, dass sie irgendwann aus der geschlossenen Abteilung entlassen wurde, vielleicht wurde auch nur ihr Bett gebraucht, denn plötzlich, im letzten Sommer war sie auf einer Bank im Park wieder zu Bewusstsein gekommen und hatte sich seitdem allmählich erholen können. Sie war noch nicht wieder bei vollen Kräften, das bestimmt nicht, aber ihr Geist funktionierte allmählich wieder, der Nebel wich langsam, und deshalb wusste sie, dass hier irgendetwas in der Anstalt vor sich ging, seit dem Herbst etwa. Auf den Stationen fehlten nicht nur immer mehr Pfleger und Ärzte, sondern diejenigen, die noch zum Dienst kamen, standen oft einfach nur zusammen und tuschelten. Und vor drei Tagen, zu Weihnachten, hatte es für den Aufenthaltsraum der Patienten ein Radio gegeben, das aber alt war und bisher bei den Pflegern im Raum gestanden hatte. Dort stand nun so ein neumodisches Ding aus dem Westen, ein sogenannter Ghettoblaster, den man mit sich herumschleppen oder ins Fenster stellen und die Musik richtig voll aufdrehen konnte! Aber anstatt Musik zu hören, hörten alle nur Nachrichten, und Brigitte verfluchte es, kein Polnisch zu können. Hatte die Solidarność etwa einen weiteren Sieg über die Bonzen errungen?

Was war hier los?

Brigitte ging umher und versuchte, es zu erraten, aber es gelang ihr nicht. Doch dann hatten die Schwestern mal wieder nur geschwatzt und darüber sogar vergessen, auf den Toiletten Papier zum Abputzen auszulegen, deshalb machte sich Brigitte auf die Suche nach alten Zeitungen.

Im Aufenthaltsraum der Pfleger klaute sie sich erst einmal ein Weihnachtsplätzchen und ging dann zu der Kiste, in der die von den Ärzten ausgelesenen Zeitungen und Magazine immer ein paar Wochen später landeten, suchte sich ein paar Tageszeitungen zusammen, die nicht ganz so hart und steif waren.

Da sah sie die Bilder.

Bilder von der Berliner Mauer, auf der Menschen saßen und die Beine baumeln ließen. Jubelnde Massen vor dem Brandenburger Tor. Euphorisch begrüßte und beklatschte Trabis an den Grenzübergängen. Brigitte musste die Headlines nicht verstehen, um zu wissen, was das bedeutete: Der Westen war offen! Die Grenze kein Hindernis mehr!

Um was zu tun?

Brigitte starrte auf die Bilder, gleichzeitig paralysiert und elektrisiert. Ihre Gedanken überschlugen sich. In der Welt hatte es vor Wochen ein Jahrhundertereignis gegeben, das die alte Ordnung ins Wanken gebracht und hinweggefegt hatte, und sie hatte die Chance nicht genutzt. Sie hatte hier in der Anstalt herumgesessen und ihre Wunden geleckt, während die Pfleger und Ärzte in den Westen gereist waren.

Brigitte verzog sich mit den Zeitungen auf die Toilette und begann, fieberhaft nachzudenken.

Janis. Sie wollte zu Janis. Er wusste wahrscheinlich nicht einmal, wem er da im Buchladen gegenübergestanden hatte, damals, vor vielen Jahren. Fritz hatte es ihm ja nicht mehr sagen können.

In den Zeitungen waren auch Bilder, auf denen Leute mit Hammer und Meißel Stücke aus der Mauer brachen. Wenn es die Mauer nicht mehr gab, überlegte Brigitte, gab es dann auch die Grenzer und die Stasi nicht mehr? Hatten die dann nicht auch ihre Aufgaben verloren? Zum Beispiel eine ehemalige RAF-Terroristin zu jagen, die vor mehr als sieben Jahren einen ihrer Chefs kaltblütig …

Nein, kaltblütig war sie damals ganz bestimmt nicht gewesen, nur wieder zu impulsiv, zu unüberlegt, fand Brigitte. Aber sie war älter geworden, vernünftiger, vielleicht sogar ruhiger, deshalb begann sie noch auf der Toilette ihre Flucht ganz strategisch zu planen und nahm sich vor, dieses Mal nichts zu überstürzen.

Das wahrscheinlich größte Problem war, dass sie nun über die polnische Grenze zurück in die DDR musste. Schwimmen war dieses Mal keine Option. Auch wenn der Winter bisher mild war, die Oder hatte höchstens fünf Grad, und deshalb könnte sie den Fluss auf keinen Fall durchschwimmen. Nein, sie musste sich eine Stelle aussuchen, an der sie die Grenze auch zu Fuß übertreten konnte, vielleicht bei Swinemünde. Dort könnte sie durch den Wald nach Ahlbeck auf Usedom flüchten. Diese Stelle hatte sie schon vor sieben Jahren im Sinn gehabt, aber abgewählt, weil sie zu lange durch die DDR hätte flüchten müssen. Allerdings würde sie auch dieses Mal erst einmal dorthin kommen müssen. Bis Usedom waren es an die dreihundert bis vierhundert Kilometer, schätzte Brigitte, doch wenn es nicht anders ging, würde sie die ganze Strecke auch zu Fuß laufen. Fünfzig Kilometer könnte sie pro Tag schaffen. Geld hatte sie – ob ausreichend, würde sich herausstellen.

Auch der richtige Zeitpunkt war für ein Gelingen der Flucht

wichtig. An Neujahr, glaubte sie, wären die Grenzkontrollen bestimmt nicht voll besetzt. Deshalb plante sie, erst in zwei Tagen aufzubrechen. Die verbleibende Zeit nutzte sie, um sich noch einmal richtig satt zu essen und auch etwas Essen beiseitezuschaffen. Dann ging sie in den einzelnen Häusern auf Beutezug, hielt nach offen herumliegenden Portemonnaies Ausschau, auch nach Ausweisen, die ihr den Grenzübergang erleichtern könnten. Denn auch wenn sie bis in die DDR käme, wäre es von Vorteil, einen Ausweis, wenn auch einen falschen, dabei zu haben.

Am Abend ihrer Flucht schlüpfte sie gleich nach Beginn der Nachtruhe um 19 Uhr aus dem Haus, bepackt mit Würsten und einem Schinken, die sie aus der Küche entwendet hatte. Das würde erst am nächsten Tag auffallen. Genauso wie die Ärztin der Nachtschicht hoffentlich erst am Morgen bemerken würde, dass ihre zivile Kleidung und ihr schöner langer Lammfellmantel fehlten. Der war so auffällig, dass der Pförtner darin natürlich die Ärztin vermutete, als Brigitte an ihm vorbeikam. Doch nicht nur dafür war der Lammfellmantel gut, denn natürlich wollte Brigitte auf der Flucht nicht weiter die geistig Behinderte geben. Nach der würden ja alle am nächsten Morgen zu suchen beginnen.

Als sie gegen 20 Uhr in der Kreisstadt ankam, zog sie sich in einem Hauseingang richtig um und trat als gepflegt gekleidete Frau ins Licht einer Bushaltestelle in der Hoffnung, dass hier irgendein Überlandbus fuhr, der sie weg von Kocborowo bringen konnte.

Doch es fuhr kein Bus, also lief sie weiter, bis sie plötzlich an einem parkenden Moskwitsch vorbeikam. Brigitte blieb abrupt stehen. Wieso hatte sie nicht von vornherein eingeplant, ein Auto zu knacken und damit zumindest bis an die Grenze zu fahren? Weil sie völlig vergessen hatte, dass sie das konnte. Ihre Finger hatten es aber nicht vergessen, und zwei Minuten später fuhr sie mit dem Moskwitsch aus der Kreisstadt raus, immer Richtung Nordwesten, und hoffte, dass ihr Diebstahl nicht so schnell, frühestens am nächsten Morgen entdeckt werden würde. Dieses Mal würde niemand den Diebstahl mit ihr in Verbindung bringen. In Kocborowo würden sie eine geistig behinderte Mittvierzigerin suchen, die ganz sicher kein Auto fahren konnte, geschweige denn eines stehlen.

Sie fuhr die ganze Nacht. Nicht so schnell, wie sie wollte, sie durfte ja nicht auffallen, immer nur monotone sechzig Stundenkilometer, deshalb kamen wieder die Gedanken.

»Ich kenne Sie«, hatte Janis damals in der Buchhandlung in Rostock gesagt, nachdem sie ihm alle Wüsten, die sie kannte, aufgezählt hatte, und sie schämte sich noch heute, dass sie in diesem Augenblick ihren eigenen Sohn nicht erkannt hatte. Was war sie ihm nur für eine Mutter gewesen?

Um zwei Uhr in der Frühe kam Brigitte in Swinemünde an und versteckte das Auto in einem Wäldchen nahe dem Strand. Sie hatte eigentlich erst in drei Tagen hier sein wollen, um die Neujahrsnacht für sich zu nutzen. Sie ging trotzdem hinunter ans Wasser, um zu schauen, ob es nicht schon eher eine Möglichkeit gab, die Grenze zu überwinden, doch sie sah zu wenig in der Dunkelheit und übernachtete lieber im Auto, eingemummelt in den Lammfellmantel. Früh um sechs suchte sie sich eine Kaffeestube im Hafen und bestellte sich einen Teller Piroggen mit Speck und Zwiebeln und dieser gestockten Sahne, die die Polen *kwaśna śmietana* nannten und die Brigitte so liebte.

Es war nicht leicht, einen unbewachten Übergang zu finden, doch die Grenzer schienen mehr daran interessiert zu sein, gemeinsam über die neuesten politischen Ereignisse zu plaudern, als sich um mögliche illegale Grenzüberschreitungen zu kümmern. Dennoch wollte Brigitte nichts riskieren und wagte es erst in der Abenddämmerung, die Grenzlinie zu übertreten. In ihrem Rücken bemitleideten sich gerade zwei ostdeutsche Grenzsoldaten, dass sie schon wieder Dienst schieben mussten, weil einige ihrer Kollegen nicht aus dem Westen zurückgekehrt waren.

Kurz darauf war sie bereits in Ahlbeck und bemerkte ihren Fehler. Sie hatte zwar die Taschen voller Zloty, aber damit konnte sie im Osten weder Bus noch Bahn bezahlen. Sie musste wieder ein Auto knacken und durfte sich nicht erwischen lassen. Doch alles ging gut. Sie entschied sich für einen Trabi. Den wollte sie immer schon mal fahren.

Der Trabi war zugig, auch laut und die Strecke nach Berlin, die sie abseits der Hauptstraßen über die Dörfer wählte, schlecht, aber sie fuhr ohne anzuhalten, gestattete sich keine Pause. Zu groß war die Angst, doch noch erwischt zu werden.

Die Gegend, durch die sie nun fuhr, erinnerte sie sehr an ihre alte Heimat, an das Dorf Mecklenburg. Diese sehr weite und immer etwas verlassen wirkende Landschaft, die trotz des dichten Frühnebels links und rechts der Landstraße spürbar blieb. Sie musste an die Günzels denken, an das eigentlich schöne Leben mit ihnen im alten Pfarrhaus, bis leider Johann hatte Steine auf die russischen Panzer werfen und sie alle deswegen in den Westen hatten fliehen müssen. Das hatte sie damals nicht gewollt, und deshalb war sie gegen ihren Willen entführt worden.

So wie Fritz einfach Janis entführt hatte, weil er Brigitte damals für ein Mitglied der Baader/Meinhof-Bande hielt. Dabei war sie nur zufällig in das Camp der El-Fatah geraten. Weil Baader sie und Janis nicht mehr aus dem Jeep aussteigen ließ, als sie plötzlich Amman verließen.

Kotzen könnte sie, noch heute kotzen, wenn sie daran dachte, dass erst Janis' Entführung sie in den Untergrund gezwungen hatte. Nur weil Fritz, der Herr Major vom MfS, sich »verkombiniert« hatte. Fritz und sein MfS hatten das verbockt. »Mit all ihren Möglichkeiten!« Das MfS, das angeblich immer alles von jedem wusste und nicht einmal bemerkte, dass Fritz seinen eigenen Neffen um ein Leben bei seinen Eltern beraubte.

Borniertе und menschenverachtende Idioten waren das alle gewesen, mehr nicht.

Luft. Sie brauchte Luft. Sonst platzte sie noch vor Wut! Brigitte kurbelte das Fenster auf der Fahrerseite herunter und hielt ihr Gesicht in den Fahrtwind. So abgekühlt, meldete sich ein anderer Gedanke. Hätte sie damals in Westberlin Janis nicht entführt, wäre sie niemals mit ihm zu Dr. Breier nach Jordanien geflogen, und Fritz hätte sie und die RAF niemals in Verbindung gebracht und hätte ihr Janis auch nicht in Petra weggenommen.

Hätte. Hätte. Wäre. Wäre. Es war nicht mehr zu ändern.

Kurz vor Berlin, am S-Bahnhof in Bernau, ließ sie den Trabi stehen und fuhr bis zur Schönhauser Allee, wo sie in die U-Bahn wechselte und am Alexanderplatz noch einmal in die andere S-Bahn-Linie. Als sie am Marx-Engels-Platz ausstieg und anschließend in die Spandauer Straße einbog, achtete sie noch darauf, ob ihr jemand folgte, ob sie vielleicht beobachtet wurde. Doch nein, niemand rechnete mit ihr, niemand erwartete sie, trotzdem schlug ihr Herz bis zum Hals, als sie auf dem Klingelschild Janis' Adoptivnamen suchte. Rothemark. Sie konnte ihn nicht finden. Die Rothemarks wohnten nicht mehr hier.

Was nun?

Am S-Bahnhof hatte sie eine Telefonzelle gesehen.

Dem Telefonbuch fehlten zwar einige Seiten, aber die, die sie brauchte, waren noch vorhanden. Es gab zwei Rothemarks – eine Doris und einen Burghard, ihren Vornamen nach beide in Brigittes Alter – mit unterschiedlichen Adressen, aber keinen André Rothemark. Dennoch. Vielleicht kannte einer der beiden André, vielleicht waren sogar seine Adoptiveltern darunter, so häufig war der Nachname ja nicht.

Sie rief zuerst Burghard Rothemark an, der tatsächlich André kannte und sogar wusste, wo er wohnte: in der Brunnenstraße 171.

Als sie den Hörer wieder einhängte, fiel ihr ein, dass sie den

Mann hätte fragen können, ob er der Adoptivvater von André war, und wenn er das bestätigt hätte, wie es zu der Adoption gekommen war. Aber sie entschied sich dagegen. Die Hintergründe waren jetzt nicht wichtig. Wichtig war nur, Janis zu treffen und zu sehen, ob er sie erneut erkennen würde.

Vom Marx-Engels-Platz war es nicht weit bis zur Brunnenstraße, sogar der direkte Weg. Brigitte ging die Strecke zu Fuß. Das tat ihr gut, sich nach der Fahrt im Trabi die Beine zu vertreten. Auch hielt sie so am besten ihre Nerven in Schach, denn je näher sie Andrés Haus kam, umso wilder wurden ihre Gedanken. Was, wenn André von ihr wusste, sie aber gar nicht treffen wollte, weil Fritz ihm nur Lügen über sie erzählt hatte?

Ein lauter Knall riss sie aus den Gedanken. Es war der Silvesterabend, und überall hallten vereinzelte Böller durch die Straßen oder zischten viel zu früh gezündete Raketen in den Nachmittagshimmel, während in den Wohnungen ringsum die Silvesterpartys vorbereitet wurden: der Kartoffelsalat sein Dressing erhielt, das Bier in den Badewannen oder auf den Balkonen kaltgestellt wurde und die Zimmer mit Luftschlangen und Konfetti verunstaltet wurden.

Das Haus, in dem André wohnen sollte, war ein graues viergeschossiges Mietshaus, und Brigittes Aufregung war ganz umsonst gewesen. André war nicht da. Aber die Nachbarin erzählte ihr, dass er mit seiner Familie zum Brandenburger Tor auf die erste gesamtdeutsche Silvesterparty wollte.

Also ging sie denselben Weg zurück zum Marx-Engels-Platz, wo sie sich einreihte in die Massen, die wie sie zum Brandenburger Tor zogen. Es war mittlerweile dunkel geworden. Wie sollte sie da Janis nur unter all den Menschen finden, fragte sie sich bang, und doch ging sie einfach weiter.

Der Platz vor dem Brandenburger Tor war schon gut gefüllt, und Brigitte schaute sich suchend um, aber es waren viel zu viele Menschen, viel zu viele Gesichter. Als sie Janis das letzte Mal gesehen hatte, war er noch ein Teenager gewesen, doch jetzt war er bereits ein junger Mann, vielleicht trug er sogar einen Bart? Kurz, sie hatte keine Ahnung, nach wem sie überhaupt Ausschau hielt, aber aus einem Impuls heraus rief sie plötzlich einfach seinen Namen.

»Janis?«

Ein paar Leute links und rechts drehten sich kurz nach ihr um, aber Brigitte kümmerte sich nicht darum. Sie würde seinen Namen zur Not die ganze Nacht rufen, was anderes war nicht zu tun, als weiter durch die Menge zu laufen und immer wieder seinen Namen zu rufen.

»Janis?«

Es drängten immer mehr Menschen auf den Platz, und allmählich wurde sie panisch.

»Janis?«

Oder war es vielleicht besser, ihn bei seinem jetzigen Namen zu rufen?

Da zupfte sie jemand an ihrem Ärmel.

»Hier«, sagte ein dünnes Stimmchen. Ein Knirps von etwa fünf, sechs Jahren betrachtete sie skeptisch. »Woher weißt du, wie ich heiße?«, fragte er.

Hinter ihm tauchte eine junge Frau auf. »Janis, nicht weglaufen«, schalt sie und nahm ihn hoch. »Sonst gehst du noch verloren.«

Die Frau nickte Brigitte kurz zu und drehte sich weg, doch da kam schon ein junger Mann hinzu. »Gib ihn mir, Pepe«, sagte er und streckte die Arme aus, um sich den Jungen auf die Schultern zu setzen, doch da sah er plötzlich Brigitte und erstarrte.

EPILOG

Andächtig zählten die Menschen den Countdown bis zum Jahreswechsel, lauter und immer lauter. Alle Gesichter waren der Tribüne vor dem Brandenburger Tor zugewandt, auf der sich die politische Prominenz aus Ost und West eingefunden hatte und ebenfalls mitzählte.

Dann brach der Jubel los, das Feuerwerk und das Gejohle und die gegenseitigen Glückwünsche für das Jahr 1990. Menschen, auch einander wildfremde, umarmten und küssten sich und wünschten sich das Beste für die neue Zeit.

Nur Konrads Familie, endlich vereint, tat sich schwer, sich in die Arme zu nehmen, und wenn Emmely nicht den Anfang gemacht hätte, dann hätten sie alle wohl noch bis zum Ende des Feuerwerks so dagestanden: fremdelnd und ein wenig peinlich berührt von der plötzlichen Nähe, dem unerwarteten Zusammentreffen.

Fast fünfzig Jahre hatte Konrad darauf gewartet, sich seiner Tochter erkennen geben zu dürfen. All die Jahre hatte er sich Erklärungen bereitgelegt, warum er ihr kein Vater hatte sein können. Doch nun, wo er Brigitte endlich gegenüberstand, wusste er nichts zu sagen.

Fünfundzwanzig Jahre hatte sein Enkel Janis einen falschen Namen getragen, ausgesucht von Konrads Bruder, ohne dass dieser damals geahnt hatte, dass er seinem Großneffen gegenüberstand. Wie hätte Fritz das auch ahnen können? Wie hätten sie alle ahnen können, dass sie sich einander jemals so aus den Augen verlieren würden, dass sie einander nicht einmal erkennen würden, wenn sie sich zufällig wiedertrafen? So unterschiedlich hatten die Zeit, die Geschichte, die großen und die kleinen Anforderungen des Lebens sie einander entfremdet.

Er hatte ja noch Zeit, dachte Konrad, als er gleichzeitig seine Tochter und seinen Enkel unter dem explodierenden Himmel dieser Silvesternacht in den Armen hielt und ihm die Tränen links und rechts über die Wangen liefen. Zeit genug, um Tochter und Enkel kennenzulernen, sich mit ihnen auszusöhnen. Zeit, herauszufinden, wie und warum das Schicksal sie auseinandergebracht hatte. Möglicherweise würden sie dann alle verstehen, warum und weshalb ihr Leben so verlaufen war. So und nicht anders.

DANKSAGUNG

Ich möchte hier ein paar Menschen danken, die mich über die Zeit des Schreibens mit Rat, Hilfe und auch aufbauenden Worten unterstützt haben. Das waren Kai Hafemeister, Franka Syniawa, Esther Esche, Birgit Rauschenbach, Jester Phoenix, Nicole Armbruster, Andrea Rotenburg, Ruth Rehmet, Tina und Paul Stübecke, Jonathan Beck, Dirk Bogumil, Jürgen und Edda Elsner und Christine Paxmann.

Besonderer Dank gilt meinen Agenten Mike Schweins und Sabine Pauli von BookBuster, die so tolle Vermittlungsarbeit leisten; Dr. A.C. Geuder für das intensive und akribische Lektorat und natürlich meiner großartigen, leidenschaftlichen Lektorin beim Lübbe-Verlag, Stefanie Zeller, die sich so schnell für diesen Roman entschieden und eingesetzt hat. Besten Dank!

NACHWORT

Die Handlung des Romans und seine Protagonisten sind frei erfunden, bis auf wenige historische Personen. Diese einst real existierenden Persönlichkeiten sind so eng mit der deutschen Geschichte verbunden, dass sie auch durch eine Namensänderung weiterhin erkennbar geblieben wären, deshalb habe ich sie nicht umbenannt.

Ein Roman zur deutschen Geschichte erfordert umfangreiche Recherchen, die oft mehr Zeit in Anspruch nehmen als das Schreiben selbst. Manchmal habe ich aber auch absichtlich Daten, Orte und Ereignisse etwas freier interpretiert oder angepasst, um Figuren oder einen Sachverhalt besser darstellen zu können. Die harten Fakten der deutschen Geschichte habe ich jedoch nicht verbogen.

Das Zitat aus dem »Tagebuch der Anne Frank« bezieht sich auf die deutsche Erstausgabe von 1950 beim Verlag Lambert Schneider Heidelberg, die in derselben Übersetzung von Anneliese Schütz im Kinderbuchverlag 1981 in der DDR erschienen ist.

In den Kapiteln zum Sozialistischen Patientenkollektiv und zu den Anfängen der RAF beziehe ich mich auf Artikel in der *konkret*; gesammelt in »Die Würde des Menschen ist antastbar«, Aufsätze und Polemiken von Ulrike Meinhof, erschienen im Wagenbachverlag 1992. Außerdem diente mir die erweiterte und aktualisierte Ausgabe (2008) von »Der Baader Meinhof Komplex« von Stefan Aust, Hoffmann und Campe Verlag 1985, und der Lebensbericht von Margrit Schiller »Es war ein harter Kampf um meine Erinnerung«, Konkret Literaturverlag, Hamburg 1999, als Grundlage für eine der Biografien.

Von der explosiven Kraft der Freundschaft

Michaela Beck
DAS LAUTE IM LEISEN
Roman | Ein
authentischer,
berührender Roman über
Freundschaft und die
Grenzen, an die sie stößt

368 Seiten
ISBN 978-3-7577-0056-0

Weimar 1979. Gleich im ersten Jahr ihres Architekturstudiums lernt Renée Uta kennen. Sie ist fasziniert von der jungen Frau, die keine Grenzen zu kennen zu scheint. Mit ihr ist nichts unmöglich, nichts unerreichbar. Die bescheidene, schüchterne Renée lässt sich nur zu gern von ihr zeigen, wie man sich vom Leben das nimmt, was man will. Zusammen planen sie eine grandiose, gemeinsame Zukunft. Doch dann spürt Renée, dass da etwas nicht stimmt in dieser Freundschaft. Über Uta scheint ein Schatten zu liegen, der immer größer wird. Bis Renée eine Entscheidung treffen muss.